ELS PILARS DE LA TERRA

KEN FOLLETT

ELS PILARS DE LA TERRA

Traducció de Concepció Iribarren

GRUP 62

Títol original en anglès: *The Pillars of the Earth.*

La primera edició en català
es va publicar dins la col·lecció
«Històrica» l'any 2001.

Disseny de la coberta: rombergdesign

Primera edición (revisada) dins aquesta col·lecció: desembre del 2002.
Tercera edición: juny del 2004.

Peu de la Creu, 4, 08001 Barcelona.
www.grup62.com

Distribució: Distribarna, s.a.

Fotocomposició: Comptex & Ass., s.l.,
Roger de Flor, 240, baixos, 080252 Barcelona.

Imprès a Marsa, s.a.,
Bernat Metge, 197, 08205 Sabadell.
Dipòsit legal: B. 30.737-2004.
ISBN: 84-297-5536-5

NOTA DE KEN FOLLETT

Un dia del 1973 o 1974 vaig anar a Peterborough, a East Anglia, amb la intenció de fer un reportatge per a l'*Evening News* de Londres, en el qual llavors treballava. Mentre esperava el tren de tornada a Londres me'n vaig anar a fer un tomb per la catedral. Aquella visita va donar origen a una obsessió.

El 1976 vaig fer un esbós per a una novel·la sobre la construcció d'una catedral. Vaig escriure unes set mil paraules i la vaig deixar arraconada. Vaig fer un altre esbós per a una història més senzilla sobre un espia alemany a l'Anglaterra de la Segona Guerra Mundial, i aquella novel·la que finalment vaig escriure va marcar la meva vida durant una dècada.

Tanmateix, no em treia del cap la idea de la catedral i, entre novel·la i novel·la d'espies, anava a visitar alguna de les catedrals endormiscades que tenim escampades per Anglaterra, i em passava un parell de dies vagarejant pel temple, intentant desxifrar els secrets gravats a les seves pedres. Una catedral està atapeïda d'històries si hom sap on anar a buscar.

Vaig caminar pels carrers de la Winchester moderna, dibuixant en la meva imaginació el castell, els palaus, i la Casa Reial de la Moneda, en els indrets on avui trobem supermercats i aparcaments de cotxes. Vaig agafar un tren cap al nord i vaig passar estones dret als merlets del castell de Lincoln, sota la neu de febrer, aguantant el mateix vent glacial que devien suportar el sentinelles medievals. Vaig anar a la catedral de Wells i vaig estudiar els dibuixos que el mestre constructor havia gargotejat a la traceria, a la galeria, i fins i tot en un racó on ara s'apilonen els bancs d'església trencats. Vaig agafar un avió cap a París per visitar l'abadia de Saint-Denis, la primera església gòtica del món, que va ser inaugurada en presència del rei Lluís VII de França. I vaig poder contemplar les voltes de pedra que ell va mirar i observar com resplendia el sol a través dels mateixos vitralls que ell va veure.

Els pilars de la Terra és una història humana d'amor i odi, d'ambició i de cobdícia, de luxúria, maldat i venjança. Però està situada en un món molt diferent de l'actual. Les passions de la gent són les mateixes que ara, però no les seves condicions de vida. Les semblances i les diferències les vaig trobar fascinants, i penso que el lector també les hi trobarà.

KEN FOLLETT

AGRAÏMENTS

Vull donar les gràcies d'una manera molt especial a Jean Gimpel, Geoffrey Hindley, Warren Hollister i Margaret Wade Labarge, per haver-me facilitat els seus coneixements enciclopèdics sobre l'edat mitjana.

I també a Ian i Marjory Chapmen, per la seva paciència, ànims i inspiració.

KEN FOLLETT

A Marie-Claire, la nina dels meus ulls

La nit del 25 de novembre de 1120, el *White Ship* va salpar cap a Anglaterra i va naufragar tan bon punt va sortir de Barfleur. Tots els passatgers van morir, tret d'un... El vaixell era l'aparell més modern dedicat al transport marítim i estava dotat de tots els avenços coneguts pels armadors de l'època... La transcendència d'aquell naufragi s'explica pel gran nombre de persones eminents que hi havia a bord: a més del fill i hereu del rei, s'hi havien embarcat dos bastards reials, uns quants comtes i barons i bona part de la cort... A conseqüència del naufragi, Henry es va quedar sense un hereu directe, fet que, combinat amb la seva mort, va originar una lluita per la successió i un període d'anarquia.

A. L. POOLE
Del Domesday[1] *a la Carta Magna*

1. Llibre-registre sobre la propietat de les terres d'Anglaterra, elaborat el 1086 sota el regnat de Guillem el Gran.

PRÒLEG
1123

Els nens van arribar d'hora per a l'execució a la forca.

Encara era fosc quan els tres o quatre primers nens van sortir d'amagat de les cases rònegues, silenciosos com gats, amb les seves botes de feltre. Una fina capa de neu cobria el poble com una mà de pintura recent, i les petjades dels nens eren les primeres que espatllaven aquella superfície impol·luta. Van passar pel costat de les cabanes de fusta massa amuntegades, i van fer via a través dels carrers coberts de fang glaçat fins a la plaça del mercat, on regnava el silenci i on s'alçava la forca.

Els nens menyspreaven tot el que valoraven els grans. Es burlaven de la bellesa i es mofaven de la bondat. Es trencaven de riure quan veien un esguerrat i, si topaven amb un animal ferit, l'apedregaven fins que el mataven. Es vantaven de les ferides sofertes, exhibien les cicatrius amb orgull i reservaven una admiració especial per a les mutilacions: un noi sense un dit es podia convertir en el rei. Estimaven la violència; podien arribar a recórrer milles per veure com es vessava una mica de sang i mai no s'ho perdien quan penjaven algú.

Un del nens va fer un pipí a la base que aguantava el cadafal. Un altre va pujar els graons, es va encerclar el coll amb les mans i es va deixar caure tot fent una ganyota horripilant que parodiava un escanyament. Els altres van deixar anar crits d'admiració i dos gossos van irrompre a la plaça bordant. Un dels nens més petits va començar a menjar-se una poma, però un dels grans li va clavar un cop de puny al nas i l'hi va prendre. El petit es va desfogar llançant una pedra cantelluda a un dels dos gossos, que va fugir udolant. Llavors, com que no tenien res més a fer, es van asseure al paviment sec de sota la portalada de l'església a esperar que passés alguna cosa.

Darrere els porticons de les cases de fusta sòlida on vivien els artesans i els comerciants pròspers, es veia vacil·lar la claror de les espelmes: era l'hora en què les minyones i els aprenents encenien la llar de foc, escalfaven l'aigua i començaven a fer la sopa de civada. El color del cel va canviar de negre a grisós. Els vilatans van anar sortint dels portals baixos, embolcallats amb uns abrics gruixuts de llana basta i, tremolant de fred, van baixar al riu a buscar aigua.

Al cap d'una estona, un grup de joves, mossos d'estable, jornalers i aprenents, va aparèixer a la plaça del mercat amb aires de fatxenda. Van fer fora els nens de la portalada de l'església a mastegots i, en acabat, es van repenjar als arcs de pedra tallada i van començar a fer comentaris, amb una suficiència gens natural, sobre el condemnat que estaven a punt de penjar, mentre escopien a terra i es refregaven contra els arcs.

—Si està de sort —va explicar un—, el coll se li trencarà tan bon punt el pengin, i serà una mort ràpida, sense patiment; si no, es quedarà penjant, anirà agafant un color morat i començarà a obrir i tancar la boca com un peix fora de l'aigua, fins que acabi estrangulat.

Un altre va assegurar que morir d'aquella manera podia durar tant com el que triga un home a caminar una milla, i un tercer va afegir que encara podia ser pitjor, que ell n'havia vist un a qui, abans de morir, el coll se li havia estirat gairebé dos pams.

Les velles del poble es van agrupar a l'altre costat de la plaça, tan lluny com van poder d'aquells joves capaços de fer comentaris grollers sobre les seves àvies. Les velles sempre es llevaven d'hora, tot i que ja no tenien canalla per cuidar, i eren les primeres a encendre el foc i escombrar la casa. La que portava la veu cantant, la vídua Brewster, una dona robusta, va arribar fent rodar un barril de cervesa amb la mateixa facilitat que un nen fa rodar un cèrcol. Abans que pogués destapar-lo, ja hi havia un grapat de clients que esperaven amb gerres i galledes.

L'agutzil va obrir la porta principal de la vila per deixar-hi entrar els camperols que vivien extramurs, a les cases construïdes a redós de la muralla. Alguns portaven ous, llet i mantega fresca per vendre; d'altres venien a comprar cervesa o pa i n'hi havia que es quedaven drets a la plaça, esperant que tingués lloc l'execució.

De tant en tant, els curiosos alçaven el cap com pardals cautelosos per donar una ullada al castell situat al cim del turó que dominava el poble. Podien veure el fum que sortia de la cuina, i la brillantor ocasional d'una torxa darrere les espitlleres de la torre de l'homenatge. Llavors, a trenc d'alba, aquell dia que el sol va quedar tapat per uns núvols grisos i espessos, es van obrir les pesants portes de fusta i va sortir-ne un petit grup de persones. Encapçalava la comitiva el xèrif, que muntava un magnífic corser negre, seguit per un carro tirat per bous que transportava lligat el presoner. Darrere el carro cavalcaven tres homes, i malgrat que en la distància no se'ls podia veure la cara, pels vestits s'endevinava que eren un cavaller, un sacerdot i un monjo. Dos homes d'armes tancaven la comitiva.

Totes aquestes persones havien fet acte de presència al judici presidit pel tribunal del comtat i celebrat el dia abans a la nau de l'església. El sacerdot havia enxampat el lladre *in fraganti*; el monjo havia identificat el calze de plata que pertanyia al monestir; el cavaller, que era el senyor del lladre, l'havia denunciat com a fugitiu, i el xèrif el va condemnar a mort.

Mentre baixaven lentament pel turó, la gent del poble continuava aplegant-se al voltant de la forca. Els últims a arribar van ser els ciutadans més destacats: el carnisser, el forner, dos adobers, dos ferrers, el ganiveter i el fletxer, acompanyats de les seves esposes.

La gent no es comportava com de costum. Normalment, quan es penjava algú, la gent fruïa. El condemnat solia ser un lladre, i la gent odia els lladres amb la passió de qui ha de suar de valent per guanyar-se el pa. Però aquell lladre era diferent. Ningú no sabia qui era ni d'on venia, i a ells no els havia pres res, perquè havia robat a un monestir que es trobava a vint milles de distància. A més, el que havia robat era un calze amb incrustacions de pedreria, un objecte d'un valor tan elevat que gairebé era impossible de vendre i la desaparició del qual no perjudicava ningú. Si hagués robat alguna cosa fàcil de vendre, com ara un pernil, un ganivet nou o un bon cinturó, algú n'hauria sortit perjudicat. Però aquella gent no podia odiar un home per un delicte tan absurd. Quan el reu va arribar a la plaça, els qui el van escridassar i xiular eren pocs i no n'estaven gaire convençuts, i només va ser escarnit i insultat per la canalla.

La majoria de vilatans no havia assistit al judici, perquè els judicis se celebraven en dies feiners i tothom havia de guanyar-se la vida; per tant, era la primera vegada que veien el lladre. Era força jove, entre vint i trenta anys, d'alçada i constitució normals, però d'aparença estranya. Tenia la pell tan blanca com la neu de les teulades; els ulls, una mica sortints, eren d'un verd extraordinàriament brillant, i els seus cabells eren de color de pastanaga. Les noies el van trobar lleig, les velles se'n van compadir i tan sols la canalla s'hi va fer un tip de riure.

Tothom coneixia el xèrif, però els altres tres homes que havien condemnat el lladre a aquell destí funest els eren desconeguts. El cavaller, gras i ros, era sens dubte un personatge d'una certa importància, perquè muntava un cavall de guerra, un animal enorme que devia costar el que un fuster guanyava en deu anys. El monjo era molt més gran, d'uns cinquanta anys. Era un home alt i prim, i cavalcava encorbat damunt la sella, com si la vida li fos una càrrega insuportable. Qui impressionava de debò era el sacerdot, un home jove de nas afilat i cabells negres i llisos que vestia sotana negra i muntava un semental castany. El seu aire era agosarat, i estava alerta, com un gat negre ensumant un cau de rates.

Un dels nens va llançar una escopinada al presoner amb tan bona punteria que el va encertar entre els ulls. El condemnat va deixar anar una maledicció i es va abalançar cap al nen, però les cordes que el subjectaven al carro el van retenir. L'incident en si no va tenir més transcendència, però va posar de manifest que la llengua que parlava el captiu era el francès normand, la llengua de la noblesa. ¿Era una persona d'alt llinatge o, senzillament, es tractava d'algú que es trobava lluny de casa? Ningú no ho sabia.

El carro es va aturar al costat de la forca. L'agutzil va pujar a la plataforma del carro amb el dogal a les mans. El presoner va començar a bellugar-se amb violència. Els nens el van començar a atabalar amb els seus crits: els hauria decebut que el presoner s'estigués tranquil. Les cordes que li havien lligat als canells i als turmells li impedien de moure's, però sacsejava el cap amb brusquedat, mirant de treure's el dogal. Finalment, l'agutzil, un home corpulent, va retrocedir i li va clavar un cop de puny a la panxa. El presoner es va doblegar cap endavant, panteixant, i l'agutzil ho va aprofitar per fer-li passar la corda pel cap i tot seguit estrènyer el nus. En acabat, va saltar a terra i va tibar la corda, lligant l'altre cap a un ganxo que hi havia al peu de la forca.

Havia arribat l'hora de la veritat. Si en aquell punt el presoner es debatia, només li serviria per escurçar l'agonia.

Els homes d'armes van deslligar-li les cames i el van deixar sol, dret dalt del carro, amb les mans lligades a l'esquena. Es va fer un silenci absolut.

En aquells instants solia produir-se un batibull. O bé a la mare del presoner li sobrevenia un atac i començava a xisclar, o bé l'esposa treia un ganivet i corria cap a la plataforma en un intent desesperat d'alliberar-lo. De vegades, el condemnat invocava el perdó de Déu o imprecava els executors amb unes malediccions que feien glaçar la sang. En aquell moment els homes d'armes es van col·locar a banda i banda de la forca, a punt per intervenir en cas que es produís algun incident.

Va ser llavors que el presoner va començar a cantar.

Tenia una veu alta, de tenor, molt clara. La lletra era en francès, però fins i tot els qui no l'entenien podien endevinar, gràcies al to planyívol de la melodia, que la cançó era trista i que parlava d'algú que es troba desemparat.

Una alosa, a la xarxa d'un caçador captiva,
va cantar amb una dolcesa mai sentida,
com si aquella melodia entendridora
de volar fos capaç i la xarxa treure fora.

Mentre cantava, mirava fixament algú entre la gentada. A poc a poc, es va fer un espai al voltant de la persona a qui mirava i tothom la va poder veure.

Era una noia d'uns quinze anys. En mirar-la, tothom es va preguntar com era que no s'havien adonat abans de la seva presència. La seva cabellera era llarga i abundant, d'un castany fosc i lluent, li naixia al front i li formava un pic. Tenia les faccions proporcionades i una boca sensual de llavis gruixuts. Les velles van observar que tenia la cintura molt ampla i els pits inflats, i van donar per fet que estava embarassada. Es van imaginar que el condemnat devia ser el pare de la criatura. Però la resta de gent no havia deixat de mirar-li els ulls. Tenia uns ulls impressionants, d'un color daurat intens, uns ulls tan lluminosos i penetrants que, quan es projectaven sobre algú, aquest algú sentia que se li ficaven a dins, fins al fons del cor i, tement que li descobrissin algun secret íntim, havia d'apartar la mirada. Anava coberta de parracs i les llàgrimes li baixaven galtes avall.

El conductor del carro mirava l'agutzil amb expectació i aquest mirava el xèrif que havia de donar el senyal. El jove sacerdot d'aspecte sinistre, amb impaciència, va donar un cop de colze al xèrif, però aquest no es va immutar. Va deixar que el lladre seguís cantant. Es va produir un silenci glacial mentre la veu magnífica de l'home lleig barrava el pas a la mort.

Al capvespre, el caçador la presa collí,
l'alosa la llibertat mai més no veié.
Tots els ocells i els homes han de morir,
però les cançons viuen per sempre potser.

Quan va acabar de cantar, el xèrif va mirar l'agutzil i va fer un gest d'assentiment amb el cap. Aquest va donar un cop al flanc del bou amb una corda i va cridar: «Arri!» Al mateix temps, el carreter va fer petar el fuet. El bou es va començar a moure i el condemnat va perdre l'equilibri. El carro va avançar i l'home va quedar suspès a l'aire. La corda es va tensar i el coll del lladre es va trencar amb un espetec.

Algú va fer un esgarip, i tothom va mirar la noia.

No era ella qui havia cridat, sinó la dona del ganiveter, que era al seu costat. Però sí que havia estat la noia qui havia provocat el crit. Havia caigut de genolls davant de la forca, amb el braços estirats cap endavant, la posició habitual per llançar una maledicció. La gent, espantada, se n'havia apartat, perquè tothom sabia que les malediccions que profereix la víctima d'una injustícia són especialment efectives, i tenien la sospita que penjar aquell home no havia estat una bona idea. Els nens estaven terroritzats.

La noia va mirar fixament, amb els seus ulls daurats, ara hipnòtics, els tres forasters, el cavaller, el monjo i el sacerdot, i va proferir la seva maledicció, pujant el to de veu a mesura que parlava.

—Jo us maleeixo. Patireu malalties i penes, fam i dolor. Les vostres cases es consumiran pel foc i els vostres fills moriran penjats a la forca. Els vostres enemics prosperaran. Envellireu entre tristeses i remordiments i morireu turmentats en la infàmia i l'agonia.

Mentre pronunciava les darreres paraules, va agafar un sac que hi havia a terra i en va treure un gall jove. A la mà, hi tenia un ganivet que no se sabia d'on havia sortit, i amb un sol tall va degollar l'animal.

Mentre la sang brollava a raig, la noia va llançar el cos sense cap del gall al sacerdot de cabells negres. No el va tocar, però la sang el va esquitxar, i també al monjo i al cavaller, que eren un a cada costat del sacerdot. Els tres homes es van apartar pel fàstic, però la sang ja els havia esquitxat, tacant-los la roba i la cara.

La noia va girar cua i va fugir.

La gent s'apartava al seu pas i es reagrupava tot seguit. La confusió era enorme. Al final, el xèrif, furiós, va ordenar als seus homes que l'empaitessin. Aquests van començar a apartar homes, dones i criatures a empentes, però la noia es va perdre de vista en un obrir i tancar d'ulls i el xèrif va saber que ja no l'atraparia per molt que s'hi esforcés.

Disgustat, va fer mitja volta. El cavaller, el monjo i el sacerdot no havien vist fugir la noia. Seguien amb la mirada fixa a la forca. El xèrif, encuriosit, va mirar al seu torn. El lladre mort penjava de la corda; la cara pàl·lida se li estava tornant blavosa. Sota el seu cos, que es gronxava lleugerament, el gall decapitat, no del tot mort, feia voltes tot dibuixant un cercle imperfecte sobre la neu tacada de sang.

PRIMERA PART

1135-1136

CAPÍTOL I

I

En una extensa vall, al peu del vessant costerut d'una muntanya i al costat d'un rierol clar i remorejant, Tom hi construïa una casa.

Els murs ja feien un metre d'alt i continuaven pujant amb rapidesa. Aquell dia assolellat, els dos paletes que Tom havia contractat treballaven a bon ritme, fent anar les paletes amb destresa, mentre el manobre suava de valent sota el pes dels blocs de pedra. Alfred, el fill de Tom, preparava el morter, i comptava en veu alta les paletades de sorra que abocava a la barreja. També hi havia un fuster que treballava al banc del costat de Tom, i que amb una aixa anava desbastant acuradament un tronc de faig.

Alfred tenia catorze anys i era alt, com Tom. Aquest era un pam més alt que la majoria dels homes, i Alfred només feia un parell de polzades menys que ell i encara creixia. També s'assemblaven en altres coses. Tots dos tenien els cabells d'un color castany clar i els ulls verdosos pigats de marró. La gent deia que eren ben plantats. La barba, però, els creixia de manera ben diferent. La de Tom era arrissada i castanya, mentre que la d'Alfred no passava de ser un borrissol ros. Tom recordava amb afecte que els cabells d'Alfred també havien estat d'aquest color. Però ara que Alfred es feia un home, Tom voldria que demostrés més interès per la feina, perquè encara havia d'aprendre moltes coses si volia ser mestre d'obra com ell. Però fins a aquell dia, els principis de la construcció l'avorrien i l'atabalaven.

Quan la casa estigués acabada, seria la més luxosa en moltes milles al voltant. La planta baixa faria de magatzem, amb un sostre de volta que evitaria els incendis. La sala, on es faria vida, se situaria al primer pis, al qual s'accediria per mitjà d'una escala exterior. A causa de l'altura, seria difícil d'assaltar i fàcil de defensar. En un racó hi hauria una llar de foc, amb una xemeneia per on sortiria el fum. És tractava d'una innovació radical: Tom només havia vist una sola casa amb xemeneia, però li havia semblat una idea tan bona, que tenia intenció de copiar-la. En un extrem de la casa, just damunt la sala, hi hauria un petit dormitori, perquè allò era el que llavors exigien les filles dels comtes, massa delicades per dormir a la sala amb els homes i les criades i els gossos de caça. La cuina s'instal·laria en un edifici a part, perquè, tard o d'hora, a totes les cuines es calava foc i l'únic que es podia fer per evitar ensurts era tenir les cuines separades de la casa i conformar-se que el menjar arribés tebi a taula.

Tom feia la porta d'entrada. Arrodoniria els muntants perquè semblessin columnes i així donaria un toc de distinció a la parella de nobles noucasats que hi havia de viure. Sense treure la vista de la plantilla de fusta amb què es guiava, Tom va posar el cisell en posició obliqua contra la pedra i, amb un martell de fusta, li va donar uns copets. De la superfície de la pedra es va desprendre una cascada de fragments i la forma va quedar més arrodonida. Ho va tornar a fer. Ara, la pedra ja era arrodonida i llisa com la d'una catedral.

Una vegada, Tom havia treballat en una catedral, a la d'Exeter. Al principi s'ho havia agafat com una feina més. S'enfadava i li sabia greu que el mestre constructor l'esbronqués perquè considerava que s'entretenia més que la majoria de paletes. Però llavors es va adonar que els murs d'una catedral no és que hagin d'estar ben fets, és que han de ser perfectes. En primer lloc, la catedral era per a Déu i, en segon lloc, l'edifici era tan gran que la inclinació més petita en els murs, el desnivell més insignificant, podia debilitar-ne l'estructura i resultar fatal. El ressentiment es va convertir en fascinació. La combinació de l'enorme ambició en la concepció de l'edifici i l'atenció més estricta al més ínfim detall va fer que aquell ofici l'enlluernés. Del mestre d'Exeter va aprendre la importància de la proporció, el simbolisme de diversos números i les fórmules gairebé màgiques per aconseguir la gruixària exacta d'un mur o l'angle d'un esglaó d'una escala de cargol. Tot allò el tenia captivat. El va sorprendre molt assabentar-se que molts paletes ho trobaven incomprensible.

Al cap d'un temps ja s'havia convertit en la mà dreta del mestre constructor, i va ser llavors que va començar a adonar-se de les limitacions del mestre. Aquell home era un gran artesà, però com a organitzador era un incompetent. S'atabalava davant de problemes com ara obtenir la quantitat justa de pedra per no trencar el ritme de treball dels paletes, supervisar la feina del ferrer, que havia de fabricar prou eines útils, cremar calç i transportar sorra per al morter, desbastar arbres per als fusters i obtenir prou diners del capítol de la catedral per pagar-ho tot.

Si s'hagués quedat a Exeter fins a la mort del mestre constructor, potser ell mateix també s'hauria convertit en mestre, però el capítol es va quedar sense diners, en part per culpa de la mala administració de les obres, i els artesans van haver de marxar a buscar feina a un altre lloc. El governador del castell li va oferir una feina de constructor consistent a reparar i millorar les fortificacions de la ciutat. Era una feina per a tota la vida, sempre que no sorgissin imprevistos. Però Tom no la va acceptar, perquè el que volia era construir una catedral.

Agnes, la seva muller, mai no va entendre aquesta decisió. Podrien haver tingut una bona casa de pedra, criats i estables, i cada vespre carn a taula per sopar. Mai no li va perdonar que rebutgés aquella oferta. No podia entendre la irresistible atracció que Tom sentia per les catedrals, la fascinació que li produïen la complexitat de l'organització, el repte intel·lectual dels càlculs i la bellesa i la grandiositat imponents de l'edifici acabat. Després de tastar aquest vi, ja cap altre no el podria satisfer.

Allò havia passat feia deu anys i des de llavors mai no s'havien quedat gaire temps al mateix lloc. Tan aviat treballava en el projecte d'una nova sala capitular en un monestir, com agafava una feina per un any o dos en un castell, o bé construïa una casa en alguna ciutat per a algun comerciant ric. Així que estalviava uns quants diners, es posava en camí, amb la seva dona i els fills, a la recerca d'una catedral.

Va aixecar la vista del banc de fuster i la va dirigir a Agnes, que era a la vora del solar amb un cistell de menjar en una mà i, a l'altra, una gerra gran de cervesa recolzada al maluc. Era migdia. La va mirar amb afecte. D'ella, ningú no n'hauria dit que fos bonica, però el seu rostre irradiava fortalesa. Tenia un front ample, uns ulls grossos de color marró, un nas recte i una mandíbula vigorosa. Els cabells foscos i arrissats, els duia amb la ratlla al mig i recollits cap enrere. Era l'ànima bessona de Tom.

Va servir cervesa per a Tom i Alfred. Tots tres es van quedar allà on eren, drets, mentre bevien cervesa en gots de fusta, per descansar un moment. El quart membre de la família va sorgir saltironejant d'un camp de blat. Era Martha, de set anys, una nena bonica com un narcís, però un narcís amb un pètal de menys, perquè ja li havien caigut dues dents de llet que li havien deixat un espai buit. Va córrer cap a Tom, li va fer un petó a la barba plena de pols i li va demanar que li deixés fer un glop de cervesa. Ell va abraçar el seu cosset ossut.

—No en beguis massa, que cauràs en un rec! —li va advertir. La nena va fer unes voltes, simulant que estava trompa.

Tots van seure damunt una pila de llenya. Agnes va allargar una llesca de pa de blat a Tom, una bona penca de cansalada i una ceba petita. Tom va mossegar la cansalada i va començar a pelar la ceba. Agnes va donar el menjar als nois i va començar amb el seu. «Potser va ser una irresponsabilitat deixar aquella feina avorrida d'Exeter per buscar una catedral», es va dir Tom, «però, tot i la meva temeritat, sempre els he pogut alimentar a tots.»

Va treure el ganivet de la butxaca del davantal de pell, va tallar un tros de ceba i se la va menjar amb una mica de pa. Va paladejar-ne el gust dolç i picant alhora.

—Espero una altra criatura —va anunciar Agnes.

Tom va deixar de mastegar i la va esguardar. Va sentir un estremiment d'emoció. No sabia què dir, i només va poder fer un somriure de babau.

—No és tan estrany com això, ¿no? —va dir Agnes, envermellint de cop.

Tom la va abraçar.

—Vaja, vaja —va dir sense deixar de somriure—. Una altra criatura perquè m'estiri la barba. I jo que em pensava que la pròxima seria d'Alfred!

—Encara no ho podem celebrar —va advertir ella—. Porta mala sort anomenar un nen abans que neixi.

Tom va fer un gest d'assentiment. Agnes havia tingut uns quants avortaments i un nadó que va néixer sense vida. També havien tingut una nena, Matilda, que només havia viscut dos anys.

—Ara que Alfred ja és gran, m'agradaria que aquest també fos nen. ¿Quan ha de néixer?

—Després de Nadal.

Tom va començar a fer càlculs. L'estructura de la casa ja estaria acabada quan arribessin les primeres gelades, i llavors caldria cobrir tota l'obra de pedra amb palla per tal de protegir-la durant l'hivern. Els paletes passarien els mesos de fred tallant les pedres per a les finestres i les voltes, els marcs de les portes i la llar de foc. Mentrestant, el fuster enllestiria els taulons per al terra, les portes i les finestres i Tom s'encarregaria d'aixecar la bastida per construir el pis de dalt. En acabat, a la primavera, construirien la volta, acabarien el terra i col·locarien la teulada. Aquella feina donaria per viure a la família fins a la Pentecosta, quan el nadó ja tindria sis mesos. Després, haurien d'anar a un altre lloc.

—Tot anirà bé —va dir Tom, content. I es va ficar un altre tall de ceba a la boca.

—Sóc massa gran per tenir més fills —va observar Agnes—. Aquest ha de ser l'últim.

Tom va començar a rumiar. No estava segur de quants anys tenia la seva dona, però n'hi havia moltes que encara tenien fills a aquella edat. Calia admetre, però, que els parts les feien sofrir més a mesura que es feien grans i que els nens no sortien tan forts. Agnes tenia raó. Però, ¿com es podrien evitar els nous embarassos? No va trigar a trobar la resposta, que el va fer posar de mal humor.

—Potser trobaré una bona feina en alguna ciutat —va dir, mirant d'acontentar-la—. Una catedral o un palau. I llavors podrem tenir una casa gran amb terra de fusta i una criada perquè t'ajudi amb la criatura.

—Sí, és clar —va respondre ella, escèptica. Les faccions se li van endurir. No volia sentir parlar de catedrals. Si Tom no hagués treballat mai en una catedral, se li podia llegir a la cara, ara viurien en una casa a ciutat, amb diners estalviats i amagats sota la llar de foc, i sense cap preocupació.

Tom va apartar la mirada i va clavar una queixalada a la cansalada. Tenien una cosa per celebrar, però ara no hi havia harmonia entre ells. Es va sentir descoratjat. Va seguir mastegant una estona fins que va sentir que arribava un cavall. Va decantar el cap per escoltar millor. El genet venia per una drecera a través dels arbres sense passar pel poble.

Al cap d'un moment, va arribar un xicot dalt d'un poni i va descavalcar. Semblava un escuder, un aprenent de cavaller.

—El teu senyor ve cap aquí —va anunciar.

—¿Lord Percy? —Tom es va incorporar. Percy Hamleigh era un dels homes més importants del país. Era el senyor d'aquella vall i de moltes altres i també qui pagava la construcció de la casa.

—El seu fill —va puntualitzar l'escuder.

—¿El jove William?

William era el fill de Percy i qui havia d'ocupar aquella casa després de casar-se. Estava promès amb Lady Aliena, la filla del comte de Shiring.

—En persona —va assentir l'escuder—. I està furiós.

A Tom se li va encongir el cor. Si en condicions favorables ja era difícil parlar amb l'amo d'una casa en construcció, tractar amb un propietari enfurismat era gairebé impossible.

—¿Per què està furiós?

—La seva promesa l'ha rebutjat.

—¿La filla del comte? —va preguntar Tom, sorprès. Es va

veure envaït per la inquietud. El futur tan segur que s'imaginava ja no es presentava tan fàcil—. Creia que ja estava tot decidit.

—Tots, ens ho crèiem... Però, pel que es veu, Lady Aliena no —va explicar l'escuder—. Tan bon punt va trobar-se amb William, va declarar que no s'hi casaria ni per tot l'or del món.

Tom va arrufar les celles, preocupat. No volia admetre que tot allò fos veritat.

—Però si el xicot era molt ben plantat, si no recordo malament.

—Com si això tingués cap importància per a la gent de la seva posició —va intervenir Agnes—. Si a les filles dels comtes se'ls deixés triar marit, ens governarien joglars ambulants i proscrits d'ulls foscos.

—La noia encara pot canviar d'opinió —va apuntar Tom, amb un bri d'esperança.

—Ho farà si la seva mare li pega amb una bona vara de bedoll —va dir Agnes.

—La seva mare és morta —va informar l'escuder.

—Això explica per quina raó és tan ignorant de la realitat de la vida. Però no m'explico com el seu pare no l'hi obliga —va dir Agnes.

—Es diu que un cop li va prometre que mai no l'obligaria a casar-se amb ningú que detestés —va explicar l'escuder.

—Quina ximpleria, prometre una cosa així! —va dir Tom, irritat—. ¿Com pot un personatge tan poderós quedar lligat al caprici d'una noia? Aquest matrimoni afecta les aliances militars, les finances de la baronia i... fins i tot la construcció d'aquesta casa!

—Té un germà, i per aquesta raó no és tan important la persona amb qui es casi la noia —va aclarir l'escuder.

—Però, tot i així...

—El comte és un home inflexible —va prosseguir el jove—, mai no deixaria de complir una promesa, encara que l'hagi fet a una nena. Almenys això és el que diuen —va afegir, i es va encongir d'espatlles.

Tom va mirar els murs de pedra a mig fer de la casa. Encara

no havia estalviat prou diners per mantenir la seva família tot l'hivern, va pensar amb una punxada d'inquietud.

—Potser el noi trobarà una altra núvia amb qui compartir la casa. Té tot un comtat per triar.

—Valga'm Déu! Em sembla que és ell —va anunciar Alfred amb la seva veu d'adolescent.

Tots li van seguir la mirada i van dirigir la vista a l'altra banda del camp. Un cavall venia del poble al galop, aixecant grans núvols de pols del camí. L'exclamació d'Alfred l'havia provocat la grandària i la velocitat del cavall: es tractava d'un animal enorme. Tom ja n'havia vist d'altres així, però Alfred potser no. Era un cavall de guerra, amb la creuera tan alta que arribava a l'altura de la barbeta d'un home, i d'una amplada proporcionada. D'aquesta mena de cavalls, a Anglaterra no se'n criaven, els feien portar d'altres països a uns preus extraordinaris.

Tom es va ficar la resta del pa a la butxaca del davantal, i va mirar a l'altra banda del camp, amb els ulls mig clucs perquè el sol l'enlluernava. El cavall corria amb les orelles enrere i els narius palpitants, però semblava que la testa anava ben dreta, senyal que estava sota control. El genet, segur de si mateix, es va fer enrere quan es va apropar, i va tibar les regnes perquè l'animal alentís el pas. Tom ja sentia el repic dels cascs contra el terra. Es va girar, buscant Martha: la volia agafar perquè no prengués mal. Agnes també havia tingut la mateixa pensada, però no veien la nena per enlloc.

—Al camp de blat! —va cridar Agnes. Tom, que hi havia caigut abans, ja hi corria. Va escodrinyar el blat ondulant amb el cor ple de temor, però no aconseguia trobar Martha.

Aleshores, en l'única cosa que va pensar va ser a frenar el cavall. Va sortir al camí i va començar a avançar estenent els braços cap a l'animal, que avançava imparable. Quan el cavall el va veure, va aixecar la testa i va reduir ostensiblement la velocitat. Malgrat això, i davant de l'horror de Tom, el genet el va esperonar.

—Maleït ximple! —va exclamar Tom, tot i que el genet no el podia sentir.

En aquell moment, Martha va sortir del camp de blat i es va dirigir cap al camí, només unes passes per davant de Tom.

Per un instant, Tom va quedar petrificat de terror. Llavors, va córrer cap a la seva filla, cridant i movent els braços. Però aquell era un cavall de guerra, ensinistrat per carregar contra hordes vociferants, i no es va immutar. Martha estava dreta al mig del camí i mirava com hipnotitzada l'enorme animal que estava a punt de llençar-se-li al damunt. En aquell moment, Tom va comprendre, esparverat, que no hi arribaria abans que l'animal. Es va fer a un costat, fins que va tocar el blat amb el braç i, en el darrer segon, el cavall es va desviar cap a l'altra banda. L'estrep del genet havia passat a frec dels bonics cabells de Martha i un dels cascs de l'animal havia deixat un solc profund a terra, al costat d'un peu descalç de la nena. El cavall es va allunyar, deixant-los coberts de terra i pols. Tom va abraçar la nena tan fort com va poder, mentre el cor li bategava amb força.

Es va quedar un moment quiet, panteixant alleujat, amb les cames i els braços que li tremolaven i un nus a l'estómac. Immediatament, el va envair la ira davant de la inqualificable temeritat d'aquell genet tan ximple muntat dalt d'un enorme cavall de guerra. Va aixecar la vista, enfurismat. En aquell moment, Lord William aturava el cavall, inclinant-se enrere i tibant les regnes. El cavall es va desviar per no topar amb l'edifici en construcció. Va sacsejar la testa i va saltar amb la gropa arquejada, sense que el genet caigués. Llavors, William va fer anar el cavall a mig galop i després al trot, dibuixant un gran cercle.

Martha plorava. Tom la va donar a Agnes i va esperar William. El jove lord era un xicot ros, alt i ben plantat, d'uns vint anys. Els seus ulls petits feien que semblés permanentment enlluernat pel sol. Vestia una túnica negra curta i calces negres, i calçava unes sandàlies de cuir amb corretges que s'anaven entrecreuant fins a l'altura dels genolls. Muntava amb l'esquena dreta i no semblava alterat pel que havia passat. «El molt ximple no s'ha adonat del que ha fet», va pensar Tom amb amargor. «Amb quin plaer li torçaria el coll!»

William va frenar el cavall davant de la pila de fusta, i es va dirigir als paletes.

—¿Qui és l'encarregat? —va preguntar.

Tom tenia ganes de cridar: «Si haguessis fet mal a la meva filla, t'hauria matat!», però fent un esforç va contenir la ràbia i es va acostar al cavall i el va subjectar per la brida.

—Jo sóc el mestre constructor —va respondre secament—. Em dic Tom.

—Ja no necessitem aquesta casa —va anunciar William—. Ja pots acomiadar els teus homes.

Era el que Tom es temia, però encara tenia l'esperança que William actuava impel·lit per la ira i que potser encara se'l podria persuadir perquè canviés d'idea. Va fer un esforç per parlar en un to cordial i assenyat.

—Hem treballat molt, nosaltres —va dir—. ¿Per què dilapidar tot el que ja heu gastat? Algun dia necessitareu la casa.

—No cal que em diguis com he de portar els meus assumptes, Tom Builder —va replicar William—. Esteu tots acomiadats —va tibar una regna, però Tom encara subjectava la brida—. Deixa anar el cavall —va afegir en un to amenaçador.

Tom es va empassar la saliva. William va fer aixecar la testa al cavall. Tom va ficar una mà a la butxaca del davantal i en va treure un crostó de pa que li havia sobrat del dinar. El va allargar al cavall, que va acotar el cap i el va agafar amb les dents d'una revolada.

—Us he de dir una cosa abans que marxeu, senyor —va dir en un to pacífic.

—Deixa anar el cavall o et tallaré el cap —el va amenaçar William.

Tom el va mirar directament als ulls provant de dissimular la por que tenia. Era més cepat que William, però això no li serviria de gaire si el jove lord es decidia a desembeinar l'espasa.

—Fes el que et diu el senyor —va mormolar Agnes, espantada.

Es va fer un silenci mortal. Els altres treballadors estaven quiets com estàtues, mirant el que passava. Tom sabia que el més prudent era cedir, però William havia estat a punt d'aixafar la nena amb el cavall i això l'havia enfurismat.

—Ens heu de donar la paga —va dir a la fi, amb el cor bategant amb força.

William va estirar les regnes, però Tom subjectava el cavall amb fermesa, mentre aquest buscava més pa dins del davantal de Tom.

—Si voleu la paga, aneu-la a demanar al meu pare! —va exclamar William, furiós.

—Així ho farem, senyor. Us estem molt agraïts —va dir el fuster, terroritzat.

«Maleït covard!», va pensar Tom, per bé que ell mateix tremolava de por. Amb tot, va trobar forces per dir:

—Si ens voleu acomiadar, ens haureu de pagar segons el costum. La casa del vostre pare és a dues jornades de viatge i, quan hi arribem, potser ell no hi serà.

—Han mort molts homes per menys que això —li va advertir William, encès de ràbia.

De cua d'ull, Tom va veure que el jove lord posava la mà a l'empunyadura de l'espasa. Sabia que ho havia de deixar córrer i presentar excuses, però la ira persistia dins seu i, malgrat que l'envaïa el terror, no es resignava a deixar anar la brida.

—Primer pagueu-nos i després mateu-me —va dir amb temeritat—. Si ho feu, no sé si us penjaran o no, però el que és segur és que tard o d'hora morireu i, mentre jo seré al cel, vós anireu a l'infern.

William va empal·lidir i el seu somriure de menypreu es va transformar en ganyota. Tom estava sorprès: ¿què havia pogut espantar el jove? No pas l'esment de la forca, segur que no. Era poc probable que pengessin un lord per haver mort un artesà. ¿Potser tenia por de l'infern?

Per uns breus instants es van esguardar de fit a fit. Tom va observar amb sorpresa i alleujament com l'expressió de fúria i menyspreu de William donava pas a una expressió d'ansietat i fins i tot de terror. Finalment, William va agafar una bossa de cuir que li penjava del cinturó i la va llançar al seu escuder.

—Dóna'ls la paga —li va ordenar.

En aquell moment, Tom va temptar la seva sort i no va deixar anar les regnes, tot i que William les estirava, fins que el cavall va alçar el cap i va avançar de costat.

—El costum és que quan s'acomiada un artesà, aquest rep una setmana completa de salari —va dir.

Darrere seu va sentir Agnes que esbufegava, i llavors va saber que la seva dona creia que ell havia perdut la xaveta en voler allargar aquell enfrontament. No obstant això, va continuar, impassible:

—Això fan sis penics per al manobre, dotze per al fuster i cadascun dels paletes i vint-i-quatre per a mi. En total, seixanta-sis penics.

Podia sumar penics més de pressa que ningú que conegués.

L'escuder es va mirar el seu amo amb un gest interrogatiu.

—D'acord —va accedir William, irritat.

Tom va deixar anar les regnes i va fer un pas enrere.

William va fer fer la volta al cavall i el va esperonar amb força per afanyar-se a marxar pel camí que travessava el camp de blat.

De cop i volta, Tom es va asseure a la pila de llenya. No entenia què dimonis li havia passat. Havia estat una bogeria, desafiar Lord William d'aquella manera! Ja podia considerar-se afortunat de seguir amb vida.

El ressò dels cascs del corser de William es va perdre a la llunyania. L'escuder va buidar la bossa sobre un tauló. Tom va tenir una sensació de triomf quan va veure els penics de plata que resplendien a la llum del sol. L'enfrontament havia estat una bogeria, però havia donat resultat. Havia aconseguit una paga justa tant per a ell com per a la gent que treballava a les seves ordres.

—Fins i tot els senyors han de respectar els costums —va mormolar.

Agnes el va sentir.

—Només espero que no hagis de demanar feina a Lord William mai més —va dir, amb amargor.

Tom li va adreçar un somriure. Es feia el càrrec que el mal humor de la seva dona era causat per la por que havia passat.

—No arrufis les celles. Si ho fas, quan neixi la criatura tindràs la llet agra.

—Si no trobes feina a l'hivern, ens quedarem sense menjar.

—Encara falta molt per a l'hivern —va dir Tom.

II

Van passar l'estiu al poble. Amb el temps, s'adonarien que aquesta decisió havia estat equivocada, però en aquell moment els va semblar el més encertat, perquè tant Tom com Agnes podien guanyar un penic diari treballant als camps durant la collita. Quan va arribar la tardor i es van posar en camí, carregaven una bossa força feixuga, plena de penics de plata, i un porc ben gras.

Van passar la primera nit sota la portalada de l'església d'un poble, però la segona nit van trobar un priorat rural i van gaudir de l'hospitalitat monàstica. El tercer dia, es van trobar al bell mig de Chute Forest, una vasta extensió de malesa i bosc espès, en un camí més estret que un carro, envoltats per l'exuberant vegetació de l'estiu que es pansia entre els roures.

Tom carregava les eines petites en una bossa, i els martells penjant del cinturó. Duia la capa doblegada sota el braç esquerre i empunyava el seu pic de ferro, que feia servir de bastó, amb la mà dreta. Estava content de ser altre cop de camí. Potser la pròxima feina que trobaria seria en una catedral. Si arribava a ser mestre constructor, es quedaria tota la vida en un mateix lloc, construint un temple tan magnífic que li garantiria l'entrada al cel.

Agnes s'havia lligat una olla a l'esquena per portar els utensilis domèstics. Alfred carregava les eines que necessitarien per fer-se una casa nova en algun lloc: una destral, una aixa, una serra, un martell petit, una alena per fer forats al cuir i a la fusta, i una pala. Martha era massa petita per traginar res, tret del seu bol i el ganivet, que duia lligats al cinturó, i la capa, subjectada a l'esquena. A més, s'encarregava del porc, fins que el poguessin vendre al mercat.

Tom vigilava Agnes molt de prop mentre caminaven per aquell bosc interminable. Estava embarassada de sis mesos i portava un pes considerable al ventre, sense oblidar el que carregava a l'esquena. Però semblava que no es cansava. També Alfred ho suportava molt bé: es trobava en una edat en què els nois tenen més energia de la que poden gastar. Només es cansava Martha. Les seves cames primes semblaven fetes per saltar i ballar, i no per fer llargues caminades, per la qual cosa es quedava enrere constantment i els altres s'havien d'aturar i esperar que ella i el porc els atrapessin.

Mentre caminava, Tom pensava en la catedral que algun dia construiria. En primer lloc, sempre s'imaginava una arcada. Era una cosa molt simple: dues verticals que suportaven un semicercle. Llavors n'hi afegia una segona, igual que la primera, i les superposava mentalment. En acabat, n'anava afegint d'altres, una rere l'altra, fins que tenia una filera que formava un túnel. Aquesta era l'essència d'una construcció, que constava d'una teulada que impedia que entrés la pluja i de dues parets que la sostenien. Una església no era res més que un túnel amb refinaments.

Els túnels són foscos, per això el primer refinament són les finestres. Si el mur era prou sòlid, s'hi podien fer forats, que haurien de ser arrodonits a la part superior, amb els costats rectes i un rebaix pla, és a dir, la mateixa forma que l'arcada original. Una de les coses que donava bellesa a un edifici era utilitzar formes similars per als arcs, les portes i les finestres. Un altre element era la regularitat, i Tom va visualitzar dotze finestres idèntiques, proporcionalment separades, al llarg de tots els murs del túnel.

Tom va intentar imaginar-se les motllures superiors de les finestres, però perdia la concentració contínuament, perquè tenia la sensació que l'observaven. Va pensar que era una ximpleria, tot i que, evidentment, les aus, les guineus, els esquirols, les rates, els ratolins, les fures, els erminis i els talps que poblaven el bosc els devien estar observant.

Al migdia, es van asseure a la vora d'un rierol. Van beure

aigua pura i van menjar cansalada crua i pomes silvestres que havien recollit de terra.

A la tarda, Martha estava cansada. En un determinat moment, va quedar uns cent peus ressagada. Mentre l'esperaven, Tom recordava quan Alfred tenia aquella edat. Havia estat un noi molt bufó, de cabells daurats, coratjós i ple de vida. Va sentir una barreja d'afecte i d'irritació, mentre observava Martha, que renyava el porc perquè anava massa lent. Però, tot d'una, va sorgir una figura dels arbustos just davant de la nena. El que va passar a continuació va ser tan ràpid que Tom amb prou feines se'n va adonar. L'home que havia aparegut al camí de manera tan inesperada va treure un garrot. Tom va sentir que li pujava al coll un crit de terror, però abans que pogués cridar, l'home havia clavat una garrotada a Martha. La va tocar de ple en un costat del cap i Tom va sentir l'espantós soroll de l'impacte. La nena va caure a terra com un ninot.

Tom va arrencar a córrer cap a ells, desitjant que les seves cames anessin més de pressa i sentint els seus peus, que ressonaven com els cascs del corser de William. Mentre corria, no es perdia res del que passava, però era com mirar un fresc pintat al mur d'una església, perquè ho veia sense poder fer res per canviar-ho. L'atacant era, sense cap mena de dubte, un proscrit. Era un home baix i rabassut, cobert amb una túnica marró i anava descalç. Va mirar fixament Tom un instant, i aquest va veure que tenia el rostre horriblement mutilat. Li havien tallat els llavis, segurament com a càstig per un delicte on la mentida havia tingut un paper important, i la boca, ara contreta per la cicatriu, esbossava una ganyota repulsiva. La visió d'aquella cara hauria aturat Tom en sec si no hagués estat pel cos inert de Martha que jeia a terra.

El proscrit va apartar la mirada de Tom i la va dirigir al porc. El va agafar amb la rapidesa d'un llampec i se'l va ficar a sota el braç. En acabat va tornar a desaparèixer dins l'espès bardissam, emportant-se l'única possessió valuosa de la família.

Tom es va agenollar al costat de Martha. Va posar la mà sobre el pit estret de la nena i va sentir com el cor li bategava amb força i regularitat, cosa que va fer que s'esvaís la por que hagués passat el pitjor. No obstant això, la nena encara tenia els ulls tancats i els cabells tacats d'una sang de color viu i brillant.

Agnes es va agenollar al seu costat al cap d'un moment. Va palpar el pit, el front i el canell de Martha, i va dirigir una mirada de determinació al seu marit.

—Viurà —va dir amb una veu tensa—. Ara vés a recuperar el porc.

Tom es va despenjar la bossa de les eines i la va deixar caure a terra. Amb la mà esquerra es va treure el martell de ferro gros del cinturó. A la dreta, encara hi tenia el pic. Va donar una ullada als arbustos aixafats que hi havia per on havia arribat i fugit el lladre i va sentir el porc que grunyia. Es va endinsar al bardissam.

Era fàcil seguir-li el rastre. El proscrit era un home poc àgil que corria carregant un porc que se li debatia sota el braç. Havia obert un camí ample a través de la vegetació, aixafant flors i arbustos i fins i tot arbrets. Tom corria furiós darrere seu, impacient per atrapar-lo i colpejar-lo per deixar-lo sense sentits. Va travessar una espessor de plançons de bedoll, va baixar rabent per una inclinació i va xipollejar per travessar un pantà i anar a parar a un camí molt estret, on es va aturar. El lladre podia haver tirat cap a la dreta o cap a l'esquerra, però ja no hi havia vegetació aixafada que indiqués el camí. Tom va parar l'orella i va sentir el gruny del porc a l'esquerra. També va sentir que algú corria pel bosc darrere seu. Devia ser Alfred. Va tornar a arrencar per empaitar el porc.

El corriol el va conduir fins a una fondalada, llavors girava bruscament i començava a pujar altre cop. En aquell moment, podia sentir l'animal amb tota claredat. Va seguir pujant pel turó, respirant amb dificultat: tots aquells anys de respirar pols i pedra li havien afeblit els pulmons. De cop i volta, el corriol es va fer pla i Tom va veure el lladre, que corria com un esperitat, a només vint-i-cinc o trenta iardes de distància. Va tornar a fer un esforç sobrehumà i va començar a guanyar terreny. Si podia continuar a aquell ritme, sens dubte l'atraparia, perquè un home que carrega un porc no pot córrer tan de pressa com un altre que no porta cap pes. Però sentia punxades al pit. El lladre era a vint iardes, a divuit. Tom va alçar el pic per damunt del seu cap, com si fos un llança. Quan estigués una mica més a prop la llançaria al proscrit. Quinze iardes, dotze...

Un moment abans de llançar el pic va veure de cua d'ull una cara prima amb una gorra verda que sorgia dels arbustos del marge. Era massa tard per desviar-se. Davant seu, algú va llançar una estaca que el va fer ensopegar i caure a terra.

Havia deixat caure el pic, però encara aguantava el martell amb fermesa. Va rodolar per terra i es va incorporar sobre un genoll. Va veure que hi havia dos homes, el del barret verd i un altre de calb, amb una espessa barba blanca. S'abalançaven cap a Tom.

Tom es va fer a un costat i va donar un cop de martell al de la gorra verda, que el va esquivar. Però el cap de ferro del martell li va colpejar l'espatlla, i l'home va deixar anar un esgarip de dolor i va caure a terra, agafant-se el braç com si el tingués trencat. Tom no va tenir temps d'alçar el martell per deixar anar un cop definitiu, perquè ja tenia el calb al damunt, i per això va descarregar el martell a la cara de l'atacant, obrint-li una galta.

Els dos homes van arrencar a córrer, palpant-se les ferides. Tom va donar per descomptat que ja no el tornarien a agredir. Es va girar. El lladre encara corria camí enllà. Tom el va empaitar de nou, sense parar atenció al dolor que sentia al pit. Però encara no havia fet unes quantes iardes, que va sentir una veu coneguda que cridava darrere seu. Era Alfred.

Es va aturar en sec i va mirar enrere.

Alfred esbatussava els dos homes amb els punys i els peus. Clavava uns quants cops de puny al del barret verd i després una puntada de peu al calb. Però els dos homes el van encerclar de tan a prop que ja no podia fer-los mal. Tom dubtava entre anar a l'encalç del porc o acudir al rescat del seu fill, però en aquell moment el calb va fer la traveta a Alfred, que va caure a terra, i aquest i l'altre el van atacar, colpejant-li la cara i el cos.

Tom s'hi va llançar. Va envestir el calb amb tanta embranzida que d'un sol cop el va fer caure als arbustos i, en acabat, es va girar i va atacar el de la gorra verda amb el martell. Aquest, que ja coneixia els efectes que produïa aquell estri i com que encara estava impedit d'un braç, va esquivar el primer cop, va fer mitja volta i va córrer cap als arbustos abans que Tom el pogués atacar de nou.

Tom es va girar i va veure el calb que s'allunyava pel camí. Va mirar en direcció contrària, però el lladre i el porc havien desaparegut. Va renegar en veu baixa: aquell porc representava la meitat del que havia estalviat aquell estiu. Es va deixar caure, panteixant.

—N'hem estomacat tres! —va cridar Alfred, excitat.

Tom el va mirar.

—Sí, però s'han endut el nostre porc —va replicar.

Estava encès de ràbia. Havien comprat el porc a la primavera, així que havien estalviat prou, i l'havien anat engreixant tot l'estiu. Un porc gras es podia vendre per seixanta penics. Amb unes quantes cols i un sac de gra podia alimentar una família tot l'hivern i, de la pell, se'n podien fer un parell de sabates i un o dos moneders. Aquella pèrdua era una catàstrofe.

Tom va mirar Alfred amb enveja, perquè ja s'havia recuperat de la persecució i de la lluita i esperava amb impaciència. Va pensar que en feia de temps, que ell mateix podia córrer com el vent, sense sentir els batecs del cor. D'ençà que tenia la seva edat..., feia vint anys. Vint anys. Semblava ahir mateix.

Es va posar dret.

Va passar el braç per l'espatlla d'Alfred mentre tornaven pel corriol. El noi encara era més baix que el seu pare, però aviat l'atraparia o el superaria. «Espero que també li creixi l'enteniment», va pensar Tom.

—Qualsevol ximple es pot embolicar en una baralla, però només un home prudent sap restar-ne al marge.

Alfred se'l va mirar com si no l'entengués. Van sortir del corriol, van creuar el terreny pantanós i van començar a pujar el vessant, en sentit invers al que havia recorregut el lladre. Mentre travessaven el bosquet de bedolls, Tom va pensar en Martha, i un altre cop va sentir que li bullia la sang. El proscrit li havia pegat sense necessitat, atès que no li representava cap amenaça.

Tom va accelerar el pas i al cap d'un moment ja eren al camí. Martha jeia al mateix lloc. Tenia els ulls tancats i la sang dels cabells se li començava a assecar. Agnes estava agenollada al seu costat, i Tom va tenir la sorpresa de veure que també hi havia una altra dona i un nen. Se li va acudir pensar que no era estrany que a primera hora del dia s'hagués sentit observat, perquè en aquell bosc hi pul·lulava molta gent. Tom es va inclinar i va tornar a posar la mà sobre el cor de la seva filla. Respirava amb normalitat.

—Aviat es despertarà —va dir la desconeguda amb autoritat—. Després vomitarà i llavors es trobarà bé.

Tom la va observar encuriosit. Estava agenollada al costat de Martha. Era jove, devia tenir uns dotze anys menys que Tom. La túnica curta de cuir que portava li deixava al descobert unes cames morenes i esveltes. Tenia una cara bonica, i el naixement de la seva cabellera castanya al front tenia forma de pic. Tom va sentir l'agulló del desig. Ella va alçar la vista per mirar-lo i ell es va sobresaltar. Tenia uns ulls separats, molt intensos, d'un color de mel daurada molt poc corrent i que li donaven un aire màgic al rostre. Va tenir la certesa que ella endevinava què estava pensant.

Va apartar la vista per dissimular la torbació i es va trobar amb els ulls d'Agnes. Semblava ressentida.

—¿On és el porc? — va preguntar.

—Hi havia dos proscrits més —li va explicar Tom.

—Els hem apallissat, però el que tenia el porc s'ha escapat —va afegir Alfred.

Agnes semblava consternada, però no va dir res més.

—Podríem portar la nena a l'ombra si anem amb compte —va suggerir la desconeguda.

Aleshores Tom va advertir que la dona era petita, un pam i mig més baixa que ell. Es va inclinar i va agafar Martha amb molta cura. Gairebé no sentia el pes de la nena. Va avançar unes quantes passes i la va dipositar damunt l'herba, a l'ombra d'un roure vell. Encara estava feble.

Alfred va recollir les eines que havien quedat escampades

després de la baralla. El nen que acompanyava la desconeguda el mirava astorat, amb els ulls i la boca oberts, sense dir res. Era uns tres anys més jove que Alfred i tenia un aspecte peculiar, va pensar Tom, desproveït de la sensual bellesa de la seva mare. Era molt pàl·lid, pèl-roig, i tenia uns ulls blaus una mica sortints. Tom va pensar que tenia l'aire d'alerta estúpida d'un talòs, i que era de la mena de xicots que, o bé moren joves, o bé es converteixen en el pòtol del poble. Alfred se sentia visiblement incòmode quan el nen el mirava.

Mentre Tom els observava, el nen va prendre-li la serra a Alfred, sense dir res, i la va examinar com si es tractés d'una cosa increïble. Alfred, ofès per la mala educació del nen, l'hi va tornar a prendre i ell la va deixar anar amb indiferència.

—Jack! Porta't bé! —el va renyar la seva mare, visiblement contrariada.

Tom la va mirar. El noi no se li assemblava gens.

—¿Ets la seva mare? —li va preguntar.

—Sí, em dic Ellen.

—¿On és el teu marit?

—És mort.

Tom estava molt sorprès.

—Així, ¿viatges sola? —va dir en un to d'incredulitat. El bosc ja era prou perillós per a un home com ell. Una dona sola devia tenir poques probabilitats de sobreviure-hi.

—No viatgem —va contestar Ellen—. Vivim aquí, al bosc.

Tom es va sobresaltar.

—Vols dir que sou... —va callar, perquè no la volia ofendre.

—Proscrits, sí. ¿Et pensaves que tots els proscrits són com aquest Faramond Openmouth (Bocaoberta) que t'ha robat el porc?

—Sí —va contestar Tom, tot i que el que volia dir era: «Mai no hauria pensat que una dona tan bonica pogués ser una proscrita.» Incapaç de contenir la curiositat, va preguntar:— ¿Quin delicte vas cometre?

—Vaig maleir un sacerdot —va respondre ella i va apartar la mirada.

Tom no pensava que allò pogués ser un delicte, però potser aquell sacerdot era molt poderós, o molt susceptible, o potser Ellen no els volia explicar la veritat.

Va mirar Martha. Al cap d'un moment, la nena va obrir els ulls. Semblava desorientada i una mica espantada. Agnes se li va agenollar al costat.

—Estàs bé —la va tranquil·litzar—. No passa res.

Martha es va incorporar i va vomitar. Agnes la va tenir abraçada fins que els espasmes van parar. Tom estava impressionat, perquè la predicció d'Ellen s'estava acomplint. També havia dit que Martha es trobaria bé i semblava que també això era cert. Es va sentir alleujat i una mica sorprès davant de la intensitat de la seva emoció. No hauria suportat perdre la petita, va pensar, i va haver de fer un gran esforç per contenir les llàgrimes. Es va adonar que Ellen el mirava amb comprensió, i un altre cop va tenir la impressió que aquells ulls d'un daurat estrany podien llegir el fons del seu cor.

Va arrencar un branquilló de roure, el va desfullar, i amb les fulles va netejar la cara de Martha, que encara estava molt pàl·lida.

—Necessita descansar —va dir Ellen—. Deixeu-la estirada l'estona que un home tarda a caminar tres milles.

Tom va aixecar la vista al sol. Encara els quedaven unes hores de llum. Es va asseure còmodament a esperar. Agnes tenia Martha a la falda i la gronxava suaument. Jack tenia l'atenció centrada en la nena i la mirava amb la mateixa intensitat de babau. Tom volia saber més coses d'Ellen. Va preguntar-se si la podria convèncer perquè els contés la seva història. No volia que marxés.

—¿Com va anar, tot plegat? —va preguntar amb vaguetat.

Ellen el va tornar a mirar als ulls i va començar a parlar.

El seu pare havia estat un cavaller, els va explicar, un home cepat, fort i violent que volia tenir fills amb qui cavalcar, caçar i lluitar, uns companys per anar a beure i fer gresca tota la nit.

Però no va estar de sort, perquè, després de tenir Ellen, la seva esposa va morir. Es va tornar a casar, però la segona muller era estèril. Va arribar a odiar la madrastra d'Ellen, i va acabar fent-la fora. Devia haver estat un home cruel, però Ellen no ho veia així, perquè l'adorava i compartia amb ell el menyspreu que tenia per la seva segona esposa. Quan la madrastra se'n va anar, Ellen es va quedar i es va criar en una casa on gairebé tots eren homes. Es va tallar els cabells curts, portava daga i no va aprendre a jugar amb gatets ni a preocupar-se per gossos cecs. Quan tenia l'edat de Martha, escopia, menjava cors de poma i clavava fortes puntades de peu al ventre dels cavalls per fer-los aspirar amb força i així poder-los estrènyer més la cingla. Sabia que, a tots el homes que no eren de la colla del seu pare, els anomenaven llepacigales, i a totes les dones que no es podien cardar els deien meuques, tot i que ella no sabia, ni li importava, què significaven aquests insults.

Mentre escoltava la seva veu, acaronat per la brisa suau de la tarda, Tom va tancar els ulls i se la va imaginar com una nena de pit llis, amb la cara bruta, asseguda a la taula llarga amb els brutals companys del seu pare, bevent cervesa forta amb ells, fent rots i entonant cançons sobre batalles, saqueigs i violacions, cavalls, castells i verges, fins que es quedava adormida amb el seu caparró pelat damunt la fusta aspra.

Si hagués tingut sempre el pit llis, hauria estat feliç, però va arribar un dia en què els homes la van començar a mirar d'una altra manera. Ja no deixaven anar grans riallades quan els deia: «Deixeu-me passar, o us tallaré els collons i els donaré per menjar als porcs.» N'hi havia que es quedaven de pedra quan es treia la túnica de llana i es posava a dormir tapada amb la llarga camisola de lli. Quan feien les seves necessitats al bosc es giraven d'esquena, i això era una cosa que no havien fet mai abans.

Un dia va veure el seu pare que conversava seriosament amb el capellà de la parròquia, una cosa realment insòlita, i tots dos es giraven per mirar-la, com si estiguessin parlant d'ella. L'endemà al matí el seu pare li va dir: «Vés amb Henry i Everard i fes el que et diguin.» Aleshores li va fer un petó al front. Ellen no sabia què passaria. ¿Que potser s'estava tornant tou amb l'edat? Va muntar el seu corser gris, perquè sempre s'havia negat a cavalcar en el palafrè propi de les dames o el poni dels nens, i es va posar en camí amb els dos homes d'armes.

La van portar a un convent i allà es va quedar.

Els renecs obscens d'Ellen van ressonar per tot aquell lloc de pregària quan els dos homes van emprendre el camí de tornada. Ellen va clavar una ganivetada a l'abadessa i va tornar a casa del seu pare a peu. Ell la va tornar a enviar al convent, aquell cop lligada de mans i peus i subjectada a la muntura d'un ase. La van tenir tancada en una cel·la de càstig fins que l'abadessa no es va recuperar de la ferida. El lloc era fred, humit i fosc com la nit i, tot i que hi havia aigua per beure, no tenia res per menjar. Quan la van deixar sortir, va tornar a fugir per anar a casa. El seu pare la va tornar a enviar al convent i, aquella vegada, la van assotar abans de tancar-la un altre cop a la cel·la.

No cal dir que finalment van aconseguir que vestís l'hàbit de novícia, acatés les regles i s'aprengués les oracions, tot i que en el fons del seu cor detestava les monges, menyspreava els sants i no es creia res del que li ensenyaven sobre Déu. Però va aprendre a llegir i escriure, va estudiar música, números i dibuix i va aprendre a parlar llatí, a part del francès i l'anglès que parlava a casa del seu pare.

Al capdavall, la vida al convent no era tan dolenta. Es tractava d'una comunitat exclusivament femenina, amb unes regles i uns rituals peculiars, i aquesta era la mena de vida a la qual estava acostumada. Totes les monges havien de fer algun treball físic, i a Ellen aviat li va tocar treballar amb els cavalls. Poc després ja s'encarregava dels estables.

La pobresa mai no l'havia espantada. No li va ser fàcil obeir, però al final ho va aconseguir. La tercera regla, la castedat, mai no la va preocupar gaire, tot i que de tant en tant, i només per fer empipar l'abadessa, descobria a les altres novícies els plaers de...

En aquell punt, Agnes va interrompre el relat d'Ellen i es va endur Martha per rentar-li la cara i la túnica en un rierol. També es va emportar Alfred perquè les protegís, tot i que no volia anar gaire lluny. Jack es va aixecar per acompanyar-los, però Agnes li va ordenar que es quedés, i ell va obeir i es va tornar a asseure. Tom es va adonar que Agnes havia aconseguit endur-se els seus fills on no poguessin sentir aquella història indecent i poc pietosa, i alhora el deixava a ell vigilat.

Un dia, va continuar Ellen, el palafrè de l'abadessa es va fer mal a la pota, quan estava a diversos dies de distància del convent. Però, casualment, es trobava molt a prop del priorat de Kingsbridge, i allà va demanar un cavall al prior. Quan va ser de nou al convent, va ordenar a Ellen que lliurés el cavall que li havien deixat al priorat de Kingsbridge i que en tornés amb el palafrè coix.

Allà, a l'estable del monestir, des d'on s'albirava la vella catedral en ruïnes de Kingsbridge, Ellen va conèixer un jove que semblava un cadell maltractat per la manera de moure's. Malgrat que estava alerta, tenia por, com si li haguessin arrencat les ganes de jugar a cops de bastó. Quan Ellen li va parlar, no la va entendre. Va provar-ho en llatí, però aquell noi no era monjo. Finalment, va dir uns mots en francès i la cara del noi es va il·luminar de joia i li va contestar en aquella llengua.

Ellen mai no va tornar al convent. A partir d'aquell dia va viure al bosc. Primer en una tosca cabana feta de branques i fulles, més endavant en una cova seca. No havia oblidat la vida de xicot que havia après a casa del seu pare. Encara podia caçar cérvols, atrapar conills i abatre cignes amb un arc. Sabia esquarterar un animal mort, espellar-lo i rostir-lo. Fins i tot sabia rascar i adobar el cuir i la pell per fer-ne vestits. A banda de la caça, també menjava fruites silvestres, fruits secs i llegums. La resta de coses que necessitava, com ara sal, roba de llana, una destral o un ganivet nou, les havia de robar.

El pitjor de tot va ser quan va néixer Jack.

Però, ¿i del francès, què se n'havia fet?, hauria volgut preguntar Tom. ¿Era el pare de Jack? I, si ho era, ¿quan va morir i com? Però, per la cara d'ella, va endevinar que no li explicaria aquella part de la història, i aquella dona semblava que era d'aquella mena de gent a qui ningú no pot persuadir de fer res contra la seva voluntat, de manera que Tom va decidir no preguntar-li res.

En aquella època, el pare d'Ellen ja era mort i els seus homes s'havien dispersat, de manera que a la noia ja no li quedaven ni parents ni amics en aquest món. Quan Jack estava a punt de néixer, va encendre una foguera a la boca de la cova, prou gran perquè no s'apagués en tota la nit. Tenia menjar i aigua a l'abast i l'arc i les fletxes i ganivets per protegir-se dels llops i els gossos salvatges. Fins i tot tenia una capa vermella, que havia robat d'un bisbe, per embolcallar la criatura. Però no s'havia preparat per al dolor i la por del part i durant molta estona va pensar que es moriria. No obstant això, el nen va néixer sa i fort, i ella va sobreviure.

Durant els onze anys següents, Ellen i Jack van viure una vida simple i frugal. El bosc els donava tot allò que els calia, si tenien cura d'emmagatzemar prou pomes i fruits secs i carn de cérvol fumada o salada per als mesos d'hivern. Ellen sovint pensava que, si no hi hagués reis, senyors, bisbes ni xèrifs, tothom podria viure d'aquella manera i ser feliç.

Tom li va preguntar com s'ho feia per tractar amb els altres proscrits, amb gent com Faramond Openmouth. «¿Què passaria si de nit entressin de quatre grapes a la seva cova amb la intenció de violar-la?», va pensar, mentre la idea li encenia el desig, tot i que mai no havia posseït una dona contra la seva voluntat, ni tan sols la seva esposa.

Ellen va mirar Tom amb aquells ulls clars tan lluminosos i li va explicar que els altres proscrits li tenien por. Ell de seguida va imaginar per què: pensaven que era una bruixa. Quant a la gent que complia la llei, però que sabia que podia robar, violar i matar un proscrit del bosc sense por del càstig, Ellen simplement se n'amagava. Aleshores, ¿per què no s'havia amagat de Tom? Perquè havia vist la nena ferida i els volia ajudar. Ella també era mare.

Havia ensenyat a Jack tot el que ella havia après a casa del seu pare referent a les armes i a la caça. També li havia ensenyat tot el que havia après de les monges: llegir i escriure, música, números, francès i llatí, com també dibuixar, fins i tot les històries de la Bíblia. Finalment, durant les llargues nits d'hivern, li havia transmès tot el llegat del francès, perquè sabia més històries, poemes i cançons que qualsevol altra persona al món...

Tom no es creia que un nen com Jack sabés llegir i escriure. Tom sabia escriure el seu nom, i unes quantes paraules com «penic», «iarda» i «milla». Agnes, com que era filla d'un capellà, en sabia més, però escrivia amb penes i treballs i amb la llengua que li sortia per la comissura dels llavis; Alfred no en sabia gens i amb prou feines reconeixia el seu nom, i Martha ni això. ¿Com era que aquell babau en sabia més que tota la seva família sencera?

Ellen li va dir a Jack que escrivís alguna cosa, i el nen va aplanar la terra i hi va traçar unes lletres. Tom va reconèixer la primera paraula «Alfred», però cap més, i es va sentir com un ximple. Llavors Ellen va posar fi a aquella situació i va llegir la frase en veu alta: «Alfred és més alt que Jack.» El nen va dibuixar dues figures molt de pressa, una més alta que l'altra, i, tot i que només eren uns esbossos, l'una tenia les espatlles amples i una expressió bovina, mentre que l'altra era petita i somreia. Tom, que ell mateix tenia traça a dibuixar, es va quedar estupefacte davant de la senzillesa i l'expressivitat d'aquells dibuixos.

Però el noi semblava un babau.

Ellen, que havia endevinat el que pensava, li va confessar que ja s'havia adonat que el noi tenia algun problema. Jack mai no havia tingut la companyia d'altres nens, ni, de fet, d'altres persones, llevat de la seva mare, i el resultat era que s'estava educant com un animal salvatge. Malgrat tot el que li havia ensenyat, no se sabia comportar amb la gent. Per això callava, i els mirava fixament o els prenia coses.

Quan va dir això, Ellen va semblar vulnerable per primera vegada. L'aire d'absoluta seguretat en si mateixa va desaparèixer, i Tom la va trobar amoïnada i força desesperada. Pel bé de Jack, havia de tornar-se a incorporar a la societat, però, ¿com? Si hagués estat un home, segurament hauria pogut convèncer un noble perquè li donés una granja, sobretot si li mentia amb prou habilitat perquè cregués que tornava d'un pelegrinatge a Jerusalem o Santiago de Compostel·la. Hi havia algunes dones pageses, però totes eren vídues amb fills grans. Cap noble no donaria una granja a una dona amb un fill petit. Ningú no li donaria feina, ni a la ciutat ni al camp; a més a més, no tenia lloc per viure, i les feines de jornaler no anaven acompanyades d'una oferta d'habitatge. En definitiva, era una dona sense identitat.

A Tom li va fer llàstima. Havia fet pel seu fill tot el que havia pogut, i no era prou. No veia cap solució al seu problema. Era una dona bonica, amb recursos i realment admirable, però estava condemnada a passar la resta de la vida amagada al bosc amb aquell fill tan estrany.

Al cap d'una estona van tornar Agnes, Martha i Alfred. Tom va mirar Martha amb ansietat, però ella estava tan tranquil·la, com si el pitjor que li hagués passat fos que li havien rentat la cara. Durant una estona Tom havia estat absort en els problemes d'Ellen, però llavors va recordar que la seva situació tampoc no era fàcil: no tenia feina i li havien robat el porc. Es feia fosc. Va començar a recollir totes les seves coses.

—¿Cap on aneu? —va preguntar Ellen.

—A Winchester —va contestar Tom. La ciutat tenia un castell, un palau, diversos monestirs i, el més important, una catedral.

—Salisbury és més a prop —va comentar Ellen—, i l'últim cop que hi vaig anar, vaig veure que estaven fent obres a la catedral, l'estaven engrandint.

A Tom se li va accelerar el cor. Allò era precisament el que buscava. Si podia trobar feina en una catedral, li semblava que estava prou capacitat per acabar sent mestre constructor.

—¿Quin és el camí de Salisbury? —va preguntar molt interessat.

—Heu de recular cinc o sis iardes pel camí per on heu vingut. ¿Te'n recordes de la cruïlla on vau agafar el camí de l'esquerra?

—Sí, al costat d'una bassa plena de llot.

—Exacte. El camí de la dreta va a Salisbury.

Es van acomiadar. A Agnes no li agradava Ellen, i tanmateix li va dir amb amabilitat:

—Gràcies per ajudar-me a curar Martha.

Ellen va somriure i es va quedar pensativa quan es van allunyar.

Després de caminar uns quants minuts, Tom es va girar per mirar enrere. Ellen encara era allí, plantada al mig del camí amb les cames separades, observant-los amb la mà fent visera sobre el ulls per fer-se ombra. Al seu costat hi havia aquell nen tan peculiar. Tom la va saludar amb la mà i ella li va tornar la salutació.

—Una dona interessant —va comentar Tom a Agnes.

Agnes no va contestar.

—Aquell nen era molt estrany —va afegir Alfred.

Van caminar sota el sol, que ja era molt baix. Tom es preguntava com devia ser Salisbury. Mai no hi havia estat. És clar que el seu somni era construir una catedral nova des dels fonaments, però això no passava gairebé mai. El més normal era que un edifici antic fos millorat, engrandit o reedificat parcialment. Però amb això ell ja en tindria prou, mentre se li presentés l'oportunitat de dur a terme els seus propis projectes.

—¿Per què em va pegar, aquell home? —va preguntar Martha.

—Perquè ens volia robar el porc —li va respondre Agnes.

—N'hauria d'haver tingut un de seu, de porc —va dir Martha amb indignació, com si tot just s'acabés d'adonar que el proscrit havia fet una cosa mal feta.

Tom rumiava: el problema d'Ellen se solucionaria si ella tingués un ofici. Un paleta, un fuster, un teixidor o un adober mai no es trobarien en una situació com aquella. Ell sempre podia anar a una ciutat i buscar feina. Hi havia algunes dones artesanes, tot i que, en general, eren les esposes o les vídues d'un artesà.

—El que necessita aquesta dona és un marit —va dir Tom en veu alta.

—Potser sí, però no el meu —va dir Agnes en un to sec.

III

El dia que es van quedar sense porc va ser també l'últim dia de bon temps. Aquella nit la van passar en un graner i, l'endemà, el cel estava encapotat, bufava un vent fred i va ploure a ràfegues. Van desenrotllar les capes gruixudes de feltre i se les van posar, lligades ben fort sota la barbeta, i es van cobrir amb les caputxes per protegir-se de la pluja. Van emprendre el camí amb ben poques ganes, com quatre espectres lamentables sota la tempesta, xipollejant amb els esclops de fusta al llarg del camí enfangat i ple de bassals.

Tom anava rumiant com seria la catedral de Salisbury. En principi, una catedral era una església com qualsevol altra: senzillament, era l'església on el bisbe tenia el tron. Però en realitat les catedrals eren més grans, més riques, esplèndides i sofisticades. Una catedral no era un túnel amb finestres. La majoria constava de tres túnels, un túnel alt flanquejat per dos túnels més baixos, tot plegat dibuixant la forma d'un cap sobre les dues espatlles. El conjunt formava una nau amb dos laterals. Els murs laterals del túnel central es reduïen a dues fileres de pilars enllaçats entre si per arcs que formaven una arcada. Les naus laterals es feien servir per a processons, que podien arribar a ser espectaculars en una església catedral. A vegades aquest espai també es dedicava a petites capelles consagrades a determinats sants que eren objecte de donacions extraordinàries. Les catedrals eren les construccions més costoses del món, molt més que els palaus o els castells, i a més havien de fer-se mereixedores del seu manteniment.

Salisbury era més a prop del que Tom havia pensat. A mig matí van acabar de pujar i es van trobar que el camí baixava suaument davant seu, dibuixant una llarga corba. I, a l'altra banda dels camps assotats per la pluja, a la plana, van veure la ciutat de Salisbury bastida sobre un turó, com un vaixell enmig d'un llac. Els detalls no es distingien per culpa de la pluja, però Tom va poder veure diverses torres, quatre o cinc, que s'elevaven per damunt dels murs de la ciutat. En vista d'aquella gran obra de pedra, va sentir que se li aixecaven els ànims.

Un vent glacial va fustigar la plana i els va deixar la cara i les mans glaçades, mentre avançaven pel camí en direcció a la porta est. Al peu del turó, hi convergien quatre camins entre un eixam de cases que s'havien construït extramurs; allà se'ls van unir altres viatgers que caminaven amb el cap cot i les espatlles encorbades, lluitant contra els elements i amb l'esperança de trobar refugi dins de la muralla.

Al vessant que conduïa fins a la porta es van trobar amb un carro tirat per una parella de bous i carregat de pedra, un senyal molt esperançador per a Tom. El carreter es trobava inclinat a la part del darrere del bast vehicle de fusta, empenyent-lo per intentar ajudar amb la seva força els dos bous que amb prou feines podien arrossegar el carro. Tom va veure l'oportunitat de fer un amic. Va fer un senyal a Alfred i tots dos van empènyer el carro per darrere.

Les enormes rodes de fusta van retrunyir sobre el pont de troncs que creuava una gran fossa seca. Els terraplens eren formidables. Tom va pensar que, per cavar aquella fossa i fer pujar la terra per tal de construir la muralla de la ciutat, devien haver treballat centenars d'homes, una feina fins i tot més costosa que excavar els fonaments de la catedral. El pont per on passava el carro espetegava i trontollava sota el seu pes i el dels dos vigorosos animals que el tiraven.

El vessant es va anivellar i el carro es va moure més fàcilment quan s'acostaven a la porta. El carreter es va posar dret i Tom i Alfred van fer el mateix.

—Us ho agraeixo de tot cor —va dir el carreter.

—¿Per a on és, tota aquesta pedra? —va preguntar Tom.

—Per a la nova catedral.

—¿Per a la nova catedral? He sentit dir que només volien engrandir la vella.

El carreter va assentir.

—Això és el que deien fa deu anys. Però ara ja n'hi ha més de nova que de vella.

Així doncs, seguien les bones notícies.

—¿Qui és el mestre constructor?

—John de Shaftesbury, tot i que el bisbe Roger té molt a veure en el projecte.

Era normal. Els bisbes molt poques vegades deixaven que els constructors realitzessin el treball tots sols. Sovint, un dels problemes del mestre constructor era haver de calmar la febre imaginativa dels bisbes i establir uns límits pràctics a la seva fantasia desbordada. Però qui contractava els paletes havia de ser John de Shaftesbury.

—¿Ets paleta? —va preguntar el carreter, assenyalant amb el cap la bossa d'eines de Tom.

—Sí. I busco feina.

—Pot ser que en trobis —li va dir el carreter, sense anar més enllà—. Si no a la catedral, possiblement al castell.

—¿Qui governa el castell?

—Roger, que a més de ser bisbe, és el governador del castell.

«És clar», va pensar Tom. Havia sentit parlar del poderós Roger de Salisbury, que des de temps immemorials havia estat una persona molt pròxima al rei.

Van travessar la porta i es van trobar a dins de la ciutat. La plaça estava atapeïda d'edificis fins al punt que tant la gent com els animals semblava que estiguessin a punt de desbordar la muralla circular i anar a parar a la fossa. Les cases de fusta estaven molt juntes, s'empentaven les unes a les altres, com fan els espectadors d'una execució a la forca. Fins la més mínima porció de terra estava ocupada. Allà on s'havien construït dues cases separades per un carreró, algú hi havia entaforat un petit habitacle, sense finestres, perquè la porta ocupava tota la façana. I allà on l'espai era fins i tot massa petit per a la casa més estreta, hi havien instal·lat una parada per vendre-hi cervesa, pa o pomes. I si ja no hi havia lloc ni tan sols per a això, llavors hi havia un estable, una cort de porcs, un femer o un dipòsit d'aigua.

I també hi havia molt de soroll. Per damunt de la forta pluja, es podia sentir el fragor que sorgia dels tallers dels artesans, els venedors ambulants que anunciaven les seves mercaderies, la gent que se saludava, regatejava o es discutia. A més, els animals renillaven, bordaven o es barallaven.

—¿Per què fa tanta mala olor? —va preguntar Martha en veu alta per fer-se sentir.

Tom va somriure. Feia un parell d'anys que Martha no havia estat a cap ciutat.

—És l'olor de la gent —li va dir.

El carrer era només una mica més ample que el carro i la parella de bous, però el carreter no va deixar que s'aturessin, per por que llavors no es volguessin moure. Els va atiar amb el fuet, sense parar atenció a cap obstacle, i els animals van seguir avançant cegament a través de la gentada, apartant per força, de manera indiscriminada, un cavaller muntat en un cavall de guerra, un guardabosc amb un arc, un monjo dalt d'un poni, homes d'armes, pidolaires, mestresses de casa i prostitutes. El carro es va trobar darrere d'un pastor vell que maldava per mantenir el seu ramat agrupat. Tom va pensar que devia ser dia de mercat. Al pas del carro, una de les ovelles es va ficar per la porta oberta d'una cerveseria i al cap d'un moment tot el ramat havia envaït el local. Els animals belaven espantats, tirant per terra taules, cadires i gerres de cervesa.

La terra sota els seus peus era un mar de fang i escombraries. Tom sabia calcular bé la pluja que queia sobre una teulada i l'amplada necessària del canaló que l'havia de recollir. I es va adonar que tota la pluja que queia sobre les teulades d'aquella part de la ciutat acabava abocant-se en aquell carrer. Va pensar que, si es produïa una tempesta molt forta, caldria una barca per travessar-lo.

El carrer s'anava eixamplant a mesura que s'acostaven al castell, que s'alçava al cim del turó. En aquella part ja hi havia cases de pedra, i n'hi havia un parell que necessitaven reparacions. Pertanyien a artesans i comerciants que tenien les botigues i els magatzems a la planta baixa i l'habitatge al primer pis. Tom va arribar a la conclusió, mentre examinava amb una mirada experta tot el que estava en venda, que es tractava d'una ciutat pròspera. Tothom necessita ganivets i cassoles, però només les persones adinerades compren xals brodats, cinturons amb adorns i agulles de plata.

Davant del castell, el carreter va dirigir els bous cap a la dreta i Tom i la seva família el van seguir. El carrer formava un quart de cercle que vorejava les muralles del castell. Quan van haver franquejat una altra porta, van deixar enrere el batibull de la ciutat tan ràpid com s'hi havien endinsat, i van entrar en una altra mena de turbulència: la de la diversitat enfebrada, però ordenada, d'una obra important en construcció.

Es trobaven a l'interior del recinte emmurallat de la catedral, que ocupava tota la quarta part del cercle nord-est de la ciutat. Tom es va aturar un instant, i només de veure allò, escoltar-ho i olorar-ho, es va sentir il·lusionat com davant d'un dia de sol. Mentre seguien el carro, en van veure dos més que marxaven buits. En uns coberts al llarg dels murs de l'església, es podien veure paletes que tallaven els blocs de pedra amb cisells de ferro i grans martells de fusta, donant-los les formes que, un cop encaixades, es convertirien en plints, columnes, capitells, fusts, contraforts, arcs, finestres, acabaments, pinacles i ampits. Al centre del recinte, molt allunyada dels altres edificis, hi havia la ferreria, a través de la porta oberta de la qual es veia la resplendor del foc que cremava a la farga i on ressonava el repic del martell sobre l'enclusa del ferrer, que feia eines noves per substituir les que ja es desgastaven a mans dels paletes. Per a molta gent, allò era una escena caòtica, però el que Tom veia era un immens i complex mecanisme que desitjava controlar. Va veure el que cada home feia i de seguida es va adonar que la feina estava molt avançada. Ja alçaven la façana est.

A l'extrem oriental, a una altura de vuit o nou peus, hi havia una sèrie de bastides. Els paletes s'havien aixoplugat sota la portalada, esperant que la tempesta amainés, però els manobres pujaven i baixaven corrent per les escales, carregant pedres sobre les espatlles. Encara més amunt, a l'estructura de fusta de la teulada, hi havia els llauners, que semblaven aranyes lliscant per una gegantina teranyina de fusta, i clavaven planxes de plom als arcs boterells i instal·laven canonades i canalons de desguàs.

Tom va entendre amb recança que l'edifici estava pràcticament acabat. Si l'arribaven a contractar, la feina no li duraria més d'un parell d'anys, amb prou feines el temps d'arribar a mestre d'obra, amb la qual cosa s'esvanien els seus somnis d'aconseguir convertir-se en mestre constructor. No obstant això, si li oferissin feina, l'acceptaria, perquè l'hivern ja se'ls estava tirant a sobre. La família hauria pogut sobreviure tot un hivern sense que ell treballés si haguessin conservat el porc, però sense l'animal, Tom es veia obligat a trobar feina.

Van seguir el carro pel recinte fins on hi havia una pila de pedres. Els bous, agraïts, van enfonsar el cap a l'abeurador.

—¿On és el mestre constructor? —va preguntar el carreter a un paleta que passava per allà.

—Al castell —va contestar l'home.

—Suposo que el trobaràs al palau del bisbe —va dir el carreter, girant-se cap a Tom.

—Gràcies.

—Gràcies a tu.

Tom va sortir del recinte, seguit d'Agnes i els nens. Van recular pel camí que havien fet a través dels estrets carrers atapeïts de gent fins a arribar davant del castell. Hi havia una altra fossa seca i una segona muralla enorme de terra que envoltava la fortalesa central. Van travessar el pont llevadís. A un costat de la porta hi havia una garita i, a dins, un home cepat amb túnica de cuir seia en un tamboret i mirava com queia la pluja. Anava armat.

—Bon dia, em dic Tom Builder i voldria parlar amb el mestre constructor, John de Shaftesbury —va dir Tom.

—És amb el bisbe —el va informar el guardià, amb indiferència.

Van entrar al castell, que, com la majoria d'edificis d'aquesta mena, era una sèrie de construccions envoltades d'un mur de terra. El pati devia fer uns cent peus d'una banda a l'altra. Davant per davant de la porta, a l'extrem més llunyà, s'alçava una torre de l'homenatge massissa, el darrer reducte en cas d'atac, que s'elevava per damunt de les muralles perquè servís de talaia. A l'esquerra d'aquesta, hi havia un grapat d'edificis baixos, la majoria dels quals eren de fusta: un estable llarg, una cuina, un forn de pa i diversos magatzems. Al centre del conjunt hi havia un pou. A la dreta s'alçava un gran edifici de pedra, que ocupava gairebé tota la meitat septentrional del recinte: sens dubte el palau. Estava construït en el mateix estil que la catedral nova, amb portes i finestres petites que tenien la part superior arrodonida. Tenia dues plantes i els paletes encara treballaven en una cantonada, segons semblava construint-hi una torre. Malgrat la pluja, hi havia molta gent al pati, entrant i sortint, o anant d'un edifici a l'altre: homes d'armes, sacerdots, comerciants, paletes i servents de palau.

Tom va observar que el palau tenia diverses portes i que totes estaven obertes a pesar del mal temps. No estava del tot segur del que havia de fer. Si el mestre constructor estava amb el bisbe, potser no els hauria d'interrompre. D'altra banda, un bisbe no era un rei, i Tom era un home lliure, un paleta amb una qüestió perfectament legal, i no un serf queixós amb alguna reclamació. Va determinar ser decidit, va deixar Agnes i Martha i va travessar el pati ple de fang del palau amb Alfred fins que va creuar la primera porta.

Al cap d'un moment, tots dos eren en una capella petita amb un sostre de volta i una finestra a l'extrem més allunyat, damunt l'altar. Prop de la porta seia un sacerdot davant d'un escriptori, que escrivia molt ràpid sobre vitel·la. Va alçar la vista.

—¿On és el mestre John? —va preguntar Tom immediatament.

—A la sagristia —va contestar el sacerdot, indicant una porta amb el cap.

Tom no va preguntar si podia veure el mestre. Va pensar que si es captenia com si hi hagués quedat, segurament no hauria de perdre temps esperant. Va travessar la capella petita amb dues gambades i va entrar a la sagristia.

Era una cambra petita i quadrada que estava il·luminada amb moltes espelmes. Quasi tot el terra estava ocupat per un sorral de poca profunditat. Havien allisat perfectament la finíssima sorra amb un regle. Els dos homes que hi havia van donar una ràpida ullada a Tom i després van tornar a dirigir l'atenció a la sorra. El bisbe, un home vell, arrugat, però amb uns ulls negres molt brillants, dibuixava a la sorra amb un bastó de punta. El mestre constructor, que duia un davantal de cuir, el mirava amb un aire pacient i una expressió escèptica.

Tom va esperar en silenci, intentant dissimular la preocupació. Volia causar bona impressió, mostrar-se cortès, però no servil, i fer notar els seus coneixements sense semblar pedant. Per la seva experiència com a contractista, sabia que un mestre artesà volia que els seus subordinats fossin obedients i traçuts.

El bisbe Roger dibuixava un edifici de dues plantes amb grans finestres en tres costats. Era bon dibuixant, i traçava línies molt rectes i angles rectes perfectes. Va fer un pla i una vista lateral de l'edifici. Tom es va adonar de seguida que mai no es construiria.

—Vet-ho ací —va dir el bisbe quan va acabar.

—¿Què és? —va preguntar John, i el bisbe es va tombar cap al nouvingut.

Tom va fer veure que pensava que li preguntaven la seva opinió sobre l'esbós.

—No hi pot haver unes finestres tan grans en una planta baixa —va respondre.

El bisbe el va mirar, indignat:

—No és una planta baixa, sinó una sala d'estudi.

—Tant és. Es desplomaria igualment.

—Té raó —va dir John.

—Però bé han de tenir llum per escriure!

John va arronsar les espatlles.

—I tu, ¿qui ets? —va preguntar a Tom.

—Em dic Tom i sóc paleta.

—Ja m'ho suposava. ¿Què et porta per aquí?

—Busco feina —Tom va contenir la respiració.

John va sacsejar el cap:

—No et puc contractar.

Totes les esperances de Tom se'n van anar per terra. Hauria volgut fer mitja volta i marxar, però, sol·lícit, va esperar una explicació.

—Ja fa deu anys que estem construint aquí —va explicar

John—. Gairebé tots els paletes tenen casa a la ciutat. Ja estem acabant i ara tinc més treballadors dels que en realitat em calen.

—¿I el palau? —va preguntar Tom, tot i que sabia que era inútil.

—Passa exactament el mateix —va respondre John—. Precisament hi estic fent servir el meu excedent d'homes. Si no fos per aquest i per altres castells del bisbe Roger, ja hauria acomiadat molts paletes.

Tom va fer un gest d'assentiment.

—¿Sabeu si hi ha feina en algun lloc? —li va demanar mirant de fer una veu natural per tapar la desesperació que sentia.

—A començaments d'any construïen un monestir a Shaftesbury. Potser l'obra encara dura. És a una jornada de distància.

—Gràcies —Tom va fer mitja volta per marxar.

—Em sap greu —va dir John darrere seu—. Sembles bona persona.

Tom va continuar caminant sense contestar. Estava decebut. S'havia fet il·lusions massa aviat. No tenia res d'estrany que l'haguessin rebutjat, però s'havia engrescat força davant la possibilitat de tornar a treballar en una catedral. Ara ho hauria de fer en una muralla ensopida o a la detestable casa d'algun orfebre.

Mentre tornava on l'esperaven Agnes i Martha, a l'altra banda del pati del castell, va redreçar l'esquena. Tom mai no mostrava la decepció, sempre intentava fer la impressió que tot anava bé, que dominava la situació i que poc importava si allí no hi havia feina, perquè sense cap mena de dubte n'hi hauria a la propera ciutat, o a la següent. Sabia que si deixava entreveure la més petita mostra d'inquietud, Agnes l'obligaria a trobar una feina fixa i això no era el que ell volia, llevat que es pogués instal·lar en una ciutat on hi hagués una catedral en construcció.

—Aquí no hi ha res per a mi —va dir a Agnes —. Continuem.

Ella va semblar abatuda.

—Sembla mentida que, amb una catedral i un palau en construcció, no hi hagi feina per a un paleta més.

—Totes dues construccions estan gairebé acabades —va explicar Tom—. Tenen homes per donar i per vendre.

La família va travessar el pont llevadís de nou i es va tornar a endinsar pels carrers atapeïts. Havien entrat a Salisbury per la porta est i ara sortirien per l'oest, perquè per allà agafarien el camí de Shaftesbury. Tom va girar a la dreta i els va conduir per la part de la ciutat que encara no havien vist.

Es va aturar just davant d'una casa de pedra en un estat deplorable, que demanava a crits que l'arreglessin. El morter que s'havia fet servir per construir-la no era prou fort, i ara la casa queia a trossos. El gel s'havia introduït pels forats i havia esberlat moltes pedres. Si es deixava com estava un altre hivern, encara seria pitjor. Tom va decidir explicar tot allò al propietari.

L'entrada a la planta baixa era un gran arc. La porta de fusta estava oberta i allà mateix hi havia un artesà assegut amb un martell a la mà dreta i una alena, una petita eina de metall molt punxeguda, a l'esquerra. Gravava un dibuix molt sofisticat en una sella que tenia al davant. Tom va veure que al fons hi havia fusta i cuir emmagatzemats i que un noi escombrava les serradures.

—Bon dia, mestre selleter —va saludar Tom.

L'home va aixecar el cap i, com que va creure que Tom era la mena de persona que es faria una sella pròpia si en necessitava una, es va limitar a fer una salutació breu amb el cap.

—Sóc constructor —va explicar Tom—, i veig que us calen els meus serveis.

—¿Per què?

—El morter de la casa s'està desprenent, les pedres s'estan esberlant i podria ser que casa vostra no aguantés un altre hivern.

El selleter va sacsejar el cap.

—La ciutat està plena de paletes. ¿Per què hauria de llogar un foraster?

—Teniu raó —va dir Tom, i va fer mitja volta—. Que Déu us acompanyi.

—Això espero —va respondre el selleter.

—Un paio amb males puces —va mormolar Agnes mentre s'allunyaven.

Aquell carrer els va dur fins a un mercat situat en una plaça. Allí, els camperols dels voltants intercanviaven els pocs productes que els sobraven, carn o gra, llet o ous, per aquelles coses que els calien i que ells mateixos no podien fer, com ara olles, arades, cordes o sal. En general, els mercats eren llocs molt sorollosos i bigarrats. Tothom regatejava i, mantenint el to cordial, existia una rivalitat burleta entre els propietaris de les parades veïnes. S'hi trobaven pastissos barats per a la canalla, algun joglar i grups de malabaristes, infinitat de prostitutes empastifades de colorainnes i, de tant en tant, algun soldat esguerrat que explicava històries sobre deserts orientals i hordes embogides de sarraïns. Els qui havien fet un bon tracte sovint queien en la temptació de celebrar-ho, i es gastaven el que havien guanyat en cervesa, de manera que, al migdia, l'ambient era de gran agitació. Hi havia gent que perdia diners als daus, i sempre es produïen baralles. Tanmateix, el matí d'aquell dia plujós, amb la collita de l'any venuda o emmagatzemada, el mercat estava tranquil. Els camperols, xops i taciturns, feien tractes amb els amos de les parades, i uns i altres desitjaven tornar a casa i seure davant d'un bon foc.

Tom i la seva família s'obrien pas a través de la gentada, sense parar atenció als oferiments que, amb poc entusiasme, els van fer el salsitxer i l'esmolador.

Gairebé havien arribat a l'altre extrem de la plaça del mercat, quan Tom va veure el seu porc. Al principi es va quedar tan parat que no es creia el que veia amb els ulls.

—Tom, mira —li va xiuxiuejar Agnes, i llavors es va adonar que ella també l'havia vist.

No hi havia cap mena de dubte. Coneixia aquell porc tan bé com Alfred o Martha. Un home, amb els tons de la cara pujats i el ventre de qui menja tota la carn que vol i en acabat repeteix, el duia lligat i el subjectava amb mà experta. De ben segur que era un carnisser. Tant Tom com Agnes es van aturar en sec i se'l van quedar mirant. Com que li barraven el pas, l'home no va poder evitar advertir la seva presència.

—¿Què passa? —va preguntar desconcertat per les mirades de què era objecte, impacient per anar endavant.

Va ser Martha qui va trencar el silenci.

—Aquest porc és nostre! —va exclamar, esverada.

—Sí, senyor —va afegir Tom.

L'home va envermellir i Tom va comprendre que sabia que l'animal era robat.

—Acabo de pagar-ne cinquanta penics i això el converteix en meu —va replicar malgrat tot.

—La persona a qui has pagat aquests diners no n'era el propietari i, per tant, no el podia vendre. Per això te l'ha deixat tan bé de preu. ¿A qui l'has comprat?

—A un camperol.

—¿A algun que coneixes?

—No, i escolta'm bé: sóc el carnisser de la guarnició, i no puc anar demanant a tots els pagesos que em venen un porc o una vaca que em portin una dotzena d'homes que jurin que l'animal els pertany.

L'home es va apartar per seguir el seu camí, però Tom el va agafar pel braç. Va semblar que l'home s'enfadava, però de seguida es va adonar que si s'embolicava en una baralla, potser hauria de deixar anar el porc i que, si algú de la família de Tom l'agafava, estaria en desavantatge i llavors seria ell qui hauria de demostrar que el porc era seu.

—Si vols fer una acusació formal, vés a fer-la al xèrif —va dir, contenint-se.

Tom va desestimar la idea. No en tenia cap prova.

—¿Com era l'home que te l'ha venut? —va preguntar.

—Com tothom —va contestar el carnisser, de manera sospitosa.

—¿Es tapava la boca?

—Ara que ho penso, sí.

—Era un proscrit que ocultava una mutilació —va dir Tom, amb amargor—. Suposo que no hi has caigut.

—Plou a bots i barrals! —va protestar el carnisser—. Tothom es posa sota cobert!

—Només vull que em diguis quanta estona fa que us heu separat.

—Ara mateix.

—I ¿cap on se n'ha anat?

—Suposo que cap a alguna taverna.

—A gastar-se els meus diners —va dir Tom, disgustat—. Bé, vés-te'n. Potser algun dia et robaran a tu, i llavors voldràs que no hi hagi tanta gent disposada a comprar gangues sense fer cap pregunta.

El carnisser semblava enfadat i va vacil·lar com si volgués replicar, però s'ho va tornar a rumiar i se'n va anar.

—¿Per què has deixat que marxés? —va preguntar Agnes.

—Perquè aquí a ell el coneixen i a mi no —li va contestar—. Si m'hi barallés, el culpable seria jo. I com que el porc no porta el meu nom escrit al cul, ¿com puc demostrar que és meu i no seu?

—Però tots els nostres estalvis...

—Potser encara no cal que donem els diners per perduts —va dir Tom—. Calla i deixa'm rumiar. —La disputa amb el carnisser l'havia posat de mal humor, i es desfogava amb Agnes.— En algun lloc d'aquesta ciutat hi ha un home sense llavis i amb cinquanta penics de plata a la butxaca. Tot el que hem de fer és trobar-lo i prendre-li els diners.

—Doncs som-hi! —va exclamar Agnes, decidida.

—Tu torna al recinte de la catedral per on hem vingut. Jo hi aniré des de l'altra banda. Llavors tornarem pel carrer següent i així anirem fent. Si no el trobem pel carrer, és que està a la taverna. Quan el vegis, queda-t'hi a prop i envia'm Martha a avisar-me. Alfred vindrà amb mi. No deixis que el proscrit et vegi.

—No t'amoïnis —va dir Agnes amb determinació—. Necessito aquests diners per donar menjar als meus fills.

—Ets una lleona, Agnes —va dir Tom, posant-li la mà sobre el braç i somrient-li.

Ella el va mirar fixament als ulls i tot d'un plegat es va posar de puntetes i li va fer un petó a la boca, curt però intens. En acabat va fer mitja volta i va desfer el camí a través de la plaça del mercat, amb Martha darrere. Tom la va observar com s'allunyava i no va poder evitar sentir-se preocupat per ella, tot i que sabia que era valenta. Llavors va agafar la direcció contrària, acompanyat d'Alfred.

El lladre devia creure que no corria cap perill. És clar que quan va robar el porc, Tom anava cap a Winchester. I ell havia anat en direcció contrària, per vendre el porc a Salisbury. Però la proscrita, Ellen, els havia informat que hi havia obres a la catedral de Salisbury, i havien canviat els plans, i d'aquesta manera, sense proposar-s'ho, havien topat amb el lladre. Sens dubte l'home es pensava que mai no tornaria a veure Tom, cosa que li donava l'oportunitat d'agafar-lo desprevingut.

Tom caminava a poc a poc pel carrer enfangat, mirant a través de les portes obertes amb un posat indiferent. Li interessava continuar passant inadvertit, perquè l'episodi podia acabar de manera violenta i l'últim que volia era que la gent recordés un paleta cepat ficant el nas pertot arreu. La majoria d'habitatges eren cabanes de fusta i fang amb teulades de palla, i palla també per terra, amb una llar de foc al centre i alguns mobles de fabricació casolana. Un barril i quatre bancs convertien qualsevol casa en una taverna. Una màrfega en un racó amagada darrere una cortina anunciava que allí es podien contractar els serveis d'una prostituta. I un batibull al voltant d'una taula significava que tenia lloc una partida de daus.

Una dona amb els llavis pintats de vermell li va ensenyar els pits, i Tom, fent que no amb el cap, va passar de llarg amb pressa. Dintre seu, l'intrigava la idea de fer-ho amb una estranya, a la llum del dia i pagant, però no ho havia fet en sa vida.

Va tornar a pensar en Ellen, la proscrita. També ella l'intrigava. Era tremendament atractiva, però aquells ulls separats i intensos l'intimidaven. La invitació de la meuca el va torbar uns moments, però l'encanteri d'Ellen encara no s'havia esvaït, i va tenir un foll desig sobtat d'arrencar a córrer cap al bosc per trobar-la i tirar-se-li al damunt.

Va arribar al recinte de la catedral sense haver vist el proscrit. Va observar com els llauners clavaven les canonades al sostre de fusta de la nau, que feia pendent. Encara no havien començat a recobrir les teulades inclinades de les naus laterals de l'església i encara es podien veure els contraforts que ajuntaven la vora exterior del passadís amb el mur principal de la nau, apuntalant la meitat superior del temple. Els va ensenyar a Alfred i va dir:

—Sense aquests suports, el mur de la nau es corbaria cap enfora i es doblegaria a causa del pes de les voltes de pedra. ¿Veus que els arcs de mig punt estan en línia amb els contraforts del mur de la nau? Per dins, també estan en línia amb els pilars de l'arc de la nau, i les finestres de la nau lateral també hi estan amb els arcs de l'arcada, els forts amb els forts i els febles amb els febles.

Alfred estava atabalat i una mica avorrit. Tom va sospirar.

Va veure que Agnes apareixia per l'altra banda i es va tornar a centrar en l'assumpte que els preocupava. Agnes portava la cara oculta sota la caputxa, però Tom la va reconèixer pel seu pas decidit i segur. Uns pagesos d'espatlles amples es van apartar per deixar-la passar. Va pensar que en cas que fos ella qui trobés el proscrit i es produís una baralla, les forces estarien molt igualades.

—¿L'has vist? —li va preguntar Agnes.

—No. I és evident que tu tampoc.

Tom tenia l'esperança que el lladre no hagués abandonat la ciutat. Estava convençut que abans de fer-ho es gastaria uns quants penics. Al bosc, els diners no servien per a res.

Agnes era de la mateixa opinió:

—Ha de ser aquí, en un lloc o altre. Seguim buscant-lo.

—Recorrerem un altre cop els carrers i ens tornarem a trobar a la plaça del mercat.

Tom i Alfred van tornar enrere i van sortir pel pòrtic. Tenien les capes xopes per la pluja, i Tom es va imaginar una gerra de cervesa i una tassa plena de brou, a la vora del foc en una taverna. Llavors va pensar en tot el que havia treballat per comprar aquell porc i va tornar a tenir la visió de l'home sense llavis que descarregava el garrot sobre el cap de Martha, una nena innocent, i la fúria que es va apoderar d'ell el va escalfar.

Resultava difícil fer una recerca sistemàtica, perquè el traçat dels carrers era caòtic. Anaven d'una banda a l'altra, per aquell laberint entre les cases, amb moltes cantonades inesperades i carrerons sense sortida. L'únic carrer recte era el que anava des de la porta est fins al pont llevadís del castell. La primera vegada, Tom havia buscat prop del mur del castell, i en aquells moments escorcollava els barris més allunyats, anant amunt i avall en zig-zag cap a la muralla i tornant cap al centre. Aquests eren els barris més pobres, gairebé totes les cases estaven desmanegades, les tavernes eren les més sorolloses i les meuques les més velles. Els límits de la ciutat eren a la part de baix del turó, de manera que les escombraries dels barris més opulents es tiraven carrer avall i anaven a parar al peu de les muralles. Una cosa semblant devia passar amb la gent, perquè aquell barri estava ple d'esguerrats i pidolaires, nens famolencs, dones amb cops i blaus i borratxos sense remei.

Tanmateix, l'home sense llavis no apareixia per enlloc. Un parell de cops Tom va veure un individu que se li assemblava, però en acostar-se-li va poder comprovar que el seu rostre era normal.

Va acabar la recerca a la plaça del mercat. Allà va trobar Agnes, que l'esperava impacient, amb el cos tens i els ulls brillants.

—L'he trobat! —va exclamar.

Tom va sentir una excitació barrejada amb aprensió.

—¿On?

—Ha entrat en una pollastreria en aquella direcció, tocant a la porta est.

—Porta-m'hi.

Van caminar al voltant del castell fins al pont llevadís i van seguir pel carrer recte cap a la porta est i, un cop allà, es van endinsar en el laberint de carrerons al peu de les muralles. Llavors Tom va veure la pollastreria. Ni tan sols era una casa, sinó una simple teulada inclinada apuntalada sobre la muralla de la ciutat, amb un gran foc a la part del darrere, on es rostia un xai a l'ast i bullia una caldera. Gairebé era migdia i el petit local era ple a vessar de gent, la majoria homes. Tom, a qui li va fer venir aigua a la boca l'olor de la carn, va escodrinyar la concurrència, amb por que el proscrit hagués marxat abans que ells hi arribessin. De cop el va descobrir: seia en un tamboret, una mica apartat de la resta, menjava una ració d'estofat i es tapava la boca amb la bufanda.

Tom es va tombar d'esquena ràpidament perquè l'home no el veiés. Havia d'empescar-se una estratègia per actuar. Estava prou enfurismat per tirar a terra el proscrit d'un cop de puny i prendre-li la bossa, però la gent no el deixaria marxar així com així. Hauria de donar explicacions, no tan sols als badocs que eren presents en aquell moment, sinó també al xèrif. Tom tenia tot el dret del món de fer una cosa així, i el fet que el lladre fos un proscrit volia dir que ningú no podria defensar la seva honradesa, mentre que ell era indubtablement un home respectable, a més de paleta. Tanmateix, per deixar les coses clares, li caldria temps, setmanes possiblement, comptant que, per mala sort, el xèrif fos fora, en alguna altra part del comtat, i que, si s'organitzava una brega, potser hauria de respondre a l'acusació d'haver pertorbat la pau del rei.

Seria més prudent sorprendre el lladre quan estigués sol. No podia passar la nit a la ciutat, perquè no hi tenia casa, i com que no podia acreditar que era un home respectable, no trobaria lloc on fer nit. Per tant, se n'hauria d'anar abans que es tanquessin les portes de la ciutat al capvespre. I només n'hi havia dues.

—Segurament se n'anirà pel mateix camí per on ha vingut —va dir Tom a Agnes—. Esperaré a fora de la porta est. Deixa que Alfred vigili la porta oest. Tu queda't a la ciutat i observa tot el que fa. Emporta't Martha amb tu, però no deixis que la vegi. Si ens has d'enviar un missatge a mi o a Alfred, fes venir la nena.

—D'acord —va contestar Agnes, lacònica.

—¿I què he de fer si ve per la meva banda? —va preguntar Alfred, que semblava estar excitat.

—Res —va contestar Tom amb fermesa—. Observa el camí que agafa i llavors espera, perquè Martha em vindrà a avisar i tots dos ens n'encarregarem. —Va advertir la decepció del noi i va afegir:— Fes el que et dic. No vull perdre el meu fill igual que he perdut el meu porc.

Tom va fer que sí amb el cap, a contracor.

—Ens hem de separar abans no ens vegi junts, conspirant en

contra d'ell. Anem —va dir Tom, i ràpidament es va apartar dels altres sense mirar enrere. Confiava que Agnes seguís les seves instruccions al peu de la lletra. Se'n va anar cap a la porta est a corre-cuita i va abandonar la ciutat pel pont de fusta desmanegat on aquell mateix matí havia empès el carro tirat per la parella de bous. Davant d'ell tenia el camí a Winchester, recte com una llarga estora que s'anés desplegant a través de turons i valls. A l'esquerra tenia el de Portway, el camí pel qual Tom, i segurament també el lladre, havien arribat a Salisbury, un camí que giravoltava turó amunt i desapareixia. Tom estava segur que el proscrit prendria aquella direcció.

Tom va caminar turó avall, deixant enrere el grup de cases que hi havia a la cruïlla, i després va agafar el camí de Portway. S'havia d'amagar. Va seguir pel camí, buscant un amagatall escaient. Va recórrer uns dos-cents peus sense trobar-ne cap. Quan va mirar enrere, es va adonar que era massa lluny. Ja no podia distingir les cares de la gent als encreuaments, amb la qual cosa no podria veure si apareixia l'home sense llavis i prenia el camí de Winchester. Va mirar al seu voltant. A banda i banda del camí hi havia rases, que en un temps més sec haurien estat uns amagatalls perfectes, però que aquell dia eren plenes d'aigua. A l'altra banda de les rases, el terreny pujava formant una muntanyeta. Al camp del cantó sud hi havia unes vaques pasturant. Tom es va fixar en una de les vaques, ajaguda a la vora alta del camp, de cara al camí i parcialment oculta per la muntanyeta. Amb un sospir va tornar enrere. Va saltar la rasa i va clavar una coça a la vaca, que es va aixecar i se'n va anar. Tom es va estirar al terra sec i càlid, on havia estat l'animal, es va tapar el cap amb la caputxa i es va disposar a esperar, lamentant no haver estat prou previsor per comprar un pa abans de sortir de la ciutat.

Estava neguitós i intranquil. El proscrit era un home més petit que ell, però es movia amb agilitat i era cruel, com havia demostrat en clavar una garrotada a Martha per robar-los el porc. Tom no podia evitar témer que aquell home el ferís, però encara el preocupava més la idea de no poder arrabassar-li els diners.

Esperava que Agnes i Martha estiguessin bé. Estava convençut que la seva muller se sabia espavilar prou bé. A més, si el proscrit l'arribava a descobrir, ¿què podia fer? L'home només es podia posar en guàrdia i prou.

Des de la posició on era, Tom arribava a veure les torres de la catedral. Li hauria agradat haver tingut un moment per examinar-ne l'interior. Tenia curiositat per saber com eren els pilars de l'arcada, que acostumaven a ser gruixuts i, generalment, es veien coronats per arcs. Dos arcs en direcció nord i sud per ajuntar-se amb els pilars veïns de l'arcada, orientats a l'est i a l'oest, a través de la nau central. El resultat no era bell, perquè no feia bon efecte que un arc sortís de la part superior d'una columna de fust rodó. Quan Tom construís la seva catedral, cada pilar seria un ramell de fusts, i del capdamunt de cada fust en sortiria un arc. Amb aquella distribució lògica i regular s'aconseguia un efecte molt elegant.

Va començar a imaginar-se la decoració dels arcs. Les formes més corrents eren les geomètriques... No calia tenir gaire traça per escolpir ziga-zagues i rombs, però a Tom li agradava el fullatge, que conferia suavitat i una mica de vida a la dura regularitat de la pedra.

La catedral imaginària el va tenir distret fins a mitja tarda, quan va percebre la figura petita i el cap ros de Martha, que venia saltant pel pont i entre les cases. En arribar a la cruïlla, la nena va vacil·lar un instant, però de seguida va agafar el bon camí. Tom observava com s'acostava i ella arrufava les celles per mirar d'endevinar on era el seu pare. Quan hi va arribar, ell la va cridar mirant de no aixecar gaire la veu.

—Martha!

La nena va deixar anar un crit ofegat, el va veure i hi va córrer saltant la rasa.

—La mare t'envia això —li va dir, mentre treia una cosa de sota la capa.

Era una empanada calenta de carn.

—Quina dona tan bona, ta mare! —va exclamar Tom, i va clavar queixalada a l'empanada, que era de bou i ceba i tenia un gust gloriós.

Martha es va ajupir al costat de Tom.

—El que ha fet l'home que ens va robar el porc és això —va arrugar el nas per recordar el que la seva mare li havia manat que digués. Estava tan bufona que Tom gairebé es va quedar sense respiració.— Ha sortit de la pollastreria i s'ha trobat amb una dama amb la cara pintada i se n'ha anat a casa d'ella. Nosaltres hem esperat a fora.

«Vaja, el molt bandarra es gasta els nostres diners amb una meuca», va pensar Tom amb amargor.

—Continua —va demanar a la nena.

—No ha estat gaire estona a casa la dama, i quan ha sortit se n'ha anat a una cerveseria. Encara hi és. No beu gaire, però juga a daus.

—Espero que guanyi —va mormolar Tom, molt seriós—. Continua.

—Ja està.

—¿Tens gana?

—He menjat un panet.

—A Alfred, ¿li has explicat tot això?

—Encara no. Hi haig d'anar ara.

—Digues-li que vagi amb compte.

—Que vagi amb compte —va repetir la nena—. ¿L'hi haig de dir abans o després d'explicar-li el que fa l'home que ens va robar el porc?

—Després —li va respondre Tom. Certament, tenia poca importància, però Martha volia una resposta clara. Amb un somriure, va afegir:— Ets una noia molt espavilada. Ja te'n pots anar.

—M'agrada aquest joc —va dir ella. Va saltar la rasa amb agilitat i va arrencar a córrer cap a la ciutat. Tom la va seguir amb la mirada, amb una barreja d'afecte i de ràbia. Agnes i ell havien treballat de valent per guanyar diners per mantenir la família, i estava disposat fins i tot a matar per recuperar el que els havien robat.

Potser el lladre també estava disposat a fer-ho. Els proscrits estaven fora de la llei, com indicava el seu nom. Vivien en un ambient de molta violència i aquella no devia ser la primera vegada que Faramond Openmouth es topava amb una de les seves víctimes. Era perillós, sens dubte.

La llum del dia es va començar a esvair amb una rapidesa sorprenent, com passava de vegades amb els capvespres dels dies plujosos de tardor. Tom va començar a preocupar-se que no fos capaç de reconèixer el lladre sota aquella pluja. A mesura que es feia fosc, hi havia menys persones que entraven i sortien de la ciutat, ja que la majoria se n'havia anat a temps per arribar a les seves viles abans del capvespre. Les llanternes i espelmes van començar a guspirejar a les cases de la part alta de la ciutat i a les cabanes dels barris baixos. Tom va començar a fer cabòries pessimistes sobre si després de tot el lladre no hauria decidit passar la nit a la ciutat. Potser hi tenia amics tan poc respectables com ell que l'acollirien tot i saber que era un proscrit. Potser...

I va ser llavors que va distingir una figura tapada amb una bufanda.

Travessava el pont de fusta, en companyia de dos homes. A Tom de sobte se li va acudir que era possible que els dos còmplices del lladre, el calb i el de la gorra verda, l'haguessin acompanyat a Salisbury. A la ciutat no els havia vist, però podia ser que s'haguessin separat unes hores per trobar-se més tard i fer junts el camí de tornada. Tom va renegar en veu baixa, perquè no es veia capaç d'enfrontar-se tot sol a tres homes, però el grup es va separar quan ja eren a tocar i Tom es va sentir alleujat quan es va adonar que no anaven plegats. Els dos primers eren pare i fill, dos pagesos colrats, d'ulls molt junts i nas afilat. Van agafar el camí de Portway i l'home de la bufanda els va seguir.

A mesura que el lladre s'acostava, Tom s'anava fixant en la seva manera de caminar. Semblava sobri, la qual cosa era una llàstima.

Quan va mirar de nou cap a la ciutat va veure que una dona i una nena travessaven el pont. Agnes i Martha. Es va sentir consternat. No s'havia imaginat que hi serien quan s'enfrontés al lladre, però se li va acudir que no els havia dit que no vinguessin.

Es va posar nerviós quan va ser conscient que s'acostaven cap on era. Tom era tan alt i cepat que poques persones no li donarien la raó en un enfrontament, però els proscrits eren gent desesperada, i era impossible preveure què podia passar en una batussa.

Els dos camperols van seguir el seu camí, parlant animadament de cavalls. Tom va agafar el martell de cap de ferro del cinturó i el va empunyar amb la mà dreta. Odiava els lladres que no treballaven i prenien el pa a la bona gent. No tindria cap remordiment quan descarregués el martell sobre el cap d'aquell individu.

Semblava que el lladre alentia el pas a mesura que se li acostava, com si pressentís el perill. Tom va esperar fins que va estar a quatre o cinc iardes de distància, massa lluny per tornar enrere i massa a prop per fugir corrents, i llavors va fer la volta a la muntanyeta, va saltar la rasa i es va plantar al mig del camí.

L'home es va aturar i va preguntar, nerviós:

—¿Què passa?

«No m'ha reconegut», va pensar Tom.

—Ahir em vas robar el porc i avui l'has venut a un carnisser —li va deixar anar.

—Mai no he...

—No ho neguis. Dóna'm els diners que t'han pagat i no et faré res.

Per un instant, Tom va pensar que el lladre li lliuraria la bossa. L'home estava parat i semblava dubtar. De sobte, va fer mitja volta i va arrencar a córrer, però es va topar amb Agnes.

No anava amb prou velocitat per tirar-la a terra, i a més no era una dona que es pogués fer caure amb facilitat, així que tots dos van fer tentines, com dos titelles maldestres. En aquell moment, l'home es va adonar que ella li tallava el pas expressament, i li va clavar una empenta per apartar-la. Quan el lladre va passar pel seu costat, Agnes va allargar la cama, i tots dos van caure a terra.

Tom va arrencar a córrer cap a ells amb el cor encongit. El lladre ja es posava dret i tenia un genoll sobre l'esquena d'Agnes. Tom el va agafar pel coll i el va apartar d'ella amb violència. El va arrossegar fins al marge del camí i abans que pogués recuperar l'equilibri el va tirar a la rasa.

Agnes es va incorporar. Martha hi va córrer.

—¿Estàs bé? —li va demanar Tom.

—Sí —va contestar ella.

Els dos camperols s'havien aturat i contemplaven l'escena, preguntant-se què passava. El lladre estava de quatre grapes, a la rasa.

—És un proscrit! —va cridar Agnes, perquè no s'animessin a intervenir-hi—. Ens va robar un porc.

Els dos homes no van contestar, però es van quedar per veure com acabava la cosa.

—Dóna'm els meus diners i et deixaré marxar —va dir Tom al lladre.

L'home va sortir de la rasa, viu com una centella, amb un ganivet a la mà, i es va abalançar cap a Tom. Agnes va fer un esgarip. Tom va esquivar l'escomesa. El ganivet li va llampeguejar a la cara i va sentir un dolor agut a la mandíbula.

Va retrocedir i va brandar el martell mentre el ganivet tornava a llampeguejar. El lladre es va fer enrere d'un bot i tant el ganivet com el martell van tallar l'aire humit de la nit sense xocar l'un amb l'altre.

Per un instant, els dos homes es van quedar quiets, davant per davant, panteixant. A Tom li feia mal la galta. Es va adonar que les forces estaven equiparades, perquè encara que ell era més alt i cepat, el lladre tenia un ganivet, que era una arma més perillosa que el martell d'un paleta. Va sentir que l'envaïa un temor fred en comprendre que podia estar a punt de morir. De sobte, va tenir la impressió que li costava respirar.

De cua d'ull, va clissar un moviment sobtat. El lladre també el va copsar, va dirigir ràpidament la mirada a Agnes amb el temps just per esquivar la pedra que ella li va tirar.

Tom va reaccionar amb la rapidesa d'un home que tem per la seva vida i va donar un cop de martell al cap del lladre.

El va tocar just quan l'home es girava cap a ell. Va rebre el cop al front, on neixen els cabells, però no tenia tota la força que

Tom era capaç de fer. El lladre va fer tentines, però no va arribar a caure.

Tom el va tornar a colpir, aquesta vegada amb més força, perquè havia tingut temps de mesurar bé el cop, mentre el lladre, atordit, intentava fixar la mirada. Tom va pensar en Martha, va descarregar el martell amb totes les seves forces i el lladre va caure a terra inconscient.

Tom estava massa nerviós per sentir-se alleujat. Es va agenollar al costat del lladre i el va començar a escorcollar.

—¿On és la bossa? ¿On té la bossa aquest malparit? —Era difícil moure aquell cos inert. Finalment, va aconseguir-lo posar d'esquena a terra i li va obrir la capa. Del cinturó li penjava una bossa grossa de cuir. La va obrir. A dins hi havia una altra bossa de llana lligada amb un cordill. Tom la va treure. No pesava gens.— Està buida! En deu tenir una altra —va exclamar.

Va treure la capa de sota l'home i la va palpar amb molta cura. No tenia butxaques secretes ni res que s'hi assemblés. Li va treure les botes. No s'hi amagava res. Va agafar el ganivet del cinturó i va tallar les soles. Res.

Impacient, va ficar el ganivet pel coll de la túnica de llana i la va tallar. No hi havia cap cinturó amagat amb diners.

L'home jeia al mig del camí, nu. Els dos camperols miraven Tom com si el prenguessin per boig.

—No té ni un sol penic —va cridar Tom, enfurismat, dirigint-se a Agnes.

—Ho deu haver perdut tot als daus —va contestar ella, amb amargor.

—Espero que es consumeixi a les flames de l'infern —va proferir Tom.

Agnes es va agenollar i va posar la mà damunt del pit del lladre.

—Doncs ja hi deu ser, a l'infern —va mormolar—. L'has mort.

IV

Per Nadal ja s'haurien mort de fam.

L'hivern es va presentar aviat, i va ser tan cru i implacable com el cisell de ferro d'un picapedrer. Quan les primeres gebrades van cobrir els camps, als arbres encara hi havia pomes. La gent deia que era una onada de fred i que duraria poc, però no va ser així. Els qui havien deixat els camps a mig llaurar per fer-ho més endavant, van veure com les arades se'ls trencaven en intentar solcar la terra, que estava dura com una roca. Els camperols es van afanyar a matar els porcs i a salar-los per a l'hivern, i els senyors van sacrificar el bestiar perquè les pastures d'hivern no donarien de menjar a tants animals com les d'estiu. Però les interminables gelades van assecar l'herba, i algunes de les bèsties que quedaven també es van morir. Els llops, desesperats de fam, entraven de nit a les viles per robar gallines esprimatxades i nens desnodrits.

A les obres en construcció, tan bon punt van arribar les primeres gelades, es van afanyar a cobrir els murs i envans aixecats a l'estiu amb palla i fems per tal d'aïllar-los del fred més intens, atès que el morter encara no s'havia assecat totalment i si es gelava es podia esquerdar. La feina no es tornaria a començar fins a la primavera. Els paletes que només havien estat contractats per a la temporada d'estiu van tornar a les seves viles, on se'ls coneixia com a homes amb traça per arreglar-ho tot i acostumaven a passar l'hivern fent arades, selles de muntar, guarnicions, carros, pales, portes i qualsevol altra cosa que requerís unes mans hàbils amb el martell, el cisell i la serra. Els altres paletes es dedicaven a tallar pedres, a cobert, per donar-los diverses mides i formes. De tota manera, com que les gelades van arribar tan aviat, la feina es feia massa de pressa, i com que els camperols tenien gana, els bisbes i els nobles tenien menys diners dels que esperaven per gastar en les obres. Per això, a mesura que passava l'hivern, alguns paletes van ser acomiadats.

Tom i la seva família van pelegrinar des de Salisbury a Shaftesbury, i des d'allí a Sherborne, Wells, Bath, Bristol, Gloucester, Oxford, Wallingford i Windsor. A tot arreu, a l'interior de les cases hi havia foc a les llars. Al pati de les esglésies i entre els murs dels castells ressonava la cançó que entonava el ferro en colpejar la pedra. Els mestres constructors feien maquetes a escala d'arcs i voltes, amb les seves mans traçudes, enfundades en mitenes. Alguns es mostraven impacients, bruscos o descortesos; d'altres miraven amb tristesa els fills de Tom, extremament prims, i la dona embarassada, i els parlaven amb amabilitat i amb recança. Però tots deien el mateix: «No, aquí no et podem donar feina.»

Sempre que podien, recorrien a l'hospitalitat dels monestirs, on s'oferia als viatgers alguna cosa per menjar i un lloc per dormir. No obstant això, la regla era estricta: només una nit. Quan les móres van madurar als esbarzers, la família en va viure, com els ocells. Agnes solia encendre una foguera al bosc, i a l'olla de ferro feien coure sopes de civada, però així i tot, gairebé sempre es veien obligats a comprar pa als forners i arengades als peixaters, o a menjar a les pollastreries i cerveseries, la qual cosa els resultava més cara que fer-se el menjar ells mateixos, i per això els diners s'anaven exhaurint de manera inexorable.

Martha, que ja era de constitució prima, havia perdut pes de manera alarmant. Alfred seguia creixent com una herba en terra poc profunda, i s'estava convertint en un noi llargarut. Agnes menjava poc, però la criatura que portava a dins s'alimentava tant com podia i Tom era conscient que Agnes passava gana. A vegades li ordenava que mengés més, i llavors fins i tot la seva voluntat de ferro es doblegava davant l'autoritat del seu marit i del fill que encara no havia nascut. Però no es va engreixar ni tenia les galtes vermelles com durant els altres embarassos. Al contrari, es veia esprimatxada, malgrat la seva panxa inflada, com un nen que no menja en una època de fam.

D'ençà que havien sortit de Salisbury, havien caminat dibuixant un gran cercle, i a finals d'any es trobaven novament a l'enorme bosc que s'estenia des de Windsor fins a Southampton. Es dirigien a Winchester. Tom havia venut totes les eines de paleta, i ja només els quedaven uns quants penics. Quan trobés feina hauria de demanar que li deixessin les eines o bé diners per comprar-ne. Si no trobava feina a Winchester, ja no sabria què fer. Al poble on havia nascut, hi tenia germans, però era al nord, a unes quantes setmanes de viatge, i la família es moriria de gana abans no hi arribessin. Agnes era filla única i els seus pares eren morts. Entrat l'hivern, no hi havia feina al camp. Potser Agnes podria guanyar uns penics treballant com a criada en alguna casa rica de Winchester, però de tota manera era segur que ja no podria voltar amb penes i treballs gaire temps més, perquè aviat donaria a llum.

Encara els quedaven tres dies de viatge fins a Winchester, i tenien gana. Les móres ja s'havien acabat i no hi havia cap monestir a la vista, i Agnes no tenia més civada per fer sopes a l'olla que duia penjada a l'esquena. La nit anterior havien bescanviat un ganivet per un pa de sègol, quatre tasses de brou sense carn i un lloc per dormir a la vora d'un foc, a la cabana d'un camperol. Encara no havien vist ni una sola vila, però, poc abans de fer-se fosc, Tom va veure una columneta de fum que s'enlairava entre els arbres i ben aviat van descobrir la cabana d'un solitari guarda forestal de la corona, el qual els va donar un sac de naps a canvi de la destraleta de Tom.

Des d'aleshores només havien caminat tres milles, i Agnes va dir que estava massa cansada per continuar. Tom va quedar sorprès, perquè en tots els anys que havien viscut plegats, no li havia sentit mai dir que estigués massa cansada per fer res.

Agnes es va asseure a recer d'un gran castanyer a la vora del camí. Tom va fer un sot poc profund per al foc, utilitzant una pala de fusta molt gastada, una de les poques eines que encara li quedaven, perquè ningú no l'hi havia volgut comprar. Els nens van recollir branquillons i Tom va encendre el foc i, en acabat, va agafar l'olla i se'n va anar a buscar un rierol. Va tornar amb l'olla plena d'aigua gelada i la va posar a la vora del foc. Agnes va triar uns quants naps. Martha anava recollint les castanyes que havien caigut de l'arbre i Agnes els va ensenyar a pelar-les i a trinxar-ne la polpa tova fins a obtenir una farina gruixuda que serviria per espessir les sopes de naps. Tom va enviar Alfred a buscar més llenya mentre ell es dedicava a furgar amb un pal entre les fulles seques que cobrien el terra del bosc amb l'esperança de trobar un eriçó que hivernés o un esquirol per tirar-los al brou. No va estar de sort.

Es va asseure al costat d'Agnes mentre es feia fosc i s'anava fent la sopa.

—¿Ens queda sal? —va preguntar.

La seva dona va fer que no amb el cap.

—Ja fa setmanes que menges les sopes sense sal —va dir ella—. ¿No te n'has adonat?

—Doncs no.

—De vegades la gana és el millor condiment.

—Doncs en tenim de sobres, d'aquest condiment... —De sobte, Tom es va trobar terriblement cansat. Va sentir el pes insuportable de les decepcions acumulades durant els darrers quatre mesos i ja no podia fer el cor fort.— ¿Què ho fa que tot ens hagi anat tan malament, Agnes? —va dir, completament desfet.

—Tot —va contestar ella—. L'hivern passat no vas treballar. No vas trobar feina fins a la primavera, però llavors la filla del comte es va desdir del casament i Lord William es va desdir de la casa. Després vam decidir quedar-nos i treballar a la collita, cosa que va ser una gran equivocació.

—Tens raó: m'hauria estat més fàcil trobar feina en una obra a l'estiu que no pas a la tardor.

—I l'hivern se'ns va tirar a sobre molt aviat. Amb tot, no hauríem patit tant si no ens haguessin robat el porc.

Tom va assentir amb una expressió de fatiga.

—El meu únic consol és saber que el lladre deu estar sofrint tots els turments de l'infern.

—Així ho espero.

—¿Que potser en tens cap dubte?

—Els sacerdots no saben tot el que diuen que saben. El meu pare n'era, recorda-te'n.

Tom se'n recordava molt bé. A l'església del pare d'Agnes s'havia esfondrat un mur sense possibilitat de reparació i la parròquia l'havia contractat perquè el reconstruís. Als sacerdots no els era permès de casar-se, però aquell tenia una majordona i aquesta tenia una filla. A la vila era un secret de domini públic que el sacerdot era el pare de la nena. En aquella època, Agnes tampoc no era bonica, però, com que era jove, tenia una pell fresca i semblava sobrada d'energia. Solia donar conversa a Tom mentre ell treballava, i de vegades el vent li cenyia el vestit al cos fins al punt que Tom li podia endevinar les corbes, fins i tot el melic, com si la noia anés despullada. Una nit, ella va entrar a la petita cabana on ell dormia i li va posar una mà a la boca perquè no digués res. Es va treure el vestit i ell la va veure nua a la llum de la lluna. Tom va abraçar aquell cos jove i van fer l'amor.

—Tots dos érem verges —va dir en veu alta.

Agnes sabia el que pensava. Va somriure i llavors el seu rostre va tornar a fer un posat trist.

—Sembla que hagi passat molt de temps... —va mormolar.

—¿Què podem menjar? —va preguntar Martha.

A Tom l'olor de les sopes li va fer venir un rau-rau a l'estómac. Va enfonsar el bol a l'olla bullent i en va treure uns trossos de nap amb una mica de brou. Va fer servir la punta del ganivet per comprovar si la verdura ja estava cuita. Encara li faltava una mica, però va decidir no esperar més. Va omplir un bol per a cadascun dels seus fills i en va portar un a Agnes.

Ella semblava cansada i pensativa. Va bufar les sopes per refredar-les i en acabat es va posar el bol als llavis.

Martha i Alfred van buidar els bols ràpidament i en van demanar més. Tom va apartar l'olla del foc, fent servir la vora de la capa per no cremar-se els dits, i va buidar les sopes que quedaven als bols dels nois.

—¿I tu? —li va preguntar Agnes, quan ell va tornar al seu costat.

—Ja menjaré demà.

Ella semblava massa cansada per discutir.

Tom i Alfred van tirar unes branques a la foguera i van recollir prou llenya per a tota la nit. En acabat, es van embolcallar amb les capes i es van estirar damunt la fullaraca per dormir.

Tom tenia el son lleuger i es va despertar tan bon punt va sentir els gemecs d'Agnes.

—¿Què passa? —va preguntar en veu baixa.

Ella es va tornar a queixar. Estava pàl·lida i tenia els ulls tancats.

—Ja arriba el nen —va dir.

Tom es va quedar sense respiració per uns instants. «Aquí no», va pensar, «en aquest terra gelat i al cor del bosc, no.»

—Però si encara no et toca —va dir.

—S'ha avançat.

—¿Ja has trencat aigües? —va preguntar Tom, mirant de mantenir la calma.

—Poc després de sortir de la cabana del guardabosc —va respondre Agnes panteixant i sense obrir els ulls.

—¿I els dolors?

—En tinc des de llavors.

Era molt típic d'ella haver-ho mantingut en silenci.

Mentrestant, Alfred i Martha s'havien despertat.

—¿Què passa?

—El nen està a punt de néixer —va contestar Tom.

Martha es va posar a plorar. Tom va arrufar les celles, pensatiu.

—¿Podries aguantar fins a la cabana del guardabosc? —li va preguntar. Almenys allí hi hauria un sostre, palla per jeure i algú que els ajudaria.

Agnes va fer que no amb el cap.

—El nen ja s'ha desprès.

—Així ja falta poc.

Eren en la part més feréstega del bosc. En tot el matí no havien vist ni una vila i el guardabosc els havia dit que no en veurien cap en tot l'endemà. Això volia dir que no hi havia cap possibilitat de trobar una dona que pogués fer de llevadora. Tom mateix hauria d'ajudar la criatura a néixer, amb aquell fred i només amb els seus fills per ajudar-lo, i si alguna cosa no anava bé, no tenia medecines, ni sabia què havia de fer...

«És culpa meva», va pensar Tom. «Primer, la vaig deixar

embarassada, i després en la misèria. Confiava en mi perquè mantingués la família, i ara està donant a llum en ple hivern a l'aire lliure.» Tom sempre havia menyspreat els homes que tenien fills i després els deixaven morir de gana; i ara feia una cosa semblant. Estava mort de vergonya.

—Estic molt cansada —va dir Agnes—. No tinc forces per portar aquesta criatura al món. Només vull descansar.

A la llum de la foguera la cara li brillava, xopa de suor.

Tom es va adonar que s'havia de sobreposar per donar forces a Agnes.

—Jo t'ajudaré —li va dir.

No hi havia res de misteriós ni complicat en el que estava a punt d'esdevenir-se. Ell ja havia estat testimoni del naixement de diverses criatures. La feina la feien normalment les dones, atès que sabien com se sentia la mare, i això els permetia ajudar-la millor, però no hi havia cap motiu perquè un home no ho fes si es donava el cas. Abans que res, havia d'intentar que ella es trobés còmoda, llavors esbrinar si el part estava gaire avançat, fer els preparatius necessaris i finalment tranquil·litzar-la mentre esperaven.

—¿Com et trobes? —li va preguntar.

—Tinc fred —va respondre ella.

—Acosta't més al foc —li va indicar Tom mentre es treia la capa i l'estenia a terra a un pas de distància de la foguera. Tot seguit va aixecar Agnes sense esforç i la va deixar suaument sobre la capa.

Es va agenollar al seu costat. La túnica de llana que Agnes portava a sota de la capa anava cordada de dalt a baix. Tom li va descordar dos dels botons inferiors i hi va introduir la mà. Agnes va fer un crit sufocat.

—¿Et fa mal? —va preguntar ell, sorprès i preocupat.

—No —va contestar ella fent un somriure—. Tens les mans glaçades.

Tom li va palpar el ventre. El tenia més inflat i punxegut que la nit anterior, quan tots dos van dormir junts al terra cobert de palla de la cabana d'un camperol. Tom va prémer una mica i va notar la forma del nen que havia de néixer. Va trobar un extrem del cos exactament a sota el melic d'Agnes, però no aconseguia localitzar l'altre extrem.

—Li puc tocar el cul, però no el cap —va dir.

—Això és perquè s'acosta el moment del part —li va explicar ella.

La va cobrir i la va acotxar amb la capa. S'havia d'afanyar a fer els preparatius. Va mirar els nens. Martha somicava. Alfred semblava espantat. Els havia de mantenir ocupats.

—Alfred, agafa l'olla i vés al rierol. Neteja-la i torna-la a portar plena d'aigua fresca. I tu, Martha, fes dos cordills amb joncs, cadascun prou gran com per fer-ne un collaret. Vinga, de pressa. Quan hagi sortit el sol ja tindreu un altre germà o germana.

Cada un se'n va anar pel seu cantó. Tom va treure el ganivet i una pedra petita i dura i va començar a esmolar-ne la fulla. Agnes es va tornar a queixar. Tom va deixar el ganivet i li va agafar la mà.

Així havia estat, assegut al seu costat, quan havien nascut els altres: Alfred, Matilda, que es va morir quan tenia dos anys, i Martha. I el fill que va néixer mort, un nen a qui Tom, en secret, volia posar el nom de Harold. Però sempre hi havia hagut algú més donant seguretat i confiança. Per a Alfred, la mare d'Agnes; per a Matilda i Harold, una llevadora de la vila, i per a Martha, ni més ni menys que una dama de la noblesa. Aquesta vegada ho hauria de fer tot sol, però no podia mostrar signes d'inquietud. Havia de fer que Agnes se sentís segura i confiada.

Passat l'espasme, Agnes es va tranquil·litzar.

—¿Recordes el naixement de Martha, amb Lady Isabella fent de llevadora? —va preguntar Tom.

Agnes va somriure.

—Treballaves en la construcció d'una capella per al senyor i li vas demanar si podia enviar la minyona a buscar la llevadora del poble...

—I ella va dir: «¿Aquella bruixa vella i borratxa? No li deixaria portar al món ni una llodrigada de llops.» I ens va portar al seu llit, on Lord Robert no es va poder ficar fins que Martha no va haver nascut.

—Era una bona persona.

—No n'hi ha gaires com ella.

Alfred va tornar amb l'olla plena d'aigua freda. Tom la va deixar a prop del foc, però no massa, per por que bullís. Així tindrien aigua tèbia. Agnes va buscar sota la capa i va treure una bossa petita de lli on hi havia uns draps nets que tenia preparats.

Martha també va tornar carregada de joncs i es va asseure a terra per trenar-los.

—¿Per què necessites cordills? —va preguntar.

—Per a una cosa molt important. Ja ho veuràs —va contestar Tom—. Fes-los ben fets.

Alfred semblava estar inquiet i incòmode.

—Vés a buscar més llenya —li va manar Tom—. Farem una bona foguera.

El noi es va allunyar, content de poder fer alguna cosa.

Quan li van tornar a començar les contraccions per empènyer la criatura cap enfora, el rostre d'Agnes es va posar tens per l'esforç i feia uns sorolls greus com un arbre cruixint en un vendaval. Tom s'adonava que l'esforç li esgotava les últimes reserves d'energia, i desitjava de tot cor poder sofrir en lloc d'ella. Finalment, va semblar que el dolor es calmava i Tom va respirar una mica més tranquil. Feia la impressió que Agnes s'havia endormiscat.

Alfred va tornar amb els braços carregats de branquillons. Agnes es va espavilar.

—Tinc fred —va mormolar.

—Tira llenya al foc, Alfred —va indicar Tom al seu fill—. I tu, Martha, estira't al costat de la mare o procura que es mantingui calenta.

Tots dos van obeir amb una expressió d'inquietud. Agnes va abraçar Martha i la va estrènyer contra ella. Tenia esgarrifances de fred.

Tom estava extremament preocupat. El foc cremava amb força i espetegava, però l'aire cada vegada era més fred. Podria ser que el nen es morís de fred al primer alè. No era inusual que les criatures naixessin a l'aire lliure; de fet, passava sovint a l'època de la collita, quan tothom estava molt enfeinat i les dones treballaven fins a l'últim minut; però durant la collita el terra estava sec, l'herba suau i l'aire fragant. Mai no havia conegut cap dona que donés a llum en ple hivern.

Agnes es va incorporar, repenjant-se en un colze, i va obrir més les cames.

—¿Què passa? —va preguntar Tom, espantat.

Agnes estava fent un esforç massa intens per poder contestar.

—Alfred, agenolla't darrere la teva mare i deixa que es repengi en tu —li va manar Tom.

Quan el noi va fer el que li deien, Tom va obrir la capa d'Agnes i li va descordar la faldilla del vestit. Es va agenollar entre les seves cames i va observar que l'obertura per on naixeria la criatura es començava a dilatar.

—Ja no falta gaire, estimada —va mormolar, fent un esforç perquè no li tremolés la veu.

Agnes es va tornar a calmar, va tancar els ulls i va descarregar tot el seu pes damunt Alfred. Va semblar que l'obertura es tornava a contreure. Al bosc regnava un silenci que només trencaven els espetecs de la foguera. De sobte, Tom va pensar com s'ho havia fet Ellen, la proscrita, per parir sola al bosc. Deuria haver estat terrorífic. Havia dit que havia tingut por que no arribés un llop mentre es trobava indefensa i li robés la criatura acabada de néixer. Segons es deia, aquell any els llops eren més agosarats que de costum, però no era probable que ataquessin un grup de quatre persones.

Agnes es va tornar a posar tensa, va contreure novament el rostre i les gotes de suor li van tornar a brillar. «Ja arriba», va pensar Tom. Estava espantat. Va veure que l'obertura es dilatava una altra vegada i va aconseguir distingir, a la llum del foc, els cabells negres i humits del nadó. Se li va acudir que hauria de resar, però ja no quedava temps. Agnes va començar a panteixar a un ritme accelerat. L'obertura es va seguir eixamplant fins a un punt que semblava increïble, i de seguida va començar a sortir la criatura cap per avall. Un instant després, Tom li va veure les orelles arrugades, i llavors els plecs del coll. Encara no aconseguia veure si la criatura era normal.

—Ja ha tret el cap —va dir, però, és clar, Agnes ja ho sabia perquè ho podia sentir, i llavors es va tornar a tranquil·litzar. La criatura es va anar tombant lentament, de manera que Tom li va poder veure els ulls tancats i la boca, humits per la sang i els fluids viscosos del ventre.

—Oh! Mireu quina carona! —va exclamar Martha.

Agnes la va sentir i va somriure breument. Llavors va tornar a panteixar. Tom es va inclinar entre les cuixes d'ella i va agafar amb la mà esquerra el caparró mentre anaven sortint les espatlles, primer una i després l'altra. Aleshores va sortir la resta del cos precipitadament i Tom va posar la mà dreta sota el malucs de la criatura per sostenir-la mentre les seves cametes sortien a aquell món fred.

L'obertura d'Agnes es va començar a tancar immediatament, al voltant del cordó blau que sorgia, bategant, del melic de la criatura.

Tom va aixecar el nadó i el va observar amb ansietat. Hi havia molta sang i al principi va témer que alguna cosa anés malament, però quan el va examinar detingudament no va descobrir cap ferida. El va mirar entre les cames. Era un nen.

—És molt lleig —va cridar Martha.

—És perfecte —va assegurar Tom, i va sentir que les cames li tremolaven—. Un nen perfecte.

El nen va obrir la boca i es va posar a plorar.

Tom va mirar Agnes. Els seus ulls es van trobar i tots dos van somriure. Tom va mantenir la diminuta criatura abraçada contra el pit.

—Martha, treu un pot d'aigua de l'olla —li va manar. Llavors, tombant-se cap a la seva dona, va preguntar:— ¿On són els draps, Agnes?

Ella va assenyalar la bossa de fil que era a terra, al seu costat. Alfred la va allargar a Tom. Per la cara del noi corrien les llàgrimes. Era la primera vegada que veia un naixement.

Tom va remullar un drap en el pot d'aigua calenta que li havia donat la seva filla i va netejar la sang i les mucoses de la cara del nen amb delicadesa. Agnes es va descordar la túnica i Tom li va posar el nen, que encara plorava, als braços. Mentre mirava el cordó blau que anava del melic del nen a l'engonal d'Agnes, el cor del nadó va deixar de bategar, es va encongir i es va posar blanc.

—Dóna'm aquests dos cordills que has fet —va manar a Martha—. Ara veuràs per a què serveixen.

La nena li va donar dos cordills. Tom els va lligar en dos llocs al voltant del cordó, estrenyent els nusos amb força. Tot seguit va tallar amb el ganivet el tros de cordó que havia quedat al mig.

Es va fer enrere sense aixecar-se. Ho havien aconseguit. Havia passat el pitjor i el nadó es trobava bé. Se'n sentia orgullós.

Agnes va moure el nen per posar-li la cara sobre el seu pit. Aquella boca tan petita va trobar el mugró, va deixar de plorar i va començar a xarrupar.

—¿Com ho sap, que ha de fer això? —va preguntar Martha, astorada.

—És un misteri —va contestar Tom. Llavors, allargant-li el pot, va afegir:— Porta-li a la teva mare una mica d'aigua fresca per beure.

—Sí, sisplau —va dir Agnes agraïda, com si s'acabés d'adonar que tenia molta set. Martha li va portar l'aigua i ella se la va beure tota.— Està molt bona. Gràcies —va dir.

Va mirar el nen que seguia mamant, tot seguit a Tom i va afegir en veu baixa:

—Ets un bon home, Tom. T'estimo.

A Tom se li van omplir els ulls de llàgrimes. Va somriure a Agnes i va baixar la mirada. Llavors va advertir que ella continuava perdent molta sang. El cordó umbilical arrugat, que encara sortia a poc a poc, havia caigut en un bassal de sang sobre la capa de Tom, entre les cames d'ella.

Tom va tornar a alçar la vista. El nadó havia deixat de mamar i s'havia quedat adormit. Agnes el va acotxar amb la capa i va tancar els ulls.

—¿Esperes alguna cosa? —va preguntar Martha al seu pare al cap d'un moment.

—La placenta.

—¿I això què és?
—Ja ho veuràs.
Mare i filla van dormir una estona, i després Agnes va obrir els ulls. Els seus músculs es van posar tensos, l'obertura es va dilatar lleugerament i va aparèixer la placenta. Tom la va agafar i la va mirar detingudament. Semblava un tros de carn sobre el taulell del carnisser. Llavors va advertir que semblava trencada, com si en faltés un tros. Però mai no n'havia vist cap de tan a prop després d'un part i va suposar que sempre eren així, perquè s'havien de desprendre. La va tirar al foc. Quan es va cremar va fer una olor molt desagradable, però si l'hagués llençat al bosc hauria pogut atreure les guineus i potser algun llop i tot.
Agnes continuava perdent sang. Encara que sabia que la placenta venia acompanyada de pèrdues, Tom no recordava que fossin tan abundants. Es va adonar que encara no havien acabat. Per un moment es va sentir marejat, pels nervis i la falta de menjar, però de seguida es va refer.
—Encara tens pèrdues —va dir a Agnes, intentant dissimular la preocupació.
—Aviat s'aturarà —va contestar ella—. Tapa'm, sisplau.
Tom li va cordar la faldilla i li va tapar les cames amb la capa.
—¿Ara ja puc descansar? —va preguntar Alfred.
Encara estava agenollat darrere Agnes per aguantar-la. Devia estar entumit de no haver-se mogut des de feia estona, va pensar Tom.
—Ja l'aguanto jo —va dir Tom.
Va pensar que Agnes estaria més còmoda si podia estar mig incorporada amb el nadó. I, a més, un cos al darrere li mantindria l'esquena calenta i la protegiria del vent. Es va posar al lloc d'Alfred, el qual es va queixar de dolor quan va estirar les cames. Tom va abraçar la seva dona i el nen.
—¿Com et trobes? —li va preguntar.
—Cansada.
El nadó va començar a plorar. Agnes el va col·locar de manera que li trobés el mugró. Mentre el nen mamava, semblava que ella s'adormia.

Tom estava inquiet. El cansament era normal, però el que el preocupava era aquella mena de letargia d'Agnes. Estava massa feble.

El nadó es va quedar adormit. Poc després, també s'hi van quedar Alfred i Martha, aquesta cargolada al costat d'Agnes i del noi a prop del foc. Tom tenia abraçada Agnes i l'acaronava amb tendresa. De tant en tant, li feia un petó al cap. Va sentir que ella es relaxava i que s'adormia cada vegada més profundament. Va arribar a la conclusió que devia ser el millor per a ella. Li va tocar la galta. Tenia la cara enganxosa per la humitat, malgrat els esforços que ell feia per mantenir-la calenta. Va ficar la mà per sota la capa i va tocar el pit del nen. La criatura estava calenta i el cor li bategava amb força. Tom va somriure. Un nen sa i fort, va pensar.

Agnes es va moure una mica.

—¿Tom?

—Digues.

—¿Te'n recordes de la nit que vaig anar a la teva cabana, quan treballaves a l'església del meu pare?

—Doncs és clar —va contestar ell, donant-li uns copets—. ¿Com vols que me n'hagi oblidat?

—Mai no m'he penedit d'haver-me lliurat a tu. Mai, ni per un instant. Cada vegada que penso en aquella nit, estic tan contenta...

Tom va somriure. S'alegrava de saber-ho.

Agnes es va quedar una estona mig adormida. Llavors va tornar a parlar.

—Espero que construeixis la teva catedral —va mormolar.

—Em pensava que no ho volies —va dir ell, sorprès.

—Sí, però m'equivocava. T'ho mereixes.

Tom no entenia què volia dir amb aquelles paraules.

—Construeix una magnífica catedral per a mi —va continuar Agnes. Semblava que hagués perdut el seny. Tom es va alegrar que es tornés a adormir. Aquesta vegada el cos d'ella estava completament relaxat i tenia el cap tombat cap a un costat. Tom va haver d'aguantar el nen perquè no li caigués del pit.

Van estar-se així molta estona. Finalment, la criatura es va tornar a despertar i va començar a plorar. Agnes no va reaccionar. Els plors van despertar Alfred, que va fer mitja volta i va mirar el seu germà acabat de néixer.

Tom va sacsejar Agnes amb suavitat.

—Desperta —va mormolar—. El nen vol mamar.

—Pare! —va cridar Alfred, espantat—. Mira-li la cara!

Tom va tenir un mal pressentiment. Havia perdut massa sang.

—Agnes! —va exclamar—. Desperta!

No hi va haver cap resposta. Agnes estava inconscient. Tom es va aixecar, aguantant-la per l'esquena fins que la va deixar estirada a terra. Agnes estava blanca com la cera.

Temorós del que podia trobar-se, va obrir la capa que li cobria les cames. Hi havia sang pertot arreu.

Alfred va ofegar un crit al mateix temps que es girava d'esquena.

—Senyor, protegiu-nos! —va mormolar Tom.

Els plors de la criatura van despertar Martha, la qual, en veure tanta sang va començar a xisclar. Tom la va agafar i li va donar una bufetada. La nena va callar.

—No cridis —li va dir, amb calma, i la va deixar anar.

—¿S'està morint, la mare? —va preguntar Alfred.

Tom va posar la mà damunt d'Agnes, just a sota del pit esquerre. No va sentir cap batec.

Cap batec.

Va fer més força. El cos encara era calent i el pit esquerre li va tocar la mà, però no respirava i el cor no li bategava.

El va envair una paràlisi glaçada com una boira baixa. Ella no hi era. Li va mirar la cara fixament. ¿Com podia ser que no hi fos? Volia que es mogués, que obrís els ulls, que respirés. Va mantenir la mà sobre el pit d'ella. A vegades el cor es revifa, diu la gent, però havia perdut massa sang...

Va mirar Alfred.

—La mare ha mort —va xiuxiuejar.

Alfred el va mirar fixament, com si no ho entengués. Martha es va posar a plorar. La criatura també plorava. «He de tenir cura d'ells», va pensar Tom. «He de ser fort per ells.»

Però tenia ganes de plorar, de passar els braços pel voltant d'Agnes i de tenir-la abraçada mentre es refredava, i de recordar quan era jove, quan reia, quan feia l'amor amb ell. Tenia ganes de plorar amb ràbia i de brandar el puny contra el cel implacable. Va fer el cor fort. S'havia de contenir, havia de ser fort pels seus fills.

Tenia els ulls secs.

«¿Què és el primer que he de fer?», es va preguntar.

«Cavar una tomba.

»He de cavar un sot molt fons per dipositar-l'hi i que no s'hi acostin els llops, i perquè els seus ossos es puguin conservar fins al dia del Judici Final. Llavors resar una oració per la seva ànima. Agnes, Agnes, Agnes, ¿per què m'has deixat sol?»

El nadó continuava plorant. Tenia els ulls ben clucs i obria i tancava la boca rítmicament, com si l'aire li donés menjar. Necessitava mamar. Els pits d'Agnes vessaven de llet tèbia. «¿Per què no?», va pensar Tom. Va col·locar la criatura davant del pit de la mare morta. El nen va trobar el mugró i va començar a xarrupar. Tom el va cobrir amb la capa d'Agnes.

Martha contemplava l'escena amb els ulls esbatanats i xuclant-se el dit gros.

—¿Que podries aguantar el nen així, que no caigui? —li va preguntar Tom.

La nena va assentir i es va agenollar davant de la mare morta i la criatura.

Tom va agafar la pala. Agnes havia escollit aquell lloc per descansar i s'havia assegut a l'ombra del castanyer. Així doncs, aquell seria el seu lloc de repòs definitiu. Es va empassar la saliva per lluitar contra el desig que tenia de seure a terra i plorar. Va marcar un rectangle a terra, a poques passes de l'arbre, on no hi havia arrels a prop de la superfície, i va començar a cavar.

Va descobrir que això l'ajudava. Quan es concentrava a enfonsar la pala al sòl dur per treure terra, es quedava en blanc i era capaç de conservar el domini de si mateix. Va fer torns amb Alfred per tal que ell també es pogués confortar amb aquell esforç físic repetitiu. Van cavar de pressa, amb totes les seves forces, fins al punt que tots dos suaven com si fos migdia, malgrat que feia un fred glacial.

—¿No és prou fons, ja? —va demanar el noi en un moment determinat.

Tom es va adonar que estava dret en un sot tan profund com la seva alçada. No hauria volgut acabar mai la tasca, però es va veure obligat a dir que sí.

—Ja n'hi ha prou —va contestar, sortint a fora.

Mentre cavaven, havia sortit el sol. Martha seia al costat del foc amb la criatura, gronxant-la. Tom es va acostar a Agnes i es va agenollar al seu costat. La va embolicar amb la capa, deixant la cara visible, i llavors la va alçar. Va caminar cap a la tomba i la va deixar a la vora. Llavors va baixar al sot.

Tot seguit, la va aixecar i la va dipositar amb molta cura sobre la terra. Es va estar una bona estona mirant-la, agenollat al seu costat dins la freda tomba. La va besar suaument als llavis i llavors li va cloure els ulls.

Va sortir de la tomba.

—Veniu aquí, nois —va dir.

Alfred i Martha hi van anar i es van posar un a cada costat d'ell. Martha portava el nen a coll. Tom va posar un braç al voltant de tots dos. Van mirar a dins la tomba.

—Digueu: «Que Déu beneeixi la mare» —els va demanar Tom.

—Que Déu beneeixi la mare —van dir tots dos.

Martha somicava i Alfred tenia llàgrimes als ulls. Tom els va abraçar i es va empassar les llàgrimes.

Els va deixar anar i va agafar la pala. Martha va fer un crit quan va tirar la primera palada de terra a la tomba. Alfred va abraçar la seva germana. Tom va continuar abocant terra a la tomba. No podia suportar tirar terra a la cara d'Agnes, per això va començar per tapar-li els peus, les cames i el cos, fent una pila de terra que va formar una muntanyeta, fins que la terra va relliscar avall i li va anar a parar al coll. Finalment, la terra li va tapar la boca que ell havia besat, i el rostre d'Agnes va desaparèixer per sempre més.

Va omplir la fossa molt de pressa.

Quan va haver acabat, va escampar la terra que sobrava per tal que quedés al mateix nivell que el terra, ja que si quedava gaire visible, els proscrits podien profanar-la amb l'esperança de trobar-hi algun anell. Llavors es va quedar dret allà, mirant la sepultura.

—Adéu, estimada —va mormolar—. Has estat una bona esposa i t'estimo.

Fent un esforç suprem va fer mitja volta.

Encara hi havia la capa a terra, on Agnes havia jagut per parir la criatura. Va agafar el ganivet, va tallar la capa per la meitat i va llençar al foc el tros que estava brut de sang seca.

Martha encara portava el nen a coll.

—Dóna-me'l —va dir Tom.

Ella se'l va mirar, espantada. Tom va embolcallar el nen amb la part neta de la capa i el va deixar damunt de la tomba. La criatura va començar a plorar.

Es va girar cap als nois, que el miraven fixament, en silenci.

—No tenim llet perquè el nen pugui viure, vol dir que l'hem de deixar aquí, amb sa mare.

—Però es morirà! —va exclamar Martha.

—Sí —va respondre Tom, fent esforços per controlar la veu—. Fem el que fem, es morirà.

Hauria volgut que el nen parés de plorar.

Va recollir totes les seves coses i les va posar dins de l'olla, que es va penjar a l'esquena com ho feia Agnes.

—Anem-nos-en —va dir.

Martha va començar a somicar. Alfred estava blanc. Es van posar en marxa camí avall sota la llum grisa d'un matí fred. Finalment, van deixar de sentir els plors de la criatura.

No els convenia quedar-se a prop de la tomba, perquè Alfred i Martha haurien estat incapaços de dormir allà i no hauria servit de res fer tota una nit de vigília. A més, els aniria bé estar en moviment.

Tom caminava a bon ritme, però el cap se li havia disparat i no podia aturar els seus pensaments. Només podia continuar caminant. No tenia feina, ni havia d'organitzar res i només podien mirar el bosc fosc i les ombres que oscil·laven a la llum de les torxes. Anava rumiant i quan seguia el rastre d'algun record somreia, llavors es girava per explicar a Agnes el que havia recordat i el xoc en adonar-se que era morta el colpia com un dolor físic. Estava atordit, com si el que havia passat fos totalment incomprensible, tot i que, evidentment, no era gens extraordinari que una dona de la seva edat morís de part i que un home com ell es quedés vidu. Però la sensació de pèrdua era com una ferida. Havia sentit dir que les persones a les quals tallen els dits d'un peu no aconsegueixen mantenir l'equilibri i cauen contínuament, fins que tornen a aprendre a caminar. Se sentia igual, com si li haguessin amputat una part del seu ésser i no es pogués fer a la idea que se n'havia anat per sempre.

Va intentar no pensar en ella, però encara recordava l'aspecte que tenia abans de morir. Semblava increïble que poques hores abans encara fos viva i que ara jagués sota terra. Va recordar el seu rostre patint per donar a llum, i després el seu somriure d'orgull quan va veure la cara del nen acabat de néixer. També li va venir a la memòria el que li va dir després: «Espero que construeixis la teva catedral»; i el que hi havia afegit: «Construeix una magnífica catedral per a mi.» Va parlar com si sabés que es moria.

A mesura que caminava, no es podia treure del cap la criatura que havia deixat enrere, embolcallada amb les restes de la capa, damunt de la tomba. Si no l'havia ensumat cap guineu, probablement encara seria viva. Tanmateix, es moriria abans del matí. Ploraria una estona, clouria els ulls i la vida l'abandonaria a mesura que es refredés mentre s'adormia.

Això, si no l'ensumava cap guineu.

No podia fer res per la criatura. Per sobreviure, necessitava llet, i no en tenien. Tampoc no hi havia cap vila propera on poder trobar una dona que li donés el pit, o una ovella, una cabra o una vaca. Tot el que li podia donar eren naps, que la matarien igual que la guineu.

A mesura que es feia de dia, cada vegada trobava més horrorós el que havia fet. Sabia que era una cosa corrent. Els pagesos amb famílies nombroses i petites granges solien deixar els nadons exposats al fred, i a vegades el sacerdot feia la vista grossa; però Tom no era d'aquesta mena de gent. L'hauria d'haver carregat a coll fins que s'hagués mort i després l'hauria d'haver enterrat. No hauria servit de res, és clar, però tot i així ho hauria d'haver fet.

De cop i volta es va adonar que ja era de dia.

Es va aturar en sec.

Els nois es van quedar parats, mirant-se'l expectants. Estaven a punt per a qualsevol cosa, perquè ja no hi havia res que fos normal.

—No hauria d'haver abandonat el nen —va mormolar Tom.

—No li podíem donar res de menjar. Hauria mort igualment —va argüir Alfred.

—Així i tot, no l'hauria d'haver abandonat —va insistir Tom.

—Tornem a buscar-lo —va dir Martha.

Tom encara dubtava. Tornar en aquell moment seria com admetre que havia fet mal fet de deixar la criatura.

Però era veritat. No havia fet bé.

Va fer mitja volta.

—Molt bé —va dir—. Tornem enrere.

De sobte, tots els perills que abans havia descartat li semblaven d'allò més probables. Segur que alguna guineu ja hauria ensumat el nen i l'hauria arrossegat al seu cau. O fins i tot un llop. Els porcs senglars també eren perillosos, tot i que no menjaven carn. ¿I com oblidar les òlibes? Una òliba no podia endurse una criatura, però li podia treure els ulls a cops de bec.

Va caminar més de pressa, malgrat que estava marejat de cansament i de gana. Martha havia de córrer per atrapar-lo, però no es queixava.

Temia el que podia trobar-se en tornar a la tomba. Els depredadors eren implacables, i sabien quan un ésser viu estava indefens.

No sabia quanta estona havien caminat, perquè havia perdut

la noció del temps. El bosc de més enllà dels marges li semblava estrany, tot i que acabaven de passar pel camí feia poca estona. Va buscar nerviosament el lloc on hi havia la tomba. El foc encara no es devia haver apagat, perquè era molt gros. Va escodrinyar els arbres, a la recerca de les peculiars fulles del castanyer. Van deixar enrere una cruïlla que no recordava i va tenir la idea forassenyada que havien passat de llarg la tomba sense veure-la. En aquell moment va veure una lleu resplendor al davant.

El cor li va defallir uns instants. Va caminar més de pressa i va sotjar el bosc davant seu. Sí, era un foc. Va arrencar a córrer. Va sentir que Martha el cridava, com si pensés que el seu pare fugia, però ell de seguida va anunciar:

—És aquí!

I va sentir que els nois li corrien al darrere. Va arribar a l'altura del castanyer, amb el cor que li bategava amb força. El foc encara cremava. Hi havia la pila de llenya i també la taca de sang a terra, allà on Agnes havia patit l'hemorràgia. Hi havia la tomba, una pila de terra, acabada de remoure, sota la qual jeia ella. I a sobre de la tomba no hi havia res.

Tom ho va escorcollar tot frenèticament. Ni rastre de la criatura. Li van venir llàgrimes de frustració als ulls. Fins i tot havia desaparegut la meitat de la capa amb la qual l'havien embolcallat. I, tanmateix, la tomba estava intacta. No hi havia petjades d'animals a la terra tova, ni sang, ni cap altre senyal que indiqués que havien arrossegat el nadó.

Tom estava confús i tot d'un plegat va començar a veure-hi borrós. Tampoc no podia pensar amb claredat. Sabia que havia fet una cosa terrible en abandonar la criatura en vida. Només quan sabés que ja era morta podria descansar. Però potser encara era viva, en algun lloc, ben a prop. Va decidir buscar-la, caminant en cercle.

—¿On vas? —li va preguntar Alfred.

—Hem de buscar el nen —va contestar Tom, sense mirar enrere.

Va fer una volta per la vora de la clariana, mirant sota els arbustos. Encara se sentia una mica marejat. No va veure res, ni tan sols un indici que li indiqués cap on un llop es podria haver endut la criatura. En aquell moment estava segur que havia estat un llop. El cau de l'animal devia ser a la vora.

Va obrir camí allunyant-se del foc, furgant entre els arbustos i el bardissam. Es començava a desesperar, però va aconseguir tenir la ment fixa en una única cosa: la necessitat imperativa de trobar el nen. Ja no sentia dolor, sinó una determinació compulsiva i ardent, i en el fons del seu cor, el dolorós convenciment que tot allò havia estat culpa seva. Va caminar sense rumb per tot el bosc, escodrinyant el terra, aturant-se de tant en tant per veure si sentia els plors monòtons i inconfusibles d'un nadó. Però quan ell i els seus fills es quedaven quiets, s'adonaven que al bosc regnava el silenci més absolut.

Tom va perdre la noció del temps. Els seus cercles, cada vegada més amplis, el tornaven al camí, però més endavant es va adonar que ja feia estona que l'havien travessat. En un moment determinat, es va preguntar com era possible que no haguessin topat amb la cabana del guardabosc. Va tenir la vaga idea que s'havien perdut, que ja no feien voltes en cercle a la tomba, sinó que havien estat vagarejant pel bosc a la bona de Déu. En realitat, poc importava, mentre continuessin buscant la criatura.

—Pare —va dir Alfred.

Tom el va mirar enfurismat per haver interromput el curs dels seus pensaments. Alfred carregava Martha, perquè estava completament adormida.

—¿Què passa? —va preguntar Tom.

—¿Que podem descansar?

Tom va dubtar. No es volia aturar, però el noi semblava a punt de caure a terra.

—Bé, d'acord —va dir a contracor—. Però no gaire estona.

Es trobaven en un vessant. Al peu del turó hi devia haver un rierol. Estava assedegat. Va agafar Martha dels braços d'Alfred i va caminar muntanya avall amb la nena a coll. Tal com esperava, van trobar un rierol cristal·lí, amb les ribes glaçades. Va deixar Martha a terra, que no es va despertar. Alfred i ell es van agenollar i van agafar aigua per beure amb les mans.

Alfred es va estirar al costat de Martha i va tancar els ulls. Tom va mirar al voltant. Eren en una clariana coberta de fullaraca. Els arbres del voltant eren roures baixos i ferms, amb les branques entrellaçades. Tom va travessar la clariana, amb la intenció de buscar el nen darrere els arbres, però quan va arribar a l'altre costat, les cames li feien figa i es va veure obligat a seure.

Ja era ple dia, però hi havia boira baixa i no feia pas més calor que a mitjanit. Tremolava com una fulla. Es va adonar que havia estat fent voltes amb la túnica com a únic abric. Rumiava on tenia la capa, però no se'n podia recordar. Llavors, o bé la boira es va espessir, o bé alguna cosa estranya li va passar a la vista, perquè no podia veure els nois a l'altra banda de la clariana. Es volia aixecar i anar-hi, però les cames no li responien.

Al cap d'una estona un sol molt feble es va obrir pas entre els núvols i molt aviat va arribar l'àngel.

Va travessar la clariana des de la banda est, vestit amb una llarga capa d'hivern de llana gairebé blanca. Tom el va veure arribar sense sorpresa o curiositat, sense temor ni tampoc admiració. El va observar amb la mateixa mirada absent i mancada d'emoció amb què veia els gruixuts troncs dels roures que l'envoltaven. Tenia la cara ovalada, una abundant cabellera fosca i portava una capa que li tapava els peus, de manera que semblava que llisqués damunt les fulles seques. Es va aturar just davant d'ell i els seus ulls clars i daurats li van penetrar fins a l'ànima i van comprendre el seu dolor. Tom no el va trobar estrany, com si hagués vist abans una pintura d'aquell mateix àngel en alguna església que havia visitat feia poc. Aleshores, va obrir la capa. Per sota, anava despullat. Tenia el cos d'una dona d'uns vint-i-cinc anys, amb una pell blanca i uns mugrons roses. Tom sempre havia donat per fet que els cossos dels àngels eren immaculats i sense pèl, però en aquell cas no era així.

Es va agenollar davant de Tom, que seia amb les cames encreuades sota una noguera. Es va inclinar i li va besar la boca. Tom estava massa atordit fins i tot per sorprendre's d'allò. L'àngel li va donar una empenta suau i Tom es va quedat estirat a terra, i, llavors, l'àngel es va obrir la capa i se li va estirar al damunt, amb el cos nu contra el seu. Tom va sentir l'ardor d'aquella pell a través de la roba. De seguida va deixar de tremolar.

Ella li va agafar la cara amb les mans i el va tornar a besar amb ganes, com qui beu aigua fresca al final d'un dia llarg i calorós. Llavors li va baixar les mans pels braços, fins a trobar les de Tom, i les hi va fer posar sobre els pits. Tom es va adonar que els tenia molt suaus i que els mugrons s'endurien sota la pressió dels dits.

Al fons del seu cap voltava la idea que estava mort. No creia que el cel fos així, però ja no li importava. Feia hores que havia perdut la capacitat de raonar, i si n'hi quedava una mica, se li acabava d'esvair, perquè ara es deixava portar pel cos. Va intentar incorporar-se i va prémer el seu cos contra el d'ella, absorbint l'energia de la seva calor i la seva nuesa. Ella va obrir els llavis i va enfonsar-li la llengua a la boca. Tom va reaccionar a l'acte.

Ella es va apartar. Tom va observar, atordit, que s'aixecava la faldilla de la túnica fins a la cintura i que el muntava. La dona va fixar en els seus ulls aquella mirada que semblava que ho veia tot mentre s'inclinava damunt seu. Hi va haver uns instants d'angoixa, quan es van tocar els cossos i ella va semblar indecisa. Llavors va sentir que la penetrava. La sensació va ser tan agradable que va tenir la impressió que esclataria de plaer. Ella va moure els malucs, somrient i besant-li el rostre.

Al cap d'una estona ella va tancar els ulls i va començar a panteixar. Tom va comprendre que estava perdent el control. La va observar fascinat. Ella gemegava rítmicament i es movia cada cop més de pressa. El seu èxtasi va commoure Tom fins al més pregon de la seva ànima ferida, de manera que no sabia si volia plorar de desesperació, cridar d'alegria o riure histèric. Llavors, tots dos es van veure sacsejats per una onada de plaer, igual que els arbres en una tempesta, una vegada i una altra. Finalment, es va calmar la passió i ella va caure a sobre del pit d'ell.

Van jeure d'aquella manera durant molta estona. La tebior del cos d'ella el mantenia calent. Tom es va submergir en una mena de son que més aviat semblava un somieig, però quan va obrir els ulls tenia la ment clara.

Va veure una dona ajaguda damunt seu i es va adonar a l'instant que no era un àngel sinó Ellen, la proscrita, a qui havia trobat en aquell indret del bosc el dia que els havien robat el porc. Ella el va sentir com es movia, va obrir els ulls i el va mirar amb una expressió d'afecte barrejat amb ansietat. Tom, de sobte, va pensar en els seus fills. Va apartar-la suaument i es va asseure. Alfred i Martha encara estaven estirats sobre les fulles, embolicats amb les capes, amb el sol sobre les cares adormides. Llavors va recordar, horroritzat, que la nit abans Agnes s'havia mort i que el nounat, el seu fill!, havia desaparegut. Es va cobrir el rostre amb les mans.

Ellen va emetre un estrany xiulet de dos tons. Va aixecar el cap i va veure una figura que sorgia del bosc. Tom el va reconèixer: era el fill d'Ellen, Jack, amb aquell aspecte tan peculiar, la pell blanca, els cabells roigs i uns ulls brillants d'ocell. Tom es va incorporar, posant-se bé la roba, i Ellen es va posar dreta i es va tancar la capa.

El noi duia alguna cosa als dits. Es va acostar a Tom i l'hi va ensenyar. Tom ho va reconèixer. Era la meitat de la capa amb què havia embolcallat el nadó abans de posar-lo damunt la tomba d'Agnes.

Sense entendre què passava, Tom va esguardar el noi i tot seguit Ellen. Ella li va agafar les mans, el va mirar als ulls i va dir:

—El teu fill és viu.

Tom no gosava creure-s'ho. Era massa bonic per ser veritat.

—No pot ser —va dir.

—Doncs és veritat.

Tom començava a creure-s'ho.

—¿És veritat? —va preguntar—. ¿De debò?

Ella va fer que sí amb el cap.

—De debò. Ara t'hi porto.

Tom es va adonar que deia la veritat. Una sensació d'alleujament i alegria es va apoderar d'ell. Va caure de genolls a terra; després, va acabar plorant desconsoladament.

V

—Jack va sentir els plors de la criatura —li va explicar Ellen—. Anava de camí cap al riu, a un lloc al nord d'aquí, on es poden matar ànecs a cops de pedra si tens bona punteria. No sabia què fer i per això va venir corrents a casa perquè l'hi acompanyés. Però mentre ens dirigíem al lloc en qüestió, vam veure un sacerdot a cavall amb el nen als braços.

—L'he de trobar! —va dir Tom.

—No pateixis —el va tranquil·litzar Ellen—. Sé on és. Ha agafat un corriol molt a prop de la tomba. És un camí estret que condueix a un petit monestir ocult al mig del bosc.

—El nen necessita llet.

—Els monjos tenen cabres.

—Gràcies a Déu! —va exclamar Tom.

—Quan hagueu menjat alguna cosa, t'hi portaré. Però... —Ellen va arrufar les celles—. Encara no diguis res del monestir als teus fills.

Tom va mirar a l'altra banda de la clariana. Alfred i Martha encara dormien. Jack s'hi havia acostat i els contemplava amb la seva mirada absent.

—¿I per què no?

—Bé, no ho sé..., potser és més prudent esperar.

—Ben segur que el teu fill dirà...

Ellen va fer que no amb el cap.

—Jack va veure el sacerdot, però no crec que se li hagi acudit la resta.

—Molt bé —Tom es va mostrar solemne—. Si hagués sabut que eres pels voltants, potser hauries pogut salvar la meva Agnes.

Ellen va sacsejar el cap i els cabells foscos li van caure sobre la cara.

—No hi ha res que es pugui fer, tret d'evitar que la dona es refredi, i això ja ho vas fer. Quan una dona sagna per dins, o es para l'hemorràgia i la cosa millora, o no es para i es mor.

En veure que a Tom se li omplien els ulls de llàgrimes va afegir:

—Em sap molt de greu.

Tom va assentir sense dir res.

—Però els vius s'han d'ocupar dels vius i tu has de menjar calent i posar-te una capa nova —va afegir Ellen mentre s'alçava.

Van despertar els nois. Tom els va dir que el nen estava bé, que Ellen i Jack havien vist un sacerdot que el carregava en braços, i que més tard Ellen i ell l'anirien a buscar, però que abans els donarien de menjar. Alfred i Ellen van escoltar sense immutar-se les sorprenents notícies. Ja no els podia xocar res. Tom també estava atordit. Els esdeveniments se succeïen massa ràpid perquè els poguessin assimilar. Era com trobar-se dalt d'un cavall desbocat. Les coses passaven tan de pressa que no tenien temps de reaccionar i tot el que podien fer era resistir aquell galop frenètic i mirar de no perdre el seny. Agnes havia donat a llum a l'aire lliure en una nit glaçada; la criatura havia nascut miraculosament sana, però, de sobte, Agnes, l'ànima bessona de Tom, se li havia mort als braços d'una hemorràgia, i ell havia perdut l'enteniment i havia condemnat el nadó a una mort segura. Després, l'havien buscat sense èxit. Finalment, havia aparegut Ellen, a qui Tom havia pres per un àngel i amb qui havia fet l'amor com en un somni, i aleshores ella li havia dit que el nen estava sa i estalvi. ¿Es calmaria una mica la seva vida per deixar-li temps per reflexionar sobre tots aquells terribles esdeveniments?

Es van posar en marxa. Tom sempre havia donat per fet que els proscrits vivien en la misèria, i es preguntava com devia ser la casa d'Ellen. Ella els va conduir fent una ziga-zaga a través del bosc. No hi havia cap corriol, però ella no vacil·lava a l'hora de travessar un rierol, esquivar les branques baixes o passar a l'altra banda d'un pantà glaçat, unes bardisses espesses o un enorme tronc de roure caigut. A la fi, es va dirigir a uns esbarzers i va semblar que hi desapareixia. Tom la va seguir i va descobrir que, malgrat la primera impressió, un passadís estret travessava els esbarzers. La va seguir. La vegetació es tancava sobre el seu cap i es va trobar en un lloc que estava gairebé a les fosques. Es va quedar quiet, esperant que els seus ulls s'acostumessin a la falta de llum. A poc a poc es va anar adonant que es trobava en una cova.

L'ambient era càlid. Davant seu hi havia un foc que cremava en una llar feta de pedres planes. El fum s'enlairava en línia recta, perquè hi devia haver una xemeneia natural en algun lloc. A totes dues bandes hi havia pells d'animals, de llop i de cérvol, penjades a les parets de la cova amb unes pinces de fusta. Damunt del cap, al sostre, hi penjava una cuixa de cérvol fumada. Va veure una caixa feta a mà plena de pomes silvestres; dalt d'un prestatge, unes bales de jonc i, a terra, joncs secs. A la vora del foc, hi havia una olla, com en una casa normal, i per l'olor que feia, s'hi coïa una sopa com la que menjava tothom, a base de vegetals, ossos i herbes bullides. Tom estava bocabadat. Era una casa més confortable que la de molts serfs.

A l'altra banda del foc hi havia dues màrfegues de pell de cérvol possiblement omplertes de joncs; a la part superior de cadascuna, hi havia una pell de llop enrotllada amb molta cura. Segurament era on dormien Ellen i Jack, separats pel foc de l'entrada de la cova. Al fons, hi havia una magnífica col·lecció d'armes i estris de caça: un arc, unes quantes fletxes, xarxes, trampes per a conills, diverses dagues amb un aspecte terrible, una llança de fusta amb la punta curosament afilada i endurida al foc i, enmig de totes aquestes armes rudimentàries, tres llibres. Tom es va quedar astorat. Mai no havia vist llibres en una casa, i molt menys en una cova; de llibres, només n'hi havia a les esglésies.

Jack va agafar un bol de fusta, el va enfonsar a l'olla per omplir-lo i llavors va començar a beure. Alfred i Martha l'observaven afamats. Ellen va dirigir a Tom una mirada d'excusa.

—Jack, quan hi ha forasters, els hem de donar menjar abans d'agafar-ne nosaltres —va dir al seu fill.

—¿Per què? —va preguntar el noi, desconcertat.

—Perquè és un gest de cortesia. Dóna sopa als dos nois.

Jack va obeir a desgrat.

Ellen va donar una mica de sopa a Tom, que se la va menjar assegut a terra. El gust de carn el va revifar. Ellen li va posar una pell a l'esquena. Quan Tom es va acabar el brou, va agafar els vegetals i la carn amb els dits. Feia setmanes que no tastava cap mena de carn. Semblava d'ànec, el devia haver caçat Jack amb una fona.

Van menjar fins a deixar l'olla buida. Llavors Alfred i Martha es van estirar sobre els joncs. Abans que s'adormissin, Tom els va informar que Ellen i ell anirien a buscar el sacerdot, i Ellen va dir a Jack que es quedés amb ells i que els cuidés fins que tornessin. Alfred i Martha van fer que sí amb el cap, esgotats, i van tancar els ulls.

Tom i Ellen van sortir. Ell portava a l'esquena la pell que Ellen li havia posat perquè no tingués fred. Quan van haver sortit dels esbarzers, Ellen es va aturar i es va tombar per mirar Tom, li va agafar la cara entre les mans, la va abaixar a l'altura de la seva i li va besar la boca.

—T'estimo —li va dir apassionadament—. T'he estimat des del primer moment. Sempre he volgut tenir un home que fos fort i tendre alhora i em pensava que mai no el trobaria. Quan et vaig veure, et vaig desitjar, però em vaig adonar que estimaves la teva dona. Quina enveja que em va fer, Déu meu! Em sap greu que hagi mort, em sap greu de debò, perquè veig en els teus ulls el dolor i totes les llàgrimes que encara has de vessar. Em trenca el cor, veure't tan trist. Però ara que ella se n'ha anat, et vull per a mi.

Tom no va saber què dir. Era difícil creure que una dona tan bonica, amb tants recursos i tan segura d'ella mateixa, pogués haver-se enamorat d'ell a primera vista. I encara era més difícil saber com se sentia ell. Per damunt de tot, estava profundament afligit per la pèrdua d'Agnes. Ellen tenia raó quan deia que tenia moltes llàgrimes acumulades, perquè en sentia el pes als ulls. Però també se sentia consumit de desig per Ellen, pel seu cos bell i càlid, els seus ulls daurats i la seva sensualitat apassionada. Se sentia terriblement culpable de desitjar Ellen amb tanta intensitat quan només feia unes hores que Agnes jeia a la tomba.

La va mirar de fit a fit, i de nou els ulls d'Ellen van penetrar fins al fons del seu cor.

—No diguis res. No hi ha cap raó perquè estiguis avergonyit. Sé que l'estimaves. Ella també ho sabia. Encara l'estimes, com ha de ser. Sempre l'estimaràs.

Ellen li havia demanat que no digués res i, de tota manera, no tenia res a dir. Aquella dona extraordinària el tenia desconcertat. Semblava que tingués una solució per a tots els seus problemes. I a més, com que semblava que li llegia el cor, el feia sentir millor, com si no tingués res de què penedir-se. Va sospirar.

—Així està millor —li va dir. Li va agafar la mà i es van endinsar al bosc.

Van caminar uns tres quilòmetres pel bosc verge i tot seguit van anar a parar a un camí. Mentre avançaven, Tom no deixava de mirar-li la cara. Va recordar que, quan es van conèixer, no li va semblar bonica per culpa d'aquells ulls tan estranys. Ara no podia entendre com havia pogut pensar una cosa semblant, perquè veia aquells ulls tan sorprenents com l'expressió perfecta del seu ésser únic. Ara la trobava totalment perfecta, i l'única cosa que li semblava estranya era que estigués amb ell.

Van caminar uns cinc o sis quilòmetres seguint el camí. Tom estava cansat, però la sopa l'havia refet, i, tot i que confiava completament en Ellen, encara estava neguitós per veure el nen amb els seus propis ulls.

Quan van entreveure el monestir a través dels arbres, Ellen va dir:

—És millor que d'entrada no ens deixem veure.

—Però, ¿per què? —va preguntar Tom, confós.

—Vas abandonar un nen acabat de néixer, i això es considera un assassinat. Val més que observem el lloc des del bosc i vegem quina mena de gent són.

Tom no creia que li poguessin causar problemes, en aquelles circumstàncies, però no estava malament anar amb compte, així que va fer que sí amb el cap i va seguir Ellen. Poca estona després estaven estirats a terra a la vora d'una clariana.

Era un monestir molt petit. Tom, que n'havia construït més d'un, va pensar que aquell devia ser el que anomenen una cel·la; és a dir, una mena d'unitat separada però dependent d'un gran priorat o abadia. Només hi havia dos edificis de pedra: la capella i el dormitori. La resta, és a dir, una cuina, els estables, un graner i una filera de construccions agrícoles, eren de fusta. El lloc estava net i cuidat, i feia la impressió que els monjos dedicaven el mateix temps a treballar la terra que a resar.

Però no hi havia gaires persones a la vista.

—La majoria de monjos han anat a treballar —li va explicar Ellen—. Estan aixecant un graner a dalt del turó —va mirar enlaire—. Tornaran cap al migdia, per dinar.

Tom va examinar la clariana. A mà dreta va distingir dues persones parcialment ocultes per un petit ramat de cabres lligades.

—Mira—va dir, assenyalant cap allà. Mentre observaven les dues figures va veure alguna cosa més—. L'home que seu allà és un sacerdot i...

—Té alguna cosa a la falda.

—Acostem-nos-hi més.

Van avançar pel bosc, vorejant la clariana, i es van aturar a prop de les cabres. Tom, amb ansietat, mirava el sacerdot, que seia en un tamboret. Tenia el nen que Agnes havia parit a la falda. Se li va fer un nus a la gola. Era veritat, realment era veritat. El nen havia sobreviscut. Va tenir moltes ganes d'abraçar aquell home.

Al costat del sacerdot hi havia un monjo jove. En mirar més detingudament, va veure que aquest mullava un drap en una galleda de llet, segurament de cabra, i que llavors posava la punta xopa del drap a la boca de la criatura. Aquell monjo se les pensava totes!

—Bé —va dir Tom, amb ànsia—. Val més que em presenti, que reconegui el que he fet i que m'emporti el meu fill.

—Tom, pensa un moment —li va aconsellar Ellen—. I després, ¿què faràs?

Tom no entenia el que Ellen mirava de dir-li.

—Demanar llet als monjos —li va explicar—. És evident que sóc pobre i ells donen almoines.

—¿I després d'això?

—Suposo que em donaran prou llet per mantenir-lo tres dies, fins que arribi a Winchester.

—¿I després? —va insistir ella.

—Doncs buscaré feina...

—Busques feina des de l'última vegada que ens vam veure, i això va ser al final de l'estiu. —Semblava estar una mica enfadada amb Tom, però aquest no veia per què.— No tens ni diners ni eines. ¿Què passarà amb el nen si no trobes feina a Winchester?

—No ho sé —va admetre Tom. Li dolia que parlés amb tanta duresa.— ¿I què he de fer, si no? ¿Viure com tu? Jo no sé caçar ànecs a pedrades. Sóc paleta.

—Podries deixar el nen aquí —va proposar ella.

Tom es va quedar astorat.

—¿Deixar-lo aquí? ¿Ara que l'acabo de trobar?

—Tindries la seguretat que estaria abrigat i ben alimentat. No l'hauries de portar amunt i avall mentre busques feina. I quan haguessis trobat un lloc de treball, podries tornar aquí i recollir-lo.

L'instint de Tom es rebel·lava contra aquella idea.

—¿I què pensarien els monjos de mi per haver abandonat el nadó?

—Ja saben que ho has fet —va contestar ella amb un to impacient—. Tant és confessar-ho ara o més endavant.

—Però... ¿Els monjos saben cuidar criatures?

—Almenys tant com tu.

—Ho dubto.

—Mira, de moment han trobat la manera de donar-li menjar a un nadó que només pot xarrupar.

Tom va començar a comprendre que Ellen tenia raó. Per molt que ell volgués tenir la criatura als braços, no podia negar que els monjos estaven en millors condicions que ell per cuidar-la. No tenia feina ni perspectives de trobar-ne aviat.

—Tornar-lo a deixar —va mormolar amb tristesa—. Suposo que no em queda altre remei. —Sense moure's d'on era, es va quedar mirant a l'altra banda de la clariana, on hi havia el nen assegut a la falda del sacerdot. Tenia els cabells foscos d'Agnes. Tom ja havia pres una decisió, però en aquell moment no aconseguia marxar d'allà.

I llavors un grup de monjos, uns quinze o vint, que portaven destrals i serres, van aparèixer pel cantó més allunyat de la clariana i, de sobte, Tom i Ellen van córrer perill de ser vistos. Es van amagar de nou a les bardisses. Tom ja no podia veure el nen.

Van caminar de quatre grapes entre el bardissam i, quan van arribar al camí, van arrencar a córrer. Van córrer cinc o sis-cents metres agafats de la mà, fins que Tom va quedar esgotat. A més ja es trobaven fora de la vista dels monjos. Van deixar el camí un altre cop i van trobar un lloc per descansar.

Es van asseure en una riba herbosa, sota la llum clapejada del sol. Tom va mirar Ellen, que panteixava, amb les galtes envermellides i un somriure. Se li havia obert la túnica, i el coll i la corba d'un pit li quedaven al descobert. Tot d'un plegat, va sentir la necessitat de tornar a contemplar-la nua i aquest desig era més fort que els remordiments que tenia. Es va inclinar cap a ella per besar-la, però després va dubtar, perquè era tan bonica que feia prou goig de mirar. Les paraules que es va sentir dir el van agafar per sorpresa.

—Ellen, ¿vols ser la meva esposa? —li va preguntar.

CAPÍTOL 2

I

Peter de Wareham era un busca-raons nat.

L'havien traslladat a la petita cel·la del bosc des de la seu principal de Kingsbridge, i era fàcil comprendre per què el prior de Kingsbridge havia volgut desfer-se'n. Peter era un home alt i cepat, que rondava la trentena, amb un intel·lecte vigorós i maneres desdenyoses, que vivia en un estat d'indignació permanent. Quan va arribar a la cel·la i va haver de treballar al camp, ho va fer a un ritme insensat, arribant a acusar els altres de ganduls. Tanmateix, i davant de la seva sorpresa, la majoria dels monjos havien pogut mantenir el seu ritme de treball i els més joves fins i tot el van arribar a cansar. Llavors va buscar un altre pecat que no fos la peresa i es va decidir pel de gola.

Va començar a menjar només la meitat del pa que li tocava i a abstenir-se de tastar la carn. Durant el dia bevia aigua dels rierols, es rebaixava la cervesa i no tocava el vi. Va esbroncar un monjo jove i sa per haver demanat més sopa de civada i va fer-ne plorar un altre que s'havia begut el vi del seu company.

«Els monjos no donen senyals de gola», es va dir el prior Philip aquell migdia mentre baixaven del turó per anar a dinar. Els monjos joves eren prims i musculosos, i els més grans, nerviüts i colrats pel sol. Cap d'ells no mostrava les típiques formes flonges de qui té massa per menjar i massa poc a fer. Philip era del parer que els monjos han d'estar prims. Els grassos provocaven l'enveja i el rebuig del pobres envers els servidors de Déu.

Com era característic d'ell, Peter havia presentat l'acusació sota l'aparença d'una confessió.

—He comès el pecat de gola —havia dit aquell mateix matí, mentre feien un descans, asseguts als troncs dels arbres acabats de tallar, i menjaven pa de sègol acompanyat de cervesa—. He desobeït la regla de sant Benet que diu que els monjos no han de menjar carn ni beure vi —va mirar els qui l'envoltaven amb un gest desafiant i al final va mirar Philip de fit a fit—. I tots els que som aquí som culpables del mateix pecat —va dir per acabar.

Philip va pensar que era una llàstima que Peter fos d'aquella manera. L'home es consagrava al treball de Déu, tenia molt bon cap i força de voluntat. Però semblava que tingués una necessitat irreprimible de sentir-se diferent i fer-se notar tota l'estona, i això el portava a protagonitzar escenes absurdes. Es feia molt pesat, però Philip l'estimava com a tots els altres, perquè darrere de tota aquella arrogància i desdeny sabia que s'hi amagava una ànima torbada que en realitat no creia possible que ningú s'interessés per ella.

—Quina bona ocasió perquè ens recordis què deia sant Benet sobre la qüestió! ¿Recordes les paraules exactes, Peter? —li havia preguntat Philip.

—Va dir: «Tots, llevat dels malalts, s'haurien d'abstenir de menjar carn.» I, després: «El vi no és de cap manera una beguda de monjos» —va contestar Peter.

Philip va assentir. Com havia sospitat, Peter no coneixia la regla tan bé com ell.

—Gairebé correcte, Peter, gairebé —li va dir—. El sant no es referia a la carn en general, però, sinó a la carn dels «animals de quatre potes», i a més establia una altra excepció, a banda dels malalts: també es referia als febles. ¿Què volia dir per «febles»? Aquí, a la nostra petita comunitat, entenem que l'home afeblit pel treball esgotador del camp potser necessitarà menjar carn de vaca per conservar la seva fortalesa.

Peter va escoltar en silenci, arrufant les celles, com si no estigués d'acord amb el que sentia, i amb una expressió de desafiament contingut a la cara.

—Pel que fa al vi, el sant diu: «Llegim que el vi no és de cap manera una beguda de monjos» —va continuar Philip—. La utilització de la paraula «llegim» dóna a entendre que no suporta la prescripció, almenys entesa d'una manera absoluta. També diu que una pinta de vi hauria de ser prou per a tothom. I ens adverteix del perill de beure fins a sadollar-nos. Crec que queda clar que no espera que els monjos s'abstinguin totalment, ¿oi que no?

—Però diu que abans de tot s'ha de mantenir la frugalitat —va adduir Peter.

—¿I tu creus de debò que aquí no som frugals? —li va preguntar Philip.

—Això mateix —li va contestar ell amb resolució.

—«Deixeu que aquells a qui Déu ha concedit el do de l'abstinència sàpiguen que rebran la recompensa que es mereixen» —va citar Philip—. Si creus que aquí el menjar és massa abundant, pots menjar menys, però recorda les paraules del sant quan cita la Primera Epístola de sant Pau als Corints, que diu: «Cadascú rep el seu do de Déu, un aquest; l'altre, aquell.» I llavors el sant ens diu: «Per aquesta raó, la quantitat de menjar dels altres no es pot determinar sense certs dubtes.» Recorda això, Peter, mentre fas dejuni i medites sobre el pecat de gola.

En acabat, havien tornat a la feina, i Peter posava cara de màrtir. Philip es va adonar que no el faria callar tan fàcilment. Dels tres vots que feien els monjos, és a dir, pobresa, castedat i obediència, aquest darrer era el que més problemes creava a Peter.

Evidentment, hi havia unes quantes maneres de tractar els monjos desobedients: el confinament en solitari, a pa i aigua, la flagel·lació i, com a recurs extrem, l'excomunió i l'expulsió de la casa. Philip no vacil·lava a l'hora d'aplicar aquests correctius, especialment quan un monjo posava en dubte la seva autoritat. Com a conseqüència d'això, era considerat un ordenancista dur. Però en realitat detestava recórrer al càstig, perquè trencava l'harmonia de la comunitat monàstica i els feia desgraciats a tots. En qualsevol cas, i pel que feia a Peter, el correctiu no serviria de res. Ben mirat, només aconseguiria que el monjo es tornés més orgullós i implacable. Philip havia de trobar una manera de controlar Peter que al mateix temps el fes desistir de la seva actitud rebel. No seria una tasca fàcil. D'altra banda, va pensar, també és cert que, si totes les coses fossin senzilles, els homes no necessitarien el guiatge de Déu.

Van arribar a la clariana del bosc on hi havia el monestir. Mentre la travessaven, Philip va veure el germà John, al tancat de les cabres, que brandava el braços molt enèrgicament cap a ells. Li deien Johnny Eightpence (Vuitpenics), i era una mica curt. Philip es preguntava què devia ser el que el tenia tan inquiet. Al costat de Johnny hi havia un home amb l'hàbit de sacerdot. A Philip, l'aspecte d'aquell home li era familiar, i s'hi va acostar molt de pressa.

El sacerdot era un home baix i robust, d'uns vint-i-cinc anys, amb els cabells negres tallats molt curts i uns ulls blaus brillants que revelaven una intel·ligència desperta. Veure'l va ser per a Philip com veure's en un mirall. Va descobrir, amb un sobresalt, que es tractava de Francis, el seu germà petit.

I Francis tenia un nadó als braços.

Philip no sabia què era el més sorprenent, si la presència de Francis o la de la criatura. Els monjos es van agrupar al seu voltant. Francis es va posar dret i va donar el nen a Johnny. Llavors Philip el va abraçar.

—¿Què hi fas, aquí? —li va preguntar, molt content—. ¿I com és que portes un nen?

—Després t'explicaré per què sóc aquí —va respondre Francis—. Pel que fa al nen, l'he trobat al bosc, completament sol, al costat d'una gran foguera.

—¿I...? —el va animar a continuar Philip.

Francis es va encongir d'espatlles.

—No et puc dir res més perquè és tot el que sé. Confiava arribar aquí ahir a la nit, però em va ser impossible, així que vaig dormir a la cabana d'un guardabosc. A l'alba he continuat el camí i he sentit els plors d'una criatura. L'he recollida i l'he duta fins aquí. Vet aquí tota la història.

Philip va mirar incrèdul el petit farcell que Johnny duia als braços. Va allargar la mà i va alçar la manta per un costat. Va veure una cara rosada i arrugada, una boca sense dents oberta i un caparró tot calb, com un vell monjo en miniatura. Va aixecar una mica més la manta i va distingir unes petites espatlles fràgils, uns braços que es movien i uns punys tancats. Va examinar de més a prop el tros de cordó umbilical que li penjava del melic. Era una mica desagradable. Es va preguntar si aquella pelleringa era natural. Semblava, però, que la ferida cicatritzava bé, de manera que va pensar que potser era millor deixar-la tal com estava. Va separar la manta encara més.

—És un xicot —va dir, tossint incòmode, i el va tornar a tapar. A un dels novicis se li va escapar una rialleta.

Aleshores, Philip es va sentir molt aclaparat. ¿Què n'havien de fer, ara?, pensava. ¿Com s'ho farien per donar-li menjar?

El nen va arrencar a plorar i aquells plors van ressonar al seu cor com un himne entranyable.

—Té gana —va dir, i es va preguntar com ho podia saber.

—No li podem donar menjar —va observar un dels monjos.

Philip estava a punt de preguntar: «¿Per què no?» quan hi va caure: no hi havia cap dona en molts quilòmetres al voltant.

Tanmateix, Johnny ja havia resolt el problema, com Philip va tenir ocasió de comprovar quan aquell monjo es va asseure al tamboret amb el nadó a la falda i una tovallola a les mans amb una punta cargolada, que va sucar en un bol de llet perquè quedés ben xopa, i va acabar posant-la a la boca del nen. Aquest va obrir la boqueta, va xarrupar la tovallola i després es va empassar la llet.

Philip hauria volgut aplaudir.

—Has estat molt espavilat, Johnny! —va exclamar, sorprès.

Johnny va somriure.

—Ja ho havia fet abans, quan una cabra va morir abans de desmamar el seu cabrit —va explicar amb orgull.

Tots els monjos van observar atentament mentre Johnny repetia la senzilla operació de xopar la punta de la tovallola a la llet i deixar que el nen la xarrupés. Philip es va adonar, divertit, que, quan Johnny posava la tovallola a la boca del nen, hi havia alguns monjos que obrien la seva en un gest reflex. Era una manera lenta de donar menjar a la criatura, però sens dubte alimentar nens era una cosa que volia paciència.

Peter de Wareham, que havia sucumbit a la fascinació general pel nadó i que havia oblidat per una estona els seus comentaris crítics, es va recuperar a la fi i va dir:

—El més fàcil seria trobar la mare de la criatura.

—Ho dubto —va intervenir Francis—. Segurament la mare no està casada, i s'ha trobat involucrada en un cas de transgressió moral. M'imagino que és jove. Potser va aconseguir mantenir l'embaràs en secret i, quan es va acostar l'hora del part, es va amagar al bosc, va encendre una foguera i va donar a llum tota sola. En acabat, devia abandonar la criatura als llops i va tornar a casa seva. Sens dubte, s'assegurarà que no la trobin.

El nen s'havia adormit. En un impuls, Philip el va agafar dels braços de Johnny. Se'l va posar a coll, aguantant-lo amb la mà i gronxant-lo.

—Pobret! —va dir.

El va envair la preocupació de protegir-lo i cuidar-lo. De sobte, es va adonar que els monjos se'l miraven bocabadats a causa d'aquestes inesperades demostracions de tendresa. Naturalment, mai no l'havien vist acaronar ningú, perquè al monestir estava totalment prohibida qualsevol mena d'efusió física. Era evident que els monjos l'havien cregut incapaç de fer un gest com aquell. «Bé», va pensar, «ara ja saben com sóc.»

—Doncs l'haurem de portar a Winchester i mirar de trobarli una mare adoptiva —va assenyalar Peter de Wareham.

Si allò ho hagués dit algú altre, potser Philip no s'hauria afanyat a contradir-lo; però havia estat Peter, i Philip va parlar sense rumiar-s'ho, i la seva vida ja no va ser la mateixa a partir d'aleshores.

—No el lliurarem a una mare adoptiva —va afirmar amb decisió—. Aquesta criatura és un do de Déu —va mirar els monjos, que al seu torn el miraven, pendents de les seves paraules—. El cuidarem nosaltres —va afegir—. Li donarem menjar, l'educarem i el guiarem pel camí del Senyor. Llavors, quan sigui un home, es farà monjo i, així, el tornarem a Déu.

Es va fer un silenci absolut.

—Això és impossible —va tornar a intervenir Peter—. Els monjos no poden criar una criatura! —va exclamar indignat.

Philip es va trobar amb la mirada del seu germà i tots dos van somriure, recordant temps passats. Quan Philip va tornar a parlar, el to de la seva veu estava carregat del pes de la nostàlgia.

—¿Impossible? No, Peter. Estic segur que es pot fer, i el meu germà també n'està. Ho sabem per experiència, ¿oi, Francis?

El dia que Philip considerava l'últim de la seva infantesa, el seu pare va tornar ferit a casa.

Philip va ser el primer de veure'l, quan pujava cavalcant pel vessant del turó, de tornada al llogarret, a la muntanyosa regió de Gal·les del nord. Com sempre, Philip, que llavors tenia sis anys, va córrer per anar a trobar-lo. Però aquell dia el seu pare no el va pujar al cavall, davant seu. Cavalcava a poc a poc, abatut sobre la sella, subjectant les regnes amb la mà dreta perquè el braç esquerre li penjava inert. Tenia la cara pàl·lida i la roba esquitxada de sang. Philip estava intrigat i al mateix temps temorós, perquè mai no havia vist que el seu pare es mostrés feble.

—Vés a buscar ta mare —li va dir.

Quan se'l van haver endut a casa, la seva mare li va tallar la camisa. Philip es va quedar horroritzat de veure la mare, sempre tan estalviadora, estripar expressament una camisa tan bona. Allò el va impressionar més que la sang.

—No us preocupeu per mi —va dir el seu pare, però la seva veu habitual s'havia debilitat fins al murmuri i ningú no li va fer cas, un altre fet molt estrany, perquè normalment la seva paraula era llei—. Deixeu-me i aneu-vos-en tots al monestir. Els maleïts anglesos no poden trigar.

A dalt del turó hi havia un monestir amb una església, però Philip no arribava a entendre per què hi havia d'anar si ni tan sols era diumenge.

—Si segueixes perdent tanta sang no podràs anar enlloc, mai més —va dir la seva mare. La tieta Gwen va dir que donaria l'alarma i va sortir de l'habitació.

Anys més tard, quan recordava els esdeveniments que van tenir lloc a continuació, Philip entenia que en aquell moment ningú no s'havia recordat d'ell ni de Francis, el seu germà de quatre anys, i que tampoc ningú no va pensar a conduir-los al monestir, on haurien estat segurs. La gent s'ocupava dels seus propis fills i van donar per fet que Philip i Francis estaven bé perquè eren amb els seus pares. Però el pare d'ells dos s'estava morint dessagnat i la seva mare l'intentava salvar, i així va ser com els anglesos els van sorprendre a tots quatre.

Durant la curta experiència de la vida de Philip, res no l'havia preparat per a l'aparició de dos homes d'armes que van obrir la porta d'un cop de peu i van entrar a casa seva, un habitacle d'una sola habitació. En unes altres circumstàncies no haurien resultat tan esfereïdors, perquè eren la mena d'adolescents grans i amb poca traça que es burlaven de les velles, maltractaven els jueus i feien brega a les nits a la sortida de les tavernes. Però en aquell moment els dos joves estaven assedegats de sang, i Philip no ho va comprendre fins anys més tard, quan finalment va poder pensar sobre els fets que es van esdevenir aquell dia d'una manera objectiva. Els dos homes d'armes acabaven de participar en una batalla, havien escoltat els crits d'agonia i havien vist caure morts els seus amics i estaven literalment morts de por. No obstant això, havien guanyat la batalla i sobreviscut i ara empaitaven els seus enemics amb ràbia. Ja res no els podia satisfer que no fos més sang, més crits, més ferides, més mort, i tot això ho duien escrit als seus rostres crispats quan van irrompre a l'habitació com guineus en un galliner.

Van actuar amb una gran rapidesa, però Philip mai no oblidaria cadascun dels seus moviments, com si tot plegat hagués durat molta estona. Els dos homes portaven una armadura lleugera: només una túnica de malla curta i un casc de cuir amb bandes de ferro. Duien les espases empunyades. Un era lleig, guenyo, amb un nas corbat molt gros i ensenyava les dents fent una ganyota simiesca. L'altre tenia una barba exuberant, esquitxada de sang, sens dubte d'algú altre, ja que ell no semblava ferit. Van recórrer l'habitació amb la mirada. Els seus ulls, calculadors i implacables, van deixar de banda Philip i Francis, es van adonar de la presència de la mare i van clavar la mirada en el pare. Abans que ningú es mogués, ja s'hi havien llançat a sobre.

La mare, que s'havia inclinat damunt seu per lligar-li una bena al braç esquerre, es va incorporar girant-se cap als intrusos amb els ulls guspirejants d'un coratge desesperat. El pare es va aixecar d'un salt i va posar la mà sobre l'empunyadura de l'espasa. Philip va llançar un crit de terror.

L'home lleig va brandar l'espasa i amb l'empunyadura li va donar un cop al cap a la mare. En acabat, li va donar una empenta per apartar-la, però no li va clavar l'espasa, perquè no volia córrer el risc que la fulla quedés clavada en un cos mentre l'home encara estigués viu. Philip va donar-hi aquesta explicació anys més tard, però en aquells moments es va limitar a córrer cap a la mare, sense comprendre que ella ja no el podia protegir. La dona es va entrebancar, atordida, i l'home lleig li va passar pel costat i va alçar l'espasa de nou. Philip es va aferrar a les faldilles de la seva mare, mentre ella tentinejava, però no va poder deixar de mirar el seu pare.

Aquest va desembeinar la seva arma i la va alçar defensivament. El lleig va descarregar la seva espasa i les fulles, en xocar, van sonar com una campana. Com tots els nens petits, es pensava que el seu pare era invencible, però en aquell moment va saber la veritat: el seu pare estava afeblit per la pèrdua de sang. Quan les dues espases es van trobar, la del seu pare va caure i l'atacant va tornar a brandar la seva i va atacar de nou amb rapidesa. Va descarregar el cop on els grans músculs del coll s'unien a les amples espatlles del seu pare. Philip va començar a xisclar quan va veure que l'afilada fulla s'enfonsava en el cos del pare. L'home lleig va tornar a alçar el braç per atacar de nou i va enfonsar la punta de l'espasa al ventre del pare.

Philip va mirar cap a la seva mare, paralitzat de terror. Els ulls de tots dos es van trobar en el precís instant en què l'altre home, el barbut, li pegava. La seva mare va caure a terra al costat de Philip, amb una ferida al cap que li sagnava. El barbut va agafar l'espasa per l'empunyadura amb les dues mans, apuntantla cap a terra. La va aixecar molt amunt, com si se l'anés a clavar ell mateix, i la va descarregar amb força. Quan va travessar el pit de la mare, es va sentir un espantós cruixit d'ossos trencats. La fulla es va enfonsar profundament, tan avall, va observar Philip, tot i estar paralitzat per un terror cec i histèric, que li va travessar l'esquena i es va clavar a terra com un clau.

Philip va tornar a mirar el seu pare amb desesperació. El va veure com s'esfondrava cap endavant sobre l'espasa del lleig, vomitant una gran quantitat de sang. El seu atacant va retrocedir i va estirar l'espasa, intentant desclavar-l'hi del cos. El pare va fer un altre pas, vacil·lant, sense apartar-se del lleig. Aquest va fer un crit de ràbia i va burxar l'espasa que encara era al ventre del pare. Finalment, la va aconseguir treure. En desplomar-se, el pare tenia la mà sobre el ventre esqueixat, com volent tapar aquella immensa ferida. Philip fins llavors creia que el que la gent tenia a dintre el cos era més o menys sòlid, i el va trasbalsar fins a tenir nàusees veure aquella quantitat de tubs i òrgans viscosos que sortien de la panxa del seu pare. L'atacant va aixecar l'espasa molt amunt, amb la punta cap avall sobre el cos del pare, tal com havia fet el barbut amb la mare, i va descarregar el cop final de la mateixa manera.

Els anglesos es van mirar l'un a l'altre i Philip va veure sorprès el seu alleujament pintat a la cara. Llavors tots dos es van girar i els van mirar a ell i a Francis. L'un va fer que sí amb el cap i l'altre es va encongir d'espatlles, i Philip es va adonar que els matarien, obrint-los en canal amb aquelles espases afilades. Quan va ser conscient que patiria molt, va sentir que el terror li bullia dins del cos i fins i tot va tenir la sensació que el cap li estava a punt d'explotar.

L'home de la barba ensangonada es va moure àgilment i va agafar Francis pel turmell. El va mantenir en l'aire cap per avall mentre xisclava cridant la seva mare, sense entendre que era morta. El lleig va treure l'espasa del cos del pare i la va posar en posició de travessar el cor de Francis.

No van arribar a dur a terme aquella acció. Una veu amb una gran autoritat va ressonar i els dos homes es van quedar immòbils. Els crits es van acabar i Philip es va adonar que era ell qui els havia fet. Va mirar cap a la porta i va veure l'abat Peter, amb el seu hàbit teixit a mà, amb la ira de Déu a la mirada, que empunyava una creu de fusta a tall d'espasa.

Quan Philip revivia aquell dia en els seus malsons i es despertava amarat de suor, cridant en la foscor, sempre era capaç de calmar-se i de tornar a dormir si evocava aquell quadre final i la manera com els crits i les ferides havien estat dominats per aquell home desarmat que només portava una creu.

L'abat Peter va tornar a parlar. Philip no va arribar a entendre la llengua que feia servir, que evidentment era anglès, però el seu significat va quedar clar, perquè els dos homes es van sentir avergonyits i el barbut va deixar Francis a terra amb compte. Sense deixar de parlar, el monjo va entrar tranquil·lament a l'habitació. Els homes d'armes van retrocedir una mica, com si tinguessin por... Homes amb espasa i armadura davant d'un tipus amb un hàbit de llana i una creu! Els va donar l'esquena fent un gest de menyspreu i es va ajupir per parlar amb Philip. Va anar al gra.

—¿Com et dius?

—Philip.

—Ah sí, ja me'n recordo, ¿i el teu germà?

—Francis.

—Molt bé. —L'abat va mirar els cossos sagnants que hi havia al terra.— Aquesta és la teva mare, ¿oi?

—Sí. —Va tornar a sentir pànic quan va assenyalar el cos mutilat del seu pare:— I aquest és el meu pare!

—Ja ho sé —va dir el monjo, amb veu tranquil·litzadora—. No has de seguir cridant, només contesta les meves preguntes. ¿Te n'adones, que són morts?

—No ho sé —va respondre Philip amb tristesa. Sabia que allò es deia quan es morien els animals, però ¿com és que els podia passar al pare i a la mare?

—És com quedar-se adormit —li va explicar l'abat Peter.

—Però si tenen els ulls oberts! —va cridar Philip.

—Xxxt. Doncs serà millor que els els tanquem.

—Sí —va assentir Philip. Tenia la sensació que allò ho solucionaria tot.

L'abat Peter es va aixecar, va donar la mà a Philip i Francis i els va conduir al costat del cos del seu pare, travessant l'habitació. Es va agenollar i va agafar la mà dreta de Philip.

—T'ensenyaré com es fa —li va dir. Va conduir la mà de Philip cap a la cara del seu pare, però llavors Philip va tenir por de tocar-lo perquè el cos es veia molt estrany, pàl·lid, inert i terriblement malmès. Va apartar la mà amb violència. Llavors va mirar nerviós l'abat Peter, un home que ningú no gosava desobeir, però l'abat no semblava estar enfadat amb ell.

—Vinga —li va dir amb afecte, i li va tornar a agafar la mà. Aquest cop no es va resistir. L'abat va subjectar l'índex de Philip entre el seu índex i el polze i el va posar sobre la parpella del seu pare per abaixar-la i cobrir aquella espantosa mirada fixa. L'abat va deixar anar la mà de Philip i va dir:— Tanca-li l'altre ull.

Sense cap ajuda, Philip va allargar la mà, va posar el dit sobre l'altra parpella del seu pare i la va tancar. Llavors es va sentir millor.

—¿Tanquem també els de la vostra mare? —va preguntar l'abat Peter.

—Sí.

Es van agenollar al costat del cos de la seva mare. L'abat li va netejar la sang de la cara amb la màniga.

—¿I Francis? —va preguntar Philip.

—Potser també ens hauria d'ajudar —va dir l'abat.

—Fes el mateix que acabo de fer, Francis —va dir Philip al seu germà—. Tanca els ulls de la mare com jo he tancat els del pare per tal que puguin dormir.

—¿Estan dormint? —va preguntar Francis.

—No, però és com si dormissin —va explicar Philip tot convençut—, i per això han de tenir els ulls tancats.

—Molt bé, doncs —va dir Francis, i va allargar la seva mà

molsuda sense vacil·lar i va tancar els ulls de la seva mare amb molta cura.

Llavors l'abat els va agafar tots dos, un a cada braç, i sense mirar els homes d'armes, els va treure fora de casa i els va portar amunt pel camí costerut, cap al refugi sagrat del monestir. Els va donar menjar a la cuina dels monestir, i llavors, per tal que no s'estiguessin sense fer res i es capfiquessin, els va manar que ajudessin el cuiner a preparar el sopar dels monjos. L'endemà els va dur a veure els cossos dels seus pares, que havien estat rentats, tenien les ferides netes i parcialment amagades, estaven vestits, i jeien en dos taüts, costat per costat, a la nau de l'església. També hi havia alguns altres parents seus, perquè no tots els vilatans havien tingut temps d'arribar al monestir i escapar de l'exèrcit invasor. L'abat Peter els va acompanyar al funeral i es va assegurar que veiessin com enterraven els dos taüts en una mateixa fossa. Quan Philip es va posar a plorar, Francis també ho va fer. Algú els va fer callar.

—Deixeu-los que plorin —va dir l'abat Peter.

Només després de tot allò, quan al fons del cor van arribar al convenciment que els seus pares se n'havien anat per sempre i que no tornarien, els va parlar del futur.

Entre els seus parents no hi havia cap família que hagués quedat sencera: o bé el pare o bé la mare havien estat assassinats. No quedava ningú que pogués tenir cura dels nois. Això deixava dues possibilitats. Els nois podien ser lliurats o fins i tot venuts a un pagès, que els faria treballar com a esclaus fins que fossin prou grans i forts per escapar-se, o bé podien ser lliurats a Déu.

No era estrany que els nois ingressessin en un monestir. Normalment ho feien al voltant dels onze anys, essent el límit inferior d'edat els cinc anys, atès que els monjos no estaven preparats per ocupar-se de canalla tan petita. De vegades els nois eren orfes, de vegades havien perdut un dels dos pares i altres vegades el problema era que els pares ja tenien massa fills. Habitualment la família lliurava un donatiu important al monestir juntament amb el noi. Una granja, una església o fins i tot un llogarret sencer. En cas de pobresa absoluta, es podia prescindir del donatiu.

Però el pare de Philip havia deixat una granja petita en un turó, i per això els nens no depenien de la caritat. L'abat Peter va proposar que el monestir prengués a càrrec seu els nois i la granja, i els parents supervivents hi van estar d'acord. El tracte va ser temporalment suspès, encara que no del tot anul·lat, per l'exèrcit invasor del rei Henry, que havia matat els pares de Philip.

L'abat sabia què era el sofriment, però malgrat tota la seva saviesa no estava preparat per al que havia passat a Philip. Al cap d'un any, més o menys, quan semblava que la pena havia passat, i que els dos nois s'havien adaptat a la vida del monestir, a Philip el va posseir una ira implacable. Les condicions de vida a la comunitat monàstica del turó no eren tan dolentes per justificar-la. Tenien menjar, roba, un foc al dormitori a l'hivern, i fins i tot una mica d'afecte i estimació. També tenien una disciplina estricta i uns rituals tediosos per aconseguir l'ordre i l'estabilitat. Però Philip es va començar a comportar com si hagués estat injustament empresonat. Desobeïa les ordres i subvertia l'autoritat dels dignataris monàstics sempre que podia, robava menjar, trencava ous, deixava anar els cavalls, es burlava dels invàlids i insultava els superiors. L'única ofensa que no va cometre era el sacrilegi, i per això l'abat li perdonava tota la resta. Finalment ho va superar. Un Nadal va mirar enrere, va rumiar què havia fet els darrers dotze mesos i es va adonar que no havia passat ni una sola nit d'aquell any fora de la cel·la de càstig.

No hi havia cap motiu que expliqués aquella reincorporació a la vida normal. Potser va ser el seu interès per les lliçons. La teoria matemàtica de la música el fascinava, i fins i tot trobava una lògica satisfactòria en la manera de conjugar els verbs llatins. Li van donar la feina d'ajudar el cellerer, el monjo encarregat de facilitar totes les necessitats materials del monestir, des de sandàlies fins a llavors, i allò també li va despertar l'interès. Es va començar a sentir lligat al germà John com si aquest fos un heroi. Era un monjo jove, musculós i ben plantat i era un pou de saber, santedat, prudència i amabilitat.

Potser perquè volia imitar John, o bé per inclinació pròpia, o potser per les dues coses alhora, va començar a trobar consol en els torns diaris d'oració i de serveis. I així va entrar a l'adolescència, amb la ment ocupada en l'organització del monestir i amb el ressò d'harmonies sagrades a les orelles.

En els estudis, tant Philip com Francis anaven molt per davant dels altres nois de la seva edat, però estaven convençuts que això era perquè vivien al mateix monestir i perquè la seva educació era més intensa. En aquells moments no havien arribat a adonar-se que eren excepcionals. Fins i tot quan van ser ells mateixos els qui van començar a impartir lliçons a l'escola petita i a rebre classes del mateix abat, i no del pedant mestre de novicis, encara pensaven que anaven avançats només perquè havien començat abans.

Quan mirava enrere valorant la seva joventut, a Philip li feia la sensació que havia estat una breu edat d'or que havia transcorregut durant un any, o potser menys, entre la fi de la seva rebel·lió i la furiosa envestida de la luxúria carnal. Perquè llavors va arribar l'època d'angoixa dels pensaments impurs, les pol·lucions nocturnes, la delicada relació amb el seu confessor —que era el mateix abat—, les penitències infinites i la disciplinada mortificació de la carn.

La luxúria mai no el va deixar de turmentar del tot, però va arribar a ser menys important, i només l'importunava de tant en tant, en les rares ocasions en què el seu cos i la seva ment estaven ociosos, com la vella ferida que encara fa mal en contacte amb la humitat.

Francis va lliurar la mateixa batalla una mica més endavant, i encara que no havia fet confidències a Philip sobre aquell tema, ell tenia la impressió que el seu germà havia lluitat amb menys valentia contra els desigs impurs i que havia acceptat les derrotes més alegrement. Però el que importava era que tots dos havien fet les paus amb les passions, el més gran enemic de la vida monàstica.

De la mateixa manera que Philip treballava amb el cellerer, Francis ho feia amb el prior, el segon càrrec del monestir després de l'abat. Quan va morir el cellerer, Philip tenia vint-i-un anys, i malgrat la seva joventut es va fer càrrec de la feina. Quan

Francis va complir els vint-i-un, l'abat va proposar crear un nou lloc per a ell, el de sotsprior. Però aquesta proposició va precipitar una crisi. Francis va suplicar que el dispensessin d'aquesta responsabilitat i, no tan sols això, sinó que també va demanar que li deixessin abandonar el monestir perquè volia ser ordenat sacerdot i servir Déu en el món exterior.

Philip es va quedar sorprès i esfereït. Mai no se li havia acudit de pensar que un dels dos pogués abandonar el monestir, i en aquell moment la idea li semblava tan desconcertant com si acabés d'assabentar-se que era l'hereu del tron. Però al cap de moltes discussions i moltes nits en blanc, això va ser el que va passar, i Francis va sortir del monestir per convertir-se en el capellà del comte de Gloucester.

Abans que es produís aquest fet, Philip havia pensat en el seu futur i l'havia vist amb tota claredat: seria monjo, viuria una vida humil i obedient i, quan fos vell, potser arribaria a ser abat i s'esforçaria seguint l'exemple que li havia donat Peter. Ara, en canvi, es preguntava si Déu no li tindria reservat un altre destí. Recordava la paràbola dels talents: Déu esperava que els seus servidors estenguessin el seu regne i no que es limitessin a conservar-lo. Amb certa torbació, va fer partícip dels seus pensaments l'abat Peter, perfectament conscient que s'arriscava a rebre una bona allisada per haver-se deixat endur per l'orgull.

Per això es va quedar realment sorprès quan va conèixer la resposta de l'abat.

—Em preguntava quant de temps necessitaries per adonarte'n. No cal que et digui que estàs destinat a una altra cosa. Nascut a l'ombra d'un monestir, orfe als sis anys, educat per monjos, nomenat cellerer als vint-i-un anys... Déu no es pren tantes molèsties per formar un home que ha de passar-se la vida en un petit monestir al cim desert d'un turó, a les muntanyes remotes d'un regne. Aquí no tens camp d'acció. Has d'abandonar aquest lloc.

Allò va deixar Philip astorat, però abans de separar-se de l'abat, se li va acudir una pregunta i l'hi va formular a l'acte:

—Si aquest monestir és tan poc important, ¿per què Déu us va posar aquí?

L'abat Peter va somriure.

—Potser perquè m'ocupés de tu.

Aquell mateix any l'abat va anar a Canterbury a presentar els seus respectes a l'arquebisbe.

—T'he cedit al prior de Kingsbridge —va comunicar a Philip quan va tornar.

Philip es va sentir intimidat. El priorat de Kingsbridge era un dels monestirs més grans i importants del país. Era un priorat catedralici. La seva església era una catedral, la seu d'un bisbat. El bisbe era tècnicament l'abat del monestir, encara que de fet estigués governat pel prior.

—El prior James és un vell amic —va dir l'abat Peter a Philip—. Aquests darrers anys ha estat molt desanimat. N'ignoro el motiu. Sigui com sigui, Kingsbridge necessita sang nova. James té problemes sobretot amb una de les cel·les, una petita unitat al bosc, i necessita desesperadament un home de la més absoluta confiança perquè se n'ocupi i la torni a posar en el camí de la pietat.

—Així que seré el prior de la cel·la... —va dir Philip, sorprès.

L'abat va assentir.

—Si tenim raó quan creiem que Déu et té reservat una gran tasca, podem confiar que t'ajudarà a resoldre tots els problemes que tingui la cel·la.

—¿I si ens equivoquem?

—Sempre podràs tornar aquí i ser el meu cellerer. Però no ens equivoquem, fill meu. Ja ho veuràs.

Els adéus van anar acompanyats de llàgrimes. Havia passat disset anys allí i els monjos eren la seva família, més real per a ell que els pares que un dia li havien arrabassat brutalment. Segurament mai més no tornaria a veure aquells monjos, i allò l'entristia.

Al principi, Kingsbridge el va deixar enlluernat. El monestir emmurallat era més gran que molts llogarrets; la catedral era una caverna vasta i llòbrega i, en canvi, la casa del prior, un petit palau. Però un cop es va acostumar a les grans dimensions, es va poder adonar dels senyals de desànim que l'abat Peter havia observat en el seu vell amic, el prior. La catedral demanava a crits una reparació, les oracions es feien amb pressa, la regla del silenci es trencava constantment i hi havia massa criats, més que no pas monjos.

Philip va superar ràpidament l'enlluernament, que no va trigar a convertir-se en irritació. Hauria volgut agafar pel coll el prior James i preguntar-li: «¿Com goseu...? ¿Com goseu oferir a Déu aquestes oracions tan apressades? ¿Com goseu permetre que els novicis juguin a daus i que els monjos tinguin gossos? ¿Com goseu viure en un palau envoltat de criats, mentre l'església de Déu se us està quedant en ruïnes?»

Com es pot suposar, no va dir res de tot allò. Va tenir una entrevista breu i protocol·lària amb el prior James, un home alt, prim, i amb unes espatlles encorbades que semblava que suportessin tots els problemes del món. Llavors va parlar amb el sotsprior Remigius. Al començament de la conversa, Philip va insinuar que, segons el seu judici, al priorat li caldrien alguns canvis, i confiava que l'ajudant principal l'ajudaria de tot cor. Però Remigius el va mirar amb menyspreu, com dient: «¿Qui t'has cregut que ets?», i va canviar de tema.

Remigius el va informar que la cel·la de St-John-in-the-Forest s'havia creat feia tres anys, que tenia algunes terres i propietats, i que, tot i que a hores d'ara ja hauria de ser autosuficient, encara depenia del subministrament de la casa central. I encara hi havia més problemes. Un diaca que hi havia passat la nit havia criticat la manera com s'hi conduïen els serveis religiosos. Alguns viatgers havien denunciat robatoris per part dels monjos d'aquella zona. També circulaven rumors sobre casos d'impuresa... El fet que Remigius fos incapaç o es resistís a donar més detalls era un altre indici de la indolència amb què era governada aquella organització. Philip es va allunyar tremolant de ràbia. Se suposava que un monestir havia de glorificar Déu. Si no hi reeixia, no tenia raó de ser. El priorat de Kingsbridge era pitjor que res. Escarnia Déu amb la indolència. Però Philip no hi podia fer gran cosa. Tot el que podia esperar era reformar una de les cel·les de Kingsbridge.

Durant la cavalcada de dos dies fins a la cel·la del bosc, havia meditat sobre l'escassa informació que li havien donat i, mentre resava, rumiava quina seria la millor manera d'abordar els problemes. Va arribar a la conclusió que al començament s'hauria de mostrar receptiu. Habitualment eren els monjos els qui escollien el prior. Però en el cas d'una cel·la, que en definitiva era una branca del monestir principal, el podia escollir el prior de la casa principal. Com que Philip no s'havia sotmès a l'elecció, potser no podria comptar amb la bona voluntat dels monjos. S'hauria d'obrir camí amb cautela. Necessitava més informació sobre els problemes que imperaven en aquell lloc abans de decidir quina era la millor manera de resoldre'ls. S'havia de guanyar el respecte i la confiança dels monjos, especialment d'aquells que eren més grans que ell i que potser estarien ressentits per la seva designació. I una vegada tingués tota la informació sobre el lloc i hagués apuntalat la seva condició de capdavanter, començaria a treballar de valent. Però la cosa no va anar així.

Al segon dia de viatge, quan començava a fosquejar, va aturar el poni al llindar d'una clariana i va albirar la seva nova llar. En aquella època, només hi havia un edifici de pedra, la capella, perquè no va ser fins a l'any següent que Philip va fer construir el dormitori de pedra. Les altres edificacions, de fusta, es veien molt desmanegades. Philip no podia sinó desaprovar-ho. Se suposava que tot el que feien els monjos havia de perdurar, i això era vàlid tant per a una cort de porcs com per a una catedral. Quan mirava al seu voltant, només veia noves proves de la deixadesa que l'havia escandalitzat a Kingsbridge. No hi havia tanques, el fenc vessava per la porta del graner i hi havia un femer a prop del viver de peixos. Va sentir que li tibaven els músculs de la cara a causa de la tensió continguda i va pensar: «A poc a poc, vés a poc a poc.»

En entrar no va veure ningú. Així havia de ser, de fet, perquè era l'hora de vespres i quasi tots els monjos devien ser a la capella. Va donar un cop de fuet suau al flanc del poni i va travessar la clariana fins a una cabana que semblava un estable. Un jove amb palla als cabells i la mirada buida va treure el cap per la porta i va esguardar Philip amb sorpresa.

—¿Com et dius? —va preguntar Philip, i després va afegir, amb certa timidesa—: fill meu.

—Em diuen Johnny Eightpence —va contestar el xicot.

Philip va baixar del poni i li va allargar les regnes.

—Molt bé, Johnny Eightpence, pots desensellar el meu cavall.

—Sí, pare. —El xicot va subjectar les regnes a una tanca i va començar a caminar.

—¿On vas? —el va interpel·lar Philip.

—A dir als germans que ha arribat un foraster.

—Has de practicar l'obediència, Johnny. Desensella el meu cavall. Jo diré als germans que sóc aquí.

—Sí, pare. —Johnny el va mirar espantat i va fer el que li havia ordenat.

Philip va mirar al seu voltant. Al centre de la clariana hi havia un edifici llarg que semblava una gran sala. A la vora d'aquesta hi havia una construcció rodona i petita de la qual sortia fum per un forat a la teulada. Devia ser la cuina. Va decidir anar a veure què preparaven per sopar. Als monestirs amb regles estrictes només se servia un àpat al dia, el dinar; però, evidentment, aquell no era un monestir amb regles estrictes, i després de vespres tindrien un sopar lleuger, consistent en una mica de pa amb formatge, o peix fumat, o potser un bol de sopa de civada. Però a mesura que s'acostava a la cuina va percebre l'olor inconfusible i abellidora de la carn rostida. Es va aturar un instant, arrufant les celles, i tot seguit hi va entrar.

Dos monjos i un xicot seien al voltant de la llar de foc. Mentre Philip els observava, un dels monjos li va passar una gerra a l'altre, i aquest va beure. El xicot feia girar l'ast, on hi havia un garrí.

Quan es van adonar de la presència de l'estrany, els monjos el van mirar sorpresos. Sense dir ni una paraula, Philip va agafar la gerra de les mans del monjo i la va olorar.

—¿Com és que beveu vi? —els va preguntar.

—Perquè ens alegra el cor, foraster —va respondre el monjo—. Té, beu-ne un bon glop.

Era evident que ningú no els havia avisat de l'arribada del

nou prior, i era igualment evident que no temien les conseqüències en el cas que un monjo de pas informés Kingsbridge sobre el comportament observat. Philip tenia ganes de trencar aquella gerra de vi al cap del monjo, però va respirar profundament i va dir suaument:

—Els fills de la gent pobra passen gana per proveir-nos de carn i beguda, i ho fan per la glòria de Déu, i no per alegrar-nos el cor. Ja n'hi ha prou de vi per avui. —Va fer mitja volta i se'n va anar emportant-se la gerra.

—¿Qui et penses que ets? —va sentir que deia el monjo mentre ell sortia. No va contestar. Molt aviat ho sabrien.

Va deixar la gerra a terra, fora de la cuina, i va travessar la clariana en direcció a la capella, fent un esforç per contenir la ira. «No et precipitis», es deia. «Sigues prudent. Tens temps.»

Es va aturar un instant al petit pòrtic de la capella per calmar-se. Llavors va empènyer amb compte la gran porta de roure i va entrar sense fer soroll.

Hi havia aproximadament una dotzena de monjos i alguns novicis drets, d'esquena, en fileres desordenades. Davant d'ells, el sagristà llegia un llibre obert. Feia el servei ràpidament i els monjos mormolaven les respostes amb deixadesa. Tres espelmes de longituds diferents cremaven sobre les estovalles brutes que cobrien l'altar.

Al fons, dos monjos xerraven animadament, sense parar atenció al servei. Quan Philip se'ls va acostar, un dels dos va dir alguna cosa divertida i l'altre va esclafir a riure tan fort que ja no es podien sentir les paraules embarbussades del sagristà. Allò va ser per a Philip la gota que va fer vessar el got. Va deixar de banda les intencions de mostrar-se tranquil i va cridar, al límit de la seva veu:

—Guardeu silenci!

El riure es va parar en sec. El sagristà va parar de llegir. La capella va quedar en silenci i els monjos es van tombar i van mirar Philip.

Aquest va allargar el braç i va agafar de l'orella el monjo que havia rigut. Devia tenir l'edat de Philip i era més alt que ell, però estava massa sorprès per oferir-li resistència.

—Agenolla't! —li va ordenar Philip.

Primer semblava que el monjo es volia escapolir, però immediatament va comprendre que s'havia portat malament i, com Philip suposava, es va rendir perquè se sentia culpable. I quan li va tibar l'orella més fort, es va agenollar.

—Vosaltres, tots! —va ordenar Philip—. Agenolleu-vos!

Aquells monjos havien fet el vot d'obediència i l'escandalosa indisciplina en què vivien des de feia temps no havia aconseguit esborrar els hàbits d'anys. La meitat dels monjos i tots els novicis es van prosternar.

—Tots heu trencat els vots —va continuar Philip, deixant veure el menyspreu que sentia—. Sou una colla de blasfems. —Va mirar al seu voltant i va afegir:— Ara mateix comença el vostre penediment.

Un per un es van anar agenollant lentament, fins que només va quedar dret el sagristà. Era una home més aviat gras amb una mirada de dormilega, uns vint anys més gran que Philip. Aquest va avançar cap on era ell, enmig dels monjos prosternats.

—Dóna'm el llibre —li va dir.

El sagristà el va mirar desafiant, sense pronunciar ni una paraula. Philip va allargar la mà per agafar el gran volum, però el sagristà l'estrenyia amb força. Philip va vacil·lar. S'havia passat dos dies reflexionant sobre la conveniència de mostrar-se cautelós i, tanmateix, era allà, amb els peus encara coberts de la pols del camí, arriscant-ho tot en una confrontació oberta amb un home del qual no sabia res.

—Dóna'm el llibre i agenolla't —li va repetir.

Es va deixar veure un indici de burla a la cara del sagristà.

—¿Qui ets, tu? —li va preguntar.

Philip va dubtar un altre cop. Era evident que era monjo, tant per l'hàbit que vestia com pel tallat dels cabells; i tots havien suposat, per la seva actitud, que ocupava una posició d'autoritat, però el que encara no tenien clar era si el seu rang el situava per damunt del sagristà. Tot el que havia de dir era: «Sóc el vostre nou prior», però no ho volia fer. Li semblava important imposar-se pel pes de l'autoritat moral.

El sagristà va advertir la vacil·lació i se'n va aprofitar.

—Si us plau —va dir amb una cortesia burleta—, digue'ns qui és la persona que ordena que ens agenollem en la seva presència.

Tots els dubtes de Philip es van esvair a l'instant. Va pensar: «Déu és amb mi, i per tant no he de témer res.» Va respirar profundament i les seves paraules van ressonar pel terra pavimentat fins a la volta de pedra.

—És Déu qui t'ordena que t'agenollis en la seva presència! —va vociferar.

El sagristà va semblar una mica insegur. Philip ho va aprofitar per arrabassar-li el llibre. Amb allò el sagristà va perdre tota l'autoritat, i finalment es va agenollar, a contracor.

—Sóc el vostre nou prior —els va anunciar Philip, mirantlos i amagant el seu alleujament.

Philip va ordenar que els monjos continuessin de genolls mentre llegia el servei, que es va allargar molt perquè els va fer repetir les respostes una vegada i una altra, fins que les van repetir a l'uníson. Llavors els va ordenar que sortissin de la capella i els va conduir al refectori. Va fer tornar el garrí a la cuina i va ordenar que servissin pa i cervesa fluixa, i va designar un monjo perquè llegís en veu alta mentre els altres menjaven. Tan bon punt van acabar de sopar, els va conduir, encara en silenci, al dormitori.

Va ordenar que hi fessin portar el llit del prior, que es trobava a la residència separada. Philip dormiria a la mateixa habitació que els monjos. Era la manera més senzilla i efectiva d'evitar pecats d'impuresa.

Va passar en blanc la primera nit. Es va quedar assegut, a la llum d'una espelma, resant en silenci fins que a mitjanit va arribar el moment de despertar els monjos per a les matines. Va celebrar aquest servei de pressa, perquè s'adonessin que no era tan despietat. Van tornar al llit, però Philip no va poder dormir.

Va sortir a l'alba, abans que els altres es despertessin, i va mirar al seu voltant, meditant sobre el dia que naixia davant seu. Feia poc que s'havia tallat el bosc per guanyar espai per a un camp, i al bell mig hi havia l'enorme soca del que devia haver estat un roure gegantí. Això li va donar una idea.

Després del servei de la prima i de l'esmorzar va fer que tots els monjos es dirigissin al camp amb destrals i cordes, i van passar el matí desarrelant aquella soca formidable. La meitat dels homes va tensar les cordes mentre l'altra meitat tallava les arrels amb les destrals i tothom cridava «vinga!» alhora. Quan finalment la soca es va desprendre, Philip va donar a tothom cervesa, pa i una penca de la carn que els havia negat al sopar de la nit abans.

Això no va suposar la fi dels problemes, però almenys va ser el principi de les solucions. Des d'un bon començament es va negar a demanar res al priorat, tret de gra per fer pa i cera per a les espelmes de la capella. La certesa que no menjarien cap altra carn que no fos la que ells mateixos criaven o caçaven va convertir els monjos en ramaders i paranyers meticulosos. Tot i que anteriorment havien considerat els serveis religiosos una manera d'eludir el treball, a partir de llavors van estar contents que Philip reduís les hores de capella per passar més temps als camps.

Al cap de dos anys ja s'autoproveïen i després de dos anys més subministraven al priorat de Kingsbridge carn, caça i formatge de cabra, que es va convertir en una exquisidesa molt sol·licitada. La cel·la prosperava, els serveis religiosos eren irreprotxables i els germans estaven sans i eren feliços.

Philip tenia motius de sobres per estar satisfet, però la casa principal, el priorat de Kingsbridge, anava de mal en pitjor.

S'esperava que aquest priorat fos un dels centres religiosos més importants i actius del regne, que la seva biblioteca rebés la visita d'erudits estrangers, que el seu santuari atragués pelegrins de tot el país, que els barons consultessin el prior, que la seva hospitalitat tingués renom entre la noblesa i que la seva caritat fos coneguda entre els pobres, però, en comptes d'això, l'església s'esfondrava i el priorat s'endeutava amb els prestamistes. Philip anava a Kingsbridge un cop a l'any, pel cap baix, i cada vegada en tornava amb la sang que li bullia d'ira per la manera com les riqueses donades pels devots es malgastaven i la dedicació d'alguns monjos es dilapidava.

Part del problema residia en l'emplaçament del priorat. Kingsbridge era una vila petita en un camí secundari que no conduïa enlloc. D'ençà de l'època del primer rei Guillem, anomenat el Conqueridor, o el Bastard, segons qui parlés, quasi totes les catedrals havien estat traslladades a ciutats grans, però Kingsbridge no s'havia vist afectada per aquesta reorganització. No obstant això, segons creia Philip, l'emplaçament no era un inconvenient insuperable. Un monestir actiu, amb una catedral, hauria de ser una ciutat en ella mateixa.

El problema real era la letargia del vell prior James. El vaixell havia perdut el rumb i anava a la deriva, perquè el timó estava governat amb mà poc ferma.

Philip veia amb amargor la decadència del priorat en vida del prior James.

Van embolcallar el nadó amb draps nets i el van posar a dormir en una gran cistella per al pa que li feia de bressol. Es va quedar adormit immediatament, amb la panxa plena de llet de cabra. Philip el va deixar al càrrec de Johnny Eightpence, el qual —tot i que, segons com, era curt— sempre tractava amb una delicadesa sorprenent totes les criatures petites i fràgils.

Philip tenia una gran curiositat per saber el motiu de la visita de Francis al monestir. A l'hora de dinar li va deixar anar alguna indirecta, però Francis no es va immutar, així que Philip va haver de reprimir la curiositat que tenia.

Després de dinar era l'hora d'estudi. Allà no disposaven d'un claustre com calia, però els monjos podien seure al pòrtic de la capella i llegir, o caminar amunt i avall per la clariana. De tant en tant se'ls permetia anar a la cuina a escalfar-se a la vora del foc. Philip i Francis van caminar junts pels límits de la clariana com abans acostumaven a fer pel claustre del monestir de Gal·les.

—El rei Henry sempre ha tractat l'Església com si fos un feu del seu regne —va dir Francis—. Ordena els bisbes, recapta impostos i posa traves a l'exercici directe de l'autoritat papal.

—Ja ho sé —va contestar Philip—. ¿I doncs?

—Doncs que ha mort.

Philip es va quedar de pedra. Allò no s'ho esperava.

—Ha mort al seu pavelló de caça de Lyons-la-Forêt, a Normandia, després de menjar llamprees, un dels seus plats preferits, tot i que no li provaven mai —va continuar Francis.

—¿Quan?

—Si avui és el primer dia de l'any... ara fa exactament un mes.

Philip estava molt impressionat per la notícia. Henry havia estat rei des d'abans que ell nasqués. En tota la seva vida no havia viscut la mort d'un rei, però sí que sabia que sorgirien problemes, uns problemes que potser conduirien a una guerra.

—¿I ara què passarà? —va preguntar amb ansietat.

Van seguir caminant.

—El problema és que el fill del rei va morir al mar, ja fa molts anys. Suposo que te'n recordes —va explicar Francis.

—Sí que ho recordo.

En aquella època Philip tenia dotze anys. Havia estat el primer esdeveniment d'abast nacional que havia penetrat la seva consciència infantil, i l'havia fet adonar-se del món que existia fora del monestir. El fill del rei havia mort en el naufragi d'un vaixell que es deia *White Ship*, i que acabava de sortir de Cherbourg. A l'abat Peter, que li havia explicat tot allò, l'havia preocupat que a conseqüència de la mort de l'hereu es produís una guerra o un període d'anarquia, però el rei Henry havia mantingut l'autoritat i la vida havia seguit igual per a Philip i Francis.

—És clar que el rei tenia molts altres fills —va continuar explicant Francis—. Vint, pel cap baix, inclòs el meu senyor, el comte Robert de Gloucester, però com saps, tots són bastards. Tot i la seva desenfrenada fecunditat, només ha aconseguit engendrar un altre fill legítim... i ha estat una nena, Maud. Un bastard no pot heretar el tron, però una dona encara menys.

—¿Que potser el rei Henry no va nomenar cap hereu? —va preguntar Philip.

—Sí, va elegir Maud. Ella té un fill, que també es diu Henry. El desig més gran del rei era que el seu nét fos l'hereu del tron.

Però el nen no té ni tres anys, encara. Per això el rei va fer que els barons juressin lleialtat a Maud.

Philip estava desconcertat.

—Si el rei va nomenar Maud com a hereva, i els barons ja li han jurat lleialtat... ¿quin problema hi ha?

—La vida de la cort no és tan senzilla —va dir Francis—. Maud està casada amb Geoffrey d'Anjou. Anjou i Normandia han estat rivals durant moltes generacions. Els nostres senyors normands odien els angevins. Francament, el vell rei va ser massa optimista si creia que un grapat de barons anglonormands lliurarien Anglaterra i Normandia a un angeví, ho haguessin jurat o no.

Philip estava sorprès pels coneixements del seu germà petit i per l'actitud poc respectuosa que tenia envers els homes més importants del país.

—¿Com ho saps, tot això?

—Els barons es van reunir a Le Neubourg per prendre una decisió. No cal dir que el meu senyor, el comte Robert, hi era, i jo el vaig acompanyar per redactar-li cartes.

Philip va mirar el seu germà amb curiositat, pensant que diferent devia ser la vida de Francis de la seva.

—El comte Robert és el fill gran del rei Henry, ¿oi? —va recordar de sobte.

—Sí, i tot i que és molt ambiciós, accepta l'opinió general segons la qual els bastards no han d'heretar els regnes, sinó conquerir-los.

—¿Qui més hi ha?

—El rei Henry tenia tres nebots, fills de la seva germana. El més gran és Theobald de Blois. Llavors ve Stephen, a qui el rei estimava molt i a qui va llegar grans propietats, aquí a Anglaterra, i el petit de la família, Henry, a qui ja coneixes perquè és el bisbe de Winchester. Els barons donen preferència al més gran, Theobald, d'acord amb una tradició que deus trobar bastant raonable. —Francis va mirar Philip i va somriure.

—Raonable del tot —va respondre Philip, també somrient—. ¿Això vol dir que Theobald és el nostre nou rei?

Francis va fer que no amb el cap.

—És el que ell es creia, però els fills petits ens les apanyem prou bé per col·locar-nos a primera fila. —Van arribar al final de la clariana i van fer mitja volta.— Mentre Theobald acceptava graciosament l'homenatge dels barons, Stephen travessava el Canal rumb a Anglaterra, se n'anava com un llamp a Winchester i amb l'ajuda del germà petit, el bisbe Henry, s'apoderava del castell i, cosa que és més important, del tresor reial.

Philip va estar a punt de dir: «¿Això vol dir que Stephen és el nostre rei?», però es va mossegar la llengua. Ja ho havia dit amb referència a Maud i Theobald, i en ambdues ocasions s'havia equivocat.

—Stephen només necessita una altra cosa per assegurar-se la victòria —va prosseguir Francis—, i és el suport de l'Església, perquè fins que no sigui coronat a Westminster per l'arquebisbe no serà realment rei.

—Però això li hauria de ser fàcil —va dir Philip—. El seu germà Henry és un dels eclesiàstics més importants del país, bisbe de Winchester, abat de Glastonbury, tan ric com Salomó i gairebé tan poderós com l'arquebisbe de Canterbury. Si el bisbe Henry no li volgués donar suport, ¿per què l'hauria ajudat a apoderar-se de Winchester?

Francis va fer un gest d'assentiment.

—Cal dir que l'actuació del bisbe Henry al llarg d'aquesta crisi ha estat brillant. Ara bé, no es pot dir que ajudés el seu germà impulsat per l'amor fraternal.

—I aleshores, ¿per què ho feia?

—Fa uns minuts et recordava fins a quin punt el difunt rei Henry considerava l'Església com una part més del seu regne. El bisbe Henry es vol assegurar que el nou rei, sigui qui sigui, tracti millor l'Església. Així que, abans de donar-li suport, Henry va fer jurar solemnement a Stephen que mantindria els drets i els privilegis de l'Església.

Philip estava astorat. Les relacions de Stephen amb l'Església quedaven definides, abans que comencés el seu regne, segons les condicions que aquesta li havia imposat. Però potser encara era més important el fet que allò establia un precedent. L'Església coronava els reis, però fins aleshores no havia tingut el dret de dictar condicions. Potser arribaria un dia en què cap rei no podria arribar al poder si no havia tractat abans amb l'Església.

—Això pot tenir una gran repercussió per a nosaltres —va observar Philip.

—És clar que Stephen pot no complir la seva promesa —va apuntar Francis—. Però en qualsevol cas tens raó. Mai no podrà tenir una actitud tan implacable envers l'Església com Henry. Tanmateix, hi ha un altre perill. Dos dels barons s'han mostrat extraordinàriament ofesos pel capteniment de Stephen. Un d'ells és Bartholomew, el comte de Shiring.

—El conec. Shiring és a un dia de viatge. Es diu que Bartholomew és un home devot.

—Potser sí. El que sé és que és un baró farisaic i tibat que no renegarà del jurament de lleialtat que ha contret amb Maud, tot i que se li ha promès el perdó.

—¿I l'altre baró en desacord?

—El meu, Robert de Gloucester. Ja t'he dit que és ambiciós. El turmenta la idea que, si hagués estat fill legítim, ja seria rei. Vol fer seure al tron la seva germanastra, convençut que ella confiarà tan cegament en els seus consells, que ell serà rei a tots els efectes, encara que no en tingui el títol.

—¿I pensa fer alguna cosa per aconseguir-ho?

—Em temo que sí. —Francis va abaixar el to de veu, tot i que no hi havia ningú a la vora.— Robert i Bartholomew, conxorxats amb Maud i el seu marit, volen fomentar una rebel·lió. Tenen pensat destronar Stephen i fer seure Maud al seu lloc.

Philip es va aturar en sec.

—Això invalidaria automàticament tot el que ha aconseguit el bisbe de Winchester! —Va agafar el seu germà pel braç—. Però Francis...

—Sé què penses. —Tot d'una, Francis semblava nerviós i esporuguit.— Si el comte Robert sabés que t'ho he explicat, em faria penjar. Ell confia en mi absolutament, però la meva lleialtat suprema és envers l'Església..., ha de ser així.

—Llavors, ¿què pots fer-hi?
—He pensat demanar audiència al nou rei i explicar-l'hi tot. És cert que els dos comtes ho negarien i que a mi em penjarien per traïció, però la rebel·lió fracassaria i jo aniria al cel.
Philip va sacsejar el cap.
—Però també saps que provocar el martiri és vanitós.
—Sí, i a més crec que Déu m'ha reservat una altra tasca en aquest món. Tinc un càrrec de confiança a la casa d'un gran baró i si hi segueixo i treballo de valent, puc fer moltes coses per impulsar els drets de l'Església i l'imperi de la llei.
—¿No hi ha cap altre camí?
Francis va mirar Philip als ulls.
—És per això que he vingut.
Philip va sentir una esgarrifança. Estava clar que Francis el volia involucrar en tot allò. No hi havia cap altre motiu que expliqués la revelació d'un secret tan terrible.
—Jo no puc descobrir els rebels, però tu sí.
—Que Déu i tots els sants em protegeixin! —va exclamar Philip.
—Si la conxorxa s'arribés a descobrir aquí, al sud, no recauria cap sospita sobre la casa de Gloucester. Aquí ningú no em coneix, ningú no sap ni tan sols que sóc germà teu. Pots empescarte una explicació plausible sobre com et va arribar la informació. Per exemple, que vas veure un aplec d'homes d'armes, o que algú de la casa del comte Bartholomew va revelar la conjura en confessar els seus pecats a un sacerdot que coneixes.
Philip es va cenyir la capa, tremolant. De cop i volta li va semblar que feia més fred. Tot plegat era perillós, molt perillós. Estaven parlant de ficar-se en la política reial, una cosa que havia estat la fi de persones més expertes que no pas ells. Era una bogeria que algú de fora com Philip s'hi involucrés.
Tanmateix, el que estava en joc era molt important. Philip no podia quedar-se quiet davant d'una conxorxa contra un rei elegit per l'Església, sobretot si tenia a les mans la possibilitat d'impedir-ho. I si bé Philip correria perill quan revelés la conspiració, per a Francis hauria estat un suïcidi.

—¿Quin és el pla dels rebels? —va preguntar Philip.

—En aquests moments el comte Bartholomew torna a Shiring. Des d'allà enviarà missatges als seus partidaris del sud d'Anglaterra. El comte Robert arribarà a Gloucester un o dos dies més tard i aplegarà les seves forces a l'oest del país. Finalment el comte Brian Fitz, que té el control del castell de Wallingford, en tancarà les portes. I tot el sud-oest d'Anglaterra passarà als rebels sense lluita.

—Doncs potser ja és massa tard! —va exclamar Philip.

—No, encara disposem d'una setmana si fa no fa, però has d'actuar amb rapidesa.

Philip es va adonar amb el cor encongit que pràcticament ja estava decidit a fer-ho.

—No sé a qui dir-ho —va dir—. En circumstàncies normals ho hauria dit al comte, però en aquest cas el culpable és ell, i segurament compta amb el suport del xèrif. Hem de pensar en algú que estigui de part nostra.

—¿El prior de Kingsbridge?

—El meu prior es troba vell i cansat. El més lògic seria que no fes res.

—Bé hi deu haver algú...

—El bisbe, potser.

Philip mai no havia parlat amb el bisbe de Kingsbridge, però estava segur que si el rebia i l'escoltava es posaria immediatament de la banda de Stephen, perquè havia estat elegit per l'Església.

I era prou poderós per fer-hi alguna cosa.

—¿On viu el bisbe? —va preguntar Francis.

—A un dia i mig de camí.

—Doncs serà millor que surtis avui mateix.

—Sí —va assentir Philip, amb recança.

—M'estimaria més que ho fes algú altre. —Francis semblava penedit.

—Jo també —va dir Philip emocionat—. Jo també.

Philip va convocar els monjos a la petita capella i els va dir que el rei havia mort.

—Hem de pregar perquè la successió sigui pacífica i tinguem un nou rei que estimi més l'Església que el difunt Henry —els va dir, però el que no els va revelar va ser que la clau d'una successió pacífica havia recaigut en les seves mans. En lloc d'això, va afegir:— Hi ha altres notícies que m'obliguen a visitar el nostre priorat a Kingsbridge, i he de partir ara mateix.

El sotsprior llegiria els serveis i el cellerer s'ocuparia de la granja, però cap dels dos era capaç d'haver-se-les amb Peter de Wareham, i Philip temia que, si la seva absència es perllongava, els crearia problemes i en tornar ell es trobaria sense monestir. Fins ara, no havia estat capaç de trobar la manera de tenir Peter a ratlla sense ferir-lo en el seu amor propi, i ara no li quedava temps, i, amb tot, ho havia de fer tan bé com pogués.

—Avui hem parlat de la gola —va prosseguir després d'una pausa—. El germà Peter mereix un agraïment per part nostra, perquè ens ha recordat que, quan Déu beneeix la nostra granja i ens dóna salut, no és perquè ens engreixem i portem una existència fàcil, sinó per a la seva major glòria. Compartir les nostres riqueses amb els pobres forma part dels nostres deures sagrats. Fins ara hem negligit aquest deure, sobretot perquè aquí al bosc no hi ha ningú amb qui compartir el que tenim. El germà Peter ens ha recordat que el nostre deure és sortir a l'exterior i buscar els pobres per tal de donar-los ajuda.

Els monjos estaven sorpresos: es pensaven que la qüestió de la gola havia quedat tancada. Peter mateix semblava confós. Estava satisfet de tornar a ser el centre d'atenció, però desconfiava dels cops amagats de Philip. Amb raó.

—He decidit —va continuar Philip— que cada setmana donarem als pobres un penic per cadascun dels monjos de la comunitat. Si bé això significa que haurem de menjar una mica menys, també ens alegrarem davant la perspectiva de ser recompensats al cel. Ara bé, encara és més important assegurar-se que els nostres diners siguin ben esmerçats. Quan donem un penic a un pobre perquè compri pa per a la seva família, potser se n'anirà de cap a la cerveseria més propera a emborratxar-se, i en acabat tornarà a casa per pegar a la seva dona, la qual, lògicament, s'hauria estimat més prescindir de la nostra caritat. Més val donar-li pa o, millor encara, donar pa als seus fills. L'almoina és una tasca sagrada que s'ha de fer amb la mateixa diligència que cuidar malalts o educar els joves. Per aquesta raó, moltes cases monàstiques tenen un almoiner, que s'encarrega de repartir les almoines. Nosaltres també en tindrem un.

Philip va mirar al seu voltant. Tots es mostraven atents i interessats. Peter feia un posat satisfet, perquè considerava que allò era una victòria seva. Ningú no es podia imaginar què vindria després.

—La feina de l'almoiner serà dura. Haurà de recórrer els pobles i les viles més propers a peu i, amb freqüència, anar fins a Winchester. Allà, s'haurà de moure entre la gent més roïna, bruta, lletja i viciosa, perquè els pobres són així. Haurà de resar per ells quan blasfemin, visitar-los quan estiguin malalts i perdonar-los quan el vulguin estafar o robar. Li caldrà fortalesa, humilitat i una paciència infinita. Trobarà a faltar la comoditat d'aquesta casa perquè passarà més temps fora que entre nosaltres.

Va tornar a mirar al seu voltant. Ara tots estaven a l'expectativa, perquè ningú no desitjava el càrrec. La seva mirada es va aturar sobre Peter de Wareham, el qual, amb la cara desencaixada, va entendre què l'esperava.

—Ha estat Peter qui ha atret l'atenció d'aquesta comunitat sobre les nostres mancances en aquest camp —va dir Philip a poc a poc—, i per això he decidit que sigui ell qui tingui l'honor de ser el nostre almoiner —va somriure—. Peter, pots començar avui mateix.

Peter feia cara de pomes agres.

«Passaràs massa temps fora d'aquí per causar problemes», va pensar Philip. «I l'estret contacte amb els pobres vils i pollosos dels carrerons pudents de Winchester atemperarà el menyspreu que sents per la vida tranquil·la.»

Però, com és lògic, Peter ho va veure com un càstig pur

i simple, i va mirar Philip amb una expressió tan gran d'odi, que per un moment Philip es va estremir.

Va desviar la mirada cap als altres i va dir per acabar:

—Després de la mort d'un rei sempre hi ha perill i incertesa. Pregueu per mi mentre sigui fora.

II

El segon dia de viatge, pels volts del migdia, el prior Philip es trobava a pocs metres del palau del bisbe. A mesura que s'hi acostava, sentia un estrany formigueig a l'estómac. S'havia empescat una història per explicar com s'havia assabentat de la rebel·lió imminent. Però el bisbe potser no es creuria la seva història; i, si la creia, n'hi podia demanar proves. Encara pitjor —i una possibilitat com aquella no se li havia acudit fins després de separar-se de Francis—, era possible, tot i que poc probable, que el bisbe fos un dels conspiradors que donés suport a la rebel·lió. Podia estar conxorxat amb el comte Shiring. No era estrany trobar bisbes que posessin els interessos propis per damunt dels de l'Església.

El bisbe podia torturar Philip per aconseguir que revelés la seva font d'informació. És clar que no tenia dret a fer-ho, però tampoc no en tenia a conjurar contra el rei. Philip recordava els instruments de tortura que apareixien a les pintures de l'infern. Aquestes pintures s'inspiraven en el que passava a les masmorres dels barons i dels bisbes. Philip no creia que tingués prou força per morir martiritzat.

Quan va distingir un grup de gent que caminava davant d'ell, el seu primer impuls va ser frenar el cavall per no avançar-los, perquè molts caminants no tenien escrúpols a robar un monjo. Va veure que dues d'aquelles persones eren nens i una altra una dona. Un grup familiar en principi no suposava cap perill. Va fer anar el cavall al trot per atrapar-los.

A mesura que s'hi acostava, els anava distingint més clarament. La colla estava formada per un home alt, una dona baixa, un adolescent gairebé tan alt com l'home i dos nens. La seva pobresa era evident. No portaven cap farcell amb les seves pertinences i vestien parracs. L'home era molt ossut i estava demacrat, com si estigués a punt de morir d'una malaltia incurable, o simplement de fam. Va mirar Philip amb cautela i va atraure els nens cap a ell amb un gest i un murmuri. Al principi, Philip va pensar que devia tenir uns cinquanta anys, però en veure'l de prop es va adonar que en tenia poc més de trenta i que tenia el rostre molt arrugat per les penes.

—Hola, monjo —va dir la dona.

Philip la va mirar inquisitivament. No era freqüent que una dona parlés abans que el seu marit i, a més, tot i que la interpel·lació de «monjo» no fos del tot descortesa, hauria estat més respectuós dir «germà» o «pare». La dona devia ser uns deu anys més jove que l'home i tenia els ulls enfonsats, d'un color daurat clar molt poc corrent, que li donaven un aspecte impressionant. A Philip li va provocar una sensació de perill.

—Bon dia, pare —va dir l'home, com si es volgués excusar per la sequedat de la seva dona.

—Que Déu et beneeixi —va dir Philip, frenant el pas de l'euga—. ¿Qui ets?

—Em dic Tom. Sóc mestre constructor i busco feina.

—I suposo que no en trobes.

—Això mateix.

Philip va assentir. Era una història corrent. Els artesans constructors anaven amunt i avall buscant feina i de vegades no en trobaven, o bé per mala sort, o bé perquè no hi havia gaires persones que fessin obres. Aquells homes s'acollien sovint a l'hospitalitat dels monestirs. Si havien estat treballant fins feia poc, deixaven donatius generosos en marxar, però si feia temps que recorrien els camins ja no tenien res per oferir. Donar la mateixa càlida benvinguda a tothom constituïa una prova de caritat monàstica.

Aquest constructor, saltava a la vista, era dels que no tenien diners, tot i que la seva dona semblava anar ben equipada.

—Bé —va dir Philip—, porto menjar a les alforges i és hora

de dinar. La caritat és una obligació sagrada, o sigui que si la teva família vol dinar amb mi, obtindré una recompensa al cel i també companyia mentre dino.

—Sou molt generós amb nosaltres —va dir Tom. Va mirar la dona que es va encongir lleugerament d'espatlles i llavors amb prou feines va fer que sí amb el cap. Gairebé immediatament, l'home va dir:— Acceptem la vostra caritat i us ho agraïm.

—Agraïu-ho a Déu, no a mi —va dir Philip de manera automàtica.

—Agraïm-ho als camperols que han pagat els delmes que us donen el menjar —va dir la dona.

«Una llenguallarga», va pensar Philip. «Però no va dir res.»

Es van aturar en una clariana on l'euga de Philip podia pasturar l'herba seca de l'hivern. Dintre seu, Philip estava content de tenir aquella excusa per retardar l'arribada a palau i la temuda entrevista amb el bisbe. El paleta havia dit que ell també es dirigia cap al palau del bisbe, amb l'esperança que allà els calgués fer reparacions o fins i tot una ampliació. Mentre parlaven, Philip observava la família dissimuladament. La dona semblava massa jove per ser la mare del noi gran. Aquest semblava un vedell: fort, pocatraça i amb una expressió no gaire intel·ligent. L'altre noi era petit i estrany, pèl-roig, la pell blanca com la neu i els ulls sortits de color verd brillant. Tenia una manera peculiar de fixar-se en les coses, una expressió absent que a Philip li recordava el pobre Johnny Eightpence, tot i que la mirada del noi era adulta i espavilada. Philip es va adonar que era tan pertorbador com la seva mare. El tercer fill era una nena d'uns sis anys que plorava de manera intermitent i a la qual el seu pare observava amb una preocupació afectuosa, donant-li un copet de tant en tant per tal de confortar-la, però sense dir-li res. Era evident que li tenia un gran afecte. Una vegada també va tocar la seva dona i Philip es va adonar de la mirada ardent de desig que es creuava entre ells.

La dona va enviar els nois a buscar fulles amples per fer-les servir de plates. Philip va obrir les alforges.

—¿On és el vostre monestir, pare? —li va preguntar Tom.

—Al bosc, a un dia de viatge d'aquí. Cap a l'oest. —La dona va dreçar la mirada ràpidament i Tom va alçar les celles.— ¿El coneixeu? —va preguntar Philip.

Per alguna raó, Philip semblava estar violent.

—Hi devem haver passat a prop de camí des de Salisbury —va dir finalment.

—Sí, és clar. Possiblement. Però està a molta distància del camí, així que no l'hauríeu pogut veure tret que sabéssiu on era i hi haguéssiu anat expressament.

—Ja ho entenc —va dir Tom, però semblava que tenia el cap en un altre lloc.

A Philip se li va acudir una altra idea.

—Digueu-me una cosa: ¿us heu topat amb alguna dona pel camí? Una dona, segurament molt jove, sola i embarassada.

—No —va respondre Tom. El seu to va ser d'indiferència, però Philip va tenir la sensació que allò li interessava moltíssim—. ¿Per què ho pregunteu?

Philip va somriure.

—Perquè ahir a primera hora van trobar un nen acabat de néixer al bosc i el van portar al nostre monestir. És un noi i no crec que tingui ni un dia. Deuria néixer la nit anterior. La mare devia rondar pels voltants al mateix temps que vosaltres.

—No hem vist ningú —va repetir Tom—. ¿Què n'heu fet, del nadó?

—Li hem donat llet de cabra. Sembla que li ha anat bé.

Tots dos van mirar Philip fixament. Philip va pensar que era una història capaç de commoure qualsevol persona.

—¿I esteu buscant la mare? —va preguntar Tom al cap d'un moment.

—No, no. T'ho he preguntat pel que pogués ser. Si trobéssim la mare, sens dubte que li tornaríem el fill. Però també és clar que ella no el vol i que s'assegurarà que no la trobin.

—¿I què passarà amb el nen?

—El criarem al monestir. Serà un fill de Déu. Així és com el meu germà i jo vam ser criats. Ens van arrabassar els pares quan érem molt joves, i des de llavors l'abat es va convertir en el nostre pare i els monjos en la nostra família. Menjàvem, estàvem calents i anàvem a escola.

—I us vau fer monjos tots dos —va dir la dona. En el seu to hi havia un deix d'ironia, com si hagués demostrat que en definitiva la caritat del monestir havia estat interessada.

Philip va estar content de poder-la contradir.

—No, el meu germà va abandonar l'orde.

Els nens van tornar. No havien trobat fulles amples perquè a l'hivern no era cosa fàcil, de manera que haurien de menjar sense plats. Philip els va donar tot el pa i el formatge. Van atacar el menjar com animals famolencs.

—Aquest formatge el fem al monestir —va dir Philip—. A molta gent els agrada així, tendre, però encara és més bo quan el deixem madurar.

Tenien massa gana perquè allò els importés. Es van acabar el pa i el formatge en un obrir i tancar d'ulls. Philip tenia tres peres. Va remenar per les alforges i les va treure. Les va allargar a Tom. Aquest en va donar una a cada nen.

Philip es va aixecar.

—Resaré perquè trobis feina.

—Pare, si hi penseu, parleu-li de mi, al bisbe. Coneixeu la nostra situació i us haureu adonat que som gent honrada —va dir Tom.

—Ho faré.

Tom va subjectar el cavall mentre Philip hi muntava.

—Sou una bona persona, pare —li va dir, i Philip va observar sorprès que Tom tenia els ulls plens de llàgrimes.

—Que Déu us protegeixi —va dir Philip.

Tom va seguir subjectant l'euga un instant.

—El nadó de qui parlàveu..., el que vau trobar al bosc —parlava en veu baixa, com si no volgués que els nens el sentissin—, ¿ja l'heu batejat?

—Sí, es diu Jonathan, que vol dir regal de Déu.

—Jonathan. M'agrada. —Tom va deixar anar el cavall.

Per un moment, Philip el va mirar amb curiositat. Llavors va esperonar l'euga i es va allunyar al trot.

El bisbe de Kingsbridge no vivia a Kingsbridge. El seu palau s'alçava al cim d'un turó orientat cap al sud, en una vall exuberant, a un dia sencer de viatge de la freda catedral de pedra i dels seus monjos tristos. Ho preferia així, perquè una assistència massa regular a l'església hauria interferit en les seves altres obligacions, com cobrar rendes, administrar justícia i maniobrar a la cort reial. I, als monjos, també els anava com l'anell al dit, atès que, com més lluny fos el bisbe, menys es ficaria amb el que feien.

La tarda que Philip va arribar, feia un fred que anunciava neu. A la vall del bisbe bufava un vent glacial i uns núvols grisos i baixos embolcallaven la casa senyorial del turó. No era un castell, però estava tan ben defensat com si ho fos. Havien obert una clariana d'uns dos-cents peus al voltant de la casa, envoltada per una tanca de fusta molt ferma de l'alçada d'un home, amb un rec d'aigua de pluja a l'exterior. El guardià, al costat de la porta, tenia una actitud descuidada, però l'espasa que portava feia respecte.

El palau era una bella casa de pedra construïda en forma d'E. La planta baixa tenia uns murs gruixuts amb diverses portes sòlides i pesades, però sense cap finestra. Una de les portes estava oberta i Philip va poder veure barrils i sacs en la penombra de l'interior. Les altres portes estaven tancades amb cadenes. Philip es va preguntar què hi devia haver al darrere. Quan el bisbe feia presoners, devia ser allà on els tancaven.

La part curta de la E estava formada per una escala exterior que conduïa a la part habitable de dalt. La sala principal corresponia a la part llarga de la E, i les dues habitacions que formaven la part superior i inferior de la E eren la capella i un dormitori. Philip s'ho va imaginar així. Hi havia finestres petites amb unes contrafinestres que, com uns ulls brillants, contemplaven el món amb desconfiança.

Dins del recinte hi havia una cuina, un forn de pedra, estables i un graner de fusta. «Tots els edificis es troben en bon estat», va pensar Philip, «i això no afavoreix Tom.»

A l'estable hi havia bons cavalls, inclosos un parell de corsers, i una colla d'homes d'armes que hi vagarejaven per matar el temps. Potser el bisbe tenia visites.

Philip va deixar el cavall a un mosso d'estable i va pujar les escales amb una sensació d'abatiment. En tot aquell edifici es respirava un lamentable ambient militar. ¿On eren les cues de suplicants amb greuges, les cues de mares que portaven a beneir els seus infants? Entrava en un món que no li era familiar, i ho feia portant un secret perillós. «És possible que passi molt de temps abans no pugui sortir d'aquí», va pensar esporuguit. Hauria desitjat que Francis no hagués acudit a ell.

Va acabar de pujar l'escala. Es va dir que aquells pensaments eren indignes. «Se'm presenta l'oportunitat de servir Déu i l'Església, i vet aquí que només em preocupo de la meva seguretat. Hi ha homes que s'enfronten diàriament amb deu mil perills, ja sigui al camp de batalla, al mar, a les pelegrinacions insegures, o a les creuades. També els monjos han de tenir petits temors i tremolar una mica de tant en tant.»

Va respirar a fons i va entrar.

L'entrada estava en la penombra i plena de fum. Philip va tancar la porta molt de pressa per evitar que entrés l'aire glaçat de l'exterior i va clavar la vista en la foscor. A l'altre extrem de l'habitació hi cremava un gran foc que, juntament amb unes finestres petites, proporcionava tota la llum que hi havia. Al voltant de la llar de foc hi havia un grup d'homes, alguns amb indumentària eclesiàstica i els altres amb les riques vestimentes de la petita noblesa. Celebraven una reunió i parlaven en veu baixa i un posat seriós. Els seients estaven distribuïts a l'atzar, però tots miraven un sacerdot assegut al centre del grup, com una aranya al mig d'una teranyina. Era un home prim i, per la manera com separava les llargues cames i recolzava els llargs braços a la butaca, feia la impressió que estava a punt de saltar. Tenia els cabells estirats, negres com l'atzabeja, la cara pàl·lida i el nas afilat. Tot allò, més la vestimenta negra, li donava un aspecte elegant i alhora sinistre.

No era el bisbe.

Un majordom es va aixecar de la seva cadira al costat de la porta.

—Bon dia, pare. ¿Qui voleu veure? —va preguntar a Philip.

Un perdiguer que jeia a la vora del foc va aixecar el cap i va fer un gruny.

L'home de negre se'n va adonar i, en veure Philip, va alçar una mà per interrompre la conversa.

—¿Què passa? —va preguntar amb sequedat.

—Bon dia —va dir Philip amb cortesia—. He vingut a veure el bisbe.

—Doncs no hi és —va dir el sacerdot, donant la conversa per acabada.

Philip es va quedar de pedra. Havia temut l'entrevista i el perill que comportava i ara se sentia decebut. ¿Què podia fer amb el seu secret terrible?

—¿Quan creieu que tornarà? —va preguntar al sacerdot.

—No ho sabem. ¿Per què el voleu veure?

El sacerdot parlava bruscament, i Philip es va trobar incòmode.

—Afers de Déu —li va dir, tallant-lo—. ¿Qui sou, vós?

El sacerdot va alçar les celles com si estigués sorprès que el desafiessin i tots els altres homes es van quedar quiets, com esperant una explosió, però després d'una pausa va respondre amb força tranquil·litat.

—Sóc el seu ardiaca. Em dic Waleran Bigod.

«Quin bon nom per a un sacerdot», va pensar Philip.

—Jo em dic Philip. Sóc el prior del monestir de St-John-in-the-Forest, que és una cel·la del priorat de Kingsbridge.

—He sentit parlar de vós —va dir Waleran—. Sou Philip de Gwynedd.

Philip va quedar parat. No es podia imaginar que tot un ardiaca conegués el nom d'algú tan insignificant com ell. Però la menció del seu rang, per modest que fos, havia estat prou per canviar l'actitud de Waleran. La irritació li havia desaparegut de la mirada.

—Acosteu-vos al foc —li va dir—. ¿Per què no preneu un glop de vi calent per reconfortar-vos la sang?

Va fer un gest a una persona que seia en un banc al costat del mur i un servent tot descurat es va afanyar a complir l'ordre.

Philip es va acostar al foc. Waleran va dir alguna cosa en veu baixa i els altres homes es van posar drets per marxar. Philip es va asseure, escalfant-se les mans mentre Waleran acompanyava els visitants a la porta. Philip es preguntava de què devien haver estat parlant i per què l'ardiaca no havia posat fi a la reunió amb una pregària.

El criat esparracat li va allargar una copa de fusta. Va beure un glop de vi calent especiat, mentre rumiava el proper pas que faria. Si el bisbe no estava disponible, ¿a qui havia de dirigir-se? Pensava parlar amb el comte Bartholomew per suplicar-li que, senzillament, posés fi a la seva rebel·lió. Però la idea era ridícula. El comte es limitaria a ficar-lo en una garjola tancada amb pany i forrellat. Només quedava el xèrif, que en teoria era el representant del rei al comtat. Però ningú no podia saber cap a quin costat s'inclinaria, quan encara hi havia dubtes sobre qui era el rei. «Tot i això», va pensar Philip, «al final hauré de córrer aquest risc.» Desitjava retornar a la vida senzilla del monestir, on l'enemic més perillós era Peter de Wareham.

Un cop van haver marxat els convidats de Waleran i la porta va quedar tancada per aïllar-los del soroll dels cavalls al pati, Waleran va tornar a la vora del foc i va arrossegar-hi una gran butaca.

Philip estava preocupat pel seu problema i en realitat no volia parlar amb l'ardiaca, però es va sentir obligat a mostrar-se cortès.

—Espero no haver interromput la vostra reunió —va dir.

Waleran va fer un gest com per restar-li importància.

—Estava a punt d'acabar —va dir—. Aquestes coses s'allarguen més del que cal. Estàvem discutint la renovació dels arrendaments de les terres diocesanes... La mena de coses que es poden solucionar en un moment, si la gent fos més decidida. —Va brandar una mà ossuda com per arraconar arrendaments diocesans, beneficiaris i altres qüestions.— En fi, m'han parlat de les excel·lències de la vostra tasca en aquella petita cel·la del bosc.

—Em sorprèn que n'estigueu assabentat —va replicar Philip.

—El bisbe és abat *ex officio* de Kingsbridge, i per això s'hi interessa.

«O potser té un ardiaca ben informat», va pensar Philip.

—Bé, Déu ens ha beneït —va dir.

—Així és.

Parlaven en francès normand, la llengua que havien utilitzat Waleran i els seus convidats, la llengua del govern. Però hi havia alguna cosa estranya en l'accent de Waleran, i al cap d'uns moments Philip es va adonar que tenia les inflexions d'algú educat en anglès. Això volia dir que no era un aristòcrata normand, sinó un nadiu que havia aconseguit guanyar-se una posició amb el seu propi esforç, com el mateix Philip.

Un instant després va veure confirmada la seva teoria, quan Waleran va començar a parlar en anglès:

—Desitjo que Déu concedeixi unes benediccions semblants al priorat de Kingsbridge.

Així doncs, no era tan sols Philip qui estava inquiet per la situació a Kingsbridge. Probablement, Waleran sabia millor que ell el que hi passava.

—¿Com es troba, el prior James?

—Malalt —va contestar Waleran, lacònic.

Philip va pensar amb tristesa que llavors era segur que no podria fer res pel que feia a la insurrecció del comte Bartholomew. Hauria d'anar a Shiring i provar sort amb el xèrif.

Se li va acudir que Waleran era el tipus d'home que devia conèixer totes les persones importants del comtat.

—¿Què me'n dieu, del xèrif de Shiring? —li va preguntar.

Waleran va encongir les espatlles.

—Poc pietós, arrogant, cobdiciós i corrupte. Així són tots els xèrifs. ¿Per què ho pregunteu?

—Si no puc parlar amb el bisbe, segurament hauré d'anar a veure el xèrif.

—Heu de saber que gaudeixo de tota la confiança del bisbe —va dir Waleran, esbossant un somriure—. Si us puc servir en alguna cosa... —va fer un gest ampli, com un home que es vol mostrar generós tot i saber que pot ser rebutjat.

Philip, que s'havia tranquil·litzat en part de pensar que el moment crític havia quedat ajornat un o dos dies, estava de nou molt torbat. ¿Podia confiar en l'ardiaca Waleran? Va pensar que la indiferència d'aquest era estudiada. L'ardiaca es mostrava segur, però en realitat devia tenir curiositat per saber què era allò tan important. No obstant això, allò no era un motiu suficient per desconfiar-ne. Semblava una persona de seny. ¿Devia ser prou poderós per fer alguna cosa respecte a la conxorxa? Si no ho feia ell mateix, potser podria localitzar el bisbe. De cop i volta, a Philip li va semblar que la idea de confiar en Waleran presentava un avantatge important, perquè mentre el bisbe podia insistir a conèixer la font real de la informació, l'ardiaca no tenia autoritat per fer-ho i s'hauria d'acontentar amb la història que li expliqués, tant si s'ho creia com si no.

Waleran va tornar a esbossar un somriure.

—Si rumieu tant, hauré de pensar que desconfieu de mi.

Philip es va adonar que comprenia Waleran. Era un home en certa manera semblant a ell. Jove, ben educat, d'humil naixença i intel·ligent. Potser una mica massa mundà pel seu gust, però era excusable en un sacerdot que es veia obligat a passar tant temps amb dames i cavallers i no tenia el benefici de la vida protegida d'un monjo. Philip va pensar que en el fons del seu cor Waleran era un home devot. Faria el que fos millor per a l'Església.

Philip va dubtar en el moment de prendre la decisió. Fins llavors només ell i Francis coneixien el secret. Un cop l'hagués revelat a una tercera persona, les conseqüències serien imprevisibles. Va respirar profundament.

—Fa tres dies va arribar al meu monestir del bosc un home ferit —va començar, demanant perdó mentalment per dir una mentida—. Era un home armat que muntava un bonic corser molt ràpid. Havia caigut a dues o tres milles i tenia el braç trencat i les costelles aixafades. Li vam curar el braç, però no vam poder fer res amb les costelles i, a més, quan tossia vomitava sang, la qual cosa era un senyal evident que tenia ferides internes. —Mentre parlava, Philip observava atentament la cara de Waleran. Fins en aquell moment només deixava veure una atenció cortesa.— Li vaig aconsellar que confessés els seus pecats perquè estava en perill de mort. Em va revelar un secret.

Va dubtar.

No estava segur de fins a quin punt Waleran estava al corrent de la situació política.

—Suposo que sabeu que Stephen de Blois ha reclamat el tron d'Anglaterra amb la benedicció de l'Església.

Waleran, que sabia més que Philip, va dir:

—I va ser coronat a Westminster, tres dies abans de Nadal.

—¿Ja? —Francis no ho sabia, va pensar Philip.

—¿Quin era el secret? —va preguntar l'ardiaca amb un punt d'impaciència.

Philip va fer el pas decisiu.

—Abans de morir, el genet em va dir que el seu senyor Bartholomew, comte de Shiring, havia conspirat amb Robert de Gloucester per alçar les armes contra Stephen —va estudiar el rostre de Waleran, contenint la respiració.

Waleran va empal·lidir, es va inclinar cap endavant i va preguntar impacient:

—¿Creieu que deia la veritat?

—Un moribund sempre diu la veritat al seu confessor.

—Potser repetia un rumor que circulava per casa del comte.

Philip no havia esperat que Waleran es mostrés escèptic. Va improvisar ràpidament.

—No, no —va dir—. Es tractava d'un missatger enviat pel comte Bartholomew per tal de reunir les seves forces a Hampshire.

L'ardiaca va estudiar l'expressió de Philip.

—¿Portava algun missatge escrit?

—No.

—Algun segell o mostra de l'autoritat del comte?

—Res. —Philip començava a suar.— Em va fer la impressió que la gent que anava a veure sabia que era el representant autoritzat del comte.

—¿Com es deia?

—Francis —va respondre Philip, i tot seguit va sentir desigs de mossegar-se la llengua.

—¿Només això?

—No em va dir quin era el seu altre nom —va contestar Philip amb la sensació que la seva història s'estava quedant al descobert amb l'interrogatori de Waleran.

—Les armes i l'armadura que duia segurament el podien identificar.

—No duia armadura —va dir Philip amb desesperació—. Vam enterrar les armes amb el seu cos. Els monjos no fem servir espases. Les podríem desenterrar, però us puc assegurar que no tenien res d'especial, no crec que us donessin cap pista. —Havia d'apartar Waleran d'aquella línia de preguntes.— ¿Què creieu que podem fer?

Waleran va arrufar les celles.

—És difícil saber què fer sense tenir proves. Els conspiradors simplement poden negar l'acusació, i en aquest cas es condemna l'acusador. —No ho va dir específicament, però Philip va deduir què era el que estava pensant. L'ardiaca va afegir:— ¿Ho heu dit a algú?

Philip va fer que no amb el cap.

—¿On anireu quan marxeu d'aquí? —va preguntar Waleran.

—A Kingsbridge. Havia d'inventar una raó per sortir de la cel·la, així que vaig dir que anava a visitar el priorat, i ara ho he de fer perquè sigui veritat.

—No parleu de tot això amb ningú, a Kingsbridge.

—No ho faré —va respondre Philip. No havia pensat fer-ho, però ara es preguntava per què Waleran hi insistia tant. Potser era per interès propi. Si estava disposat a acceptar el risc de posar la conspiració al descobert, es volia assegurar que el mèrit li fos reconegut. Era ambiciós. Molt millor per al propòsit de Philip.

—Deixeu aquest assumpte a les meves mans —va dir Waleran, mostrant-se brusc una altra vegada. I el contrast amb l'actitud d'abans va fer entendre a Philip que l'ardiaca es podia posar i treure l'amabilitat com si fos una capa.— Ara aneu al priorat de

Kingsbridge —va afegir—, i oblideu el xèrif. Espero que ho feu així.

—Sí. —Philip va comprendre que tot aniria bé, almenys per un temps, i es va sentir alliberat d'un gran pes. No el tancarien en una garjola ni el torturarien per tal que confessés, i tampoc no l'acusarien de sedició. A més, havia descarregat aquella responsabilitat en una altra persona, algú a qui semblava que li plaïa.

Es va posar dret i es va dirigir a la finestra més propera. Era mitja tarda i encara hi havia molta llum. Sentia una gran necessitat d'allunyar-se d'allà per deixar-hi el seu secret.

—Si me'n vaig ara, podré fer entre deu i dotze milles abans no es faci fosc —va dir.

Waleran no va insistir perquè es quedés.

—El camí us conduirà a la vila de Bassingbourn. Allà trobareu un llit per dormir. Si partiu demà al matí d'hora, arribareu a Kingsbridge al migdia.

—Sí. —Philip es va apartar de la finestra i va mirar Waleran, que contemplava el foc arrufant les celles, fent cabòries. Evidentment, no li faria saber què rumiava i a Philip li hauria agradat conèixer què maquinava aquell cap tan intel·ligent.— Sortiré immediatament —va anunciar.

Waleran va deixar les seves cabòries i es va tornar a mostrar extremament amable. Va somriure i es va posar dret.

—Molt bé —va dir. Va acompanyar Philip fins a la porta i després va baixar les escales amb ell fins a arribar al pati.

Un mosso d'estable es va acostar amb el cavall del monjo i el va ensellar. Waleran es podia haver acomiadat en aquell moment i tornar a la llar de foc, però es va esperar. Philip va suposar que es volia assegurar que agafava el camí de Kingsbridge i no el de Shiring.

Quan Philip va muntar l'euga estava més tranquil que quan havia arribat. Estava a punt d'anar-se'n quan va veure Tom Builder seguit de la seva família.

—Aquest home és un paleta que vaig conèixer pel camí —va dir Philip a Waleran—. Sembla honrat, però passa una mala època. Si us cal fer algunes reparacions, sens dubte que no us decebrà.

Waleran no va contestar. Tenia la mirada fixa en la família. Tot el seu aplom i seguretat havien desaparegut. Va quedar bocabadat, com si hagués tingut un sobresalt.

—¿Què passa? —li va preguntar Philip.

—Aquesta dona! —va exclamar l'ardiaca.

Philip la va mirar.

—És bonica de debò —va dir, adonant-se'n per primer cop—, però ens han ensenyat que un sacerdot s'ha de mantenir cast. Aparteu la mirada, ardiaca.

Waleran no l'escoltava.

—Em pensava que era morta —va mormolar. De sobte va semblar que recordava la presència de Philip. Va apartar la mirada de la dona i es va fixar en ell, sobreposant-se.— Presenteu els meus respectes al prior de Kingsbridge —va afegir.

Llavors va donar un cop a la gropa de l'euga de Philip, que va franquejar la porta al trot. Quan Philip va haver agafat les regnes i dominat l'animal, ja era massa lluny per dir adéu.

III

Philip va arribar a les envistes de Kingsbridge l'endemà pels volts del migdia, tal com havia previst l'ardiaca Waleran. Va sortir d'un turó frondós i va contemplar un paisatge de camps erms i gelats, amb alguns esquelets despullats d'arbres ací i allà. No es veia cap ànima vivent, ja que en la cruesa de l'hivern ningú no treballava la terra. A un parell de metres de distància, la catedral de Kingsbridge, un edifici immens i aclofat, s'alçava dalt d'un promontori com una tomba dalt d'un túmul funerari.

Philip va seguir el camí fins a un coster i Kingsbridge va desaparèixer de la seva vista. L'euga tranquil·la que muntava es va obrir pas amb compte al llarg dels corriols glaçats. Anava pensant en l'ardiaca Waleran, que tenia tant d'aplom i seguretat en si mateix que el feia sentir ingenu i inexpert, encara que la diferència d'edat entre tots dos no fos gaire. Waleran havia controlat la situació sense esforç. S'havia desfet dels seus convidats amb amabilitat, havia escoltat la història de Philip atentament, havia descobert immediatament el problema crucial de la falta de proves i havia entès ràpidament que aquella línia de preguntes no el portaria enlloc i, per acabar, havia despatxat Philip expeditivament i ara ell s'adonava que no tenia cap garantia que Waleran fes alguna cosa respecte a l'assumpte en qüestió.

Philip va somriure amb tristesa en comprendre que l'havia manipulat. Waleran ni tan sols havia dit que transmetria al bisbe la informació que li havia comunicat, però confiava que la gran ambició que havia endevinat en l'ardiaca garantiria que la informació seria utilitzada d'una manera o altra. Fins i tot pensava que potser Waleran sentiria que tenia algun deute amb ell.

I com que Waleran li havia causat una impressió tan profunda, encara estava més intrigat per l'únic senyal de feblesa que l'ardiaca havia mostrat: la seva reacció en veure la dona de Tom Builder. A Philip ella li havia semblat misteriosament perillosa. Semblava que Waleran l'havia trobat desitjable, la qual cosa podia significar el mateix, és clar. Però hi havia alguna cosa més. Waleran ja la devia conèixer d'abans, perquè havia dit que es pensava que era morta. Sonava com si hagués pecat amb ella en un passat llunyà. El que era clar és que, tal com havia fet marxar Philip, perquè no s'assabentés de res més, l'ardiaca se sentia culpable per alguna cosa.

Però ni tan sols aquest secret culpable no el va fer menysvalorar l'ardiaca. Waleran era un sacerdot i no un monjo. La castedat sempre havia estat una part essencial de l'estil de vida monacal, però mai no havia estat imposada als sacerdots. Els bisbes tenien amants i els capellans de parròquia tenien majordones. Igual que la prohibició contra els mals pensaments, el celibat dels clergues era una llei massa dura d'obeir. Si Déu no podia perdonar els sacerdots lascius, al cel hi devia haver ben pocs capellans.

Quan va arribar a dalt del turó, Kingsbridge va reaparèixer als ulls de Philip. L'enorme catedral, amb els arcs de mig punt i les petites finestres estretes, dominava el paisatge, tal com la vida del monestir dominava la vila. La banda oest de la catedral, la que Philip veia de cara, tenia dues torres bessones força rabassudes, una de les quals s'havia esfondrat a causa d'una tempesta quatre anys enrere. Encara no l'havien reconstruïda i la façana, amb el seu aspecte, expressava un retret. Aquella vista sempre provocava la ira de Philip, perquè la pila de runa a l'entrada era un recordatori vergonyós del fracàs de la rectitud monàstica al priorat. Els edificis del monestir, de la mateixa pedra calcària clara, s'agrupaven al voltant de la catedral, com ho fan els conspiradors al voltant del tron. A l'exterior del mur baix que envoltava el priorat, hi havia un grapat de cabanes disperses, fetes de troncs i argila amb teulades de palla, habitades pels camperols que llauraven els camps dels voltants i pels servents que treballaven al monestir a les ordres dels monjos. Un riu estret i impacient travessava rabent la part sud-oest de la vila, i proveïa el monestir d'aigua fresca.

Philip sentia que s'encenia d'ira en travessar el vell pont de fusta sobre el riu. El priorat de Kingsbridge era una vergonya per a l'Església de Déu i per al moviment monàstic, però Philip no hi podia fer res, i la barreja d'ira i d'impotència li va regirar l'estómac.

El pont pertanyia al priorat, que cobrava pontatge per utilitzar-lo. Mentre el fustam cruixia sota el pes de Philip i el de l'euga, un monjo vell va sortir d'un cobert de la riba de l'altra banda i es va acostar per aixecar la branca de salze que servia de barrera. Va reconèixer Philip i el va saludar amb la mà. Ell es va adonar que caminava coix.

—¿Què tens al peu, germà Paul? —li va preguntar.

—Només és un penelló. Se n'anirà sol a la primavera.

Philip li va mirar els peus i va veure que només duia unes sandàlies. Paul era un gat vell i ja li havia passat l'edat d'estar-se tot el dia a l'aire lliure amb aquell temps.

—Hauries de tenir un foc —va comentar Philip.

—Seria un do de Déu, però el germà Remigius diu que el foc costaria més diners dels que dóna el pontatge.

—¿Quant cobrem?

—Un penic per cavall i un quart de penic per persona.

—¿Hi ha gaire gent que faci servir el pont?

—Sí, sí. Molta.

—Llavors, ¿com és que no ens arriben els diners per a un foc?

—Bé, els monjos no paguen, és clar, ni els criats del priorat, ni tampoc els vilatans. Això vol dir que només queda algun cavaller de pas o algun calderer cada un o dos dies. I els festius, quan la gent ve de tot arreu per sentir missa a la catedral, recollim una pila de quarts de penic.

—Sóc del parer que hauríem de vetllar el pont només en dies festius i que amb els guanys t'encenguessin un foc —va dir Philip.

Paul semblava preocupat.

—No diguis res a Remigius, si et plau. S'enfadaria molt si cregués que m'he estat queixant.

—No t'amoïnis —li va dir Philip.

Va esperonar l'euga de manera que Paul no li veiés l'expressió de la cara. Aquella mena de ximpleries el treien de polleguera. Paul havia dedicat la seva vida al servei de Déu i del monestir, i ara, en els seus anys de vellesa, es veia obligat a patir dolor i fred per un o dos quarts de penic al dia. No tan sols era una cosa cruel, sinó ineficient, perquè un home vell i pacient com Paul podia dedicar-se a una tasca productiva com ara criar gallines, i el benefici del monestir seria més elevat que uns quants quarts de penic. Però el prior de Kingsbridge era massa vell i letàrgic per copsar-ho, i semblava que a Remigius, el sotsprior, li passava el mateix. Philip pensava amb amargor que era un pecat greu malgastar amb la negligència els béns humans i materials que havien estat consagrats a Déu amb una devoció tan amorosa.

Es va posar de mal humor mentre conduïa l'euga a través dels espais lliures entre les cabanes i la porta del priorat. Aquest era un recinte tancat amb la catedral al mig. Els edificis s'havien construït de manera que tot el que hi havia al nord i a l'oest de la catedral fos públic, mundà, secular i pràctic, mentre que les parts del sud i l'est fossin privades, espirituals i sagrades.

Per tant, l'entrada del recinte estava a la cantonada nord-est del rectangle. La porta era oberta i el monjo jove que hi havia a la garita del porter el va saludar amb la mà quan Philip hi va passar dalt del poni. Un cop dins, va veure un estable al mur oest, una construcció sòlida de fusta, més ben feta que moltes de les cases de l'altre costat del mur. A dins, dos mossos d'estable esperaven asseguts en bales de palla. No eren monjos, sinó criats del priorat. Es van incorporar de mala gana, com si els molestés l'arribada d'un viatger que els donaria feina. Una pudor acre va envair l'olfacte de Philip, que es va adonar que ningú no havia netejat els estables des de feia tres o quatre setmanes. Aquell dia no estava disposat a passar per alt la negligència dels mossos d'estable.

—Abans de posar el poni a l'estable, netegeu una quadra i poseu-hi palla fresca. Després continueu amb els altres estables. Si hi ha humitat, els cavalls agafen mal de peülles. No teniu tanta feina per no poder netejar l'estable —va dir en donarlos les regnes. Els mossos van fer mala cara, així que va afegir:— Feu el que us mano, o faré que us treguin un dia de paga per gandulería. —Estava a punt d'anar-se'n quan va recordar una cosa.— A la meva alforja hi ha un formatge. Porteu-lo a la cuina i doneu-lo al germà Milius.

Es va allunyar sense esperar cap resposta. El priorat disposava de seixanta empleats, que tenien cura de quaranta-cinc monjos, una proporció de criats vergonyosament excessiva, segons el parer de Philip. La gent que no tenia prou feina, de seguida es tornava tan mandrosa que es desentenia de les poques obligacions assignades, com era evident que havia passat amb els mossos d'estable. Era una altra prova de la negligència del prior James.

Philip va caminar resseguint el mur oest del priorat i va deixar enrere la casa d'hostes, encuriosit per saber si hi havia cap visitant. Però l'única habitació immensa de l'edifici estava freda i deserta i al llindar hi havia una pila de fulles seques que el vent hi havia arrossegat al llarg de l'hivern. Es va tombar cap a l'esquerra i va començar a travessar la gran extensió d'herba escassa que separava la casa d'hostes (que algun cop havia allotjat persones impietoses i fins i tot alguna dona) de la catedral. Es va acostar a la part oriental del temple, l'entrada pública. Les pedres esberlades de la torre esfondrada eren al mateix lloc on havien caigut, en una pila que feia dues vegades l'alçada d'un home.

Com la majoria dels temples, la catedral de Kingsbridge s'havia construït en forma de creu. L'extrem occidental formava una nau que constituïa el pal llarg de la creu. La creu mateixa consistia en dos transseptes orientats al nord i al sud, a cada banda de l'altar. Més enllà, l'extrem est de la catedral formava el que s'anomena el presbiteri i estava principalment reservat als monjos. A l'extrem més llunyà hi havia la tomba de sant Adolf, de tant en tant encara objecte de pelegrinatge per algú.

Philip va entrar a la nau i va recórrer amb la mirada l'avinguda d'arcs de mig punt i de sòlides columnes, però aquella visió encara el va deprimir més. L'edifici era humit i llòbrec i estava més deteriorat que l'última vegada que l'havia vist. Les finestres dels passadissos baixos de cada costat de la nau semblaven túnels estrets en aquells murs tan gruixuts. A dalt, les finestres més grans del trifori il·luminaven el sostre de fusta pintada, posant de relleu el mal estat de l'edifici, ja que els apòstols, els sants i els profetes estaven descolorits i gairebé es confonien amb el fons. Una lleugera olor de vestidures putrefactes impregnava l'atmosfera, malgrat que l'aire fred entrava per les finestres sense vidres. Des de l'altra banda de la catedral arribava el so de la missa major, amb les frases llatines salmodiades i les respostes cantades. Philip va caminar nau endins. El terra mai no havia estat pavimentat, de manera que als racons, poc trepitjats pels camperols i les sandàlies dels monjos, hi creixia molsa. De les espirals tallades i les estries de les columnes massisses, així com dels galons esculpits que decoraven els arcs, en altre temps policroms, ara només en quedaven unes restes de fulla d'or i unes quantes taques. El morter que unia les pedres s'estava desprenent i queia formant petites piles al costat dels murs. Philip va sentir que li tornava a pujar aquella ira tan coneguda. Aquell edifici havia estat construït perquè la gent se sentís enlluernada per la majestat de Déu Totpoderós només entrar-hi. Però com que els camperols eren gent senzilla que jutjava per les aparences, quan hi entraven devien pensar que Déu era una divinitat descuidada i indiferent que no apreciaria la devoció ni tindria en compte els pecats que cometessin. Al cap i a la fi eren ells qui mantenien la catedral amb la suor del seu treball, i era indignant que se'ls recompensés amb aquell mausoleu ruïnós.

Philip es va agenollar davant de l'altar i hi va romandre uns instants, conscient que aquella indignació justa no era l'estat d'esperit escaient per part d'un devot. Quan es va haver calmat una mica, es va aixecar i va continuar caminant.

El braç oriental de la catedral, el presbiteri, estava dividit en dos. Prop del creuer hi havia el cor, amb uns bancs de fusta que els monjos ocupaven durant els serveis religiosos. Més enllà hi havia la capella on hi havia la tomba del sant. Philip es va situar darrere l'altar amb la intenció d'ocupar un lloc en el cor, però de sobte va veure un taüt i això el va fer aturar en sec.

Es va quedar molt parat. Ningú no li havia dit que un monjo havia mort. És clar que només havia parlat amb tres persones: Paul, que ja era vell i no tenia el cap gaire clar, i els dos mossos d'estable, als quals no havia donat cap oportunitat d'explicar-se. Es va acostar al taüt per veure qui era el mort i quan va mirar a dins el cor se li va parar un moment.

Era el prior James.

Philip se'l va quedar mirant fixament, bocabadat. Ara, tot havia canviat. Hi hauria un nou prior, una nova esperança...

La gaubança no era el sentiment que havia de despertar la mort d'un germà venerable, per moltes faltes que hagués comès. Philip es va forçar a posar cara de dol i a sintonitzar l'esperit amb l'aflicció regnant. En vida, el prior havia tingut els cabells blancs, la cara estreta i era geperut. En aquells moments l'expressió d'aclaparament perpetu havia desaparegut i en lloc de semblar preocupat i desconsolat feia la impressió que estava en pau. Quan es va agenollar davant del fèretre per mormolar una oració, Philip es va preguntar si no l'havia turmentat un pes feixuc al cor els darrers anys de la seva vida, un pecat inconfessat, com el record d'una dona o un dany causat a un home innocent. Fos com fos, ja no en podria parlar fins al dia del Judici Final.

Malgrat la seva determinació, Philip no va poder evitar de pensar en el futur. El prior James, indecís, nerviós i feble de caràcter, havia dirigit el monestir sense fermesa. Ara hi hauria un successor que imposaria disciplina als criats ganduls, faria reparar la catedral en ruïnes i faria rendir la gran riquesa de la propietat, amb la qual cosa enfortiria el priorat d'una vegada per sempre. Philip estava massa excitat per quedar-se quiet. Es va aixecar, va caminar decidit cap al cor i es va asseure en un lloc buit als bancs posteriors.

L'ofici el celebrava el sagristà, Andrew de York, un home geniüt, de cara rogenca, que sempre semblava que estava a punt de tenir una apoplexia. Era un dels membres més antics del capítol. Sota la seva responsabilitat, hi havia tot el que era sagrat: els serveis religiosos, els llibres, les relíquies sagrades, els vestits i els ornaments, així com gairebé tot l'inventari de l'edifici de la catedral. A les seves ordres hi tenia un cantor que s'encarregava de la música i un tresorer que es cuidava dels canelobres i els calzes sagrats, tots d'or o plata i encastats de pedres precioses. Per damunt del sagristà no hi havia cap càrrec, llevat del prior i el sotsprior, Remigius, que era un gran company d'Andrew.

Andrew llegia l'ofici diví amb el seu habitual to d'ira continguda. Philip tenia el cap tan ple de coses que va trigar una estona a adonar-se que el servei no se celebrava amb prou correcció. Un grup de joves feia soroll, parlaven i reien. Es va adonar que es burlaven del mestre de novicis, un ancià que s'havia adormit al seu seient. Els joves monjos, que gairebé tots havien estat novicis que havien assistit a les seves lliçons fins feia poc i a qui probablement encara els coïen els cops de la seva vara, li llançaven boletes de quisca a la cara. Cada vegada que una boleta feia blanc, el monjo es movia, però no s'arribava a despertar. Andrew semblava no adonar-se de res. Philip va mirar al voltant per veure on era l'admonitor, el monjo encarregat de la disciplina. Estava a l'altre extrem del cor, xerrant amb un altre monjo, sense parar atenció ni a l'ofici ni al comportament dels joves.

Philip va seguir observant una estona. Ni estant de bon humor tenia paciència per a coses com aquelles. Un dels monjos, un jove ben plantat, d'uns vint-i-un anys, amb un somriure maliciós, era el que semblava portar la veu cantant. Philip el va veure com posava la punta d'un ganivet a la part de dalt d'una espelma encesa per deixar caure tot seguit la cera fosa a la calba del vell mestre de novicis. Quan aquest va sentir la cera ardent, es va despertar amb un esgarip i els joves van esclafir a riure.

Philip va sospirar i es va aixecar del seient. Es va acostar per darrere al jove, el va agafar de l'orella, el va treure del cor amb rapidesa i el va conduir al transsepte sud. Andrew va aixecar la vista del missal i va arrufar les celles quan els va veure. No havia vist res del que havia passat.

Quan van arribar a un lloc on els monjos ja no els podien sentir, Philip es va aturar i va deixar anar el noi.

—¿Com et dius? —li va preguntar.

—William Beauvis.

—¿I què t'ha agafat, mentre oïes missa?

William semblava emmurriat.

—Estava cansat de la missa.

Philip no tenia contemplacions amb els monjos que es queixaven de tot.

—¿Cansat? —va dir alçant la veu lleugerament—. ¿Què has fet, avui?

William va dir, plantant-li cara:

—Matines i laudes a la nit, prima abans d'esmorzar, terça, sexta i ara la missa major.

—¿Has menjat?

—He esmorzat.

—I esperes sopar al vespre.

—Sí.

—La majoria dels nois de la teva edat treballen als camps de sol a sol fins a esllomar-se per tal de poder esmorzar i sopar, i encara una part del pa que els pertoca te la donen a tu! ¿Saps per què ho fan?

—Sí —va contestar William, mirant a terra.

—¿Per què?

—Ho fan perquè volen que els monjos cantin els oficis divins per ells.

—Molt bé. Els camperols et donen pa, carn i un dormitori de pedra amb un bon foc a l'hivern... i tu estàs tan cansat que no pots seure i estar quiet durant la missa major que se celebra per ells.

—Em sap greu, germà.

Philip es va quedar mirant William un moment. La seva falta no era greu. Els veritables culpables eren els seus superiors, que negligien la disciplina i permetien conductes com aquella a l'església.

—Si els oficis divins et cansen, ¿per què et vas fer monjo?

—Sóc el cinquè fill del meu pare.

Philip va fer que sí amb el cap.

—I, és clar, va donar algunes terres al priorat amb la condició que t'admetéssim.

—Sí... una granja.

Era una història corrent. L'home que tenia molts fills en donava un a Déu, i per tal d'assegurar-se que aquest no rebutgés l'obsequi, al mateix temps feia donació de les terres que calien per tal que el monestir el mantingués. D'aquesta manera, molts homes que no tenien vocació es convertien en monjos desobedients.

—Si et traslladéssim, posem per cas, a una granja, o a la meva cel·la de St-John-in-the-Forest, on treballem a l'aire lliure i no tenim temps per resar, ¿creus que això t'ajudaria a participar en els oficis divins amb la devoció que cal?

A William se li va il·luminar la cara.

—Sí, germà. Em penso que sí.

—Ja m'ho pensava. Veuré què hi puc fer, però no et facis il·lusions. Potser hauràs d'esperar que tinguem un prior nou i que jo demani el trasllat.

—Sigui com vulgui, moltes gràcies.

La missa s'havia acabat i els monjos abandonaven la catedral en processó. Philip es va posar un dit als llavis per donar la conversa per acabada. Mentre els monjos desfilaven pel transsepte sud, Philip i William es van posar a la filera i van entrar al claustre, el quadrat porticat adjacent a la nau per la banda sud. Allí la filera es va desfer. Philip es va dirigir cap a la cuina, però el sagristà li va barrar el pas i se li va encarar amb els braços als malucs i una actitud agressiva.

—Germà Philip —se li va adreçar.

—Germà Andrew —li va contestar Philip, que es preguntava quina mosca li havia picat.

—¿Què pretenieu en interferir en la celebració de la missa?

Philip es va quedar estupefacte.

—¿Que jo he interferit en la celebració de la missa? —va repetir, en un to d'incredulitat—. El noi s'estava portant malament, i...

—Sóc perfectament capaç d'ocupar-me dels monjos que es comporten indegudament en els oficis que jo celebro —va replicar Andrew alçant la veu.

Els monjos, que havien començat a dispersar-se, es van quedar pels voltants a escoltar la discussió.

Philip no podia entendre aquell enrenou. De vegades, els monjos grans havien de renyar els germans joves i els novicis durant els oficis, i no hi havia cap regla que establís que l'únic que ho podia fer fos el sagristà.

—Però si no heu vist què passava... —va argumentar Philip.

—O potser ho he vist, i he decidit ocupar-me'n més tard.

Philip estava segur que no havia vist res.

—¿Què heu vist, doncs? —va preguntar amb to de repte.

—No goseu interrogar-me! —va cridar Andrew, encès de ràbia—. Encara que sigueu el prior d'una petita cel·la al bosc, jo he estat sagristà aquí durant més de dotze anys, i seguiré celebrant els oficis a la catedral com a mi em sembli convenient, sense l'ajuda de forasters a qui doblo en edat!

Philip va començar a pensar que potser no havia actuat correctament, i que això havia fet enfurismar Andrew. Però era més important pensar en el fet que una baralla al claustre no era un espectacle gens edificant per als altres monjos, i que calia posar-hi fi. Philip es va empassar l'orgull, va serrar les dents i va inclinar el cap en actitud submisa.

—Admeto que teniu raó, i us demano humils excuses —va dir.

Andrew estava preparat per tenir una discussió a crits i no el va satisfer aquesta retirada tan presta del seu adversari.

—Doncs que no torni a passar! —va exclamar secament.

Philip no va contestar. Andrew s'havia proposat dir l'última paraula, així que qualsevol altra observació per part seva només hauria servit perquè el sagristà repliqués. Es va quedar allí, dret, amb la mirada fixa a terra mentre es mossegava la llengua i Andrew l'observava amb expressió de disgust. Finalment el sagristà va fer mitja volta i se'n va anar amb el cap ben alt.

Els altres monjos es van quedar mirant Philip, que estava molt molest perquè Andrew l'havia humiliat, però ho havia d'acceptar, perquè un monjo orgullós és un mal monjo. Sense dir res, va abandonar el claustre.

Les habitacions on feien vida els monjos eren al sud de la plaça del claustre, el dormitori al sud-est i el refectori al sud-oest. Philip es va dirigir a l'oest, va travessar el refectori i va tornar a sortir a la part pública del recinte del priorat, davant dels estables i la casa d'hostes. Allí, a la part sud-oriental del recinte, hi havia el pati de la cuina, rodejat pel refectori, la cuina, el forn i el cobert on es fabricava la cervesa. Al bell mig del pati, un carro carregat de naps esperava que algú els descarregués. Philip va pujar els esglaons que conduïen a la cuina i hi va entrar.

L'atmosfera estava tan carregada que es va haver d'aturar. Hi feia molta calor, l'olor de peix era molt forta, i l'estrèpit de cassoles i d'ordres a crits era insuportable. Tres cuiners, atabalats per la calor i les presses, preparaven el sopar amb l'ajuda de sis o set marmitons joves. Hi havia dues llars de foc enormes, situades a banda i banda de l'habitació, i, a totes dues, hi cremava un gran foc on es rostien més de vint peixos en un ast que feia giravoltar un noi amarat de suor. A Philip se li va fer la boca aigua. En unes olles molt grosses de ferro que penjaven sobre les flames, hi bullien pastanagues senceres. Dos xicots, drets davant del tallant, treien, d'unes llarguíssimes barres de pa, llesques gruixudes sobre les quals se serviria el menjar. Un monjo supervisava aquell enrenou aparent: el germà Milius, el cuiner, un home de l'edat de Philip. Seia en un tamboret alt i observava l'activitat frenètica del voltant amb un somriure impertorbable, com si tot estigués en ordre i perfectament organitzat... i probablement hi estava, segons el que copsava amb la seva mirada experta. Va somriure a Philip i va dir:

—Gràcies pel formatge.

—El formatge, sí... —Philip no se'n recordava, amb tot el que havia passat d'ençà de la seva arribada—. És fet només amb llet munyida al matí. Ja notaràs que té un gust lleugerament diferent.

—Se'm fa la boca aigua. Sembles desanimat. ¿Hi ha alguna cosa que no rutlli?

—No, res. M'he discutit amb Andrew. —Philip va fer un gest d'indiferència, com volent donar la cosa per acabada.— ¿Puc agafar una pedra calenta del foc?

—És clar.

Als focs de les cuines sempre hi havia unes quantes pedres a punt que servien per escalfar una mica d'aigua o una sopa.

—El germà Paul del pont té un penelló i en Remigius no li deixa tenir foc —va explicar-li Philip, mentre agafava unes tenalles amb el mànec llarg i enretirava una pedra calenta de la llar.

Milius va obrir un armari i en va treure un tros de cuir vell que havia estat un davantal.

—Té, embolica-la amb això.

—Gràcies. —Philip va posar la pedra damunt el cuir i la va embolicar.

—Afanya't —va dir Milius—. El sopar està a punt.

Philip va sortir volant de la cuina. Va travessar el pati i es va dirigir a la porta. A mà esquerra, ben bé a tocar del mur oest, hi havia el molí. Molts anys enrere s'havia obert un canal des del riu, al nord del priorat, que portava aigua al rec del molí. Després de fer girar la roda del molí, l'aigua corria per un canal subterrani cap a la cerveseria, la cuina, la font del claustre, on els monjos es rentaven les mans abans de menjar, i finalment a la latrina del costat del dormitori, i acabava baixant en direcció sud i tornava a desembocar al riu. Un dels primers priors havia estat un home que havia sabut planificar les coses amb intel·ligència.

Philip va observar que davant de l'estable hi havia una pila de palla bruta. Els mossos netejaven l'estable tal com els havia ordenat. Va sortir per la porta i va travessar la vila per anar al pont.

Mentre passava entre les cabanes, es va preguntar si havia estat presumptuós per part seva renyar el jove William Beauvis. Després de meditar-ho, va concloure que no. De fet, hauria fet mal fet de passar per alt un enrenou com aquell durant la celebració de l'ofici.

Quan va arribar al pont va entrar al petit cobert de Paul.

—Escalfa't el peu amb això —li va dir, donant-li la pedra calenta embolicada amb el cuir—. Quan es refredi una mica treu el cuir i posa el peu directament damunt la pedra. Et durarà fins que es faci fosc.

El germà Paul es va mostrar patèticament agraït. Es va treure la sandàlia i immediatament va posar el peu sobre el farcell.

—Ja no em fa tant de mal —va dir.

—Si aquesta nit escalfes la pedra al foc de la cuina, demà al matí tornarà a estar calenta —li va recomanar Philip.

—¿I al germà Milius no li fa res? —va preguntar Paul, nerviós.

—Ja et dic jo que no.

—Ets molt bo, germà Philip.

—No té cap importància. —Philip se'n va anar abans que l'agraïment de Paul resultés enutjós. Al capdavall, només li havia donat una pedra calenta.

Va tornar al priorat. Es va dirigir al claustre i es va rentar les mans a la pica que hi havia a la banda sud. En acabat va entrar al refectori. Un dels monjos llegia en veu alta davant d'un faristol. La regla deia que el sopar havia de transcórrer en silenci, tret de la lectura, però els quaranta i escaig monjos menjant feien una remor constant de fons i també se sentia, a pesar del que deia la regla, un rumor de comentaris en veu baixa. Philip es va asseure en un lloc buit d'una de les llargues taules. El monjo que tenia al costat menjava amb molta gana.

—Avui hi ha peix fresc —va mormolar.

Philip va fer que sí amb el cap. Ho havia vist a la cuina.

—Hem sentit dir que, a la vostra cel·la del bosc, de peix fresc, n'hi ha cada dia —va dir el monjo, amb enveja.

Philip va fer que no amb el cap.

—Mengem aviram un dia sí un dia no —li va xiuxiuejar.

El monjo encara va semblar més envejós.

—Aquí tenim peix salat sis dies per setmana.

Un servent va col·locar davant de Philip una llesca de pa ben gruixuda i, a sobre, hi va posar un peix aromatitzat amb les herbes del germà Milius. A Philip se li va fer la boca aigua. Estava a punt de clavar-hi el ganivet quan de l'altre cap de la taula es va aixecar un monjo que el va assenyalar. Era l'admonitor, el responsable de la disciplina. «¿I ara què passa?», es va preguntar Philip.

L'admonitor va trencar la regla de silenci, ja que hi tenia dret.

—Germà Philip!

Els monjos van parar de menjar i es va fer un silenci absolut.

Philip va deixar estar el ganivet i va mirar l'admonitor amb expectació.

—La regla estableix que no hi ha sopar per als que arriben tard —va declarar l'admonitor.

Philip va fer un sospir. Semblava que aquell dia no n'encertava ni una. Va apartar el ganivet, va donar la llesca de pa i el peix al servent i va inclinar el cap per escoltar la lectura.

Durant el descans posterior al sopar, Philip va anar al rebost de sota la cuina per parlar amb Cuthbert Whitehead (Capblanc), el cellerer. El rebost era una cova gran i fosca amb uns pilars gruixuts i curts i unes finestres minúscules. L'aire era sec i carregat de les olors de les coses emmagatzemades: llúpol, mel, pomes, herbes aromàtiques, formatge i vinagre. El germà Cuthbert hi passava quasi tot el dia perquè la seva feina no li deixava temps lliure per anar als oficis, cosa que esqueia a les seves inclinacions. Era un home intel·ligent i pràctic amb escassa tendència a la vida espiritual. El cellerer era l'equivalent del sagristà en el terreny material: Cuthbert havia d'ocupar-se de totes les necessitats materials dels monjos, això és, recollir els productes de les granges del priorat i anar al mercat a comprar el que els monjos i els criats no podien produir. La feina li exigia ser calculador i reflexiu. Cuthbert no ho feia sol: Milius el cuiner era responsable de preparar els menjars i hi havia un cambrer que s'ocupava de la indumentària dels monjos. Aquests darrers treballaven a les ordres de Cuthbert i encara tenia tres col·laboradors més, que en teoria controlava ell, però que tenien una certa autonomia: el cap d'hostes, l'infermer —que es cuidava dels monjos vells i malalts en un edifici a part— i l'almoiner. Tot i tenir aquestes persones a les seves ordres, la tasca que havia de dur a terme Cuthbert era formidable, i se'n sortia fent càlculs mentals perquè deia que era una vergonya malgastar pergamí i tinta. Philip sospitava que Cuthbert mai no havia après del tot a llegir i escriure. Els cabells de Cuthbert eren blancs des de la seva joventut, i per això li deien Whitehead, però ara ja passava dels seixanta i només li quedava una tofa de pèls blancs a les orelles i al nas que el compensaven de la seva calvície. Com que Philip també havia estat cellerer al primer monestir on havia servit, comprenia molt bé els problemes de Cuthbert i l'entenia quan rondinava. Per aquesta raó, al cellerer, li queia bé Philip. En aquell moment, com que Cuthbert sabia que el prior de la cel·la s'havia quedat sense sopar, va agafar mitja dotzena de peres d'un barril i les hi va donar. Estaven una mica arrugades, però eren bones i Philip se les va menjar agraït mentre Cuthbert remugava a propòsit de la mala administració del monestir.

—No arribo a entendre com pot ser que el priorat estigui endeutat —va dir Philip amb la boca plena de pera.

—No hi hauria d'estar —va opinar Cuthbert—. Posseeix més terres i cobra delmes de més parròquies que mai.

—Llavors, ¿com és que no som rics?

—Ja coneixes el sistema que tenim aquí. En gran part, les propietats del monestir estan dividides entre els diferents càrrecs. El sagristà té les seves terres, jo tinc les meves i hi ha dotacions més petites per al cap d'hostes, per a l'infermer i l'almoiner. La resta pertany al prior. Cadascun fa servir els ingressos de la seva part de les terres per complir amb les seves obligacions.

—¿I què té de dolent, això?

—Bé, ens hauríem d'ocupar d'aquestes propietats. Per exemple, suposem que tinguéssim terres i les arrendéssim per una quantitat en metàl·lic. No ens hauríem d'acontentar a donar-les al millor postor i cobrar els diners, sinó que tenim l'obligació de trobar un bon arrendatari i vigilar-lo per assegurar-nos que treballa bé la terra. Si no és així, les pastures poden quedar negades i el sòl exhaurit fins al punt que l'arrendatari es vegi obligat a tornar-nos les terres perquè li ha estat impossible pagar-nos l'arrendament. O bé considerem una granja dirigida pels monjos i on treballin els nostres empleats. Si quan hi anem és només per recollir els productes que ens dóna, els monjos es tornen mandrosos i corruptes, els empleats roben la collita i la granja produeix menys cada any. També hauríem de tenir cura de les esglésies. No ens hauríem de limitar a cobrar els delmes. Hem de tenir-hi bons sacerdots que sàpiguen llatí i que portin una vida devota. Altrament, la gent cau en la impietat, i es casa, té fills i es mor sense la benedicció de l'Església i no paga els delmes que els toca pagar.

—Els alts càrrecs haurien d'administrar les terres amb molt de compte —va dir Philip mentre es menjava l'última pera.

—És el que haurien de fer, però tenen altres coses al cap. En qualsevol cas, ¿què en sap, de la terra, un mestre de novicis? ¿Per què un infermer hauria de ser un administrador de terres competent? És clar que un prior enèrgic fins a cert punt els forçaria a ser prudents amb els seus recursos. Però hem tingut un prior feble durant tretze anys i ara no tenim diners per arreglar la catedral, mengem peix salat sis dies per setmana i ningú no s'allotja a la casa d'hostes.

Philip va fer un glop de vi enmig d'un gran silenci. Trobava difícil pensar fredament en com es malgastaven els béns de Déu.

Hauria volgut tenir el responsable ben agafat i sacsejar-lo fins que recuperés el seny. Però en aquell cas la persona responsable jeia en un taüt, rere l'altar. Almenys, aquest fet deixava les portes obertes a l'esperança.

—Aviat tindrem un nou prior —va dir Philip—, que haurà de redreçar les coses.

—¿Tu creus que Remigius serà capaç de redreçar les coses? —Cuthbert li va dirigir una mirada d'incredulitat.

—Remigius no serà pas el nou prior, ¿oi que no? —va preguntar Philip, tement la resposta de Cuthbert.

—És molt probable que sí.

—Però si és de la mateixa pasta que el prior James! —va exclamar Philip, consternat—. No veig per què els germans l'haurien de votar.

—Mira, els forasters els inspiren poca confiança i no votaran ningú que no coneguin. Això vol dir que haurà de ser algú de nosaltres. I Remigius és el sotsprior, el monjo més antic de la comunitat.

—Però no hi ha cap regla que digui que és obligatori escollir el monjo més antic, podria ser qualsevol altre dels alts càrrecs. Podries ser tu mateix.

Cuthbert va fer que no amb el cap.

—Ja m'ho han demanat i ho he refusat.

—¿Per què?

—M'estic fent vell, Philip. De la feina que faig no me'n sortiria si no fos perquè hi estic tan acostumat que ja treballo d'esma. Qualsevol altra responsabilitat em resultaria massa pesada. De debò, no em queden prou forces per fer-me càrrec d'un monestir en una situació precària i reformar-lo de cap a peus. Al capdavall, no seria pas millor que Remigius.

Philip encara no s'ho podia creure.

—N'hi ha d'altres... El sagristà, l'admonitor, el mestre de novicis...

—El mestre de novicis és vell i encara està més cansat que jo. El cap d'hostes és golafre i un trompa. I el sagristà i l'almoiner s'han compromès a votar Remigius. ¿Per què? No sé per què, però m'ho puc imaginar. Diria que Remigius ha promès al sagristà el càrrec de sotsprior i a l'admonitor el de sagristà, per recompensar-los pel seu suport.

Philip es va deixar caure pesadament enrere sobre els sacs de farina on seia.

—¿M'estàs dient que Remigius ja té l'elecció assegurada?

Cuthbert no va contestar immediatament. Es va aixecar i va anar a l'altra banda del rebost, on va posar en una filera un cossi de fusta ple d'anguiles vives, una galleda d'aigua clara i un barril amb tres quarts de salmorra.

—Ajuda'm, si et plau —li va demanar. Va agafar un ganivet, va agafar una anguila del cossi, la va colpejar contra el terra de pedra, i després li va treure les tripes amb el ganivet. La va donar a Philip i va afegir:— Neteja-la a la galleda i en acabat llença-la al barril. Ens calmaran la gana durant la quaresma.

Philip va netejar l'anguila tan bé com va poder i la va llençar a l'aigua salada.

Cuthbert va esventrar una altra anguila.

—Hi ha una altra possibilitat —va dir—. Trobar un candidat que sigui un bon prior reformador i el rang del qual, tot i estar per sota del de sotsprior, estigui al mateix nivell que el de cellerer i el de sagristà.

Philip va llençar l'anguila al cossi.

—¿Qui?

—Tu.

—¿Jo? —Philip es va quedar tan sorprès que va deixar caure l'anguila a terra. Tenia efectivament un càrrec al priorat, però mai no havia pensat que estigués al mateix nivell que el de sagristà i els altres perquè eren molt més grans que ell.

—Sóc massa jove.

—Rumia-t'ho —va dir Cuthbert—. T'has passat tota la vida en monestirs. Ja eres cellerer als vint-i-un anys. Ets prior d'una cel·la des de fa quatre o cinc anys i l'has reformat. Tothom té clar que Déu ha posat la mà damunt teu.

Philip va recollir l'anguila que se li havia escapat i la va deixar caure al barril de salmorra.

—La mà de Déu és damunt de tots nosaltres —va dir en un to evasiu. Se sentia aclaparat pel suggeriment de Cuthbert. Volia que a Kingsbridge hi hagués un nou prior enèrgic, però mai no se li havia acudit que pogués ser ell.— Bé, la veritat és que ho faria millor que Remigius —va reconèixer pensatiu.

Cuthbert semblava satisfet.

—Si tens algun defecte, Philip, és el de la innocència.

Philip no es considerava gens innocent.

—¿Què vols dir?

—Mai no se t'ha acudit pensar que les persones actuen empeses per motius primaris. La majoria ho fem. Per exemple, tothom al monestir dóna per fet que tu ets un candidat i que has vingut per demanar-los els vots.

Philip estava indignat.

—¿En què es basen per dir això?

—Intenta analitzar el teu comportament tal com faria una persona suspicaç. En primer lloc, arribes poc després de la mort del prior James, com si tinguessis aquí algú que t'hagués enviat un missatge secret...

—Però, ¿que es pensen que això estava planificat?

—No ho saben, però creuen que ets més intel·ligent que ells. —Cuthbert va tornar a esventrar anguiles.— I també hi ha el teu comportament d'avui. En arribar als estables, ordenes que els netegin. Després t'ocupes de l'enrenou que feien els joves durant la celebració de la missa major. Has parlat de traslladar William Beauvis a una altra casa, quan tothom sap que aquests trasllats són una prerrogativa del prior. Has criticat de manera implícita Remigius quan has portat una pedra calenta al germà Paul del pont. I finalment has portat un formatge deliciós a la cuina, i tots n'hem tastat un mos després de sopar, i tot i que ningú ha dit d'on venia, cap de nosaltres no podria confondre el gust d'un formatge de St-John-in-the-Forest.

A Philip el va incomodar pensar que les seves accions havien estat mal interpretades d'aquella manera.

—Qualsevol altre visitant hauria fet totes les coses que he fet.

—Qualsevol monjo veterà n'hauria pogut fer alguna, però

ningú no les hauria fet totes. Has arribat i t'has fet càrrec de tot! Ja has començat a reformar el monestir. I, com és lògic, el bàndol de Remigius ha reaccionat. Per això el sagristà Andrew t'ha esbroncat al claustre.

—Ara ho entenc! Em preguntava què dimonis li havia agafat —Philip va esbandir una anguila, pensatiu—. I suposo que quan l'admonitor m'ha deixat sense sopar era pel mateix motiu.

—Exactament. Una manera d'humiliar-te davant dels altres monjos. Per cert, crec que aquestes dues maniobres han estat contraproduents per a les seves intencions. Cap d'aquestes reprensions era justificada i, tanmateix, les has acceptades de bon grat. De fet, has aconseguit causar l'efecte d'un sant.

—No ho he fet expressament.

—Els sants tampoc. Toquen a nones. Serà millor que em deixis acabar les anguiles. Després de l'ofici és l'hora d'estudi i està permès parlar al claustre. Molts germans et volen preguntar coses.

—No tan de pressa! —va exclamar Philip, preocupat—. Que els monjos es pensin que vull ser prior no vol dir que em presenti a l'elecció. —La perspectiva d'una lluita electoral no l'engrescava i no estava del tot segur de voler abandonar la cel·la del bosc, tan ben organitzada, i fer-se càrrec dels enormes problemes del priorat de Kingsbridge.— Em cal temps per pensar —va afegir en un to de súplica.

—Ja ho sé. —Cuthbert va mirar Philip als ulls.— Mentre ho fas, si et plau, recorda que l'orgull excessiu és un pecat corrent, però que un home pot, amb la mateixa facilitat, frustrar la voluntat de Déu per culpa d'una excessiva humilitat.

Philip va assentir.

—No ho oblidaré. Gràcies.

Quan va sortir del magatzem es va afanyar a anar al claustre. Al seu cap, mentre es reunia amb els altres monjos i entrava amb ells a la catedral, hi regnava la confusió. Va comprendre que la possibilitat de convertir-se en el prior de Kingsbridge l'inquietava. Durant molts anys havia estat profundament disgustat per la manera desastrosa com era governat el priorat, i ara ell mateix tenia l'oportunitat de redreçar les coses. De cop i volta, no se sentia segur de poder-ho fer. No era tan sols el fet de veure tot el que s'havia de fer i ordenar que es fes. Calia convèncer els monjos, administrar les terres, recaptar diners... Era una tasca per a una persona sàvia. La responsabilitat era aclaparadora.

L'església el va calmar, com sempre. Després del mal comportament d'aquell matí, ara els monjos estaven quiets i solemnes. Mentre escoltava les frases conegudes de l'ofici i mormolava les respostes com feia de tants anys ençà, es va tornar a sentir capaç de pensar amb claredat.

¿Vull ser prior de Kingsbridge?, es va preguntar. I tot seguit va saber-ne la resposta: sí! Volia fer-se càrrec d'aquella catedral en ruïnes, reparar-la, tornar-la a pintar i omplir-la amb els cants d'un centenar de monjos i les veus de milers de fidels resant el parenostre... Només per allò pagava la pena ser prior. És clar, no podia oblidar que s'havien de reorganitzar les propietats del monestir, per tal de revitalitzar-les i tornar-les a fer riques i productives. Volia veure una colla de nens aprenent a llegir i escriure en un racó del claustre. Volia que la casa d'hostes resplendís de llum i d'escalfor, de manera que els barons i els bisbes vinguessin a allotjar-s'hi i que concedissin al priorat regals valuosos abans d'anar-se'n. Volia destinar una sala per convertir-la en biblioteca i omplir-la de llibres de saviesa i bellesa. Sí, volia ser el prior de Kingsbridge!

«¿Hi ha altres raons?», es va preguntar. «Quan m'imagino que sóc prior i introdueixo reformes per a major glòria de Déu, ¿és orgull el que tinc al cor?

»Oh, sí!»

No es podia enganyar a si mateix en l'ambient fred i sagrat de la catedral. La seva finalitat era la glòria de Déu, però la seva pròpia glòria també el complaïa. Li agradava donar ordres sense que ningú el contradís. Es va veure ell mateix prenent decisions, administrant justícia, donant consells i ànim, dictant penitència i perdó segons el seu criteri. Va imaginar-se la gent dient: «Philip de Gwynedd ha reformat aquest lloc. Era un desastre fins que ell se'n va fer càrrec. I ara, mireu-lo!»

«Però seria a fi de bé», va pensar. «Déu m'ha donat la intel·ligència per administar propietats i la capacitat de dirigir grups de persones. Ho he demostrat, com a cellerer a Gwynedd i com a prior a St-John-in-the-Forest. I quan porto un monestir els monjos estan contents. Al meu priorat els vells no tenen penellons i els joves no se senten frustrats per manca d'ocupació. Em cuido de la gent.»

Però, d'altra banda, tant Gwynedd com St-John-in-the-Forest eren fàcils de dirigir en comparació amb el priorat de Kingsbridge. El monestir de Gwynedd sempre havia estat molt ben regit. La cel·la del bosc havia tingut problemes abans que ell se'n fes càrrec, però era petita i fàcil de portar. En canvi, la reforma de Kingsbridge era un repte per a tota una vida. Potser passarien setmanes abans no esbrinés de quins recursos disposava: quanta terra, i on, què hi havia a la terra, si bosc, pastures o camps de blat. Controlar totes les propietats disperses, arribar a saber què era el que no funcionava i posar-hi remei i aconseguir un conjunt pròsper amb la suma de les parts seria una tasca d'anys i panys. Tot el que Philip havia fet a la cel·la del bosc havia estat obligar un grapat d'homes joves a treballar de valent als camps i a pregar amb solemnitat a l'església.

«D'acord», va admetre, «els meus motius no són del tot purs i la meva capacitat està en dubte. Potser m'hauria de negar a presentar-m'hi. Almenys estaria segur d'evitar pecar d'orgull. Però, ¿què m'havia dit Cuthbert?

»¿Què vol, Déu?», es va preguntar a la fi. «¿Vol Remigius? La capacitat de Remigius és inferior a la meva i els motius que el mouen segurament són menys purs. ¿Hi ha cap altre candidat? De moment, no. Fins que Déu reveli una tercera possibilitat hem de suposar que l'elecció està entre Remigius i jo. És evident que Remigius regirà el monestir com ja ho ha fet mentre el prior James estava malalt, és a dir, que serà negligent i no treballarà prou i deixarà que la decadència continuï el seu camí. ¿I jo? Estic ple d'orgull i encara no he posat a prova el meu talent, però intentaré reformar el monestir i ho aconseguiré si Déu em dóna forces.

»Doncs, molt bé», va dir a Déu quan l'ofici s'acabava, «molt bé. Acceptaré la candidatura, i lluitaré amb totes les meves forces per guanyar l'elecció, i si Vós no em voleu, per alguna raó que heu escollit de no revelar-me, bé, doncs, m'haureu d'aturar com pugueu.»

Encara que Philip s'havia passat vint-i-dos anys en monestirs, els priors sota els quals havia servit havien gaudit de llarga vida i, per tant, mai no havia tingut ocasió de viure unes eleccions. Es tractava d'un esdeveniment únic a la vida monàstica, atès que els germans no estaven lligats a l'obediència quan votaven. En aquelles ocasions, tot d'un plegat, eren tots iguals.

Va haver-hi un temps, si el que deien les llegendes era veritat, en què els monjos eren iguals en tot. Un grup d'homes decidia donar l'esquena al món de la luxúria i construir un santuari aïllat on poder viure una vida d'abnegació i dedicació al culte. Escollien un tros de terra erma, netejaven el bosc i assecaven el pantà. Llavors cultivaven la terra i construïen una església tots junts. Eren germans en tot de debò. El prior només era, com la paraula indica, el primer entre iguals, i tots juraven obediència a la regla de sant Benet i no a dignataris monàstics. L'únic que quedava d'aquella democràcia primitiva era l'elecció del prior i de l'abat.

A alguns monjos, el poder que de sobte tenien a les mans els neguitejava. Volien que algú els digués qui havien de votar o bé proposaven que la decisió fos presa per un grup de monjos veterans. N'hi havia d'altres que abusaven del privilegi i es tornaven insolents, o demanaven favors a canvi del seu suport. Però la majoria, senzillament es preocupava de fer l'elecció més convenient.

Aquella tarda, al claustre, Philip va parlar a molts dels monjos, individualment o en grup, i els va explicar ingènuament que aspirava al lloc i que li semblava que, tot i la seva joventut, ho podia fer millor que Remigius. Va contestar les seves preguntes, la majoria de les quals tenien a veure amb les racions de menjar i beguda.

Acabava cada conversa dient: «Si cadascun de vosaltres pren la decisió enraonadament i amb l'ajuda de la pregària, Déu beneirà sense cap mena de dubte el resultat.» Era prudent dir això, però a més Philip hi creia.

—Estem guanyant —li va dir Milius el cuiner l'endemà al matí mentre Philip i ell esmorzaven una mica de pa amb cervesa i els marmitons revifaven els focs.

Philip va clavar queixalada al pa negre que era molt sec i va fer un bon glop de cervesa per tirar-lo avall. Milius era un jove entusiasta i molt enginyós, protegit de Cuthbert i admirador de Philip. Tenia els cabells negres estirats i una cara petita amb faccions regulars. De la mateixa manera que Cuthbert, estava content de servir Déu en coses pràctiques i es perdia la majoria dels oficis. Philip no es refiava del seu optimisme.

—¿Com has arribat a aquesta conclusió? —li va preguntar, escèptic.

—Tots els que estem de part de Cuthbert et donem suport a tu, el cambrer, l'infermer, el mestre de novicis i jo mateix, perquè sabem que ets un bon proveïdor i les provisions són el problema més gran del règim actual. Molts dels monjos regulars et votaran per una raó semblant, perquè pensen que administraràs millor els béns del priorat i que això millorarà les condicions de vida i el menjar.

Philip va arrufar les celles.

—No m'agradaria enganyar ningú. La meva primera preocupació serà arreglar la catedral i millorar els oficis. Això té prioritat abans que el menjar.

—Ho has deixat ben clar i ells ho saben —va dir Milius precipitadament—. Aquest és el motiu pel qual el cap d'hostes i un parell més votaran Remigius, perquè s'estimen més un règim de poca activitat i una vida tranquil·la. Els altres que li donen suport són la seva camarilla, que confien obtenir privilegis especials quan ell es faci càrrec de tot: el sagristà, l'admonitor, el tresorer i tota la colla. El cantor és amic del sagristà, però em penso que el podem fer canviar de bàndol, sobretot si promets nomenar un bibliotecari.

Philip va fer que sí amb el cap. El cantor s'encarregava de la música de les cerimònies i estava convençut que no s'havia d'ocupar dels llibres si ja tenia les seves pròpies obligacions.

—En tot cas, és una bona idea —va dir Philip—. Ens cal un bibliotecari per ampliar la col·lecció de llibres.

Milius es va aixecar del tamboret i va començar a esmolar un ganivet de cuina. Li sobrava energia i sempre havia de tenir les mans ocupades.

—Hi ha quaranta-quatre monjos amb dret a vot —va assenyalar Milius. Abans n'hi havia quaranta-cinc, però un d'ells acabava de morir.— Calculo que divuit estan a favor nostre i deu a favor de Remigius. Els setze que falten estan indecisos. En necessitem vint-i-tres per obtenir la majoria. Això vol dir que hauràs de convèncer cinc dels indecisos.

—Vist d'aquesta manera sembla fàcil —va dir Philip—. ¿Quant de temps tenim?

—No ho sé. Els germans convoquem l'elecció, però si ho fem massa aviat el bisbe pot negar-se a confirmar el nostre escollit, i si esperem massa pot ordenar que la convoquem. El bisbe també té dret a proposar un candidat. Ara com ara, és possible que ni tan sols sàpiga que l'antic prior és mort.

—Llavors podria allargar-se molt.

—Sí. I tan aviat com estiguem segurs de tenir la majoria, has de tornar a la cel·la, i quedar-te allà fins que tot hagi acabat.

—¿Per què? —Aquella proposta va desconcertar Philip.

—La familiaritat crea el desprestigi. —Milius va brandar el ganivet esmolat amb entusiasme.— Perdona'm si et semblo poc respectuós, però has estat tu qui m'ho ha preguntat. En aquest moment t'envolta una aura. Ets una figura remota i santificada, especialment per als monjos joves com jo. Has obrat un miracle en la petita cel·la al teu càrrec, reformant-la i fent-la autosuficient. Ets un ordenancista estricte, però els teus monjos estan ben alimentats. Tens fusta de capdavanter, però pots inclinar el cap i acceptar una estirada d'orelles com el novici més jove. Coneixes les Escriptures i fas el millor formatge del país.

—Exageres.

—No gaire.

—No puc creure que els monjos pensin això de mi... No és lògic.

—Sí que ho és. —Milius va emfasitzar l'afirmació encongint lleugerament les espatlles.— Però no durarà quan t'arribin a conèixer. Si et quedes aquí perdries aquesta aura. Veurien com t'escures les dents i et rasques el cul, et sentirien roncar i tirar-te pets, descobririen com ets quan estàs de mala lluna, quan t'han ferit l'orgull o quan tens mal de cap. I això és el que no volem que passi. Deixa'ls que vegin com Remigius l'espifia un dia rere l'altre, mentre la teva imatge segueix intacta i resplendent.

—Això no m'agrada —va mormolar Philip en un to de preocupació—. És una presa de pèl.

—No enganyaríem ningú —va protestar Milius—. Pensa en el bon servei que faries a Déu i al monestir en cas de ser nomenat i en el mal servei que faria Remigius.

Philip va fer que no amb el cap.

—Em nego a presentar-me com un àngel. Accedeixo a una cosa: no em quedaré aquí, perquè de totes totes havia de tornar al bosc. Però hem de ser honrats amb els germans. El que els demano és que escullin un home imperfecte i fal·lible, que necessitarà la seva ajuda i les seves pregàries.

—Doncs digue'ls això! —va dir Milius entusiasmat—. És perfecte, els encantarà.

«És incorregible», va pensar Philip, i va decidir canviar de tema.

—¿Quina és la teva impressió sobre els indecisos?

—Són conservadors —va afirmar Milius sense vacil·lar—. Veuen en Remigius l'home de més edat, el que introduirà menys canvis, el tipus previsible i eficaç que ara com ara és al capdavant de tot.

Philip va fer un gest d'assentiment.

—I es mostren cautelosos davant meu, com si fos un gos foraster que pot mossegar.

La campana va tocar a capítol. Milius va fer un glop de la cervesa que li quedava.

—Ara, segur que es produirà algun atac en contra teu, Philip. No puc preveure com serà, però et faran quedar com un passerell inexpert, obstinat i de poca confiança. Has de causar la impressió que ets tranquil, cautelós i sensat i deixar que Cuthbert i jo ens encarreguem de sortir en defensa teva.

Philip començava a inquietar-se. Allò era una nova manera de comportar-se, sospesant cada moviment que feia i calculant com l'interpretarien i el jutjarien els altres.

—Normalment, només penso en com Déu jutjarà el meu comportament —va dir, mentre un lleuger to de desaprovació li tenyia la veu.

—Ja ho sé, ja ho sé —va respondre Milius, impacient—, però no és cap pecat ajudar les persones una mica simples perquè vegin el que fas sota una bona llum.

Philip va arrufar les celles. Els arguments de Milius eren irrebatibles.

Van sortir de la cuina, van travessar el refectori i es van dirigir al claustre. Philip estava molt intranquil. ¿Atac? ¿Què volia dir, un atac? ¿S'atrevirien a calumniar-lo? ¿Com hauria de reaccionar? Si deien d'ell alguna mentida, s'enfadaria. ¿Hauria de reprimir la ira per tal de semblar tranquil i conservador i tota la resta? I si feia això, ¿no seria admetre que les mentides deien veritats? Va decidir que es presentaria tal com era, potser només una mica més digne i seriós.

La sala capitular era en un petit edifici circular adossat a la paret oriental del claustre. Estava moblada amb bancs disposats en anells concèntrics. No hi havia llar de foc, i hi feia fred, sobretot venint de la cuina. La llum entrava per unes finestres llargues situades a l'altura dels ulls, de manera que no hi havia res més per mirar que els monjos que hi havia a la sala.

Això va ser exactament el que va fer Philip. Gairebé tots els germans eren presents. N'hi havia de totes les edats, entre els setze anys i els setanta. Alts i baixos, bruns i rossos, tots vestits amb l'hàbit de llana aspra i calçats amb sandàlies de cuir. Allà hi havia el cap d'hostes, amb la panxa rodona i el nas vermell que revelaven els vicis que tenia, que potser serien perdonables, va pensar Philip, si alguna vegada hagués tingut un convidat. Allí es trobava el cambrer que obligava els monjos a canviar-se de roba, i a afaitar-se per Nadal i per la Pentecosta, en què també els recomanava un bany, tot i que no era obligatori. Repenjat a la paret més allunyada hi havia el germà més vell, un ancià feble, pensarós i impertorbable, amb els cabells encara grisos, que no parlava gairebé mai, però que quan ho feia era contundent. Amb tota seguretat, si no hagués estat tan humil, hauria estat prior. Hi havia el germà Simon, de mirada furtiva i mans inquietes, un home que es confessava de pecats d'impuresa tan sovint que, com li havia xiuxiuejat Milius a Philip, gairebé semblava que fruïa més amb la confessió que no pas amb el pecat. També hi era present William Beauvis, comportant-se correctament; el germà Paul, gairebé sense caminar coix; Cuthbert Whitehead, segur d'ell mateix; John Small, el diminut tresorer; i Pierre, l'admonitor mesquí que havia negat el sopar a Philip el dia abans. Quan va mirar al seu voltant, es va adonar que tots els ulls estaven clavats en ell, la qual cosa li va fer abaixar la mirada perquè se sentia incòmode.

Van entrar Remigius i Andrew, el sagristà, i es van asseure prop de John Small i Pierre. «Això vol dir que no volen dissimular que formen un bàndol», va pensar Philip.

El capítol va començar amb una lectura sobre Simeó l'Estilita, el sant del dia. Havia estat un ermità que havia passat la major part de la seva vida al capdamunt d'una columna, i tot i que no es podia posar en qüestió la seva abnegació, Philip sempre havia tingut els seus dubtes pel que feia a la vàlua real del seu testimoni. L'havia anat a veure una gentada, però, ¿hi havien anat per elevar els esperits o per contemplar un excèntric?

Després de les pregàries es va procedir a la lectura d'un capítol del llibre de sant Benet. Aquesta lectura diària d'un capítol donava nom a les reunions que feien i a l'edifici on es desenvolupaven. Remigius es va aixecar per llegir i mentre feia una pausa amb el llibre davant seu, Philip li va estudiar el perfil, i per primera vegada el va veure amb els ulls d'un rival. Remigius tenia una manera enèrgica i brusca de moure's i de parlar que li donava un aire d'eficiència ben contrari al seu veritable caràcter. Una observació més atenta posava al descobert els elements que hi havia sota la façana: els ulls blaus força sortints es movien contínuament a causa de la inquietud; entreobria la boca sense caràcter un parell o més de cops abans de parlar; i, per acabar, no tenia les mans quietes ni un moment, encara que tot ell estigués immòbil. Tota la seva autoritat es fonamentava en l'arrogància, el mal humor i l'actitud distant envers els subordinats.

Philip es preguntava per què havia triat de llegir el capítol ell mateix. Ho va entendre uns instants més tard.

—«El primer grau d'humilitat és una obediència presta» —va llegir Remigius. Havia escollit el capítol cinquè, que tractava de l'obediència, per recordar a tothom la seva antiguitat i la subordinació que els altres li devien. Era una tàctica d'intimidació camuflada. Remigius era astut de debò.— «No viuen com ells voldrien, no obeeixen els seus propis desigs i plaers, sinó que segueixen les ordres i la direcció d'un altre, romanen als monestirs, i desitgen que els governi un abat. Sens dubte són ells els que practiquen el que va dir el Senyor: "No vaig venir aquí a fer la meva voluntat sinó la voluntat d'Aquell que em va enviar."» Remigius dibuixava la seva tàctica de combat de la manera esperada, atès que en aquell enfrontament ell representava l'autoritat establerta.

Després del capítol venia la necrològica i, aquell dia, com no podia ser d'altra manera, totes les pregàries van ser per a l'ànima del prior James. La part més animada del capítol va quedar reservada per al final. Era la discussió dels assumptes, la confessió de les faltes i les acusacions de mal comportament.

—Durant la missa major d'ahir es va produir un aldarull —va començar Remigius.

Philip gairebé es va sentir alleujat. Ara ja sabia com l'atacarien. No estava segur si la seva actuació del dia anterior havia estat del tot correcta, però sabia per què ho havia fet i estava preparat per defensar-se.

—Jo no hi era —va prosseguir Remigius—. Em vaig haver de quedar a casa del prior per ocupar-me d'uns assumptes urgents, però el sagristà em va explicar tot el que va passar.

En aquell moment Cuthbert Whitehead el va interrompre.

—No et facis cap retret per això, germà Remigius —va dir en un to tranquil·litzador—. Sabem que, en principi, els afers del monestir no han de tenir preferència sobre la missa major, però comprenem que la mort del nostre estimat prior t'ha obligat a ocupar-te de molts assumptes que no són de la teva competència habitual. Tinc la seguretat que tots estem d'acord que no et cal cap penitència.

«Quina guineu tan astuta, el vell Cuthbert!», va pensar Philip. Era evident que Remigius no havia tingut cap intenció de confessar una falta. Tanmateix, Cuthbert l'havia perdonat i això havia causat la impressió general que en realitat havia admès la falta. Ara, tot i que ell podia haver comès un error, estaria al mateix nivell que Remigius. A més, Cuthbert havia apuntat que Remigius tenia dificultats a acomplir els deures i obligacions del prior. El cellerer havia soscavat l'autoritat de Remigius amb unes paraules amables i aquest no podia sinó estar enfurismat. Philip sentia angúnia al coll per l'excitació del triomf.

El sagristà Andrew va llançar una mirada acusadora a Cuthbert.

—Estic segur que cap de nosaltres volia criticar el nostre reverend sotsprior —va dir—. L'aldarull a què es referia va ser provocat pel germà Philip, que ha vingut de la cel·la de St-John-in-the-Forest, i que va fer sortir el jove William Beauvis del seu lloc al cor, se'l va emportar al creuer i allí el va renyar mentre jo celebrava l'ofici.

Remigius va adoptar una expressió de desaprovació pesarosa.

—Tots estarem d'acord que Philip havia d'haver esperat que s'acabés l'ofici.

Philip va observar la cara que feien els altres monjos. No semblaven estar a favor ni en contra del que deia el sotsprior. Seguien l'acte amb el mateix aire que tenen els espectadors d'un torneig, on no hi ha ni bons ni dolents i l'únic interès és saber qui guanyarà.

Philip volia protestar dient: «Si m'hagués esperat, el mal comportament hauria continuat durant la resta de l'ofici», però es va recordar del consell de Milius i es va quedar callat per deixar que ell parlés en lloc seu.

—Jo tampoc no hi vaig assistir, a la missa major, com per desgràcia em passa sovint, perquè té lloc just abans de dinar, i per això m'agradaria que el germà Andrew em pogués explicar què passava al cor abans que el germà Philip hi intervingués. ¿Es mantenia l'ordre i el decòrum?

—Els joves estaven una mica esverats —va contestar el sagristà a contracor—. Tenia la intenció de parlar-ne amb ells més tard.

—És comprensible que et mostris imprecís pel que fa als detalls, perquè estaves concentrat en l'ofici —va concedir Milius, comprensiu—. Per sort tenim un admonitor, el deure del qual és ocupar-se del mal comportament al monestir. Digueu-nos què vau observar, germà Pierre.

—Exactament el mateix que ha dit el sagristà —va contestar l'admonitor en un to hostil.

—Sembla que haurem de preguntar al germà Philip els detalls del que va passar.

Philip va pensar que Milius havia estat molt hàbil. Havia deixat clar que ni el sagristà ni l'admonitor havien vist res del que els monjos joves feien durant l'ofici. Però tot i que Philip admirava la capacitat dialèctica de Milius, es resistia a prendre part en el joc. L'eleccció d'un prior no era cap concurs d'enginy, i consistia a mirar de desentranyar la voluntat de Déu. Va vacil·lar. Milius se'l mirava com dient: Ara és la teva! Però Philip tenia una vena d'obstinació que encara es feia més patent quan algú l'induïa a adoptar una posició dubtosa des del punt de vista ètic.

—Va passar exactament com els meus germans han descrit —va dir mirant Milius a la cara.

Milius es va quedar de pedra i el va mirar amb una expressió d'incredulitat. Va obrir la boca, però era evident que no sabia què dir. Philip es va sentir culpable per haver fallat al seu partidari. «Després li donaré una explicació», va pensar, «si no està massa enfadat.»

Remigius estava a punt d'insistir en l'acusació, quan es va escoltar una altra veu.

—Voldria confessar.

Tothom va dirigir la mirada a William Beauvis, el monjo que havia comès la falta, que s'havia incorporat amb un posat tot avergonyit.

—Vaig estar llançant boletes de quisca al preceptor de novicis per riure —va dir en veu baixa però clara—. El germà Philip va fer que me'n penedís. Demano perdó a Déu i als meus germans que m'imposin una penitència.

Es va asseure de cop.

Abans que Remigius pogués reaccionar, un altre novici jove es va posar dret.

—He de fer una confessió —va dir—. Vaig fer el mateix. Demano una penitència —va tornar a seure.

Aquell atac sobtat d'autoinculpació va resultar encomanadís. Aviat es va confessar un tercer monjo, i després un quart, i finalment un cinquè.

La veritat havia sortit a la llum malgrat els escrúpols de Philip, i aquest no podia evitar estar-ne satisfet. Es va adonar que Milius intentava contenir un somriure de triomf. Aquella confessió deixava ben clar que s'havia produït un petit motí als mateixos nassos del sagristà i l'admonitor.

Un Remigius molt disgustat va imposar als culpables una setmana de silenci absolut. No podrien parlar, ni ningú els podria dirigir la paraula. Era un càstig més dur del que semblava. Philip l'havia patit quan era jove. Si un sol dia d'aïllament era terrible, una setmana sencera era senzillament insuportable. Però Remigius només donava lliure curs a la ràbia que sentia perquè la seva tàctica havia fracassat. Com que els culpables havien confessat no tenia més remei que castigar-los, però en fer-ho reconeixia que Philip havia tingut raó des d'un bon començament. L'atac contra Philip havia fracassat, i aquest estava exultant. A pesar de covar certs remordiments, Philip va gaudir d'aquell moment.

Però la humiliació de Remigius encara no s'havia acabat. Cuthbert va tornar a parlar.

—Es va produir una altra pertorbació de la qual cal parlar.

Va tenir lloc al claustre just després de la missa major.

Philip es preguntava què dimonis venia ara.

Cuthbert va continuar:

—El germà Andrew es va enfrontar al germà Philip i el va acusar de mala conducta. —«És clar que ho va fer», va pensar Philip. Tothom ho sabia.— Bé, tots sabem que el moment i el lloc per a aquest tipus d'acusacions és aquí, en el transcurs del capítol. I hi ha bones raons que expliquen que els nostres avantpassats ho establissin així. Durant la nit, es calma la mala maror, els greuges es poden discutir l'endemà al matí en un ambient de calma i moderació i la comunitat en conjunt pot aportar una mica de saviesa col·lectiva a fi de resoldre el problema. Però, lamento dir-ho, Andrew es va saltar aquesta assenyada regla i va provocar una escena al claustre, amb la qual cosa va inquietar tothom perquè va parlar amb intemperància. Deixar passar aquesta mena de comportaments seria injust per als joves germans castigats.

«No ha tingut cap compassió, i ha estat molt viu», va pensar Philip amb alegria. En cap moment no s'havia arribat a discutir la qüestió de si havia tingut raó o no en treure William del cor durant la celebració de l'ofici. Tots els intents de plantejar-la es van convertir en una indagació sobre la conducta de l'acusador. I així era com havia de ser, perquè l'acusació d'Andrew contra Philip no havia estat sincera. Entre Cuthbert i Milius havien desacreditat Remigius i els seus dos principals aliats, Andrew i Pierre.

La cara d'Andrew, normalment vermella, ara estava morada de fúria, i Remigius semblava gairebé esfereït. Philip estava content perquè pensava que s'ho mereixien, però ara li preocupava el perill que la humiliació dels seus oponents no anés massa lluny.

—No és decorós que els germans joves discuteixin la penitència que cal imposar als grans —va declarar—. Deixem que el sotsprior s'ocupi d'aquest assumpte en privat.

Va mirar al voltant seu i va comprovar que els monjos aprovaven aquesta magnanimitat. Va comprendre que, sense voler, s'havia anotat un altre punt a favor seu.

Semblava que tot havia acabat. L'opinió general era favorable a Philip, i aquest estava segur que s'havia guanyat la majoria dels indecisos. Va ser llavors que Remigius va parlar:

—Hi ha una altra qüestió que voldria plantejar.

Philip va estudiar el rostre del sotsprior, que semblava desesperat. Llavors va mirar Andrew el sagristà i Pierre l'admonitor i es va adonar que estaven sorpresos. Això volia dir que era una cosa que no havien preparat abans. ¿Remigius donava per fet que li concedirien el càrrec?

—La majoria de vosaltres sabeu que el bisbe té dret a presentar candidats a la nostra consideració —va començar Remigius—. També té la facultat de negar-se a confirmar l'elecció que fem nosaltres. Aquesta divisió de poders pot provocar disputes entre el bisbe i el monestir, com els germans més antics saben per experiència. Al final, ni el bisbe ens pot forçar a acceptar el seu candidat, ni nosaltres podem insistir amb el nostre. I quan es planteja aquest conflicte, s'ha de resoldre mitjançant una negociació. En aquest cas, el resultat depèn en gran mesura de la determinació i la unitat dels germans..., i en especial d'això.

A Philip això no li va fer cap gràcia. Remigius havia aconseguit sufocar la ira i ara es presentava tranquil i altiu de nou. Philip no sabia què succeiria a continuació, però ja no tenia aquella sensació de triomf.

—El motiu pel qual faig referència a tot això són dues informacions molt importants de les quals he tingut coneixement —va continuar Remigius—. La primera és que potser hi haurà més d'un candidat entre nosaltres, aquí a la sala. —Philip va pensar que allò no podia sorprendre ningú.— La segona és que el bisbe també ha presentat un candidat.

Es va fer un silenci absolut. Allò eren males notícies per a tots dos bàndols. Algú va preguntar:

—¿Sabeu qui és el candidat del bisbe?

—Sí —va contestar Remigius, i en aquell instant Philip va saber que l'home mentia—. El candidat del bisbe és el germà Osbert de Newbury.

Un o dos monjos van deixar escapar una exclamació ofegada, i tots van quedar horroritzats. Coneixien Osbert perquè havia estat admonitor a Kingsbridge durant un temps. Era fill il·legítim del bisbe i considerava l'Església un simple instrument per portar una vida ociosa i nedar en l'abundància. Mai no havia intentat seriosament complir els vots, però ho feia veure sense esforçar-s'hi gaire i es refiava que el seu pare li tragués les castanyes del foc. La perspectiva de tenir-lo com a prior era esfereïdora, fins i tot per a la camarilla de Remigius. Només el cap d'hostes i un o dos dels seus col·legues, uns viciosos incurables, podrien donar suport a Osbert, confiant en un règim de disciplina relaxada i d'indulgència descuidada.

—Si nomenem dos candidats, germans, és possible que el bisbe conclogui que estem dividits —va continuar Remigius—, que som incapaços de decidir-nos com a col·lectivitat i que per tant ell ha de triar per nosaltres. I en conseqüència haurem d'acatar la seva elecció. Si volem evitar que Osbert sigui prior, faríem bé presentant un sol candidat. I potser hauria d'afegir que ens hauríem d'assegurar que el nostre candidat no pugui ser descartat fàcilment perquè sigui massa jove o inexpert.

Es va sentir un murmuri d'assentiment. Philip estava desolat. Feia un moment estava segur de la seva victòria, però ara l'hi havien pres de les mans. Tots els monjos estaven amb Remigius perquè hi veien el candidat segur, el candidat de la unitat, l'home que anul·laria Osbert. Philip estava segur que Remigius mentia respecte a Osbert, però allò no canviava res. En aquell moment els monjos estaven espantats i donarien suport a Remigius, cosa que significaria més anys de decadència per al priorat de Kingsbridge.

—I ara sortim a reflexionar i resar sobre aquest problema mentre fem el treball de Déu en el dia d'avui —va dir Remigius abans que ningú pogués comentar res. Es va aixecar i se'n va anar amb Andrew, Pierre i John Small darrere, els tres últims atordits, però triomfals.

Tan bon punt van ser fora, es va desfermar un murmuri de conversacions entre tots els altres monjos.

—Mai no hauria pensat que Remigius tingués prou imaginació per maquinar un tripijoc com aquest —va dir Milius a Philip.

—Ha dit una mentida —va dir Philip amb amargor—. N'estic segur.

Cuthbert s'hi va afegir i va escoltar el comentari de Philip.

—Que sigui una mentida no té cap importància —va dir—. Només amb l'amenaça n'hi ha prou.

—Al final se sabrà la veritat —va dir Philip.

—No necessàriament —va replicar Milius—. Suposem que el bisbe no presenta la candidatura d'Osbert. Remigius dirà que el bisbe es va fer enrere davant la perspectiva d'una lluita contra el priorat unit.

—No estic disposat a renunciar —va dir Philip amb obstinació.

—¿Què podem fer? —va preguntar Milius.

—Hem d'esbrinar la veritat —va dir Philip amb fermesa.

—No podem —va contestar Milius.

Philip s'estava trencant el cap. Sentia una frustració angoixant.

—¿Per què no l'hi preguntem sense més ni més? —va dir.

—¿Preguntar? ¿Què vols dir?

—Preguntar al bisbe quines intencions té.

—¿Com?

—Podríem enviar un missatger al palau del bisbe —va proposar Philip, pensant en veu alta. Va mirar Cuthbert.

Cuthbert rumiava.

—Sí. Contínuament envio missatges a l'exterior. N'enviaré un al palau.

—¿Per demanar al bisbe quines són les seves intencions? —va preguntar Milius, escèptic.

Philip va arrufar les celles. Aquest era el problema.

Cuthbert va estar d'acord amb Milius.

—El bisbe no ens dirà res —va dir.

A Philip se li va acudir una idea tot d'un plegat. Va aixecar les celles i es va donar un cop de puny a la mà quan va trobar la solució.

—No —va dir—. El bisbe no ens ho dirà, però sí l'ardiaca.

Aquella nit Philip va somiar en Jonathan, el nen abandonat. En el somni, el nen era a la portalada de la capella de St-John-in-the-Forest i Philip s'hi trobava a l'interior i llegia l'ofici de la prima, quan un llop va sortir furtivament del bosc i va travessar el camp, lliscant com una serp en direcció a la criatura. Philip no s'atrevia a moure's per por de causar un enrenou durant l'ofici i rebre una reprimenda de Remigius i Andrew, perquè tots dos hi eren, tot i que cap dels dos mai no havia estat a la cel·la. Va decidir cridar, però per molt que ho va intentar no aconseguia emetre cap so, com passa tot sovint en els somnis. Finalment va fer un esforç tan gran que es va despertar. Jeia tremolant en la foscor mentre escoltava la respiració dels monjos adormits al seu voltant i s'anava convencent lentament que el llop no era real.

D'ençà que havia arribat a Kingsbridge, amb prou feines havia pensat en el nen. Es va preguntar què en faria si arribava a ser prior. En aquest cas, tot seria diferent. Una criatura en un monestir petit, encara que no era corrent, no tenia importància. El mateix nen al priorat de Kingsbridge seria com un terratrèmol. Ben mirat, però, ¿què hi havia de dolent? No era pecat donar a la gent un tema per parlar. Quan fos prior faria el que voldria. Es podria endur Johnny Eightpence a Kingsbridge perquè cuidés la criatura. La idea el va satisfer enormement. «Això és exactament el que faré», va pensar. Llavors va recordar que era molt probable que no arribés a ser prior.

Es va quedar despert fins a l'alba, mort d'impaciència. No hi havia res que pogués fer per donar una empenta al cas. Era inútil parlar amb els monjos perquè estaven paralitzats per l'amenaça d'Osbert. Alguns ja s'havien dirigit a Philip per dir-li que els sabia greu la derrota, com si l'elecció ja s'hagués celebrat. Es va resistir a la temptació de dir-los que eren uns covards sense fe. Es va limitar a somriure i els va dir que potser encara els esperava una sorpresa. Però no es podia dir que la seva fe fos gaire gran. Era possible que l'ardiaca Waleran no estigués al palau del bisbe. O que tot i sent-hi, per alguna raó no volgués comunicar a Philip els plans del bisbe. O també, i allò era el més probable tenint en compte el caràcter de l'ardiaca, que tingués els seus propis plans.

Philip es va llevar de matinada amb els altres monjos i se'n va anar a la catedral per a la prima, el primer ofici del dia. Després es va dirigir al refectori per esmorzar amb els altres, però va topar amb Milius, que li va assenyalar la cuina amb un gest dissimulat. Philip el va seguir amb els nervis de punta. El missatger ja devia haver tornat. Havia estat ràpid. Devia haver rebut la resposta molt de pressa i es devia haver posat en camí el dia abans a la tarda. Tot i així havia viatjat molt de pressa. Philip no coneixia cap cavall dels estables del monestir que fos capaç de fer un viatge com aquell tan de pressa. Però, ¿quina devia ser la resposta?

Qui esperava a la cuina no era el missatger, sinó el mateix ardiaca. Waleran Bigod.

Philip se'l va quedar mirant, astorat. La figura prima, embolcallada amb la capa negra de l'ardiaca estava enfilada dalt d'un tamboret, com un corb dalt d'una soca. Tenia la punta del nas corbat vermella del fred. S'escalfava les mans, ossudes i blanques, amb una copa de vi especiat i calent.

—Que bé que hagueu vingut! —va exclamar Philip.

—M'alegro que m'escrivíssiu —va dir Waleran fredament.

—¿De debò? — va preguntar Philip amb impaciència—. ¿És veritat que el bisbe vol nomenar Osbert?

Waleran va alçar la mà per tranquil·litzar-lo.

—A això, ja hi arribarem. De moment, Cuthbert m'estava explicant el que va passar aquí ahir.

Philip va dissimular la decepció que sentia. Allò no havia estat una resposta directa. Va estudiar el rostre de Waleran, intentant llegir-li la ment. No hi havia dubte que Waleran tenia els seus plans, però Philip no podia endevinar en què consistien.

Cuthbert, a qui Philip encara no havia vist, seia a la vora del foc sucant pa en una gerra de cervesa, a fi d'estovar-lo i poder-lo rosegar amb la seva dentadura de vell. Va reprendre la narració dels fets del capítol del dia anterior. Philip s'agitava intranquil, mirant d'endevinar què maquinava Waleran. Va tastar una mica de pa, però es va adonar que estava massa tens per empassar-se'l. Va fer uns glops de cervesa rebaixada, només per tenir les mans ocupades.

—I per tant —va concloure Cuthbert—, ens va semblar que l'únic que podíem fer era intentar verificar les intencions del bisbe. I afortunadament, Philip va pensar que podia confiar en la bona relació que té amb vós. I per això us vam enviar el missatge.

—¿I ara ens direu el que volem saber? —va demanar Philip, impacient.

—Sí. Us ho diré. —Waleran va deixar damunt la taula la copa de vi intacta.— Al bisbe li hauria agradat que el seu fill fos prior de Kingsbridge.

A Philip li va caure l'ànima als peus.

—Això vol dir que Remigius ha dit la veritat...

—No obstant això —va continuar Waleran—, el bisbe no vol provocar una baralla entre els monjos.

Philip va arrufar les celles. Això era si fa no fa el que havia predit Remigius, però hi havia alguna cosa que no quedava clara del tot.

—No deveu pas haver fet tot aquest camí només per dir-nos això, ¿oi? —va comentar Philip.

Waleran li va dirigir una mirada de reconeixement i Philip va saber que l'havia encertat de ple.

—No —va respondre Waleran—. El bisbe m'ha demanat que comprovi quin ambient es respira al monestir, i m'ha autoritzat a fer una designació en nom seu. En realitat, he portat el segell episcopal amb mi per poder escriure una carta de nomenament a fi que l'assumpte es faci oficial i revesteixi un caràcter obligatori. Com veureu, compto amb plena autoritat.

Philip va reflexionar un instant en tot allò. Waleran tenia poders per designar un candidat i legitimar-lo amb el segell del bisbe. Això volia dir que li havia deixat tot l'assumpte a les seves mans.

—¿Esteu d'acord amb el que Cuthbert ha dit, que el nomenament d'Osbert podria ser motiu de disputa, i que això és el que el bisbe voldria evitar? —va preguntar Philip.

—Sí, sí. Hi estic d'acord —va afirmar Waleran.

—Llavors no nomenareu Osbert...

—No.

Philip no s'ho podia creure. Els monjos estarien tan contents de deslliurar-se de l'amenaça d'Osbert que votarien agraïts per qualsevol candidat que nomenés Waleran.

Ara l'ardiaca tenia el poder d'elegir el nou prior.

—Així doncs, ¿qui nomenareu? —va preguntar Philip.

—A vós... O a Remigius —va contestar Waleran.

—La capacitat de Remigius per dirigir el priorat...

—Conec molt bé la seva capacitat i també la vostra —el va interrompre Waleran aixecant una mà prima i blanca—. Sé quin dels dos seria el millor prior. —Va fer una pausa i va afegir:— Però hi ha una altra qüestió.

«¿I ara què hi ha?», es va preguntar Philip. ¿Què més s'havia de tenir en compte, a banda de decidir qui seria el millor prior? Va mirar els altres. Milius també estava atabalat, però el vell Cuthbert somreia, com si sabés què els esperava.

—Com vosaltres —va continuar Waleran—, desitjo que els que ocupin llocs importants dins l'Església siguin homes enèrgics i capacitats, sense tenir en compte qüestions d'edat, abans que monjos grans recompensats pels llargs serveis prestats. Probablement, els monjos vells són més sants que bons administradors.

—És clar, és clar —va admetre amb impaciència Philip, que no veia la necessitat d'allargar-se més.

—I nosaltres hem de treballar junts per tal d'aconseguir-ho —va dir l'ardiaca—. Vosaltres tres i jo.

—No entenc on voleu anar a parar —va intervenir Milius.

—Doncs jo sí —va afirmar Cuthbert.

Waleran va mirar Cuthbert amb un somriure i després es va fixar en Philip.

—Permeteu-me que us parli sense embuts —va dir—. El bisbe és vell. Un dia morirà i llavors ens caldrà un altre bisbe tal com avui ens cal un nou prior. Els monjos de Kingsbridge tenen el dret d'elegir el nou bisbe, perquè el de Kingsbridge també és abat del priorat.

Philip va arrufar les celles. Tot allò era superflu. Ara es tractava d'elegir un prior i no un bisbe.

Waleran va continuar parlant.

—És clar que els monjos no tindran llibertat absoluta per elegir qui vulguin com a bisbe, perquè l'arquebisbe i el mateix rei hi tindran alguna cosa a dir; però, en definitiva, són els germans els qui legitimen el nomenament. I quan arribi aquest moment, vosaltres tres tindreu una gran influència sobre la decisió.

Cuthbert feia que sí amb el cap, com per afirmar que no s'havia equivocat, i Philip començava a sospitar què els cauria a sobre.

—El que vós voleu és que us faci prior de Kingsbridge. El que jo vull es que vós em feu bisbe —va concloure Waleran.

«De manera que es tractava d'això!»

Philip va esguardar Waleran en silenci. Era molt senzill. L'ardiaca volia fer un tracte.

Philip estava escandalitzat. No era el mateix que comprar o vendre un càrrec eclesiàstic, cosa que es coneixia com a pecat de simonia, però de totes maneres feia un desagradable tuf de transacció comercial.

Va mirar de pensar-hi objectivament. El tracte amb Waleran significava que seria prior. Així que hi va caure, se li va accelerar el cor. Li era difícil buscar tres peus al gat a qualsevol cosa que el portés a obtenir el càrrec, però allò volia dir que probablement Waleran, arribat el moment, es convertiria en bisbe. ¿Seria un bon bisbe? Certament que seria competent. Semblava que no tingués vicis greus. La seva manera d'enfocar el servei a Déu era més aviat mundana i pràctica, però, pensant-ho bé, també ho era la de Philip. Tenia la impressió que l'ardiaca amagava una vena implacable, en ell inexistent, però també s'adonava que estava basada en una decisió genuïna de defensar i alimentar els interessos de l'Església.

¿Qui més podria ser candidat quan el bisbe es morís? Probablement, Osbert. No era estrany que els càrrecs religiosos passessin de pares a fills, malgrat l'exigència oficial de celibat clerical. Era clar que Osbert, com a bisbe, representaria un risc molt més gran per a l'Església del que comportaria com a prior.

Fins i tot valdria la pena donar suport a un candidat molt pitjor que Waleran per tal de mantenir-ne Osbert al marge.

¿Hi hauria algun altre candidat per al càrrec? Era impossible saber-ho. Potser passarien anys abans que el bisbe passés a millor vida.

—No podem garantir que us elegeixin —va dir Cuthbert a Waleran.

—Jo sí —va contestar Waleran—. Només us demano que em nomeneu candidat. De fet, és exactament el que jo us ofereixo a canvi: una candidatura.

Cuthbert va fer que sí amb el cap.

—Jo hi estic d'acord —va dir solemnement.

—Jo també —va afegir Milius.

L'ardiaca i els dos monjos van mirar Philip. Aquest dubtava, com dividit en dues parts. Sabia que aquella no era la manera correcta d'elegir un bisbe, però tenia el càrrec de prior a l'abast de la mà. Potser no estava bé intercanviar un càrrec sagrat per un altre, com si fossin marxants de cavalls. Tanmateix, si s'hi negava, podia passar que Remigius es convertís en prior... i Osbert en bisbe.

Amb tot, els arguments racionals semblaven qüestions bizantines. El desig de ser prior era una força irresistible a l'interior del seu cor. No podia refusar, malgrat tots els pros i els contres. Es va recordar de la pregària que havia elevat a Déu el dia abans, demanant-li que l'ajudés a aconseguir el càrrec. Va alçar els ulls a l'Altíssim i n'hi va enviar una altra: «Si Vós no voleu que això passi, lligueu-me la llengua i paralitzeu-me la boca, i atureu-me l'alè al coll, i impediu-me parlar.»

—Accepto —va dir, mirant Waleran a la cara.

El llit del prior era enorme, tres vegades més ample que qualsevol llit on Philip hagués dormit mai. La base de fusta, tan alta com mig home, aguantava un matalàs de plomes. Tenia un dosser que el protegia dels corrents d'aire, on les mans pacients d'una dona pietosa havien brodat unes escenes bíbliques. Philip el va examinar amb un cert recel. Trobava extravagant que el prior tingués un dormitori per a ell sol, perquè ell mai a la vida no havia tingut un dormitori propi, i aquella nit era la primera vegada que dormia sol. Aquell llit era excessiu. Va considerar la possibilitat d'ordenar que li portessin un matalàs de palla i que traslladessin aquell llit a la infermeria, on donaria repòs als ossos vells d'algun monjo malalt, però, és clar, el llit no era només per a Philip. Quan el priorat acollia un visitant distingit, com un bisbe, un gran senyor o, fins i tot un rei, aquest ocupava el dormitori i el prior s'instal·lava tan bé com podia en qualsevol altre lloc. Així que, de fet, Philip no el podia eliminar.

—Aquesta nit sí que dormiràs bé —va comentar-li Waleran Bigod, no sense una punta d'enveja.

—Suposo que sí —va contestar Philip, dubtós.

Tot havia anat molt ràpid. L'ardiaca havia escrit una carta al priorat, allí mateix, a la cuina, ordenant als monjos de celebrar immediatament una elecció i on nomenava Philip com a candidat. Havia signat la carta amb el nom del bisbe i hi havia estampat el segell episcopal. Llavors tots quatre havien anat al capítol.

Així que Remigius els va veure entrar, va saber que havia perdut la batalla. Waleran va llegir la carta, i els monjos van aplaudir quan van sentir el nom de Philip. Remigius va tenir prou seny per prescindir de la formalitat de la votació i admetre la derrota.

I Philip va ser el prior.

Havia dirigit la resta del capítol en un estat d'atordiment i en acabat havia travessat la gespa fins a arribar a la casa del prior, a la part sud-oriental del recinte del priorat, per instal·lar-s'hi.

Quan va veure el llit va comprendre que la seva vida havia canviat de dalt a baix i de manera irrevocable. Era diferent, especial i estava separat dels altres monjos. Tenia poder i privilegis. I també tenia responsabilitats. Ell tot sol havia d'assegurar-se que aquella petita comunitat de quaranta-cinc homes sobrevisqués i prosperés. Si es morien de gana, seria per les seves mancances; si es tornaven corruptes, ell en seria responsable; si deshonoraven l'Església del Senyor, Déu el veuria com el culpable. Philip va recordar que havia estat ell qui havia buscat aquella tasca tan pesada. D'ara endavant l'hauria de suportar.

El seu primer deure com a prior va ser conduir els monjos a la catedral per la missa major. Aquell dia se celebrava l'Epifania, que queia en el dotzè dia després de Nadal, i era festiu. Tots els vilatans hi serien, i encara vindria més gent dels voltants. Una bona catedral amb una comunitat de monjos sòlida i la reputació de celebrar uns oficis espectaculars podia atreure més d'un miler de persones. Fins i tot la trista Kingsbridge atrauria la majoria de la noblesa local, perquè els oficis també eren un esdeveniment social on podien trobar-se amb els veïns i parlar de negocis.

Tanmateix, abans de l'ofici, Philip tenia una cosa més a discutir amb Waleran, ara que finalment estaven sols.

—La informació que us vaig transmetre sobre el comte de Shiring...

Waleran va assentir.

—No ho he oblidat. De fet, això és potser més important que la qüestió de qui és prior o bisbe. El comte Bartholomew ja ha arribat a Anglaterra. Demà l'esperen a Shiring.

—¿Què penseu fer? —va preguntar Philip, impacient.

—Demanaré els serveis de Sir Percy Hamleigh. De fet, espero que avui sigui a la celebració de la santa missa.

—N'he sentit a parlar, però no l'he vist mai —va dir Philip.

—Mireu de trobar un cavaller gras amb una esposa lletgíssima i un fill ben plantat. No podeu passar per alt la dona, és un veritable espantall.

—¿Què us fa pensar que es posarà de banda del rei Stephen contra el comte Bartholomew?

—Odien el comte amb tota l'ànima.

—¿Per què?

—El fill, William, estava promès per casar-se amb la filla del comte, però ella el va refusar i va trencar el compromís. Els Hamleigh es van sentir molt humiliats i encara no han oblidat el greuge. Saltarien a la mínima oportunitat de tornar-s'hi.

Philip va fer que sí amb el cap. Estava content d'haver-se tret de sobre aquella responsabilitat, perquè ja en tenia prou amb les seves. El priorat de Kingsbridge era un problema prou gran per mantenir-lo totalment ocupat. Waleran podia ocupar-se del món de fora.

Van sortir de casa del prior i es van dirigir novament al claustre. Els monjos esperaven. Philip va encapçalar la filera i va començar a caminar.

Va viure un gran moment quan va entrar a la catedral amb els monjos cantant darrere seu. No havia pensat que li agradaria tant. Va pensar que aquella eminència nova simbolitzava el poder de què a partir de llavors disposava per fer el bé, i per això estava profundament emocionat. Li hauria agradat que l'hagués vist l'abat Peter de Gwynedd. L'ancià s'hauria sentit d'allò més orgullós.

Va conduir els monjos als bancs del cor. Era costum que fos el bisbe qui celebrés els oficis majors, i aquell n'era un, però aquell dia ho faria el delegat del bisbe, Waleran. Quan va començar, Philip va examinar la congregació de fidels per buscar la família que l'ardiaca li havia descrit. A la nau hi havia unes cent cinquanta persones dretes. Els rics duien gruixuts abrics d'hivern i sabates de cuir, mentre que els camperols portaven bastes samarres i botes de feltre o esclops de fusta. A Philip no li va ser difícil localitzar els Hamleigh. Seien al davant, prop de l'altar. La primera que va distingir va ser la dona. Waleran no havia exagerat, era repel·lent amb avarícia. Tot i que portava caputxa, se li podia veure gairebé tota la cara i Philip va observar que la tenia coberta d'uns grans repugnants que s'anava tocant amb nerviosisme. Al seu costat hi havia un home gras d'uns quaranta anys, que devia ser Lord Percy. La seva indumentària revelava que era un home de considerable riquesa i poder, tot i que no pertanyia al rang superior dels barons i comtes. El fill estava repenjat en una de les massisses columnes. Era un home ben plantat, molt ros, i amb uns ulls que expressaven altivesa. Un matrimoni amb la família d'un comte hauria permès als Hamleigh creuar la línia divisòria entre la petita noblesa rural i la noblesa del regne. No era estrany que estiguessin furiosos per la cancel·lació de l'enllaç.

Philip es va tornar a concentrar en l'ofici religiós. Waleran el celebrava massa ràpid pel seu gust, la qual cosa va fer que es tornés a preguntar si havia fet bé d'acceptar la designació de Waleran per al càrrec de bisbe quan morís l'actual. L'ardiaca era un home dedicat, però semblava menysvalorar la importància del culte. Al cap i a la fi, la prosperitat i el poder de l'Església només eren mitjans per aconseguir un fi: la salvació de les ànimes. Philip va decidir que no s'havia d'amoïnar gaire per Waleran. Ara la cosa ja estava feta i, fos com fos, el bisbe segurament frustraria l'ambició de Waleran i viuria vint anys més.

La congregació feia molt de soroll. Ningú no sabia les respostes, és clar, se suposava que només els monjos i capellans hi prenien part, a excepció de les pregàries més conegudes i els amén. Alguns fidels miraven en un silenci reverencial, però d'altres es passejaven, se saludaven i xerraven. «Persones simples», va pensar Philip, «s'ha de fer alguna cosa perquè estiguin atents.»

L'ofici arribava a la seva fi i l'ardiaca Waleran se'ls va adreçar.

—Molts de vosaltres sabeu que el nostre estimat prior de Kingsbridge ha mort. El seu cos, que jeu aquí a la catedral, serà enterrat avui al cementiri del priorat, aquest vespre. El bisbe i els monjos han escollit com a successor el germà Philip de Gwynedd, que ens ha conduït al temple aquest matí.

Es va aturar i Philip es va aixecar per encapçalar la processó de sortida. Llavors Waleran va dir:

—He de donar-vos una altra notícia dolorosa.

Allò va agafar Philip per sorpresa. Es va asseure altre cop.

—Acabo de rebre un missatge —va anunciar Waleran.

Philip sabia que no havia rebut cap missatge. Havien estat plegats tot el matí. ¿Què es proposava ara, l'astut ardiaca?

—El missatge em comunica una pèrdua que ens causarà a tots un dolor profund —va fer una altra pausa.

Algú havia mort. ¿Però qui? Waleran ho havia sabut abans d'arribar, però ho havia mantingut en secret, i ara faria veure que se n'acabava d'assabentar. ¿Per què?

Philip només podia pensar en una raó, i si la seva sospita era certa, Waleran era molt més ambiciós i menys escrupolós del que havia imaginat. ¿Realment els havia enganyat i manipulat a tots? ¿Ell havia estat un simple peó en el joc de Waleran?

Les paraules finals de Waleran l'hi van confirmar.

—Estimats germans —va dir l'ardiaca amb solemnitat—, el bisbe de Kingsbridge ha mort.

CAPÍTOL 3

I

—Segur que hi és, aquella mala pècora! —va dir la mare de William—. Ja veureu com no m'equivoco.

William va mirar l'amenaçadora façana de la catedral de Kingsbridge amb una barreja de temor i malenconia. Si Lady Aliena fos a l'ofici d'Epifania seria molt penós per a tothom, però el cor li bategava amb més força que de costum amb la sola idea de tornar-la a veure.

Cavalcaven pel camí de Kingsbridge, William i el seu pare en cavalls de guerra i la seva mare en un bell corser, amb un seguici de tres cavallers i tres mossos. El grup inspirava molt de respecte i fins i tot una mica de temor, cosa que satisfeia William a més no poder. Els camperols que anaven a peu pel camí s'apartaven al pas dels imponents cavalls. Però la mare de William continuava enfurismada.

—Ho sap tothom, fins i tot aquests desgraciats! —mormolava entre dents—. S'atreveixen a fer broma de nosaltres! «¿Quan una núvia no és una núvia? Quan el nuvi és William Hamleigh!» Vaig fer assotar un home per culpa d'això, però no ha servit de res. M'agradaria enxampar aquesta mala pècora! Li arrencaria la pell en viu i faria penjar la carn d'un ganxo perquè els ocells la picotegessin.

William hauria volgut deixar estar el tema. La família havia sofert una humiliació per culpa seva, o almenys això era el que deia la seva mare, i ell no volia que l'hi recordessin.

Van passar amb estrèpit pel pont de fusta rònec que portava

a la vila de Kingsbridge i van esperonar els cavalls pel costerut carrer major que conduïa al priorat. Allà esperaven vint o trenta cavalls pasturant a l'herba escassa del cementiri, al nord de la catedral, però no n'hi havia cap de tan bo com els dels Hamleigh. Van seguir fins a l'estable i van deixar les muntures als mossos del monestir.

Van travessar el prat en formació, William i el seu pare flanquejant la mare, seguits dels cavallers i amb els mossos tancant la marxa. La gent s'apartava al seu pas, però William es va adonar que també l'assenyalaven i es donaven cops de colze, i estava segur que feien comentaris en veu baixa sobre el casament frustrat. Va arriscar-se a mirar la seva mare i, per la seva expressió d'irritació, no va tenir cap dubte que pensava el mateix.

Van entrar a la catedral.

William detestava les esglésies. Eren velles i fosques fins i tot quan feia bon temps, i als racons llòbrecs i als passadissos de les naus sempre feia pudor de resclosit. I, encara pitjor, les esglésies li feien pensar en els turments de l'infern, cosa que li feia molta por.

Va recórrer amb la mirada la congregació de fidels. Al principi, amb prou feines podia distingir les cares de la gent per culpa de la penombra, però al cap d'un moment els ulls es van acostumar a la mitja claror. No veia Aliena per enlloc. Van seguir caminant pel passadís. Semblava que Aliena no hi era. William es va sentir alleujat i decebut al mateix temps. Però, tot d'una, la va veure, i el cor li va començar a bategar amb força.

Era al cantó sud de la nau, prop de les primeres files, escortada per un cavaller que William no coneixia i envoltada pels homes d'armes i les dames d'honor. Estava d'esquena a ell, però aquella cabellera fosca i arrissada era inconfusible. Es va girar quan ell l'observava i li va mostrar una galta suau i un nas recte i imperiós. Els ulls, tan foscos que gairebé eren negres, es van trobar amb els de William. A ell se li va aturar la respiració. Aquells grans ulls foscos es van engrandir encara més quan el va veure. William hauria volgut apartar la mirada, amb indiferència, i fer com si no l'hagués vista, però li va ser impossible. Volia que ella li somrigués, encara que només fos per cortesia. William va inclinar lleugerament el cap. Els trets de la noia es van endurir, i va girar la vista i va tornar a mirar endavant.

William va fer una ganyota, com si s'hagués fet mal. Se sentia com un gos apartat amb una coça, i hauria volgut amagar-se en un racó on ningú no el veiés. Va mirar a banda i banda, preguntant-se si algú hauria copsat aquell intercanvi de mirades. Mentre caminava passadís enllà amb els seus pares, es va adonar que les mirades de la gent anaven d'ell a Aliena i altre cop cap a ell i que els assistents xiuxiuejaven i es clavaven cops de colze els uns als altres. Va mantenir la mirada fixa cap endavant per evitar trobar-se amb els ulls de ningú. Havia de fer un esforç per mantenir el cap dret. «¿Com ens ha pogut fer això?», es va preguntar «Som una de les famílies més orgulloses del sud d'Anglaterra, i aquesta noia ens ha humiliat.» Aquella idea el va enfurismar, i hauria volgut treure l'espasa i atacar algú, fos qui fos.

El xèrif de Shiring es va acostar al pare de William i van fer una encaixada. La gent va dirigir l'atenció a una altra banda, a la recerca d'alguna altra cosa de la qual poder xerrar. William continuava enrabiat. Joves nobles s'acostaven a Aliena sense parar i la saludaven amb una inclinació de cap. Ella els corresponia amb un somriure.

L'ofici va començar. William rumiava per què tot havia anat tan malament. El comte Bartholomew tenia un fill que n'heretaria el títol i la fortuna, per tant, per a l'únic que li servia una filla era per formar una aliança. Aliena tenia setze anys, encara era verge i no mostrava inclinacions a convertir-se en monja, per tant, es donava per fet que estaria encantada de casar-se amb un noble sa de dinou anys. Al capdavall, els interessos polítics també haurien pogut portar el seu pare a casar-la amb un comte de més de quaranta anys, gras i amb gota, o pitjor encara, amb un baró calb de seixanta.

Un cop van arribar a un acord, William i els seus pares no es van comportar amb discreció, al contrari. Van pregonar la notícia als quatre vents per tots els comtats dels voltants. Tothom havia considerat la trobada de William i Aliena com un simple formalisme, llevat d'Aliena, com es veuria més endavant. És clar que no eren dos desconeguts. William la recordava de petita. Aleshores ella tenia una cara entremaliada amb un nas arromangat i aquells cabells rebels els portava curts. Era dominant, tossuda, agressiva i agosarada. Sempre era ella qui organitzava els jocs dels nens, decidia a què havien de jugar i qui havia de formar part d'un equip o d'un altre, sentenciava les disputes i comptava els punts. William se sentia fascinat per ella i, al mateix temps, ressentit per com dominava els jocs. Sempre que podia, començava una baralla per espatllar-li els jocs i convertir-se una estona en el centre d'atenció. Però allò no durava gaire i, al final, Aliena acabava controlant la situació deixant-lo confós, derrotat, abatut, furibund i, malgrat tot, encantat, igual que ara.

Després de la mort de la seva mare, Aliena havia viatjat molt amb el seu pare i William no l'havia vista tan sovint, però prou per adonar-se que s'estava convertint en una jove extraordinàriament bella. Va estar molt content quan li van dir que seria la seva promesa. Va donar per fet que s'hauria de casar amb ell, li agradés o no, però la seva intenció quan es van trobar era fer tots els possibles perquè el camí a l'altar fos planer.

Potser Aliena era verge, però ell no. Algunes noies que havia seduït eren tan boniques com Aliena, o poc els en faltava, però cap d'elles no era d'una família tan noble. Segons la seva experiència, a moltes joves els causava impressió la seva roba elegant, els seus cavalls rabents i la manera tan alegre que tenia de gastar-se els diners en vi dolç i cintes, i si se les podia emportar a un graner, al final, gairebé sempre se li rendien, més o menys voluntàriament.

Tractava les noies sense miraments. Al començament els feia creure que no li interessaven. Però quan es va trobar sol amb Aliena, la seva fatxenderia va desaparèixer. Ella portava un vestit de seda blau brillant, ampli i vaporós, però William només va ser capaç de pensar en el cos que hi havia a sota, un cos que aviat podria veure nu sempre que volgués. L'havia trobat llegint un llibre, ocupació molt peculiar per a una dona que no fos monja. Li havia preguntat quin llibre era per apartar dels seus pensaments els pits que s'endevinaven sota la seda blava.

—Es titula *Romanç d'Alexandre*. És la història d'un rei que es deia Alexandre el Gran i de com va conquerir unes terres meravelloses a l'Orient, on creixien pedres precioses als ceps i les plantes parlaven.

William no podia entendre com algú podia perdre el temps en ximpleries com aquelles, però no va dir res. Li va parlar dels seus cavalls, dels seus gossos, dels seus èxits de caça i de lluita i de les seves victòries als torneigs. Aliena no va quedar tan impressionada com ell s'esperava. També li havia explicat com era la casa que el seu pare els estava construint i, per tal que ella es preparés per al dia que l'hi hauria de portar, li va indicar, en línies generals, com volia que es fessin les coses. Li va semblar que la noia no li feia gaire cas, però en desconeixia el motiu. Va seure tan a prop d'ella com li va ser possible, perquè la volia abraçar i comprovar si aquells pits eren tan grans com se'ls havia imaginat, però ella se li va apartar, va encreuar els braços i les cames i va fer un posat tan seriós que el noi, a contracor, es va veure obligat a abandonar la idea i a consolar-se pensant que ben aviat podria fer-li tot el que volgués.

Tanmateix, mentre eren plegats, Aliena no va donar cap senyal del daltabaix que més endavant organitzaria. Havia dit, molt tranquil·la: «Em sembla que no estem fets l'un per a l'altre.» Ell s'ho va prendre com una mostra d'encantadora modèstia i li va assegurar que ella sí que estava feta per a ell. No se li hauria acudit mai que, tan aviat com fos fora, la noia aniria corrents a veure el seu pare per dir-li que no es casaria amb William, que res no la convenceria del contrari, que s'estimaria més ingressar en un convent, i que encara que l'arrosseguessin a l'altar, no pronunciaria els vots. «La molt meuca», va pensar William, «la molt meuca.» Però, malgrat tot, no arribava a acumular la quantitat de verí que escopia la seva mare quan parlava d'Aliena. Ell no li volia arrencar la pell. Només volia posar-se damunt del seu cos i besar-li la boca.

L'ofici de l'Epifania es va acabar amb l'anunci de la mort del bisbe. William esperava que aquesta notícia fes oblidar d'una vegada per sempre el seu casament frustrat. Els monjos van sortir en processó i es va iniciar una remor de converses en veu baixa mentre la congregació de fidels es dirigia cap a la sortida. Molts fidels tenien lligams materials, a més dels espirituals, amb el bisbe, perquè eren arrendataris, subarrendataris o treballadors de les seves terres, i tothom estava interessat a saber qui el succeiria, i si aquest successor introduiria canvis. La mort d'un gran senyor sempre era perillosa per a aquells qui governava.

Mentre William seguia els seus pares al llarg de la nau es va sorprendre de veure que l'ardiaca Waleran es dirigia cap a ells. Avançava amb un pas enèrgic entremig dels fidels, com un gos negre en un camp de vaques. I, com vaques, la gent el mirava de cua d'ull i es feia a un costat amb nerviosisme. Waleran no va parar atenció als camperols, però va parlar breument amb els membres de la petita noblesa. Quan va arribar on eren els Hamleigh, va saludar el pare de William, no va fer cap cas al jove, i va dirigir la seva atenció a la mare.

—Va ser una llàstima, això del casament —va dir.

William va envermellir. ¿Que potser aquell ximple es pensava que era de bona educació fer un comentari com aquell?

La mare tampoc no es va mostrar interessada a parlar de l'assumpte.

—No sóc gens rancuniosa —va dir, mentint desvergonyidament.

Waleran no en va fer cas.

—He sentit dir una cosa del comte Bartholomew que potser us interessarà —va dir l'ardiaca. Va baixar el to de veu perquè ningú no el pogués sentir.— Sembla que el comte no renegarà de la promesa que va fer al rei mort.

—Bartholomew sempre ha estat un hipòcrita altiu —va dir el pare.

Waleran amb prou feines va dissimular la contrarietat. Volia que els altres l'escoltessin, no que fessin comentaris.

—Bartholomew i el comte Robert de Gloucester no acceptaran el rei Stephen, que, com sabeu, és l'escollit de l'Església i dels barons.

William es preguntava per què un ardiaca explicava a un senyor les disputes que eren corrents entre els barons. El seu pare devia pensar el mateix, perquè va dir:

—No hi ha res que els comtes puguin fer.

La mare compartia la impaciència de Waleran davant dels comentaris que intercalava el pare.

—Escolta bé i calla —li va xiuxiuejar a l'orella.

—M'he assabentat que estan planejant una rebel·lió per fer reina a Maud —va explicar Waleran.

William no podia creure el que sentia. ¿Podia l'ardiaca fer de debò una afirmació com aquella amb una veu tan tranquil·la i segura, precisament a la catedral de Kingsbridge? Qualsevol home corria el risc que el pengessin si deia una cosa així, fos veritat o mentida.

El pare també es va sobresaltar, però la seva esposa va dir, seriosa:

—Robert de Gloucester és mig germà de Maud. La cosa té lògica.

William va pensar com podia ser que la seva esposa es mostrés tan pragmàtica davant d'una notícia tan escandalosa, però era molt llesta i gairebé sempre tenia raó.

—Si algú pot deixar el comte Bartholomew fora de joc i aturar la rebel·lió abans no comenci, es guanyarà l'agraïment etern del rei Stephen i de la Santa Mare Església —va explicar Waleran.

—¿De debò? —va preguntar el pare de William atordit, mentre la mare feia que sí amb el cap com si ja ho sabés.

—Esperen Bartholomew demà a casa seva —els va informar Waleran mentre aixecava els ulls i copsava la mirada d'algú. Va tornar a mirar la mare i va afegir:— He pensat que a vosaltres, més que a ningú, us interessaria aquesta informació.

En acabat se'n va anar a saludar altres persones.

William se'l va quedar mirant mentre marxava. ¿Allò era tot el que havia de dir?

Els pares de William van seguir caminant, i ell els va acompanyar mentre sortien per la gran porta de la catedral a l'aire lliure. Tots tres estaven callats. William havia sentit molts comentaris, al llarg de les darreres cinc setmanes, sobre qui seria el rei, però l'afer semblava que havia quedat resolt quan Stephen havia estat coronat a l'abadia de Westminster tres dies abans de Nadal. Ara, si Waleran tenia raó, l'assumpte es tornava a plantejar. Però, ¿per què Waleran havia mostrat tant d'interès a informar-ne els Hamleigh?

Van travessar el prat en direcció als estables. Tan bon punt van haver deixat enrere la gentada de fora de la catedral, quan ningú no els podia sentir, el pare de William va dir amb excitació:

—Quina sort! Justament l'home que ens ha humiliat, acusat d'alta traïció!

William no entenia on era la sort, però era evident que la seva mare sí, perquè va fer un gest d'assentiment.

—El podem arrestar a punta d'espasa i penjar-lo a l'arbre més proper —va afegir el pare.

William no hi havia pensat, en allò, però en aquell moment va comprendre que si Bartholomew era un traïdor, matar-lo era un acte de justícia.

—Ara ens podrem venjar —va intervenir, excitat—. En lloc de castigar-nos, el rei ens recompensarà!

Podrien tornar a portar el cap ben alt!

—Sou uns ximples —els va renyar la mare, enfurismada—. Sou uns estúpids amb una bena als ulls, no teniu dos dits de front. Així que pengéssiu Bartholomew de l'arbre més proper, ¿cal que us digui què passaria?

Cap dels dos no va dir ni una paraula. Era millor no contestar quan estava d'aquell humor.

—Robert de Gloucester negaria que hi hagués cap conspiració —va explicar—. Llavors abraçaria el rei Stephen i li juraria lleialtat. I aquí s'acabaria tot, i només quedaria penjar-vos a vosaltres dos per assassins.

William es va estremir. L'esfereïa la idea que el pengessin. Tanmateix, reconeixia que la seva mare tenia raó. El rei podia creure, o fer veure que creia, que ningú podia ser prou temerari per rebel·lar-se contra ell, i no dubtaria a sacrificar dues vides per donar-hi credibilitat.

—Tens raó —va admetre el pare—. El lligarem com un porc que va a la matança i el portarem viu al rei a Winchester, el denunciarem allà mateix i reclamarem la nostra recompensa.

—¿Per què no et pares a pensar una mica? —va preguntar la mare amb menyspreu. Estava molt tensa, i William es va adonar que allò la posava tan nerviosa com al seu pare, però de diferent manera.— ¿No és el que voldria l'ardiaca Waleran, portar un traïdor lligat davant del rei? ¿No us adoneu que és ell, qui va al darrere d'una recompensa? ¿És que no sabeu que cobeja amb tota l'ànima el bisbat de Kingsbridge? ¿Per què et deixaria el privilegi de fer l'arrest? ¿Per què s'ha esforçat tant per trobar-nos a la catedral, com per casualitat, en lloc de visitar-nos a Hamleigh? ¿Per què la nostra conversa ha estat tan curta i poc clara?

Va fer una pausa retòrica com si esperés una resposta, però tant William com el seu pare sabien que, en realitat, no en volia cap. William va recordar que se suposava que als sacerdots no els agradava el vessament de sang i va considerar la possibilitat que potser aquest era el motiu pel qual Waleran no es volia veure implicat en la detenció de Bartholomew. Encara que, recapacitant, va comprendre que Waleran no tenia escrúpols d'aquesta mena.

—Us diré per què —va continuar la mare —. Perquè no està segur que Bartholomew sigui un traïdor. La informació que té no és del tot fidedigna. No sé d'on l'ha poguda treure: potser va escoltar una conversa entre borratxos o va interceptar un missatge ambigu. És probable que fins i tot hagi parlat amb un espia de credibilitat dubtosa. Sigui com vulgui, no està disposat a arriscar el coll. No vol acusar obertament el comte Bartholomew de traïció, per si l'acusació resultés falsa i ell fos acusat de calumniador. Vol que algú altre assumeixi el risc i faci la feina bruta en lloc seu. Quan tot hagi acabat, si resulta que es confirma la traïció, Waleran farà un pas endavant i reclamarà la seva part en el mèrit, però si Bartholomew és innocent, l'ardiaca mai no admetrà haver dit el que avui hem sentit.

Tal com ella ho exposava, tot quedava molt clar. Però sense la seva advertència, William i el seu pare haurien caigut com beneits a la trampa de Waleran. Haurien actuat de bon grat com uns agents de l'ardiaca i s'haurien jugat el coll en comptes d'ell. L'olfacte polític de la mare era finíssim.

—¿Estàs dient que ens oblidem de l'assumpte i que ho deixem estar? —va preguntar el pare.

—És clar que no. —Els ulls de la mare espurnejaven.— Encara hi ha una possibilitat d'enfonsar la gent que ens ha humiliat. —Un mosso li tenia el cavall preparat. Ella va agafar les regnes i li va indicar que s'allunyés, però no va muntar immediatament. Va quedar-se dreta al costat del cavall, donant-li copets al coll mentre rumiava, i finalment va dir en veu baixa:— Necessitem una prova de la conspiració, perquè així ningú no la podrà negar un cop nosaltres haguem fet l'acusació. L'haurem d'obtenir d'amagat, sense que ningú no sàpiga què busquem. Aleshores, només quan la tinguem, podrem arrestar el comte Bartholomew i lliurar-lo al rei. Davant les proves, Bartholomew confessarà i implorarà clemència. Llavors nosaltres demanarem la recompensa que ens pertoca.

—I negarem que Waleran ens hagi ajudat —va afegir el pare.

Ella va fer que no amb el cap.

—Deixa que tingui la seva part de glòria i la seva recompensa. Així, estarà en deute amb nosaltres. Això ens pot afavorir molt.

—Però, ¿com buscarem la prova de la conspiració? —va preguntar el pare amb ànsia.

—Haurem de trobar una manera d'acostar-nos als voltants del castell de Bartholomew. —La dona va arrufar les celles.— No serà fàcil. Ningú no creurà que hi anem de visita. Tothom sap que odiem Bartholomew.

William va tenir una idea.

—Hi podria anar jo —va proposar.

Els seus pares es van quedar parats.

—Suposo que no despertaries tantes sospites com el teu pare. Però, ¿amb quin pretext hi aniries? —va preguntar la mare.

William ja ho havia rumiat.

—Hi podria anar a veure Aliena —va respondre, i el pols se li va accelerar només de pensar-ho—. Li podria suplicar que reconsiderés la seva decisió. Al capdavall, ella no em coneix gaire bé. Es va formar una mala opinió de mi quan ens vam trobar. Jo seria un bon marit. Potser només cal que la festegi una mica més. —Va esbossar un somriure cínic per tal que no s'adonessin que ho deia amb el cor.

—Una excusa perfectament creïble —va dir la mare, i el va mirar de fit a fit—. Verge Santa! Si encara hauràs heretat una mica de la meva intel·ligència!

L'endemà, quan es va posar de camí cap al castell del comte, William estava optimista per primera vegada des de feia mesos. Feia un matí clar i fred. El vent del nord li assotava les orelles i l'herba glaçada cruixia sota els cascs del seu cavall de guerra. Portava, per sobre d'una túnica escarlata, una capa grisa feta amb l'excel·lent llana de Flandes, ribetejada amb pell de conill.

L'acompanyava el seu escuder, Walter. Quan William va complir dotze anys, Walter es va convertir en el seu tutor d'armes i li va ensenyar a cavalcar, a caçar, a fer anar l'espasa i a lluitar. Ara Walter era el seu escuder, el seu company i guàrdia personal. Era tan alt com William, però més ample d'espatlles. Tot i que era nou o deu anys més gran que ell, encara era prou jove per beure i empaitar noies, i al mateix temps prou madur per mantenir William apartat dels problemes quan calia. El xicot el considerava el seu millor amic.

William sentia una estranya excitació davant la perspectiva de tornar a veure Aliena, tot i que sabia que s'enfrontava un altre cop al rebuig i a la humiliació. Aquella llambregada que li havia llançat a la catedral de Kingsbridge, aquell instant en què ell havia fitat els seus ulls foscos, li havien fet tornar a encendre el desig que sentia per ella. Esperava amb ànsia parlar-hi, acostar-s'hi, veure com aquella cascada de rínxols es movia quan parlava, i mirar-li el cos que palpitava sota el vestit.

Al mateix temps, l'oportunitat de venjar-se havia aprofundit l'odi que també sentia per ella. Estava tens i inquiet davant la idea que tenia al davant una bona oportunitat de rescabalar-se de la humiliació que havien sofert ell i la seva família.

Li hauria agradat tenir una idea més clara del que volia. Estava força segur que descobriria la veritat sobre la història de Waleran, perquè sens dubte al castell hi hauria senyals dels preparatius per a la guerra —gent amb els cavalls amunt i avall, netejant les armes o emmagatzemant menjar—, tot i que, per enganyar un observador inesperat, podrien camuflar-ho sota la forma d'un altre objectiu, com ara una expedició. Tanmateix, que ell quedés convençut de l'existència d'una conspiració no era el mateix que obtenir-ne proves. William no podia pensar en res que pogués ser considerat una prova. Tenia la intenció de mantenir els ulls oberts i esperar que sorgís el que li calia. Però allò no era un pla gens definit, i el turmentava pensar que l'oportunitat de revenja se li podia escapar de les mans.

A mesura que s'acostava al castell va començar a posar-se nerviós. Se li va acudir que potser li negarien l'entrada i va tenir un moment de pànic, fins que va recordar que no era gaire probable que es produís una cosa així perquè el castell era un lloc públic, i el comte no podia barrar el pas a la noblesa local: equivaldria a proclamar obertament que s'estava ordint una conspiració.

El comte Bartholomew vivia a pocs metres de la ciutat. El mateix castell de Shiring era ocupat pel xèrif del comtat, i el comte s'estimava més viure al seu propi castell fora de la ciutat. A la població que havia crescut al voltant de les muralles del castell, li deien Earlscastle. William ja hi havia estat abans, però ara contemplava tot allò amb els ulls d'un atacant.

Hi havia un fossat ample i profund en forma de vuit, amb el cercle superior més petit que l'inferior. La terra que havia estat remoguda en excavar el fossat estava apilada a l'interior dels cercles formant les muralles.

Al peu del vuit un pont travessava el fossat i un espai obert a la paret de terra permetia l'accés al cercle inferior. Era l'única entrada. No hi havia cap altre accés al cercle superior. Calia entrar-hi per l'inferior i travessar un altre pont sobre el fossat que dividia els dos cercles. El cercle superior era el sancta sanctorum.

Mentre William i Walter avançaven al trot pels camps que envoltaven el castell, es van adonar que hi havia moltes entrades i sortides. Dos homes d'armes travessaven el pont muntant cavalls ràpids i agafaven diferents direccions, mentre un grup de quatre genets va precedir William al pont quan hi va accedir amb Walter.

William va percebre que l'última secció del pont podia ser enretirada i encaixada a l'enorme entrada de pedra del castell. Al llarg de tota la muralla, a intervals regulars, hi havia torres de pedra, de manera que els arquers podien defensar-ne tot el perímetre. Prendre aquell castell amb un atac frontal seria una operació llarga i sagnant i, va concloure William amb pessimisme, els Hamleigh no podrien aconseguir prou homes per assegurar-se l'èxit.

Aquell dia era evident que el castell estava obert als comerciants. William va donar el seu nom al sentinella de l'entrada i va ser admès sense més requisits. A l'interior del cercle inferior, protegits del món de fora per les parets de terra, es dreçaven els habituals edificis domèstics: estables, cuines, tallers, una comuna i una capella.

Es respirava un ambient d'excitació. Els mossos, els escuders, els criats i les minyones es movien diligents i parlaven en veu alta, saludant-se i fent bromes. Per a algú que no sospités res, l'excitació i les anades i vingudes podien ser tan sols la reacció normal a la tornada del senyor, però William hi va veure alguna cosa més.

Va deixar Walter als estables amb els cavalls i es va dirigir a l'extrem més allunyat del recinte, on, just davant de la garita del sentinella, començava el pont que travessava el fossat que conduïa al cercle superior. Un cop el va travessar, el va aturar un altre sentinella que li va preguntar el motiu de la seva visita.

—He vingut a veure Lady Aliena —va contestar William.

El sentinella no el coneixia, però el va mirar de dalt a baix i, quan va veure la seva bella capa i la túnica de color escarlata, el va prendre pel que era, un pretendent esperançat.

—La trobareu al saló —el va informar amb un somriure.

Al centre del cercle superior s'alçava un edifici quadrat de pedra de tres pisos i parets molt gruixudes. Era la torre de l'homenatge. Com solia ser habitual, la planta baixa feia de magatzem. El saló es trobava al damunt del magatzem, i s'hi arribava per mitjà d'una escala exterior de fusta que es podia enretirar des de dins. A l'últim pis hi havia l'habitació del comte, el darrer baluard quan els Hamleigh vinguessin a arrestar-lo.

La distribució de la fortalesa representava una formidable sèrie d'obstacles per als possibles atacants. Però ara que William intentava descobrir la manera de superar-los, va veure clarament la funció dels diversos elements de l'estructura. En el cas que els atacants arribessin al cercle inferior, encara haurien de travessar un altre pont i una altra garita, i llavors escometre la massissa torre de l'homenatge. Per arribar al pis superior de la torre, haurien de fabricar una escala i, un cop haguessin arribat a la sala, haurien de lluitar per poder pujar les escales i atènyer l'habitació del comte. L'única manera de sotmetre aquell castell era entrant-hi d'amagat, va pensar William mentre començava a jugar amb la idea de penetrar-hi furtivament.

Va pujar les escales i va entrar al saló. Era ple de gent, però el comte no hi era. A l'extrem esquerre, on hi havia l'escala que conduïa al seu dormitori, quinze o vint cavallers i homes d'armes hi estaven asseguts al peu, parlant en veu baixa. Allò no era normal. Els cavallers i els homes d'armes pertanyien a classes socials diferents. Els cavallers eren terratinents que vivien de les rendes, mentre que els homes d'armes rebien una soldada cada dia. Ambdós grups només tenien relacions de companyonia quan bufaven vents de guerra.

William en va reconèixer uns quants. Hi havia Gilbert Catface, un lluitador veterà de mal caràcter amb una barba descurada i unes patilles molt llargues. Per bé que ja havia complert els quaranta anys, encara era fort. També hi eren Ralph de Lyme, que gastava més diners en roba que temps a buscar esposa, aquell dia abillat amb una capa blava folrada de seda vermella; Jack Fitz Guillaume, que ja havia estat armat cavaller tot i que no era gaire més gran que William; i altres cares que li sonaven vagament. Va inclinar el cap en direcció al grup, però ningú no hi va parar atenció. Tot i que tothom el coneixia, era massa jove per ser important.

Es va girar i va mirar a l'altra banda de la sala i de seguida va veure Aliena.

Aquell matí presentava un aspecte diferent. El dia abans anava vestida per a l'ofici de la catedral, i portava seda, llana i lli, i anells, cintes i botes de punta. En canvi, ara vestia una túnica curta més adequada per a una camperola o una nena, i anava descalça. Seia en un banc, examinant un tauler de joc on hi havia fitxes de diferents colors. Mentre William l'observava, es va recollir la túnica, va encreuar les cames i va deixar els genolls al descobert mentre arrufava el nas en un gest de preocupació. Si el dia abans li havia semblat una gran dama, ara li semblava una noieta vulnerable, i William encara la va trobar més desitjable. De sobte, es va sentir avergonyit pel fet que aquella noia hagués estat capaç de causar-li tanta angoixa, i va tenir el desig irrefrenable de demostrar-li que la podia dominar. Era una emoció molt propera a la luxúria.

Jugava amb un nen uns tres anys més petit que ella, que semblava inquiet i impacient perquè estava clar que el joc no li agradava. Va copsar una certa semblança de parentiu entre ambdós jugadors. De fet, el nen era igual que aquella Aliena que William recordava de petita, amb el mateix nas arromangat i els cabells curts. El noi devia ser Richard, el germà petit i hereu del comtat.

William es va acostar als dos germans. Richard va aixecar els ulls per mirar-lo i després va tornar a fixar l'atenció en el tauler. Aliena estava molt concentrada. El tauler de fusta pintat tenia forma de creu i estava dividit en quadres de colors diferents. Les fitxes semblaven de vori i eren blanques i negres. El joc era, sens dubte, una variant del jaquet, o de les taules, probablement un regal portat pel pare d'Aliena des de Normandia. William, tanmateix, estava més interessat en la noia, la qual, en inclinar-se sobre el tauler i deixar obert l'escot de la túnica, va deixar veure el naixement dels pits. Eren tan grans com William els havia imaginat. Se li va assecar la gola.

Richard va moure una fitxa pel caire del tauler.

—No. Això no s'hi val —va protestar Aliena.

—¿I per què no? —va preguntar el nen, empipat.

—Doncs perquè va contra les regles, ruc.

—No m'agraden les regles —va replicar Richard amb mal humor.

—Tu respecta-les i prou! —va cridar Aliena enfurismada.

—¿Per què?

—Perquè sí. Per a això s'han fet.

—Doncs jo no les penso seguir! —va exclamar. Va tirar el tauler a terra d'un cop i les fitxes van sortir disparades.

Aliena va reaccionar amb la velocitat d'un llampec i li va clavar una bufetada.

El noi va cridar, amb l'orgull ferit i la cara enrogida.

—Ets una... —Richard va vacil·lar.— Una bruixa refotuda! —va cridar. Va fer mitja volta i va arrencar a córrer, però tot just havia fet tres passes que va topar amb William, que el va agafar per un braç i el va aixecar.

—Procura que el capellà no et senti dir aquestes coses a la teva germana —li va advertir.

Richard es va debatre i va xisclar.

—Em fas mal... deixa'm anar!

William encara el va retenir un moment. El noi va deixar de sacsejar-se i va començar a plorar. William el va deixar a terra i Richard es va desfer en llàgrimes.

Aliena, que ja havia oblidat el joc, va mirar William de fit a fit, arrugant el front estranyada.

—¿Què hi fas aquí? —li va preguntar en veu baixa i amb la calma pròpia d'algú més gran.

William, satisfet per la manera autoritària amb què havia tractat Richard, es va asseure al banc i va contestar:

—T'he vingut a veure.

Aliena el va mirar amb recel:

—¿I com és això?

William es va situar de manera que pogués vigilar l'escala. Va veure com entrava a la sala un home d'uns quaranta anys, vestit com un criat d'alt rang, amb una gorra rodona i una túnica curta de bon teixit. L'home va fer un senyal a algú i tot seguit un cavaller i un home d'armes es van dirigir a l'escala.

—Volia parlar amb tu. —William va tornar a mirar Aliena.

—¿Sobre què?

—Sobre tu i jo —va contestar William, i va veure que el criat se'ls acostava. Caminava d'una manera lleugerament efeminada. En una mà hi duia una barra de sucre, de color morè i forma cònica. En l'altra, una arrel entortolligada que semblava gingebre. Sens dubte es tractava del majordom de la casa, que segurament havia anat al dipòsit d'espècies, un rebost tancat amb clau situat al dormitori del comte, per treure'n una provisió d'ingredients especialment preuats, que es disposava a portar al cuiner. El sucre devia ser per endolcir algun pastís de poma i el gingebre per aromatitzar llamprees.

Aliena va seguir la mirada de William.

—Hola, Matthew.

El majordom li va dirigir un somriure, va trencar una mica de sucre i n'hi va donar. A William li va semblar que Matthew tenia un gran afecte per Aliena.

Alguna cosa en l'actitud d'ella li devia deixar entendre que no estava còmoda, perquè el somriure del criat es va transformar en un gest de preocupació.

—¿Tot va bé? —va preguntar suaument.

—Sí, gràcies.

Matthew va mirar William i es va sorprendre.

—El jove William Hamleigh, si no vaig errat...

A William li va saber greu que el reconeguessin, encara que era inevitable.

—Guarda't el sucre per a la canalla! —li va dir, tot i que no n'hi havia ofert—. A mi no m'agrada.

—Com vulgueu, senyor —va dir Matthew amb la mirada de qui no ha arribat a la posició que té buscant raons amb els fills de la petita noblesa. Es va girar a Aliena i va afegir:— El vostre pare ha portat una seda tan suau que és una meravella... Més tard us l'ensenyaré.

—Molt bé —va dir ella.

Matthew se'n va anar.

—Carallot efeminat! —va deixar anar William.

—¿Per què has de ser tan groller amb ell? —li va preguntar Aliena.

—No suporto que els criats em diguin «jove William». —Aquella no era manera de festejar una dama. Calia ser més seductor.— Si fossis la meva esposa els criats et dirien senyora.

—¿Has vingut per parlar-me de matrimoni? —va preguntar la noia, i William li va descobrir una nota d'incredulitat a la veu.

—No em coneixes bé —va protestar William. Es va adonar, afligit, que aquella conversa se li escapava de les mans. Havia planejat una petita xerrada abans d'entrar en matèria, però la noia era tan directa i innocent que es va veure forçat a parlar sense embuts.— M'has jutjat malament. No sé què vaig dir l'última vegada que et desagradés tant, però independentment dels motius que tinguis, et vas precipitar.

Aliena va desviar la mirada rumiant una resposta. William va veure darrere la noia el cavaller i l'home d'armes que baixaven per les escales i sortien per la porta resoluts. Un moment després un home amb indumentària de clergue, segurament el secretari del comte, va aparèixer dalt de l'escala i va fer un senyal. Dos dels cavallers es van posar drets i van pujar per les escales. Un era Ralph de Lyme i l'altre un home calb de més edat. Era evident que els homes que esperaven a la sala pujaven a veure el comte a la seva habitació, d'un en un o de dos en dos. Però, ¿amb quin motiu?

—¿Després de tant de temps? —va preguntar Aliena, reprimint les emocions. Potser estava enfadada, però William tenia la desagradable sensació que li prenia el pèl.— Després de tantes preocupacions, de tanta ràbia, de tant d'escàndol, precisament ara, que tot s'està oblidant, ¿véns a dir-me que em vaig equivocar?

William va comprendre que de la manera que ella ho presentava no semblava creïble.

—Ningú no ha oblidat res. Tothom en parla, la meva mare encara està furiosa i el meu pare no pot mostrar el cap alt en públic —va dir enfadat—. Nosaltres no ho hem oblidat.

—Per a la teva família no és més que una qüestió d'honor, ¿oi?

Hi havia una inflexió perillosa a la seva veu, però William no en va fer cas. Acabava d'acudir-se-li què devien estar fent aquells cavallers i homes d'armes amb el comte. Els enviava com a emissaris a diferents destinacions.

—¿L'honor de la família? És clar —va dir distret.

—Sé que jo també hauria de pensar en l'honor, les aliances familiars i tot això —va declarar Aliena—, però això no ho és tot, en el matrimoni. —Va reflexionar un instant i llavors es va decidir.— Potser t'hauria de parlar de la meva mare. Odiava el meu pare. Ell no és dolent, és un home extraordinari i l'estimo, però és extremament cerimoniós i estricte i mai no va comprendre la meva mare. Ella era una persona feliç i alegre, li agradava riure, explicar històries i escoltar música, però el meu pare la va fer desgraciada. —Els ulls se li van omplir de llàgrimes—. Per això es va morir, perquè el seu espòs no la deixava ser feliç. Jo ho sé. I ell també ho sap. Per això va prometre que mai no deixaria que em casés amb algú que no m'agradi. ¿Ho entens, ara?

William pensava en una altra cosa: «Els missatges són ordres. Ordres als aliats i amics del comte Bartholomew, indicant-los que es preparin per a la lluita. I els emissaris són les proves que buscava.»

Es va adonar que Aliena l'observava.

—¿Casar-te amb algú que no t'agrada? —va dir, fent-se ressò de les paraules finals—. ¿Jo no t'agrado?

—No m'escoltaves —el va acusar ella, amb els ulls espurnejant d'ira—. Ets tan egocèntric que no pots pensar ni per un moment en els sentiments d'una altra persona. L'última vegada que vas venir aquí, ¿què vas fer? Xerrar i xerrar de tu mateix, i a mi no em vas fer ni una sola pregunta!

La seva veu s'havia anat elevant i quan es va aturar, William es va adonar que els homes de l'altra banda de la sala havien callat i escoltaven. Allò el va incomodar.

—No cridis tant —va suplicar a Aliena.

Ella no li va fer cas i va seguir.

—¿Vols saber per què no m'agrades? Molt bé. Ara t'ho dic. No m'agrades perquè no tens educació. No m'agrades perquè no saps ni llegir. No m'agrades perquè només t'interessen els teus gossos, els teus cavalls i tu mateix.

Gilbert Catface i Jack Fitz Guillaume ara reien sense dissimular. William es va posar vermell. Aquells tipus eren uns no ningú, només eren cavallers i es mofaven d'ell, el fill de Lord Percy Hamleigh. Es va posar dret.

—Ja n'hi ha prou —va exclamar en un to peremptori, per fer callar Aliena.

Però no li va servir de res.

—No m'agrades perquè ets egoista, avorrit i estúpid —va seguir la noia. Ara reien tots els cavallers.— No m'agrades, et menyspreo, et detesto i em resultes insuportable. I per això no em vull casar amb tu!

Els cavallers van cridar víctors i van aplaudir. William es va empetitir. Aquelles rialles el feien sentir indefens com una criatura. I de petit havia passat tot el temps mort de por. Es va allunyar d'Aliena, lluitant per mantenir una expressió distant i amagar els seus sentiments. Va travessar la sala tan de pressa com va poder sense córrer, mentre les riallades pujaven de to. Finalment va arribar a la porta, la va obrir d'una revolada i va sortir. Va tancar de cop i va baixar a corre-cuita les escales, avergonyit, i mentre travessava el pati enfangat per arribar a la porta el so de les riallades li ressonava a les orelles.

El camí que portava d'Earlscastle a Shiring creuava una carretera al cap de gairebé un parell de quilòmetres. En arribar a aquesta cruïlla, el viatger podia anar cap al nord, en direcció a Gloucester i a la frontera amb Gal·les, o cap al sud, en direcció a Winchester i la costa. William i Walter van girar cap al sud.

L'angoixa de William s'havia transformat en fúria. Estava tan enrabiat que no podia parlar. Hauria volgut pegar Aliena i matar tots aquells cavallers. Li hauria agradat enfonsar l'espasa en cadascuna d'aquelles boques que reien, fins a arribar als colls. I ja havia pensat la manera de venjar-se, almenys d'un d'ells. Si allò li donava resultat, podria obtenir al mateix temps la prova que necessitava. Només de pensar-hi ja es consolava.

Primer n'havia d'enxampar un. Tan bon punt el camí es va endinsar en el bosc, William va desmuntar i va començar a caminar, portant les regnes del cavall a la mà. Walter el seguia en silenci, respectant el seu mal humor. William va arribar a un tros del camí que era més estret i es va aturar.

—¿Qui és millor llançant el ganivet, tu o jo? —va preguntar, adreçant-se a Walter.

—En la lluita cos a cos jo sóc millor —va respondre Walter amb cautela—. Però en el llançament, vós l'encerteu sempre, milord. —Sempre que William estava enrabiat li deien milord.

—Suposo que podries fer entrebancar un cavall desbocat i tirar-lo a terra —va dir William.

—Sí, amb una bona estaca.

—Doncs vés a buscar un arbret petit, arrenca'l i desbasta'l. Així tindràs una estaca magnífica.

Walter se'n va anar a fer el que li havien manat.

William va conduir els dos cavalls a través del bosc fins a una clariana allunyada del camí. Els va treure les selles i algunes cordes i corretges, les que li calien per lligar un home de mans i peus amb prou força. El seu pla era molt senzill, però no hi havia temps d'ordir res més elaborat, així que l'únic que podia fer era esperar que tot li sortís bé.

En tornar al camí va trobar una branca de roure sòlida, seca i dura, que li serviria de garrot.

Walter ja l'esperava amb l'estaca. William va triar el lloc on el mosso podia esperar estirat a terra darrere el gruixut tronc d'un faig que hi havia a prop del camí.

—No treguis l'estaca massa aviat o espantaràs el cavall —li va advertir William—. Però tampoc no triguis gaire, perquè no pots fer entrebancar el cavall amb les potes del darrere. El millor seria ficar-li l'estaca entre les potes del davant i enfonsar l'altre cap a terra perquè no l'aparti d'una coça.

—Ja ho he vist fer altres vegades —va dir Walter assentint amb el cap.

William va caminar uns trenta peus enrere en direcció a Earlscastle. El seu paper consistia a assegurar-se que el cavall es desboqués i corrés tan ràpid que no pogués passar per damunt de l'estaca de Walter. Es va amagar tan a prop del camí com va poder. Més tard o més d'hora passaria per allà un dels emissaris del comte Bartholomew. William confiava que fos aviat. Estava impacient per esbrinar si allò donaria resultat i ja no podia esperar més.

Va pensar que aquells cavallers no tenien ni idea que mentre es reien d'ell, ell els espiava. Això el va apaivagar parcialment. «Però un d'ells no trigarà a descobrir-ho», es va dir. «I llavors es penedirà d'haver-se burlat de mi. Desitjarà haver-se agenollat davant meu i haver-me besat les botes, en lloc d'haver rigut. Plorarà i suplicarà i m'implorarà que el perdoni i jo el torturaré encara més.»

Tanmateix, aquell no era l'únic pensament que li servia de consol. Si el seu pla tenia èxit, potser provocaria la desgràcia del comte Bartholomew i la resurrecció dels Hamleigh. Aleshores tots aquells que li havien fet mofa quan es va trencar el compromís tremolarien de por i n'hi hauria alguns que patirien alguna cosa més que terror.

La caiguda de Bartholomew també seria la d'Aliena, i aquesta era la millor part de totes. El seu orgull desmesurat i els seus aires de superioritat desapareixerien quan pengessin el seu pare per traïdor. Si llavors encara volia sedes suaus i cons de sucre, s'hauria de casar amb William per tenir-los. Se la va imaginar dòcil i penedida, servint-li dolços calents de la cuina, mirant-lo amb aquells immensos ulls foscos, desitjosa de complaure'l, esperant una carícia, i amb la boca suau lleugerament oberta, suplicant que l'hi besés.

El soroll dels cascs dels cavalls sobre el fang glaçat del camí va interrompre les seves fantasies. Va treure el ganivet i el va sospesar, per recordar-ne el pes i l'equilibri. La punta estava afilada per tots dos costats perquè penetrés millor. Es va mantenir dret, amb l'esquena repenjada contra l'arbre que l'ocultava i aguantant el ganivet per la fulla. Es va quedar esperant, molt nerviós, gairebé sense ni respirar. Temia errar amb el ganivet, o que el cavall no caigués, fins i tot que el genet matés Walter en un cop de sort, i que en aquest cas ell hagués de lluitar sol... Alguna cosa el preocupava del so dels cascs que s'acostaven. Va veure que Walter l'observava a través de la vegetació amb una cara angoixada. Ell també ho havia sentit. Aleshores William hi va caure. No es tractava només d'un cavall. Havia de prendre una decisió ràpida. ¿Era convenient atacar dos cavallers? Seria, sens dubte, una lluita més justa. Va decidir deixar-los passar i esperar un genet solitari. Resultava decebedor, però era el més prudent. Va fer un gest amb la mà a Walter, per indicar-li que es quedés quiet. Walter va fer que sí amb el cap, alleujat, i es va tornar a amagar.

Un instant després van aparèixer dos cavalls, William va percebre una brillantor de seda roja: Ralph de Lyme. Després va veure la calba del company de Ralph. Els dos homes van passar al trot i es van perdre de vista.

Malgrat la decepció, William es va sentir gratificat per la confirmació de la seva teoria, segons la qual el comte enviava aquells homes amb missatges pertot arreu. Tanmateix, el preocupava que Bartholomew hagués decidit enviar els missatgers de dos en dos. De fet, seria una precaució lògica. Tothom viatjava en grups sempre que era possible, per raons de seguretat. D'altra banda, el comte tenia molts missatges per enviar i un nombre d'homes limitat, i potser era malbaratar els recursos fer servir dos cavallers per enviar un sol missatge. A més a més, els cavallers eren homes violents que no tindrien problemes a treure's del damunt qualsevol proscrit en una lluita on aquest no hi tindria res a guanyar, perquè l'únic que tenia el cavaller de valor era l'espasa, difícil de vendre sense respondre a preguntes compromeses, i el cavall, que segurament quedaria ferit en l'emboscada. Al bosc, un cavaller estava més segur que la majoria de la gent.

William es va rascar el cap amb el mànec del ganivet. Podia passar tant una cosa com l'altra.

Es va asseure a esperar. El bosc estava tranquil. Va sortir un sol d'hivern esmorteït, que va desaparèixer després de brillar una estona a través de la vegetació densa. La panxa de William li va recordar que ja feia estona que havia passat l'hora de dinar. Un cérvol va creuar el camí, uns quants peus més amunt, sense adonar-se que un home afamat se'l mirava. William es va impacientar.

Si arribava una altra parella de genets, va decidir, els atacaria de totes totes. Era arriscat, però comptava amb l'avantatge del factor sorpresa, i comptava amb Walter, que era un lluitador magnífic. A més, qui sap si seria la seva última oportunitat. Sabia que el podien matar, i tenia por, però allò era preferible a viure en la humiliació constant. Com a mínim morir en una baralla era una fi honorable.

Va pensar que el millor que podria passar seria que aparegués Aliena, tota sola, dalt d'un poni blanc. Sortiria disparada del poni, es faria blaus als braços i a les cames i cauria rodolant en un esbarzer. Les punxes li esgarrinxarien la pell suau i li farien sortir sang. William li saltaria a sobre i la immobilitzaria a terra. Això la mortificaria a més no poder.

Jugava amb aquesta fantasia, imaginant-se les ferides de la noia, gaudint del seu panteix, amb el pit amunt i avall, mentre ell se li asseia al damunt, i pensava en l'expressió abjecta de terror de la noia en adonar-se que es trobava completament a la seva mercè. De sobte va tornar a sentir uns cascs que s'apropaven.

Aquella vegada, només hi havia un cavall.

Es va posar alerta, va treure el ganivet, va repenjar-se a l'arbre i va tornar a escoltar.

Era un bon cavall, ràpid, no un cavall de guerra, però sí un corser vigorós. Carregava un pes moderat, el d'un home sense armadura, i venia a un trot regular, sense ni tan sols esbufegar. William es va trobar la mirada de Walter i va fer que sí amb el cap. Vet-la aquí, la prova. Va alçar el braç dret i va agafar el ganivet per la punta de la fulla.

En la distància, el cavall de William va renillar.

El so va travessar el bosc silenciós amb tota claredat. Es va sentir perfectament per damunt del lleuger repic dels cascs del cavall que s'acostava. Aquest també el va sentir i va trencar el ritme de la marxa.

—Xo! —va ordenar, i va fer anar el cavall al pas. William va renegar entre dents. Ara el genet aniria amb cautela, i això faria les coses més difícils. William es va adonar massa tard que havia d'haver deixat els cavalls més lluny.

Ara que el cavall que s'acostava anava al pas, William no tenia ni idea a quina distància estava. La cosa es complicava. Va resistir la temptació de treure el cap de darrere l'arbre per veure-hi millor. Va escoltar amb atenció, rígid pels nervis. De sobte, va sentir esbufegar el cavall, molt a prop, i finalment va aparèixer a un parell de peus d'on era ell. L'animal el va veure un instant abans que William el veiés a ell. Es va sobresaltar i el genet va deixar anar una exclamació de sorpresa.

William va renegar. Es va adonar immediatament que el cavall podia girar cua i arrencar a córrer, desbocat, en direcció contrària. Es va tornar a amagar darrere l'arbre i va sortir per l'altre cantó, darrere el cavall, amb el braç alçat. Va veure el genet, barbut i amb les celles arrufades, que tibava les regnes. Era el vell Gilbert Catface. William va llançar el ganivet.

Va ser un llançament perfecte. L'arma va anar directament a l'anca del cavall i es va enfonsar a la carn unes quantes polzades.

L'animal es va sobresaltar com una persona a qui alguna cosa agafa per sorpresa. Llavors, abans que Gilbert pogués reaccionar, es va llançar espantat en direcció al lloc on Walter esperava emboscat.

William li va córrer al darrere. El cavall va cobrir en uns moments la poca distància que el separava de Walter. Gilbert no feia cap esforç per dominar la seva muntura, perquè estava massa ocupat a no caure de la sella. Quan es va trobar on era Walter, William va pensar: «Ara, Walter, ara!»

Walter va calcular l'acció amb una precisió tan exacta que William ni tan sols va veure l'estaca que sortia de darrere l'arbre. Només va veure que al cavall se li doblegaven les potes de davant com si tot d'una haguessin perdut tota la força. Les potes posteriors es van trobar llavors amb les de davant, de manera que es van embolicar. Finalment, el cap li va baixar avall, els quarts del darrere es van alçar i l'animal va caure a terra pesadament.

Gilbert va volar per l'aire. Quan el volia anar a atrapar, William va topar amb el cavall que jeia a terra.

Gilbert va caure amb una patacada, va rodolar i es va quedar de genolls a terra. Per un moment William va tenir por que arrenqués a córrer i s'escapés. Llavors Walter va sorgir del bardissam, va fer un salt impressionant per l'aire, va caure sobre l'esquena de Gilbert i el va deixar estès a terra. Tots dos es van donar un bon cop. Van posar-se drets alhora i William es va adonar amb horror que l'astut Gilbert havia tret el ganivet. William va saltar per sobre del cavall i va brandar el garrot de roure just quan Gilbert alçava el ganivet. El garrot va tocar Gilbert a un costat de la cara.

Gilbert va fer tentines, però va aconseguir mantenir-se dret. William el va maleir per aguantar tant, i es disposava a tornar-lo a atacar amb el garrot, però Gilbert va ser més llest que ell i se li va llançar al damunt amb el ganivet. William anava vestit per anar a festejar i no per lluitar, i la fulla esmolada li va travessar la capa de llana de la millor qualitat. William es va fer enrere amb prou rapidesa per salvar la pell. Però Gilbert el seguia atacant, impedia que recuperés l'equilibri, i per això no podia fer servir el garrot. William retrocedia cada vegada que Gilbert se li tirava al damunt, però mai no disposava de prou temps per recuperar-se i cada vegada estava més acorralat. Tot d'un plegat, William va témer per la seva vida. Però en aquell moment, Walter va arribar per darrere de Gilbert, li va clavar un cop a les cames i el va fer caure.

William es va sentir alleujat, perquè per un moment havia pensat que moriria allà. Va donar gràcies a Déu per l'ajuda de Walter.

Gilbert va intentar aixecar-se, però Walter li va clavar una coça a la cara. William, per rematar el cop, li va donar dues garrotades, i Gilbert es va quedar immòbil.

El van posar de bocaterrosa i mentre Walter li seia damunt del cap, William li lligava les mans a l'esquena. Llavors li va treure les llargues botes negres i li va lligar els turmells amb un tros de corretja de la guarnició.

Es va posar dret, va somriure a Walter i aquest li va tornar el somrís. Quin descans, tenir lligat amb fermesa aquell lluitador esmunyedís!

El pas següent era fer-lo confessar.

L'home començava a recuperar la consciència. Walter el va fer girar. Quan Gilbert va veure William, el va reconèixer i primer va fer cara de sorpresa, però després de por. William va estar content perquè va pensar que ja es devia penedir de les seves burles. Al cap de ben poc encara se'n penediria més.

El corser de Gilbert, inexplicablement, s'havia posat dret. Havia corregut uns quants peus, però llavors s'havia aturat i en aquell moment mirava enrere, panteixant i esverant-se cada vegada que el vent feia moure els arbres. El ganivet de William se li havia desprès de l'anca. El va recollir mentre Walter anava a buscar l'animal.

William va parar l'orella per escoltar si s'acostaven més genets. En qualsevol moment podia arribar un altre missatger i, si es donava el cas, hauria d'apartar Gilbert i mantenir-lo callat. Però no va aparèixer ningú, i Walter va poder agafar el cavall de la seva víctima sense problemes.

Van posar Gilbert damunt de l'esquena del seu corser, i llavors el van conduir a través del bosc fins on William havia deixat els seus cavalls, que es van neguitejar quan van sentir l'olor de sang que brollava de l'anca de la muntura de Gilbert. Era per això que William el volia lligar a part.

Va mirar al seu voltant, buscant un arbre escaient per al seu objectiu. Va descobrir un om que tenia una branca ben ferma que sortia del tronc, a una altura d'uns vuit peus de terra. La va ensenyar a Walter, apuntant-la amb el dit.

—Vull penjar Gilbert d'aquesta branca —va dir.

Walter va esbossar un somriure sàdic.

—¿Què li fareu, milord?

—Ja ho veuràs.

El rostre colrat de Gilbert estava blanc com la cera. William li va fer passar una corda per sota les aixelles, l'hi va lligar a l'esquena i va fer una llaçada a la branca.

—Amunt —va ordenar a Walter.

Walter va hissar Gilbert, que es va debatre fins a deslliurar-se i caure a terra. Walter va agafar el garrot i li va donar cops al cap fins que el va deixar mig inconscient. Llavors el va tornar a hissar. William va enrotllar diverses vegades el cap lliure de la corda a la branca, i el va deixar ben lligat. Llavors Walter va deixar anar Gilbert, que va quedar gronxant-se suaument, amb el peus a un metre de terra.

—Vés a buscar llenya —va manar William a Walter.

Va preparar un foc a sota de Gilbert i William el va encendre amb l'espurna d'una pedra foguera. Al cap d'uns moments, les flames es van alçar i l'escalfor va fer tornar Gilbert en si.

Quan es va adonar del que passava, va començar a suplicar de por:

—Si us plau. Baixeu-me, si us plau. Em sap greu haver-me rigut de vós. Tingueu clemència, si us plau.

William callava. Fruïa amb la humiliació de Gilbert, però amb allò no en tenia prou.

Quan l'escalfor va començar a cremar-li els dits del peu, va doblegar les cames pels genolls per apartar-les del foc. La suor li regalimava cara avall, i es va sentir una lleugera olor de socarrim quan se li va començar a escalfar la roba. William va considerar que ja era hora de començar l'interrogatori.

—¿Per què heu anat al castell, avui? —va preguntar.

Gilbert el va mirar amb els ulls esbatanats.

—Per presentar els meus respectes al comte. ¿Quina importància té, això?

—¿Per què heu hagut de presentar-los-hi?

—Perquè el comte acaba de tornar de Normandia.

—¿No heu estat convocat per res en concret?

—No.

William va pensar que potser era veritat. Interrogar un

presoner no era tan fàcil com havia imaginat. Va tornar a reflexionar.

—¿Què us ha dit el comte quan heu pujat a la seva cambra?

—M'ha saludat i m'ha donat les gràcies per haver anat a donar-li la benvinguda.

¿Tenia la mirada de Gilbert una expressió de comprensió cautelosa? William no n'estava segur.

—¿I què més?

—M'ha preguntat per la meva família i per la meva vila.

—¿I res més?

—Res més. ¿Per què us interessa el que hagi pogut dir?

—¿Què us ha dit del rei Stephen i de l'emperadriu Maud?

—Res. Us ho asseguro!

Gilbert ja no podia estar més estona amb els genolls doblegats, i va haver d'estirar les cames. Va haver de posar els peus al mig de les flames, cada vegada més altes. Al cap d'un instant, va llançar un crit d'agonia i el seu cos es va estremir. L'espasme va fer que els peus li sortissin del foc, i llavors es va adonar que podia alleujar el sofriment gronxant-se d'un cantó a l'altre. Tanmateix, a cada oscil·lació tornava a passar per damunt de les flames i deixava anar uns crits estremidors.

William es va preguntar una vegada més si Gilbert li deia la veritat. No hi havia manera de saber-ho. Segurament, arribaria un punt en què el sofriment seria tan insuportable que diria el que pensés que William volia que digués, en un intent desesperat d'escapar d'aquella tortura. Això volia dir que era millor no donar-li una idea massa clara de què esperava que digués, va pensar William, preocupat. ¿Qui hauria pensat que torturar algú podia ser tan complicat?

Va donar a la seves paraules un to calmat i casual:

—¿Cap on anàveu, ara?

—Cap a casa!

L'home no les tenia totes. William sabia on vivia i era més al nord del lloc on eren. No anava cap a casa seva.

—Sé que mentiu —va dir William—. Digueu-me la veritat. —Va sentir que Walter feia una exclamació d'aprovació i va pensar que ho estava fent millor.— ¿On anàveu? —li va preguntar per quarta vegada.

Gilbert estava massa esgotat per gronxar-se més. Es va quedar quiet sobre la foguera, gemegant de dolor, i va tornar a doblegar les cames per apartar els peus de les flames. Però llavors el foc ja tenia molta força i li socarrimava els genolls. William va notar una pudor nauseabunda que li era familiar. Es va adonar que era pudor de carn rostida i que li resultava coneguda perquè recordava l'olor de menjar. La pell de les cames i els peus de Gilbert anava adquirint un to fosc i se li arrugava, mentre que els pèls de les cames se li tornaven negres. El greix de la carn degotava sobre el foc i espetegava. Contemplar aquest dolor agònic va deixar hipnotitzat William. Cada xiscle de Gilbert li produïa una gran excitació. Tenia el poder de fer patir un home, i això el feia sentir molt bé. Era semblant a com se sentia quan aconseguia quedar-se sol amb una noia, en un lloc on ningú no la podia sentir cridar, i la immobilitzava a terra, li aixecava les faldilles fins a la cintura i sabia que res no li podria impedir posseir-la.

—¿On anàveu? —li va tornar a preguntar de mala gana.

—A Sherbone —va contestar Gilbert amb una veu que era un crit contingut.

—¿A què fer?

—Deixeu-me anar, per l'amor de Déu, i us ho explicaré tot.

William va intuir que la victòria era a tocar. Era d'allò més satisfactori. Però encara no havia arribat el moment definitiu.

—Aparta-li els peus del foc —va ordenar a Walter.

Walter va agafar la túnica de Gilbert i la va tibar fins que aquest va tenir els peus fora de les flames.

—Ara —va dir William.

—El comte Bartholomew té cinquanta cavallers a Sherbone i pels voltants —va explicar Gilbert amb un crit ofegat—. Els he d'aplegar i portar-los a Earlscastle.

William va somriure. Totes les seves conjectures s'estaven confirmant amb molta precisió.

—¿I què vol fer el comte amb tots aquests cavallers?

—No ens ho ha dit.

—Socarrima'l una mica més —va dir William a Walter.
—No! —va cridar Gilbert—. Ara t'ho dic.
Walter dubtava.
—De pressa. —William va amenaçar Gilbert.
—Han de lluitar a favor de l'emperadriu Maud contra Stephen —va explicar finalment Gilbert.
Jo ho tenia: allò era la prova. William va assaborir la victòria.
—¿I quan us ho pregunti davant del meu pare, direu el mateix?
—Sí, sí.
—I si el meu pare us ho pregunta davant del rei, ¿direu encara la veritat?
—Sí.
—Jura-ho per la creu.
—Juro per la creu que diré la veritat!
—Amén —va dir William satisfet i va començar a apagar el foc a cops de peu.

Van lligar Gilbert a la sella del seu cavall i el van posar a regna curta i llavors el van fer anar al pas. El cavaller amb prou feines es podia estar assegut i William no volia que es morís, perquè sense vida no li servia de res, així que el va tractar amb una mica de miraments. Quan van passar per un rierol li va tirar aigua freda als peus cremats. Gilbert va cridar de dolor, però segurament li va fer bé.

William sentia una meravellosa sensació de triomf barrejada amb un estrany sentiment de frustració. Mai no havia mort cap home, i li hauria agradat haver pogut matar Gilbert. Torturar un home sense acabar de matar-lo era com despullar una noia a la força i no violar-la després. Com més hi pensava, més sentia la necessitat de posseir una dona.

«Potser quan arribi a casa...» No, no hi hauria temps. Hauria d'explicar als seus pares què havia passat i ells voldrien que Gilbert repetís la confessió davant d'un sacerdot i, potser, d'altres testimonis. I després haurien de planejar la captura del comte Bartholomew, que segurament hauria de ser l'endemà, abans que aquest hagués reunit massa homes per lluitar. I William encara no havia pensat la manera de prendre el castell furtivament i sense haver de recórrer a un llarg setge.

Anava rumiant, malhumorat, que potser passaria molt de temps abans que ni tan sols pogués veure una dona atractiva, quan en va aparèixer una pel camí, just davant d'ells.

Era un grup de cinc persones que caminava cap a William. Una d'elles era una dona de cabells foscos, d'uns vint-i-cinc anys, no precisament una noia, però prou jove. A mesura que s'acostava, a William li va interessar encara més, perquè era bonica, tenia els cabells castanys que li feien un pic al front, i uns ulls separats d'un color daurat intens. Era prima i tenia una pell suau i colrada.

—Queda't enrere —va dir William a Walter—. Tingues el cavaller darrere teu mentre parlo amb ells.

El grup es va aturar i el van mirar amb cautela. Evidentment, era una família. Un d'ells, un home alt, segurament era el marit. També hi havia un noi gran, però sense pèl a la cara, i dos nens. William es va adonar amb un sobresalt que havia vist l'home abans en algun lloc.

—¿Et conec? —va preguntar.

—Jo us conec a vós —va respondre l'home—. I conec el vostre cavall, perquè va estar a punt de matar la meva filla.

William va fer memòria. El cavall no havia arribat a tocar la nena, però hi havia estat a punt.

—Treballaves en la construcció de la meva casa —va dir—. Quan et vaig acomiadar em vas exigir que et pagués, i gairebé em vas amenaçar.

L'home semblava desafiant i no ho va negar.

—Ara no sembles tan gallet —va afegir William amb menyspreu. Es veia que tota la família patia gana. Aquell era un bon dia per passar comptes amb la gent que l'havia ofès.— ¿Teniu gana?

—Sí, sí que en tenim —va dir el paleta en un to pesarós.

William es va tornar a mirar la dona. S'estava al mig del camí, amb les cames una mica separades i la barbeta enlaire, esguardant-lo sense por. Aliena l'havia encès i ara volia satisfer la seva luxúria. Estava segur que aquella dona es debatria sota seu i que l'esgarraparia. Millor.

—No estàs casat amb aquesta dona, ¿oi que no, paleta? —va preguntar—. Recordo la teva esposa, un espantall.

—La meva dona és morta —va dir, i una ombra de dolor li va travessar la cara.

—I aquesta no l'has portada a l'altar, ¿suposo? No tens ni un penic per pagar el capellà.

Darrere de William, Walter va estossegar i els cavalls es van moure amb impaciència.

—Suposem que et dono diners per comprar menjar —va dir William al paleta per enllaminir-lo.

—Els acceptaria amb agraïment —va dir l'home, tot i que William s'adonava que li dolia mostrar-se servil.

—No estic parlant d'un regal. Et compro la teva dona.

—No estic en venda, jove —va contestar ella mateixa.

El seu menyspreu va enfurismar William. «Ja et demostraré si sóc un jove o un home», va pensar, «quan estiguem sols.» Va dirigir-se al paleta:

—Te'n pago una lliura de plata.

—No està en venda.

William estava cada vegada més enrabiat. Era ofensiu que un mort de gana refusés la fortuna que li oferien.

—Escolta, ximplet, si no agafes els diners, t'obriré de cap a peus amb l'espasa i em tiraré la teva dona davant de la canalla.

El braç del paleta es va moure sota la capa. «Deu tenir alguna arma», va pensar William. També era molt alt i cepat, tot i que estava molt prim, però segurament lluitaria desesperadament per salvar la seva dona. Aquesta es va enretirar la capa i va posar la mà a l'empunyadura d'una daga sorprenentment llarga. El noi gran també era prou fort per repartir llenya.

Walter va parlar en veu baixa però clara:

—No tenim temps per a això, milord.

William va fer que sí amb el cap de mala gana. Havia de portar Gilbert a la casa senyorial dels Hamleigh. Era massa important per entretenir-se amb una baralla per una dona. S'hauria d'aguantar.

Va mirar aquella família formada per cinc persones famolenques i esparracades que lluitarien fins al final contra dos cavallers amb espases. No els podia entendre.

—Molt bé, doncs moriu-vos de gana, si és el que voleu! —els va etzibar.

Va esperonar el cavall, que va partir al trot, i al cap d'uns moments ell, Walter i Gilbert havien desaparegut camí enllà.

II

—¿Podríem anar més a poc a poc? —va preguntar Ellen quan ja eren a un parell de quilòmetres del lloc on s'havien trobat amb William Hamleigh.

En aquell moment Tom es va adonar que havien caminat a marxes forçades. Havia passat por. Per un moment, s'havia vist amb Alfred lluitant contra dos homes armats a cavall. Tom ni tan sols tenia arma. Havia furgat sota la capa a la recerca del martell abans de caure que ja feia setmanes que l'havia bescanviat per un sac de civada. No estava segur del motiu pel qual William havia renunciat a portar a terme les seves intencions, però volia allunyar-se tant com fos possible d'aquell indret, per si el jove lord malvat canviava d'idea.

Tom no havia trobat feina al palau del bisbe de Kingsbridge ni a cap dels altres llocs on havia anat. Però als voltants de Shiring hi havia una pedrera i, a les pedreres, a diferència de les obres de construcció, hi treballava el mateix nombre d'homes a l'hivern que a l'estiu. La feina de Tom era molt més especialitzada i més ben pagada que la de la pedrera, però ja feia molt de temps que havia deixat de banda consideracions d'aquesta mena. Només volia donar de menjar a la seva família. La pedrera de Shiring era propietat del comte Bartholomew. Tom s'havia assabentat que el comte vivia al seu castell, situat a uns quants metres a l'oest de la ciutat.

I ara que Ellen era amb ell, encara estava més desesperat que abans. Sabia que ella l'havia seguit per amor, sense sospesar les conseqüències de forma calculada. Més que res, Ellen no tenia una idea clara de la dificultat que representava trobar feina per a algú com Tom. De fet, no s'havia encarat amb la possibilitat que potser no sobreviurien a l'hivern, i Tom no li havia aclarit la situació perquè no la volia desil·lusionar i amb això perdre-la. Però era possible que una dona posés el seu fill per davant de tot i Tom vivia amb el temor continu que Ellen l'abandonés.

Havien estat junts una setmana. Set dies de desesperació i set nits de joia. Tom es despertava cada matí feliç i optimista. Però a mesura que anava passant el dia començava a tenir gana, els nens es cansaven i Ellen es mostrava taciturna. Alguns dies sí que menjaven, com el dia que es van trobar el monjo del formatge, i altres rosegaven tires de cérvol assecat al sol, que treien de les reserves d'Ellen. Era com menjar pell de cérvol, però millor que res. I quan es feia fosc s'estiraven a terra, glaçats i sentint-se miserables, i s'estrenyien els uns contra els altres per tal de donar-se escalfor. Després, al cap d'una estona, Tom i Ellen començaven a acaronar-se i a besar-se. Al principi, Tom la volia penetrar de seguida, però ella s'hi negava afectuosament. Volia més petons i més carícies. I llavors Tom ho feia com ella li indicava i quedava encantat. Explorava el seu cos amb atreviment i li acaronava unes parts que mai havia tocat a Agnes, com les aixelles, les orelles i el sot de les natges. Hi havia nits que reien plegats amb els caps sota les capes. Altres vegades estaven molt tendres l'un amb l'altra. Una nit que estaven sols a la casa d'hostes d'un monestir i els nens dormien morts de cansament, ella es va posar dominant i insistent, li va manar que li fes coses, li va ensenyar a excitar-la amb els dits, i ell va obeir, atordit i alhora molt excitat per la desvergonya d'ella. Quan van acabar, van caure en un son profund i assossegat en què l'amor purgava tot el temor i la ira del dia.

Era migdia. Tom va considerar que William Hamleigh ja devia trobar-se lluny, i per això va decidir parar per descansar. Per menjar no tenien res més que les tires de cérvol sec. Tanmateix, aquell matí havien demanat pa en una granja solitària i la mestressa els havia donat cervesa en una ampolla de fusta grossa, i els havia dit que se la podien quedar. Ellen n'havia guardat la meitat per sopar.

Tom es va asseure damunt d'un soc enorme i Ellen al seu costat. Ellen va fer un bon glop de cervesa i en acabat la va passar a Tom.

—¿Vols carn, també? —li va preguntar.

Ell va fer que sí amb el cap i va beure més cervesa. De bona gana se l'hauria acabat, però en va guardar una mica per als nois.

—Guardem la carn —va dir a Ellen—. Potser ens donaran sopar al castell.

Alfred es va posar l'ampolla a la boca i la va buidar.

Jack es va quedar moix i Martha va començar a plorar. Alfred va fer un somriure forçat.

Ellen va mirar Tom. Al cap d'un moment va dir:

—No hauries de deixar que Alfred se sortís amb la seva en aquestes coses.

Tom va arronsar les espatlles.

—És més gran que els altres i en necessita més.

—Però és que sempre agafa la part més grossa de tot! Els petits també han de menjar i beure alguna cosa.

—No vull perdre temps ficant-me en les baralles dels nanos —va dir Tom.

—El que estàs dient és que Alfred pot aprofitar-se dels més petits tant com vulgui perquè tu no hi faràs res.

—No se n'aprofita. La canalla sempre es baralla.

Ellen va fer que no amb el cap, i semblava desconcertada.

—No t'entenc, en totes les altres coses ets amable i just, però pel que fa a l'Alfred, tens pa a l'ull.

Tom va pensar que ella exagerava, però no li volia portar la contrària i va dir:

—Doncs dóna als petits una mica de carn.

Ellen va obrir la bossa. Encara estava enfadada. Va tallar una tira de cérvol sec per a Martha i una altra per a Jack. Alfred també va parar la mà, però Ellen no li va fer cas. Tom va pensar que n'hi hauria d'haver donat una mica. Alfred no era un mal noi. El que passava era que Ellen no l'entenia. Era un noi alt i cepat, va pensar Tom amb orgull, i tenia molta gana, a més d'un geni viu, i si això era un pecat, llavors la meitat d'adolescents del món estaven condemnats.

Van descansar una estona i després van reprendre la ruta. Jack i Martha anaven al davant, rosegant les restes de carn estellosa. Els dos petits eren molt amics, malgrat la diferència d'edat, atès que Martha tenia sis anys i Jack en devia tenir onze o dotze. Però Martha pensava que Jack era un noi fascinant i aquest gaudia de la nova experiència de tenir una amiga amb qui jugar. Era una llàstima que Jack no li caigués bé a Alfred. Allò va sorprendre Tom, perquè hauria dit que Jack, que encara no s'havia fet un home, no tindria el menyspreu d'Alfred. Però en realitat no el tenia. Alfred era més fort, però Jack més llest.

Tom es negava a amoïnar-s'hi. Eren coses de xicots. Tenia massa coses al cap per perdre el temps inquietant-se per baralles de nois. A vegades es preguntava si mai tornaria a treballar. Potser vagarejarien pels camins un dia rere un altre fins que caurien un per un. Un dia, un matí gelat, trobarien un dels nanos mort de fred, l'altre estaria massa feble per superar la febre, a Ellen la violaria i assassinaria un bèstia com William Hamleigh, i ell mateix s'aniria emmagrint cada cop més, fins que un dia no tindria forces per aixecar-se i es quedaria estès al bosc fins a perdre el coneixement.

És clar que Ellen el deixaria abans que passés això i tornaria a la seva cova, on encara hi hauria una bóta de pomes i un sac de nous, prou per mantenir dues persones en vida fins a la primavera, però no cinc. Si ella marxava, a Tom se li trencaria el cor.

Va pensar en el nadó. Els monjos li havien posat Jonathan. A Tom aquell nom li agradava. Volia dir «regal de Déu», segons havia dit el monjo del formatge. Tom es va imaginar el petit Jonathan tal com havia nascut, rogenc, arrugadet i sense ni un pèl. Però ara ja deuria ser diferent, perquè per a un nen acabat de néixer una setmana és molt de temps. Ja devia ser molt més gran i devia tenir els ulls oberts. Ja no devia ser indiferent al món que l'envoltava. Amb un soroll fort es devia sobresaltar i una cançó de bressol el devia tranquil·litzar. Per fer un rot devia contreure les comissures de la boca. Els monjos no s'adonarien que era aire i es pensarien que somreia.

Tom confiava que el cuidarien bé. Aquell monjo li havia fet la impressió que eren homes sol·lícits i capaços. De tota manera, cuidarien millor la criatura que Tom, que no tenia casa ni diners. Va pensar que si algun dia arribava a ser mestre constructor en una obra veritablement important i guanyava quatre xílings per setmana sense comptar despeses, donaria diners al monestir.

Van sortir del bosc i poc després van albirar el castell.

Tom es va animar, però va intentar contenir l'entusiasme. Durant mesos havia sofert decepcions i havia après que com més esperançador semblava el començament, més penós era el rebuig final.

Es van acostar al castell per un corriol que travessava camps i erms. Martha i Jack es van trobar un ocell ferit i es van parar a mirar-lo. Era una mallerenga emplomada, tan petita, que fàcilment haurien pogut passar-li pel costat sense veure-la. Martha va estar a punt de trepitjar-la, i l'ocellet va saltar, incapaç de volar. El va recollir i el va aixecar de terra, fent-li un niu amb les mans.

—Sento com tremola —va dir—. Deu estar espantat.

L'ocell no va tornar a fer cap intent d'escapar, sinó que es va quedar ben quiet entre les mans de Martha, mirant amb els seus ulls brillants la gent que l'envoltava.

—Em sembla que té una ala trencada —va dir Jack.

—Deixa-m'ho veure —va intervenir Alfred, i va agafar l'ocellet.

—El podríem cuidar —va dir Martha—. Potser es posarà bé.

—No, no es posarà bé —va dir Alfred, que amb un moviment ràpid va tòrcer el coll de l'ocell.

—Per l'amor de Déu!—va exclamar Ellen.

Alfred va riure i va deixar caure la mallerenga a terra.

Jack la va recollir i va dir:

—Mort.

—¿Què et passa, Alfred? —va dir Ellen.

—No li passa res. L'ocell s'estava a punt de morir —el va defensar Tom.

Va tornar a emprendre la marxa i els altres el van seguir. Ellen continuava enfadada amb Alfred i allò feia que Tom estigués irritat. ¿Per què organitzar un daltabaix per aquell fotut ocell? Tom recordava com era ell als catorze anys: un noi amb un cos d'home. La vida era així. Ellen havia dit: «Quan es tracta d'Alfred, tens pa a l'ull», però el que passava era que ella no l'entenia.

El pont de fusta que travessava el fossat fins a la garita del sentinella, al costat de la porta, era feble i desmanegat, però segurament el comte el volia així. Un pont era un mitjà d'accés per als atacants, i com més a punt d'esfondrar-se estigués, més segur estava el castell. Les muralles que l'envoltaven eren de terra amb torres de pedra. Al davant, un cop passat el pont, hi havia el cos de guàrdia, que consistia en dues torres de pedra unides per un passatge. Allà hi havia molt treball de pedra, va pensar Tom, no com en aquells castells on tot és fang i fusta. Potser l'endemà li donarien feina. Va recordar el tacte de les bones eines a les mans, la raspadura de l'enformador damunt el bloc de pedra en arrodonir-ne els cantells i polir-ne la superfície i la sensació seca de la pols al nas. «Potser demà al vespre ja tindrem la panxa plena», va pensar, «i sense necessitat de pidolar.»

Quan hi era a tocar, es va adonar que els merlets de les torres de l'entrada es trobaven en pèssimes condicions. Algunes pedres havien caigut i havien deixat el parapet al mateix nivell aquí i allà. També hi havia pedres que s'havien desenganxat de l'arc de la porta.

Al peu de la porta hi havia dos sentinelles, i tots dos estaven a l'aguait. Potser esperaven que hi hagués soroll. Un d'ells va preguntar a Tom quin era el motiu de la seva visita.

—Sóc paleta, i voldria que em lloguessin per treballar a la pedrera del comte —va contestar.

—Parleu amb el majordom —li va dir el sentinella amb amabilitat—. Es diu Matthew. Potser el trobareu a la sala.

—Gràcies. ¿Com el puc reconèixer? —va preguntar Tom.

El guarda va fer una ganyota al seu company.

—Home, no es pot dir que sigui gaire masculí... —va respondre i tots dos van esclafir a riure.

Tom va pensar que aviat esbrinaria què volien dir. Va entrar seguit d'Ellen i els nois. A l'interior de la muralla els edificis eren gairebé tots de fusta, tot i que alguns s'aguantaven sobre sòcols de pedra, i n'hi havia un completament de pedra que probablement era la capella. Mentre travessaven el recinte, Tom es va fixar que totes les torres que hi havia al llarg del perímetre de la muralla tenien pedres soltes i que els merlets estaven en males condicions. Van travessar el segon fossat per accedir al cercle superior i es van aturar a la segona porta. Tom va explicar al guarda que estava buscant Matthew Steward. Van arribar al recinte superior i es van dirigir a la torre de l'homenatge, que era de pedra i quadrada. La porta de fusta a nivell de terra donava, és clar, a la planta baixa. Van pujar els graons de fusta fins a la sala.

Tan bon punt va ser a dins, Tom va veure el majordom i el comte. Sabia qui era cadascú per l'abillament. El comte Bartholomew duia una túnica llarga amb mànigues amples i franges brodades. Matthew Steward portava una túnica curta, del mateix estil que la de Tom, però d'un teixit més suau, i una gorra petita i rodona. Estaven a la vora de la llar de foc, el comte assegut i el majordom dret. Tom s'hi va apropar, sense interrompre la conversa, esperant que s'adonessin de la seva presència. El comte Bartholomew era un home alt, d'uns cinquanta anys, amb els cabells blancs i una cara prima i pàl·lida que dibuixava un gest altiu. No semblava un home d'esperit generós. El majordom era més jove. Tenia un posat que li va recordar les paraules del guarda, perquè era efeminat. Tom no sabia què pensar-ne.

Al saló hi havia més persones, però ningú no es va fixar en ell. Tom continuava esperant, a estones esperançat i a estones temorós. La conversa del comte i el majordom s'allargava infinitament. Quan a la fi van acabar, el majordom se'n va anar després de fer una reverència. Va ser llavors que Tom va fer un pas endavant amb el cor encongit.

—¿Sou Matthew, el majordom? —va preguntar.

—Sí.

—Em dic Tom. Sóc mestre d'obra i un bon artesà. Els meus fills tenen fam. He sentit a dir que teniu una pedrera —va contenir la respiració.

—Tenim una pedrera, però no crec que ens calguin més picapedrers —va dir Matthew. Va dirigir la mirada cap al comte, que va fer que no de manera gairebé imperceptible.— No —va afegir—. No el podem contractar.

La rapidesa d'aquella decisió va ferir Tom. Si la gent adoptava una actitud solemne i reflexionava abans de rebutjar-lo, la negativa li resultava més fàcil de suportar. Tom es va adonar que Matthew no era un home cruel, però que estava molt enfeinat, i ell i la seva família afamada eren un assumpte que no l'havia d'entretenir gaire.

—Em sembla que el castell necessita reparacions —va afirmar.

—Ja tenim qui s'ocupa de totes aquestes obres —va replicar Matthew.

Segurament era algú que era fuster i que sabia fer una mica de tot.

—Jo sóc paleta —va explicar Tom—, i els murs que aixeco són sòlids.

Matthew es va empipar per aquella insistència i va semblar que estava a punt de dir alguna cosa desagradable, però va mirar els nens i l'expressió se li va endolcir.

—M'agradaria donar-te feina, però no et necessitem.

Tom va fer un gest d'assentiment. Ara hauria d'acceptar amb humilitat el que el majordom havia dit i posar cara de llàstima per suplicar que els donessin menjar i els deixessin passar la nit allí, però Ellen era amb ell, i tenia por que se n'anés, així que ho va tornar a intentar.

—Només espero que no us calgui fer front a una envestida massa aviat.

El comentari va ser molt més efectiu del que esperava. Matthew va semblar sobresaltar-se i el comte es va posar dret i li va preguntar abruptament:

—¿Per què ho dius, això?

—Perquè les vostres defenses es troben en unes condicions lamentables —va contestar Tom.

—¿En quin sentit? Explica't —va demanar el comte.

Tom va agafar aire. Tot i la irritació del comte, la seva expressió no podia ser més atenta. Tom no trobaria una altra oportunitat com aquella.

—El morter dels murs del cos de guàrdia s'ha desprès en alguns punts. Allí hi queda prou lloc per introduir-hi una palanca. Un enemic pot treure'n fàcilment una pedra o dues i, un cop es fa un forat així, és fàcil de tirar tot el mur a terra. A més, els merlets tenen desperfectes —va afegir sense respirar, abans que algú pogués fer cap comentari o posar en dubte les seves paraules—, i això deixa els vostres arquers sense protecció...

—Sé perfectament per a què serveixen els merlets —el va interrompre el comte de mal humor—. ¿Alguna cosa més?

—Sí. La porta que dóna a la planta baixa de la torre de l'homenatge és de fusta. Si jo volgués atacar-la travessaria la porta i calaria foc als magatzems.

—I si tu fossis comte, ¿com ho impediries?

—Tindria preparada una pila de pedres ben tallades i una quantitat abundant de pedra i calç per fer morter, a més d'un paleta a punt per bloquejar l'entrada quan sorgís el perill.

El comte Bartholomew va mirar Tom fixament. Tenia els ulls de color blau pàl·lid mig aclucats i el front arrugat. ¿Estava enfadat amb Tom perquè li havia criticat les defenses del castell? Mai no se sabia com podia reaccionar un senyor davant de les crítiques. En qualsevol cas, sempre era millor deixar que fos el mateix comte qui cometés les equivocacions, però Tom era un home desesperat.

Finalment, el comte va arribar a una conclusió.

—Contracta aquest home —va ordenar dirigint-se a Matthew.

Un crit de joia va estar a punt de sortir del coll de Tom, que el va haver de reprimir amb un gran esforç. No s'ho podia creure. Va mirar Ellen i tots dos van somriure feliços.

—Visca! —va cridar Martha, que no tenia les mateixes inhibicions que els adults.

El comte Bartholomew va fer mitja volta i es va dirigir a un cavaller que estava a prop. Matthew va mirar Tom i, amb un somriure, li va preguntar:

—¿Heu menjat, tu i la teva família?

Tom es va empassar la saliva. Estava tan feliç que amb prou feines es podia aguantar les llàgrimes.

—No, no hem menjat.

—Us acompanyaré a la cuina.

Van seguir nerviosos el majordom, que va travesar la sala i el pont per anar al recinte inferior. La cuina era un edifici gran de fusta amb un sòcol de pedra. Matthew els va demanar que esperessin a fora. Se sentia una olor deliciosa, devien fer pastissets. Tom va notar que li grinyolaven els budells i que se li feia la boca aigua.

Al cap d'un moment, Matthew va sortir amb una gerra grossa de cervesa, i la va donar a Tom.

—D'aquí a un moment us portaran pa i cansalada fresca —va dir, i tot seguit se'n va anar.

Tom va beure un glop de cervesa i va passar la gerra a Ellen, que en va donar una mica a Martha i després a Jack. Alfred va intentar agafar la gerra abans que Jack hagués begut, però aquest es va apartar i la va mantenir fora del seu abast. Tom no volia que els nens es tornessin a barallar, sobretot ara que semblava que les coses anaven bé. Estava a punt d'intervenir, violant la seva regla de no ficar-se en les baralles de la canalla, quan Jack es va girar i va donar la gerra a Alfred, sense ganes de buscar raons.

Alfred es va posar la gerra als llavis i va començar a beure. Tom només n'havia begut un glop, perquè es pensava que la gerra li tornaria quan hagués fet la volta, però semblava que Alfred se l'acabaria. Quan Alfred va alçar la gerra per beure fins a l'última gota, alguna cosa semblant a un animal petit li va caure a la cara.

Alfred va fer un esgarip i, espantat, va deixar caure la gerra a terra. Es va treure aquella cosa plena de plomes de la cara i va fer-se enrere d'un salt.

—¿Què es això? —va cridar. Allò va caure a terra. S'ho va mirar fixament, amb la cara blanca i tremolant de fàstic.

Tots van mirar. Era un ocell mort.

Tom es va trobar la mirada d'Ellen i tots dos van mirar Jack. Aquest havia agafat la gerra que li havia donat Ellen, i s'havia girat d'esquena, com intentant esquivar Alfred, i després havia allargat la gerra a Alfred de molt bona gana...

Ara estava quiet, i mirava l'horroritzat Alfred amb un lleuger somriure de satisfacció en el seu rostre intel·ligent.

Jack sabia que ho pagaria car.

Alfred s'hi tornaria de totes passades. Quan els altres no miressin li donaria un cop de puny a la panxa, potser. Aquest era el cop que més li agradava donar, perquè feia molt de mal i no deixava senyals. Jack havia vist com l'hi feia a Martha diverses vegades.

Però només veure la cara d'espant d'Alfred ja havia valgut un cop de puny...

Alfred odiava Jack. Per a aquest, això era una nova experiència. La seva mare sempre l'havia estimat i ningú més no havia tingut sentiments per ell. No hi havia cap motiu que expliqués l'hostilitat d'Alfred. I també semblava que sentís alguna cosa semblant per Martha. Sempre l'estava empipant, li estirava els cabells, la feia entrebancar i gaudia fent malbé tot el que a ella li feia il·lusió. La mare de Jack s'adonava del que passava, però el pare d'Alfred pensava que tot era perfectament normal, que Alfred era amable i afectuós i, evidentment, que estimava Martha. Tot plegat era desconcertant, però interessant.

Jack ho trobava tot fascinant. Mai no havia passat una època tan emocionant en tota la seva vida. Malgrat la presència d'Alfred, malgrat patir gana gairebé sempre, malgrat que li dolia que la seva mare li fes més cas a Tom que a ell, Jack estava fascinat per la constant successió de fets estranys i noves experiències.

El castell era la darrera cosa nova d'una sèrie de meravelles. Havia sentit parlar de castells. Durant els capvespres llargs d'hivern, al bosc, la seva mare li havia ensenyat a recitar *chansons*, poemes narratius en francès sobre cavallers i mags, gairebé tots de milers de versos. I en aquestes històries els castells apareixien com a llocs de refugi i escenaris d'històries d'amor. Com que mai no n'havia vist cap, s'havia imaginat que eren iguals que la cova on vivia, només que més grans. El castell de debò era impressionant. Era tan gran, amb tants edificis dins on vivia tanta gent que no s'aturava ni un instant... Els uns ferraven els cavalls, els altres treien aigua, els altres donaven menjar a les gallines, o feien pa, o portaven coses d'una banda a l'altra, moltes coses, palla per al terra, llenya per al foc, sacs de farina, fardells de tela, espases, selles i cotes de malla. Tom li havia explicat que el fossat i la muralla no eren part natural del paisatge, sinó que havia estat cavada i construïda per dotzenes d'homes treballant plegats. Jack confiava en la paraula de Tom, però li resultava impossible imaginar com ho havien pogut fer.

Al capvespre, quan es va fer massa fosc per treballar, tota aquella gent enfeinada es va trobar a la gran sala de la torre de l'homenatge. Van encendre espelmes de jonc, van tirar llenya a les fogueres i tots els gossos es van aplegar per tenir aixopluc. Alguns homes i dones van agafar cavallets i taules d'una pila al costat de la sala i, després d'instal·lar unes taules en forma de T, hi van posar cadires als caps i bancs a cada costat. Jack mai no havia vist tantes persones treballant juntes i es va quedar sorprès de veure que s'ho passaven d'allò més bé. Somreien i reien mentre aixecaven les taules pesants i cridaven «Amunt!» i «Vinga, vinga!», i de tant en tant «Baixeu-la amb compte!». Jack envejava aquella companyonia i es preguntava si algun dia hi podria participar.

Al cap d'una estona tothom es va asseure als bancs. Un dels criats del castell va distribuir bols i culleres de fusta, comptant en veu alta mentre els repartia. Llavors va fer una segona volta i va posar una llesca de pa negre a dins de cada bol. Un altre criat va portar tasses de fusta i les va omplir de cervesa d'unes gerres. Jack i Martha i Alfred, que seien junts al final de la T, tenien una tassa de cervesa cadascun i no s'havien de barallar. Jack va agafar la seva tassa, però la seva mare li va dir que s'esperés una mica.

Un cop repartida la cervesa, tothom va callar. Jack va esperar, fascinat com sempre, per veure què passaria després. Al cap d'un moment va aparèixer el comte Bartholomew al capdamunt de l'escala que duia a la seva cambra. Va baixar a la sala, seguit de Matthew el majordom, tres o quatre homes més molt ben vestits, un nen i la noia més bella que Jack havia vist mai.

Era una noia o una dona, no n'estava segur. Anava vestida de blanc, i la túnica que la cobria tenia unes sorprenents mànigues penjants que s'arrossegaven per terra mentre ella baixava per les escales. Els cabells eren una tofa de rínxols foscos que emmarcaven una cara preciosa. Tenia els ulls foscos, molt foscos. Jack va comprendre que era d'algú com ella que parlaven les *chansons* quan es referien a la bella princesa del castell. No era estrany que tots els cavallers ploressin quan es moria.

Quan va haver baixat l'escala, Jack es va adonar que era molt jove, només uns quants anys més gran que ell, però tenia el cap molt dret i es va dirigir al cap de taula com si fos una reina. Es va asseure al costat del comte Bartholomew.

—¿Qui és ella? —va preguntar Jack en veu baixa.

—Deu ser la filla del comte —li va contestar Martha.

—¿Com es diu?

Martha va arronsar les espatlles.

—Es diu Aliena —va dir una noia de cara bruta que seia al costat de Jack—. És meravellosa.

El comte va alçar la copa per Aliena, llavors va fer una volta a la taula amb la mirada i va beure. Va ser el senyal que tothom esperava. Tots el van imitar i van alçar les copes abans de beure.

Van portar el sopar en enormes calderes que treien fum. Primer van servir el comte, llavors, la seva filla, i després el noi i els homes que seien amb ells al cap de taula. Llavors cadascú es va anar servint. Era peix salat i un estofat ben condimentat, molt gustós. Jack va omplir-se el bol i va endrapar. Llavors va seguir amb la llesca de pa ben sucada en la salsa que hi havia al fons. Entre mos i mos, contemplava Aliena, encantat amb tot el que ella feia, des de la manera delicada de punxar trossets de peix amb la punta del ganivet i agafar-los entre les dents blanques, fins a la veu autoritària amb què cridava els criats i els donava ordres. Semblava que tothom l'estimava. Quan ella els cridava, hi anaven de seguida i s'afanyaven a complir els seus desigs. Jack es va fixar que els joves no la deixaven de mirar i que alguns es vantaven quan ella mirava en la seva direcció. Però Aliena estava interessada, abans que res, en els homes que seien amb el seu pare, i s'assegurava que tinguessin prou pa i vi, els feia preguntes i escoltava les respostes amb atenció. Jack es preguntava com devia ser que et parlés una bella princesa i després et mirés amb aquells immensos ulls foscos mentre contestaves.

Deprés del sopar hi va haver música. Dos homes i una dona van tocar unes melodies, acompanyant-se de campanetes, un tambor i unes gaites fetes amb ossos d'animals i ocells. El comte va tancar els ulls i semblava que estava transportat per la música. Però a Jack no li van agradar les melodies que van tocar perquè eren tristes. Preferia les cançons alegres que cantava la seva mare. Les altres persones que eren allí devien ser de la mateixa opinió, perquè ningú no parava de bellugar-se i quan la música es va acabar tothom va semblar alleujat.

Jack esperava veure Aliena de més a prop, però es va quedar decebut perquè ella va abandonar la sala i va pujar les escales quan es va acabar la música. Devia tenir el dormitori al pis de dalt, va deduir.

La canalla i alguns dels grans van jugar a escacs i a taules per passar l'estona, i els més treballadors es van posar a fer cinturons, barrets, mitjons, guants, bols, xiulets, daus, pales i fuets. Jack va jugar unes partides d'escacs i les va guanyar totes. Però un home d'armes es va empipar que el guanyés un nen i llavors la seva mare no el va deixar jugar més. Aleshores Jack es va passejar per la sala i va escoltar unes quantes converses. Va descobrir que algunes persones parlaven sobre el camp i els animals, o sobre bisbes i reis amb molt de seny, mentre que els altres només deien bajanades, feien el fatxenda o explicaven anècdotes divertides. Tohom li va semblar fascinant.

Finalment es van consumir les espelmes de jonc, el comte es

va retirar i les altres seixanta o setanta persones es van embolcallar amb les capes i es van estirar al terra cobert de palla per dormir.

Com de costum, Tom i la seva mare jeien plegats sota l'enorme capa de Tom i ella l'abraçava, tal com li feia a ell quan era petit. S'ho mirava amb enveja. Els podia sentir com parlaven en veu baixa i la seva mare reia amb complicitat. Al cap d'una estona tots dos es movien rítmicament sota la capa. La primera vegada que els havia vist fer això, Jack s'havia quedat molt preocupat, perquè pensava que, fos el que fos, devia fer mal, però mentrestant, es feien petons, i, tot i que la seva mare a vegades gemegava, es va adonar que era de plaer. No es decidia a preguntar a la mare què era allò, no sabia ben bé per què. Tanmateix, aquell dia, quan el foc es va anar apagant, va veure que una altra parella feia el mateix i va arribar a la conclusió que devia ser normal. Era un altre misteri, va pensar, i no va trigar a adormir-se.

L'endemà, els nois es van despertar molt d'hora, però no servien l'esmorzar fins que no s'havia dit missa, i la missa no es podia dir fins que el comte no es llevés, així que tothom va haver d'esperar. Un criat matiner els va ordenar que recollissin llenya per a tot el dia. Els grans es van començar a despertar perquè per la porta entrava aire fred. Quan els nois van haver acabat de recollir llenya, es van trobar Aliena.

Baixava per les escales, com ho havia fet la nit abans, però el seu aspecte era completament diferent. Portava els rínxols recollits enrere amb una cinta, i li quedaven al descobert la línia harmoniosa de la mandíbula, les orelles petites i el coll blanc. Els enormes ulls foscos, que el dia abans semblaven seriosos i greus, ara espurnejaven divertits, i somreia. La seguia el nen que s'havia assegut al cap de taula amb ella i el comte. Semblava un any o dos més gran que Jack, però no havia acabat de créixer, com Alfred. Va mirar Jack, Martha i Alfred amb curiositat, però va ser Aliena qui va parlar.

—¿Qui sou? —va preguntar.

Alfred va contestar:

—El meu pare és el picapedrer que farà les reparacions del castell. Em dic Alfred. Aquesta és la meva germana Martha i aquest és Jack.

Quan ella es va acostar més, Jack va sentir olor d'espígol i es va quedat bocabadat. ¿Com podia fer olor de flors, una persona?

—¿Quants anys tens? —va preguntar a Alfred.

—Catorze. —Jack es va adonar que Alfred també estava desconcertat. Al cap d'un moment aquest va preguntar massa de pressa:

—I vós, ¿quants anys teniu?

—Quinze. ¿Voleu menjar alguna cosa?

—Sí.

—Veniu.

Tots la van seguir escales avall.

—Però si no serveixen l'esmorzar abans de missa —va dir Alfred.

—Fan el que jo els dic —va dir Aliena amb un gest altiu.

Els va fer travessar el pont cap al recinte inferior i els va fer esperar fora la cuina quan ella hi va entrar.

—¿Oi que és bonica? —va xiuxiuejar Martha a Jack.

Ell va fer que sí amb el cap, com en un núvol. Al cap d'uns moments Aliena va sortir amb una gerra de cervesa i un pa de blat. Va partir el pa a trossos i els va repartir. Llavors va passar la gerra.

—¿On és la vostra mare? —va preguntar Martha tímidament, al cap d'una mica.

—La meva mare és morta —va contestar Aliena, secament.

—¿No esteu trista? —va tornar a preguntar Martha.

—En vaig estar, però d'això ja fa molt de temps. —Fent un moviment amb el cap, Aliena va assenyalar al noi del seu costat.— Richard ni tan sols se'n recorda.

Jack va concloure que Richard devia ser el germà.

—La meva mare també és morta —va dir Martha, i els ulls se li van omplir de llàgrimes.

—¿Quan es va morir? —va preguntar Aliena.

—Fa una setmana.

Jack es va adonar que a Aliena no l'afectaven gaire les llàgrimes de Martha. Llevat que fes veure que era insensible per dissimular la seva pena...

—Així doncs, ¿qui és la dona que va amb vosaltres? —va preguntar Aliena amb brusquedat.

—És la meva mare —va intervenir Jack, que estava impacient per dir alguna cosa.

Aliena es va girar cap a ell com si el veiés per primera vegada.

—¿I on és el teu pare?

—No en tinc —va contestar ell. Estava emocionat perquè ella l'estava mirant.

—¿També es va morir?

—No —va respondre—. Mai no n'he tingut.

Es va fer un breu silenci. Però tot seguit, Aliena, Richard i Alfred van esclafir a riure. Jack els va mirar desconcertat, però a mesura que reien més fort es va sentir mortificat. ¿Per què era tan divertit el fet que mai no hagués tingut pare? Fins i tot Martha somreia i ja no plorava.

—Llavors, si no tens pare, ¿d'on has sortit? —li va preguntar Alfred, fent mofa.

—De la meva mare... Tots els nens vénen de les mares —va respondre Jack, perplex—. ¿Què hi tenen a veure, els pares, en tot això?

Allò encara els va fer riure més. Richard va assenyalar Jack, burleta.

—No sap res de res... el vam trobar al bosc —va explicar Alfred a Aliena.

Jack tenia les galtes enceses de vergonya. Havia estat molt content de poder parlar amb Aliena, i ara ella el tenia per un ximple, un boscatà ignorant. I el que era pitjor de tot era que no sabia on havia ficat la pota. Volia plorar, i allò encara ho empitjorava. Es va ennuegar amb el pa. Va mirar la cara preciosa d'Aliena i no ho va poder suportar, així que va llençar el pa a terra i se'n va anar.

Com que tant li feia on anava, va caminar fins al terraplè de la muralla i va pujar pel pendent costerut fins a dalt de tot. Un cop allà, va seure sobre el terra fred, amb la mirada perduda a l'horitzó, compadint-se d'ell mateix i odiant Alfred i Richard i fins i tot Martha i Aliena. «Les princeses no tenen cor», va pensar.

La campana va tocar a missa. Els oficis divins eren un altre misteri per a ell. Els capellans, en una llengua que no era ni anglès ni francès, cantaven i parlaven a les escultures, pintures i fins i tots a éssers completament invisibles. La mare evitava anar-hi sempre que podia. Mentre els habitants del castell es dirigien a la capella, Jack es va escapolir fins al capdamunt de la muralla i es va asseure al lloc més recòndit, perquè ningú no el trobés.

El castell estava envoltat de camps plans i erms, i s'albiraven boscos a la llunyania. Dos visitants matiners travessaven el nivell inferior en direcció al castell. El cel estava cobert de núvols baixos i grisos. Jack va pensar que potser plouria.

Van aparèixer dos visitants matiners més. Aquest parell anaven a cavall. Van cavalcar cap al castell a tota velocitat i van avançar els dos primers. Van desmuntar i van travessar el segon pont de fusta en direcció a la garita. Els quatre visitants haurien d'esperar que s'acabés la missa per poder fer el que els havia dut al castell, perquè tothom estava oint missa llevat dels sentinelles de guàrdia.

De sobte, una veu pròxima el va sobresaltar.

—Eres aquí, doncs... —Era la seva mare. Jack es va girar cap a ella, i ella de seguida es va adonar que estava alterat.— ¿Què tens?

Ell desitjava que la seva mare el consolés, però tampoc no volia ensenyar que estava ferit.

—¿Vaig tenir pare, jo? —li va preguntar.

—Sí. Tothom en té —va contestar ella, i es va agenollar al seu costat.

Ell va apartar la cara. Havia estat humiliat per culpa de la seva mare, perquè no li havia dit res d'un pare.

—¿Què li va passar?

—Es va morir.

—¿Quan jo era petit?

—Abans que tu nasquessis.

—Aleshores, ¿com podia ser el meu pare, si es va morir abans de néixer jo?

—Els nens creixen d'una llavor. La llavor surt de la titola d'un home, que la planta al cony d'una dona. La llavor creix al ventre de la mare fins que es converteix en un nen; quan el nen està preparat, surt.

Jack es va quedar callat un moment, assimilant aquella informació. Va sospitar que el que la mare li havia explicat tenia alguna relació amb el que feien ella i Tom a les nits.

—I Tom, ¿et plantarà una llavor? —va preguntar.

—Potser sí.

—Llavors tindràs un altre nen.

Ella va assentir.

—¿No t'agradaria tenir un germà? —va preguntar.

—Tant me fa —va contestar ell—. Tom ja t'ha allunyat de mi. Un germà no canviarà res.

Ella el va abraçar.

—Res no m'allunyarà de tu, mai —li va dir a cau d'orella.

Allò va fer que Jack se sentís una mica millor.

Es van estar en silenci una estona.

—Aquí hi fa fred —va dir finalment Ellen—. Anem a seure a la vora del foc fins a l'hora d'esmorzar.

Jack hi va estar d'acord. Es van aixecar i van tornar enrere per la muralla. Van córrer terraplè avall fins al recinte. No hi havia cap senyal dels quatre visitants. Potser eren a la capella.

Mentre Jack i la seva mare travessaven el pont per anar al recinte superior Jack va preguntar:

—¿Com es deia el meu pare?

—Jack, igual que tu. Li deien Jack Shareburg.

Allò li va agradar. Es deia igual que el seu pare.

—Això vol dir que quan hi hagi un altre Jack, puc dir a tothom que em dic Jack Jackson, és a dir, Jack fill de Jack.

—Sí, si ho vols així. La gent no sempre et diu com a tu t'agradaria que et diguessin, però ho pots provar.

Jack va assentir. Estava millor. Ara pensaria en ell mateix com a Jack Jackson. Ara ja no tenia vergonya. Ja sabia qui eren els pares i sabia el nom del seu. Jack Shareburg.

Van arribar a la garita del recinte superior. No hi havia sentinelles. La mare de Jack es va aturar arrufant les celles.

—Tinc la sensació que aquí passa alguna cosa —va dir. La veu li sonava tranquil·la, però tenia un deix d'inquietud que va deixar Jack glaçat i va tenir la premonició que s'acostava una desgràcia.

La mare va entrar a la petita habitació de la garita. Un moment després Jack va sentir la seva exclamació ofegada. Hi va entrar darrere seu. Se la veia molt alterada: amb la mà a la boca, mirava a terra.

El sentinella jeia panxa enlaire enmig d'un bassal de sang. Tenia un tall al coll i no hi havia dubte que era mort.

III

William Hamleigh i el seu pare s'havien posat en camí a mitjanit, amb gairebé un centenar de cavallers i homes d'armes a cavall, i la seva mare a la rereguarda. Aquell exèrcit, a la llum de les torxes, amb les cares tapades per protegir-se de l'aire glaçat de la nit, devia esfereir els habitants de les viles que van travessar com un llampec, de camí a Earlscastle. Encara era negra nit quan van arribar a la cruïlla. A partir d'aquell punt, van anar al pas per deixar descansar els cavalls i fer menys soroll. A trenc d'alba es van amagar als boscos que vorejaven els camps del castell del comte Bartholomew.

El dia abans, William no havia comptat el nombre d'homes preparats per lluitar a Earlscastle. Per aquest descuit, la seva mare el va renyar repetidament, encara que, com William va provar d'explicar, molts dels homes que hi havia vist tan sols esperaven ser enviats a algun lloc a dur un missatge, i potser n'havien arribat més quan ell ja havia marxat; per tant, no hauria estat útil comptar-los. No obstant això, va assenyalar el seu pare, aquella informació hauria estat millor que res. El que sí que va fer William va ser calcular a ull que devien ser uns quaranta homes, per la qual cosa —si no s'havien produït grans canvis en les poques hores que havien passat des d'aleshores— els Hamleigh tindrien un avantatge de més de dos soldats per cada un del comte.

No eren ni de bon tros prou a prop per assetjar el castell. Però havien ideat un pla per sotmetre'l sense necessitat d'assetjar-lo. El problema era que l'exèrcit atacant seria vist des de les torres i el castell estaria tancat molt abans que hi arribessin. La solució era trobar una manera de mantenir el castell obert tota l'estona que els calgués per arribar-hi des del bosc on s'amagaven.

Com no podia ser d'una altra manera, va ser la mare qui va resoldre el problema.

—Ens cal alguna cosa que els tingui entretinguts —va dir, rascant-se un gra de la barbeta—. Hem de provocar alguna mena de pànic per tal que no ens descobreixin abans no siguem dins. Per exemple, calant foc.

—L'arribada d'un foraster que hi cali foc també els alertarà —va advertir el seu marit.

—Es pot fer furtivament, sense que ningú no se n'adoni —va afegir William.

—És clar que es pot fer —va dir la seva mare, impacient—. Ho hauràs de fer mentre estiguin a missa.

—¿Jo? —va exclamar William.

La mare l'havia designat per encapçalar el grup capdavanter.

El cel matinal s'anava aclarint amb parsimònia. William estava nerviós i impacient. Amb la mare i el pare, havien passat la nit perfeccionant els detalls del pla inicial, i encara hi havia coses que podien fallar: el grup capdavanter podia no entrar al castell per alguna raó o altra, o podien considerar-los sospitosos o agafar-los abans que poguessin fer res. Fins i tot si el pla funcionava, no podrien evitar la lluita, que seria la primera batalla de debò per a William. Hi hauria ferits i morts, i William podia ser un dels desafortunats. Se li havia fet un nus a l'estómac de la por. Aliena hi seria, i si els derrotaven, ho sabria de seguida. D'altra banda, si triomfava, també hi seria per veure-ho. Es va imaginar que entrava corrents a la seva cambra, brandant una espasa plena de sang. Aleshores ella voldria no haver-se'n burlat mai.

Des del castell els va arribar el so de la campana que tocava a missa.

William va fer un gest amb el cap i dos homes van deixar el grup i van començar a caminar camp a través cap al castell. Eren Raymond i Rannulf, dos homes musculosos, de rostre colrat, més grans que William, que ell havia escollit personalment. El pare dirigiria l'assalt definitiu.

William va seguir amb la mirada Raymond i Rannulf, que travessaven els camps gebrats. Abans d'arribar al castell, William va mirar Walter i va esperonar el cavall. Tots dos van travessar els camps al trot. Els sentinelles dels merlets veurien dues parelles d'homes, una a peu i l'altra a cavall, que s'acostaven al castell, a primera hora del matí, cadascuna per la seva banda. Ningú no sospitaria res.

La sincronització de William va resultar ser molt bona. A uns cent metres del castell, ell i Walter van deixar enrere els altres dos homes. Quan van arribar al pont, van desmuntar. A William el cor li bategava molt fort. Si ell no se'n sortia, tot el pla d'atac se n'aniria en orris.

Hi havia dos sentinelles a la porta. William tenia el pressentiment que seria víctima d'una emboscada i que una dotzena d'homes d'armes li saltarien al damunt i el trossejarien. Els sentinelles estaven a l'aguait, però no semblaven neguitosos. No duien armadura. William i Walter portaven la cota de malla sota la capa.

William tenia l'estómac cada vegada més encongit. No podia empassar-se la saliva. Un dels sentinelles el va reconèixer.

—Hola, Lord William —li va dir, desenfadadament—. Altre cop a festejar, ¿oi?

—Déu meu! —va exclamar William amb un fil de veu abans de clavar-li la daga al ventre, enfonsant-l'hi tòrax endins fins a arribar al cor.

L'home va fer un so ofegat i va obrir la boca com si volgués cridar. Un soroll inesperat ho espatllaria tot. Endut pel pànic, sense saber què fer, William va tibar la daga, la va treure d'on era i l'hi va clavar a la boca, fins al coll, per fer-lo callar. A l'home se li van tancar els ulls. William va recuperar l'arma un cop el sentinella ja era a terra.

El cavall de William s'havia fet a un costat, espantat per aquella sèrie de moviments bruscos. William el va agafar per les regnes i en acabat va mirar Walter, que s'havia encarregat de l'altre sentinella, tallant-li el coll en rodó per fer-lo morir en silenci. «Ho he fet», va pensar William, «he mort un home!»

Es va adonar que ja no tenia por.

Va donar les regnes a Walter i va pujar corrents l'escala de cargol fins a la torre del cos de guàrdia. Al pis de dalt hi havia una cambra des d'on es podia alçar el pont llevadís. William va descarregar l'espasa sobre la maroma. Amb dos cops en va tenir prou per tallar-la. Va tirar per la finestra el cap solt de la corda, que va caure al terraplè i va anar relliscant fins a enfonsar-se al fossat. Ara el pont no es podria llevar per protegir el castell de l'exèrcit atacant del seu pare. Aquell era un dels detalls que havien discutit l'última nit.

Raymond i Rannulf van arribar al cos de guàrdia en el mateix moment que William arribava al peu de l'escala. La primera cosa que havien de fer era rebentar les enormes portes de roure que tancaven l'arcada que anava del pont al recinte. Cadascun va treure un martell de fusta i un cisell i van començar a fer saltar el morter que envoltava les sòlides frontisses de ferro. Els cops de martell sobre el cisell feien un soroll esmorteït que a William li semblava molt fort.

William es va afanyar a arrossegar els cossos dels dos sentinelles morts a l'interior del cos de guàrdia. Com que tothom era a missa, era molt probable que els cossos no es descobrissin fins que ja fos massa tard.

Va agafar les regnes de les mans de Walter i tots dos van sortir de sota l'arcada i es van dirigir als estables. William va intentar caminar a un ritme normal, mirant de reüll els sentinelles de les torres de vigilància. ¿Que potser algun sentinella hauria vist com queia al fossat la maroma del pont llevadís? ¿O que potser s'hauria preguntat què era aquell martelleig? N'hi havia que miraven William i Walter, però en cap cas no semblaven estar neguitosos, i els cops de martell, que William ja no sentia, devien ser inaudibles allà dalt de les torres. William es va sentir alleujat. El pla estava funcionant.

Van arribar als estables i hi van entrar. Tots dos van lligar les regnes dels cavalls en una barra de manera que els animals es poguessin escapar sense problemes. Tot seguit, William va treure la seva pedra foguera i va aconseguir fer-ne sortir una espurna que va calar foc a la palla que cobria el terra. Estava parcialment bruta i humida, però tot i això el foc va prendre. Va encendre tres focs petits i Walter va fer el mateix. Es van aturar un moment per fixar-se en el que passava. Els cavalls van sentir l'olor del fum i es van moure neguitosos als estables. William va donar un darrer cop d'ull a la seva obra. El foc cremava com havia de cremar, i el seu pla funcionava com calia.

Els dos homes van sortir dels estables i van travessar el recinte a l'aire lliure. Al pòrtic, amagats sota l'arcada, Raymond i Rannulf continuaven arrencant el morter del voltant de les frontisses. William i Walter es van dirigir a la cuina per fer veure que tenien gana, gest que no havia de sorprendre ningú. Però de fet no hi havia ningú més al recinte: tothom era a missa. William va mirar cap als merlets com qui no vol la cosa, i es va fixar que els guàrdies no vigilaven l'interior del castell, sinó que miraven cap als camps, que era el que havien de fer. No obstant això, temia que sortís algú en qualsevol moment d'algun dels edificis i mirés d'esbrinar què hi feien, allà: això els obligaria a matar-lo allà mateix, a la vista de tothom, i tot se n'aniria en orris.

Van deixar enrere la cuina i es van dirigir al pont que conduïa al recinte superior. Quan van passar per davant de la capella van escoltar el murmuri apagat de l'ofici diví. El comte Bartholomew devia ser allà dins, sense tenir ni idea del que passava, va pensar William amb satisfacció. No devia tenir ni la més mínima sospita que hi havia un exèrcit a menys d'un quilòmetre i mig i que ja tenia quatre enemics dins de la fortalesa i que els estables se li estaven cremant. Aliena també era a la capella, pregant agenollada. «Aviat estarà agenollada davant meu», va pensar, i allò li feia perdre el cap.

Van arribar al pont i el van començar a travessar. Ja s'havien assegurat que el primer pont no suposés cap problema d'accés, tallant la maroma i inutilitzant la porta. Però, tot i això, el comte podia escapar-se pel segon pont i trobar refugi al recinte superior. La propera tasca de William era impedir-ho, fent aixecar el pont llevadís per deixar el segon pont impracticable. El comte estaria aïllat i seria vulnerable en el recinte inferior.

Van arribar al segon cos de guàrdia i un sentinella va sortir de la garita.

—Arribeu d'hora —els va dir.

—El comte ens ha convocat perquè ens vol veure —va dir William. Es va acostar al sentinella, però l'home va fer un pas enrere. William no volia que se n'anés gaire lluny, perquè si sortia de sota l'arcada, els sentinelles dels merlets del cercle superior el podrien veure.

—El comte és a la capella —va replicar el sentinella.

—Doncs així, esperarem.

Havia de matar aquell guàrdia de manera ràpida i silenciosa, però William no sabia com fer-s'ho per acostar-s'hi més. Va mirar Walter buscant consell, però aquest esperava pacientment, i semblava impertorbable.

—A la torre de l'homenatge han encès la llar de foc —va dir el sentinella—. Aneu a escalfar-vos. —Quan va veure que William estava indecís, va començar a impacientar-se.— ¿Què espereu? —va preguntar, molest.

William, desesperat, va intentar trobar alguna cosa per dir.

—¿No ens podríeu donar res per menjar? —va preguntar finalment.

—No, fins que acabi la missa —va dir el guàrdia—. Aleshores serviran l'esmorzar a la torre de l'homenatge.

En aquell moment, William es va fixar que Walter s'havia anat desplaçant de manera imperceptible cap a un costat. Només que el sentinella es mogués una mica, se li podria posar al darrere. William va fer unes passes amb aire despreocupat en direcció contrària i va deixar enrere el sentinella.

—Francament, no diria que l'hospitalitat del comte sigui de primera —va veure que l'home iniciava un moviment per girar-se i va afegir—: Hem fet un llarg camí...

En aquell moment, Walter el va atacar.

Es va col·locar darrere el sentinella i el va immobilitzar agafant-lo per les espatlles. Amb la mà esquerra li va tirar enrere la barbeta i amb la dreta, on tenia el ganivet, li va tallar el coll en rodó. William va fer un sospir d'alleujament. Tot havia passat en un obrir i tancar d'ulls.

Entre tots dos havien mort tres homes abans d'esmorzar. William va experimentar una excitant sensació de poder. «A partir d'avui, ningú no es riurà de mi», va pensar.

William va arrossegar el cos cap a l'interior de la garita. La disposició d'aquell cos de guàrdia era exactament igual que la del primer, amb una escala de cargol que portava a la cambra on es feia aixecar el pont llevadís. William va pujar les escales amb Walter darrere.

No havia fet un reconeixement d'aquella cambra el dia abans, quan havia estat inspeccionant el castell. No se li havia acudit, però de cap manera no hauria pogut trobar una excusa plausible. Havia donat per fet que hi trobaria una roda giratòria o un cilindre amb una maneta per aixecar el pont, però ara s'adonava que no hi havia res d'això, sinó tan sols una maroma i un argue. L'única manera de fer aixecar el pont era enrotllar la maroma. William i Walter la van tibar plegats, però el pont ni tan sols va fer un petit espetec. Era una feina per a deu homes.

William es va quedar desconcertat uns moments. L'altre pont llevadís, el de l'entrada, tenia una gran roda. Ell i Walter l'haurien pogut aixecar. Llavors es va adonar que aquell pont exterior el devien aixecar cada nit, mentre que aquest només el devien aixecar en situacions d'emergència.

Tal com anaven les coses, no guanyarien res planyent-se'n. La qüestió era què calia fer a continuació. Si no podien aixecar el pont llevadís, almenys podien tancar les portes, i això faria perdre temps al comte.

Va baixar les escales corrents amb Walter darrere. Quan va arribar a baix va tenir un ensurt. Semblava que no tothom anava a missa. Va veure una dona i un nen que sortien de la garita.

William es va aturar en sec. Va reconèixer la dona a l'acte. Era la dona del constructor, la que el dia abans ell havia volgut comprar per una lliura. Ella el va veure, i els seus ulls penetrants de color mel li van travessar l'ànima. William no va dir ni fer veure que era un visitant innocent que esperava el comte. Sabia que ella no s'ho empassaria. Però havia d'impedir que la dona donés l'alarma. I, per fer-ho, l'havia de matar, de forma ràpida i silenciosa, tal com havia fet amb els sentinelles.

Aquells ulls que ho veien tot li van llegir les intencions a la cara. Va agafar la mà del nen i es va escapar. William la volia agafar, però ella va anar més ràpid. Va entrar al recinte superior i es va dirigir a la torre de l'homenatge. William i Walter li van córrer al darrere.

Era molt lleugera de peus i ells dos duien cota de malla i armes pesades. Va arribar a l'escala que conduïa al saló. Mentre pujava les escales va començar a xisclar. William va mirar amunt, cap a les muralles. Els crits havien donat l'alerta a almenys dos sentinelles. Tot s'havia acabat. William va parar de córrer i es va quedar, panteixant, al capdavall de les escales. Walter va fer el mateix. Dos sentinelles i tres i quatre baixaven a corre-cuita i es precipitaven cap al recinte superior. La dona va desaparèixer a l'interior de la torre de l'homenatge acompanyada del nen. Tant era. Un cop avisats els sentinelles, matar-la no serviria de res.

William i Walter van treure les espases i es van quedar junts, disposats a defensar-se a mort.

El sacerdot elevava l'hòstia quan Tom es va adonar que als cavalls els passava alguna cosa estranya. Sentia molts renills i cops de pota, molts més dels habituals. Al cap d'un moment, algú va interrompre la tranquil·la lletania en llatí del sacerdot.

—Se sent olor de fum!

Tom també la va sentir, igual que la resta de gent. Tom era el més alt, així que es va acostar a les finestres, es va aixecar de puntetes i va mirar enfora. Els estables cremaven pels quatre costats.

—Foc! —va exclamar.

Abans de poder dir res més, els crits de la gent li van ofegar la veu. Va haver-hi corredisses cap a les portes i tothom va oblidar l'ofici diví. Tom va fer quedar Martha amb ell per por que la gentada l'aixafés i també va retenir Alfred. Es preguntava on devien ser Ellen i Jack.

Al cap d'un moment, a la capella no hi quedava ningú, tret d'ells tres i el capellà, enfurismat.

Tom va treure els nois d'allà. Alguns homes alliberaven els cavalls perquè no morissin cremats, mentre d'altres extreien aigua del pou per apagar les flames. Tom no veia Ellen per enlloc. Els cavalls alliberats corrien pel recinte esglaiats pel foc i per la gent, que corria i cridava de pànic. El terrabastall dels cascs dels cavalls era terrible. Tom va parar les orelles un moment i va arrugar el front. Realment, allò era massa, sonava com cent cavalls, més que no pas vint o trenta. De sobte va tenir un mal pressentiment.

—Queda't aquí, Martha. Tu, Alfred, vigila-la! —va ordenar.

Va pujar corrents pel terraplè fins a la part superior de la muralla. Era un pendent molt fort i va haver d'afluixar el pas abans d'arribar a dalt. Un cop dalt, sense alè, va mirar cap enfora.

No s'havia equivocat, i el que va veure li va glaçar la sang a les venes. Un exèrcit a cavall, entre vuitanta i cent homes, corria camp a través cap al castell. Era esparverador. Les cotes de malla i les espases desembainades lluïen a la llunyania. Els cavalls corrien al galop, i dels narius sortien núvols d'alè càlid. Els genets s'inclinaven damunt la sella, amb un propòsit ferm i espantós. No hi havia ni crits ni xiscles, només el retruny ensordidor dels cascs.

Tom va mirar enrere, cap a l'interior del castell. ¿Com era que ningú més no sentia l'exèrcit assaltant? Perquè el soroll dels cascs quedava ofegat pels murs i pels crits de pànic de l'interior. ¿Per què els sentinelles no havien vist res? Perquè tots havien abandonat els seus llocs per apagar el foc. Aquell atac havia estat concebut per una ment molt intel·ligent. Ara Tom havia de donar la veu d'alarma.

Però, ¿on era Ellen?

La va buscar amb la mirada mentre els atacants s'anaven acostant. Tot estava tapat pel fum espès que sortia dels estables que s'incendiaven. No podia veure-la.

Va descobrir el comte Bartholomew que, al costat del pou, intentava organitzar l'extinció del foc. Tom hi va córrer i va agafar el comte per l'espatlla, sense miraments, i li va cridar a l'orella per fer-se sentir emmig d'aquell enrenou:

—És un atac!

—¿Com?

—Ens estan atacant!

El comte pensava en el foc.

—¿Que ens estan atacant? ¿Qui?

—Escolteu! —li va cridar Tom—. Hi ha un centenar de cavalls!

El comte va parar l'orella. Tom va veure en aquell rostre aristocràtic i pàl·lid que finalment havia entès què passava.

—Déu del cel! És veritat! —De sobte va semblar esglaiat.— ¿Els has vist?

—Sí.

—¿Qui...? Tant se val. ¿Un centenar de cavalls, has dit?

—Sí...

—Peter! Ralph! —El comte es va girar d'esquena a Tom i va cridar els seus lloctinents.— És una incursió... Han calat foc per distreure'ns. Ens estan atacant!

Igual que el seu senyor, al principi els lloctinents van quedar desconcertats, però després van escoltar i es van quedar de pedra.

—Ordeneu als homes que agafin les espases... De pressa! —els va ordenar el comte. Llavors es va dirigir a Tom:— Vine amb mi, picapedrer, tu ets fort i m'ajudaràs a tancar les portes.

Va travessar corrents el recinte, amb Tom darrere. Si aconseguien tancar les portes i llevar el pont a temps, podrien resistir contra un centenar d'homes.

Van arribar al cos de guàrdia. A través de l'arcada podien veure l'exèrcit. Ja eren a menys de quilòmetre i mig i s'estaven desplegant. «Alguns ja deuen haver entrat al castell», va pensar. «Els cavalls més ràpids van davant i els més lents darrere.»

—Mira les portes! —va vociferar el comte.

Tom les va mirar. Les dues grans portes de roure estaven a terra. Havien arrencat les frontisses de la muralla. Se li va fer un nus a l'estómac.

Va tornar a mirar cap a l'interior del recinte per buscar Ellen, però no la trobava. ¿Què li devia haver passat? En moments com aquells podia passar qualsevol cosa. Havia d'estar amb ella per protegir-la.

—El pont llevadís! —va exclamar el comte.

Tom va comprendre que la millor manera de protegir Ellen era mantenint els atacants a ratlla. El comte va pujar corrents per l'escala de cargol que portava a la cambra des d'on s'enrotllava la maroma i Tom el va seguir, no sense esforç. Si aconseguien aixecar el pont llevadís, uns quants homes podrien defensar el cos de guàrdia. Però quan hi va arribar, li va caure l'ànima als peus. Algú havia tallat la maroma i no hi havia manera d'aixecar el pont.

El comte va renegar amb amargor.

—Qui hagi planejat això és astut com Llucifer —va afirmar.

De sobte, a Tom se li va acudir que la persona que hagués arrencat les portes, tallat la maroma i calat foc, encara devia ser a dins del castell, en un lloc o altre. Va mirar esporuguit al voltant, i es va preguntar on devien ser els intrusos.

El comte va mirar per les espitlleres.

—Valga'm Déu! Si ja els tenim a sobre! —va exclamar, i va córrer escales avall.

Tom li anava trepitjant els talons. A l'arcada, diversos cavallers es cordaven els cinturons d'armes i es posaven els cascs tan de pressa com podien. El comte Bartholomew va començar a donar ordres.

—Vosaltres, Ralph i John, envieu uns quants cavalls al pont perquè destorbin el pas dels atacants. Richard, Peter i Robin agafeu-ne uns altres i presenteu resistència en aquest punt.

L'arcada era estreta i uns quants homes podien contenir els assaltants, almenys per una estona.

—Tu, picapedrer, fes travessar el pont als criats i als nens i porta'ls al recinte superior.

Tom va estar content de tenir una excusa per buscar Ellen. Primer va córrer cap a la capella. Alfred i Martha es trobaven on els havia deixat moments abans i semblaven espantats.

—Aneu a la torre de l'homenatge —els va cridar—, i dieu a totes les dones i els nens que us hi segueixin... Són ordres del comte, correu!

Els nens van arrencar a córrer immediatament.

Tom va mirar al seu voltant. Aviat els seguiria, perquè estava decidit que no l'enxampessin al recinte inferior, però encara tenia uns moments per dur a terme les ordres del comte. Va córrer cap als estables, on tothom intentava apagar el foc amb galledes d'aigua.

—Deixeu estar el foc. Estan atacant el castell! —va cridar—. Porteu els vostres fills a la torre de l'homenatge!

Se li va ficar fum als ulls i les llàgrimes no li deixaven veure res. Es va fregar els ulls i va córrer cap a un grup de gent que mirava com el foc consumia els estables. Els va donar el missatge, i també a uns mossos que havien estat recollint els cavalls amollats. No veia Ellen per enlloc.

El fum el va fer tossir. Ennuegant-se, va córrer cap al pont que portava al recinte superior. Allí es va aturar per agafar aire i va mirar enrere. La gent travessava el pont com una riuada. Estava gairebé segur que Ellen i Jack ja devien ser a la torre de l'homenatge, però la idea d'haver-los deixat enrere l'aterria. Llavors va veure un grup de cavallers que lluitava cos a cos brutalment, al costat del cos de guàrdia inferior. A banda d'això, no es veia res més que fum. De sobte, el comte Bartholomew va aparèixer al seu costat, amb l'espasa ensangonada, i li va cridar:

—Corre a salvar-te!

En aquell mateix moment els atacants travessaven l'arcada del cos de guàrdia inferior i feien dispersar els cavallers que la defensaven. Tom es va girar i va travessar el pont.

Al segon cos de guàrdia hi havia quinze o vint homes del comte disposats a defensar el recinte superior. Es van apartar per deixar passar el seu senyor i Tom. Quan van tancar files, Tom va sentir darrere seu el so dels cascs sobre el pont de fusta. Els defensors estaven perduts. Tom va comprendre que aquell atac havia estat planejat d'una manera molt astuta i executat a la perfecció. Ara, la seva preocupació principal era salvar Ellen i els nens. Un centenar d'homes armats, assedegats de sang, estaven a punt de llançar-se'ls al damunt. Va travessar el recinte superior, corrents, per arribar com més aviat millor a la torre de l'homenatge.

A mitja escala, camí del saló, es va girar per mirar enrere. Els defensors del segon cos de guàrdia no havien pogut fer res per impedir el pas dels atacants a cavall. El comte Bartholomew era a l'escala, darrere de Tom. Tots dos van tenir el temps just d'entrar a la torre i treure l'escala. Tom va entrar al saló i va descobrir que els atacants havien planejat fins al darrer detall amb molta intel·ligència.

El grup capdavanter dels enemics, que havia tirat les portes a terra, havia tallat la maroma del pont llevadís i havia calat foc a les quadres, encara havia realitzat una darrera acció: havia entrat a la torre de l'homenatge i havia parat una emboscada per a tothom que hi anés a buscar refugi.

Ara estaven drets, a l'entrada del saló. Eren quatre homes de cara ferotge, vestits amb cota de malla. Pertot arreu hi havia escampats els cossos sagnants dels cavallers del comte, ferits i morts. Els havien matat sense pietat només entrar. Tom va descobrir, amb espant, qui dirigia aquella avantguarda: era William Hamleigh.

Tom el va fitar, molt sorprès. William el mirava amb els ulls injectats de sang. Tom va pensar que William el mataria, però abans de tenir temps de sentir por, un dels sequaços del jove lord el va fer entrar a dins d'una empenta, perquè deixés pas.

Així que eren els Hamleigh, els qui atacaven el castell del comte Bartholomew. Però, ¿per què?

Tots el criats i la canalla estaven morts de por en un racó de la sala, i allò volia dir que William i els seus homes només matarien els homes armats. Tom va observar les cares que hi havia a la sala, i va sentir un alleujament immens quan va veure Alfred, Martha, Ellen i Jack, tots junts i esfereïts, però vius i, pel que semblava, també sans i estalvis.

Abans de poder arribar on eren, va començar una lluita a l'entrada. El comte Bartholomew i dos dels seus cavallers havien entrat i els homes de Hamleigh, que els esperaven, els van sorprendre. Van abatre un dels homes del comte immediatament, però l'altre va protegir el seu senyor amb l'espasa. Uns quants cavallers de Bartholomew es van posar darrere seu, i de sobte es va produir un enfrontament terrible, cos a cos, a ganivetades, perquè no hi havia espai per fer servir les llargues espases. Per un moment, va semblar que els homes del comte vencerien els de William, però alguns van haver de fer mitja volta i defensarse, perquè també els escometien des de darrere. Estava clar que els soldats de l'exèrcit atacant havien penetrat al recinte superior i en aquells moments ja pujaven a la torre de l'homenatge.

—Atureu-vos! —va vociferar una veu potent.

Els homes dels dos bàndols es van aturar sense abandonar l'actitud cautelosa.

—Bartholomew de Shiring, ¿us rendiu? —va cridar la mateixa veu.

Tom va veure que el comte es girava i mirava a través de la porta. Els cavallers van deixar pas i van quedar fora de la seva vista.

—Hamleigh —va mormolar en un to d'incredulitat. Llavors va alçar la veu i va afegir:— ¿Deixareu marxar la meva família i els meus criats sense fer-los res?

—Sí.

—¿Ho jureu?

—Ho juro, si us rendiu, ho juro per la creu de Nostre Senyor.

—Em rendeixo —va dir el comte Bartholomew.

Des de l'exterior va arribar un cor de crits de victòria.

Tom va fer mitja volta. Martha va travessar la sala corrents per anar fins on era ell, que la va agafar a coll. Llavors va abraçar Ellen.

—Estem salvats —va dir ella amb els ulls plens de llàgrimes—. Ens hem salvat tots.

—Sí, ens hem salvat, però tornem a estar en la misèria —va replicar Tom amb amargor.

De cop i volta, William va deixar de cridar victòria. Era el fill de Lord Percy i no era digne d'ell cridar i vociferar com si fos un home d'armes. El seu rostre va adoptar una expressió de satisfacció arrogant.

Havia guanyat. Havia dut a bon port el seu pla, no sense alguns entrebancs, i l'atac havia estat un gran èxit gràcies a la seva tasca prèvia. Havia perdut el compte dels homes que havia matat i ferit, però ell n'havia sortit il·lès. De sobte, se li va acudir que tenia molta sang a la cara per no tenir cap ferida. Quan se la va netejar, n'hi va sortir més. Havia de ser seva. Es va posar la mà a la cara i després al cap. Tenia una clapa als cabells i quan es va tocar la clepsa descoberta li va fer un mal insuportable. No s'havia posat casc, perquè hauria despertat sospites. Ara que era conscient que estava ferit, se'n va començar a ressentir. No li importava. Una ferida era un signe de valor.

El seu pare va acabar de pujar les escales i es va enfrontar al comte Bartholomew al llindar de la porta. Bartholomew sostenia l'espasa presentant l'empunyadura, en un gest de rendició. Percy la va agafar i els seus homes el van tornar a victorejar.

Quan la cridòria es va apagar, William va sentir que Bartholomew preguntava:

—¿Per què ho heu fet?

—Perquè heu conspirat contra el rei —va respondre el pare de William.

Bartholomew es va quedar astorat que Percy ho sabés i al rostre se li va dibuixar l'espant. William va contenir la respiració i es va preguntar si el comte, desesperat per la derrota que havia sofert, admetria la conspiració en públic. Però el comte va recuperar l'aplom, es va posar dret i va anunciar:

—Defensaré el meu honor davant del rei, no aquí.

Percy va fer un gest d'acord.

—Com vulgueu. Dieu als vostres homes que lliurin les armes i abandonin el castell.

El comte va mormolar una ordre als seus cavallers i, un per un, es van anar acostant i van deixar caure les espases als peus de Lord Percy. William fruïa d'allò més amb l'espectacle. «Aquí hi són tots, humiliats davant del meu pare», va pensar amb orgull.

—Aplegueu els cavalls solts i fiqueu-los a l'estable —va indicar Percy a un dels seus cavallers—. Feu que alguns homes recorrin el castell i recullin les armes dels morts i dels ferits.

Els cavalls i les armes dels vençuts ja pertanyien, és clar, als vencedors. Els cavallers de Bartholomew havien de marxar a peu i sense armes. Els homes de Hamleigh també buidarien els magatzems del castell. Les mercaderies es carregarien als cavalls confiscats i es conduirien a Hamleigh, la vila que donava nom a la família. Percy va cridar un altre cavaller dels seus.

—Reuneix els criats de la cuina i ordena'ls que facin el dinar. La resta de criats, que marxin —li va dir.

Després de la batalla, els homes tenien gana. Ara hi hauria un banquet. Abans de tornar a casa, l'exèrcit vencedor es menjaria el millor menjar i es beuria els millors vins del comte Bartholomew.

Al cap d'un moment, els cavallers que rodejaven el pare de William i Bartholomew van deixar pas i va entrar la mare de William.

Semblava molt petita al costat d'aquells guerrers cepats, però quan es va llevar el mocador que li tapava la cara, els que mai no l'havien vista abans es van fer enrere, espantats, com tothom feia quan veia aquella cara desfigurada. Va mirar Percy i, satisfeta, va dir:

—Un gran triomf.

William hauria volgut dir: «Producte d'un excel·lent treball previ, ¿oi mare?» Però es va mossegar la llengua i va ser el seu pare qui va parlar per ell.

—Ha estat William qui ens ha facilitat l'entrada.

La mare es va girar cap a ell i William va esperar que ella el felicités.

—¿De debò? —va preguntar.

—Sí —va afirmar Percy—. El noi ha fet una bona feina.

La mare va assentir.

—Potser sí —va mormolar.

El cor de William va saltar d'alegria per aquell elogi i el noi va somriure com un babau.

La seva mare va mirar el comte Bartholomew.

—El comte s'hauria d'inclinar davant meu —va dir.

—No —va replicar, secament, el comte.

—Porteu la filla —va dir ella.

William va mirar al voltant. Per un moment s'havia oblidat d'Aliena. Va escodrinyar entre els servents i els nens i la va descobrir a l'instant, al costat de Matthew, el majordom efeminat. William se li va acostar, la va agafar del braç i la va portar cap a la seva mare. Matthew els seguia.

—Talleu-li les orelles —va ordenar la mare.

Aliena va xisclar.

William va sentir una estranya excitació.

Una ombra va travessar el rostre de Bartholomew.

—Heu promès que no li faríeu mal si em rendia —va dir—. Ho heu jurat.

—I la seva protecció serà tan àmplia com la vostra rendició —va assegurar la mare de William. Aquest va pensar que allò era molt intel·ligent per part d'ella.

Però Bartholomew encara tenia un posat desafiant.

William es preguntava qui seria l'escollit per tallar-li les orelles a Aliena. Potser la seva mare li deixaria a ell aquesta tasca. Trobava la idea molt excitant.

La mare va ordenar a Bartholomew:

—Agenolleu-vos.

El comte va doblegar a poc a poc un genoll i va inclinar el cap. William es va quedar lleugerament decebut.

—Mireu això! —va cridar la mare a tothom—. I no oblideu

mai la sort que corre l'home que insulta els Hamleigh. —Va mirar al voltant seu amb una actitud desafiant, la qual cosa va fer que William se sentís molt orgullós. S'havia restituït l'honor de la família.

—Emporteu-vos-el al seu dormitori i vigileu-lo bé —va ordenar Percy.

Bartholomew es va aixecar.

—Emporta't la noia, també —va afegir el pare de William, parlant-li a ell.

William va agafar Aliena amb força pel braç. Li agradava tocar-la. La portava a dalt al dormitori. I no se sabia què podria passar. Si el deixaven sol amb Aliena, li podria fer el que volgués; per exemple, estripar-li la roba i contemplar-la nua. També podria...

—Deixeu que Matthew Steward vingui amb nosaltres per cuidar de la meva filla —va demanar el comte.

Percy va mirar el majordom.

—Sembla força inofensiu —va dir amb una ganyota—. Està bé.

William va mirar la cara d'Aliena. Encara estava blanca, però espantada encara era més bella. Era excitant veure-la tan desemparada. Tenia ganes de sentir aquell cos perfecte sota el seu i veure-li la por a la cara mentre li separava les cuixes.

—Encara em vull casar amb tu —va mormolar acostant la cara a la de la noia.

Ella es va apartar d'una revolada.

—¿Casar-te amb mi? —va dir en veu alta i en to de menyspreu—. Abans m'estimaria més morir, gripau repugnant i arrogant!

Tots els cavallers van somriure i alguns criats van riure dissimuladament. Aquella sortida d'Aliena va fer envermellir William.

La mare va fer una passa endavant i va bufetejar Aliena. Bartholomew volia sortir a defensar-la, però els cavallers l'hi van impedir.

—Calla! —va ordenar la mare a Aliena—. Ja no ets una dama, sinó la filla d'un traïdor, i aviat estaràs en la misèria i morta de fam. Ja no ets digna del meu fill. Aparta't de la meva vista i no diguis res més.

Aliena va fer mitja volta. William li va deixar anar el braç i la jove va seguir el seu pare. Mentre contemplava com marxava, William es va adonar que la dolçor de la venjança al final se li havia tornat amarga.

Jack veia Aliena com una veritable heroïna, igual que una princesa d'un poema. La contemplava enlluernat mentre ella pujava les escales amb el cap ben dret. El silenci va regnar per tota la sala fins que la noia va haver desaparegut de la seva vista. Llavors, va ser com si s'hagués apagat un llum. Jack mirava el lloc on havia estat ella.

—¿Qui és el cuiner? —va preguntar un dels cavallers que s'havia acostat.

El cuiner estava massa esporuguit per donar-se a conèixer, però algú el va assenyalar.

—Ara faràs el dinar —li va ordenar el cavaller—. Agafa els teus ajudants i vés a la cuina.

El cuiner va emportar-se mitja dotzena de persones.

—Tots els altres... Aneu-vos-en. Abandoneu el castell. Afanyeu-vos i no us emporteu res que no sigui vostre, si us estimeu les vostres vides. Tots tenim sang a l'espasa i no ens ve d'una mica més. Vinga!

Tothom va sortir apressadament per la porta. Ellen va agafar Jack de la mà i Tom va agafar Martha. Alfred els anava al darrere. Tots duien les capes posades, i no tenien res més, llevat de la roba i els ganivets de taula. Van baixar les escales entre la gentada, van travessar el pont, van creuar el recinte inferior, deixant enrere les portes arrencades i van sortir del castell sense aturarse. Quan tothom va deixar el pont i va començar a caminar pels camps de l'altra banda del fossat, la tensió va espetegar com la corda d'un arc quan es trenca, i tots es van posar a parlar d'aquella desgràcia, alhora, en veu alta, i molt esverats. Jack escoltava distret mentre caminava. Tothom recordava que valents que havien estat. Ell no pensava que fos valent... Senzillament, havia fugit.

L'única que havia estat valenta era Aliena. Quan havia arribat a la torre de l'homenatge i havia descobert que en comptes d'un refugi era un parany, s'havia encarregat dels criats i de la canalla, fent-los seure i callar, i mantenint-los apartats de la lluita. Si els homes de Hamleigh eren massa durs amb els presoners o aixecaven les espases contra les dones i els homes desarmats, els escridassava i es comportava com si ella no fos vulnerable.

—¿En què penses? —li va preguntar la seva mare i li va acaronar els cabells.

—Pensava en la princesa.

Ellen sabia a qui es referia.

—¿En Lady Aliena, vols dir?

—És com la princesa d'un poema, que viu en un castell. En canvi, els cavallers no són tan virtuosos com diuen els versos.

—Tens raó —li va dir la mare.

—¿Què li passarà?

Ellen va arronsar les espatlles.

—La veritat és que no ho sé.

—La seva mare és morta.

—Doncs ho passarà malament.

—Això és el que pensava. —Jack va fer una pausa.— Es va riure de mi perquè no sabia allò dels pares. Però de tota manera m'agrada.

Ellen li va passar el braç per l'esquena.

—Em sap greu no haver-t'ho explicat abans.

Jack li va acaronar la mà per acceptar la disculpa. Van seguir caminant en silenci. De tant en tant una família sortia del camí i travessava un camp, cap a casa uns parents o amics on podrien esmorzar i pensar en el futur immediat. La majoria van anar en grup fins a la cruïlla, i després es van separar, uns cap al nord, els altres cap al sud, altres en via recta cap al poble de Shiring. Ellen es va acostar a Tom i li va fer un senyal perquè s'aturés.

—¿On anem, nosaltres? —va preguntar.

Va semblar una mica sorprès per aquella pregunta, com si esperés que tots el seguirien sense preguntar. Jack havia notat que la seva mare sovint provocava aquella cara a Tom. Potser la seva esposa anterior era una altra mena de persona.

—Anem al priorat de Kingsbridge —va anunciar Tom.

—Kingsbridge! —Ellen va semblar corpresa i Jack es va demanar per què.

—Ahir vaig sentir dir que hi havia un prior nou —va continuar Tom—, i normalment una persona nova vol fer reparacions o canvis a la catedral.

—¿L'antic prior ha mort?

—Sí.

Per alguna raó aquella notícia va tranquil·litzar Ellen. Jack va pensar que segurament devia haver conegut el difunt i per algun motiu no li agradava.

—¿Passa res de dolent amb Kingsbridge? —va preguntar Tom, quan va notar el to preocupat de la seva veu.

—Ja hi he estat. És a més d'un dia de camí.

Jack sabia que no era la durada del viatge el que preocupava la seva mare.

—Hi podem ser demà al migdia —va dir Tom.

—D'acord.

Van continuar caminant.

Una mica més tard Jack va començar a tenir mal de panxa. Primer va rumiar què devia ser. Al castell no l'havien ferit i Alfred feia dos dies que no li havia clavat cap cop de puny. Però finalment es va adonar de què era.

Tornava a tenir gana.

CAPÍTOL 4

I

La panoràmica que oferia la catedral de Kingsbridge no era gens acollidora. Era una església d'estructura baixa, rabassuda i massissa, i tenia uns murs massa gruixuts. Les finestres que hi havia eren minúscules. L'havien construït molt abans de l'època de Tom, en un temps en què els constructors no s'havien adonat de la importància de la proporció. La generació de Tom ja sabia, en canvi, que una paret dreta i ben feta era més sòlida que una de gruixuda, i que als murs es podien obrir tantes finestres i tan grans com es volgués sempre que l'arc dibuixés un semicercle perfecte. Des d'una certa distància, l'església semblava inclinada, i quan Tom s'hi va acostar, va entendre per què: una de les torres bessones del costat est s'havia esfondrat. Se'n va alegrar. Probablement, el nou prior la voldria reconstruir. L'esperança el va fer caminar més ràpid. L'havia descoratjat molt que, tot just després que l'haguessin contractat a Earlscastle, el seu patró hagués estat vençut en una batalla i fet presoner. Pensava que no podria suportar una altra decepció com aquella.

Va mirar Ellen. Temia que qualsevol dia arribés a la conclusió que tots es moririen de gana abans que ell trobés feina, i que l'abandonés. Ellen li va adreçar un somriure i després va fer un gest de desaprovació en veure la voluminosa i amenaçadora massa de la catedral. Tom havia observat que no es trobava gens a gust entre capellans i monjos. Es va dir que potser era perquè se sentia culpable per no estar casats a ulls de l'Església.

L'activitat al recinte del priorat era frenètica. Tom havia vist monestirs endormiscats i monestirs actius, però a Kingsbridge era diferent. Era com si hi haguessin començat la neteja de primavera amb tres mesos d'antelació. A l'exterior de les cavallerisses, dos monjos estrijolaven els cavalls i un altre polia els arreus, mentre uns novicis netejaven els estables. Uns altres monjos escombraven la casa d'hostes que s'aixecava al costat de les cavallerisses, i més enllà una carretada de palla esperava ser abocada al terra escombrat.

En la torre esfondrada, però, ningú no hi treballava. Tom va examinar la pila de pedres que era tot el que en quedava. Va pensar que l'esfondrament havia tingut lloc anys enrere, ja que els caires de les pedres s'havien erosionat per la pluja i les gelades, l'aigua havia arrossegat avall el morter esberlat i la pila de pedres s'havia enfonsat unes quantes polzades en la terra tova. Era remarcable que haguessin deixat el temple tant de temps sense reparar, perquè se suposa que una catedral ha de donar prestigi. L'antic prior devia haver estat un vell mandrós o un incompetent, o totes dues coses alhora. Potser Tom arribava just quan els monjos feien plans per reconstruir-la. Ja li tocava, tenir una mica de sort!

—No em reconeix ningú —va dir Ellen.

—¿Quan vas ser aquí per última vegada? —li va preguntar Tom.

—Fa tretze anys.

—No m'estranya, que t'hagin oblidat!

Quan van passar pel costat de la façana occidental de la catedral, Tom va obrir una de les grans portes i va mirar a dins. La nau era fosca i llòbrega, amb columnes gruixudes i un vell sostre de fusta. Uns quants monjos blanquejaven les parets amb unes brotxes de mànec llarg i uns altres escombraven el terra sense enrajolar. No hi havia dubte que el nou prior estava fent millores a tot arreu. Era un senyal esperançador. Tom va tancar la porta.

Més enllà del temple, al pati de la cuina, un grup de novicis treballava al voltant d'una pica d'aigua bruta tot rascant amb pedres el greix i el sutge acumulats a les olles i altres estris de cuina.

Tenien els nusos dels dits vermells i les mans balbes de ficar les mans dins l'aigua gelada. En veure Ellen, van fer unes rialletes i van mirar cap a una altra banda.

Tom va preguntar a un novici vergonyós on podia trobar el cellerer. Havia d'haver demanat pel sagristà, ja que el manteniment de la catedral era responsabilitat seva, però amb els cellerers normalment era més fàcil entendre-s'hi. De tota manera, la decisió final sobre la reconstrucció l'havia de prendre el prior. El novici el va adreçar a la planta baixa d'un dels edificis que rodejaven el pati. Tom va entrar per una porta oberta, amb Ellen i els nens darrere. Un cop dins, tots es van aturar, sotjant en la penombra.

Tom va notar de seguida que aquell edifici era més nou i estava més ben construït que la catedral. L'aire hi era sec i no hi feia pudor de resclosit. De fet, les aromes del menjar emmagatzemat li van provocar un fort rau-rau a l'estómac, perquè ja feia dos dies que no menjava. Quan els ulls se li van avesar a la foscor, es va adonar que la planta baixa tenia un bon paviment de lloses, uns pilars curts i gruixuts i que el sostre era de volta de canó. Un moment després va descobrir un home alt i calb, que treia sal d'un barril amb una cullera i n'omplia un pot.

—¿Sou el cellerer? —va preguntar Tom, però l'home va alçar una mà demanant silenci, i Tom es va adonar que estava comptant. Va esperar en silenci que hagués acabat.

—Dues vintenes i dinou. Tres vintenes —va dir finalment l'home, deixant la cullera.

—Em dic Tom, sóc mestre constructor, i m'agradaria reconstruir la vostra torre nord-oest.

—Jo em dic Cuthbert, em diuen Whitehead, sóc el cellerer, i m'agradaria veure la torre reconstruïda —va contestar l'home—. Però ho haureu de consultar al prior Philip. ¿Sabíeu que tenim un prior nou?

—Sí. —Tom va veure que Cuthbert era un monjo simpàtic, mundà i de tracte fàcil. Li devia agradar xerrar.— I el nou prior sembla decidit a millorar l'aspecte del monestir.

Cuthbert va fer que sí amb el cap.

—Però no li fa gens de gràcia haver-ho de pagar. ¿Us heu fixat que tota la feina la fem els monjos? No crec que vulgui contractar cap treballador... Diu que al priorat ja hi ha massa servents!

Males notícies.

—¿I què en pensen, els monjos? —va preguntar Tom, amb tacte.

Cuthbert va riure i la seva cara arrugada encara se li va solcar més.

—Sou una persona sensible, Tom. Esteu pensant que no es veu sovint, que els monjos treballin tant. Bé, el prior d'ara no obliga ningú a res, però interpreta la regla de sant Benet de manera que els que realitzen treballs físics tenen dret a menjar carn roja i beure vi, mentre que els que es limiten a estudiar i pregar han de viure amb peix salat i cervesa rebaixada. Ell us podria donar una justificació teòrica molt acurada, però el resultat és que hi ha un gran nombre de voluntaris per a les feines més dures, especialment entre els joves.

Cuthbert no semblava desaprovar-ho, el que passava és que allò el deixava perplex.

—Però els monjos no poden aixecar murs de pedra per molt bé que mengin —va dir Tom.

Mentre parlava, va sentir els plors d'una criatura. Aquell so li va arribar al fons de l'ànima. No se li va acudir fins al cap d'uns moments que era molt estrany que hi hagués un nadó en un monestir.

—Ho preguntarem al prior —va dir Cuthbert, però Tom gairebé no l'escoltava. Semblaven els plors d'una criatura molt petita, d'una o dues setmanes com a molt, i s'anaven acostant. Tom es va trobar amb la mirada d'Ellen, que també semblava estar sorpresa. Llavors van veure una ombra a la porta. A Tom se li va fer un nus a la gola. Un monjo va entrar amb el nen a coll. Tom li va mirar la carona. Era el seu fill.

Tom es va empassar la saliva. El nen tenia la cara vermella, els punys tancats i la boca oberta, per on ensenyava les genives sense dents. No plorava de dolor o perquè estigués malalt, sinó perquè tenia gana. Era el plor sa d'un nen normal, i Tom es va treure un pes de sobre quan va veure que el seu fill es trobava bé. El monjo que portava el nen era un xicot d'aspecte alegre, d'uns vint anys, de cabells esvalotats i somriure de babau. A diferència de la majoria de monjos, no va reaccionar davant la presència d'una dona. Va somriure a tothom i es va dirigir a Cuthbert.

—Jonathan vol una mica de llet.

Tom tenia ganes d'agafar el nadó. Va intentar no deixar veure les emocions que sentia. Va mirar els nens de reüll. Ells només sabien que el nen abandonat havia estat recollit per un sacerdot que anava de viatge. Ni tan sols sabien que el sacerdot l'havia portat al monestir del bosc. Per això, les cares només van deixar entreveure una lleugera curiositat. No havien establert cap mena de relació entre aquest nadó i el que ells havien abandonat.

Cuthbert va agafar un cullerot i una petita gerra i la va omplir de la llet que hi havia a la galleda.

—¿Que el puc agafar? —va demanar Ellen al monjo jove.

Va estirar els braços i el monjo li va donar la criatura. Tom la va envejar. Desitjava de tot cor estrènyer aquell farcell petit i càlid entre els braços. Ellen va bressolar el nadó, que va callar un moment.

—Johnny Eightpence és bona mainadera, però li falta el toc femení —va dir Cuthbert.

—¿Per què et diuen Johnny Eightpence? —li va preguntar Ellen, adreçant-li un somriure.

Cuthbert va respondre en lloc d'ell.

—Perquè no arriba al xíling, es queda en vuit penics —va explicar, i es va clavar uns copets a la templa per donar a entendre que era curt—. Però sembla que comprengui les necessitats dels pobres i dels petits millor que nosaltres, els llestos. Estic segur que tot això forma part del pla diví —va concloure misteriosament.

Ellen s'havia anat acostant a Tom i li va allargar la criatura. Li havia llegit el pensament. Tom la va mirar amb una expressió de gratitud profunda i va agafar el nen. Podia sentir els batecs del cor del nen a través de la manta amb què estava embolcallat, feta d'un material excel·lent. Tom es va preguntar d'on treien una llana tan bona, aquells monjos. Va posar-se el nen a l'altura del pit i el va bressolar. No en sabia tant com Ellen, i el nen va tornar a plorar, però a Tom no li va importar. Aquells brams, forts i insistents, per a ell eren música celestial, perquè significaven que el nen que havia abandonat creixia fort i sa. Va pensar que, tot i que havia estat dur, havia pres la decisió correcta, en deixar la criatura al monestir.

—¿On dorm? —va preguntar Ellen a Johnny.

Aquest cop va contestar ell mateix.

—Té un bressol al dormitori, amb tots nosaltres.

—Us deu despertar a tots, a mitjanit.

—De tota manera, a mitjanit ens hem de llevar per les matines —va dir Johnny.

—És cert! No recordava que els monjos dormen tan poc a la nit com les mares!

Cuthbert va donar la gerra de llet a Johnny. Aquest va agafar el nen dels braços de Tom amb molta traça. Tom no volia renunciar al contacte amb el nen, però a ulls dels monjos no hi tenia cap dret, i l'hi va haver de donar. Al cap d'un moment, Johnny se'n va anar amb el nadó, i Tom va haver de resistir l'impuls d'anar-li al darrere i dir-li: «Espera, atura't, és el meu fill, torna-me'l.» Ellen es va quedar al seu costat i li va agafar el braç en un discret gest d'afecte.

Tom va comprendre que ara encara tenia un altre motiu per esperar la bona sort. Si li donessin feina al monestir, podria veure Jonathan sempre que volgués, i seria com si mai no l'hagués abandonat. Era massa bonic per ser veritat, i gairebé no gosava ni desitjar-ho.

Cuthbert, perspicaç, va mirar Martha i Jack, que havien fet uns ulls com unes taronges en veure la gerra de llet cremosa que Johnny s'havia endut.

—¿Que voldran prendre una mica de llet, els nens? —va preguntar.

—I tant, pare, i tant! —va contestar Tom, que va pensar que ell també en prendria de bona gana.

Cuthbert va abocar la llet en dos bols de fusta i els va donar a Martha i Jack. Tots dos la van engolir de seguida i no en van deixar ni una gota.

—¿Una mica més? —els en va oferir Cuthbert.

—Sí, si us plau —van respondre a l'unísON.

Tom va mirar Ellen convençut que es devia sentir com ell, profundament agraïda de veure com els petits finalment menjaven alguna cosa.

—¿D'on veniu? —va preguntar Cuthbert mentre tornava a omplir els bols.

—D'Earlscastle, prop de Shiring —va respondre Tom—. Vam sortir ahir al matí.

—I des de llavors, ¿heu menjat alguna cosa?

—No —va respondre Tom, lacònic.

Sabia que la pregunta era un gest amable per part de Cuthbert, però el molestava admetre que no havia estat capaç de donar res de menjar als seus fills.

—Doncs agafeu unes pomes per enganyar l'estómac fins a l'hora de sopar. —Cuthbert els va assenyalar un barril que hi havia a prop de la porta.

Alfred, Ellen i Tom es van acostar al barril, mentre Martha i Jack es bevien el segon bol de llet. Alfred va provar d'omplir-se els braços de pomes, però Tom les va fer tornar a caure al barril.

—Agafa'n dues o tres, només —li va dir en veu baixa. En va agafar tres.

Tom va menjar-se les pomes amb molt de gust i va sentir que l'estómac se li tranquil·litzava, però no va poder evitar preguntar-se a quina hora servirien el sopar. Aleshores va recordar, amb alegria, que els monjos sopaven abans de fer-se fosc, per estalviar espelmes.

Cuthbert mirava Ellen fixament.

—¿Ens coneixem d'alguna cosa? —li va preguntar finalment.

Aquella pregunta la va incomodar.

—No ho crec —va respondre.

—Em soneu d'alguna cosa —va dir el monjo, insegur.

—De petita vivia per aquesta contrada —va explicar Ellen.

—Deu ser això —va dir Cuthbert—. Potser per això em sembleu més gran del que deveu ser.

—Sembla que tingueu molt bona memòria.

Cuthbert la va mirar arrufant les celles.

—No, no prou bona —va replicar—. Hi ha alguna cosa més que no recordo... però tant és. ¿Per què vau marxar d'Earlscastle?

—Ahir, a l'alba, van atacar el castell i el van prendre —va explicar Tom—. El comte Bartholomew està acusat de traïció.

—Que tots els sants ens protegeixin! —va exclamar el monjo, i de sobte va semblar una vella espantada—. De traïció!

Es van sentir unes passes. Tom es va girar i va veure que entrava un altre monjo.

—És el nostre prior —va anunciar Cuthbert.

Tom el va reconèixer. Era Philip, el monjo que havien trobat de camí al palau del bisbe, el que els havia donat aquell formatge tan bo. Ara tot encaixava. El nou prior de Kingsbridge era l'antic prior de la cel·la del bosc, i s'havia emportat Jonathan en instal·lar-se al monestir. El cor de Tom va bategar d'optimisme. Philip era un home bo i amable i havia demostrat que Tom li queia bé i que hi confiava. Segur que li donaria feina.

Philip el va reconèixer.

—Hola, mestre constructor —el va saludar—. ¿Així que no vau trobar feina al palau del bisbe?

—No, pare. L'ardiaca no em va voler contractar i el bisbe no hi era.

—És clar que no! Era al cel, però llavors encara no ho sabíem.

—¿Que és mort?

—Sí.

—Però això ja són notícies passades —va intervenir, impacient, Cuthbert—. Tom i la seva família acaben d'arribar d'Earlscastle. Han fet presoner el comte Bartholomew i l'han acusat de traïció.

Philip va reflexionar un instant.

—Tan aviat! —va mormolar.

—¿Tan aviat? —va repetir Cuthbert—. ¿Què vols dir, amb

això? —Semblava que tenia afecte per Philip, però al mateix temps el tractava com un fill que hagués estat a la guerra i hagués tornat a casa amb una arma al cinyell i una lleugera amenaça als ulls.— ¿Sabies que passaria?

Philip va semblar una mica atabalat.

—No, no és això —va respondre, dubtós—. Havia sentit rumors que el comte Bartholomew no donava suport al rei Stephen —va recuperar la calma—. Tots hem d'estar agraïts pel que ha passat. Stephen ha promès protegir l'Església, mentre que Maud possiblement ens hauria oprimit tant com va fer el seu difunt pare. Sí, de fet són bones notícies. —Semblava tan complagut com si ho hagués fet ell mateix.

Tom no volia parlar del comte Bartholomew.

—Per a mi no són bones notícies. El comte m'havia contractat el dia abans per arreglar i enfortir les defenses del castell. No he rebut ni tan sols un dia de paga —va explicar.

—Quina llàstima! —va exclamar Philip—. ¿Qui va atacar el castell?

—Lord Percy Hamleigh.

—Ah! —va fer Philip, i Tom va tenir un altre cop la impressió que aquelles notícies no feien res més que confirmar el que el prior esperava.

—Així doncs, veig que esteu fent millores, aquí! —va dir Tom intentant conduir la conversa cap on li interessava.

—Això és el que intento, sí —va contestar Philip.

—Estic segur que voleu reconstruir la torre.

—Reconstruir la torre, reparar la teulada, posar lloses a terra... Sí, vull fer tot això. I tu, és clar, vols feina —va afegir, en adonar-se de per què Tom era allà—. No se m'havia acudit. M'agradaria poder-te contractar, però em temo que no et podria pagar. Aquest monestir no té ni un penic.

Tom es va quedar com si li haguessin clavat una pallissa. S'havia fet il·lusions que al monestir hi hauria feina, perquè tot semblava indicar-ho. No s'ho podia creure. Es va quedar mirant Philip. De fet, era increïble que el priorat no tingués diners. El cellerer havia dit que els monjos havien de fer tots els treballs suplementaris, però, fins i tot en aquest cas, un monestir sempre podia demanar un préstec als jueus. Tom va pensar que havia esgotat tots els recursos. El que l'havia empès a continuar tot l'hivern semblava que s'havia acabat i es va sentir feble i sense voluntat. «Ja no puc continuar», va concloure, «estic acabat.»

Philip va advertir que Tom havia tingut un gran desengany.

—Us puc donar sopar, un lloc per dormir i l'esmorzar de demà —els va oferir.

Tom va sentir irritació i amargor alhora.

—Ho acceptaré, però m'estimaria més guanyar-m'ho.

Philip va alçar les celles quan va percebre el to irritat de la resposta, però va parlar en un to amical.

—Demana-ho a Déu... No és pidolar, és resar —va dir, i se'n va anar.

Els altres semblaven una mica espantats, i Tom va entendre que la ràbia que sentia es devia notar. El molestava que els altres el miressin fixament. Va sortir del magatzem unes passes per darrere de Philip i es va aturar al pati per mirar aquella catedral grossa i vella i intentar dominar els seus sentiments.

Al cap d'un moment el van seguir Ellen i els nens. Ella li va passar el braç per la cintura per consolar-lo, la qual cosa va fer que els novicis comencessin a mormolar entre si i a donar-se cops de colze. Tom no en va fer cas.

—Resaré —va dir amb aspror—. Resaré perquè un llamp esfondri la catedral i no deixi pedra sobre pedra.

Els dos últims dies, Jack havia après a témer el futur.

En el transcurs de la seva curta vida mai no havia hagut de pensar més enllà de l'endemà, però si ho hagués fet, hauria sabut què en podia esperar. Al bosc, un dia era molt semblant a un altre, i les estacions canviaven amb lentitud. Avui, ja no sabia on es trobaria l'endemà, ni què faria, ni què menjaria.

El pitjor de tot, però, era patir gana. Jack havia menjat herbes i fulles seques d'amagat per calmar el constant rau-rau de la panxa, però li havien provocat un mal diferent i unes sensacions estranyes. Martha sovint plorava de gana. Jack i Martha sempre caminaven junts. Ella el respectava i era la primera vegada que algú li expressava un sentiment com aquell. No poder ajudar la nena a alleujar la gana era pitjor que patir-la ell mateix.

Si encara haguessin estat a la cova, ell hauria sabut on anar a caçar ànecs, o a trobar fruits secs, o a robar ous, però, als pobles i a les viles, o pels camins desconeguts, estava desorientat. Només sabia que Tom havia de trobar feina.

Van passar la tarda a la casa d'hostes. Era un edifici senzill d'una sola habitació amb un terra de sorra i una llar de foc al centre, com les cases dels camperols, però per a Jack, que sempre havia viscut en una cova, allò era meravellós. Tenia curiositat per saber com havien fet la casa, i Tom l'hi va explicar. Després de tallar dos arbres joves i desbastar-los, els ajuntaven formant un angle. Llavors repetien l'operació amb dos arbres més, i els col·locaven a uns quatre metres de distància dels altres i els unien per la part superior amb una biga carenera. Després fixaven uns llistons lleugers en paral·lel a la biga carenera per ajuntar els arbres i formar una teulada en pendent que arribava a terra. Sobre els llistons, s'hi col·locaven uns bastidors rectangulars de joncs entreteixits anomenats canyissos, que impermeabilitzaven amb fang. Els frontons de cada costat es feien amb estaques clavades a terra i les escletxes es tapaven amb fang. En un dels costats hi havia una porta. No hi havia finestres.

La mare de Jack va estendre palla neta per terra i Jack va encendre foc amb la pedra foguera que sempre portava a sobre. Quan els altres no el podien sentir, va preguntar a la seva mare per què el prior no contractava Tom, ja que era evident que hi havia molta feina per fer.

—Sembla que vulgui estalviar diners mentre pugui —va respondre Ellen—. Si tota la catedral s'esfondrés, es veuria obligat a reconstruir-la, però com que només és la torre, poden passar sense fer res.

Poc abans de fer-se fosc, un marmitó de la cuina es va presentar a la casa d'hostes amb una caldera d'escudella i una barra de pa tan alta com un home, tot només per a ells. L'escudella estava feta amb vegetals i ossos de carn. El pa estava pastat amb moltes menes de gra, sègol, civada i ordi i també hi havia mongetes i cigrons. Era el pa més barat que tenien al monestir, va explicar Alfred, però Jack, que no havia tastat el pa fins feia poc, el va trobar boníssim. Va menjar fins que va quedar tip i Alfred no en va deixar ni una engruna.

Finalment, es van asseure a la vora del foc per pair aquell banquet.

—Però, ¿per què va caure la torre? —va preguntar Jack a Alfred.

—Probablement per culpa d'un llamp —va respondre Alfred—, o potser per un incendi.

—Però si no es pot cremar, és tota de pedra...

—La teulada no és de pedra, ruc—va dir Alfred, amb menyspreu—. La teulada és de fusta.

Jack va cavil·lar una estona.

—I si la teulada es crema, ¿l'edifici sempre cau a terra?

Alfred va arronsar les espatlles.

—Pot ser.

Van seure en silenci una estona. Tom i la mare de Jack parlaven en veu baixa a l'altra banda de la llar de foc.

—És estrany, això del nen —va dir Jack.

—¿Què és estrany? —va preguntar Alfred al cap d'un moment.

—Bé, el vostre nen es va perdre al bosc, a moltes iardes, i ara hi ha un nen aquí al priorat.

Ni Alfred ni Martha havien pensat en aquella coincidència i Jack de seguida se'n va oblidar.

Els monjos se n'anaven a dormir immediatament després de sopar, i no donaven espelmes als hostes més humils, així que la família de Tom va seure a la vora del foc fins que es va apagar i aleshores es van ajeure a la palla.

Jack estava desvetllat i rumiava. Se li havia acudit que si la catedral es cremava aquella nit, tots els seus problemes se solucionarien. El prior llogaria Tom per reconstruir-la, i tots viurien allí en aquella casa tan acollidora i tindrien escudella i pa per sempre més.

«Si jo fos a la pell de Tom», va pensar, «calaria foc a la catedral. Em llevaria silenciosament mentre tothom dormís, entraria d'amagat a l'església i encendria un foc amb la pedra foguera. Mentre el foc s'escampés tornaria aquí i, quan sonés l'alarma, faria veure que he estat dormint. I quan la gent comencés a tirar galledes d'aigua a les flames com van fer quan es van cremar les quadres del castell del comte Bartholomew, m'hi afegiria i faria veure que també tinc un gran interès a apagar-les.»

Alfred i Martha s'havien adormit. Jack ho coneixia per la respiració. Tom i Ellen feien el que feien sempre sota la capa de Tom (Alfred en deia «cardar») i en acabat també es van adormir. Semblava que Tom no pensava llevar-se per anar a incendiar la catedral.

Però, ¿quines intencions tenia? ¿Seguirien anant pels camins fins que es morissin tots de gana?

Quan es van quedar adormits i va poder sentir que tots quatre respiraven en el ritme lent i acompassat propi del son profund, a Jack se li va acudir que ell sí que podia calar foc a la catedral.

Només de pensar-ho, es va quedar esparverat.

S'hauria d'aixecar sigil·losament. Segurament podria treure la barra que fermava la porta i esmunyir-se enfora sense despertar ningú. Les portes de la catedral devien estar tancades, però potser trobaria la manera de penetrar-hi, sobretot tenint en compte que era petit.

Un cop dins, sabia com arribar a la teulada. Havia après moltes coses en aquelles dues setmanes en companyia de Tom, que parlava de construccions tota l'estona, per explicar-ne els secrets a Alfred, però ell no hi parava gens d'atenció, al contrari de Jack. Va descobrir, entre altres coses, que totes les esglésies tenen escales adossades a les parets a fi de facilitar l'accés a les parts més altes, en cas que calgui fer-hi reparacions. Buscaria una escala i pujaria a la teulada.

Es va incorporar i va parar les orelles. Podia reconèixer la respiració de Tom per un lleuger xiulet que, segons deia la mare, era causat pels anys d'inhalar pols i pedra. Alfred va fer un ronc i després es va girar i es va tornar a quedar en silenci.

Quan hagués calat foc, hauria de tornar ràpidament a la casa d'hostes. ¿Què farien els monjos si l'atrapaven? A Shiring, Jack havia vist com lligaven i assotaven un xicot de la seva edat per haver robat un con de sucre. El noi havia deixat anar uns esgarips terribles quan la vara li havia fet sortir sang del cul. Allò semblava molt pitjor que morir en una batalla com la d'Earlscastle, i la imatge del xicot sagnant sempre l'havia obsedit. L'aterria que li pogués passar el mateix.

«Si ho faig, no ho diré mai a ningú.»

Es va tornar a estirar, es va embolcallar amb la capa i va tancar els ulls.

Es preguntava si la porta de l'església devia estar tancada amb clau. Si ho estava, es podia ficar a dintre per les finestres. Ningú no el veuria si es quedava a la banda nord del recinte. El dormitori dels monjos estava situat al sud del temple, darrere el claustre, i per aquella banda només hi havia el cementiri.

Va decidir anar-hi i donar-hi un cop d'ull, per veure si es podia fer.

Va dubtar un instant, però després es va alçar.

La palla fresca va cruixir sota els seus peus. Va tornar a escoltar la respiració dels que dormien. A banda d'això, el silenci era absolut. Els ratolins havien deixat de moure's entre la palla. Va fer una passa i va tornar a parar les orelles. Res. Va perdre la paciència i va fer tres passes ràpides cap a la porta. Quan es va aturar, els ratolins havien decidit que no hi havia res a témer i havien començat a rosegar de nou, però ningú no es va despertar.

Va palpar la porta amb les puntes dels dits i llavors va fer lliscar les mans cap avall per trobar la barra. Era un travesser de roure que encaixava en dos suports. Va posar-hi les mans a sota, el va agafar i el va aixecar. Era més pesat del que esperava i quan ja l'havia aixecat un parell de polzades el va haver de deixar anar. El soroll que va fer quan va caure li va semblar molt fort. Es va quedar immòbil, escoltant. El xiulet de la respiració de Tom es va deixar de sentir per un moment. «¿Què diré si m'enxampa?», va pensar Jack, desesperadament. «Diré que sortia a fora... sí... ja ho sé!, diré que anava a fer un pipí.» El fet de trobar una excusa el va tranquil·litzar. Va notar que Tom es tombava, i va esperar sentir la seva veu greu, però va tornar a respirar regularment un altre cop.

Les escletxes de la porta deixaven passar una fantasmagòrica llum platejada. «Deu ser lluna plena», va pensar Jack. Va agafar el travesser altre cop, va respirar profundament i va fer força per aixecar-lo. Aquesta vegada estava preparat per alçar aquell pes, però no el va poder acabar de treure per mitja polzada. Ho va tornar a provar i ho va aconseguir. Va aguantar-lo al pit, per deixar descansar els braços, i després es va agenollar a poc a poc i va deixar-lo a terra. Va quedar-se quiet uns moments, per recuperar la respiració. Els altres seguien dormint i no se sentia res més a part de les respiracions acompassades.

Amb cautela, Jack va obrir la porta, només una escletxa. Les frontisses de ferro van grinyolar i va entrar un corrent d'aire gelat. Es va estremir de fred. Es va cenyir la capa i va obrir la porta una mica més. Va sortir i va tancar la porta darrere seu.

Els núvols s'estaven obrint i la lluna apareixia i desapareixia en un cel turbulent. Bufava un vent gelat. Per uns moments, Jack va estar temptat de tornar a l'escalfor de la casa. L'enorme catedral, amb la torre esfondrada, s'alçava per damunt de la resta del priorat, platejada i negra sota la llum de la lluna. Els murs gruixuts i les minúscules finestres li donaven l'aspecte d'un castell. Era lletja.

Tot estava tranquil. Fora dels murs del priorat, a la vila, potser hi havia gent que no dormia, que bevia cervesa a la vora del foc, o cosia a la llum d'una espelma de jonc, però allà no hi havia ni el més lleuger moviment. Tot i així, Jack va vacil·lar i va donar una llambregada a la catedral, que li va tornar una mirada acusadora, com si sabés què tenia al cap. Va arronsar les espatlles per desempallegar-se d'aquella sensació esgarrifosa i va travessar la gespa en direcció a la part oest.

La porta estava tancada amb clau.

Va caminar fins a la façana nord i va mirar les finestres. A diferència de les de moltes esglésies, tapades amb un teixit gairebé transparent perquè no hi passés el fred, aquelles no estaven tapades. Eren prou grans perquè ell hi pogués passar, però eren massa altes per arribar-hi. Va explorar les pedres amb els dits, buscant esquerdes als murs, en els punts on el morter s'havia desprès, però no eren prou grans per ficar-hi els peus. Li calia alguna cosa que li fes d'escala.

Va pensar a recollir algunes pedres que havien caigut de la torre per improvisar una escala, però les pedres senceres eren massa feixugues i les trencades eren massa desiguals. Recordava haver vist aquell dia alguna cosa que li aniria com l'anell al dit i va intentar fer memòria. Llavors va mirar a través del cementiri il·luminat per la lluna en direcció a les cavallerisses i hi va caure. El que havia vist era un petita escala de fusta amb dos o tres esglaons que es feien servir perquè les persones baixes pugessin als cavalls. Un dels monjos l'havia fet servir per raspallar la crinera d'un cavall.

Jack es va encaminar cap a les cavallerisses. No les devien tancar de nit, perquè no hi havia res de valor que valgués la pena robar. Va caminar furtivament, però, malgrat tot, els cavalls el van sentir i un o dos van esbufegar. Jack es va aturar, espantat. Potser hi havia mossos dormint a l'estable. Va parar les orelles per si sentia cap soroll de moviment humà, però no va sentir res, i els animals es van assossegar.

No veia l'escala per enlloc. Potser estava repenjada a la paret. Jack va sotjar entre les ombres que projectava la lluna. Era difícil veure-s'hi. Amb prudència, va anar fins a l'estable i va recórrer d'una punta a l'altra la paret de fora. Els cavalls el van tornar a sentir i es van neguitejar en saber que era tan a prop. Un cavall va renillar. Jack es va quedar rígid.

—Tranquils, tranquils —va dir una veu d'home. Mentre estava quiet com una estàtua, mort de por, va veure l'escala just a sota el nas, tan a prop que s'hi hauria entrebancat en fer una altra passa. Va esperar uns moments. No venia cap més soroll de l'estable. Es va ajupir, va agafar l'escaleta i se la va posar a l'esquena. Va fer mitja volta i va tornar a creuar la gespa en direcció a la catedral. Les quadres van quedar en silenci.

Quan va pujar l'últim graó encara no arribava a la finestra.

Era molt empipador. Ni tan sols podia mirar a dintre. Encara no s'havia decidit del tot a fer el que havia pensat, però no volia que l'aturessin obstacles d'aquella mena. Ho volia decidir ell. Li hauria agradat ser tan alt com Alfred.

Encara podia provar una altra cosa. Va recular, va córrer una mica, va saltar amb un peu sobre la plataforma de l'escala i va donar-se impuls. Va arribar al rebaix sense problemes i es va agafar al marc de pedra. Es va donar un nou impuls, fins que es va quedar mig assegut al rebaix. Però quan va voler anar a quatre grapes a través de l'obertura va tenir una sorpresa. La finestra estava tapada amb una reixa de ferro que no havia vist des de fora, segurament perquè era negra. Jack la va palpar amb les mans. No hi havia manera d'entrar. La devien haver posat per evitar que la gent entrés al temple quan la porta estava tancada.

Decebut, va saltar a terra, va agafar l'escala i la va tornar a portar allà on l'havia trobat. Aquesta vegada, els cavalls no es van esverar.

Va mirar la torre nord-est, la caiguda, a l'esquerra de la porta principal. Es va enfilar amb compte per la pila de pedres, mirant a l'interior de la catedral, buscant una via d'accés entre la runa. La lluna es va amagar darrere un núvol, i ell va esperar, tremolant, que tornés a sortir. Tenia por que el seu pes, encara que ell no fos gaire alt, desequilibrés les pedres i provoqués un esllavissament que despertaria tothom i potser el mataria. Quan la lluna va reaparèixer, va examinar la pila i va decidir arriscar-se. Va començar a pujar amb el cor bategant-li molt de pressa. La majoria de les pedres no es movien, però algunes es van balancejar sota el seu pes. Hauria fruït enfilant-se d'aquella manera a ple dia, amb la consciència tranquil·la i amb ajuda a mà per si li calia, però en aquelles circumstàncies estava neguitós i el sentit normal de l'equilibri el va abandonar. Va relliscar en una superfície llisa i gairebé va caure daltabaix. Llavors va decidir aturar-se.

Es trobava a prou alçària per mirar avall, a la teulada del passadís que es prolongava al llarg del lateral nord de la nau. Esperava trobar un forat a la teulada o potser una esquerda entre aquesta i la runa, però no va ser així. La teulada es mantenia intacta entre les ruïnes de la torre i no semblava que hi hagués cap esquerda per on esmunyir-se. Jack es va quedar decebut, però també alleujat.

Va començar a baixar d'esquena, mirant per sobre l'espatlla per trobar punts de recolzament. Com més a prop estava del terra, millor se sentia. Finalment va saltar i va aterrar, feliç, a l'herba.

Va tornar a la façana nord i va fer unes quantes voltes pels voltants. Els darrers quinze dies havia vist unes quantes esglésies, i totes tenien més o menys la mateixa forma. La part més gran era la nau, sempre orientada a l'oest. Després hi havia dos braços, que Tom anomenava transseptes, i l'un apuntava al nord i l'altre al sud. La part est, anomenada presbiteri, era més petita que la nau. Kingsbridge tenia la particularitat que, a la façana occidental, s'hi alçaven les torres, una a cada costat de l'entrada, com si es volguessin aparellar amb els transseptes.

Al transsepte nord, Jack hi va trobar una porta. La va intentar obrir però estava tancada amb clau. Va seguir caminant fins a la façana est. Allà no hi havia cap porta. Es va aturar a mirar el pati amb herba. A la part més allunyada del sud-est del priorat hi havia dos edificis: la infermeria i la casa del prior. Totes dues estaven en silenci i a les fosques. Va seguir vorejant la façana oriental al llarg del presbiteri fins que va arribar al transsepte sud, que sobresortia. Al final d'aquest, com si fos la mà d'un braç, hi havia l'edifici circular que anomenaven sala capitular. Entre aquesta i el transsepte hi havia un passatge molt estret que portava al claustre. Jack el va travessar.

El claustre era un terreny quadrat amb gespa al centre i amb una galeria porticada que rodejava el quadrat. La pedra clara dels arcs era d'un blanc espectral a la llum de la lluna, i la galeria era d'un negre impenetrable. Jack va esperar un moment per tal que els ulls s'avesessin a la foscor.

Havia anat a parar a la part est del quadrat. A mà esquerra podia distingir la porta de la sala capitular. Més lluny, encara a l'esquerra, al capdavall de la galeria est, hi va veure una porta i va suposar que devia ser la del dormitori dels monjos. A la dreta hi havia una altra porta que duia al transsepte sud. La va provar d'obrir, però estava tancada amb clau.

Va caminar al llarg de la galeria porticada nord. Allà hi va trobar una porta que conduïa a la nau de l'església. També estava tancada amb clau.

A la galeria oest no va veure res fins que no va arribar a la cantonada sud-est, on va trobar la porta del refectori. Quina quantitat tan gran de menjar havia de procurar-se el monestir, va pensar, per alimentar tots el monjos cada dia! Al costat hi havia una font amb una pica on es rentaven les mans abans dels àpats.

Va continuar per la galeria porticada orientada cap al sud. A mig porxo hi havia una arcada. Jack s'hi va ficar a sota i es va adonar que estava en un petit corraló. Tenia el refectori a la dreta i el dormitori a l'esquerra. Es va imaginar els monjos mig adormits a terra a l'altra banda de la paret de pedra. Al final del corraló no hi havia res a banda d'una baixada plena de fang que portava al riu. Jack es va quedar allí uns segons, mirant l'aigua que era uns peus enllà. Sense cap raó especial, va recordar una història sobre un cavaller a qui havien tallat el cap però que continuava vivint i, involuntàriament, es va imaginar el cavaller decapitat sortint del riu i pujant cap a ell. No hi havia ningú, però tot i així estava espantat. Va fer mitja volta i es va afanyar a tornar al claustre. Allà es va sentir més segur.

Un cop sota l'arcada, va sotjar el recinte il·luminat per la lluna i va dubtar. Tenia la impressió que hi havia d'haver una manera de ficar-se dins d'un edifici tan gran, però no sabia on mirar. En certa manera, estava content. Havia estat considerant de fer una cosa terriblement perillosa, i si resultava que era impossible, molt millor. D'altra banda, la idea de deixar el priorat i tornar als camins l'esborronava. Ara ja no suportaria caminar sense parar, patir fam, decepcions, la frustració de Tom i les llàgrimes de Martha. Tot es podria evitar només amb una espurna de la pedra foguera que portava en una bossa que li penjava del cinturó.

De cua d'ull va veure alguna cosa que es movia. El cor li va començar a bategar més de pressa. Va girar el cap i va percebre, horroritzat, una figura espectral que portava una espelma i que lliscava en silenci pel passadís est en direcció a l'església. Un crit li volia sortir del coll, però el va ofegar. Una altra figura seguia la primera. Jack es va amagar sota l'arcada i es va posar el puny a la boca, va clavar-hi les dents i va ofegar un crit. Va sentir un so que semblava un lament fantasmagòric. Es va quedar glaçat de terror. Llavors va comprendre què passava. Era la processó de monjos que anaven del dormitori a la catedral per a les matines i anaven cantant un himne en llatí. El pànic li va durar uns moments, tot i saber què passava, i després el va envair una sensació d'alleujament, i va començar a tremolar sense control.

El monjo que encapçalava la processó va obrir la porta del temple amb una clau de ferro enorme i la resta de monjos hi van entrar en filera. Cap d'ells no es va girar per mirar en direcció a Jack. Quasi tots estaven mig adormits. Un cop van ser tots dins, no van tancar la porta.

Quan va haver recuperat la calma, Jack es va adonar que tenia via lliure a la catedral. Però les cames li tremolaven.

«Ara hi puc entrar», va pensar. «Un cop a dins, no haig de fer res si no vull. Miraré si es pot arribar a la teulada. Només hi donaré un cop d'ull.»

Va respirar profundament, va sortir de sota l'arcada i va travessar el claustre. Va vacil·lar davant de la porta oberta i va guaitar a dins. Hi havia espelmes a l'altar, i al cor els monjos eren drets als seus llocs, però la llum amb prou feines il·luminava l'enorme espai de la nau, i els murs i els passadissos es trobaven a les fosques. Un dels monjos feia una cosa molt estranya a l'altar, i els altres de tant en tant recitaven frases soltes com una mena de cantarella. Jack trobava increïble que hi hagués gent que s'aixequés del llit calent a mitjanit per anar a fer una cosa com aquella.

Es va esmunyir per la porta i es va quedar a prop del mur.

Ja era a dins. La foscor l'ocultava. Tanmateix, no es podia quedar allí, perquè el veurien en sortir. Va ficar-se més endins. La flama tremolosa de les espelmes dibuixava ombres inquietants. El monjo que estava a l'altar l'hauria pogut veure si hagués aixecat el cap, però estava completament absort en el que feia. El xicot es va anar movent ràpidament des del refugi que li oferia un pilar cap al següent, aturant-se un moment entre l'un i l'altre per tal que els seus moviments coincidissin amb les oscil·lacions de les ombres. La llum es va anar fent més brillant a mesura que s'acostava al creuer. Jack tenia por que el monjo de l'altar aixequés el cap tot d'un plegat, el veiés, arrenqués a córrer a través del transsepte i l'engrapés pel coll.

Va arribar al racó i es va endinsar en les ombres més profundes de la nau, donant gràcies al cel.

Es va aturar un moment, alleujat. Llavors va recular al llarg de la nau lateral cap a l'extrem oest del temple, sempre aturant-se després de fer unes quantes passes, com un caçador a l'aguait. Quan va ser a la part més allunyada i fosca de la catedral es va asseure al plint d'una columna per esperar que s'acabés l'ofici diví.

Va posar la barbeta per dins de la capa per escalfar-se. La seva vida havia canviat tant en l'espai de les dues darreres setmanes que li semblava que havien passat anys d'ençà que vivia amb la seva mare, content, al bosc. Sabia que mai més no es tornaria a sentir segur. Ara ja sabia què eren la fam, el fred, el perill i la desesperació, i sempre li farien por.

Va espiar des de darrere el pilar. Sobre l'altar, on les espelmes feien més llum, es distingia amb prou feines el sostre de fusta alt. Sabia que les esglésies més noves tenien voltes de pedra, però Kingsbridge era vella. El sostre de fusta cremaria sense problemes.

«No ho faré», va pensar.

Tom estaria content que la catedral cremés. Jack no sabia segur si Tom li agradava... Era massa enèrgic, autoritari i violent, i ell estava acostumat a les maneres més dolces de la seva mare. Però Tom l'havia impressionat, l'havia meravellat, es podria dir. Els únics homes que fins llavors havia conegut eren proscrits, homes envilits que només s'aturaven davant la violència i l'astúcia, homes per a qui l'objectiu principal era apunyalar algú per l'esquena. Tom era una persona desconeguda per a ell, orgullosa i intrèpida fins i tot sense armes. Jack no oblidaria mai com s'havia enfrontat a William Hamleigh el dia que aquest havia volgut comprar la seva mare per una lliura. El que li va quedar gravat a la ment va ser que Lord William havia tingut por. Jack havia dit a la seva mare que mai no s'hauria imaginat que un home pogués ser tan valent com Tom.

—Per això vam abandonar el bosc. Necessites un home que et serveixi d'exemple —li havia dit ella.

A Jack aquella observació l'havia deixat perplex, però era veritat que li hauria agradat fer alguna cosa per impressionar Tom. Tot i que calar foc a la catedral potser no era el més escaient... El millor seria que ningú no ho sabés durant molt de temps. Però potser arribaria el dia en què Jack digués a Tom: «¿Te'n recordes de la nit que es va incendiar la catedral de Kingsbridge i el prior et va contractar perquè la reconstruïssis i a la fi tots vam poder menjar, tenir una casa i seguretat? Doncs bé, t'haig d'explicar qui va encendre aquell foc...» Seria un moment realment important.

Però va pensar que, malgrat tot, no gosava fer-ho.

Els càntics es van acabar i es va sentir un soroll de peus que s'arrossegaven, com si els monjos abandonessin els seus llocs. L'ofici diví s'havia acabat. Jack va canviar de posició per mantenir-se fora de la seva vista mentre se n'anaven.

A mesura que anaven sortint bufaven les espelmes del cor, però en van deixar una d'encesa a l'altar. La porta es va tancar de cop. Jack es va esperar una mica, no fos cas que algú s'hagués quedat a dins. Durant molta estona no es va sentir res. Finalment, va sortir de darrere la columna.

Va avançar per la nau. Estar allà sol en aquell gran edifici fred i buit li produïa una sensació estranya. «Així és com es deuen sentir els ratolins», va pensar, «que s'amaguen pels racons quan hi ha gent i només surten quan la gent ha marxat.» Va arribar a l'altar i va agafar la gruixuda espelma que encara resplendia i es va trobar millor.

Amb l'espelma a la mà, va començar a inspeccionar l'interior de la catedral. Al racó on la nau es creuava amb el transsepte sud, allà on havia temut ser descobert pel monjo de l'altar, s'obria una porta a la paret amb una senzilla balda. La va alçar i la porta es va obrir.

La llum de l'espelma deixava veure una escala de cargol, tan estreta que un home gras no hi hauria pogut pujar i amb el sostre tan baix que Tom hi hauria de pujar ajupit. Jack hi va pujar.

Va sortir a una galeria estreta. A un cantó, una filera de petits arcs anaven a parar a la nau. A l'altre, el sostre que baixava des de la part superior dels arcs fins a terra no era pla, sinó corbat cap avall a cada costat. Jack va necessitar una estona per saber on es trobava. Era sobre la nau lateral de la part sud. El sostre en forma de volta de canó era el terra corbat que trepitjava. Des de fora de la catedral es veia que la nau lateral tenia una teulada inclinada, que era el sostre sota el qual es trobava. La nau lateral era molt més baixa que la nau central, de manera que encara estava lluny de la teulada.

Va anar explorant la galeria en direcció est. Era molt emocionant ara que els monjos se n'havien anat i no tenia por que el descobrissin. Era com si s'hagués enfilat dalt d'un arbre i hagués descobert que per la copa tots estaven connectats, amagats per les branques baixes, i que podia caminar en un món secret uns quants peus damunt de terra.

Al final de la galeria hi havia una altra porteta. La va franquejar i es va trobar a l'interior de la torre sud-oest, la que no s'havia esfondrat. El lloc on es trobava no estava pensat per ser vist, ja que estava mal acabat, fins al punt que el terra estava fet d'unes bigues simples entre les quals hi havia grans obertures. Al mur va veure una escala adossada, sense barana. Jack hi va pujar.

A mig camí d'un mur hi havia una petita obertura en arc. L'escala hi passava justament pel costat. Jack hi va ficar el cap mentre aixecava l'espelma. Es trobava a la zona de la teulada, sobre el sostre de fusta i la teulada de plom.

Al principi no va trobar el patró d'aquell grapat de bigues de fusta, però al cap d'un instant va descobrir-ne l'estructura. Eren unes enormes bigues de roure, de trenta polzades d'amplada i més de mig metre de llargada que creuaven el sostre de la nau de través, d'un extrem a l'altre. A sobre de cada biga dos poderosos cabirons formaven un triangle. La filera regular de triangles s'allargava més enllà de la llum de l'espelma. Mirant cap avall, entre les bigues, Jack va distingir la part de darrere del sostre de fusta pintada de la nau, fixat a les vores inferiors de les bigues transversals.

A les vores de l'espai de la teulada, al racó de la base del triangle, hi havia un passadís. Jack va avançar a quatre grapes a través de la petita obertura. Hi havia l'espai just perquè s'hi pogués posar dret. Un home hi hauria de passar completament ajupit. Va caminar un tros. Hi havia prou fusta per fer un bon foc. Va provar d'esbrinar què era l'estranya olor que flotava en l'aire. Va arribar a la conclusió que era quitrà. Les bigues de la teulada estaven enquitranades. Cremarien com si fossin palla.

Un moviment sobtat del terra el va sobresaltar i el cor li va començar a bategar amb força. Va pensar en el cavaller decapitat del riu i en els monjos espectrals que caminaven pel claustre. Llavors es va recordar dels ratolins i es va trobar millor. Però quan va mirar amb més atenció va descobrir que eren ocells. Sota els ràfecs hi havia nius d'ocell.

L'espai de la teulada seguia la forma de l'església de sota, amb dos transseptes. Jack va anar fins al creuer i es va quedar a la cantonada. Es va adonar que devia estar just sobre l'escala de cargol que l'havia portat del nivell de terra a la galeria. Si decidia calar foc al temple, aquell era el millor lloc. Des d'aquell punt s'estendria en les quatre direccions: a l'oest al llarg de la nau, al sud pel transsepte sud i a través del creuer cap al presbiteri i el transsepte nord.

Les bigues principals de la teulada eren de roure, i tot i que estaven enquitranades, potser no s'encendrien amb la flama d'una espelma. Però sota els ràfecs hi havia una pila d'estelles i d'encenalls, trossos de corda, sacs i nius abandonats que farien una metxa perfecta. L'únic que hauria de fer seria apilar-ho tot.

L'espelma s'estava consumint.

Semblava molt fàcil. Senzillament havia d'apilar totes aquelles deixalles, acostar-hi la flama de l'espelma i tocar el dos. En acabat li quedava travessar el recinte com un fantasma, esmunyir-se cap a la casa d'hostes, passar el travesser per la porta, jeure a la palla i esperar que cridessin l'alarma.

Però si el veien...

Si l'enxampaven en aquell moment, podia dir que estava explorant la catedral i se'n sortiria només amb una bona pallissa. Però si l'enxampaven calant foc a la catedral, el càstig seria més que una pallissa. Va recordar el lladre de sucre de Shiring i la sang que li brollava del cul. Va recordar alguns càstigs de què havien estat objecte els proscrits. A Faramond Openmouth li havien tallat els llavis, a Jack Flathat li havien tallat una mà i a Alan Catface li havien posat grillons i l'havien apedregat, i des de llavors ja no havia pogut tornar a caminar bé. Però pitjor eren les històries dels que no havien sobreviscut als càstigs. A un assassí l'havien deixat lligat dins d'un barril ple de punxes i l'havien fet rodar muntanya avall, de manera que totes les punxes se li van clavar al cos; a un lladre de cavalls l'havien cremat viu; i a una prostituta lladregota l'havien empalat. ¿Què li farien, a un xicot que hagués calat foc a una església?

Capficat, va començar a recollir totes les rampoines inflamables de sota els ràfecs, apilant-les al passadís, ben bé sota un dels poderosos cabirons.

Un cop va tenir una bona pila es va asseure i se la va mirar.

L'espelma s'estava a punt de consumir del tot. Al cap d'uns moments ja no li quedaria cap oportunitat.

Amb un gest ràpid va acostar la flama a un tros de sac. Va prendre immediatament. La flama es va estendre molt de pressa per uns encenalls de fusta i després a un niu sec abandonat. I un instant després, la foguera cremava alegrement.

«Encara la podria apagar», va pensar Jack.

Potser cremava massa ràpid. A aquell pas s'apagaria abans que s'encengués la fusta de la teulada. Jack va agafar més deixalles i les hi va abocar. Les flames van pujar amunt. «Encara ho puc apagar», va pensar. El quitrà de la biga es va començar a ennegrir i a deixar anar fum. Les deixalles es van cremar. «Ara puc deixar que s'apagui el foc», va pensar. Però llavors va veure que el passadís estava cremant. Amb tot, encara podia ofegar les flames amb la capa. Tanmateix, en lloc d'això va llençar més deixalles al foc i es va quedar mirant com les flames pujaven encara més. En l'angle dels ràfecs, l'aire estava calent i fumejava, tot i que el glacial aire nocturn només era a poques polzades, a l'altra banda de la teulada. Algunes bigues més petites, on estaven clavades les plaques de la teulada, van començar a cremar. I finalment va aparèixer una flama tremolosa a la massissa biga principal.

La catedral cremava.

Ja ho havia fet. No es podia fer enrere.

Jack estava espantat. Volia estar embolicat amb la capa, cargolat en un petit racó a la palla, amb els ulls tancats i escoltant la tranquil·la respiració de la seva família al seu voltant.

Va recular al llarg del passadís.

Quan va arribar al final va mirar enrere. El va sorprendre la rapidesa amb què s'estava estenent el foc, potser a causa del quitrà amb què havien protegit la fusta. Totes les bigues petites cremaven, les grans es començaven a encendre i el foc ocupava tot el passadís. Jack s'hi va girar d'esquena.

Es va ficar a la torre i va baixar per les escales, va córrer al llarg de la galeria i va baixar molt de pressa per l'escala de cargol fins a terra. Va arribar corrents a la porta per on havia entrat.

Estava tancada.

Aleshores es va adonar que havia estat molt ruc de no pensar en la porta. Els monjos l'havien obert amb una clau en entrar, i en sortir l'havien tancada.

Se li va fer un nus a l'estómac. Havia calat foc a la catedral i s'hi havia quedat tancat.

Va lluitar contra el pànic i va intentar pensar. Havia provat d'obrir totes les portes des de fora i les havia trobat totes tancades, però potser n'hi havia alguna que estava fermada amb un travesser i que es podria obrir des de dins.

Es va afanyar a travessar el creuer per anar al transsepte nord i va examinar la porta del pòrtic nord. Estava tancada amb pany i clau.

Va córrer nau avall cap a l'est i va provar d'obrir totes les portes grans, que eren les que s'obrien al públic. Totes tres estaven tancades amb clau. Finalment va intentar obrir la porta petita que hi havia a la nau lateral sud i que donava a la galeria nord del claustre. Aquesta també estava tancada.

Volia plorar, però allò no arreglaria res. Va mirar enlaire cap al sostre de fusta. ¿Eren imaginacions seves, o ja es veia, a la llum pàl·lida de la lluna, una mica de fum que sortia del sostre prop de la cantonada del transsepte sud?

«¿Què faré?», va pensar.

¿Es llevarien els monjos i anirien tan de pressa a apagar el foc, en estat de pànic, que no s'adonarien que un nen s'escapolia per la porta? ¿O el veurien immediatament, l'agafarien i l'acusarien? ¿O es quedarien dormint, insconscients, fins que s'hagués esfondrat tot l'edifici, i ell quedaria aixafat sota la pila de pedres?

Els ulls se li van omplir de llàgrimes, i li hauria agradat no haver encès aquella pila d'escombraries amb la flama de l'espelma.

Va mirar frenèticament a banda i banda. ¿El sentiria algú si treia el cap per una finestra i cridava?

Es va sentir un estrèpit a dalt. Quan va aixecar la vista va veure que el sostre de fusta havia estat perforat per una de les bigues que hi havia caigut. El forat semblava una taca vermella sobre un fons negre. Un moment després es va produir un altre terrabastall. Una enorme biga va travessar el sostre i, girant sobre si mateixa a l'aire, es va estavellar a terra amb un cop que va fer trontollar les poderoses columnes de la nau. Després va baixar una pluja de guspires i de brases. Jack va parar les orelles, esperant crits, peticions d'ajuda o el repic d'una campana, però no hi va haver res d'això. Ningú no havia sentit el terrabastall. I si allò no els havia despertat, difícilment sentirien els seus crits.

«Moriré aquí», va pensar esparverat; «si no aconsegueixo trobar una sortida, acabaré aquí aixafat o rostit.»

Va pensar en la torre destruïda. L'havia examinat des de fora i no havia descobert cap forat per entrar-hi, però havia anat amb molt de compte per por de caure i provocar un despreniment de terra. Potser si hi tornava a mirar, aquest cop des de dins, trobaria alguna cosa que li hagués passat per alt. I tal vegada la desesperació l'ajudaria a ficar-se per on abans no havia vist cap escletxa.

Va córrer cap a l'extrem oest. La resplendor del foc que arribava a través del forat del sostre, combinada amb les flames de la biga que havia caigut al terra de la nau, feia més llum que la lluna, i l'arcada de la nau tenia una brillantor daurada en lloc de platejada. Jack va examinar la pila de pedres que un dia havien format la torre nord-oest. Semblaven formar un mur sòlid. No hi havia manera de sortir. Seguint un impuls boig va obrir la boca i va cridar: «Mare!», a plens pulmons, tot i que sabia que ella no el podia sentir.

Va lluitar de nou contra el pànic que l'envaïa. Alguna cosa li rondava pel cap i no aconseguia recordar-ho. Havia entrat a l'altra torre, la que encara estava dreta, recorrent la galeria que hi havia sobre la nau lateral sud. Si ara tornava a recórrer-la, aquest cop en sentit contrari sobre la nau lateral nord, potser trobaria una escletxa que no es veia des de terra.

Va tornar corrents al creuer, sota la protecció de la nau lateral nord, per si queien més bigues enceses. En aquest costat hi devia haver una porta petita i una escala de cargol, com a l'altre. Va arribar al cantó de la nau i al transsepte nord. No veia cap porta. Va girar per la cantonada però tampoc no n'hi havia cap. No podia creure que tingués tanta mala sort. Era un ruc, però hi havia d'haver alguna manera de sortir de la galeria!

Es va trencar el cap, procurant conservar la calma. Hi havia una manera d'entrar a la torre esfondrada i l'havia de trobar. «Puc tornar a l'espai de la teulada a través de la torre sud-oest, la que està dreta», va pensar. «Puc travessar a l'altra banda de l'espai de la teulada. En aquest costat hi deu haver una petita obertura que permeti accedir a la torre caiguda. Això em podria donar una sortida.»

Va mirar enlaire, amb por. Allò devia ser un infern. Però no tenia cap altra opció.

Primer havia de travessar la nau. Va tornar a mirar enlaire. Fins allà on podia veure, no hi havia res que es pogués desplomar de seguida. Va respirar profundament i va arrencar a córrer cap a l'altra banda. No li va caure res a sobre.

Un cop a la nau lateral sud va obrir la petita porta i va pujar molt de pressa per l'escala de cargol. Quan va arribar a dalt i va entrar a la galeria va notar la calor de l'incendi. Va travessar rabent la galeria, va franquejar la porta que donava a la torre dreta i va pujar per les escales.

Va acotar el cap i es va arrossegar a través del petit arc fins a l'espai de la teulada. Feia molta calor i tot estava ple de fum. Tota la fusta de dalt cremava, així com les bigues més grans de l'extrem més allunyat. L'olor de quitrà el va fer tossir. Va dubtar només un instant, i llavors va pujar a dalt d'un dels grans travessers que creuava la nau i hi va començar a caminar. Amb prou feines veia on trepitjava, perquè les llàgrimes l'hi impedien. Quan va tossir, es va entrebancar. Va caure amb un peu al travesser i l'altre fora. El peu dret va aterrar al sostre i Jack es va adonar, horroritzat, que travessava la fusta podrida. Va cridar mentre es tirava cap endavant, amb els braços estesos i, aterrit, es va imaginar què li passaria si queia des d'una altura com aquella. La biga, tanmateix, va resistir el seu pes.

Es va quedar allà, immòbil, mort de por, recolzant-se amb les mans i amb un genoll, perquè l'altre peu havia perforat el sostre. Llavors, la calor del foc el va tornar a la realitat. Va treure el peu del forat amb molt de compte i va continuar avançant de quatre grapes.

Mentre s'acostava a l'altra banda, algunes bigues grans es van desplomar dins la nau. L'edifici sencer va trontollar i la biga sobre la qual es trobava Jack va tremolar com la corda d'un arc. El noi s'hi va estar aferrant. Després va continuar arrossegant-se i al cap d'un moment va arribar al passadís de la banda nord.

Si la seva suposició resultava equivocada i no hi havia cap obertura per passar a les ruïnes de la torre nord-est, hauria de recular.

Mentre es quedava allà dret, va notar una ràfega d'aquell aire nocturn tan gelat. Hi devia haver alguna esquerda, ¿però seria prou gran perquè ell hi pogués passar?

Va fer tres passes cap a l'oest i es va aturar al mateix caire del buit.

Es va trobar mirant a través d'un immens forat les ruïnes de la torre il·luminades per la llum de la lluna. Va sentir un alleujament. S'havia allunyat d'aquell infern.

Però estava molt amunt, a nivell de la teulada, i la part superior de la pila de runa es trobava molt lluny sota seu. No podia salvar la distància d'un salt, de cap manera. Ara podia evitar les flames, però ¿podria arribar a terra sense trencar-se el coll? Darrere seu les flames avançaven amb rapidesa i el fum sortia a onades per l'esquerda.

Aquesta torre havia tingut, antigament, una escala adossada a l'interior dels murs, com encara la tenia l'altra, però gairebé tota l'escala havia quedat destruïda amb l'esfondrament. Malgrat tot, allà on hi havia hagut els graons, fixats al mur amb morter, hi sobresortien uns trossos de fusta, alguns dels quals tan sols feien una o dues polzades, i els altres, no gaire més. Jack es va preguntar si podria baixar per aquells fragments de graó. Seria un descens molt precari. Va sentir pudor de cremat. La capa se li començava a escalfar. Un moment més i el foc hi prendria. No tenia elecció.

Es va asseure i va buscar el tros de fusta més proper. S'hi va aferrar amb totes dues mans, i llavors va allargar una cama fins a trobar un punt de recolzament per al peu. Llavors va baixar l'altre peu. Temptejant el terreny, va davallar un graó. Els trossos de fusta resistien. Ho va tornar a intentar, provant la fermesa del següent tros de fusta abans de descarregar-hi el pes. Aquest semblava més insegur. Va posar el peu amb cautela, agafant-se amb força per si es quedava penjant de les mans. Cadascuna de les passes perilloses que feia en baixar l'acostava més a la pila de runa. A mesura que anava baixant, els trossos de fusta es feien més petits, com si els de sota estiguessin més malmesos per culpa de l'esfondrament. Va posar la bota de feltre sobre una fusta, no més ampla que la punta del peu, i quan s'hi va recolzar, va relliscar. L'altre peu el tenia sobre un tros més gros, però en descarregar-hi tot el pes es va trencar. Es va intentar subjectar amb les mans, però com que aquells fragments eren molt petits no es va poder agafar amb prou força i va sentir, esfereït, que relliscava i queia al buit.

Va caure amb una patacada sobre la pila de runa. Per un instant, de tan espantat i esporuguit com estava, va creure que era mort. Però de seguida va adonar-se que havia tingut la sort de caure bé. A banda de les mans que li coïen i els genolls plens d'esgarrinxades, es trobava bé.

En un tres i no res va baixar de la runa, fent un salt per salvar les darreres polzades.

Estava salvat. L'alleujament va fer que li flaquegessin les cames. Tenia ganes de tornar a cridar. S'havia escapat. Estava orgullós. Quina aventura!

Tanmateix, encara no s'havia acabat tot. On es trobava, només arribava una bafarada de fum, i el soroll del foc, tan estrepitós dins de l'espai de la teulada, allà se sentia com un vent llunyà. Tan sols les guspires vermelles de darrere les finestres revelaven que l'església era en flames.

No obstant això, els darrers terrabastalls devien haver pertorbat el son d'algú, i en qualsevol moment algun monjo lleganyós sortiria mig adormit per saber si el terratrèmol que havia sentit era real o tan sols un malson. Jack havia calat foc a l'església, un crim execrable a ulls dels monjos. Havia de tocar el dos immediatament.

Va anar a corre-cuita fins a la casa d'hostes. Tot seguia tranquil i en silenci. S'hi va aturar al davant, panteixant. Si continuava respirant d'aquella manera, despertaria tothom. Va intentar fer-ho amb calma, però va ser pitjor. S'hauria de quedar allí, fins que tornés a respirar amb normalitat.

El repic d'una campana va trencar el silenci. Era l'inconfusible toc d'alarma. Jack es va quedar de pedra. Si entrava en aquell moment se n'adonarien. Però si no ho feia...

Es va obrir la porta de la casa i va aparèixer Martha. Jack la va mirar als ulls, esparverat.

—¿On has estat? —li va preguntar la nena amb veu molt baixa—. Fas pudor de fum.

A Jack només se li va acudir una mentida creïble.

—Només he sortit un moment —va dir desesperat—. He sentit la campana.

—Mentider —va dir Martha—. Fa molta estona que ets fora. Ho sé perquè estava desperta.

Jack va comprendre que era inútil voler-la enganyar.

—¿Algú més estava despert? —li va preguntar, esporuguit.

—No, només jo.

—No diguis a ningú que he sortit, si us plau.

La nena va percebre la por que tenia a la veu i el va tranquil·litzar.

—Bé. Serà un secret. No et preocupis.

—Gràcies!

En aquell moment va aparèixer Tom, gratant-se el cap.

Jack estava espantat. ¿Què pensaria Tom?

—¿Què passa? —va preguntar Tom, endormiscat. Va ensumar l'aire—. Fa pudor de fum.

Jack va assenyalar la catedral amb un dit tremolós.

—Crec... —va començar a dir, i després va començar a empassar-se la saliva. Es va adonar, alleujat, que tot anava bé. Tom suposaria que ell s'acabava de llevar igual que Martha. Així doncs, va continuar, aquest cop més calmat:— L'església... Em sembla que està cremant.

II

Philip encara no s'havia acostumat a dormir sol. Trobava a faltar l'atmosfera carregada del dormitori, la fressa dels altres monjos bellugant-se al llit i roncant, el soroll que es produïa quan un dels més grans es llevava per anar a la latrina, seguit, normalment, per la resta de monjos vells, formant una processó que sempre divertia els joves. Estar sol no li feia res a l'hora de ficar-se al llit, perquè normalment estava mort de son; però, a mitjanit, després que l'ofici diví el desvetllés completament, li era molt difícil adormir-se de nou. En lloc de tornar-se a ficar al llit, ample i tou (l'avergonyia una mica admetre que s'hi havia acostumat molt de pressa), tirava llenya al foc i llegia a la llum de les espelmes, o s'agenollava, pregava, o simplement seia i pensava.

Tenia moltes coses al cap. La situació econòmica del priorat era pitjor del que s'havia imaginat. La raó principal era, probablement, que tota la institució generava molt pocs diners. Posseïa vastes extensions de terreny, però moltes de les granges estaven llogades a preus molt baixos i a uns terminis molt llargs i n'hi havia algunes que pagaven el lloguer amb productes: tants sacs de farina, tants barrils de pomes, tants carretons de naps. Les granges que no estaven llogades les portaven els mateixos monjos, però mai no aconseguien produir un excedent de productes per vendre. L'altra partida important del priorat la constituïen les esglésies que tenien en propietat i que pagaven delmes. Per desgràcia, la majoria estaven a càrrec del sagristà, i a Philip li era difícil esbrinar què gastava exactament, perquè els comptes no es portaven per escrit. Tanmateix, era evident que els ingressos del sagristà eren molt escassos, o bé que els administrava de manera pèssima, perquè no aconseguia mantenir la catedral en bon estat, tot i que al llarg dels anys havia aplegat una col·lecció impressionant de valuosos ornaments i calzes amb incrustacions de pedres precioses.

Per conèixer tots aquests detalls, Philip abans hauria de fer un recorregut per les extenses propietats del monestir, però en línies generals tot era molt clar. Durant anys, l'antic prior havia demanat crèdits als prestamistes de Winchester i Londres, només per fer front a les despeses quotidianes. Philip es va quedar molt deprimit quan va ser realment conscient de la gravetat de la situació.

Malgrat tot, després de reflexionar-hi i resar una estona, la solució se li va presentar. Va concebre un pla en tres etapes. Començaria per fer-se càrrec personalment de la situació enconòmica del priorat. En aquell moment cadascun dels alts càrrecs administrava una part de la propietat i amb els ingressos que li proporcionava cobria les despeses que tenia sota la seva responsabilitat. Així ho feien el cellerer, el sagristà, el cap d'hostes, el mestre de novicis i l'infermer, que tenien les «seves» granges i esglésies. És clar, cap d'ells no confessaria mai que tenia molts diners, i si els quedava algun excedent ja procurarien gastar-lo per por que els prenguessin alguna cosa. Philip havia decidit nomenar un altre càrrec de responsabilitat, que es diria recaptador, la feina del qual consistiria a rebre tots els diners a què tenia dret el priorat, sense excepció, lliurant a cada alt càrrec exactament el que necessités.

Evidentment, el recaptador havia de ser algú de qui es refiés plenament. Primer, s'havia sentit inclinat a assignar aquesta feina a Cuthbert Whitehead, el cellerer, però llavors es va recordar que a aquest no li agradava fer res per escrit. No servia. A partir de llavors, volia que tots els ingressos i les despeses fossin inscrits en un gran llibre. Philip havia decidit nomenar per a aquest càrrec el germà Milius, el jove cuiner. Als altres alts càrrecs no els faria cap gràcia la persona que obtingués el lloc, fos qui fos, però Philip era qui ara manava i, de tota manera, la majoria de monjos que sospitaven que al priorat hi havia problemes greus, donarien el seu suport a les reformes.

Un cop amb el control dels diners a les mans, Philip emprendria la segona etapa del pla.

Totes les granges distants s'arrendarien per una quantitat en metàl·lic. Això posaria fi al caríssim transport de productes per tot el país. Tenien una finca a Yorkshire que pagava un «arrendament» de dotze bens, que enviaven religiosament cada any fins a Kingsbridge, malgrat que el cost del transport era superior al valor dels animals i que, a més, la meitat dels bens moria pel camí. En el futur, només les granges de la vora produirien aliments per al priorat.

També pensava canviar el sistema vigent sota el qual totes les granges produïen de tot: una mica de gra, una mica de carn, una mica de llet i així successivament. Durant anys, Philip havia considerat aquest sistema un malbaratament de recursos, ja que, d'acord amb aquestes directrius, les granges només produïen per a les seves necessitats. O potser era millor dir que cada granja se les apanyava per consumir gairebé tot el que produïa. Philip volia que cada granja es dediqués a una sola cosa. Tot el gra es cultivaria en un grup de viles a Somerset, on el priorat també era propietari de diversos molins. Els vessants exuberants de Wiltshire serien les pastures per al bestiar, que a la vegada produiria mantega i carn. La petita cel·la de St-John-in-the-Forest criaria cabres i fabricaria formatge.

Però el projecte més important de Philip anava destinat a les granges de segona categoria, les que posseïen terres pobres o poc fèrtils, en especial les finques dels pujols, que s'haurien de dedicar a la cria d'ovelles.

Havia passat la seva adolescència en un monestir on criaven ovelles, com totes les altres finques d'aquella part de Gal·les, i havia vist que el preu de la llana pujava, a poc a poc, però de manera constant, any rere any d'ençà que ell en tenia memòria. Arribaria un moment en què les ovelles resoldrien, definitivament, els problemes econòmics del priorat.

Aquesta era la segona etapa del pla. La tercera consistia en la demolició de la catedral i la construcció d'una catedral nova.

La catedral que tenien en aquell moment era vella, lletja i poc pràctica, i només el fet que la torre nord-est s'hagués esfondrat era un senyal inequívoc que l'estructura en conjunt era feble. Els temples moderns eren més alts, més llargs, i sobretot tenien més llum. També responien a la idea de posar de relleu les tombes importants i les relíquies sagrades que els pelegrins acudien a visitar. A més, les catedrals cada vegada tenien més altars addicionals i capelles especials dedicades a sants determinats. Una catedral ben feta, que respongués a les necessitats de la congregació, atrauria molts més devots i pelegrins que els que Kingsbridge atreia en l'actualitat. I si ho feia així, a la llarga es podria mantenir tota sola. Quan Philip hagués sanejat l'economia del priorat, construiria una catedral nova que simbolitzaria la regeneració de Kingsbridge.

Era la seva fita suprema.

Creia que al cap d'uns deu anys tindria prou diners per poder començar les obres. Era, tanmateix, una idea més aviat des-

moralitzadora. Tindria gairebé quaranta anys! Tot i això, esperava que aproximadament en un any es pogués permetre un programa de reparacions que convertís l'edifici actual, si no en una construcció impressionant, almenys en una de respectable, pensant en la Pentecosta de l'any vinent.

En el moment que va concebre el pla, es va tornar a sentir alegre i optimista. Distret pensant en tots els detalls, amb prou feines va sentir un espetec llunyà, com un cop de porta molt fort. Li va passar pel cap que algú es devia haver llevat i devia estar caminant pel dormitori o pel claustre. Va suposar que si hi havia problemes no trigaria gaire a assabentar-se'n i es va tornar a centrar en els arrendaments i els delmes. Una altra font important d'ingressos dels monestirs eren les donacions dels pares dels nois que hi ingressaven com a novicis, però per tal d'atreure aquesta mena de novicis, el monestir havia de crear una escola de prestigi...

Les seves reflexions es van veure interrompudes per un nou terrabastall, aquesta vegada més fort, que va fer trontollar la casa on s'allotjava. Va pensar que allò era més fort que un cop de porta. ¿Què passava? Es va acostar a la finestra i la va obrir. L'aire fred de la nit el va fer estremir. Va mirar cap a la catedral, la sala capitular, el claustre, el dormitori i la cuina. Tot semblava tranquil sota la llum de la lluna. El vent era tan gèlid que el feia petar de dents. Va ensumar. Feia pudor de fum.

Va arrufar les celles, inquiet, però no va veure foc per enlloc.

Va ficar el cap a dins i va ensumar a l'interior de l'habitació pensant que potser sentia la pudor del fum de la seva llar de foc, però no era així.

Atabalat i alarmat es va calçar immediatament les botes, va agafar la capa i va sortir de casa a corre-cuita.

La pudor de fum es feia més intensa a mesura que travessava la gespa en direcció al claustre. No hi havia dubte que, en algun lloc del priorat, s'hi havia calat foc. La primera idea que li va passar pel cap era que devia ser a la cuina, perquè gairebé tots els focs comencen a les cuines. Va travessar molt de pressa el corraló entre el transsepte sud i la sala capitular i llavors el claustre. Si hagués estat de dia, hauria creuat el refectori fins al pati de la cuina, però de nit estava tancat amb clau, de manera que va haver de deixar enrere l'arc de la galeria sud i girar a la dreta fins a la part posterior de la cuina. Allà no hi havia cap senyal que indiqués foc, com tampoc a la cerveseria, ni al forn, i la pudor allà tampoc no era tan forta. Va recórrer un altre tros i des de la cantonada de la cerveseria va mirar cap a la casa d'hostes i les cavallerisses.

¿I si hi hagués foc al dormitori? Era l'únic edifici que també tenia llar de foc. Allò el va esgarrifar. Mentre tornava a córrer cap al claustre va tenir una espantosa visió de tots els monjos al llit, asfixiats pel fum, inconscients mentre la cambra cremava pels quatre costats. Quan ja tenia la mà al pom de la porta, es va obrir des de dins i va aparèixer Cuthbert amb una candela de jonc.

—¿Sents la pudor de fum? —li va preguntar Cuthbert molt alarmat.

—I tant. ¿Els monjos estan bé?

—Sí. El foc no és pas aquí.

Philip va respirar alleujat. Almenys el seu ramat estava sa i estalvi.

—¿On és, doncs?

—A la cuina, probablement —va respondre Cuthbert.

—No... Ja ho he comprovat.

Tranquil de saber que ningú no corria perill, Philip es va començar a preocupar per les edificacions. Feia un moment que havia estat rumiant sobre l'economia del priorat i sabia que en l'actualitat no es podia permetre fer reparacions als edificis. Va mirar cap a la catedral. ¿No hi havia una lleugera resplendor vermella a l'altra banda de les finestres?

—Demana la clau al sagristà, Cuthbert —li va ordenar Philip.

El monjo ja se li havia avançat.

—La tinc aquí.

—Home previsor!

Van avançar per la galeria est fins a la porta del transsepte sud tan de pressa com van poder. Cuthbert va fer girar la clau, i tan aviat com la porta es va obrir va sortir una fumarada.

A Philip se li va encongir el cor. ¿Era possible que la catedral s'estigués cremant?

Hi va entrar. A primera vista, el panorama es presentava caòtic. Al terra del temple, al voltant de l'altar, i, allà, al transsepte sud, hi cremaven grans trossos de fusta. ¿D'on venien? ¿Com era que feien tant fum? ¿I què era aquell brogit que semblava venir d'un foc més gran?

—Mira! —va cridar Cuthbert.

Philip va aixecar la vista i totes les preguntes que es feia van tenir resposta. El sostre cremava amb fúria. Se'l va quedar mirant horroritzat; era com les entranyes de l'infern. Quasi tot el sostre pintat havia desaparegut i havia deixat al descobert els triangles de fusta de la teulada, que estaven ennegrits i socarrats. Les flames i el fum ascendien i es cargolaven en una dansa diabòlica. Philip es va quedar callat, tan petrificat per la commoció, que el coll se li va encarcarar de tant mirar enlaire. Finalment va recuperar la presència d'esperit.

Va córrer cap al centre del creuer, es va situar davant de l'altar i va recórrer tota l'església amb la mirada. La teulada sencera estava en flames, des de la porta oest fins a l'extrem est, igual que els dos transseptes. Per un instant el va envair el pànic i es va preguntar com s'ho farien per portar aigua fins allà dalt. Es va imaginar una filera de monjos corrent al llarg de la galeria amb galledes, i de seguida es va adonar que era impossible. Encara que disposés de cent persones per fer aquesta feina, no podrien portar fins a la teulada la quantitat d'aigua suficient per apagar aquell infern que bramulava. Aleshores va comprendre, desolat, que s'ensorraria tota la teulada. La pluja i la neu caurien dins la catedral fins que aconseguís els diners per pagar una teulada nova.

Un espetec enorme el va fer mirar enlaire. Exactament damunt seu, una enorme biga es desplaçava lentament cap a un costat. Estava a punt de caure-li a sobre. Philip va córrer cap al transsepte sud, on s'havia quedat Cuthbert amb cara de por.

Tota una part de la teulada, tres triangles de bigues i cabirons, a més de les plaques que hi havia clavades, estava a punt de caure. Philip i Cuthbert s'ho van quedar mirant, astorats, oblidant-se completament que més valia fugir d'allà. La teulada va anar a parar sobre un dels grans arcs del creuer. El pes enorme de la fusta i el plom que queia van enfonsar l'obra de pedra de l'arc amb un estrèpit prolongat que semblava un tro. Tot succeïa amb lentitud. Les bigues anaven caient, i després de destrossar l'arc, destrossaven el paredat. Es van desprendre més bigues, amb un soroll semblant a un tro llarg i lent i, de sobte, tota una secció del mur nord del presbiteri va trontollar, i es va desplaçar de costat cap al transsepte nord.

Philip estava esparverat. La contemplació de la destrucció d'un edifici en aparença tan sòlid li resultava estranyament xocant. Era igual que veure com s'esfondrava una muntanya o com un riu es quedava sec. En realitat mai no s'havia imaginat que pogués passar una cosa com aquella. No s'ho podia creure. Estava desorientat i no sabia què fer.

Cuthbert l'estirava de la màniga.

—Sortim d'aquí! —li va cridar.

Philip no es podia apartar d'allà. Recordava que havia fet càlculs i que havia pensat que haurien de viure deu anys d'austeritat i treball dur per recuperar la prosperitat, i ara es trobava, de cop, que hauria de construir una teulada nova i un nou mur nord i qui sap si la destrucció continuaria... «Això és obra del dimoni», va pensar. «Si no, ¿com s'ha pogut encendre la teulada en una nit gelada de febrer?»

—Morirem aquí dins! —va cridar Cuthbert, i la nota d'esglai que va deixar anar la seva veu va commoure Philip. Va fer mitja volta i tots dos van sortir corrents de la catedral en direcció al claustre.

Ja havien avisat els monjos, que començaven a treure el cap del dormitori. A mesura que sortien s'aturaven per mirar la catedral. Milius estava dret al costat de la porta i els demanava que s'afanyessin per evitar una aglomeració i els indicava que s'allunyessin del temple i seguissin pel porxo sud del claustre. A mig camí d'aquest hi havia Tom, que els assenyalava l'arc per on havien de girar i escapar-se.

—Aneu a la casa d'hostes. Manteniu-vos tan lluny com pugueu de la catedral! —va sentir Philip que deia Tom.

«Exagera», va pensar Philip. «Aquí, al claustre, estan segurs, però també és cert que no hi ha cap mal a enviar-los més lluny i potser és una bona precaució.» De fet, ho hauria d'haver pensat ell mateix.

Tanmateix, la prudència de Tom va fer que Philip es preguntés fins on podia arribar la destrucció. Si el claustre no era del tot segur, ¿què passaria a la sala capitular? Allí, en una petita habitació lateral amb uns murs de pedra gruixuts i sense finestres, hi guardaven els pocs diners que tenien en un cofre de roure, a més dels calzes amb incrustacions de pedres precioses del sagristà i totes les cartes de privilegi i escriptures de propietat. Al cap d'un moment va veure Alan, el tresorer, el monjo jove que treballava amb el sagristà i que s'ocupava dels ornaments. Philip el va cridar.

—Hem de treure el tresor de la sala capitular. ¿On és el sagristà?

—Se n'ha anat, pare.

—Vés a buscar-lo i porta les claus. Agafa el tresor de la sala capitular i porta'l a la casa d'hostes. Corre!

Alan va fer el que li ordenaven. Philip es va dirigir a Cuthbert.

—Val més que t'asseguris que ho fa.

Cuthbert va fer que sí amb el cap i se'n va anar darrere d'Alan.

Philip va tornar a mirar cap al temple. Durant els minuts escassos que la seva atenció havia estat centrada en altres coses, el foc havia augmentat i el fulgor de les flames ja brillava darrere totes les finestres. El sagristà hauria d'haver pensat en el tresor abans d'afanyar-se a salvar la pell. ¿No havien passat per alt res més? A Philip li resultava difícil raonar perquè tot estava passant a una velocitat vertiginosa. Els monjos estaven salvats; del tresor, ja se n'encarregaven...

S'havia descuidat el sant!

A la part més llunyana de l'extrem est de la catedral, més enllà del tron del bisbe, hi havia el sepulcre de pedra de sant Adolf, un dels primers màrtirs anglesos. Dins d'aquell sepulcre hi havia un fèretre de fusta que contenia les despulles del sant. Periòdicament, alçaven la pedra del sepulcre per deixar veure el fèretre. Però en aquells moments sant Adolf no era tan popular com anys enrere, quan alguns malalts s'havien curat només tocant el lloc on descansava. Les despulles d'un sant podien fer d'una catedral un centre d'atenció i fomentar la devoció dels fidels i els pelegrins. Amb això es podien guanyar tants diners que se sabia que alguns monjos havien comès actes vergonyosos com ara robar les relíquies sagrades d'altres temples. Philip havia pensat fer reviscolar l'interès per sant Adolf. Havia de salvar-ne les despulles al preu que fos.

Li caldria Déu i ajuda per aixecar la tapa del sepulcre i treure el fèretre. El sagristà també hi hauria d'haver pensat. Però no el trobaven per enlloc. El monjo que va sortir tot seguit del dormitori era Remigius, l'altiu sotsprior. No tenia cap altra opció. Philip el va cridar.

—M'has d'ajudar a posar els ossos del sant en lloc segur —li va demanar.

Remigius va mirar esporuguit la catedral en flames, però després d'uns moments de dubte va seguir Philip al llarg de la galeria est i cap a l'altra banda de la porta.

A dins, Philip es va aturar. Només feia un moment que acabava de sortir d'allà, però en aquell interval el foc havia avançat molt de pressa. La pudor li recordava el quitrà cremat i va pensar que les bigues de la teulada devien estar cobertes de brea per evitar el podriment. Tot i les flames, es podia sentir la fredor del vent. El fum s'escapava per les escletxes que s'havien obert a la teulada i el foc xuclava l'aire gelat per les finestres. A terra plovien brases, i algunes bigues que cremaven pels quatre costats semblaven a punt de caure. Fins a aquell moment s'havia preocupat primer pels monjos i després per les possessions del priorat. Ara, per primera vegada, temia per ell mateix, i va vacil·lar abans de continuar endavant per aquell infern.

Com més esperés, més gran seria el risc, i si hi pensava gaire s'acovardiria per complet. Es va aixecar una mica l'hàbit i va cridar:

—Segueix-me! —Tot seguit va arrencar a córrer cap al transsepte. Va anar esquivant les petites fogueres que hi havia escampades per aquí i per allà, esperant que d'un moment a l'altre li caigués a sobre una biga de la teulada i l'aixafés. Corria amb el cor a la boca i amb ganes de cridar per alliberar la tensió. Tot d'un plegat, es va trobar a la part segura del passadís de l'altra banda.

S'hi va aturar un moment. Els passadissos eren de pedra, amb el sostre de volta de canó i no hi havia foc. Remigius era al seu costat. Philip va panteixar i va tossir pel fum que s'havia empassat. Per travessar el transsepte només els havien calgut uns moments, però li havien semblat tan interminables com una missa a mitjanit.

—Morirem aquí! —va dir Remigius.

—Déu ens protegirà —el va amonestar Philip mentre es deia a si mateix: «Si és així, ¿per què estic tan espantat?»

No era un bon moment per a qüestions teològiques.

Va recórrer el creuer, va girar per la cantonada i va entrar al presbiteri, mantenint-se sempre al passadís lateral. Podia sentir la calor que venia dels seients de fusta, que cremaven al cor, i Philip en va lamentar la pèrdua. Eren una obra magnífica i estaven coberts de talles molt belles. Ho va apartar del pensament i es va concentrar en la tasca que tenia entre mans. Va recórrer el presbiteri fins al fons molt de pressa.

El sepulcre del sant es trobava a mig camí del temple. Era una gran caixa de pedra instal·lada sobre un plint baix. Philip i Remigius haurien d'aixecar la tapa de pedra, posar-la a un costat, treure el fèretre del sepulcre i portar-lo fins al passadís, mentre el sostre es desintegrava damunt dels seus caps. Philip va mirar Remigius. El sotsprior tenia els ulls esbatanats de por. Per tal de tranquil·litzar-lo, va mirar de contenir la seva pròpia por.

—Agafa la llosa per aquest cantó, que jo l'agafaré per l'altre

—va dir, assenyalant-la; i sense esperar cap resposta, es va acostar a la tomba.

Remigius el va seguir.

Es van col·locar un a cada costat i van agafar la tapa de pedra. Tots dos van fer força al mateix temps.

La llosa no es va moure gens.

Philip es va adonar que hauria d'haver portat més monjos. No s'havia aturat a pensar-ho. Però ja era massa tard. Si sortia a demanar ajuda era possible que el transsepte ja no fos transitable quan volguessin tornar. Però no podia deixar les despulles del sant així com així. Si hi queia una biga al damunt, les destrossaria. El foc encendria el taüt de fusta i el vent escamparia les cendres, cosa que seria un sacrilegi espantós i una pèrdua terrible per a la catedral.

Va tenir una bona pensada. Va avançar fins a col·locar-se a un costat del sepulcre i va ordenar a Remigius que se situés al seu costat. Es va agenollar, va posar totes dues mans al caire de la llosa i va empènyer amb totes les seves forces. Quan Remigius va fer el mateix, la pedra es va anar movent a poc a poc. Philip va aixecar un genoll i Remigius el va imitar. Llavors es van posar drets. Un cop la llosa va estar en posició vertical, li van donar una altra empenta, cosa que la va fer caure a terra, a l'altre costat del sepulcre, i es va trencar en dues meitats.

Philip va observar que el fèretre estava en bones condicions: la fusta no estava afectada pel pas del temps. Es va situar en un extrem i va agafar dues de les nanses. Remigius va fer el mateix per l'altra banda. Van aixecar el fèretre unes polzades, però era molt més pesat del que Philip s'esperava, i al cap d'uns minuts Remigius el va deixar caure per la seva banda.

—No puc..., sóc més vell que tu —va dir.

Philip va contenir una rèplica furibunda. Era possible que el taüt tingués un bany de plom, però ara que la llosa del sepulcre s'havia trencat, era més vulnerable que abans.

—Vine aquí —li va indicar—. Mirarem de posar-lo dret sobre un extrem.

Remigius va fer la volta al sepulcre i es va col·locar al costat de Philip. Cadascú va agafar una de les nanses de ferro que en sortien i van fer força. L'extrem va pujar amb relativa facilitat. El van aconseguir aixecar per sobre del nivell superior del sepulcre i llavors tots dos van caminar cap endavant, aixecant el fèretre a mesura que avançaven, fins a deixar-lo dret sobre un dels seus extrems. Es van aturar un instant. Aleshores Philip es va adonar que havia aixecat el fèretre per la seva part inferior, de manera que el sant havia quedat de cap per avall. Philip li va demanar perdó mentalment. Al voltant, els queien constantment fragments de fusta cremant. Cada vegada que les guspires tocaven l'hàbit de Remigius, aquest se les espolsava frenèticament sense deixar de donar llambregades, amb expressió de pànic, al sostre en flames. Philip es va adonar que l'home perdia el valor per moments.

Van col·locar el taüt de manera que quedés repenjat contra l'interior del sepulcre i llavors el van empènyer una mica més. Finalment, el van alçar fins que va quedar en un equilibri inestable sobre la vora del sepulcre. Tot seguit el van anar inclinant fins que l'altre extrem va tocar a terra. El van fer tornar a girar perquè quedés a terra de manera correcta. Philip va pensar que els ossos devien estar petant dins de la caixa de fusta com daus en un gobelet. Allò s'assemblava molt a un sacrilegi, però no li quedava cap altra alternativa.

Drets a banda i banda del fèretre, cadascú va agafar una nansa, el van aixecar i el van començar a arrossegar a través de l'església cap a la zona de relativa seguretat del passadís. Les vores de ferro deixaven solcs al terra de sorra. Gairebé havien arribat al passadís quan uns grans trossos de fusta es van desplomar amb un estrèpit sobre el sepulcre del sant, ja buit. El soroll els va deixar sords, el terra va tremolar per l'impacte i la tomba de pedra va quedar feta miques. A continuació, va caure una biga grossa, i per unes quantes polzades no va tocar Remigius i Philip, tot i que els va obligar a deixar anar el fèretre. Allò va ser massa per al monjo ancià.

—Això és obra del dimoni! —va cridar histèric, mentre arrencava a córrer.

Philip va estar a punt de seguir-lo. Si era veritat que el diable hi estava al darrere, no se sabia què podia passar. Philip mai no havia vist un dimoni, però havia escoltat molts relats de persones que sí que l'havien vist. Va pensar que els monjos estaven fets per combatre Satanàs, i no per fugir-ne. Amb neguit, va donar una ullada al refugi que oferia el passadís, però de seguida es va sobreposar, va agafar les nanses del taüt i va estirar.

El va aconseguir treure de sota l'indret on s'havia desprès la biga. La fusta del fèretre estava estellada, però era increïble que no s'hagués trencat. El va arrossegar una mica més. Al voltant seu va caure una pluja d'estelles enceses. Va mirar cap al sostre. Allà dalt, ¿hi havia una figura amb dues cames ballant una dansa burleta entre les flames o era només una espiral de fum? Va tornar a mirar cap avall i va descobrir que tenia una vora de l'hàbit encesa. Es va agenollar i es va espolsar les flames, picant la roba encesa contra terra, amb la qual cosa es va apagar de seguida. Llavors va sentir un soroll que, o bé era el grinyol de la fusta que es trencava, o bé era el riure enfellonit i burleta del dimoni.

—Sant Adolf, protegeix-me! —va dir amb un crit a penes audible, i va tornar a agafar les nanses del fèretre.

El va anar arrossegant per terra polzada a polzada. El dimoni el va deixar tranquil un instant. Philip no va aixecar els ulls, era millor no mirar. Finalment va arribar al passadís i es va sentir més segur sota la seva protecció. L'esquena adolorida el va obligar a aturar-se un instant i a posar-se dret.

Tenia un llarg camí per endavant fins a la porta més propera, que era la del transsepte sud. No estava segur de poder arrossegar el fèretre tot aquell tros sense que abans la teulada li caigués a sobre. Potser era allò el que esperava el dimoni. No va poder evitar de mirar novament cap amunt i sotjar entre les flames. La figura de fum amb dues cames es va amagar darrere una biga socarrada just al moment que Philip la va clissar. «Sap que no ho aconseguiré», va pensar Philip. Va mirar al llarg del passadís, temptat d'abandonar el sant i salvar la pell... i aleshores va veure el germà Milius, Cuthbert i Tom, el constructor, que es dirigien cap a ell per ajudar-lo. El va envair una alegria immensa i llavors va dubtar que hi hagués un dimoni a la teulada.

—Gràcies a Déu! —va exclamar—. Ajudeu-me a portar això —va afegir, dirigint-se als que acabaven d'arribar.

Tom va mirar al sostre. No va semblar que hi veiés el dimoni.

—Afanyem-nos —va dir.

Cadascú va agafar un cantó del taüt i se'l van posar sobre les espatlles. Tot i que eren quatre, van haver de fer un gran esforç.

—Endavant! —va dir Philip.

Van avançar pel passadís tan de pressa com van poder, encorbats sota aquell pes enorme. Quan van arribar al transsepte sud, Tom va exclamar:

—Espereu!

El terra era com una cursa d'obstacles de petites fogueres escampades, i contínuament hi anaven caient teies de fusta. Philip va mirar de traçar una ruta entre les flames. En els breus moments que es van aturar, per la part est de la catedral es va començar a sentir un fragor. Philip va mirar enlaire, espantat. El fragor es va convertir en retruny.

—És tan feble com l'altra —va dir Tom Builder, enigmàticament.

—¿Què passa? —va cridar Philip.

—És la torre sud-oest.

—Oh, no!

El tro es va fer més fort. Philip va mirar, esgarrifat, com tota la part est del temple es movia cap endavant, com si la mà de Déu li hagués donat un cop. Més de deu metres de teulada van caure dins de la nau. Llavors la torre sud-oest es va començar a ensorrar.

Philip va quedar paralitzat per la commoció. La seva església s'estava esfondrant davant dels seus ulls. ¿Quant de temps trigarien a reparar els danys, en el cas que trobés diners per pagar-ho? ¿Què faria? ¿Com seguiria, el monestir? ¿Que potser allò no seria la fi del priorat de Kingsbridge?

El moviment del fèretre a les seves espatlles quan els altres tres homes es van tornar a posar en marxa li va fer abandonar les cabòries. Havia de continuar. Tom es va anar obrint camí a través d'un laberint de fogueres. Una teia va caure sobre la tapa del fèretre, però per sort va relliscar fins a terra sense tocar ningú. Un moment després arribaven a l'altre extrem, i van sortir per la porta a l'aire glaçat de la nit.

Philip estava tan aclaparat per la destrucció del temple que ni tan sols es va sentir alleujat per haver-se salvat. Van recórrer el claustre fins a l'arcada sud i la van travessar.

—Aquí estarem segurs —va dir Tom quan es van trobar lluny dels edificis. Van posar el fèretre sobre el terra gelat.

Philip va necessitar una estona per recuperar la respiració. Durant aquesta pausa, va comprendre que no era el moment de quedar-se astorat. Era el prior i el monestir era responsabilitat seva. ¿Quin havia de ser el seu proper moviment? Potser era prudent assegurar-se que tots els monjos estiguessin sans i estalvis. Va tornar a respirar profundament i llavors, posant l'esquena dreta, va mirar els altres.

—Cuthbert, queda't aquí vigilant les despulles del sant —va ordenar—. Els altres, seguiu-me!

Els va conduir per darrere els edificis de la cuina, passant entre la cerveseria i el molí i travessant el terreny de gespa, cap a la casa d'hostes. Allà hi havia els monjos, la família de Tom i la majoria dels vilatans, en diferents grups, parlant en veu baixa i mirant atònits el temple en flames. Abans de parlar, Philip es va girar per mirar-lo. El panorama era desolador. Tot el costat oest era una pila de runa i s'aixecaven grans flames per tot el que quedava de sostre.

Va apartar la vista, fent un esforç, i va preguntar en veu alta:

—¿Tothom és aquí? Si creieu que falta algú, digueu qui.

—Cuthbert Whitehead —va dir algú.

—Està vigilant els ossos del sant. ¿Algú més?

No faltava ningú més.

—Compta el monjos i assegura-te'n. N'hi ha d'haver quaranta-cinc, inclosos tu i jo —va dir Philip a Milius. Sabia que podia confiar-hi, i va deixar de pensar-hi. Es va dirigir a Tom.—¿Tota la teva família és aquí?

Tom els va assenyalar, assentint. Es trobaven al costat de la paret de la casa. La dona, el fill gran i els dos petits. Jack va mirar Philip esporuguit. Philip va pensar que devia haver estat una experiència esgarrifosa per a la canalla.

El sagristà estava assegut sobre la caixa del tresor. Philip se n'havia oblidat i va estar content de veure-la intacta.

—El fèretre de sant Adolf és darrere el refectori, germà Andrew —va dir, parlant al sagristà—. Que t'acompanyin uns quants germans i porta'l... —Va rumiar uns moments. Segurament el lloc més segur era la casa del prior.— Porta'l a casa meva.

—¿A casa teva? —va preguntar Andrew—. Hauria de ser jo qui tingués cura de les relíquies, i no tu.

—Doncs llavors les hauries d'haver rescatat tu —va replicar Philip enfurismat—. Fes el que et dic i no vull sentir ni una paraula més.

El sagristà es va aixecar de mala gana. Semblava furiós.

—Afanya't o et rellevaré del teu càrrec ara mateix. —Philip es va girar d'esquena i es va dirigir a Milius.— ¿Quants som?

—Quaranta-quatre més Cuthbert. Onze novicis i cinc hostes. No falta ningú.

—Gràcies a Déu. —Philip es va quedar mirant el foc que cremava amb fúria. Semblava gairebé un miracle que tothom estigués viu i que ningú no hagués resultat ferit. Es va adonar que estava esgotat, però estava massa capficat per seure i descansar.— ¿Hi ha alguna altra cosa de valor que haguem de rescatar? —va preguntar—. Tenim el tresor i les relíquies.

—¿I què passarà amb els llibres? —va preguntar Alan, el tresorer.

Philip va deixar anar un gemec. És clar, els llibres. Estaven guardats en un armari tancat a la part est del claustre, al costat de la porta de la sala capitular, per tal que els monjos els poguessin consultar durant les estones d'estudi. Caldria molt de temps en aquelles condicions per treure els llibres un per un. Potser alguns dels monjos joves més forts podrien agafar tot l'armari i portar-lo a un lloc segur. Philip va mirar al seu voltant. El sagristà ja havia triat mitja dotzena de joves perquè carreguessin el taüt. Philip va fer un senyal a tres monjos joves i a tres dels novicis més antics perquè el seguissin.

Va recular a través de l'espai obert de davant de la catedral en flames. Estava massa cansat per córrer. Van passar entre el molí i la cerveseria i van tombar cap a la part de darrere de la cuina i el refectori. Cuthbert i el sagristà organitzaven el trasllat del fèretre. Philip va conduir el seu grup a través del corraló que separava el refectori del dormitori i per sota l'arcada sud fins al claustre.

Sentia l'escalfor del foc. El gran armari-llibreria tenia les portes tallades amb unes imatges que representaven Moisès i les Taules de la Llei. Philip va ordenar als joves que fessin inclinar l'armari cap endavant i que se'l carreguessin a l'esquena. El van portar vorejant el claustre fins a l'arcada sud. Allà, Philip es va aturar i va mirar enrere mentre els altres seguien caminant. Va sentir que l'envaïa un dolor profund davant l'espectacle del temple destruït. Ara hi havia menys fum i més flames. Parts senceres de la teulada havien desaparegut. Mentre el mirava, el sostre de sobre el transsepte sud es va desplomar fent un terrabastall espantós. Philip va sentir un dolor gairebé físic, com si fos el seu propi cos el que cremés. Un moment després, va semblar que el mur del transsepte s'inclinava cap al claustre. «Que Déu ens ajudi», va pensar Philip. «Està a punt d'ensorrar-se.» Quan es va començar a esfondrar, es va adonar que ho feia cap on era ell, i va fer mitja volta per fugir. Però abans de fer tres passes, alguna cosa li va donar un cop al cap i li va fer perdre la consciència.

Per a Tom, l'incendi devastador que estava destruint la catedral de Kingsbridge era un far d'esperança. Des de l'altra banda del terreny de gespa va contemplar les flames gegantines que s'alçaven de les runes del temple i tot el que se li va acudir va ser que allò volia dir feina.

La idea li havia estat voltant pel cap d'ençà que havia sortit amb els ulls plens de lleganyes de la casa d'hostes i havia vist la feble resplendor vermella darrere de les finestres de la catedral. Mentre donava instruccions als monjos perquè s'afanyessin a resguardar-se, i, després, quan va entrar al temple en flames per rescatar el prior i el fèretre del sant, s'havia vist envaït per un optimisme sense remordiments.

Però quan va disposar d'una estona per reflexionar, va pensar que no s'havia d'alegrar per l'incendi d'una església, tot i que va pensar que, al capdavall, no hi havia hagut cap ferit, que el tresor del priorat estava segur i que, fet i fet, aquella catedral ja era vella i feia temps que s'ensorrava. Així doncs, ¿per què no alegrar-se de tot plegat?

Els monjos joves tornaven per la gespa carregant aquell armari tan feixuc amb els llibres. «Tot el que ara he de fer», va pensar Tom, «és aconseguir que m'encarreguin a mi la feina de reconstruir la catedral. Ara és el moment de parlar amb el prior Philip.»

Però aquest no havia tornat amb els monjos que traginaven l'armari dels llibres.

—¿On és el vostre prior? —els va preguntar Tom, quan van arribar a la casa d'hostes i van haver deixat l'armari a terra.

El més gran va mirar sorprès enrere.

—No ho sé —va respondre—. Em pensava que ens seguia.

«Potser s'ha endarrerit contemplant l'incendi», va pensar Tom. «Però, ¿i si ha tingut problemes?»

Sense pensar-s'ho dues vegades, va arrencar a córrer pel pati i va tombar cap a la part de darrere de la cuina. Esperava que Philip estigués bé, no sols perquè era un home bo, sinó també perquè era el protector de Jonathan. Sense Philip no se sabia què li podria passar al nen.

Tom va trobar Philip al corraló entre el refectori i el dormitori. Va respirar quan va veure el prior assegut a terra. Semblava atordit, però no ferit. Tom el va ajudar a incorporar-se.

—Alguna cosa m'ha colpejat el cap —va dir Philip, en estat de confusió.

Tom va mirar darrere d'ell. El transsepte sud s'havia esfondrat sobre el claustre.

—Teniu sort d'estar viu —va dir—. Déu us deu tenir reservada alguna tasca.

Philip va sacsejar el cap per espavilar-se.

—He quedat inconscient uns instants. Ja em trobo bé. ¿On són els llibres?

—Els han portat a la casa d'hostes.

—Doncs anem-hi nosaltres també.

Tom va aguantar Philip pel braç mentre caminaven. Es va adonar que el prior no estava ferit, però sí trastornat.

Quan van ser a la casa d'hostes, l'incendi de l'església havia passat el seu punt crític i les flames es començaven a apagar. Tom podia distingir amb tota claredat els rostres de la gent i llavors es va adonar, no sense sorpresa, que ja es feia de dia.

Philip va començar a organitzar les coses. Va ordenar a Milius que preparés sopes de civada per a tothom i va autoritzar Cuthbert Whitehead a obrir una bóta de vi fort perquè en l'entretant tothom es pogués reconfortar. Va ordenar que s'encengués la llar de foc de la casa d'hostes i que els monjos de més edat hi entressin per resguardar-se del fred. Va començar a caure una pluja gelada, i les flames de l'església destruïda es van apagar ben aviat.

Quan tothom va tornar a estar atrafegat, Philip es va allunyar de la casa d'hostes tot sol i se'n va anar cap a la catedral. Tom el va veure i li va anar al darrere. Era la seva oportunitat. Si sabia portar les coses cap al seu terreny, potser se sortiria amb la seva i tindria feina per a molts anys.

El prior es va aturar per observar el que havia estat l'extrem nord de l'església, i va sacsejar el cap davant d'aquell desastre amb tanta tristesa que semblava que fos la seva vida, el que estigués en ruïnes. Tom es va quedar al seu costat sense dir res. Al cap d'una estona Philip es va posar a caminar al llarg de la façana nord de la nau, travessant el cementiri. Tom anava examinant els danys mentre caminava.

El mur nord de la nau encara estava dret, però el transsepte nord i part del mur del presbiteri, d'aquell mateix cantó, havien caigut a terra. La catedral encara conservava l'extrem est. Hi van fer la volta i van mirar cap al mur sud, que s'havia ensorrat gairebé tot, igual que el transsepte d'aquesta mateixa banda. La sala capitular, en canvi, continuava dreta.

Van caminar cap a l'arcada que conduïa a la galeria est del claustre. Allà van trobar una pila de runa que els barrava el pas. Allò no semblava tenir solució, però Tom, amb ull expert, va observar que les galeries del claustre no estaven malmeses seriosament, sinó que només havien quedat sepultades sota la runa. Es va enfilar per les pedres despreses fins que va aconseguir veure l'interior de l'església. Justament darrere de l'altar hi havia una escala mig amagada que menava a la cripta, que estava situada sota el cor. Tom la va examinar, i va estudiar el terra de pedra sobre la cripta per comprovar si s'havia esquerdat. No hi va veure cap escletxa. Era molt possible que la cripta hagués quedat intacta. No en diria res al prior. Es reservaria la notícia per a un moment estratègic.

Philip havia seguit caminant per darrere el dormitori. Tom es va afanyar a trobar-lo. El dormitori estava en perfecte estat. Van seguir endavant i van descobrir que als altres edificis del monestir, és a dir, al refectori, la cuina, el forn i la cerveseria, no s'hi havien produït greus desperfectes. Philip hauria pogut consolar-se amb això, però no sortia del seu profund abatiment.

Van acabar per on havien començat. Havien fet tot el circuit del recinte del priorat sense dir-se ni una sola paraula. Philip va respirar profundament i va trencar el silenci.

—Això és obra del dimoni —va mormolar finalment.

«Ara és la meva», va pensar Tom.

—També pot ser que sigui obra de Déu —va dir.

Philip el va mirar sorprès.

—¿Què vols dir?

—Ningú no ha pres mal. Els llibres, el tresor i els ossos del sant s'han salvat de les flames. Només la catedral ha quedat destruïda —va dir, mesurant bé les paraules—. Potser Déu volia una catedral nova.

Philip va somriure amb escepticisme.

—I suposo que Déu vol que la construeixis tu.

No estava tan atordit per no adonar-se que les paraules del constructor eren interessades.

Tom no es va deixar intimidar.

—Potser sí —va replicar—. Però no va ser el dimoni qui va enviar aquí un constructor la nit en què la catedral havia de cremar.

Philip va apartar la mirada.

—Bé, hi haurà un temple nou —va dir—, però el que no sé és quan. ¿I què faré mentrestant? ¿Com pot continuar la vida al monestir? Tots estem aquí per pregar i estudiar.

El prior estava profundament abatut. Aquell era el moment en què Tom li podia fer albirar una mica d'esperança.

—En una setmana el meu fill i jo podem enretirar tota la runa del claustre i deixar-lo en bones condicions perquè es pugui utilitzar —va dir, procurant mostrar-se més segur del que en realitat se sentia.

—¿Ho podríeu fer? —Philip semblava sorprès. Però altre cop va canviar d'expressió i es va veure envaït per la desesperació.— ¿I on tindríem el temple?

—Els oficis divins es podrien celebrar a la cripta —va proposar Tom.

—Sí... Aniria molt bé per a això.

—Estic segur que els desperfectes no són gaire importants —va afegir Tom, i, d'això, no en dubtava.

Philip se'l va mirar com si fos l'àngel de la misericòrdia.

—No caldrà gaire temps per obrir un camí entre la runa des del claustre fins a les escales de la cripta —va continuar Tom—. Per aquesta banda la catedral ha quedat quasi completament destruïda, cosa que, per molt estrany que sembli, és una benedicció, perquè vol dir que no hi ha perill que s'ensorri. Hauria de revisar tots els murs que encara estan drets i potser caldrà reforçar-ne algun. Llavors hauria de comprovar cada dia que no hi apareguin esquerdes, i tot i així no podreu entrar a la catedral quan hi hagi tempesta. —Tot allò era molt important, però Tom es va adonar que Philip no ho assimilava. El que aquest volia en aquells moments eren notícies positives, que li aixequessin els ànims. I l'única oportunitat que tenia Tom perquè el contractés era donar-li el que volia. Va canviar de to.— Si els monjos més joves treballen amb mi, seria possible arreglar les coses per tal que reprenguéssiu la vida monàstica, almenys en part, d'aquí a dues setmanes.

Philip el va mirar bocabadat.

—¿Dues setmanes?

—Doneu menjar i allotjament a la meva família. El salari ja me'l pagareu quan tingueu diners.

—¿Em pots tornar el priorat en dues setmanes? —va repetir Philip, incrèdul.

Tom no n'estava segur, però si resultava que eren tres, ningú no es moriria per això.

—Dues setmanes —va repetir amb fermesa—. Llavors podrem tirar a terra la resta de murs. Tingueu en compte que es tracta d'una feina que demana experiència. A continuació s'haurà de netejar la runa i emmagatzemar les pedres per utilitzar-les més endavant. Mentrestant, podem projectar la catedral nova. —Va contenir la respiració. Ho havia fet tan bé com havia pogut. Estava segur que el prior el contractaria.

Philip va assentir amb el cap, somrient per primera vegada.

—Crec que t'ha enviat Déu —va dir—. Ara anem a esmorzar. Després ja posarem fil a l'agulla.

Tom va deixar anar un feble sospir.

—Gràcies. —No va poder evitar que li tremolés la veu.— No us imagineu el que això significa per a mi.

Després d'esmorzar, Philip va celebrar un capítol improvisat al magatzem de Cuthbert, sota la cuina. Els monjos estaven nerviosos i inquiets. Eren homes que havien escollit o s'havien acomodat a una vida de seguretat, predeterminada i tediosa, i quasi tots estaven profundament desorientats. Philip estava commogut per aquella perplexitat. Es va sentir com un pastor, amb criatures inexpertes i indefenses al seu càrrec. L'única diferència era que no eren animals estúpids, sinó germans seus, pels quals sentia, a més, un gran afecte. Va arribar a la conclusió que la manera de tranquil·litzar-los era explicar-los què passaria en l'esdevenidor, que no era altra cosa que treballar dur i tornar a la rutina tan aviat com fos possible.

Malgrat que el capítol tenia lloc en aquella dependència tan poc corrent, Philip no en va abreujar el ritual. Va ordenar la lectura del martirologi del dia, que va fer seguir de les oracions commemoratives. Considerava que la pregària era la justificació de la vida monàstica. Amb tot, alguns monjos estaven neguitosos, de manera que va escollir el capítol vint de la regla de sant Benet, la part titulada «De la reverència durant la pregària». A continuació va venir la necrològica. El ritual conegut els va assossegar i Philip es va adonar que l'expressió esporuguida dels rostres que l'envoltaven s'anava esborrant a mesura que tots entenien que, al cap i a la fi, el seu món no s'havia esfondrat.

Al final, el prior es va dirigir a tota la comunitat.

—Al capdavall, la catàstrofe que hem sofert és material —va començar, procurant donar a la veu el to més tranquil·litzador i càlid possible—. La nostra vida, en canvi, és espiritual, i el nostre treball és la pregària, l'adoració i la contemplació. —Va mirar tots els reunits per assegurar-se que en captava tota l'atenció. Llavors va afegir:— Us prometo que d'aquí a uns dies reprendrem aquest treball. —Va fer una pausa perquè les seves paraules fessin efecte. El relaxament de la tensió a la sala es va fer gairebé tangible. Es va quedar un moment en silenci i després va continuar:— Déu, en la seva saviesa, ens va enviar ahir un mestre constructor que ens ajudarà en aquesta crisi, i que m'ha assegurat que, si treballem sota la seva direcció, podem tenir el claustre en bones condicions d'aquí a una setmana.

Es va sentir un murmuri de grata sorpresa.

—Em temo que la nostra catedral mai no podrà tornar a utilitzar-se per celebrar els oficis divins. L'haurem de construir de nou i, naturalment, això ens portarà molts anys. No obstant això, Tom, el constructor, diu que la cripta no ha sofert danys. Com que està consagrada, hi podem celebrar els oficis divins. Tom afirma que la posarà a punt en una setmana, tan aviat com hagi acabat la feina del claustre. Així doncs, com veieu, podrem tornar a celebrar els nostres cultes amb normalitat el diumenge de la quinquagèsima.

Un cop més, l'alleujament es va fer manifest. Philip va comprendre que havia aconseguit calmar els monjos i donar-los una sensació de seguretat. Al principi del capítol estaven esporuguits i desorientats. Ara s'havien tranquil·litzat i confiaven que tot aniria bé.

—Els germans que es considerin massa febles per dur a terme un treball físic en seran disculpats. Als germans que treballin de sol a sol amb Tom, els serà permès de menjar carn roja i beure vi —va afegir.

Exposada així la situació, Philip es va asseure. Remigius va ser el primer a prendre la paraula:

—¿Quant haurem de pagar a aquest constructor? —va preguntar amb suspicàcia. Remigius sempre trobava pegues.

—De moment, res —va contestar Philip—. Tom sap que som pobres. Treballarà a canvi del menjar i de l'allotjament per a ell i la seva família fins que estiguem en condicions de pagar-li.

Philip va comprendre que allò resultava ambigu. Semblava voler dir que Tom no rebria cap salari fins que el priorat s'ho pogués permetre, quan en realitat li deurien el salari per cada dia treballat a partir d'aquell moment. Però abans que el prior pogués aclarir quin era l'acord a què havien arribat, Remigius va tornar a prendre la paraula.

—¿On s'allotjaran?

—Els he cedit la casa d'hostes.

—Podrien viure amb alguna de les famílies de la vila.

—Tom ens ha fet una oferta generosa —va al·legar, impacient, Philip—. Tenim sort de poder comptar-hi. No vull que dormi al costat de les cabres i els porcs d'altra gent quan tenim aquí una casa com cal que està buida.

—Hi ha dues dones a la família...

—Una dona i una nena —va corregir Philip.

—Està bé, una dona. Però no volem que visqui una dona al priorat.

Els monjos estaven neguitosos. No els agradaven les objeccions sense solta ni volta de Remigius.

—És perfectament normal que hi hagi dones a la casa d'hostes —va afirmar Philip.

—Però no aquesta dona! —va explotar Remigius, encara que de seguida va semblar que ho lamentava.

—¿Que potser la coneixes, germà?

—Fa temps vivia per aquesta contrada —va admetre Remigius de mala gana.

Philip es va quedar intrigat. Era la segona vegada que es produïa un episodi semblant amb relació a la dona del constructor. Waleran també s'havia neguitejat en veure-la.

—¿I quin problema hi ha? —va preguntar Philip.

Abans que Remigius pogués contestar, va prendre la paraula el germà Paul, el vell monjo que s'encarregava del pont.

—Ja me'n recordo —va dir com en somnis—. Hi havia una noia salvatge dels boscos que venia per aquí... Bé, d'això ara deu fer uns quinze anys. Aquesta dona s'hi assembla. Deu ser la mateixa que s'ha fet gran.

—La gent deia que era bruixa —va al·legar Remigius—. No podem tenir una buixa al priorat!

—D'això, no en sabia res —va dir el germà Paul amb veu lenta i meditativa—. Però a qualsevol dona que visqui en estat salvatge, tard o d'hora se la titlla de bruixa. No tot el que la gent diu és veritat. Jo em conformo a deixar que el prior Philip jutgi amb la seva saviesa si la dona representa cap perill.

—La saviesa no sempre s'obté pel simple fet d'assumir un càrrec monàstic —va afirmar Remigius, molt sec.

—Això és veritat—va concedir el germà Paul en to mesurat. Llavors, mirant Remigius a la cara, va afegir:— De vegades no arriba mai.

Els monjos van riure d'aquella rèplica aguda, sobretot perquè venia de qui menys s'ho esperaven. Philip va fer veure que estava disgustat.

—Ja està bé! —va exclamar, i va reclamar silenci—. Aquestes qüestions són molt serioses. Ja parlaré amb aquesta dona. Ara cal que complim les nostres obligacions. Els que vulguin ser dispensats del treball físic es poden retirar a la infermeria per pregar i meditar. Els altres, veniu amb mi.

Va sortir del magatzem i es va dirigir, passant per darrere els edificis de la cuina, a l'arcada sud que conduïa al claustre. Uns quants monjos es van separar del grup i se'n van anar a la infermeria, Remigius i Andrew entre ells. «Cap d'aquests dos està fatigat», va pensar Philip, «però si treballen en grup acabaran creant problemes.» Es va sentir alleujat de veure que se n'anaven. La majoria dels monjos va seguir Philip.

Tom ja havia aplegat els criats del priorat i havia començat a treballar. Es trobava dret sobre la pila de runa del quadrat del claustre, i tenia un tros de guix a la mà, amb el qual marcava les pedres amb la lletra T, la seva inicial.

Per primera vegada a la vida, a Philip se li va acudir preguntar-se com es podien moure unes pedres tan grans. Certament, eren massa grans perquè un home sol les pogués aixecar. De seguida va trobar una explicació. A terra, hi posaven dues estaques grans, una al costat de l'altra, i empenyien una pedra fins a col·locar-l'hi a sobre. En acabat, dues persones agafaven els extrems de les estaques i les aixecaven. Tom els devia haver ensenyat a fer-ho.

El treball es feia a molt bon ritme. La major part dels seixanta treballadors del priorat formava un riu humà que transportava les pedres i tornava per emportar-se'n més.

Quan el va veure, Tom va baixar de la pila de runa. Abans de parlar amb Philip es va dirigir a un dels servents, el sastre que cosia els hàbits dels monjos.

—Que els monjos comencin a transportar aquestes pedres —li va dir—. Assegura't que només s'emporten les que he marcat amb guix; si no, la pila es podria ensorrar i matar algú. —Llavors es va dirigir a Philip.— He marcat prou pedres per tenir-los ocupats una bona estona.

—¿On les porten? —va preguntar el prior.

—Veniu i us ho ensenyaré. Vull assegurar-me que les apilen com cal.

Philip va acompanyar Tom. Les pedres les portaven a la banda est del recinte del priorat.

—Alguns servents també han de fer la seva feina de sempre —li va explicar Philip mentre caminaven—. Els mossos d'estable han d'ocupar-se dels cavalls, els cuiners han de preparar el menjar i algú ha de portar llenya, donar de menjar a les gallines i anar al mercat. Però no n'hi ha cap que tingui feina en excés, de manera que estic en condicions de prescindir d'una mitja dotzena d'homes. A més, podràs disposar de vint monjos.

—N'hi haurà prou —va dir Tom.

Van deixar enrere l'extrem est de l'església. Els treballadors apilaven les pedres encara calentes contra la paret est del recinte del priorat, a uns peus de la infermeria i de la casa del prior.

—Hem de guardar les pedres velles per a la nova catedral —va explicar Tom—. No es podran fer servir per aixecar murs, perquè les pedres ja utilitzades no aguanten bé a la intempèrie, però serviran per als fonaments. També s'han de conservar les pedres esberlades. Es barregen amb el morter i es posen a la cavitat que hi ha entre les capes interior i exterior del mur nou, formant el nucli de grava.

—Ja ho entenc.

Philip observava com Tom instruïa els treballadors sobre la millor manera d'apilar les pedres per tal que quedessin travessades i no caiguessin. Era evident que el constructor era un home expert que els era indispensable.

Quan Tom va donar per bona la feina duta a terme, Philip el va agafar pel braç i el va conduir, vorejant el temple, cap al cementiri. Havia deixat de ploure, però les lloses de les tombes encara estaven mullades. A l'extrem oriental del cementiri hi havia enterrats els monjos, a l'occidental els vilatans. La línia divisòria era el transsepte nord que sobresortia, ara en runes. Philip i Tom s'hi van aturar al davant. Un sol tebi s'obria pas entre els núvols. A la llum del dia, les bigues ennegrides no tenien cap aspecte sinistre, i Philip es va avergonyir en pensar que la nit anterior hi havia vist un dimoni.

—Alguns monjos posen pegues al fet que una dona visqui dins

del recinte del priorat —li va explicar. L'expressió que es va dibuixar a la cara de Tom era més intensa que l'ansietat. Semblava aterrit. «L'estima de debò», va pensar. Es va afanyar a continuar:— Però no vull que visquis a la vila i comparteixis la casa amb una altra família. Per evitar problemes seria millor que la teva dona es comportés amb discreció. Digue-li que es mantingui apartada dels monjos tant com sigui possible, en especial dels joves. Si hagués de caminar pel priorat ho hauria de fer amb la cara coberta. I sobretot no ha de fer res que desperti sospites de bruixeria.

—Així ho farem —li va assegurar Tom. El to de la veu era decidit, però semblava una mica desanimat.

Philip va recordar que aquella dona era molt perspicaç. Potser no acceptaria de bon grat que li manessin que havia de passar inadvertida. Però el dia anterior la seva família estava a la misèria, així que era probable que considerés aquestes restriccions com una condició indispensable per tenir menjar i sostre.

Van entrar. La nit abans Philip havia considerat aquella destrucció com una tragèdia sobrenatural, una terrible derrota de les forces de la civilització i la religió veritables, un cop que destruïa el treball de tota la seva vida. Ara només semblava un problema que calia solucionar. Un problema enorme, és clar, fins i tot temible, però no sobrehumà. El canvi de perspectiva es devia, sobretot, a Tom, i Philip no n'hi podia estar més agraït.

Van arribar a l'extrem occidental. Philip va veure que a les cavallerisses guarnien un cavall ràpid i es va preguntar qui devia ser que es disposava a viatjar en un dia com aquell. Va deixar que Tom tornés al claustre mentre ell se n'anava a les cavallerisses a esbrinar qui era que marxava.

Qui havia manat que posessin sella al cavall era un dels ajudants del sagristà. Es tractava del jove Alan, el que havia rescatat el cofre de la sala capitular.

—¿On vas, fill meu? —li va demanar Philip.

—Al palau del bisbe —va contestar Alan—. El germà Andrew m'hi envia per buscar espelmes, aigua beneita i hòsties, perquè ho hem perdut tot a l'incendi i hem de celebrar els oficis com més aviat millor.

Allò tenia sentit. Conservaven aquelles coses en una caixa tancada que hi havia al cor, que amb tota seguretat es devia haver cremat. Philip va estar content que el sagristà estigués organitzant les seves coses.

—Molt bé —va dir—. Però espera un moment. Si vas al palau porta una carta meva al bisbe Waleran.

El recargolat Waleran ja era bisbe, càrrec per al qual havia estat elegit mitjançant una maniobra vergonyosa. Però ara Philip ja no li podia retirar el suport i estava obligat a tractar-lo com a superior.

—Li he d'enviar un informe sobre l'incendi.

—Molt bé —va respondre Alan—, però ja li porto una carta del germà Remigius.

—¿Ah, sí? —Philip es va quedar sorprès. Va pensar que Remigius tenia molta iniciativa.— Molt bé —va dir—. Viatja amb prudència i que Déu t'acompanyi.

—Gràcies.

Philip es va dirigir a l'església. Remigius havia actuat sense perdre un instant. ¿Per què ell i el sagristà tenien tantes presses? Allò el va inquietar. ¿La carta es referia només a l'incendi de l'església, o hi havia alguna cosa més?

Philip es va aturar al mig de la gespa i va mirar enrere. Estava en el seu dret de demanar aquella carta a Alan i llegir-la, però ja era massa tard. Alan ja sortia per la porta. Philip se'l va quedar mirant, i es va sentir una mica confós. En aquell moment la dona de Tom va sortir de la casa d'hostes amb una galleda on segurament portava les cendres de la llar de foc. Es va dirigir cap al femer, a prop de les cavallerisses. Philip la va observar. La seva manera de caminar era agradable, com el pas d'un bon cavall.

Va pensar un altre cop en la carta de Remigius a Waleran. Tenia la intuïció que el principal tema del missatge no era l'incendi, i allò el preocupava.

Malgrat no tenir cap raó de pes, estava segur que la carta parlava de la dona de Tom, el constructor.

III

Jack es va despertar amb el primer cant del gall. Quan va obrir els ulls, va veure que Tom es llevava. Es va quedar ajagut, immòbil, i va escoltar com Tom feia un pipí a terra, al costat de la porta de la casa. Tenia ganes d'anar a ocupar el lloc calent que Tom havia deixat buit i quedar-se abraçat a la seva mare, però sabia que, si ho feia, Alfred se'n riuria tant com podria i per això es va quedar on era. Tom va tornar a entrar i va sacsejar Alfred perquè es despertés.

Tom i Alfred van beure la cervesa que havia quedat del sopar del dia anterior, van menjar una mica de pa remollit i tot seguit se'n van anar. Havia quedat una mica de pa i Jack esperava que n'hi haguessin deixat, però no, com sempre, Alfred se l'havia endut.

Alfred treballava tot el dia a l'obra amb Tom. De vegades, Jack i la seva mare anaven a passar el dia al bosc. La mare posava paranys mentre ell caçava ànecs amb la fona. Tot el que atrapaven, ho venien als vilatans o a Cuthbert, el cellerer. Eren els seus únics ingressos, perquè Tom no rebia cap salari. Amb aquests diners compraven teixits, cuir i sèu i, els dies que no anaven al bosc, la mare feia sabates, samarres, espelmes o alguna gorra mentre Jack i Martha jugaven amb la canalla de la vila. Els diumenges, després de missa, a Tom i a la mare els agradava seure a la vora del foc i fer petar la xerrada. A vegades, es començaven a fer petons i Tom posava la mà per sota el vestit d'Ellen i llavors feien sortir els nens una estona i tancaven la porta amb el travesser. Aquest era el pitjor moment de la setmana perquè Alfred estava de molt mal humor i empaitava i empipava els petits.

Però aquell era un dia de cada dia i Alfred treballaria des de l'alba fins al capvespre. Jack es va llevar i va sortir a fora. Feia un fred sec. Martha va sortir al cap d'uns moments. A les ruïnes de la catedral hi havia un formigueig de treballadors que carretejaven pedres, treien runa a cops de pala, construïen suports de fusta per apuntalar els murs poc segurs i tiraven a terra els que estaven massa malmesos per ser conservats.

Entre els vilatans i els monjos, s'havia produït una mena d'acord, i tots deien que era el dimoni qui havia calat foc. Durant llargs períodes, Jack va oblidar que era ell qui l'havia encès. Quan ho recordava, primer s'espantava, però de seguida l'envaïa un sentiment de satisfacció. S'havia arriscat perillosament, però s'havia sortit amb la seva i havia salvat la seva família de la fam.

Els monjos esmorzaven primer, i els treballadors no menjaven res fins que els monjos anaven al capítol. A Martha i Jack aquesta espera se'ls feia molt llarga. Jack sempre es llevava amb gana, i l'aire fred del matí encara n'hi feia venir més.

—Anem al pati de la cuina —va proposar Jack. Potser els marmitons ens donaran algunes restes. Martha hi va estar d'acord de seguida. La nena pensava que Jack era encantador, i sempre estava disposada a fer el que ell suggeria.

Quan van arribar a la zona de la cuina van descobrir que l'encarregat de fer el pa aquell dia era el germà Bernard. Com que tots els seus ajudants estaven treballant a l'obra, ell mateix carregava la llenya. Era un home jove, força gras, i esbufegava i suava sota aquella pila de troncs.

—Nosaltres et portarem la llenya, germà —es va oferir Jack.

Bernard va descarregar aquella braçada al costat del forn i va allargar a Jack un cistell ample i baix.

—Sou uns bons nois —va dir panteixant—. Que Déu us beneeixi.

Jack va agafar el cistell i tots dos van córrer cap a la pila de llenya que hi havia darrere la cuina. Van omplir el cistell de troncs i el van portar entre tots dos.

Quan van tornar, el forn ja estava calent i Bernard va buidar el cistell directament al foc i els va enviar a fer un altre viatge. Jack tenia una molèstia als braços, però encara li feia més mal la panxa, i es va afanyar a carregar de nou el cistell.

Quan van tornar per segona vegada, Bernard posava boletes de pasta de pa en una safata.

—Porteu-me un altre cistell de llenya i us donaré uns panets acabats de fer —els va dir. A Jack li va fer venir aigua a la boca.

La tercera vegada van posar al cistell una càrrega més gran

i van tornar fent tentines, agafant una nansa cada un. Quan s'acostaven al pati es van trobar Alfred, que portava una galleda i segurament anava a buscar l'aigua del reguerot que corria des de la bassa del molí pel terreny de gespa i desapareixia sota terra al costat de la cerveseria. Alfred no podia veure Jack i les coses havien anat de mal en pitjor d'ençà que Jack li havia posat l'ocell mort a la cervesa. En circumstàncies normals, Jack hauria fet mitja volta com si res i se n'hauria anat. En aquelles circumstàncies, va pensar si no era millor deixar caure el cistell i arrencar a córrer, però li va semblar una covardia. A més, ja sentia l'olor de pa que li arribava del forn, i tenia molta gana, així que va continuar tan de pressa com va poder, encara que no les tenia totes.

Alfred va esclafir a riure quan els va veure tentinejar sota un pes que ell sol hauria pogut carregar sense problemes. Van ferse a un costat per apartar-se'n, però ell va avançar un parell de passes en la seva direcció i va donar una empenta a Jack, fent-lo caure de cul, cosa que li va provocar molt de mal al carpó. Jack va deixar anar la nansa del cistell i tota la llenya va anar per terra. Els ulls se li van omplir de llàgrimes, més per la ràbia que pel dolor. Era molt injust que li fes allò sense cap provocació i que se sortís amb la seva. Jack es va aixecar i va tornar a ficar la llenya pacientment al cistell perquè Martha pensés que li era igual. Van recollir la llenya i van seguir caminant fins al forn.

Allí van obtenir l'esperada recompensa. Els panets ja es refredaven en una safata, sobre un prestatge de pedra. Quan van entrar, Bernard en va agafar un i hi va clavar les dents.

—Ja es poden menjar. Agafeu els que vulgueu, però aneu amb compte... Encara estan calents —els va advertir.

Jack i Martha van agafar un panet cadascú. Jack el va tastar amb cautela, amb por de cremar-se la boca, però era tan bo que se'l va cruspir en un moment. Es va quedar mirant els altres panets. En quedaven nou. Va mirar el germà Bernard, que somreia amb cara de bonifaci.

—Ja sé què penses —va dir el monjo—. Vinga, agafeu-los tots...!

Jack es va aixecar la faldilla de la capa i va embolicar-hi la resta de panets.

—Els portarem a la mare —va anunciar dirigint-se a Martha.

—Ets un bon xicot —va dir Bernard—. Ja podeu marxar.

—Gràcies, germà —va respondre Jack.

Van sortir del forn i es van encaminar a la casa d'hostes. Jack estava emocionat. La seva mare es posaria molt contenta quan veiés que li portava aquelles exquisideses. Va estar temptat de menjar-se'n un altre abans de donar-los-hi, però va resistir la temptació. Seria fantàstic donar-los-hi tots...

Mentre creuaven la gespa, es van tornar a topar amb Alfred.

Aquest havia omplert la galleda, havia tornat a l'obra i l'havia buidat. Allò volia dir que ara tornava a omplir-la. Jack va decidir mostrar-se indiferent, amb l'esperança que Alfred no li fes cas, però com que amb prou feines podia amagar els panets amb les faldilles de la capa, Alfred els va tornar a barrar el pas.

Jack li hauria donat un panet de bona gana, però sabia que Alfred els agafaria tots, així que va arrencar a córrer.

Alfred li va anar al darrere i no va trigar a atrapar-lo. Va allargar la cama i li va fer la traveta. Jack va sortir disparat i els panets van quedar escampats per terra.

Alfred en va agafar un, li va netejar una mica el fang i se'l va ficar a la boca.

—Però si és acabat de fer! —va exclamar, sorprès, i els va anar recollint tots molt de pressa...

Jack es va aixecar amb penes i treballs i va intentar agafar un dels panets de terra, però Alfred li va donar un cop molt fort amb la mà i el va fer tornar a caure, va agafar ràpidament els panets escampats i es va allunyar endrapant-los tots. Jack no va poder aguantar-se les llàgrimes.

Martha se'l mirava i el compadia, però ell no volia compassió. Se sentia humiliat. Va començar a caminar, i quan va veure que Martha el seguia, es va girar i li va cridar:

—Vés-te'n!

La nena va semblar dolguda, però es va aturar i va girar cua.

Jack va caminar cap a les runes i es va eixugar les llàgrimes amb la màniga. Tenia ganes de matar. «He cremat la catedral», va pensar, «i puc matar Alfred.»

A les ruïnes, aquell matí escombraven i endreçaven. El xicot va recordar que esperaven un dignatari eclesiàstic que havia d'inspeccionar els danys.

El que realment el treia de polleguera era la superioritat física d'Alfred. Podia fer el que volia només perquè era molt més alt i fort. Jack va caminar una estona, enrabiat. Li hauria agradat que Alfred hagués estat dins de la catedral mentre queien totes aquelles pedres.

Al cap d'una estona, va veure Alfred de nou. Era al transsepte nord, cobert de pols grisa, omplint un carro d'estelles de pedra amb una pala. Prop del carro hi havia una biga de la teulada que havia quedat sense desperfectes, només una mica socarrada de les vores i negra de sutge. Jack va passar el dit per la biga i va veure que hi quedava una ratlla blanquinosa. De sobte es va sentir inspirat i hi va escriure: «Alfred és un porc.»

Alguns treballadors es van fixar en ell. Estaven sorpresos pel fet que Jack sabés escriure. Un home jove va preguntar:

—¿Què hi diu?

—Pregunteu-ho a Alfred —va contestar Jack.

Alfred va mirar aquelles paraules escrites i va arrugar el front. Sabia llegir el seu nom, però no el que hi havia a continuació. Es va empipar. Estava segur que era un insult, però no sabia de quina mena i allò li resultava humiliant. Jack va sentir que la seva ràbia s'apaivagava. Alfred podia ser més alt, però ell era més llest. En aquell moment, un novici que passava per allà va llegir el que hi havia escrit i va somriure.

—¿Qui és Alfred? —va preguntar.

—Aquest d'aquí —va respondre Jack, assenyalant-lo amb el polze. Alfred encara semblava més furiós, perquè encara no sabia com s'ho havia de prendre i, desconcertat, es va repenjar sobre la pala.

El novici va riure.

—Així que és un porc, ¿què fa? ¿Busca glans? —va dir.

—Suposo —va contestar Jack, content d'haver trobat un aliat.

Alfred va deixar anar la pala i es va abalançar damunt del noi.

Jack ja s'ho esperava i va sortir disparat com una fletxa. El novici va allargar un peu per fer entrebancar Jack, com si volgués ser tan malèvol amb l'un com amb l'altre, però ell va saltar-hi per sobre amb agilitat. Va córrer veloçment al llarg del que havia estat el presbiteri, esquivant piles de runa i saltant per damunt de les bigues caigudes de la teulada. Darrere seu sentia les passes pesades i la respiració ronca d'Alfred i la por li donava ales als peus.

Al cap d'un moment es va adonar que corria en direcció equivocada. Per aquell cantó la catedral no tenia sortida. El cor se li va encongir i va comprendre que Alfred li clavaria una bona pallissa.

La part superior de l'extrem est del temple s'havia ensorrat i les pedres s'amuntegaven en el que quedava de paret. Com que no tenia cap més lloc on anar, Jack es va enfilar per aquella pila. Alfred el seguia de molt a prop. Quan va arribar a dalt de tot va veure davant seu un terrible espadat d'uns quatre metres d'altura. Va temptejar la vorera, esporuguit. Era massa amunt per saltar sense fer-se mal. Alfred li va intentar agafar el turmell. Jack va perdre l'equilibri. Durant un moment es va quedar amb un peu a la paret i l'altre a l'aire, fent anar els braços com un molí de vent per intentar recuperar l'equilibri. Alfred l'aguantava pel turmell. Jack va saber que cauria irremissiblement. Alfred el seguia aguantant i cada cop el desequilibrava més; al final, el va deixar anar. Jack va caure al buit, proferint un crit. Va caure a terra de costat. El cop va ser brutal. A més, va tenir la mala sort de topar de cara sobre una pedra.

Tot es va enfosquir per uns moments.

Quan va obrir els ulls, Alfred estava dret al costat seu (devia haver baixat la paret de pedra d'alguna manera o altra) i amb ell hi havia un dels monjos vells, el sotsprior Remigius.

—Aixeca't, noi —va dir Remigius quan va veure que obria els ulls.

Jack no sabia si podria fer-ho. Li era impossible moure el braç esquerre i no sentia res a la banda esquerra de la cara. Es va asseure. Havia pensat que es moriria i es va quedar sorprès de poder-se moure. Va fer servir el braç dret per aixecar-se, es va posar dempeus amb penes i treballs, carregant gairebé tot el pes sobre la cama dreta. A mesura que les parts insensibles reaccionaven, va començar a sentir dolor.

Remigius el va agafar pel braç ferit. Jack va deixar anar un esgarip de dolor. Sense immutar-se, Remigius va agafar Alfred per l'orella. No hi havia dubte que imposaria un càstig molt dur a tots dos, va pensar Jack, encara que a ell tot li feia tant de mal que tant li era.

—I tu ¿per què intentaves matar el teu germà? —va preguntar Remigius a Alfred.

—No és el meu germà —va contestar el noi.

El monjo va canviar d'expressió.

—¿Què vol dir que no és el teu germà? —va demanar—. ¿Que potser no teniu el mateix pare i la mateixa mare?

—Ella no és la meva mare —va contestar Alfred—. La meva mare és morta.

La mirada de Remigius es va tornar malèvola.

—¿Quan va morir la teva mare?

—Per Nadal.

—¿Aquest Nadal passat?

—Sí.

Malgrat el mal que sentia per tot el cos, Jack va notar que, per alguna raó, Remigius tenia un gran interès en aquella qüestió.

—¿Així que fa poc que el teu pare ha conegut la mare d'aquest noi? —va preguntar el monjo amb una excitació reprimida—. I d'ençà que estan junts... ¿Han anat a veure un capellà per beneir aquesta unió?

—Mmm..., no ho sé.

Era evident que Alfred no entenia les paraules que feia servir el monjo, ni tampoc Jack.

—Vull dir, ¿s'han casat? —va preguntar Remigius, impacient.

—No.

—Ja ho entenc.

Remigius semblava molt satisfet amb aquella informació, tot i que Jack va pensar que hauria d'estar enfadat. La seva expressió era més aviat de satisfacció. El sotsprior es va quedar uns moments callat i pensatiu i al final es va recordar dels dos nois.

—Molt bé, si us voleu quedar al priorat i menjar el pa dels monjos, no us podeu barallar, encara que no sigueu germans. Nosaltres, els homes de Déu, no podem presenciar vessaments de sang. Aquest és un dels motius pels quals vivim apartats del món.

Amb aquest sermó, Remigius va deixar els dos nois, va fer mitja volta i se'n va anar. Per fi Jack podia córrer a buscar la seva mare.

Havia tardat tres setmanes, i no dues, però Tom ja tenia la cripta en condicions per ser utilitzada com a església i aquell dia hi aniria el bisbe electe per celebrar-hi el primer ofici. El claustre estava net de runa, i Tom hi havia reparat els desperfectes. El claustre tenia una estructura senzilla, consistent en els corredors coberts, i la feina havia estat fàcil. Gairebé la resta de la catedral no era més que una pila de runa, i alguns dels murs que havien quedat dempeus corrien el perill d'ensorrar-se, però Tom havia obert un camí des del claustre, per on hi havia hagut el transsepte sud, fins a les escales de la cripta.

Tom va mirar al seu voltant. La cripta era prou gran perquè els monjos hi poguessin celebrar els oficis divins. Es tractava d'una peça més aviat fosca, amb columnes gruixudes i un sostre baix de volta de canó, però de construcció sòlida, la qual cosa li havia permès resistir al foc. Hi havien portat una taula de cavallet perquè fes d'altar, i els bancs del refectori havien de servir perquè els monjos s'hi asseguessin. Quan el sagristà hi va posar les tovalles brodades i els canelobres amb incrustacions de pedres precioses, l'altar improvisat feia molt d'efecte.

Quan es tornessin a celebrar els oficis divins, Tom disposaria de menys treballadors per ajudar-lo. La majoria dels monjos tornaria a la vida monàstica i molts dels que s'ocupaven de les feines al camp o de les tasques administratives s'incorporarien altre cop a la feina. Tanmateix, Tom encara disposaria de la meitat de criats del priorat com a mà d'obra. El prior Philip tenia una actitud molt estricta envers aquests servents. Creia que eren massa nombrosos i, si no acceptaven passar de ser mossos i marmitons a ajudants de Tom, els despatxava sense contemplacions. Uns quants se n'havien anat, però la majoria continuava allà.

El priorat ja devia a Tom la paga de tres setmanes. El salari d'un mestre constructor era de quatre penics diaris, per tant el priorat ja li devia setanta-dos penics. A mesura que passaven els dies aquest deute augmentava i al prior Philip cada vegada li resultaria més difícil prescindir de Tom. Al cap de mig any, Tom demanaria al prior que li comencés a pagar. Però llavors ja li deuria dues lliures i mitja de plata, que Philip hauria de tenir abans de poder acomiadar Tom. El deute feia que se sentís segur.

També hi havia la possibilitat, tot i que no s'atrevia a pensar-hi, que aquella feina li durés tota la vida. Al capdavall, allò era una catedral, i si les persones que tenien el poder decidien encarregar un nou edifici que els donés prestigi i trobaven diners per pagar-lo, seria l'obra més gran del regne, que donaria feina a unes quantes dotzenes de manobres durant més d'una dècada.

Però allò era esperar massa. Parlant amb els monjos i els vilatans, Tom s'havia assabentat que Kingsbridge mai no havia estat una catedral important. Arraconada en una contrada tranquil·la i envoltada d'una petita vila, havia tingut una successió de bisbes sense ambició i era evident que estava en decadència. El priorat no tenia prestigi ni diners. Alguns monestirs atreien l'atenció de reis i arquebisbes per la seva luxosa hospitalitat, per la importància de les seves escoles i biblioteques, o per les recerques filosòfiques dels monjos o l'erudició de priors i abats. Però Kingsbridge no podia presumir de res de tot allò. Amb tota probabilitat el prior Philip construiria una església petita i senzilla amb uns ornaments modestos, que estaria acabada en menys de deu anys.

Tanmateix, allò ja li anava bé.

S'havia adonat, fins i tot abans que es refredessin les runes ennegrides pel foc, que aquella era la seva oportunitat per construir la catedral que havia desitjat.

El prior Philip estava convençut que Déu l'havia enviat a Kingsbridge. Ell s'havia guanyat la confiança de Philip per l'eficiència amb què havia organitzat el procés de neteja perquè el priorat reprengués les seves activitats. Quan arribés el moment ja parlaria al prior del projecte de construcció d'un nou edifici. Si actuava amb tacte, era possible que Philip n'hi demanés uns esbossos. El fet que l'església nova fos més aviat modesta oferia més possibilitats que li confiessin el projecte a ell i no a un mestre amb més experiència en la construcció de catedrals. Tom tenia grans esperances que fos així.

Van tocar a capítol. Aquest també era el senyal d'esmorzar per als treballadors laics. Tom va sortir de la cripta i es va dirigir al refectori. A mig camí va topar amb Ellen.

Ellen es va plantar davant de Tom amb actitud desafiant, barrant-li el pas. Als ulls, hi tenia una mirada estranya. L'acompanyaven Martha i Jack, que tenia un aspecte horrorós. Tenia un ull tancat, la banda esquerra de la cara estava tota inflada i hi tenia ferides, i a més es repenjava sobre la cama dreta, com si l'esquerra no pogués aguantar gens de pes. Tom va sentir llàstima pel vailet.

—¿Què t'ha passat? —li va preguntar.

—L'hi ha fet l'Alfred —va dir Ellen.

Tom ho va lamentar. Per un instant es va avergonyir d'Alfred, molt més alt i fort que Jack. Però a aquest també se'l podia deixar anar. Potser l'havia provocat. Tom va mirar al seu voltant buscant el seu fill i al final va veure que es dirigia al refectori, cobert de pols.

—Alfred! Vine aquí! —el va cridar.

Alfred va fer mitja volta i es va acostar a poc a poc, amb una actitud que delatava culpabilitat.

—¿Tu li has fet això? —li va preguntar Tom.

—Ha caigut de dalt d'un mur —va contestar Alfred, amb brusquedat.

—¿Li has donat una empenta?

—L'estava empaitant.

—¿Qui ha començat?

—Jack m'ha insultat.

—Li he dit porc perquè ens ha pres els panets —va explicar el noi amb dificultat, a causa dels llavis inflats.

—¿Panets? —va preguntar Tom—. ¿D'on heu tret panets abans de l'hora d'esmorzar?

—Ens els ha donat Bernard Baker. A canvi, li hem anat a buscar la llenya.

—Doncs us els havíeu de repartir com a germans —va dir Tom.

—Ja ho he volgut fer.

—Doncs llavors, ¿per què has sortit corrents? —va preguntar el xicot.

—Els anava a portar a la mare —va protestar Jack—. I Alfred se'ls ha menjat tots!

Tom sabia que no hi havia la més petita possibilitat de saber qui tenia o no raó en les baralles entre nens.

—Vinga, ara aneu a esmorzar. Si avui hi ha més baralles, Alfred, acabaràs amb una cara com la de Jack, però seré jo qui te la faci. Marxeu.

Els nens es van allunyar.

Tom i Ellen els van seguir a pas més lent.

—¿Això és tot el que li diràs? —va preguntar ella al cap d'un moment.

Tom la va mirar de reüll. Encara estava enfadada, però ell no hi podia fer res.

—Tots dos en tenen la culpa, com sempre —va contestar, arronsant les espatlles.

—¿Com pots dir això, Tom?

—L'un és tan dolent com l'altre.

—Alfred els ha robat els panets. Jack li ha dit porc per haver-ho fet. Això és massa poc per fer córrer sang.

Tom va fer que no amb el cap.

—Els nois sempre es barallen. T'hi podries passar tota la vida si vols saber qui és el culpable de les seves trifulgues. Val més deixar que ells mateixos liquidin els seus afers.

—Amb això no n'hi ha prou —va dir Ellen en un to que no presagiava res de bo—. Mira la cara de Jack i mira la d'Alfred. Això no és el resultat d'una baralla de nens. És un atac fet amb molt mala bava per part d'un xicot, gairebé un home, a un nen.

A Tom el va molestar l'actitud d'Ellen. Sabia que el seu fill no era cap angelet, però tampoc no ho era Jack, i no volia que aquest es convertís en el nen mimat de la família.

—Alfred no és un home. Només té catorze anys, però tot i això treballa. Contribueix a mantenir la família, mentre que Jack no. Juga tot el dia com un nen. Segons la meva opinió, Jack hauria de ser més respectuós amb Alfred. Ja et deus haver adonat que no n'hi mostra gaire, de respecte.

—Se me'n fot! —va explotar Ellen—. Pots dir el que et sembli, però el meu fill està molt malferit i podria haver estat pitjor, i no ho puc permetre! —Es va posar a plorar. En veu més baixa, però encara enfadada, va afegir:— És el meu fill i no puc suportar veure'l així.

Tom se'n va compadir i es va sentir temptat de consolar-la, però temia cedir. Tenia la sensació que aquella conversació canviaria les coses per sempre. Com que Jack vivia sol amb la seva mare, havia estat sobreprotegit. Tom no volia permetre que al noi se li haguessin d'amortir els cops normals de la vida quotidiana. Allò seria un precedent que li causaria infinites dificultats en els pròxims anys. Tom sabia molt bé que aquesta vegada el seu fill havia anat massa lluny, i dintre seu estava decidit a obligar-lo que deixés Jack en pau. Però no seria prudent dir-ho.

—Els cops formen part de la vida —va explicar a Ellen—. Jack ha d'aprendre a rebre'ls o a evitar-los. No em puc passar tot el sant dia protegint-lo.

—Però sí que el pots protegir d'aquest fill teu tan cruel!

Tom va haver d'encaixar aquell comentari, però li sabia greu que Ellen qualifiqués Alfred de cruel.

—Ho podria fer, però no ho faré —va replicar—. Jack ha d'aprendre a cuidar-se ell mateix.

—Vés-te'n a l'infern! —va exclamar Ellen, i se'n va anar.

Tom va entrar al refectori. La cabana de fusta on els treballadors laics menjaven normalment havia quedat malmesa per l'esfondrament de la torre sud-oest, de manera que ara menjaven al refectori, un cop els monjos havien fet els seus àpats i se n'havien anat. Tom es va asseure apartat, perquè no tenia ganes de parlar amb ningú. Un marmitó li va portar una gerra de cervesa i unes llesques de pa en un cistellet. Va sucar el pa a la cervesa per estovar-lo i se'l va menjar a poc a poc.

Alfred era un xicot amb un físic molt desenvolupat i amb una energia excessiva, va pensar Tom. En el fons del seu cor sabia que era una mica agressiu, però estava segur que amb el temps es tranquil·litzaria. Mentrestant ell no estava disposat que els seus propis fills haguessin de donar un tracte especial a un noi acabat d'arribar. Ja havien hagut de suportar massa. Havien perdut la mare, s'havien vist obligats a recórrer els camins, i havien estat a punt de morir de gana. No tenia ganes d'imposar-los noves càrregues si ho podia evitar. Es mereixien que fos indulgent amb ells. El que Jack havia de fer era mantenir-se allunyat d'Alfred. No es moriria per això.

Les disputes amb Ellen sempre el deixaven una mica moix. S'havien barallat unes quantes vegades, normalment a causa dels nens, però aquesta havia estat la pitjor topada que havien tingut. Quan Ellen es mostrava tan inflexible i hostil, Tom no recordava la raó per la qual, feia tan poc de temps, se n'havia enamorat tan apassionadament. En aquells moments li semblava una dona estranya i furiosa que havia entrat furtivament a la seva tranquil·la vida.

Amb la seva primera dona mai no havia tingut discussions tan agres i enceses. Quan recordava la seva vida anterior, li semblava que amb Agnes havien estat d'acord sobre tot el que era important, i que quan no era així, no s'enfadaven d'aquella manera. Així era com havia de ser entre un home i una dona, i Ellen havia de comprendre que no podia formar part d'una família i al mateix temps fer la seva santa voluntat.

Ni tan sols quan el treia de polleguera, Tom no volia que Ellen se n'anés, però tot i així, sovint pensava en Agnes amb remordiments. L'havia acompanyat durant gairebé tota la seva vida adulta i ara tenia la sensació permanent que li faltava alguna cosa. Mentre Agnes vivia, mai no se li havia acudit pensar que era molt afortunat de tenir-la ni li havia mostrat agraïment. Però ara que era morta, la trobava a faltar i li sabia greu no haver-li dedicat més atenció.

Durant els moments tranquils de la jornada, quan havia donat instruccions i tothom treballava amb afany, podia dedicar-se per complet a alguna tasca que requerís traça, com la reconstrucció d'una petita part del mur en els claustres o la reparació d'una columna a la cripta, i llavors de vegades mantenia converses imaginàries amb Agnes. Sobretot li parlava de Jonathan, el seu fill petit. Tom el veia gairebé cada dia, quan li donaven el menjar a la cuina, quan el portaven amunt i avall pels claustres o el ficaven al llit, al dormitori dels monjos. Semblava perfectament sa i feliç, i ningú, a excepció d'Ellen, no sabia o sospitava que Tom sentia un afecte especial pel nen. Tom també parlava amb Agnes, com si fos viva, d'Alfred i del prior Philip, i fins i tot d'Ellen, i li explicava els seus sentiments cap a ells, tret dels que tenia per Ellen. També li explicava els seus plans de futur, l'esperança que tenia de quedar-se treballant en aquell lloc durant molts anys i el seu somni de dibuixar i construir la catedral nova. Al cap, hi sentia les preguntes i respostes d'Agnes. A vegades estava contenta, fascinada; d'altres, era reconfortant, suspicaç o crítica. A vegades Tom li donava la raó; d'altres, pensava que s'equivocava. Si hagués explicat a algú aquestes conversacions, hauria dit que s'estava comunicant amb un espectre i un grapat de capellans l'haurien anat a veure amb aigua beneita i exorcismes. Però ell sabia molt bé que no hi havia res de sobrenatural en el que estava passant. L'únic que passava era que la coneixia tan bé que podia imaginar el que sentiria o diria en gairebé totes les situacions.

Se li presentava a la imaginació en els moments més insospitats, sense que ell ho demanés. Quan pelava una pera amb el ganivet per a Martha, Agnes es mofava dels esforços que feia per pelar-la sense fer malbé la pell. Sempre que havia d'escriure alguna cosa pensava en ella, perquè Agnes li havia ensenyat tot el que havia après del seu pare, el sacerdot. I recordava que li havia ensenyat a retallar una ploma d'au o a lletrejar *caementarius*, la paraula llatina per «constructor». Quan els diumenges es rentava la barba, se l'acostumava a ensabonar i recordava quan eren joves, i com Agnes li havia ensenyat que si tenia bona cura de la barba no tindria grans ni paràsits a la cara. No passava ni un sol dia en què qualsevol incident, per petit que fos, no li fes pensar en ella.

Sabia que era afortunat de tenir Ellen. Amb ella no se li oblidava mai donar-li atenció, perquè ella en reclamava constantment. Era única. Hi havia en ella alguna cosa fora del corrent i aquesta cosa anormal era precisament el que li donava aquell magnetisme. Li estava agraït que l'hagués consolat pel dolor de la pèrdua d'Agnes, l'endemà de la seva mort, però de vegades desitjaria haver-la trobat uns quants dies després de la mort de la seva esposa, i haver tingut un temps per plorar per ella tot sol. No hauria guardat un període de dol, perquè allò eren coses de senyors i capellans i no per a la gent normal i corrent, però sí que hauria tingut temps d'acostumar-se a l'absència d'Agnes abans de començar a avesar-se a viure amb Ellen. Aquelles idees no se li havien acudit els primers dies, quan l'amenaça de morir de gana s'havia combinat amb l'excitació sexual que li provocava Ellen, i tot plegat havia donat lloc a una mena d'emoció histèrica, com si s'acostés la fi del món, però d'ençà que havia trobat feina i seguretat començava a tenir remordiments. I de vegades li semblava que, quan pensava d'aquella manera en Agnes, no tan sols l'enyorava sinó que també es planyia per haver deixat la joventut enrere. Mai més no tornaria a ser tan innocent, tan agressiu o tan vigorós ni tindria tanta fam per una dona com quan es va enamorar d'Agnes.

Es va acabar el pa i va sortir del refectori abans que la resta. Se'n va anar al claustre. Estava content amb la feina que hi havia realitzat. Ara resultava difícil imaginar que tres setmanes enrere aquell lloc hagués estat sepultat sota la runa. L'únic que recordava la catàstrofe eren les esquerdes en alguna de les lloses del paviment, per a les quals no havia trobat recanvis.

Tanmateix, encara hi havia molta pols. Hauria de fer que escombressin el claustre de nou i que després el reguessin amb aigua. Va travessar l'església en runes. Al transsepte nord hi va veure una biga ennegrida en què hi havien escrit alguna cosa en el sutge. Tom la va llegir amb lentitud. Hi deia: «Alfred és un porc.» Vet aquí el que havia fet enfurismar el seu fill! Gran part de la fusta de la teulada no s'havia consumit i arreu hi havia bigues socarrimades com aquella. Tom va decidir que aplegaria un grup de treballadors per recollir tota aquella fusta i portar-la al magatzem de llenya. «Tot ha d'estar net i endreçat», deia Agnes quan esperaven la visita d'algú important, «així el patró estarà satisfet que l'encarregat d'aquest lloc sigui Tom.» «Tens raó, estimada», va pensar Tom, i va somriure mentre es dirigia a la feina.

A través dels camps, des del priorat van albirar el grup de Waleran Bigod a més d'un quilòmetre. Eren tres i cavalcaven ràpid. El mateix Waleran anava davant i muntava un cavall negre, mentre el vent li feia voleiar la capa negra. Philip i els funcionaris monàstics més antics els esperaven al costat de les cavallerisses.

El prior no estava segur de com havia de tractar Waleran. Era indiscutible que aquest l'havia ensarronat quan no li va dir que el bisbe ja era mort, però quan finalment la veritat va sortir a la llum, Waleran no es va mostrar gens avergonyit i Philip no va saber què dir. I encara ara no ho sabia, però sospitava que no guanyaria res si començava a fer retrets. De tota manera, tot allò havia quedat en segon terme per la catàstrofe de l'incendi. En qualsevol cas, Philip extremaria la cautela amb aquell home en el futur.

El cavall de Waleran era un semental nerviós i excitable, tot i que havia cavalcat molts quilòmetres. Va mantenir el cap cot mentre el portaven a les cavallerisses. No calia que un clergue presumís de cavall, va pensar Philip amb desaprovació, i per això la majoria dels homes de Déu els escollia més tranquils.

Waleran va desmuntar amb agilitat i va allargar les regnes a un mosso d'estable. Philip el va saludar amb cerimònia. Waleran es va girar i va mirar les runes d'una banda a l'altra. Va fer cara de desaprovació.

—Un incendi devastador —va dir, a la fi.

Philip es va quedar sorprès de veure que semblava desolat de debò.

—Obra del diable, senyor bisbe —va comentar Remigius abans que Philip pogués dir res.

—¿De debò? —va preguntar Waleran—. Segons la meva experiència, al diable normalment l'ajuden en aquestes tasques els monjos que encenen fogueres per escalfar-se durant les matines o que es deixen espelmes enceses al campanar.

A Philip el va divertir veure que Remigius empetitia davant d'aquells comentaris, però no podia deixar passar les insinuacions de Waleran.

—He fet una investigació sobre les possibles causes de l'incendi —va dir—. Però ningú va encendre foc a la catedral aquella nit. Ho puc assegurar perquè jo mateix vaig assistir a matines. I feia mesos que ningú no havia pujat a la teulada.

—Aleshores, ¿quina explicació hi doneu? ¿Un llamp, potser? —va preguntar Waleran, amb escepticisme.

Philip ho va negar amb el cap.

—No hi va haver cap tempesta. Sembla ser que el foc es va calar a prop del creuer. Deprés de l'ofici diví vam deixar una espelma encesa sobre l'altar, com de costum. És possible que s'encenguessin les tovalles de l'altar i un corrent d'aire llancés una espurna a la fusta del sostre, que era molt vella i seca. —Philip va arronsar les espatlles—. No és una explicació gaire satisfactòria, però no en tenim cap més.

Waleran va assentir.

—Donem un cop d'ull a les destrosses.

Es van dirigir a la catedral. Els dos acompanyants de Waleran eren un home d'armes i un sacerdot jove. El primer es va quedar enrere per ocupar-se del cavall. El sacerdot va acompanyar Waleran, que el va presentar a Philip com el degà Baldwin. Mentre travessaven el terreny de gespa en direcció al temple, Remigius va posar una mà sobre el braç de Waleran per aturar-lo.

—Com podeu veure, la casa d'hostes no ha sofert cap dany —va dir.

Tots es van aturar i es van girar per mirar Philip, que es va preguntar empipat què carat maquinava Remigius. Si la casa d'hostes no havia sofert desperfectes, ¿per què volia que tothom s'hi aturés i la mirés? La dona del constructor havia sortit de la cuina i tots la van veure entrar a la casa. Philip va mirar Waleran de cua d'ull. Quan va notar que estava molt estranyat, va recordar el dia que Waleran havia vist la dona al palau del bisbe i s'havia quedat esparverat. ¿Què passava amb aquella dona?

Waleran va donar una llambregada a Remigius al mateix temps que feia un gest gairebé imperceptible.

—¿Qui hi viu, aquí? —va preguntar aleshores, dirigint-se a Philip.

—El mestre constructor amb la seva família —va contestar Philip, tot i saber que Waleran ja l'havia reconegut.

Waleran va fer un gest d'assentiment i tots van reprendre la marxa. Ara Philip ja sabia el motiu pel qual Remigius havia cridat l'atenció sobre la casa d'hostes: es volia assegurar que el bisbe veiés aquella dona. Va decidir que hi parlaria tan aviat com se li presentés l'oportunitat.

Un grup de set o vuit monjos i servents del priorat aixecaven una biga mig cremada de la teulada sota la mirada atenta de Tom. En tot el priorat ningú no parava, però tot i l'activitat hi regnava l'ordre. Philip va tenir la sensació que aquella mostra d'eficiència li feia honor, encara que el responsable directe en fos el constructor.

Tom els va anar a saludar. Era més alt que la resta.

—Aquest és Tom, el nostre mestre constructor —el va presentar el prior—. Ja ha aconseguit agençar de nou el claustre i la cripta. N'hi estem molt agraïts.

—Et recordo —va dir Waleran a Tom—. Em vas venir a veure poc després de Nadal. No tenia feina per donar-te.

—Exactament —va respondre Tom—. Potser el Senyor em reservava per ajudar el prior en aquests moments difícils.

—Vaja, un constructor teòleg —va dir Waleran en to burleta.

Tom va envermellir lleugerament sota la pols que el cobria. Philip va pensar que Waleran tenia molta sang freda per burlar-se d'un home tan alt i cepat, encara que ell fos tot un bisbe i l'altre un simple constructor.

—¿Quin és el pas següent? —va preguntar Waleran.

—Hem de fer que aquest lloc sigui segur, per tant enderrocarem els murs que queden abans que es desplomin damunt d'algú—va contestar Tom—. Llavors netejarem el solar i el deixarem lliure per tal de poder construir el temple de nou. Tan aviat com sigui possible anirem a buscar arbres alts per fer les bigues de la teulada nova, que serà millor com més curada sigui la fusta.

—Abans de començar a tallar arbres hem de trobar diners per pagar-los —va intervenir Philip de seguida.

—D'això, ja en parlarem més tard —va dir Waleran amb actitud enigmàtica.

Aquella observació va intrigar Philip. Esperava que el bisbe tingués un projecte per obtenir els diners necessaris per construir l'església nova. Si el priorat havia de confiar en els seus propis recursos, no podrien començar fins al cap de molts anys. Feia tres setmanes que Philip hi rumiava i encara no havia trobat una solució.

Va conduir el grup fins al claustre a través del camí que havien obert entre la runa. Amb un cop d'ull Waleran en va tenir prou per comprovar que aquella zona havia quedat en condicions de ser utilitzada. Van sortir d'allà i van travessar la zona de gespa per anar a la casa del prior, al cantó sud-est del recinte.

Un cop allà, Waleran es va treure la capa, es va asseure i va acostar les mans pàl·lides al foc. El germà Milius, el cuiner, va servir vi calent amb espècies en petits bols de fusta.

—¿Se t'ha acudit que Tom, el constructor, podria haver provocat l'incendi per poder aconseguir feina? —va demanar Waleran a Philip i va fer un glop de vi.

—Sí, se m'ha acudit —va contestar Philip—. Però no crec que ho fes. La catedral estava tancada amb pany i clau.

—Potser s'hi va ficar durant el dia i s'hi va quedar amagat.

—Però llavors no n'hauria pogut sortir després de calar foc.

—Va fer que no amb el cap. No era aquesta la veritable raó per la qual estava segur de la innocència de Tom.— En qualsevol cas, no el crec capaç d'una cosa semblant. És un home intel·ligent, més del que sembla a primera vista..., però no és cap caragirat. Si fos culpable, crec que ho hauria descobert per l'expressió que hauria posat quan el vaig mirar a la cara i li vaig preguntar quina explicació donava a l'incendi.

Davant de la sorpresa de Philip, Waleran s'hi va mostrar d'acord.

—Crec que tens raó —va dir—. Sigui com vulgui, no me l'imagino calant foc a la catedral. No és d'aquesta mena d'homes.

—Potser mai no arribarem a saber del cert com va començar l'incendi —va dir Philip—. Però hem de fer front al problema de l'obtenció de diners per a la construcció d'un nou temple. No sé com...

—Sí, sí —va concedir Waleran mentre alçava una mà per interrompre Philip. Es va dirigir a les altres persones que hi havia a la sala i va afegir:— He de parlar amb el prior en privat. Deixeu-nos sols.

Philip estava intrigat. No s'imaginava per què Waleran li volia parlar en privat sobre aquella qüestió.

—Abans de marxar, senyor bisbe, hi ha una cosa que els germans m'han demanat que us digui —va intervenir Remigius.

«I ara ¿què passa?», va tornar a pensar Philip.

Waleran va alçar una cella amb expressió d'escepticisme.

—¿I per què t'haurien de demanar a tu, germà Remigius, que em plantegis una qüestió, i no al prior?

—Perquè el prior Philip no fa cas d'aquesta queixa.

Philip estava enrabiat i perplex. No havia tingut cap queixa. Remigius el volia posar en una situació compromesa provocant una escena davant del bisbe electe. Philip va trobar la mirada interrogadora de Waleran. Va arronsar les espatlles i va fer un esforç per semblar despreocupat.

—Estic impacient per saber a quina queixa es refereix —va dir—. Continua, germà Remigius..., si és que estàs tan segur que la qüestió és prou important per merèixer l'atenció del bisbe.

—Hi ha una dona que viu al priorat —va anunciar Remigius.

—Una altra vegada amb la mateixa! —va exclamar Philip, exasperat—. És la dona del constructor i viu a la casa d'hostes.

—És una bruixa —va sentenciar Remigius.

Philip es preguntava per què Remigius feia tot allò. L'afer era discutible, però el prior tenia autoritat i Waleran sens dubte li donaria suport, llevat que volgués que cada vegada que Remigius estigués en desacord amb el seu superior acudís a ell.

—No és una bruixa —va dir Philip, fastiguejat.

—¿Has interrogat la dona? —va inquirir Remigius.

Philip va recordar que havia promès que hi parlaria, però no ho havia fet. S'havia vist amb el marit i li havia aconsellat que li recomanés prudència, però en realitat no havia parlat amb la dona. Era una llàstima, perquè allò permetia a Remigius adjudicar-se un punt. Ara bé, era un punt sense importància, i Philip estava segur que no influiria en Waleran a l'hora de donar la raó a Remigius.

—No l'he interrogat —va admetre Philip—. Però no hi ha cap senyal de bruixeria, i tota la família és honesta i cristiana.

—És una bruixa i una fornicadora —va afirmar Remigius, vermell per una veritable indignació.

—¿Com? —va explotar Philip—. ¿Amb qui fornica?

—Amb el constructor.

—¿Estàs boig? Si és el seu marit...

—No, no ho és —va dir Remigius, triomfal—. No estan casats i només es coneixen des de fa un mes.

Si Remigius deia la veritat, llavors la dona era, tècnicament, una fornicadora. Normalment es feia la vista grossa a aquesta mena de coses, perquè moltes parelles no demanaven a un capellà que beneís la seva unió fins haver passat un temps junts i, sovint, fins que no havien concebut el primer fill. En realitat, en zones molt pobres o remotes del país les parelles vivien amb freqüència com a marit i muller durant molts anys i llavors, quan ja tenien néts, desconcertaven un capellà demanant solemnement que els unís davant de Déu. Tanmateix, una cosa era que un rector es mostrés indulgent amb els pobres camperols dels marges de la Cristiandat, i una altra de molt diferent era que un treballador important del priorat estigués cometent el mateix acte dins del recinte del monestir.

—¿Què et fa pensar que no estan casats? —va preguntar Philip, que interiorment estava segur que Remigius havia comprovat els fets abans de plantejar la qüestió davant de Waleran.

—He trobat els fills que es barallaven i m'han dit que no són germans. Així ha sortit a la llum tota la història.

Philip va quedar decebut de Tom. La fornicació era un pecat força comú, però especialment execrable per a un monjo que havia renunciat a tota relació amb els plaers de la carn. ¿Com podia Tom haver fet això? Hauria de saber que Philip ho trobava d'allò més detestable, que estava més enfadat amb ell que amb el mateix Remigius, tot i que aquest havia actuat amb malícia.

—¿Per què no n'has parlat amb mi, amb el teu prior, d'aquest assumpte?

—Me n'he assabentat avui mateix, aquest matí.

Philip es va repenjar al seient, derrotat. Remigius l'havia ben atrapat. Havia deixat el seu prior com un ruc. Amb això es venjava del seu fracàs en l'elecció del prior. Philip va mirar Waleran. La queixa havia estat presentada davant seu i era a ell a qui corresponia pronunciar la sentència.

Waleran no va dubtar ni un instant.

—El cas sembla clar —va dir—. La dona haurà de confessar el pecat i fer penitència pública. Haurà d'abandonar el priorat i viure en castedat, separada del constructor, durant un any. En acabat es podran casar.

Un any de separació era una sentència dura. Philip creia que la dona s'ho mereixia per haver profanat el monestir, però l'inquietava pensar com s'ho agafaria.

—Potser ella refusarà complir el càstig —va dir.

—Doncs llavors que cremi a l'infern —va replicar Waleran, arronsant les espatlles.

—Em temo que si abandona Kingsbridge, Tom també se n'anirà.

—Hi ha altres constructors.

—És clar.

A Philip li sabria greu perdre Tom, però, pel posat de Waleran, es va adonar que a aquest no li importaria en absolut que el constructor i la seva dona abandonessin Kingsbridge per sempre. I una altra vegada es va tornar a preguntar per què era tan important aquella dona.

—I ara aneu-vos-en tots i deixeu-me parlar amb el vostre prior —va dir Waleran.

—Un moment —va intervenir Philip, en to enèrgic. Després de tot, allò era casa seva i aquells els seus monjos. I a ell pertocava convocar-los i acomiadar-los, no a Waleran.—Jo mateix parlaré amb el constructor sobre aquest afer. Cap de vosaltres no pot dir una paraula a ningú, ¿m'heu entès? Hi haurà un càstig molt dur si em desobeïu. ¿Està clar, Remigius?

—Sí —va respondre aquest.

Philip va mirar inquisitivament Remigius i no va dir res. Es va fer un silenci molt significatiu.

—Sí, pare —va recalcar Remigius finalment.

—Molt bé, podeu marxar.

Remigius, Andrew, Milius, Cuthbert i el degà Baldwin es van afanyar a sortir. Waleran es va servir una mica més de vi calent i va estirar els peus cap al foc.

—Les dones sempre creen problemes —va comentar—. Quan hi ha una euga a les cavallerisses, els sementals comencen a mossegar els mossos d'estable, a clavar coces i causar tota mena de problemes. Fins i tot els que estan castrats comencen a portar-se malament. Els monjos són com els castrats, els està negada la passió física, però tot i així poden ensumar conys.

Philip estava incòmode. Li semblava que no calia parlar d'una manera tan explícita. Es va mirar les mans.

—¿Què farem amb la reconstrucció de la catedral? —va preguntar.

—D'això volia parlar. Ja deus haver sentit que aquest assumpte que em vas venir a comunicar, allò del comte Bartholomew i la conspiració del rei Stephen, ens ha sortit rodó.

—Sí. —Semblava que havia passat molt de temps d'ençà que

Philip havia anat al palau del bisbe, esporuguit i tremolós, per parlar de la conspiració contra el rei escollit per l'Església.— He sentit dir que Percy Hamleigh va atacar el castell del comte Bartholomew i el va fer presoner.

—Així va ser. Bartholomew ara es troba en un calabós de Winchester a l'espera de conèixer la sentència —va explicar Waleran amb satisfacció.

—¿I el comte Robert de Gloucester? Era el conspirador més poderós.

—I per tant el seu càstig ha estat el més benèvol. De fet, no ha tingut cap càstig. Ha jurat lleialtat al rei Stephen i la seva intervenció en la conjura ha estat... passada per alt.

Waleran es va posar dret i se'n va anar a la finestra. Als seus ulls hi havia una tristesa autèntica mentre contemplava les ruïnes de la catedral, i Philip es va adonar que sota els seus aires mundans hi havia un fons de pietat genuïna.

—El paper que vam jugar en la derrota de Bartholomew fa que el rei Stephen estigui en deute amb nosaltres. No ha de passar gaire temps abans que tu i jo l'anem a veure.

—Anar a veure el rei! —va exclamar Philip. Se sentia intimidat davant d'aquella perspectiva.

—Ens preguntarà què volem de recompensa.

Philip va comprendre on volia anar a parar Waleran i es va sentir profundament emocionat.

—I li direm...

Waleran es va apartar de la finestra i va mirar Philip. Els ulls eren com dues pedres precioses negres, guspirejants d'ambició.

—Li direm que volem una catedral nova per a Kingsbridge.

Tom sabia que Ellen s'enfilaria per les parets.

Ja estava enrabiada pel que havia passat amb Jack. El que Tom necessitava era calmar-li els ànims. Però la notícia de la penitència contribuiria a contrariar-la encara més. Hauria volgut poder esperar un o dos dies a poder-l'hi dir, per donar-li temps per tranquil·litzar-se, però el prior Philip havia ordenat que fos fora del recinte abans de fer-se fosc. L'hi havia de dir immediatament, i com que Philip havia parlat amb Tom al migdia, ho hauria de fer a l'hora de sopar.

Van entrar al refectori amb els altres treballadors del priorat quan els monjos havien acabat de menjar i se n'havien anat. Les taules estaven plenes, i a Tom se li va acudir que potser no estaria malament parlar-ne llavors, perquè potser la presència d'altres persones l'obligaria a contenir-se.

Aviat va comprovar que s'havia equivocat de mig a mig en els seus càlculs.

Li va intentar donar la notícia de manera gradual.

—Ja s'han assabentat que no estem casats —va ser la primera cosa que li va fer saber.

—¿Qui els ho ha dit? —va preguntar ella, enfadada—. ¿Algun busca-raons?

—Alfred. Però ell no en té la culpa, li va treure la informació aquest monjo tan murri, Remigius. De tota manera, mai no hem demanat als nens que ho mantinguin en secret.

—No culpo Alfred —va dir ella, més tranquil·la—. ¿I què diuen d'això?

Tom es va inclinar sobre la taula i va parlar en veu baixa.

—Diuen que ets una fornicadora —li va explicar, esperant que no ho sentís ningú més.

—¿Una fornicadora? —va dir ella en veu alta—. ¿I tu, llavors? ¿Que els monjos no saben que calen dues persones per fornicar?

La gent que hi havia a prop va començar a riure.

—Xxxt —va fer Tom—. Diuen que ens hem de casar.

Ella se'l va mirar amb duresa.

—Si només fos això no em miraries amb aquesta cara de pena, Tom. Vinga, explica-m'ho tot.

—Volen que confessis el teu pecat.

—Hipòcrites pervertits —va proferir Ellen, amb cara de fàstic—. Es passen la nit enfilant-se els uns als altres i tenen la barra de dir que el que fem nosaltres és pecat.

La rialla general va augmentar. La gent va deixar de parlar per escoltar Ellen.

—Parla més fluix —li va demanar Tom.

—Suposo que també deuen voler que faci penitència. La humiliació no pot faltar. ¿Què volen que faci? Vinga, digues la veritat, no pots enganyar una bruixa.

—No diguis això —va remugar Tom—. Encara ho empitjora més.

—Doncs digues.

—Hem de viure separats un any i t'has de mantenir casta...

—Doncs jo m'hi pixo! —va cridar Ellen.

Ara tothom la mirava.

—Em pixo en tu, Tom Builder! —va continuar. Es va adonar que tenia públic.— Em pixo en tothom —va dir-los. La majoria de la gent reia. Era difícil ofendre's, potser perquè estava encantadora amb la cara encesa d'indignació i els ulls daurats ben oberts. Es va posar dreta.— Em pixo en el priorat de Kingsbridge! —Es va enfilar a la taula entre aplaudiments. Va començar a caminar. Tothom s'afanyava a treure els bols de sopa al seu pas, i es tornaven a asseure rient.— Em pixo en el prior! —va exclamar—. Em pixo en el sotsprior i en el cantor, en el tresorer i en totes les escriptures i cartes de privilegi i en els cofres plens de penics de plata! —Havia arribat al final de la taula. Prop d'ella hi havia una taula més petita, on solia seure algú per llegir en veu alta mentre els monjos menjaven. Hi havia un llibre obert. Ellen va saltar a aquella taula.

Tot d'una, Tom es va adonar del que es disposava a fer.

—Ellen! —va cridar—. No ho facis!

—Em pixo en la regla de sant Benet! —va cridar Ellen, amb un fil de veu. Es va apujar la faldilla, va doblegar els genolls i va orinar sobre el llibre obert.

Els homes es trencaven de riure. Van picar a les taules, van donar cops de peu, van xiular Ellen i van aplaudir. Tom no estava segur si compartien amb Ellen el menyspreu per la regla de sant Benet o si simplement s'ho estaven passant de primera veient una dona bonica que s'exhibia. Hi havia alguna cosa eròtica en la seva desvergonyida vulgaritat, però també hi havia una excitació morbosa a veure algú que es fotia del llibre que provocava el tediós capteniment dels monjos. Fos quina fos la raó, els encantava el que Ellen feia.

Va saltar a terra i va córrer fins a la porta, animada pels aplaudiments dels comensals.

Tots van començar a parlar alhora. Ningú no havia vist res d'igual en tota la vida. Tom estava horroritzat, i sabia que les conseqüències que tindria aquell acte serien catastròfiques. Tanmateix, una part d'ell no podia deixar d'admirar aquella dona.

Al cap d'un moment Jack es va aixecar i va seguir la seva mare fora del refectori amb una ombra de somriure a la seva cara inflada.

Tom va mirar Alfred i Martha. El noi semblava desconcertat, però Martha no es podia aguantar el riure.

—Anem —va manar Tom, i tots tres van abandonar el refectori.

No es veia Ellen per enlloc. Van travessar la gespa i la van trobar a la casa d'hostes. Estava asseguda en una cadira, esperant. Portava la capa posada i tenia la bossa gran de pell a la mà. Semblava que havia recuperat la calma. A Tom li va caure l'ànima als peus quan va veure la bossa, però va fer veure que no l'havia vist.

—Anirem a l'infern —va dir Tom.

—No hi crec jo, en l'infern —va replicar Ellen.

—Espero que et deixin confessar i complir la penitència.

—No em penso confessar.

—No te'n vagis, Ellen! —va suplicar Tom, sense poder-se dominar.

Ella semblava trista.

—Escolta, Tom... Abans de coneixe't, tenia menjar i un lloc on viure. Em sentia segura i era autosuficient. No necessitava ningú. D'ençà que estic amb tu he passat gana i fred. Ara tens feina aquí, encara que no sigui una feina segura. El priorat no té diners per construir la catedral nova i l'hivern que ve potser tornaràs a estar vagarejant.

—El prior s'espavilarà per aconseguir diners —li va assegurar ell—. Estic segur que se'n sortirà.

—No en pots estar tan segur—el va rebatre ella.

—Tu no hi creus —va dir Tom amb amargor. Llavors va afegir sense poder-se contenir:— Ets com Agnes, no creus en la meva catedral.

—Si només es tractés de mi, em quedaria aquí —va dir Ellen amb tristesa—. Però he de mirar pel meu fill.

Tom va mirar Jack. Tenia la cara morada, plena de ferides, les orelles se li havien inflat el doble del normal, tenia el nas ple de sang seca i una de les dents de davant se li havia trencat.

—Tenia por que creixés com un animaló si ens quedàvem al bosc —va seguir ella—, però si aquest és el preu que he de pagar per ensenyar-li a viure amb altra gent, no em compensa. Per això me'n torno al bosc.

—No diguis això. —Tom estava desesperat.— Parlem-ne. No prenguis una decisió precipitada...

—No és gens precipitada, Tom —va afirmar Ellen—. Estic tan trista que no puc ni estar enfadada. De debò que volia ser la teva dona, però no a qualsevol preu.

Tom va pensar que si Alfred no hagués empaitat Jack no hauria passat res de tot allò. Tanmateix, només havia estat una baralla de criatures. O potser Ellen tenia raó quan deia que Alfred era un busca-raons. Tom va començar a pensar que s'havia equivocat. Potser hauria hagut de ser més estricte amb el seu fill. Les baralles de nanos eren una cosa, però Jack i Martha eren molt més petits que Alfred. Potser sí que Alfred era massa agressiu. Però ara ja era massa tard per tornar enrere.

—Queda't a la vila, almenys —li va pregar—. Espera una temporada i veurem què passa.

—No crec que els monjos m'hi deixin quedar.

Va comprendre que Ellen tenia raó. La vila pertanyia al priorat i tots els que hi vivien pagaven lloguer als monjos, moltes vegades en jornades de treball, i es podien negar a donar sostre a qui no els fes el pes. I no se'ls podria culpar per rebutjar Ellen. Havia pres una decisió i s'havia pixat literalment damunt la possibilitat que els monjos es fessin enrere.

—Doncs me'n vaig amb tu —va anunciar—. El monestir em deu setanta-dos penics. Tornarem a recórrer els camins. Ja hem sobreviscut abans...

—¿I què me'n dius, dels teus fills? —li va preguntar Ellen amb dolçor. Tom va recordar quan Martha plorava de fam. Sabia que no la podia fer tornar a passar per tot allò. I tampoc no podia oblidar el seu fill petit, Jonathan. «No el vull tornar a abandonar», va pensar, «ja ho vaig fer una vegada i no vaig estar content amb mi mateix.»

Però tampoc no podia suportar la idea de perdre Ellen.

—Deixa-ho estar —li va dir ella—. No vagaré pels camins amb tu un altre cop. No és cap solució, perquè estaríem pitjor del que estem ara. Me'n torno al bosc i tu no vindràs amb mi.

Tom la va mirar fixament. Volia creure que al final no ho faria, però, per l'expressió de la cara d'Ellen, va saber que sí. No se li acudia res més a dir per retenir-la. Va obrir la boca per parlar, però no va poder articular cap paraula. Es va sentir impotent. Ellen respirava amb força, amb el pit palpitant per l'emoció. Tom tenia ganes d'acariciar-la, però li feia la impressió que ella no ho volia. «Potser no la podré abraçar mai més», va pensar. Li era difícil d'acceptar. Durant aquells mesos havien dormit plegats nit rere nit i ell l'havia acaronada amb la mateixa familiaritat que hauria acaronat una part d'ell mateix i ara, de sobte, li era una cosa prohibida i Ellen s'havia convertit en una estranya.

—No estiguis trist —li va dir Ellen, quan va veure que tenia els ulls plens de llàgrimes.

—No ho puc evitar —va contestar Tom—. És com em sento.

—Em sap greu haver-te fet tan desgraciat.

—No ho lamentis. Lamenta més aviat haver-me fet feliç. Això és el que em dol, que m'has fet feliç.

Ellen no va poder contenir un sanglot. Va fer mitja volta i es va allunyar sense dir res més.

Jack i Martha la van seguir. Alfred va dubtar un instant i llavors els va seguir.

Tom es va quedar mirant la cadira que acabava de deixar buida. «No, no pot ser veritat», va pensar. Es va asseure a la cadira. Encara podia sentir l'escalfor del seu cos, aquell cos que estimava tant. Va fer un esforç per contenir les llàgrimes.

Sabia que Ellen no canviaria d'idea. No vacil·lava mai. Quan prenia una decisió, la complia fins a les últimes conseqüències.

Però amb sort arribaria a penedir-se'n.

Es va aferrar a aquest bri d'esperança. Sabia que l'estimava. Això no havia canviat. La nit abans havien fet l'amor de manera frenètica com algú que se sadollés d'una set terrible. I després que ell havia quedat satisfet, ella l'havia besat amb avidesa, panteixant, a la barba, mentre fruïa una vegada i una altra, fins a quedar tan esgotada de plaer que no va poder seguir. I no sols era això el que a ella li agradava. Gaudien de la companyia mútua. Parlaven sense parar, molt més del que ell i Agnes havien parlat mai, fins i tot en els seus primers temps. «Em trobarà a faltar tant com jo a ella», va pensar. «Al cap d'un temps, quan la seva ira s'hagi apaivagat i visqui en la rutina, trobarà a faltar algú amb qui parlar, un cos ferm per tocar, una cara per besar, i llavors pensarà en mi.»

«Però és orgullosa, massa, fins i tot, per tornar quan en tingui ganes.» Es va posar dempeus d'un salt. Havia d'explicar-li què tenia al cap. Va sortir de casa. Ella era a la porta del priorat, acomiadant-se de Martha. Tom va córrer per arribar fins on era.

Ella li va dirigir un somriure melancòlic.

—Adéu, Tom.

Tom li va agafar les mans.

—¿Tornaràs algun dia, encara que només sigui per veure'ns? Si sabés que no te'n vas per sempre, que et tornaré a veure, encara que només sigui per poc temps..., si ho sabés, ho podria suportar.

Ellen va dubtar.

—Si us plau.

—D'acord —va contestar ella.

—Jura-m'ho.

—No crec en els juraments.

—Però jo sí.

—Molt bé. Ho juro.

—Gràcies.

La va atraure cap a ell amb delicadesa. No es va resistir. La va abraçar i no es va poder contenir gaire estona. Les llàgrimes van començar a córrer cara avall. Ellen es va acabar apartant. La va deixar anar a contracor. Ellen se'n va anar cap a la porta.

En aquell moment, es va sentir, procedent de les cavallerisses, el renill d'un cavall. Tots van mirar al voltant. El cavall era el semental de Waleran, que el bisbe es disposava a muntar. La seva mirada es va trobar amb la d'Ellen i es va quedar petrificat.

En aquell moment, Ellen va començar a cantar.

Tom no coneixia la cançó, però l'hi havia sentit cantar sovint. La melodia era molt trista. La lletra era en francès, però ell l'entenia força bé.

Una alosa, a la xarxa d'un caçador captiva,
va cantar amb una dolcesa mai sentida,
com si aquella melodia entendridora
de volar fos capaç, i la xarxa treure fora.

La mirada de Tom es va desviar d'ella al bisbe. Waleran estava esfereït, amb la boca oberta, els ulls desorbitats i la cara tan blanca com la d'un mort. Tom es feia creus que una cançó tan senzilla pogués fer esporuguir un home d'aquella manera.

Al capvespre, el caçador la presa collí,
l'alosa la llibertat mai més no veié.
Tots els ocells i homes han de morir,
però les cançons viuen per sempre potser.

—Adéu, Waleran Bigod. Abandono Kingsbridge, però no a tu. Estaré amb tu en els teus somnis! —li va cridar Ellen.

«I en els meus», va pensar Tom.

Per un instant, ningú no es va moure.

Ellen va fer mitja volta, amb Jack agafat de la mà. Tots la van mirar en silenci mentre travessava les portes del priorat i desapareixia entre les ombres creixents del crepuscle.

SEGONA PART

1136-1137

Capítol 5

I

Després d'haver-se'n anat Ellen, els diumenges transcorrien molt tranquils a la casa d'hostes. Alfred jugava a pilota amb els nois del poble al prat de l'altra banda del riu. Martha, que trobava a faltar Jack, s'inventava jocs, recollia herbes, feia sopes i vestia nines. Tom treballava en el projecte de la seva catedral. En un parell d'ocasions havia insinuat a Philip que pensés quina mena d'església volia construir, però Philip no se n'havia adonat o havia preferit passar per alt la insinuació. Tenia massa coses al cap. Tom, en canvi, no pensava pràcticament en res més, sobretot els diumenges.

Li agradava seure al costat de la porta de la casa d'hostes i contemplar, a l'altra banda del terreny de gespa, la catedral en ruïnes. De vegades feia dibuixos sobre una planxa de pissarra, però la major part del treball li bullia al cap. Sabia que per a la majoria de gent era difícil visualitzar objectes sòlids i espais complexos, però per a ell sempre havia estat molt fàcil.

I un diumenge, dos mesos després d'haver marxat Ellen, es va sentir a punt per començar a dibuixar.

Va preparar una estoreta de joncs teixits i branquetes flexibles d'uns tres peus per dos, i després uns laterals de fusta perquè l'estoreta tingués les vores aixecades com una safata. A continuació va cremar una mica de guix com si fos calç, ho va barrejar amb una petita quantitat de morter i va omplir la safata amb la barreja. Quan va començar a endurir-se, es va posar a traçar línies amb una agulla. Per a les línies rectes va utilitzar el regle, el cartabó per als angles rectes i els compassos per a les corbes.

Faria tres dibuixos. Una secció per explicar com estava construïda l'església, una elevació per il·lustrar-ne les boniques proporcions i un pla del terra per assenyalar-hi l'emplaçament. Va començar per la secció.

Era molt senzilla. Va dibuixar una arcada alta, amb la part superior plana. Aquesta era la nau vista des del fons. Tindria un sostre de fusta pla com el de la vella església. Tom hauria preferit construir una volta de pedra, però sabia que Philip no s'ho podria permetre.

Sobre la nau va dibuixar una teulada en pendent. L'amplada de la construcció estava determinada per la de la teulada, que al seu torn estava limitada per la manera com es podria disposar. Resultava difícil trobar bigues de més de trenta-cinc peus i, a més, eren extraordinàriament costoses. La fusta bona era tan valuosa, que amb freqüència el propietari d'un bon arbre el tallava i el venia fins i tot abans que assolís aquesta altura. La nau de la catedral de Tom tindria uns trenta-dos d'amplada o el doble de la longitud del seu *pole* de ferro.

La nau que havia dibuixat era increïblement alta, però una catedral havia d'enlluernar per la seva mida, la seva gran alçària havia d'obligar a aixecar la vista. Si la gent anava a les catedrals era, en part, perquè eren els edificis més grans del món. Un home que mai no posés els peus en una catedral podia passar per la vida sense haver vist una construcció més gran que la cabana on vivia.

Per desgràcia, l'edifici dibuixat per Tom s'esfondraria. El pes del plom i la fusta de la teulada resultaria excessiu per als murs, que acabarien ensorrant-se. Caldria apuntalar-los.

Amb aquest objectiu, Tom va dibuixar dues arcades amb la part superior corbada, a mitja altura de la nau, una a cada costat. Eren les naus laterals. Tindrien teulades en pendent de pedra. Com que les naus laterals eren més baixes i estretes, no seria tan gran la despesa de voltes en pedra. Cadascuna de les naus laterals tindria un sostre penjant inclinat.

Les naus laterals, unides a la central per unes voltes de pedra, ajudaven a apuntalar el conjunt de la construcció, però no assolien l'altura suficient. Tom construiria, a intervals, suports extra en l'espai de la teulada de les voltes, damunt del sostre de volta i sota la teulada penjant. En va dibuixar un, d'arc de pedra, que s'elevava des de la part superior del mur de la nau lateral i seguia fins al mur de la nau central. En el punt en què el suport descansava sobre el mur de la nau lateral, Tom la va reforçar amb un contrafort massís que sobresortia del lateral de l'església. Hi va posar una torreta damunt per afegir-hi pes i donar-li un aspecte més atractiu.

No es podia construir una església d'una altura tan sorprenent sense elements que consolidessin les naus laterals, suports i reforços, però potser era difícil d'explicar-ho a un monjo, per la qual cosa Tom va dibuixar el plànol per fer-lo més aclaridor.

Va dibuixar també els fonaments, aprofundint a terra per sota dels murs. Els profans en la matèria es meravellaven de la profunditat que podien assolir els fonaments.

Era un dibuix senzill, massa senzill per resultar de gaire utilitat per als constructors, però n'hi hauria prou per ensenyar-ho al prior. Tom volia que comprengués el que li estava proposant, que imaginés l'edifici i que s'hi sentís atret. És molt difícil imaginar una església gran i sòlida quan només et mostren uns quants gargots sobre guix. Philip necessitaria tota l'ajuda que Tom pogués prestar-li.

Els murs que havia dibuixat semblaven sòlids examinats des de l'extrem, però no ho serien. Llavors Tom va començar a dibuixar la vista lateral del mur de la nau, tal com podria veure's des de l'interior de l'església. Era un mur perforat a tres nivells. La meitat del fons amb prou feines era un mur; es tractava senzillament d'una filera de columnes amb els capitells units per arcs circulars. Seria l'arcada, a través dels buits de la qual es podien veure les finestres amb la part superior arrodonida de les naus laterals. Les finestres havien de coincidir exactament amb els buits, de tal manera que la llum exterior penetrés sense obstacles fins a la nau central. Les columnes coincidirien amb els contraforts dels murs exteriors.

Sobre cada arc de l'arcada hi havia una filera de tres arcs petits que formaven la galeria de la tribuna, a través dels quals no arribava gens de llum, perquè darrere es trobava la teulada penjant del costat de la nau lateral.

Damunt la galeria hi havia el trifori, anomenat així perquè s'hi havien obert finestres que il·luminaven la meitat superior de la nau.

Quan s'havia aixecat la vella catedral de Kingsbridge, els paletes havien confiat la seva fortalesa a la construcció de murs gruixuts, obrint amb timidesa finestretes que amb prou feines deixaven entrar la llum. Els constructors moderns estaven convençuts que, perquè un edifici fos prou sòlid, era suficient que els seus murs fossin rectes i aplomats.

Tom va dibuixar els tres nivells del mur de la nau —arcada, galeria i trifori— exactament en proporcions 3:1:2. L'arcada era la meitat d'alta que el mur i la galeria una tercera part de la resta. En una església la proporció ho era tot. Conferia una sensació de grandesa a tota la construcció. En observar el dibuix ja acabat, Tom es va dir que era perfecte... Ara bé: ¿Philip seria del mateix parer? Tom podia veure les fileres d'arcs que se succeïen al llarg de l'església, amb les seves motllures i talles il·luminades pel sol de la tarda. ¿Philip hi veuria el mateix?

Va començar un tercer dibuix. Es tractava del plànol de la planta baixa de l'església. Va imaginar dotze arcs a l'arcada. Per tant, l'església quedava dividida en dotze seccions, anomenades intercolumnis. La nau tindria una longitud de sis intercolumnis; el presbiteri, de quatre. Entre tots dos, ocupant l'espai dels intercolumnis setè i vuitè, hi hauria el creuer, a cada costat del qual destacarien els transseptes, i sobre el qual s'alçaria la torre.

Totes les catedrals i gairebé totes les esglésies tenien forma de creu. És clar que la creu era l'únic i el més important símbol de la Cristiandat, però també hi havia una raó pràctica. Els transseptes aportaven espai utilitzable per a altres capelles i dependències, com ara la sagristia.

Quan va haver dibuixat un plànol senzill de la planta baixa, va tornar sobre el dibuix central, que mostrava l'interior de l'església vist des de l'extrem occidental. Va dibuixar aleshores la torre que s'aixecaria per damunt i darrere de la nau. Hauria de tenir un cop i mig l'altura de la nau o fins i tot el doble. La més baixa donaria a l'edifici un perfil atractiu per la seva regularitat, amb les naus laterals, la nau central i la torre aixecant-se per grades iguals, 1:2:3. La torre més alta seria més impressionant, perquè la nau seria el doble de les naus laterals i la torre el doble de la nau central, essent aleshores les proporcions de 1:2:4. Tom havia escollit aquesta última, ja que seria l'única catedral que construiria en tota la seva vida, i volia que semblés que intentava arribar al cel. Esperava que el prior pensés com ell.

És clar que, si Philip acceptava el projecte, Tom hauria de dibuixar-ho tot de nou, amb més cura i a una escala exacta. Hauria de fer molts més dibuixos, centenars de dibuixos. Plints, columnes, capitells, mènsules, marcs de porta, torretes, escales, gàrgoles i altres incomptables detalls. Dibuixaria durant anys. Però el que tenia davant era l'essència de l'edifici, i era senzill, econòmic, bell i perfectament proporcionat.

Se sentia impacient per ensenyar-ho a algú.

Havia pensat deixar que el morter s'endurís i després buscar el moment adequat per portar-ho al prior, però ara que ja estava fet volia que aquest ho veiés com més aviat millor.

¿Pensaria Philip que era un presumptuós? El prior no li havia demanat que li presentés uns plànols. Tal vegada tenia pensat un altre mestre constructor, algú de qui sabés que havia treballat en altres monestirs i era eficient en el seu ofici. Potser consideraria absurdes les aspiracions de Tom. Però, d'altra banda, si Tom no li ensenyava alguna cosa, Philip podia arribar a la conclusió que era incapaç de dibuixar, i potser contractaria algú sense ni tan sols tenir-lo en compte. I ell no estava disposat a córrer el risc. Preferia sens dubte que el consideressin presumptuós.

Encara hi havia llum. Els monjos devien estar estudiant al claustre, i Philip a la casa del prior, llegint la Bíblia. Tom va decidir anar a trucar a la seva porta.

Va sortir de la casa sostenint la taula amb molt de compte.

Mentre deixava enrere les ruïnes, la idea de construir una nova catedral li va semblar, de sobte, descoratjadora. Totes aquelles pedres, tota aquella fusta, tots aquells teginats, tots aquells anys... Hauria de controlar-ho tot, assegurar-se que hi hagués un subministrament constant de materials, comprovar la qualitat de la fusta i de la pedra, contractar i acomiadar homes, comprovar-ne infatigablement la feina en l'aplomat i l'anivellament, fer plantilles per als emmotllaments, dissenyar i fabricar màquines per elevar materials... Es preguntava si seria capaç de fer tot allò.

Però després va pensar que seria emocionant crear alguna cosa a partir de no res. Veure un dia, en el futur, una església nova allà on no hi havia res més que deixalles i dir: «Això ho he fet jo.»

Una altra idea li rondava pel cap, oculta, colgada en un obscur racó, i amb prou feines gosava admetre-la. Agnes havia mort sense l'assistència d'un sacerdot i estava enterrada en terra sense consagrar. Li hauria agradat tornar a la seva tomba i fer que un sacerdot hi resés una pregària al davant i potser posar-hi una petita làpida. Però temia que si d'alguna forma cridava l'atenció cap al lloc on estava sepultada, sortiria a relluir tota la història de l'abandonament del nounat. Deixar que una criatura morís encara es considerava un assassinat. A mesura que transcorrien les setmanes cada cop se sentia més preocupat per l'ànima d'Agnes, i es preguntava si es devia trobar en bon lloc o no. Temia acudir a un sacerdot per esbrinar-ho, perquè no volia donar detalls. Però es va consolar amb la idea que si construïa una catedral, amb tota seguretat Déu l'afavoriria, i es preguntava si podria demanar-li que fos Agnes qui rebés els beneficis d'aquest favor en lloc d'ell. Si aconseguia dedicar a Agnes la seva feina a la catedral, estava segur que l'ànima d'ella estaria estàlvia i ell podria descansar tranquil.

Va arribar a la casa del prior. Era un edifici petit, de pedra, a un sol nivell. La porta estava oberta, encara que el dia era fred. Va vacil·lar un instant. «Estigues tranquil, mostra't competent, segur de tu mateix i expert», es va dir, «un mestre en cadascun dels aspectes de la construcció moderna, precisament l'home digne de tota confiança.» Es va aturar davant la casa. Només tenia una habitació. En un extrem hi havia un gran llit amb luxosos domassos, a l'altre un altar petit amb un crucifix i un canelobre. El prior Philip es trobava dret al costat de la finestra, llegint amb cara de preocupació en un full de vitel·la. Va alçar la vista i, amb un somriure, va preguntar:

—¿Què em portes, Tom?

—Uns plànols, pare —va respondre ell—. Per a una nova catedral. ¿Us els puc mostrar?

Philip va semblar sorprès i intrigat.

—És clar.

En un racó hi havia un gran faristol. Tom el va traslladar cap a la llum de sota la finestra, i hi va col·locar el morter emmarcat. Philip va mirar el dibuix mentre Tom li observava el rostre. Es va adonar, per la seva expressió desconcertada, que el prior mai no havia vist un dibuix alçat, un plànol de planta baixa o una secció d'un edifici.

Tom es va disposar a explicar-li de què es tractava tot allò. Va assenyalar l'alçat.

—Aquest us mostra un intercolumni de la nau central —va dir—. Imagineu que us trobeu dret al centre de la nau mirant cap a un mur. Aquí hi ha les columnes de l'arcada. Es troben unides per arcs. A través seu podeu veure les finestres de la nau lateral. Damunt de l'arcada hi ha la galeria de la tribuna, i damunt les finestres del trifori.

Philip començava a entendre-ho. Copsava amb rapidesa el que li deien. Després va mirar el plànol de la planta baixa i Tom va observar que allò també el deixava perplex.

—Quan recorreguem l'emplaçament i marquem el lloc en què s'aixecaran els murs i on quedaran els pilars enclavats al terra, així com les posicions de les portes i els contraforts —va prosseguir Tom—, tindrem un plànol com aquest i ens dirà on hem de col·locar les estaques i les cordes.

El rostre de Philip es va tornar a il·luminar.

Tom es va dir que no estava malament que a Philip li costés interpretar els dibuixos, ja que això li oferia a ell l'ocasió de mostrar-se segur de si mateix i experimentat. Finalment, Philip va dirigir la mirada cap a la secció.

—Aquí hi ha la nau central amb una teulada de fusta —va explicar Tom—. Al darrere hi ha la torre. Aquí, les naus laterals, a cada costat de la central. A les vores exteriors de les naus laterals hi ha els contraforts.

—Sembla esplèndida —va dir Philip.

Tom va advertir que el que més havia impressionat Philip era el dibuix de la secció, que revelava l'interior del temple com si l'extrem occidental hagués estat obert igual que una porta.

Philip va mirar novament el plànol de la planta baixa.

—¿Només hi ha sis intercolumnis a la nau? —va preguntar.

—Sí. I quatre al presbiteri.

—¿No és massa petita?

—¿Us en podeu permetre una de més gran?

—En realitat, no me'n puc permetre cap —va respondre Philip—. Suposo que no deus tenir ni idea de quant deu costar tot això...

—Ho sé amb tota exactitud —va dir Tom. Va veure que la sorpresa es reflectia a la cara de Philip, que no havia imaginat que el constructor pogués fer càlculs. No obstant això, havia passat moltes hores calculant el cost del seu projecte fins a l'últim penic. Tanmateix, va donar a Philip una xifra en nombres rodons. No costaria més de tres mil lliures.

Philip va començar a riure.

—M'he passat les últimes setmanes ocupant-me dels ingressos anuals del priorat. —Va agitar el full de vitel·la que llegia amb tant d'interès abans d'entrar Tom.— Aquí tens la resposta. Tres-centes lliures anuals. I gastem fins a l'últim penic.

Allò no va sorprendre Tom. Era evident que en el passat el priorat havia estat administrat de forma desastrosa. Tenia fe que Philip redreçaria l'economia.

—Trobareu els diners, pare —li va dir—. Amb l'ajuda de Déu —va afegir amb devoció.

Philip va tornar la seva atenció cap als dibuixos, encara que no semblava estar-ne gaire convençut.

—¿Quant de temps caldrà, per construir això?

—Depèn del nombre de persones que tingueu pensat llogar-hi —va respondre Tom—. Si contracteu trenta paletes, amb prou aprenents, fusters i ferrers perquè els subministrin material, uns quinze anys. Un any per als fonaments, quatre per al presbiteri, uns altres quatre per al transsepte i sis anys per a la nau central.

Philip va tornar a semblar impressionat.

—Desitjaria que els meus funcionaris monàstics tinguessin la teva habilitat per preveure i calcular —va dir. Va estudiar els dibuixos, pensatiu.— De manera que necessito trobar dues-centes lliures l'any... No sona tan difícil quan ho presentes d'aquesta manera. —Va semblar que reflexionava. Tom estava emocionat. Philip començava a considerar que el projecte era factible.— Suposem que pogués disposar de més diners... ¿S'acceleraria la construcció?

—Fins a un cert punt —va respondre Tom amb cautela. No volia que Philip s'excedís en el seu optimisme, perquè després d'això vindria la decepció.— Podeu utilitzar seixanta paletes i construir l'església d'un sol cop, en lloc de treballar d'est a oest. Per a això caldrien entre vuit i deu anys. Un nombre més gran de seixanta per a una construcció d'aquesta grandària, i començarien a fer-se nosa els uns als altres, i la feina seria més lenta.

Philip va assentir amb el cap. Va semblar que ho entenia amb dificultat.

—Tot i així —va dir Tom—, fins i tot amb només trenta paletes el costat oriental estaria acabat en cinc anys, i podríeu utilitzar-lo per als oficis sagrats i instal·lar un nou sepulcre per a les despulles de sant Adolf.

—¿De debò? —Philip ara es va mostrar realment impressionat.— Havia pensat que passarien dècades abans de poder tenir una nova església. —Va dirigir a Tom una mirada perspicaç.— ¿Has construït mai una catedral?

—No, però he dissenyat i construït esglésies més petites. A més, vaig treballar a la catedral d'Exeter uns quants anys i vaig acabar com a mestre constructor suplent.

—La vols construir tu, aquesta catedral, ¿oi?

Tom va vacil·lar. Més valia mostrar-se franc amb Philip; no era una persona que suportés les evasives.

—Sí, pare. Voldria que em designéssiu mestre constructor —va dir amb tota la calma que li va ser possible.

—¿Per quina raó?

Tom no s'esperava aquella pregunta. De motius, en tenia tants... «Perquè he vist que es fan molt malament i jo la puc fer bé», es va dir. «Perquè no hi ha res tan satisfactori per a un mestre artesà com exercir la seva habilitat, llevat potser de fer l'amor a una dona bonica. Perquè una cosa com aquesta dóna sentit a la vida d'un home...» ¿Quina resposta volia, Philip? Sens dubte al prior li agradaria que li donés la resposta pròpia d'un home, però ell va decidir, amb audàcia, dir la veritat.

—Perquè serà bella.

Philip el va mirar d'una manera estranya. Tom no sabia del cert si s'havia enfadat.

—Perquè serà bella —va repetir el prior. Tom va començar a pensar que aquella era una raó absurda, i va decidir dir alguna altra cosa, però no se li va acudir res més. Aleshores es va adonar que Philip no es mostrava gens escèptic, sinó que estava commogut. Les seves paraules li havien arribat al cor. Philip va fer un gest d'assentiment, com si ho acceptés després de reflexionar una mica.— Sí. ¿I què pot ser millor que fer alguna cosa bella per a Déu? —va afegir.

Tom es va quedar en silenci. El prior encara no havia dit: «Sí, seràs mestre constructor.» Tom esperava.

Va semblar que Philip arribava a una decisió.

—D'aquí a tres dies aniré a Winchester amb el bisbe Waleran a veure el rei —va dir—. No conec exactament els plans del bisbe, però estic segur que demanarem al rei Stephen que ens ajudi a pagar una nova catedral per a Kingsbridge.

—Esperem que us concedeixi el vostre desig —va dir Tom.

—Ens deu un favor —va adduir Philip amb un somriure enigmàtic—. Ens ha d'ajudar.

—¿I si ho fa? —va preguntar Tom.

—Crec que Déu t'ha enviat a mi amb un propòsit, Tom —va respondre Philip—. Si el rei Stephen ens dóna els diners, podràs construir la catedral.

Aquest cop va ser Tom qui es va sentir commogut. No sabia què dir. Li havien concedit el desig de tota la seva vida..., però amb una condició. Tot depenia que el prior obtingués l'ajuda del rei. Va fer un gest d'aquiescència acceptant la promesa i el risc.

—Gràcies, pare —va mussitar.

La campana tocava a vespres. Tom va agafar la seva pissarra.

—¿Que ho necessiteu? —li va preguntar Philip.

El constructor va comprendre que si la deixava allà seria un recordatori constant per a Philip.

—No, no ho necessito —va respondre—. Ho tinc tot dins del cap.

—Aleshores m'agradaria quedar-m'ho jo.

Tom va assentir mentre es dirigia cap a la porta.

Se li va acudir que si no preguntava en aquell moment la qüestió referent a Agnes, probablement no ho faria mai. Es va tombar.

—¿Pare?

—Digues.

—La meva primera dona... Es deia Agnes... Va morir sense la presència d'un sacerdot i està enterrada en terra no consagrada. No és que hagués pecat..., van ser les circumstàncies. Em preguntava... De vegades un home construeix una capella o funda un monestir amb l'esperança que, al més enllà, Déu recordi la seva devoció. ¿Creieu que el meu dibuix podria servir per protegir l'ànima d'Agnes?

Philip va semblar pensatiu.

—A Abraham se li va demanar que sacrifiqués el seu únic fill. Déu ja no demana sacrificis de sang, ja que el sacrifici suprem ha estat fet, però la lliçó que es desprèn de la història d'Abraham és que el Senyor demana el millor que tenim per oferir, el que considerem més valuós. ¿Aquest dibuix és el millor que pots oferir a Déu?

—Llevat dels meus fills, sí.

—Aleshores pots estar tranquil, Tom. Déu ho acceptarà.

II

Philip no tenia la més mínima idea de la raó per la qual el bisbe Waleran volia que es reunís amb ell a les ruïnes del castell del comte Bartholomew.

S'havia vist obligat a viatjar fins al poble de Shiring, passar-hi la nit i posar-se en camí aquell matí en direcció a Earlscastle. En aquells moments, mentre el seu cavall anava al trot curt cap al castell que sorgia davant seu de la boira matinal, va arribar a la conclusió que possiblement es tractava d'una qüestió de comoditat. Waleran anava de camí d'un lloc a l'altre, i aquell lloc estava a prop de Kingsbridge, de manera que constituïa un bon punt de trobada.

Philip hauria volgut saber més coses sobre els plans de Waleran. No veia el flamant nou bisbe d'ençà del dia que havia inspeccionat les ruïnes de la catedral. Waleran no sabia quants diners necessitava Philip per construir l'església i, al seu torn, aquest no sabia què pensava demanar Waleran al rei. A Waleran li agradava mantenir els seus plans en secret, i això posava Philip molt nerviós.

L'alegrava que Tom li hagués dit amb tota exactitud què costaria construir la nova catedral, encara que la informació hagués resultat descoratjadora. Un cop més se sentia satisfet de tenir a prop aquell mestre constructor. Era un home de qualitats sorprenents. Amb prou feines sabia llegir i escriure, però era capaç de dissenyar una catedral, dibuixar plànols i calcular el nombre d'homes, el temps que caldria per construir-la i quant costaria. Era un tipus tranquil, però d'un aplom formidable. Era molt alt, de rostre colrat i barba hirsuta, mirada penetrant i front descobert. En alguna ocasió, Philip se sentia intimidat per la presència de Tom i intentava dissimular-ho adoptant una actitud cordial, però Tom era molt seriós i no podia sospitar que l'altre el trobava imposant. La conversació sobre la seva dona li havia semblat commovedora i havia revelat una devoció que fins aleshores no havia manifestat. Tom era de les persones que conservaven la religiositat en el més profund del cor. Normalment aquestes eren les millors.

A mesura que Philip s'acostava a Earlscastle anava sentint-se cada cop més incòmode. Havia estat un castell puixant que defensava la comarca que el rodejava, donant feina i alimentant un gran nombre de persones. Ara estava en ruïnes i les cabanes que s'hi apilaven al voltant estaven desertes, com nius buits a les branques nues d'un arbre a l'hivern. I Philip n'era responsable, de tot allò. Havia revelat que la conspiració s'havia forjat allà i havia descarregat la ira de Déu en el comte Bartholomew Hamleigh, el seu castell i els seus habitants.

Va observar que ni els murs ni el cos de guàrdia havien sofert grans danys durant l'assalt. Això significava que els atacants probablement havien entrat abans que els de dins aconseguissin tancar les portes. Va conduir el seu cavall a través del pont de fusta i va entrar al primer dels dos recintes. Allà es feia més palesa la violència de la batalla. A banda de la capella de pedra, tot el que quedava dels edificis eren ruïnes ennegrides que sorgien del terra i un petit remolí de cendres, impulsades al llarg de la base del mur del castell.

No hi havia cap rastre del bisbe. Philip va cavalcar al voltant del recinte, va creuar el pont fins a l'altra banda i va entrar a la part superior. Hi havia una sòlida torre de l'homenatge de pedra, amb una escala de fusta d'aspecte poc segur que conduïa a l'entrada del segon pis. Philip es va quedar mirant aquella amenaçadora obra de pedra amb les seves estretes i llargues finestres. Tot i el seu aspecte segur, no havia aconseguit protegir el comte Bartholomew.

Des d'aquestes finestres podria donar una ullada als murs del castell per veure l'arribada del bisbe. Va fermar el cavall al passamà de l'escala i va pujar.

La porta es va obrir només tocar-la. Va entrar. El gran saló estava fosc i polsós i el joncs del terra, secs. Hi havia una xemeneia apagada i una escala de cargol. No va poder veure gran cosa a través de la finestra i va decidir pujar al pis superior.

Al final de l'escala de cargol es va trobar davant de dues portes. Va suposar que la més petita conduïa a la latrina i la gran al dormitori del comte. Es va decidir per la gran.

L'habitació no estava buida.

Philip es va aturar en sec, paralitzat per l'ensurt. Al centre de l'habitació, davant seu, hi havia una jove d'extraordinària bellesa. Per un instant va pensar que es tractava d'una visió i el cor li va fer un salt. Una formosa i abundant cabellera arrissada emmarcava un rostre encisador. Li va tornar la mirada amb uns enormes ulls foscos i Philip es va adonar que estava tan sobresaltada com ell. Es va tranquil·litzar; estava a punt de fer una altra passa dins de l'habitació quan el van engrapar per darrere i a la gola va sentir el tacte fred de la fulla d'un ganivet llarg.

—¿Qui dimonis ets, tu? —va preguntar una veu d'home.

La jove es va dirigir a ell.

—Digues el teu nom o Matthew et matarà —va dir amb actitud de princesa.

El seu capteniment revelava un origen noble, però ni tan sols als nobles els és permès d'amenaçar els monjos.

—Digues a Matthew que aparti les mans del prior de Kingsbridge o serà ell qui hi sortirà perdent —va replicar. Va sentir com el deixaven anar. En mirar de cua d'ull per damunt de l'espatlla, va veure un home prim més o menys de la seva edat. Probablement Matthew havia sortit de la latrina.

Philip es va girar de nou cap a la noia. Semblava que tenia uns disset anys. Tot i el seu capteniment altiu, anava vestida de qualsevol manera. Mentre Philip l'observava, es va obrir un cofre que hi havia darrere de la noia, al costat de la paret, d'on va sortir un adolescent d'aspecte tímid. A la mà esgrimia una espasa. Qui sap si estava a l'aguait o senzillament s'amagava. Philip no hauria sabut dir què hi feia exactament.

—¿I qui ets, tu? —va preguntar Philip.

—Sóc la filla del comte de Shiring i em dic Aliena.

«La filla!», es va dir Philip. No sabia que encara visqués allà. Va mirar el noi. Devia de tenir uns quinze anys i era clavat a la noia, tret del nas arromangat i els cabells curts. Philip el va mirar arrufant les celles.

—Sóc Richard, l'hereu del comtat —va anunciar el noi, amb la veu tremolosa d'un adolescent.

—I jo sóc Matthew, el majordom del castell —va dir l'home que es trobava darrere de Philip.

El prior va entendre que els tres s'havien quedat ocults allà des de la captura del comte Bartholomew. El majordom li cuidava els fills. Devien tenir grans quantitats de menjar o de diners amagats.

—Sé on és el teu pare, però, ¿i la teva mare? —va preguntar Philip, adreçant-se a la jove.

—Va morir fa molts anys.

A Philip li va saber greu haver fet aquella pregunta. Aquells nens eren, virtualment, orfes, i en part ell n'era culpable.

—¿No teniu parents que puguin tenir cura de vosaltres?

—Sóc jo qui tinc cura del castell, mentre esperem que torni el meu pare —va dir la noia.

Philip es va adonar que Aliena vivia en un món d'il·lusió. Intentava actuar com si encara pertanyés a una família rica i poderosa. Amb el seu pare presoner i caigut en desgràcia, era una jove com qualsevol altra. El noi no heretaria res. El comte Bartholomew mai no tornaria a aquell castell, llevat que el rei decidís penjar-lo allà. Va sentir pena per la jove, però al mateix temps n'admirava la força de voluntat, que mantenia la fantasia possible i feia que la compartissin dues persones més. «Hauria estat una bona reina», va pensar.

De fora va arribar el so d'uns cascs de cavall. Uns quants cavalls travessaven el pont.

—¿Com és que heu vingut aquí? —va preguntar Aliena a Philip.

—M'han citat aquí —va respondre Philip. Es va girar i es va dirigir a la porta. Matthew li barrava el pas. Per un instant van restar immòbils, mirant-se de fit a fit. Philip es va preguntar si li impedirien marxar. El majordom es va enretirar.

Philip va sortir. Es va recollir l'hàbit i va baixar a corre-cuita. En arribar a baix de l'escala va sentir unes passes darrere seu. Matthew el va atrapar.

—No digueu a ningú que som aquí —li va demanar.

El prior es va adonar que Matthew comprenia la irrealitat de la situació dels nois.

—¿Quant de temps us hi estareu, aquí? —li va preguntar.

—Tant de temps com puguem —va contestar el majordom.

—I quan us vegeu obligats a marxar, ¿què fareu?

—No ho sé.

Philip va assentir amb el cap.

—Guardaré el vostre secret —li va dir.

—Gràcies, pare.

Philip va creuar el polsós saló i va sortir. En mirar avall va veure Waleran i dos homes més que sofrenaven els cavalls al costat del seu. El bisbe duia una gruixuda capa de pell negra i un capell del mateix color i material. Va aixecar la vista i el prior es va trobar amb els seus ulls clars.

—Bisbe i senyor meu —va dir amb respecte. Va baixar els esglaons de fusta. Encara conservava a la ment la imatge de la jove virginal i gairebé va sacsejar el cap per desprendre-se'n.

Waleran va desmuntar. Philip va observar que portava els mateixos acompanyants de l'última vegada, el degà Baldwin i el mateix home d'armes. Els va saludar fent un moviment amb el cap i després, de genolls, va besar la mà de Waleran.

El bisbe va acceptar la reverència, però no s'hi va recrear. El que li agradava era el poder, no les seves cerimònies.

—¿Estàs sol, Philip? —va preguntar Waleran.

—Sí. El priorat és pobre i una escorta per a mi és una despesa innecessària. Quan era prior de St-John-in-the-Forest mai no vaig portar escorta, i encara sóc viu.

Waleran es va encongir d'espatlles.

—Vine amb mi —li va indicar—. Vull ensenyar-te una cosa. —Va creuar el pati en direcció a la torre més propera. Philip el va seguir, Waleran va entrar per una porta baixa, al peu de la torre, i va pujar per l'escala que hi havia a l'interior. Hi havia ratpenats arraïmats al sostre i Philip va acotar el cap per no fregar-los.

Van emergir al capdamunt de la torre i es van quedar drets entre els merlets, contemplant el paisatge que els envoltava.

—Aquest és un dels comtats més petits del país —va dir Waleran.

—¿De debò? —Philip va sentir calfreds. Bufava un vent fred

i humit i la seva capa no era tan gruixuda com la de Waleran. Es va preguntar on volia anar a parar el bisbe.

—És una bona terra, però només en part. Gairebé tot són boscos i terrenys pedregosos.

En un dia clar haurien pogut veure una enorme extensió de boscos i terres de cultiu, però en aquell moment, tot i que ja s'havia aclarit part de l'espessa boira, amb prou feines es podien distingir el límit del bosc, al sud, i els camps plans al voltant del castell.

—Aquest comtat té una gran pedrera que produeix terra calcària de primera qualitat —va continuar Waleran—. Els seus boscos contenen, en abundància, una fusta excel·lent, i les seves granges generen considerables riqueses. Si aquest comtat fos nostre, Philip, podríem construir la nostra catedral.

—I si els porcs tinguessin ales podrien volar —va dir Philip.

—Home de poca fe!

Philip es va quedar mirant Waleran.

—¿Parleu seriosament?

—Molt seriosament.

Philip es mostrava escèptic, però malgrat tot va sentir una lleu flama d'esperança cremant dins seu. Si arribés a fer-se realitat!

—El rei necessita suport militar —va al·legar de totes maneres—. Atorgarà el comtat a qui li pugui facilitar cavallers per a la guerra.

—El rei deu la corona a l'Església, i la victòria sobre Bartholomew a tu i a mi. No són cavallers, el que necessita.

Philip va comprendre que Waleran parlava seriosament. ¿Seria possible? ¿Entregaria el rei el comtat de Shiring a l'Església per finançar la reconstrucció de la catedral de Kingsbridge? Malgrat els arguments de Waleran, amb prou feines resultava creïble. Però Philip no podia evitar pensar que seria magnífic comptar amb la pedra, la fusta i els diners necessaris per aixecar el temple i pagar el constructor. Va recordar llavors que Tom li havia dit que si comptava amb seixanta paletes podria acabar l'església en vuit o deu anys. Només de pensar-hi, la idea ja era enormement suggestiva.

—Però, ¿què me'n dieu, de l'anterior comte? —va inquirir.

—Bartholomew ha confessat la seva traïció. En cap moment va negar la conjura, però durant un temps va mantenir que no era cap traïdor, basant-se en el fet que Stephen era un usurpador. Malgrat tot, el torturador del rei va posar fi a la seva resistència.

Philip es va estremir i va mirar de no pensar en el que devien haver fet a Bartholomew per aconseguir que es doblegués.

Va apartar aquella idea del cap.

—El comtat de Shiring... —va murmurar. Era una petició increïblement ambiciosa, però la idea era emocionant. Es va sentir desbordant d'un optimisme irracional.

Waleran va elevar la vista al cel.

—Posem-nos en marxa —va dir—. El rei ens espera demà passat.

William Hamleigh observava els dos homes de Déu des del seu amagatall, darrere els merlets de la torre contigua. L'alt, el que semblava un corb a causa del nas afilat i la capa negra, era el nou bisbe de Kingsbridge. El més baixet i enèrgic, amb el cap pelat i uns ulls blaus brillants, era el prior Philip. William es va preguntar què hi devien fer, allà.

Havia vist arribar el monjo, que havia mirat al seu voltant com si esperés trobar-hi gent, i després havia entrat a la torre de l'homenatge. William no podia saber si havia vist les tres persones que hi vivien. Només havia estat a dins una estona i potser s'havien amagat en veure'l arribar. Tan bon punt es va presentar el bisbe, el prior Philip va sortir de la torre de l'homenatge i tots dos van pujar a la torre. En aquells moments el bisbe assenyalava, amb aires de propietari, tota la terra que rodejava el castell. William advertia, per l'actitud i els gestos, l'entusiasme del bisbe i l'escepticisme del prior. Estava convençut que planejaven alguna cosa.

Però ell no havia anat allà per espiar-los. Era Aliena, qui li interessava.

L'espiava cada cop més sovint. Aliena el tenia obsessionat,

i no podia evitar somiar-hi despert. Somiava que ell s'abalançava damunt de la noia, mentre ella estava lligada tota nua en un camp de blat, o s'estava arraulida com un cadell espantat en un racó del seu dormitori, o bé estava perduda al bosc, de nit. La seva obsessió havia arribat a tal extrem, que ara es veia obligat a veure-la en carn i ossos. Cada matí, a primera hora, cavalcava fins a Earlscastle. Deixava al seu escuder Walter la cura dels cavalls i des del bosc on els deixava travessava els camps a peu fins al castell. S'hi introduïa furtivament i buscava un amagatall des d'on observar la torre de l'homenatge i el recinte superior. De vegades havia d'esperar molta estona per veure-la. La seva paciència es posava durament a prova, però la idea de marxar sense haver-la vist, encara que només fos un instant, li resultava insuportable, de manera que sempre s'hi quedava. Més tard, quan Aliena apareixia a la fi, se li feia un nus a la gola, el cor li palpitava desbocat i sentia suors fredes als palmells de les mans. Amb freqüència la noia estava en companyia del seu germà o d'aquell majordom efeminat, però de vegades es trobava sola. Una tarda d'estiu, quan ja feia molta estona que l'esperava, Aliena es va acostar al pou i, després de treure'n aigua, es va despullar per rentar-se. El record d'aquella imatge el posava fora de si. Els pits turgents d'Aliena es movien de manera incitant quan aixecava els braços per ensabonar-se els cabells. Els mugrons se li posaven durs cada cop que entraven en contacte amb l'aigua freda. Entre les cames, es va veure una mata sorprenentment gran de pèl fosc i arrissat quan es va rentar el pubis, fregant-se vigorosament amb la mà ensabonada. En aquest punt, William no es va poder aguantar més i va ejacular.

D'ençà d'aquell dia, no havia tornat a succeir res de tan excitant; en ple hivern, rentar-se a fora no era bona idea. Però William podia delectar-se de mil altres maneres, encara que menys atractives. Quan estava sola solia cantar i fins i tot parlar amb si mateixa. William l'havia vist que es trenava els cabells, ballava o perseguia coloms per les muralles com una nena petita. Observant-la d'amagat, William tenia una sensació de poder sobre ella que li resultava absolutament meravellosa.

És clar que Aliena no sortiria mentre el bisbe i el monjo fossin allà. Afortunadament, no es van quedar gaire estona. Van abandonar els merlets amb pressa i, moments després, acompanyats de la seva escorta, sortien a cavall del castell. ¿Potser hi havien anat només per contemplar el panorama des dels merlets? En aquest cas, es deurien haver sentit una mica decebuts.

El majordom havia anat a buscar llenya abans que arribessin els visitants. Cuinava a la torre de l'homenatge. Aviat tornaria a sortir a buscar aigua del pou. William suposava que menjaven farinetes de civada, ja que no disposaven de forn per coure pa. A última hora del dia el majordom abandonava el castell, de vegades enduent-se el noi amb ell. Llavors, veure aparèixer Aliena era una simple qüestió de temps.

Quan s'avorria amb l'espera, William solia imaginar-se la noia despullada. El record era gairebé tan meravellós com la realitat, però aquell dia se sentia inquiet. La visita del bisbe i del prior semblava haver buidat l'ambient. Fins a aquell dia el castell i els seus tres habitants havien tingut un aire encantat, però l'arribada d'aquells homes absolutament desproveïts de màgia, cavalcant a lloms de cavalls plens de fang, havia trencat l'encanteri. Era com veure's pertorbat per un soroll enmig d'un bonic somni. Per més que ho intentava, no podia continuar adormit.

Durant una estona es va dedicar a fer conjectures sobre el motiu que havia portat els visitants allà, però no aconseguia desentrallar el misteri. No obstant això, estava segur que ordien alguna cosa. Hi havia una persona que probablement podria resoldre-ho: la seva mare. Va decidir deixar de moment Aliena i tornar a casa per informar del que havia vist.

Van arribar a Winchester en fer-se de nit el segon dia. Van entrar per la Porta del Rei, a la muralla meridional de la ciutat, i van anar directament al clos de la catedral. Allà es van separar. Waleran va fer cap a la residència del bisbe, un imponent palau adjacent al recinte de la catedral. Al seu torn, Philip va anar a presentar els seus respectes al prior i suplicar-li que li cedís una màrfega al dormitori dels monjos.

Després de tres dies de camí, Philip va trobar la calma i quietud del monestir tan refrescant com l'aigua de la font en un dia calorós. El prior de Winchester era un home grassonet i de tracte senzill, cara rosada i pèl blanc. Va convidar Philip a sopar a casa seva. Tot sopant, van parlar dels seus bisbes respectius. El prior de Winchester estava enlluernat pel bisbe Henry i hi estava completament subordinat. Philip va donar per fet que quan un bisbe era tan acabalat i poderós com aquell, no s'hi guanyava res discutint-hi; però, en el seu cas, no tenia cap intenció de sotmetre's a Waleran fins a aquell punt.

Va dormir com un soc i a mitjanit es va aixecar per a matines.

Quan va entrar per primera vegada a la catedral de Winchester es va sentir intimidat.

El prior li havia dit que es tractava de l'església més gran del món, i en veure-la va pensar que, en efecte, ho havia de ser. Tenia una llargada de gairebé dos-cents metres. A dins, hi haurien cabut llogarrets sencers. Tenia dues grans torres, una damunt del creuer i l'altra a l'extrem occidental. La torre central s'havia esfondrat trenta anys abans damunt la tomba de William Rufus, un rei descregut que mai no hauria d'haver estat sepultat dins d'una església. Més tard, la torre va ser reconstruïda. Philip, que estava dret just sota la nova torre, podia sentir la immensa dignitat i fortalesa de tot l'edifici. La catedral que Tom havia dibuixat seria, en comparació, molt modesta, si és que algun dia arribava a construir-se. Es va adonar que anava massa amunt i es va posar nerviós. No era més que un noi d'un llogarret en un turó gal·lès que havia tingut la bona sort de convertir-se en monjo. I aquell mateix dia anava a parlar amb el rei. ¿Que potser hi tenia cap dret?

Va tornar al llit com els altres monjos, però es va quedar despert, profundament preocupat. Temia dir o fer alguna cosa que pogués ofendre el rei Stephen o el bisbe Henry i posar-los en contra de Kingsbridge. La gent d'origen francès es mofava sovint de com els anglesos parlaven la seva llengua. ¿Què podien pensar del seu accent gal·lès? Dins del món monàstic, Philip havia estat sempre ben considerat per la seva pietat, obediència i devoció al treball de Déu. Ara, a la capital d'un dels regnes més grans del món, totes aquestes coses no comptaven gens. Philip se sentia fora del seu ambient, com una mena d'impostor, un no ningú presumptuós, i estava convençut que això es podia veure amb un cop d'ull i que no trigarien a enviar-lo cap a casa, completament desacreditat.

Es va aixecar a punta de dia, va assistir a la prima i després va esmorzar al refectori. Els monjos bevien cervesa forta i menjaven pa blanc. Era un monestir adinerat. Després de l'esmorzar, quan els monjos es van dirigir al capítol, Philip es va encaminar al palau del bisbe, un bell edifici amb grans finestres rodejat d'un enorme jardí emmurallat.

Waleran estava segur d'aconseguir el suport del bisbe Henry per al seu projecte. Henry era tan poderós que només amb la seva ajuda podia fer-se possible tot l'afer. Henry de Blois no sols era el germà petit del rei, sinó també el clergue més ben relacionat d'Anglaterra i el més acabalat, perquè també era abat del ric monestir de Glastonbury. S'esperava que fos el pròxim abat de Canterbury. Kingsbridge no podia tenir un aliat més poderós. Philip va pensar que potser ho aconseguiria. «Potser el rei ens permetrà construir una catedral nova», es va dir. Quan pensava en aquesta possibilitat, se sentia enormement esperançat.

Un majordom de la casa li va dir que no era probable que el bisbe Henry fes acte de presència abans de mig matí. Philip estava massa inquiet per tornar al monestir. Impacient, es va dedicar a recórrer la ciutat, la més gran que havia vist mai. El palau del bisbe s'aixecava a l'extrem sud-est. Philip va caminar al llarg del mur oriental, a través dels terrenys d'un altre monestir, l'abadia de Santa Maria, i va desembocar en un barri que semblava dedicat a treballar la pell i la llana. Petits rierols travessaven en tots els sentits aquella zona. En acostar-s'hi, Philip va observar que en realitat es tractava de canals fets per la mà de l'home, amb els quals desviaven part del cabal del riu Itchen perquè fluís pels carrers i subministrés la gran quantitat d'aigua que es necessitava per a l'adobament dels cuirs i el rentatge del velló. Aquelles indústries s'instal·laven habitualment al costat d'un riu, i Philip va admirar l'audàcia d'homes capaços de portar l'aigua fins als seus tallers en lloc de fer-ho a l'inrevés.

A pesar de tota aquella indústria, la ciutat era més tranquil·la i menys concorreguda que les altres que Philip havia vist. Ciutats com Salisbury o Hereford semblaven atrapades pels seus murs com un home gras cenyit dins d'una túnica estreta. Les cases estaven massa juntes, els patis eren massa petits, la plaça del mercat, massa atapeïda de gent i els carrers eren massa estrets. La gent i els animals avançaven a empentes i rodolons per la manca d'espai, i feia la sensació que d'un moment a l'altre començarien els mastegots. Però Winchester era tan gran que semblava que hi havia d'haver lloc per a tothom. Mentre voltava per la ciutat, va anar comprenent a què es devia la sensació d'amplitud que experimentava: els carrers estaven traçats segons un model de graella quadrada. La majoria de carrers eren rectes i els encreuaments dibuixaven un angle recte. Mai no havia vist res igual. Aquella ciutat probablement havia estat construïda seguint un plànol molt rigorós.

Hi havia dotzenes d'esglésies, de totes les formes i mesures, algunes de fusta i altres de pedra, i totes oferien els seus serveis al barri que les envoltava. La ciutat devia ser molt rica per poder mantenir tants sacerdots.

Mentre caminava pel carrer Fleshmonger, es va sentir lleugerament marejat. Mai havia vist tanta vianda junta en un sol lloc. La sang fluïa des de totes les carnisseries fins a peu de carrer, i unes grosses rates s'esmunyien entre els peus de la gent que hi havia anat a comprar.

L'extrem sud del carrer Fleshmonger desembocava al centre del carrer principal, que es trobava enfront del vell palau reial. A Philip li van dir que els reis no havien tornat a utilitzar el palau des de la construcció, al castell, de la nova torre de l'homenatge, però els moneders reials seguien encunyant penics de plata als baixos de l'edifici, protegits per murs gruixuts i portes enreixades. Philip va estar-se una estona plantat al davant, observant les guspires provocades pels martells que descarregaven sobre els encunys, meravellat per la gran riquesa que es desplegava davant dels seus ulls. Tota una munió de curiosos contemplava les operacions. Sens dubte, es tractava d'una activitat pròpia dels visitants de la ciutat. Una jove que es trobava a prop seu li va fer un somriure, i Philip l'hi va tornar.

—Per un penic pots fer el que vulguis —va dir ella.

El prior es va preguntar què devia voler dir i va tornar a esbossar un somriure. Llavors la dona es va obrir la capa i va quedar horroritzat en comprovar que la noia anava completament nua.

—Per un penic de plata em pots fer tot el que desitgis —va repetir ella.

Philip va sentir un lleu impuls de desig, alguna cosa com ara l'espectre d'un record enterrat feia molt de temps. Llavors va comprendre que es tractava d'una prostituta. Va sentir com enrogia. Va girar cua immediatament i se'n va anar apressat.

—No tinguis por —li va cridar ella—. També m'agraden els caps rodonets.

La rialla mofeta de la dona el va perseguir una estona.

Es va sentir acalorat i molest. Va entrar en una embocadura del carrer major que anava a parar a la plaça del mercat, per damunt de les parades de la qual s'alçaven les torres de la catedral. Va caminar apressat entre la gentada sense fer cas dels oferiments dels venedors, fins que a la fi va trobar el camí de tornada al recinte.

Va sentir com una brisa fresca l'endreçada calma al voltant de l'església. Es va aturar al cementiri per ordenar els seus pensaments. Se sentia avergonyit i ofès. ¿Com havia gosat aquella dona temptar un home vestit amb hàbits de monjo? Era evident que l'havia identificat com a visitant... ¿Que potser alguns monjos que es trobaven fora de la casa monàstica n'eren clients? Va comprendre que, sens dubte, era així. Els monjos cometien els mateixos pecats que la gent corrent. El que passava és que s'havia escandalitzat pel desvergonyiment de la dona. La imatge d'aquell cos nu se li havia clavat a la memòria, i com el nucli encès de la flama d'una espelma, va parpellejar uns instants i es va esvanir darrere les parpelles tancades.

Va sospirar. Havia estat un matí ric en imatges vives: els rierols artificials, les rates a la porta de les carnisseries, els munts de penics de plata acabats d'encunyar i, per acabar-ho d'adobar, les parts íntimes d'una dona. Sabia que durant una estona aquelles imatges anirien i vindrien per pertorbar les seves meditacions.

Va entrar a la catedral. Se sentia massa impur per agenollarse i resar, però després de recórrer la nau i sortir per la porta sud es va sentir, en certa manera, purificat. Va travessar el priorat i es va dirigir al palau del bisbe.

La planta baixa era una capella. Philip va pujar per l'escala que conduïa al vestíbul. Hi va entrar. A prop de la porta hi havia un petit grup de servents i joves clergues, drets o asseguts al costat d'un banc adossat a la paret. Al fons del saló, Waleran i el bisbe Henry estaven asseguts al voltant d'una taula. Un majordom va aturar Philip.

—Els bisbes estan esmorzant —el va informar, com donant a entendre que no els podia veure.

—M'hi reuniré a taula —va dir Philip.

—Més val que espereu —li va indicar el majordom.

Philip va pensar que el majordom l'havia confós amb un monjo qualsevol.

—Sóc el prior de Kingsbridge —va explicar.

El majordom es va fer a un costat, encongint-se d'espatlles.

Philip es va acostar a la taula. El bisbe Henry estava assegut al cap de taula, amb Waleran a la dreta. Henry era un home baix, d'espatlles amples i expressió determinada. Devia de tenir la mateixa edat que Waleran, és a dir, un o dos anys més que Philip; no més de trenta anys, en qualsevol cas. Tot i això, en contrast amb el cutis pàl·lid de Waleran i el cos ossut de Philip, Henry tenia el color encès i l'aspecte ben nodrit d'un excel·lent menjador. La seva mirada era viva i intel·ligent, i el seu rostre tenia una expressió ferma i decidida. Era el petit de quatre germans, i al llarg de la seva vida devia haver lluitat per tot. Philip es va sorprendre de veure que portava el cap tonsurat, senyal que en algun moment havia fet els vots monàstics i que encara es considerava monjo. No obstant això, no vestia amb teixits rústics. De fet, portava una magnífica túnica de seda púrpura. Al seu torn, Waleran lluïa una impecable camisa de fil blanca sota la seva habitual túnica negra, i Philip va comprendre que els dos homes anaven abillats per a una veritable audiència reial. Menjaven carn freda de vaca i bevien vi negre. Després d'aquella passejada, Philip estava afamat i l'àpat li feia venir salivera.

Waleran va aixecar la vista i en veure'l va mostrar al rostre una lleu irritació.

—Bon dia —va dir Philip.

—És el meu prior —va explicar Waleran a Henry.

A Philip no li va agradar gaire que el presentessin com el prior de Waleran.

—Philip de Gwynedd, prior de Kingsbridge, monsenyor.

Es disposava a besar la mà del bisbe, però Henry es va limitar a dir:

—Esplèndid —mentre s'enduia un altre tall de carn a la boca.

Philip es va quedar dret, en una situació incòmoda. ¿Que no el convidarien a prendre lloc?

—Ens reunirem amb tu d'aquí a una estona, Philip.

Philip va comprendre que se'l treien del damunt. Va fer mitja volta amb la cua entre cames, incorporant-se novament al grup del costat de la porta. El majordom que havia mirat de retenir-lo somreia satisfet, com dient: «Ja t'havia avisat.» Philip es va mantenir apartat dels altres. Es va avergonyir del seu hàbit marró tot ple de taques, un hàbit que havia portat dia i nit durant mig any. Els monjos benedictins es tenyien amb freqüència els hàbits de negre, però a Kingsbridge feia anys que havien renunciat a fer-ho per estalviar aigua i tint. Philip sempre havia cregut que la roba bonica era pura vanitat, del tot inapropiada per a un home de Déu, per elevada que fos la seva dignitat. Ara, però, en descobria la conveniència. Si hagués anat vestit amb sedes i pells, potser no l'haurien tractat de forma tan displicent.

«En fi», es va dir, «un monjo ha de ser humil i això deu ser bo per a la meva ànima.»

Els dos bisbes es van aixecar de taula i es van dirigir a la porta. Un servent va presentar a Henry un mantell amb bonics brodats i flocadures de seda.

—Avui no hauràs de parlar gaire, Philip —va dir Henry tot posant-se el mantell.

—Deixa que siguem nosaltres qui parlem —va afegir Waleran.

—Deixa que sigui jo qui parli —va intervenir Henry, posant un lleugeríssim èmfasi en la paraula «jo»—. Si el rei et fa una o dues preguntes, contesta amb senzillesa i no intentis presentar els fets amb massa detalls. Comprendrà que necessites una nova església sense que hagis de recórrer a laments i somiqueigs.

Philip no necessitava que l'hi diguessin. La condescendència de Henry començava a ser desagradable. Malgrat tot, Philip va mirar de dissimular el seu ressentiment fent un gest d'aquiescència.

—Més val que ens posem en marxa —va dir Henry—. El meu germà és matiner i voldrà despatxar ràpid els assumptes del dia per sortir a caçar.

Van sortir. Un soldat amb una espasa al cinyell i un bàcul a la mà va precedir la marxa de Henry mentre avançaven pel carrer principal i pujaven turó amunt en direcció a la porta oest. La gent s'apartava al pas dels dos bisbes, però no davant de Philip, que va acabar la caminada molt ressagat. De tant en tant algú demanava la benedicció a Henry, que dibuixava el signe de la creu a l'aire sense prendre's la molèstia d'alentir el pas. Poc abans d'arribar al cos de guàrdia es van desviar i van creuar un pont de fusta que travessava el fossat del castell. Tot i que li havien assegurat que no hauria de parlar gaire, Philip se sentia molt intranquil i fins i tot una mica esporuguit. Estava a punt de veure el rei!

El castell s'aixecava a la part sud-oest de la ciutat. Els seus murs occidental i meridional formaven part de les muralles, però n'estava separat per la part de darrere, on els murs no eren menys alts i forts que els de les defenses exteriors, com si el rei necessités protegir-se del món exterior tant com dels ciutadans.

Van entrar per una part rebaixada del mur i de seguida es van trobar davant l'enome torre de l'homenatge que dominava aquella part del recinte. Era una formidable torre quadrada. En comptar les finestres, estretes com sagetes, Philip va calcular que devia tenir quatre pisos. Com sempre, la planta baixa estava ocupada per magatzems, mentre que una escala exterior conduïa a una entrada elevada. Un parell de sentinelles apostats al peu de l'escala es van inclinar al pas de Henry.

Van entrar al vestíbul. Hi havia uns quants seients rebaixats al mur de pedra, bancs de fusta i una xemeneia. En una cantonada, dos homes d'armes protegien l'escala que, adossada al mur, conduïa a les estances superiors. Un dels homes va trobar la mirada del bisbe Henry i amb un gest d'assentiment va pujar l'escala per anunciar-lo al rei.

A Philip, la inquietud li havia regirat l'estómac. Els minuts que s'acostaven podien decidir tot el seu futur. Li hauria agradat poder-se sentir més a gust amb els seus aliats i haver passat les primeres hores del matí resant perquè les coses sortissin bé en lloc de vagar pels carrers de Winchester, a més de portar un hàbit net.

Al saló hi havia una vintena o una trentena de persones, majoritàriament homes: cavallers, sacerdots i burgesos pròspers. Tot d'una, Philip es va sobresaltar. Al costat del foc es trobava Percy Hamleigh, parlant amb una dona i un noi. ¿Què hi feia, allà? Les dues persones que l'acompanyaven eren la seva horrible esposa i el brètol del seu fill. Havien col·laborat amb Waleran, si es podia dir així, en la caiguda de Bartholomew. En un dia com aquell, la seva presència allà no podia ser fruit d'una coincidència; Philip es va preguntar si Waleran els esperava i, dirigint-se al seu bisbe, va preguntar:

—¿Heu vist...?

—Els he vist —va replicar Waleran en to tallant, sense amagar la seva contrarietat.

Philip va tenir la impressió que aquella presència allà, en aquells moments, era un mal presagi, tot i que no hauria sabut dir per què. Pare i fill eren molt semblants. Tots dos eren grans i corpulents, rossos i d'expressió taciturna. La dona semblava un d'aquells dimonis que torturaven els pecadors en les pintures que representaven l'infern. Es tocava constantment els grans de la cara amb una mà esquelètica i nerviosa. Estava dreta, mirant de reüll tots els qui l'envoltaven. Els seus ulls van topar amb els de Philip i es va afanyar a desviar la mirada.

El bisbe Henry anava d'una banda a l'altra, saludant els coneguts i beneint els que no n'eren, però semblava no haver perdut de vista l'escala, perquè tan aviat com va tornar a baixar el sentinella, Henry el va mirar i, davant el gest d'assentiment del guàrdia, va interrompre la conversació a mitja frase.

Waleran va enfilar l'escala darrere de Henry, i Philip va tancar la marxa amb el cor a la boca. El saló on van entrar era de la mateixa forma i grandària que el de sota, però en conjunt era molt diferent. De les parets penjaven tapissos, i el terra de fusta, ben fregat, estava cobert d'estores de pell de xai. A la xemeneia, hi cremava un gran foc i l'habitació brillava gràcies a dotzenes d'espelmes. Al costat de la porta hi havia una taula de roure on hi havia plomes, tinta i una pila de fulls de vitel·la. Un clergue hi estava assegut esperant que el rei dictés una carta.

La primera cosa que va observar Philip va ser que el monarca no portava corona. Vestia una túnica porpra i botes de pell, com si estigués a punt de pujar dalt d'un cavall. Als seus peus jeien dos grans gossos de caça, probablement els seus cortesans favorits. S'assemblava al seu germà, el bisbe Henry, però les seves faccions eren una mica més fines i tenia una cabellera abundant. Els ulls, però, li brillaven amb la mateixa astúcia que al seu germà. En el que Philip va suposar que devia ser el tron, es va reclinar en actitud distesa, les cames estirades i els colzes repenjats als braços del seient. A l'habitació, però, s'hi respirava tensió. El rei era l'únic que semblava trobar-s'hi realment a gust.

Al mateix temps que entraven els bisbes i Philip, es retirava un home alt vestit luxosament. Va saludar el bisbe Henry fent un moviment amb el cap i no va fer cas de Waleran. Philip va pensar que, molt probablement, es tractava d'un poderós baró.

El bisbe Henry es va acostar al rei i es va inclinar davant seu.

—Bon dia, Stephen —va dir.

—Encara no he vist el bastard de Ranulf —va dir el rei Stephen—. Si no apareix aviat, faré que li tallin els dits.

—Serà aquí qualsevol dia, t'ho prometo. Però li hauries de tallar els dits de totes maneres.

Philip no tenia ni idea de qui era aquell Ranulf ni per què el rei el volia veure, però va tenir la impressió que, encara que Stephen estava disgustat, no parlava seriosament respecte de la mutilació.

Abans que Philip insistís en el tema, Waleran va fer un pas endavant i es va inclinar.

—Et deus recordar de Waleran Bigod, el nou bisbe de Kingsbridge —va dir Henry.

—Sí, però, ¿i l'altre? —va preguntar Stephen tot examinant Philip.

—És el meu prior —va respondre Waleran.

El bisbe no en va dir el nom, de manera que Philip es va afanyar a ampliar la informació.

—Philip de Gwynedd, prior de Kingsbridge.

La seva veu va sonar més forta del que hauria volgut. Es va inclinar.

—Acosta't, pare prior —li va demanar—. Sembles atemorit. ¿Què és el que t'amoïna?

Philip no sabia com respondre a aquella pregunta. L'amoïnaven tantes coses...

—Estic amoïnat perquè no tinc un hàbit net per posar-me —va respondre per sortir del pas.

Stephen va riure sense malícia.

—Doncs deixa d'amoïnar-te —li va dir. I mirant el seu germà, que anava tan ben vestit, va afegir:— M'agrada que un monjo tingui aspecte de monjo, no de rei.

Philip es va sentir una mica millor.

—M'he assabentat de l'incendi. ¿Com van les reparacions? —va preguntar Stephen.

—El dia de l'incendi Déu ens va enviar un constructor. Va reparar el claustre amb gran rapidesa i per als oficis sagrats utilitzem la cripta. Amb la seva ajuda estem aclarint l'enclavament per a la reconstrucció, i a més ha dibuixat els plànols d'una catedral nova —va explicar Philip.

En sentir-ho, Waleran va arrufar les celles. No estava assabentat de l'assumpte dels plànols. Philip l'hi hauria dit si l'hi hagués preguntat, però ell no hi va pensar.

—La seva rapidesa és lloable —va dir el rei—. ¿Quan començareu a construir?

—Tan aviat com trobi els diners per fer-ho.

En aquell punt va intervenir el bisbe Henry.

—Aquest és el motiu pel qual he portat amb mi el prior Philip i el bisbe Waleran. Ni el priorat ni la diòcesi disposen de recursos per finançar un projecte d'aquesta importància.

—Ni la corona, estimat germà —va dir Stephen.

Philip es va sentir descoratjat. No era un bon començament.

—Ho sé. Per això he buscat la manera de fer possible la reconstrucció de Kingsbridge sense que et costi res —va dir Henry.

Stephen es va mostrar escèptic.

—¿I te n'has sortit, a l'hora de concebre un projecte tan enginyós, per no dir màgic?

—Sí. I el meu suggeriment consisteix que donis les terres del comtat de Shiring a la diòcesi per tal que pugui finançar la reconstrucció de la catedral.

Philip va contenir la respiració.

El rei va semblar pensatiu.

Waleran va obrir la boca disposat a parlar, però Henry el va fer callar amb un gest.

—És una idea intel·ligent. M'agradaria fer-ho —va mussitar el rei.

A Philip el cor li va fer un salt.

—La llàstima és que acabo de prometre virtualment el comtat a Percy Hamleigh —va dir el rei.

Philip no va poder ofegar un lament. Li havia semblat que el rei estava a punt de donar-hi el vistiplau. La decepció va ser com una punyalada.

Henry i Waleran van quedar esbalaïts. Ningú no ho havia previst, allò.

Henry va ser el primer a parlar.

—¿Virtualment? —va preguntar.

El rei es va encongir d'espatlles.

—Sí, virtualment. Podria desfer el compromís, però seria molt enutjós. Al capdavall, va ser Percy qui va lliurar el traïdor de Bartholomew a la justícia.

—No sense ajuda, senyor —va intervenir ràpidament Waleran.

—Ja sé que hi heu tingut alguna cosa a veure...

—Sí. Vaig ser jo qui va informar Percy Hamleigh de la conspiració contra vós.

—Sí, i per cert, ¿com ho vau saber?

Philip es va agitar, nerviós. Trepitjaven un terreny perillós. Ningú no havia de saber que la informació procedia, originalment, del seu germà Francis, perquè aquest continuava treballant per a Robert de Gloucester, a qui havien perdonat la seva intervenció en la conjura.

—La informació em va arribar a través d'una confessió al llit de mort —va dir Waleran.

Philip es va sentir alleujat. Waleran acabava de repetir la mentida que ell mateix li havia dit, però parlant com si aquella «confessió» li haguessin fet a ell. Philip no es va sentir molest per això, perquè ja estava prou content que, en aquell assumpte, l'atenció no se centrés en la seva persona.

—Tot i així, no vas ser tu sinó Percy qui va llançar l'atac contra el castell de Bartholomew, i qui es va jugar la vida per arrestar el traïdor.

—Pots recompensar Percy de qualsevol altra manera —va suggerir Henry.

—El que vol Percy és Shiring —va puntualitzar Stephen—. Coneix la zona, i la governarà de forma efectiva. Podria donar-li el comtat de Cambridge, però ¿el seguirien els homes dels pantans?

—Primer has de donar gràcies a Déu i després als homes. Va ser Déu qui et va fer rei —va replicar Henry.

—Però va ser Percy qui va arrestar Bartholomew.

Henry es va sentir ofès davant d'aquesta irreverència.

—Déu ho controla tot.

—No hi insisteixis —va dir Stephen, aixecant la mà dreta.

—Entesos —va respondre Henry en actitud submisa.

Allò va ser una clara demostració del poder reial. Per un moment, havien estat discutint gairebé com a iguals, però amb una breu frase Stephen n'havia tingut prou per posar les coses al seu lloc.

Philip es va sentir amargament decebut. Al principi, li va semblar que era una petició impossible, però a poc a poc havia començat a pensar que els seria concedida, i fins i tot havia imaginat com faria servir aquella riquesa. Ara, de manera brutal, tornava a la realitat.

—Monsenyor —va dir Waleran—. Us dono les gràcies per mostrar-vos disposat a reconsiderar el futur del comtat de Shiring, i esperaré la vostra decisió amb ànsia, tot resant per vós.

«Perfecte», va pensar Philip. Semblava que Waleran hagués acceptat la situació amb elegància. Però en realitat donava a entendre que la qüestió quedava pendent. El rei no havia dit això. Ben analitzada, la resposta havia estat negativa. Però no hi havia res ofensiu a insistir que Stephen encara podia inclinar la balança cap a un costat o cap a l'altre. «He de recordar això», va pensar Philip. «Quan estigui a punt de rebre una negativa, he d'aconseguir un ajornament.»

Stephen va vacil·lar un instant, com si covés la lleu sospita que el manipulaven. Després va semblar que allunyava qualsevol dubte.

—Us agraeixo a tots tres que m'hagueu vingut a veure —va dir.

Philip i Waleran van fer mitja volta i ja es disposaven a sortir, però Henry, tretze són tretze, insistia en la qüestió.

—¿Quan sabrem la vostra decisió?

Stephen es va tornar a sentir assetjat.

—Demà passat —va respondre.

Henry va fer una reverència i tots tres van sortir de l'habitació. La incertesa era gairebé tan dolenta com una negativa. A Philip l'espera ja se li començava a fer insuportable. Va passar la tarda amb la meravellosa col·lecció de llibres del priorat de Winchester, però ni tan sols els llibres eren capaços d'evitar que continués fent cabòries sobre els plans del rei. ¿Es desdiria de la promesa feta a Percy Hamleigh? ¿Fins a quin punt era important, Percy? Es tractava d'un membre de la petita aristocràcia rural que aspirava a un comtat. Stephen no tenia cap motiu per témer que Percy s'ofengués, però, ¿fins a quin punt volia ajudar Kingsbridge? Tothom sabia que els reis es feien devots amb els anys, i Stephen encara era jove.

Mentre Philip considerava les possibilitats d'acció del rei tot mirant-se, perquè no es podia dir que llegís, el *De Consolatione Philosophiae* de Boeci, un novici va arribar pràcticament de puntetes per una de les galeries del claustre i es va acostar a Philip amb timidesa.

—Al pati exterior hi ha algú que pregunta per vós, pare —li va xiuxiuejar a l'orella.

Era evident que no es tractava d'un monjo, ja que havien fet esperar a fora el visitant.

—¿Qui és? —va preguntar Philip.

—Una dona.

La primera i aterridora idea que va acudir al pensament de Philip és que es tractava de la prostituta que l'havia abordat davant de la casa de la moneda, però va recordar que aquell dia també s'havia trobat amb la mirada d'una altra dona.

—¿Quin aspecte té?

El noi va fer un gest de repulsió.

Philip va comprendre.

—Regan Hamleigh. —«¿Quina mala jugada deu estar concebent?», va pensar.— Ara vinc.

Va recórrer a poc a poc el claustre, tot rumiant, i va sortir al pati. Necessitaria tot el seu enginy per tractar amb aquella dona.

Regan estava dreta davant del locutori de l'intendent, embolcallada amb una capa gruixuda i amb el rostre ocult sota una caputxa. Va mirar Philip amb tanta malevolència que aquest va estar a punt de fer mitja volta i tornar per on havia vingut. Però després es va sentir avergonyit davant la idea de fugir d'una dona, i es va mantenir ferm.

—¿Què voleu de mi? —va preguntar.

—Monjo estúpid! —li va etzibar Regan—. ¿Com podeu ser tan babau?

Philip va sentir que envermellia.

—Sóc el prior de Kingsbridge, i caldria que em tractéssiu de pare —li va dir, però es va adonar, fastiguejat, que sonava més arrogant que autoritari.

—Com vulgueu, «pare»... ¿Com us podeu deixar ensarronar per aquell parell de bisbes cobdiciosos?

Philip va respirar a fons.

—Parleu sense embuts —va dir, obertament enfadat.

—Resulta difícil trobar paraules entenedores per a algú tan ruc com vós, però ho intentaré: Waleran utilitza la catedral incendiada com a pretext per apoderar-se de les terres del comtat de Shiring. ¿He parlat amb prou claredat? ¿Heu copsat la idea?

El to menyspreador de Regan continuava enfurismant Philip, que no va poder resistir la temptació de defensar-se.

—No hi ha res d'ocult, en tot això —va dir—. Els ingressos procedents de la terra estan destinats a reconstruir la catedral.

—¿I què us ho fa pensar?

—Dona..., aquesta era la idea —va protestar Philip, tot i que començava a sentir les punxades del dubte.

El to de Regan es va fer més maliciós.

—¿Les terres seran del priorat o... més aviat de la diòcesi? —va preguntar.

Philip la va mirar fixament un instant i després va apartar la vista. El rostre d'aquella dona era massa repel·lent. Ell havia treballat amb la presumpció que les terres serien del priorat i es trobarien sota el seu control, i no del de la diòcesi, és a dir, sota el control de Waleran. Però en aquell moment va recordar que quan van ser rebuts pel rei, el bisbe Henry li havia demanat específicament que aquelles terres fossin lliurades a la diòcesi. Philip havia suposat llavors que es tractava d'un lapsus, però no recordava que després haguessin desfet el malentès.

Va observar Regan amb suspicàcia. Hauria estat impossible saber per endavant el que Henry diria al rei. Potser tenia raó respecte d'allò. Potser només intentaven crear dificultats. Si Philip i Waleran arribaven a enfrontar-se, ella tindria tots els trumfos.

—Waleran és el bisbe i ha de tenir una catedral —li va dir Philip.

—Ha de tenir una pila de coses —va aclarir Regan. Quan començava a raonar semblava menys malèvola i més humana, però encara així era insuportable de mirar una estona llarga.— Per a alguns bisbes, potser primer cal una bonica catedral. Però Waleran té altres necessitats. En qualsevol cas, mentre tingui diners es trobarà en posició de concedir el que li sembli, molt o poc, a vós i als vostres constructors.

Philip es va adonar que, ben mirat, Regan tenia raó. Si era Waleran qui cobrava les rendes, era natural que en retingués una part per a les seves despeses. Li tocaria a ell fixar aquella part. No hi hauria res que li impedís desviar els fons per a coses que no tinguessin res a veure amb la catedral, si així ho desitjava. I Philip mai no sabria d'un mes a l'altre si estaria en condicions de pagar els constructors.

No tenia cap dubte que seria preferible que fos el priorat el propietari de la terra, però Philip estava segur que Waleran s'oposaria a aquesta idea i que el bisbe Henry li donaria suport. L'única esperança era el mateix rei, el qual, veient dividits els homes de l'Església, potser resoldria el problema entregant el comtat a Percy Hamleigh.

Això, és clar, era el que Regan buscava.

Philip continuava negant amb el cap.

—Si Waleran està intentant enganyar-me, ¿per què m'ha portat aquí? Hauria pogut venir tot sol i presentar la seva súplica.

Regan va fer un gest d'assentiment.

—Podria haver-ho fet, en efecte; però també el rei podria haver-se preguntat fins a quin punt Waleran ha estat sincer quan ha dit que només volia el comtat per construir una catedral. La vostra presència aquí ha fet que desaparegués qualsevol dubte en Stephen. —El seu to tornava a ser de menyspreu.— I a sobre us presenteu amb un aspecte tan lamentable, amb el vostre hàbit ple de llànties, que heu inspirat llàstima al rei... Waleran ha estat molt llest de fer-vos venir aquí.

Philip tenia l'horrible sensació que Regan tenia raó, però no estava disposat a admetre-ho.

—El que passa és que voleu el comtat per al vostre marit —va dir.

—Si pogués demostrar-vos que el que dic és cert, ¿cavalcaríeu mig dia per veure'n la prova vós mateix?

Encara que l'última cosa que volia Philip era veure's embolicat en les maniobres d'aquella dona, havia d'esbrinar si el seu al·legat era vertader.

—Sí, estic disposat a fer-ho —va admetre, a contracor.

—¿Demà?

—Sí.

—Estigueu a punt a trenc d'alba.

Va ser William Hamleigh, el fill de Percy i Regan, qui l'endemà al matí esperava Philip al pati exterior, mentre els monjos començaven a cantar la prima. Philip i William van sortir de Winchester per la porta oest, desviant-se tot seguit cap al nord a l'altura del carrer Athelynge. Philip va percebre aviat que el palau del bisbe Waleran estava en aquella direcció i es trobava a mig dia de viatge. De manera que allà era on anaven. Però, ¿per què? Se sentia profundament recelós, i va decidir estar alerta per prevenir qualsevol jugada. Era molt possible que els Hamleigh miressin d'utilitzar-lo. Es va preguntar de quina manera ho podien fer. Qui sap si Waleran posseïa algun document que els Hamleigh volguessin examinar o fer-se seu, alguna escriptura o carta de privilegi... El jove William podia dir al personal del bisbe que els havien enviat a buscar el document en qüestió. Probablement el creurien precisament perquè anava acompanyat de Philip. No s'havia de descartar que William portés un roc a la faixa. Calia mantenir-se en guàrdia. Feia un matí gris i queia un plugim persistent. William va cavalcar a bon ritme durant els primers quilòmetres, però després va reduir el pas per deixar descansar els cavalls.

—De manera que em voleu prendre el comtat, monjo —va dir al cap d'una estona.

L'hostilitat del to emprat per William va desconcertar Philip. No havia fet res per merèixer aquella hostilitat, i es va sentir molest. Va respondre amb duresa.

—¿A tu? —va dir—. Tu no el tindràs, marrec. Aquest comtat potser el rebré jo, o el teu pare, o el bisbe Waleran, però ningú ha demanat al rei que te'l lliuri a tu. Suposo que feies broma.

—L'heretaré jo.

—Això ja ho veurem. —Philip va arribar a la conclusió que no valia la pena discutir amb William.— No et desitjo cap mal —va afegir en to conciliador—. L'únic que vull és construir una nova catedral.

—Llavors quedeu-vos amb el comtat d'algú altre —va replicar—. ¿Per què la gent s'ha de ficar sempre amb nosaltres?

Philip va notar molt de ressentiment en el to del noi.

—¿Que la gent sempre es fica amb vosaltres? —va preguntar.

—Pensava que hauríeu après la lliçó del que li va passar a Bartholomew. Va insultar la nostra família i ja veieu com ha acabat.

—Creia que havia estat la seva filla, la responsable de l'insult.

—Aquella mala pècora és tan orgullosa i arrogant com el seu pare, però també patirà. Al final, tothom s'agenollarà davant nostre. Ja ho veureu.

«Aquests no són els sentiments propis d'un noi de vint anys», va pensar Philip. William s'assemblava més a una dona de mitjana edat, envejosa i amargada. No gaudia gens d'aquella conversació. La majoria de la gent dissimulava el seu odi aferrissat amb una certa elegància, però aquell noi era massa barroer.

—Més val deixar les venjances per al dia del Judici Final —va dir Philip.

—¿Per què no espereu vós el dia del Judici Final per construir la vostra església?

—Perquè aleshores serà massa tard per salvar les ànimes dels pecadors dels turments de l'infern.

—No comenceu amb aquestes històries! —va dir William amb una nota d'histèria a la veu—. Reserveu-les per als vostres sermons!

Philip es va sentir temptat de tornar-li una rèplica mordaç, però es va mossegar la llengua. Hi havia alguna cosa estranya en aquell noi. Philip tenia la sensació que William podia ser presa en qualsevol moment d'una fúria incontrolable. També és cert que no li tenia por: no temia els homes violents, potser perquè de petit havia estat testimoni del que eren capaços de fer i hi havia sobreviscut. Però tampoc no hi guanyava res, burxant William amb retrets, de manera que va parlar amb calma.

—El cel i l'infern és del que jo m'ocupo. La virtut i el pecat, el perdó i el càstig, el bé i el mal. Em temo que no puc guardar silenci respecte d'aquestes coses.

—Llavors parleu amb vós mateix —va dir William, que, esperonant el cavall perquè anés al trot, va allunyar-se de Philip.

Quan es trobava ja a quaranta o cinquanta metres de distància, va reduir la marxa. El prior es va preguntar si tornaria enrere per cavalcar al seu costat, però no ho va fer, i la resta del matí van avançar cadascú pel seu compte.

Philip se sentia inquiet i una mica deprimit. Havia perdut el control del seu destí. A Winchester havia deixat que Waleran Bigod portés la veu cantant i en aquells moments permetia que William Hamleigh l'induís a fer aquell viatge misteriós. «Tothom intenta manipular-me», es va dir. «¿Per què deixo que ho facin? És hora que sigui jo qui comenci a prendre la iniciativa.» Però en aquell moment no hi havia res a fer, tret de donar mitja volta i tornar a Winchester, i això era un gest fútil, de manera que va seguir darrere de William, contemplant pensarós els quarts posteriors del cavall del noi mentre continuaven cavalcant.

Poc abans del migdia van arribar a la vall on s'aixecava el palau del bisbe. Philip recordava haver-hi acudit a començos d'any, terriblement agitat, portant un secret mortífer. Des d'aleshores havien canviat moltes coses, i de quina manera!

Per a sorpresa de Philip, William va deixar enrere el palau i va començar a enfilar un turó. El camí s'estretia fins a convertir-se en un petit corriol. Philip no recordava que aquell corriol conduís enlloc. Però a mesura que s'acostaven al cim del turó, es va adonar que hi havien estat fent obres de construcció. Una mica per sota del cim van topar amb una pila de terra recentment cavada. A Philip el va envair una terrible sospita.

Vorejant el túmul i deixant-lo enrere, van cavalcar fins a trobar un fossat sec, omplert de terra en una part per possibilitar el pas.

—¿Era això el que veníem a veure? —va preguntar Philip.

William es va limitar a fer un gest afirmatiu amb el cap.

La sospita de Philip havia quedat confirmada. Waleran s'estava construint un castell propi. A Philip el va envair una gran tristesa.

Va esperonar el cavall i va travessar el fossat que rodejava el cim del turó, amb William estalonant-lo. Al costat de la vora interior del fossat s'havia aixecat un mur gruixut de pedra fins a una altura d'uns dos o tres peus. Era evident que el mur encara no s'havia acabat, i si s'havia de jutjar per la seva gruixària, s'havia decidit que fos molt alt.

Waleran es construïa un castell, però allà no hi havia treballadors ni s'hi veien eines, pedres o fusta. S'havia treballat molt en molt poc temps. I de sobte els treballs s'havien interromput. Era evident que Waleran s'havia quedat sense fons.

—Suposo que sens dubte és el bisbe qui està construint aquest castell —va dir Philip a William.

—¿A qui havia de permetre Waleran Bigod construir un castell a prop del seu palau? —va contestar William.

El prior es va sentir dolgut i humiliat. La qüestió era d'una claredat meridiana. El bisbe Waleran volia el comtat de Shiring, amb la seva pedrera i la seva fusta, per construir-se un castell, no per aixecar una catedral. Philip no era més que un instrument, i l'incendi de la catedral de Kingsbridge una excusa agafada al vol. El paper de Philip consistia a revifar la devoció del rei perquè concedís el comtat a Waleran.

Philip es va veure tal com Waleran i Henry el devien veure: un pobre ingenu submís que somreia tot satisfet mentre era conduït a l'escorxador. L'havien jutjat a la perfecció. Havia confiat en ells, havia deixat que fessin la seva, i fins i tot havia encaixat somrient les seves desatencions perquè creia que l'estaven ajudant, quan en realitat l'estaven utilitzant.

Se sentia escandalitzat davant la falta d'escrúpols de Waleran. Recordava la seva mirada de tristesa mentre contemplava la catedral en ruïnes. Philip hi havia albirat per un instant una devoció profundament arrelada. Waleran, es va dir, devia pensar que al servei de l'Església els fins pietosos justificaven els mitjans deshonestos. Philip mai ho havia cregut. «Jo mai faria a Waleran el que ell intenta fer-me a mi», va pensar.

Mai s'havia considerat un babau. Es preguntava en què s'havia equivocat. I va pensar que s'havia deixat enlluernar pel bisbe Henry i la seva roba de seda, la magnificència de Winchester i la seva catedral, les muntanyes de plata a la casa de la moneda, les ingents quantitats de carn a les carnisseries i, sobretot, la idea d'entrevistar-se amb el rei. Havia oblidat que Déu pot veure a través dels vestits de seda el cor pecador, que l'única riquesa que val la pena és el tresor de la vida celestial i que fins i tot el rei ha d'agenollar-se a l'església. En deixar-se endur per la sensació que tots els altres eren més poderosos que ell, havia perdut de vista els seus propis valors, deixant en suspens les seves facultats crítiques i dipositant la seva confiança en els superiors. La seva recompensa havia estat l'engany.

Va donar una última ullada al castell en construcció batut per la pluja i després va fer girar en rodó el cavall i es va allunyar sentint-se ferit. William el va seguir.

—¿Què em dieu ara, monjo? —el va burxar William. Philip no va respondre.

Recordava que havia ajudat Waleran a obtenir el càrrec que ocupava. «Vols que et designi prior de Kingsbridge i jo vull que em facis bisbe», li havia dit.

És clar que Waleran no havia revelat que el bisbe ja havia mort, de manera que la promesa havia estat poc substancial. I semblava que Philip estava obligat a fer aquesta promesa per assegurar-se l'elecció com a prior. Però tot plegat eren excuses. La realitat era que hauria d'haver deixat l'elecció de prior i de bisbe en mans de Déu.

No havia pres aquesta pietosa decisió i rebia el càstig d'haver de competir amb el bisbe Waleran.

Quan pensava fins a quin punt l'havien desatès, manipulat i enganyat, s'enfurismava. Es va dir amb amargor que l'obediència era una virtut monàstica, però fora del claustre tenia els seus inconvenients; el món del poder i de la riquesa demanava que un home fos exigent, recelós i insistent.

—Aquests bisbes mentiders us han fet quedar com un beneit, ¿no us sembla? —va dir William.

Philip va sofrenar el cavall. Tremolant d'ira, va apuntar William amb un dit acusador.

—Tanca la boca, minyó. Estàs parlant de bisbes sants de Déu. Si dius una paraula més, et prometo que cremaràs als inferns.

William es va quedar pàl·lid de terror.

Philip va esperonar el cavall. L'actitud burleta de William li va fer recordar que els Hamleigh tenien un altre motiu per endur-se'l a veure el castell de Waleran: volien provocar l'enfrontament entre Philip i Waleran per assegurar-se que el tan disputat comtat no anés a mans del prior ni del bisbe, sinó de Percy. Bé, Philip no estava disposat que ells també el manipulessin. S'havien acabat les manipulacions. En endavant seria ell qui practiqués el joc.

Tot això estava molt bé, però ¿què podia fer-hi? Si Philip s'enfrontava a Waleran, Percy seria el beneficiari de les terres, i si no feia res, seria Waleran qui se les endugués.

¿Què era el que el rei volia? Volia ajudar a construir la nova catedral. Era un gest realment regi que beneficiaria la seva ànima en l'altra vida. Però també necessitava recompensar la lleialtat de Percy. I encara que fos bastant estrany no semblava tenir gaire interès a satisfer els homes més poderosos, els dos bisbes. A Philip se li va acudir que potser la solució del dilema que resoldria el problema del rei seria satisfer-los tots dos, a ell i a Percy Hamleigh.

Bé, vet aquí una idea.

Una idea que el satisfeia. Una aliança entre ell i els Hamleigh era l'última cosa que algú podria imaginar, i potser per això qui sap si donaria resultat. Els bisbes n'estarien completament al marge, per la qual cosa els agafaria desprevinguts.

Provocaria un magnífic tripijoc.

Però, ¿seria capaç de negociar cap tracte amb els cobdiciosos Hamleigh? Percy volia les riques terres de cultiu de Shiring, el títol de comte i el poder i prestigi d'un cos de cavallers sota el seu comandament. Philip també volia les riques terres de cultiu, però ni el títol de comte ni els cavallers. Estava més interessat en la pedrera i el bosc.

A la ment de Philip començava a prendre forma una mena de compromís. Va començar a pensar que encara no estava tot perdut.

Seria reconfortant guanyar ara, després de tot el que havia passat.

Amb creixent excitació va començar a considerar la forma d'abordar els Hamleigh. Estava decidit a no exercir el paper de suplicant. Havia de formular la seva proposició de manera que semblés irresistible.

Quan van arribar a Winchester, la capa de Philip estava amarada i el seu cavall nerviós, però el prior creia que al final havia trobat la resposta.

—Anem a veure la teva mare —va dir a William en passar per sota de l'arc de la porta oest.

William es va mostrar sorprès.

—Pensava que voldríeu anar a veure immediatament el bisbe Waleran.

Sens dubte això és el que Regan li havia dit que ell faria.

—No et molestis a dir-me el que penses —li va dir Philip en to tallant—. Porta'm en presència de la teva mare.

Se sentia disposat a un enfrontament amb Regan Hamleigh. S'havia mantingut passiu massa temps.

William va girar cap al sud i va conduir Philip fins a una casa del carrer Gold, entre el castell i la catedral. Era una gran casa amb murs de pedra fins a l'altura de la cintura d'un home i estructura de fusta a la part superior. A l'interior hi havia un vestíbul d'entrada on donaven uns quants apartaments. Probablement els Hamleigh s'allotjaven allà. Molts ciutadans de Winchester llogaven habitacions a persones que atenien els membres de la cort reial. Si Percy obtenia el títol de comte tindrien una casa a la ciutat.

William va fer entrar Philip a una habitació davantera on hi havia un gran llit i una xemeneia. Regan estava asseguda a la vora del foc i Percy dret, al costat. Regan va mirar Philip amb expressió de sorpresa, però es va dominar ràpidament.

—I doncs, monjo, ¿tenia raó o no? —va preguntar.

—Us heu equivocat de mig a mig, dona nècia —va esclatar Philip.

Regan va emmudir, sobresaltada davant el to irritat del prior, que es va sentir satisfet en poder administrar-li una mica de la seva pròpia medecina. Va seguir parlant en el mateix to.

—Vas pensar que podríes provocar un enfrontament entre Waleran i jo. ¿Vas imaginar per un moment que jo podria descobrir el que planejaves? Ets una harpia retorçada, però no l'única persona del món capaç de pensar.

Per l'expressió que va fer, Philip va advertir que comprenia que el seu pla no havia donat resultat i que es preguntava què podia fer. Va continuar pressionant-la mentre la veia desconcertada.

—Has fracassat, Regan. Ara tens dues opcions. Una, quedarte a l'expectativa i esperar que succeeixi el millor, mantenint les vostres esperances en la decisió del rei. La vostra sort depèn del seu tarannà demà al matí.

Va fer una pausa.

—¿I l'altra opció? —va preguntar ella.

—L'altra és que tu i jo fem un tracte. Ens dividim el comtat sense deixar res a Waleran. Acudim en privat davant del rei i li diem que hem arribat a un acord. I obtenim la benedicció reial abans que els bisbes puguin formular cap objecció. —Philip es va asseure en un banc simulant indiferència.— És la vostra millor oportunitat. En realitat, no teniu elecció. —Va clavar la mirada al foc, ja que no volia que Regan s'adonés de la tensió que sentia. Va pensar que aquella idea havia de semblar-los atractiva. Era la certesa d'obtenir alguna cosa contra la possibilitat de no aconseguir res. Però es tractava de persones molt cobdicioses... Potser preferirien arriscar-ho tot...

Percy va ser el primer a parlar.

—¿Dividir el comtat? ¿Com?

Philip va observar amb alleujament que a la fi es mostraven interessats.

—Proposaré una divisió tan generosa que estaríeu bojos si la rebutgéssiu —va dir. Es va girar cap a Regan.— Us estic oferint la part millor.

El van mirar esperant que continués parlant, però ell va romandre en silenci.

—¿Què voleu dir amb la part millor?

—¿Què és més valuós? ¿La terra cultivable o el bosc?

—Certament, la terra cultivable.

—Aleshores és el que tindreu, i jo el bosc.

Regan va mig aclucar els ulls.

—Així tindreu fusta per a la vostra catedral.

—Efectivament.

—¿I què passa amb les pastures?

—¿Què us estimeu més? ¿Les pastures per al bestiar boví o per a les ovelles?

—Per al bestiar boví.

—Aleshores jo em quedaré amb les granges del turó i les seves ovelles. ¿Què preferiríeu, els ingressos dels mercats o la pedrera?

—Els ingressos dels mercats —va respondre.

—Suposem que preferim la pedrera —va intervenir Regan.

Philip va entendre que la dona s'havia adonat dels seus propòsits. Volia la pedra de la pedrera per a la seva catedral.

Ell sabia que Regan no la volia. Els mercats donaven més diners amb menys esforç.

—Tot i així, ¿no la voleu, oi? —va dir amb fermesa.

—No. Ens quedarem amb els mercats —va contèstar Regan, sacsejant el cap.

Percy va intentar aparentar que li estaven aixecant la camisa.

—Necessito el bosc per caçar —va dir—. Un comte ha de sortir de cacera de tant en tant.

—Hi podreu caçar —va replicar Philip—. Jo només vull la fusta.

—És raonable —va dir Regan.

La seva conformitat havia estat tan ràpida que a Philip el va assaltar la inquietud. ¿Hauria deixat de costat una cosa tan important sense adonar-se'n? ¿O potser el que passava era que Regan se sentia impacient per prescindir dels detalls d'estar per casa? Abans que pogués donar curs a les seves cabòries, va continuar parlant.

—Suposem que en revisar les escriptures i cartes de privilegi de la vella tresoreria del comte Bartholomew trobem que hi ha algunes terres que nosaltres creiem que haurien de ser nostres i vós penseu que us corresponen.

El fet que es detingués a discutir detalls com aquests va animar Philip a pensar que acceptaria la seva proposició.

—En aquest cas, haurem de posar-nos d'acord sobre un àrbitre. ¿Què us sembla el bisbe Henry? —va proposar amb fredor Philip, mirant de dissimular la seva excitació.

—¿Un sacerdot? —va dir ella amb el seu menyspreu habitual—. ¿Es mostraria objectiu? No. ¿Què me'n dieu del xèrif Wiltshire?

Philip va pensar que no seria més objectiu que el bisbe, però no se li acudia res capaç de satisfer totes dues parts, de manera que va fer la seva última observació.

—D'acord..., a condició que si entrem en disputa sobre la seva decisió tinguem el dret d'apel·lar al rei.

Seria una salvaguarda suficient.

—D'acord —va accedir Regan. Després, mirant de reüll el seu marit, va afegir:— Si és del grat del meu marit.

—Sí, sí —va dir Percy.

Philip sabia que tenia el triomf a l'abast de la mà.

—Si estem d'acord sobre la proposta en el seu conjunt, llavors... —va començar a dir, respirant a fons.

—Espereu un moment —el va interrompre Regan—. No hi estem d'acord.

—Però si us he donat tot el que volíeu!

—Encara podem obtenir tot el comtat, no una part.

—I també és possible que no obtingueu res en absolut.

Regan va vacil·lar.

—¿Com us proposeu portar-ho endavant, si segellem l'acord?

Philip hi havia pensat. Va mirar Percy.

—¿Podríeu veure el rei aquesta nit?

—Si tinc un bon motiu..., sí —va respondre Percy, tot i que semblava inquiet.

—Vés a veure'l i digue-li que hem arribat a un acord. Demana-li que ho anunciï com la seva decisió demà al matí. Assegura-li que tant tu com jo estem satisfets amb aquest acord.

—¿I què em dieu si pregunta si els bisbes també s'hi mostren d'acord?

—Digue-li que no hi ha hagut temps de consultar-los res. Recorda-li que és el prior, no el bisbe, qui ha de construir la catedral. Dóna-li a entendre que si jo quedo satisfet, els bisbes també hi han d'estar.

—Però, ¿què passarà si els bisbes presenten queixes en anunciar-se el tracte?

—¿Com podrien fer-ho? —va dir Philip—. La seva pretensió és que sol·liciten el comtat amb l'única finalitat de finançar la catedral. No és concebible que Waleran protesti al·legant que d'aquesta manera ja no podria desviar fons per a altres finalitats.

Regan va deixar anar una riallada. Li agradava l'astúcia d'aquell monjo.

—És un bon pla —va dir.

—Hi ha una condició —va advertir Philip, mirant-la de cara—. El rei ha d'anunciar que la meva part està destinada al priorat. Si no ens deixa aquesta especificació ben clara, li demanaré que ho faci. Si diu qualsevol altra cosa, la diòcesi, el sagristà, l'arquebisbe, qualsevol altra cosa..., refusaré el tracte. No vull que hi hagi cap dubte sobre això.

—Ho entenc —va dir Regan, una mica malhumorada.

La seva irritació va fer sospitar Philip que potser havia pensat a presentar al rei una versió lleugerament diferent de l'acord. Estava satisfet d'haver deixat ben clar aquest punt.

Es va aixecar per posar-se en marxa, però volia segellar aquell pacte d'alguna forma.

—Aleshores estem d'acord —va dir amb una lleugeríssima inflexió interrogativa a la veu—. Tenim un pacte solemne.

Els va mirar a tots dos.

—Tenim un pacte —va repetir Percy mentre Regan assentia lleugerament.

A Philip el cor li va començar a bategar més de pressa.

—Bé —va dir en to tallant—. Us veuré demà al matí al castell.

Va mantenir el rostre impàvid mentre abandonava l'habitació, però en sortir al carrer, a les fosques, es va permetre palesar la seva satisfacció amb un gran somriure triomfal.

Després de sopar, Philip es va sumir en un son inquiet i turbulent. Es va aixecar a mitjanit per a les matines, i després es va quedar despert al seu jaç preguntant-se què passaria l'endemà.

Segons el seu parer, el rei Stephen hauria de sancionar la proposta, ja que resolia el seu problema. Li proporcionava un comte i una catedral. Del que no estava tan segur era que Waleran acceptés la seva derrota, malgrat el que havia assegurat a Regan Hamleigh. Era possible que trobés una excusa per oposarse a l'arranjament. Podia protestar dient que aquell tracte no aportaria prou diners per a la catedral impressionant que ell volia, prestigiosa i ricament decorada, i així persuadir el rei que tornés a reflexionar.

Poc abans que es fes de dia, a Philip se li va acudir un nou perill: que potser Regan el trairia. Podia fer un tracte amb Waleran. ¿I si hagués ofert al bisbe el mateix tracte? Waleran podria disposar de la pedra i de la fusta que necessitava per al seu castell. Aquesta possibilitat li va produir una gran inquietud. Li hauria agradat haver pogut anar en persona a veure el rei, però probablement no l'hauria rebut i, a més, Waleran hauria pogut assabentar-se'n i mostrar-se suspicaç. No, no estava en condicions de prendre cap precaució per protegir-se contra el risc de la traïció. Ara tot el que podia fer era resar.

I així ho va fer fins a punta de dia.

Va esmorzar amb els monjos. Va descobrir que el pa blanc no omplia l'estómac com el pa morè, però de tota manera no tenia gaire gana aquell matí. Va anar d'hora al castell tot i saber que el rei no rebia ningú a aquella hora. Va entrar al vestíbul i es va asseure a esperar en un dels bancs tallats a la pedra.

El saló s'anava omplint lentament de sol·licitants i cortesans. Alguns anaven luxosament vestits amb túniques grogues, blaves i rosades i capes amb luxoses orles de pell. Philip va recordar que el famós *Llibre Domesday* es guardava en alguna part del castell. Probablement es trobava al saló de dalt, on el rei havia rebut Philip i els dos bisbes. Ell no l'havia vist, però estava massa nerviós per adonar-se de res. El tresor reial també es trobava allà, i no obstant això, calia suposar que el guardaven al pis més alt, en una volta, al dormitori del rei. Un cop més Philip es va sentir en certa manera enlluernat per tot el que el rodejava, però va decidir no deixar-se intimidar gaire temps més. Tota aquella gent amb vestits elegants, tots aquells cavallers, lords, mercaders i bisbes no eren res més que homes. La majoria amb prou feines sabia escriure el seu nom. A més, es trobaven allà per obtenir alguna cosa per a ells mentre que ell, Philip, era allà en nom de Déu. La seva missió i el seu descolorit hàbit marró el situaven per damunt de tots els altres, no per sota.

Aquell pensament li va infondre valor.

Quan va aparèixer un sacerdot al capdamunt de l'escala que conduïa al pis superior, va notar una certa tensió. Tothom esperava que allò signifiqués que el rei es disposava a rebre. El sacerdot va intercanviar unes paraules en veu baixa amb un dels guàrdies armats. Després va pujar de nou per les escales. El guàrdia va cridar un cavaller, que va deixar la seva espasa als guàrdies i va pujar pels esglaons.

Philip va pensar en la vida tan estranya que devien menar els clergues del rei. És clar que aquest havia de comptar amb ells, no sols per dir missa, sinó també per dur a terme tota la lectura i escriptura requerides per al govern del regne. No hi havia ningú que pogués fer-ho tret dels clergues. Els pocs laics que havien après a llegir i escriure no podien fer-ho amb prou rapidesa. No obstant això, no hi havia gaire santedat en la vida dels clergues del rei. El mateix germà de Philip, Francis, havia escollit aquesta vida i treballava per a Robert de Gloucester. «Si el torno a veure algun cop», es va dir Philip, «li he de preguntar com és la seva vida.»

Poc després que el primer sol·licitant pugés per l'escala, van aparèixer els Hamleigh.

Philip va resistir l'impuls d'acostar-s'hi immediatament. No volia que la gent sospités que estaven en connivència. Encara no. Els va mirar amb atenció, estudiant-ne les expressions i intentant llegir-los els pensaments. Va arribar a la conclusió que William semblava esperançat, Percy ansiós i Regan tensa com la corda d'un arc. Al cap d'uns instants, Philip es va posar dret i va creuar el saló amb l'aire més indiferent que li va ser possible adoptar. Els va saludar amb cortesia.

—¿L'has vist? —va preguntar a Percy.

—Sí.

—¿I què?

—Ha dit que ho pensaria durant la nit.

—Però, ¿per què? —va inquirir Philip. Estava decebut i contrariat—. ¿Què ha de pensar?

—Pregunteu-ho a ell —va replicar Percy, encongint-se d'espatlles.

Philip estava exasperat.

—I doncs, ¿quina actitud tenia? ¿Semblava complagut o què?

—Em sembla que li ha agradat la idea d'alliberar-se del seu dilema, però se sent suspicaç pel fet que tot sembla massa fàcil.

Era una suposició sensata, però tot i així a Philip el contrariava que el rei Stephen no hagués agafat aquella oportunitat al vol.

—Serà millor que no continuem parlant —va dir al cap d'uns instants—. No ens interessa que els bisbes pensin que conspirem contra ells. Almenys fins que el rei anunciï la seva decisió. —Va saludar amb cortesia fent una inclinació amb el cap i es va allunyar.

Va tornar al seu seient de pedra. Va intentar passar el temps pensant què faria si el seu pla donava resultat. ¿Podria començar aviat la seva nova catedral? Dependria sobretot de la rapidesa amb què pogués treure alguns diners de les seves noves propietats. Hi deuria haver un bon nombre d'ovelles. Tindria llana per vendre a l'estiu. Podrien llogar algunes de les granges del turó, i quasi tots els lloguers es pagaven immediatament després de la collita. A la tardor potser hi hauria prou diners per contractar un llenyataire i un mestre pedrer i començar a emmagatzemar fusta i pedra. Al mateix temps, els treballadors podrien començar a excavar per construir els fonaments sota la vigilància de Tom. L'any següent estarien en condicions de començar a treballar amb la pedra.

Era un bell somni.

Els cortesans pujaven i baixaven per les escales amb una rapidesa alarmant. Aquell dia el rei Stephen treballava de pressa. A Philip el va començar a preocupar la possibilitat que el rei donés per acabada la seva feina i se n'anés a caçar abans que arribessin els bisbes.

Al final van arribar. Philip es va posar dret lentament mentre ells entraven. Waleran semblava tens, però Henry només avorrit. Per a aquest era una qüestió de poca importància. Havia de prestar el seu suport a un col·lega, fins i tot si el resultat no l'afectava gens ni mica. Per a Waleran, en canvi, aquell assumpte era crucial per al seu pla de construir un castell, i aquest castell era tan sols un esglaó en el progressiu ascens de Waleran en l'escala del poder.

Philip no estava segur de com els havia de tractar. Havien intentat parar-li una trampa i li hauria agradat retreure'ls-ho amargament, dir-los que havia descobert la seva traïció, però amb això només hauria aconseguit fer-los sospitar que s'ordia alguna cosa, i Philip volia que no sospitessin res perquè el compromís rebés l'aprovació del rei abans que aconseguissin recuperar-se de la sorpresa. De manera que va ocultar els seus sentiments i va saludar amb cortesia. No hauria d'haver-se preocupat, ja que els bisbes no es van adonar de la seva presència.

No va passar gaire temps abans que els guàrdies els convoquessin. Henry i Waleran van pujar per l'escala obrint la marxa, seguits de Philip. Els Hamleigh la tancaven. Philip estava amb l'ai al cor.

El rei Stephen es trobava dret davant del foc que cremava a la xemeneia. En aquella ocasió tenia un aire més enèrgic i seriós. Era un bon presagi, ja que es mostraria impacient amb qualsevol objecció de pa sucat amb oli per part dels bisbes. El bisbe Henry es va acostar al seu germà i es va aturar al seu costat, mentre els altres es quedaven en filera al centre de l'habitació. Philip va sentir un dolor a les mans i llavors es va adonar que s'estava clavant les ungles als palmells. Va obrir els punys.

El rei va xiuxiuejar alguna cosa a l'orella del seu germà, de manera que ningú pogués sentir-lo. Henry va arrufar les celles i va dir alguna cosa igualment inaudible. Van parlar durant uns moments i després Stephen va aixecar una mà fent callar el seu germà. Va mirar a Philip.

Philip va recordar que el rei li havia parlat amb amabilitat l'últim cop que havia estat allà, fent broma amb el seu nerviosisme i dient que li agradava que un monjo vestís com el que era.

No obstant això, en aquella ocasió no hi va haver conversació intranscendent. El rei va tossir i va començar a parlar.

—A partir d'avui, el meu lleial súbdit Percy Hamleigh haurà el títol de comte de Shiring.

Philip va veure de reüll que Waleran feia un pas endavant disposat a protestar, però el bisbe Henry el va detenir amb un gest ràpid i sever.

—De les possessions de l'antic comte —va prosseguir el rei—, Percy rebrà el castell, tota la terra arrendada als cavallers, a més de totes les altres terres de cultiu i totes les terres de pastura.

Philip amb prou feines podia contenir l'excitació. Semblava que el rei havia acceptat el tracte. Va llançar una altra mirada furtiva a Waleran, el rostre del qual era la viva imatge de la frustració.

Percy es va agenollar davant del rei i va allargar les mans juntes en actitud d'oració. El rei va posar les mans sobre les de Percy.

—Et faig a tu, Percy, comte de Shiring, perquè posseeixis i gaudeixis de les terres i rendes abans esmentades.

—Juro per tot el que hi ha de sagrat ser el vostre vassall lleial i lluitar per vós contra qualsevol altre.

Stephen va deixar anar les mans de Percy, i un cop aquest es va haver posat dret, es va girar cap als altres.

—Totes les altres terres cultivables pertanyents a l'anterior comte, les lliuro —i va fer una pausa mirant alternativament Philip i Waleran— al priorat de Kingsbridge per a la construcció de la nova catedral.

Philip va contenir un crit d'alegria... Havia guanyat! No va poder evitar somriure, eufòric, al rei. Va mirar Waleran. Aquest es mostrava commocionat fins al moll de l'os. No pretenia de cap manera mostrar-se equànime. Tenia la boca oberta, els ulls desorbitats i mirava el rei amb franca incredulitat. Després va girar la mirada cap a Philip; sabia que havia fracassat i que aquest era el beneficiari del seu fracàs, però el que no aconseguia era ni tan sols imaginar com havia succeït.

—El priorat de Kingsbridge gaudirà també del dret a treure pedra de la pedrera del comte i fusta del seu bosc, sense cap limitació, per a la construcció de la nova catedral —va afegir el rei.

A Philip se li va quedar la gola seca. Aquest no era el tracte! Havia estat acordat que tant la pedrera com el bosc pertanyerien al priorat i que Percy només tindria dret a caçar-hi. En definitiva, Regan havia alterat les condicions del tracte. Segons les noves estipulacions, Percy tindria la propietat, i el priorat només el dret de treure la pedra i la fusta. Philip només disposava d'uns instants per decidir si havia de refusar tot el tracte.

—En cas de desacord entre totes dues parts —va prosseguir el rei— el xèrif de Shiring decidirà, però les parts tenen el dret d'apel·lar davant meu en última instància.

«Regan s'ha comportat de forma odiosa», va pensar Philip, «però ¿quina diferència hi ha? Èl tracte continua proporcionant-me tot el que volia.» I llavors el rei va afegir:

—Crec que aquest acord ja ha estat aprovat per les dues parts aquí presents.

Ja no hi havia temps.

—Sí, monsenyor —va dir Percy.

Waleran va obrir la boca per negar que hagués aprovat el compromís, però Philip se li va avançar.

—Sí, monsenyor —va dir.

El bisbe Henry i el bisbe Waleran es van girar al mateix temps cap a Philip. L'expressió dels seus rostres revelava l'astorament més absolut en comprendre que Philip, el prior que ni tan sols acudia amb un hàbit net a la cort, havia negociat un tracte amb el rei a l'esquena d'ells. Al cap d'un instant l'expressió de Henry es va relaxar, com algú que hagués sucumbit al tauler d'escacs davant un nen de ment àgil. Però la mirada de Waleran es va fer malèvola. Philip podia llegir en la seva ment. S'adonava que havia comès un error colossal en subestimar el seu oponent, i se sentia humiliat. Pel que fa a Philip, aquell moment el compensava per tot. La traïció, la humiliació, les desatencions. Va aixecar la mandíbula, arriscant-se a cometre pecat d'orgull, i va dirigir a Waleran una mirada amb la qual li deia: «T'hi hauràs d'escarrassar més, la propera vegada que miris d'enganyar Philip de Gwynedd.»

—Informarem de la meva decisió l'anterior comte, Bartholomew —va dir el rei.

Philip va suposar que Bartholomew es trobaria en una masmorra del castell. Va recordar aquells nens que vivien amb el seu majordom al castell en ruïnes i es va sentir en certa manera culpable, mentre es preguntava què els passaria.

El rei va donar permís a tots perquè es retiressin, tret del bisbe Henry. Philip va creuar l'habitació com si flotés. Va arribar a l'escala al mateix temps que Waleran i es va aturar perquè aquest passés primer. Waleran li va dirigir una mirada carregada de fúria. Quan va parlar, la seva veu era com la bilis, i malgrat la joia que sentia Philip, les seves paraules el van deixar glaçat. Aquella màscara d'odi va obrir la boca i va dir entre dents:

—Juro per tot el que hi ha de sagrat que mai construiràs la teva catedral.

Després, es va posar a l'espatlla les vestidures negres i va baixar l'escala.

Philip va comprendre que s'havia creat un enemic per sempre.

III

William Hamleigh amb prou feines podia contenir l'excitació quan Earlscastle va aparèixer davant dels seus ulls.

Era la tarda del dia després de la decisió del rei. William i Walter havien cavalcat durant gairebé dos dies, però William no estava cansat. Se sentia tan exultant com nerviós. Estava a punt de tornar a veure Aliena.

En una ocasió havia pensat que s'hi casaria perquè era la filla d'un comte, però Aliena el va refusar tres vegades. Es va estremir en recordar el seu menyspreu. L'havia fet sentir-se com un no ningú, com un camperol. S'havia comportat com si els Hamleigh no fossin dignes de consideració. Però les coses havien canviat. Ara era la família d'ella la que no era digna de consideració. Ell era fill d'un comte i ella no era res. No tenia títol de posició ni terres ni riqueses. Ell, William, es disposava a prendre possessió del castell i fer-la fora d'allà: llavors, tampoc no tindria llar. Era tan bonic que gairebé no semblava real.

Va alentir el pas del cavall a mesura que s'acostava al castell. No volia que Aliena s'adonés de la seva arribada. Volia causar-li una sorpresa sobtada, horrible i devastadora.

El comte Percy i la comtessa Regan havien tornat a la seva vella casa pairal de Hamleigh per preparar el trasllat del tresor, els millors cavalls i els criats de la casa. William s'havia d'ocupar de contractar gent de la comarca per netejar el castell, encendre les llars i fer aquell lloc habitable.

Uns núvols baixos, d'un gris acerat, s'acumulaven al cel, tan propers que semblava que gairebé freguessin els merlets. De segur que plouria, aquella nit. Això li semblava insuperable. Deixaria Aliena sense sostre ni recer en una nit plujosa.

Van desmuntar i van conduir els cavalls per la brida a través del pont llevadís. «L'últim cop que vaig ser aquí em vaig apoderar de la plaça», va pensar William amb orgull. L'herba començava a créixer al recinte inferior. Van lligar els cavalls i els van deixar pasturant. William va donar al seu un grapat de gra. Van deixar les muntures a la capella de pedra, ja que no hi havia estables. Els cavalls esbufegaven, però el fort vent que bufava n'apagava el soroll. William i Walter van creuar el segon pont cap al recinte superior.

No hi havia senyals de vida. De sobte, a William se li va acudir que potser Aliena se n'havia anat, i va témer que fos així, perquè suposaria una terrible decepció. Ell i Walter haurien de passar una nit espantosa, afamats en un castell fred i brut. Van pujar pels esglaons exteriors fins a la porta del saló vestíbul.

William va empènyer la porta. L'enorme saló estava buit i a les fosques, i feia tanta pudor que semblava que no l'haguessin utilitzat durant mesos. Com havia esperat, vivien al pis de dalt. Va caminar en silenci fins a les escales. Els joncs secs cruixien sota els seus peus. Walter el seguia trepitjant-li els talons.

Van pujar per l'escala. No se sentia res. Els murs gruixuts de pedra de la torre de l'homenatge ofegaven qualsevol so. William es va aturar a mig camí i es va posar un dit davant dels llavis. Per sota de la porta que hi havia al final de l'escala, sortia una excletxa de llum. Hi havia algú.

Van acabar de pujar i es van aturar davant de la porta. Des de dins els va arribar el so d'una rialla juvenil. William va somriure feliç. Va trobar el pom, el va fer girar suaument i després va

obrir la porta d'una puntada. La rialla es va convertir en un crit de terror.

Davant dels seus ulls es desplegava una bonica escena. Aliena i el seu germà, Richard, estaven asseguts en una taula petita a la vora del foc, jugant davant d'un tauler, i Matthew, el majordom, era dret darrere d'ella, mirant per sobre de l'espatlla. El rostre d'Aliena estava acolorit de rosa a causa del llampurneig del foc i els seus rínxols brillaven amb reflexos caoba. Portava una tènue túnica de fil. Tenia la vista aixecada cap a William, i els llavis oberts per la sorpresa. William la mirava gaudint amb el seu terror i sense dir res. Al cap d'un instant, Aliena es va recuperar i es va alçar.

—¿Què vols?

William havia assajat aquella escena moltes vegades en la seva imaginació. Va entrar lentament a l'habitació, es va acostar al foc i es va escalfar les mans.

—Visc aquí. ¿Què vols *tu*? —va dir finalment.

Aliena va mirar per primer cop William i després Walter. Estava espantada i confosa, per bé que el seu posat era desafiant.

—Aquest castell pertany al comte de Shiring. Digues el que hagis de dir i vés-te'n.

—Resulta que el comte de Shiring és el meu pare —va anunciar William amb un somriure triomfal.

El majordom va emetre un gruny: era el que havia temut. Aliena semblava desconcertada. William va prosseguir:

—Ahir el rei va concedir el comtat al meu pare, a Winchester. Ara el castell ens pertany. Jo en sóc l'amo fins que arribi el meu pare. —Va fer espetegar els dits en direcció al majordom.— I tinc gana, de manera que ja em podeu portar pa, carn i vi.

Matthew va vacil·lar un instant. Va mirar Aliena amb gest de preocupació. Tenia por de deixar-la, però no tenia elecció. Es va dirigir a la porta. Aliena va fer un pas cap a ell, com si es disposés a seguir-lo.

—Queda't aquí —li va ordenar William.

Walter es va plantar a mig camí de la porta.

—No tens cap dret a donar-me ordres —va dir Aliena amb un deix de la seva arrogància.

—Quedeu-vos aquí, senyora. No els enfurismeu. Tornaré de seguida —va dir Matthew amb veu atemorida.

Aliena el va mirar amb el front arrugat, però es va quedar on era. Matthew va sortir de l'habitació.

William es va asseure a la cadira d'Aliena. Ella es va acostar al seu germà. William els observava. Eren molt semblants, però tota la força era en el rostre de la jove. Richard era un adolescent alt i desmanyotat a qui encara no li havia començat a créixer la barba. William assaboria la sensació de tenir-lo en el seu poder.

—¿Quants anys tens, Richard? —li va preguntar.

—Catorze —va respondre el noi, esquerp.

—¿Has matat mai cap home?

—No —va respondre, i va afegir, amb una tímida fanfarroneria—: encara no.

«Tu també sofriràs, petit i pompós cretí», va pensar William. Va desviar la seva atenció de nou cap a Aliena.

—I tu, ¿quina edat tens?

En un principi va semblar que Aliena no anava a respondre, però després va canviar d'idea, potser recordant el que Matthew li acabava d'aconsellar.

—Disset anys —va contestar.

—Carai, carai... Tota la família sap comptar —va dir William—. ¿Ets verge, Aliena?

—Doncs és clar —va replicar ella, furiosa.

William va allargar de sobte la mà, li va agafar un pit i va prémer. El notava ferm i elàstic. Aliena va retrocedir d'un bot i es va desprendre de la mà d'ell.

Richard es va llançar cap endavant, encara que massa tard, i va apartar el braç de William amb una empenta. Res no va satisfer més l'agressor. Es va aixecar amb rapidesa i va descarregar un fort cop de puny a la cara del noi. Com ja havia imaginat, Richard era feble. Va deixar anar un crit i es va endur les mans al rostre.

—Deixa'l en pau! —li va cridar Aliena.

William la va mirar sorprès. Semblava més preocupada pel seu germà que per ella mateixa. Valia la pena recordar-ho.

Matthew va tornar amb una safata de fusta on hi havia una fogassa de pa, una llenca de pernil i una gerra de vi. Va empal·lidir en veure que Richard es tapava la cara amb les mans. Va deixar la safata damunt de la taula i es va acostar al noi, li va apartar les mans de la cara amb delicadesa i li va examinar el rostre. Un ull se li havia començat a inflar.

—Us he dit que no els féssiu enfurismar —va xiuxiuejar, tot i que va respirar alleujat perquè la cosa no havia anat pitjor.

William es va sentir decebut. Es pensava que el majordom s'enrabiaria. Matthew amenaçava amb espatllar la festa.

A William el menjar li va fer venir aigua a la boca. Va acostar una cadira a la taula, va desenfundar el ganivet i va tallar una bona llenca de pernil. Walter es va asseure davant seu.

—Porta copes i serveix-nos el vi —va dir William amb la boca plena de pa i pernil.

Matthew es disposava a fer-ho.

—Tu no... Ella —va dir William.

Aliena va vacil·lar. Matthew la va mirar amb ansietat i va assentir amb el cap. Aliena es va acostar a la taula i va agafar la gerra.

En inclinar-se, William va ficar la mà pel voraviu de la túnica i va fer lliscar ràpidament els dits per la cama de la noia. Amb la gemma dels dits li va palpar els esvelts panxells amb una mica de pèl suau, i després els músculs del voltant del genoll i, finalment, la pell suau de la part interior de les cuixes. Va ser llavors que Aliena es va apartar d'un salt i, fent mitja volta, va llançar la pesada gerra de vi contra el cap de William.

William va evitar el cop amb la mà esquerra i, amb la dreta, va bufetejar la noia tan fort com va poder. Va sentir un agradable dolor a la mà. Aliena va deixar anar un crit. De cua d'ull, William va veure com Richard es movia. Era el que estava esperant. Va apartar Aliena d'una empenta, i la noia va caure a terra. Richard es va abalançar contra William, com un cérvol que envestís el caçador. William va evitar la primera topada i després li va clavar un cop de puny a l'estómac. Quan el vailet es va inclinar, William li va clavar uns quants cops als ulls i al nas. Era excitant, però no tant com colpejar Aliena. Uns segons després, Richard tenia la cara roja de sang.

De cop i volta, Walter va deixar anar un crit d'alerta i es va posar dret, mirant per damunt de l'espatlla de William. Aquest va fer mitja volta i va veure que Matthew l'atacava amb un ganivet, disposat a clavar-li una punyalada. Allò va agafar William per sorpresa. No s'esperava aquella mostra de valentia en un majordom efeminat. Walter no el podia atènyer a temps d'evitar el cop. Tot el que podia fer era mantenir els braços alçats per protegir-se, i per un instant va pensar, horroritzat, que moriria el dia del seu gran triomf. Un atacant més fort hauria apartat d'un cop els braços de William, però Matthew, que per si mateix no era cap força de la naturalesa, estava afeblit per la mala alimentació, i el ganivet no es va arribar a clavar al coll de William. Aquest es va sentir alleujat, però encara no estava del tot fora de perill. Matthew va alçar el braç per assestar un nou cop. William va retrocedir un pas i va intentar treure la seva espasa. I llavors Walter va rodejar la taula amb una llarga i afilada daga a la mà i va apunyalar Matthew per l'esquena.

En el rostre del fidel majordom es va dibuixar una expressió de terror. William va veure aparèixer al pit de Matthew la punta de la daga de Walter, esquinçant-li la túnica. El ganivet que empunyava el majordom li va caure de la mà i va rebotar contra l'entarimat del terra. Matthew va intentar aspirar, panteixant, però de la seva gola va sortir un clapoteig. Es va encongir, li va començar a sortir sang de la boca, va tancar els ulls i es va desplomar. Mentre el seu cos queia a terra, Walter va retirar la seva llarga daga. Per un instant, va brollar de la ferida un raig de sang, però gairebé de seguida va quedar reduït a un fil.

Tots es van quedar mirant el cos estès a terra. William se sentia excitat davant la proximitat a què havia estat de la mort. Va estendre el braç i va agafar pel coll la túnica d'Aliena. Tenia la sensació que podia fer el que volgués. El lli era suau al tacte i molt bonic, un teixit car. Va fer una forta estrebada. La túnica es va estripar. Va seguir estirant fins a estripar-la de dalt a baix. A la mà es va quedar una tira d'unes deu polzades d'ample. Aliena va deixar anar un crit. Després va intentar tancar-se la túnica, sense aconseguir-ho. William sentia la gola seca. La sobtada vulnerabilitat d'aquella noia l'excitava, i ara gaudia més de la situació que quan l'havia vista despullada mentre es rentava, perquè en aquella ocasió Aliena no sabia que algú l'observava. Ara, la mateixa vergonya d'Aliena l'estimulava encara més. La noia es cobria els pits amb un braç i amb l'altre el triangle de pèl del pubis. William va deixar anar el tros de tela i la va agafar pels cabells. La va atreure cap a ell amb violència, la va obligar a girar-se sobre si mateixa i li va estripar la túnica per darrere.

Aliena tenia unes espatlles delicades i blanques, i uns malucs sorprenentment rodons. William va abaixar el cap i la va mossegar amb força al coll. La va prémer contra el seu cos i va fregar els malucs contra les natges d'ella. Li va tornar a mossegar amb força el coll fins que va sentir el gust de la sang i ella va llançar un nou crit. Walter va advertir que Richard es movia.

—Fes venir el noi —va dir a Walter.

Walter va agafar Richard i el va immobilitzar.

William va subjectar Aliena fortament contra ell amb un braç i li va explorar amb l'altra mà el cos. Li va palpar els pits, sospesant-los i prement-los, pessigant-li els petits mugrons. Després, passant-li la mà pel ventre, va arribar al triangle de pèl entre les cames, frondós i arrissat com una cabellera. Va temptejar grollerament amb els dits. Aliena va començar a plorar. William sentia el penis extraordinàriament dur, a punt d'esclatar. Es va apartar d'Aliena i la va empènyer cap enrere sobre la seva cama estesa. La noia va caure d'esquena. Es va quedar sense alè i va lluitar per respirar.

William no ho havia planejat i tampoc estava del tot segur de com havia succeït, però ara ja res al món podria aturar-lo.

Es va treure el penis i el va ensenyar a Aliena, que va reaccionar horroritzada; probablement no n'havia vist mai cap. Era verge de debò!

—Porta el marrec aquí —va ordenar a Walter—. Vull que ho vegi tot.

Per alguna raó, la idea de fer-ho davant de Richard li semblava enormement excitant.

Walter va empènyer Richard cap endavant i el va obligar a posar-se de genolls.

William es va agenollar a terra mirant de separar les cames d'Aliena. Ella va començar a forcejar. William es va deixar caure sobre el seu cos, intentant sotmetre-la per la força, però Aliena seguia resistint-se i no podia penetrar-la. William estava irritat, aquella resistència ho espatllaria tot. Es va incorporar sobre un colze i li va clavar un cop de puny a la cara. La noia va cridar i la seva galta va començar a agafar un to morat, però tan aviat com ell va començar a penetrar-la va tornar a forcejar.

Walter la podria haver immobilitzat, però estava subjectant Richard.

De sobte, a William se li va acudir una idea.

—Talla-li una orella al noi, Walter.

Aliena es va quedar immòbil.

—No! —va cridar amb una veu sorda—. Deixeu-lo estar, no li feu més mal.

—Llavors obre les cames —va dir William.

Aliena es va quedar mirant amb els ulls desorbitats per l'horror davant l'espantosa decisió a la qual l'obligaven. William gaudia amb el seu sofriment. Walter va treure el ganivet i el va acostar a l'orella dreta del noi. Va vacil·lar i després, amb un moviment gairebé tendre, li va tallar el lòbul de l'orella.

Richard va començar a cridar. La sang va brollar de la petita ferida. El trosset de carn va caure sobre el pit palpitant d'Aliena.

—Atureu-vos! —va cridar—. Ho faré, ho faré.

Va obrir les cames.

William es va escopir a la mà, després es va fregar els palmells entre les cames d'ella. Li va ficar els dits. Aliena va cridar de dolor. Allò el va excitar encara més. Després va baixar sobre ella, que estava immòbil, tensa, amb els ulls tancats. Tenia el cos relliscós per la suor, però va començar a tremolar. William va ajustar la seva posició, després es va aturar gaudint amb l'expectació i el terror d'ella. Va girar el cap envers els altres. Richard es mirava l'escena horroritzat. Walter, amb avidesa.

—Ja t'arribarà el torn, Walter —li va dir William.

Aliena va gemir, perduda qualsevol esperança.

De sobte, William la va penetrar grollerament, empenyent amb totes les seves forces i tan a fons com va poder. Va notar la resistència de l'himen, i va tornar a empènyer brutalment. Li feia mal, però a ella encara li'n feia més. Aliena va cridar. William va escometre un cop més, amb més força encara, i va sentir que la petita membrana es trencava. Aliena va quedar lívida, amb el cap caigut a un costat, i es va desmaiar. I llavors, a la fi, William, fent un esforç suprem, va introduir la seva llavor dins d'ella, rient embogit del seu triomf i el seu plaer, fins que va quedar completament exhaust.

La tempesta va continuar durant gairebé tota la nit, i no es va aturar fins a l'alba. El sobtat silenci va despertar Tom. Mentre jeia en la foscor escoltant al seu costat la profunda respiració d'Alfred i la més tranquil·la de Martha a l'altre costat, va calcular que seria un matí clar, i això significava que podria veure la sortida del sol per primer cop en dues o tres setmanes. Ho havia estat esperant.

Es va llevar i va obrir la porta. Encara no s'havia fet de dia. Va clavar una lleugera puntada de peu al seu fill.

—Amunt, Alfred! Anem a veure el sol.

Alfred es va incorporar amb un gruny. Martha va fer mitja volta sense despertar-se. Tom es va acostar a la taula i va alçar la tapadora d'un atuell de terrissa. Va treure la meitat d'una fogassa i hi va fer dos grans talls, un per a Alfred i l'altre per a ell. Van seure en un banc i van esmorzar. Hi havia una gerra de cervesa. Tom va fer un llarg glop i la va passar a Alfred. Agnes els hauria fet utilitzar tasses, i també Ellen, però ja no hi havia dones a la casa. Quan Alfred va acabar, van sortir de l'habitatge.

El cel va anar passant del negre al gris mentre creuaven el recinte del priorat. Tom tenia pensat anar a casa del prior i despertar Philip. Però Philip ja es trobava a les ruïnes de la catedral, cobert amb una capa gruixuda, agenollat al terra mullat i dient les seves oracions.

La tasca de Tom consistia a establir una línia exacta que anés d'est a oest, línia que formaria l'eix al voltant del qual hauria de construir-se la nova catedral.

Ho tenia tot preparat d'uns dies ençà. A l'extrem oriental, havia plantat una perxa de ferro llargaruda que tenia un petit forat a l'extrem superior semblant a l'ull d'una agulla. La perxa era gairebé tan alta com Tom, de tal manera que l'«ull» de la perxa quedava a l'altura dels ulls de Tom. Tom l'havia afermat al seu lloc amb una barreja de runes i morter perquè no es mogués per accident. Aquell matí plantaria una altra perxa semblant, exactament a l'oest de la primera, a l'extrem oposat de l'emplaçament.

—Prepara una mica de morter —va indicar al seu fill.

Alfred es va allunyar per buscar sorra i guix. Tom es va dirigir al porxo on guardava les eines, a prop del claustre, i va agafar una petita maça i una altra perxa de ferro. Després es va encaminar a l'extrem occidental de l'emplaçament i es va quedar dret esperant que sortís el sol. Philip es va reunir amb ell quan va acabar les pregàries, mentre Alfred barrejava guix i sorra amb aigua en un rall.

El cel s'anava il·luminant. Els tres homes estaven tensos. Tots tres tenien la mirada fixa al mur oriental del recinte del priorat. A la fi, el disc roig del sol va sorgir per darrere del caire superior del mur.

Tom va anar canviant de posició fins que va veure la vora del sol a través del petit forat de la perxa clavada a terra, a l'altre extrem. Després, mentre Philip començava a resar en veu alta en llatí, Tom es va col·locar la segona perxa davant, de tal manera que li impedia veure el sol. Seguidament la va anar baixant amb fermesa cap al terra, va enfonsar en la terra mullada el seu extrem afilat i, mantenint-la sempre amb tota exactitud entre el seu ull i el sol, va agafar la maça que portava penjant al cinturó, va martellejar amb cura la vara de ferro i va enfonsar-la a la terra fins que el seu «ull» es va trobar al nivell dels seus. Ara, si havia portat a terme la tasca amb el rigor més absolut, el sol hauria de brillar a través dels «ulls» de les dues perxes.

Tancant un ull va mirar a través de la vara de ferro que tenia més a prop de l'altre extrem. Va veure que el sol continuava brillant a través dels «ulls» de les dues perxes. Així doncs, es trobaven a la línia perfecta est-oest. Aquesta línia decidiria l'orientació de la nova catedral.

Ho va explicar a Philip i després es va apartar, deixant que el prior mirés a través dels «ulls» de les vares per comprovar-ho.

—Perfecte —va dir Philip.

—Ho és —va assentir Tom.

—¿Saps quin dia és avui? —va preguntar Philip.

—Divendres.

—I l'aniversari de sant Adolf. Déu ens ha enviat una sortida de sol perquè puguem orientar l'església el dia del nostre patró. ¿No és un bon senyal?

Tom va somriure. D'acord amb la seva experiència, era més important un bon treball d'especialista que els bons auguris. Però se n'alegrava per Philip.

—Sí, i tant. És un senyal excel·lent —va dir.

CAPÍTOL 6

I

Aliena va prendre la determinació de no pensar-hi més.

Es va passar tota la nit asseguda al terra de pedra fred de la capella, amb l'esquena repenjada a la paret i la mirada fixa en la foscor. Primer no es podia treure del cap l'experiència infernal que havia viscut, però de mica en mica el dolor es va anar apaivagant, i es va poder concentrar en el brogit de la tempesta, la pluja que queia a la teulada de la capella i el vent que udolava al voltant de les muralles del castell.

Primer estava nua. Després que els dos homes l'haguessin... Quan van acabar, van tornar a seure a taula, i la van deixar estesa a terra. Richard també jeia al seu costat i sagnava. Els homes van començar a menjar i beure com si s'haguessin oblidat de l'existència dels dos germans, i llavors ella i Richard havien aprofitat l'ocasió i s'havien escapat. Aleshores va ser quan va començar la tempesta, i tots dos van travessar el pont, corrent sota la pluja torrencial, i es van anar a refugiar a la capella. Però llavors, Richard va tornar a la torre de l'homenatge gairebé immediatament. Va entrar a l'habitació on hi havia els dos homes, va despenjar la seva capa i la d'Aliena del clau que hi havia al costat de la porta, i va sortir corrents abans que William i el seu mosso tinguessin temps de reaccionar.

Però encara no li havia dirigit la paraula. Li havia donat la capa i s'havia embolcallat amb la seva; i llavors havia anat a asseure's a uns peus de distància d'ella, amb l'esquena repenjada a la mateixa paret. Aliena desitjava que algú que l'estimés l'abracés i la consolés, però Richard es captenia com si ella hagués fet alguna cosa terriblement vergonyosa. I el pitjor de tot era que ella pensava el mateix. Se sentia tan culpable com si hagués comès un pecat. Comprenia perfectament que el seu germà no la volgués tocar ni consolar.

S'alegrava que fes fred, perquè allò l'ajudava a sentir-se apartada del món, aïllada. No va dormir, però en algun moment durant aquella nit tots dos van caure en una mena d'estat hipnòtic i es van quedar immòbils com si estiguessin morts, molta estona.

Quan la tempesta va amainar, de sobte es van desvetllar. Aliena es va adonar que es veien les finestres de la capella, unes taques grises i petites allà on abans hi havia hagut una negror absoluta. Richard es va posar dret i es va dirigir cap a la porta. Aliena se'l va mirar, molesta per aquell moviment, perquè ella volia seguir allí repenjada a la paret fins que es gelés de fred o es morís de gana, atès que no se li acudia res millor que quedar-se adormida plàcidament en una inconsciència permanent. Aleshores Richard va obrir la porta, i la llum de l'aurora li va il·luminar lleument la cara.

Aliena va sortir de l'estat d'hipnotisme amb un sobresalt. Amb prou feines podia reconèixer el seu germà. Tenia la cara tan inflada que havia perdut la seva forma i estava ple de blaus i de sang seca. A Aliena li van venir ganes de plorar. Richard sempre s'havia fet el valent. De petit corria pel castell amunt i avall damunt d'un cavall inventat i feia veure que apunyalava la gent amb una llança imaginària. Els cavallers del pare li seguien el joc i feien veure que la seva espasa de fusta els feia por. En realitat a Richard l'esporuguia fins i tot un gat quan miolava. Anit, però, havia fet tot el que havia pogut i n'havia sortit molt malparat. Ara, ella se n'hauria de cuidar.

A poc a poc, es va anar posant dreta. Li feia mal tot el cos, però el dolor no era tan fort com el de la nit abans. Pensava quina devia ser la situació a la torre de l'homenatge. William i el seu mosso segurament s'havien acabat la gerra de vi en algun moment de la nit i s'havien quedat adormits. Això volia dir que es despertarien quan sortís el sol.

Llavors ella i Richard ja se n'haurien d'haver anat.

Aliena es va dirigir cap a l'altre extrem de la capella, en direcció a l'altar. Era una senzilla caixa de fusta pintada de blanc i desproveïda de qualsevol ornament. Aliena s'hi va repenjar i llavors la va apartar d'una empenta.

—¿Què fas? —li va preguntar Richard espantat.

—Aquí el pare hi tenia el seu amagatall secret. Me'n va parlar abans d'anar-se'n —li va explicar ella.

A terra, on hi havia hagut l'altar, hi havia un paquet embolicat amb tela. Quan el van desembolicar va aparèixer una espasa, amb la beina i el cinyell, i una daga d'unes dotze polzades d'aspecte terrorífic.

Richard es va acostar per mirar-ho. Amb l'espasa era maldestre. Feia un any que rebia lliçons, però encara no havia adquirit prou habilitat. Però ben mirat, Aliena no la podia portar, així que l'hi va donar. Richard es va estrènyer el cinyell.

Aliena es va quedar mirant la daga. Mai no havia portat armes. Sempre havia tingut algú que la protegia. Va comprendre que necessitava aquella arma mortal per defensar-se i es va sentir absolutament desemparada. No estava segura si seria capaç d'utilitzar-la. «He clavat una llança de fusta a un porc senglar», va pensar. «Doncs, ¿per què no podria clavar això a un home... a algú com William Hamleigh?» Però ho trobava repugnant.

La daga tenia una beina de cuir amb una bagueta per penjar-se-la al cinturó, que era prou gran perquè Aliena se la pogués penjar del canell com un braçalet. Se la va passar per la mà esquerra i se la va amagar a la màniga. Era llarga, li arribava al colze. Si no era capaç d'apunyalar ningú, potser li serviria per espantar la gent.

—Anem-nos-en d'aquí. De pressa! —va dir Richard.

Aliena va assentir, però quan es dirigia a la porta es va aturar en sec. Cada vegada hi havia més llum de dia, i al terra de la capella hi va descobrir dues ombres que abans no havia vist. S'hi va acostar i es va adonar que eren selles, una de mida normal i una altra de molt grossa. Li va venir al cap la imatge de William i el seu escuder, la nit anterior, quan van arribar ebris pel seu triomf a

Winchester i cansats pel viatge, traient les selles als cavalls i deixant-les caure allà, despreocupadament, abans de pujar a la torre de l'homenatge. No es devien imaginar que algú gosés robar-les-hi. Però les persones desesperades són molt valentes.

Aliena es va acostar a la porta i va mirar cap enfora. La llum encara era feble i tot es veia entre ombres. El vent havia parat i el cel era clar. Durant la nit havien caigut de la teulada uns quants tegells de fusta. Al recinte no hi havia ningú, a banda dels cavalls que pasturaven a l'herba humida. Els dos animals van esguardar Aliena i van tornar a abaixar el cap. Un era un cavall de guerra molt gros, cosa que explicava per què la sella era tan enorme. L'altre era un corser robust. Aliena els va examinar, llavors va mirar les selles i de nou els cavalls.

—¿Què estem esperant? —va preguntar Richard neguitós.

—Ens emportem els cavalls —va dir Aliena amb determinació.

—Ens mataran —va replicar Richard amb cara de por.

—No ens podran atrapar. En canvi, si deixem els cavalls ens vindran al darrere i potser sí que ens mataran.

—¿I si ens enxampen abans no aconseguim escapar?

—Ens hem d'afanyar. —Aliena no estava tan segura com feia veure, però havia d'animar el seu germà.— Ensellem primer el corser, que sembla més mans. Porta la sella petita.

Va travessar el recinte molt de pressa. Els dos cavalls estaven lligats amb cordes a les ruïnes dels edificis cremats. Aliena va agafar la corda del corser i el va tibar amb suavitat. Aquell devia ser el de l'escuder. Aliena s'hauria estimat més un cavall més petit, però va pensar que el podria dominar. Richard hauria de muntar el cavall de guerra.

El corser va mirar la noia amb desconfiança i va alçar les orelles en senyal d'amenaça. Aliena estava desesperadament impacient, però es va esforçar a parlar-li amb afecte i va tibar la corda suaument, fins que el cavall es va tranquil·litzar. Li va aguantar el cap i li va fregar el morro. Llavors Richard li va passar la brida i li va ajustar el mos a la boca. Aliena va respirar tranquil·la. Richard va posar la sella més petita al cavall i la va assegurar amb moviments ràpids i ferms. Tots dos havien après a tractar amb cavalls d'ençà que eren petits.

Als costats de la sella de l'escuder hi havia dues bosses. Aliena confiava que a dintre hi hagués alguna cosa útil, com una pedra foguera, una mica de menjar, o gra per als cavalls, però no tenia temps d'esbrinar-ho. Va mirar neguitosa cap a l'altra banda del recinte, al pont que duia a la torre de l'homenatge. No hi havia ningú.

El cavall de guerra havia estat mirant com ensellaven el corser i sabia el que li tocava, però no estava disposat a cooperar amb uns desconeguts. Va esbufegar i es va resistir que li tibessin la corda.

—Xxxt! —li va fer Aliena perquè callés. Va aguantar la corda amb força, la va tibar i el cavall va avançar cap a ella de mala gana. Però era molt fort i si es resistia els crearia problemes. Aliena va pensar que potser el corser els portaria tots dos. Però llavors William els podria empaitar amb el seu cavall.

Quan va tenir a prop el cavall de guerra, la noia va fer una llaçada amb la corda al voltant de l'estaca on estava lligat perquè no es mogués d'allà. Però quan Richard va provar de col·locar-li la brida, el cavall va aixecar el cap amb violència.

—Intenta posar-li la sella primer —li va indicar Aliena.

La noia va començar a parlar al cavall i a donar-li copets al coll mentre Richard aixecava la sella i la posava sobre l'animal, que es va deixar dominar.

—Vinga, sigues bon jan! —li va dir Aliena en un to ferm, però el cavall no es va deixar enganyar. Quan va veure Richard que s'acostava amb la brida, va ruflar i va intentar esquivar-lo.— Mira què tinc per a tu —va afegir la noia, i es va ficar la mà a la butxaca buida de la capa. Va treure la mà sense res, però havia enganyat el cavall, que va abaixar el morro per agafar el menjar inexistent. Aliena va sentir al palmell la pell aspra de la seva llengua. Mentre l'animal tenia el cap cot i la boca oberta, Richard li va passar la brida pel coll.

Aliena va donar una altra llambregada temorosa cap a la torre de l'homenatge. Tot seguia tranquil.

—Munta —va manar a Richard.

Aquest va posar el peu, no sense dificultat, en un estrep que era massa alt per a ell i va muntar l'enorme cavall. Aliena va deslligar la corda de l'estaca.

El cavall va renillar.

A Aliena el cor li va bategar amb força. Aquell so es devia haver sentit fins a la torre de l'homenatge. Un home com William devia conèixer els renills del seu cavall.

La noia es va afanyar a deslligar l'altre cavall. Amb els dits balbs de fred va intentar desfer el nus. Només de pensar que William es podia haver despertat li feia perdre la serenitat. Obriria els ulls, s'asseuria, miraria al seu voltant i recordaria on era i es preguntaria per què el seu cavall havia renillat. Amb tota seguretat voldria anar a esbrinar què passava. Aliena estava segura que no el podria tornar a mirar a la cara. Va reviure amb tot l'horror la brutalitat, l'angoixa i la vergonya del que li havia fet.

—Vinga Allie! —va dir Richard amb urgència. Ell havia de lluitar per mantenir quiet el seu cavall, que estava neguitós i impacient. L'hauria de fer galopar un parell de quilòmetres per cansar-lo, i llavors es mostraria més submís. El cavall va tornar a renillar i va començar a caminar de costat.

Finalment Aliena va desfer el nus. Va tenir la temptació de deixar estar la corda, però si ho feia, en acabat no tindrien manera de lligar el cavall de nou, així que la va enrotllar com va poder i la va subjectar a un tirant de la sella. Havia d'ajustar els estreps, la llargària dels quals estava mesurada per l'escuder de William, que era unes quantes polzades més alt que ella, i per tant ella no hi arribaria un cop estigués muntada a la sella. Però li va venir al cap la imatge de William baixant les escales, creuant la sala i sortint a fora...

—No puc retenir més aquest cavall —li va dir Richard, amb la veu plena de tensió.

Aliena estava més neguitosa que el cavall de guerra. Va muntar el corser. Quan es va asseure a la cadira va sentir un dolor molt fort al baix ventre i va haver de fer un esforç per quedar-s'hi. Richard va fer travessar la porta al seu cavall i el d'Aliena el va seguir sense que ella l'esperonés. No arribava als estreps, com ja s'esperava, i s'havia d'aguantar amb els genolls. Mentre marxaven va sentir un crit en algun lloc darrere seu i va deixar anar un gemec:

—Oh no! —Va veure que Richard esperonava el seu cavall. L'enorme animal va començar a córrer al trot. El corser el va seguir. Aliena estava encantada que el seu cavall sempre imités el cavall de guerra, perquè ella no estava en condicions de controlar-lo. Richard va tornar a agullonar el seu cavall, que va guanyar velocitat quan van deixar enrere l'arcada del cos de guàrdia. Aliena va sentir un altre crit, aquest cop més a prop. Va mirar per damunt l'espatlla i va veure William i el seu escuder que corrien a través del recinte del castell darrere d'ella.

El cavall de Richard era nerviós i tan aviat com va veure el camp obert va abaixar el cap i va començar a galopar. Van passar per sobre el pont llevadís amb un gran estrèpit de cascos. Aliena va sentir alguna cosa sobre la cuixa i de cua d'ull va veure una mà d'home que intentava arribar als tirants de la seva sella, però al cap d'un moment ja no hi era, i aleshores va ser conscient que s'havien escapat. La va envair un gran alleujament, però tot seguit va tornar a sentir el dolor. Mentre el cavall galopava a través dels camps, va notar com si l'apunyalessin per dins, igual com quan l'havia penetrat aquell fastigós de William. I va sentir un líquid tebi que li baixava per la cuixa. Va deixar les regnes al cavall i va tancar els ulls amb força, però la nit anterior li tornava amb tot l'horror. Mentre galopava pels camps anava repetint en una cantarella que seguia el ritme del repic dels cascos:

—No me'n recordo, no me'n recordo, no me'n recordo.

El seu cavall va torçar a la dreta i Aliena va tenir la impressió que anaven muntanya amunt. Va obrir els ulls i va veure que Richard havia deixat una sendera fangosa i que agafava una ruta llarga que portava al bosc. Va pensar que segurament volia cansar el cavall de guerra abans d'afluixar el pas. Seria més fàcil dominar tots dos cavalls un cop haguessin corregut una bona estona. Aviat es va adonar que la seva muntura, de fet, començava a flaquejar. Va seure enrere a la sella. El cavall va reduir la marxa a mig galop, llavors al trot i finalment al pas. El cavall de Richard encara tenia energia per cremar, i va seguir endavant.

Aliena va mirar enrere cap als camps. El castell era a uns dos quilòmetres, i no estava segura si veia o no dues figures sobre el pont llevadís que la miraven. Els dos homes haurien de caminar un bon tros per trobar cavalls de recanvi, va pensar. Això la va fer sentir segura per una estona.

A mesura que va anar entrant en calor va començar a sentir punxades a les mans i als peus. El cavall feia tanta calor com una foguera i l'embolcallava en una capa d'aire càlid. A la fi Richard va deixar que el seu cavall reduís la marxa i va esperar que Aliena arribés on era, mentre el cavall de guerra caminava al pas i esbufegava fort. Es van endinsar entre els arbres. Tots dos coneixien bé aquells boscos perquè havien viscut en aquell indret la major part de les seves vides.

—¿On anirem? —va preguntar Richard.

Aliena va arrufar les celles. ¿On podien anar? No tenien ni menjar, ni aigua, ni diners. I ella no tenia roba, a part de la capa que duia, ni túnica, ni roba interior, ni barret, ni sabates. S'havia proposat de cuidar el seu germà, però ¿com?

Ara s'adonava que durant els tres darrers mesos havia viscut en un núvol. Si bé en el fons sabia que la seva antiga existència s'havia acabat, no ho havia acceptat. William Hamleigh l'havia fet tocar de peus a terra. No dubtava ni un instant que la seva història era veritable i que el rei Stephen havia donat el títol de comte de Shiring a Percy Hamleigh, però potser hi havia alguna cosa més. Potser el monarca havia deixat algunes disposicions amb relació a ella i Richard. Si no era així, ho hauria de fer i, en tot cas, ells podien presentar una súplica. Fos com fos, haurien d'anar a Winchester. Allí també podrien saber per fi què li havia passat al seu pare.

«¿Per què ha anat tot tan malament, pare?», va pensar de sobte.

D'ençà que havia mort la seva mare, el seu pare li havia dedicat una atenció especial. Sabia que s'havia cuidat més d'ella del que habitualment s'ocupen els pares de les seves filles. Al comte, li sabia greu no haver-se tornat a casar per donar-li una altra mare; i li havia explicat que vivia més feliç amb el record de la seva difunta esposa que amb qualsevol altra dona. De tota manera, Aliena mai no havia desitjat una altra mare. El seu pare tenia cura d'ella i ella de Richard, i d'aquesta manera no els podia passar res a cap dels tres.

Aquells dies s'havien acabat per sempre.

—¿On podem anar? —va tornar a preguntar Richard.

—A Winchester —va contestar ella—. Anirem a veure el rei.

Richard estava entusiasmat.

—Sí! I quan expliquem el que William i el seu escuder ens van fer ahir a la nit, segurament...

De cop i volta, Aliena es va sentir envaïda per una ràbia incontenible.

—Calla! —va exclamar. Els cavalls es van moure, nerviosos. Aliena va tibar les regnes amb fúria.— No tornis a dir això mai més! —Amb prou feines podia articular les paraules.— No explicarem a ningú el que van fer, a ningú! Mai de la vida, mai de la vida!

A les alforges del mosso de William hi havia un tros molt gros de formatge sec, una bóta amb una mica de vi, una pedra foguera, llenya menuda i una mica de gra que Aliena va suposar que estava destinat als cavalls. Al migdia els dos germans van menjar-se el formatge i es van beure el vi mentre els animals pasturaven l'herba escassa i els arbustos de fulla perenne, i bevien en un rierol proper. Aliena havia deixat de perdre sang i tenia insensible la part inferior de l'esquena.

S'havien trobat amb altres viatgers, però Aliena va advertir a Richard que no havia de parlar amb ningú. Per a un observador casual feien la impressió de ser una parella formidable, sobretot Richard, que anava muntat en un cavall magnífic. Però uns instants de conversació revelarien que només eren dos nois joves deixats de la mà de Déu, i per tant molt vulnerables. Així que s'havien de mantenir allunyats de la gent.

Quan el sol es va començar a pondre van buscar un lloc per passar la nit. Van trobar una clariana a prop d'un rierol, a uns cent metres del camí. Aliena va donar als cavalls una mica de gra mentre Richard encenia foc. Si haguessin tingut una olla, haurien pogut fer unes sopes amb el gra per als cavalls, però tal com estaven les coses s'haurien de conformar amb el gra cru, si no trobaven castanyes dolces per poder-les fer a la brasa.

Mentre pensava sobre tot allò, i Richard havia anat a buscar més llenya, va sentir una veu greu molt a prop d'ella que la va espantar.

—¿Qui ets, noia?

Aliena va deixar anar un crit. El cavall va recular, espantat. Quan es va girar, la noia va veure un home barbut i brut completament vestit de cuir marró. Va fer una passa endavant cap a ella, que va cridar:

—No t'acostis!

—No tens per què espantar-te —va replicar l'home.

De cua d'ull Aliena va veure Richard, que entrava a la clariana per darrere el foraster, amb una braçada de llenya. Se'ls va quedar mirant tots dos. «Desembeina l'espasa!», va pensar Aliena dintre seu, però el noi estava massa espantat i insegur per fer res. Aliena va recular intentant posar el cavall entre ella i el foraster.

—No tenim diners —va dir—. No tenim res.

—Sóc el guardabosc oficial del rei —va explicar l'home.

Aliena va respirar tranquil·la. Un guardabosc era un servent del rei que aquest pagava perquè fes complir les lleis del bosc.

—¿Per què no ho has dit abans, ruc? —va dir ella, enfadada perquè l'havia espantada—. M'he pensat que eres un proscrit!

L'home va semblar sorprès i ofès alhora, com si Aliena hagués dit alguna descortesia.

—I vós deveu ser una dama d'alt llinatge —va dir.

—Sóc la filla del comte Shiring.

—I el noi deu ser el vostre germà, m'imagino —va dir el guardabosc, tot i que semblava que no l'havia vist.

Richard va caminar endavant i va deixar caure la llenya a terra.

—Sí, això mateix —va afirmar—. ¿Com te dius?

—Brian. ¿Penseu passar la nit aquí?

—Sí.

—¿Completament sols?

—Sí. —Aliena sabia que aquell home es preguntava per què no portaven escorta, però no l'hi pensava dir.

—¿I dieu que no teniu diners?

Aliena el va mirar arrufant les celles.

—¿Dubtes del que dic?

—És clar que no. Per les vostres maneres reconec que pertanyeu a la noblesa. —¿Tenia un deix d'ironia a la veu?— Si esteu sols i sense diners potser us estimaríeu més passar la nit a casa meva. No queda gaire lluny.

Aliena no tenia intenció d'acceptar l'hospitalitat d'aquell home rude i posar-se a les seves mans. Estava a punt de negar-s'hi quan ell va tornar a parlar.

—La meva dona estarà contenta de donar-vos menjar. I tinc un cobert on podreu dormir, si voleu estar sols.

Però si hi havia una dona, era diferent. Acceptar l'hospitalitat d'una família respectable era força segur. Amb tot, Aliena dubtava. Llavors va pensar en una llar de foc, un bol de sopes calentes, un got de vi, un jaç de palla i un sostre damunt del cap.

—T'ho agrairíem molt—va dir—. No podem donar-te res, com t'he dit, ara no tenim diners, però un dia tornarem i et recompensarem.

—Doncs amb això en tinc prou. —L'home es va acostar al foc i el va apagar a cops de peu.

Aliena i Richard van muntar als cavalls, que no havien desensellat.

—Doneu-me les regnes —va dir el guardabosc acostant-se'ls. Aliena les hi va allargar, sense estar segura de les veritables intencions d'aquell home, i Richard la va imitar. El guardabosc es va posar en marxa per entre els arbres conduint els cavalls. Aliena s'hauria estimat portar ella les regnes, però va decidir deixar que ell ho fes com volgués.

La casa era més lluny del que els havia dit. Havien recorregut vuit o nou quilòmetres i ja era fosc quan van albirar una petita casa de fusta amb teulada de palla al llindar d'un camp. Però a través de les persianes es veia llum i els va arribar l'olor de menjar.

La dona del guardabosc havia sentit els cavalls i va sortir a la porta.

—He trobat un lord i una dama joves sols al bosc. Dóna'ls alguna cosa per beure—li va manar l'home. I llavors, dirigint-se a Aliena, va afegir:— Endavant. M'ocuparé dels cavalls.

A la noia no li va agradar aquell to peremptori. S'hauria estimat més ser ella qui donés les instruccions, però com que no tenia gens de ganes de desensellar el cavall, va entrar a la casa amb Richard al darrere. Estava plena de fum i d'olors, però l'ambient era tebi. En un racó hi havia una vaca lligada amb una corda. Aliena s'alegrava que l'home tingués un cobert, perquè mai no havia dormit amb el bestiar. Al foc, hi bullia una olla. Es van asseure en un banc i l'esposa del guardabosc va donar un bol de sopes a cadascú. Tenia gust de caça. La dona es va sobresaltar quan va veure a la llum la cara de Richard.

—¿Què us ha passat? —li va preguntar.

Richard va obrir la boca per contestar però Aliena va ser més llesta a parlar.

—Hem passat tot un seguit de calamitats —va respondre—. Anem a veure el rei.

—Ja ho entenc —va dir la dona. Era petita, de pell morena i tenia una mirada prudent.

Aliena es va acabar les sopes molt de pressa i va allargar el bol perquè n'hi servís més. La dona va mirar cap a l'altra banda. Aliena estava desconcertada. ¿Que potser no sabia que volia més sopes? ¿O era que no en tenia més? Estava a punt de parlar amb duresa quan va entrar el guardabosc.

—Us portaré al graner, on podreu dormir —els va dir mentre despenjava un llum d'un clau al costat de la porta—. Veniu.

Richard i Aliena es van posar drets.

—Necessito una altra cosa—va dir Aliena dirigint-se a la dona—. ¿Em podríeu donar un vestit vell? No porto res a sota la capa.

Per alguna raó la dona va semblar molesta.

—A veure què trobo —va mormolar.

Aliena es va dirigir cap a la porta. El guardabosc la mirava de manera estranya, amb els ulls clavats a la capa, com si la pogués travessar amb la mirada.

—Porta'ns al cobert! —va exigir la noia, i l'home va sortir. Els va portar cap a darrere la casa, i els va fer traspassar un hort. La llum oscil·lant deixava veure un petit cobert, que també devia fer de graner. L'home va obrir la porta, que va donar un cop a una galleda que recollia l'aigua de la pluja que queia de la teulada.

—Doneu-hi un cop d'ull, a veure què us sembla —els va proposar.

Richard va entrar-hi primer.

—Porta el llum, Allie —li va dir.

Quan Aliena es va girar per agafar el llum de les mans del guardabosc, aquest li va clavar una bona empenta. Va caure de costat a dins del graner i va topar amb el seu germà. Tots dos van caure a terra. Es van quedar a les fosques i la porta es va tancar de cop. Des de fora els va arribar un soroll peculiar, com si barressin la porta amb alguna cosa molt pesant.

Aliena no s'ho podia creure.

—¿Què està passant, Allie? —va cridar Richard.

Aliena es va asseure. ¿Aquell home era un guardabosc com deia o era un proscrit? Però no podia ser un proscrit perquè la casa on vivia estava massa bé. Però si de veritat era un guardabosc, ¿per què els havia tancat? ¿Havien infringit alguna llei? ¿Sospitava que els cavalls no els pertanyien? ¿O potser tenia alguna raó deshonesta?

—¿Per què ens ha fet això, Allie? —va preguntar Richard.

—No ho sé —va contestar ella, cansada. Ja no li quedava energia ni per enfadar-se o neguitejar-se. Es va acostar a la porta i va intentar obrir-la, però no va cedir gens. Va començar a palpar a les fosques les parets del graner, fins a arribar a la part més baixa de la teulada. L'edifici estava fet amb troncs lligats i no hi havia escletxes. No hi havia dubte que era el lloc on el guardabosc tancava els infractors abans de lliurar-los al xèrif.

—No podrem sortir —va dir Aliena. Es va asseure. El terra estava sec i cobert de palla.— Estarem atrapats aquí fins que ens deixi sortir —va afegir, resignada.

Richard es va asseure al seu costat. Al cap d'una estona es van estirar esquena per esquena. Aliena estava massa cruixida, espantada i tensa per poder dormir, però com que també estava esgotada, al cap d'un moment va caure en una somnolència reconfortant.

Es va despertar quan es va obrir la porta i va rebre la llum del dia a la cara. Estava esporuguida, i no sabia on era ni per què dormia sobre el terra dur. Llavors ho va recordar i es va espantar encara més. ¿Què els faria el guardabosc? Però no va ser ell qui va entrar, sinó la seva dona. Tot i que l'expressió que tenia era al mateix temps impenetrable i determinada, igual que la nit anterior, portava a les mans un tros de pa i dues tasses.

Richard també es va asseure. Tots dos van esguardar la dona amb cautela. Ella, sense dir res, els va allargar una tassa a cadascú, i llavors va trencar el pa en dos trossos i els va repartir. Aliena de sobte va notar que tenia gana. Va sucar el pa a la cervesa i va començar a menjar.

La dona es va quedar al llindar de la porta i se'ls mirava mentre endrapaven el menjar. Llavors va allargar a Aliena alguna cosa que semblava una peça de roba de lli, grogosa i gastada, però ben plegada. Aliena la va desplegar. Era un vestit vell.

—Posa't això i marxeu d'aquí —va dir la dona.

Aliena estava desconcertada per aquella combinació d'amabilitat i de duresa, però no va dubtar a acceptar el vestit. Es va girar d'esquena, va deixar caure la capa, es va passar el vestit pel cap molt de pressa, i es va tornar a posar la capa.

Es va sentir millor.

La dona li va donar un parell d'esclops de fusta molt vells i que li anaven massa grans.

—No puc cavalcar amb els esclops —va protestar Aliena.

La donar va esclafir a riure.

—No cavalcareu pas.

—¿Ah no?

—El meu marit s'ha emportat els cavalls.

A Aliena li va caure l'ànima als peus. Era injust que seguissin tenint tanta mala sort.

—¿On se'ls ha emportat?

—A mi no me'n parla, d'aquestes coses, però suposo que deu haver anat a Shiring. Allí hi vendrà els cavalls, i llavors esbrinarà qui sou i si us pot treure alguna cosa més.

—Llavors, ¿per què ens deixes marxar?

La dona va repassar Aliena de dalt a baix.

—Perquè no em va agradar la manera com et va mirar ahir quan vas dir que estaves nua sota la capa. Potser ara encara no entens aquestes coses, però ja ho entendràs quan et facis dona.

Aliena ja ho entenia, però no l'hi va dir.

—¿No et matarà quan s'adoni que ens has deixat escapar?

—A mi no em fa tanta por com a vosaltres —va contestar la dona amb un somriure—. Ara, vinga, en marxa.

Van sortir a fora. Aliena va comprendre que aquella dona havia après a conviure amb un home brutal i inhumà, i que tot i així havia aconseguit conservar un mínim de decència i compassió.

—Gràcies pel vestit —li va dir amb timidesa.

La dona no volia que l'hi agraís.

—Winchester és cap allà. —Va assenyalar el camí.

Es va allunyar sense mirar enrere.

Aliena mai no havia portat esclops. La gent de la seva classe sempre calçava botes de pell o sandàlies, i els va trobar molt incòmodes i pesants. Tanmateix, eren millor que res perquè el terra estava fred.

—¿Per què ens estan passant aquestes coses, Allie? —va preguntar Richard quan ja havien perdut de vista la casa del guardabosc.

Aquesta pregunta va desmoralitzar Aliena. Tothom era molt cruel amb ells. La gent els pegava i els robava i els tractava com a gossos. No hi havia ningú que els protegís. «Hem anat de massa bona fe», va pensar. Havien viscut tres mesos al castell sense ni tan sols barrar les portes. Va decidir que en el futur no es refiaria de ningú. Mai no tornaria a deixar que algú portés les regnes del seu cavall, encara que hagués de recórrer a la violència per evitar-ho. Mai més no tornaria a deixar que ningú se li acostés per l'esquena, com havia fet el guardabosc la nit abans, quan li va donar l'empenta. Mai més no tornaria a acceptar l'hospitalitat d'un estrany. Mai no deixaria la porta sense passar la balda a la nit. Mai no acceptaria mostres d'amabilitat així com així.

—Anem més de pressa —va dir a Richard. Potser podrem arribar a Winchester al capvespre.

Van seguir la sendera fins a la clariana on havien trobat el guardabosc. Encara hi havia les restes de la foguera. Des d'allí seria fàcil trobar el camí que duia a Winchester. Hi havien estat moltes vegades i sabien com s'hi anava. Un cop arribessin al camí ral podrien caminar més de pressa. El gebre havia endurit el fang.

La cara de Richard tornava a recuperar el seu estat normal. Se l'havia rentada el dia abans en un rierol molt fred, al bosc, i s'havia netejat tota la sang seca. Al lloc on hi havia hagut el lòbul de l'orella, se li havia fet una costra que tenia mal aspecte, i encara tenia els llavis embotornats, però la cara ja se li havia desinflat. Amb tot, encara tenia molts blaus i aquell color morat li donava un aspecte temible. Però allò no els perjudicaria.

Aliena trobava a faltar l'escalfor del cavall. Tenia les mans i els peus gelats, per bé que, amb l'esforç de la caminada, mantenia el cos calent. Durant tot el matí va seguir fent fred, però cap als volts de migdia la temperatura va pujar una mica. Va ser llavors que va començar a tenir gana. Va recordar que el dia anterior s'havia sentit com si no li importés gens tornar a tenir calor o menjar de nou. Però no hi volia pensar.

Cada vegada que sentien el repicar de cascos de cavall o albiraven gent de lluny corrien a amagar-se al bosc fins que els viatgers havien passat. Van travessar viles molt de pressa i sense parlar amb ningú. Richard volia pidolar per aconseguir menjar, però Aliena no l'hi va deixar fer.

A mitja tarda es van trobar a unes milles de la seva destinació sense que ningú els hagués molestat. Aliena va pensar que al capdavall no era tan difícil evitar els problemes. I llavors, en un tros especialment solitari del camí, de cop i volta va sorgir un home dels arbustos i se'ls va plantar al davant.

No van tenir temps d'amagar-se.

—Segueix caminant —va indicar Aliena al seu germà, però l'home es va moure al mateix temps que ells i els va barrar el pas.

Aliena va mirar enrere pensant a arrencar a córrer, però un altre individu havia sortit del bosc uns dotze o quinze metres enrere i els impedia fugir.

—¿Què tenim aquí? —va dir l'home que tenien davant, amb una veu greu. Era gras, tenia la cara congestionada, una panxa enorme i una barba molt deixada. Portava un garrot pesant. Devia ser, gairebé segur, un proscrit. Per l'expressió de la cara, Aliena estava segura que era la mena d'home capaç de recórrer a la violència sense pensar-s'ho dues vegades, i es va sentir aterrida.

—Deixa'ns en pau —li va suplicar—. No tenim res que t'interessi.

—No n'estic tan segur —va contestar l'home donant un pas endavant cap a Richard—. Aquesta espasa tan bonica deu valer uns quants xílings.

—És meva —va protestar el noi, però el seu to era el d'un nen espantat.

«És inútil», va pensar Aliena. «Estem desemparats. Jo sóc una noia i ell un nen, i qualsevol pot fer amb nosaltres el que li passi pel cap.»

Amb un moviment sorprenentment àgil, l'home gras va brandar el garrot i va clavar un cop a Richard, que el va intentar esquivar. La garrotada anava dirigida al cap, però li va tocar l'espatlla. L'home gras tenia força, i el cop va fer caure Richard.

Aliena de sobte va perdre la paciència. L'havien tractada de manera injusta, havien abusat vilment d'ella, l'havien robada, tenia gana i fred i ja no es podia contenir més. No feia ni dos dies que havien pegat al seu germà i de poc que no el mataven, i, en aquells moments, veure que algú li donava una garrotada li va fer perdre el cap. Sense pensar-s'hi gens, es va treure la daga de la mànica, es va tirar damunt del proscrit gras i li va posar la punta de l'arma a la panxota.

—Deixa'l estar, gos fastigós! —va cridar.

El va agafar per sorpresa. La capa se li havia obert quan havia atacat Richard i encara tenia el garrot a la mà. No estava gens alerta. Segur que no havia temut cap atac d'una jove que semblava estar desarmada. La daga va travessar la llana de la capa i la roba del vestit i es va aturar a la pell tibant de la panxa. Aliena va sentir fàstic i horror alhora de pensar a enfonsar una daga a la carn d'una persona, però la por va refermar la seva decisió, i va enfonsar l'arma fins als òrgans tous de l'abdomen. Llavors la va aterrir la idea de no matar-lo, i que es quedés viu per venjar-se, i li va enfonsar la daga fins a l'empunyadura.

De sobte, aquell home esglaiador, arrogant i cruel es va convertir en un animal esporuguit i ferit. Va fer un crit de dolor, va deixar caure el garrot i es va quedar mirant la daga que tenia clavada. Aliena es va adonar immediatament que l'home sabia que estava ferit de mort. Va apartar la mà, horroritzada. L'home va recular, fent tentines. Aliena va recordar que al darrere tenien un altre lladre i el pànic la va envair. Segurament es venjaria sense contemplacions per la mort del seu còmplice. Va tornar a agafar la daga per l'empunyadura i la va tibar. L'home ferit s'havia allunyat un parell de passes, i Aliena va haver de treure-li la daga de costat, amb la qual cosa li va esquinçar les entranyes. Va notar que la sang li esquitxava la mà, mentre l'home xisclava com una bèstia i a la fi va caure a terra. Aliena es va girar amb rapidesa amb la daga sagnant a la mà i es va encarar a l'altre home. Al mateix temps, Richard es va posar dret amb penes i treballs i va desembeinar la seva espasa.

L'altre lladre els va mirar, llavors va abaixar la vista cap al seu amic moribund i, sense pensar-s'hi més, va fer mitja volta i es va escapar corrent bosc endins.

Aliena el va mirar com corria, incrèdula. L'havien espantat. Resultava difícil de creure.

Va mirar l'home que jeia a terra. Estava panxa enlaire, i les entranyes li sortien per la gran ferida del ventre. Tenia els ulls molt oberts i una ganyota de por i de dolor li desfigurava la cara.

Aliena no estava orgullosa, ni tan sols més tranquil·la per haver-se defensat d'aquells homes despietats. A més, aquell espectacle horrorós li feia fàstic.

A Richard no el turmentaven escrúpols d'aquesta mena.

—L'has apunyalat, Allie! —va dir, entre excitat i histèric—. Te l'has carregat!

Aliena se'l va mirar. Li havia de donar una lliçó.

—Remata'l —li va ordenar.

Richard la va mirar amb estranyesa.

—¿Quèè?

—Que el rematis —va repetir—. Estalvia-li el sofriment. Mata'l!

—¿Per què ho haig de fer jo?

—Perquè et comportes com un nen i jo necessito un home. Perquè a part de jugar a guerres, mai no has fet res de bo amb l'espasa, i alguna vegada has de començar. ¿Què et passa? ¿De què tens por? De tota manera, ja li falta poc per morir-se. No et pot fer res. Mata'l d'una vegada!

Richard va agafar l'espasa amb les dues mans i va semblar insegur.

—¿Com?

L'home udolava de nou.

—No ho sé. Talla-li el cap o travessa-li el cor! Qualsevol cosa! Però fes-lo callar!

Richard semblava acorralat. Va aixecar l'espasa i la va tornar a abaixar.

—Si no ho fas, et deixaré sol —el va amenaçar ella—, ho juro per tots els sants. Un dia a la nit, m'aixecaré i me n'aniré i quan et despertis al matí, ja no hi seré i tu et trobaràs completament sol. Mata'l!

Richard va tornar a aixecar l'espasa. I llavors, per increïble que fos, el moribund va deixar de gemegar i va provar de posar-se dret. Va rodolar cap a un costat i es va incorporar, repenjant-se en un colze. Richard va deixar anar un crit que era en part de por i en part de combat, i va descarregar amb força l'espasa sobre el coll del saltejador. L'arma pesava i la fulla estava ben esmolada, i el cop va tallar-li el coll a mitges. Li va rajar tanta sang com d'una font i el cap li va quedar tombat d'una manera grotesca. El cos es va ensorrar.

Aliena i Richard es van quedar mirant-lo uns moments. La sang calenta feia vapor en l'atmosfera hivernal. Tots dos estaven astorats pel que havien fet. De sobte, Aliena va arrencar a córrer i Richard la va seguir.

Es va aturar quan ja no podia més i llavors es va adonar que estava somicant. Va caminar més a poc a poc i ja no li sabia greu que el seu germà la veiés plorar. Pel que semblava, a ell les llàgrimes d'Aliena no l'afectaven.

De mica en mica, es va anar tranquil·litzant. Els esclops de fusta li feien mal. Es va aturar i se'ls va treure. Es va posar a caminar descalça, amb els esclops a la mà. Aviat arribarien a Winchester.

—Som uns rucs —va dir Richard al cap d'una estona.

—¿Per què?

—Aquest home... L'hem deixat allà. Li hauríem d'haver tret les botes.

Aliena es va aturar i va mirar el seu germà horroritzada.

—No hi ha cap mal en això, ¿oi que no? —va dir ell rient.

II

Quan es va fer de nit van creuar la porta oest de Winchester en direcció al carrer major i Aliena es va tornar a sentir esperançada. Al bosc havia tingut la impressió que els podien assassinar i que ningú mai no ho arribaria a saber, però en aquell moment estaven de nou a la civilització. Sens dubte, la ciutat estava plena de lladres i assassins, però no podien cometre crims impunement. A la ciutat hi havia lleis, i als que les infringien els desterraven, els mutilaven o els penjaven.

Recordava haver recorregut amb el seu pare aquell carrer un any abans. És clar que llavors anava a cavall. El seu pare muntava un vigorós corser castany i ella un palafrè gris molt bonic. La gent s'apartava al seu pas. Tenien una casa a la part sud de la ciutat, i quan hi arribaven els rebien vuit o deu servents, que acabaven de netejar la casa; hi havia palla fresca a terra i totes les llars de foc estaven enceses. Durant l'estada a ciutat, Aliena portava cada dia uns vestits molt bonics, de lli, llana i seda, botes i cinturons de pell de vedell i s'enjoiava amb agulles i braçalets. Tenia la feina de garantir que qualsevol persona que es presentés per veure el comte fos ben rebuda, i que mai no hi faltessin la carn i el vi per a les persones de rang i la cervesa per a la gent humil, i un somriure i un lloc a la vora del foc per a tothom. El seu pare era molt detallista pel que feia a l'hospitalitat, però ell sol no se'n sortia gaire bé. La gent el trobava fred, distant i fins i tot dominant. Aliena compensava aquells defectes.

Tothom respectava el seu pare i el visitaven les més altes personalitats. El bisbe, el prior, el xèrif, el canceller reial i els barons de la cort. Rumiava quants d'aquests la reconeixerien en aquells moments que caminava descalça pel fang i la brutícia del carrer. Aquesta idea, però, no la va fer desanimar. Ja s'havia deixat de sentir com una víctima i això era important. Es tornava a trobar en un món amb regles i lleis i tenia la possibilitat d'agafar de nou les regnes de la seva vida.

Van passar per davant de casa seva. Estava buida i tancada amb pany i clau. Els Hamleigh encara no n'havien pres possessió. Per un moment, Aliena va estar temptada de mirar d'entrarhi. «Això és casa meva!», va pensar. Però no ho era, és clar, i la idea de passar-hi la nit li va fer recordar com havia viscut al castell, d'esquena a la realitat. Va passar de llarg amb decisió.

Una altra cosa bona d'estar a la ciutat era que allí hi havia un monestir. Els monjos sempre oferien un llit a qui els ho demanava. Aquella nit, Richard i ella dormirien sota un sostre, en un lloc sec i segur.

Va trobar la catedral i va entrar al pati del priorat. Hi havia dos monjos drets, davant d'una taula de cavallet, repartint pa i cervesa a un centenar de persones o més. A Aliena no se li havia acudit mai que hi pogués haver tanta gent demanant l'hospitalitat dels monjos. Richard i ella es van posar a la cua. «Era sorprenent», va pensar, «que unes persones que habitualment es donarien empentes i cops de colze per rebre menjar de franc formessin una filera ordenada només perquè un monjo els ho demanava.»

Van sopar i un monjo els va conduir a la casa d'hostes. Era un edifici gran de fusta que semblava un graner, sense mobles, il·luminat amb espelmes de jonc i amb olor de gent. El terra estava cobert de joncs no gaire frescos. Aliena es va preguntar si havia de revelar la seva identitat als monjos. Potser el prior la recordaria. En un priorat tan gran se suposava que hi havia una casa d'hostes especialment destinada a visitants d'alt llinatge. Però no es va decidir. Potser temia que la menyspreessin, o tornar-se a posar en mans d'algú, tot i que, d'un prior, no calia tenir-ne por, però malgrat tot es trobava més còmoda quedant-se en l'anonimat i passant inadvertida.

Els altres hostes eren gairebé tots pelegrins, però també hi havia alguns artesans ambulants, que eren fàcils de reconèixer per les eines que portaven, i uns quants venedors que anaven per les viles venent coses que els camperols no podien fabricar-se, com agulles de cosir, ganivets, olles i espècies. Alguns anaven amb la dona i les criatures. Els nanos feien molt bullit i corrien amunt i avall, es barallaven i queien. De tant en tant n'hi havia un que sortia disparat, rebia una plantofada i es posava a plorar a tot drap. Alguns eren molt mal educats i Aliena en va veure més d'un que feia pipí sobre els joncs de terra. Segurament aquestes coses no tenien importància en una casa on el bestiar dormia a la mateixa habitació que les persones, però en un recinte ple de gent resultava repugnant. Més tard, tothom hauria de dormir sobre aquells mateixos joncs.

Va començar a tenir la sensació que la gent la mirava com si sabessin que l'havien desflorat. És clar que era ridícul, però aquesta sensació persistia. Havia deixat de perdre sang, però tot i això, cada vegada que es movia es trobava amb algú que li dirigia una mirada penetrant. Així que ella els tornava la mirada, abaixaven la vista, però al cap de poc algú altre hi tornava. Es deia contínuament que allò era una bajanada, que no la miraven a ella, sinó que, en aquella habitació atapeïda de gent, tots es miraven amb curiositat els uns als altres. De tota manera, ella no cridava l'atenció especialment, era igual que els altres, igual de cansada, de bruta i de mal vestida. Però aquella sensació no s'esvaïa, i es va començar a irritar. Hi havia un home que no parava de mirar-la, un pelegrí de mitjana edat amb família nombrosa. Finalment, Aliena va perdre la paciència.

—¿Què mires, si es pot saber? Deixa de mirar-me! —li va cridar.

L'home es va quedar torbat i va apartar la vista sense dir ni una paraula.

—¿Per què ho has fet, Allie? —li va preguntar Richard en veu baixa.

Aliena li va ordenar que callés, i ell ho va fer.

Poc després es van presentar els monjos per emportar-se les espelmes. Volien que tothom se n'anés a dormir d'hora, perquè així els mantenien lluny de les tavernes i els prostíbuls de la ciutat, i al matí els era més fàcil fer-los marxar aviat. Uns quants homes joves van sortir de l'habitació quan es van haver apagat els llums, de segur que per anar als bordells, però la majoria es van disposar a descansar ben embolicats en les seves capes.

Feia molts anys que Aliena no dormia en un lloc com aquell. De petita sempre havia envejat la gent que dormia a la sala del castell, els uns al costat dels altres, a la vora d'un bon foc, en una habitació plena de fum i d'olor de menjar, i amb els gossos que els protegien. En aquella sala regnava una sensació d'íntima unió que no hi havia a les cambres espaioses i buides de la família. En aquells temps, a vegades abandonava el seu llit i baixava de puntetes per les escales per dormir al costat de la seves serventes preferides, Madge, la bugadera, o la vella Joan.

El son li va arribar amb l'olor de la seva infantesa en el record, i va somiar en la seva mare. És clar que normalment li era difícil recordar-ne l'aspecte, però en aquell moment va descobrir, amb gran sorpresa, que podia recordar clarament la seva cara, fins al més petit detall: els trets regulars, el somriure tímid, la constitució fràgil, la mirada d'ansietat als ulls. Se li va fer present la manera de caminar de la seva mare, lleugerament inclinada cap a un costat, com si volgués enganxar-se a la paret, amb l'altre braç estès per buscar l'equilibri. Podia sentir-li la veu, una veu de contralt molt sonora, sempre a punt de cantar o riure, però temorosa de fer-ho. En el somni, Aliena va saber una cosa que mai no havia vist clara quan estava desperta: que el seu pare havia atemorit la mare d'una manera que li havia ofegat el goig de viure, i que la mare es va acabar marcint com una flor. Tot allò li venia al cap com una cosa molt coneguda, que sempre havia sabut. Però en el somni hi havia una cosa espantosa, i era que ella estava embarassada. La mare semblava contenta. Estaven assegudes de costat en un dormitori, i Aliena tenia un ventre tan inflat que havia de seure amb els braços encreuats a sobre i amb les cames una mica separades. Aleshores William Hamleigh va irrompre a l'habitació amb una daga a la mà i Aliena va saber que l'havia d'apunyalar a la panxa de la mateixa manera que havia matat el proscrit del bosc. Va començar a xisclar amb tanta força, que de cop i volta es va asseure, i llavors es va adonar que William no hi era i que ella no havia xisclat. El xiscle havia estat a dins del seu cap.

Després d'allò es va quedar desperta, rumiant si devia estar embarassada o no. La idea no se li havia acudit abans i, ara, l'esparverava. Seria d'allò més repugnant tenir un fill de William Hamleigh. I a més, podia no ser ni d'ell, sinó del seu escuder. Mai no ho podria saber. ¿Com s'ho faria per estimar aquella criatura? Cada vegada que se'l mirés li recordaria aquella nit espantosa. Va prometre que tindria el nadó en secret i que el deixaria morir de fred tan aviat com hagués nascut, com feien els camperols quan tenien massa fills. Un cop va prendre aquesta decisió, es va tornar a adormir.

A trenc d'alba els monjos van entrar amb l'esmorzar. Amb el soroll, Aliena es va despertar. La majoria dels altres hostes ja estaven desperts, perquè se n'havien anat a dormir d'hora, però ella, que amb prou feines havia descansat, se sentia esgotada.

Per esmorzar els van donar sopes de civada amb sal. Aliena i Richard se les van menjar amb ganes, i els hauria agradat que estiguessin acompanyades de pa. Mentre esmorzaven, Aliena va rumiar el que havia de dir al rei Stephen. Estava segura que havia oblidat que l'antic comte de Shiring tenia dos fills. Així que es presentessin i l'hi recordessin, prendria mesures a favor d'ells dos. Com a mínim, allò era el que creia. Però volia preparar-se el que li hauria de dir, per si calgués convèncer-lo. Va arribar a la conclusió que no insistiria en la innocència del seu pare, perquè allò suposava posar en dubte el criteri del monarca, amb la qual cosa només aconseguiria ofendre'l. Tampoc protestaria pel fet que hagués fet comte Percy Hamleigh. Els homes d'Estat detestaven que es discutissin les decisions que havien pres en el passat. «Per bé o per mal, la qüestió està decidida», solia sentenciar el seu pare. No, es limitaria a dir que el seu germà i ella eren innocents i a demanar al rei que els donés una propietat petita, de les que posseïen els cavallers, per poder fer front a les necessitats i per tal que Richard es pogués preparar i arribar a ser, al cap d'uns anys, un dels homes del rei. Una petita propietat li permetria a ella de cuidar-se del seu pare quan al rei li plagués de deixar-lo en llibertat. L'antic comte havia deixat de ser una amenaça: sense títol, sense seguidors, sense diners. Recordaria al rei que el seu pare havia servit amb tota la lleialtat el rei difunt, Henry, que havia estat l'oncle d'Stephen. No estaria imperiosa sinó humilment ferma, franca i senzilla.

Després d'esmorzar va preguntar a un monjo on es podia rentar la cara. El germà la va mirar amb un lleuger sobresalt. Era evident que era una petició poc corrent. Tanmateix, els monjos aprovaven la higiene, i aquest la va conduir fins a un canal obert per on una aigua freda i clara anava a parar al priorat. Li va advertir que no es rentés «de manera indecent» per si algun dels germans la veia per casualitat, cosa que seria motiu de pecat. Els monjos feien moltes coses bones, però el seu capteniment era, de vegades, empipador.

Un cop ella i Richard es van haver tret la pols del camí de la cara, van abandonar el priorat i se'n van anar carrer amunt, cap al castell que s'alçava a un costat de la porta oest. Si hi arribaven d'hora, Aliena pensava que es guanyaria l'amistat o que captivaria el guarda que estigués encarregat d'admetre els sol·licitants, i així no quedaria en segon terme entre la gran quantitat de gent important que es presentaria més tard. Tanmateix, l'ambient darrere els murs del castell era encara més tranquil del que s'esperava. ¿Ja feia tant de temps que el rei Stephen era allí que el volien veure tan poques persones? No estava segura de quan podia haver arribat. Generalment, el rei s'estava a Winchester mentre durava la Quaresma, però Aliena no estava segura de quan havia començat, perquè com que havia viscut al castell amb Richard i Matthew, i no tenien sacerdot, havia perdut la noció del temps.

Hi havia un sentinella cepat amb barba grisa que muntava guàrdia al costat dels graons de la torre de l'homenatge. Aliena es disposava a passar-li pel costat, com feia quan hi anava amb el pare, però l'home li va barrar el pas amb la llança.

Aliena el va mirar amb un gest imperiós.

—¿Què passa? —va preguntar.

—¿On et penses que vas, noia? —va replicar el sentinella.

Aliena va notar, amb desengany, que l'home era un d'aquests que els agradava fer de guardians perquè els donava oportunitat d'impedir a la gent d'anar allà on volien.

—Som aquí per presentar una petició al rei —va respondre en un to glacial—. Deixa'ns passar.

—¿Tu? —va dir el guardià amb desdeny—. ¿Amb un parell d'esclops dels quals la meva dona s'avergonyiria? Marxeu d'aquí!

—Aparta't del meu camí, sentinella —va dir Aliena—. Tot ciutadà té dret a presentar peticions al rei.

—Sí, però els ciutadans de la teva classe, els pobres, no són prou ximples per intentar exercir aquest dret...

—Jo no sóc d'aquesta classe! —va exclamar Aliena amb fermesa—. Sóc la filla del comte de Shiring i el meu germà és el seu fill, així que deixa'ns passar o acabaràs podrint-te a la masmorra.

El sentinella no va semblar tan desdenyós.

—No pots presentar una petició al rei perquè no és aquí —va dir, malgrat tot amb aires de suficiència—. És a Westminster, com hauries de saber si ets de debò qui dius que ets.

Aliena es va quedar estupefacta.

—Però, ¿per què se n'ha anat a Westminster? Si hauria de ser aquí per Pasqua!

El sentinella en aquell moment va comprendre que la noia i el xicot no eren uns pillets.

—La cort de Pasqua no és a Westminster —va explicar—. Sembla que el rei Stephen no farà les coses igual que les feia l'antic rei. ¿I per què les hi hauria de fer?

Tenia raó, és clar, però a Aliena no se li havia acudit que el nou rei establís un règim de residència diferent. Era massa jove per recordar quan Henry havia estat el nou rei. Es va sentir desolada. S'havia pensat que sabia el que havia de fer, i s'havia equivocat.

Va sacsejar el cap per alliberar-se de la sensació de fracàs. Allò només era un contratemps i no una derrota. Apel·lar al rei no era l'única manera d'ocupar-se del seu germà i d'ella. Havia anat a Winchester amb dos propòsits, i el segon era esbrinar què li havia passat al seu pare. Ell sabria què hauria de fer en aquells moments.

—Llavors, ¿qui hi ha aquí? —va preguntar al sentinella—. Deu haver-hi algun funcionari reial. Només voldria veure el meu pare.

—Hi ha un escrivent i un majordom —va contestar el guardià—. ¿Dieu que el comte de Shiring és el vostre pare?

—Sí. —Aliena va sentir que se li encongia el cor.— ¿En saps alguna cosa?

—Sé on és.

—¿On?

—A la presó. Aquí mateix, al castell.

«Tan a prop!»

—¿On és la presó?

El sentinella va assenyalar amb el polze per sobre l'espatlla.

—Cap avall, després de passar la capella, davant de la porta principal.

Impedint-los el pas a la torre de l'homenatge el sentinella havia satisfet la seva vanitat mesquina, i en aquells moments estava disposat a donar-los la informació que els calia.

—Serà millor que vegeu el carceller. Es diu Odo i té unes butxaques molt grosses.

Aliena no va entendre l'al·lusió a la mida de les butxaques del carceller, però estava massa inquieta per intentar desxifrar-la. Fins a aquell moment el seu pare havia estat en un lloc vague i distant anomenat «presó», però ara, de sobte, era allí, en aquell mateix castell. Va oblidar-se de la petició al rei. Ara només volia veure el seu pare. La idea que era molt a prop, disposat a ajudar-la, li va fer sentir de manera més vívida el perill i la incertesa dels darrers mesos. Anhelava refugiar-se en els seus braços i sentir-li dir: «No tinguis por, d'ara endavant tot anirà bé.»

La torre de l'homenatge s'alçava en una cantonada del recinte. Aliena va mirar cap avall. La resta del castell era un conjunt de diverses construccions de pedra i de fusta protegides per uns murs molt alts. Cap avall, havia dit el sentinella, després de la capella i davant de la porta principal. Va veure un pulcre edifici de pedra que semblava una capella. L'entrada principal del castell era una porta al mur exterior que permetia al rei entrar a casa seva sense haver de passar per la ciutat. Davant d'aquesta entrada, i a prop del mur posterior, que separava el castell de la ciutat, hi havia una petita construcció de pedra que potser era la presó.

Aliena i Richard van anar corrents baixada avall. Aliena es preguntava com devia estar el seu pare. ¿Als presoners, els donaven prou menjar? A Earlscastle, el seu pare els donava escudella i pa de sègol, però havia sentit que a tot arreu tractaven els presoners molt malament. Tenia l'esperança que aquest no fos el cas.

Mentre travessaven el recinte va sentir que se li accelerava el pols. Era un castell gros, però estava envoltat d'edificis: cuines, estables i casernes. Hi havia dues capelles. En aquells moments en què el rei estava absent, Aliena va poder veure els senyals d'aquesta absència i els va anar observant mentre caminava cap a la presó. Hi havia porcs i ovelles que s'havien ficat al recinte i furgaven entre piles d'escombraries; bastants homes d'armes rondaven per allà, sense tenir res més a fer que dirigir paraules grolleres a les dones que passaven; i a la portalada d'una de les capelles hi havien organitzat una timba. Aquell ambient de laxitud feia sentir incòmoda Aliena. La preocupava que no s'ocupessin del seu pare com calia i va començar a témer què es trobaria.

La presó era un edifici de pedra mig abandonat que semblava haver estat, abans de deteriorar-se, la residència d'un funcionari reial, un canceller o el castellà. El pis de dalt, que abans hauria servit de sala, estava pràcticament en ruïnes i havia perdut part de la teulada. Tan sols es conservava la planta baixa. No hi havia finestres, sinó una gran porta de fusta amb claus de ferro, que estava ajustada. Mentre Aliena dubtava davant de la porta, una dona bonica de mitjana edat, amb un abric d'excel·lent qualitat, la va obrir i va entrar. Aliena i Richard la van seguir.

A dins, l'ambient era tètric i hi feia una pudor nauseabunda. El lloc havia estat originàriament un magatzem obert, però després l'havien dividit en petits compartiments separats per parets fetes de qualsevol manera. Se sentien els gemecs d'un home que arribaven de les profunditats de l'edifici. Tocant a la porta hi havia una taula, una cadira i un foc al mig del terra. Un home corpulent, amb cara de babau i l'espasa al cinyell, escombrava mandrosament el terra. Va aixecar la mirada i va saludar la dona bonica.

—Bon dia, Meg.

Ella li va donar un penic i llavors va desaparèixer entre les ombres. L'home va mirar Aliena i Richard.

—¿Què voleu?

—Sóc aquí per veure el meu pare —va respondre Aliena—. És el comte de Shiring.

—No, no ho és —li va dir el carceller—. Ara només és Bartholomew.

—A l'infern les teves distincions, carceller. ¿On és?

—¿Quants diners tens?

—Aquí no en tinc, així que no et molestis a fer-me xantatge.

—Si no tens diners, no pots veure el teu pare —va dir l'home, i va continuar escombrant.

Aliena tenia ganes de cridar. Era a uns peus del seu pare i no l'hi deixaven veure. El carceller anava armat i no guanyaria res desafiant-lo. Però no tenia diners. Ja s'ho havia imaginat quan havia vist que aquella dona que es deia Meg li donava un penic, però va pensar que es tractava d'un privilegi especial. Tanmateix, no ho era. Un penic devia ser el preu per ser admès en aquell lloc.

—Buscaré un penic i el portaré quan pugui, però, ¿no ens el deixaríeu veure ara? Només serà un moment.

—Porteu-me primer el penic —va dir el carceller, i va tornar a la seva feina.

Aliena intentava contenir les llàgrimes. Va estar temptada de cridar un missatge amb l'esperança que el seu pare el pogués sentir, però va comprendre que d'aquella manera només contribuiria a desmoralitzar-lo i espantar-lo. Li provocaria ansietat perquè no rebria cap informació. Es va encaminar cap a la porta i es va sentir desesperadament impotent. Quan era al llindar es va girar.

—¿Com està? Només digue'm això... si us plau. ¿Està bé?

—No, no està bé —va respondre el carceller—. S'està morint. I ara marxeu.

Aliena tenia els ulls negats de llàgrimes i es va entrebancar quan va passar per la porta. Es va allunyar sense saber ni on anava i va topar amb alguna cosa, una ovella o un porc, i va estar a punt de caure. Va començar a sanglotar. Richard la va agafar pel braç i ella es va deixar guiar. Van sortir del castell per la porta principal, es van trobar entre les cabanes escampades dels barris baixos i finalment van arribar a un prat. Es van asseure en una soca d'arbre.

—No m'agrada que ploris, Allie —va dir Richard.

Aliena va intentar dominar-se. Havia trobat el seu pare, i això ja era alguna cosa. Ara sabia que estava malalt. El carceller era un home cruel, de manera que potser havia exagerat la gravetat de la malaltia. Tot el que havia de fer era aconseguir un penic, i llavors podria parlar amb el pare, comprovar ella mateixa com es trobava i preguntar-li què havia de fer... per Richard i per ell.

—¿Com trobarem un penic, Richard? —va preguntar.

—No ho sé.

—No tenim res per vendre. Ningú no ens farà un préstec. Tu no t'animaràs a robar...

—Podem demanar caritat —va dir ell.

Era una idea.

Un camperol d'aspecte pròsper baixava del turó cap al castell, muntat en una hacanea negra. Aliena es va posar dreta d'un salt i va córrer cap al camí.

—Si us plau, ¿em podríeu donar un penic, senyor? —li va demanar quan hi va estar més a prop.

—Fuig d'aquí! —va grunyir l'home, que va esperonar el cavall fins a posar-lo al trot.

Aliena va tornar al costat del seu germà.

—Els captaires demanen menjar o roba vella —va dir desanimada—. Mai no he sabut de ningú que els hagi donat diners.

—Bé, llavors, ¿com aconsegueix diners la gent? —va preguntar Richard.

Era evident que mai no se li havia acudit fer-se aquella pregunta.

—El rei obté diners mitjançant els impostos; els senyors, amb les rendes; els sacerdots, amb els delmes. Els botiguers tenen alguna cosa per vendre. Els artesans cobren salaris. I els camperols no necessiten diners perquè tenen camps.

—Els aprenents també cobren un salari.

—I els jornalers cobren un jornal. Podem treballar.

—¿On?

—Winchester està ple de petits tallers de cuir i teixits —va dir Aliena. Es va tornar a sentir optimista.— Una ciutat és un bon lloc per trobar feina. —Es va posar dreta d'un salt.— Vinga, som-hi.

Richard encara vacil·lava.

—Jo no puc treballar com un home normal —va dir—. Sóc el fill d'un comte.

—Ja no ho ets—va replicar Aliena sense embuts—. Ja has sentit el que ha dit el carceller. Val més que t'acostumis a la idea que ara ets igual que tothom.

Richard es va posar de mal humor i no va contestar.

—Bé, jo me'n vaig —va dir Aliena—. Si vols, queda't aquí.

Se'n va apartar i va prendre el camí de la porta oest. Coneixia els canvis d'humor del seu germà i mai no duraven gaire. Tal com s'imaginava, la va atrapar abans que arribés a la ciutat.

—No t'enfadis, Allie —li va dir—. Treballaré. En realitat sóc molt fort... Seré un jornaler molt bo.

Aliena va somriure.

—Estic segura que ho seràs.

No era veritat, però no valia la pena desenganyar-lo.

Van baixar pel carrer major. Aliena recordava que Winchester estava traçada i dividida d'una manera molt lògica. La part sud, a la seva dreta, estava dividida en tres parts. Primer hi havia el castell, llavors un barri de cases luxoses i després el recinte de la catedral i el palau del bisbe, al cantó sud-est. La meitat nord, que tenia a l'esquerra, també estava dividida en tres parts: el barri dels jueus, la part central, que era on hi havia les botigues, i els tallers dels artesans, a la banda nord-est.

Van baixar pel carrer major i es van dirigir cap a l'extrem est de la ciutat. Llavors van girar a l'esquerra i van entrar en un carrer pel qual corria un rierol. En un dels costats hi havia cases normals, de fusta, i algunes parcialment construïdes de pedra. A l'altre costat del carrer hi havia una sèrie d'edificacions improvisades, sense ordre ni concert, moltes de les quals només tenien una teulada apuntalada per estaques i feia la sensació que caurien d'un moment a l'altre. En alguns casos, un pont petit o simplement uns taulons conduïen a l'altra banda del rierol o, a vegades, a l'edifici. En cadascun d'aquests, i també en la majoria de patis, s'hi veien homes i dones enfeinats en tasques que requerien grans quantitats d'aigua, com rentar la llana, adobar pells, batanar i tenyir teixits, elaborar cervesa i altres operacions que Aliena no va saber identificar. Va percebre tota una varietat d'olors, acres i de llevat, sulfurosos i fumats, de fusta i de podrit. Tothom semblava estar d'allò més enfeinat. Evidentment els camperols també tenien molta feina, i molt dura, però sempre la feien a un ritme tranquil i disposaven de temps per aturar-se si alguna cosa els cridava l'atenció o algú els passava a prop. Als tallers, la gent mai no aixecava la vista de la feina. Semblava com si el treball els absorbís totes les energies. Es movien amb rapidesa, transportant sacs i portant galledes d'aigua o batent pells i teixits. Mentre els observava com s'ocupaven de les seves feines estranyes en la penombra de les barraques desmanegades, Aliena no podia evitar de pensar en els dimonis remenant el contingut de les calderes a les imatges que tenia de l'infern.

Es va aturar davant d'un lloc on batanaven teixits, una cosa que ja havia vist fer altres vegades. Una dona musculosa treia aigua del rierol i l'abocava a l'interior d'un gran forat de pedra recobert de plom, aturant-se de tant en tant per afegir-hi una mesura de terra de batanar que treia d'un sac. Dos homes donaven cops al teixit que era al forat amb unes grans pales de fusta. Amb aquell procés s'aconseguia que el teixit s'encongís i es fes més gruixut, i amb això esdevenia més impermeable a l'aigua. La terra extreia per lixiviació els olis de la llana. A la part de darrere dels locals hi havia emmagatzemades bales de teixit sense tractar i sacs de terra de batanar.

Aliena va travessar el rierol i es va acostar a la gent que treballava al costat del forat. La van esguardar i van seguir amb la seva feina. Al voltant dels treballadors, el terra estava mullat i Aliena es va fixar que treballaven descalços.

—¿És aquí el mestre? —els va preguntar en veu alta quan va ser conscient que no aturarien la feina per saber què volia.

La dona es va limitar a assenyalar amb el cap la part del darrere de la barraca.

Aliena va fer un senyal a Richard perquè la seguís. Van entrar i es van trobar en un pati on s'eixugaven grans quantitats de tela en uns bastidors de fusta.

Va veure un home inclinat sobre un bastidor, col·locant-hi un teixit.

—Busco el mestre —va dir Aliena.

L'home es va redreçar i la va mirar de fit a fit. Era lleig, borni i una mica geperut, com si de resultes d'haver estat tants anys inclinat a sobre els bastidors ja no es pogués redreçar del tot.

—¿De què es tracta?

—¿Ets el mestre batanador?

—He treballat a l'ofici gairebé quaranta anys, de jove i de gran, de manera que espero arribar a mestre algun dia —va respondre—. ¿Què vols?

Aliena es va adonar que estava tractant amb la mena d'home que sempre vol demostrar que és molt llest.

—El meu germà i jo voldríem treballar. ¿Ens podries donar feina? —va demanar, adoptant un to d'humilitat.

Es va fer un silenci mentre l'home la mirava de dalt a baix.

—Verge Santa! I, ¿què faríeu?

—Qualsevol cosa. Ens calen diners —va assegurar-li Aliena.

—No em serviu —va dir l'home amb desdeny, i es va girar per seguir amb la seva feina.

Aliena no es conformava amb allò.

—¿Per què no? —va replicar, enfadada—. No li estem demanant diners, sinó una feina amb què guanyar-los.

L'home es va tornar a girar.

—Si us plau! —va suplicar Aliena, tot i que detestava fer-ho.

L'home la va mirar impacient, com hauria pogut mirar un gos, mentre es preguntava si valia la pena fer l'esforç de donar-li una puntada de peu, però la noia va comprendre que estava temptat a demostrar-li que ella era molt beneita i ell molt llest.

—Molt bé —va dir el mestre amb un sospir—. T'ho explicaré. Veniu.

Els va conduir fins al forat. Els homes i la dona anaven enrotllant la peça de tela a mesura que la treien de l'aigua. El mestre es va dirigir a la dona.

—Vine aquí, Lizzie. Ensenya'ns les mans.

La dona es va acostar, obedient, i va allargar les mans. Eren aspres, vermelles i les tenia clivellades.

—Toca-les —va dir el mestre a Aliena.

La noia va tocar les mans de la dona. Estaven gelades i eren molt aspres, però el que era més remarcable era que semblaven molt fortes. Es va mirar les seves sense deixar anar les de la dona i de sobte les va trobar suaus, blanques i molt petites.

—Ha tingut les mans ficades a l'aigua d'ençà que era poc més que una nena, i hi està acostumada. Tu ets diferent. En aquesta feina no duraries ni una setmana.

Aliena hauria volgut discutir-l'hi i dir-li que s'hi acostumaria, però no n'estava gens segura. Abans no va poder dir res, va intervenir Richard.

—¿I què passa amb mi? —va dir—. Sóc més alt i fort que els homes que piquen amb les pales de batanar. —Aliena va recordar que havia pogut dominar un cavall de guerra i que, per tant, podria batanar.

Els dos homes havien acabat d'enrotllar la tela mullada i un d'ells es va carregar el rotlle a l'espatlla per dur-lo al pati perquè s'eixugués. El mestre el va aturar.

—Deixa que el xicot sospesi la tela, Harry.

L'home anomenat Harry va descarregar la tela sobre l'espatlla de Richard. Aquest es va doblegar sota el pes, es va redreçar amb un gran esforç, va empal·lidir, i finalment va caure de genolls a terra i el rotlle va rodolar davant seu.

—No el puc portar —va dir, sense alè.

Els homes es van posar a riure. El mestre gaudia el seu triomf i Harry va agafar el rotlle, se'l va posar a les espatlles amb un gest expert i es va allunyar amb el pes a sobre.

—Quan s'ha de treballar, s'adquireix una mena de fortalesa diferent —va assenyalar el mestre.

Aliena estava enfadada. S'estaven burlant d'ella, quan tot el que volia era trobar una manera honesta de guanyar-se un penic. Sabia que el mestre s'ho estava passant la mar de bé, deixant-la com una beneita. I ho seguiria fent mentre ella ho permetés, però mai no els donaria feina.

—Gràcies per ser tan amable —li va dir, sarcàstica, i va fer mitja volta i se'n va anar.

Richard estava trasbalsat.

—Pesava molt més perquè estava xopa! —va dir—. Jo no m'ho esperava.

Aliena va adonar-se que s'havia de mostrar optimista per aixecar els ànims del seu germà.

—Hi ha altres feines —va dir mentre caminava xipollejant pel carrer enfangat.

—¿Què més podem fer?

Aliena no va contestar de seguida. Van arribar al mur nord de la ciutat i van girar a l'esquerra, cap a l'oest. Allí, adossades a la muralla, hi havia les cases més humils. Moltes només eren cabanes, i com que no tenien pati al darrere, el carrer estava molt brut.

—¿Recordes que les mosses acudien de vegades al castell, quan ja no tenien lloc a casa seva i encara no tenien marit? El pare sempre les admetia. Els donàvem feina a la cuina, a la bugaderia o als estables, i el pare els donava un penic els dies de festa.

—¿Creus que podríem viure al castell de Winchester? —va preguntar Richard, dubtant.

—No. Mentre el rei no hi sigui no admetran ningú, ja deuen tenir gent de sobres, però hi ha moltes persones riques a la ciutat. Pot ser que necessitin servents.

—No és feina d'homes.

Aliena va tenir ganes de dir-li: «¿Per què no penses tu alguna cosa de tant en tant en lloc de posar pegues a tot el que dic jo?», però es va mossegar la llengua.

—Només caldrà que un de nosaltres treballi el temps que calgui per obtenir un penic. Llavors podrem anar a veure el pare i preguntar-li què hem de fer —es va limitar a dir.

—D'acord.

Richard no s'oposava a la idea que treballés un dels dos, sobretot si era Aliena qui ho feia.

Van girar a l'esquerra i van entrar al call. Aliena es va aturar davant d'una casa molt gran.

—Aquí deuen tenir servents.

Richard es va escandalitzar.

—No demanaràs feina als jueus, ¿oi que no?

—¿Per què no? No m'encomanaré l'heretgia com qui s'encomana polls.

Richard va arronsar les espatlles i la va seguir a l'interior d'aquella residència.

Era una casa de pedra que, com gairebé totes les de Winchester, era llarga i estreta. L'entrada tenia l'amplada de la casa. Hi havia foc a la llar, i uns bancs per seure. Amb l'olor que arribava de la cuina, a Aliena li va venir aigua a la boca, però era una olor diferent a la que estava acostumada, com si cuinessin amb unes altres espècies. Va aparèixer una noia i els va saludar. Tenia la pell morena, els ulls castanys i els va parlar amb respecte.

—¿Volíeu veure l'orfebre?

Així que eren a ca l'orfebre.

—Sí, si us plau.

La noia va tornar a desaparèixer i Aliena va mirar al seu voltant. Evidentment, un orfebre necessitava una casa de pedra per protegir l'or. La porta entre la sala i la part de darrere era feta de petites plaques de roure unides amb làmines de ferro. Les finestres eren massa estretes perquè ningú no hi pogués passar, ni tan sols un nen. Aliena va pensar que havia de ser terrible que a algú li robessin totes les riqueses en or i plata i que es quedés a la misèria en un no-res. Llavors va pensar que el seu pare havia estat ric, i que en un dia ho havia perdut tot.

Es va presentar l'orfebre. Era un home petit i moreno, i els va dirigir una mirada escrutadora, com si examinés una joia petita i en calculés el valor. Al cap d'un moment, va semblar que se n'havia fet una idea.

—¿Teniu alguna cosa que vulgueu vendre?

—L'heu encertada, orfebre —va respondre Aliena—. Heu endevinat que som persones d'alt llinatge que en aquests moments ens trobem a la ruïna. Però no tenim res per vendre.

L'home va semblar preocupat.

—Si voleu demanar un préstec, em temo molt que...

—No esperem que ningú ens faci un préstec —el va interrompre Aliena—. No tenim res per vendre ni tampoc volem empenyorar res.

L'home va sembla alleujat.

—Llavors, ¿com us puc ajudar?

—¿M'admetríeu com a serventa?

L'home es va quedar astorat.

—¿Una cristiana? És clar que no!

Era evident que la idea l'horroritzava.

Aliena es va sentir decebuda.

—¿Per què no? —va preguntar en un to de llàstima.

—No donaria resultat.

Aliena es va sentir ofesa. Era repugnant que algú trobés la seva religió indesitjable. Va recordar la frase intel·ligent que feia una estona havia etzibat a Richard.

—No s'encomana la religió de la gent com qui s'encomana polls —va dir.

—La gent de la ciutat hi podria posar objeccions —va afegir l'orfebre.

Aliena estava segura que l'home feia servir les convencions d'excusa, però potser el que deia era veritat.

—Suposo que llavors serà millor que busquem un cristià ric.

—Val la pena que ho intenteu —va dir l'orfebre, dubtós—. Però permeteu-me que us sigui franc. Un home prudent no us donaria feina com a serventa. Esteu acostumada a donar ordres i us resultaria molt difícil haver-les de rebre.

Aliena va obrir la boca per protestar, però l'home va alçar la mà i va continuar.

—Sí, ja sé que teniu bona voluntat, però durant tota la vostra vida us han servit els altres i fins i tot ara esteu convençuda en el més profund del cor que les coses s'haurien d'arranjar per plaure-us. Les persones d'alt llinatge no són bones a l'hora de servir. Són desobedients, ressentides, irreflexives i susceptibles. Es pensen que treballen de valent quan no ho fan i creen problemes amb la resta del servei. —Va arronsar les espatlles.— Aquesta és l'experiència que jo en tinc.

Aliena va oblidar que s'havia sentit ofesa pel rebuig que havia expressat envers la seva religió. Era la primera persona amable que es trobava d'ençà que havia abandonat el castell.

—Però, ¿què podem fer? —va preguntar, desanimada.

—Jo només us puc dir el que faria un jueu. Primer buscaria

alguna cosa per vendre. Quan vaig arribar a aquesta ciutat vaig començar comprant joies a persones que necessitaven diners, i llavors fonia la plata i la venia als encunyadors.

—Però, ¿d'on vàreu treure els diners per comprar les joies?

—Vaig demanar un préstec al meu oncle, i haig de dir que el vaig pagar amb interessos.

—Però a nosaltres ningú no ens farà cap préstec.

L'home es va quedar pensatiu.

—¿Què hauria fet jo si no hagués tingut oncle? Crec que hauria anat al bosc a recollir nous, llavors les hauria portat a la ciutat i les hauria venudes a les mestresses de casa que no tenen temps d'anar al bosc ni de plantar arbres als patis de casa perquè els tenen plens d'escombraries.

—En aquesta època de l'any no hi ha nous —va al·legar Aliena.

L'orfebre va somriure.

—El jovent sempre és impacient —va dir—. Espereu una mica.

—Molt bé. —Aliena va pensar que no valia la pena parlar-li del seu pare. L'orfebre havia fet tot el que podia per ser amable.— Gràcies pel vostre consell.

—Que us vagi bé.

L'orfebre se'n va anar i va tancar la porta de fusta massissa.

Aliena i Richard van sortir de la casa. Aquell home s'havia mostrat amable, però, malgrat tot, havien perdut la meitat del dia i els havien rebutjat a tot arreu. Aliena estava abatuda. Sense saber què fer van vagarejar pel call i van tornar a anar a parar al carrer major. Aliena començava a tenir gana. Era l'hora de dinar i sabia que si ella tenia gana, Richard devia estar mort de fam. Van caminar sense rumb al llarg del carrer, envejant les rates ben alimentades que pul·lulaven entre les escombraries, fins que van arribar al palau reial. Allí es van aturar, igual que ho feien tots els forasters, per veure els encunyadors de monedes a través dels barrots. Aliena es va quedar mirant les piles de monedes de plata, pensant que ella només en necessitava una i no la podia aconseguir.

Al cap d'una estona va veure una noia, que devia tenir la mateixa edat que ella, que estava dreta a prop d'ells i somreia a Richard. Semblava simpàtica. Aliena va dubtar, la va veure que somreia de nou i li va parlar.

—¿Vius aquí?

—Sí —va respondre la noia. Estava interessada en Richard, no en ella.

—El nostre pare és a la presó i estem intentant guanyar-nos la vida i obtenir uns quants diners per subornar el carceller. ¿Saps què podríem fer?

La noia es va girar per mirar Aliena.

—¿No teniu diners i voleu saber com aconseguir-ne?

—Això mateix. Estem disposats a treballar de valent. Farem qualsevol cosa. ¿Tens cap idea?

—Sí, és clar. Conec algú que us podria ajudar.

Aliena estava emocionada. Era la primera persona que els deia «sí» en tot el dia.

—¿Quan el podrem veure? —va preguntar, neguitosa.

—Veure-la.

—¿Com?

—És una dona. I si véns amb mi, és probable que la puguis veure ara mateix.

Aliena i Richard es van mirar feliços. Aliena no gosava creure que se li havia girat la sort.

La noia va fer mitja volta i ells la van seguir. Els va conduir fins a una gran casa de fusta a la part sud del carrer major. Era una planta baixa, però tenia un pis petit al damunt. La noia va començar a pujar per una escala exterior i els va fer un senyal perquè la seguissin.

El pis de dalt era un dormitori. Aliena va mirar al voltant amb els ulls molt oberts. Estava decorat i moblat amb més luxe que qualsevol de les habitacions del castell, fins i tot quan vivia la seva mare. De les parets penjaven tapissos, el terra estava cobert de pells i el llit, envoltat d'un dosser brodat. En una butaca que semblava un tron hi havia una dona de mitjana edat amb un vestit magnífic. A Aliena li va semblar que de jove devia haver estat bella, però ara tenia el rostre arrugat i els cabells esclarissats.

—Aquesta és la senyora Kate —la va presentar la noia—. Aquesta noia no té diners i el seu pare és a la presó, Kate.

Kate va somriure. Aliena li va tornar el somrís, però s'hi va haver d'esforçar. Hi havia alguna cosa en aquella dona que la disgustava.

—Porta el noi a la cuina i dóna-li un vas de cervesa mentre xerrem.

La noia va fer sortir Richard. Aliena va estar contenta que donessin cervesa a Richard. Potser també li donarien alguna cosa per menjar.

—¿Com te dius? —li va preguntar Kate.

—Aliena.

—No és un nom gaire corrent, però m'agrada. —Es va posar dreta i se li va acostar, gairebé una mica massa. Li va agafar la barbeta i va afegir:— Tens una cara molt bonica. —L'alè li pudia a vi.— Treu-te la capa.

Aliena estava desconcertada davant d'aquella inspecció, però s'hi va sotmetre. Allò semblava inofensiu i després de totes les negatives d'aquell matí no estava disposada a llançar per la borda la seva primera oportunitat real per manca de cooperació. Es va desprendre de la capa amb un moviment d'espatlles, i la va deixar caure sobre un banc de fusta. Es va quedar allà dreta, amb el vestit vell de lli que li havia regalat la dona del guardabosc.

Kate va caminar girant al voltant seu. Semblava impressionada.

—Estimada noia, mai més no et faltaran ni els diners ni cap altra cosa. Si treballes per mi, ens farem riques totes dues.

Aliena va arrufar les celles. Allò no tenia ni solta ni volta. El que ella volia era ajudar a la bugaderia, a la cuina i al cosidor, i no entenia com fent una d'aquelles coses podia fer ric algú.

—¿De quina feina m'estàs parlant? —va preguntar.

Tenia Kate al darrere. La dona li va posar les mans als malucs, i se li va acostar tant que Aliena li podia sentir els pits a l'esquena.

—Tens una figura molt bonica —li va dir—. I el teu cutis és una meravella. Ets d'alt llinatge, ¿oi?

—El meu pare era el comte de Shiring.

—Bartholomew! Vaja, vaja... El recordo... No era client meu, perquè era un home molt virtuós. Bé, ja entenc per què esteu a la ruïna.

Així que Kate tenia clients.

—¿Què vens? —va preguntar Aliena.

Kate no li va contestar directament. Se li va tornar a posar de cara i la va mirar als ulls.

—¿Ets verge, noia?

Aliena es va ruboritzar de vergonya.

—No siguis tímida —li va dir Kate—. Ja veig que no. Bé, és igual. Les verges es cotitzen molt, però això, és clar, no dura. —Li va posar les mans als malucs i, inclinant-se, la va besar al front.— Ets voluptuosa encara que no ho sàpigues. Valga'm Déu, ets irresistible! —Va fer lliscar una mà des del maluc fins al pit d'Aliena i l'hi va agafar suaument, sospesant-lo i prement-lo lleugerament. Llavors, inclinant-se més, va besar Aliena als llavis.

De cop i volta, Aliena ho va veure tot clar. Va comprendre per què la noia havia somrigut a Richard davant de la casa de la moneda, d'on treia els diners Kate, i quina mena de dona era. Se sentia com una ximpleta per no haver-ho copsat abans. Va deixar que Kate la besés un moment. Era tan diferent del que li havia fet William Hamleigh que no li va fer gens de fàstic, però no era allò el que faria per guanyar diners. Es va apartar de Kate.

—Em vols convertir en una prostituta —va dir.

—Una dama de plaer, estimada —la va corregir Kate—. Llevar-te tard, portar cada dia vestits magnífics, fer feliços els homes i fer-te rica. Series una de les millors. Tens alguna cosa especial... Podries cobrar qualsevol cosa, el que volguessis. Creu-me, ho sé.

Aliena es va estremir. Al castell sempre hi havia hagut una o dues prostitutes. En un lloc on es reunien tants homes sense les seves dones calia que n'hi hagués, però sempre les havia considerades les dones més baixes, fins i tot per sota de les escombriaires. Però no era la baixa condició el que la feia estremir de repugnància, sinó la idea que homes com William Hamleigh la posseïssin per un penic. Aquella idea li va portar de nou al cap el record horrible d'aquell cos enorme cobrint-la mentre ella jeia a terra amb les cames obertes, tremolant de terror i de fàstic, esperant que la penetrés. L'escena li va sorgir al davant amb un horror renovat i li va fer perdre l'aplom i la confiança. Tenia la sensació que si es quedava en aquella casa un moment més, tot allò es tornaria a repetir. Un desig irrefrenable de sortir d'allà la va envair. Va recular fins a la porta. L'atemoria ofendre Kate. L'atemoria que algú s'enrabiés amb ella.

—Perdona'm, si us plau, però en realitat no ho puc fer, no puc...

—Pensa-t'ho —li va dir Kate alegrement—. Torna si canvies d'opinió. Encara seré aquí.

—Gràcies —va dir Aliena, dubtosa.

Finalment va trobar la porta. S'hi va esmunyir així que va obrir-ne un escletxa. Encara trasbalsada, va baixar les escales corrents fins al carrer i es va dirigir a la porta principal de la casa. La va obrir d'una empenta, però va tenir por d'entrar-hi.

—Richard! Surt! —No hi va haver resposta. A l'interior hi havia una llum tènue i només podia entreveure unes vagues figures femenines.— ¿On ets, Richard? —va cridar, histèrica.

Es va adonar que els vianants es giraven per mirar-la, i allò encara la va fer posar més nerviosa. De sobte Richard va aparèixer amb un got de cervesa en una mà i una cuixa de pollastre a l'altra.

—¿Què passa? —li va dir amb la boca plena. Pel to de la veu, Aliena va notar que l'empipava que l'interrompés.

Aliena el va agafar pel braç i el va tibar enfora.

—Surt d'aquí —va cridar—. És un bordell!

Uns quants vianants van esclafir a riure quan ho van sentir i un o dos van fer uns comentaris burletes.

—Potser t'haurien donat una mica de carn —li va retreure Richard.

—Volien que em convertís en una prostituta! —va exclamar Aliena enfurismada.

—Vinga, vinga —va dir Richard. Va acabar-se la cervesa, va deixar el got al costat de la porta i es va ficar la cuixa de pollastre dins de la camisa.

—Anem-nos-en —el va apressar Aliena, encara que, altre cop, la necessitat d'ocupar-se del seu germà tenia la virtut de calmar-la. La idea que algú volgués convertir la seva germana en una prostituta va deixar Richard indiferent. El que el noi sens dubte lamentava era abandonar una casa on li donaven pollastre i cervesa només que ho demanés.

La majoria dels vianants van tornar a fer via un cop es va acabar l'espectacle, però n'hi va haver un que s'hi va quedar. Era la dona ben vestida que havien vist a la presó. Li havia donat un penic al carceller i ell se li havia adreçat dient-li Meg. Esguardava Aliena amb una expressió de curiositat barrejada amb compassió. A la noia començava a molestar-li que la gent la mirés d'aquella manera, i va apartar la vista, empipada. Llavors la dona se li va adreçar.

—Teniu problemes, ¿oi?

El to amable de Meg va fer que Aliena es girés.

—Sí —va contestar després d'un silenci—. Tenim problemes.

—Us he vist a la presó. El meu marit hi està tancat. El visito cada dia. ¿Per què hi heu anat, vosaltres?

—El nostre pare està empresonat.

—Però no ens l'han deixat veure.

—No tenim diners per donar al carceller.

Meg va mirar per damunt de l'espatlla d'Aliena el prostíbul.

—¿És això el que hi feu aquí, intentar aconseguir diners?

—Sí, però no sabia què era aquesta casa fins que...

—Pobreta —es va compadir Meg—. La meva Annie tindria la teva edat si visqués... ¿Per què no veniu amb mi demà al matí a la presó i entre tots veurem si podem convèncer Odo que es comporti com un cristià i tingui pietat de dos nois desemparats?

—Seria fantàstic! —va exclamar Aliena. Estava commoguda. No hi havia garantia d'èxit, però el fet que algú estigués disposat a ajudar-los va fer que se li neguessin els ulls de llàgrimes.

Meg la seguia mirant de fit a fit.

—¿Heu sopat?

—No. A Richard li han donat alguna cosa..., en aquest lloc.

—Val més que vingueu a casa meva. Us donaré pa i carn. —Va observar l'expressió de reticència d'Aliena.— I no haureu de fer res a canvi.

Aliena la va creure.

—Gràcies. Ets molt amable. No hem trobat gaire gent amable. No sé com donar-te les gràcies.

—No cal —va dir Meg—. Veniu amb mi.

El marit de Meg era comerciant de llana. Tant a casa seva, a la part sud de la ciutat, com a la seva parada els dies de mercat, i a la fira anual que se celebrava a St. Gile's Hill, comprava els vellons que li portaven els camperols de la contrada. Els posava en grans sacs, cadascun dels quals contenia els vellons de duescentes quaranta ovelles, i els emmagatzemava al graner que tenia darrere casa seva. Un cop a l'any, quan els teixidors flamencs enviaven els seus agents per comprar la llana anglesa, que tenia fama de ser molt resistent i suau, el marit de Meg els venia els sacs i s'encarregava que els embarquessin via Dover i Boulogne amb destinació a Bruges i Gant. En aquestes ciutats, transformaven els vellons en un teixit de la més alta qualitat i el venien per tot el món a uns preus massa elevats per als camperols que havien criat les ovelles. Així ho va explicar Meg a Aliena i Richard mentre sopaven, amb un somriure càlid que volia dir que en cap cas no estava justificat que la gent fos desagradable.

El seu marit havia estat acusat d'estafar en el pes de la llana que venia, la qual cosa era un delicte molt castigat en aquella ciutat, perquè la seva prosperitat es basava en l'excel·lent reputació dels seus comerciants. Jutjant per com Meg ho havia contat a Aliena, aquesta va sospitar que segurament l'home era culpable. Tanmateix, allò no havia perjudicat la marxa del negoci. Meg va ocupar el lloc d'ell. D'altra banda, com que a l'hivern no hi havia gaire feina, Meg havia fet un viatge a Flandes per assegurar a tots els agents que compraven al seu marit que el negoci seguia funcionant com de costum. També es va cuidar de reparar i ampliar el graner. Quan els camperols començaven a esquilar comprava com havia fet el seu marit. Sabia com avaluar la qualitat de la llana i fixar-ne el preu. Ja havia estat admesa en el gremi dels comerciants de la ciutat, a pesar de la taca en la reputació del seu marit, perquè hi havia la tradició entre els comerciants d'ajudar les famílies del gremi en els moments difícils i, d'altra banda, la culpabilitat del marit encara no s'havia demostrat.

Richard i Aliena van devorar el menjar, van beure vi i es van asseure a la vora del foc fins que es va fer fosc. Llavors se'n van anar de nou al priorat a dormir. Aliena va tornar a tenir un malson. Aquesta vegada va somiar el seu pare. Al somni, seia en un tron, a la presó, tan alt, tan pàl·lid i tan autoritari com sempre, i quan el va anar a veure va haver de fer una reverència davant d'ell, com si fos un rei. Llavors es va dirigir a ella en un to acusador i li va retreure que l'havia abandonat a la presó i que se n'havia anat a viure a un prostíbul. Aliena es va ofendre per aquella acusació tan injusta i va replicar, enrabiada, que era ell qui l'havia abandonada a ella. Es disposava a afegir que l'havia deixat a les mans de William Hamleigh, però no va gosar confessar-li el que William li havia fet. Llavors va descobrir que William també era a l'habitació, assegut sobre un llit, menjant cireres d'un bol. Va escopir un pinyol en direcció on era ella, que li va tocar la galta i li va fer mal. El seu pare va somriure i llavors William va començar a llançar a la noia cireres madures, que li van tacar la cara i el vestit, de manera que semblaven taques de sang.

Al somni va sentir una tristor tan insuportable que, quan es va despertar i va descobrir que tot allò no era de debò, la va envair una gran sensació d'alleujament, tot i que pensava que la realitat, sense casa i sense diners, era molt pitjor que ser apedregada amb cireres madures.

La llum de l'alba es filtrava per les escletxes de les parets de la casa d'hostes. Tothom s'anava despertant i es començava a posar en moviment. Aviat arribarien els monjos, obririen les portes, pujarien les persianes i cridarien els hostes a esmorzar.

Aliena i Richard van menjar de pressa i després es van dirigir a casa de Meg, que ja estava a punt de sortir. Al seu marit, li havia preparat un estofat de carn de bou per dinar i Aliena va manar a Richard que portés l'olla. Aliena hauria desitjat tenir alguna cosa per donar al seu pare. No hi havia pensat, però encara que ho hagués fet no hauria pogut comprar res. Era terrible pensar que no podien fer res per ell.

Van pujar pel carrer major, van entrar al castell per la porta de darrere i llavors, deixant enrere la torre de l'homenatge, van baixar fins a la presó. Aliena recordava que quan el dia abans havia preguntat a Odo si el seu pare estava bé, el carceller li havia contestat: «No, no està bé. S'està morint.» Aliena va pensar que havia exagerat per crueltat, però en aquells moments es va començar a preocupar.

—¿Li passa res, al meu pare? —va preguntar a Meg.

—No ho sé —va contestar la dona—. No l'he vist mai.

—El carceller va dir que s'estava morint.

—És un home molt mesquí. Potser ho va dir per fer-te sentir desgraciada. En tot cas, ho sabràs de seguida.

Aliena no es va tranquil·litzar, tot i les bones intencions de Meg, i mentre entraven en l'ambient sòrdid i de males olors de la presó, la turmentava la inquietud.

Odo s'estava escalfant les mans al foc que hi havia al mig de l'habitació. Va saludar Meg amb el cap i va mirar Aliena.

—¿Tens els diners? —li va preguntar.

—Jo pagaré per ells —va intervenir Meg—. Aquí tens dos penics, un per mi i l'altre per ells.

Odo va fer cara de murri.

—Per ells són dos penics... Un per cada un —va dir.

—No siguis tan astut —li va etzibar Meg—. Els deixaràs entrar a tots dos o et buscaré problemes al gremi de comerciants i et quedaràs sense feina.

—Molt bé, molt bé. No cal que m'amenaceu —va dir de mal humor. Va assenyalar un arc en el mur de pedra, a la seva dreta—. Bartholomew està per allà.

—Necessitareu llum —va dir Meg. De la butxaca de la capa

va treure dues espelmes, les va encendre al foc i en va allargar una a Aliena. Llavors es va dirigir ràpidament a l'arc de l'altre costat.

—Gràcies pel penic —li va dir Aliena, però Meg ja havia desaparegut entre les ombres.

Aliena va mirar esporuguida cap on Odo li havia indicat. Amb l'espelma enlaire va travessar l'arcada i es va trobar en un petit vestíbul quadrat. A la llum de l'espelma va poder veure tres portes pesants, totes tres tancades amb barres des de l'exterior.

—La porta de davant! —els va cridar Odo.

—Aixeca la barra, Richard —li va indicar Aliena.

Richard va treure la feixuga barra de fusta de les abraçadores i la va deixar repenjada a la paret. Aliena va obrir la porta al mateix temps que enviava al cel una pregària ràpida i silenciosa.

Tret de la llum de l'espelma, la cel·la estava completament a les fosques. Al llindar, va dubtar mentre mirava entre les ombres oscil·lants. El lloc feia pudor de latrina.

—¿Qui és? —va preguntar una veu.

—¿Pare? —va dir Aliena, que va endevinar una figura fosca que seia al terra cobert de palla.

—¿Aliena? —La veu semblava incrèdula.— ¿Ets Aliena? —Semblava la veu del pare, però més vella.

Aliena es va acostar, mantenint l'espelma enlaire. Quan el seu pare la va mirar, la llum de l'espelma li va il·luminar la cara de ple. Aliena va llançar una exclamació d'horror.

Gairebé no el reconeixia.

Sempre havia estat un home prim, però en aquells moments semblava un esquelet. Estava molt brut i anava vestit amb parracs.

—Aliena! —va exclamar—. Ets tu! —Un somriure, que més aviat semblava una ganyota, li va contraure la cara.

La noia es va posar a plorar. Ningú l'havia preparada per a la commoció que patia en veure el seu pare convertit en allò. A l'instant va comprendre que s'estava morint. El detestable Odo havia dit la veritat. Però encara era viu, encara patia, i malgrat el sofriment estava content de veure-la. Aliena havia decidit conservar la calma, però en aquell moment va perdre els nervis, va caure de genolls davant del seu pare i es va posar a plorar desconsoladament.

Bartholomew es va inclinar, la va abraçar i li va donar uns copets a l'esquena com si estigués consolant una criatura per una ferida al genoll o una joguina trencada.

—No ploris —li va dir amb afecte—. Sobretot ara que acabes de fer del teu pare un home feliç.

Aliena va sentir que li prenien l'espelma de la mà.

—¿I aquest jove tan alt és el meu Richard? —va preguntar Bartholomew.

—Sí, pare —va barbotejar el noi.

Aliena va abraçar el seu pare, i li va notar tots els ossos. S'estava extingint, no li quedava carn a sota la pell. Li volia dir alguna cosa, algunes paraules d'afecte o de consol, però no podia parar de sanglotar.

—Caram, com has crescut, Richard! —li deia el seu pare—. ¿Ja t'ha crescut la barba?

—Està despuntant, pare, però és rossa.

Aliena es va adonar que Richard estava a punt de posar-se a plorar i que lluitava per mantenir la calma. S'hauria sentit humiliat d'enfonsar-se davant del seu pare, i aquest segurament li hauria dit que es dominés i que fos un home, la qual cosa encara hauria estat pitjor. Preocupada per Richard, va deixar de plorar. Va aconseguir dominar-se amb un gran esforç. Va tornar a abraçar el cos horrorosament prim del seu pare i llavors el va deixar, es va eixugar els ulls i es va mocar amb la màniga.

—¿Tots dos esteu bé? —va preguntar Bartholomew amb la veu tremolosa—. ¿Com us les apanyeu? ¿On esteu vivint? No m'han volgut dir res de vosaltres, la qual cosa ha estat la pitjor tortura que haguessin pogut imaginar. Però sembla que esteu bé, i que teniu bona salut. És magnífic!

Quan va parlar de tortura, Aliena es va preguntar si el devien haver sotmès a tortures físiques, però va decidir que seria millor no preguntar-li res. Tenia por del que pogués respondre, i en lloc d'això, va contestar la seva pregunta amb una mentida.

—Estem molt bé, pare. —Sabia que la veritat li hauria resultat insofrible. Li hauria fet malbé aquell moment de felicitat i li hauria enterbolit els darrers dies de vida amb l'agonia del remordiment.— Hem estat vivint al castell i Matthew ha tingut cura de nosaltres.

—Però no podeu continuar vivint a Earlscastle —va dir Bartholomew—. El rei ha fet comte aquell talòs de Percy Hamleigh..., que ara és el senyor del castell.

Així que ja ho sabia.

—Tot va bé —el va tranquil·litzar Aliena—. Ja no hi som.

El seu pare li va tocar el vestit vell de lli que li havia donat la dona del guardabosc.

—¿Què és això? —va preguntar amb incredulitat—. ¿T'has venut els vestits?

Aliena va advertir que era tan perspicaç com sempre. No seria fàcil enganyar-lo. Va decidir dir la veritat, encara que només en part.

—Vam deixar el castell molt de pressa i ens hem quedat sense roba.

—¿On és Matthew? ¿Per què no ha vingut amb vosaltres?

Aliena temia aquella pregunta. Va dubtar.

Va ser una pausa momentània, però el seu pare se'n va adonar.

—Vinga! No intentis amagar-me res! —va exclamar Bartholomew en el seu to autoritari de sempre—. ¿On és Matthew?

—El van matar els Hamleigh, però a Richard i a mi no ens van fer res. —Va contenir la respiració. ¿La creuria?

—Pobre Matthew... —va dir ell amb tristesa—. Mai no va ser un lluitador. Espero que hagi anat directament al cel.

Havia acceptat la seva història. Aliena es va sentir alleujada. Va canviar de conversa, apartant-se d'aquell terreny perillós.

—Vàrem decidir venir a Winchester per demanar al rei que ens assegurés el futur d'alguna manera, però ha...

—No servirà de res —la va interrompre, enèrgic, el seu pare, abans que ella li pogués explicar per què no havien pogut veure el rei—. No us ajudarà en res.

A Aliena li va doldre la contundència del comentari. Havia fet el que havia pogut, ateses les circumstàncies, i hauria volgut que el seu pare li digués: «Ben fet.» Sempre havia estat ràpid a l'hora de corregir i lent a l'hora d'aplaudir, va pensar, i ja hi hauria d'estar acostumada.

—¿Què podem fer ara, pare? —va preguntar, submisa.

Bartholomew va canviar de posició i es va sentir un soroll de metall. Aliena es va adonar, amb un sobresalt, que estava encadenat.

—Vaig tenir l'oportunitat d'ocultar alguns diners. L'ocasió era poc propícia, però ho vaig aconseguir. Tenia cinquanta besants de plata amagats al cinturó, sota la camisa. Vaig donar la meitat del cinturó a un sacerdot.

—Cinquanta! —va exclamar Aliena, sorpresa.

Un besant era una moneda d'or. No s'encunyava a Anglaterra, sinó que venia de Bizanci. Mai no n'havia vist dues de juntes. Un besant valia vint-i-quatre penics de plata, així que cinquanta farien... No s'ho podia imaginar.

—¿A quin sacerdot? —va preguntar Richard, més pràctic.

—Al pare Ralph, de l'església de Sant Miquel, a prop de la porta nord.

—¿És una bona persona? —va preguntar Aliena.

—Espero que sí. De totes maneres, no ho sé. El dia que els Hamleigh em van portar a Winchester, abans de tancar-me aquí, em vaig trobar sol amb el pare Ralph uns moments i vaig saber que seria la meva única oportunitat. Li vaig donar el cinturó i li vaig suplicar que el guardés per a vosaltres. Cinquanta besants tenen el valor de cinc lliures de plata.

Cinc lliures. Quan va ser conscient del que representava aquella quantitat, Aliena va comprendre que aquells diners li transformarien la vida. Sortirien de la misèria i no haurien de viure al dia. Podrien comprar-se pa i un parell de botes per substituir els esclops que li feien mal, i fins i tot un parell de ponis barats, si haguessin de viatjar. No resoldrien tots els problemes que tenien, però almenys podrien treure's del damunt aquella sensació de viure constantment a tocar de la mort. No hauria d'estar pensant contínuament en la manera de sobreviure i podria dedicar-se a fer alguna cosa constructiva, com, per exemple, treure el seu pare d'aquell lloc espantós.

—¿Què hem de fer quan tinguem els diners? Hem d'obtenir la teva llibertat.

—No, jo ja no sortiré d'aquí —va dir ell, molt sec—. Oblideu-vos-en. Si no m'estigués morint, em penjarien.

Aliena va llançar una exclamació ofegada. ¿Com podia parlar d'aquella manera?

—¿De què et sorprens? —va preguntar el seu pare—. El rei s'ha de desfer de mi, i així no pesaré sobre la seva consciència.

—Mentre el rei és fora, aquest lloc no està ben vigilat, pare —va intervenir Richard—. Crec que amb uns quants homes et podríem treure.

Aliena sabia que allò no passaria. A Richard li mancaven l'habilitat i l'experiència que calien per organitzar una fuga, i era massa jove per persuadir homes experimentats que el seguissin. Temia que el seu pare ferís Richard menyspreant la seva proposta.

—No se t'acudeixi ni pensar-ho. Si apareixes aquí, em negaré a marxar —va ser tot el que va dir.

Aliena sabia que era inútil discutir-hi quan havia pres una determinació, però li trencava el cor pensar que el seu pare acabaria els seus dies en aquella presó fastigosa. Tanmateix, se li va acudir que hi havia moltes maneres de fer-li aquella estada més suportable.

—Bé, si t'has de quedar aquí, podem netejar la cel·la i canviar els joncs. Et portarem menjar calent cada dia i també espelmes, i potser podríem manllevar una Bíblia, perquè puguis llegir. Podríem encendre foc...

—Ja n'hi ha prou! —va exclamar Bartholomew—. No fareu res d'això. No permetré que els meus fills malbaratin la seva vida rondant una presó mentre esperen que un vell es mori.

A Aliena se li van omplir els ulls de llàgrimes.

—Però no podem deixar-te així!

El seu pare no li va fer cas, la qual cosa era la seva reacció habitual quan la gent el contradeia.

—La vostra estimada mare tenia una germana, la vostra tia Edith —els va dir—. Viu a Huntleigh, una vila al camí de Gloucester. El seu marit és cavaller. Heu d'anar allà.

A Aliena se li va acudir que encara podrien veure el seu pare de tant en tant, i que potser permetria que aquests parents li procuressin una mica de comoditat. Va intentar recordar la tia Edith i l'oncle Simon. No els havia vist des de la mort de la seva mare. Recordava vagament una dona prima i nerviosa com la seva mare i un home corpulent i trempat que menjava i bevia molt.

—¿Tindran cura de nosaltres? —va preguntar, dubtosa.

—És clar. Són parents vostres.

Aliena es va preguntar si allò seria raó suficient perquè la família modesta d'un cavaller acollís a casa seva dos joves sans i afamats. Però el seu pare els havia dit que tot aniria bé i Aliena hi confiava plenament.

—¿Què farem? —va preguntar.

—Richard serà l'escuder de l'oncle i aprendrà l'art de la cavalleria. Tu seràs la dama d'honor de la tia Edith fins que et casis.

Mentre parlaven, la noia va tenir la sensació que havia fet un llarg camí carregant un fardell molt pesat i que no s'havia adonat que li feia mal l'esquena fins que se'n va haver desempallegat. Ara que el seu pare es feia càrrec de la situació, li semblava que la responsabilitat que havia tingut els darrers dies havia estat massa dura de suportar. I l'autoritat i l'habilitat de Bartholomew per dominar la situació, fins i tot estant malalt i a la presó, la reconfortava, perquè feia que no semblés necessari preocupar-se de ningú.

—Abans que us n'aneu voldria que féssiu un jurament —va dir llavors Bartholomew en un to solemne.

Aliena es va sobresaltar. El seu pare sempre havia estat en contra dels juraments. «Pronunciar un jurament és posar la teva ànima en perill», solia dir. «Mai no pronuncieu un jurament si no us estimeu més morir que trencar-lo.» I es trobava a la presó precisament a causa d'un jurament. Els altres barons no havien complert la seva paraula, però el seu pare hi havia estat fidel. Preferia morir abans que no honorar el jurament.

—Dóna'm la teva espasa —va afegir, dirigint-se a Richard.

El noi va desembeinar l'espasa i l'hi va lliurar.

El pare la va agafar, la va girar i l'hi va allargar per l'empunyadura.

—Agenolla't.

Richard es va agenollar davant del seu pare.

—Posa la mà sobre l'empunyadura —li va ordenar Bartholomew. Va fer una pausa, després de la qual tenia noves forces.— Jura per Déu Totpoderós, per Jesucrist i per tots els sants que no descansaràs fins que siguis comte de Shiring i senyor de totes les terres que jo governava.

Aliena estava sorpresa i enlluernada alhora. Havia esperat que el seu pare els demanés una promesa general, com la de dir sempre la veritat i tenir temor de Déu; però no, encomanava a Richard una tasca molt específica, a la qual potser havia de dedicar tota la vida.

Richard va prendre alè i va parlar amb una veu lleugerament tremolosa.

—Juro per Déu Totpoderós, per Jesucrist i per tots els sants que no descansaré fins a ser comte de Shiring i senyor de totes les terres que tu governaves.

Bartholomew va sospirar com si hagués complert amb un deure onerós. Llavors va tornar a sorprendre Aliena, allargant-li l'empunyadura de l'espasa a ella.

—Jura per Déu Totpoderós i per Jesucrist i per tots els sants que tindràs cura del teu germà Richard fins que hagi complert la seva promesa.

Aliena es va sentir aclaparada. Així que aquell seria el seu destí. Richard venjaria el seu pare i ella tindria cura de Richard. Per a ella també seria una venjança perquè si Richard arribava a ser comte, William Hamleigh perdria la seva herència. Pel seu cap va passar ràpidament la idea que a ningú no se li havia acudit de preguntar-li mai com volia ella que fos la seva vida, però aquell pensament es va esvanir de seguida. Aquest era el seu destí i així era com havia de ser. No és que hi estigués poc disposada, però sabia que aquell era un moment decisiu i tenia la impressió que darrere d'ella s'anaven tancant les portes i que el camí de la seva vida s'anava definint d'una manera inexorable. Va posar la mà sobre l'empunyadura i va fer el jurament. Ella mateixa es va sorprendre de la fortalesa i la resolució de la seva veu.

—Juro per Déu Totpoderós, per Jesucrist i per tots els sants que tindré cura del meu germà Richard fins que hagi complert la seva promesa. —Es va senyar. «He fet un jurament», va pensar, «i moriré abans de no honorar la meva paraula.» Aquella idea li va produir una mena de satisfacció furiosa.

—Que així sia —va dir el seu pare amb una veu que semblava debilitar-se de nou—. I ara, no torneu mai més a aquest lloc.

Aliena no podia creure el que acabava de sentir.

—L'oncle Simon ens pot portar a veure't de tant en tant i ens podrem assegurar que estàs calent i ben alim...

—No —la va interrompre Bartholomew severament—. Teniu una tasca per complir. No malgasteu les vostres forces visitant una presó.

La noia va tornar a sentir a la veu del seu pare aquell to que donava per acabada tota discussió, però li va ser impossible no protestar de nou per la duresa de la seva decisió.

—Llavors, deixa'ns tornar encara que sigui una sola vegada per portar-te algunes coses que et facin estar millor.

—No necessito comoditats.

—Si us plau.

—Mai.

Aliena va desistir. El seu pare sempre havia estat tan dur amb si mateix com amb els altres.

—D'acord —va dir ella, somicant.

—I ara val més que us n'aneu —els va indicar Bartholomew.

—¿Ja?

—Sí, aquest és un lloc de desesperació, corrupció i mort. Ara que ja us he vist, que sé que esteu bé i que m'heu promès de recuperar el que hem perdut, estic content. L'única cosa que destruiria la meva felicitat seria veure-us malgastant el temps visitant una presó. Ara, marxeu.

—No, pare! —va exclamar Aliena, encara que sabia que no serviria de res.

—Escolteu —va dir Bartholomew, i al final la seva veu es va entendrir—. He portat una existència honorable i ara he de morir. He confessat els meus pecats i estic preparat per a l'eternitat. Reseu per la meva ànima. Aneu-vos-en.

Aliena es va inclinar i va besar el front del seu pare.

—Adéu, estimat pare —va mormolar entre llàgrimes. Llavors es va posar dreta.

Richard es va inclinar i, al seu torn, el va besar.

—Adéu, pare —va dir tremolós.

—Que Déu us beneeixi a tos dos i us ajudi a complir els vostres juraments —va dir-los el pare.

Richard li va deixar l'espelma. Es van dirigir a la porta. Al llindar, Aliena es va girar per mirar-lo a la llum oscil·lant de la flama. El seu rostre consumit tenia una expressió de tranquil·la decisió que li era molt familiar. Se'l va mirar fins que les llàgrimes li van enterbolir la visió. Llavors, girant-se, va travessar el vestíbul de la presó i va sortir a l'aire lliure.

III

Richard va passar al davant. Aliena estava ofegada per una pena infinita. Era com si el seu pare ja s'hagués mort, però encara pitjor, perquè seguia patint. Va sentir que Richard preguntava el camí, però no hi va parar atenció. No va pensar on anaven fins que el noi es va aturar davant d'una petita església de fusta al costat de la qual hi havia una barraca. Quan va mirar al voltant, Aliena va advertir que es trobaven en un barri pobre amb cases petites i tronades, i carrers bruts per on els gossos empaitaven les rates entre les escombraries i els nens descalços jugaven al fang.

—Aquesta deu ser l'església de Sant Miquel —va assenyalar Richard.

El sacerdot devia viure a la barraca que hi havia adossada a l'església. La porta estava oberta. Hi van entrar.

Hi havia un foc encès al mig de l'única habitació de la barraca. El mobiliari consistia en una taula matussera, diversos tamborets i un barril de cervesa en un racó. El terra estava cobert de joncs. Prop del foc hi havia un home assegut en una cadira, bevent d'una tassa. Era un home petit i prim d'uns cinquanta anys, amb un nas vermell i cabells grisos. Vestia roba corrent, una samarreta bruta amb una túnica marró i esclops.

—¿Pare Ralph? —va preguntar Richard, dubtós.

—¿I què passa si ho sóc? —va contestar.

Aliena va sospirar. ¿Per què hi havia gent que sempre buscava raons? Però ja no li quedaven forces per enfrontar-se a aquell home malhumorat, de manera que va deixar que Richard s'hi entengués.

—¿Això vol dir que sí? —li va demanar Richard.

—Ralph! ¿Sou aquí? —va cridar una veu des de l'exterior. Un moment després va entrar una dona de mitjana edat i va donar al sacerdot un tros de pa i un bol gros d'alguna cosa que feia olor d'estofat de carn. Aquella vegada a Aliena no li va venir aigua a la boca quan va percebre l'olor de la carn crua. Amb el disgust li havia passat la gana. La dona segurament era una de les parroquianes de Ralph, perquè la roba que duia era de tan mala qualitat com la d'ell. Aquest va agafar-li el bol i es va posar a menjar sense badar boca. La dona va mirar amb curiositat Aliena i Richard, i llavors se'n va anar.

—Bé, pare Ralph, sóc el fill de Bartholomew, l'antic comte de Shiring —va dir Richard.

L'home va deixar de menjar i els va esguardar. El seu gest era hostil i hi havia alguna cosa més que Aliena no podia desxifrar. ¿Por? ¿Culpa? El capellà va tornar-se a centrar en el menjar.

—¿Què voleu de mi? —va barbotejar, però.

Aliena va sentir que l'assaltava el temor.

—Sabeu molt bé el que vull —va respondre Richard—. Els meus diners. Cinquanta besants.

—No sé de què em parles —va objectar Ralph.

Aliena el va mirar amb incredulitat. Era impossible que allò els passés de debò. El seu pare havia lliurat a aquell sacerdot diners per a ells. Els ho havia dit, i el seu pare no s'equivocava en coses com aquesta!

Richard va empal·lidir.

—¿Què voleu dir?—va preguntar.

—Vull dir que no sé de què em parles. I ara fot el camp! —va dir, i va prendre una altra cullerada d'estofat.

Estava clar que l'home mentia, però, ¿què hi podien fer? Richard va insistir.

—El meu pare us va deixar diners..., cinquanta besants. Us va dir que me'ls donéssiu. ¿On són?

—El teu pare no em va donar res.

—Ell ens ha dit que us els havia donat.

—Llavors us ha dit una mentida.

Allò sí que no ho hauria fet mai, el seu pare. Aliena va prendre la paraula per primera vegada.

—Sou un mentider i ho sabem.

Ralph va arronsar les espatlles.

—Aneu a presentar una queixa al xèrif.

—Si hi anem, us ficareu en problemes. En aquesta ciutat els tallen les mans, als lladres.

Una ombra de temor li va travessar la cara, però es va esvair molt de pressa i la seva resposta va ser desafiadora.

—Serà la meva paraula contra la d'un traïdor empresonat, si el vostre pare viu prou temps per tal de prestar declaració.

Aliena va comprendre que tenia raó. No hi havia cap testimoni que pogués afirmar que el seu pare li havia donat els diners, perquè, lògicament, allò havia de ser un secret. Eren uns diners que havia de resguardar per tal que no els hi arrabassessin el rei, Percy Hamleigh o qualsevol de les altres aus rapinyaires que voleiaven al voltant de les possessions d'un home arruïnat. Aliena va comprendre amb amargor que les coses continuaven sent com al bosc. La gent els podia robar amb tota impunitat perquè eren els fills d'un noble caigut en desgràcia. «¿Per què m'espanten aquests homes?», es va preguntar furiosa. «¿Per què no els espanto jo a ells?»

—Té raó, ¿oi? —va dir Richard en veu baixa, mirant-la.

—Sí —va coincidir Aliena, que amb prou feines podia contenir la fúria—. És inútil que ho anem a denunciar al xèrif.

Pensava en l'única vegada que els homes havien tingut por d'ella. Havia estat al bosc, quan va apunyalar aquell proscrit gras i l'altre havia sortit corrents mort de por. Aquell capellà no era millor que el proscrit, però era vell i feble i segurament s'havia pensat que mai no es trobaria cara a cara amb les seves víctimes. Potser li podria donar un bon escarment.

—Doncs, ara, ¿què farem? —va preguntar Richard.

Aliena va cedir a un sobtat impuls colèric.

—Cremar aquesta barraca.

Es va posar al mig de l'habitació i va donar una puntada de peu al foc amb els esclops de fusta, escampant els troncs encesos. Els joncs que hi havia al voltant van començar a cremar ràpidament.

—Apa! —va cridar Ralph.

Es va mig aixecar del seu seient, deixant caure el pa i tirant-se l'estofat a sobre, però abans que es pogués posar dret del tot Aliena se li va llançar al damunt. Havia perdut el control i actuava sense reflexionar. El va empènyer i l'home va caure a terra. Ella estava sorpresa de com n'havia estat, de fàcil, ensorrar-lo. Li va caure al damunt i va recolzar amb força els genolls sobre el pit, impedint-li respirar. Enfellonida de fúria, va acostar la seva cara a la d'ell.

—Faré que cremis fins a morir! Ets un pagà descregut, mentider i lladre!

Ralph va girar el cap i va semblar encara més aterrit. Aliena va veure que Richard havia desembeinat l'espasa i es disposava a travessar el capellà. A aquest, la cara bruta se li va tornar blanca.

—Ets un dimoni... —va murmurar.

—Ets tu qui roba els diners a uns pobres nens. —Aliena va veure una teia encesa de cua d'ull. La va agafar i l'hi va acostar a la cara.

—I ara et cremaré els ulls. Primer, l'esquerre...

—No, si us plau —va suplicar Ralph—. No em feu mal, si us plau. —Aliena es va quedar perplexa davant la rapidesa amb què es va enfonsar. De sobte es va adonar que els joncs del seu voltant cremaven com teies.

—Doncs digue'm on són els diners —va dir amb una veu que de sobte va sonar normal.

El sacerdot seguia aterrit.

—A l'església.

—¿En quin lloc exacte?

—Sota una pedra que hi ha darrere l'altar.

Aliena va mirar el seu germà.

—Vigila'l mentre ho vaig a veure —li va dir—. Si es mou, mata'l.

—La casa cremarà pels quatre costats, Allie —va dir Richard.

Ella es va acostar al racó on hi havia el barril de cervesa i en va aixecar la tapa. Estava mig ple. El va agafar pel caire i el va inclinar. La cervesa es va vessar per terra i va apagar les flames.

Aliena va sortir de la casa. Sabia que havia estat a punt de deixar cec el capellà, però en lloc d'avergonyir-se'n, la sensació del seu propi poder l'enlluernava. Estava fermament decidida a no deixar que la gent fes d'ella una víctima, i s'havia demostrat a ella mateixa que podia mantenir la seva decisió. Es va dirigir a l'església i va provar d'obrir-ne la porta. Estava tancada amb un petit pany. Podria haver tornat a la casa perquè el capellà li donés la clau, però simplement es va treure la daga de la màniga, va ficar la fulla a l'escletxa de la porta i va trencar el pany. La porta es va obrir i Aliena hi va entrar, decidida.

Era una d'aquestes esglésies tan pobres. No hi havia res tret de l'altar, i tampoc no hi havia cap altra decoració a banda d'unes pintures tosques a les parets de fusta enguixades. En un racó oscil·lava la flama d'una única espelma sota l'efígie de fusta que, se suposava, representava el sant patró, sant Miquel. L'èxit d'Aliena va quedar deslluït uns moments quan se li va acudir que cinc lliures eren una temptació terrible per a un home tan pobre com el pare Ralph, però de seguida va apartar aquella idea del seu cap.

El terra era de sorra, però darrere l'altar hi havia una llosa ampla de pedra. Era un amagatall molt evident, tot i que, d'altra banda, era difícil que algú anés a robar en una església tan pobra. Aliena va posar un genoll a terra i va empènyer la llosa. Era molt feixuga i no es va moure ni una polzada. Es va començar a inquietar. No podia confiar que Richard mantingués Ralph a ratlla per un temps indefinit. El sacerdot podia escapar i demanar ajuda, i llavors Aliena hauria de demostrar que els diners eren seus, tot i que aquell seria el problema menys greu, després d'haver atacat un capellà i haver forçat el pany d'una església. Va tenir una esgarrifança quan va ser conscient que estava fora de la llei.

Aquesta esgarrifança li va donar més forces. Amb un impuls poderós va moure la pedra unes quantes polzades. Aquesta tapava un forat d'un peu de profunditat. Va aconseguir enretirar la pedra una mica més. Dins del forat hi havia un cinturó ample de cuir. Aliena hi va ficar la mà i el va treure.

—Ja està! —va dir en veu alta—. Ho he aconseguit.

Sentia una gran satisfacció per haver derrotat aquell capellà deshonest i haver recuperat els diners del seu pare, però de seguida, quan es va posar dreta, es va adonar que la seva victòria havia estat limitada. El pes del cinturó era massa lleuger. El va obrir per l'extrem i va deixar caure les monedes. Només hi havia deu besants, l'equivalent a una lliura de plata.

¿Què havia passat amb la resta? Era evident que el pare Ralph s'ho havia gastat. Aliena es va tornar a enfurismar. Els diners del seu pare eren tot el que tenia al món, i un capellà lladre n'hi havia robat les quatre cinquenes parts. Va sortir de l'església brandant el cinturó. Un cop al carrer, un vianant la va mirar sobresaltat quan es va trobar amb els seus ulls, com si hi hagués alguna cosa molt inquietant. Aliena no li va fer cas i va entrar a la barraca del sacerdot.

Richard estava dret al costat del pare Ralph, amb la punta de l'espasa tocant-li el coll.

—¿On són la resta dels diners del meu pare? —va cridar Aliena des de la porta.

—Han desaparegut —va mormolar el sacerdot.

Aliena se li va agenollar al costat del cap i li va acostar la daga a la cara.

—¿Com han desaparegut?

—M'ho vaig gastar —va confessar el pare Ralph, esparverat.

La noia tenia ganes d'apunyalar-lo o de llançar-lo al riu, però allò no serviria de res. Deia la veritat. Va mirar el barril tombat. Un bevedor podia consumir moltíssima cervesa. Se sentia a punt d'esclatar de frustració.

—Et tallaria una orella si la pogués vendre per un penic —va exclamar. L'home la va mirar amb una cara com si cregués que ho anava a fer igualment.

—S'ha gastat tots els diners. Agafem el que en queda i marxem —va dir Richard, inquiet.

Aliena va admetre, a desgrat, que tenia raó. La seva ira començava a esvair-se i li deixava un pòsit d'amargor. No guanyarien res si continuaven atemorint el capellà i com més estona estiguessin allà, més possibilitats hi hauria que arribés algú i els busqués problemes. Es va posar dreta.

—Molt bé —va dir.

Es va ficar de nou les monedes al cinturó i se'l va cenyir sota la capa.

—És possible que un dia torni i et mati —va etzibar al capellà, assenyalant-lo amb un dit.

Aleshores va sortir.

Va emprendre la marxa amb bon pas pel carrer estret i Richard va córrer darrere d'ella.

—Has estat fantàstica, Allie! —va exclamar, excitat—. Li has ficat la por al cos i t'has endut els diners!

—Sí senyor —va dir ella, secament. Encara estava tensa, però, un cop esvaïda la ira, tot el que sentia era infelicitat i un buit insondable.

—¿Què comprarem? —va preguntar Richard, neguitós.

—Només una mica de menjar per al viatge.

—¿No hauríem de comprar cavalls?

—Amb una lliura, ni pensar-hi.

—Sigui com sigui, et podem comprar unes botes.

Aliena va reflexionar sobre aquell punt. Els esclops eren una veritable tortura, i el terra era massa fred per caminar descalça. Tanmateix, les botes eren cares, i li feia recança gastar-se els diners tan de pressa.

—No —va dir amb determinació—. Encara podré aguantar uns quants dies sense botes. Per ara guardarem els diners.

Richard va quedar decebut, però no va discutir l'autoritat de la seva germana.

—¿Què comprarem per menjar?

—Pa de sègol, formatge i vi.

—¿Per què no una empanada?

—Perquè són massa cares.

—Ah! —Richard es va quedar callat un moment i llavors va dir:— Estàs molt rondinaire, Allie.

—Ja ho sé —va dir ella amb un sospir, i es va preguntar per què se sentia així. «Hauria d'estar orgullosa», va pensar. «He aconseguit arribar fins aquí des del castell. He defensat el meu germà. He trobat el pare. Tenim els diners que ens pertanyen. Sí, i també he clavat el ganivet a la panxa d'un home gras, i he fet que el meu germà el rematés, i he acostat una teia cremant a la cara d'un capellà, i estava disposada a deixar-lo cec.»

—¿És a causa del nostre pare? —va preguntar Richard.

—No, no ho és —va respondre Aliena—. És per culpa de mi mateixa.

Aliena es va penedir de no haver-se comprat les botes.

En el camí de Gloucester els esclops li van fer sortir sang dels peus, llavors va caminar descalça fins que no va poder suportar més temps el fred, i es va haver de tornar a calçar els esclops. Va descobrir que no mirar-se els peus li servia d'ajuda. Quan es veia les ferides i la sang, li feien més mal.

Aquella contrada era un seguit de turons, i hi havia moltes granges petites i pobres on els pagesos cultivaven una mica de civada o de sègol i hi criaven uns quants animals escardalencs. Aliena es va aturar als voltants d'una vila quan va pensar que ja estaven a prop de Huntleigh. En un pati tancat que pertanyia a una cabana de fang i canyes va veure un pagès que esquilava una ovella. Havia immobilitzat el cap de l'animal en una mena de grilló de fusta i li treia la llana amb un ganivet de fulla llarga. Unes altres dues ovelles esperaven inquietes a prop d'allà, i una tercera, que ja estava esquilada, pasturava pel camp, on bufava un vent gelat.

—És aviat per esquilar —va dir Aliena.

El pagès la va mirar i va somriure. Era un home jove, pèl-roig i pigat, i les mànigues arromangades deixaven veure uns braços peluts.

—Però necessito els diners. És preferible que l'ovella tingui fred que no que jo tingui gana.

—¿Quan et paguen per la llana?

—A un penic per velló. Però he d'anar a Gloucester a vendre-la, així que perdo un dia de feina al camp, precisament quan és primavera i hi ha tantes coses per fer. —Se'l veia bastant alegre, malgrat les queixes que expressava.

—¿Quina vila és aquesta?

—Els forasters l'anomenen Huntleigh —va respondre. La gent del camp mai no anomenava les viles pel seu nom, en deia simplement «la vila».— ¿Qui sou, vosaltres dos? —va preguntar amb una curiositat sincera—. ¿Què us porta per aquí?

—Som els nebots de Simon de Huntleigh —va contestar Aliena.

—¿De debò? Bé, el trobareu a la casa gran. Reculeu per aquest camí uns peus i llavors agafeu el corriol que travessa els camps.

—Gràcies.

La vila estava situada al mig dels camps llaurats. Hi havia unes vint cases arraïmades al voltant de la casa pairal, que no era més gran que la llar d'un pagès pròsper. Semblava que la tia Edith i l'oncle Simon no eren gaire rics. Davant de la casa hi havia dos cavalls i un grup d'homes. Un d'aquests semblava ser l'amo. Portava una casaca escarlata. Aliena el va mirar més detingudament. Feia dotze o tretze anys que no veia el seu oncle Simon, però li va semblar que era ell. El recordava com un home alt i cepat i ara semblava més petit, però allò devia ser perquè ella havia crescut. S'estava tornant calb i tenia una papada que Aliena no tenia present. Llavors el va sentir parlar.

—Aquest animal està molt feble —va dir l'home, i Aliena va reconèixer de seguida aquella veu aspra.

Es va començar a tranquil·litzar una mica. A partir d'aquell moment els alimentarien, els vestirien, els cuidarien i els protegirien. S'havien acabat el pa de sègol i el formatge i dormir als graners. Ja no tornarien a recórrer els camins amb la mà a la daga. Tindrien un llit tou, roba nova i soparien carn de bou. L'oncle Simon va advertir la seva presència.

—Mireu això —va dir als seus homes—. Ens vénen a visitar una noia bonica i un jove soldat.

Llavors alguna cosa més li va cridar l'atenció, i Aliena va saber que havia percebut que no li eren del tot estranys.

—Us conec d'alguna cosa, ¿oi? —va preguntar.

—Sí, oncle Simon. Ens coneixes —va respondre Aliena.

L'home es va sobresaltar com si alguna cosa l'hagués espantat.

—Verge Santa! Aquesta veu és la d'un fantasma.

Aliena no ho va entendre, però després ell l'hi va explicar. Se li va acostar i la va examinar com si es tractés de les dents d'un cavall.

—La teva mare tenia la mateixa veu —va dir—, com la mel que es vessa d'una gerra. I, valga'm Déu, que ets tan bonica com ella. —Va allargar la mà per tocar-li la cara i Aliena es va posar ràpidament fora del seu abast.— Però ja veig que ets tan tossuda com el teu refotut pare. ¿És ell qui us ha enviat aquí?

Aliena es va picar. No li agradava que es referissin al seu pare com «el teu refotut pare», però si replicava, ell ho consideraria una nova prova d'arrogància. Així que es va mossegar la llengua i va contestar, submisa:

—Sí, ens va dir que la tieta Edith tindria cura de nosaltres.

—Bé, doncs es va equivocar —va dir l'oncle Simon—. La tia Edith és morta. I encara més, d'ençà que el vostre pare va caure en desgràcia, he perdut la meitat de les terres. Me les ha pres aquell taujà de Percy Hamleigh. Aquí les passem negres. Així que ja podeu girar cua i tornar a Winchester. No us podeu quedar amb mi.

Aliena estava aclaparada. No s'ho havia imaginat, allò.

—Però som família teva! —va exclamar.

Simon va tenir la decència de mostrar-se una mica avergonyit, però va replicar amb sequedat.

—No, no ho sou. Ets la neboda de la meva primera dona. Però en vida, Edith no va veure mai la seva germana per culpa d'aquest ase arrogant amb qui es va casar ta mare.

—Treballarem —li va prometre Aliena—. Tots dos estem disposats a...

—No malgastis les teves paraules —la va interrompre—. Aquí no us hi vull.

Aliena estava escandalitzada. No admetia cap discussió. Estava clar que no serviria de res discutir o suplicar, però les decepcions i els desenganys que havia sofert eren tants que va sentir més amargor que tristesa. Feia una setmana que una cosa com aquella l'hauria feta plorar. En aquells moments només tenia ganes d'escopir-li.

—Recordaré això quan Richard sigui comte i recuperem el castell.

El seu oncle es va posar a riure.

—¿Creus que viuré tant de temps?

Aliena va decidir no quedar-se allà ni un moment més, perquè no volia que la seguís humiliant.

—Anem —va dir a Richard—. Ja ens les arreglarem sols.

Simon ja havia fet mitja volta i s'ocupava del cavall. Els homes que l'acompanyaven semblaven estar incòmodes. Aliena i Richard es van allunyar.

Un cop van ser prou lluny perquè no els sentissin, Richard va preguntar com una ànima en pena:

—¿Ara què farem, Allie?

—Demostrarem a aquestes persones inhumanes que som millors que ells —va contestar amb molta determinació. Però no se sentia valenta, sinó plena d'odi envers l'oncle Simon, el pare

Ralph, Odo el carceller, els proscrits, el guardabosc i, sobretot i abans que ningú, envers William Hamleigh.

—Sort que encara tenim uns quants diners —va recordar-li Richard.

Efectivament. Però aquells diners no durarien sempre.

—No els podem gastar —va dir Aliena mentre caminaven pel corriol que conduïa al camí—. Si ens ho gastem tot en menjar o coses d'aquest tipus, quan se'ns hagin acabat ens trobarem de nou a la misèria. Els hem de fer servir per a alguna altra cosa.

—No ho entenc. Crec que hauríem de comprar un poni.

Aliena se'l va quedar mirant. ¿Estava de broma? Però no somreia. El que passava era que no entenia res.

—No tenim ni posició, ni títol ni terres —li va explicar amb paciència—. El rei no ens ajudarà. No ens contractaran..., ja ho vàrem intentar a Winchester i tothom ens va rebutjar. Però ens hem de guanyar la vida com sigui per tal que t'arribis a convertir en un cavaller.

—Ah! Ara ho entenc —va dir Richard.

Aliena s'adonava que en realitat no entenia res.

—Ens hem de buscar una feina amb la qual puguem menjar i que ens doni una oportunitat de fer prou diners per comprarte un bon cavall.

—¿Vols dir que m'hauré de convertir en aprenent d'artesà?

Aliena va fer que no amb el cap enèrgicament.

—T'has de convertir en cavaller, no en fuster. ¿Alguna vegada hem conegut algú que porti una vida independent sense tenir cap habilitat?

—Sí —va contestar Richard—. Meg, la de Winchester.

Tenia raó, era comerciant de llana, sense haver estat mai aprenenta.

—Però la Meg té una parada al mercat.

Passaven a prop del pagès pèl-roig. Les quatre ovelles, esquilades, pasturaven pel camp i ell feia uns farcells amb els vellons, lligant-los amb unes cordes de jonc. Va alçar el cap i els va saludar amb la mà. Eren les persones com ell els que portaven la llana a les ciutats i la venien als comerciants; però a aquest li calia un establiment per dur a terme el negoci...

O potser no.

Aliena va concebre una idea.

De sobte, va girar cua.

—¿On vas? —li va preguntar Richard.

Però Aliena estava massa emocionada per contestar-li.

—¿Quant em vas dir que et donaven per la llana? —va preguntar al pagès, repenjada al tancat.

—Un penic per velló —va contestar ell.

—Però has de perdre un dia per anar i tornar de Gloucester.

—Aquesta és la pega que hi ha.

—Imagina't que et compro la llana. Això t'estalviaria el viatge.

—Però nosaltres no en necessitem, de llana, Allie! —va exclamar Richard.

—Calla, Richard! —No li volia explicar la idea que havia tingut en aquell moment. Estava impacient per posar-la a prova amb aquell pagès.

—Us ho agrairia —va dir l'home. Semblava que no se'n refiava, com si sospités que li farien algun tripijoc.

—Però no et puc oferir un penic per velló.

—Vaja! Ja m'ho suposava, que hi hauria alguna pega.

—Però et donaré dos penics per quatre vellons.

—Però si valen un penic cadascun! —va protestar l'home.

—A Gloucester. Això és Huntleigh.

L'home va sacsejar el cap.

—M'estimo més obtenir quatre penics i perdre un dia de feina al camp, que guanyar dos penics i no perdre un dia.

—Suposa que t'ofereixo tres penics per quatre vellons.

—Perdo un penic.

—Però t'estalvies un dia de viatge.

L'home semblava desconcertat.

—Fins ara mai no havia sentit a dir una cosa semblant.

—És com si jo fos un carreter i tu em paguessis un penic per portar-te la llana al mercat. —Aliena va fer una pausa i va afegir:— La qüestió és si un dia de feina extra als camps compensa o no el pagament d'un penic.

—Depèn del que faci durant el dia —va respondre el pagès, pensatiu.

—¿Què farem nosaltres amb quatre vellons, Allie? —va intervenir de nou Richard.

—Vendre'ls a la Meg —va respondre ella amb impaciència—. Per un penic cadascun. D'aquesta manera guanyarem un penic.

—Però haurem de fer tot el camí de Winchester per un penic!

—No, burro. Comprarem la llana a cinquanta pagesos i ens l'emportarem tota a Winchester. ¿No ho entens? Podem guanyar cinquanta penics. Així menjarem i estalviarem diners per a un bon cavall per a tu.

Es va girar, dirigint-se al pagès, que ja no somreia i semblava rumiar la proposta. A Aliena li sabia greu haver-lo desconcertat, però volia que li acceptés l'oferta. Si ho feia sabria que li seria possible complir amb el jurament que havia fet al seu pare. Però els pagesos són tossuts. Tenia ganes d'agafar-lo pel coll i sacsejar-lo. En lloc d'això, va posar la mà dins de la capa i va furgar a la bossa. Havien canviat els besants d'or per penics de plata a casa de l'orfebre, a Winchester. Va treure tres penics i els va ensenyar al pagès.

—¿Ho veus? —va dir—. Ara la decisió és teva. Agafa'ls o deixa'ls.

Aquelles monedes de plata van ajudar el camperol a decidir-se.

—Fet —va dir, i va agafar els diners.

Aquella nit Aliena va fer servir un farcell de vellons per coixí. L'olor d'ovella li va recordar la casa de Meg.

Quan es va despertar l'endemà al matí va descobrir que no estava embarassada.

Semblava que les coses s'anaven arreglant.

Quatre setmanes després de Pasqua, Aliena i Richard van entrar a Winchester conduint les regnes d'un cavall vell que tibava d'un carro que duia dos-cents quaranta vellons de llana, el nombre exacte amb què es feia un sac.

I va ser aleshores que van descobrir que s'havien de pagar impostos.

Abans sempre havien entrat i sortit de la ciutat sense atraure l'atenció, però aquell dia van entendre per què les portes de la ciutat eren tan estretes i estaven vigilades constantment per duaners. S'havia de pagar un impost d'un penic per cada carro carregat de mercaderies que arribava a Winchester. Afortunadament, encara els quedaven uns quants penics i ho podien pagar, si no, no els haurien permès l'entrada.

La major part dels vellons els havien costat entre mig penic i tres quarts de penic cadascun. Havien pagat setanta-dos penics pel cavall vell i pel mateix preu els havien regalat el carro atrotinat. Gairebé la resta dels diners els havien gastat en menjar, però aquella nit tindrien una lliura de plata, un cavall i un carro.

El pla d'Aliena era tornar a sortir i comprar un altre sac de vellons, i repetir l'operació una vegada i una altra fins que totes les ovelles haguessin estat esquilades. Cap a final d'estiu volia tenir els diners necessaris per comprar un cavall i un carro nou.

L'envaïa l'excitació mentre conduïa el cavall pels carrers cap a ca la Meg. Quan es fes fosc, hauria demostrat que era capaç de tenir cura del seu germà i d'ella mateixa sense ajuda de ningú. Això la feia sentir-se molt madura i independent i mestressa del seu destí. No havia rebut res del rei, no necessitava parents, ni marit.

Es moria de ganes de veure Meg, que havia estat la seva inspiració. Aquella dona era una de les poques persones que l'havien ajudat sense provar de robar-li, violar-la o explotar-la. Aliena tenia una pila de preguntes per fer-li sobre els negocis en general i el comerç de llana en particular.

Era dia de mercat, de manera que li va caldre una estona per portar el carro fins al carrer on vivia Meg a través de la ciutat atapeïda. Per fi van arribar-hi. Aliena va entrar al vestíbul. Allí hi havia una dona a qui mai no havia vist.

—Ah! —va exclamar Aliena, aturant-se en sec.

—¿Què passa? —va preguntar la dona.

—Sóc amiga de Meg.

—Ja no viu aquí —la va tallar la dona.

—Caram! —Aliena va pensar que no calia que fos tan brusca.— ¿On ha anat?

—Se n'ha anat amb el seu marit, que ha abandonat aquesta ciutat desacreditat.

Aliena es va sentir decebuda i espantada. Havia comptat amb Meg per vendre la llana.

—És una notícia terrible!

—Era un comerciant deshonest, i jo, si fos en el teu lloc, no aniria dient que sóc amiga seva. I ara vés-te'n.

A la noia, la va escandalitzar que algú pogués parlar malament de Meg.

—No m'importa el que el seu marit hagi fet. Meg era una gran dona i molt superior als lladres i bagasses que viuen en aquesta ciutat infecta —va proferir, i va sortir de la casa abans que la dona pogués ni tan sols replicar.

La victòria verbal només li va produir un consol momentani.

—Males notícies —va dir a Richard—. Meg ha marxat de la ciutat.

—¿És també marxant de llanes la persona que ara viu aquí? —li va preguntar el seu germà.

—No l'hi he preguntat. Estava massa enfeinada esbroncant-la. —En aquells moments es va sentir com una ximpleta.

—¿Què hem de fer, Allie?

—Hem de vendre tots aquests vellons —va respondre ella—. Val més que ens n'anem a la plaça del mercat.

Van tornar per on havien arribat fins al carrer major, i llavors es van anar obrint pas fins al mercat que es trobava entre el carrer i la catedral. Aliena guiava el cavall i Richard caminava darrere el carro, empenyent-lo quan l'animal necessitava ajuda, que era gairebé tota l'estona. A la plaça del mercat hi havia molt bullit de gent que caminava amb penes i treballs pels passadissos estrets entre les parades, constantment aturats per carros com el d'Aliena. Aquesta va pujar al damunt del seu sac de llana i va escodrinyar la plaça buscant comerciants de llana. Només en va aconseguir veure un. Va baixar i va conduir el cavall en aquella direcció.

L'home feia bons negocis. Tenia acordonat un gran espai i al darrere tenia un cobert fet de branquillons i canyes. Era evident que era una estructura eventual, que instal·lava els dies de mercat. El comerciant era un home bru, amb un monyó al braç esquerre a l'altura del colze. Del monyó li penjava una pinta de llana, i sempre que li oferien un velló, ficava el braç a la llana, la cardava amb la pinta i la palpava amb la mà dreta abans de donar el preu. Llavors feia servir la pinta amb la mà dreta per comptar el nombre de penics que havia acordat pagar. Per a compres grans, pesava els penics en una balança.

Aliena es va anar obrint pas amb penes i treballs entre la gentada i es va acostar a l'home. En aquell moment un camperol oferia al comerciant tres vellons més aviat petits lligats amb un cinturó de cuir.

—Una mica petits —va dir el comerciant—. Tres quarts de penic per cadascun. — Va comptar dos penics. Llavors va agafar una destral petita i va fer un cop ràpid i expert, i va partir un tercer penic en quatre parts. Va donar al camperol els dos penics i un dels quarts.— Tres vegades tres quarts de penic fan dos penics i un quart.

El camperol li va donar els vellons.

Els que anaven a continuació eren dos homes joves amb un sac sencer de llana, ple a vessar. El comerciant el va examinar amb molta cura.

—És tot un sac, però és de qualitat mediocre —els va dir—. Us en donaré una lliura.

Aliena es va preguntar com podia estar segur que el sac estigués ple. Potser ho havia après amb la pràctica. El va observar mentre pesava una lliura de penics de plata.

Uns monjos s'acostaven amb un gran carro ple fins dalt de sacs de llana. Aliena va decidir fer la seva venda abans que els monjos. Va fer un senyal a Richard i aquest va descarregar del carro el seu sac de llana i el va portar fins al taulell.

El mercader va examinar la llana.

—Mescla de qualitats —va dir—. Mitja lliura.

—¿Què? —va exclamar Aliena, incrèdula.

—Cent vint penics —va dir l'home.

Aliena estava horroritzada.

—Però si acabes de pagar una lliura per un sac!

—Depèn de la qualitat.

—Has pagat una lliura per una llana de qualitat mediocre.

—Mitja lliura —va dir l'home, tossut.

Van arribar els monjos i van ocupar tota la parada, però Aliena no tenia intenció de moure's. La seva existència estava en joc i temia més la misèria que el comerciant.

—Digue'm per què —va insistir—. La llana no és dolenta, ¿oi que no?

—No.

—Llavors dóna'm el mateix que has pagat a aquests homes.

—No.

—¿Per què no? —va preguntar gairebé cridant.

—Perquè ningú no paga a una noia el que pagaria a un home.

Aliena tenia ganes d'estrangular-lo. Li estava oferint menys del que ella havia pagat. Si acceptava aquell preu tota la seva feina era en va. Encara pitjor, el seu pla de guanyar-se la vida per mantenir-se se n'anava en orris. ¿I per què? Per què aquell ximple no li volia pagar el mateix a una jove que a un home!

El cap dels monjos l'esguardava. A Aliena la treia de polleguera que la gent la mirés.

—Deixeu de mirar-me! —Li va cridar amb asprор.— I enllestiu el negoci amb aquest comerciant descregut!

—Molt bé —va dir el monjo amb suavitat. Va fer un senyal als seus acompanyants perquè li portessin un sac.

—Agafa els deu xílings, Allie —va dir el seu germà—. O si no ens haurem de quedar amb el sac de llana.

Aliena mirava furiosa el marxant mentre aquest examinava la llana dels monjos.

—Qualitat variada —va dir. Aliena es preguntava si aquell

home deia alguna vegada «llana de bona qualitat».— Una lliura i dotze penics el sac.

«¿Per què se n'havia hagut d'anar Meg, precisament en aquell moment?», rumiava Aliena amb amargor. «Tot hauria anat bé si s'hagués quedat.»

—¿Quants sacs teniu? —va preguntar el mercader.

—Deu —va respondre un monjo jove amb hàbit de novici.

—No, onze —el va corregir el que portava la veu cantant. El novici estava a punt de contradir-lo, però es va quedar callat.

—Això fa onze lliures i mitja de plata, més dotze penics.

El comerciant va començar a pesar els diners.

—No penso cedir —va assegurar Aliena a Richard—. Portarem la llana a un altre lloc..., potser a Shiring o a Gloucester.

—Tan lluny! ¿I què passarà si tampoc no la podem vendre?

Tenia raó. Potser a tot arreu es trobarien amb les mateixes dificultats. El veritable problema era que no tenien posició, ni suport, ni protecció. El marxant no gosava insultar els monjos, i fins i tot els pagesos pobres li podien buscar problemes si els tractava de manera injusta. Però l'home que intentava estafar dos nois deixats de la mà de Déu no corria cap risc.

Els monjos van anar arrossegant els sacs fins al cobert del comerciant. Cada vegada que en col·locaven un, el comerciant donava al cap una lliura de plata i dotze penics ja pesats. Un cop lliurats tots els sacs encara li quedava al taulell una bossa de plata.

—Aquí només hi ha deu sacs —va dir el comerciant.

—Ja us he dit que només n'hi havia deu —va recordar el novici al monjo.

—Aquest és el que fa onze —va dir el monjo que feia els tractes, posant la mà sobre el sac d'Aliena.

Aliena el va mirar bocabadada.

El marxant es va quedar igual de sorprès.

—Li he ofert mitja lliura —va dir.

—L'hi he comprat a ella —va explicar el monjo—. I te'l venc a tu. —Va fer un senyal als altres monjos, que van arrossegar el sac d'Aliena fins al cobert.

El comerciant semblava malhumorat, però va entregar la darrera lliura i els dotze penics. El monjo va lliurar els diners a Aliena.

Aliena no s'ho acabava de creure. Tot li havia sortit malament i, de sobte, aquell desconegut l'havia salvat..., i a més després d'haver-li parlat amb males maneres!

—Gràcies per la seva ajuda, pare —va dir Richard.

—Dóna gràcies a Déu —li va contestar el monjo.

Aliena no sabia què dir. Estava emocionada. Va estrènyer els diners contra el seu pit. ¿Com l'hi podia agrair? Va mirar el seu salvador. Era un home baix, prim i de mirada profunda. Els seus moviments eren ràpids i semblava estar sempre vigilant, com un ocell petit de plomatge desllustrat, però amb ulls brillants. De fet, tenia els ulls blaus. La corona de cabells al voltant del cap afaitat era negra i canosa, però el seu rostre era jove. Aliena va començar a adonar-se que aquell home li sonava d'alguna cosa. ¿On l'havia vist abans?

El monjo també semblava estudiar-la.

—Vosaltres no em coneixeu, però jo a vosaltres sí —els va dir—. Sou els fills de Bartholomew, l'antic comte de Shiring. Sé que heu patit grans infortunis i m'alegra poder-vos ajudar. Sempre que vulgueu us compraré llana.

Aliena va tenir ganes de besar-lo. No tan sols l'havia salvada aquesta vegada, sinó que s'oferia per garantir-los el futur. Al final va recuperar la parla.

—No sé com donar-vos les gràcies —va dir—. Déu sap bé que ens cal un protector.

—Doncs ara en teniu dos, Déu i jo —els va dir.

Aliena se sentia profundament commoguda.

—M'heu salvat la vida i ni tan sols sé qui sou —va dir.

—Em dic Philip —va contestar ell—. Sóc el prior de Kingsbridge.

CAPÍTOL 7

I

Quan Tom va conduir els pedraires a la pedrera, va ser tot un esdeveniment.

Havien anat allà pocs dies abans de Pasqua, quinze mesos després de l'incendi de la vella catedral. El prior havia necessitat tot aquest temps per reunir els diners suficients per contractar artesans.

Tom havia trobat a Salisbury un llenyataire i un mestre picapedrer que havien treballat en la construcció del palau del bisbe, ja gairebé acabat. Feia dues setmanes que el llenyataire i els seus homes treballaven, aclarint el terreny i tallant pins i roures. Concentraven els seus esforços en els boscos propers al riu, aigües amunt des de Kingsbridge, ja que el transport de materials pels camins enfangats resultava molt car, i es podien estalviar molts diners fent surar la fusta riu avall fins a l'emplaçament de les obres. Esmotxaven toscament la fusta per fer planxes de bastimentada, se'ls donava curosament la forma de plantilles per guiar els paletes i els picapedrers i, en el cas dels arbres més alts, se'ls apartava per utilitzar-los com a bigues de teulada. En aquells moments arribava a Kingsbridge una fusta excel·lent, a un ritme constant, i tot el que Tom havia de fer era pagar els llenyataires cada dissabte a la tarda.

Els pedraires s'havien anat presentant durant els últims dies. Otto, el mestre pedraire conegut com a Blackface, havia vingut amb dos fills, pedraires com ell, quatre néts, que farien d'aprenents, i dos manobres, un dels quals era cosí seu i l'altre un cunyat. Aquest nepotisme era del tot habitual, i Tom no hi tenia res a dir. En general, els grups familiars formaven bons equips de treball.

Però encara no hi havia cap artesà fent feina a Kingsbridge, a l'enclavament de la futura catedral, a banda de Tom i el fuster del priorat. Emmagatzemar alguns materials era una bona idea, però ben aviat Tom hauria de començar a contractar els treballadors que constituïrien el nucli de l'equip constructor: els paletes. Eren ells els qui posaven una pedra damunt l'altra i aixecaven els murs. Llavors començaria la gran empresa. Tom estava exultant. Era el que havia esperat i la tasca per a la qual havia lluitat durant deu anys.

Va decidir que el seu fill Alfred seria el primer paleta que contractaria. Tenia setze anys i havia après els rudiments de l'ofici. Era capaç de tallar pedres quadrades i aixecar un mur. Tan aviat com comencés la contractació, Alfred cobraria el salari complet.

Jonathan, l'altre fill de Tom, tenia quinze mesos i creixia de pressa. Era un nen robust que s'havia convertit en el mimat de tot el monestir. Al principi, Tom no pensava que Johnny Eightpence fos capaç de tenir bona cura del nadó, però Johnny es mostrava tan atent com qualsevol mare i tenia més temps per dedicar-li que moltes mares. Els monjos ni tan sols sospitaven que Tom en fos el pare, i potser mai no ho arribarien a saber.

Martha, de set anys, havia perdut les incisives i trobava a faltar Jack. Era el que més preocupava Tom, perquè necessitava una mare.

Eren nombroses les dones disposades a casar-se amb el mestre constructor i ocupar-se de la seva filla petita. Ell sabia que no li mancava atractiu i, sens dubte, tenia assegurada la vida ara que el prior Philip havia decidit que comencessin les obres. Havia deixat el recinte del priorat i al poble s'havia construït una bonica casa de dues habitacions amb xemeneia. Finalment, com a encarregat de tot el projecte, confiava a rebre un salari i uns beneficis que serien l'enveja de molts petits nobles rurals. Però li era impossible imaginar-se casat amb una altra dona que no fos

Ellen. Era com si, havent-se acostumat al millor vi, trobés que els altres tenien gust de vinagre. Al poble hi havia una viuda, una dona bonica i de carn abundant, expressió riallera i pit generós, i amb dos fills ben educats, que li havia regalat unes quantes empanades, l'havia besat amb vehemència durant la festa de Nadal i estaria disposada a casar-se tan aviat com ell volgués. Però Tom sabia que no hi seria feliç, perquè sempre enyoraria l'excitació de la companyia de l'apassionada i sempre desconcertant Ellen.

Ellen li havia promès que el visitaria algun dia. Tom estava completament segur que compliria la seva promesa, i s'aferrava amb tenacitat a aquesta idea, encara que ja feia més d'un any que Ellen se n'havia anat. Quan tornés, li demanaria que es casés amb ell.

Estava segur que ho acceptaria. Ja no es trobava en la misèria, estava en condicions de mantenir la seva pròpia família i també la d'ella. Tenia la certesa, al mateix temps, que podrien evitar les baralles entre Alfred i Jack si els sabien portar. Si a Jack el feien treballar, pensava Tom, Alfred no quedaria tan ressentit per la seva presència. Prendria Jack com a aprenent. El noi havia mostrat interès en la construcció, era molt llest i al cap d'un any si fa no fa seria prou gran per dur a terme treballs pesats. Aleshores Alfred no podria dir que Jack es gratava la panxa. L'altre problema que es plantejava era que Jack sabia llegir i Alfred no. Tom demanaria a Ellen que li ensenyés a llegir i escriure. Podia donar-li lliçons cada diumenge. D'aquesta manera, Alfred i Jack estarien en igualtat de condicions: tots dos serien cultivats, tots dos treballarien i, abans que passés gaire temps més, els dos serien igual de corpulents.

Sabia que, malgrat les dificultats viscudes, a Ellen li agradava viure amb ell. Li agradava el seu cos i també el seu tarannà. Segur que volia tornar al seu costat.

Una altra qüestió era si podria arreglar les coses amb Philip. Ellen havia insultat la religió del prior de manera més aviat contundent. Resultava difícil d'imaginar res més ofensiu per a un prior que el que ella havia fet. Tom encara no havia resolt aquest problema.

Mentrestant, tota la seva energia intel·lectual es concentrava en la planificació de la catedral. Otto i el seu equip de pedraires es construirien un habitatge rústic a la pedrera, on podrien dormir de nit. Un cop instal·lats, aixecarien cases autèntiques, i els qui estiguessin casats, portarien les seves famílies a viure amb ells.

De totes les feines especialitzades en la construcció, el que requeria menys habilitat i més múscul era l'explotació de la pedrera. El mestre pedraire era qui exercia el dret de decidir les zones que caldria minar i en quin ordre. Havia d'ocupar-se de les escales i de l'equip d'elevació. Si havien de treballar en una cara tallada a pic, hi faria una bastida. Hauria d'assegurar-se que el subministrament d'eines des de la ferrateria fos constant. En realitat, l'extracció de les pedres era relativament senzilla. El pedraire solia utilitzar un pic de cap de ferro, amb el qual feia una estria inicial a la roca, que profunditzava després amb un martell i una badaina. Quan l'estria era prou gran per afluixar la roca, hi introduïa un tascó de fusta. Si el càlcul s'havia fet bé, la roca es dividia exactament per on ell desitjava.

Els peons retiraven les pedres de la pedrera amb sogues o aixecant-les mitjançant una corda subjectada a una gran roda giratòria. Al taller, els pedraires tallaven toscament les pedres amb destrals, donant-los la forma especificada pel mestre constructor. A Kingsbridge ja es faria la cisellada adient i se'ls donaria la forma definitiva.

El transport era el principal problema. La pedrera estava a un dia de viatge de l'emplaçament de la construcció, i un carreter cobrava a raó de quatre penics per viatge. A més, no podia transportar més de vuit o nou pedres grans cada cop, si no volia trencar el carro o matar el cavall. Un cop els pedraires s'haguessin instal·lat, Tom hauria d'explorar la zona i esbrinar si hi havia alguna via fluvial que poguessin utilitzar per escurçar el viatge.

Van partir de Kingsbridge a trenc d'alba. Mentre caminaven a través del bosc, els arbres que s'inclinaven sobre el camí van recordar a Tom les columnes de la catedral que construiria. Sempre li havien ensenyat a decorar els acabaments arrodonits de les columnes amb volutes, però recentment se li havia acudit que els adorns en forma de fulla resultarien més cridaners.

Havien viatjat a bon ritme, de manera que a mitja tarda es van trobar als entorns de la pedrera. Tom va escoltar sorprès, a una certa distància, el so del metall colpejant la roca, com si algú estigués treballant allà. De fet, la pedrera pertanyia al comte de Shiring, Percy Hamleigh, però el rei havia donat al priorat de Kingsbridge el dret a explotar-la per extreure'n la pedra que es necessités per a la construcció de la catedral. Tom va pensar que potser el comte Percy intentaria explotar la pedrera per al seu benefici mentre ho feia el priorat. Possiblement el rei no ho hauria prohibit de manera específica, però si fos així els causaria molts inconvenients.

En acostar-s'hi més, Otto, un home de rostre colrat i maneres tosques, va arrugar les celles en sentir el soroll, però no va pronunciar ni una paraula. Els altres homes van balbucejar entre ells, incòmodes. Tom no va fer cas dels comentaris, però va caminar més ràpid, impacient per esbrinar què estava passant.

El camí traçava un revolt a través d'un tros de bosc i acabava al peu d'un turó. El mateix turó era la pedrera, i, d'un dels seus vessants, ja se n'havia extret pedra. La impressió inicial de Tom era que resultaria fàcil treballar-hi. Sempre solia ser millor un turó que sota terra, perquè era més senzill baixar les pedres des de l'altura que pujar-les des d'una fondalada.

No hi havia dubte que estaven explotant la pedrera. Va veure una construcció rabassuda al peu del turó, una sòlida bastida que s'alçava uns deu peus al vessant rocós, i una pila de pedres esperant ser enretirades. Tom va comptar deu picapedrers com a mínim. I el que era pitjor, hi havia un parell d'homes d'armes davant de la construcció, llançant còdols a un barril.

—No m'agrada tot això —va mormolar Otto.

A Tom tampoc no li agradava, però va simular que es mantenia impertorbable. Va entrar a la pedrera com si fos de la seva propietat i es va acostar ràpidament als dos homes d'armes. Aquests es van posar drets, sobresaltats. Tom va donar una ullada a les seves armes. Cadascun d'ells portava una espasa i una daga, així com forts justacossos de cuir, però no tenien armadura. Tom portava el martell de manobre penjant del cinyell. No estava en situació de provocar una baralla. Se'n va anar de dret cap als dos homes sense dir res, però a l'últim moment se'n va apartar i, passant al costat d'ells, es va dirigir cap a l'habitatge. Els dos homes es van mirar sense estar segurs del que havien de fer. Si Tom hagués estat de constitució menys forta o no hagués portat el martell, potser l'haurien detingut, però ja era massa tard.

Tom va entrar a l'habitatge. Era una construcció espaiosa de fusta amb una xemeneia. De les parets penjaven eines netes i al racó hi havia un gran esmolet. Dos pedraires estaven drets davant un banc de fusta massís emmotllant pedres amb aixes.

—Salut, germans —va dir Tom utilitzant l'expressió amb què se saludaven entre ells els artesans—. ¿Qui és el mestre?

—Jo —va dir un d'ells—. Sóc Harold de Shiring.

—Jo sóc el mestre constructor de la catedral de Kingsbridge. Em dic Tom.

—Salut, Tom. ¿Què et porta per aquí?

Tom va examinar Harold un instant abans de contestar. Era un home pàl·lid i cobert de pols, d'ulls petits que movia en parlar, com si estigués sempre parpellejant a causa de la pols que desprenia la pedra. Es recolzava amb un gest indolent al banc, encara que no semblava tan tranquil com pretenia. Se'l veia nerviós, cautelós i inquiet. «Sap perfectament per què sóc aquí», va pensar Tom.

—Naturalment, he portat el meu mestre pedraire per treballar aquí.

Els dos homes d'armes havien entrat darrere de Tom, i Otto i els seus van arribar trepitjant-los els talons. A continuació també es van acostar dos o tres homes de Harold, curiosos per esbrinar per què hi havia tot aquell enrenou.

—La pedrera és propietat del comte —va dir Harold—. Si vols treure'n pedra, hauràs d'anar a veure'l.

—No, no ho faré —va replicar Tom—. Quan el rei va lliurar la pedrera al comte Percy també va donar el dret al priorat de Kingsbridge d'extreure'n pedra. No necessitem cap altre permís.

—Així doncs, no hi podem treballar tots, ¿oi que no?

—Potser sí —va replicar Tom—. No voldria privar els teus homes de la seva feina. En aquest turó hi ha prou roca per a dues catedrals i més. Hauríem d'idear la manera de satisfer tothom compartint l'explotació de la pedrera.

—No ho puc acceptar —va dir Harold—. Sóc un treballador del comte.

—Molt bé, doncs jo sóc un treballador del prior de Kingsbridge i els meus homes començaran a treballar aquí demà, t'agradi o no.

—Demà no treballaràs aquí, ni cap altre dia —va intervenir un dels homes d'armes.

Fins a aquell dia Tom s'havia aferrat a la idea que, encara que Percy violés l'esperit de l'edicte reial en explotar la pedrera, si s'hi veiés obligat, acataria la lletra de l'acord, permetent que el priorat obtingués la pedra necessària. Però era evident que a aquells homes d'armes se'ls havia ordenat que obliguessin els pedraires del priorat a abandonar el turó. Tom va comprendre, amb disgust, que no li seria possible treure ni una sola pedra sense barallar-se per aconseguir-la.

L'home d'armes que acabava de parlar era un individu baix però fornit, d'uns vint-i-cinc anys, amb expressió bel·licosa. Semblava estúpid i tossut, i no devia ser un mestre en l'art de raonar.

—¿Qui ets, tu? —va preguntar Tom amb mirada desafiant.

—Sóc un agutzil del comte de Shiring. Em va dir que protegís aquesta pedrera, i això és precisament el que faré.

—¿I com et proposes fer-ho?

—Amb aquesta espasa. —Va recolzar la mà a l'empunyadura de l'arma que portava al cinyell.

—¿I què creus que et farà el rei quan siguis conduït en la seva presència per trencar les seves resolucions?

—Correré el risc.

—Però només sou dos —va dir Tom, mirant de semblar raonable—. Nosaltres som set homes i quatre nois. Si us matem no ens penjaran.

Els dos homes van semblar pensatius, però abans que Tom pogués aprofitar el seu avantatge, va intervenir Otto.

—Un moment —va dir, dirigint-se a Tom—. He portat aquí la meva gent per tallar pedra, no per lluitar.

A Tom li va caure l'ànima als peus. Si els pedrers no estaven disposats a donar-li suport, no hi havia res a fer.

—No siguis covard! —va exclamar—. ¿Deixaràs que un parell de fanfarrons et privin de la teva feina?

Otto semblava malhumorat.

—El que no penso fer és lluitar contra homes armats —va replicar—. M'he guanyat bé la vida durant deu anys, i no estic desesperat fins a aquest punt per tenir feina. A més, no sé qui té raó en aquest cas. Pel que fa a mi, és la teva paraula contra la d'ells.

Tom va mirar els que formaven l'equip d'Otto. Els dos pedrers tenien la mateixa expressió obstinada d'aquest. Com era d'esperar, acataven les seves decisions, ja que era el seu pare i el seu cap. Tom comprenia el punt de vista d'Otto. En realitat, si ell es trobés en la seva situació, probablement es comportaria de la mateixa manera. No s'arriscaria a lluitar contra homes armats llevat que estigués desesperat.

Però saber que Otto s'estava comportant de manera raonable no li servia de consol. De fet, feia que se sentís encara més frustrat. Va decidir tornar-ho a intentar.

—No hi haurà lluita —va assegurar—. Saben molt bé que el rei els penjaria si ens fessin cap mal. Encenguem una foguera i preparem-nos per passar la nit i començar a treballar demà al matí.

Va ser una equivocació esmentar la nit.

—¿Com podrem dormir si per aquí ronden aquests brivalls? —va preguntar un dels fills d'Otto.

Una remor d'acord va córrer entre la resta de components del grup.

—Farem torns de vigilància —va respondre Tom, desesperat.

Otto va negar amb el cap.

—Marxem ara mateix.

Tom va mirar els homes i va comprendre que havia perdut. Aquell matí havia emprès el viatge esperançat, i amb prou feines podia creure que els seus plans es veiessin frustrats per aquell parell de brètols. Era massa mortificant. No va poder evitar una última i amarga observació de comiat.

—Aneu contra els desitjos del rei, i això és molt perillós —va dir a Harold—. Digueu-ho al comte de Shiring. I digue-li també que sóc Tom, el mestre constructor de Kingsbridge, i que si algun cop li arribo a posar les mans al voltant del coll potser faré força fins a ofegar-lo.

Johnny Eightpence havia confeccionat un hàbit de monjo en miniatura per al petit Jonathan, amb mànigues amples i una caputxa, amb el qual el nen estava tan encantador que commovia a qualsevol, però no era gens pràctic. La caputxa li queia constantment cap endavant i li impedia veure-hi, i quan s'arrossegava per terra l'hàbit se li enredava entre els genolls.

A mitja tarda, quan Jonathan va haver fet la migdiada i els monjos també, el prior Philip es va trobar amb ell, acompanyat per Johnny, on hi havia hagut la nau de l'església, que ara s'havia convertit en el pati de joc dels novicis. Aquella era l'hora en què se'ls permetia donar curs a les seves energies, i Johnny els mirava com jugaven al rescat mentre Jonathan observava el laberint de claus i cordes amb què Tom havia traçat el plànol de la planta baixa de l'extrem oriental de la nova catedral.

Philip es va aturar un moment al costat de Johnny per gaudir d'un silenci en companyia, mentre contemplava les corredisses dels nois. Sentia un gran afecte per Johnny, que compensava amb un cor extraordinàriament bondadós la seva falta d'enteniment.

Jonathan s'havia posat dret recolzant-se contra una estaca que Tom havia clavat a terra per indicar el pòrtic nord. Agafant-se a la corda subjectada a l'estaca, i amb un suport tan inestable, va fer un parell de passes, lentes i maldestres.

—Aviat caminarà —va dir Philip a Johnny.

—Ho intenta, però gairebé sempre cau de cul.

Philip es va asseure a la gatzoneta i va allargar les mans cap a Jonathan.

Jonathan va somriure, mostrant algunes dents. Va fer una altra passa subjectant-se a la corda. Després, assenyalant Philip com si això li pogués servir d'ajuda, amb un sobtat impuls d'audàcia, va salvar l'espai que els separava amb tres passes ràpides i decisives.

—Magnífic! —va exclamar Philip mentre l'agafava en braços. Va abraçar el vailet amb orgull, com si aquell èxit no fos del nen sinó seu.

Johnny també estava encantat.

—Ha caminat! Ha caminat!

Jonathan es debatia perquè el deixessin a terra. Així ho va fer Philip, per veure si el nen tornava a caminar, però semblava que n'havia tingut prou per aquell dia i immediatament es va posar de genolls i va anar de quatre grapes fins a Johnny.

Philip recordava que alguns monjos s'havien mostrat escandalitzats que hagués portat a Kingsbridge Johnny i el petit Jonathan, però amb Johnny era fàcil el tracte sempre que no s'oblidés que era un nen amb cos d'home. I Jonathan havia superat qualsevol oposició gràcies al seu propi encant.

Durant el primer any no va ser Jonathan l'únic motiu de desassossec. Després d'escollir un bon administrador, els monjos s'havien sentit burlats en introduir Philip una conducta d'austeritat per reduir les despeses diàries del priorat. Philip s'havia sentit una mica dolgut. Estava segur d'haver deixat ben clar que la seva principal prioritat seria la nova catedral. Els càrrecs monàstics també havien mostrat resistència al seu pla de posar entrebancs a la seva independència econòmica, encara que sabessin molt bé que sense les reformes adequades el priorat estava condemnat a la ruïna. I quan va gastar diners per augmentar els caps d'ovelles del monestir, va estar a punt d'esclatar un motí. Però els monjos eren, abans que res, gent que volia que se'ls digués què calia fer. I el bisbe Waleran, que potser hauria encoratjat els rebels, s'havia passat gairebé tot l'any anant i venint de Roma. Per això, el màxim que van arribar a fer els monjos va ser rondinar.

Philip havia sofert alguns moments de soledat, però estava

segur que els resultats li donarien la raó. La seva política ja proporcionava uns fruits molt satisfactoris. El preu de la llana havia tornat a pujar i Philip havia començat amb l'esquilada. Precisament per això s'havia permès contractar llenyataires i picapedrers. A mesura que la situació econòmica anés millorant i progressés la construcció de la catedral, la seva posició com a prior seria cada cop més sòlida.

Va donar uns copets afectuosos al cap de Johnny i va creuar l'emplaçament de la construcció. Tom i Alfred havien començat a cavar els fonaments amb ajuda dels servidors del priorat i dels monjos més joves, però fins a aquell moment només havien assolit uns dos peus de profunditat. Tom havia dit a Philip que en alguns indrets les rases havien de tenir fins a vuit peus de profunditat. Necessitaria una gran quantitat de manobres i maquinària d'elevació per cavar tan profundament.

La nova església seria més gran que l'antiga, però encara petita com a catedral. Philip volia que fos la catedral més llarga, més alta, més rica i més formosa de tot el regne, però va aconseguir ofegar aquest desig i es va dir que s'havia de sentir agraït amb qualsevol mena d'església.

Va entrar al porxo de Tom i va contemplar el treball en fusta sobre el banc. El mestre constructor havia passat allà quasi tot l'hivern treballant amb una vara d'amidament de ferro i una sèrie d'excel·lents enformadors, fent el que ell anomenava «plantilles», models en fusta perquè els manobres els utilitzessin com a guia quan tallaven la pedra per donar-li forma. Philip havia observat admirat com Tom tallava la fusta de manera exacta i a consciència, formant corbes perfectes, cantonades quadrades i angles exactes. Philip va agafar una de les plantilles i la va examinar. Tenia la forma d'una margarida, un quart de cercle amb diversos sortints arrodonits que semblaven pètals. ¿Quina classe de pedra necessitava adoptar aquesta forma? Se sentia constantment impressionat per la poderosa imaginació de Tom. Va mirar els dibuixos que Tom havia traçat sobre morter i finalment va arribar a la conclusió que el que tenia a la mà era una plantilla per als pilars de l'arcada, que tindrien l'aspecte de grups de fusts. Els pilars, al seu torn, serien sòlides columnes de pedra amb ornaments semblants a sagetes.

Cinc anys, havia dit Tom, i la part est quedaria acabada. Cinc anys i Philip podria celebrar novament els oficis sagrats en una catedral. Tot el que havia de fer era trobar els diners. Havia estat una dura tasca reunir aquell any la quantitat necessària per començar modestament, perquè les seves reformes donaven resultat, sí, però lentament. Però l'any següent, un cop hagués venut la llana nova de primavera, estaria en condicions de contractar més artesans i començar a construir en tota regla.

Va sonar la campana convocant a vespres. Philip va sortir del petit porxo i es va encaminar cap a l'entrada de la cripta. En mirar per damunt la porta del priorat va quedar parat en veure arribar Tom amb els pedrers. ¿Per què havien tornat? Tom havia dit que seria fora una setmana i que els pedraires es quedarien allà per un temps indefinit. Es va dirigir apressat a reunir-se amb ells.

En acostar-se més va notar que l'aspecte dels homes era de cansament i desànim, com si hagués passat alguna cosa terriblement descoratjadora.

—¿Què passa? —va preguntar—. ¿Per què sou aquí?

—Males notícies —va respondre Tom.

Durant l'ofici de vespres, Philip es va sentir dominat per la ira. El que el comte Percy havia fet era indignant. No hi havia cap dubte sobre qui havia obrat bé i qui havia obrat malament en aquell cas, i tampoc la més mínima ambigüitat en les instruccions del rei. El mateix comte havia estat present en el moment de fer-se l'anunci, i el dret del priorat a explotar la pedrera estava contingut en una cèdula reial. Philip sentia que l'estaven robant. Era com si Percy estigués sostraient penics del caixonet d'almoines d'una església. No hi havia cap excusa per a això. Percy desafiava de forma flagrant tant Déu com el rei, però el pitjor de tot era que Philip no podia construir si no treia pedra gratis de la pedrera. Ja estava treballant amb un pressupost mínim, i si havia de pagar la pedra a preu de mercat i transportar-la des d'una distància encara més gran, no podria, de cap manera, construir la catedral. Hauria d'esperar un altre any, o més, i després en passarien sis o set abans de poder tornar a celebrar els oficis en una catedral. La idea li era del tot insuportable.

Va fer una crida a capítol urgent tan aviat com van concloure les vespres i va donar als monjos la notícia.

Havia desenvolupat una tècnica especial per conduir les reunions de les crides a capítol. Remigius, el sotsprior, encara li guardava rancor per haver-lo derrotat en l'elecció, i amb freqüència manifestava el seu ressentiment quan es discutien qüestions relacionades amb el monestir. Era un tipus conservador, desproveït d'imaginació i pedant, el punt de vista del qual sobre la manera de portar el priorat topava frontalment amb el de Philip. Els germans que havien donat suport a Remigius en l'elecció mostraven tendència a donar-li suport en les sessions capitulars. Andrew, el sagristà apoplètic, Pierre, l'admonitor, que s'encarregava de la disciplina i mantenia les actituds de mira estreta que semblaven inherents a aquell càrrec, i finalment, John, el tresorer peresós. De la mateixa manera, els col·legues més propers a Philip eren els homes que havien fet campanya a favor seu: Cuthbert, el vell cellerer, i el jove Milius, a qui Philip havia designat per al nou càrrec de tresorer, controlador de les finances del priorat. Philip deixava sempre que Milius discutís amb Remigius. Habitualment, ell examinava tot el que era important amb Milius abans de la reunió, i quan no ho feia es podia esperar que aquest expressés un punt de vista proper al de Philip. Després, Philip ho resumia tot com a àrbitre imparcial i, encara que Remigius poques vegades se sortia amb la seva, ell acceptava amb freqüència alguns dels seus arguments o adoptava una part de la seva proposició per donar la impressió d'un govern de consens.

Els monjos estaven furiosos pel que havia fet el comte Percy. Tots s'havien alegrat quan Stephen havia concedit al priorat fusta i pedra gratis, i en aquells moments se sentien escandalitzats davant el fet que Percy hagués desafiat l'ordre del rei.

No obstant això, en apagar-se les protestes, Remigius va voler deixar una cosa ben assentada.

—Recordo haver-ho anunciat fa un any —va començar—. Sempre va ser poc satisfactori el pacte segons el qual la pedrera és propietat del comte encara que nosaltres en tinguem el dret d'explotació. Hauríem d'haver insistit en la propietat absoluta.

El fet que hi hagués tanta veritat en aquella observació no va fer que a Philip li fos més fàcil reconèixer-ho. La propietat absoluta era el que havia acordat amb Regan Hamleigh, però en l'últim moment ella li havia fet una mala jugada. Es va sentir temptat de dir que havia obtingut el millor tracte possible i que li hauria agradat veure Remigius millorar-lo en el laberint de traïcions de la cort reial, però es va mossegar la llengua, ja que al cap i a la fi era el prior i havia d'acceptar la responsabilitat quan les coses no anaven bé.

Milius va acudir per ajudar-lo.

—Està molt bé això de desitjar que el rei ens hagués donat la propietat absoluta de la pedrera, però no ho va fer, i la qüestió principal és què fem ara.

—Crec que és evident —va intervenir immediatament Remigius—. Hem d'expulsar els homes del comte pels nostres propis mitjans o aconseguir que ho faci el rei. Hem d'enviar-hi una delegació per demanar-li que faci complir la seva carta de privilegi.

Es va sentir un murmuri d'assentiment.

—Hauríem d'enviar els nostres oradors més prudents i eloqüents —va opinar Andrew, el sagristà.

Philip es va adonar que Remigius i Andrew ja es veien encapçalant la delegació.

—Un cop el rei s'assabenti del que ha passat, no crec que Percy de Hamleigh sigui comte de Shiring per gaire temps.

Philip no n'estava tan segur.

—¿On és el rei? —va preguntar Andrew com si se li acudís de sobte—. ¿Ho sap algú?

Philip havia estat recentment a Winchester i allà s'havia assabentat dels moviments del monarca.

—Ha anat a Normandia —va contestar.

—Costarà molt de temps atrapar-lo —es va afanyar a dir Milius.

—La recerca de la justícia sempre requereix paciència —va dir Remigius en to solemne.

—Però cada dia que passem buscant justícia deixarem de construir la nostra nova catedral —va replicar Milius. Pel to de la veu se li notava que estava exasperat per la facilitat amb què Remigius acceptava un ajornament en el programa de la construcció. Philip compartia aquest sentiment. Milius va afegir:— I no és el nostre únic problema. Quan haguem trobat el rei haurem de persuadir-lo perquè ens escolti. I això potser ens portarà setmanes. Després, és possible que concedeixi a Percy l'oportunitat de defensar-se, cosa que representarà un nou ajornament...

—¿Com podria defensar-se Percy? —va inquirir Remigius, enutjat.

—No ho sé, però estic segur que ja pensarà alguna cosa —va contestar Milius.

—En qualsevol cas, el rei està obligat a complir la seva paraula.

—No n'estigueu tan segurs —va intervenir una nova veu.

Tothom es va girar per mirar. Qui parlava era el germà Timothy, el monjo de més edat del priorat. Un home petit i modest que parlava poques vegades, però que quan ho feia valia la pena escoltar-lo. Philip pensava de tant en tant que Timothy hauria d'haver estat el prior. Durant el capítol solia romandre assegut, semblava que mig adormit, però en aquell moment s'inclinava cap endavant i li brillaven els ulls.

—Un rei és una persona del moment —va prosseguir—. Es troba constantment sota amenaces de rebels dins del seu propi regne, i també dels monarques veïns. Necessita aliats. El comte Percy és un home poderós amb un gran nombre de cavallers. Si el rei necessita Percy, tan bon punt presentem la nostra petició serà refusada sense tenir en compte si és justa o no. El rei no és perfecte. Només hi ha un jutge perfecte, que és Déu. —Va tornar a seure, reclinant-se contra la paret i mig aclucant els ulls com si no li interessés en absolut la recepció de les seves paraules. Philip va dissimular un somriure. Timothy havia expressat amb tota contundència els seus dubtes sobre la conveniència de recórrer al rei a la recerca de justícia.

Remigius es mostrava reticent a renunciar a la perspectiva d'un viatge llarg i excitant a França i a una estada a la cort reial, però al mateix temps no podia discutir la lògica de Timothy.

—¿Què podem fer, aleshores? —va preguntar.

Philip no ho sabia del cert. El xèrif no estaria en condicions d'intervenir en el cas. Percy era massa poderós perquè un simple xèrif pogués controlar-lo. I tampoc podia confiar en el bisbe. Era realment frustrant. No obstant això, Philip no estava disposat a estar-se de braços plegats i acceptar la derrota sense més ni més. Entraria en aquella pedrera encara que hagués de fer-ho ell mateix.

Això li va donar una idea.

—Un moment —va dir.

Hi implicaria tots els germans sans del monestir, i havia de preparar-se minuciosament com si es tractés d'una operació militar sense armes. Necessitaria menjar per dos dies.

—No sé si això donarà resultat, però val la pena intentar-ho. Escolteu —va afegir.

I a continuació va exposar el seu pla.

Es van posar en marxa gairebé immediatament: trenta monjos, deu novicis, Otto i la seva colla de pedraires, Tom, Alfred, dos cavalls i un carro. Quan va fosquejar van encendre fanals perquè els il·luminessin el camí. A mitjanit es van aturar a descansar i a menjar-se el que els havien preparat a corre-cuita a la cuina: pollastre, pa blanc i vi negre. Philip sempre havia estat convençut que el treball dur havia de ser recompensat amb bones viandes. En reprendre la marxa van entonar l'ofici sagrat a què haurien hagut d'assistir al priorat.

En un moment en què la foscor era més intensa, Tom, que encapçalava la comitiva, va aixecar una mà per aturar-los.

—Només ens queda un quilòmetre fins a la pedrera —va dir a Philip.

—Molt bé —va dir el prior. Després es va girar cap als monjos.— Traieu-vos les sandàlies i poseu-vos les botes de feltre. —Un cop ell mateix ho va haver fet, va assenyalar dos novicis i va dir:— Edward i Philemon, quedeu-vos aquí amb els cavalls i el carro. Estigueu callats i espereu que s'hagi fet completament de dia. Llavors reuniu-vos amb nosaltres. ¿Ho heu entès?

—Sí, pare —van respondre a l'uníson.

—Molt bé —va dir Philip—. Tots els altres seguiu Tom i no feu soroll, si us plau.

Tots es van posar en marxa.

Bufava un lleuger vent de l'oest i el xiuxiueig dels arbres cobria el so de la respiració i les passes de cinquanta homes. Philip va començar a sentir-se inquiet. Ara que acabava de posar en marxa el seu pla, li semblava una mica desgavellat. Va elevar una oració en silenci perquè tingués el resultat que desitjava.

El camí girava cap a l'esquerra, i llavors la llum tremolosa dels fanals va mostrar de manera difusa una construcció de fusta, una pila de blocs de pedra a mig acabar, algunes escales i bastides i, al fons, el fosc vessant d'un turó desfigurat per les blanques cicatrius infligides pels pedrers. De sobte, a Philip se li va acudir preguntar-se si els homes adormits a l'habitatge tenien gossos, ja que, en cas afirmatiu, hauria perdut l'element sorpresa i el seu pla podria fracassar. Però ja era massa tard per retrocedir.

Tot el grup es va esmunyir pel costat de la construcció. Philip va contenir l'alè esperant sentir en qualsevol moment una cacofonia de lladrucs. Però no hi havia gossos.

Va fer aturar la seva gent al voltant de la base de la bastida. Estava orgullós d'ells per haver mantingut un silenci hermètic. A la gent li era difícil mantenir-se callada fins i tot a l'església. Potser s'havien sentit massa atemorits per fer soroll.

Tom i Otto van començar a situar en silenci els pedraires al voltant de l'enclavament. Els van dividir en dos grups. Un d'ells es va situar a prop de la paret de roca, a nivell del terra. Els components del grup van pujar a la bastida. Quan tots van estar situats, Philip va indicar amb gestos als monjos que es col·loquessin, drets o asseguts, al voltant dels treballadors. Ell va romandre separat de la resta, a mig camí entre l'habitatge i la paret de roca.

La seva sincronització va ser perfecta, ja que al cap d'uns moments va arribar l'alba. Philip va treure una espelma de sota la capa i la va encendre amb un dels fanals. Després, posant-se de cara als monjos, va aixecar l'espelma. Era el senyal acordat. Els quaranta monjos i novicis van treure sengles espelmes i van procedir a encendre-les. L'efecte era espectacular. El dia es va fer sobre una pedrera ocupada per figures silencioses i fantasmals, cadascuna de les quals sostenia una llum petita i parpellejant.

Philip es va girar de nou cap a la construcció de fusta. Els seus ocupants continuaven sense donar senyals de vida. Es va disposar a esperar. Els monjos sabien molt bé com fer-ho. Estar-se drets, immòbils durant hores, formava part de la seva vida quotidiana. No obstant això, els treballadors no hi estaven acostumats, i al cap d'una estona van començar a impacientar-se, arrossegant els peus i mormolant en veu baixa, però en aquells moments ja no tenia cap importància.

Els seus murmuris o la llum diürna que anava en augment van despertar els que ocupaven la construcció. Philip va sentir algú que tossia i escopia. Després va percebre un so familiar, com si aixequessin una barra darrere de la porta. Va alçar la mà demanant absolut silenci.

Es va obrir de bat a bat la porta de la construcció. Philip va mantenir la mà alçada. Va sortir un home fregant-se els ulls. Philip el va reconèixer com a Harold de Shiring, el mestre pedrer, per la descripció que n'hi havia fet Tom. Al principi, Harold no va observar res d'anormal. Es va recolzar contra el marc de la porta i va tossir de nou; era una tos profunda i a borbolls d'home que té als pulmons massa pols de pedra. Philip va baixar la mà. En alguna banda, darrere d'ell, el cantor va donar una nota i a l'instant tots els monjos van començar a cantar. La pedrera es va inundar d'harmonies misterioses.

L'efecte sobre Harold va ser devastador. Va aixecar el cap com si l'haguessin estirat per un cordill. Se li van desorbitar els ulls i es va quedar amb la boca oberta en veure el cor espectral que, com per art de màgia, havia aparegut a la pedrera. Va fer un crit de terror. Va retrocedir vacil·lant i va entrar de nou a la construcció de fusta.

Philip va esbossar un somriure de satisfacció. Era un bon principi.

No obstant això, l'esglai no va durar gaire. Philip, aixecant de nou la mà, la va agitar sense girar-se. Els pedraires van començar a treballar en resposta al seu senyal i el soroll metàl·lic del ferro contra la roca puntuava la música del cor.

Dues o tres cares es van abocar temoroses per la porta. Aviat es van adonar els homes que el que veien eren monjos i treballadors normals i corrents, no visions o esperits, i van sortir per veure'ls millor. Van aparèixer dos homes d'armes cordant-se el cinyell i es van quedar immòbils mirant. Per a Philip, aquell era el moment crucial. ¿Què farien els homes d'armes?

La visió d'aquells homes grans, barbuts i bruts, amb cinyells, espases i dagues i justacòs de cuir dur, va evocar en el prior el record viscut, clar com el cristall, dels dos soldats que havien irromput a la seva llar quan tenia sis anys i havien matat la seva mare i el seu pare. De sobte, i de forma inesperada, va sentir un dolor profund per uns pares a qui amb prou feines recordava. Es va quedar mirant amb repugnància els soldats del comte Percy, i el que veia era un horrible home de nas afilat i un altre home bru amb sang a la barba. I es va sentir dominat per la fúria i el fàstic, i per la ferma decisió que aquells estúpids brètols sense temor de Déu havien de ser derrotats.

De moment no van fer res. A poc a poc van anar apareixent els pedraires del comte. Philip els va comptar. N'hi havia dotze, més els homes d'armes.

El sol va despuntar a l'horitzó.

Els pedrers de Kingsbridge ja extreien pedres de la paret rocosa. Si els homes d'armes pretenien aturar-los, haurien de començar pels monjos que rodejaven i protegien els treballadors. Philip havia jugat la carta que els homes d'armes vacil·larien abans d'utilitzar la violència contra uns monjos que resaven.

Fins allà ho havia encertat. En efecte, vacil·laven.

Els dos novicis que havien quedat enrere van arribar conduint els cavalls i el carro. Van mirar temerosos al voltant. Philip els va indicar amb un gest on havien de situar-se; després, es va girar cap a Tom i va assentir amb el cap.

Ja havien tallat unes quantes pedres i el mestre constructor va encomanar a alguns dels monjos més joves que les agafessin i les carreguessin al carro. Els homes del comte observaven amb curiositat aquella nova situació. Les pedres eren massa pesants perquè les aixequés un sol home, de manera que van haver de baixar-les de la bastida per mitjà de cordes i, un cop a terra, tractar-les amb molts miraments. Quan van ficar la primera pedra al carro, els homes d'armes es van reunir amb Harold. Van pujar una altra pedra al carro. Els dos homes d'armes es van separar del grup que es trobava al costat de l'habitatge i es van dirigir cap al carro. Philemon, un dels novicis, hi va pujar d'un bot i es va asseure dalt d'una de les pedres en actitud desafiant. «Un noi valent», es va dir Philip, que malgrat tot estava atemorit.

Els homes es van acostar al carro. Els quatre monjos que havien transportat les dues primeres pedres estaven davant d'ell formant una barrera. Philip es va posar tens. Els homes es van aturar, plantant cara als monjos, i es van endur la mà a l'empunyadura de les espases. Els càntics van callar i tothom es va quedar en silenci, aguantant l'alè.

Philip es deia que segurament no serien capaços de matar quatre monjos indefensos. Després va pensar com en seria de fàcil per a ells, homes corpulents i forts, acostumats a matances als camps de batalla, enfonsar les afilades espases en els cossos de gent de qui no havien de témer res, ni tan sols la venjança. I, no obstant això, també haurien de tenir en compte el càstig diví al qual s'arriscaven assassinant homes de Déu. Fins i tot uns malànimes com aquells devien saber que, al final, també els arribaria el dia del Judici. ¿Que no sentien esgarrifances de les flames eternes? Potser sí, però també tenien por del seu patró, el comte Percy, i de les explicacions que haurien de donar si fracassaven a l'hora de mantenir allunyats de la pedrera els homes de Kingsbridge. Els va observar, vacil·lants davant un grapat de monjos joves, amb la mà a l'empunyadura de les seves espases, i se'ls va imaginar sospesant què seria pitjor, si fallar a Percy o provocar la ira de Déu.

Els dos homes es van mirar. Un d'ells va sacsejar el cap. L'altre es va encongir d'espatlles. Tots dos es van allunyar de la pedrera.

El cantor va donar una nova nota i les veus dels monjos van esclatar en un himne triomfal. Els pedrers van llançar víctors, Philip va sentir un immens alleujament. Per un moment la situació havia semblat terriblement perillosa. No va poder evitar un somriure de plaer. La pedrera era seva.

Va apagar d'un buf la seva espelma i es va acostar al carro. Va abraçar cadascun dels quatre monjos que havien plantat cara als homes d'armes i els dos novicis que havien conduït el carro fins allà.

—Estic orgullós de vosaltres —va dir en un to afectuós—, i crec que Déu també n'està.

Els monjos i els pedraires s'estrenyien les mans i es felicitaven mútuament.

—Ha estat una actuació excel·lent, pare Philip —va dir Otto acostant-s'hi—. Sou un home valent, si permeteu que us ho digui.

—Déu ens ha protegit —va replicar Philip. Va dirigir la mirada cap als pedrers del comte, que formaven un desconsolat grup a peu, davant de la construcció de fusta. No volia enemistar-s'hi, ja que encara que en aquell moment eren els perdedors, hi havia el perill que Percy pogués utilitzar-los per crear nous problemes. Va decidir parlar-hi. Va agafar Otto del braç, el va conduir fins a l'habitatge i, adreçant-se a Harold, va dir:— Avui s'ha fet la voluntat de Déu. Espero que no hi hagi ressentiment.

—Ens hem quedat sense feina —va sentenciar Harold.

De sobte, a Philip se li va acudir la manera de tenir els homes de Harold de la seva banda.

—Si voleu, avui mateix podeu tornar a la feina —va dir—. Treballeu per a mi. Us contractaré a tots. Ni tan sols haureu d'abandonar el vostre habitatge.

Harold va quedar sorprès davant del gir que prenien els esdeveniments. Va semblar sobresaltat, però de seguida va recobrar la calma.

—¿Quin salari oferiu?

—L'habitual —va contestar ràpidament Philip—. Dos penics al dia per als artesans, un penic per als peons i quatre per a tu. Tu pagaràs els aprenents.

Harold es va girar cap als seus companys. El prior es va endur Otto a part per deixar-los discutir en privat la proposició. En realitat no podia permetre's pagar dotze homes més, i si acceptaven la seva oferta hauria d'ajornar encara més la data per poder contractar constructors. També significava que tallaria la pedra a un ritme més ràpid del que trigaria a utilitzar-la.

Constituiria una autèntica reserva, però perjudicaria les entrades de diners. No obstant això, posar tots els pedraires de Percy a la nòmina del priorat suposaria una excel·lent mesura defensiva. Si Percy volgués intentar un cop més treure profit de la pedrera hauria de contractar primer un equip de pedrers, cosa que potser li seria difícil un cop hagués corregut la veu dels esdeveniments que s'havien produït aquell dia. I si en el futur Percy intentava un altre estratagema per tancar la pedrera, Philip tindria excel·lents existències de pedra.

Harold semblava que discutia amb els seus homes. Al cap d'uns moments se'n va apartar i es va tornar a acostar a Philip.

—Si treballem per a vós, ¿qui n'estarà al càrrec? —va preguntar—. ¿Jo o el vostre mestre pedraire?

—Otto n'estarà al càrrec —va replicar Philip sense vacil·lar. Certament, no podia ser Harold, ja que es corria el risc que algun dia tornés al servei de Percy. I tampoc podia haver-hi dos mestres, perquè el més probable era que a conseqüència d'això s'originessin disputes.— Tu continuaràs dirigint el teu propi equip —va afegir—, però Otto estarà per damunt teu.

Harold va semblar decebut i va tornar al costat dels seus homes, per continuar la discussió. Tom es va reunir amb Philip i Otto.

—El vostre pla ha donat resultat, pare —va dir amb un ampli somriure—. Hem tornat a prendre possessió de la pedrera sense vessar ni una gota de sang. Ho heu fet molt bé.

Philip hi va estar d'acord fins que es va adonar que estava cometent pecat d'orgull.

—Ha estat Déu qui ha fet el miracle —es va recordar a si mateix, i també a Tom.

—El pare Philip ha contractat Harold i els seus homes perquè treballin amb mi —va dir Otto.

—¿De debò? —Tom semblava disgustat. Se suposava que era el mestre constructor qui havia de contractar els artesans, no el prior.— Pensava que no us ho podíeu permetre.

—Efectivament, no puc —va admetre Philip—, però no vull que aquesta gent s'estigui per aquí sense res a fer, esperant que a Percy se li acudeixi un altre estratagema per apoderar-se novament de la pedrera.

Tom va reflexionar un instant i després va assentir.

—I serà molt útil disposar d'una bona reserva de pedra en cas que Percy aconsegueixi sortir-se amb la seva.

A Philip li va satisfer que Tom entengués la utilitat del que havia fet.

Harold semblava que havia arribat a un acord amb els seus homes. Es va acostar novament a Philip.

—¿M'entregareu a mi els salaris perquè reparteixi els diners com em sembli millor?

Philip es va mostrar dubitatiu. Allò significava que el mestre s'enduria més del que li corresponia.

—Això és responsabilitat del mestre constructor —va dir, malgrat tot.

—És una pràctica bastant estesa —va intervenir Tom, adreçant-se a Harold—. Si és això el que volen els teus homes, jo hi estic d'acord.

—En aquest cas, acceptem —va dir Harold.

Harold i Tom van encaixar.

—De manera que tothom té el que vol. Formidable —va exclamar Philip.

—Hi ha algú que no —va observar Harold.

—¿Qui? —va preguntar Philip.

—Regan, l'esposa del comte Percy —va respondre el mestre pedraire amb una veu lúgubre—. Quan descobreixi el que ha passat aquí, correrà la sang.

II

No era dia de caça, de manera que els joves d'Earlscastle practicaven un dels jocs favorits de William Hamleigh: tirar pedres als gats.

Al castell sempre hi havia moltíssims gats, i no en venia d'un. Els homes tancaven les portes i els porticons del vestíbul de la torre de l'homenatge i arrambaven els mobles a la paret per tal que l'animal no es pogués amagar. Després apilaven pedres al centre de l'habitació. El gat, un gat vell amb el pèl grisós, va ensumar a l'aire la set de sang i es va asseure al costat de la porta amb l'esperança de sortir.

Cada un dels joves havia de dipositar un penic a un cassó per cada pedra que llancessin, i qui llancés la pedrada letal s'enduria tots els diners. Mentre ho feien a sorts per establir l'ordre de llançament, el gat va començar a posar-se nerviós i a caminar per davant de la porta.

Walter va ser el primer a llançar. Això suposava un avantatge, ja que encara que el gat es mostrés cautelós, ignorava la natura del joc i se'l podia agafar desprevingut. Walter va girar l'esquena a l'animal, va agafar una pedra de la pila i, mantenint-la oculta a la mà, es va girar amb lentitud i la va llançar de sobte.

Va fallar. La pedra va colpejar la porta i el gat va començar a córrer fent bots. Els altres van riure, burletes.

El segon llançament solia ser desafortunat, ja que el gat estava avisat i corria lleuger, mentre que més endavant se sentia cansat i possiblement quedava ferit. El següent era un jove escuder. Va observar el gat que corria al voltant de l'habitació a la recerca d'algun lloc per on sortir, i va esperar que reduís la marxa. Llavors va llançar la pedra. Va ser un bon llançament, però el gat el va veure venir i va fer una esquivada. Els homes van rugir.

El gat va tornar a córrer per l'habitació, dominat ja pel pànic, saltant per damunt dels cavallets i les taules arraconades. El següent a llançar va ser un cavaller més gran. Va observar el gat, va simular un llançament per veure cap on saltava i després va llançar la pedra mentre l'animal corria, apuntant una mica per davant seu. Els altres van aplaudir la seva astúcia, però el gat havia vist venir la pedra i es va aturar a temps per evitar-la.

L'animal, desesperat, va intentar ficar-se darrere d'un cofre de roure que hi havia en un racó. El llançador de torn va veure una oportunitat i la va aprofitar, llançant ràpidament la pedra mentre el gat es trobava parat, i li va encertar la gropa. Els homes van llançar víctors. El gat va renunciar a amagar-se darrere del cofre i va seguir corrent al voltant de l'habitació, però ja coixejava i es movia amb més lentitud.

Li tocava a William.

Va pensar que si anava amb compte probablement podria matar el gat. Li va cridar, per cansar-lo encara més, fent-lo córrer, per un instant, més de pressa. Després, amb la mateixa finalitat, va simular un llançament. Si algun dels altres s'hagués endarrerit tant, l'haurien esbroncat, però William era el fill del comte i, naturalment, van esperar amb paciència. El gat, sens dubte adolorit, va reduir la marxa, acostant-se esperançat a la porta. William va enretirar el braç disposat a llançar la pedra. Abans que la pedra abandonés la seva mà, la porta es va obrir de manera inesperada i al llindar va aparèixer un sacerdot vestit de negre. William va fer el seu llançament, però el gat va sortir disparat, com la fletxa d'un arc, entre les cames del sacerdot, que va deixar anar un crit i, aterrit, es va recollir les vestidures. Els joves van esclatar a riure. El sacerdot es va quedar immòbil, com una velleta espantada per un ratolí. Els joves reien amb estrèpit.

William va reconèixer el sacerdot. Era el bisbe Waleran.

Això el va fer riure encara més. Que aquell sacerdot efeminat sentís terror d'un gat i fos també un rival de la família feia més divertit l'incident.

El bisbe va recuperar ràpidament la calma. Va envermellir i va assenyalar William amb un dit acusador:

—Sofriràs el turment etern a les profunditats de l'infern —va dir amb veu aspra.

El riure de William es va transformar en una ganyota de terror. Quan era petit la seva mare li solia provocar malsons explicant-li què feien a la gent els dimonis a l'infern, fent-los cremar a les flames, traient-los els ulls i tallant-los les parts púdiques amb afilats ganivets, i des d'aleshores el treia de polleguera sentir-ne parlar.

—Calleu! —va dir, cridant al bisbe. A l'habitació es va fer el més absolut silenci. William va desembeinar el ganivet i es va dirigir a Waleran.— No vingueu aquí predicant, serp!

Waleran no semblava gens espantat, sinó tan sols intrigat, i interessat, a descobrir la feblesa de William. Allò va enfurismar William encara més.

—Us travessaré, per tots els...!

Estava prou fora de si per apunyalar el bisbe, però el va aturar una veu procedent de l'escala, darrere seu.

—William! Prou!

Era el seu pare.

William es va aturar i al cap d'un instant va embeinar el ganivet.

Waleran va entrar al saló, seguit d'un altre sacerdot que va tancar la porta darrere seu. Era el degà Baldwin.

—Em sorprèn veure-us, bisbe.

—¿Perquè l'últim cop que ens vam veure vau induir el prior de Kingsbridge a trair-me? Sí, suposo que hauríeu d'estar sorprès perquè habitualment no sóc persona que oblidi fàcilment. —Per un moment va dirigir la seva mirada glacial a William, i després la va tornar a concentrar en el comte.— Però prescindeixo del meu ressentiment quan va contra els meus interessos. Vós i jo hem de parlar.

Percy va assentir, pensatiu.

—És preferible que pugem al pis de dalt. Tu també, William.

El bisbe Waleran i el degà Baldwin van pujar per l'escala fins als apartaments del comte, seguits de William, que se sentia desil·lusionat perquè se li havia escapat el gat. D'altra banda, s'adonava que ell també s'havia escapat de miracle, perquè si hagués tocat el bisbe l'haurien penjat, però hi havia alguna cosa en l'exquisidesa i en les maneres afectades de Waleran que William detestava.

Van entrar a la cambra del comte, l'habitació on William havia violat Aliena. Cada cop que hi entrava recordava l'escena i aquell cos blanc i fresc com una rosa, la por reflectida a la seva cara, com cridava, el rostre contret del seu germà petit quan l'havien obligat a mirar i finalment un toc mestre de collita pròpia: deixar que Walter abusés d'ella. Hauria volgut retenir-la, presonera, per poder tenir-la a la seva disposició sempre que volgués.

Des de llavors Aliena s'havia convertit en la seva obsessió. Fins i tot havia intentat seguir-li la pista. Havien atrapat un guardabosc intentant vendre el cavall de guerra de William a Shiring, i sota tortura havia confessat que l'havia robat a una jove que responia a la descripció d'Aliena. William s'havia assabentat pel carceller de Winchester que havia visitat el seu pare abans que morís. I la seva amiga Kate, la propietària d'un bordell que ell solia freqüentar, li va dir que havia ofert a Aliena un lloc a la casa. Però el rastre acabava allà. «No t'hi capfiquis, Willy», li havia dit Kate per animar-lo. «¿Necessites pits grans i cabells llargs? Nosaltres podem oferir-te'ls. Endú-te aquesta nit Betty i Millie, quatre grans pits per a tu sol. ¿Què et sembla?» Però Betty i Millie no eren innocents i de cutis blanc ni sentien un terror mortal. I tampoc l'havien deixat satisfet. De fet, no havia assolit cap veritable satisfacció amb cap dona des d'aquella nit amb Aliena en aquella mateixa cambra del comte.

Es va treure aquella idea del cap. El bisbe Waleran parlava amb la seva mare.

—Suposo que sabeu que el prior de Kingsbridge ha pres possessió de la vostra pedrera.

No ho sabien. William estava astorat i la seva mare furiosa.

—¿Què? ¿Com pot ser? —va exclamar.

—Sembla que els vostres homes d'armes van aconseguir que els pedraires es retiressin, però l'endemà, quan es van despertar, es van trobar amb la pedrera plena de monjos que cantaven himnes, i van témer atacar homes de Déu. El prior Philip ha contractat els vostres pedraires i ara es troben tots treballant junts en perfecta harmonia. Em sorprèn que els vostres homes d'armes no tornessin per informar-vos-en.

—¿On són aquells covards? —va preguntar Regan. Tenia la cara congestionada.— Els he de veure... faré que els tallin els testicles i...

—Ja veig per què no han tornat —va observar Waleran.

—Els homes d'armes no són el que em preocupa —va intervenir Percy—. Al capdavall, són simples soldats. L'únic responsable és el caragirat del prior. Mai no hauria imaginat que pogués fer una jugada com aquesta. S'ha burlat de nosaltres, això és el que ha fet.

—Exactament —va convenir Waleran—. Amb tots aquells aires de santa innocència, té l'astúcia d'una rata.

William va pensar que Waleran també era una rata, una rata negra de morro punxegut, pèl negre i llefiscós, asseguda en un racó, amb un rosegó entre les grapes, llançant mirades astutes al voltant de l'habitació mentre ensumava el menjar. ¿Per què li interessava tant qui ocupés la pedrera? Era tan astut com el prior Philip; també ordia alguna cosa.

—No podem permetre que se surti amb la seva —deia la seva mare—. Els Hamleigh no poden acceptar aquesta derrota. Cal humiliar aquest prior.

El comte no n'estava tan segur.

—Només és una pedrera —va dir—. I el rei...

—No es tracta tan sols de la pedrera —el va interrompre la seva esposa—. I el que hagi dit el rei aquí no té importància.

William estava d'acord amb la seva mare. Philip de Kingsbridge havia desafiat els Hamleigh i havia de pagar per això. Si la gent no et tenia por, no eres ningú. Però el que no comprenia era on era el problema.

—¿Per què no hi anem amb alguns homes i fem fora els pedraires del prior?

Percy va sacsejar el cap.

—Una cosa és posar impediments passius als desitjos del rei, com vam fer en explotar nosaltres mateixos la pedrera, i una altra de molt diferent enviar homes armats per expulsar els treballadors que estiguin allà amb permís exprés del rei. Això em podria fer perdre el comtat.

William va acceptar de mala gana aquesta explicació. El seu pare sempre es mostrava prudent, però també solia tenir raó.

—Tinc un suggeriment —va dir el bisbe Waleran. William estava segur que amagava alguna cosa sota la màniga negra i brodada.— Crec que la catedral no hauria de construir-se a Kingsbridge.

Aquella observació va deixar William atònit. No en comprenia la importància. I tampoc el seu pare. Però la seva mare va obrir desmesuradament els ulls i va deixar de gratar-se la cara per un moment.

—És una idea interessant —va dir pensativa.

—Antigament, la majoria de catedrals es trobaven en pobles com Kingsbridge —va prosseguir Waleran—. Fa seixanta o setanta anys, en temps del primer rei William, n'hi va haver moltes que van ser traslladades a les ciutats. Kingsbridge és un poble petit enmig d'enlloc. Allà no hi ha res més que un monestir decadent que no és prou ric per mantenir una catedral, i molt menys per construir-la.

—¿I on desitgeu que es construeixi? —va preguntar Regan.

—A Shiring —va replicar Waleran—. És una gran ciutat, la seva població deu arribar als mil habitants, i té un mercat i una fira de llana anual. Es troba en un camí principal. Shiring és molt escaient. I si tots dos fem campanya en aquest sentit, el bisbe i el comte units, podrem aconseguir-ho.

—Però si la catedral fos a Shiring, els monjos de Kingsbridge no se'n podrien ocupar.

—Aquí està el quid de la qüestió —va dir Regan, impacient—. Sense la catedral, Kingsbridge no seria res. El priorat s'enfonsaria en la foscor i Philip seria novament un zero a l'esquerra, que és el que es mereix.

—Llavors, ¿qui s'ocuparia de la nova catedral? —va insistir Percy.

—Un nou capítol de canonges nomenats per mi —va respondre Waleran.

Fins a aquell moment, William s'havia sentit tan desconcertat com el seu pare, però ara començava a comprendre la idea de Waleran. Amb el trasllat de la catedral a Shiring, el bisbe també en tindria el control personal.

—¿I què em dieu dels diners? —va preguntar el comte—. ¿Qui pagaria la construcció de la nova catedral, si no és el priorat de Kingsbridge?

—Crec que ens trobarem que la major part de les propietats del priorat estan dedicades a la catedral —va dir Waleran—. Si la catedral es trasllada, les propietats van amb ella. Per exemple, quan el rei Stephen va dividir l'antic comtat de Shiring, va cedir les granges del turó al priorat de Kingsbridge, com desgraciadament sabem molt bé, però ho va fer per ajudar a finançar la nova catedral. Si li diguéssim que algú altre estava construint la nova catedral, esperaria que el priorat lliurés aquestes terres als nous constructors. Com podem imaginar, els monjos presentarien batalla, però l'examen de les seves cartes de privilegi enllestiria la qüestió.

A William, el panorama li semblava cada cop més clar. Amb aquell ardit Waleran no sols obtindria el control de la catedral, sinó que també s'apoderaria de la major part de les riqueses del priorat.

Percy pensava el mateix.

—¿Per a vós és un bon pla, bisbe, però, ¿voldríeu dir-me què hi guanyo jo?

Va ser la seva esposa qui va contestar.

—¿Que no ho veus? —va dir, enutjada—. Tu posseeixes Shiring. Pensa en tota la prosperitat que la catedral portarà a la ciutat. Durant anys hi haurà centenars d'artesans i manobres construint l'església. Tots ells hauran de viure en algun lloc i pagar-te una renda, hauran de menjar i vestir-se al teu mercat. Després hi haurà els canonges a càrrec de la catedral, i els fidels que acudiran a Shiring per Pasqua i Pentecosta en lloc de fer-ho a Kingsbridge, i els pelegrins que acudiran a veure els sepulcres... Tots gastaran diners. —Els ulls li brillaven per la cobdícia. Feia molt de temps que William no recordava haver-la vist tan entusiasmada.— Si portem bé tot això —va afegir després d'una pausa—, convertirem Shiring en una de les ciutats més importants del regne.

«I serà meva», va pensar William. «Quan el meu pare es mori, jo seré el comte.»

—Molt bé —va dir Percy—. Arruïnarà Philip, us donarà poder a vós, bisbe, i a mi em farà ric. ¿Com ho podem fer?

—En teoria, la decisió de traslladar l'emplaçament de la catedral l'ha de prendre l'arquebisbe de Canterbury.

Regan se'l va quedar mirant.

—¿Per què «en teoria»?

—Perquè precisament ara no hi ha arquebisbe. William de Corbeil va morir per Nadal i el rei Stephen encara no ha nomenat cap successor. No obstant això, sabem qui té totes les probabilitats d'obtenir el càrrec: el nostre vell amic Henry de Winchester. Vol aquesta dignitat. El Papa ja n'hi ha donat el govern interí, i el rei és el seu germà.

—¿Fins a quin punt és amic seu, també? —va inquirir Percy—. No us va ser de gaire ajuda quan vau intentar apoderar-vos d'aquest comtat.

Waleran es va encongir d'espatlles.

—Si pot, m'ajudarà. Hem de presentar-li el cas de manera convincent.

—No voldrà crear-se enemics poderosos precisament en aquests moments en què espera que el nomenin arquebisbe —va suggerir Regan.

—És clar; però Philip no és prou poderós perquè se'l tingui en compte. No és probable que sigui consultat per a l'elecció de l'arquebisbe.

—Llavors, ¿per què no hauria de donar-nos Henry el que volem? —va preguntar William.

—Perquè encara no ha estat nomenat arquebisbe i sap que la gent l'està observant per veure com es comporta durant el seu període de transició. Vol que se'l vegi prenent decisions assenyades i no senzillament repartint favors entre els seus amics. Ja tindrem temps per a això després de l'elecció.

—De manera que el màxim que podem fer és que atengui favorablement el nostre cas. ¿I quin és el nostre cas? —va preguntar Regan en actitud reflexiva.

—Que Philip no pot construir una catedral i nosaltres sí.

—¿I com podeu convence'l d'això?

—¿Heu estat últimament a Kingsbridge?

—No.

—Jo hi vaig ser per Pasqua. —Waleran va somriure.— Ni tan sols havien posat dues pedres una sobre l'altra. Tot el que tenien era una extensió plana de terra amb unes quantes estaques clavades a terra i algunes cordes marcant el lloc on esperen construir. Havien començat a cavar els fonaments, però només fins a uns peus de profunditat. Allà hi tenen treballant un paleta amb el seu aprenent i el fuster del priorat. I de tant en tant també algun monjo. És un panorama poc encoratjador, sobretot sota la pluja. M'agradaria que el bisbe Henry ho veiés.

Regan va assentir, comprensiva. William va advertir que el pla era bo encara que el fastiguegés la idea de col·laborar amb aquell odiós bisbe.

Waleran va continuar amb la seva exposició:

—Primer posarem Henry al corrent sobre el lloc tan petit i insignificant que és Kingsbridge i la pobresa que té el monestir. Li ensenyarem l'enclavament on els ha costat més d'un any cavar alguns forats poc profunds. Després el portarem a Shiring i l'impressionarem amb la rapidesa amb què allà es pot aixecar una catedral, ja que el bisbe, el comte i els ciutadans contribuiran conjuntament al projecte amb les màximes energies.

—¿Vindrà Henry? —va preguntar amb ansietat Regan.

—Tot el que podem fer és demanar-l'hi —va contestar Waleran—. En la seva qualitat d'arquebisbe, el convidaré a visitar-nos per la Pentecosta. L'afalagarà que ja el considerem arquebisbe.

—Hem de mantenir això en secret perquè no se n'assabenti el prior Philip —va dir el comte.

—No crec que sigui possible —va replicar Waleran—. El bisbe no pot fer una visita per sorpresa a Kingsbridge, seria massa estrany.

—Però si Philip sap per endavant que el bisbe Henry va a visitar-lo, és possible que faci un gran esforç per avançar el programa de la construcció.

—¿Com? No té diners, sobretot ara que ha contractat tots els vostres picapedrers. Els picapedrers no poden construir murs. —Waleran va sacsejar el cap amb un somriure de satisfacció.— De fet no pot fer absolutament res, llevat d'esperar que el sol brilli a la Pentecosta.

Al principi Philip es va sentir complagut que el bisbe de Winchester acudís a Kingsbridge. Naturalment, l'ofici se celebraria a l'aire lliure, però això estava bé. Ho farien al lloc on hi havia hagut l'antiga catedral. En cas que plogués, el fuster del priorat construiria un porxo sobre l'altar i al voltant perquè el bisbe no es mullés. La congregació podia suportar la pluja. La visita semblava un acte de fe per part del bisbe Henry, com si volgués donar a entendre que encara considerava Kingsbridge una catedral, i que la manca d'una veritable església només era un problema passatger.

No obstant això, se li va acudir preguntar-se quin motiu podria haver impulsat Henry a fer aquella visita. La raó habitual perquè un bisbe visités un monestir era obtenir menjar, beguda i allotjament de franc per a ell i el seu seguici. Però Kingsbridge era famós per la frugalitat del seu menjar i l'austeritat de la seva manera de viure, i les reformes de Philip amb prou feines havien aconseguit elevar el desastrós nivell per assolir la categoria d'acceptable. A més, Henry era el religiós més ric del regne, de manera que amb tota certesa no acudia a Kingsbridge per buscar menjar i beguda. Però a Philip, a més, li semblava un home que no feia res sense un motiu determinat.

Com més hi pensava, més gran era la seva sospita que el bisbe Waleran tenia alguna cosa a veure amb aquella visita. Havia esperat que Waleran es presentés a Kingsbridge un o dos dies després de rebre la carta, per discutir les mesures que calia prendre pensant en el servei i l'hospitalitat a Henry i assegurar-se que se sentís complagut i impressionat per Kingsbridge, però a mesura que passaven els dies sense que aparegués Waleran van anar afirmant-se les sospites de Philip.

Tanmateix, ni tan sols en els moments de més suspicàcia havia imaginat la traïció que, deu dies abans de Pentecosta, li havia estat revelada pel prior de la catedral de Canterbury. Com Kingsbridge, Canterbury estava a càrrec de monjos benedictins, i aquests s'ajudaven entre ells sempre que els era possible. El prior de Canterbury, que treballava en estreta relació amb l'arquebisbe en funcions, s'havia assabentat que Waleran havia convidat Henry a Kingsbridge amb l'exprés propòsit de convèncer-lo que traslladés la seu de la diòcesi i la nova catedral a Shiring.

Philip es va sentir consternat. La mà amb què sostenia la carta va començar a tremolar. Era una maniobra diabòlicament intel·ligent per part de Waleran, i ell no l'havia prevista. Ni tan sols li havia passat pel cap una cosa semblant.

El que en el fons l'esglaiava era que s'adonava que havia tingut molt poca vista. Sabia fins a quin punt Waleran podia ser fals. Feia un any que el bisbe havia intentat enganyar-lo en l'afer del comtat de Shiring, i mai no oblidaria la seva enrabiada quan Philip el va guanyar per mà. Encara podia veure el seu rostre enrogit de ràbia quan li va dir: «Juro per tot el que hi ha de sagrat que mai no construiràs la teva església.» Però a mesura que passava el temps va anar perdent força l'amenaça d'aquell jurament. Philip havia abaixat la guàrdia i ara es trobava amb el brutal recordatori de la llarga memòria de Waleran.

«El bisbe Waleran diu que no tens diners i que en quinze mesos no has construït res», escrivia el prior de Canterbury. «Diu que el bisbe Henry comprovarà per si mateix que la catedral mai no arribarà a construir-se si es deixa en mans del priorat de Kingsbridge. Al·lega que ara és el moment d'actuar, abans que hi hagi algun progrés real.»

Waleran era massa astut per deixar-se atrapar en una enganyifa, de manera que formulava una enorme exageració. De fet, Philip mai no havia portat a terme una gran tasca. Havia escombrat les runes, havia aprovat els plànols, havia establert el nou extrem oriental i havia ordenat que comencessin les obres dels fonaments, així com la tallada d'arbres i l'emmagatzemament de pedres. Però no tenia gran cosa més per mostrar al visitant. I per aconseguir allò havia hagut de superar enormes obstacles: la reforma de l'administració del priorat, obtenir del rei una important concessió de terres i derrotar el comte Percy en l'explotació de la pedrera. No era just!

Amb la carta a la mà, es va acostar a la finestra i va mirar cap al lloc on s'havia de construir l'església. Les pluges primaverals l'havien convertit en un fanguissar. Dos monjos joves, coberts amb les seves caputxes, traslladaven fusta des de la riba del riu. Tom Builder havia construït un aparell amb una corda i una politja per treure botades de terra del forat dels fonaments i estava manipulant el torn mentre el seu fill Alfred, dins del forat, omplia les bótes amb el fang. Semblava com si hagués de treballar a aquell ritme tota la vida i que mai no es notaria cap diferència respecte al primer dia en les obres. En veure aquella escena, qualsevol que no fos professional arribaria a la conclusió que allà no s'acabaria cap catedral fins al dia del Judici Final.

Philip es va apartar de la finestra i va tornar al seu escriptori. ¿Què s'hi podia fer? De moment es va sentir temptat de no fer res. Va pensar que el millor seria deixar que els visités el bisbe Henry, que hi donés una ullada i prengués la seva pròpia decisió. Si la catedral s'havia de construir a Shiring, que fos així. Deixaria que el bisbe Waleran agafés el control i la utilitzés per als seus fins. Deixaria que portessin la prosperitat a la ciutat de Shiring i a la perversa dinastia Hamleigh. Que es fes la voluntat de Déu.

Sabia, per descomptat, que allò no tenia validesa. Tenir fe en Déu no consistia a veure-les venir. Significava creure que un podia aconseguir el que es proposava, fent-ho el millor que pogués amb honradesa i energia. L'obligació sagrada de Philip era fer tot el possible per evitar que la catedral caigués en mans de gent cínica i immoral que l'explotarien per al seu propi engrandiment. Això significava mostrar al bisbe Henry que el seu programa de construcció estava en marxa i que Kingsbridge tenia l'energia i la decisió de portar-ho a terme fins al final.

¿Això era veritat? El fet era que a Philip li seria extraordinàriament difícil construir allà una catedral. Gairebé s'havia vist obligat a abandonar el projecte perquè el comte es negava a permetre-li l'accés a la pedrera. I encara que sabia que al final ho aconseguiria amb l'ajuda de Déu, la seva pròpia convicció no seria suficient per persuadir el bisbe Henry.

Va decidir fer tot el que pogués perquè aquell lloc resultés d'allò més impressionant dins de la seva capacitat. Posaria a treballar tots els monjos durant els deu dies fins a Pentecosta. Potser aconseguirien enfonsar part de la rasa de la fonamentació fins a la profunditat necessària, de manera que Tom i Alfred poguessin començar a col·locar les pedres dels fonaments. Potser s'aconseguiria completar una part dels fonaments fins al nivell del terra, per tal que Tom estigués en condicions de començar a aixecar un mur. Allò seria millor que el que ara hi havia, però no gaire més. El que Philip necessitava realment era un centenar de treballadors, i ni tan sols tenia diners per a deu!

Naturalment, el bisbe Henry arribaria un diumenge, quan ningú treballaria, llevat que Philip demanés la cooperació dels fidels. Allò representaria un centenar de treballadors. S'imaginava a si mateix dret davant d'ells, anunciant un nou tipus d'ofici sagrat a Pentecosta. En lloc de cantar himnes i dir oracions, anaven a cavar rases i carregar pedres. Es quedarien meravellats. Es...

¿Què farien en realitat?

Possiblement cooperarien de tot cor.

Va arrufar les celles. «Una de dues», es va dir, «o sóc boig o és possible que aquesta idea doni resultat.»

Hi va reflexionar una mica més. «Un cop acabat l'ofici», va pensar, «m'aixecaré i diré que en aquesta ocasió la penitència per al perdó de tots els pecats serà mig dia de treball al lloc on s'està construint la catedral. A l'hora de l'esmorzar hi haurà pa i cervesa. Ho faran. És clar que ho faran.»

Va considerar que era necessari discutir la idea amb algú més. Va pensar en Milius, però tot seguit se'n va desdir. La manera de pensar de Milius era massa semblant a la seva. Necessitava un enfocament diferent. Va decidir parlar amb Cuthbert. Es va posar la capa, es va cobrir amb la caputxa per protegir-se de la pluja i va sortir.

Va travessar a corre-cuita el terreny enfangat on s'aixecaria la catedral, va saludar Tom amb la mà en passar i es va encaminar cap al pati de la cuina. Aquella sèrie de construccions comptava ja amb un galliner, un porxo per a vaques i una lleteria, ja que a Philip no li agradava gastar-se uns diners dels quals anava tan escàs en productes corrents, que podien aportar els mateixos monjos, com ous i mantega. Va entrar al soterrani que feia de rebost, sota la cuina. Va aspirar l'aire fresc i fragant, aromatitzat per les herbes i espècies que Cuthbert emmagatzemava. Cuthbert comptava alls, n'escrutava els rasts i barbotejava nombres en veu baixa. Philip va observar lleugerament sobresaltat que Cuthbert s'estava fent vell. Semblava com si sota la pell li estigués desapareixent la carn.

—Trenta-set —va dir Cuthbert en veu alta—. ¿Vols un got de vi?

—No, gràcies. —Philip havia descobert que prendre vi durant el dia li provocava mandra i mal humor. Sens dubte, aquest era el motiu pel qual sant Benet aconsellava als monjos que beguessin amb moderació.— Necessito el teu consell, no els teus refrigeris. Vine i seu.

Obrint-se pas entre caixes i barrils, Cuthbert va ensopegar amb un sac i va estar a punt de caure abans de seure en un tamboret, davant de Philip. Aquest va advertir que el rebost no estava tan ordenat com temps enrere. Li va venir una cosa al cap.

—¿Que no t'hi veus, Cuthbert?

—Ja no sóc el que era, però ja m'espavilo —va respondre Cuthbert amb aspror.

Possiblement ja feia anys que no s'hi veia gaire bé, fins i tot potser aquest era el motiu pel qual no llegia amb claredat. No obstant això, era evident que aquella qüestió feria la seva susceptibilitat, de manera que Philip no va dir ni una paraula més, però va prendre nota mental per començar a preparar un cellerer que el substituís.

—He rebut una carta molt inquietant del prior de Canterbury —va dir, explicant després a Cuthbert les maniobres del bisbe Waleran. Per concloure, va afegir:— L'única manera que se m'acut de fer que el terreny on s'està construint sembli un formiguer en plena activitat és posar-hi a treballar tota la congregació. ¿Se t'acut alguna raó per la qual no ho hagi de fer?

Cuthbert ni tan sols es va parar a reflexionar.

—Em sembla una idea excel·lent —va dir a l'instant.

—No és gaire ortodox, però —va insistir Philip.

—N'hi ha precedents.

—¿De debò? —Philip es va quedar sorprès i complagut alhora.— ¿On s'ha fet?

—N'he sentit a parlar en diferents llocs.

Això va engrescar Philip.

—¿I va donar resultat?

—De vegades. Tot depèn del temps.

—¿Quin sistema se segueix? ¿És el sacerdot qui fa l'anunci quan s'acaba l'ofici?

—És més organitzat. El bisbe, o en aquest cas el prior, envia missatgers a les esglésies parroquials anunciant que pot obtenir-se el perdó dels pecats si es treballa en la construcció.

—És una gran idea —va declarar Philip, entusiasmat—. Podríem reunir més fidels del que és habitual atrets per la novetat.

—O potser menys —va dir Cuthbert—. N'hi ha que s'estimarien més donar diners al sacerdot o encendre un ciri a un sant abans que passar tot el dia carregant pedres amb el fang fins als genolls.

—No hi havia pensat, en això. —Philip va semblar desanimat de sobte.— Ben mirat, potser no és tan bona idea.

—¿En tens cap altra?

—No, cap.

—Llavors hauràs d'intentar posar aquesta en pràctica i confiar que doni resultat, ¿no et sembla?

—Sí, esperem que doni resultat —va dir Philip.

III

La vigília de Pentecosta, Philip no va aclucar els ulls en tota la nit.

Durant tota la setmana havia brillat el sol, cosa que encaixava perfectament amb el seu pla, ja que el bon temps induiria més gent a presentar-se voluntàriament, però dissabte, en fer-se fosc, va començar a ploure. Es va quedar despert escoltant amb desconsol el tamborineig de les gotes sobre la teulada i el vent entre els arbres. Tenia la impressió que ja havia resat prou. Déu ja devia tenir plena consciència de les circumstàncies.

El diumenge anterior cadascun dels monjos del priorat havia visitat una o més esglésies per parlar als fidels i dir-los que podrien aconseguir el perdó dels seus pecats si treballaven els diumenges en la construcció de la catedral. Per Pentecosta obtindrien el perdó de l'any anterior, i a partir d'aquell moment un dia de feina equivaldria a una setmana de pecats ordinaris, exclosos, naturalment, l'assassinat i el sacrilegi. El mateix Philip havia anat a la ciutat de Shiring i havia parlat a cadascuna de les quatre esglésies parroquials. A Winchester hi havia enviat dos monjos perquè visitessin tantes esglésies petites com els fos possible. Winchester estava a dos dies de distància, però les festes de Pentecosta es prolongaven durant sis dies, i la gent solia fer aquell viatge per assistir a una gran fira o a algun ofici sagrat en particular. En definitiva, molts milers de fidels havien escoltat el missatge. El que no era possible saber era quants respondrien a la crida.

La resta del temps tots havien estat treballant en les obres de la catedral. El bon temps i els dies més llargs del principi de l'estiu hi havien ajudat molt, i s'havia realitzat gairebé tot el que Philip esperava tenir acabat. S'havien col·locat els fonaments per al mur de la part més oriental del presbiteri. S'havia cavat en tota la seva profunditat la rasa d'alguns dels fonaments del mur nord, deixant-la preparada perquè se'n col·loquessin les pedres. I Tom havia fabricat prou càbries per mantenir un bon nombre de persones ocupades a cavar la resta de l'enorme fossa. A més, a la riba del riu s'apilava la fusta enviada corrent avall pels llenyataires, així com les pedres de la pedrera, i tot plegat havia de ser transportat pel vessant fins a l'enclavament de la catedral. Allà hi havia feina per a centenars de persones.

Però, ¿hi aniria algú?

A mitjanit, Philip es va encaminar sota la pluja fins a la cripta per a les matines. En tornar de l'ofici diví, la pluja havia cessat. No va tornar a allitar-se, sinó que va seure a llegir. Durant aquells dies el temps de què disposava per a l'estudi i la meditació era entre la mitjanit i l'alba, ja que la resta de les hores estava ocupat amb l'administració del monestir.

No obstant això, aquella nit li costava molt concentrar-se i la seva ment tornava sempre a les perspectives del dia que s'acostava i a les possibilitats d'èxit o fracàs. L'endemà podia perdre tot allò per què havia treballat durant l'any anterior, i encara més. Se li va acudir, potser perquè se sentia fatalista, que no hauria de buscar l'èxit per a satisfacció pròpia. ¿Potser era el seu orgull el que estava en joc? L'orgull era el pecat davant el qual era més vulnerable. Després va pensar en tota la gent que comptava amb el seu suport i la seva protecció i garantia de feina. Els monjos, els servents del priorat, els picapedrers, Tom i Alfred, els vilatans de Kingsbridge i els fidels de tot el comtat. Al bisbe Waleran no li importarien com li importaven a Philip. Waleran semblava creure que tenia dret a utilitzar la gent com li semblés, al servei de Déu. Philip creia que preocupar-se per la gent era servir Déu. A això es referia la salvació. «No, la voluntat de Déu no podia ser que el bisbe Waleran se sortís amb la seva. Potser el meu orgull està en joc, només una mica», admetia Philip per a ell mateix, «però a la balança també hi ha les ànimes de molts homes.»

Per fi es va fer de dia i un cop més Philip es va encaminar cap a la cripta, en aquella ocasió per a l'ofici diví de prima. Els monjos estaven inquiets i excitats. Sabien que aquell dia era crucial per al seu futur. El sagristà va celebrar l'ofici a corre-cuita i un cop més Philip l'hi va perdonar.

Quan van sortir de la cripta i es van dirigir al refectori per esmorzar, ja era de dia i el cel apareixia completament descobert. Déu havia enviat a la fi el temps pel qual havien resat. Era un bon començament.

Tom sabia que aquell dia el seu futur estava en joc. Philip li havia ensenyat la carta del prior de Canterbury, i estava segur que si la catedral es construïa a Shiring, Waleran contractaria el seu propi mestre constructor. No voldria utilitzar un projecte aprovat per Philip i tampoc arriscar-se a llogar algú que potser seria lleial al prior. Per a Tom, era Kingsbridge o res. Es tractava de l'única oportunitat que tindria de construir una catedral, i en aquells moments perillava.

Aquell matí el van convidar a assistir a capítol amb els monjos. Això es feia de tant en tant. En general, era perquè hi tractarien el programa de construcció i era possible que necessitessin la seva opinió experta en temes com ara el disseny, el cost o els terminis. Aquell dia volia fer els preparatius per donar feina als voluntaris, si és que se'n presentava cap. Volia que aquell lloc fos un formiguer d'activitat eficient quan arribés el bisbe Henry.

Va romandre assegut pacientment durant les lectures i les oracions, sense entendre les paraules en llatí, pensant en els seus plans del dia. Finalment, Philip va tornar novament a l'anglès i li va demanar que esbossés l'organització de la feina.

—Jo em trobaré construint el mur est de la catedral i Alfred estarà col·locant les pedres dels fonaments —va començar—. En tots dos casos l'objectiu és mostrar al bisbe Henry que la construcció està avançada.

—¿Quants homes us caldran perquè us ajudin? —va preguntar Philip.

—Alfred necessitarà dos manobres perquè li carreguin les pedres. Utilitzarà material de la runa de l'església vella. També necessitarà algú perquè li barregi el morter. Jo també necessitaré un barrejador de morter i dos manobres. Alfred podrà utilitzar pedres de qualsevol forma sempre que estiguin llestes per dalt i per sota, però les meves pedres hauran d'estar degudament preparades, ja que seran visibles per sobre del terra, de manera que he portat amb mi de la pedrera dos talladors de pedra perquè m'ajudin.

—Tot això és molt important per causar bona impressió al bisbe Henry, però la majoria dels voluntaris estaran cavant per als fonaments —va assenyalar Philip.

—Això mateix. Estan marcats els fonaments del presbiteri, i la majoria només s'han cavat uns pocs peus. Els monjos hauran de manejar les càbries. Ja he donat instruccions sobre això a uns quants monjos, i els voluntaris poden omplir les galledes.

—¿Què passarà si es presenten més voluntaris dels que calen? —va preguntar Remigius.

—Podem donar feina a tothom —va respondre Tom—. Si no tenim prou càbries, la gent podrà treure la terra de les rases en galledes i cistells. El fuster haurà d'estar per allà per fer més escales... Disposem de fusta suficient.

—Però hi ha un límit pel que fa al nombre de persones que poden baixar a les rases —va insistir Remigius.

Tom tenia la impressió que Remigius només volia empipar.

—Podran baixar-hi uns quants centenars. És una rasa enorme —va dir Tom, malhumorat.

—¿Cal fer alguna altra feina abans de cavar? —va preguntar Philip.

—I tant —va replicar Tom—. Cal carregar fusta i pedres des de la riba del riu fins al lloc de la construcció. Els monjos us haureu d'assegurar que els materials són apilats als llocs adequats. Les pedres hauran de col·locar-se al costat de les rases dels fonaments, però fora de l'església, perquè no entrebanquin la feina. El fuster us dirà on deixar la fusta.

—¿Tots els voluntaris seran inexperts? —va voler saber Philip.

—No necessàriament. Si ens arriba gent de les ciutats és possible que hi hagi alguns artesans. Almenys així ho espero. Haurem de servir-nos de les seves habilitats. Els fusters podran construir habitatges per a l'hivern. Qualsevol manobre pot tallar pedres i llançar-les als fonaments. Si hi hagués algun ferrer, podríem posar-lo a treballar a la ferreria de la vila, fent eines. Totes aquestes coses serien de gran utilitat.

—Tot ha quedat ben clar —va dir Milius, el tresorer—. M'agradaria posar fil a l'agulla tot seguit. Ja hi ha alguns voluntaris que esperen que els digueu què han de fer.

Hi havia alguna cosa més que Tom necessitava dir-los, alguna cosa important encara que subtil, i mirava de trobar les paraules adequades. Els monjos podien mostrar-se arrogants i indisposar els voluntaris. Tom volia que aquell dia tots treballessin amb alegria i de la manera més eficient possible.

—Jo ja he treballat amb voluntaris —va dir—. És important que no se'ls tracti..., com a servents. Podem pensar que estan treballant per aconseguir una recompensa celestial i que, per tant, treballaran amb més ganes que si ho fessin per diners, però no cal que tots pensin així. Alguns potser pensen que treballen per no res i, per tant, que ens fan un gran favor, i si ens mostrem desagraïts, treballaran a poc a poc i cometran errors. El millor serà mostrar-nos amables amb ells. —La seva mirada es va trobar amb la de Philip, i va observar que aquest reprimia un somriure, com si sabés els temors que s'ocultaven sota les seves paraules mel·líflues.

—Ben dit —va apuntar Philip—. Si els tractem bé, es trobaran a gust; es crearà un bon ambient que impressionarà de manera positiva el bisbe Henry. —Va mirar els monjos reunits i va afegir:— Si no hi ha més preguntes, posem-nos a treballar.

Sota la protecció del prior Philip, Aliena havia gaudit d'un any de seguretat i prosperitat.

Tots els seus plans s'havien complert. Ella i Richard havien recorregut el districte rural comprant llana als pagesos durant tota la primavera i l'estiu, venent-la al prior tan aviat com obtenien un sac de llana. I havien donat per finalitzada la temporada amb cinc lliures de plata.

El seu pare havia mort uns dies després de la seva visita, encara que no ho va saber fins per Nadal. Va localitzar-ne la tomba —després de gastar en suborns gran part dels diners guanyats tan durament— en un cementiri de pidolaires a Winchester. Havia plorat amargament, no sols per ell, sinó per la vida que havien passat junts, segura i lliure de preocupacions. Aquells temps mai no tornarien. En certa manera, ja li havia dit adéu abans que morís. Quan va sortir de la presó va saber que mai no tornaria a veure'l; però tot i així ell encara es trobava amb ella, perquè estava lligada al jurament que li havia fet i s'havia resignat a passar la seva vida complint la seva voluntat.

Durant l'hivern, ella i Richard havien viscut en una petita casa molt a prop del priorat de Kingsbridge. Havien fabricat una carreta, comprant les rodes al carreter de Kingsbridge, i a la primavera van adquirir un bon bou per arrossegar-la. Estaven en plena temporada d'esquilat i ja havien guanyat més diners dels que els havia costat el bou i la nova carreta. L'any següent potser podria contractar un home que l'ajudés i trobar un lloc de patge per a Richard a casa d'algú pertanyent a la petita noblesa perquè comencés l'aprenentatge que el conduís a convertir-se en cavaller.

No obstant això, tot depenia del prior Philip.

En ser una jove de divuit anys que vivia per si mateixa, seguien considerant-la presa fàcil tots els lladres, i també molts comerciants. Havia intentat vendre un sac de llana als comerciants de Shiring i Gloucester només per esbrinar què passaria, i en totes dues ocasions li havien ofert la meitat del que valia. En una ciutat no hi havia mai més d'un comerciant, de manera que sabien que no tenia alternativa. Amb el temps tindria el seu propi magatzem i vendria totes les seves existències als mercaders flamencs. Però encara faltava molt per a això. Entretant depenia de Philip.

I, de sobte, la posició de Philip s'havia fet precària.

Aliena es mantenia en constant alerta davant del perill dels proscrits i els lladres, però quan tot semblava anar sobre rodes, va sofrir un enorme sobresalt quan el seu mode de guanyar-se la vida es va veure inesperadament amenaçat.

Richard no volia treballar per Pentecosta en la construcció de la catedral, cosa que a Aliena li va semblar una gran mostra d'ingratitud per part seva. El va obligar a anar-hi i, poc després de sortir el sol, tots dos van recórrer els pocs peus que els separaven del recinte del priorat. Gairebé tota la vila s'havia concentrat allà, trenta o quaranta homes, alguns amb les seves dones i nens. Aliena es va quedar sorpresa fins que va recordar que el prior Philip era el seu senyor, i que quan el senyor demanava voluntaris el més prudent era acudir-hi. Durant l'any anterior havia adquirit una perspectiva nova i sorprenent de les vides de la gent normal.

Tom, el mestre constructor, distribuïa la feina entre els vilatans. Richard es va dirigir immediatament a parlar amb Alfred, el fill de Tom. Tenien gairebé la mateixa edat. Richard tenia quinze anys i Alfred prop d'un any més, i tots els diumenges jugaven amb els altres nois de la vila. També hi havia la nena petita, Martha, però la dona, Ellen, i el noi d'aspecte estrany havien desaparegut i ningú no en sabia res. Aliena va recordar el dia que la família de Tom havia arribat a Earlscastle. En aquella època estaven a la misèria. En van ser rescatats pel prior Philip, igual que Aliena.

A Aliena i Richard se'ls va proporcionar pales i se'ls va dir que cavessin als fonaments. El terra estava humit, però havia sortit el sol, la superfície aviat s'assecaria. Aliena va començar a cavar amb energia. Encara que hi havia cinquanta persones treballant-hi, van necessitar molt de temps perquè els forats semblessin prou profunds. Richard descansava amb freqüència recolzant-se en la seva pala.

—Cava si vols arribar a ser cavaller algun dia! —li va dir Aliena en una ocasió, però no va servir de res.

Aliena estava més prima i forta que feia un any, gràcies a les llargues caminades i a aixecar pesants càrregues de llana, però en aquells moments va descobrir que encara li podia fer mal l'esquena en cavar. Es va sentir alleujada quan el prior Philip va fer sonar la campana indicant que podien descansar. Els monjos els van portar pa calent de la cuina i van servir cervesa lleugera. El sol començava a escalfar amb força i alguns homes es van despullar fins a la cintura.

Mentre descansaven, un grup de forasters va entrar per la porta. Aliena els va mirar esperançada. Eren pocs, però potser es tractava de l'avançada d'una gran multitud. Es van acostar a la taula en què s'estava repartint el pa i la cervesa i el prior Philip els va donar la benvinguda.

—¿D'on veniu? —va preguntar mentre bevien, agraïts, la cervesa.

—De Horsted —va respondre un d'ells, eixugant-se la boca amb la màniga. Allò semblava prometedor. Horsted era una vila de dos-cents o tres-cents habitants a no gaire distància a l'est de Kingsbridge. Amb sort, podien confiar que en vindria encara un altre centenar de voluntaris.

—I en total, ¿quants sou els que veniu? —va preguntar Philip.

A l'home va semblar sorprendre'l la pregunta.

—Només nosaltres quatre —va respondre.

Durant l'hora següent, la gent entrava de mica en mica per la porta del priorat fins que a mig matí hi va haver setanta o vuitanta voluntaris treballant, incloses les dones de la vila. Després, l'afluència va cessar per complet.

No n'hi havia prou.

Philip es trobava dret a l'extrem est, observant Tom, que aixecava un mur. Havia acabat les bases de dos contraforts fins al nivell de la tercera filada de pedres, i en aquell moment estava construint el mur que hi havia entre els contraforts. «Probablement mai no arribarà a acabar-se», es va dir Philip desanimat.

El primer que feia Tom quan els manobres li portaven una pedra era agafar un instrument de ferro en forma de L i utilitzar-lo per comprovar si les vores de la pedra eren quadrades. Després, amb una pala, tirava una capa de morter sobre el mur, la distribuïa amb la punta de la paleta i hi col·locava al damunt la nova pedra, traient l'excés de morter. Per col·locar la pedra es guiava per un cordill tens subjecte per tots dos caps a cada contrafort. Philip va observar que la pedra estava gairebé tan llisa en la part superior com en la inferior, que entrava en contacte amb el morter. Allò el va sorprendre, i n'hi va preguntar el motiu a Tom.

—Una pedra mai no ha de tocar ni la de sobre ni la de sota —va contestar Tom—. Per a això és precisament el morter.

—¿Per què no s'han de tocar?

—Perquè apareixerien escletxes. —Tom es va posar dret per

explicar-l'hi.— Si camineu per una teulada de pissarra, el vostre peu la travessarà, però si poseu una post a través de la teulada podreu caminar-hi sense malmetre la pissarra. La post reparteix el pes, i això mateix és el que fa el morter.

A Philip mai no se li havia acudit, allò. La construcció era una cosa fascinant, sobretot quan la dirigia algú com Tom, capaç d'explicar el que estava fent.

La part més tosca de la pedra era la de darrere. Philip es va dir que amb tota seguretat aquella cara seria visible a l'interior de l'església. Després va recordar que, de fet, Tom estava construint un mur doble amb una cavitat entremig, de tal manera que la cara posterior de cada pedra quedés oculta.

Quan Tom va haver dipositat la pedra sobre el seu llit de morter, va agafar el nivell, que consistia en un triangle de ferro amb una corretja subjecta al seu vèrtex i unes marques a la base. La corretja duia incorporat un pes de plom, de manera que sempre penjava recta. Tom va col·locar la base de l'instrument sobre la pedra i va comprovar com queia la corretja. Si s'inclinava cap a un costat o l'altre del centre, Tom colpejava sobre la pedra amb el martell fins a deixar-la perfectament anivellada. Tot seguit anava desplaçant l'instrument fins a col·locar-lo a cavall entre les dues pedres adjacents per comprovar si la part superior de totes dues estava en línia. Per últim col·locava l'instrument obliquament sobre la pedra per assegurar-se que les cares de les pedres estaven en línia recta. Philip no sabia que fos tan important que els murs de pedra quedessin exactament rectes i anivellats.

Va aixecar la mirada cap a la resta de l'enclavament de la construcció. Era tan enorme que vuitanta homes i dones i alguns nens hi semblaven perduts. Treballaven alegrement sota els raigs del sol, però eren tan pocs que a Philip li va semblar que els seus esforços eren inútils. Al principi havia esperat que hi anirien cent persones, però en aquells moments va comprendre que tampoc no n'hi hauria hagut prou.

Va entrar al recinte un altre grupet i Philip es va veure obligat a anar a donar-los la benvinguda amb un somriure. Els seus esforços no tenien per què ser vans, ja que obtindrien el perdó dels seus pecats.

En acostar-s'hi va comprovar que era un grup nombrós. En va comptar dotze, i després en van entrar dos més. Al capdavall, potser arribaria a tenir un centenar de persones pels volts de migdia, hora en què esperava el bisbe.

—Déu us beneeixi a tots —els va dir. Estava a punt d'indicar-los on podien començar a cavar quan el va interrompre una veu forta.

—Philip!

Va arrufar les celles, molest. La veu pertanyia al germà Milius. Fins i tot aquest li havia de dir «pare» en públic. Philip va mirar cap al lloc d'on procedia la veu. Milius es balancejava sobre el mur del priorat en una postura no gaire digna.

—Baixa immediatament del mur, germà Milius! —li va exigir Philip en un to tranquil per bé que imperiós.

Davant el seu astorament, Milius va continuar on era.

—Vine i mira això! —li va cridar.

Philip es va dir que els nouvinguts s'endurien una mala impressió de l'obediència monàstica, però no podia evitar preguntar-se què era el que havia excitat d'aquella manera Milius, que havia perdut les bones formes d'aquella manera.

—Vine aquí i digue'm de què es tracta, Milius —va dir en un to de veu que habitualment reservava als novicis esvalotadors.

—Has de veure-ho! —va insistir Milius.

Philip es va dir, ja enfadat, que seria millor per a ell que tingués una bona raó per haver fet tot allò. Però com que no volia esbroncar el seu col·laborador més íntim davant de tots aquells forasters, va optar per somriure i fer el que Milius li demanava.

Profundament irritat, va creuar el terreny enfangat que s'estenia davant de l'estable i va escalar el mur baix.

—¿Què significa aquest comportament? —va preguntar amb aspror.

—Només has de veure-ho! —va dir Milius, assenyalant amb el braç.

Seguint la seva indicació, Philip va mirar per damunt de les teulades de la vila, més enllà del riu, fins al camí que seguia la pujada i baixada del terreny cap a l'oest. Al principi no podia creure el que veia. Entre els camps verds de collites avançaven centenars de persones, totes en direcció a Kingsbridge.

—¿Què és això? —va preguntar desconcertat—. ¿Un exèrcit? —I va ser llavors quan hi va caure.— Voluntaris! —va cridar—. N'hi deu haver cinc-cents... O mil..., o més.

—Això mateix! —va exclamar Milius, feliç—. Al cap i a la fi, han vingut!

—Estem salvats.

Estava tan emocionat que ni tan sols va recordar per què havia d'estirar les orelles a Milius. La multitud ocupava tot el tros fins al pont i la filera travessava tota la vila fins a la porta del priorat. La gent a qui havia saludat era l'avançada de tota la resta. En aquells moments creuaven la porta, i es van dirigir fins a l'extrem occidental del lloc on s'aixecaria la catedral, esperant que algú els indiqués què havien de fer.

—Al·leluia! —va exclamar Philip sense poder-se contenir.

Però no n'hi havia prou amb alegrar-se'n; havia d'utilitzar els serveis d'aquella gent. Va baixar d'un salt del mur i va dir a Milius:

—Convoca tots els monjos i que deixin de treballar. Els necessitarem com a ajudants. Digues al cuiner que enforni tot el pa que pugui i que tregui alguns barrils més de cervesa. Necessitem més galledes i pales. Hem de tenir tota aquesta gent treballant abans que arribi el bisbe Henry.

Durant l'hora següent, Philip va mantenir una activitat frenètica. Al principi, només per treure la gent del mig, va encarregar a un centenar o més la tasca de carregar materials des de la riba del riu. Tan aviat com Milius va haver reunit el grup de monjos que havien de supervisar la feina, va començar a enviar els voluntaris als fonaments. Aviat van faltar pales, barrils i galledes. Philip va ordenar que es portessin totes les olles de la cuina, i va fer que alguns voluntaris fabriquessin tosques caixes de fusta i safates de vímet per transportar terra. Tampoc hi havia escales ni càbries, per la qual cosa van fer un llarg declivi en un extrem de la fossa més gran dels fonaments de fusta per tal que la gent pogués entrar-hi i sortir-ne. Va advertir de sobte que no havia reflexionat prou sobre on posar les enormes quantitats de terra que estaven traient. Ara ja era massa tard per perdre el temps pensant-hi, de manera que va ordenar que la llencessin en un terreny rocós que hi havia prop del riu. Potser arribaria a ser cultivable. Mentre estava donant aquesta ordre, Bernard, el cuiner, va arribar mort de por dient que només havia fet provisions per a dues-centes persones com a molt, i que allà n'hi havia un miler.

—Encén un foc al pati de la cuina i prepara sopa en una tina de ferro —li va indicar Philip—. Afegeix aigua a la cervesa. Utilitza tot el que tinguis al rebost. Fes que alguns vilatans preparin menjar a casa seva. Improvisa!

Va fer mitja volta i va continuar organitzant els voluntaris.

Mentre encara es trobava donant ordres, algú li va donar uns copets a l'espatlla mentre preguntava en francès:

—¿Em podeu prestar la vostra atenció un moment, prior Philip? —Era el degà Baldwin, l'ajudant de Waleran Bigod.

En girar-se, Philip es va trobar amb el grup visitant en pes, tots a cavall i amb luxosa indumentària, contemplant atònits l'escena que els rodejava. Allà hi havia el bisbe Henry, home baix i fornit, de gest esquerp, el cap afaitat del qual contrastava amb la capa púrpura brodada. Al seu costat es trobava el bisbe Waleran, vestit, com sempre, de negre; la seva habitual mirada de menyspreu glacial no aconseguia dissimular del tot la seva consternació. També els acompanyava l'obès Percy Hamleigh, el seu fornit fill William i Regan, la seva horrible esposa. Percy i William miraven ben bocabadats, però Regan va comprendre a l'instant el que el prior havia fet, i estava furiosa.

Philip va girar novament la seva atenció al bisbe Henry i va quedar sorprès de veure que aquest el mirava amb gran interès. Philip li va tornar la mirada amb tota franquesa. L'expressió del bisbe Henry era de sorpresa, curiositat i una mena de menyspreu i sorna. Al cap d'un instant Philip es va acostar al bisbe i va besar-li l'anell de la mà que li allargava.

Henry va desmuntar amb un moviment suau i àgil i la resta del grup el va imitar. Philip va cridar un parell de monjos perquè portessin els cavalls a l'estable. Henry devia tenir la mateixa edat que Philip, però el seu rostre rogenc i la seva ossada ben coberta el feien semblar més aviat vell.

—Molt bé, pare Philip —va dir—; he vingut a comprovar si eren certs uns informes segons els quals no eres capaç de construir una nova catedral aquí, a Kingsbridge. —Va fer una pausa, va observar els centenars de treballadors i després va tornar a mirar Philip.— Sembla que m'han informat malament.

Philip va sentir que se li aturava el cor. Havia guanyat. Henry ho havia dit amb tota claredat.

El prior es va girar cap al bisbe Waleran. La cara d'aquest era una màscara de fúria continguda. Sabia que havia estat derrotat un cop més. Philip es va agenollar i, inclinant el cap per dissimular l'expressió de delit triomfal, va besar la mà de Waleran.

Tom gaudia amb la construcció del mur. Feia tant de temps d'ençà de l'última vegada, que havia oblidat la profunda tranquil·litat que l'envaïa quan col·locava una pedra damunt d'una altra en línies perfectament rectes i la construcció s'anava elevant.

Quan els voluntaris van començar a arribar a centenars i es va adonar que el pla de Philip donaria resultat, es va sentir encara més content. Aquelles pedres formarien part de la catedral de Tom i el mur que en aquell moment tenia menys d'un peu d'altura finalment s'aixecaria per buscar el cel. Tom va sentir que es trobava als començaments de la resta de la seva vida.

Es va assabentar de l'arribada del bisbe Henry. Com una pedra llançada a un estany, el bisbe va provocar onades entre la massa de treballadors, ja que la gent s'aturava un instant per contemplar aquells personatges sumptuosament vestits que s'obrien camí amb molt de compte pel fang. Tom va continuar col·locant pedres. El bisbe devia estar admirat a la vista dels milers de voluntaris treballant alegres i entusiastes per construir la seva nova catedral. Ara Tom necessitava causar també una bona impressió. Mai no s'havia trobat a gust amb gent ben vestida, però necessitava mostrar-se competent i prudent, tranquil i segur d'ell mateix, la mena d'home en qui es pot confiar per a les complexitats d'un gran i costós projecte de construcció.

Es va mantenir alerta esperant l'arribada dels visitants, i quan va veure com s'acostava el grup va deixar la paleta. El prior va conduir el bisbe Henry fins on es trobava Tom, que es va agenollar i va besar la mà del bisbe.

—És el nostre mestre constructor —va dir Philip—. Ens el va enviar Déu el mateix dia que es va cremar l'església.

Tom es va agenollar novament davant del bisbe Waleran i després va mirar la resta del grup. Es va obligar a recordar que era el mestre constructor i que no s'havia de mostrar servil. Va reconèixer Percy Hamleigh, per a qui havia construït un dia mitja casa.

—Lord Percy —va dir amb una lleu reverència. Va veure l'horrorosa esposa de Percy.— Senyora. —Finalment va descobrir el fill. Va recordar que William havia estat a punt d'envestir Martha amb el seu enorme cavall de guerra i també com havia intentat comprar Ellen al bosc. Aquell jove era un personatge desagradable, però tot i així el va saludar amb cortesia:— Jove Lord William.

El bisbe Henry observava Tom amb mirada penetrant.

—¿Has dibuixat tu els plànols, mestre constructor?

—Sí, senyor bisbe. ¿Els voleu veure?

—Certament.

—Seguiu-me, si us plau.

Henry va assentir, i Tom els va conduir fins al seu porxo, a uns peus de distància. Va entrar a la petita construcció de fusta i va sortir amb el plànol del terra, dibuixat sobre morter amb un gran marc de fusta de més d'un metre de longitud. El va recolzar contra el mur del porxo, va retrocedir un parell de passes i el va estudiar.

El moment era delicat. La majoria de gent no entenia els plànols, però els bisbes i els senyors no suportaven haver-ho d'admetre, per la qual cosa es feia necessari explicar-los la idea de manera que la seva ignorància no quedés de manifest davant els altres. És clar que alguns bisbes sí que hi entenien, i en aquest cas se sentien insultats quan un simple mestre constructor pretenia donar-los explicacions.

—Aquest és el mur que estic construint —va assenyalar Tom, indicant nerviós el plànol.

—Sí, es veu clarament: la façana est —va dir Henry. Allò responia el seu interrogant. Sabia interpretar un plànol a la perfecció.— ¿Per què els transseptes no tenen naus laterals?

—Per economitzar —va contestar Tom a l'instant—. Però com que no començarem a construir-los fins d'aquí a cinc anys, si el monestir segueix prosperant, com ha fet durant el primer any de govern del pare Philip, és possible que llavors ens puguem permetre construir transseptes amb naus laterals.

Havia elogiat Philip i havia contestat a la pregunta al mateix temps, i creia haver-se mostrat prou intel·ligent.

Henry va assentir amb gestos d'aprovació.

—Ha estat molt sensat establir un pla modest deixant lloc, al mateix temps, a una possible ampliació. Ensenya'm l'alçat.

Tom va treure l'alçat. Aquest cop no va fer cap comentari, ja que sabia que Henry era capaç d'entendre el que estava mirant, tal com havia quedat confirmat amb el comentari que havia fet.

—Boniques proporcions.

—Gràcies —va dir Tom. El bisbe semblava complagut.— És una catedral modesta, però serà més lluminosa i bonica que l'antiga —va afegir.

—¿I quant de temps caldrà per acabar-la?

—Quinze anys de treball ininterromput.

—Cosa que mai no es produeix; no obstant això, ¿ens pots mostrar quin aspecte tindrà? Vull dir per a algú que la vegi des de fora.

Tom va comprendre a què es referia.

—¿En voleu veure un esbós?

—Sí.

—Bé.

Tom va tornar al mur que s'estava construint, seguit del bisbe i el seu grup. Es va agenollar davant del rall i hi va estendre una capa uniforme de morter per damunt, allisant la superfície. Després, amb la punta de la paleta, va fer un esbós de l'extrem occidental de l'església. Sabia que això li sortia molt bé. El bisbe, el seu grup i tots els monjos i treballadors voluntaris que voltaven per allà miraven fascinats. Un dibuix sempre semblava un miracle per als qui no en sabien fer. En un moment Tom havia fet un dibuix lineal de la façana oest amb tres portades en arcada, una gran finestra i dues torretes que la flanquejaven. Era un truc senzill, però molt efectiu.

—Extraordinari —va dir el bisbe Henry un cop acabat el dibuix—. Que la teva habilitat es vegi beneïda per Déu.

Tom va somriure. Allò representava un poderós suport al seu nomenament.

—El meu senyor bisbe, ¿prendreu algun refrigeri abans no se celebri l'ofici sagrat? —va preguntar Philip.

—Amb molt de gust.

Tom va sentir un immens alleujament. Havia superat feliçment la prova.

—Us prego que passeu a la casa del prior. És aquí davant —va afegir Philip. El grup es va posar en moviment. Philip va prémer el braç de Tom i va dir amb un murmuri de joia continguda:— Ho hem aconseguit!

Tom va respirar alleujat en allunyar-se dels dignataris. Se sentia feliç i orgullós. «Sí», es va dir, «ho hem aconseguit.» El bisbe Henry, malgrat mantenir la calma, estava més que impressionat. Estava bocabadat. Era evident que Waleran li havia pintat una escena de desídia i inactivitat, raó per la qual tot plegat resultava molt més sorprenent. En resum, a Waleran la malignitat se li havia girat en contra, enfortint el triomf de Philip i Tom.

Mentre gaudia de la grata sensació d'una victòria honrada, Tom va sentir una veu familiar.

—Hola, mestre constructor.

En girar-se es va trobar Ellen.

Tom no creia el que veia. Els problemes de la catedral li havien ocupat el cap de tal manera que durant tot el dia no havia pensat en ella. La va contemplar embadalit. Estava exactament com quan havia marxat: esvelta, la pell morena, els cabells foscos que s'agitaven com onades en una platja i aquells ulls daurats tan lluminosos. Li va somriure amb aquella boca de llavis gruixuts que sempre li feia pensar en petons.

Se sentia desbordat pel desig urgent d'abraçar-la, però va aconseguir dominar-se.

—Hola, Ellen —va balbucejar.

—Hola, Tom —va dir un jove que l'acompanyava.

Tom el va mirar amb curiositat.

—¿No te'n recordes, de Jack? —va dir Ellen.

—Jack! —va exclamar Tom, astorat.

El noi havia canviat. Ara ja era una mica més alt que la seva mare i, com dirien les àvies, havia fet una bona estirada. Encara tenia els cabells rojos i brillants, la pell blanca i els ulls verds, però els seus trets havien adquirit proporcions més atractives i fins i tot era possible que algun dia es tornés ben plantat.

Tom va mirar de nou Ellen. Durant un moment es va limitar a gaudir contemplant-la. Volia dir-li: «T'he trobat a faltar. No pots ni imaginar-te tot el que t'he trobat a faltar», i gairebé ho va fer, però no va gosar.

—Bé, ¿on heu estat? —es va limitar a preguntar.

—Hem viscut on sempre ho hem fet, al bosc —va contestar ella.

—¿I què us ha fet tornar precisament avui?

—Ens vam assabentar que demanaves voluntaris i vam tenir curiositat per saber com t'anava. I a més no he oblidat que et vaig prometre de tornar algun dia.

—M'alegra que ho hagis fet —va dir Tom—. Tenia unes ganes enormes de veure't.

—¿Sí? —Ellen semblava mostrar-se cauta.

Era el moment que des de feia un any Tom havia estat esperant i planejant, i quan a la fi arribava se sentia atemorit. Fins aleshores havia estat capaç de viure amb l'esperança, però si aquell dia Ellen el rebutjava, sabria que l'hauria perdut per sempre. Temia obrir la boca. El silenci es perllongava. Finalment va aspirar amb força i va dir:

—Escolta, Ellen; vull que tornis amb mi. Però, si us plau, no responguis fins que no hagis sentit tot el que t'he de dir... Si us plau.

—Molt bé —va dir ella.

—Philip és un prior molt bo. El monestir prospera cada cop més gràcies a la seva bona administració. La meva feina aquí és segura. Mai més no haurem de tornar a recórrer els camins.

T'ho prometo.

—No va ser per...

—Ho sé. Però t'ho vull dir tot.

—Molt bé.

—He construït una casa a la vila amb dues habitacions i una xemeneia, i la puc fer més gran. No haurem de viure al priorat.

—Però Philip és amo de la vila.

—Ara Philip està en deute amb mi. —Tom va assenyalar amb un braç tot el que el rodejava.— Sap que no hauria pogut fer tot això sense mi. Si li demano que et perdoni pel que vas fer i que consideri com a penitència suficient l'any que has passat a l'exili, hi estarà d'acord. No m'ho pot negar en un dia com aquest.

—¿I què me'n dius, dels nois? —va preguntar ella—. ¿Esperes que contempli tan tranquil·la com corre la sang de Jack cada cop que Alfred està empipat?

—En realitat crec que en tinc la resposta —va dir Tom—. Alfred ja és paleta. Prendré Jack com a aprenent al meu servei. D'aquesta manera el meu fill no se sentirà ressentit per l'ociositat de Jack i tu li podràs ensenyar a llegir i escriure. Així els dos nois es trobaran en igualtat de condicions, perquè tots dos treballaran i sabran llegir i escriure.

—Has pensat en tot, ¿no és cert? —va dir Ellen.

—Sí. —Tom va esperar la seva reacció. No se li donava gaire bé mostrar-se persuasiu. Tot el que podia fer era plantejar la situació. Tenia la impressió que no se li havia escapat res i que havia donat resposta a qualsevol objecció. Ellen ho havia d'acceptar! No obstant això, encara es mostrava reticent.

—No n'estic segura —va mussitar.

Tom va sentir que perdia el domini de si mateix.

—Si us plau, Ellen, no em diguis això. —Tenia por de començar a plorar davant de tota aquella gent i sentia un nus a la gola que amb prou feines podia parlar.— T'estimo tant! Si us plau, no tornis a marxar —li va suplicar—. L'únic que m'ha mantingut amb forces per seguir endavant ha estat l'esperança que tornaries. No puc suportar viure sense tu. No tanquis les portes del paradís. ¿No t'adones que t'estimo amb tot el meu cor?

L'actitud d'ella va canviar de sobte.

—¿Per què no ho deies llavors? —va xiuxiuejar, i se li va acostar, i el va rodejar amb els braços—. Jo també t'estimo, beneit.

Tom es va sentir flaquejar d'alegria. «M'estima de debò», va pensar. La va abraçar amb força i després la va mirar a la cara.

—¿T'agradaria casar-te amb mi, Ellen?

Ella tenia els ulls plens de llàgrimes, però somreia.

—Sí, Tom. Em casaré amb tu —va respondre.

Tom la va atreure cap a ell i la va besar a la boca. Durant un any hi havia somiat. Va tancar els ulls i es va concentrar en el meravellós contacte dels llavis humits d'Ellen contra els seus. El petó era tan exquisit que per un instant Tom es va oblidar de tot.

—No te l'empassis, tampoc! —va dir algú que passava a prop.

—Som en una església! —va dir Tom, apartant-se d'Ellen.

—Tant me fa —va dir ella alegrement, besant-lo de nou.

Philip els havia guanyat per mà un cop més, pensava amargament William mentre es trobava assegut a casa del prior, bevent vi aigualit i menjant dolços. Va necessitar un temps per apreciar en tota la seva magnitud la brillant i total victòria del prior. No hi havia hagut cap error en l'anàlisi de la situació feta pel bisbe Waleran. Era veritat que Philip anava curt de diners i que tindria moltes dificultats per construir una catedral a Kingsbridge, però malgrat tot l'astut monjo havia fet un progrés tenaç, havia contractat un mestre constructor, havia començat l'obra i després, amb extraordinària habilitat, havia convocat una nombrosa força laboral per enredar el bisbe Henry. I aquest havia quedat gratament impressionat, encara més en la mesura que Waleran li havia presentat una imatge realment desoladora.

I a més el maleït monjo sabia que havia guanyat. No podia esborrar del rostre aquell somriure triomfal. En aquells moments conversava animadament amb el bisbe Henry sobre races d'ovelles i el preu de la llana, i Henry l'escoltava amb extrema atenció, gairebé amb respecte, mentre no feia gens de cas als pares de

William, que eren molt més importants que un simple prior.

Philip se'n penediria, d'aquell dia. Ningú podia permetre's superar els Hamleigh i sortir-se'n. No havien assolit l'alta posició que ocupaven permetent als monjos de situar-se per damunt d'ells. Bartholomew de Shiring els havia insultat i havia mort a la presó. Philip no en sortiria més ben parat.

Tom, el mestre constructor, era un altre home que es penediria d'haver provocat els Hamleigh. William no havia oblidat com l'havia desafiat a Durstead, subjectant el cap del seu cavall i obligant-lo a pagar els treballadors. I feia un moment l'havia anomenat, amb absoluta falta de respecte, «jove Lord William». Ara sens dubte era carn i ungla amb Philip, construint catedrals en lloc de mansions. Aprendria tot sol que era preferible córrer el risc amb els Hamleigh abans que unir-se als seus enemics.

William es va quedar assegut, traient foc pels queixals en silenci fins que el bisbe Henry, posant-se dret, es va mostrar disposat a celebrar l'ofici diví. Philip va fer un senyal a un novici, que va abandonar a corre-cuita l'habitació. Un instant després va començar a sonar una campana.

Tots van sortir de la casa. El primer a fer-ho va ser el bisbe Henry, seguit del bisbe Waleran, el prior Philip i, finalment, els seglars. Tots els monjos esperaven a fora, i es van posar en fila darrere d'ell formant fileres, allà on hi hauria el cor de la nova catedral. Els Hamleigh i els altres membres seglars del seguici del bisbe es van dirigir al lloc on se situaria la nau.

En ocupar els seus llocs, William va veure Aliena.

Tenia un aspecte molt diferent. La seva indumentària era d'ínfima qualitat, calçava esclops de fusta i els abundants rínxols que li emmarcaven la cara estaven humits de suor, però així i tot seguia sent tan bonica que se li va assecar la gola i se la va quedar mirant sense poder apartar-ne la vista, mentre començava l'ofici i al recinte del priorat s'aixecaven mil veus dient el parenostre.

Aliena va semblar acusar l'impacte de la seva mirada, perquè es mostrava inquieta, recolzant-se ara en un peu, ara en l'altre, mentre passejava la mirada al voltant com si busqués alguna cosa. Finalment es va trobar amb els ulls de William. A la seva cara es va reflectir una expressió d'horror i de por, i va retrocedir esglaiada, encara que es trobava a uns deu metres d'ell i separada per dotzenes de persones. La por d'Aliena la feia encara més desitjable a ulls de William, que va sentir que el seu cos reaccionava com no ho havia fet durant tot l'any. La luxúria que aquella noia li inspirava estava barrejada amb el ressentiment que sentia a causa de l'encanteri que li havia llançat. Ella va envermellir i va abaixar la vista, com si estigués avergonyida. Va intercanviar unes lleus paraules amb un noi que estava al seu costat, el seu germà, és clar, es va dir William, reconeixent el rostre en evocar com un llampec l'eròtic record. Després va fer mitja volta i va desaparèixer entre la multitud.

William es va sentir decebut. Va estar a punt de seguir-la, però, naturalment, no li era possible enmig d'un ofici diví, i davant dels seus pares, dos bisbes, quaranta monjos i un miler de fidels. De manera que es va girar novament cap a l'altar, completament decebut. Havia perdut l'ocasió d'esbrinar on vivia.

Encara que Aliena se n'hagués anat, no aconseguia apartarla dels seus pensaments. Es va preguntar si devia ser pecat tenir una erecció a l'església.

Va observar que el seu pare semblava agitat.

—Mira! —deia a la seva esposa—. Mira aquella dona!

Al principi, William va creure que el seu pare es referia a Aliena. Però no se la veia per enlloc i en seguir la mirada del pare va veure una dona d'uns trenta anys, no tan voluptuosa com Aliena, però amb un aspecte àgil i indomable que la feia interessant. Es trobava dreta, a una certa distància, al costat de Tom, el mestre constructor, i va pensar que potser era la seva dona, la mateixa que ell havia intentat comprar un dia al bosc, feia si fa no fa un any. Però, ¿com és que el seu pare la coneixia?

—¿És ella? —va preguntar Percy.

La dona va girar el cap, com si els hagués sentit, i els va mirar fixament. William va topar novament amb els seus ulls daurats, clars i penetrants.

—Per Déu que és ella —va dir Regan en to sibil·lant.

La mirada de la dona va commocionar el comte. El seu rostre inflat va empal·lidir, i van començar a tremolar-li les mans.

—Que Jesucrist ens protegeixi! —va balbucejar—. Pensava que havia mort.

«¿Què dimonis significa tot això?», es va preguntar William.

Jack ho havia temut.

Durant tot un any havia estat conscient que la seva mare trobava a faltar Tom. El seu mal geni s'havia temperat en part, sovint tenia una expressió llunyana, somiadora, i de nit solia panteixar com si fes l'amor amb el mestre constructor. Durant tot aquest temps, Jack va saber que hi tornaria. I ara ella havia acceptat quedar-s'hi.

Jack detestava la idea.

Tots dos sempre havien estat feliços. Estimava la seva mare i la seva mare l'estimava a ell. I res no s'hi interposava.

Era veritat, no obstant això, que la vida al bosc no resultava gaire interessant. Havia trobat a faltar l'atracció de la gent i les ciutats que havia vist durant la seva breu estada amb la família de Tom. Havia notat l'absència de Martha. I el més estrany era que havia mitigat el seu avorriment al bosc somiant despert en la jove en què sempre pensava com la Princesa, tot i que sabia que es deia Aliena. Li hauria interessat treballar amb Tom i descobrir com es construïen els edificis, però llavors ja no seria lliure. La gent li diria què havia de fer. Hauria de treballar, ho volgués o no. I hauria hagut de compartir la seva mare amb la resta del món.

Mentre es trobava assegut al mur, a prop de la porta del priorat, pensant desconsolat en tot això, va advertir, sorprès, que allà hi havia la Princesa.

Va parpellejar. Ella s'obria camí entre la gentada en direcció a la porta, i semblava angoixada. Estava encara més bella del que ell la recordava. En aquells dies tenia un cos juvenil, voluptuós i de suaus rodoneses que cobria amb rics vestits. Ara estava més prima i semblava una dona, més que una adolescent. Anava coberta amb un tosc vestit amarat de suor que se li agafava al cos, revelant uns pits turgents, un ventre llis, malucs estrets i cames llargues. Tenia la cara bruta de fang i duia despentinada la bonica cabellera. Estava trastornada per alguna cosa, i la seva expressió reflectia temor i desconsol. Però l'emoció li donava una bellesa més gran al rostre. Jack es va quedar captivat. Va sentir una excitació peculiar als engonals que mai fins llavors no havia experimentat.

La va seguir. No va ser una decisió conscient. Feia només una estona que es trobava assegut al mur, mirant-la bocabadat, i a l'instant travessava a corre-cuita la porta darrere d'ella. La va assolir quan era a fora, al carrer. Desprenia una olor d'almesc, com si hagués estat treballant dur. Va recordar que solia fer olor de flors.

—¿Alguna cosa no rutlla? —li va preguntar.

—No, no passa res —va replicar ella, lacònica, accelerant el pas.

Jack va continuar caminant al seu costat.

—¿No et recordes de mi, oi? L'últim cop que ens vam veure em vas explicar com es fan els nens.

—Ja n'hi ha prou! Tanca la boca i toca el dos! —li va cridar Aliena.

Jack es va aturar i va veure com s'allunyava. Se sentia decebut. Era evident que havia dit alguna cosa incorrecta.

L'havia tractat com un nen. Ja tenia tretze anys, però ella, des de l'arrogància dels seus divuit, devia considerar-lo un nen.

Va veure com pujava a una casa, com agafava una clau que duia a una corretja que li penjava del coll i com obria la porta.

Vivia allà!

Això canviava les coses.

La perspectiva d'abandonar el bosc i anar-se'n a viure a Kingsbridge ja no li va semblar tan dolenta. Veuria la Princesa cada dia, i això compensaria moltes coses.

Va romandre on era, vigilant la porta, però Aliena no va tornar a sortir. Li semblava que feia alguna cosa estranya, allà, al carrer, amb l'esperança de veure algú que amb prou feines coneixia. Però no sentia desigs d'allunyar-se d'aquell lloc. En el seu interior sentia una nova emoció. Ja res no semblava tan important com la Princesa. S'havia convertit per a ell en una idea fixa. Estava encantat. Estava posseït.

Estava enamorat.

TERCERA PART

1140-1142

CAPÍTOL 8

I

La meuca que William havia triat no era gaire bonica, però tenia una abundosa cabellera arrissada que ell trobava molt atractiva i els pits molt grossos. Se li havia acostat amb passes lentes i movent els malucs. Aleshores el jove Hamleigh es va adonar que era més gran del que s'havia imaginat. Devia tenir uns vint-i-cinc o trenta anys. Encara que el seu somriure era innocent, tenia una mirada dura i calculadora. Walter va escollir a continuació. Es va decidir per una noia menuda, d'aspecte vulnerable i juvenil, amb el pit llis. Després que William i Walter van haver escollit, va ser el torn dels altres quatre cavallers.

William els havia portat al bordell perquè els calia una mica de diversió. Feia mesos que no participaven en cap batalla i començaven a estar descontents i a buscar brega.

La guerra civil que havia esclatat feia un any entre el rei Stephen i la seva rival, Maud, l'anomenada Emperadriu, semblava haver-se apaivagat. William i els seus homes havien seguit Stephen per tot el sud-oest d'Anglaterra. L'estratègia d'aquest era plena d'entusiasme però desorganitzada. De cop i volta atacava enardit una de les places fortes de Maud, però si no obtenia una victòria ràpida, aviat es cansava del setge i es retirava. El cap militar dels rebels no era Maud, sinó el seu germanastre Robert, comte de Gloucester. I, fins a aquell moment, Stephen no havia aconseguit forçar-lo a tenir una confrontació cara a cara. Per això la guerra era irregular, amb molts moviments i poca lluita real, i allò feia que els homes estiguessin neguitosos.

El bordell es dividia en petites cambres, separades per paravents, i a cada una hi havia un jaç de palla. William i els seus cavallers van portar les dones cadascú a un espai reservat. La meuca de William va ajustar el paravent per tenir una mica d'intimitat. Llavors, es va abaixar la part de dalt de la camisola i va deixar els pits al descobert. Eren grossos, com ell ja havia suposat, però els mugrons també ho eren, i a més se li notaven les venes, com a les dones que han donat de mamar. William es va quedar decebut, però va atraure la dona cap a ell, li va agafar els pits, els va prémer i li va pessigar els mugrons.

—Sigues més dolç —li va demanar la dona en un to de lleugera protesta.

El va abraçar, empenyent-lo cap endavant amb els malucs i fent pressió contra ell. Al cap d'un moment va ficar la mà entre els dos cossos i va cercar-li l'entrecuix.

Ell va renegar. El cos no li responia.

—No t'amoïnis —va mormolar ella, en un to condescendent que va fer enfurismar William. No va dir res, però, mentre ella es deseixia de l'abraçada, s'agenollava a terra, li aixecava la túnica i anava per feina amb la boca.

Primer la sensació li va agradar, i va pensar que tot aniria bé, però després d'una excitació inicial, va tornar a perdre l'interès. Li va mirar la cara, perquè això de vegades l'encenia, però en aquells moments només li venia al cap que estava fent el ridícul. Es va començar a empipar i allò encara va fer que s'encongís encara més.

—Relaxa't —va dir ella, i es va aturar.

Quan va començar de nou l'hi va mamar tan fort que li va fer mal. William es va voler apartar, però les dents d'ella li van rascar la delicada pell i el van fer cridar. La va bufetejar amb ira. La meuca va fer un crit i va caure de costat.

—Ets una gossa estúpida —va grunyir William.

La dona jeia als seus peus, sobre el jaç, mirant-lo atemorida. Li va donar un cop de peu a l'atzar, més perquè estava empipat que per ganes de fer-li mal. Va ser més fort del que es pensava, i ella es va doblegar de dolor.

William es va adonar que, a la fi, el cos li reaccionava. Es va agenollar, la va fer posar panxa enlaire i se li va posar a sobre. La dona el mirava amb una expressió de dolor i de por barrejats. William li va aixecar la faldilla fins a la cintura. El pèl del pubis era abundant i arrissat. Allò li va agradar. Mentre contemplava aquell cos de dona s'anava acariciant el seu, però encara no estava prou excitat. Dels ulls d'ella havia desaparegut la por. A William se li va acudir que potser aquella meuca intentava deliberadament ofegar-li el desig per haver-ho de deixar córrer. La idea el va fer enrabiar i li va donar un cop de puny a la cara.

La dona va xisclar i va intentar escapolir-se. William va posar tot el seu pes a sobre d'ella, per immobilitzar-la, però ella se seguia debatent i xisclava. Ara ell ja tenia una erecció completa. Va intentar fer-li obrir les cames, però ella se li resistia.

Algú va enretirar el paravent i Walter va entrar, només amb les botes i la samarreta, amb la cigala empalmada com l'asta d'una bandera. Dos cavallers més van entrar darrere seu: Gervase el Lleig i Hugh «la Destral».

—Aguanteu-me-la, nois —els va demanar William.

Els tres cavallers es van agenollar al voltant de la prostituta i la van immobilitzar.

William es va preparar per penetrar-la, i va fer una pausa per fruir el moment.

—¿Què ha passat, senyor? —li va preguntar Walter.

—Ha canviat d'opinió quan n'ha vist la grandària —va contestar William amb una ganyota burleta.

Tots van esclafir a riure. William la va penetrar. Li agradava fer-ho mentre el miraven.

—M'has interromput just quan l'hi estava ficant a la meva —li va explicar Walter.

William va endevinar que l'escuder encara no estava satisfet.

—Fica-la a la boca d'aquesta —li va proposar—. Ja veuràs com li agrada.

—Ho intentaré.

Walter va canviar de posició, va agafar la dona pels cabells i la va obligar a aixecar el cap. Com que estava massa espantada per resistir-se, es va sotmetre sense dir ni piu. Ja no calia que Gervase i Hugh l'aguantessin, però es van quedar allà a mirar. Semblaven fascinats. Segurament mai no havien vist dos homes gaudint d'una dona al mateix temps. William, tampoc. Aquella sensació nova l'excitava. Walter semblava que sentia el mateix perquè al cap d'una moment va començar a panteixar i a moure's rítmicament. Llavors es va escórrer. William ho va fer un instant després.

Al cap d'un moment es van aixecar. William encara estava excitat.

—¿Per què no us la tireu vosaltres dos? —va proposar a Gervase i a Hugh. L'engrescava la idea de veure una repetició de l'espectacle.

A ells aquell oferiment no els va interessar.

—Jo tinc una noia encantadora que m'està esperant —va dir Hugh «la Destral».

—Jo també —va remarcar Gervase el Lleig.

La meuca es va posar dreta i es va arreglar la roba. Tenia una expressió impenetrable.

—No ha estat tan malament, ¿oi que no? —va comentar William.

Ella se li va posar al davant i el va mirar de fit a fit un moment. Llavors es va llepar els llavis i va escopir. William va sentir un fluid enganxifós i calent a la cara. La prostituta havia retingut a la boca el semen de Walter. Aquella porqueria li va entelar la vista. Furiós, va aixecar una mà per pegar-li, però la dona es va escapolir entre els paravents. Walter i els altres cavallers van esclafir a riure. William no pensava que fos divertit, però com que no la podia empaitar amb la cara coberta de semen, va comprendre que l'única manera de conservar la dignitat era fer veure que no li importava i per això es va afegir a les riallades.

—Bé, senyor, espero que ara no tingueu una criatura del Walter —va dir de broma Gervase el Lleig i tots es van petar de riure. Fins i tot William va pensar que allò tenia gràcia. Van sortir plegats de la cambra, repenjant-se els uns en els altres i eixugant-se les llàgrimes. Les altres noies els van observar inquietes.

Havien sentit els crits de la dona que havia anat amb William i tenien por de ficar-se en embolics. Un o dos clients del bordell van treure el cap de les seves cambres.

—És la primera vegada que ho veig sortir d'una dona —se'n fotia Walter, i van començar a riure de nou.

Un dels escuders de William els esperava a la porta amb un aire d'inquietud. Era un noi jove i segurament mai no havia trepitjat un bordell. Va somriure, nerviós, sense saber si afegir-se a les rialles.

—¿Què fas aquí amb aquesta cara de babau? —li va preguntar William.

—Teniu un missatge, senyor —va dir l'escuder.

—Doncs no perdis el temps. ¿De què es tracta?

—Em sap molt de greu, senyor —va respondre el noi. Semblava tan espantat que William va pensar que faria mitja volta i sortiria corrents de la casa.

—¿Què és el que et sap greu, idiota? —va rugir William—. Dóna'm el missatge d'una vegada!

—El vostre pare ha mort, senyor —va etzibar el noi, i tot seguit es va posar a plorar.

William es va quedar mut mentre el fitava. «¿Mort? ¿Ha dit mort?», va pensar.

—Però si té una salut excel·lent! —va cridar a la fi, com un babau.

Era veritat que Percy ja no estava en condicions de lluitar als camps de batalla, però allò era normal en un home que rondava la cinquantena. L'escuder seguia plorant. William va recordar l'aspecte del seu pare l'última vegada que l'havia vist. Cepat, amb la cara encesa, trempat i irascible, més ple de vida que ningú. I d'allò només feia... Aleshores se li va acudir, amb una certa sorpresa, que ja feia gairebé un any que no el veia.

—¿Què li ha passat? —va preguntar a l'escuder.

—Va tenir un atac, senyor —va contestar el noi, somicant.

Un atac! El seu pare havia tingut un atac i ara era mort. Aquell home cepat, fort, fatxenda i irascible jeia indefens i gelat sobre una llosa de pedra en qualsevol lloc...

—Me n'haig d'anar a casa —va dir William de sobte.

—Primer li hauràs de demanar permís al rei —li va advertir Walter en un to afectuós.

—Sí, és veritat —va convenir William, d'esma—. Haig de demanar-li permís.

El seu cap era un remolí.

—¿He de donar propina a la propietària del bordell? —li va demanar Walter.

—Sí —va respondre William, i li va donar una bossa. Algú va posar-li la capa sobre les espatlles. Walter va murmurar alguna cosa a la dona que portava el prostíbul i li va donar diners. Hugh «la Destral» va obrir la porta perquè William sortís. Els altres el van seguir.

Caminava en silenci pels carrers de la petita ciutat. A William no li importava res del que l'envoltava. No se'n sabia avenir, que el seu pare ja no existís. Al cap d'una estona, quan ja arribaven al quarter general, va intentar sobreposar-se.

El rei Stephen celebrava audiència a l'església perquè en aquell indret no hi havia ni castell ni casa consistorial. Era una església de pedra petita i senzilla. Les parets de l'interior estaven pintades de color vermell, blau i taronja. El foc cremava al mig de la nau, i el rei seia al tron de fusta amb les cames estirades en la seva posició de descans habitual. Vestia com un soldat, botes altes i túnica de cuir, però portava la corona en lloc del casc. William i Walter es van obrir pas entre els nombrosos peticionaris que feien cua davant la porta de l'església, van saludar els guardes que mantenien a ratlla la gent i es van acostar al monarca. Stephen, que parlava amb un comte que acabava d'arribar, va veure William i va aturar la conversa immediatament.

—William, amic meu. Ja t'han arribat les noves.

—Rei i senyor meu —va dir William fent una reverència.

Stephen es va posar dret.

—T'acompanyo en el sentiment —li va dir. Va abraçar William i el va retenir un instant abans de deixar-lo anar.

Les mostres d'afecte del rei van fer que William vessés les primeres llàgrimes.

—Us vinc a demanar permís per anar a casa —va barbotejar.

—Te'l concedeixo amb gust, però no amb alegria —va respondre el rei—. Trobarem a faltar la força del teu braç dret.

—Gràcies, senyor meu.

—També et concedeixo la custòdia del comtat de Shiring i totes les seves rendes fins que es decideixi la qüestió de la successió. Vés-te'n a casa, enterra el teu pare i torna amb nosaltres tan aviat com puguis.

William va fer una altra reverència i es va retirar. El rei va tornar a la conversació amb el comte. Els cortesans es van reunir al voltant de William per expressar-li el condol. Mentre escoltava les frases de cadascun d'ells i les agraïa, li va venir a la memòria, amb un sobresalt, el significat d'allò que li havia dit el rei. Li havia concedit la custòdia del comtat «fins que es decideixi la qüestió de la successió». ¿Quina successió? William era el fill únic del seu pare. ¿Com es podia qüestionar la seva successió? Va observar els rostres que l'envoltaven i l'expressió se li va animar quan va veure un sacerdot jove que, com que era un dels clergues del rei, sempre estava ben informat. Se'l va emportar a part i li va preguntar:

—¿Què dimonis ha volgut dir quan s'ha referit a la «qüestió de la successió»?

—Hi ha un altre pretendent al comtat —va respondre Joseph.

—¿Un altre pretendent? —va repetir astorat William, perquè no tenia germanastres, ni germans il·legítims, ni cosins, ni...— ¿Qui és?

Joseph va assenyalar un home que tenien d'esquena. Formava part del seguici del comte que acabava d'arribar, i vestia la indumentària d'escuder.

—Però si ni tan sols és cavaller! —va exclamar William—. El meu pare era el comte de Shiring!

L'escuder el va sentir i es va girar cap a ells.

—El meu pare també era el comte de Shiring!

En un principi, William no el va reconèixer. Només va veure un jove d'uns divuit anys, ben plantat, d'espatlles amples, ben vestit per ser escuder, i amb una espasa al cinyell. El seu posat revelava seguretat en ell mateix, i fins i tot arrogància. I el més sorprenent és que es va quedar mirant William amb una expressió d'odi tan profund que el va fer recular.

La cara li era coneguda, però no sabia de què. A William li era impossible identificar-lo. Però llavors va descobrir una cicatriu desplaent a l'orella dreta de l'escuder, en el lloc on li havien seccionat el lòbul. Com un llamp li va venir a la memòria un tros petit de carn blanca que queia sobre el pit palpitant d'una verge aterrida i va sentir un noi que cridava de dolor. Aquell era Richard, el fill del traïdor Bartholomew, el germà d'Aliena. El noi a qui havia obligat a mirar com dos homes violaven la seva germana s'havia convertit en un home formidable, en els ulls del qual, d'un blau clar, cremava la flama del desig de venjança. De sobte, William va tenir molta por.

—Te'n recordes, ¿oi? —va preguntar Richard, arrossegant una mica les paraules, la qual cosa no va aconseguir amagar del tot la fúria glacial que hi palpitava.

William va assentir.

—Sí que me'n recordo.

—I jo també, William Hamleigh —va dir Richard—. I jo també.

William seia a la gran butaca que havia pertangut al seu pare al cap de taula. Sempre havia sabut que aquell seient arribaria a ser seu algun dia. S'havia imaginat que se sentiria molt poderós quan ho fes; en canvi, ara que li havia tocat fer-ho, estava força espantat. Temia que la gent digués que no era tan valent com el seu pare i que no el respectessin.

La seva mare seia a la dreta. Sovint, l'havia observada quan el seu pare seia en aquella butaca, i s'adonava de la manera amb què ella jugava amb els temors i les febleses del pare per sortir-se amb la seva. Estava decidit a no deixar-se manipular com ell.

El seient de l'esquerra l'ocupava Arthur, un home de maneres tranquil·les i el cap blanquinós, que havia estat el jutge local del comte Bartholomew. Quan havia obtingut el títol de comte, Percy l'havia contractat perquè coneixia molt bé totes les propietats. A William mai no l'havia convençut aquell raonament. Els servidors d'altres persones sovint s'aferraven a les idees dels seus antics amos.

—No és possible que el rei Stephen faci comte Richard —va protestar Regan, furiosa—. Només és un escuder!

—Ni tan sols entenc com ha aconseguit arribar a escuder —va dir William amb irritació—. Creia que havien quedat a la misèria. Però portava uns vestits esplèndids i una bona espasa. ¿D'on ha tret els diners?

—S'ha establert com a comerciant de llana —li va explicar la seva mare—. Té tots els diners que necessita. Més ben dit, els té la seva germana. He sentit a dir que és Aliena la que porta el negoci.

Aliena. Així que era ella la que estava al darrere de tot. William mai no l'havia oblidat del tot, però no l'havia turmentat més d'ençà que va esclatar la guerra. Fins que s'havia tornat a trobar amb Richard. A partir d'aquell moment havia pensat en ella contínuament, tan bonica i fragant, tan vulnerable i desitjable com sempre. La detestava, precisament perquè el dominava.

—¿Així que ara Aliena és rica? —va preguntar, fent veure que li era indiferent.

—Sí. Però tu has estat lluitant amb el rei un any. No et pot negar la teva herència.

—Sembla que Richard també ha lluitat com un valent —va replicar William—. He esbrinat algunes coses. I, el que encara és pitjor, he sentit a dir que el rei té coneixement del seu valor.

Regan va adoptar una actitud reflexiva.

—Això vol dir que té una oportunitat.

—És el que em temo.

—Molt bé. Hem de lluitar per desbancar-lo.

—¿Com? —va preguntar William. Havia decidit no deixar que la seva mare agafés les regnes de l'assumpte, però en aquell moment ja ho acabava de fer.

—Has de tornar al costat del rei amb més cavallers, armes

noves i cavalls més bons. I també amb molts escuders i homes d'armes.

A William li hauria agradat poder-la contradir, però sabia que tenia raó. A la llarga, el rei concediria el comtat a l'home que considerés el seu partidari més efectiu, sense tenir en compte si el cas era just o injust.

—I això no és tot —va continuar Regan—. Has d'anar amb molta cura a presentar-te i actuar com un comte. Així, el rei començarà a pensar en el nomenament com en alguna cosa sobre la qual no hi ha cap mena de dubte.

—¿Quin aspecte ha de tenir un comte i com ha d'actuar? —va demanar William, intrigat, malgrat tot.

—Digues el que penses més sovint. Tingues sempre una opinió sobre tot el que s'esdevingui. Sobre com el rei hauria de continuar la guerra, quines són les millors tàctiques per a cada batalla, en quina situació política es troba el nord i, d'una manera molt especial, comenta la qualitat i la lleialtat dels altres comtes. Parla dels uns als altres. Digues al comte de Huntington que el comte de Warenne és un gran lluitador, digues al bisbe d'Ely que no et refies del xèrif de Lincoln. La gent dirà al rei: «William de Shiring pertany a la facció de Warenne» o «William de Shiring i els seus seguidors estan en contra del xèrif de Lincoln.» Si et comportes com una persona poderosa, el rei no posarà traves a concedir-te més poder.

William tenia poca fe en aquelles subtileses.

—Crec que serà més efectiu si aconsegueixo aplegar un exèrcit poderós —va dir, i dirigint-se al jutge local, li va preguntar—: ¿Quants diners tinc a les arques, Arthur?

—Cap, senyor, li va contestar aquest.

—¿De què diantre em parles? —va demanar William, molt sec—. Hi ha d'haver alguna cosa. ¿Quant?

Arthur mostrava un lleuger aire de superioritat, com si no hi hagués res a témer per part de William.

—No hi ha res a les arques, senyor.

William tenia ganes d'estrangular-lo.

—Això és el comtat de Shiring! —va cridar, prou fort perquè

els cavallers i administradors del castell que menjaven a l'altre extrem de la taula alcessin el cap—. Hi ha d'haver diners!

—És clar que entren diners sense parar, senyor —va dir tranquil·lament Arthur—. Però tornen a sortir de seguida, sobretot en temps de guerra.

William va estudiar aquella cara pàl·lida i ben afaitada. Arthur es mostrava massa suficient. ¿Era honrat? No hi havia manera de saber-ho. William hauria donat qualsevol cosa per tal que els seus ulls poguessin penetrar la ment d'aquell home.

Regan va endevinar el que William estava pensant.

—Arthur és un home honrat —va afirmar sense importar-li que ell hi fos present—. És vell, gandul i és impossible fer-lo canviar d'idea, però és honrat.

William es va sentir com ferit per un llamp. Amb prou feines havia pres possessió de la butaca de comte que el seu poder ja començava a trontollar com per art de màgia. ¿Que potser era víctima d'una maledicció? Semblava existir una llei segons la qual William seria sempre un vailet entre homes, tingués l'edat que tingués.

—¿Com ha pogut passar això? —va preguntar, tímidament.

—Abans de morir, ton pare va estar malalt gairebé tot l'any —li va explicar la seva mare—. M'adonava que estava deixant que la situació se li escapés de les mans, però no vaig poder-hi fer res.

Va ser una novetat per a William descobrir que, al capdavall, la seva mare no era omnipotent. Es va dirigir a Arthur.

—Tenim algunes de les millors terres de cultiu del regne. ¿Com és possible que estiguem sense ni cinc?

—Hi ha granges que tenen problemes i uns quants arrendataris s'han endarrerit en el pagament dels lloguers.

—¿I per què?

—Una de les raons que sento sovint és que els joves no volen treballar al camp i se'n van a les ciutats.

—Doncs els ho hem d'impedir!

Arthur va arronsar les espatlles.

—Un serf, un cop ha viscut un any a qualsevol ciutat, es converteix en un home lliure. És la llei.

—¿I què passa amb els arrendataris que no han pagat? ¿Què els has fet?

—¿Què els puc fer? —va contestar Arthur—. Si els prenc el seu mitjà de vida, mai no estaran en condicions de pagar. Així que hem de ser pacients i esperar que arribi una bona collita que els permeti posar-se al dia.

William va pensar, empipat, que Arthur semblava satisfet de la seva incapacitat per resoldre aquells problemes. Però per una vegada va contenir el seu mal geni.

—Bé, si tots els joves se'n van a les ciutats, ¿què em dius dels nostres lloguers per les propietats urbanes de Shiring? Amb aquests lloguers bé hauria d'haver-hi ingressos.

—Encara que sembli estrany, no ha estat així —va al·legar Arthur—. A Shiring hi ha moltes cases buides. Els joves deuen anar a altres ciutats.

—O la gent et diu mentides —va replicar William—. Suposo que ara em diràs que els ingressos pel mercat de Shiring i per la fira del velló també han minvat.

—Sí...

—Llavors, ¿per què no augmentes les rendes i els impostos?

—Ho hem fet, senyor, seguint les ordres del vostre difunt pare. Però, malgrat tot, els ingressos han minvat.

—Amb una propietat tan poc productiva, ¿com era possible que Bartholomew pogués tirar endavant? —va preguntar William, exasperat.

Però Arthur també hi tenia una resposta.

—També posseïa la pedrera. En els vells temps donava molts diners.

—I ara està en mans d'aquest monjo del dimoni... —William estava trastornat. Justament quan necessitava fer un desplegament d'ostentació, li deien que no tenia ni cinc. La situació se li estava posant complicada. El rei només li havia concedit la custòdia d'un comtat. En certa manera, l'estava posant a prova. Si tornava a la cort amb un exèrcit reduït, podria semblar una mostra d'ingratitud, o fins i tot de deslleialtat.

A més, era possible que el panorama que li havia presentat

Arthur no fos cert del tot. William estava segur que la gent el defraudava i que era molt probable que, a més, se'n riguessin a la seva esquena. La idea el va fer enfurismar. No estava disposat a tolerar-ho. Els donaria una lliçó. Abans que William Hamleigh acceptés una derrota es veuria córrer la sang.

—Has trobat una excusa per a cada cosa —va fer notar a Arthur—, i el fet és que has deixat que les propietats anessin a la deriva mentre el meu pare estava malalt, que era quan hauries d'haver-ne tingut més cura.

—Però, senyor...

William va alçar la veu.

—Calla o faré que t'assotin.

Arthur va empal·lidir i es va quedar callat.

—A partir de demà —William va informar-lo—, començarem a recórrer el comtat. Visitarem les viles que em pertanyen, una per una, i els donarem un bon escarment. Potser tu no saps com tractar amb aquests camperols mentiders i queixosos, però jo sí. Aviat esbrinarem fins a quin punt és pobre el comtat. Si m'has enganyat, juro per Déu que seràs el primer home que faré penjar, dels molts que vindran a continuació.

A més d'Arthur, es va endur amb ell el seu fidel Walter, així com els altres quatre cavallers que havien lluitat al seu costat al llarg de l'any anterior. Gervase el Lleig, Hugh «la Destral», Gilbert de Rennes i Miles «el Daus». Tots ells eren homes corpulents i irascibles, i sempre disposats a lluitar. Cavalcaven els millors cavalls i anaven armats fins a les dents per imposar el terror entre els camperols. William estava convençut que un home estava indefens si la gent no li tenia por.

Era un dia calorós de final d'estiu i els camps eren plens de garbes de blat. Aquella abundància va fer enrabiar més William, que no tenia diners. Algú l'havia d'estar estafant. Els grangers haurien hagut de tenir-li tanta por que no haurien hagut de gosar fer-ho. La seva família havia rebut el comtat quan Bartholomew va caure en desgràcia. Tanmateix, ell no tenia ni un penic, i, en canvi, el fill de Bartholomew nedava en l'abundància. La idea que la gent l'estigués robant i que, al mateix temps, es burlessin de la seva ignorància, el treia de polleguera. Mentre cavalcava, la seva ira creixia.

Va decidir començar per Northbrook, una vila petita força allunyada del castell. Una part dels vilatans eren serfs, i l'altra, homes lliures. William era propietari dels serfs, que no podien fer res sense demanar-li permís. En certes èpoques de l'any, li devien un nombre determinat d'hores de treball, a més d'una part de les seves collites. Els homes lliures li havien de pagar el lloguer, en diners o en productes de les granges. N'hi havia cinc que s'havien endarrerit en el pagament. William s'havia entestat que aquells llogaters pretenien deslliurar-se de pagar perquè estaven molt lluny del castell. Seria un bon lloc per començar.

Havien cavalcat molta estona, i el sol estava a migdia quan van entrar a la vila. Hi havia vint o trenta cases envoltades de tres camps enormes, tots tres només coberts ja de rostoll. Prop de les cases, al marge d'un dels camps, hi havia tres roures grans. Quan van ser més a prop, William va veure que la majoria dels vilatans estaven asseguts a l'ombra dels roures, i semblava que menjaven. Va esperonar el cavall, va recórrer els darrers metres a mig galop, seguit dels seus homes, i es va aturar davant d'aquell grup, envoltat d'un núvol de pols.

Aquella gent es va posar dreta amb penes i treballs, empassant-se el pa de sègol i traient-se la pols dels ulls. La mirada desconfiada de William va observar una escena curiosa i dramàtica. Un home de mitjana edat, amb la barba negra, parlava en veu baixa, però en un to peremptori, a una noia grassona de galtes vermelles, que duia a coll un nadó grassó de galtes vermelles. Se'ls va acostar un xicot, però l'home es va afanyar a fer-lo marxar. En acabat, la noia se'n va anar protestant cap a les cases i va desaparèixer entre la pols. William es va quedar intrigat. Hi havia alguna cosa sospitosa en tota aquella escena i li hauria agradat que la seva mare fos allí per interpretar-la.

De moment, va decidir no fer res. Llavors va parlar a Arthur amb una veu prou forta perquè tothom el sentís.

—Cinc dels meus arrendataris lliures s'han endarrerit en els pagaments, ¿oi que sí?

—Sí, senyor.

—¿Qui és el més endarrerit?

—Athelstan fa dos anys que no paga, però ha tingut molt mala sort amb els porcs...

William el va interrompre.

—¿Qui de vosaltres és Athelstan? —va preguntar.

Un home alt, d'espatlles enfonsades, d'uns quaranta-cinc anys, va fer una passa endavant. S'estava quedant calb i tenia els ulls aquosos.

—¿Per què no em pagues el lloguer?

—Senyor, tinc una propietat petita, i no tinc ningú que m'ajudi, ara que els meus nois se n'han anat a treballar a la ciutat, i també va haver-hi la febre porcina i...

—Un moment —el va tallar William—. ¿On han anat els teus fills?

—A Kingsbridge, senyor, a treballar a la catedral nova, perquè es volen casar, com han de fer els joves, i la meva terra no dóna prou per mantenir tres famílies.

William va guardar a la memòria, per analitzar-la detingudament més endavant, la informació que aquells joves havien anat a treballar a la catedral de Kingsbridge.

—La teva granja és prou gran per mantenir una família. Tot i això, continues sense pagar-me el lloguer.

Athelstan va començar a parlar altre cop dels seus porcs. William el contemplava amb una expressió malèvola, sense ni tan sols escoltar-lo. «Sé per què no m'has pagat», va pensar, «sabies que el teu senyor estava malalt i vas decidir estafar-lo mentre no estava en condicions de fer valer els seus drets. Els altres quatre estafadors van pensar el mateix. Ens vàreu robar quan érem més vulnerables!»

Per uns moments es va compadir d'ell mateix. Estava segur que els cinc estafadors s'ho havien passat d'allò més bé preparant la jugada per robar-los. Doncs bé, ara tindrien un bon escarment.

—Gilbert i Hugh, agafeu aquest granger i immobilitzeu-lo —va ordenar tranquil·lament.

Athelstan encara parlava. Els dos cavallers van desmuntar i se li van acostar. La història de la febre porcina es va quedar a mitges. Els cavallers el van agafar pels braços. L'home va empal·lidir de por.

William es va dirigir a Walter amb la mateixa tranquil·litat d'abans.

—¿Tens aquí els guants de cota de malla?

—Sí, senyor.

—Posa-te'ls. Dóna una lliçó a Athelstan, però assegura't que quedi viu perquè escampi la notícia.

—Sí, senyor.

Walter va treure de les seves alforges un parell de manyoples de cuir amb una malla excel·lent cosida als nusos i al dors dels dits, i se les va posar amb una lentitud deliberada. Els vilatans observaven esporuguits, i Athelstan va començar a gemegar de terror.

Walter va desmuntar, es va acostar a Athelstan i li va donar un cop de puny a l'estómac. El cop va ressonar de manera terrible. Athelstan es va doblegar de dolor i es va quedar sense respiració. Gilbert i Hugh el van obligar a posar-se dret i Walter li va colpejar la cara. Li va començar a rajar sang del nas i la boca. Entre els que miraven, una dona, que sens dubte devia ser la seva, va començar a cridar i va arrencar a córrer cap a Walter.

—Atureu-vos! Deixeu-lo en pau! No el mateu! —cridava.

Walter la va apartar amb violència. Dues dones més la van fer enretirar i la van retenir. Però ella seguia xisclant i debatent-se. Els altres camperols, rebel·lant-se en silenci, miraven com Walter pegava Athelstan fins que aquest va quedar estabornit i amb la cara plena de sang.

—Deixeu-lo anar —va dir William a la fi.

Gilbert i Hugh van deixar de subjectar l'home, que va caure a terra com un sac de patates. Les dones van deixar anar la seva muller, que va córrer cap a ell somicant i va caure de genolls al seu costat. Walter es va treure els guants i va netejar la malla de sang i de restes de pell i de carn que hi havien quedat adherides.

William va perdre tot l'interès per Athelstan. Va recórrer amb la mirada la vila i va veure un edifici de fusta de dues plantes, que semblava nou, que havien bastit al marge del torrent.

—¿Què és allò? —va preguntar a Arthur, assenyalant-la.

—No ho havia vist fins ara, senyor —va contestar aquest, nerviós.

William va pensar que l'enganyava.

—És un molí d'aigua, ¿oi?

Arthur va arronsar les espatlles, però la seva indiferència va resultar poc convincent.

—No m'imagino quina altra cosa pot ser allà, al marge del torrent.

¿Com podia Arthur mostrar-se tan insolent quan acabava de veure que havien apallissat un camperol gairebé fins a la mort per ordre seva?

—¿Els meus serfs poden construir molins sense demanar-me permís? —va preguntar, gairebé fregant la desesperació.

—No, senyor.

—¿I saps per què està prohibit?

—Perquè s'ha de portar el gra als molins del senyor i pagar-li la mòlta.

—I així el senyor n'obté beneficis.

—Sí, senyor —va contestar Arthur, i amb el to condescendent de qui explica a un nen una cosa elemental, va afegir—: Però si paguen una multa per construir el molí, el senyor se'n beneficiarà igualment.

William trobava exasperant l'actitud d'aquell home.

—No, no se'n beneficia de la mateixa manera. La multa mai no arriba a l'equivalent del que haurien de pagar els camperols per utilitzar el molí. Per això els agrada construir molins. I per això també el meu pare mai no ho va permetre.

Sense donar temps a Arthur perquè contestés, va esperonar el seu cavall i es va dirigir cap al molí. Els seus cavallers el van seguir, i darrere d'aquests hi van anar els vilatans en un grup desordenat.

William va desmuntar. No hi havia dubte sobre què era aquell edifici. Una gran roda girava empesa pel ràpid corrent d'aigua. La roda feia girar un eix que travessava el mur lateral del molí. Era una construcció de fusta sòlida, feta perquè durés. L'havia construïda algú que esperava poder utilitzar-la lliurement durant molts anys.

El moliner estava dret, al costat de la porta oberta, amb una falsa expressió d'innocència. Al magatzem, al seu darrere, hi havia els sacs de gra, apilats ordenadament. William va desmuntar. El moliner li va fer una reverència cortesa. Però, a la mirada, ¿no hi havia una brillantor desdenyosa? Una vegada més, William va tenir la penosa sensació que aquella gent creia que ell era un milhomes. Se sentia impotent i incapaç d'imposar-los la seva voluntat. L'envaïa un sentiment de frustració i d'indignació.

—¿Què et va fer pensar que et podries sortir amb la teva? ¿Imagines que sóc tan ruc? ¿És això? ¿És això el que et pensaves? —va cridar furiós al moliner.

I va donar a l'home un cop de puny a la cara.

El moliner va deixar anar un crit de dolor exagerat i va caure a terra deliberadament.

William va entrar al molí, passant-li per sobre. L'eix de la roda exterior estava unit, mitjançant una sèrie de rodes dentades de fusta, a l'eix de la mola de la planta superior. El gra mòlt queia a través d'una tremuja a l'era arran de terra. El segon pis, que havia de suportar el pes de la mola, l'aguantaven quatre troncs robusts, robats sens dubte del bosc de William sense el seu permís. Si algú tallés aquells troncs, s'ensorraria tot l'edifici.

William va tornar a sortir. Hugh «la Destral» portava lligada a la seva muntura una destral enorme, que era l'origen del sobrenom.

—Dóna'm la teva destral de combat —li va ordenar William.

Hugh l'hi va donar.

William va entrar de nou i va començar a clavar cops de destral als troncs de suport del pis de dalt. Li produïa una immensa satisfacció sentir el soroll de les destralades contra l'edifici que amb tanta cura havien construït els camperols, amb la intenció de pispar-li els ingressos que li tocaven per la mòlta. «D'ara endavant ja no es riuran de mi», va pensar amb una joia brutal.

Walter també hi va entrar i es va quedar mirant. William va fer un solc molt profund en un dels troncs de suport i llavors va tallar-ne un altre fins a la meitat. La plataforma superior, sobre la qual es repenjava l'enorme pes de la mola, va començar a cedir.

—Porta una corda —va ordenar William.

Walter va sortir a buscar-la.

William va atacar els altres dos suports a destralades. L'estructura estava a punt d'esfondrar-se. Walter va tornar amb una corda. William la va lligar a un dels suports i llavors la va agafar i la va nuar al coll del seu cavall de guerra.

Els camperols observaven totes aquelles maniobres amb un silenci desaprovador.

—¿On és el moliner? —va preguntar William un cop lligada la corda.

El moliner es va acostar amb l'actitud de qui rep un tracte injust.

—Lliga'l i fica'l a dintre, Gervase —va ordenar William.

El moliner va intentar escapar-se corrent, però Gervase li va fer la traveta, i després se li va asseure al damunt i el va lligar de mans i peus amb corretges. Llavors, Hugh i ell el van agafar. El moliner va començar a debatre's i a suplicar clemència.

—No ho podeu fer. És un assassinat. Ni tan sols un senyor pot anar assassinant la gent —va protestar un dels vilatans, fent una passa cap endavant.

—Si tornes a obrir la boca, et ficaré a dins amb ell —el va amenaçar William, assenyalant-lo amb un dit tremolós.

Per un moment, l'home va semblar desafiador. Llavors s'hi va repensar i va fer mitja volta.

Els cavallers van sortir del molí. William va fer avançar el seu cavall fins que la corda va quedar tensa. Llavors va donar-li uns cops a la gropa, i la corda es va tensar més.

El moliner va començar a fer uns esgarips que glaçaven la

sang. Eren el crits d'un home posseït per un terror mortal, d'un home que sabia que en qüestió d'instants moriria esclafat.

El cavall va moure el cap, intentant afluixar la corda que li envoltava el coll. William el va cridar i li va clavar un cop de peu a les anques perquè fes més força.

—Vosaltres, tibeu la corda! —va dir als seus homes.

Els quatre cavallers van agafar la corda tensa i van unir les seves forces a les del cavall. La gent va protestar, però estaven massa esparverats per intervenir-hi. Arthur estava apartat de tothom, amb aspecte de trobar-se malament.

Els xiscles del moliner es van fer més aguts. William s'imaginava el terror cec que devia envair l'home mentre esperava aquella mort espantosa. Pensava que cap d'aquells camperols mai no oblidaria el càstig dels Hamleigh.

El tronc va cruixir amb estrèpit, i quan a la fi es va trencar, es va sentir un gran espetec. El cavall va saltar cap endavant i els cavallers van deixar anar la corda. Un cantó de la teulada es va començar a desplomar. Les dones gemegaven i somicaven. Les parets de fusta del molí van trontollar. Els crits del moliner eren al límit de la desesperació. Aleshores es va sentir un gran terrabastall. El pis superior havia cedit. Els crits van emmudir i el terra va tremolar quan s'hi va encastar la mola. Les parets es van estellar, la teulada es va ensorrar i en un no-res el molí s'havia convertit en una pila de llenya amb un mort a sota.

William es va començar a sentir millor.

Alguns vilatans van córrer cap a la pila de runa i van començar a apartar les fustes frenèticament. Si esperaven trobar el moliner amb vida, s'endurien una gran decepció. El seu cos devia tenir un aspecte horrorós. Molt millor.

William va mirar al voltant i va veure la noia de galtes vermelles com les del nadó que duia a coll, dreta darrere la gentada, com si volgués passar desapercebuda. Va recordar l'home de la barba negra, segurament el seu pare, que havia estat tan interessat que no la veiés. Va decidir que en trauria l'entrellat abans d'abandonar la vila. Li va fer un senyal perquè s'acostés. La noia va mirar enrere, amb l'esperança que cridés algú altre.

—Tu —li va dir William—. Vine aquí.

L'home de la barba negra la va veure i va grunyir exasperat.

—¿Qui és el teu marit, noia? —li va preguntar William.

—No en té... —va començar a dir l'home.

Però havia arribat massa tard, perquè la noia ja havia contestat.

—Edmund.

—Així que estàs casada. I, ¿qui és el teu pare?

—Jo —va respondre l'home de la barba negra—. Em dic Theobald.

William es va girar cap a Arthur.

—¿Theobald és un home lliure?

—És un serf, senyor.

—I quan la filla d'un serf es casa, ¿no té dret el seu senyor, com a amo seu, a gaudir-ne la nit de noces?

Arthur es va mostrar escandalitzat.

—Senyor! Aquest costum primitiu no s'ha posat en pràctica en aquesta part del món des de temps immemorials.

—Una gran veritat —va reconèixer William—. En lloc d'això, el pare paga una multa. ¿Quant va pagar Theobald?

—Encara no l'ha pagada, senyor, però...

—No l'ha pagada! I la noia ja té un nen de galtes rosades.

—Mai no hem tingut diners, senyor. Ella esperava un fill d'Edmund i es volien casar, però ara podem pagar perquè ja hem fet la collita —va dir Theobald.

William es va girar cap a la noia i va somriure.

—Deixa'm veure el nen —li va dir.

Ella el va mirar esporuguida.

—Vinga. Dóna-me'l —va insistir ell.

Tot i que la noia tenia por, li resultava impossible decidir-se a lliurar-li la criatura. William se li va acostar més i li va prendre amb delicadesa el nen. Ella el va mirar amb expressió de pànic, però no es va resistir.

El nadó va començar a plorar. William el va aguantar un moment. Llavors el va agafar pels turmells amb una mà, i amb un moviment ràpid el va llançar a l'aire, tan lluny com va poder. La noia va deixar anar un esgarip, com el d'un espectre que anuncia la mort, mentre seguia amb la vista la trajectòria ascendent de la criatura.

El pare va córrer amb els braços estirats, per intentar recollir-lo quan caigués.

Mentre la noia mirava enlaire i cridava, William la va agafar pel vestit i el va esquinçar. Tenia un cos jove, turgent i rosat.

El pare va aconseguir agafar el nen, que en va sortir il·lès.

La jove va intentar arrencar a córrer, però William la va atrapar i la va tirar a terra.

El pare va donar el nen a una dona i es va girar cap a William, que va dir:

—Com que no vaig poder exercir els meus drets la nit de noces, i tampoc no m'heu pagat la multa, ara em cobraré el que em deveu.

El pare hi va córrer.

William va desembeinar l'espasa.

El pare es va aturar.

William va mirar la seva víctima, que, a terra, intentava cobrir-se la nuesa amb les mans. La por de la noia l'excitava.

—I quan hagi acabat, també la prendran els meus cavallers —va afegir amb un somriure de satisfacció.

II

En tres anys, Kingsbridge havia canviat fins al punt que era difícil de reconèixer.

William no hi havia estat des de la Pentecosta, quan Philip i el seu exèrcit de voluntaris havien frustrat els plans de Waleran Bigod. Llavors hi havia quaranta o cinquanta cases de fusta que envoltaven com un eixam la porta del priorat i s'escampaven per la sendera enfangada que conduïa, turó avall, fins al pont. Tanmateix, ara, en acostar-se a la vila, va veure, a l'altra banda dels camps onejants, que, pel cap baix, hi havia tres vegades més cases. Formaven una franja marró al llarg del mur de pedra grisa del priorat i cobrien per complet l'espai entre aquest i el riu. Algunes d'aquelles cases semblaven grans. A l'interior del recinte del priorat hi havia nous edificis de pedra i tot assenyalava que la construcció dels murs anava a bon ritme. Al costat del riu, hi havia dos molls nous. Kingsbridge s'estava convertint en una ciutat.

L'aspecte d'aquell indret li confirmava el que havia sospitat d'ençà que havia tornat de la guerra. Durant el seu recorregut cobrant rendes endarrerides i sembrant el terror entre els serfs poc lleials, havia sentit a parlar de Kingsbridge. Els joves sense terres hi anaven a treballar, les famílies benestants enviaven els seus fills a l'escola del priorat, els petits propietaris venien els ous i el formatge als homes que treballaven a la catedral. I tothom qui podia hi anava els diumenges i les festes de precepte a oir missa. Aquell era un dia festiu, se celebrava Sant Miquel, que aquell any s'esqueia en diumenge. Com que aquell matí de principi de tardor era càlid i el temps era bo per desplaçar-se, hi hauria una bona gentada. William esperava esbrinar què era el que els atreia de Kingsbridge.

Els seus cinc homes cavalcaven amb ell. Havien fet un treball de primera a les viles. Les notícies de les actuacions de William s'havien escampat amb una rapidesa extraordinària, i al cap de pocs dies la gent ja sabia amb qui se les havia. Davant de l'arribada imminent de William, enviaven les dones joves i els fills a amagar-se al bosc. William fruïa omplint de paüra el cor de la gent. Així els mantenia a ratlla. Ara ja sabien qui manava!

Quan el grup de cavallers s'acostava a Kingsbridge, William va posar el cavall al trot i els altres el van imitar. Aquella velocitat impressionava la pobra gent. S'apartaven del camí o corrien als camps per fugir dels grans cavalls, els cascos dels quals van ressonar estrepitosos pel pont de fusta, on els genets van passar de llarg davant de la garita del recaptador del pontatge. Però es van veure forçats a reduir de sobte la marxa perquè van trobar el carrer estret taponat per un carro carregat de barrils de calç, tirat per dos grans bous de moviments lents.

William va mirar al voltant mentre seguia el carro per la pujada. Cases noves, construïdes amb pressa, omplien els espais que hi havia entre les antigues. Va veure una pollastreria, una taverna i els tallers d'un ferrer i d'un sabater. Es respirava un inconfusible aire de prosperitat. William va tenir enveja.

Tanmateix, pel carrer hi havia poca gent. Potser tothom era a dalt, al priorat. Amb els seus cavallers al darrere, va seguir el carretó a través de les portes del priorat. No era un lloc on li agradés entrar, i va sentir una punxada d'inquietud davant la possibilitat que la gent el reconegués i es rigués d'ell. Però, per sort, ningú no hi va parar atenció.

En clar contrast amb la ciutat deserta d'extramurs, el recinte del priorat semblava un formiguer en plena activitat.

William va frenar el cavall i va donar un cop d'ull a tot allò. Hi havia tanta gent i tantes anades i vingudes que la seva primera reacció va ser el desconcert. Llavors va observar que hi havia tres focus principals d'activitat.

A la part més a prop d'on era ell, a l'extrem oest del recinte del priorat, hi havia un mercat. Les parades formaven unes fileres perfectes de nord a sud, i centenars de persones circulaven pels passadissos comprant menjar i begudes, barrets i sabates, ganivets, cinturons, aneguets, cadells, olles, arracades, llana, fils, corda i molts altres articles, tant de primera necessitat com de luxe. Era evident que el mercat era un èxit i que tots els penics, mitjos penics i quarts de penic que canviaven de mans devien sumar una gran quantitat de diners. No era estrany, va pensar William amb amargor, que el mercat de Shiring estigués en plena decadència si allà a Kingsbridge les coses anaven tan bé. Els lloguers que pagaven els propietaris de les parades, els portatges del subministrament i els impostos sobre les vendes que haurien d'anar a parar a les arques del comte de Shiring els ingressava el tresor del priorat de Kingsbridge.

Però el mercat necessitava una llicència del rei, i William estava segur que el prior Philip no la tenia. Potser la seva intenció era sol·licitar-la tan aviat com l'enxampessin, igual que el moliner de Northbrook. Per desgràcia a William no li seria tan fàcil donar una lliçó a Philip.

Més enllà del mercat, hi havia un racó de repòs. A tocar del claustre, on sens dubte hi havia hagut el creuer de l'antiga catedral, hi havia un altar a sota d'un dosser. Un monjo de cabells blancs estava dret al davant, llegint un llibre. A l'extrem més allunyat de l'altar, uns monjos, en fileres rectes, cantaven uns himnes; però a aquella distància els càntics quedaven ofegats pels sorolls que venien de la plaça del mercat. Era una congregació petita. Devien ser les nones, un ofici diví reservat als monjos, va pensar William. Com era natural, totes les feines i totes les activitats s'aturaven al mercat mentre se celebrava l'ofici principal de la festivitat de Sant Miquel.

A la banda més allunyada del recinte del priorat es construïa la part oriental de la catedral. «És en això que el prior Philip es gasta el que esgarrapa del mercat», va pensar amb amargor William. Els murs tenien trenta o quaranta peus d'altura, i ja era possible veure la silueta de les finestres i la línia de la volta. Les estructures superposades de la bastida de fusta penjaven de manera precària de les parets de pedra, com els nius de les gavines pengen d'un espadat que s'obre al buit. Per tot el recinte pul·lulaven treballadors. Però hi havia alguna cosa estranya en l'aspecte que tenien. Finalment, William hi va caure. Eren els colors de la roba que portaven. Certament, aquells no eren els manobres de l'obra. Els treballadors amb salari tenien festa en un dia com aquell. Tota aquella gent eren voluntaris.

No esperava que n'hi hagués tants. Centenars d'homes i dones traginaven pedres, tallaven fusta i feien rodar barrils. Des del riu pujaven carros plens de sorra. Tots treballaven sense cobrar ni cinc, només per obtenir el perdó dels seus pecats.

El murri del prior havia bastit un pla molt astut, va pensar William amb enveja. La gent que acudia a treballar a la catedral gastaria diners al mercat, i la gent que anava al mercat dedicaria unes hores a treballar a la catedral per esborrar els seus pecats. Una mà renta l'altra...

Va travessar el cementiri fins a arribar a l'obra, la qual encara li va cridar més l'atenció quan la va veure de prop.

Els vuit pilars massissos de l'arcada formaven, a cada costat, quatre parelles situades davant per davant. Des de lluny, William havia pensat que veia els arcs que unien un pilar amb l'altre, però en aquell moment va advertir que els arcs encara no havien estat construïts. El que havia vist era la cintra de fusta, que tenia la forma de l'arc definitiu, i sobre la qual descansarien les dovelles mentre construïssin els arcs i el morter s'endurís. La cintra no era a terra, sinó que es repenjava als motlles dels capitells, a la part de dalt dels pilars.

Els murs exteriors de les naus laterals s'alçaven paral·lels a la volta, i hi havien deixat uns espais regulars per a les finestres. Entre forat i forat, des del mur sortia un contrafort. Mirant a través dels extrems oberts dels murs per acabar, William va descobrir que no eren de pedra massissa, sinó parets dobles amb un espai al mig. Pel que es veia, la cavitat s'omplia amb runa i morter.

Les bastides estaven fetes amb fortes estaques nuades amb plançons flexibles i joncs entreteixits.

Tot el que veia, pensava William, devia haver costat una gran quantitat de diners.

Va cavalcar al voltant de l'exterior del presbiteri, seguit dels seus cavallers. Adossades als murs, hi havia cabanes de fusta, que eren els tallers i l'allotjament dels artesans. Aquell dia la majoria de les cabanes estaven tancades i barrades, perquè en un dia festiu no hi havia paletes col·locant pedres, ni fusters construint cintres. Els artesans supervisors, però, el mestre d'obra i el mestre fuster, sí que treballaven i estaven donant ordres als voluntaris, dient-los on s'havia d'emmagatzemar la pedra, la fusta, i la calç i la sorra que traginaven des dels marges del riu.

William va fer la volta a l'extrem est del temple fins al costat sud, on li van barrar el pas els edificis monacals. Llavors va girar cua, meravellat per l'astúcia del prior Philip, que tenia els seus mestres artesans treballant en diumenge i més treballadors fent feina sense paga.

Va rumiar tot el que havia anat veient, i va arribar a la conclusió que el prior Philip era en gran part responsable de la decadència del comtat de Shiring. Les granges estaven perdent els homes joves, que anaven a treballar a la catedral, i Shiring, la joia del comtat, era eclipsada per la nova ciutat de Kingsbridge que creixia ràpidament. Els seus habitants pagaven el lloguer a Philip i no a William, i la gent que comprava i venia mercaderies al mercat aportava ingressos al priorat i els restava al comtat. Philip tenia la fusta, les granges d'ovelles i la pedrera que un dia van ser fonts de riquesa per al comte.

William, sempre seguit pels seus homes, va cavalcar de nou a través del recinte, fins a arribar al mercat. Va decidir estudiar-lo més de prop. Va fer entrar el cavall entre els venedors. Anava molt a poc a poc. La gent no s'apartava esporuguida per cedir-li el pas. Quan el cavall els empenyia, aquelles persones miraven William amb irritació o contrarietat, més que amb temor, i s'apartaven del camí quan els semblava bé, amb una actitud una mica condescendent. Allà no aterria ningú. Allò el va fer posar nerviós. Si la gent no s'espantava, era impossible preveure què podia fer.

Va recórrer una filera i va tornar per la següent, sempre amb els seus cavallers al darrere. La parsimònia de la gent el contrariava. Hauria anat més de pressa caminant, però estava segur que, si ho feia, aquella gent poc respectuosa de Kingsbridge seria prou insolent per clavar-li empentes i tot.

Es trobava a mig recorregut, en un passadís, quan va veure Aliena.

Va tibar bruscament les regnes i es va quedar mirant bocabadat.

Ja no era aquella noia prima, nerviosa i esporuguida que havia vist allà mateix, per la Pentecosta, tres anys enrere. La cara, llavors prima per la tensió, ara estava més plena, i se la veia feliç i saludable. Als ulls foscos i brillants hi havia una expressió d'alegria, i els rínxols li dansaven al voltant de la cara quan movia el cap.

Estava tan bonica que William va sentir que s'encenia de desig.

Portava un vestit escarlata, amb magnífics brodats, i a les mans li centellejaven uns anells. L'acompanyava una dona més gran que ella, que caminava unes passes enrere, com si fos una minyona. «Molts diners», havia dit la seva mare. Així era com Richard havia pogut convertir-se en escuder i afegir-se a l'exèrcit del rei Stephen, equipat amb bones armes. Mal llamp! Era una noia que estava a la misèria, sense diners, ni poder... ¿com diantre ho havia aconseguit?

Estava davant d'una parada on venien agulles d'os, fil de seda, didals de fusta i altres articles per cosir, i parlava alegrement amb un jueu baixet i de cabells foscos que els venia. L'actitud de la noia era ferma, i estava tranquil·la i segura de si mateixa. Havia recuperat les maneres que tenia com a filla de comte.

Semblava molt més gran. Bé, de fet, ho era. William tenia vint-i-quatre anys, així que ella en devia tenir vint-i-un, però semblava que en tingués més. Ja no quedava res de la nena que ell havia conegut. Era una dona.

Aliena va alçar la vista i va topar amb la seva mirada.

La darrera vegada que havia passat una cosa com aquella, ella havia envermellit de vergonya i havia fugit. Ara no va apartar la vista.

William va intentar esbossar un somriure de complicitat.

La cara d'ella va expressar un menyspreu profund.

William va notar que es ruboritzava. Seguia tan altiva com sempre, i es burlava d'ell com ho havia fet cinc anys enrere. Ell l'havia humiliada i desflorada, però a Aliena ja no l'aterria la seva presència. William li volia parlar i dir-li que li podia fer el que ja li havia fet una vegada, però no volia cridar per damunt dels caps de la gent. La mirada impassible d'Aliena el va fer sentir molt petit. Va intentar fer un gest de menyspreu, i l'únic que va aconseguir va ser fer una ganyota de babau. Molt torbat, va fer mitja volta i va esperonar el cavall, però la gent l'obligava a alentir el pas i ell sentia la mirada d'Aliena que li cremava el clatell mentre s'allunyava a poc a poc.

Quan finalment va aconseguir sortir de la plaça del mercat, es va trobar cara a cara amb el prior Philip.

El gal·lès estava allí plantat, amb actitud agressiva. William va comprovar que no estava tan prim com abans i que els pocs cabells que li quedaven se li estaven tornant grisos prematurament. Tampoc ja no semblava massa jove per al càrrec. En aquells moments els ulls blaus li brillaven de còlera.

—Lord William —el va cridar en to desafiador.

William va aconseguir treure's Aliena del cap i va recordar que volia formular una acusació contra Philip.

—M'alegro de trobar-vos, prior.

—I jo a vós —va contestar furiós Philip, tot i que arrufava les celles amb expressió de dubte.

—Aquí hi esteu aixecant un mercat —va dir William en to acusador.

—¿I què?

—No crec que el rei Stephen us hagi donat la llicència per establir un mercat a Kingsbridge. Ni tampoc cap altre rei, que jo sàpiga.

—¿Com us atreviu...?

—Jo a qualsevol...

—Vós! —va cridar Philip—. ¿Com goseu venir aquí i parlar d'una llicència..., vós que tot el mes passat heu recorregut el comtat provocant incendis, cometent robatoris, violacions i almenys un assassinat?

—Això no té res a veure amb...

—Com és possible que goseu venir a un monestir i parlar de llicències! —va retrunyir Philip.

Va fer un pas endavant, assenyalant William amb un dit acusador. El cavall el va esquivar, neguitós. La veu del prior era més penetrant que la de William, a qui resultava impossible pronunciar cap paraula. Es va començar a fer una rotllana de monjos, voluntaris i clients del mercat per seguir la baralla. Philip semblava imparable.

—Després de tot el que heu fet —va continuar el prior—, només hi ha una cosa que hauríeu de dir i és: «He pecat, pare.» Hauríeu de caure de genolls en aquest priorat! Hauríeu de suplicar perdó si voleu salvar-vos de les flames de l'infern!

William va empal·lidir. Sempre que algú anomenava l'infern, un terror incontrolable s'apoderava d'ell. Va intentar desesperadament interrompre el torrent de paraules que sortia de la boca de Philip.

—Però, ¿què em dieu del vostre mercat? —va insistir.

Philip amb prou feines el va sentir. Estava terriblement indignat.

—Supliqueu perdó per les coses terribles que heu fet! —va cridar—. Agenolleu-vos! Agenolleu-vos o cremareu a l'infern!

William estava tan aterrit que ja no dubtava que es condemnaria al foc etern si no es prostrava i resava en aquell mateix moment davant del prior Philip. Sabia que li calia confessar-se, perquè havia matat molts homes a la guerra, i a més havia comès molts pecats durant el seu recorregut pel comtat. ¿Què passaria si es moria abans d'haver-se confessat? Estava massa esparverat amb la idea de l'infern i els dimonis amb les seves calderes fumejants.

Philip es va dirigir cap a ell, apuntant-lo amb l'índex, i cridant:

—Agenolla't!

William va fer recular el cavall. Va mirar desesperadament al voltant. L'encerclava per totes bandes la gentada. Els seus cavallers, darrere seu, semblaven confosos. No sabien què fer davant d'aquella amenaça espiritual que els llançava un monjo desarmat. William es va sentir incapaç de suportar més humiliacions. Després d'haver topat amb Aliena, allò ja era la gota que feia vessar el got. Va tibar les regnes i va fer que el seu cavall retrocedís. La multitud es va separar. Tot seguit, William va esperonar l'animal amb duresa i aquest es va llançar cap endavant. Els badocs es van dispersar. El va tornar a esperonar i el cavall va avançar a mig galop. Mort de vergonya, va travessar veloçment la porta del priorat seguit dels seus cavallers. Semblaven una colla de gossos rabiosos que fugien perquè els empaitava una vella amb una escombra.

William va confessar els seus pecats, aclaparat i tremolós, sobre el terra fred de la petita capella del palau episcopal. El bisbe Waleran escoltava en silenci, i el seu rostre era una màscara d'aversió mentre William enumerava totes les morts, pallisses i violacions de les quals era culpable. Mentre es confessava, William sentia una repugnància profunda per aquell bisbe arrogant, amb les mans blanques i netes plegades sobre el pit, i amb les aletes del nas palpitants, com si percebés una olor fètida a l'aire polsós. A William el mortificava haver de suplicar l'absolució a Waleran, però els seus pecats eren d'una gravetat tan extrema que un capellà corrent no els podria perdonar. Així que es va agenollar, posseït per la por, quan el bisbe li va ordenar que tingués sempre una espelma encesa a la capella d'Earlscastle. Aleshores li va dir que havia quedat absolt de tots els pecats.

La por, com si fos boira baixa, es va anar dispersant de mica en mica.

Van passar de la capella a l'ambient carregat de fum de la sala gran i es van asseure a la vora del foc. La tardor estava a punt de donar pas a l'hivern i, a l'enorme palau de pedra, hi feia fred. Un marmitó els va dur de la cuina un pa calent, fet amb mel i gingebre. Finalment, William es començava a trobar millor. Però llavors es va recordar de tots els seus altres problemes. Richard, el fill de Bartholomew, estava intentant de fer valer els seus drets sobre el comtat, i William era massa pobre per aplegar un exèrcit prou gran per impressionar el rei. Tot el mes anterior havia obtingut sumes de diners considerables, però encara no en tenia prou.

—Aquest maleït monjo està xuclant la sang de tot el comtat de Shiring —va comentar amb un gran sospir.

Waleran va partir un tros de pa amb aquella mà pàl·lida de dits llargs que semblava una urpa.

—M'he estat preguntant quant de temps trigaríeu a arribar a aquesta conclusió —va dir el bisbe.

Era clar que a Waleran allò ja se li havia acudit molt abans. El bisbe es comportava amb molta superioritat. William s'hauria estimat més no parlar amb ell, però necessitava l'opinió d'un bisbe sobre un aspecte legal.

—El rei mai no ha concedit la llicència perquè a Kingsbridge s'hi estableixi un mercat, ¿oi que no?

—Que jo sàpiga, no.

—Doncs llavors Philip està infringint la llei.

Waleran va arronsar les seves espatlles ossudes cobertes amb la sotana negra.

—Sí, fins on jo en tinc coneixement.

Waleran mostrava molt poc interès, però William perseverava.

—L'hi hem d'impedir!

Waleran va esbossar un somriure de suficiència.

—No podeu tractar-lo com un serf que ha casat la seva filla sense el vostre permís.

William va envermellir. El bisbe feia referència a un dels pecats que li acabava de confessar.

—Doncs, ¿com l'hem de tractar?

Waleran va reflexionar.

—Els mercats són prerrogativa del rei. En temps de més tranquil·litat, potser ell mateix se n'ocuparia.

William va riure, burleta. Malgrat ser tan intel·ligent, Waleran no coneixia el rei tan bé com ell.

—Ni tan sols en temps de pau no li semblaria bé que jo li presentés una queixa per un mercat que no té llicència.

—Bé, llavors el seu representant en els afers locals és el xèrif del comtat.

—¿Què hi pot fer, el xèrif?

—Pots presentar una denúncia contra el priorat davant el tribunal de justícia del comtat.

William va fer que no amb el cap.

—Això encara m'interessa menys. El tribunal li imposaria una multa, el priorat la pagaria i el mercat continuaria prosperant. Això equivaldria pràcticament a concedir-li la llicència.

—El pitjor del cas és que, en realitat, no hi ha motius per impedir que Kingsbridge tingui un mercat.

—Sí que n'hi ha! —va exclamar William, indignat—. Fa que minvi el comerç al mercat de Shiring.

—Shiring està a un dia de viatge de Kingsbridge.

—La gent fa camins llargs.

Waleran va tornar a arronsar les espatlles. William havia advertit que feia aquest gest quan no estava d'acord amb alguna cosa.

—Segons la tradició, un home passa la tercera part del dia caminant cap al mercat, una altra tercera part al mercat, i la darrera tercera part del dia tornant a casa. Per tant, un mercat dóna un servei a la gent que està a una distància d'una tercera part del trajecte d'un dia, que són unes deu milles. Si dos mercats estan separats per més de vint milles, llavors les seves àrees de captació no se superposen. Shiring està a més de trenta milles de Kingsbridge. D'acord amb la regla, Kingsbridge té dret a tenir mercat, i el rei l'hi hauria de concedir.

—El rei fa el que vol —va replicar William, orgullós. Però es va quedar preocupat. No sabia res d'aquella regla, segons la qual, la posició de Philip es feia més forta.

—Sigui com vulgui, no estaríem tractant amb el rei sinó amb el xèrif —va apuntar Waleran. Va arrufar les celles i va afegir:— El xèrif pot ordenar al priorat que desisteixi de crear un mercat sense llicència.

—Això seria una pèrdua de temps —va objectar William amb menyspreu—. ¿Qui fa cas d'una ordre que no té el suport d'una amenaça?

—Philip, possiblement.

William no s'ho va creure.

—¿Per què ho hauria de fer?

Els llavis exsangües de Waleran van dibuixar un somrís burleta.

—No sé si seré capaç d'explicar-vos-ho bé. Philip creu que la llei s'ha de complir, que ha d'imperar per damunt de tot.

—Una idea estúpida —va respondre William amb impaciència—. El rei és el rei.

—Us he dit que no us ho faria entendre.

L'aire de suficiència de Waleran va enfurismar William, que es va aixecar i se'n va anar cap a la finestra. Quan va mirar a fora, va veure, al cim d'un pujol proper, els terraplens on Waleran, quatre anys enrere, havia començat a construir-se un castell, confiant a sufragar les despeses amb els ingressos del comtat de Shiring. Philip havia fet fracassar els seus plans i ara l'herba havia tornat a créixer sobre les piles de terra, i a la fossa seca creixien esbarzers. William va recordar que Waleran havia esperat bastir una catedral amb la pedra de la pedrera de Shiring. I ara era Philip qui la tenia.

—Si tornés a ser l'amo de la pedrera, la podria fer servir de garantia i demanar un préstec per aplegar un exèrcit —va mormolar.

—¿Per què no la recupereu? —li va preguntar Waleran.

William va fer que no amb el cap.

—Ja ho vaig intentar una vegada.

—I Philip us va guanyar la jugada amb una maniobra astuta. Però ara allà ja no hi ha monjos. Podeu enviar-hi una partida d'homes per expulsar-ne els picapedrers.

—Però ¿com impediria que Philip en tornés a prendre possessió com la darrera vegada?

—Construïu-hi una tanca alta al voltant i poseu-hi vigilància permanent.

Era factible, va pensar William. I resoldria el seu problema d'una vegada per totes. Això no obstant, es va aturar a rumiar. ¿Què impulsava Waleran a proposar allò? La seva mare l'havia advertit que vigilés amb aquell bisbe tan poc escrupolós. «L'única cosa que has de saber de Waleran Bigod», li havia dit, «és que tot el que fa ho ha calculat abans minuciosament. En ell no hi ha res que sigui espontani, improvisat, casual o superflu. I, sobretot, no té ni gota de generositat.»

Però Waleran odiava Philip i havia jurat que li impediria construir la catedral. I allò era una raó de prou pes.

William el va mirar, pensatiu. La seva carrera estava en un punt mort. Havia arribat a bisbe de molt jove, però Kingsbridge era una diòcesi insignificant i pobra, i amb tota seguretat Waleran l'havia considerat només un graó per assolir uns objectius més elevats. Tanmateix, era el prior, i no el bisbe, qui estava adquirint riquesa i prestigi. Waleran s'apagava, a l'ombra de Philip, igual que William. Tots dos tenien motius per voler enfonsar el prior.

William va decidir sobreposar-se una vegada més a la repugnància que li inspirava Waleran, en benefici dels seus interessos a llarg termini.

—Molt bé —va dir—. Això pot donar resultat. Però suposem que llavors Philip va a queixar-se al rei.

—Direu que ho heu fet com a represàlia pel mercat que Philip ha establert sense llicència —va apuntar Waleran.

William va assentir.

—Qualsevol excusa valdrà, sempre que jo torni a la guerra amb un exèrcit prou nombrós.

—Tinc la impressió que Philip no construirà aquesta catedral si ha de comprar la pedra al preu de mercat —va dir el bisbe amb una expressió de malícia—. I, si deixa les obres, Kingsbridge començarà a declinar. Això solucionarà els vostres problemes.

William no estava disposat a mostrar gratitud.

—Detesteu el prior Philip, ¿oi?

—S'interposa en el meu camí —es va limitar a dir Waleran; però per un moment William va entreveure la descarnada crueltat que s'amagava sota les maneres fredes i calculadores del bisbe.

William va tornar a les qüestions pràctiques.

—Allí hi deu haver uns trenta picapedrers, alguns amb les seves dones i fills.

—¿I què?

—Que potser correrà la sang.

Waleran va alçar les celles negres.

—¿De debò? Aleshores us hauré de donar l'absolució.

III

Per arribar a trenc d'alba, es van posar de camí quan encara era fosc, arborant unes torxes que posaven nerviosos els cavalls. A banda de Walter i els altres quatre cavallers, William portava sis homes d'armes més. Darrere d'ells, caminaven una dotzena de camperols que cavarien la fossa i aixecarien la tanca.

William creia fermament en la planificació militar detallada, i precisament per aquesta raó ell i els seus homes feien tant de servei al rei Stephen; però aquesta vegada no tenia cap pla de batalla. Uns quants pedraires i les seves famílies no aconseguirien oferir gaire resistència, i William no podia deixar de recordar el que li havia dit el cap dels pedrers... ¿Es deia Otto? Sí. Otto Blackface, que s'havia negat a lluitar quan Tom, el mestre constructor, havia portat els seus homes a la pedrera.

L'alba va il·luminar un matí glaçat de desembre, i deixava bocins de boira penjant dels arbres, que semblaven la roba estesa de la gent pobra. William detestava aquella època de l'any. Feia fred al matí, es feia fosc molt aviat i al castell hi feia humitat. Havia de menjar massa carn i peix salats. La seva mare sempre estava enfadada i els servents, de mal humor. Els cavallers buscaven brega. Aquesta petita escaramussa els aniria bé. I a ell també. Ja havia gestionat un préstec de dues-centes lliures, i havia posat la pedrera com a garantia. Abans que el dia s'acabés, tindria el futur assegurat.

Quan faltaven dos metres per arribar a la pedrera, William es va aturar, va escollir dos homes i els va enviar, a peu, a inspeccionar el terreny.

—Potser hi ha un sentinella o gossos —els va advertir—. Tingueu preparats l'arc i una fletxa.

Una mica més endavant, el camí girava a l'esquerra i acabava tot d'un plegat en una paret tallada d'un turó mutilat. Era la pedrera. Hi regnava el silenci més absolut. Al costat del camí, els dos homes de William van agafar un noi espantat, segurament un aprenent a qui havien enviat a muntar guàrdia. Als seus peus, un gos es dessagnava amb una fletxa clavada al coll.

La resta del grup es va acostar sense preocupar-se de no fer soroll. William va frenar el seu cavall i va examinar el panorama. Una gran part del turó havia desaparegut d'ençà de la darrera vegada que l'havia vist. Les bastides pujaven pel vessant fins a zones inaccessibles i llavors baixaven fins a una fondalada oberta al peu. Prop del camí hi havia blocs de pedra de diferents formes i mides; dos carros enormes de fusta amb unes rodes immenses estaven carregats de pedra i a punt per sortir. Tot estava cobert de pols grisa, fins i tot els arbustos i els arbres. Una gran àrea del bosc havia estat tallada. «El meu bosc», va pensar William, furibund; hi havia deu o dotze cabanes de fusta, algunes amb l'hortet i fins i tot una cort de porcs. Allò era un poblet.

Segurament, el sentinella s'havia adormit, i el gos també.

—¿Quants homes hi ha aquí? —li va preguntar William al noi.

El sentinella, tot i estar espantat, semblava valent.

—Vós sou Lord William, ¿oi?

—Contesta la pregunta, jove, o et tallaré el cap amb aquesta espasa.

El noi es va tornar blanc de por, i amb la veu tremolosa, però desafiadora, va preguntar:

—¿Voleu robar la pedrera al prior Philip?

«¿Què em passa?», va pensar William, «ni tan sols sóc capaç d'espantar un vailet sense pèl a la barba. ¿Per què la gent creu que em pot desafiar?»

—Aquesta pedrera és meva —va respondre entre dents—. Deixa estar el prior Philip. Ara ja no pot fer res per vosaltres. ¿Quants homes sou?

En lloc de contestar, el noi va girar el cap i es va posar a cridar:

—Ajuda! Guàrdia! Ens ataquen! Ens ataquen!

William va posar la mà a l'espasa. Va dubtar mentre mirava cap a les cases. Una cara espantada espiava des d'una porta. William va arrabassar una torxa flamejant d'un dels seus homes i va esperonar el cavall.

Va cavalcar cap a les cases brandant la torxa, mentre els cavallers el seguien. Es va obrir la porta de la cabana més propera i en va sortir el cap d'un home amb lleganyes als ulls que anava en roba interior. William va llançar la teia ardent per damunt del cap de l'home. Va caure a terra, darrere d'ell, sobre la palla, i el foc va agafar molt de pressa. William va fer un crit triomfal i va seguir cavalcant.

Va travessar el petit eixam de cases. Darrere seu, els seus homes carregaven, udolant i llançant les torxes damunt les teulades. Es van obrir totes les portes i van començar a sortir homes, dones i nens cridant aterrits, que intentaven evitar que els cavalls els esclafessin. Anaven d'una banda a l'altra, dominats pel pànic, mentre les flames s'estenien. William es va aturar un instant a contemplar l'escena. Els animals domèstics corrien pertot arreu i un porc esparverat envestia tot el que es trobava, mentre que una vaca, desconcertada, estava immòbil al mig d'aquell batibull, remenant el cap com una beneita. Fins i tot els homes més joves, que normalment constituïen el grup més agressiu, semblaven confosos i espantats.

Certament, de matinada era la millor hora per a aquella mena d'incursions, perquè la gent era menys agressiva quan estaven mig despullats.

Un home de cara morena i cabellera negra va sortir d'una de les cabanes. Portava les botes posades i va començar a donar ordres. Devia ser Otto, a qui anomenaven Blackface. William no arribava a sentir el que deia, però pels gestos va endevinar que ordenava a les dones que agafessin les criatures i correguessin a refugiar-se al bosc. Però, ¿què deia als homes? William ho va saber al cap d'un moment. Dos joves van córrer cap a una cabana apartada de les altres i van obrir la porta que estava barrada per fora. Hi van entrar i en van sortir brandant els pesats martells de tallar pedra. Otto va enviar més homes a la cabana, on guardaven les eines. Era evident que estaven disposats a presentar batalla.

Tres anys enrere, Otto s'havia negat a lluitar per Philip, ¿per què ara havia canviat d'idea?

De tota manera, moriria. William va somriure i va desembeinar l'espasa.

Ja hi havia sis o vuit homes armats amb martells i destrals. William va agullonar el cavall i va carregar contra el grup que estava a prop de la cabana de les eines, que es va escampar i va quedar fora del seu abast. Però William va brandar l'espasa i en va tocar un, a qui va fer un tall fondo al braç. L'home va deixar anar la destral.

William es va allunyar al galop i llavors va fer girar el cavall en rodó. Panteixava i se sentia bé. Amb l'ardor de la batalla no experimentava temor, sinó només excitació. Alguns dels homes havien vist el que havia passat i el miraven esperant ordres. Els va fer un gest perquè el seguissin i va tornar a envestir els pedrers. No podien esquivar sis cavallers amb la mateixa facilitat que un. William en va tirar dos a terra, i sota les espases dels seus homes en van caure uns quants més. Es movia massa ràpid per comptar-los o comprovar si estaven morts o només ferits.

Quan Otto va tornar havia reagrupat les seves forces. Quan els cavallers van anar a la càrrega, els pedraires es van esquitllar entre les cases que cremaven. William va advertir, a contracor, que era una tàctica intel·ligent. Els cavallers els van empaitar, però als pedrers els era més fàcil esquivar-los per separat, i els cavalls s'apartaven de les cabanes en flames. William va empaitar un home de cabells blancs armat amb un martell, i va errar diverses vegades abans que l'home s'escapolís, corrent a través d'una casa amb el sostre en flames.

William va comprendre que el problema era Otto. Era ell qui organitzava els homes i també qui els donava ànims. Tan aviat com caigués, els altres abandonarien la lluita. William va frenar el cavall i va buscar amb la mirada l'home de pell morena. La majoria de dones i nens havien desaparegut, llevat de dues nenes d'uns cinc anys que estaven al mig de la batalla agafades de la mà i plorant. Els cavallers de William carregaven entre les cases, empaitant els pedrers. Amb una gran sorpresa, William va veure que un dels seus homes d'armes havia caigut a causa d'un cop de martell i que jeia a terra, gemegant i sagnant. William es va quedar consternat, perquè no havia previst cap baixa entre els seus.

Una dona corria desconsolada entre les cases en flames, buscava alguna cosa i anava cridant. Era evident que cridava algú. William no podia saber qui. A la fi, la dona va trobar les dues nenes i se les va emportar, una a sota de cada braç. Quan va intentar allunyar-se corrents gairebé va topar amb un dels cavallers de William, Gilbert de Rennes, que va alçar l'espasa amb la intenció de descarregar-la a sobre d'ella. De sobte, Otto va saltar de darrere un cabana arborant una destral de mànec llarg. Tenia tanta traça a manejar aquella eina que va travessar en rodó la cuixa de Gilbert i la fulla va quedar clavada a la sella de fusta. La cama tallada va caure a terra i Gilbert, cridant, es va desplomar del cavall.

Mai més no tornaria a lluitar.

Havia estat un cavaller molt valuós. William va esperonar, enrabiat, el seu cavall. La dona amb les nenes havia desaparegut. Otto es barallava amb la destral, intentant treure'n la fulla de la sella de Gilbert. Va aixecar la vista i va veure arribar William. Si en aquell moment hagués arrencat a córrer, segurament s'hauria escapat, però es va quedar, provant de treure la destral. Ho va aconseguir justament en el moment en què William ja li venia al damunt. William va alçar l'espasa. Otto es va mantenir a peu ferm i va aixecar la destral. William es va adonar, a l'últim moment, que l'anava a descarregar contra el seu cavall i que li faria mal abans que ell pogués atacar el pedrer. Va tibar les regnes desesperadament, l'animal va patinar i es va aturar, llavors va recular al mateix temps que apartava el cap, mentre Otto descarregava el cop al coll del cavall. La fulla de la destral es va enfonsar profundament en els músculs poderosos de l'animal. Va rajar sang com si fos una font i el cavall va caure a terra. William havia aconseguit saltar abans que el cos inert de l'animal toqués a terra.

Estava enfurismat, aquell cavall de batalla li havia costat una fortuna i amb ell havia sobreviscut un any de guerra civil. Era exasperant veure'l sacrificat sota la destral d'un pedraire. Va saltar per damunt d'aquell cos i es va llançar a sobre d'Otto amb la fúria d'un llunàtic, brandant l'espasa.

Otto no era un oponent fàcil. Aixecava la destral amb les dues mans, i feia servir el mànec de roure per parar les envestides de William, que cada cop l'atacava amb més força, obligant-lo a recular. Malgrat l'edat que tenia, Otto tenia uns músculs forts i els cops no l'afectaven. William va agafar l'espasa amb les dues mans i la va descarregar encara amb més força. Un altre cop, Otto va interposar el mànec de la destral, però aquella vegada l'espasa de William es va enfonsar a la fusta. Llavors Otto va començar a avançar i William a retrocedir. Va tibar amb força l'espasa i a la fi la va aconseguir treure. Però aleshores Otto ja el tenia pràcticament dominat.

De sobte, William va témer per la seva vida.

Otto va alçar la destral. William va esquivar el cop fent-se enrere. Però llavors es va entrebancar amb alguna cosa i va caure d'esquena sobre el cos del seu cavall. Va anar a parar a sobre d'un bassal de sang calenta, però va retenir l'espasa. Va veure Otto al seu costat, amb la destral enlaire. Mentre l'arma d'Otto baixava, William va rodar frenèticament cap a un costat. Va sentir el vent que va fer la fulla quan va tallar l'aire al costat de la seva cara. Llavors es va aixecar d'un bot i va atacar el pedraire.

Un soldat s'hauria fet a un costat abans d'agafar l'arma de terra, sabedor que un home és vulnerable en extrem després de donar un cop fallit, però Otto no era un soldat sinó un ximple valent, i es va quedar dret amb la destral en una mà i l'altre braç estès per recuperar l'equilibri, amb la qual cosa el seu cos es va convertir en un blanc fàcil. William va llançar un atac ràpid pràcticament sense veure-s'hi, però la va encertar. La punta de l'espasa va travessar el pit d'Otto. William la va enfonsar amb més força i la fulla es va endinsar entre les costelles de l'home. Otto va deixar anar la destral i a la cara li va aparèixer una expressió que William coneixia bé. Als ulls li va endevinar la sorpresa. Tenia la boca oberta com si estigués a punt de cridar, però no emetia cap so. De sobte, la pell va adquirir un to grisós. Tenia tot l'aspecte d'un home que havia sofert una ferida mortal. William va enfonsar l'espasa encara més, i en acabat la va treure.

Els ulls d'Otto es van quedar en blanc, i una taca vermella brillant, que s'anava engrandint, li va deixar xopa la camisa. A la fi es va desplomar.

William va fer mitja volta per estudiar el panorama. Va veure dos pedrers que fugien molt de pressa, segurament en veure com havien mort el seu cap. Mentre corrien, cridaven als altres. La lluita es va convertir en una retirada. Els cavallers van empaitar els que provaven d'escapar.

William es va quedar immòbil, panteixant. Els maleïts pedraires havien presentat batalla! Va mirar Gilbert. Jeia rígid en un bassal de sang, amb els ulls closos. William li va posar la mà al pit. Cap batec. Gilbert havia mort.

William va caminar entre les cases, que encara cremaven. Va

anar comptant els cossos. Hi havia tres pedrers morts, i a més una dona i una nena. Aquestes dues devien haver mort sota les potes dels cavalls. Tres dels homes d'armes de William estaven ferits i quatre cavalls estaven morts o ferits de mort.

Quan va acabar el recompte, es va quedar dret al costat del cos del seu cavall. Aquell animal li plaïa més del que li agradava la majoria de gent. Després d'una batalla, William normalment se sentia exultant. Però aquell dia estava deprimit. Allò havia estat una carnisseria. El que hauria d'haver estat una senzilla incursió per expulsar uns treballadors indefensos, s'havia convertit en una batalla campal amb baixes importants.

Els cavallers van empaitar els pedrers fins al llindar del bosc, però a partir d'aquell punt, els cavalls no podien fer res contra els homes, així que van girar cua. Walter es va acostar a William i va veure Gilbert mort a terra.

—Gilbert ha matat més homes que jo —va declarar, i es va senyar.

—Era únic i no em puc permetre perdre un home com aquest en una picabaralla amb un maleït monjo —va dir William amb amargor—. I no parlem dels cavalls.

—Quina sorpresa! —va exclamar Walter—. Aquesta gent ha ofert més resistència que els rebels de Robert de Gloucester.

William va sacsejar el cap, fastiguejat per tot allò.

—No ho entenc —va dir mirant els cossos escampats pel voltant—. ¿Per què dimonis creien que lluitaven?

CAPÍTOL 9

I

Poc abans de l'alba, quan gairebé tots els germans eren a la cripta per a l'ofici de prima, al dormitori només hi quedaven dues persones: Johnny Eightpence, que escombrava un dels extrems de la llarga habitació, i Jonathan, que es trobava a l'altre extrem, imaginant-se en el paper de mestre.

El prior Philip es va aturar a la porta i va observar Jonathan. Ja tenia gairebé cinc anys, era un nen despert i espavilat, i la seva gravetat infantil tenia a tothom embadalit. Johnny encara el vestia amb un hàbit de monjo en miniatura. Aquell dia, Jonathan imitava el mestre de novicis fent classe davant una imaginària filera d'alumnes. «Això no està bé, Godfrey!», renyava amb severitat un banc buit. «Avui no menjaràs, si no t'aprens els *vers*.» Volia dir «els verbs». Philip va somriure afectuosament. No hauria pogut estimar més un fill. No hi havia res que li alegrés tant la vida com aquell nen.

Jonathan anava amunt i avall pel priorat com un cadell, mimat i consentit per tots els monjos. Per a la majoria era, en efecte, un cadellet, com una joguina. Per a Philip i Johnny, però, era més que això. Johnny se l'estimava com una mare, i Philip, tot i que mirava de dissimular-ho, li feia de pare. Ell mateix havia estat educat, des de ben petit, per un amable abat; exercir el mateix paper amb el petit li semblava, doncs, la cosa més natural del món. Philip no li feia pessigolles ni el perseguia com els altres monjos, però li explicava històries de la Bíblia, i jugava amb el menut a comptar, a més de vigilar la feina de Johnny.

Va entrar a l'habitació i, després d'adreçar un somriure a l'altre monjo, va seure al banc amb els escolars imaginaris.

—Bon dia, pare —va dir Jonathan en to solemne. Johnny li havia ensenyat a mostrar-se cortès.

—¿T'agradaria anar a l'escola, Jonathan? —va preguntar Philip.

—Ja sé llatí —va fanfarronejar el nen.

—¿De debò?

—Sí. Escolta. *Omnius pluvius buvius tuvius nomine patri amen.*

Philip es va haver d'esforçar per no riure.

—Això sona llatí, però no ho és del tot. El mestre de novicis, el germà Osmund, t'ensenyarà a parlar-lo correctament.

Jonathan va quedar una mica desanimat en adonar-se que, ben mirat, no sabia llatí.

—Bé, però puc córrer molt de pressa. Mira! —Va córrer a gran velocitat d'una punta a l'altra de l'habitació.

—Formidable! —va exclamar Philip—. Això sí que és córrer!

—I encara ho puc fer més de pressa!

—D'acord, però ara no —li va dir Philip—. Escolta'm un moment. Seré fora una temporada.

—¿Tornaràs demà?

—No, no tan aviat.

—¿La setmana que ve?

—No. Tampoc la setmana que ve.

Jonathan semblava desconcertat. No podia concebre el temps més enllà d'una setmana. A més, encara hi havia un altre misteri.

—I... ¿per què te'n vas?

—He de parlar amb el rei.

—Ah! —Allò tampoc no significava gran cosa per a Jonathan.

—Mentre sóc fora —va continuar Philip—, m'agradaria que anessis a l'escola. ¿T'agradaria?

—I tant!

—Ja tens gairebé cinc anys. La setmana que ve és el teu aniversari. Vas venir a nosaltres el primer dia de l'any.

—¿D'on vaig venir?

—De Déu. Totes les coses vénen de Déu.

Jonathan sabia que allò no era cap resposta.

—Però, abans... ¿on era? —va preguntar.

—No ho sé.

Jonathan va arrufar les celles, cosa que donava un aspecte peculiar a la seva carona despreocupada.

—Bé he d'haver estat en algun lloc, abans...

Philip va comprendre que arribaria un dia en què algú hauria de dir a Jonathan com naixien els nadons. No va poder evitar una ganyota. Per sort, encara faltava molt de temps per a allò, es va dir. Va canviar de tema.

—Mentre sigui fora, vull que aprenguis a comptar fins a cent.

—Ja en sé —va dir Jonathan—. Un, dos, tres, quatre, cinc, sis, set, vuit, nou, deu, onze, dotze, tretze, catorze, quinze, setze, disset...

—No està malament —va dir Philip—, però el germà Osmond te n'ensenyarà més. A classe t'has d'estar assegut, molt quiet, i fer el que ell et digui.

—¿Seré el primer de classe? —va presumir Jonathan.

—Ja ho veurem.

Philip se'l va quedar mirant una estona. Estava fascinat per la forma com creixia el vailet, per la manera com aprenia coses i les fases per les quals passava. Era curiosa, la contínua insistència a voler parlar llatí, o a comptar, o a córrer de pressa... ¿Era el preludi d'un saber autèntic? Responia sens dubte a algun propòsit en el pla diví. I arribaria un dia que Jonathan es faria un home. ¿Com seria? Aquella perspectiva va despertar la impaciència de Philip, que desitjava que Jonathan es fes gran. Però encara faltava molt de temps, com en la construcció de la catedral.

—Au, fes-me un petó i digue'm adéu —li va demanar Philip.

Jonathan va aixecar la cara i Philip li va fer un petó en aquella galta tan suau.

—Adéu, pare —va dir Jonathan.

—Adéu, fill meu —va dir Philip. Va prémer afectuosament el braç de Johnny i se'n va anar.

Els monjos ja sortien de la cripta i s'encaminaven al refectori. Philip va caminar en sentit contrari i va entrar a la cripta per resar per l'èxit de la missió.

Quan li van notificar el que havia passat a la pedrera, havia sentit que el cor se li trencava. Cinc persones hi havien perdut la vida, entre les quals una pobra noia! S'havia refugiat a l'habitació i havia plorat desconsoladament. Cinc membres del seu ramat assassinats per William Hamleigh i la seva colla d'animals! Philip els havia conegut tots. Harry de Shiring, que havia estat pedraire de lord Percy; Otto, l'home de cara fosca que havia estat al capdavant de la pedrera des del principi; Mark, el ben plantat fill d'Otto; l'esposa d'Otto Alwen, que als capvespres entonava cançons acompanyant-se de les esquelles de les ovelles, i la petita Norma, la seva néta de set anys i la nina dels seus ulls. Gent treballadora, de bon cor i temorosa de Déu, que s'havia guanyat el dret a esperar pau i justícia dels seus senyors. William els havia matat com les guineus maten els pollets. Ni els àngels haurien pogut contenir les llàgrimes davant un crim com aquest.

Philip havia plorat per ells, i després havia anat a Shiring a reclamar justícia. El xèrif s'havia negat en rodó a fer res.

—Lord William té un petit exèrcit... ¿Com el podria derrotar? —havia dit el xèrif Eustace—. El rei necessita cavallers per lluitar contra Maud... ¿Què diria si empresonessin un dels seus millors aliats? Si jo acusés William d'assassinat, els seus cavallers em matarien sense pensar-s'ho i, si no, el rei Stephen m'enviaria a la forca per traïdor.

Philip es va adonar que, en una guerra civil, la primera víctima és la justícia.

Per acabar-ho d'adobar, a través del xèrif va saber que William havia presentat una denúncia oficial contra el mercat de Kingsbridge.

Era absurd que un assassí quedés impune i que, a sobre, el pogués acusar a ell per un tecnicisme! Se sentia impotent. També era cert que no tenia permís per instal·lar cap mercat i que infringia la llei, però no podia estar equivocat: era el prior de Kingsbridge i l'únic que tenia era la seva autoritat moral. William podia aplegar un exèrcit de cavallers, el bisbe Waleran podia recórrer a les altes esferes, el xèrif podia al·legar l'autoritat reial, però tot el que ell podia fer era dir què està bé i què està malament. Ara bé, quan intentava canviar l'ordre de les coses, es trobava realment indefens. Així doncs, va haver d'ordenar que se suspengués el mercat.

Això el deixava en una posició desesperada.

Si bé era cert que les finances del priorat havien millorat espectacularment, gràcies, d'una banda, a un control comptable més estricte i, de l'altra, als guanys procedents del mercat, sempre en alça, i de la cria d'ovelles, també era cert que Philip es gastava sempre fins a l'últim penic en la construcció de la catedral, i havia obtingut grans préstecs dels jueus de Winchester que encara no havia pogut tornar. Per acabar-ho d'adobar, d'un sol cop perdia el subministrament de pedra lliure de costos i els ingressos del mercat, i era més que probable que el nombre de treballadors voluntaris, molts dels quals anaven a Kingsbridge precisament pel mercat, comencés a disminuir. Hauria d'acomiadar la meitat dels paletes i abandonar l'esperança de veure finalitzada la catedral abans de morir. No estava disposat a acceptar-ho.

Es preguntava si aquella crisi era per culpa seva. ¿S'havia confiat en excés? ¿Havia estat massa ambiciós? El xèrif Eustace més o menys l'hi havia donat a entendre.

—Tot plegat us va massa gran, Philip —li havia dit malhumorat—. Sou un insignificant prior al capdavant d'un monestir insignificant, i voleu governar el bisbe, el comte i el xèrif. Doncs bé, no podeu! Som massa per a vós. El màxim que podeu fer és crear-nos dificultats.

Eustace era un tipus lleig, de dentadura desigual i ulls guerxos. Anava pel món amb una túnica groga molt bruta. Però, per poc respectable que fos el seu aspecte, les seves paraules van aconseguir ferir Philip. La consciència li deia que els pedraires no haurien mort si ell no s'hagués guanyat l'enemistat de William Hamleigh. Ara bé, no podia fer cap altra cosa que ser enemic de William. Si hi renunciava, encara hi hauria més persones que el sofririen, gent com el moliner, a qui William havia matat, o la filla del serf, a qui ell i els seus cavallers havien violat. Philip havia de continuar al peu del canó.

I això significava que havia d'anar a veure el rei.

Li desagradava molt la idea. Ja l'havia visitat en una ocasió, feia quatre anys, a Winchester, i tot i que n'havia obtingut el que volia, s'havia sentit incomodíssim a la cort reial. El rei estava rodejat de persones sense escrúpols i molt astutes, que miraven d'aconseguir la seva atenció i es disputaven els seus favors a empentes. Philip els va trobar tots menyspreables. Intentaven obtenir una riquesa i una posició que no mereixien. No podia entendre el joc que practicaven en aquell món, ja que considerava que la millor manera d'aconseguir alguna cosa era mirar de merèixer-la, i no ensabonar el benefactor. Però ara, tal com estaven les coses, no li quedava cap més opció: havia d'entrar en aquell món i participar en aquell joc. Només el rei podia concedir-li el permís per a un mercat. Només el rei podia salvar la catedral.

Va posar fi a les seves pregàries i va sortir de la cripta. Es feia de dia. Una tonalitat rosada banyava els murs grisos de la catedral a mig edificar. Els paletes que treballaven des que apuntava el dia fins a la posta de sol començaven en aquells moments la feina. Després d'obrir les barraques, esmolaven les eines i començaven a barrejar el morter. La pèrdua de la pedrera encara no havia afectat la construcció. Des d'un bon principi, havien tret més pedres de les que necessitaven, i ara, al magatzem, hi havia pedra suficient per a uns quants mesos.

Havia arribat el moment de marxar. El rei es trobava a Lincoln. Philip tindria un company de viatge, el germà d'Aliena, Richard. Després de servir durant un any com a escuder, el rei l'havia nomenat cavaller. Havia tornat a casa a equipar-se i en aquells moments es disposava a incorporar-se novament a l'exèrcit reial.

Sorprenentment, Aliena se n'havia sortit prou bé amb el comerç de llana. Ja no en venia a Philip, sinó que tractava directament amb els mercaders flamencs. En realitat, aquell mateix any havia volgut adquirir tota la producció de velló al priorat. Hauria pagat una mica menys que els flamencs, però Philip hauria rebut els diners abans. El prior havia refusat l'oferta, però el fet que l'hauria pogut realitzar no deixava de ser una prova del seu èxit.

En aquells moments es trobava a les cavallerisses amb el seu germà, com va comprovar Philip mentre s'hi dirigia. S'havia aplegat un bon nombre de gent per acomiadar els viatgers. Richard anava muntat dalt d'un cavall de guerra marró, pel qual Aliena devia haver pagat almenys vint lliures. Richard s'havia convertit en un jove ben plantat, d'espatlles amples. Les seves faccions proporcionades quedaven una mica entenebrides per una cicatriu molt lletja a l'orella dreta, que s'havia fet, pensava tothom, practicant l'esgrima. Duia una esplèndida indumentària vermella i verda, i anava armat amb una espasa nova, una llança, una destral de combat i una daga. L'equipatge l'hi transportava un segon cavall que ell arrossegava de la brida. L'acompanyaven dos homes d'armes muntats en corsers i un escuder en una euga robusta.

Aliena estava feta un mar de llàgrimes. Philip no hauria pogut dir si era a causa de la tristesa que li produïa la marxa del seu germà, perquè estava orgullosa del seu magnífic aspecte o perquè tenia por que no tornés. Era probable que per les tres coses alhora. Alguns habitants del poble havien anat a dir-li adéu, la majoria de joves i nens de Kingsbridge. Sens dubte, per a ells Richard era tot un heroi. També hi havien acudit tots els monjos per desitjar un bon viatge al seu prior.

Els mossos d'estable van portar dos cavalls més, un palafrè amb sella per a Philip i una euga carregada amb un modest equipatge, la major part del qual consistia en queviures. Els paletes van deixar les seves eines i es van acostar a les cavallerisses, amb el barbut Tom i el seu fillastre pèl-roig al capdavant.

Com era de rigor, Philip va abraçar primer Remigius, el sotsprior, i es va acomiadar més afectuosament de Milius i Cuthbert. Després va muntar el palafrè. Va pensar, desanimat, que durant quatre setmanes s'hauria d'estar tot el dia assegut en aquella dura cadira. Des d'allà, va beneir tothom. Els monjos, els paletes i els habitants del poble van agitar les mans i els van desitjar bon viatge mentre el grupet travessava les portes del priorat. Van baixar per l'estret caminoi i van creuar el poble saludant els qui acudien a acomiadar-los. Després, els cascs van ressonar sobre el pont de fusta i, finalment, els genets van enfilar el camí que després travessava els camps. Al cap d'una estona, quan Philip va mirar de cua d'ull, va veure el sol naixent que brillava a través del buit de la finestra a l'extrem oriental, a mig construir, de la nova catedral. Si fracassava en la seva missió, aquella catedral potser no arribaria a acabar-se mai. Després de tot el que havia passat per arribar fins allà, no podia suportar la idea de perdre. Va tornar a girar el cap i es va concentrar en el camí que tenia davant seu.

La ciutat de Lincoln s'aixecava sobre un turó. Philip i Richard hi arribaven per la part sud, per una antiga i concorreguda carretera anomenada Ermine. Fins i tot des d'aquella distància, podien veure les torres de la catedral i els merlets del castell. Però quan encara eren a vuit o nou quilòmetres de la ciutat es van trobar inesperadament amb una porta. «Els barris d'extramurs deuen ser extensos», va pensar Philip, «i la població es deu comptar per milers.»

Per Nadal Ranulf de Chester, l'home més poderós del nord d'Anglaterra, parent de l'emperadriu Maud, havia pres Lincoln. Després, el rei Stephen havia reconquerit la ciutat, però les forces de Ranulf s'havien fet fortes al castell. Durant aquell viatge, Philip i Richard s'havien assabentat de la particularitat de la situació de Lincoln, amb dos exèrcits rivals acampats dins de les muralles.

Philip no havia parlat gaire amb Richard durant les quatre setmanes que havien cavalcat junts. El germà d'Aliena era un jove impetuós, que odiava els Hamleigh i estava entossudit en la revenja. Parlava com si Philip compartís aquests sentiments amb ell. Ara bé, hi havia una diferència important: el prior odiava els Hamleigh, però els odiava pel que feien als seus vassalls i perquè creia que el món seria un lloc millor si no hi fossin; al seu torn, Richard no es trobaria bé dins la seva pell fins que no hagués derrotat els Hamleigh. Els motius de Richard eren, doncs, completament egoistes.

Richard era fort i valent i sempre estava disposat a lluitar, però en altres aspectes era una persona feble. Confonia els seus homes d'armes, ara tractant-los en un pla d'igualtat, ara tractant-los com si fossin els seus criats. A les tavernes intentava impressionar els desconeguts convidant-los a cervesa. Pretenia conèixer el camí quan en realitat no el coneixia gaire bé, i en algun moment havia fet desviar el grup per no admetre que s'havia equivocat. Així doncs, quan eren a les portes de Lincoln, Philip ja sabia que Aliena valia deu vegades més que el seu germà.

Van vorejar un gran llac ple de vaixells amarrats. Més endavant, al peu del turó, van travessar el riu que feia de límit sud de la ciutat. Era evident que aquelles embarcacions constituïen el mitjà de vida de Lincoln. Al costat del pont, hi havia un mercat de peix. Van travessar una altra porta custodiada. Havien deixat enrere els barris caòtics i penetraven a la ciutat formiguejant de vida. Davant d'ells, un carrer estret, increïblement concorregut, ascendia ben dret fins al cim del turó. Les cases, enganxades les unes a les altres, estaven fetes, parcialment o completament, de pedra, i això era un signe evident de riquesa. El turó era tan costerut, que la majoria de cases tenien, a una banda, el pis principal unes quantes polzades per damunt del nivell del terra, mentre que l'altre es trobava per sota d'aquest. La zona de la part baixa de l'extrem del declivi es trobava ocupada invariablement per un taller d'artesans o una botiga. Els únics espais oberts eren els cementiris al costat de les esglésies, i en tots ells hi havia algun mercat —de gra, d'aviram, de llana, de cuir o d'altres coses. Philip i Richard, amb el seu seguici, amb prou feines es van obrir camí a través de l'atapeïment de burgesos, homes d'armes, animals i carretes. Philip va descobrir astorat que la vorera estava empedrada. «Que rica que és aquesta ciutat», va pensar, «que es pot permetre el luxe de cobrir el terra amb pedra, com a les catedrals o als palaus.» El paviment era relliscós a causa de les deixalles i els excrements dels animals, però no deixava de ser millor que el fanguissar en què es transformaven a l'hivern els carrers de gairebé totes les altres ciutats.

Van arribar al cim i van franquejar una altra porta. Estaven penetrant al cor de la ciutat, i l'ambient que s'hi respirava de sobte era diferent: menys bulliciós, però més tens. A mà dreta tenien l'entrada del castell. La gran porta reforçada amb ferro que donava accés al passatge de volta estava tancada i barrada. Darrere de les finestres, estretes i allargades com fletxes, es distingia el moviment d'ombres difuses. Eren els sentinelles, que, protegits per armadures, patrullaven les muralles mentre els febles raigs de sol centellejaven damunt dels seus cascs brunyits. Philip observava les seves anades i vingudes. No parlaven entre ells, no feien broma o reien ni s'abocaven per la balustrada per xiular les noies que passaven. Semblaven estar a la que salta, concentrats i a l'aguait.

A la dreta de Philip, a poc més de tres-cents metres de la porta del castell, s'aixecava la façana oest de la catedral. Philip va descobrir immediatament que, malgrat la seva proximitat a la fortalesa, s'hi havia instal·lat el quarter general dels exèrcits del rei. Una filera de sentinelles tancava el pas a l'estret carrer que conduïa a l'església a través de les cases dels canonges. Darrere dels guàrdies, els cavallers i els homes d'armes entraven i sortien per les tres portes de la catedral. El cementiri s'havia reconvertit en tot un campament, amb tendes, fogueres i cavalls pasturant al prat d'herba. No hi havia edificis monàstics. De la catedral de Lincoln, no se n'ocupaven monjos, sinó uns sacerdots que, anomenats canonges, vivien en cases normals a prop de l'església.

L'espai entre la catedral i el castell estava completament desert, només hi eren Philip i els seus companys. Philip va advertir que els vigilaven estretament, tant els guàrdies del costat del rei com els sentinelles que vigilaven les muralles oposades. En aquells moments travessaven terra de ningú, entre dos fronts de guerra. Potser era la zona més perillosa de Lincoln. Tot mirant al voltant, va veure que Richard i els altres es posaven en marxa. Es va afanyar a seguir-los.

Els sentinelles del rei els van fer passar immediatament. Tothom coneixia Richard. Philip va contemplar admirat la façana oest de la catedral. Tenia un arc central altíssim, i dos arcs més a banda i banda la meitat de grans, però tot i així l'efecte era sorprenent. Semblava el camí del cel. En certa manera, ho era. Philip va decidir que també volia arcs elevats per a la façana oest de la catedral de Kingsbridge.

Un escuder es va fer càrrec dels cavalls. Philip i Richard van continuar fins al campament i van entrar a l'atapeïda catedral. Les naus laterals s'havien convertit en cavallerisses, i ara hi havia centenars de cavalls fermats a les columnes de l'arcada. Homes armats pul·lulaven pel temple entre les fogueres. Alguns parlaven anglès, d'altres francès i també n'hi havia que parlaven flamenc, la llengua gutural dels mercaders de llana de Flandes. En general, els cavallers s'allotjaven allà dins, mentre que els homes d'armes estaven instal·lats a fora. Philip es va desanimar quan va veure que hi havia ocupants que es jugaven diners a les cartes, però encara es va sentir més abatut quan va veure que unes dones massa lleugeres de roba per aquella època de l'any flirtejaven amb els homes, com si fossin pecadores o potser, Déu no ho volgués, prostitutes.

Per tal de no mirar-les, Philip va enlairar la vista cap al sostre. Era de fusta i estava bellament pintat de colors resplendents, però corria un terrible perill d'incendi amb tota aquella gent cuinant a la nau. Va seguir Richard entre la multitud. Semblava que el jove allà es trobava a gust i se sentia confiat i segur de si mateix. Saludava tant els cavallers com els barons i els lords.

El creuer i l'extrem est de la catedral havien estat acordonats. Pel que semblava, l'extrem est quedava reservat als sacerdots —com havia de ser, va pensar Philip—, ja que el creuer s'havia convertit en l'habitatge del rei.

Darrere d'un cordó, hi havia una altra filera de guàrdies. A continuació, un gran nombre de cortesans; després, un cercle interior de comtes i al centre el rei Stephen, assegut en un tron de fusta. El monarca havia envellit d'ençà de l'última vegada que Philip l'havia vist, ara feia cinc anys, a Winchester. El seu rostre proporcionat ara estava solcat per arrugues fruit de les preocupacions, i a la seva cabellera lleonina ja despuntaven alguns cabells grisos. A més, s'havia aprimat molt després de tot un any de guerra. Semblava que estava discutint amb els seus comtes, per bé que en un to amable i sense acritud. Richard es va acostar al cercle interior i va fer una profunda i cerimoniosa reverència. El rei el va mirar.

—Richard de Kingsbridge! —va exclamar en reconèixer-lo—. Estic molt content que hagis tornat!

—Gràcies, rei i senyor meu —va contestar el jove cavaller.

Philip es va avançar, es va situar al costat de Richard i va saludar amb la mateixa cerimoniositat.

—¿Tens un monjo com a escuder? —va preguntar Stephen a Richard.

Els cortesans van riure.

—És el prior de Kingsbridge, senyor —el va informar Richard.

Stephen el va tornar a mirar i Philip es va adonar que el rei començava a reconèixer-lo.

—És clar, és clar. Conec el prior... Philip. —El to emprat no era tan càlid com el que havia utilitzat per a Richard.— ¿Heu vingut a lluitar al meu costat?

Els cortesans van tornar a riure.

Philip estava satisfet que el rei hagués recordat el seu nom.

—Sóc aquí perquè la feina de Déu en la reconstrucció de la catedral de Kingsbridge necessita ajuda urgent del meu rei i senyor.

—Ja en parlarem, d'això —el va interrompre, impacient, Stephen—. Veniu-me a veure demà al matí, quan jo disposi de més temps. —Es va girar de nou cap als comtes i va reprendre la conversa en veu més baixa.

Richard va fer una reverència i es va retirar, imitat pel prior.

Philip no va parlar amb el rei ni l'endemà al matí, ni tampoc el dia després de l'endemà.

La primera nit va dormir en una cerveseria, però la fortor de carn a l'ast i les rialles de les dones de la vida el van fastiguejar. Per desgràcia, a la ciutat no hi havia cap monestir. En circumstàncies normals, el bisbe li hauria ofert allotjament, però el rei s'havia instal·lat al palau episcopal i a les cases dels voltants de la catedral s'allotjaven els membres de la cort. La segona nit, Philip va sortir de la ciutat i va anar més enllà del suburbi de Wigford, fins a arribar a un monestir que tenia una casa per a leprosos. Allà li van donar pa de sègol i cervesa rebaixada, un matalàs dur a terra i, sobretot, silenci des de la posta de sol fins a mitjanit, oficis sagrats a primera hora del dia i farinetes sense sal per esmorzar. No podia trobar-s'hi més a gust.

A primera hora del matí, es dirigia a la catedral cada dia amb la valuosa carta de privilegi que donava al priorat dret a extreure pedra de la pedrera. Un dia i un altre, el rei no va fer cas de la seva presència. Quan els altres sol·licitants parlaven entre ells, discutint sobre qui gaudia del favor reial i qui no, Philip en quedava al marge.

Era prou conscient del motiu pel qual el feien esperar. L'Església no estava en bones relacions amb el rei. Stephen no havia complert amb les generoses promeses que havien aconseguit obtenir d'ell als inicis del seu regnat. S'havia enemistat amb el seu germà, l'astut bisbe Henry de Winchester, en donar suport a un altre candidat per a la dignitat d'arquebisbe de Canterbury, gest que també va decebre Waleran Bigod, que pretenia escalar posicions agafat als faldons de Henry. Però el pecat més gran de Stephen a ulls de l'Església va ser l'arrest del bisbe Roger de Salisbury i dels seus dos nebots, que eren bisbes de Lincoln i d'Ely, tots tres el mateix dia, sota l'acusació de construir un castell sense llicència. Des de les catedrals i monestirs s'havien aixecat, per tot el país, veus d'indignació davant d'un sacrilegi com aquell. Stephen es va mostrar dolgut. Va al·legar que els bisbes, com a homes de Déu, no tenien necessitat de castells, i si els construïen, no es podia esperar que fossin tractats com a homes de Déu. Era sincer, però també ingenu.

Tot i que el malentès es va solucionar, el rei Stephen ja no es mostrava tan disposat com abans a escoltar les peticions dels homes sants, de manera que Philip va haver d'esperar. Va aprofitar l'oportunitat per dedicar-se a la meditació. Era una activitat per a la qual, com a prior, tenia poc temps, i que trobava a faltar. Però de sobte es va adonar que no tenia res a fer durant una llarga estona, i passava el temps sumit en una profunda meditació.

Un dia, els cortesans van deixar casualment un espai al voltant de Philip, fent ben palesa la seva presència, i a Stephen li va resultar molt difícil comportar-se com si el prior no existís. Aquell matí, el setè dia que era a Lincoln, Philip pensava en el sublim misteri de la Trinitat quan es va adonar que tenia algú plantat al davant, mirant-lo i parlant-li. Era el rei.

—¿Que dorms amb els ulls oberts, home de Déu? —deia Stephen en un to entre divertit i impacient.

—Ho sento, senyor. Meditava —es va disculpar Philip sorprès, i va fer una reverència.

—En fi, no té cap importància. Vull que em presteu el vostre hàbit.

—¿Com? —Philip estava massa sorprès per tenir en compte les maneres.

—Vull donar una ullada al castell, i si hi vaig disfressat de monjo suposo que no em llançaran fletxes. Vinga, entreu a alguna capella i traieu-vos l'hàbit.

Philip només portava una llarga samarreta a sota.

—Però... ¿jo què em poso, senyor?

—M'oblidava que els monjos sou molt púdics. —Stephen va fer espetegar els dits cap a un jove cavaller.— Deixa'm la túnica, Robert. De pressa.

El cavaller, que parlava amb una noia, es va treure la túnica amb un ràpid moviment i la va donar al seu rei amb una reverència. Després, va fer un gest obscè a la noia. Els seus amics van riure i van aplaudir.

El rei Stephen va entregar la túnica a Philip.

El prior va entrar a la petitíssima capella de Saint Dunstan i, després de demanar perdó al sant amb una acuitada pregària, es va treure l'hàbit i es va posar la curta túnica escarlata del cavaller. Se sentia molt estrany. Havia portat roba monàstica des dels sis anys, i ni vestit de dona s'hauria sentit tan estrany. Va sortir de la capella i va entregar l'hàbit a Stephen, que es va afanyar a passar-se'l pel cap. Després, el rei el va deixar bocabadat amb les seves paraules.

—Veniu amb mi, si voleu. Em podeu parlar de la catedral de Kingsbridge.

Philip va quedar desconcertat. El seu primer impuls va ser negar-s'hi. Potser un dels sentinelles que feien guàrdia a les muralles del castell se sentiria temptat de disparar-li, ja que no anava protegit pels hàbits religiosos, però també se li acabava d'oferir l'oportunitat de trobar-se en privat amb el rei i de gaudir d'una estona per parlar-li de la pedrera i del mercat. No tornaria a tenir una ocasió com aquella.

Stephen va agafar la seva capa, que era púrpura i estava ribetejada de pell blanca.

—Poseu-vos això —va dir a Philip—. Allunyareu les fletxes enemigues de mi.

Els altres cortesans es van quedar de pedra, observant i preguntant-se què succeiria a continuació.

Actuant d'aquesta manera, el rei també expressava una opinió. Li deia a Philip que en un campament militar ell no hi havia de fer res i que no podia esperar que li concedissin privilegis en detriment d'homes que arriscaven la vida pel rei. Era cert que no era injust, però el prior sabia que, si acceptava aquell punt de vista, més valdria tornar a casa i renunciar a qualsevol esperança de tornar a disposar de la pedrera o de reobrir el mercat. Havia d'acceptar el desafiament.

—Potser la voluntat de Déu és que jo mori per salvar el rei —va dir després de respirar fondo.

Va agafar la capa púrpura i se la va posar.

Un murmuri de sorpresa va córrer entre tota aquella gentada, i el mateix rei Stephen va semblar sorprès. Tothom esperava que Philip es negaria a fer el que li proposaven. Va estar-hi a punt. Però ja s'hi havia compromès.

Stephen va fer mitja volta i es va dirigir cap a la porta nord. Philip el va seguir. Uns quants cortesans van iniciar un moviment darrere d'ells, però Stephen els va fer retrocedir alçant la mà.

—Fins i tot un monjo pot despertar sospites, si va acompanyat de la cort reial en ple —va dir.

Es va cobrir el cap amb la caputxa de l'hàbit del prior i van sortir al cementiri.

La sumptuosa capa que portava Philip va atreure mirades curioses mentre s'obrien camí a través del campament. Els homes que donaven per fet que era un baró, s'estranyaven de no reconèixer-lo. Aquelles mirades van fer que se sentís culpable, com si fos un impostor. Ningú no mirava Stephen.

No es van dirigir directament a la porta principal del castell, sinó que van avançar per un laberint d'estrets carrerons i van anar a parar al costat de l'església de St-Paul-in-the-Bail a través de la banda nord-est del castell, les muralles del qual estaven construïdes sobre grans terraplens rodejats d'una fossa seca. Hi havia una franja d'espai obert de cinquanta peus d'amplada entre el caire de la fossa i els edificis més propers. Stephen va caminar cap a l'oest, va estudiar el mur nord del castell, mantenint-se enganxat a la part posterior de les cases a la vora exterior de la zona descoberta. Philip va anar amb ell. El rei el va fer caminar a la seva esquerra, entre ell i el castell. Per descomptat, l'objectiu era permetre que els arquers fessin blanc sobre qualsevol persona que s'acostés als murs. Philip no tenia por de morir, encara que sí del dolor, i es preguntava si una fletxa feia gaire mal.

—¿Espantat, Philip? —va preguntar Stephen.

—Esfereït —va respondre el monjo amb candidesa. I després, embravit per la por, va afegir amb desimboltura:— ¿I vós?

El rei va esclafir a riure davant d'aquell atreviment.

—Una mica —va admetre.

Philip va considerar que aquella era la seva oportunitat per parlar de la catedral, però no aconseguia concentrar-se, amb la seva vida en seriós perill. El castell l'obsessionava i no parava d'escrutar les muralles a la recerca d'algun arquer.

La fortalesa ocupava tot el costat sud-oest de la ciutat interior, i el mur oest formava part de la muralla de la ciutat. Stephen va conduir Philip a través de la porta oest i van entrar al suburbi de Newland. Allà les cases eren com cabanes de camperols, construïdes amb canyes i fang, però, tal com les cases de la ciutat, disposaven de grans jardins. Un vent glacial bufava als camps oberts, més enllà de les cases. Stephen va girar cap al sud vorejant sempre el castell. Va assenyalar una porteta al mur i va dir:

—Suposo que Ranulf de Chester va fugir per aquí.

Philip se sentia menys espantat en aquell lloc. Al carreró hi havia més gent i les muralles estaven menys vigilades per aquella banda, ja que els ocupants del castell temien un atac des de la ciutat i no des del camp. Philip va respirar a fons i després ho va deixar anar.

—Si em maten, ¿donareu a Kingsbridge un mercat i fareu que William Hamleigh ens torni la pedrera?

Stephen no va contestar de seguida. Van davallar pel turó fins a la banda sud-oest del castell i van alçar la vista cap a la torre de l'homenatge. Des del lloc on es trobaven semblava inexpugnable. Van girar i, després de caminar una curta distància, van entrar a la part baixa de la ciutat i van començar a caminar al llarg de la façana sud del castell. Philip va sentir novament la sensació de perill. No devia ser difícil per a algú que es trobés dins la fortalesa arribar a la conclusió que els dos homes que caminaven al costat d'aquells murs exploraven, i, per tant, devien ser una bona presa, sobretot el de la capa púrpura. Per allunyar la por, Philip es va dedicar a observar la torre de l'homenatge. Al mur hi havia uns foradets que eren la sortida de les latrines. Tots els excrements i la porqueria que llançaven fora baixaven per la paret de pedra fins al terraplè, i allà es dipositaven, fins a podrir-se. No era estrany que hi fes pudor. Philip va mirar d'aguantar-se la respiració. Van apressar el pas.

Hi havia una altra torre més petita a la cantonada sud-est. El monjo i el rei havien rodejat ja el castell per tres costats. Philip es preguntava si Stephen havia oblidat la pregunta que li havia formulat, però no gosava fer-l'hi una altra vegada, ja que el rei podria pensar que l'estava pressionant i es podria ofendre.

Van arribar al carrer major, que travessava el centre de la ciutat, i van girar de nou; però, abans que Philip tingués temps de sentir-se alleujat, van creuar una altra porta que els va conduir al cor de la ciutat. Instants després es trobaven a la zona que era terra de ningú, entre la catedral i el castell. Philip va veure, horroritzat, que el rei s'aturava allà.

Stephen es va girar cap a Philip, col·locant-se de manera que pogués observar el castell per damunt l'espatlla del monjo, la vulnerable esquena coberta de púrpura i ermini del qual quedava exposada davant la garita de guàrdia per on pul·lulaven sentinelles i arquers. El prior es va quedar rígid com una estàtua pensant que, en qualsevol moment, li dispararien una sageta o un venable. Va començar a suar tot i el vent glaçat.

—Us vaig donar la pedrera fa anys, ¿no és així? —va preguntar Stephen.

—No va anar ben bé així —va contestar Philip, serrant les dents—. Ens vau concedir el dret de treure pedra per a la catedral, però la pedrera la vau donar a Percy Hamleigh. Ara, William, el fill de Percy, ha expulsat els meus pedraires, matant cinc persones, entre elles una dona i una nena, i ens hi nega l'accés.

—No hauria de fer aquestes coses, sobretot si vol que el nomeni comte de Shiring —va dir Stephen, pensatiu.

Philip es va sentir encoratjat, però al cap d'un instant el rei va afegir:

—Com m'agradaria trobar la manera d'entrar en aquest castell!

—Feu que William obri novament la pedrera. Si us plau —va demanar Philip—. Us desafia a vós i està robant a Déu.

Stephen va semblar que no ho sentia.

—No crec que hi hagi gaires homes allà dins —va mussitar—. Suposo que gairebé tots són a les muralles, per fer impressió de força. ¿M'has dit res d'un mercat?

Philip va arribar a la conclusió que fer-lo estar-se dret en zona descoberta mostrant l'esquena a una pila d'arquers formava part de la prova a què el rei el sotmetia. Es va eixugar la suor del front amb la vora de pell de la capa del rei.

—Rei i senyor —va dir—, cada diumenge la gent ve d'arreu

del comtat a Kingsbridge per resar i per treballar, sense rebre ni un penic a canvi, en la construcció de la catedral. Al principi, alguns homes i dones emprenedors venien per vendre empanades de carn, vi, barrets i ganivets als treballadors voluntaris. I així, a poc a poc, s'ha anat formant un mercat. I ara us estic demanant que em concediu la llicència per regularitzar-lo.

—¿Pagaríeu per la vostra llicència?

Philip sabia que era normal que es pagués per això, però també estava al corrent que amb les institucions religioses se solia fer una excepció.

—Sí, senyor, pagaré. Llevat que vulgueu donar-me la llicència sense haver de pagar-la, per a la major glòria de Déu.

Per primer cop Stephen va mirar Philip als ulls.

—Sou un home valent, quedant-vos aquí, a mercè de l'enemic mentre intenteu convence'm.

El prior li va tornar la mirada.

—Si Déu decideix que la meva vida ha arribat a la fi, res no em salvarà —va respondre aparentant més coratge del que en realitat tenia—. Però si Déu vol que visqui i construeixi la catedral de Kingsbridge, ni deu mil arquers em podran abatre.

—Ben dit! —va aprovar Stephen i, donant-li un cop amb el palmell a l'espatlla, va fer mitja volta cap a la catedral. El prior va caminar al costat seu, i es va anar sentint més tranquil a mesura que s'allunyaven del castell. Pel que semblava, havia superat amb èxit la prova. Però era important obtenir del rei un compromís sense ambigüitats, ja que al cap d'un moment els cortesans acapararien de nou la seva atenció.

—Senyor, si volguéssiu escriure una carta al xèrif de Shiring... —va suggerir Philip arreplegant tot el valor que va poder.

El van interrompre. Un dels comtes es va precipitar cap a ells, dominat per una gran agitació.

—Robert de Gloucester ve cap aquí, rei i senyor.

—¿Com? ¿A quina distància es troba?

—Molt a prop. A un dia com a molt.

—¿Per què no me n'havíeu advertit? Havia destacat homes pertot arreu!

—Van arribar pel Fosse Way i després van deixar el camí per acostar-se pel camp.

—¿Qui l'acompanya?

—Tots els comtes i cavallers que estan de part seva i que han perdut les seves terres en els dos últims anys. Ranulf de Chester també...

—Naturalment... Aquell gos traïdor!

—Ha vingut amb tots els cavallers des de Chester, a més d'una horda de gal·lesos salvatges i rapaços.

—¿Quants homes són, en total?

—Prop d'un miler.

—Mal llamp! Són cent més que nosaltres.

S'hi havien acostat uns quants barons, un dels quals va prendre la paraula.

—Senyor, si vénen pel camp hauran de creuar el riu pel gual...

—Ben pensat, Edward! —va exclamar Stephen—. Vés-hi amb els teus homes i mira de resistir. Necessitaràs arquers.

—¿Algú sap a quina distància es troben, ara? —va preguntar Edward.

—L'explorador del terreny diu que molt a prop —va contestar el primer comte—. Poden arribar al gual abans que nosaltres.

—Surto ara mateix —va decidir Edward.

—Bon noi! —va exclamar el rei Stephen, i es va colpejar el palmell de la mà dreta amb el puny tancat de l'esquerra—. Per fi m'enfrontaré a Robert de Gloucester al camp de batalla. Voldria tenir més homes. Tot i així..., un avantatge de cent soldats no és excessiu.

Philip escoltava tot sorrut i en silenci. Tenia la seguretat que havia estat a punt d'obtenir el vistiplau del rei, però ara tenia la ment ocupada per altres qüestions. No obstant això, Philip no estava disposat a donar-se per vençut. Encara portava la capa púrpura de Stephen. Se la va treure i va dir:

—Potser cal que cadascú recuperi la seva personalitat, rei i senyor meu.

Stephen va assentir amb un gest absent. Un cortesà que es trobava darrere seu es va avançar i el va ajudar a treure's l'hàbit monàstic.

—Senyor, semblàveu ben disposat a respondre afirmativament a la meva sol·licitud —li va dir mentre li entregava la capa reial.

Al monarca va semblar irritar-lo que l'hi recordés. Es va cenyir la capa, i estava a punt de parlar quan va sentir una altra veu:

—Rei i senyor meu!

Philip va reconèixer aquella veu. Li va caure l'ànima als peus. En tombar-se, va veure William Hamleigh.

—William, noi! —va exclamar Stephen en el to cordial que reservava als combatents—. Arribes just a temps!

William es va inclinar.

—Senyor, he portat cinquanta cavallers i dos-cents homes del meu comtat.

Allò va posar fi a les esperances de Philip.

Stephen no podia estar més content.

—Ets un tipus excel·lent! —va exclamar—. Això ens dóna avantatge sobre l'enemic. —Va rodejar amb un braç les espatlles de William i va fer cap a la catedral.

Philip va observar com s'allunyaven, palplantat. Havia tingut l'èxit a l'abast de la mà. «Al final, l'exèrcit de William ha prevalgut sobre la justícia», va pensar amb amargor. El cortesà que havia ajudat el rei a treure's l'hàbit monacal el va allargar a Philip, que el va agafar. El cortesà va seguir el rei i el seu seguici fins a l'interior de la catedral. Philip es va posar la roba una altra vegada. Se sentia molt decebut. Va contemplar els tres enormes arcs de les portes de la catedral. Tenia l'esperança que els de Kingsbridge serien semblants, però el rei Stephen acabava de posar-se del costat de William Hamleigh. Se li havien presentat dues opcions: la justícia del cas exposat per Philip i l'avantatge de l'exèrcit de William. El primer no havia passat la prova.

L'única esperança que li quedava a Philip era que Stephen fos derrotat en el combat que s'acostava.

11

El bisbe va celebrar la missa a la catedral amb les primeres llums de l'alba. A aquella hora, els cavalls ja estaven ensellats, els cavallers duien la cota de malla, havien donat de menjar als homes d'armes i se'ls havia servit una mesura de vi fort per agusar-los el coratge.

William Hamleigh estava agenollat a la nau, al costat d'altres cavallers i comtes, mentre els cavalls de guerra renillaven nerviosos a les naus laterals. Rebia per endavant el perdó per les baixes que causaria aquell dia.

A William li havien pujat la por i l'excitació al cap. Si aquell dia el rei sortia victoriós, el nom de William Hamleigh es veuria associat per sempre a la victòria, perquè es diria que els homes que havia portat de reforç havien fet que la balança s'inclinés a favor del rei. En canvi, si el rei era derrotat, ningú no sabia què podria passar. Es va estremir sobre les fredes rajoles de pedra.

Stephen era davant seu, amb una nova indumentària blanca i una espelma a la mà. En el moment de la consagració, l'espelma es va trencar i la flama es va apagar. William va començar a tremolar, espantat. Era un mal presagi. Un sacerdot li va donar una altra espelma i es va endur la trencada. Stephen va somriure indiferent, però la sensació de terror sobrenatural ja havia afectat William, que en mirar al voltant va comprovar que n'hi havia que sentien el mateix que ell.

Quan va acabar l'ofici, el rei es va posar l'armadura amb l'ajuda d'un patge. Tenia una cota que li arribava al genoll, estava confeccionada en cuir i portava cosides unes anelles de ferro. De cintura cap avall, s'obria per davant i per darrere per poder cavalcar. El patge l'hi va ajustar al coll, després li va posar un casquet ben cenyit al qual anava unida una llarga clatellera de malla que li protegia el coll. Sobre el casquet portava un elm de ferro. Les seves botes de cuir tenien guarnicions de malla i uns estreps de punta.

Mentre es posava l'armadura, els comtes se li van apinyar al voltant. William, seguint el consell de la seva mare, es va comportar com si ja fos un d'ells, obrint-se pas entre la gentada per incorporar-se al grup que envoltava el rei. Després d'escoltar un instant va comprendre que miraven de persuadir Stephen perquè es retirés, deixant Lincoln en mans dels rebels.

—Teniu un territori més extens que el de Maud... Podeu reunir un exèrcit més nombrós —l'aconsellava un home d'edat en qui William va reconèixer Lord Hugh—. Aneu al sud, obtingueu reforços i en acabat torneu amb un exèrcit que els superi en nombre.

Després de l'auguri de l'espelma trencada, el mateix William se sentia en certa manera inclinat a retirar-se, però el rei no tenia temps per a aquelles xerrades.

—Ara ja som prou poderosos per derrotar-los —va dir en un to coratjós—. ¿On és el vostre esperit?

Es va estrènyer un cinyell amb l'espasa a un costat i una daga a l'altre, totes dues enfundades en beines de fusta i cuir.

—Les forces estan massa equilibrades —va advertir un home alt, de cabells curts i arrissats i una barba molt retallada, el comte de Surrey—. Correm, doncs, un risc excessivament gran.

William sabia que aquell argument era massa feble per a Stephen. El rei era, per damunt de tot, un cavaller.

—¿Massa equilibrades? —va repetir amb menyspreu—. Prefereixo un combat just. —Es va posar els guantellets de malla al dors dels dits. El patge li va entregar un escut dc fusta allargat, recobert de cuir. El monarca va posar la corretja al voltant del coll i el va empunyar amb la mà esquerra.

—Si ens retirem ara, no haurem perdut gran cosa —va insistir Hugh—. Ni tan sols tenim el castell.

—Perdria l'oportunitat d'enfrontar-me a Robert de Gloucester al camp de batalla —va respondre Stephen—. M'ha estat evitant dos anys. Ara que se'm presenta l'oportunitat de tenir-me-les d'una vegada amb aquell traïdor, no penso retrocedir només perquè les nostres forces estiguin equilibrades.

Un mosso d'estable li va portar el cavall, ensellat amb cura. Quan Stephen estava a punt de muntar-hi, es van produir senyals de gran activitat a la porta de l'extrem oest de la catedral.

Un cavaller va irrompre a la nau cobert de fang i de sang. William va tenir la terrible premonició que les notícies que portava eren molt dolentes. En inclinar-se davant del rei, William el va reconèixer com un dels homes d'Edward, enviats a defensar el gual.

—Massa tard, senyor —va anunciar el missatger amb veu ronca i esbufegant sorollosament—. L'enemic ha travessat el riu.

Era un altre mal senyal. De sobte, William es va quedar glaçat. Ara només hi havia camp obert entre l'enemic i Lincoln.

Stephen també es va mostrar abatut. Però va es va refer immediatament.

—Tant me fa! —va clamar—. Així trigaran menys a trobar-nos!

Va muntar el seu cavall de guerra.

Portava la destral de combat subjectada a la sella. El patge li va entregar una llança de fusta amb punta de ferro, Stephen va fer espetegar la llengua i el cavall va emprendre, obedient, la marxa.

Mentre avançava per la nau de la catedral, els comtes, barons i cavallers van muntar al seu torn i el van seguir. Van sortir del temple en processó. Un cop fora, se'ls van unir homes d'armes. Va ser llavors quan van començar a sentir-se atemorits; però aquella digna desfilada, i l'ambient gairebé cerimoniós davant els ciutadans que els contemplaven, no facilitava l'evasió dels qui s'acovardissin.

Es va afegir a les files un centenar o més de ciutadans, entre ells forners grossos, teixidors curts de vista i cervesers de rostres congestionats, armats amb gran pobresa i cavalcant en les seves eugues i palafrens. Allò era una prova de la impopularitat de Ranulf.

L'exèrcit no podia passar per davant del castell perquè hauria quedat exposat als projectils dels arquers que muntaven guàrdia a les muralles. Per tant, van haver de sortir de la ciutat per la porta nord, també anomenada porta nova, i tombar cap a l'oest. Allà era on es lliuraria la batalla.

William va estudiar el terreny. Encara que per la part sud de la ciutat el turó davallava abruptament cap al riu, allà al costat oest hi havia una muntanya allargada que baixava suaument cap a la plana. William va comprendre a l'acte que Stephen havia escollit el lloc perfecte per defensar la ciutat, ja que s'acostés per on s'acostés l'enemic, sempre es trobaria per sota de l'exèrcit del rei.

Quan Stephen es trobava a uns quatre-cents metres de la ciutat, dos exploradors del terreny van cavalcar coster amunt a gran velocitat. Van localitzar el rei i es van dirigir cap a ell. William va mirar d'acostar-s'hi per sentir-ne l'informe.

—L'enemic s'acosta ràpidament, senyor —va dir un.

William va mirar en direcció a la plana. En la llunyania es podia albirar una massa negra que es movia amb lentitud cap a ell. Un calfred de por li va recórrer el cos. Va mirar de dominar-se, però el temor persistia. Desapareixeria quan comencés la lluita.

—¿Com estan organitzats? —va preguntar Stephen.

—Ranulf i els cavallers de Chester marxen pel centre, senyor —va explicar l'explorador—. Van a peu.

William es va preguntar com ho podia saber, això. Devia haver-se introduït al campament enemic i devia haver sentit com donaven les ordres de marxa. Allò requeria molt de valor.

—¿Ranulf al centre? —va dir Stephen—. Com si fos el líder en lloc de Robert!

—Robert de Gloucester cobreix el seu flanc esquerre amb un exèrcit d'homes que es fan dir els Desheretats —va afegir l'explorador.

William sabia que utilitzaven aquell nom perquè havien perdut totes les seves terres des que havia començat la guerra civil.

—Llavors Robert ha donat el comandament de l'operació a Ranulf —va murmurar, pensatiu, Stephen—. És una llàstima. Conec bé Robert; hem crescut junts, com aquell qui diu, i li puc endevinar les tàctiques. Però Ranulf és un desconegut per a mi. Tant és. ¿Qui va a la seva dreta?

—Els gal·lesos, senyor.

—Arquers, doncs.

Els homes del sud de Gal·les tenien fama de ser uns arquers insuperables.

—Aquests no, senyor —va puntualitzar l'explorador—. Són una colla d'arreplegats que porten la cara pintada, canten himnes bàrbars. Van armats amb martells i claves i ben pocs van a cavall.

—Deuen ser del nord de Gal·les —va mussitar Stephen—. Suposo que Ranulf els ha promès un bon botí en el pillatge. Que Déu ajudi Lincoln si arriben a travessar-ne les muralles. Però no ho faran! ¿Com et dius, explorador?

—Roger —va dir l'home—. I em diuen Lackland (Senseterra).

—¿Així que no tens terres? Per aquesta feina et concedeixo deu acres.

—Gràcies, senyor —va exclamar l'home, eufòric.

—I ara, vejam. —Stephen es va tombar cap als seus comtes. Estava a punt de dictar les seves disposicions. William es va posar rígid, preguntant-se quin paper li assignaria el rei, que va preguntar:— ¿On és Alan de Bretanya?

Alan va fer avançar el seu cavall. Era el líder d'unes forces de mercenaris bretons, uns desarrelats que lluitaven per una paga i que només eren lleials a ells mateixos.

—Et col·locaràs a primera línia, a la meva esquerra, amb els teus valents bretons.

Era una mesura comprensible, segons el parer de William. Els mercenaris bretons contra els aventurers gal·lesos. Descastats contra indisciplinats.

—William d'Ypres! —va cridar Stephen.

—Rei i senyor meu. —Un home de rostre colrat, amb un cavall de guerra negre, va aixecar la llança. Era el capdavanter de la força de mercenaris flamencs, de qui es deia que eren una mica més dignes de confiança que els bretons.

—Tu també aniràs a la meva esquerra, però darrere dels bretons d'Alan.

Els líders mercenaris van fer mitja volta i van cavalcar fins on eren els seus homes, per organitzar-los. William es preguntava on el col·locaria a ell. No desitjava de cap manera trobar-se a primera línia. Ja havia fet prou per destacar portant amb ell el seu exèrcit. Aquell dia li aniria molt bé una posició a la rereguarda, segura i sense sobresalts.

—Els meus lords de Worcester, Surrey, Northampton, York i Hertford formaran al meu flanc dret.

William va comprovar un cop més la sensatesa de les disposicions d'Stephen, ja que els comtes i els seus cavallers, majoritàriament a cavall, farien front a Robert de Gloucester i els nobles Desheretats que li donaven suport, els quals, gairebé tots, anirien també a cavall. Però es va sentir decebut en no trobar-se inclòs entre els comtes. Tot i així, estava segur que el rei no l'havia oblidat.

—Jo defensaré el centre, desmuntat i amb soldats d'infanteria —va anunciar Stephen.

Aquest cop, William no va entendre la decisió del rei. En principi, era preferible anar a cavall, però es deia que Ranulf anava a peu encapçalant l'exèrcit adversari, i el seu excessiu sentit del joc net impulsava Stephen a combatre l'enemic en un pla d'igualtat.

—Jo aniré pel centre i tindré a la meva esquerra William de Shiring amb els seus homes —va afegir el rei.

William no sabia si sentir-se emocionat o aterrit. Era un gran honor ser escollit per presentar batalla al costat del rei. La seva mare n'estaria molt contenta, però a ell el col·locava en una situació perillosa. I el que encara era pitjor, hauria d'anar a peu. A més, volia dir que el rei el podria veure i jutjar la seva actuació, cosa que l'obligaria a mostrar-se decidit i prendre la iniciativa trencant les files enemigues, en lloc de mantenir-se allunyat dels punts de combat i lluitar únicament quan es veiés obligat a fer-ho. Aquesta era la seva tàctica preferida.

—Els lleials ciutadans de Lincoln formaran la rereguarda —va decidir Stephen.

Allò era una barreja de seny i excel·lent sentit militar. Els ciutadans no serien gaire útils enlloc, però, a la rereguarda, no crearien gaires dificultats i patirien poques baixes.

William va aixecar el pendó del comte de Shiring. Era una altra idea de la seva mare. Des d'un punt de vista estricte, no tenia dret a fer onejar aquell estendard, atès que encara no era comte, però els homes que l'acompanyaven estaven acostumats a seguir l'estendard de Shiring... Almenys això era el que ell objectaria en cas de ser interpel·lat sobre aquesta qüestió. D'altra banda, si la batalla la guanyaven ells, molt probablement ja seria comte abans que acabés el dia.

Els seus homes es van reunir al voltant seu. Walter estava al seu costat, com sempre, amb la seva presència ferma i tranquil·litzadora. També hi havia Gervase el Lleig, Hugh «la Destral» i Miles «el Daus». Gilbert, mort a la pedrera, havia estat substituït per Guillaume de St. Clair, un noi depravat de rostre juvenil.

William va mirar al seu voltant i es va sentir escomès per la ira en veure Richard de Kingsbridge vestint una centellejant armadura nova, damunt d'un magnífic cavall de guerra. Anava amb el comte de Surrey. No havia portat un exèrcit per al rei com havia fet William, però el seu aspecte era impressionant. Un rostre juvenil, vigorós i valent. Si aquell dia acomplia grans gestes, podria guanyar-se el favor reial. Les batalles eren imprescindibles. I els reis també.

Hi havia també la possibilitat que Richard acabés mort. Seria un gran cop de sort. William ho va desitjar més del que mai havia desitjat cap dona.

Va mirar cap a l'oest. L'enemic era cada cop més a la vora.

Philip es trobava a la teulada de la catedral i podia albirar la ciutat de Lincoln, que s'estenia als seus peus com si fos un mapa. La part vella rodejava la catedral al cim del turó. Tenia carrers rectes i jardins ben cuidats. El castell s'aixecava al costat sud-oest. La part nova, sorollosa i plena de gent, ocupava el costerut vessant del costat sud, entre la ciutat vella i el riu Witham. Aquell districte solia bullir d'activitat comercial, però aquell dia un silenci poruc ho cobria tot com una mortalla, i la gent havia pujat a les teulades de les cases per contemplar la batalla. El riu arribava de l'est, corria al peu del turó i després s'eixamplava fins a convertir-se en un gran port natural anomenat Brayfield Pool, ple de molls i embarcacions. A Philip li havien dit que un canal anomenat Fosdyke anava cap a l'oest des de Brayfield Pool fins a desembocar al riu Trent. En observar-lo des d'aquella altura, Philip es va meravellar de la rectitud del seu curs al llarg de tants quilòmetres. La gent deia que aquell canal havia estat construït feia molt de temps.

El canal constituïa el límit del camp de batalla. Philip va veure l'exèrcit del rei Stephen que sortia de la ciutat a patolls i, ja a la muntanya, formava tres perfectes columnes. Es va adonar que Stephen havia col·locat els comtes a la seva dreta perquè oferien més color amb aquelles túniques vermelles i grogues i aquells estendards cridaners. També eren els més actius, ja que cavalcaven amunt i avall, donant ordres, consultant detalls i decidint plans d'acció. Els membres del grup situat a l'esquerra del rei, al vessant de la muntanya que baixava cap al canal, anaven vestits amb tons esmorteïts, grisos i marrons, tenien menys cavalls i no estaven tan neguitosos, potser per reservar energies. Devien ser els mercenaris.

Més enllà de l'exèrcit d'Stephen, on la línia del canal es difuminava i es confonia amb les bardisses, l'exèrcit enemic cobria els camps com un eixam d'abelles. En un principi, feia la impressió que no es movien, però quan al cap d'una estona va tornar a mirar, va descobrir que es trobaven més a prop. I, si es concentrava una mica, podia veure com es movien. Es preguntaven quina força devien tenir. Segons tots els indicis, tots dos exèrcits estaven molt igualats.

No hi havia res que Philip pogués fer per influir en el resultat de la batalla, i això el treia de polleguera. Va intentar tranquil·litzar el seu esperit i mostrar-se fatalista. Si Déu volia que es construís una nova catedral a Kingsbridge, faria que Robert de Gloucester derrotés el rei Stephen en aquella batalla. En aquest cas, podria demanar a la victoriosa emperadriu Maud que li tornés la pedrera i li permetés obrir novament el mercat. Si, al contrari, Stephen derrotava Robert, no tindria més remei que acceptar la voluntat de Déu, renunciar als seus ambiciosos plans i deixar, un cop més, que Kingsbridge declinés fins a enfonsar-se en una obscuritat adormida.

Per molt que ho intentés, a Philip no li era possible pensar en aquesta possibilitat. Volia que Robert fos el vencedor.

Un fort vent va assotar les torres de la catedral, amenaçant de fer caure els espectadors més febles i precipitar-los al cementiri de sota. El vent era glacial. Philip va sentir calfreds i es va emboçar la capa fins als ulls.

Els dos grups ja es trobaven molt a prop l'un de l'altre.

L'exèrcit rebel es va aturar a poc més d'un quilòmetre i mig de la primera línia de les forces del rei. Era irritant veure'ls així, en una visió de conjunt, sense poder-ne distingir cap detall. William volia saber si anaven armats, si es dirigien a la batalla animats i agressius, o cansats i de mala gana. Fins i tot li interessava saber l'estatura dels enemics. Continuaven caminant, serpentejant lentament, com si els que formaven la rereguarda, víctimes de la mateixa ansietat que envaïa William, volguessin avançar-se per donar una ullada a l'enemic.

A l'exèrcit d'Stephen, els comtes i els cavallers que anaven muntats es van arrenglerar amb la llança al rest, com si es disposessin a entrar en combat. William va enviar a contracor tots els cavalls del seu contingent a la rereguarda. Va dir als escuders que no tornessin a la ciutat, sinó que mantinguessin allà les muntures per si les necessitaven... Volia dir, és clar, per si les necessitaven en cas de fugida; però no ho va dir en veu alta. Si es perdia una batalla, més valia córrer que morir.

Hi va haver un instant de calma durant el qual semblava que la lluita mai no començaria. Es va aturar el vent i els cavalls es van calmar. Però no pas els homes. El rei Stephen es va treure el casc i es va gratar el cap. William es va sentir inquiet. Això de lluitar estava molt bé, però només de pensar-hi se li regirava l'estómac.

Després, sense cap motiu aparent, l'ambient va tornar a ser tens. Algú va llançar un crit de guerra. Tots els cavalls es van mostrar ben aviat espantadissos. Es va iniciar un víctor que va quedar ben aviat ofegat pel soroll dels cascs. La batalla havia començat. William ja percebia la fortor acre de la por.

Va mirar al voltant en un intent desesperat d'esbrinar què estava passant, però la confusió regnava arreu i, com que anava a peu, només podia veure el que tenia al costat. Els comtes, a la dreta, eren els qui havien iniciat la batalla en carregar contra l'enemic. Era presumible que les forces que s'hi enfrontaven, l'exèrcit dels nobles «desheretats» del comte Robert, estiguessin responent de la mateixa manera, carregant en formació. Gairebé immediatament, li va arribar un crit des de l'esquerra i, en tombar-se, va veure que els mercenaris bretons que encara muntaven a cavall els esperonaven perquè avancessin. Del sector corresponent de l'exèrcit enemic va arribar una cridòria esfereïdora; devia ser la xusma gal·lesa. No podia veure de quin costat es trobava l'avantatge.

Havia perdut Richard de vista.

De darrere les files enemigues van sortir disparades dotzenes de fletxes, que van ploure per totes bandes. William detestava les fletxes, perquè mataven a l'atzar.

El rei Stephen va deixar anar un crit de guerra i es va llançar a la càrrega. William va desembeinar l'espasa i va córrer cap endavant, però els genets s'havien desplegat en la seva avançada, situant-se entre ell i l'enemic.

A la seva dreta es va produir un terrabastall ensordidor en topar les espases i l'aire es va impregnar d'una olor metàl·lica que coneixia bé. Els comtes i els Desheretats s'havien incorporat a la batalla. Tot el que William podia veure eren homes i cavalls que topaven, maniobraven, s'escometien i queien. Els renills dels cavalls es confonien amb els crits de guerra dels combatents i, en alguna banda, per damunt de tot aquell fragor, William podia sentir els crits esfereïdors, que glaçaven la sang, dels ferits i els moribunds. Va tenir l'esperança que Richard fos un dels qui cridaven. Va mirar a l'esquerra i va quedar horroritzat en comprovar que els bretons retrocedien davant les llances i les destrals dels salvatges gal·lesos. Aquells bàrbars s'havien tornat bojos. Cridaven, bramaven i es trepitjaven els uns als altres en la seva avidesa per arribar a la posició de l'enemic. Actuaven impulsats per la cobdícia de saquejar l'opulenta ciutat. Els bretons, sense cap perspectiva engrescadora a banda d'una setmana més de paga, es limitaven a defensar-se, i anaven cedint terreny. William estava neguitós i se sentia frustrat per no haver pogut descarregar ni un sol cop. Estava envoltat pels seus cavallers, i al davant tenia els cavalls dels comtes i els bretons. Va forçar el pas per situar-se al costat del rei. Veia batusses pertot arreu, i a banda i banda cavalls a terra i homes que lluitaven cos a cos com feres enrabiades, sentia el xoc eixordador de les espases i va percebre l'olor dolcenca de la sang, però tant ell com el rei Stephen es trobaven, en aquells moments, encallats en una zona morta.

Philip ho podia veure tot, però no comprenia res. No tenia ni la més petita idea del que estava passant. Només observava una gran confusió: espases centellejants, cavalls que escometien, estendards al vent i els sorolls de la batalla que, arrossegats pel vent, li arribaven esmorteïts a causa de la llunyania. Era un espectacle demencial i desolador. Molts queien i morien; molt pocs es tornaven a aixecar i es reincorporaven a la lluita. Però li era impossible saber qui estava guanyant.

—¿Què està passant? —va preguntar al costat de Philip un sacerdot de la catedral que portava una pellissa.

—No aconsegueixo treure'n l'aigua clara —va respondre el prior, sacsejant el cap.

Mentre parlava, va percebre un moviment. Pel costat esquerre del camp de batalla, alguns homes baixaven precipitadament pel turó en direcció al canal. Eren mercenaris esparracats i, pel que podia veure, els que fugien eren els mercenaris del rei i els perseguidors mercenaris de l'exèrcit atacant. Fins allà va arribar el crit victoriós dels gal·lesos. Philip es va animar. Estaven guanyant els rebels!

Tot d'una, a la dreta, on lluitaven els homes a cavall, va fer la impressió que l'exèrcit del rei retrocedia. La retirada va convertir-se en desbandada. Van ser molts els homes d'Stephen que van fer girar cua als seus cavalls i van començar a allunyar-se del camp de batalla.

«És la voluntat de Déu!», es va dir Philip.

¿Era possible que tot hagués acabat tan aviat? Els rebels avançaven pels dos flancs, però el centre continuava resistint amb fermesa. Els homes que rodejaven el rei lluitaven amb més ferocitat que els que estaven situats als flancs. ¿Serien capaços de contenir l'atac? Potser Stephen i Robert de Gloucester lluitaven l'un contra l'altre; un combat cara a cara dels capdavanters podia, de vegades, decidir el resultat, sense importar el que succeïa mentrestant al camp de batalla. La qüestió encara no havia quedat resolta.

En un moment determinat, els dos exèrcits es van trobar igualats, tots dos lluitant de manera ferotge. Just després, els homes del rei retrocedien amb rapidesa. William es va sentir descoratjat. Per l'esquerra, els mercenaris bretons baixaven corrents pel turó perseguits fins al canal pels gal·lesos. A la dreta, els comtes, amb els seus cavalls de guerra i els seus estendards, es retiraven mirant de fugir cap a Lincoln. Només el centre oferia resistència. El rei Stephen es batia intrèpidament, descarregant cops d'espasa a tort i a dret, mentre al seu voltant els homes de Shiring combatien com veritables feres. La situació, malgrat tot, es feia insostenible. Si els flancs continuaven cedint, el rei aviat estaria rodejat. William volia que Stephen retrocedís, però el monarca era més coratjós que assenyat i va continuar lluitant tenaçment.

William va percebre que el focus de la batalla es desplaçava a l'esquerra. Va mirar al voltant i va veure que els mercenaris flamencs empenyien per darrere i queien sobre els gal·lesos, que es veien forçats a abandonar la persecució dels bretons i a retrocedir per defensar-se. Es va produir una topada momentània. Tot seguit, els homes de Ranulf de Chester, al centre de la primera línia de l'enemic, van atacar els flamencs que es trobaven entre ells i els gal·lesos.

En veure el replegament, el rei Stephen va animar els seus homes a avançar. William va pensar que potser Ranulf havia comès un error. Si ara les forces del rei queien sobre els homes de Ranulf, aquest cop seria ell qui quedés immobilitzat entre tots dos camps.

Un dels cavallers de William va caure als seus peus, i de sobte ell es va trobar en ple combat.

Un robust home del nord amb l'espasa xopa de sang va envestir William, que va esquivar l'estocada amb facilitat. No havia gastat forces i, en canvi, el seu adversari ja estava cansat. William va atacar buscant la cara de l'home, però va fallar el cop i va haver d'aturar una segona estocada. Després, va aixecar l'espasa ben amunt, exposant-se deliberadament a un nou atac, i quan l'altre home va avançar com s'esperava, William el va tornar a esquivar i, subjectant l'espasa amb totes dues mans, la va descarregar a l'espatlla del seu adversari. El cop li va trencar l'armadura i li va fracturar la clavícula. Va caure rodolant per terra.

William es va sentir exultant. Ja no tenia por.

—No fugiu, gossos! —va rugir.

Uns altres dos cavallers van ocupar el lloc del que havia caigut i van atacar alhora. William els va poder mantenir a ratlla, però es va veure obligat a retrocedir.

Hi va haver un moviment a la seva dreta i un dels seus adversaris va haver de fer-se a un costat per defensar-se d'un individu de cara congestionada. Anava armat amb una clava i tenia l'aspecte d'un carnisser furiós. Així doncs, William només va haver d'ocupar-se d'un atacant. Se li va llançar al damunt fent una ganyota salvatge. El seu adversari es va acovardir i va començar a donar estocades sense ordre ni concert mal dirigides al cap de William, que les va esquivar i no va trigar a enfonsar-li la daga a la cuixa, just sota la vora de la seva cota de malla. Quan se li va doblegar la cama, l'home va caure rodó.

Un cop més, William s'havia quedat sense contrincant. Es va quedar allà clavat, recuperant l'alè. Per un moment havia cregut que l'exèrcit del rei estava a punt de ser derrotat, però s'havia refet i ara com ara cap dels dos contendents no portava avantatge. Va mirar a mà dreta preguntant-se què era el que havia desviat l'atenció d'un dels seus adversaris, i llavors va veure, atònit, que els ciutadans de Lincoln plantaven cara a l'enemic. Probablement perquè el que defensaven eren les seves pròpies llars. Però amb tot, ¿qui els havia aplegat després que els comtes desertessin d'aquell flanc? Aquella pregunta va obtenir una ràpida resposta. Tot consternat, va veure Richard de Kingsbridge, muntat damunt del seu cavall de guerra, que reagrupava i animava els ciutadans de Lincoln a lluitar. Si el rei arribava a veure Richard comportant-se amb aquell coratge, tota la feina de William hauria estat en va. Just en aquell moment, el rei es va trobar amb la mirada del jove cavaller i li va fer un gest amb la mà, animant-lo a continuar. William va deixar anar un reguitzell de renecs.

Quan es van recompondre les forces dels ciutadans, es va alleujar la pressió sobre el rei, però només durant una estona. Per l'esquerra, els homes de Ranulf havien provocat la desbandada dels mercenaris flamencs i ara es llançaven cap al centre de les forces del rei. Al mateix temps, els Desheretats centraven els seus atacs en Richard. La lluita es va fer aferrissada.

Un home corpulent que brandava una destral de combat va atacar William, que el va esquivar amb un moviment desesperat, tement de sobte per la seva vida. A cada escomesa de la destral, William retrocedia un salt, mentre advertia que tot l'exèrcit del rei reculava al seu torn al mateix ritme. A la seva esquerra, els gal·lesos, que havien pujat altra vegada al cim del turó, van començar a llançar pedres. L'acció resultava ridícula, però efectiva, perquè ara William havia de vigilar, per una banda, les pedres que plovien pertot arreu, i, per l'altra, defensar-se del gegant que esgrimia la destral de combat. Era com si hagués crescut el nombre d'enemics, i va comprendre, desanimat, que aquells efectius superaven de llarg els homes del rei. Va notar la gola engarrotada per una por histèrica en comprendre que la batalla estava perduda i que ell es trobava en perill mortal. El rei havia de fugir com més aviat millor. ¿Per què dimonis continuava lluitant? Era absurd. El matarien. Els matarien a tots! Es van imposar els instints de lluita de William i, en lloc de retrocedir com havia fet fins aleshores, va fer un salt endavant i va dirigir l'espasa contra la cara de l'home. El va encertar de ple a la gola, just sota la barbeta, i va enfonsar l'arma amb ràbia. L'home va tancar els ulls. Per un instant, William es va sentir alleujat. Va enretirar l'espasa i va esquivar amb agilitat la destral que queia de les mans del moribund.

Va donar una ullada al rei, que es trobava uns peus a la seva esquerra. En aquell moment, descarregava l'espasa amb força sobre el casc d'un home i la partia en dues. «Ja està», es va dir William; «la batalla s'ha acabat. El rei fugirà, se salvarà i tornarà un altre dia a la lluita.» Però aviat es va demostrar que era una falsa esperança. Quan Stephen ja havia començat a fer mitja volta per sortir corrents, un ciutadà li va oferir una destral de llenyataire, de mànec llarg. Davant la desolació de William, Stephen la va agafar i va reprendre la lluita.

William va estar a punt de sortir fugint. En mirar a la seva dreta va veure Richard a peu, lluitant com un esperitat, repartint garrotades i tirant a terra enemics per la dreta, per l'esquerra i pel centre. William no podia fugir mentre el seu veritable rival continuava lluitant.

Es va trobar amb un nou atacant. Aquest cop era un home baix que es movia amb una extrema rapidesa. La seva espasa centellejava sota la llum del sol. William va comprendre de seguida que s'enfrontava a un lluitador molt dur. Un cop més es va trobar a la defensiva i tement per la seva vida. El convenciment que tenien la batalla perduda li minava la voluntat. Va esquivar les ràpides estocades del rival amb l'esperança de descarregar un cop prou fort que li travessés l'armadura. Quan va veure una bona oportunitat, va llançar una estocada, però l'altre la va esquivar i va contraatacar tot seguit. William va sentir que el braç esquerre li quedava inert. Aterrit, va comprendre que estava ferit. Va continuar retrocedint, i per un instant va sentir que el terra tremolava sota els seus peus. L'escut li penjava tot fluix del coll, atès que li era impossible mantenir-lo ferm amb el braç esquerre inutilitzat. El seu rival va veure la victòria al seu abast i va insistir en l'atac. William va veure la proximitat de la mort i el pànic es va apoderar d'ell.

De sobte, Walter va aparèixer al seu costat.

William es va fer enrere. Walter va descarregar la seva espasa amb totes dues mans. En agafar per sorpresa el tipus baixet, el va partir netament per la meitat. A William l'alleujament li va fer venir vertigen. Va posar una mà sobre l'espatlla de Walter.

—Ens han vençut! —li va cridar Walter per damunt de l'estrèpit—. Val més que fotem el camp!

William es va recuperar. Stephen continuava lluitant tot i que la batalla ja estava perduda. Si fugia, almenys podria aplegar un nou exèrcit. Però si continuava lluitant gaire estona més, les probabilitats que el capturessin o el matessin augmentarien, i això només podria significar una cosa: que Maud regnaria.

William i Walter van començar a retrocedir. ¿Per què el rei es comportava com un boig? Havia de demostrar el seu valor, i això seria la seva mort. Un cop més, William es va veure temptat d'abandonar el rei, però Richard de Kingsbridge continuava allà, defensant com un roc el flanc dret.

—Encara no —va indicar William a Walter—. Vigila el rei!

Anaven retrocedint lentament. La lluita es va anar fent menys acarnissada quan els combatents van advertir que la sort ja estava tirada i no valia la pena córrer més riscs. William i Walter van fer xocar les espases contra les de dos cavallers, però sense passar a l'ofensiva. Es van assestar cops durs, però malgrat això, cap dels que encara es barallaven no volia exposar-se al perill.

William va retrocedir dues passes i es va arriscar a donar una ullada al rei. En aquell precís instant una gran pedra va anar a estavellar-se-li contra el casc. Stephen va trontollar i va caure de genolls. L'adversari de William es va aturar i va girar el cap per veure què era el que aquest mirava. La destral de combat va caure de les mans del monarca. Un cavaller enemic va córrer cap a ell i li va arrabassar el casc.

—El rei! —va vociferar triomfant—. Tinc el rei!

William, Walter i l'exèrcit reial en ple van fer mitja volta i van arrencar a córrer.

Philip no podia estar més content. La retirada va començar al centre de l'exèrcit i es va anar estenent, com una onada, cap als flancs. En qüestió de segons totes les tropes reials es retiraven campi qui pugui. Aquesta era la recompensa que obtenia el rei Stephen per la seva injustícia.

Els atacants van perseguir les hosts reials. A la rereguarda de les forces lleials a Stephen, hi havia quaranta o cinquanta cavalls sense genet, les regnes dels quals subjectaven els escuders. Alguns dels homes hi muntaven i buscaven al galop el camp obert en comptes de fer cap a la ciutat de Lincoln.

Philip va començar a preguntar-se què se n'havia fet, d'Stephen.

Els ciutadans de Lincoln anaven abandonant les teulades a corre-cuita. Van reunir els nens i els animals. Algunes famílies van desaparèixer a l'interior de les seves cases, tancant hermèticament les finestres i assegurant les portes amb barres. Es va produir un agitat moviment entre les embarcacions al llac. Uns quants ciutadans intentaven fugir pel riu.

La gent s'arremolinava a les portes de la catedral a la recerca de refugi.

Molts altres es van precipitar cap a les entrades de la ciutat, per tancar les enormes portes reforçades amb ferro. Però llavors els homes de Ranulf de Chester van sortir del castell. Es van dividir en grups, seguint probablement un pla preestablert, i cada grup es va dirigir a una de les portes de la ciutat. Es van obrir pas entre els ciutadans, apartant-los violentament, i van esbatanar les portes per deixar passar els rebels victoriosos. Philip va decidir baixar de la teulada de la catedral. Els qui estaven amb ell, majoritàriament canonges, van tenir la mateixa pensada. Tots plegats van travessar acotant el cap la porta baixa que conduïa a la torreta. Allà es van trobar amb el bisbe i els ardiaques, que havien presenciat la batalla des de més amunt, des de la torre. Philip va tenir la impressió que el bisbe Alexander estava molt espantat. Era una llàstima, perquè aquell dia hauria hagut de tenir prou valor per donar i per vendre.

Tots van baixar amb molt de compte per l'escala de cargol, llarga i estreta, i van sortir a la nau de l'església pel costat oest. Al temple ja hi havia prop d'un centenar de ciutadans, i no paraven d'entrar-ne a torrentades per les tres grans portes. Mentre Philip observava tot allò, van arribar dos cavallers al pati del temple. Estaven tacats de sang i anaven plens de fang, i procedien sense cap mena de dubte del camp de batalla. Sense descavalcar, van irrompre a l'església.

—Han capturat el rei! —va cridar un d'ells en veure el bisbe.

A Philip el cor li va fer un salt. El rei Stephen no sols havia estat derrotat, sinó que havia caigut presoner dels rebels. Ara les forces que li donaven suport es batrien en retirada en tot el regne. Al prior no li costava imaginar-se les conseqüències d'aquell fet, però abans que pogués començar a fer conjectures, va sentir els crits del bisbe Alexander.

—Tanqueu les portes!

Amb prou feines es podia creure el que acabava de sentir.

—No! —va cridar—. No ho podeu fer, això!

El bisbe va dirigir la mirada cap a ell, blanc de terror. No estava segur de qui era. Philip l'havia visitat per pura cortesia, i des d'aleshores no havien intercanviat ni una paraula. Fent un visible esforç, Alexander li va dir:

—Aquesta no és la vostra catedral, prior Philip, sinó la meva. Tanqueu les portes!

Uns quants sacerdots es van disposar a complir l'ordre.

Philip estava horroritzat davant d'aquella exhibició d'egoisme per part d'un clergue.

—No podeu tancar les portes als nassos de la gent! —va cridar, airat—. Els mataran!

—Si no tanquem les portes, ens mataran a tots —va cridar, histèric, Alexander.

El prior el va agafar per la pitrera de les seves vestidures.

—Recordeu qui sou —li va etzibar—. No s'espera de nosaltres que tinguem por, i encara menys davant la mort. Domineu-vos.

—Traieu-me'l del damunt! —va ordenar Alexander, fora de si.

Uns quants canonges van obligar Philip a apartar-se.

—¿Que no us adoneu del que feu? —va cridar Philip.

—Si ets tan valent, ¿per què no surts a fora i els protegeixes tu mateix?

Philip es va deixar anar, furiós.

—Això és el que faré —va remugar.

Va fer mitja volta i va creuar la nau com un llampec. La gran porta central s'estava tancant. Tres sacerdots empenyien per tancar-la del tot, mentre, des de l'exterior, la gent forcejava per entrar per l'última escletxa, cada cop més estreta. Philip va aconseguir franquejar-la un segon abans que la porta s'acabés de tancar.

Al cap d'una estona, una petita gentada s'havia aplegat a la portalada. Homes i dones colpejaven la porta demanant a crits que els deixessin entrar, però des de l'interior de l'església no es va sentir cap resposta.

De sobte, el prior va tenir por. L'espantava veure el pànic reflectit als rostres de la gent que havien deixat a fora. Ell mateix tremolava. Ja havia tingut abans, en una ocasió, a l'edat de sis anys, una trobada amb l'exèrcit victoriós, i sentia que tornava a envair-lo l'horror d'aquell dia. Va reviure, amb tota nitidesa, com si hagués succeït la tarda anterior, el moment en què els homes d'armes irrompien a casa dels seus pares. Es va quedar immòbil allà on era, mirant de dominar el tremolor mentre la multitud s'agitava al voltant seu. Durant molt de temps l'havia turmentat aquell malson. Veia les cares d'aquells homes assedegats de sang i com l'espasa traspassava la seva mare, així com l'espantós espectacle de les entranyes del seu pare que li sortien del ventre. Es va sentir dominat de nou per un terror histèric, aclaparador, demencial i incomprensible. Després, va veure que un monjo entrava per la porta amb una creu a la mà, i els crits es van aturar. El monjo els va ensenyar, al seu germà i a ell, a tancar els ulls de la seva mare i del seu pare perquè poguessin dormir el llarg son. I llavors va recordar, com si acabés de despertar-se d'un profund somieig, que ja no era un nen espantat, sinó un home fet i dret, i un monjo, a més. I que igual que l'abat Peter havia rescatat Philip i el seu germà aquell dia espantós, vint-i-set anys enrere, aquell dia ombrívol, un Philip adult, enfortit per la fe i protegit per Déu, sortiria a ajudar els qui temien per la seva vida.

Es va forçar a fer un primer pas endavant. Un cop fet, el segon li va semblar una mica menys difícil i el tercer gairebé va ser fàcil.

En arribar al carrer que conduïa a la porta oest, una multitud de gent que fugia va estar a punt de tirar-lo a terra. Homes i nois corrien carregats amb fardells, que contenien les seves possessions més valuoses; hi havia ancians amb la respiració entretallada, nens que cridaven, dones que portaven en braços criatures que ploraven. Va sentir que la multitud l'arrossegava un bon tros; després, va forcejar contra el corrent. Es dirigien cap a la catedral. Philip els volia dir que estava tancada i que havien d'estar tranquils a casa seva, que barressin les portes. Però tothom cridava i ningú no s'aturava a escoltar.

Va caminar a poc a poc pel carrer, movent-se en sentit contrari a la gent. Havia avançat amb penes i treballs unes passes quan pel carrer va aparèixer un grup de quatre genets a la càrrega. Eren la causa de la desbandada. Algunes persones es van estrènyer contra els murs de les cases, però altres no van poder sortir del mig a temps i van caure sota els veloços cascs. Philip es va sentir horroritzat davant la seva impotència per fer res, i es va esmunyir fins a un carreró per no convertir-se també en víctima. Al cap d'un moment, els genets havien desaparegut i el carrer estava desert.

Uns quants cossos jeien a terra. En sortir del carreró Philip va veure que n'hi havia un que es movia. Es tractava d'un home de mitjana edat amb una capa escarlata. Provava d'arrossegar-se malgrat la seva cama ferida. Philip va creuar el carrer amb intenció d'ajudar-lo, però, abans que aconseguís arribar al seu costat, van aparèixer dos homes amb cascs i escuts de fusta.

—Aquest és viu, Jack —va dir un dels homes.

Philip es va estremir. Li va semblar que el comportament, les veus, la indumentària, i fins i tot les cares, eren les mateixes que les d'aquells dos homes que havien assassinat els seus pares.

—Ens valdrà un bon rescat... Mira aquesta capa roja —va dir el que responia al nom de Jack. Es va girar, es va endur els dits a la boca i va xiular; en veure que apareixia un tercer home, li va dir:— Endú-te'l al castell i lliga'l ben fort.

El que acabava d'arribar va passar els braços al voltant del pit de l'home caigut i el va arrossegar. El ferit va cridar de dolor quan les seves cames van començar a rebotar contra les pedres.

—Atureu-vos! —va cridar Philip.

Els tres es van aturar un instant. El van mirar i van esclafir a riure. Després, van continuar amb el que estaven fent.

Philip els va tornar a cridar, però van fer veure que no sentien res. Un altre soldat va sortir d'una casa, portant una llarga capa de pell i sis safates de plata sota el braç. Jack va veure el botí i va dir al seu camarada:

—Aquestes d'aquí són cases riques. Hauríem d'entrar-hi per veure què hi trobem.

Es van dirigir cap a la porta tancada d'una casa de pedra i van mirar d'obrir-la a cops amb una destral de combat.

Philip va entendre que el seu afany era inútil; però no estava disposat a rendir-se. Tanmateix Déu no l'havia col·locat en aquella situació per defensar les propietats dels ciutadans adinerats. Va deixar Jack i els seus companys i es va afanyar cap a la porta oest. Pel carrer, arribaven corrents més soldats. S'hi barrejaven uns quants homes morens i baixos, amb la cara pintada, vestits amb samarres de pell de xai i armats amb llances. Philip va saber que es tractava dels gal·lesos, i es va avergonyir de ser paisà d'aquells salvatges. Es va estrènyer contra un mur i va mirar de passar inadvertit.

Dos homes van sortir d'una casa de pedra arrossegant per les cames un home de barba blanca amb un birret.

—¿On amagues els calés, jueu? —va preguntar-li un mentre recolzava la punta del ganivet a la gola de l'home.

—No tinc diners —va contestar el jueu en un to planyívol.

Philip va pensar que ningú no s'ho creuria. Era famosa la riquesa dels jueus de Lincoln. I, a més, l'home vivia en una casa de pedra.

Un altre soldat va sortir arrossegant una dona pels cabells. Era de mitjana edat i, probablement, l'esposa del jueu.

—Digue'ns on són els diners o et fotré l'espasa pel cul —va vociferar el primer dels homes. Va aixecar la faldilla de la dona, deixant al descobert el borrissol grisós, i li va apuntar una llarga daga al pubis.

Philip estava a punt d'intervenir, però el vell va cedir a l'instant.

—No li feu mal. Els diners són a la part de darrere —va confessar—, enterrats al jardí, al costat de la pila de llenya... Deixeu-la anar, si us plau.

Els tres homes van entrar corrents a la casa. La dona va ajudar el seu marit a incorporar-se. Un altre grup de genets va irrompre al carrer estret fent un gran terrabastall. Philip es va afanyar a amagar-se. Quan va tornar a sortir, els dos jueus havien desaparegut.

Un jove amb armadura va baixar, desesperat, carrer avall, intentant salvar la vida, perseguit per tres o quatre gal·lesos. El primer dels perseguidors va brandar l'espasa i va tocar el fugitiu al panxell. A Philip no li va semblar que l'hagués ferit profundament, però amb aquell cop n'hi va haver prou perquè el jove ensopegués i caigués a terra. Un segon perseguidor va arribar a l'altura del que havia caigut i va aixecar una destral de combat.

Philip va avançar, amb el cor a la boca.

—Atura't! —va cridar.

L'home va semblar que no el sentia.

Philip es va abalançar cap a ell.

El gal·lès va descarregar la destral; però Philip el va empènyer a l'últim moment. L'afilada fulla va ressonar en esclatar contra el paviment de pedra, a un pam del cap de la víctima. L'atacant va recuperar l'equilibri i es va quedar mirant astorat Philip, que li va tornar la mirada amb fermesa, intentant no tremolar i desitjant recordar algunes paraules en gal·lès. Abans que ningú fes el més petit moviment, els altres dos perseguidors van arribar al seu costat i un va abatre Philip d'una forta empenta. Això va ser el que li va salvar la vida, com va poder observar un instant després. Quan es va recuperar, tots se n'havien oblidat. Amb un salvatgisme increïble, estaven matant el pobre noi que jeia a terra. Philip es va posar dempeus amb prou feines. Ja era massa tard; els seus martells i destrals s'encarnissaven contra un cadàver.

—Si no puc salvar ningú, ¿per què m'heu enviat aquí? —va cridar, carregat d'ira i enlairant els ulls al cel.

Com a resposta, va sentir un crit provinent d'una casa veïna. Era un edifici de planta única, de fusta i pedra, menys luxós que els que el rodejaven. La porta estava oberta i Philip hi va entrar corrents. Hi havia dues habitacions, amb un arc entre totes dues i palla a terra. En un racó, arraulida, hi havia una dona aterrida amb dos nens petits. Tres soldats es trobaven al centre de la casa enfrontant-se a un home menut i calb. A terra, jeia una jove d'uns divuit anys. Li havien estripat el vestit de dalt a baix i un dels agressors estava agenollat damunt seu, subjectant-li les cuixes obertes. Era evident que l'home mirava d'evitar que violessin la seva filla. Només entrar, Philip es va abalançar sobre un dels soldats, que se'n va deslliurar d'un cop de mà. L'home va caure d'esquena i el soldat li va enfonsar l'espasa a l'abdomen. La dona del racó va cridar com una ànima en pena.

—Atureu-vos! —va vociferar Philip.

El van mirar com si estigués boig.

—Anireu tots a l'infern, si feu això! —va sentenciar intentant parlar en el to més autoritari.

El que havia matat l'home va aixecar l'espasa per descarregar-la damunt seu.

—Un moment —va dir el soldat que es trobava a terra i que continuava subjectant les cames de la noia—. ¿Qui ets tu, monjo?

—Sóc Philip de Gwynedd, prior de Kingsbridge, i en nom de Déu t'ordeno que deixis tranquil·la aquesta noia, si és que estimes en alguna cosa la teva ànima immortal.

—Un prior! Això m'havia semblat —va dir l'altre—. En pagaran un bon rescat.

—Tu torna al racó amb la noia, i acaba d'una vegada —va dir el primer dels soldats, embeinant l'espasa.

—No poseu les vostres mans sobre els hàbits d'un monjo —va ordenar Philip, mirant de fer-se respectar; però ell mateix sentia que la seva veu deixava anar una nota de desesperació.

—Endú-te'l al castell, John —va dir l'home que encara estava assegut sobre la noia, i que semblava ser el cap.

—Vés a la merda —va contestar John—. Jo també me la vull follar, aquesta.

Va engrapar Philip pels braços abans que pogués resistir-se i el va llançar al racó. El monjo va caure a terra al costat de la mare.

El soldat anomenat John es va aixecar la part davantera de la túnica i va caure sobre la jove.

La mare va girar el cap i va començar a somicar.

—No ho permetré! —va exclamar Philip. Es va posar dret, va agafar el violador pels cabells i el va apartar de la jove.

El tercer soldat va esgrimir un garrot. Philip va endevinar per on vindria el cop, però ja era massa tard. Tot seguit, va sentir un dolor espantós; després, tot es va tornar negre, i va perdre el coneixement abans de desplomar-se.

Els presoners van ser conduïts al castell i tancats en sòlides gàbies de fusta, estretes i de l'altura d'un home. En lloc de parets compactes, tenien posts verticals, poc separades entre si, però que permetien al carceller vigilar-ne l'interior. Normalment, quan s'utilitzaven per tancar els lladres, assassins i heretges, hi solia haver una o dues persones per gàbia. En aquells moments, els rebels havien fet encabir vuit o deu persones en cada gàbia, i encara quedaven més presoners. Aquests últims havien estat tancats en un lloc aïllat del castell. N'haurien pogut escapar amb relativa facilitat, però no ho van fer, potser perquè se sentien més segurs allà que a fora, a la ciutat.

Philip es va asseure en un racó d'una de les gàbies, amb un espantós mal de cap. Es considerava un boig i un fracassat. Al cap i a la fi, el seu comportament havia estat més inútil que el del covard bisbe Alexander. No havia aconseguit salvar ni una sola vida. Sense ell, als ciutadans de Lincoln no els hauria anat pas pitjor. A diferència de l'abat Peter, Philip s'havia vist impotent per aturar la violència. Va pensar que, senzillament, no estava fet de la mateixa pasta.

I, cosa que encara era pitjor, en aquell patètic intent d'ajudar els ciutadans, potser havia perdut totes les probabilitats d'obtenir concessions de l'emperadriu Maud quan es convertís en la seva sobirana. Ara com ara, era presoner del seu exèrcit. Per tant, es donaria per fet que havia donat suport a les forces del rei Stephen. El priorat de Kingsbridge hauria de pagar un rescat pel seu alliberament. El més probable era que tot aquell assumpte arribés a oïda de Maud i, és clar, no es mostraria gaire disposada a escoltar-se'l. Se sentia malalt, decebut i els remordiments el torturaven.

Durant tot aquell dia van anar arribant més presoners. L'afluència va cessar poc abans de fer-se fosc. Però el saqueig de la ciutat continuava fora dels murs del castell. Philip podia sentir crits i sorolls de destrucció. Cap a mitjanit va cessar tot el brogit, segurament perquè els soldats estaven tan borratxos amb el vi robat i tan saciats de violacions i violència que ja ni tan sols podien causar més mal. Alguns d'ells van entrar fent tentines al castell, fent forrolla dels seus triomfs, barallant-se entre ells i vomitant a terra, fins a quedar esgotats i adormits.

Philip també va dormir, encara que no tenia prou espai per tombar-se i va haver de fer-ho en un racó de la gàbia, amb l'esquena recolzada contra els barrots de fusta. Es va despertar a trenc d'alba, tremolant de fred, però gràcies a Déu el cap ja no li feia mal. Es va aixecar per estirar les cames i es va fregar el cos per entrar en calor. Els estables oberts mostraven homes dormint als cubicles, mentre que els cavalls estaven lligats a fora. A través de la porta de la fleca i del soterrani de la cuina apareixien parells de cames. Els pocs soldats que estaven sobris havien muntat tendes. Es veien cavalls arreu. A la banda sud-est del castell hi havia la torre de l'homenatge, un castell dins del castell, construïda sobre un alt monticle. Els seus murs de pedra gruixuts rodejaven mitja dotzena o més d'edificis de fusta. Els comtes i els cavallers de l'exèrcit vencedor segurament es devien trobar allí, dormint després de celebrar la victòria.

Philip es va concentrar novament en les implicacions de la batalla del dia abans. ¿Significava el final de la guerra? Era molt probable. Stephen tenia una esposa, la reina Matilda, que potser continuaria la lluita. Era comtessa de Boulogne, i amb els seus cavallers francesos havia pres el castell de Dover al principi de la guerra. Ara, dominava gran part de Kent per al seu marit. No obstant això, li resultaria difícil reunir el suport dels barons si Stephen continuava en captivitat. Era possible que resistís un temps a Kent, però no s'havia d'esperar que realitzés cap avançament.

No obstant això, encara no havien acabat els problemes de Maud. Encara havia de consolidar la seva victòria militar, obtenir l'aprovació de l'Església i ser coronada a Westminster. Malgrat tot, amb decisió i una certa prudència era possible que en sortís triomfant.

I això eren bones notícies per a Kingsbridge, o ho serien si Philip aconseguia sortir d'allà sense ser titllat de partidari de Stephen.

No feia sol, però l'ambient es va anar tornant més càlid a mesura que avançava el dia. Els companys de presó de Philip es van anar despertant; es queixaven de dolors i molèsties. La majoria havien rebut, com a mínim, cops, i es trobaven pitjor després d'una nit freda en aquelles incòmodes gàbies. Alguns eren ciutadans adinerats, i d'altres, cavallers capturats durant la batalla. Quan gairebé tots van estar desperts, Philip va preguntar:

—¿Sap algú què li ha passat a Richard de Kinsbridge?

Esperava, per Aliena, que hagués sobreviscut.

—Va lluitar com un lleó... En posar-se les coses negres, va reunir els ciutadans —va respondre un home amb un embenatge ensangonat al cap.

—¿Ha mort o ha sobreviscut?

—Quan va arribar el final no el vaig veure —va respondre l'home.

—¿I William de Hamleigh?

La caiguda de William suposaria un gran alleujament.

—Va estar al costat del rei durant gairebé tota la batalla, però després va fugir... El vaig veure a cavall, galopant camp a través, molt per davant del grup.

—Ah!

Es va esfumar la feble esperança. Els problemes de Philip no es resoldrien tan fàcilment.

La conversa es va anar apagant i a la gàbia es va fer el silenci. A fora, els soldats començaven a moure's, tractant de vèncer la ressaca, comprovant el botí, assegurant-se que els ostatges encara eren allà i agafant l'esmorzar de la cuina. Philip es preguntava si donarien menjar als presoners. Havien de fer-ho, va pensar, perquè si no es moririen i els vencedors no n'obtindrien cap rescat. Però, ¿qui acceptaria la responsabilitat d'alimentar tota aquella gent? Això el va portar a preguntar-se quant de temps s'estaria tancat allà. Els cavallers vencedors enviarien un missatge a Kingsbridge exigint un rescat. Els germans enviarien algú per negociar el seu alliberament. ¿Qui enviarien? Milius seria el més adequat, però Remigius, que en la seva condició de sotsprior estava a càrrec del priorat durant l'absència de Philip, enviaria algun dels seus incondicionals; fins i tot era possible que hi anés ell mateix. Remigius actuaria amb extrema lentitud, ja que era incapaç de fer res amb rapidesa i de manera decidida, ni tan sols per al seu propi interès. Potser passarien mesos. Philip es va sentir cada cop més pessimista.

Altres presoners van tenir més bona fortuna. Poc després de l'alba van començar a arribar les dones, els fills i els parents dels captius, en un principi temorosos i vacil·lants, i després més segurs de si mateixos, per negociar el rescat dels seus éssers estimats. Solien regatejar una estona amb els invasors, al·legant que no tenien diners, oferint joies barates o altres objectes. Fins que, a la fi, arribaven a un acord, se n'anaven i tornaven poc després amb el rescat convingut, en general diners. El botí creixia sense parar i les gàbies començaven a buidar-se.

Cap al migdia, la meitat dels presoners havien sortit. Philip va suposar que devia ser gent de la localitat. Els que quedaven devien procedir de ciutats llunyanes i probablement eren cavallers capturats durant la batalla. Aquella suposició va quedar confirmada quan es va presentar l'agutzil del castell i va preguntar els noms de tots els que quedaven allí. La majoria eren cavallers del sud. Philip va observar que en una de les gàbies només hi havia un home lligat a un cep, com si algú volgués assegurar-se per partida doble que no s'escaparia. Després de mirar uns instants aquell presoner tan especial, Philip es va adonar de qui era.

—Mireu! —va dir als tres companys de gàbia—. Aquell home d'allà, tot sol. ¿És qui em penso que és?

Els altres el van mirar.

—Déu del cel, és el rei! —va exclamar un d'ells.

Els altres van assentir.

Philip es va quedar mirant l'home d'abundant cabellera, cobert de fang, amb les mans i els peus subjectats al cep cruelment. El seu aspecte no es diferenciava del de cap d'ells. El dia abans era el rei d'Anglaterra i havia negat a Kingsbridge una llicència per tenir un mercat. Ara no es podia posar dret sense ajuda. El rei havia rebut el que es mereixia; encara que, de totes maneres, a Philip li feia llàstima.

A primera hora de la tarda van portar aliment als presoners. Eren les sobres del menjar dels combatents. No obstant això, s'hi van llançar, voraços, al damunt. Philip es va contenir i va deixar als altres la part més gran, ja que considerava la gana una feblesa a la qual un s'havia de resistir de tant en tant. Qualsevol dejú obligat li semblava una oportunitat de mortificar la carn.

Quan escuraven l'escudella, es va produir una certa activitat a la torre de l'homenatge, de la qual va sortir un grup de comtes. Philip va observar que dos d'ells caminaven unes passes davant dels altres, que els tractaven amb deferència. Havien de ser Ranulf de Chester i Robert de Gloucester, però Philip no sabia identificar-los.

Es van acostar a la gàbia de Stephen.

—Bon dia, cosí Robert —va dir el rei, subratllant la paraula «cosí».

—No era la meva intenció que passessis la nit al forat. Vaig ordenar que et traslladessin, però la meva ordre, senzillament, no es va complir. Malgrat tot, veig que has sobreviscut —va contestar el més alt dels dos homes.

Un home amb hàbit de sacerdot es va apartar del grup i es va dirigir a la gàbia on era Philip. En un principi Philip no li va prestar atenció, perquè en aquell moment Stephen preguntava què pensaven fer amb ell i Philip volia sentir la resposta, però el sacerdot va fer una pregunta.

—¿Qui de vosaltres és el prior de Kingsbridge?

—Sóc jo —va dir Philip.

El sacerdot es va dirigir a un dels homes d'armes que havia portat Philip fins allà.

—Deixa anar aquest home.

Philip se sentia confós. No havia vist mai aquell sacerdot. Amb tota seguretat havien tret el seu nom de la llista que havia fet l'agutzil del castell. Però, ¿per què? Se sentia content de sortir de la gàbia, però no estava disposat a celebrar-ho..., encara. Ignorava què passaria a continuació.

L'home d'armes va protestar.

—És el meu presoner!

—Ja no —va contestar el sacerdot—. Deixa'l anar.

—¿Per què l'hauria d'alliberar sense rebre un rescat a canvi? —va protestar l'home.

—En primer lloc —va replicar el sacerdot en to enèrgic—, perquè no és cap combatent de l'exèrcit del rei ni un habitant d'aquesta ciutat, i per això has comès un delicte en empresonar-lo. En segon lloc, perquè és un monjo i ets culpable de sacrilegi en posar les mans sobre un home de Déu. I en tercer lloc, perquè el secretari de la reina Maud diu que has de posar-lo en llibertat; si t'hi negues, tu mateix acabaràs a la gàbia en un tres i no res. Vinga, ja et pots afanyar.

—Entesos, entesos —va balbucejar l'home.

Philip va quedar consternat. Havia covat l'esperança feble que Maud no s'assabentés que havia estat a la presó. Si el secretari de Maud havia descobert la seva presència en aquell lloc, la petita esperança s'esfumava del tot.

Va sortir de la gàbia amb la sensació d'haver tocat fons.

—Acompanya'm —li va indicar el sacerdot.

Philip el va seguir.

—¿Que em deixaran en llibertat? —va preguntar.

—Em sembla que sí —va respondre el sacerdot, potser confós per la pregunta—. ¿Que no saps qui vas a veure?

—No en tinc ni la més mínima idea.

El sacerdot va somriure.

—Llavors deixaré que sigui una sorpresa.

Van recórrer part del castell fins a arribar a la torre de l'homenatge i van pujar pel llarg tram d'escales que conduïa fins a la porta. Philip s'escalfava el cap però no aconseguia endevinar per quina raó el secretari de Maud es podia sentir interessat per ell.

Va travessar la porta darrere del sacerdot. La torre de l'homenatge era circular, de pedra, i estava alineada amb cases de dues plantes construïdes a redós del mur. Al centre, hi havia un pati petitíssim amb un pou. El sacerdot va conduir Philip fins a una de les cases.

A l'interior, hi havia un altre sacerdot, dret davant de la llar de foc i d'esquena a la porta. Era baix i prim com Philip, i també tenia els cabells negres, però no portava el cap tonsurat. Aquella esquena li resultava molt familiar. Philip no es podia creure que tingués tanta sort. Un gran somriure li va il·luminar la cara.

El sacerdot es va girar. Tenia els mateixos ulls blaus i brillants que Philip, i també somreia. Va aixecar els braços.

—Philip! —va dir.

—Lloat sia Déu! —va exclamar el prior, astorat—. Francis!

Els dos germans es van abraçar i els ulls de Philip es van omplir de llàgrimes.

III

El saló de recepcions del castell de Winchester oferia un aspecte molt diferent. Els gossos havien desaparegut i també el senzill tron de fusta del rei Stephen, així com els bancs i les pells d'animals a les parets. En lloc d'això, es veien tapissos brodats, catifes de colors distingits, bols plens de dolços i cadires pintades. L'estança feia olor de flors.

Philip mai no s'havia sentit a gust a la cort reial. I una cort reial *feminine* era un motiu suficient perquè l'envaís una estranya inquietud. L'emperadriu Maud representava la seva única esperança de recuperar la pedrera i reobrir el mercat, però no confiava gaire que aquella dona altiva i tossuda prengués una decisió justa.

L'emperadriu seia en un tron daurat, delicadament tallat. Duia un vestit blau celeste. Era alta i prima, d'ulls foscos i orgullosos i tenia els cabells negres, brillants i llisos. Sobre el vestit portava una mena de casaca de seda que li arribava als genolls, amb la cintura molt cenyida i el faldellí acampanat, un estil que no s'havia vist a Anglaterra abans de la seva arribada, però que ja començava a ser molt imitat. Amb el seu primer marit havia estat casada onze anys, i catorze més amb el segon; però encara no semblava que hagués complert la quarantena. La gent es meravellava de la seva bellesa; a Philip, però, li semblava una mica massa prima i la trobava poc afable. Havia de reconèixer, però, que no era un expert en encants femenins, i que a més hi era immune.

Philip, Francis, William Hamleigh i el bisbe Waleran es van inclinar en actitud reverent i es van quedar a peu dret, esperant un gest de Maud. Però Maud no els va fer cas durant una bona estona i va continuar parlant amb la seva dama de companyia. La conversació semblava bastant trivial, perquè totes dues reien de grat. No obstant això, Maud no la va interrompre per saludar els seus visitants.

Francis treballava en estreta col·laboració amb ella i la veia gairebé cada dia; però no eren grans amics. El seu germà Robert, l'antic patró de Francis, l'hi havia cedit en arribar a Anglaterra, perquè necessitava un secretari eficient. No obstant això, aquest no era l'únic motiu. Francis actuava d'enllaç entre els dos germans i vigilava la impetuosa Maud. A la vida plena d'hipocresia de la cort reial no era d'estranyar que els germans es traïssin mútuament, i el veritable paper de Francis consistia a impedir que Maud fes alguna cosa de sotamà. Ella ho sabia i ho acceptava, però la seva relació amb Francis no deixava de ser bastant incòmoda.

Havien transcorregut dos mesos des de la batalla de Lincoln, i en tot aquell temps les coses havien anat bé per a Maud. El bisbe Henry li havia donat la benvinguda a Winchester, traint el seu germà, el rei Stephen, i havia convocat un concili de bisbes i abats que l'havien escollit com a reina. En aquells moments negociava amb la comunitat de Londres els preparatius per a la seva coronació a Westminster. El rei David d'Escòcia, que a més era el seu oncle, es trobava en camí per a una visita oficial, de sobirà a sobirà.

El bisbe Henry comptava amb el fort suport del bisbe Waleran de Kingsbridge i, segons Francis, aquest últim havia convençut William Hamleigh que canviés de bàndol i prestés jurament de lleialtat a Maud. I ara William es disposava a rebre la seva recompensa.

Els quatre homes es van quedar esperant drets. El comte William, amb el seu protector, el bisbe Waleran, i el prior Philip amb el seu, Francis. Era la primera vegada que Philip posava els ulls en Maud. El seu aspecte no va contribuir a tranquil·litzar-lo. Malgrat el seu capteniment regi, li semblava més aviat voluble.

Quan Maud va acabar de xerrar, es va girar cap a ells amb expressió triomfant, com dient: «Sou tan poc importants per a mi que fins i tot prefereixo conversar amb la meva dama de companyia.»

Va mirar fixament Philip uns instants, fins que ell va començar a trobar que la situació era enutjosa.

—Bé, Francis, ¿m'heu portat el vostre bessó? —va preguntar al final.

—Aquest és el meu germà Philip, senyora, el prior de Kingsbridge.

Philip va tornar a fer una reverència.

—Massa vell i massa cabells grisos per ser un bessó, senyora —va dir.

Era la mena d'observació trivial i humil que els cortesans solien trobar divertida, però Maud li va dirigir una mirada glacial i no li va fer cas. Philip va decidir renunciar a intentar fer-se simpàtic.

Maud es va girar cap a William.

—I el comte de Shiring, que va lluitar amb valentia contra el meu exèrcit a la batalla de Lincoln, però que ara ha entès que estava en un error.

William es va inclinar i va tenir la prudència de mantenir la boca tancada.

Maud es va dirigir de nou a Philip.

—Em demaneu que us concedeixi una llicència per tenir un mercat.

—Sí, senyora.

—Els ingressos del mercat es destinaran a la construcció de la catedral, senyora —va explicar Francis.

—¿Quin dia de la setmana voleu fer el vostre mercat? —li va preguntar Maud.

—Els diumenges.

La reina va arquejar les celles.

—En general, vosaltres, homes sants, sou contraris que els mercats es facin en diumenge. ¿Que potser no allunyen la gent de l'església?

—En el nostre cas no és així —va respondre Philip—. La gent ve per treballar en la construcció de la catedral i assistir a l'ofici sagrat i, per tant, també compren i venen.

—Així doncs, aquest mercat ja està funcionant —el va tallar bruscament Maud.

Philip es va adonar que havia fet un pas en fals.

Francis es va apressar a ajudar-lo.

—No, senyora, actualment no el mercat no es fa —va dir—. Va començar de manera informal, però el prior Philip en va ordenar la interrupció fins a obtenir una llicència.

Això era una veritat a mitges. No obstant això, Maud va semblar que l'acceptava. Philip va demanar en silenci el perdó per a Francis.

—¿Hi ha algun altre mercat, a la contrada? —va preguntar Maud.

—Sí, n'hi ha un —va intervenir el comte William—. A Shiring. I el mercat de Kingsbridge l'està perjudicant.

—Però Shiring és a vint milles de Kingsbridge! —va intervenir al seu torn Philip.

—La regla estableix que els mercats han d'estar separats entre ells almenys catorze milles. Seguint aquest criteri, Kingsbridge i Shiring no es fan la competència —va argumentar Francis.

Maud va assentir, disposada, o així ho semblava, a acceptar l'opinió de Francis en matèria legal. «Fins ara, tot va a favor nostre», va pensar Philip.

—També heu sol·licitat el dret d'extreure pedra de la pedrera del comte de Shiring —va dir Maud.

—Durant molts anys vam gaudir d'aquest dret, però el comte William va expulsar els nostres pedraires i en va matar cinc...

—¿Qui us va concedir el dret de treure aquella pedra? —el va interrompre Maud.

—El rei Stephen...

—¿L'usurpador?

—Senyora, el prior Philip reconeix, com és natural, que tots els edictes del pretendent Stephen queden invalidats, tret que vós els ratifiqueu —es va afanyar a dir Francis.

Philip no hi estava gens d'acord, però va comprendre que confessar-ho seria imprudent.

—Vaig tancar la pedrera com a represàlia pel seu mercat il·legal! —va replicar amb brusquedat William.

Philip va advertir amb astorament com un cas de justícia evident era posat en qüestió quan es presentava a la cort.

—Tota aquesta deplorable querella és resultat de la manera absurda de governar d'Stephen —va dir Maud.

—Sobre aquest punt, senyora, estic del tot d'acord amb vós —va intervenir per primer cop el bisbe Waleran.

—Entregar una pedrera a una persona i deixar que una altra l'exploti només podia crear dificultats —va comentar Maud—. La pedrera ha de pertànyer a l'un o a l'altre.

«Això mateix», va pensar Philip, i si calia seguir l'esperit del govern d'Stephen, seria propietat de Kingsbridge.

—La meva decisió és que pertanyi al meu noble aliat, el comte de Shiring —va afegir Maud.

A Philip li va caure l'ànima als peus. La construcció de la catedral no podria prosseguir al mateix ritme sense gaudir de lliure accés a la pedrera. Hauria d'anar més a poc a poc mentre Philip mirava de trobar diners per comprar pedra. I tot pel rampell d'una dona capriciosa! Philip treia foc pels queixals.

—Gràcies, senyora —va contestar William.

—D'altra banda, Kingsbridge tindrà els mateixos drets a un mercat que Shiring —va afegir Maud. Havia donat a cadascú una part del que pretenien. Potser no tenia el cap tan ple de pardals, aquella dona.

—¿Un mercat amb els mateixos drets que el de Shiring, senyora? —va insistir Francis.

—Això és el que he dit.

Philip no acabava d'entendre per quina raó Francis havia insistit en aquell punt. En qüestió de llicències era corrent fer referències als drets dels quals gaudia una altra ciutat. Així, s'assegurava la imparcialitat i s'estalviaven escriptures. Philip hauria de comprovar què deia la carta de privilegi de Shiring. Hi havia la possibilitat que hi hagués restriccions o prerrogatives addicionals.

—D'aquesta manera tots dos obteniu alguna cosa. El comte William, la pedrera; i el prior Philip, el mercat. A canvi, tots dos m'haureu de pagar cent lliures. Això és tot —va concloure Maud, i va dirigir la seva atenció cap a una altra cosa.

Philip estava aclaparat. Cent lliures! En aquells moments el monestir no tenia ni cent penics. ¿D'on trauria tants diners? Passarien anys abans que el mercat produís un centenar de lliures. Era un cop demolidor que interrompria qui sap si per sempre el programa de construcció. Es va quedar parat, mirant Maud. Pel que semblava, ja tornava a estar embrancada en una animada xerrada amb la seva dama de companyia. Francis va donar un cop de colze al seu germà. Philip ja obria la boca per parlar, però el seu germà es va endur un dit als llavis.

—Però... —va començar a fer el prior.

Francis va sacsejar el cap amb vehemència.

Philip sabia que el seu germà tenia raó. Impotent, va fer mitja volta i es va allunyar de la presència reial.

Francis va quedar impressionat al llarg del recorregut que va fer amb Philip pel priorat de Kingsbridge.

—Vaig ser aquí fa deu anys i era un autèntic abocador —va exclamar—. Li has tornat la vida.

Es va sentir atret en especial per l'escriptori que Tom havia enllestit mentre Philip era a Lincoln. Era un petit edifici contigu a la sala capitular, amb grans finestres, una llar de foc amb xemeneia, una filera de pupitres per escriure i un gran armari de roure per als llibres. Quatre germans ja hi treballaven, drets davant els alts pupitres, escrivint amb plomes d'au sobre plecs de vitel·la. Tres d'ells copiaven: un, els Salms del rei David; l'altre, l'Evangeli de Sant Mateu, i un tercer, la regla de sant Benet. A més, el germà Timothy escrivia una història d'Anglaterra, encara que, com que l'havia començat amb la creació del món, Philip temia que el pobre mai no arribaria a acabar-la. L'escriptori era petit, ja que Philip no havia volgut desviar gaire pedra de la catedral, però era un lloc càlid, sec i ben il·luminat, just el que calia.

—És vergonyós, però el priorat té pocs llibres, i avui dia són extremament cars. Aquesta és, doncs, l'única manera d'enriquir la col·lecció —va explicar Philip.

Al soterrani hi havia un taller on un monjo d'edat avançada ensenyava a dos adolescents a tensar la pell d'una ovella per fer pergamí, i també a fabricar tinta i a relligar els fulls d'un llibre.

—Podràs vendre llibres —va comentar Francis.

—Sí, és clar... L'escriptori amortitzarà uns quants cops el seu cost.

Van sortir de l'edifici i van continuar caminant pel claustre. Era l'hora de l'estudi. La majoria de monjos estava llegint. Alguns meditaven, encara que, ben mirat, el que feien era dormisquejar, va pensar Francis. A la banda nord-oest hi havia vint-i-set escolars conjugant verbs llatins.

—¿Veus aquell vailet al final del banc? —va preguntar Philip, aturant-se i assenyalant.

—¿El que escriu a la pissarra traient la llengua? —va preguntar Francis.

—És el nadó que vas trobar al bosc.

—Com ha crescut!

—Ja té cinc anys i mig, i a més és molt espavilat.

Francis va sacsejar el cap, astorat.

—El temps passa tan de pressa... ¿Com el tens?

—Malcriat pels monjos; però sobreviurà. Tu i jo ho vam fer.

—¿Qui són els altres alumnes?

—Hi ha uns quants novicis, i els altres són fills de comerciants i de la petita noblesa local. Aprenen a llegir i a comptar.

Van deixar enrere el claustre i van passar al lloc on s'estava edificant. Més de la meitat de l'ala oriental de la nova catedral ja estava construïda. La gran doble filera de sòlides columnes tenia quaranta peus d'altura i tots els arcs que les unien estaven acabats. Sobre l'arcada, començava a prendre forma la galeria de la tribuna. A cada costat de l'arcada s'alçaven els murs baixos de la nau lateral, amb els seus contraforts voladissos. Mentre recorrien tot allò, Philip va observar que els paletes estaven construint els mitjos arcs que unirien la part superior d'aquells contraforts amb la de la galeria de la tribuna, perquè el pes de la teulada descansés sobre els contraforts.

Francis se'n va meravellar.

—I ets tu qui ha fet tot això, Philip! —va exclamar—. L'escriptori, l'escola, la nova església, fins i tot totes aquelles cases al poble... Aquestes coses són aquí perquè tu has fet que hi siguin.

Philip estava emocionat. Ningú no li havia dit mai res semblant. Si l'hi haguessin preguntat, hauria respost que Déu havia beneït els seus esforços, però en el fons del seu cor sabia que el que deia Francis era veritat. Aquell poble pròsper i actiu era obra seva. Que li reconeguessin aquest fet li produïa un sentiment càlid i reconfortant, sobretot venint del seu germà petit, tan crític i sofisticat.

Tom, el constructor, els va veure i s'hi va acostar.

—Has fet grans progressos —el va elogiar Philip.

—Sí, però mireu això. —Tom va assenyalar cap a la banda nord del recinte del priorat, cap al magatzem de pedra, on solien estar disposades en rengles centenars de pedres provinents de la pedrera. En aquell moment, només se'n veien unes vint-i-cinc, escampades per terra.— Per desgràcia —va afegir—, el nostre meravellós progrés significa que hem esgotat pràcticament tota la pedra de què disposàvem.

L'alegria de Philip es va esvanir. Corria el risc de perdre tot el que havia aconseguit per culpa de la sentència de Maud.

Van caminar pel costat nord de l'enclavament, on els talladors més hàbils treballaven als seus bancs, esculpint les pedres i donant-los forma amb els martells i formons. Philip es va aturar darrere d'un artesà i va estudiar-ne el treball. Era un capitell, la pedra gran que es col·loca a la part superior d'una columna. Amb un martell lleuger i un petit cisell esculpia el contorn d'unes fulles d'acant. Es tractava d'una feina extremament delicada. Philip va advertir, sorprès, que l'artesà era el jove Jack, el fillastre de Tom.

—Em pensava que Jack era aprenent —va comentar.

—I ho és. —Tom es va allunyar i quan van ser lluny del noi, va afegir:— Posseeix un gran talent. Hi ha homes aquí que estan esculpint des d'abans del seu naixement, i cap d'ells és capaç d'igualar la seva feina. —Va deixar anar una rialleta i va afegir:— I ni tan sols és fill meu!

El fill de Tom ja era mestre i tenia la seva colla d'aprenents i jornalers; però Philip sabia que Alfred i el seu equip no duien a terme feines delicades. El prior es preguntava com es devia sentir Tom sobre això.

El pensament de Tom va tornar al problema de com pagar la llicència del mercat.

—Per descomptat, el mercat farà que obtinguem molts diners —va dir.

—Sí, però no n'hi haurà prou. Al principi, produirà unes cinquanta lliures anuals.

Tom va assentir, capcot.

—Amb això amb prou feines arribaríem a pagar la pedra.

—Podríem arranjar-ho si no haguéssim de pagar cent lliures a Maud.

—¿I què passa amb la llana?

La llana que s'amuntegava als graners de Philip podria vendre's al cap d'unes setmanes a la fira de Shiring, i donaria unes cent lliures.

—Aquests diners els destinaré a pagar Maud; però llavors em quedaré sense res per abonar els salaris dels artesans els dotze pròxims mesos.

—¿No els podeu demanar en préstec?

—Ja ho he fet. Els jueus no volen concedir-me més préstecs. Els vaig demanar durant la meva estada a Winchester. No et presten diners si no en tens per tornar-los-els.

—¿I què me'n dieu, d'Aliena?

Philip es va sobresaltar. No havia pensat mai demanar-li diners. Als seus magatzems hi havia una quantitat molt important de llana que, un cop venuda, li reportaria dues-centes lliures.

—Però necessita els diners per viure. I els cristians no carreguen interessos. Si em prestés els diners, no tindrien res amb què comerciar. Encara que... —Mentre parlava, donava voltes a una nova idea: recordava que Aliena havia volgut comprar-li tota la llana que produïa durant l'any; potser podrien fer alguna mena d'arranjament.— En qualsevol cas, crec que hi parlaré —va dir—. ¿Ara és a casa?

—Em sembla que sí... L'he vista aquest matí.

—Vinga, Francis... Coneixeràs una jove que val molt la pena.

Es van separar de Tom i van fer cap al poble.

Aliena posseïa dues cases, l'una al costat de l'altra, adossades al mur occidental del priorat. En una hi vivia i utilitzava l'altra com a magatzem. Era molt rica. Potser podria ajudar-los d'alguna manera a pagar el preu abusiu que Maud havia imposat per a la llicència del mercat. Al cap de Philip començava a agafar forma una vaga idea.

Aliena era al magatzem, inspeccionant el carregament d'una carreta de sacs de llana. Portava un vestit de brocat com el que duia l'emperadriu Maud, i els cabells recollits a la coroneta amb una blanca còfia de fil. Presentava el seu habitual aspecte autoritari. Els dos homes que descarregaven la carreta obeïen les seves ordres sense dir ni piu. Tothom la respectava, tot i que, cosa estranya, no era amiga de ningú. Va saludar cordialment Philip.

—Quan ens vam assabentar de la batalla de Lincoln, vam témer per la vostra vida —va dir.

La seva mirada revelava una autèntica preocupació, i al prior el va commoure la idea que algú pogués estar preocupat per la seva sort. Va presentar Aliena a Francis.

—¿Us van fer justícia a Winchester? —va preguntar.

—A mitges —va respondre Philip—. L'emperadriu Maud ens ha concedit el mercat; però també ens ha negat l'entrada a la pedrera. Una cosa compensa l'altra, suposo. Però ens ha imposat el pagament de cent lliures per la llicència del mercat.

—Això és terrible! —va exclamar Aliena, escandalitzada—. ¿Li vau dir que els ingressos del mercat van destinats a la construcció de la catedral?

—Sí, és clar.

—¿I d'on traureu les cent lliures?

—He pensat que potser ens podries ajudar...

—¿Jo? —Aliena es va mostrar sorpresa.

—D'aquí a unes setmanes, quan hagis venut la teva llana als flamencs, tindràs dues-centes lliures, o més.

—Us les donaria gustosament —va dir ella—, però necessito aquests diners per comprar més llana l'any que ve.

—¿Recordes que ens volies comprar la llana a nosaltres?

—Sí, però ara ja és massa tard. Us la vaig voler comprar a principi de temporada. A més, aviat la podreu vendre vós mateix.

—Però estava pensant... ¿Et podria vendre la llana de l'any que ve?

Aliena va arrufar les celles, pensativa.

—Però si encara no la teniu...!

—¿Te la podria vendre abans de tenir-la?

—No sé com.

—Molt senzill. Tu em dónes els diners ara i jo et dono la llana l'any que ve.

Aliena no sabia què pensar d'aquella proposta. Era una manera de fer negocis molt diferent de l'habitual. També per a Philip era una cosa nova. S'ho acabava d'inventar.

—Us hauria d'oferir un preu una mica més baix del que

obtindríeu si esperéssiu —va dir Aliena en un to pausat—. A més, el preu de la llana podria pujar des d'ara fins a l'estiu que ve... Des que em dedico a això, cada any ha estat així.

—Jo hi perdo una mica i tu hi surts guanyant —va dir Philip—, però estaré en condicions de continuar les obres un any més.

—¿I què fareu l'any que ve?

—No ho sé. Potser tornaré a vendre't la llana per endavant.

Aliena va fer que sí amb el cap.

—Em sembla raonable.

Philip li va agafar les mans i la va mirar als ulls.

—Si ho fas, Aliena, hauràs salvat la catedral —li va dir, emocionat.

—Vós em vau salvar en una ocasió —va replicar Aliena amb gravetat—, ¿oi que sí?

—Sí, en efecte.

—De manera que jo faré el mateix per vós.

—Que Déu et beneeixi! —La va abraçar, envaït per l'emoció, però en recordar tot seguit que era una dona, se'n va apartar i va dir:— No sé com agrair-t'ho. Estava a punt de desesperar del tot.

Aliena va riure.

—No estic segura de merèixer tant d'agraïment. Probablement en sortiré molt beneficiada, d'aquest acord.

—Així ho espero.

—Tancarem el tracte amb una copa de vi —va proposar Aliena, i a continuació es va girar cap al carreter.

La carreta havia quedat buida i la llana curosament emmagatzemada. Philip i Francis van sortir del magatzem mentre Aliena passava comptes amb l'home que li havia lliurat el carregament. Començava a pondre's el sol i els treballadors de la construcció anaven tornant a casa. Philip tornava a estar molt content. Havia trobat una manera de tirar endavant malgrat tots els obstacles.

—Gràcies a Déu que ens ha donat Aliena! —va exclamar.

—No m'havies dit que fos tan bonica —va comentar Francis.

—¿Bonica? Sí, suposo que ho és.

Francis va riure.

—Estàs cec, Philip! És una de les dones més boniques que he vist mai. Per ella, un home podria renunciar al sacerdoci.

Philip va mirar el seu germà amb gest sever.

—No parlis així.

—Ho sento.

Aliena va tornar on eren ells i va tancar la porta del magatzem. Després es van dirigir a la seva residència. Era gran, amb una habitació principal i un dormitori. En un racó, hi havia un barril de cervesa; del sostre penjava un pernil sencer i damunt la taula es desplegaven unes estovalles de fil blanc. Una criada de mitjana edat va servir el vi en gobelets de plata. Aliena vivia molt confortablement.

«Si és tan bonica», es va dir Philip, «¿per què no ha trobat marit?» De fet no hi havia pocs aspirants. L'havien festejada tots els joves prometedors que hi havia al comtat, però ella els havia rebutjat tots. Philip li estava tan agraït que volia que fos feliç.

Aliena continuava pensant en els detalls pràctics de l'operació comercial.

—No tindré els diners fins després de la fira del velló de Shiring —va dir quan van haver brindat per l'acord.

Philip es va girar cap a Francis.

—¿Maud s'esperarà?

—¿Quant de temps?

—La fira es farà d'aquí a tres setmanes, a partir del dijous.

Francis va assentir.

—L'hi diré. S'esperarà.

Aliena es va treure la còfia i va sacsejar la seva cabellera fosca i arrissada. Després va deixar anar un sospir de cansament.

—Els dies són massa curts —es va lamentar—. No aconsegueixo fer-ho tot. Vull comprar més llana, però he de trobar carreters per portar-la a Shiring.

—I l'any que ve encara en tindràs més.

—M'agradaria que els mercaders flamencs vinguessin aquí a comprar. Per a nosaltres seria molt més fàcil que haver de portar tota la llana a Shiring.

—Però ho podeu fer —va intervenir Francis.

Els dos se'l van quedar mirant.

—¿Com? —li va preguntar Philip.

—Fent la vostra pròpia fira del velló.

Philip va començar a endevinar les seves intencions.

—¿Ho podem fer?

—Maud us ha concedit exactament els mateixos drets que a Shiring. Jo mateix vaig escriure la vostra carta de privilegi. Si Shiring pot organitzar una fira del velló, també ho podeu fer vosaltres.

—Carai! Seria fantàstic. No hauríem de carregar tots aquests sacs a Shiring. Podríem fer aquí els negocis i embarcar la llana directament cap a Flandes —va dir Aliena.

—Això és el menys important —va exclamar Philip, excitat—. Una fira del velló dóna tants diners en una setmana com un mercat de diumenge tot l'any. És clar que aquest any no podrem portar-la a terme, ja que ningú no n'estarà assabentat. Però durant la fira del velló de Shiring farem córrer la veu que l'any que ve organitzarem la nostra, assegurant-nos que tots els compradors s'assabentin de la data.

—Shiring ho notarà molt —va dir Aliena—. Vós i jo som els venedors de llana més importants del comtat i, si ens retirem tots dos, la fira de Shiring quedarà reduïda a menys de la meitat del que és actualment.

—William Hamleigh perdrà diners i s'enfurismarà com un brau.

Philip no va poder evitar un estremiment de repulsió. Això és el que era William, un brau enfollit.

—¿I què? —va replicar Aliena—. Si Maud ens ha donat el seu permís, tirarem endavant. William no hi pot fer res, ¿oi que no?

—Espero que no —va dir Philip—. Espero que no.

CAPÍTOL 10

I

El dia de Sant Agustí es plegava al migdia. Quasi tots els paletes feien un sospir d'alleujament quan tocava la campana que ho anunciava. Habitualment treballaven des de l'alba fins a la posta de sol, sis dies per setmana, i agraïen el descans dels dies festius. Aquella diada, però, Jack estava massa absort en la feina per sentir la campana.

Estava fascinat davant del repte de cisellar formes arrodonides i suaus damunt de la pedra dura, que semblava tenir voluntat pròpia, perquè si li intentava fer alguna cosa que ella no volia, se les arreglava perquè li caigués el cisell i fes malbé les formes. Ara bé, si aconseguia conèixer bé el tros de roca que tenia al davant, llavors la podia transformar segons la seva voluntat. Com més difícil era la tasca, més encisava Jack. Començava a tenir la impressió que els cisellats decoratius que Tom li demanava eren massa fàcils. Les motllures en ziga-zaga, els rombes, les espirals o les simples volutes l'avorrien, i fins i tot les fulles se li feien rígides i repetitives. Volia esculpir fulles d'aspecte natural, flexible i irregular, copiar les formes distintes de les fulles autèntiques de roure, freixe i bedoll. Però Tom no el deixaria. I sobretot tenia intenció d'esculpir escenes històriques: Adam i Eva, David i Goliat... O bé el dia del Judici Final, amb monstres, dimonis i persones nues. Però no gosava proposar-ho.

Tom el va fer parar de treballar.

—És festa, noi —li va dir—. A més, encara ets aprenent meu

i vull que m'ajudis a recollir. Totes les eines han de quedar endreçades abans de dinar.

Jack va guardar amb molta cura el martell i els cisells i amb totes les precaucions va dipositar al cobert de Tom la pedra en què havia estat treballant. Llavors, es va encaminar amb el seu padrastre cap a les obres. Els altres aprenents ho estaven endreçant tot i escombraven els resquills de pedra, la sorra, les restes de morter sec i les serradures que embrutaven el terra. Tom va recollir els compassos i el nivell, i Jack va fer el mateix amb diversos aparells de mesura i les plomades. Ho van portar tot al cobert.

Allí, Tom hi guardava les seves vares llargues de ferro que es deien *poles*, perfectament rectes i totes de la mateixa llargària. Les guardava en una caixa de fusta feta a mida i tancada amb clau. Eren vares de mesura lineal.

Mentre seguien recorrent l'obra, recollint pales i paletes, Jack anava donant voltes a allò dels *poles*.

—¿Quina llargària té un *pole*? —va preguntar.

Alguns paletes el van sentir i es van posar a riure. Sovint trobaven les preguntes de Jack divertides.

—Un *pole* és un *pole* —va contestar Edward Short, un paleta baixet, força gran, de cara apergaminada i amb el nas tort. Tots van tornar a riure.

Es divertien fument-se dels aprenents, sobretot si això els permetia lluir tots els coneixements que tenien de l'ofici. A Jack el mortificava que es riguessin de la seva ignorància, però va aguantar perquè tenia una gran curiositat.

—No ho entenc —va dir amb paciència.

—Una polzada és una polzada, un peu és un peu i un *pole* és un *pole* —va explicar-li Edward.

Així doncs, el *pole* era una unitat de mesura.

—¿Quants peus té un *pole*?

—Ah! Això depèn. A Lincoln, divuit; a East Anglia, setze.

Tom el va interrompre amb una resposta sensata.

—Aquí un *pole* té quinze peus.

—A París no fan servir el *pole*... fan servir les vares de mesura —va ficar cullerada una dona paleta de mitjana edat.

—Tot el projecte de l'església es basa en els *poles*. Vés-ne a buscar un i t'ho ensenyaré. Ja és hora que aprenguis aquestes coses —va dir Tom a Jack i li va donar la clau.

Jack va anar al cobert i va agafar un *pole* de la renglera. Pesava molt. A Tom li agradava explicar coses i a Jack li encantava escoltar. L'organització de l'espai de l'obra tenia un entrellat fascinant, que semblava el teixit d'un abric de brocat i, com més ho anava entenent, més l'atreia.

Tom estava dret a la nau central, a l'extrem obert del presbiteri a mig construir, on hi hauria el creuer. Va agafar el *pole* i el va deixar sobre el terra de manera que travessava la nau.

—Des del mur exterior fins al centre del pilar de la volta hi ha un *pole* —va dir Tom. Llavors va fer moure la vara per continuar mesurant.— Des d'aquí fins al centre de la nau és un altre *pole*. —Va repetir l'operació i va arribar al centre del pilar oposat.— La nau fa dos *poles* d'ample.— Va tornar a moure el *pole*, fins que va arribar a la paret exterior de la nau lateral.— Tota la catedral fa quatre *poles* d'amplada.

—Sí —va dir Jack—. I cada intercolumni ha de fer un *pole* de llarg.

—¿Qui t'ho ha dit, això? —va preguntar Tom, una mica molest.

—Ningú. Els intercolumnis de les naus laterals són quadrats, de manera que si tenen un *pole* d'ample, n'han de tenir un de llarg. I, és clar, els intercolumnis de la nau central són de la mateixa llargària que els de la lateral.

—Evidentment —va convenir Tom—. Hauries de ser filòsof. —A la veu, hi tenia un to d'orgull barrejat amb irritació. Li agradava que Jack copsés les coses tan de pressa, però l'empipava que un xicot tan jove penetrés amb tanta facilitat en els misteris de l'ofici de constructor.

Jack, al seu torn, estava massa captivat per la lògica de tot allò per pensar que podia ferir la susceptibilitat de Tom.

—Llavors el presbiteri té una llargària de quatre *poles* —va dir—. I quan la catedral estigui acabada en tindrà dotze. —En aquell moment va tenir un altre acudit.— ¿Quina altura tindrà?

—Sis *poles*. Tres per l'arcada, un per la galeria i dos pel trifori.

—¿I per què s'ha de mesurar tot amb *poles*? ¿Per què no es construeix a ull, com es fa amb les cases?

—Primer de tot, perquè així és més barat. Tots els arcs de l'arcada són idèntics, així que podem tornar a fer servir les cintres. Si la pedra té menys mides i formes, ens estalviem feina fent les plantilles. En segon lloc, això simplifica tota l'obra. Des de l'esquema original, atès que està tot basat en un *pole* quadrat, fins a la pintura del murs, perquè resulta més fàcil calcular quant de guix necessitem. I com més fàcils són les coses, no hi ha tantes equivocacions. La part més costosa d'un edifici són les equivocacions. I, en tercer lloc, quan tot es mesura en *poles*, l'aspecte del temple és perfecte. La proporció és la clau de la bellesa.

Jack va assentir captivat. La tasca de supervisar una obra tan ambiciosa i intricada com la construcció d'una catedral era, en cada etapa, fascinant. La idea que els principis de regularitat i de repetició poguessin simplificar-ne la construcció i el resultat fos un edifici harmoniós, era seductora de debò. Però ell no estava gaire convençut que la proporció fos la clau de la bellesa. A Jack l'apassionaven les coses feréstegues, esvalotades i, en un cert sentit caòtiques, com les muntanyes altes, els roures vells i els cabells d'Aliena.

Tenia gana i va devorar el dinar molt de pressa. Llavors va sortir de la vila i va caminar en direcció nord. Era un dia càlid de principis d'estiu i anava descalç. D'ençà que la seva mare i ell havien anat a viure a Kingsbridge de manera definitiva i s'havia convertit en un jornaler, li agradava molt tornar al bosc de tant en tant. Al principi, passava l'estona esbravant-se, corrent i saltant, enfilant-se als arbres i disparant la fona als ànecs. Això li va passar quan es va haver de començar a acostumar al seu nou cos, més alt i més fort. Però quan la novetat va deixar de ser-ho, tenia altres coses al cap mentre vagarejava pel bosc, com, per exemple, per què la proporció havia de ser bella, com es mantenien drets els edificis i què sentiria si acaronés els pits d'Aliena.

Durant anys l'havia venerada en silenci. La imatge més constant que tenia d'Aliena era la primera vegada que l'havia vista baixar per les escales del saló d'Earlscastle i havia pensat que devia ser la princesa d'un conte. Però seguia sent una figura remota. Parlava amb el prior Philip, amb Tom el constructor i amb Malachi, el jueu, i amb altres persones opulentes i poderoses de Kingsbridge. Però Jack mai no havia tingut ocasió de dirigir-s'hi. Es limitava a mirar-la quan resava a l'església o travessava el pont a cavall, quan prenia el sol davant de casa, embolcallada amb pells cares a l'hivern i abillada amb preciosos vestits de lli a l'estiu, amb els cabells arrissats que li emmarcaven el rostre encisador. Cada nit, abans d'adormir-se pensava com seria de meravellós treure-li aquelles robes, veure-la despullada i besar-li amb tendresa els seus llavis suaus.

Les darreres setmanes havia estat desanimat i deprimit per culpa d'aquestes fantasies. Ja no en tenia prou veient-la a distància i escoltant les seves converses amb altres persones i imaginant que li feia l'amor. Necessitava que es convertís en una cosa real.

Hi havia unes quantes noies de la seva edat que no haurien posat traves a donar-li el que ell volia. Entre els aprenents, es parlava molt de les noies de Kingsbridge, sobretot de quines eren les que es deixaven grapejar i fins on els deixaven arribar. Tanmateix, la majoria s'estimaven més mantenir-se verges fins que es casaven o, almenys, això era el que explicaven als aprenents. Totes les noies pensaven que Jack era una mica estrany, i ell creia que potser tenien raó. Una o dues de les noies, però, trobaven atractiva aquesta raresa. Un diumenge, després de missa, Jack havia començat a parlar amb Edith, la germana d'un company aprenent. Però quan ell li va explicar que li agradava molt cisellar la pedra, ella es va posar a riure com una fava. El diumenge següent va anar a passejar amb Ann, la filla del sastre, que era rossa. Jack no va parlar gaire, però la va besar i després li va proposar que s'estiressin a l'herba. Un cop ajaguts, la va tornar a besar i li va acariciar els pits, i encara que ella el va besar al seu torn amb entusiasme, al cap d'una estona es va apartar i li va preguntar: «¿Qui és ella?» Jack, que just en aquell moment pensava en Aliena, es va quedar astorat. Va intentar no fer cas de la pregunta i tornar-la a besar, però ella va enretirar la cara i va afegir: «Sigui qui sigui és un noia afortunada.» Van tornar a Kingsbridge plegats i, en acomiadar-se, Ann li va dir: «No perdis el temps intentant oblidar-la. No ho aconseguiràs. Ella és la que tu vols, així que val més que ho provis i ho aconsegueixis.» Li va somriure amb afecte mentre afegia: «Ets atractiu. Potser no és tan difícil com et penses.»

L'amabilitat d'aquella noia el va fer sentir incòmode, sobretot perquè era una de les que els aprenents qualificaven de fàcils, i ell havia dit a tothom que intentaria fer-s'ho amb ella. Ara, aquesta manera de parlar li semblava extremament infantil. Però si li hagués dit a Ann el nom de la dona dels seus somnis, segurament ella no l'hauria animat tant. Jack i Aliena eren la parella més extravagant que es pogués imaginar. Ella tenia vint-i-dos anys i ell disset, ella era filla d'un comte i ell un bastard, ella es dedicava al comerç de llana i era adinerada, i ell un aprenent sense ni cinc. I, cosa que encara era pitjor, Aliena tenia fama de rebutjar els pretendents, que fins aleshores havien estat incomptables. Tots els lords joves presentables del comtat, així com tots els fills dels mercaders pròspers, havien acudit a Kingsbridge per fer-li la cort, i tots havien marxat amb la cua entre les cames. ¿Quines possibilitats podia tenir Jack, que tot el que li podia oferir era una cara atractiva?

Aliena i ell només tenien una cosa en comú. A tots dos els agradava el bosc. La majoria de persones preferia la seguretat de les viles i els camps i no s'aventurava pel bosc. Però Aliena passejava sovint pels boscos propers a Kingsbridge, i hi havia un lloc en concret, força apartat, on sempre s'aturava a seure una estona. Jack l'havia vista allà un parell de vegades, per bé que la jove no s'havia adonat de la seva presència, atès que ell no feia soroll en caminar pel bosc, perquè des de petit que ho havia après a fer així quan hi anava a buscar menjar.

S'encaminava cap a la clariana d'Aliena sense tenir ni idea del que faria si l'hi trobava. Això sí, sabia molt bé el que li agradaria fer: estirar-se al seu costat i acaronar-li el cos. Podia parlar-hi, però, ¿què li diria? Li era fàcil conversar amb les noies de la seva edat. A Edith li havia dit de broma: «No crec totes aquestes coses terribles que el teu germà explica de tu.» I, com era d'esperar, la noia va voler saber quines eren aquelles coses terribles. Amb Ann havia anat directament al gra: «¿T'agradaria venir a passejar amb mi pel bosc aquesta tarda?» Però quan provava d'imaginar la manera d'acostar-se a Aliena, es quedava en blanc. La noia era tan responsable i se la veia tan seriosa que no podia evitar pensar-hi com si pertanyés a una generació més gran. Jack sabia que no sempre havia estat així. Als disset anys, era una noia enjogassada. Des de llavors, havia tingut unes experiències terribles, però la noia alegre encara devia estar amagada al fons d'aquella dona solemne. Això encara la feia més fascinant per a Jack.

S'estava acostant al lloc preferit d'Aliena. Era un dia calorós i al bosc regnava el silenci. Jack avançava entre els matolls sense fer soroll. La volia veure abans que ella el descobrís. Encara no sabia del cert si gosaria parlar-li. Més que res, temia ficar la pota. Li havia parlat el primer dia després de la seva tornada a Kingsbridge, aquell diumenge de Pentecosta en què tots els voluntaris havien acudit a la catedral per treballar, però no la va encertar amb el que va dir, i, com a conseqüència, amb prou feines havien intercanviat unes frases breus durant quatre anys. I ara no volia tornar-la a espifiar.

Al cap d'un moment la va albirar darrere el tronc d'un faig.

Havia escollit un lloc d'una bellesa extraordinària. Un petit salt d'aigua queia en una llacuna profunda envoltada de pedres cobertes de molsa. El sol hi brillava al marge, però una mica més enrere els faigs feien ombra. Aliena estava asseguda sota els arbres, llegint un llibre.

Jack es va quedar molt parat. ¿Una dona llegint un llibre a l'aire lliure? Les úniques persones que llegien llibres eren els monjos, i molts no llegien res més que els oficis divins. A més, era un llibre estrany, molt més petit que els volums de la biblioteca del priorat. Semblava com si l'haguessin fet a mida per a una dona, o per a algú que el volgués portar amunt i avall. Estava tan sorprès que la timidesa li va desaparèixer. Es va obrir pas entre els arbustos i va entrar a la clariana.

—¿Què llegeixes? —li va etzibar.

Aliena es va sobresaltar i el va mirar amb cara de pànic. Jack va comprendre que l'havia espantada. Es va adonar que havia estat massa brusc i va témer haver començat un altre cop amb el peu esquerre. Aliena de seguida es va posar la mà dreta a la màniga esquerra. Jack va recordar que hi havia hagut una època en què la noia portava una daga oculta a la màniga. Potser encara l'hi portava. Al cap d'un moment Aliena el va reconèixer, i la seva por es va esvanir amb la mateixa rapidesa amb què havia arribat. Va semblar alleujada, però una mica empipada, a desgrat de Jack, que va tenir la sensació que no era ben rebut. Li hauria agradat fer mitja volta i desaparèixer en el bosc, però allò faria més difícil que li pogués tornar a parlar en una altra ocasió, així que es va quedar allí, immòbil.

—Em sap greu haver-te espantat —li va dir, mirant-la als ulls.

—No m'has espantat —va replicar ella, en una actitud no gaire amistosa.

Jack sabia que no era veritat, però no estava disposat a discutir amb ella.

—¿Què estàs llegint? —va tornar a preguntar.

Aliena va mirar el volum enquadernat que tenia sobre els genolls i la seva expressió es va tornar melangiosa.

—El meu pare va comprar aquest llibre en el seu darrer viatge a Normandia. El va portar expressament per a mi. Al cap d'uns dies, el van fer presoner.

Jack es va acostar una mica més i va mirar la pàgina per on estava obert.

—Però si és francès! —va exclamar.

—¿Com ho saps? —li va preguntar, sorpresa, Aliena—. ¿Que saps llegir?

—Sí..., però em pensava que tots els llibres estaven escrits en llatí.

—És veritat, gairebé tots ho estan. Però aquest és diferent. És un poema titulat *Cançó d'Alexandre*.

«M'està passant de debò», pensava Jack. «Estic parlant amb ella! És meravellós. Però..., ¿què li diré, ara? ¿Com m'ho faré per continuar?»

—Humm... bé, ¿de què tracta?

—És la història d'un rei anomenat Alexandre el Magne i de com va conquerir unes terres meravelloses a l'Orient, on a les vinyes creixen pedres precioses i les plantes poden parlar —li va explicar Aliena.

—¿Com és que les plantes poden parlar? ¿Que tenen boca? —va preguntar Jack, prou intrigat per oblidar-se del neguit.

—No ho diu.

—¿Creus que aquesta història és de debò?

Aliena el va mirar interessada mentre Jack es quedava captivat pels seus ulls foscos.

—No ho sé —va contestar la noia—. Jo sempre em pregunto si les històries són de debò. A la majoria de gent no li importa..., els agraden i prou.

—Llevat dels capellans. Ells sempre diuen que les històries sagrades són veritables.

—Doncs és clar que ho són.

Pel que feia a la Història Sagrada, Jack experimentava el mateix escepticisme que amb la resta, però la seva mare, que l'havia imbuït d'aquest escepticisme, també li havia ensenyat a ser discret, així que es va abstenir de discutir. Estava intentant no mirar els pits d'Aliena, que es trobaven justament al límit de la seva visió. Estava segur que, si abaixava la vista, ella sabria el que estava mirant. Va provar de pensar en alguna altra cosa per dir-li.

—Jo sé una pila d'històries —va declarar el noi—. Sé *La cançó de Roland* i *El pelegrinatge de Guillem d'Orange*...

—¿Què vols dir que les saps?

—Que les sé recitar de memòria.

—¿Com un joglar?

—¿Què és un joglar?

—Un home que va d'una banda a l'altra explicant històries.

Aquell concepte era nou per a Jack.

—Mai no n'havia sentit a parlar, dels joglars.

—A França n'hi ha molts. Quan era petita, anava sovint amb el meu pare al continent. M'encantaven els joglars.

—Però, ¿què fan? ¿Es paren pel carrer i parlen?

—Depèn. Els dies de festa van als salons dels senyors. Fan actuacions als mercats i a les fires. I també entretenen els pelegrins a fora les esglésies. A vegades, els grans barons tenen el seu propi joglar.

Jack va pensar que no només estava parlant amb ella, sinó que, a més, parlaven de temes que no podia tocar amb cap altra noia de Kingsbridge. Estava segur que ell i Aliena eren les dues úniques persones del poble, a part de la seva mare, que sabien que existien poemes en llengua francesa. Tenien un interès comú i parlaven sobre aquest tema. La idea era tan emocionant que va perdre el fil del que estaven dient i es va quedar confós.

Per sort, Aliena seguia parlant.

—Normalment, el joglar toca el violí mentre recita la història. Quan es tracta d'una batalla, el toca ràpid i fort, quan es refereix a dos enamorats és lent i tendre, i es torna engrescador quan parla d'alguna cosa divertida.

A Jack la idea li va agradar. Música de fons per acompanyar els temes destacats de la història.

—M'agradaria saber tocar el violí —va manifestar.

—¿És veritat que saps recitar històries? —va preguntar Aliena.

No es podia creure que estigués interessada en ell fins al punt de fer-li preguntes personals. La seva cara encara era més bonica quan estava animada per la curiositat.

—Me les va ensenyar la meva mare —va dir Jack—. Vivíem al bosc, tots dos sols. M'explicava les històries moltes vegades.

—Però, ¿com és que les recordes? Es necessiten dies per recitar-ne una.

—No ho sé. És com saber el camí quan ets al mig del bosc. No tens al cap tot el bosc, però, siguis on siguis, saps per on has d'anar. —Va donar un altre cop d'ull al text del llibre i una cosa li va cridar l'atenció. Es va asseure al seu costat, damunt l'herba, per mirar-lo més de prop.— Les rimes són diferents —va dir.

Aliena no entenia el que Jack volia dir.

—¿En quin sentit?

—Són millors. A *La cançó de Roland*, rimen les vocals, per exemple, «espasa» rima amb «estimada». Al teu llibre, «espasa» rima amb «casa», però no amb «estimada». És una manera nova de rimar. Però és millor, molt millor. M'agraden aquests versos.

—¿Em recitaries...? —Aliena semblava tímida—. ¿Em recitaries un tros de *La cançó de Roland*?

Jack va canviar de posició per poder-la esguardar. La seva mirada intensa i el centelleig anhelant dels seus ulls embruixadors li van tallar la respiració. Va agafar aire i tot seguit va començar.

El senyor i rei de tot França, Carlemany,
Ha passat set anys llargs lluitant a Espanya.
Ha conquerit les terres altes i els plans.
Davant seu cap fortalesa no hi queda,
Ni cap ciutat amb la muralla sense derrocar,
Només Saragossa, que és dalt la muntanya,
Governada per Marsil·li, el Sarraí,
El qui serveix Mahoma i a Apol·ló prega,
Però mai no estarà segur ni tan sols allí.

Jack es va aturar.

—És veritat que la saps! —va exclamar Aliena entusiasmada—. Igual que un joglar!

—Ara entendràs el que et deia de les rimes.

—Sí, però el que a mi m'agrada són les històries —va dir ella, encantada—. Recita'm alguna cosa més.

Jack no podia creure que tot allò fos veritat, que li estigués passant a ell.

—Si m'ho demanes —va accedir, amb una veu feble.

I, mirant-la als ulls, va començar la segona estrofa.

II

La vigília de Sant Joan ho celebraven amb un sopar i jugaven a uns jocs que es repetien des de temps immemorials. Aquests jocs remetien a unes supersticions que feien que Philip s'hi trobés incòmode, però si hagués prohibit tots els ritus que tenien relació amb les velles religions, almenys la meitat de les tradicions del poble haurien quedat desautoritzades, i, a més, la gent acabaria plantant-li cara. Així que tenia una tolerància discreta davant de la majoria de coses, i adoptava una actitud ferma respecte a uns quants excessos.

Els monjos havien instal·lat taules a la gespa de l'extrem oest del recinte del priorat. Els marmitons de la cuina travessaven el pati amb les calderes fumejants. Es considerava que el prior era el senyor del feu, així que li tocava a ell d'oferir un banquet als arrendataris quan se celebrava una festa important. La política de Philip consistia a ser generós amb el menjar i estalviar en la beguda; per tant, se servia cervesa fluixa i res de vi. No obstant això, hi havia cinc o sis trompes que sempre que hi havia una festa se les apanyaven per emborratxar-se fins a perdre els sentits.

Els ciutadans importants de Kingsbridge seien a la taula de Philip: Tom i la seva família, els mestres artesans més veterans, inclòs Alfred, el fill gran de Tom, i els comerciants, entre ells Aliena, però no Malachi, el jueu, que s'afegia a la festa més tard, un cop celebrat l'ofici.

Philip va demanar silenci i va beneir la taula. En acabat, va allargar a Tom el pa amb què es feia el primer joc de la vetllada. A mesura que passaven els anys, Philip apreciava Tom més i més. Era de les poques persones que deia el que pensava i feia el que deia que faria. Davant de les sorpreses, les crisis i els entrebancs, Tom reaccionava amb molta calma sospesant les conseqüències, mesurant els danys i plantejant la millor solució. Philip el va mirar amb afecte. Tom ara era un home molt diferent d'aquell que havia arribat al priorat feia cinc anys, suplicant que li donés feina. Llavors estava exhaurit, demacrat, i tan prim que semblava que els ossos li perforarien la pell colrada per la intempèrie. Durant el temps que havia estat al priorat s'havia engreixat, però sobretot d'ençà que havia tornat la seva dona. No era que estigués gras, però tenia l'ossada ben coberta i ja feia temps que aquella mirada de desesperació li havia desaparegut dels ulls. Vestia roba cara, calçava sabates de pell suau i portava un cinturó amb una sivella de plata.

Feien el joc del pa, que, segons la tradició, contestava de manera infal·lible les preguntes que li feien sobre el futur. A Philip li tocava fer la pregunta que hauria de respondre el pa.

—¿Quants anys falten per acabar la catedral? —li va preguntar.

Tom va fer una mossegada al pa. A dins hi tenia unes petites llavors dures, i a mesura que Tom anava escopint les llavors a la mà, tothom anava comptant en veu alta. A vegades, quan es feia el joc i algú tenia la boca plena de llavors, resultava que cap dels presents sabia comptar-les, però aquell dia no tenien aquest problema, perquè hi havia tots els comerciants i els artesans. La resposta va ser trenta. Philip va fer veure que estava consternat.

—Caram! Sí que viuré anys —va exclamar Tom, i tothom va riure.

Tom va passar el pa a Ellen, la seva dona. Philip no les tenia totes pel que feia a ella. Igual que l'emperadriu Maud, exercia sobre els homes una mena de poder amb el qual ell no podia competir. El dia que l'havien expulsada del priorat, Ellen havia fet una cosa terrible, una cosa en la qual Philip encara se sentia incapaç de pensar, i havia cregut que no la tornaria a veure mai més. Però un dia va descobrir horroritzat que havia tornat, i Tom li va suplicar que la perdonés, al·legant astutament que si Déu li havia perdonat el pecat, Philip no tenia dret a no fer-ho. Philip sospitava que la dona no n'estava gens penedida, però Tom l'hi havia demanat el dia que havien arribat tots els voluntaris a salvar la catedral, i es va veure forçat a accedir en contra del que li dictava el sentit comú. S'havien casat a l'església parroquial, una petita construcció de fusta que hi havia al poble des de molt abans que existís el priorat. Des de llavors, Ellen s'havia portat bé i no havia donat motius a Philip per penedir-se de la seva decisió. Tanmateix, Ellen sempre el feia sentir incòmode.

—¿A quants homes estimes? —li havia preguntat Tom.

Ellen va fer una mossegada petita al pa, la qual cosa va provocar el riure de tothom. En aquell joc, les preguntes tendien a ser malicioses. Philip sabia que, si ell no hi fos, haurien estat descaradament verdes.

Ellen va comptar tres llavors. Tom va fingir que se sentia ofès.

—Us diré qui són els meus tres amors —va aclarir Ellen. Philip confiava que no digués res ofensiu—. El primer és Tom; el segon, Jack; i el tercer, Alfred.

Tothom la va aplaudir per l'enginy de la resposta, i el pa va continuar el recorregut al voltant de la taula. Era el torn de Martha, la filla de Tom. Tenia uns dotze anys i era molt tímida. El pa li va predir que tindria tres marits, la qual cosa no semblava probable.

Martha va passar el pa a Jack. Philip va observar la mirada d'adoració que li dirigia la nena i va comprendre que admirava el seu germanastre com un heroi.

Al prior, aquell noi l'intrigava extraordinàriament. Havia estat un nen lleig, de cabells color de pastanaga, la pell pàl·lida i els ulls verds sortits; però ara s'havia convertit en un jove amb un rostre tan atractiu que els forasters es giraven per mirar-lo. Pel que feia al temperament, era tan indòmit com la seva mare. Es mostrava molt poc disciplinat i no tenia la més mínima idea del que volia dir obediència. Com a aprenent de picapedrer havia estat pràcticament inútil, perquè en lloc de lliurar una quantitat constant de morter i pedres, mirava de fer una pila amb el que calia per a un dia sencer i llavors se n'anava a fer una altra cosa. Mai no hi era quan se'l necessitava. Una vegada va decidir que cap de les pedres que hi havia emmagatzemades era adient per a un esculpit especial que volia fer, i, sense dir res a ningú, va fer tot el camí fins a la pedrera i va agafar una pedra que li havia agradat. Dos dies després, va arribar al priorat amb la pedra damunt d'un poni que li havien deixat. Però la gent li perdonava aquelles extravagàncies, en part perquè tenia una traça especial per esculpir, i també perquè era molt simpàtic..., un tret que, segons el parer de Philip, certament no havia heretat de la seva mare. A vegades el prior rumiava sobre el que Jack podria arribar a ser a la vida, i va decidir que si entrava a l'Església li seria fàcil arribar a ser bisbe.

—¿Quants anys passaran abans no et casis? —li va preguntar Martha.

Jack va fer una mossegadeta. Pel que semblava, tenia moltes ganes de casar-se. Philip es va demanar si pensava en algú en concret. El noi, clarament consternat, es va trobar amb una pila de llavors a la mà, i mentre les comptaven, a la cara li va aparèixer una expressió d'indignació.

El total sumava trenta-un.

—Però si tindré quaranta-vuit anys! —va protestar amb vehemència.

Tots s'ho van prendre com una exageració de broma. Tret de Philip, que, quan va fer el càlcul, el va trobar ben fet i es va quedar meravellat que Jack hagués pogut sumar amb tanta rapidesa. Ni tan sols Milius, el tresorer, era capaç de fer-ho.

Jack seia al costat d'Aliena. Philip va recordar que aquell estiu els havia vist plegats diverses vegades. Segurament era perquè tots dos eren molt intel·ligents. A Kingsbridge, no hi havia gaire gent amb qui Aliena pogués parlar d'igual a igual. I Jack, tot i la seva actitud indòmita, era més llest que els altres aprenents. Malgrat tot, a Philip l'intrigava aquella amistat, perquè, en aquella edat, cinc anys marcaven una gran diferència.

Jack va passar el pa a Aliena i li va preguntar el mateix que li havien preguntat a ell.

—¿Quants anys passaran abans no et casis?

Es va escoltar un murmuri de protesta, perquè era massa fàcil repetir la mateixa pregunta. Se suposava que el joc era un exercici d'enginy i d'originalitat, però Aliena, que ja era famosa pel nombre de pretendents que havia rebutjat, els va divertir clavant una gran queixalada al pa, i donant a entendre així que no es volia casar. Però la seva astúcia no li va servir de gaire, perquè només va escopir una llavor.

«Si s'ha de casar l'any que ve», va pensar Philip, «encara no ha aparegut el nuvi en escena.» És clar que ell no creia en les prediccions del pa. Segurament moriria soltera, tot i que, segons els rumors, no era donzella, atès que segons deia la gent William Hamleigh l'havia seduïda o violada.

Aliena va passar el pa al seu germà Richard, però Philip no va poder sentir el que li preguntava. Seguia pensant en Aliena. De manera inesperada, aquell any ni ella ni ell havien aconseguit vendre la totalitat de la llana que tenien. El romanent no era important: menys d'una desena part de la producció de Philip i una proporció encara més petita de la de la noia, però no deixava de ser decebedor. Arran d'això, a Philip l'havia preocupat que Aliena decidís trencar el tracte referent a la llana de l'any vinent. Tanmateix, la noia va mantenir el que havien acordat i li va entregar les cent set lliures.

La gran notícia de la fira del velló de Shiring havia estat l'anunci de Philip que l'any vinent Kingsbridge faria la seva pròpia fira. La majoria de gent va acollir la idea amb satisfacció, perquè els lloguers i impostos que William carregava a Shiring eren abusius i Philip pensava aplicar unes tarifes més baixes. Fins a aquell moment, el comte William encara no havia fet saber quina era la seva reacció a aquell anunci.

Philip tenia la impressió que, en tots els conceptes, les perspectives del priorat eren molt millors del que semblaven sis mesos abans. Havia aconseguit resoldre el problema plantejat per la clausura de la pedrera i havia fet fracassar l'intent de William de tancar-li el mercat de Kingsbridge. El seu mercat dominical tornava a ser un èxit i pagava amb escreix la costosa pedra procedent d'una pedrera de prop de Marlborough. Durant tota la crisi, la construcció de la catedral havia seguit d'una manera ininterrompuda, tot i que als límits de les possibilitats del priorat. L'única cosa que seguia neguitejant Philip era que Maud encara no havia estat coronada. Tot i que resultava indiscutible que era ella qui posseïa el poder, i els bisbes li havien donat l'aprovació, la seva autoritat només es basava en la superioritat militar fins que no es fes la coronació de rigor. L'esposa d'Stephen encara retenia Kent, i el municipi de Londres no s'havia definit. Un cop de mala sort o una decisió desafortunada podien enderrocar Maud igual que la batalla de Lincoln havia acabat amb Stephen. I llavors tornaria a imperar l'anarquia.

Philip va pensar que no havia de ser tan pessimista. Va mirar la gent que seia a taula. El joc s'havia acabat i en aquells moment tots menjaven. Eren homes i dones bons i honrats que treballaven de valent i assistien a missa.

Van menjar escudella, peix al forn amb pebre i gingebre, ànec i, de postres, una crema amb ratlles de color vermell i verd. Havent sopat tots van traslladar els bancs a l'església, encara sense acabar, per veure la representació.

Els fusters havien fet dos plafons que van col·locar a les naus laterals de la banda est, de manera que tancaven l'espai entre el mur de la nau i el primer piló de l'arcada, i així ocultaven l'últim intercolumni de cadascuna de les naus. Els monjos que havien de representar un paper eren darrere les plaques, a punt de sortir al mig de la nau central per representar la història. El que feia el paper de sant Adolf, un novici sense pèl a la barba i de cara angèlica, jeia sobre una taula, al punt més allunyat de la nau central, embolicat amb un sudari, simulant que estava mort i intentant contenir el riure.

Aquella representació inspirava a Philip sentiments contradictoris, igual que el joc del pa. Era molt fàcil que caigués en la irreverència i la vulgaritat. Però a la gent els agradava tant que, si no la deixava fer, haurien organitzat la seva representació fora de l'església i, lliures de la seva vigilància, s'hauria convertit en una cosa completament indecent. A més a més, a qui més agradava era als monjos que hi participaven. Disfressant-se i fent veure que eren una altra persona, així com actuant als límits del sacrilegi, es desfogaven, la qual cosa era, segurament, a causa del comportament summament solemne que tenien a la vida real.

Abans de la representació, es va celebrar l'ofici diví, que el sagristà va procurar que fos curt. Llavors, Philip va fer un breu relat de la vida exemplar de sant Adolf i de les seves obres miraculoses, després del qual es va asseure entre el públic i es va disposar a veure la representació.

De darrere el plafó esquerre hi va sortir una figura vestida amb el que primer semblava una vestimenta de coloraines, però que, quan es mirava de prop, es veia que estava formada per trossos de roba de colors vistosos, enrotllada i apuntada amb agulles. L'home tenia la cara pintada i portava una bossa de diners molt plena. Era el bàrbar ric. El públic va deixar escapar un murmuri d'admiració davant de la seva vestimenta, que es va convertir en grans riallades quan tots van reconèixer l'actor que hi havia darrere la disfressa. Era el germà Bernard, el cuiner gras, a qui tant coneixien i estimaven.

Aquest es va passejar amunt i avall perquè tothom el pogués admirar, i es va abalançar sobre la canalla que hi havia a primera fila, que van xisclar de por. Llavors, es va arrossegar fins a l'altar, mirant al voltant sense parar, per assegurar-se que estava sol, i va amagar-hi la bossa dels diners al darrere.

Es va girar cap al públic i, mirant de reüll, va dir en veu alta:

—Aquests cristians folls tindran por de robar-me els diners perquè s'imaginen que estan sota la protecció de sant Adolf. Ah, ah!

Dit això, es va retirar darrere el plafó.

Per l'altra banda, hi va entrar un grup de proscrits esparracats, arborant espases de fusta i destrals, amb la cara emmascarada de sutge i guix. Van recórrer la nau amb aire de pinxos, fins que un d'ells va veure la bossa de diners darrere l'altar. Llavors es va produir una gran discussió. ¿Els robarien o no? El Proscrit Bo al·legava que, sense cap mena de dubte, allò els portaria mala sort. El Proscrit Dolent deia que un sant mort no els podia fer res. Al final van agafar els diners i es van asseure en un racó per comptar-los.

Va tornar a entrar el bàrbar, va buscar pertot arreu la bossa que contenia el seu tresor i el va envair un atac de fúria. Es va acostar a la tomba de sant Adolf i el va maleir per no haver protegit els seus diners.

De cop i volta el sant es va aixecar de la seva tomba.

El bàrbar es va quedar esparverat. Sant Adolf no li va fer gens de cas i es va acostar als proscrits, els quals va fulminar un rere l'altre només apuntant-los amb el dit. Tots ells van fingir els terribles espasmes de la mort, rodant per terra, recargolant el cos de manera grotesca i fent unes ganyotes espantoses.

El sant va perdonar només el Proscrit Bo, que va tornar a posar els diners darrere l'altar.

—Els qui d'entre vosaltres goseu dubtar del poder de sant Adolf, aneu amb compte! —va dir aleshores el sant dirigint-se al públic.

I amb allò va concloure la representació.

L'audiència va aplaudir i victorejar. Els actors es van quedar uns moments a la nau somrient amb timidesa. El propòsit de l'obra era, és clar, moral, però Philip sabia que la gent s'ho havia passat d'allò més bé amb les extravagàncies, la fúria del bàrbar i els gestos de moribund dels proscrits.

Quan es van acabar els aplaudiments, Philip es va posar dret i va anunciar que les curses començarien de seguida al prat, al marge del riu.

Aquell va ser el dia en què Jonathan, que tenia cinc anys, va descobrir que, després de tot, no era el corredor més veloç de Kingsbridge. Va participar en la cursa infantil vestit amb el seu hàbit de monjo fet a mida, i va provocar el riure quan se'l va arromangar fins a la cintura i va córrer ensenyant el cul. Tanmateix, va competir amb nens més grans que ell i va acabar dels últims. A Tom li va saber greu quan va veure la seva expressió de sorpresa i de decepció i el va agafar a coll per consolar-lo.

Entre Tom i l'orfe del priorat s'havia establert una relació especial que s'anava enfortint a poc a poc, sense que a ningú de la vila se li acudís de pensar que potser hi havia una raó especial que ho expliqués. Tom es passava tot el dia a l'interior del recinte del priorat, on Jonathan corria amb tota llibertat, així que era inevitable que es veiessin contínuament. Tom tenia aquella edat en què els fills ja han crescut massa per poder-hi jugar, però en què encara són massa joves per donar-li néts a un home, raó per la qual a vegades tenen una atenció afectuosa cap als nens dels altres. Pel que Tom sabia, a ningú mai no se li havia acudit que fos el pare de Jonathan. La gent més aviat sospitava que el veritable pare del noi era Philip. Era una suposició més lògica, tot i que el monjo s'hauria horroritzat si ho hagués sabut.

Jonathan va veure Aaron, el fill gran de Malachi, i se'n va anar a jugar amb el seu amic, saltant dels braços de Tom, oblidat ja el seu desengany.

Mentre tenia lloc la cursa dels aprenents, Philip es va acostar a Tom i es va asseure al seu costat a l'herba. Era un dia de sol, calorós. Al cap afaitat de Philip, hi brillava la suor. L'admiració que Tom sentia envers el prior augmentava any rere any. Quan va mirar al seu voltant i va veure els joves que s'ho passaven bé, la gent gran que feia una becaina a l'ombra i el nens que xipollejaven al riu, va pensar que era Philip qui mantenia l'harmonia de tot allò. Governava el poble administrant justícia, decidint on s'havien de construir les cases noves i resolent les disputes. També donava feina a la majoria dels homes i a moltes dones, ja fos a l'obra o al priorat com a servents. I administrava el priorat, que era el cor bategant de tota aquella organització. Havia fet allunyar els barons rapinyaires, havia negociat amb el monarca i havia mantingut el bisbe a ratlla. Tota aquella gent ben alimentada, que es divertia i jeia al sol, devia en bona part la seva prosperitat a Philip. El mateix Tom n'era l'exemple més rellevant. Era plenament conscient de la clemència profunda de la qual Philip havia estat capaç en haver perdonat Ellen. Tenia un gran mèrit que un monjo perdonés el que ella havia fet. I per a Tom significava molt. Quan ella va marxar, l'alegria que sentia pel fet de construir la catedral s'havia vist enterbolida per la solitud. I ara que Ellen havia tornat, se sentia bé en tots els aspectes. Ella era igual de tossuda, empipadora, presumptuosa i intolerant, però, en el fons, aquestes coses no tenien importància. Dins d'Ellen hi havia una passió que cremava com l'espelma en una llanterna i li il·luminava la vida.

Tom i Philip guaitaven una cursa en què els nois caminaven amb les mans. La va guanyar Jack.

—Aquest noi té unes qualitats excepcionals —va comentar Philip.

—I tant! Són ben pocs els que poden anar tan de pressa sobre dues mans —va reconèixer Tom.

Philip es va posar a riure.

—Ho admeto... Però no estava parlant de les seves habilitats acrobàtiques.

—Ja ho sé.

Feia temps que per a Tom la intel·ligència de Jack havia estat motiu tant de satisfacció com de pena. El noi mostrava una vívida curiositat per tot el que tenia relació amb la construcció, una cosa que Alfred no tenia. Tom fruïa ensenyant-li els trucs de l'ofici, però Jack no tenia la virtut del tacte, i discutia amb els grans. El noi encara no havia après que sempre és millor dissimular la pròpia superioritat, ni tan sols després de patir la persecució per part d'Alfred durant molts anys.

—El noi hauria de rebre una formació —va continuar Philip.

Tom va arrufar les celles. Ja la rebia. Era aprenent.

—¿Què voleu dir?

—Que hauria d'aprendre a escriure amb bona cal·ligrafia i a estudiar la gramàtica llatina, i també a llegir els antics filòsofs.

Tom es va quedar encara més desconcertat.

—¿Per què? Si vol ser paleta.

Philip el va mirar de fit a fit.

—¿N'estàs segur? —va dir—. És un noi que mai no fa el que s'espera que faci.

Tom mai no hi havia pensat. Hi havia joves que es rebel·laven contra les expectatives: fills de comte que es negaven a prendre les armes, fills de reis que ingressaven en un monestir i bastards de camperol que arribaven a bisbes. Era veritat, Jack responia a aquesta mena de personalitat.

—Bé, ¿vós què penseu que triarà? —va preguntar.

—Depèn del que aprengui —va contestar Philip—. Però el vull per a l'Església.

Tom es va quedar sorprès. Era impossible imaginar-se Jack sent clergue. El seu padrastre es va sentir una mica ferit. Esperava que Jack arribés a ser mestre d'obra i el decebria molt si escollia un altre camí.

Philip no es va adonar que Tom estava consternat.

—Déu necessita que els millors joves i els més intel·ligents treballin per a ell —va continuar—. Mira aquests aprenents, competint a veure qui salta més alt. Tots podrien ser fusters, paletes o pedrers, però, ¿quants d'aquests podrien ser bisbes? Només un... Jack.

Tom va pensar que allò era veritat. Si Jack tenia l'oportunitat de fer carrera a l'Església, amb un patró tan poderós com Philip, segurament ho acceptaria, perquè allò li suposaria tenir més riqueses i poder dels que podia esperar com a paleta.

—¿Què voleu que faci, exactament? —va preguntar Tom, a desgrat.

—Vull que Jack es faci monjo novici.

—Monjo!

Allò semblava encara més poc adient per a Jack que el sacerdoci. Si el noi burlava la disciplina que s'imposava a la construcció..., ¿com podria acceptar la regla monàstica?

—Passaria bona part del temps estudiant —li va explicar Philip—. Aprendria tot el que li pugui ensenyar el nostre mestre de novicis i jo mateix li faria classes.

Quan un noi es feia monjo, la norma habitual era que els pares lliuressin una generosa donació al monestir. Tom es preguntava quant li costaria el que li proposava Philip.

Philip li va endevinar els pensaments.

—No espero que facis cap donació al priorat —es va avançar Philip—. N'hi haurà prou que donis un fill a Déu.

El que Philip no sabia era que Tom ja havia donat un fill al priorat: el petit Jonathan, que en aquells moments xipollejava a la riba del riu, amb el seu hàbit arromangat i recollit a l'altura de la cintura. Tanmateix, Tom sabia que, sobre aquella qüestió, havia de dominar els seus sentiments. L'oferta de Philip era generosa, i era evident que volia Jack al monestir. Aquella proposta representava una oportunitat magnífica per al jove. Qualsevol pare hauria donat el braç dret per allò. Tom va sentir un cert ressentiment davant del fet que se li oferís una oportunitat tan meravellosa al seu fillastre en lloc del seu propi fill, Alfred. Però aquest sentiment era mesquí, i el va apartar. Havia d'estar content i animar Jack, amb l'esperança que aprengués a adaptar-se al règim monàstic.

—Ho haurà de fer aviat —va puntualitzar Philip—. Abans no s'enamori de cap noia.

Tom va assentir. La cursa de les dones, que ara corrien pel prat, havia arribat al seu punt culminant. Tom les seguia amb la vista mentre rumiava. Al cap d'un moment es va adonar que Ellen anava al davant. Aliena corria molt a prop d'ella, però, quan van arribar a la línia de meta, Ellen encara s'havia avançat més. Va alçar les mans fent un gest de victòria.

Tom la va assenyalar a Philip.

—No és a mi a qui has de convèncer —li va dir—. És a ella.

Aliena es va quedar sorpresa en ser derrotada per Ellen, que era molt jove per ser la mare d'un noi de disset anys, però que, tot i això, tenia almenys deu anys més que ella. Es van somriure l'una a l'altra encara dretes, suades i panteixants, al costat de la línia d'arribada. Aliena es va adonar que Ellen tenia unes cames primes i musculoses i un cos fort. Tots aquells anys que havia viscut al bosc l'havien enfortida.

Jack va anar a felicitar la seva mare per la victòria. Aliena va percebre que entre ells hi havia molt d'afecte. No s'assemblaven en res. Ellen tenia els cabells castanys, la pell morena i els ulls daurats, mentre que Jack era pèl-roig amb els ulls verds. «Es deu assemblar al seu pare», va pensar Aliena. Mai no havien parlat del pare de Jack, el primer marit d'Ellen. Potser se n'avergonyien.

Mentre els observava a tots dos, a Aliena se li va acudir pensar que, a Ellen, Jack li devia recordar el marit que havia perdut. Potser per aquesta raó l'estimava tant. I segurament el fill era, en definitiva, l'únic que li quedava d'un home a qui havia estat molt unida. Una semblança física podia suposar, en aquest sentit, un poder immens. Richard, el germà d'Aliena, li recordava de vegades el seu pare amb una mirada o un gest, i era llavors quan experimentava un impuls afectiu més gran, encara que això no li impedia desitjar que Richard s'assemblés més al seu pare quant al caràcter.

Sabia que no es podia sentir insatisfeta pel comportament de Richard. Havia anat a la guerra i havia lluitat amb valor, i això era el que n'esperava. Però aquells dies Aliena estava molt poc satisfeta. Tenia diners i seguretat, una casa i servents, vestits esplèndids i joies precioses, i la gent la respectava. Si algú l'hi preguntés, diria que era feliç. Tanmateix, per sota aquella aparença corria un corrent d'inquietud. Tot i que mai no perdia l'entusiasme per la feina, alguns dies al matí es preguntava si de debò tenien importància el vestit que es posava i les joies que lluïa. Si a ningú no li importava l'aspecte que tenia, ¿per què li havia d'importar a ella? Però, paradoxalment, cada vegada tenia més consciència del seu cos. Quan anava a la platja de les dones, a la riba del riu per banyar-se, se sentia incòmoda perquè era peluda. Quan cavalcava, percebia les parts del cos que estaven en contacte amb la sella. Era molt peculiar. Era com si hi hagués un espieta que intentés mirar constantment a través de la roba que portava per veure-la despullada, només que aquest espieta era ella mateixa. Estava envaint la seva pròpia intimitat.

Es va estirar a l'herba. La suor li baixava entre els pits i per l'interior de les cuixes. Amb impaciència, va concentrar-se en un problema més immediat. Aquell any no havia venut tota la llana. No era culpa seva. La majoria dels comerciants s'havien quedat amb un romanent de vellons, inclòs el prior Philip, que estava tranquil davant d'aquella conjuntura. Aliena, però, estava inquieta. ¿Què faria amb tota aquella llana? És clar que la podia tenir emmagatzemada fins a l'any vinent. Però, ¿què passaria si llavors tampoc no l'aconseguia vendre? Ignorava quant de temps tardava a fer-se malbé la llana verge. Sospitava que era possible que s'assequés i que llavors es tornés trencadissa i difícil de cardar.

Si les coses es posaven molt malament, ja no tindria cap possibilitat de mantenir Richard. Per ser cavaller calien molts diners. El cavall de guerra, que li havia costat vint lliures, s'havia quedat sense forces després de la batalla de Lincoln i en aquells moments no li servia de gaire. Aviat Richard en voldria un altre. Aliena s'ho podia permetre, però allò s'enduria una bona part dels seus estalvis. Richard se sentia incòmode per haver de dependre d'ella. No era una situació corrent en un cavaller, i havia esperat que obtindria prou dels saquejos per mantenir-se ell mateix. Tanmateix, d'ençà que el rei Stephen l'havia armat cavaller, sempre estava al costat dels perdedors. Si volia recuperar el comtat, ella havia de seguir prosperant.

En els pitjors malsons, Aliena perdia tot el que tenia i tots dos es tornaven a trobar a la misèria, i víctimes de capellans deshonestos, nobles luxuriosos i proscrits sanguinaris. I tots dos acabaven al calabós infecte on havia vist el seu pare per darrera vegada, encadenat al mur i moribund.

Altres vegades, en canvi, somiava que Richard i ella vivien junts al castell, la seva antiga llar. Richard governava el comtat amb la mateixa prudència que ho havia fet el seu pare, i Aliena l'ajudava, rebent els convidats importants, oferint hospitalitat, i seient a la seva esquerra, a taula, per sopar. Però els darrers temps, fins i tot aquest somni la deixava descontenta.

Va sacsejar el cap per foragitar la melangia que l'envaïa i va tornar-se a centrar en la llana. La manera més senzilla d'enfrontar-se al problema consistia a no fer-hi res. Emmagatzemaria l'excés de llana fins a l'any següent i, si llavors no la podia vendre, assumiria la pèrdua. La podia suportar, per bé que hi havia el perill llunyà que l'any següent tornés a passar el mateix, la qual cosa podria suposar el començament de la decadència del negoci. Per això havia de trobar una altra solució. Havia intentat vendre la llana a un teixidor de Kingsbridge, però aquest ja tenia tot el que li calia.

I ara, mentre mirava com les dones de Kingsbridge recuperaven la respiració després de la carrera, se li va acudir que gairebé totes sabien teixir la llana crua. Era una tasca senzilla, però tediosa. Les dones del camp la feien des de temps immemorials. Rentaven els vellons, en acabat cardaven la llana per desembullar-la, llavors la pentinaven i finalment, la filaven. Amb el fil, es feia el teixit, que s'havia de sotmetre a diversos processos per tal que s'encongís i n'augmentés el gruix, fins a transformar-lo en un drap que es podia fer servir per fer vestits. Les dones de la vila segurament s'avindrien a fer-ho per un penic diari, però ¿quant de temps caldria? I, ¿quin seria el preu de la tela acabada?

Hauria de fer una prova amb una quantitat petita. Llavors, si donava resultat, podria tenir unes quantes dones treballant durant les llargues nits d'hivern.

Es va incorporar, engrescada amb la nova idea. Ellen jeia al seu costat i Jack seia al costat de la seva mare. La mirades dels dos joves van topar i Jack va dibuixar un somriure i va apartar la vista, com si li fes vergonya que l'hagués sorprès mirant-la. Era un noi ben estrany, amb el cap ple d'idees. Aliena encara el recordava com un nen que no sabia com es concebien les criatures. Tanmateix, amb prou feines havia notat la seva presència quan es va quedar a viure a Kingsbridge. I ara semblava tan diferent, que era com si hagués sorgit tot d'una, igual que una flor que apareix un matí allà on el dia abans no hi havia més que la terra nua. Per començar, havia perdut aquell aspecte peculiar. Aliena el va mirar somrient, divertida, i va pensar que les joves el devien trobar guapíssim. Certament, tenia un somrís encantador. Ella no donava excessiva importància a l'aspecte exterior, però la intrigava aquella imaginació tan exuberant. Havia descobert que no només sabia diversos poemes sencers, alguns dels quals tenien milers de versos, sinó que també els sabia compondre a mesura que els recitava, de manera que Aliena no sabia mai si els estava recitant de memòria o si els improvisava. I les històries que explicava no eren l'única cosa que causava sorpresa. Sentia curiositat per tot i es quedava desconcertat per coses que els altres donaven per fetes. Un dia li va preguntar d'on arribava l'aigua del riu.

—En tot moment milers i milers de litres d'aigua passen per sota del pont de Kingsbridge, nit i dia, tots els dies de l'any. I ha estat així des d'abans que nosaltres nasquéssim, des d'abans que nasquessin els nostres pares i des d'abans que nasquessin els nostres avis. ¿D'on ve tota aquesta aigua? ¿Hi ha un llac en algun indret que l'alimenta? I en aquest cas, deu ser un llac tan gran com tot Anglaterra! ¿I que passarà si un dia s'asseca?

Sempre deia coses com aquestes, algunes potser no tan imaginatives, però totes interessants, i així Aliena va comprendre que estava assedegada de converses intel·ligents. La majoria de les persones de Kingsbridge només sabia parlar d'agricultura i d'adulteris, i cap d'aquests dos temes no interessava a Aliena. És clar que el prior Philip era diferent, però ell no tenia temps per a converses ocioses. Aquell monjo sempre estava enfeinat, amb la construcció de la catedral, els germans o el poble. A Aliena li semblava que Tom també devia ser intel·ligent, però el considerava més aviat un pensador que un conversador. Jack era el primer amic de debò que ella tenia. Per a ella va ser un descobriment meravellós, malgrat que era tan jove. En realitat, quan s'absentava de Kingsbridge, va descobrir que frisava per tornar i poder xerrar amb Jack.

Aliena es preguntava d'on devia treure aquelles idees. Allò li va fer dirigir l'atenció cap a Ellen. Quina dona tan estranya havia de ser per criar el seu fill al bosc! Havia parlat amb ella i havia descobert que tenia un esperit semblant al seu; era una dona independent, que es valia per si mateixa, i que en part estava ressentida per com l'havia tractada la vida.

—¿On vas aprendre totes aquestes històries, Ellen? —li va preguntar Aliena empesa per un impuls.

—Del pare de Jack —va contestar Ellen sense dubtar ni un instant. Però tot seguit la seva expressió es va tornar cautelosa i Aliena va comprendre que no havia de fer més preguntes.

Tanmateix, una altra idea la va assaltar.

—¿Saps teixir?

—I tant! —va respondre Ellen—. ¿Que no en sap tothom?

—¿T'agradaria que et paguessin per fer-ho?

—Potser sí. ¿Què et volta pel cap?

Aliena l'hi va explicar. És clar que Ellen no anava curta de diners, però a casa seva era Tom qui els guanyava i Aliena sospitava que potser li agradaria guanyar-ne ella.

Ho va encertar.

—Sí, ho provaré —va dir Ellen.

En aquell moment, Alfred se'ls va acostar. Igual que el seu pare, Alfred era alt i cepat i tenia una bona barba. Sabia llegir, escriure i sumar, però malgrat això era força babau. En canvi, havia prosperat i tenia la seva colla de paletes, aprenents i manobres. Aliena s'havia fixat que els homes corpulents sempre aconseguien posicions de poder sense que calgués que fossin intel·ligents. I, naturalment, com a capatàs d'una colla sempre tenia la feina assegurada, perquè el seu pare era el mestre constructor de la catedral de Kingsbridge.

El noi es va asseure a l'herba, al seu costat. Als peus gegantins, hi duia unes pesants botes de cuir, cobertes de la pols grisa de la pedra. Aliena poques vegades hi parlava. Semblava lògic que tinguessin coses en comú, perquè eren gairebé els únics joves de la classe adinerada de Kingsbridge, que vivien a les cases més properes al mur del priorat. Però Alfred semblava molt avorrit. Al cap d'un moment va dir:

—Hi hauria d'haver una església de pedra.

Era evident que esperava que els altres deduïssin a què es referia. Aliena va rumiar un moment.

—¿Estàs parlant de la parròquia?

—Sí —va afirmar com si fos més clar que l'aigua.

En aquells moments, l'església parroquial feia molt bon servei, perquè la cripta de la catedral que utilitzaven els monjos s'omplia de gent i no tenia ventilació. La població de Kingsbridge havia augmentat molt. Tanmateix, la parròquia continuava sent un edifici vell de fusta amb la teulada de barda i el terra brut.

—Tens raó —va dir Aliena amb un somrís—. Hauríem de tenir una església de pedra.

Alfred se la va quedar mirant amb expectació. Aliena es preguntava què esperava que ella digués.

—¿En què estàs pensant, Alfred? —li va preguntar Ellen,

que ja devia estar acostumada a treure l'aigua clara del que deia el noi.

—¿Com es comencen a fer les esglésies? —va deixar anar ell—. Vull dir, ¿què hem de fer si volem una església de pedra?

—Ni idea —va contestar Ellen arronsant les espatlles.

Aliena va arrufar les celles mentre reflexionava.

—Es podria formar una comunitat parroquial —va apuntar.

Una comunitat parroquial era una associació de persones que de tant en tant celebraven un dinar per recaptar diners entre ells, normalment per comprar espelmes per a l'església i per ajudar les vídues i els orfes del veïnat. Les viles no tenien comunitats d'aquestes, però Kingsbridge ja no era una vila.

—¿Com es faria, això? —va demanar Alfred.

—Els membres de la comunitat pagarien la construcció d'una església nova —va explicar Aliena.

—Doncs haurem de formar una comunitat —va concloure Alfred.

Aliena va rumiar si no l'havia jutjat malament. Mai no li havia fet la impressió que fos una persona devota, però ara intentava recaptar diners per construir una església. Potser tenia grans qualitats ocultes. Tanmateix, de seguida es va adonar que Alfred era l'únic constructor que hi havia a Kingsbridge. Encara que no fos intel·ligent, com a mínim sí que era astut.

De tota manera, a Aliena li va agradar la idea. Kingsbridge s'estava convertint en una ciutat i les ciutats sempre tenien més d'una església. Amb una alternativa a la catedral, la població no estaria tan dominada pel monestir. En aquells moments, Philip era l'amo i senyor indiscutible del lloc, un tirà benèvol, però Aliena ja preveia el dia en què els comerciants de la ciutat potser voldrien tenir una església alternativa.

—¿Voldries explicar això de la comunitat als altres? —li va preguntar Alfred.

Aliena havia recuperat la respiració després de la cursa. No tenia ganes de canviar la companyia d'Ellen i Jack per la d'Alfred, però la idea li havia despertat l'entusiasme, i hauria estat una falta de cortesia negar-s'hi.

—Sí, em plaurà de fer-ho —va respondre mentre s'aixecava per anar amb ell.

Es feia fosc. Els monjos havien encès la foguera i repartien la tradicional cervesa aromatitzada amb gingebre. En aquells moments en què estaven sols, Jack volia fer una pregunta a la seva mare, però estava neguitós. Aleshores algú va començar a cantar, i sabia que ella no trigaria a afegir-s'hi. Així que va decidir no esperar més.

—¿El meu pare era joglar?

Ella el va mirar de fit a fit. Estava sorpresa, però no enfadada.

—¿Qui t'ha parlat dels joglars? —li va preguntar.

—Aliena. Anava sovint a França amb el seu pare.

La mare va fixar la vista a la foguera, que era més enllà del prat.

—Sí, era joglar. Em va ensenyar tots aquests poemes de la mateixa manera que jo te'ls he ensenyat a tu. ¿Que els recites a Aliena?

—Sí —va confessar Jack, una mica avergonyit.

—N'estàs molt enamorat, ¿oi?

—¿Es nota molt?

Ellen va somriure amb afecte.

—Em sembla que només ho noto jo. És molt més gran que tu.

—Cinc anys.

—De tota manera, l'aconseguiries. Ets com el teu pare. Podia guanyar-se qualsevol dona que volgués.

Jack estava incòmode parlant d'Aliena, però l'emocionava sentir explicar coses del seu pare, i en volia saber més. Per això es va sentir molest quan en aquell moment va arribar Tom i es va asseure allà al costat.

—He estat parlant amb el prior Philip sobre Jack —va dir de seguida, i Jack va percebre que hi havia una tensió subterrània que li va fer comprendre que hi hauria raons—. Està convençut que el noi hauria de rebre una educació formal.

La resposta d'Ellen, com era de suposar, va ser d'indignació absoluta.

—Ja en té, d'educació —va afirmar—. Sap llegir i escriure en francès, sap aritmètica i és capaç de recitar molts poemes.

—No m'interpretis malament —la va asserenar Tom, amb fermesa—. Philip no diu, ni molt menys, que Jack sigui un ignorant, sinó tot el contrari. Diu que és tan intel·ligent que hauria de rebre una educació més elevada.

A Jack no el satisfeia escoltar aquells elogis. Igual que la seva mare, desconfiava dels capellans, dels monjos i de tot el que tingués relació amb l'Església. Estava segur que hi havia alguna cosa tèrbola en tot allò.

—¿Més elevada? —va replicar Ellen amb desdeny—. ¿Què més vol aquest monjo que aprengui? Ja t'ho diré: teologia, llatí, retòrica i metafísica. Tota aquesta merda.

—No siguis tan despectiva —va dir Tom, amb serenitat—. Si Jack accepta l'oferta de Philip, i va a l'escola a aprendre llatí i teologia i tota aquesta merda que tu dius, un dia es pot convertir en el secretari d'un comte o d'un bisbe, i serà un home poderós i adinerat. Com diu la gent, no tots els barons són fills de barons.

Ella va mig aclucar els ulls, la qual cosa no era un bon senyal.

—A veure, ¿en què consisteix exactament aquesta oferta de Philip?

—Que Jack ingressi al priorat com a novici i...

—Abans hauran de passar per sobre del meu cadàver! —va cridar Ellen, posant-se dreta d'un salt—. La teva condemnada Església no s'apoderarà del meu fill! Aquests capellans traïdors i mentiders es van endur el seu pare. Però no se l'enduran a ell. Juro per tots els déus que abans enfonsaré un ganivet al ventre de Philip.

Tom ja havia vist la seva dona enfurismada en altres ocasions i per això no es va atabalar gens.

—¿Què diantre et passa? —li va dir amb calma—. Al noi li ofereixen una oportunitat magnífica.

Jack estava intrigat, més que res per les paraules: «Aquests capellans traïdors i mentiders es van endur el seu pare.» ¿Què volia dir amb això? L'hi volia preguntar, però no li van donar l'oportunitat de fer-ho.

—No serà monjo! —va cridar Ellen, fora de si.

—No ho ha de ser si no ho vol.

—Aquest prior tan murri sempre se les apanya per sortir-se amb la seva —va replicar la mare sense conformar-se.

Tom es va dirigir a Jack.

—Ja és hora que hi diguis la teva. ¿Què vols fer amb la teva vida?

Jack mai no s'hauria fet aquesta pregunta, però la resposta li va venir com un llampec, com si ja fes molt de temps que ho hagués decidit.

—Vull ser mestre constructor, com tu, i construiré la catedral més bella que el món hagi vist mai.

El disc vermell del sol es va enfonsar a l'horitzó, i va fer-se de nit. Era el moment del darrer ritual de la vigília de Sant Joan, conegut com «els desigs flotants». Jack tenia preparat el cap d'una espelma i un tros de fusta. Va mirar Ellen i Tom. Al seu torn, ells el miraven, perplexos. La seguretat que havia manifestat respecte al seu futur els havia sorprès tant com a ell.

En veure que no tenien res més a dir, Jack es va posar dret d'un bot i va travessar corrents el prat en direcció a la foguera. Hi va encendre un branquilló sec i va fer estovar la base de l'espelma i llavors la va enganxar al tros de fusta. En acabat va encendre el ble. La majoria dels vilatans feia el mateix. Els que no es podien permetre una espelma, feien una mena de barqueta amb herba seca i joncs, i torçaven les herbes del mig per fer-hi un ble.

Jack va veure Aliena dreta, molt a prop d'ell. Tenia la cara emmarcada per la resplendor de la foguera i semblava pensativa.

—¿Quin és el teu desig, Aliena?— li va preguntar.

Ella va contestar sense parar-se a pensar:

—Pau. —Llavors, va fer mitja volta i es va allunyar, com si estigués contrariada.

Jack es va demanar si no era una bogeria que l'estimés. A ella li agradava força, havien arribat a ser amics, però la idea de jeure nus plegats, besant-se amb els cossos ardents, estava molt lluny del cor d'Aliena i molt a tocar del seu.

Quan tothom va estar a punt, es van agenollar a la riba del riu, o s'hi van ficar, a la part poc profunda. Aguantant les llums oscil·lants, cadascú formulava un desig. Jack va tancar els ulls amb força i es va imaginar Aliena estirada en un llit, amb les sines descobertes, que allargava els braços i deia: «Pren-me, espòs meu.» Llavors, amb molta cura, cadascú va fer surar sobre l'aigua la seva espelma encesa. Si s'enfonsava o s'apagava, volia dir que el desig mai no es faria realitat. Jack va deixar anar la seva barqueta, que es va allunyar: la base de fusta va quedar invisible i només es podia veure la flama. La va seguir amb la mirada durant una estona, i llavors li va perdre el rastre entre els centenars de llums dansaires que es balancejaven sobre el corrent, que van desaparèixer passat el meandre i es van endur, riu avall, tots aquells desigs tremolosos.

III

Jack es va passar tot l'estiu explicant històries a Aliena.

Es trobaven els diumenges, al començament de tant en tant, i després de manera regular, a la clariana del costat del salt d'aigua. Li va parlar de Carlemany i dels seus companys, com també de Guillem d'Orange i dels sarraïns. Se sentia identificat amb les històries mentre les explicava. A Aliena li agradava observar com la cara li canviava d'expressió. S'indignava amb la injustícia, l'aterria la traïció, l'excitava la valentia d'un cavaller i es commovia fins a les llàgrimes amb una mort heroica. Com que les emocions eren encomanadisses, Aliena també les sentia. Alguns dels poemes eren massa llargs per poder-los recitar en una sola tarda i, quan Jack havia d'explicar la història per parts, sempre l'interrompia en el moment més emocionant, de manera que Aliena es passava tota la setmana rumiant el que vindria a continuació.

La noia mai no parlava amb ningú d'aquelles trobades. No sabia ben bé per què. Potser era perquè creia que ningú no entendria com la fascinaven aquelles rondalles. Però, independentment del motiu, va deixar que tothom cregués que els diumenges vagarejava pel bosc com de costum. I Jack va fer el mateix sense comentar-ho ni tan sols amb ella. Més endavant, va arribar un punt en què ja no ho podien dir a ningú sense que semblés que es confessaven per alguna cosa de la qual se sentien culpables. D'aquesta manera, i més aviat de manera accidental, les seves trobades van esdevenir secretes.

Un diumenge, per variar, Aliena li va llegir a Jack *La cançó d'Alexandre*. A diferència dels poemes que ell recitava, que sempre tractaven d'intrigues cortesanes i polítiques, d'empresonaments i de morts sobtades en batalles, el d'Aliena només parlava d'afers amorosos i de màgia. A Jack li van agradar moltíssim aquests nous elements, i el diumenge següent es va atrevir a inventar-se un poema nou, fruit de la seva imaginació.

Era un dia calorós de finals d'agost. Aliena duia un lleuger vestit de lli i sandàlies. El bosc estava molt tranquil i hi regnava el silenci. Només se sentia el salt d'aigua i la veu de Jack. El poema va començar, de manera convencional, amb la descripció d'un cavaller ardit, alt i fort, poderós al camp de batalla i armat amb una espasa màgica. Li havien encomanat una tasca difícil, la de viatjar a un país oriental llunyà i tornar amb un cep que donava robins. Però aviat la història es desviava de l'argument habitual. El cavaller moria i la narració se centrava en el seu escuder, un jove de disset anys, valent i sense diners, que estava bojament enamorat, sense la més mínima esperança, de la filla del rei, una princesa molt bella. L'escuder va jurar dur a terme la tasca que havien encomanat al seu senyor, encara que era jove i inexpert, i només tenia un poni i un arc.

En comptes de vèncer l'enemic amb el cop terrible d'una espasa màgica, com acostumava a passar en aquelles històries, l'escuder lluitava desesperadament en batalles perdudes i només guanyava gràcies a la sort o a la seva innocència, i sempre s'escapava de la mort per un pèl. A diferència dels cavallers valents de Carlemany, l'escuder sovint tenia por d'aquells a qui s'enfrontava, però mai no renunciava a la seva missió. Tanmateix, per a aquella tasca, igual que per al seu amor, no hi havia esperances.

Aliena es va sentir més captivada pel coratge de l'escuder que pel poder del seu senyor. Es mossegava els nusos dels dits amb neguit quan el protagonista cavalcava per terreny enemic, deixava anar exclamacions ofegades quan s'escapava per miracle de l'espasa d'un gegant i sospirava quan repenjava el cap per dormir i somiava en la princesa llunyana. L'amor que sentia envers ella semblava unit inextricablement al seu caràcter indòmit.

A la fi, va tornar amb el cep que donava robins, i va deixar meravellada tota la cort.

—Però a l'escuder poc li importaven —va dir Jack amb una expressió de menyspreu— tots aquells barons i comtes. Només li interessava una sola persona. Aquella nit es va esmunyir fins a la seva cambra, burlant els guàrdies amb un astut engany que havia après durant el seu viatge a l'Orient. Va aconseguir arribar al llit de la princesa i contemplar-li el rostre. —Va mirar Aliena als ulls i va afegir:— La princesa es va despertat, de sobte, però no va tenir gens de por. L'escuder li va allargar el braç i li va agafar la mà amb afecte.

Jack representava la narració i va agafar la mà d'Aliena i la va retenir entre les seves. La noia estava tan fascinada per la intensitat de la seva mirada i la força de l'amor de l'escuder, que amb prou feines es va adonar que li tenia agafada la mà.

—L'escuder —va continuar Jack— va dir a la princesa: «T'estimo amb tot el meu cor.» I li va besar els llavis.

Després de pronunciar aquestes paraules, Jack es va inclinar i va besar Aliena. Els seus llavis la van fregar tan fugisserament que ella gairebé no se'n va adonar. Tot va anar molt ràpid i de seguida Jack va continuar explicant la història:

—La princesa es va quedar adormida.

«¿Ha passat de debò?», es preguntava mentrestant Aliena, «¿m'ha fet un petó?» No s'ho podia creure, però encara sentia el tacte dels seus llavis sobre els d'ella.

—L'endemà, l'escuder va preguntar al rei si es podia casar amb la princesa com a recompensa per haver-li portat el cep que donava robins.

Aliena va arribar a la conclusió que Jack li havia fet un petó sense adonar-se'n. Formava part de la història. «No sap el que ha fet. Valdrà més que me n'oblidi», va pensar.

—El rei s'hi va negar. L'escuder es va quedar amb el cor trencat. Tots els cortesans se'n van riure. Aquell mateix dia, l'escuder va abandonar el país damunt del seu poni. Però va jurar que un dia hi tornaria i que aquell dia es casaria amb la bella princesa.

Jack va callar i va deixar anar la mà d'Aliena.

—¿I què va passar llavors? —li va preguntar ella.

—No ho sé —va contestar Jack—. Encara no ho he pensat.

Totes les persones importants de Kingsbridge van entrar a formar part de la comunitat parroquial. Per a la majoria la idea era nova, però els agradava pensar que Kingsbridge havia deixat de ser una vila per convertir-se en una ciutat, i es van sentir afalagats pel fet que s'adrecessin a ells, en tant que ciutadans destacats, per tal de construir l'església de pedra.

Aliena i Alfred van reclutar els membres de la comunitat i van organitzar el primer dinar, a mitjan setembre. Les absències més destacades van ser les del prior Philip, que fins a un cert punt era contrari a la iniciativa, encara que no prou per prohibir-la; Tom Builder, que va excusar la seva assistència per respecte als sentiments de Philip; i Malachi, que en quedava exclòs per la religió que professava.

Mentrestant, Ellen havia teixit una bala de tela amb el romanent de llana d'Aliena. Era aspra i crua, però prou bona per fer els hàbits dels monjos, raó per la qual Cuthbert Whitehead, el cellerer del priorat, l'havia comprada. Aliena la va vendre barata, però així i tot va duplicar el cost de la llana original, i per això li va quedar mitja lliura de benefici, després de pagar a Ellen un penic al dia. Cuthbert estava interessat a adquirir més tela a aquell preu, així que Aliena va comprar a Philip el seu romanent per afegir-lo a les seves existències i va buscar una dotzena de persones més, gairebé totes dones, perquè teixissin la llana. Ellen va estar d'acord a fer una altra bala, però no a maçolar-la, atès que era una feina massa pesada. Les altres dones van ser del mateix parer.

Aliena ho va acceptar. Batanar i maçolar era una feina dura. Es recordava de quan ella i Richard havien anat a veure aquell mestre batanador de Winchester per demanar-li que els donés feina. El batanador tenia dos homes donant cops a la peça mentre una dona la ruixava amb aigua. La dona havia ensenyat a Aliena que tenia les mans vermelles i clivellades, i quan els homes li van posar a Richard una peça enrotllada a sobre l'espatlla, el noi va caure de genolls. N'hi havia alguns que se les arreglaven per maçolar una quantitat petita de tela, per fer-se roba per a ells i la seves famílies. Només homes molt forts ho podien fer com a ofici. Aliena va estar d'acord que les seves teixidores es limitessin a teixir la llana i ella ja es cuidaria de contractar homes perquè la batanessin, o bé vendria la tela a un mestre batanador de Winchester.

El dinar de la comunitat va tenir lloc a l'església de fusta. Aliena va distribuir la feina de fer el menjar entre tots els membres, la majoria dels quals tenien un servent a casa. Alfred i els seus homes van fabricar una taula llarga amb cavallets i taules de fusta. Van comprar cervesa forta i una bóta de vi.

Van seure a banda i banda de la taula i ningú no va ocupar els caps, atès que en aquella comunitat tots eren iguals. Aliena portava un vestit vermell de seda ornamentat amb una agulla d'or i robins, i una casaca de color gris fosc amb unes mànigues penjants molt a la moda. El capellà de la parròquia va beneir la taula. Li plaïa la idea d'aquella comunitat, perquè una església nova contribuiria a augmentar el prestigi de la parròquia i en multiplicaria els ingressos.

Alfred va presentar un pressupost i el calendari de dates per a la construcció de l'església nova. Va parlar com si tot allò fos fruit del seu treball, però Aliena sabia que gairebé tota la feina era obra de Tom. La construcció duraria dos anys i el cost total seria de noranta lliures. Alfred va proposar que cadascun dels quaranta membres de la comunitat pagués sis penics per setmana. Aliena va endevinar per l'expressió de la majoria que la quota era superior al que havien suposat. No obstant això, tothom es va comprometre a pagar-la. Aliena, però, va pensar que la comunitat hauria de preveure que un o dos dels membres fallessin.

Ella estava en condicions de pagar-la de sobres. Va repassar els que estaven aplegats al voltant de la taula i va arribar a la conclusió que ella era, segurament, la persona més rica. Pertanyia a una minoria reduïda de dones. Les altres tres eren una cervesera que produïa una cervesa que tenia fama de ser bona i forta, una modista que donava feina a dues cosidores i a unes quantes aprenentes, i la vídua d'un sabater que s'ocupava del negoci que el marit li havia deixat. Aliena era la més jove de totes, i també era més jove que tots els homes, tret d'Alfred, que tenia un o dos anys menys que ella.

Aliena trobava a faltar Jack. Encara no sabia com s'acabava la història del jove escuder. Era un dia de festa i li hauria agradat trobar-se amb ell a la clariana. Potser s'hi podria escapar més tard.

Al voltant de la taula, les converses se centraven en la guerra civil. La reina Matilda havia presentat batalla amb més vehemència del que tothom esperava. Feia poc que havia pres la ciutat de Winchester i havia capturat Robert de Gloucester. Robert era el germanastre de l'emperadriu Maud i el comandant en cap de les seves forces militars. Alguns asseguraven que Maud només era una figura emblemàtica i que el veritable cap de la rebel·lió era Robert. En qualsevol cas, la captura del seu germanastre perjudicava Maud igual que l'empresonament d'Stephen havia perjudicat els reialistes. Tothom donava la seva opinió sobre com aniria la guerra.

En aquell dinar, la beguda era més forta que la que donava el prior Philip, i, a mesura que passava l'estona, les discussions es van fer més acalorades. El capellà no va saber temperar els ànims, segurament perquè ell bevia igual que tothom. Alfred, que seia al costat d'Aliena, semblava preocupat, malgrat que ell també començava a envermellir de cara. Aliena no era aficionada a les begudes fortes, i només havia pres una copa de sidra.

Quan el dinar s'acabava, algú va proposar un brindis per Alfred i Aliena. Alfred ho va agrair amb entusiasme. Tot seguit van començar a cantar i Aliena pensava quin seria el millor moment per escapolir-se sense cridar l'atenció.

—Hem fet un bon equip, tots dos —li va dir Alfred.

Aliena va assentir.

—Esperem a veure d'aquí a un any quanta gent continua pagant els sis penics per setmana.

Aquell dia, Alfred no volia parlar de dificultats i dubtes.

—Tots dos hem fet un bon equip —va repetir—. Ens ha sortit molt bé. —Va alçar la copa i va beure.— ¿No trobes que fem un bon equip?

—És clar —va dir Aliena per afalagar-lo.

—Jo ho he fet molt de gust, això, amb tu... —va continuar Alfred—. La comunitat parroquial, vull dir.

—Jo també ho he fet molt de gust —va dir ella, amablement.

—¿De debò? Això em fa molt feliç.

Aliena el va mirar amb atenció. ¿Per què hi insistia tant? Parlava amb claredat i precisió i no mostrava senyals d'anar torrat.

—Ha estat bé —va admetre la noia en un to neutre.

Alfred li va posar la mà sobre l'espatlla. Aliena detestava que la toquessin, però s'havia acostumat a dominar-se perquè els homes eren molt susceptibles.

—Digue'm una cosa —li va xiuxiuejar Alfred a cau d'orella—, ¿com ha de ser el marit que voldries?

«Espero que no em demani que em casi amb ell», va pensar Aliena, alarmada.

—No necessito cap marit... —va respondre—. Ja tinc prou maldecaps amb el meu germà.

—Però a tu et cal amor —va insistir ell.

Aliena va gemegar per dins.

Estava a punt de contestar-li quan Alfred va alçar la mà per indicar-li que callés, un costum masculí que Aliena trobava especialment desagradable.

—No em diguis que no necessites amor —va perseverar Alfred—. Tothom en necessita.

Aliena el va mirar als ulls. Sabia que ella era una mica especial. Totes les dones frisaven per casar-se i si, com era el seu cas, als vint-i-dos anys encara seguien solteres, ja no estaven frisoses sinó desesperades. «¿Què em passa?», va pensar. «Alfred és jove, ben plantat i pròsper. La meitat de les noies de Kingsbridge es voldrien casar amb ell.» Per un moment, va considerar la possibilitat de dir-li que sí. Però aleshores se li va acudir com seria la vida amb Alfred, sopant amb ell cada dia al vespre, anant a missa plegats, portant els seus fills al món..., i es va quedar esparverada. Va fer que no amb el cap.

—Deixa-ho córrer, Alfred —va dir amb fermesa—. No necessito cap marit, ni per amor ni per res.

Ell no es rendia tan fàcilment.

—Aliena, jo t'estimo —va confessar—. He estat feliç de debò treballant amb tu. Et necessito. ¿Vols ser la meva dona?

Ja ho havia deixat anar. Aliena ho va lamentar, perquè allò significava que li hauria de parlar clar. Havia après que era inútil provar de fer-ho amb amabilitat. Una negativa amable es considerava com una decisió poc ferma, i els pretendents insistien amb més deler.

—No, no vull —va contestar—. No t'estimo, no m'ha agradat tant treballar amb tu, i no em casaria amb tu encara que fossis el darrer home que hi hagués a la terra.

Allò el va ferir. S'hauria d'haver imaginat que tenia moltes possibilitats de tenir una resposta com aquella. Aliena estava segura que no havia fet res per animar-lo. L'havia tractat com un company, parlant-li de manera directa i franca, escoltant-lo quan ell li comentava alguna cosa, i complint els seus compromisos com esperava que ell complís els seus. Però hi havia homes que es pensaven que tot això era per encoratjar-los.

—¿Com em pots dir això? —va barbotejar Alfred.

Aliena va sospirar. Li feia llàstima que estigués ferit. Al cap d'un moment reaccionaria amb indignació, com si ella l'hagués acusat injustament. Al final, acabaria convençut que ella l'havia insultat sense motiu i es comportaria de manera ofensiva. No tots els pretendents eren així, només uns quants, però Alfred era d'aquesta mena. Aliena va pensar que se n'havia d'anar.

Es va aixecar.

—Respecto la teva proposició i et dono les gràcies per l'honor que em fas —li va dir—. Respecta tu la meva negativa i no m'ho tornis a demanar.

—Suposo que ara te'n deus anar corrents a buscar el meu germanastre —li va etzibar Alfred—. No sé què li trobes, perquè és incapaç de fer-te l'amor.

Aliena va envermellir de vergonya. Així doncs, la gent es començava a adonar de la seva amistat amb Jack. I ningú millor que Alfred per interpretar-la de manera indecent. Doncs bé, se n'hi anava corrents i no permetria que Alfred l'aturés. Es va inclinar i va acostar la cara a la d'ell fins que gairebé el va fregar. Alfred es va sobresaltar.

—Vés a la merda —li va dir clarament. Llavors va fer mitja volta i se'n va anar.

El prior Philip celebrava judicis a la cripta de la catedral un cop al mes. En els vells temps, els feia un cop a l'any, i, en aquells dies, poques vegades havia calgut tota una jornada per resoldre tots els casos. Però, en triplicar-se la població, els habitants de Kingsbridge infringien la llei deu vegades més.

A més, la naturalesa dels delictes havia canviat. Antany, gairebé tots els casos tenien relació amb la terra, les collites i el bestiar. Un pagès cobejós havia intentat canviar els marges d'un camp furtivament, a fi d'ampliar les seves terres a esquena del veí; un jornaler havia robat un sac de gra a la seva mestressa que era vídua; una pobra dona amb massa fills havia munyit una vaca que no era seva. Però en l'actualitat, la majoria dels casos tenien a veure amb els diners. Philip ho anava rumiant mentre es dirigia a ocupar el seu seient al tribunal el primer dia de desembre. Ara, els aprenents robaven als patrons, un home havia pres els estalvis de la sogra, alguns comerciants feien circular diner fals, i hi havia dones adinerades que estafaven uns servents tan curts de gambals que no sabien ni comptar la setmanada. Cinc anys enrere, aquests delictes no es cometien a Kingsbridge perquè no corrien tants diners.

Philip imposava la pena d'una multa en gairebé tots els casos. Si els acusats eren culpables, el podia fer assotar, posar-los grillons o empresonar-los a la cel·la que hi havia sota el dormitori dels monjos. Però molt poques vegades imposava aquests càstigs, que estaven reservats als delictes amb violència. També tenia dret a fer penjar els lladres, i, de fet, al priorat hi havia un patíbul de fusta sòlida. Però no l'havia fet servir mai, almenys de moment. I al fons del cor tenia l'esperança de no haver-ho de fer mai. Els crims greus com l'assassinat, matar els cérvols del rei i l'assalt pels camins amb robatori es remetien al tribunal del rei a Shiring, que presidia el xèrif del comtat. I el xèrif Eustace ja enviava prou homes a la forca.

Aquell dia, Philip tenia set casos de mòlta de gra sense autorització. Els va deixar per al final i els va jutjar conjuntament. El priorat havia construït un molí d'aigua nou que funcionava al mateix temps que l'antic, perquè a Kingsbridge ja se'n necessitaven dos. Però havien de pagar el molí nou, i per això tothom estava obligat a portar el gra per moldre al priorat. La llei sempre havia estat aquesta, igual que en tots els altres feus del país. Als camperols no se'ls permetia moldre el gra a casa, sinó que havien de pagar al senyor per fer servir el molí. Els darrers anys, com que la població havia anat creixent i l'antic molí s'espatllava massa sovint, Philip, amb benevolència, havia passat per alt el creixent augment de la mòlta il·legal. Però havia arribat el moment de posar-hi fi.

Tenia els noms dels infractors apuntats a la pissarra i els va llegir en veu alta, un per un, començant pel més ric.

—Richard Longacre. El germà Franciscus diu que tens una mola gran i que dos homes la fan girar.

Franciscus era el moliner del priorat.

Un propietari d'aspecte pròsper va fer un pas endavant.

—Sí, senyor meu. Però ara l'he trencada.

—Has de pagar seixanta penics. Enid Brewster, a la cerveseria tens un molí manual. A Eric Enidson també se l'ha vist fentlo servir, així que se l'acusa igualment.

—Sí, senyor —va respondre Enid, una dona de cara vermella i espatlles amples.

—I ara, ¿què n'has fet, del molí? —la va interrogar Philip.

—El vaig llançar al riu, senyor meu.

Philip no la va creure, però no hi podia fer res.

—Multa de vint-i-cinc penics i dotze més per al teu fill. ¿Walter Tanner?

Philip va continuar repassant la llista, multant els infractors segons la gravetat de les seves accions il·legals, fins a arribar a l'última, la més pobra.

—¿Vídua Goda?

Una vella de cara xuclada va fer un pas endavant.

—El germà Franciscus et va veure com molies gra amb una pedra.

—No tenia un penic per pagar el molí, senyor —va contestar la vella, amb ressentiment.

—Tanmateix, tenies un penic per comprar gra —va dir Philip—. Et posaré una multa com a tots els altres.

—¿Deixareu que em mori de gana? —va preguntar ella, desafiadora.

Philip va sospirar. Hauria volgut que el germà Franciscus hagués fingit no adonar-se que Goda infringia la llei.

—¿Quan va ser la darrera vegada que algú es va morir de gana a Kingsbridge? —va preguntar mirant els presents—. ¿Recordeu que algú s'hagi mort de gana a la nostra ciutat? —Va guardar silenci a l'espera d'una resposta, i llavors va afegir:— La resposta és que va ser abans que jo fos prior.

—Dick Shorthouse va morir l'any passat —va declarar Goda.

Philip va fer memòria. L'home era un pidolaire que dormia a les corts de porcs i als estables.

—Dick va caure a mitjanit al carrer, perquè anava borratxo i es va morir de fred per la nevada —va contestar Philip—. No va morir de gana. I si hagués estat prou serè per arribar al priorat tampoc no hauria mort de fred. Si tens gana, no em vulguis enganyar, vine a mi i t'assistiré. I si ets massa orgullosa per ferho i prefereixes violar la llei, has de tenir un càstig com tothom. ¿M'has entès?

—Sí, senyor —va mormolar la vella, a desgrat.

—Un quart de penic de multa. Es clou la sessió.

Es va posar dret i va sortir. Va pujar les escales que conduïen a la planta baixa.

Les obres de la catedral s'havien parat en sec, com passava sempre que faltava prop d'un mes per Nadal. Els cantells i les parts descobertes de l'obra sense acabar estaven tapades amb palla i fems, que es portaven dels estables, per protegir l'obra recent de les glaçades. Els paletes deien que no podien treballar a l'hivern per culpa del glaç. Philip havia preguntat per què no podien destapar els murs al matí i tornar-los a tapar al vespre. Durant el dia no glaçava. Tom havia dit que els murs que s'aixecaven a l'hivern es desplomaven. Philip l'havia cregut, però no pensava que fos per culpa del glaç. Va imaginar que la veritable raó devia ser que el morter necessitava uns quants mesos per prendre's bé. I a l'hivern s'enduria com calia abans que, l'any següent, es reprengués la feina a les parts superiors. Això també explicaria la superstició dels paletes segons la qual portava mala sort aixecar més de vint peus d'altura cada any. Si no es respectava aquesta regla bàsica, les parts inferiors es podien deformar pel pes que havien de suportar abans que el morter s'hagués pres.

Philip va veure amb sorpresa que tots els paletes estaven a fora, on hi hauria el presbiteri. S'hi va acostar per saber què estaven fent.

Havien bastit un arc de fusta, semicircular, i l'aguantaven enlaire, sostenint-lo amb estaques a totes dues bandes. Philip sabia que l'arc de fusta era una peça del que els paletes en deien cintra, l'objectiu de la qual era sostenir l'arc de pedra mentre l'estaven construint. Tanmateix, en aquell moment els paletes muntaven l'arc de pedra a terra, sense morter, per assegurar-se que les pedres encaixaven perfectament les unes amb les altres. Els aprenents i manobres les posaven sobre la cintra mentre els paletes observaven amb ull crític.

—¿Per a què serveix això? —va preguntar Philip quan Tom es va adonar de la seva presència.

—És un arc per a la galeria de la tribuna.

Philip el va observar detingudament. L'arcada havia estat enllestida l'any anterior i la galeria quedaria acabada aquest any. Llavors només faltaria construir el nivell més alt, el trifori, abans de poder començar la teulada. Ara que havien tapat els murs per passar l'hivern, els paletes preparaven les pedres per a l'any següent. Si l'arc sortia perfecte, les pedres dels altres arcs es tallaven amb el mateix patró.

Els aprenents, entre els quals hi havia Jack, el fillastre de Tom, eren els qui construïen l'arc, cap amunt, des de cada costat, amb unes pedres corbades que es deien dovelles. Tot i que l'arc havia de ser construït a una gran altura dins de la catedral, tindria motllures decoratives. Cada pedra portava esculpida, a la superfície visible, a dalt, una línia de dentells; al mig, una altra de medallons petits; i, a baix, una tercera de bossells. Quan s'encaixaven les dovelles, els diversos motius coincidien exactament i, en perllongar-se, formaven tres arcs continus, un de dentells, un de medallons i un de bossells. Així, feia l'efecte que l'arc havia estat construït amb diversos cercles de pedra, un sobre l'altre, quan en realitat estava format per pedres que encaixaven. Tanmateix, les pedres havien de coincidir perfectament, perquè, altrament, els motius no encaixarien i es perdria l'efecte.

Philip es va quedar mirant mentre Jack posava la clau a l'arc, i amb això quedava acabat. Quatre paletes van agafar les maces i van picar les falques que aguantaven la cintra de fusta a unes polzades de terra. Tot d'una, l'estructura de fusta va caure a terra. Però malgrat que entre les pedres no hi havia morter, l'arc es va mantenir dret. Tom va deixar anar un murmuri de satisfacció.

Philip va notar que algú li tibava la màniga de l'hàbit. Quan es va girar, va trobar un monjo jove.

—Pare, teniu un visitant. S'espera a casa vostra.

—Gràcies, fill meu.

Philip va marxar de l'obra. Si els monjos havien fet passar el visitant a casa del prior perquè esperés, volia dir que es tractava d'algú important. Va travessar el recinte i va entrar a casa seva.

El visitant era el seu germà Francis. Philip el va abraçar afectuosament. Francis semblava molt preocupat.

—¿T'han ofert alguna cosa per menjar? —va preguntar Philip—. Sembles fatigat.

—M'han donat una mica de pa i carn. Gràcies. M'he passat tota la tardor cavalcant entre Bristol, on el rei Stephen estava presoner, i Rochester, on hi havia el comte Robert.

—Has parlat en pretèrit.

Philip va fer que sí amb el cap.

—M'he dedicat a negociar un tracte. La llibertat d'Stephen per la de Robert. Es va dur a terme el dia de Tots Sants. El rei Stephen ja torna a ser a Winchester.

—Tinc la impressió que l'emperadriu Maud hi ha sortit perdent —va dir Philip—. Ha lliurat un rei a canvi d'un comte.

Francis ho va negar amb el cap.

—Sense Robert estava perduda. Ningú no li té simpatia, ningú no se'n refia. Estava perdent tot el suport que tenia. Havia de recuperar Robert. La reina Matilda va ser intel·ligent. Es va negar en rodó a canviar-lo per ningú que no fos Stephen. S'ho va proposar i al final ho va aconseguir.

Philip es va acostar a la finestra i va mirar a fora. Havia començat a caure una pluja de biaix que enfosquia els murs alts de la catedral i gotejava per les teulades baixes de les cases dels artesans.

—¿Què vol dir això? —va preguntar.

—Vol dir que Maud torna a ser una aspirant al tron, una vegada més. Després de tot, Stephen va ser coronat, mentre que Maud no. O, almenys, no del tot.

—Però va ser Maud qui va autoritzar el meu mercat.

—Sí, això et pot portar problemes.

—Així doncs, ¿queda invalidada la meva llicència?

—No. Te la va concedir de manera legal un governador legítim a qui l'Església havia donat la seva aprovació. El fet que l'emperadriu no estigués coronada no hi té res a veure. Ara bé, Stephen te la pot retirar.

—Amb els ingressos del mercat pago la pedra —li va explicar Philip, inquiet—. Sense pedra no puc construir. La veritat és que són males notícies.

—Ho sento.

—¿I què passa amb les meves cent lliures?

Francis va arronsar les espatlles.

—Stephen dirà que te les ha de tornar Maud.

—Tots aquests diners! —va exclamar el prior preocupat—. Eren diners de Déu i els he perdut.

—Encara no els has perdut —el va tranquil·litzar Francis—. Potser Stephen no revocarà la teva llicència. Mai no ha tingut cap interès en els mercats.

—Però el comte William el pressionarà.

—William va canviar de bàndol, ¿no te'n recordes? Va donar suport a Maud amb tots els seus homes. Ja no tindrà influència sobre Stephen.

—Espero que tinguis raó —va dir Philip—. Espero, per la gràcia de Déu, que tinguis raó.

Quan va fer massa fred per seure a la clariana, Aliena va agafar el costum d'anar a casa de Tom, el constructor, als vespres. Alfred normalment anava a la taverna, així que el grup familiar estava format per Tom, Ellen, Jack i Martha. Com que Tom seguia prosperant, tenien uns seients confortables, un bon foc i moltes espelmes. Ellen i Aliena es dedicaven a teixir. Tom dibuixava plànols i diagrames, gravant els dibuixos amb una pedra afilada sobre trossos polits de pissarra. Jack feia veure que es feia un cinyell, esmolava ganivets o fabricava un cistell, però de fet passava la major part del temps mirant d'amagat la cara d'Aliena a la llum de l'espelma, observant-li els llavis mentre parlava o bé embadalit amb la blancor del seu coll quan bevia una gerra de cervesa. Aquell hivern van riure molt. A Jack li agradava fer riure Aliena. Generalment, era tan reservada i tan posada que veure-la esplaiar-se era un plaer tan gratificant com hauria estat veure-la nua un instant fugisser. Jack sempre rumiava coses que ella pogués trobar divertides. Sovint, parlava dels artesans que treballaven a l'obra, imitant l'accent d'un paleta parisenc o el caminar garrell d'un ferrer. Un dia es va inventar un relat còmic de la vida dels monjos, atribuint a cadascú un pecat: l'orgull a Remigius; la gola a Bernard, el cuiner; l'afecció a la beguda al cap d'hostes, i la lascívia a Pierre, l'admonitor. Martha es trencava de riure i fins i tot Tom, sempre tan eixut, esbossava un somriure.

Un d'aquells vespres Aliena va dir:

—No sé si podré vendre tota aquesta tela.

Tots es van quedar bocabadats.

—Doncs, així, ¿per què seguim teixint? —va demanar Ellen.

—Encara no he perdut les esperances —va contestar Aliena—. Només tinc un problema.

Tom va aixecar la vista de la pissarra.

—Em pensava que el priorat tenia ganes de comprar-ho tot.

—El problema no és aquest. No trobo gent que me la batani i, sense batanar, ni el priorat ni ningú, no la vol.

—Batanar és una feina esgotadora. No m'estranya que ningú no la vulgui fer —va comentar Ellen.

—¿No pots trobar algú que t'ho faci? —va suggerir-li Tom.

—No, aquí a Kingsbridge no. Com que tenim tanta prosperitat, tots els homes tenen feina de sobres. A les grans ciutats hi ha batanadors professionals, però la majoria treballa per als teixidors, que els prohibeixen batanar per a la competència. Sigui com vulgui, portar i recollir la tela de Winchester seria massa car.

—Sí que és un bon problema —va reconèixer Tom, i va tornar als seus dibuixos.

A Jack se li va acudir una idea.

—És una llàstima que no ho facin els bous.

Tots van esclafir a riure.

—Seria com voler ensenyar a un bou a construir una catedral —va dir Tom.

—O un molí —va insistir Jack sense immutar-se—. Gairebé sempre fan les feines més dures.

—Vol batanar la tela, no moldre-la —li va explicar Tom.

Jack no l'escoltava.

—Fem servir aparells per aixecar pesos i rodes giratòries per fer pujar les pedres a les bastides més altes...

—Seria fantàstic que hi hagués algun aparell per batanar la tela —va dir Aliena.

Jack va imaginar com n'estaria, de contenta, Aliena, si ell aconseguia resoldre aquest problema. Estava decidit a trobar la manera de fer-ho.

—He sentit a dir que s'ha fet servir un molí d'aigua per fer funcionar les manxes en una farga..., però no ho he vist mai —va comentar Tom, pensarós.

—¿De debò? —va exclamar Jack—. Això ho demostra.

—Una roda de molí gira i gira i una mola gira i gira —va dir Tom—, de manera que una pedra dóna impuls a l'altra. Però les maces d'un batanador van de dalt a baix. Mai no aconseguiràs que una roda de molí d'aigua faci pujar i baixar una maça.

—Una manxa també va de dalt a baix.

—És clar, és clar. Però jo no l'he vista mai, aquesta farga. Només n'he sentit a parlar.

Jack va intentar fer-se una idea de la maquinària d'un molí. La força de l'aigua feia girar la roda. L'eix d'aquesta la unia a una segona roda que era a dins del molí. La roda interior, dentada, estava col·locada verticalment, de manera que les seves dents encaixaven amb les dents d'una altra roda horitzontal. Aquesta darrera era la que feia girar la mola.

—Una roda vertical pot accionar-ne una altra de tombada —va mormolar Jack, pensant en veu alta.

Martha es va posar a riure.

—Deixa-ho córrer, Jack! —li va dir—. Si els molins poguessin batanar, ja se li hauria acudit a algú més llest que tu.

Jack no li va fer cas.

—Les maces de batanar es podrien fixar a l'eix de la roda del molí —va continuar—. La roba es podria col·locar plana on caiguessin les maces...

—Sí, però les maces només donarien un cop, després es quedarien encallades, i la roda es pararia. Ja t'ho he dit... Les rodes giren i giren, però les maces van de dalt a baix —va aclarir-li Tom.

—Hi ha d'haver una manera —va insistir Jack.

—No, no n'hi ha cap —va afirmar Tom, donant el tema per acabat.

—Doncs jo m'hi jugo alguna cosa que sí —va remugar Jack, obstinat.

Tom va fer veure que no l'havia sentit.

El diumenge següent, Jack va desaparèixer.

Va anar a l'església al matí i va dinar a casa com de costum, però, a l'hora de sopar, no es va presentar. Aliena estava a la cuina de casa seva preparant un brou espès de pernil i col, quan va arribar Ellen buscant el noi.

—No l'he vist des de l'hora de missa —li va fer saber Aliena.

—Ha desaparegut després de dinar —va explicar Ellen—. He suposat que estava amb tu.

Aliena es va torbar una mica quan va saber que Ellen ho havia donat per fet.

—¿Estàs preocupada?

—Una mare sempre es preocupa —va contestar Ellen.

—¿S'ha barallat amb Alfred? —va preguntar Aliena, neguitosa.

—Això mateix li he preguntat a Alfred, però ell diu que no. —Ellen va sospirar.— Espero que no li hagi passat res. Ja ho ha fet altres vegades, i m'atreviria a dir que no és la darrera. Mai no ha après a tenir un horari.

Aquell vespre, més tard, abans d'anar-se'n a dormir, Aliena va anar a casa de Tom per saber si Jack havia aparegut. Li van dir que no. Se'n va anar a dormir capficada. Richard era a Winchester, per tant estava sola. No parava de pensar que Jack podia haver-se ofegat al riu, o que li podia haver passat alguna cosa encara pitjor. Per a Ellen seria una cosa terrible. Jack era el seu únic fill de debò. A Aliena se li van omplir els ulls de llàgrimes de pensar en el dolor d'Ellen si perdia Jack. «És una ximpleria», va pensar, «estic plorant per la pena d'algú a causa d'una cosa que no ha passat.» Es va dominar i va mirar de pensar en una altra cosa. L'excés de tela era el seu gran problema. En circumstàncies normals no hauria pogut dormir pensant en el negoci, però aquella nit no podia treure's Jack del cap. ¿I si s'havia trencat una cama i s'havia quedat immobilitzat al mig del bosc?

Al final, la son la va guanyar. Es va despertar a trenc d'alba, però encara se sentia cansada. Es va posar la seva gruixuda capa sobre la camisa, es va calçar les botes folrades de pell i va sortir a buscar Jack.

No era al jardí que hi havia darrere la taverna, on els homes acostumaven a quedar-se adormits, només evitant quedar congelats gràcies a l'escalfor del femer pestilent. Va baixar fins al pont i va caminar temorosa per la riba fins a un revolt on es llençaven les escombraries. Una família d'ànecs picotejava entre les restes de fusta, sabatots, ganivets florits i ossos de carn que hi havia acumulats a la riba. Gràcies a Déu, Jack tampoc no hi era.

Va tornar a pujar turó amunt i va entrar al recinte del priorat, on els paletes començaven una nova jornada de treball.

Va trobar Tom al seu cobert.

—¿Que ha tornat, Jack? —li va preguntar, esperançada.

—Encara no —va respondre Tom, fent que no amb el cap.

Quan Aliena se n'anava, va arribar el mestre fuster amb un aspecte preocupat.

—Ens han desaparegut tots els martells —li va informar a Tom.

—És estrany —va comentar aquest—. Jo també he estat buscant un martell i no n'he trobat cap.

Alfred va treure el cap per la porta.

—¿Sabeu on són les maces dels paletes? —va preguntar.

Tom es va rascar el cap.

—No poden haver desaparegut —va dir, perplex. Llavors, canviant de cara, va afegir:— M'hi jugo el que vulguis que Jack és qui ha fet desaparèixer tots els martells.

«És clar», va pensar Aliena. «Martells. Batanar. El molí.»

Sense badar boca, va sortir del cobert de Tom i, travessant a corre-cuita el recinte del priorat, va deixar enrere la cuina i es va dirigir cap a la banda sud-oest, on un canal, desviat del riu, donava impuls als dos molins, el vell i el que acabaven de construir. Tal com sospitava, la roda del molí vell girava. Hi va entrar.

El que va veure la va desconcertar i espantar alhora. Hi havia un rengle de martells subjectats a una biga horitzontal. Com si tinguessin vida pròpia, aixecaven els caps i els deixaven caure tots junts, picant simultàniament i fent un terrabastall terrible que gairebé la va deixar sorda. Sobresaltada, va deixar anar un crit. Els martells van aixecar els caps, com si l'haguessin sentida cridar, i llavors van picar de nou. Picaven una certa quantitat de tela submergida en una gaveta semblant a la que feien servir els paletes per barrejar el morter, que contenia unes quantes polzades d'aigua. Llavors es va adonar que els martells batanaven el teixit i se li va passar l'ensurt. Però, ¿com ho havia fet? Va observar que la biga on havia fixat els martells estava paral·lela a l'eix de la roda del molí. Un tauló lligat a l'eix donava voltes al mateix temps que la roda girava. Quan el tauló arribava, topava amb els mànecs dels martells i els feia baixar, de manera que els caps s'aixecaven. Després el tauló continuava girant, deixava els mànecs lliures i això feia que els caps caiguessin sobre la tela que hi havia a la gaveta. Era exactament com Jack havia dit que seria aquell dia que en van parlar. Un molí podia batanar teles.

Aliena va sentir una veu.

—Hem de posar un llast als martells perquè caiguin amb més força.

Quan es va girar, va topar amb Jack, que semblava cansat, però triomfal, el qual li va dir somrient amb timidesa:

—Crec que t'he resolt el problema.

—Estic molt contenta de veure que estàs bé... Hem estat preocupats per tu! —va exclamar Aliena.

Sense pensar-s'ho, el va abraçar i li va fer un petó. Va ser molt breu, una mica més que un frec, però tot seguit, quan els llavis es van separar, Jack li va passar els braços al voltant de la cintura, aguantant-li el cos amb fermesa contra el seu, i Aliena es va trobar mirant-li els ulls. Només podia pensar que estava molt contenta perquè ell era viu i no havia pres mal. Ell la va estrènyer amb afecte. I, de sobte, Aliena va tenir consciència de la seva pell. Sentia l'aspror de la camisa de lli, el cuir suau de les botes i un pessigolleig als mugrons quan es va estrènyer contra el seu pit.

—¿Estaves preocupada per mi? —va preguntar Jack, sorprès.

—Doncs és clar! No he dormit en tota la nit.

Aliena somreia feliç; en canvi, Jack tenia un aspecte molt solemne. Al cap d'un moment, aquell ànim es va apoderar d'ella, i, de resultes d'això, es va sentir estranyament commoguda. Sentia com li bategava el cor i la respiració se li va accelerar. Darrere seu, els martells picaven la tela rítmicament, i amb cada cop sacsejaven l'estructura de fusta del molí. Aliena sentia aquelles vibracions en el més pregon del seu ésser.

—Estic molt bé —va dir Jack—. Tot marxa de primera.

—Em fa tan contenta... —va xiuxiuejar Aliena.

Jack va inclinar la cara sobre la d'ella, i els llavis es van trobar. Va ser un petó molt dolç. Aliena va tancar els ulls per concentrar-se en aquella sensació. La boca de Jack es movia sobre la seva, i li va semblar natural obrir els ulls. Tot d'una, la boca se li va tornar extremament sensitiva, fins al punt de poder sentir el tacte més lleuger i el més petit moviment. La punta de la llengua de Jack li acariciava l'interior del llavi superior. Aliena estava tan aclaparada de felicitat que se li van negar els ulls de llàgrimes. Va estrènyer el cos contra el d'ell, prement les sines suaus contra el fort pit d'ell, i va sentir que els ossos dels malucs de Jack se li clavaven al ventre. Ja no era que estigués alleujada perquè Jack estava sa i estalvi. Allò era una nova sensació. La seva presència l'emocionava fins al punt que li rodava el cap. Abraçada al seu cos, necessitava sentir la seva presència encara més. El volia tenir més a prop. Li va acaronar l'esquena. Li volia sentir la pell, però la roba l'hi impedia. Sense pensar-s'hi, va ficar la llengua entre els llavis de Jack, que va emetre un so ofegat, com un sospir de plaer.

La porta del molí es va obrir de cop. Aliena es va apartar ràpidament de Jack. Tot d'una, es va sobresaltar com si hagués estat profundament adormida i algú l'hagués despertada amb una plantofada. Estava horroritzada pel que havia fet. S'havien besat i grapejat com una puta i un borratxo en una taverna! Va recular mirant al voltant, terriblement trasbalsada. L'intrús era Alfred. Allò la va fer sentir encara pitjor. Feia tres mesos que Alfred li havia demanat que es casés amb ell i ella l'havia rebutjat amb altivesa. I ara l'havia vist comportar-se com una gossa en zel. Va envermellir de vergonya. Alfred la mirava, i a la cara tenia una barreja de lascívia i de menyspreu que li recordava l'expressió de William Hamleigh. Estava enfadada amb ella mateixa per donar a Alfred motius per menysprear-la, i furiosa amb Jack pel paper que hi havia tingut.

Va girar-se d'esquena a Alfred i va mirar Jack, que va semblar sobresaltat. Aliena va notar que la cara li delatava la ira que l'envaïa, però no ho podia evitar. El rostre de Jack va passar de la felicitat a la confusió i el dolor. En circumstàncies normals allò l'hauria entendrit, però en aquells moments estava fora de si. El detestava pel que li havia fet fer. Li va clavar una bufetada. Ell es va quedar immòbil, però la seva mirada va reflectir la pena que sentia. La galta se li va posar vermella. Aliena no podia suportar veure el dolor que hi havia als seus ulls. En va apartar la vista.

No podia seguir allà ni un moment més. Va córrer cap a la porta acompanyada del repic rítmic dels martells que li ressonava a les orelles. Alfred es va apartar de seguida per deixar-la passar, gairebé espantat. Aliena va passar pel seu costat com un llampec i va sortir a fora. Tom arribava acompanyat d'un petit grup de treballadors i es disposaven a entrar. Tothom es dirigia cap al molí per saber què estava passant. Aliena es va allunyar sense dir res. Alguns homes la van mirar amb curiositat, la qual cosa va fer que encara se sentís més avergonyida, però tots estaven més interessats en els cops de martell que se sentien al molí. La ment lògica d'Aliena li recordava que Jack havia resolt el problema de batanar la roba, però la idea que Jack havia passat tota la nit fent una cosa per ella encara la turmentava més. Va passar corrents per davant de les quadres i la porta del priorat, i va enfilar carrer avall, relliscant al fang, fins a arribar a casa seva.

Quan hi va entrar, es va trobar Richard que seia a taula, amb un pa rodó i una gerra de cervesa al davant.

—El rei Stephen s'ha posat en camí —va anunciar—. La guerra ha tornat a començar. Necessito un altre cavall.

IV

Durant els tres mesos següents, Aliena no va dirigir la paraula a Jack.

El noi estava molt abatut. Ella l'havia besat com si l'estimés, d'això, n'estava segur, i quan la noia va sortir del molí, no va dubtar que aviat es tornarien a besar de la mateixa manera. No podia deixar de pensar en ella, i s'anava repetint: «Aliena m'estima! Aliena m'estima!» Ella li havia acariciat l'esquena, li havia ficat la llengua a la boca i ell havia sentit les seves sines prement-li el pit. Quan el va començar a evitar, Jack va pensar que tan sols se sentia incòmoda. Després d'aquell petó, era impossible fingir que no l'estimava. Va esperar amb tota la paciència del món que superés la seva timidesa. Amb l'ajuda del fuster del priorat, va construir un aparell de batanar, més fort i permanent, per al molí vell, i Aliena va poder batanar la seva tela. Li va donar les gràcies en un to sincer, però la seva veu era freda, i va evitar mirar-lo.

Quan van haver passat no només uns dies sinó unes quantes setmanes sense que canviés res, es va veure obligat a admetre que les coses no anaven bé. El va envair una gran desil·lusió i va pensar que el dolor l'ofegaria. Estava perplex. El desesperava no ser més gran i no tenir més experiència amb les dones per saber si Aliena era normal o si tenia un caràcter especial, si aquell capteniment era temporal o permanent, i si s'hi havia d'enfrontar o no fer-li cas. Com que estava insegur i al mateix temps sentia terror davant la possibilitat que pogués dir alguna cosa que encara empitjorés més la situació, va optar per no fer res. Llavors es va començar a apoderar d'ell un sentiment constant de rebuig, i es va sentir inútil, ximple i impotent. Pensava que havia estat molt ruc d'imaginar que la dona més desitjable i inabastable del comtat s'havia enamorat d'ell, que només era un noi. L'havia divertida una temporada amb les seves històries i bromes, però així que l'havia besada com un home, s'havia allunyat per sempre. Que ximple que havia estat d'esperar una altra cosa!

Al cap d'un parell de setmanes, va començar a sentir-se furiós. A la feina estava irritable, i la gent començava a anar amb compte amb ell. Es comportava de manera desagradable amb la seva germanastra, Martha, la qual estava tan dolguda amb Jack com ell ho estava amb Aliena. Els diumenges a la tarda es gastava el salari apostant a les lluites de galls. Només s'esbravava amb la feina. Esculpia permòdols, que eren pedres que sortien del mur i que sostenien damunt el seu pla horitzontal els arcs i els fusts que no arribaven a terra. Sovint, s'hi solien esculpir fulles, però hi havia un costum, que venia d'antic, d'esculpir-hi una figura humana que semblés que sostenia l'arc amb les mans o les espatlles. Jack va modificar una mica aquest patró. En va resultar la imatge torbadora d'un home contorsionat, amb una expressió de dolor, que semblava com si estigués condemnat a una agonia eterna mentre sostenia el pes de la pedra. Jack sabia que tenia un punt genial, que ningú més no podia esculpir una figura que donés una sensació de sofriment com aquella. Quan Tom la va veure, va sacsejar el cap sense saber si meravellar-se davant de l'expressivitat de la figura o desaprovar-ne la manca d'ortodòxia. A Philip el va captivar instantàniament. A Jack, d'altra banda, poc li importava el que pensessin. Tenia la ferma convicció que si a algú no li agradava era perquè estava cec.

Un diumenge de Quaresma, quan tothom estava de mal humor perquè feia tres setmanes que no menjaven carn, Alfred va arribar a l'obra amb una expressió triomfal. El dia abans havia estat a Shiring. Jack ignorava què hi havia anat a fer, però certament se'l veia molt satisfet.

Durant el descans de mig matí, Enid Brewster va obrir un barril de cervesa al presbiteri per vendre-la als paletes, Alfred es va treure un penic de la butxaca.

—Ep, tu, Jack Tomson (fill de Tom), porta'm un got de cervesa —va dir—. Vinga, fill de Tom!

«Ara en deixarà anar una sobre el meu pare», va pensar Jack. I no li va fer cas.

Un fuster, un home gran que es deia Peter, li va aconsellar:

—Val més que facis el que et diuen, aprenent.

Se suposava que els aprenents havien d'obeir sempre els mestres artesans.

—No sóc fill de Tom —va aclarir Jack—. Tom és el meu padrastre, i Alfred ho sap.

—Sigui com sigui, fes el que et mana —va insistir Peter.

Jack va agafar la moneda de mala gana i es va posar a la cua.

—El meu pare es deia Jack Shareburg —va dir en veu alta—. Si em voleu distingir de Jack Blacksmith, em podeu dir Jack Jackson, és a dir el fill de Jack.

—Jack Bastard t'escauria millor —va saltar Alfred.

—¿Heu pensat mai per què Alfred no es corda mai els cordons de les botes? —va preguntar llavors Jack.

Tots van mirar els peus d'Alfred. Era veritat. Les botes que duia, grosses i cobertes de fang, estaven descordades. Jack ho va explicar:

—És per poder-se-les treure ràpid i fer servir els dits dels peus quan ha de comptar més de deu.

Els artesans van somriure i els aprenents s'hi van afegir. Jack va donar a Enid el penic d'Alfred i va agafar una gerra de cervesa. Va anar on era Alfred i l'hi va allargar amb una lleugera reverència burleta. Alfred estava empipat, però no gaire, i encara es guardava alguna cosa a la màniga. Jack se'n va anar a prendre la seva cervesa amb els aprenents, amb l'esperança que Alfred el deixés en pau.

No va ser així. Al cap d'un moment, Alfred li va anar al darrere.

—Si Jack Shareburg fos el meu pare, jo no tindria tantes ganes de proclamar-ho als quatre vents. ¿Que potser no saps què era?

—Era joglar —va respondre Jack, intentant mostrar-se segur d'ell mateix, però tement el que Alfred pogués dir—. Suposo que no saps què és un joglar.

—Era un lladre —va dir Alfred.

—Vinga, calla, tros de quòniam.

Jack se li va girar d'esquena i va fer un glop de cervesa, però no se la va poder empassar. Alfred devia tenir algun motiu per afirmar allò.

—¿Que potser no saps com va morir? —Alfred no afluixava.

«Això és el que va esbrinar ahir a Shiring», va pensar Jack. «Aquesta és la raó del seu somriure de babau.» Es va girar a poc a poc i es va encarar amb Alfred.

—No, no ho sé, però estic segur que tu m'ho diràs.

—El van penjar per lladre.

Jack va deixar anar un gemec d'angoixa. Sabia per intuïció que allò era cert. Alfred estava massa segur d'ell mateix per haver-s'ho inventat, i va entendre de seguida que allò explicava les reticències de la seva mare, que havia estat anys tement en secret que ell arribés a saber la veritat. Durant tots aquells anys s'havia volgut convèncer que no era un bastard, que tenia un pare de debò amb un nom autèntic. De fet, sempre havia temut que hi hagués alguna cosa tèrbola pel que feia al seu pare, i que els insults estiguessin justificats perquè en realitat hi hagués fets dels quals avergonyir-se. Ja estava prou desmoralitzat, perquè el rebuig d'Aliena el feia sentir com un inútil. I ara, la veritat sobre el seu pare era un cop molt fort que l'acabava d'ensorrar.

Alfred continuava allà dret, somrient, molt satisfet d'ell mateix. Estava orgullós de l'efecte que la seva revelació havia produït. La seva expressió va treure Jack de polleguera. Ja era prou colpidor que haguessin penjat el seu pare, però que Alfred se n'alegrés era la gota que feia vessar el vas. Sense pensar-s'ho dues vegades, li va tirar la cervesa per la cara.

Els altres aprenents, que havien estat pendents dels dos germanastres i observaven divertits la trifulga, es van apartar unes passes. Alfred va netejar-se la cervesa de la cara i va rugir, enfurismat. Tot seguit li va donar un cop de puny amb una rapidesa extraordinària per ser un home tan corpulent. Va tocar Jack a la galta amb tanta força que, en lloc de fer-li mal, l'hi va deixar insensible. Abans que tingués temps de reaccionar, Alfred va enfonsar-li l'altre puny a la panxa. Aquest cop li va produir un dolor terrible. Per un moment, Jack va pensar que no podria tornar a respirar mai més. Va caure a terra i, a l'acte, Alfred li va clavar un cop al cap amb les seves botes fermes. Va rodolar per terra i va mirar d'aixecar-se, però el seu germanastre encara no en tenia prou. Quan Jack es va aixecar va sentir que l'agafava. Va començar a debatre's, aterrit. Sabia que Alfred no tindria compassió. L'apallissaria fins a acabar amb ell si no aconseguia fugir. Però Alfred el tenia agafat tan fort que no se'n podia alliberar. Quan aquest va alçar el puny per pegar-li de nou, finalment es va poder escapar.

Va sortir corrents, i Alfred va sortir darrere seu. Jack va esquivar un barril de calç, fent-lo rodar per davant d'Alfred per impedir-li que l'empaités. La calç es va vessar. Alfred va saltar per sobre el barril, però va sortir disparat contra una bóta d'aigua que també es va vessar. Quan l'aigua va entrar en contacte amb la calç, va començar a bullir i a xiular. Els paletes van protestar, perquè s'estava fent malbé un material molt car, però Alfred no sentia res i Jack només pensava a posar distància entre ell i el seu germanastre. Va seguir corrent, encara encorbat de dolor i encegat pel cop de peu que havia rebut al cap.

Gairebé a tocar d'ell, Alfred va allargar un peu i li va fer la traveta. Jack va caure a terra. «Estic a punt de morir», va pensar mentre rodolava per apartar-se. Es va quedar a sota d'una escala recolzada en una bastida que era força enlaire. Alfred s'acostava molt de pressa, amb les pitjors intencions, i es va sentir com un conill acorralat. L'escala el va salvar. Quan Alfred es va inclinar per situar-s'hi darrere, Jack va avançar de quatre grapes, s'hi va posar al davant i es va donar impuls per pujar els primers graons. Va començar-se a enfilar com un esquirol.

Va notar que l'escala tremolava quan Alfred s'hi va enfilar. En circumstàncies normals, en una cursa entre tots dos el guanyaria, però estava atordit i li mancava l'alè. Va arribar al final de l'escala i es va enfilar a la bastida. Es va entrebancar i va caure contra el mur. Les pedres hi havien estat col·locades aquell mateix matí i el morter encara no estava sec. Quan Jack hi va caure a sobre, tot un tros del mur va trontollar i es van despendre tres o quatre pedres. Jack va pensar que queia darrere les pedres. Es va balancejar al cantó i, en mirar avall, va veure com les pedres s'estavellaven a terra i a les teulades dels coberts, vuitanta peus més avall. Va recuperar l'equilibri, amb l'esperança que no hi hagués ningú allà baix. Alfred havia arribat a dalt de l'escala i s'acostava cap a ell sobre la bastida trontolladissa.

Alfred panteixava, vermell, i tenia ira als ulls. Jack no tenia cap mena de dubte que, en aquell estat, Alfred seria capaç de matar-lo. «Si m'arriba a agafar», va pensar, «em tirarà daltabaix.» Alfred avançava i ell retrocedia. Va topar amb una cosa tova i es va adonar que era morter. Llavors va tenir una idea inspirada i, aturant-se en sec, en va agafar un grapat i el va llançar amb bona punteria a la cara d'Alfred, que, encegat, es va aturar i va sacsejar el cap per desempallegar-se'n. Jack tenia ara una possibilitat d'escapar. Va córrer a l'extrem més llunyà de la bastida, amb la intenció de baixar, sortir cames ajudeu-me del recinte del priorat i passar la resta del dia amagat al bosc. Però llavors va descobrir amb horror que a l'altre extrem de la bastida no hi havia cap escala. Estava atrapat.

Va mirar enrere. Alfred s'havia tret el morter dels ulls i avançava cap a ell.

Jack no tenia manera de baixar.

A l'extrem inacabat del mur, on el presbiteri s'uniria al creuer, cada rengle de pedres era mitja pedra més curt que el de sota. Allò formava com una escala costeruda de graons estrets, que a vegades feien servir els manobres més audaços per pujar a la bastida. Jack va pujar a dalt del mur, amb el cor accelerat, i el va recórrer, amb molt de compte però de pressa, sense mirar on cauria si ensopegava. Va arribar al capdamunt de la part escalonada, es va aturar un moment i va mirar cap avall. Li va rodar una mica el cap. Va fer una llambregada per sobre l'espatlla. Alfred estava sobre el mur, per empaitar-lo. Va començar a baixar.

A Jack no li cabia al cap com era possible que Alfred s'arrisqués tant. Mai no havia estat valent. Era l'odi el que el feia comportar-se així. Mentre baixaven aquells graons estrets, Alfred anava guanyant terreny a Jack, el qual es va adonar, quan es trobava a més de dotze peus de terra, que Alfred pràcticament l'havia atrapat. Desesperat, va saltar de costat, damunt de la teulada de barda del cobert dels fusters. Tot seguit, va tornar a saltar de la teulada a terra, però va caure malament i es va tòrcer el turmell, la qual cosa el va fer rodolar de nou.

Es va aixecar amb penes i treballs. El temps que havia perdut a causa de la caiguda havia permès a Alfred d'arribar a terra i córrer fins al cobert. Durant un instant, Jack es va quedar dret amb l'esquena repenjada a la paret i Alfred es va aturar, calculant el millor lloc on poder atacar. Jack va tenir un moment de dubte i de terror. Llavors, fent-se a un costat, va entrar al cobert d'esquena.

Era buit, perquè els artesans estaven bevent al voltant del barril d'Enid. Damunt dels bancs hi havia els martells, les serres i les badaines, així com els taulons en què els fusters havien estat treballant. Per terra hi havia la peça d'una cintra nova que s'utilitzaria per construir un arc, i, al fons, a la banda del mur de la catedral, hi cremava un foc alimentat amb els encenalls i les serradures de la fusteria.

No tenia escapatòria.

Jack va fer la volta i es va encarar amb Alfred. Estava acorralat. Per un moment es va quedar paralitzat de pànic. Però de seguida la por va donar pas a la ira. «M'importa poc que em mati», va pensar, «sempre que li pugui fer mal abans de morir.» No va esperar que Alfred li pegués, sinó que va acotar el cap i va carregar contra ell amb la força d'un brau. Estava tan enfollit que ni tan sols va fer servir els punys. Simplement es va llançar sobre Albert amb totes les seves forces.

Era la darrera cosa que Alfred esperava. El front de Jack li va colpir la boca. Aquest era dues polzades més baix que ell, i molt més prim, però malgrat això el seu atac el va fer recular. Quan Jack va recuperar l'equilibri, va veure-li la boca plena de sang i es va sentir satisfet.

Per un instant, Alfred es va quedar massa sorprès per poder reaccionar amb rapidesa. Justament en aquell moment Jack va veure de cua d'ull una maça de fusta que hi havia sobre un banc. Quan Alfred es va recuperar i es va precipitar sobre Jack, aquest va aixecar la maça i la va fer girar a cegues. Alfred la va esquivar i va anar retrocedint. De sobte, era Jack qui tenia avantatge. Envalentit, va empaitar Alfred, i ja anticipava la sensació de la fusta sòlida trencant els ossos del seu germanastre. Va llançar un altre cop amb totes les seves forces, que Alfred va defugir, i que, en canvi, va anar a parar a la biga que sostenia la teulada del cobert.

No era una edificació gaire sòlida, perquè allí no hi vivia ningú. Només servia perquè els fusters hi treballessin quan plovia. En rebre el cop, la biga es va moure. Les parets eren febles, perquè estaven fetes amb branquillons entreteixits que no aguantaven gens. La teulada de barda va cedir. Alfred va mirar cap amunt espantat. Jack va sospesar la maça. Alfred es va fer enrere, es va entrebancar amb uns taulons, va caure com un sac i es va quedar assegut a terra. Jack va aixecar la maça per donar el cop de gràcia. Però algú li va aguantar els braços amb força. Va mirar al seu voltant i va veure el prior Philip, que amb gest decidit li va arrabassar el martell de les mans.

De cop i volta, el sostre del cobert es va desplomar darrere el prior. Jack i Philip es van girar a mirar. Quan va caure al foc, la barda seca va prendre a l'acte i va començar a cremar.

Va aparèixer Tom i es va dirigir als tres treballadors que tenia més a prop.

—Tu, tu i tu, porteu la bóta d'aigua que hi ha davant de la ferreria. —Es va girar cap a uns altres tres.— Peter, Rolf, Daniel, aneu a buscar galledes. I vosaltres, aprenents, tireu terra damunt les flames, de pressa!

Durant els instants següents, tothom va estar atrafegat intentant apagar el foc. Jack es va apartar i es va quedar allí mirant, atordit i impotent. Alfred també seguia allí, dret, a una certa distància. Jack es preguntava si de debò havia estat a punt d'esclafar el cap d'Alfred amb un martell. Tot aquell enrenou semblava irreal. Quan van aconseguir extingir les flames per complet, encara estava en estat de xoc.

Philip va contemplar aquell desgavell, sense alè a causa de l'esforç.

—Mira això —va dir-li a Tom, molt enfadat—. Un cobert en ruïnes. Tota la feina dels fusters destrossada. Un barril de calç fet malbé i tot un tros de paret a terra.

Jack va comprendre que Tom tenia un problema. Era el responsable de mantenir l'ordre, i Philip li donava la culpa del que havia passat. El fet que ho haguessin provocat els seus fills ho empitjorava.

Tom va posar la mà damunt el braç de Philip i, amb calma, li va dir:

—Ens ocuparem del cobert.

Però Philip no volia permetre que la iniciativa canviés de mans; tanmateix, la tradició estava de part de Tom. Els paletes imposaven els càstigs als del seu ofici.

—Molt bé. Però sigui quina sigui la decisió que prengueu, no estic disposat a permetre que els teus dos fills treballin junts aquí. Un d'ells se n'ha d'anar —va dir Philip després de fer una pausa. Llavors es va allunyar, encara furiós.

Tom va mirar amb mala cara Jack i Alfred, llavors va fer mitja volta i es va encaminar cap al cobert més gran dels paletes.

Jack va comprendre, mentre anava al darrere de Tom, que la seva situació era molt greu. Quan els paletes imposaven càstigs a un membre del gremi, era gairebé sempre per una falta com embriaguesa en hores de feina o robatori de materials de l'obra..., i aquests càstigs acostumaven a ser multes. Les baralles entre aprenents es resolien, generalment, posant els dos buscaraons als grillons tot un dia. Però Alfred ja no era un aprenent i, a més, les baralles normalment no causaven tants desperfectes. El gremi podia expulsar un membre que treballés per sota del salari mínim establert.

També podia castigar un paleta que hagués comès adulteri amb la dona d'un altre paleta, però Jack mai no n'havia conegut cap cas. En teoria, es podia assotar els aprenents, i tot i que a vegades els paletes amenaçaven de fer-ho, mai no ho havien posat en pràctica.

Els mestres d'obra es van reunir al cobert de pedra, asseguts als bancs i repenjats al mur que, de fet, era el lateral de la catedral.

—El patró està enfadat i amb raó. L'incident no només ha fet que es produeixin pèrdues importants, sinó que ha tacat el bon nom dels paletes. Hem de castigar amb fermesa els qui ho han provocat. És l'única manera que tenim de recuperar la bona fama com a constructors respectats i disciplinats, com a amos de nosaltres mateixos i del nostre ofici —va dir Tom, un cop es van haver assegut tots.

—Ben dit —va aprovar Jack Blacksmith, i hi va haver un murmuri d'aprovació.

—Jo només he vist el final de la batussa —va afegir Tom—. ¿Algú l'ha vista començar?

—Alfred ha estat qui ha començat —va dir Peter Carpenter, el que havia aconsellat a Jack que fos obedient i portés la cervesa a Alfred.

—Jack li ha tirat la cervesa a la cara— va intervenir un paleta jove que es deia Dan i treballava amb la colla d'Alfred.

—Però Alfred l'ha provocat primer —va insistir Peter—. Ha insultat el pare natural de Jack.

Tom va mirar Alfred.

—¿És veritat això?

—Només he dit que el seu pare era un lladre —va contestar Alfred—. I és veritat. Per això el van penjar a Shiring. El xèrif Eustace m'ho va dir ahir.

—És trist que un mestre artesà s'hagi de mossegar la llengua si a un aprenent no li agrada el que diu —va intervenir Jack Blacksmith.

Es va sentir un altre murmuri d'aprovació. Jack va comprendre, apesarat, que no en sortiria ben parat. «Potser estic condemnat a convertir-me en un criminal com el meu pare», va pensar. «I potser també acabaré a la forca.»

—Doncs jo dic que la cosa canvia quan l'artesà fa enrabiar l'aprenent a posta —va perseverar Peter Carpenter, que s'estava erigint en el defensor de Jack.

—Així i tot, s'ha de castigar l'aprenent —va afirmar Jack Blacksmith.

—No ho nego —va respondre Peter—. Només crec que l'artesà també ha de rebre el càstig que es mereix. Els mestres artesans haurien de fer ús de la prudència que els atorga l'edat per imposar la pau i l'harmonia. Si provoquen baralles, estan faltant al seu deure.

Allò va semblar despertar una certa aprovació, però Dan, el partidari d'Alfred, va intervenir de nou.

—Seria un principi arriscat perdonar l'aprenent perquè l'artesà no és amable amb ell. Els aprenents sempre es queixen de la manca d'amabilitat dels mestres. Si comencem a discutir això, resultarà que els mestres no podran parlar als aprenents per por que aquests els peguin per ser poc amables.

Aquelles paraules van ser acollides amb entusiasme per tothom, però amb disgust per part de Jack. Només argumentaven que s'havia d'acceptar incondicionalment l'autoritat dels mestres, encara que l'actitud d'aquests fos injusta. Es preguntava quin càstig li imposarien. No tenia diners per pagar una multa i detestava la idea que li posessin els grillons. ¿Què pensaria Aliena d'ell? Però encara seria pitjor si l'assotaven. Va pensar que clavaria una ganivetada a qui ho intentés.

—No oblidem que el nostre patró ha parlat molt clar. Diu que Alfred i Jack no poden estar treballant al mateix lloc. Un d'ells se n'haurà d'anar —va dir Tom.

—¿No es pot provar de fer-lo canviar d'opinió? —va preguntar Peter.

—No —va respondre Tom, després d'un moment de reflexió.

Jack es va intranquil·litzar encara més. No s'havia pres seriosament l'ultimàtum del prior Philip, però semblava que Tom sí.

—Si un d'ells se n'ha d'anar, espero que no hi haurà discussió sobre qui ho ha de fer —va exposar Dan. Era un dels paletes que treballaven per a Alfred i no directament per al priorat. Per tant, si Alfred se n'anava, Dan amb tota probabilitat també se n'hauria d'anar.

Una vegada més Tom es va quedar pensatiu.

—No, no hi haurà discussió —va dir i llavors, mirant Jack, va afegir:— Te n'aniràs tu.

Jack va comprendre que havia calculat malament les conseqüències de la baralla. No podia creure que el fessin fora. ¿Què seria de la seva vida si no treballava a la catedral de Kingsbridge? D'ençà que Aliena havia decidit no fer-li cas, l'únic que li importava era la catedral. No podia abandonar-la.

—És possible que el priorat accepti un compromís. Podríem expulsar Jack un mes —va proposar Peter Carpenter.

«Sí, si us plau», va suplicar Jack en silenci.

—No seria un càstig prou fort —va al·legar Tom—. Hem de demostrar que hem actuat amb fermesa. El prior Philip no es conformarà amb menys.

—Doncs que sigui com dieu —va cedir Peter finalment—. Però aquesta catedral perd el tallista amb més talent que cap de nosaltres hagi conegut, i tot perquè Alfred no ha sabut tenir tancada la seva maleïda boca.

Molts paletes van expressar en veu alta el mateix sentiment. Engrescat amb això, Peter va afegir:

—A tu, Tom, et respecto més del que he respectat els altres mestres constructors per qui he treballat, però he de dir que tens pa a l'ull quan es tracta del capsot del teu fill.

—Una mica de respecte, si us plau —va demanar Tom—. Cenyim-nos als fets.

—Molt bé —va convenir Peter—. Jo dic que també hem de castigar Alfred.

—Hi estic d'acord —va dir Tom, davant de la sorpresa de tothom—. Alfred ha de tenir el seu càstig.

—¿Per què? —va preguntar aquest, indignat—. ¿Per pegar un aprenent?

—Per començar, no és aprenent teu, sinó meu —va respondre Tom—, i has fet més que pegar-li. L'has empaitat. Si l'haguessis deixat marxar, no hauria caigut la calç, no hauria caigut a terra el mur acabat de fer i no hauria cremat el cobert dels fusters. I podies haver-lo renyat quan hagués tornat. No hi havia necessitat de fer el que has fet.

Els paletes hi van estar d'acord.

Dan, que semblava haver-se convertit en el portaveu, va intervenir.

—Espero que no deus voler proposar que expulsem Alfred del gremi. Jo, per part meva, m'hi oposaré.

—No —va dir Tom—. Ja és prou dolent perdre un aprenent amb tant de talent, que només ens faltaria perdre un bon paleta amb una colla excel·lent. Alfred s'ha de quedar, però l'haurem de multar.

Els homes d'Alfred van semblar alleujats.

—Una multa forta —va intervenir Peter.

—El salari d'una setmana —va proposar Dan.

—El d'un mes —va dir Tom—. Dubto que el prior es conformi amb menys.

—A favor —van exclamar diversos homes.

—¿Hi estem tots d'acord, germans paletes?

—A favor —van repetir tots.

—Llavors comunicaré al prior la nostra decisió. I vosaltres, val més que torneu a la feina.

Jack, desolat, va esguardar els paletes mentre sortien del cobert. Alfred el va mirar amb una expressió de triomf. Tom va esperar que tots se n'haguessin anat i va dir a Jack:

—He fet per tu tot el que he pogut. Espero que la teva mare ho vegi així.

—Tu mai no has fet res per mi! —va exclamar Jack—. No em vas poder donar de menjar, ni vestir-me, ni donar-me un sostre. La meva mare i jo érem feliços fins que tu vas aparèixer! I llavors vam començar a passar gana!

—Però al final...

—Mai no m'has protegit d'aquesta bèstia sense cervell del teu fill!

—He intentat...

—Ni tan sols hauries tingut aquesta feina si jo no hagués calat foc a l'antiga catedral!

—¿Què has dit?

—Sí, vaig ser jo qui hi va calar foc.

Tom va empal·lidir.

—Va ser un llamp...

—No hi va haver cap llamp, ni ningú va encendre cap foguera a la catedral. Jo vaig calar foc a la teulada.

—Però, ¿per què?

—Perquè poguessis tenir feina. Si no, la meva mare hauria mort al bosc...

—No, no hauria mort...

—La teva primera dona va morir, ¿oi?

Va semblar que Tom envellia de cop. Jack es va adonar que l'havia ferit profundament. Havia sortit victoriós de la discussió, però segurament havia perdut un amic. Es va quedar apesarat.

—Surt d'aquí —va xiuxiuejar Tom.

Jack se'n va anar. Gairebé a punt de plorar, va deixar enrere els murs altívols de la catedral. La seva vida havia quedat devastada en poca estona. Trobava increïble que s'estigués allunyant d'aquella catedral per sempre més. Quan va arribar a la porta del priorat es va girar per mirar-la. Havia planejat moltes coses. Volia esculpir ell sol els timpans; volia convèncer Tom que hi hagués àngels de pedra a la galeria; tenia un dibuix molt innovador per als arcs cecs dels transseptes, que encara no havia ensenyat a ningú. Ara ja no podria dur a terme res d'allò. Era injust. Se li van omplir els ulls de llàgrimes.

Va caminar fins a casa seva, però ho veia tot borrós. La seva mare i Martha seien a la taula de la cuina. Ellen ensenyava a la nena a escriure amb una pedra afilada damunt una pissarra. Es van quedar sorpreses de veure'l.

—No pot ser que ja sigui l'hora de dinar —va dir Martha.

Ellen va llegir a la cara de Jack que havia passat alguna cosa.

—¿Què passa? —li va preguntar, inquieta.

—He tingut una baralla amb Alfred i m'han expulsat de l'obra —va respondre ell, malhumorat.

—I a Alfred, ¿també l'han expulsat?

Jack va fer que no amb el cap.

—Això no és just! —va exclamar la nena.

—¿Per què us heu barallat aquesta vegada? —va preguntar Ellen, a punt d'enfadar-se.

—¿Van penjar el meu pare per lladre a Shiring? —va preguntar Jack.

Martha va proferir una exclamació.

—No era un lladre —va dir Ellen, i es va posar trista—. Però sí. El van penjar a Shiring.

Jack estava fart d'aquelles mitges veritats sobre el seu pare.

—¿Per què mai no em pots dir la veritat? —li va retreure.

—Perquè em fa moltíssima pena! —va exclamar la seva mare. I, davant de l'horror de Jack, va esclatar en plors.

Mai no l'havia vista plorar. Sempre havia estat tan forta! També Jack estava a punt d'ensorrar-se. Tanmateix, es va contenir i va insistir.

—Si no era un lladre, ¿per què el van penjar?

—No ho sé! —va cridar ella—. Mai no ho vaig saber. Van dir que havia robat una copa incrustada amb pedres precioses.

—¿D'on?

—D'aquí, del priorat de Kingsbridge.

—Kingsbridge! ¿Va ser el prior Philip qui el va acusar?

—No, no. Va ser molt abans que Philip arribés. No em comencis a preguntar qui el va acusar i per què. Et podries passar la resta de la vida intentant venjar una injustícia que es va fer abans de néixer tu. No t'he criat perquè et vengessis. No vull que malbaratis la teva vida.

Jack es va jurar a ell mateix que algun dia esbrinaria més coses, malgrat el que la seva mare havia dit. Però, de moment, només volia que deixés de plorar. Es va asseure al seu costat al banc i li va passar el braç per la cintura.

—Bé, ara sembla que no podré dedicar-me a fer les escultures de la catedral.

—¿Què faràs, Jack? —li va preguntar Martha.

—No ho sé. No puc viure a Kingsbridge, ¿oi que no?

La nena estava atribolada.

—¿I per què no?

—Alfred m'ha volgut matar i Tom m'ha expulsat. No vull viure amb ells. De tota manera, ja sóc un home. He de separar-me de la meva mare.

—Però, ¿què faràs?

Jack va arronsar les espatlles.

—Només conec un ofici.

—Podries treballar en una altra església.

—Suposo que podria arribar a sentir per una altra catedral el mateix afecte que sento per aquesta —va dir desanimat, al mateix temps que pensava que mai no estimaria una altra dona com estimava Aliena.

—¿Com pot ser que Tom t'hagi fet això? —va dir Ellen.

Jack va sospirar.

—En realitat, no crec que ho hagi volgut fer. El prior Philip ha dit que no estava disposat a permetre que Alfred i jo treballéssim al mateix lloc.

—Així que és aquest monjo del dimoni qui està darrere de tot això! —va exclamar Ellen furiosa—. Juro que...!

—Estava molt enfadat per les destrosses que hem fet.

—Em pregunto si no li podríem fer veure que no té raó.

—¿Què vols dir?

—Se suposa que Déu és misericordiós... Potser els monjos també ho poden ser.

—¿Creus que he d'anar a suplicar a Philip? —va preguntar Jack, una mica sorprès per les idees de la seva mare.

—Estava pensant que jo hi podria parlar —va declarar Ellen.

—¿Tu?

Això era encara més estrany. Jack es va neguitejar. Si la seva mare estava disposada a suplicar clemència a Philip, era perquè estava trasbalsada de debò.

—¿Què et sembla? —li va preguntar.

Jack va recordar que, segons el parer de Tom, Philip no tindria gens de clemència, però fins a aquell moment la gran preocupació del seu padrastre havia estat que el gremi prengués una decisió definitiva. Com que havia promès a Philip que es mostrarien ferms, no estava en posició de demanar indulgència. Tanmateix, la situació de la seva mare era diferent. Jack va començar a tenir esperances. Potser al capdavall no hauria de marxar i es podria quedar a Kingsbridge, prop de la catedral i prop d'Aliena. Ja no esperava que ella l'estimés. No obstant això, detestava la idea d'haver de marxar i no tornar-la a veure més.

—Molt bé —va acceptar—. Anem a demanar clemència al prior Philip. No tenim res a perdre-hi, tret del nostre orgull.

Ellen es va posar la capa i van sortir junts. Martha es va quedar sola, asseguda a la taula i molt capficada.

Jack i la seva mare no acostumaven a caminar junts i, en aquell moment, el noi es va quedar sorprès quan es va adonar com n'era, de petita. Al seu costat, ell era altíssim. De sobte va sentir un gran afecte per ella. Sempre estava a punt de treure les urpes per defensar-lo. La va encerclar amb els braços i la va estrènyer contra ell. Ellen va somriure com si sabés el que estava pensant.

Van entrar al recinte del priorat i es van encaminar cap a la casa del prior. Ellen va picar a la porta i tot seguit va entrar. Tom estava allà amb el prior. Per les cares que posaven, Jack va saber a l'acte que Tom no li havia dit a Philip que havia estat ell qui havia calat foc a la catedral. Allò ja era molt. Segurament no l'hi diria mai. El secret estava ben guardat. Tom va semblar nerviós, fins i tot una mica atemorit, de veure la seva dona. Jack va recordar que Tom havia dit: «He fet per tu tot el que he pogut. Espero que la teva mare ho vegi així.» No hi havia dubte que Tom tenia gravat a la memòria que va ser arran de la darrera baralla entre Jack i Alfred que Ellen l'havia deixat i que temia que tornés a passar.

A Jack li va semblar que Philip ja no estava enfadat. Potser la decisió del gremi l'havia calmat. Fins i tot feia la sensació que se sentia culpable per haver estat tan dur.

—He vingut aquí per demanar-vos que tingueu compassió del meu fill, prior Philip —va dir Ellen.

Tom va semblar alleujat de sentir aquelles paraules.

—Us proposeu enviar el meu fill lluny de tot el que estima. La família, la feina, la casa —va continuar Ellen.

«I de la dona que estima», va pensar Jack.

—¿De debò? Creia que només l'havien acomiadat de la feina —va contestar Philip.

—Mai no ha après cap altre ofici que el de tallista, i a Kingsbridge no hi ha cap altra obra on pugui treballar. Aquesta catedral s'ha convertit en un repte per a ell. Aniria allà on hi hagués una catedral en construcció. Es dirigia cap a Jerusalem si allà hi hagués una pedra per esculpir-hi àngels i dimonis.

«¿Com pot saber tot això?», es va demanar Jack. Ell mateix no hi havia pensat mai, però era ben veritat. Ellen va afegir:

—Podria no tornar-lo a veure.

Quan va acabar de parlar, la veu d'Ellen va tremolar lleugerament, i Jack va pensar, sorprès, que el devia estimar molt. Sabia molt bé que la seva mare mai no hauria anat a suplicar al prior si hagués estat per ella.

Philip semblava comprendre-la, però va intervenir-hi Tom.

—No podem tenir-los treballant tots dos a l'obra —va argumentar—. Es tornarien a barallar. Tu ho saps.

—Doncs que se'n vagi Alfred —va suggerir ella.

Tom semblava trist.

—Alfred és el meu fill.

—Però ja té vint anys i és una persona mesquina! —Tot i que tenia fermesa a la veu, les llàgrimes li baixaven per les galtes.— La catedral li és igual. Seria molt feliç fent cases per als carnissers i forners de Winchester o Shiring.

—El gremi no pot expulsar Alfred i retenir Jack —va explicar Tom—. A més, ja hem pres una decisió.

—Però és una decisió equivocada!

—Podria haver-hi una altra solució —va dir Philip.

Tots el van mirar amb sorpresa.

—Potser hi ha una manera que Jack es quedi a Kingsbridge, i fins i tot que treballi a la catedral, sense el temor continu d'enfrontar-se a Alfred.

Jack va pensar que allò era massa bo per ser veritat.

—Necessito algú que treballi amb mi —va continuar Philip—. Perdo massa temps prenent decisions de poca importància sobre l'obra en construcció. Em cal una mena d'ajudant que faci el paper d'oficial de les obres. S'ocuparia de gairebé tot, i a mi, només em deixaria les qüestions més importants. També administraria els diners i els materials i faria els pagaments als proveïdors i carreters, i també liquidaria els salaris. Jack sap llegir i escriure i suma més de pressa que ningú que jo conegui...

—I coneix tots els secrets de la construcció —va afegir Tom—. Jo me n'he cuidat.

A Jack el cap li anava a tota velocitat. Després de tot es podria quedar! No estaria tallant la pedra, sinó que s'encarregaria de tot el projecte en nom de Philip. Era un proposició insòlita. Es relacionaria amb Tom d'igual a igual. Sabia que estava capacitat per fer-ho. I Tom també.

Només hi havia un obstacle i Jack el va exposar sense embuts.

—No puc viure més amb Alfred.

—De tota manera ja és hora que Alfred tingui una casa pròpia. Potser si se n'anés de casa nostra es buscaria una esposa més de pressa —va comentar Ellen.

—Sempre busques motius per desfer-te d'Alfred —va dir, enfadat, Tom—. No faré fora de casa el meu fill!

—Cap de vosaltres no m'ha entès —va declarar Philip—. No heu copsat què vol dir la meva proposta. Jack no viurà amb vosaltres. —Va fer una pausa. Jack va endevinar el que venia a continuació. Allò va ser el darrer sobresalt del dia i el més gran.— Jack viurà aquí, al priorat. —Es va quedar mirant-los amb les celles una mica arrufades, com si no es pogués creure que encara no l'haguessin entès.

Jack ho havia comprès molt bé. Va recordar que la seva mare havia dit la nit de Sant Joan de l'any anterior que el prior sempre se les apanyava per sortir-se amb la seva. Ellen tenia raó. Philip renovava la proposta que els havia fet llavors. El seu oferiment era irrevocable. O se n'havia d'anar de Kingsbridge i abandonar tot el que estimava o es podia quedar i perdre la seva llibertat.

—És clar que el meu oficial d'obres no pot ser un laic —va dir per acabar, amb el to d'algú que expressa una cosa evident—. Jack haurà de prendre els hàbits.

V

La nit abans de la fira del velló de Kingsbridge, després dels oficis divins de mitjanit, Philip es va quedar llevat com de costum, però en lloc de llegir i meditar a casa seva, va sortir a fer una volta pel recinte del priorat. Era una càlida nit d'estiu i el cel estava serè. Hi havia lluna i, sense espelma, s'hi veia.

Tot el recinte estava envaït per la fira, llevat dels edificis monàstics i el claustre, que eren sagrats. A cada cantonada hi havien cavat uns grans pous que farien de latrines, amb la intenció que, al recinte, no hi fes pudor i, al voltant, hi havien posat uns plafons, per no ferir la sensibilitat dels monjos. Hi havia centenars de parades muntades. Les més senzilles consistien en unes taules tosques de fusta sobre uns cavallets, però la majoria eren més complexes. Tenien un rètol amb el nom del propietari i uns dibuixos que representaven els productes, una taula a part per pesar i una mena de rebost o cobert per guardar la mercaderia. Algunes parades tenien tendes, per protegir-se de la pluja, o bé per tancar els tractes en privat. Les més sofisticades eren com cases petites, amb un gran magatzem, diversos taulells, i hi havia taules i cadires per tal que el comerciant oferís hospitalitat als seus clients més importants. Philip es va quedar molt sorprès quan van arribar els fusters del primer comerciant i, amb una setmana d'antelació, van demanar que els ensenyessin on seria la parada. Van estar-se quatre dies per construir la caseta i dos per emmagatzemar la mercaderia.

En un principi, Philip havia planejat instal·lar les parades al llarg de dues avingudes amples situades a la banda oest del recinte, de manera semblant a les parades del mercat setmanal, però aviat es va adonar que amb allò no n'hi hauria prou. Les dues avingudes s'havien hagut de perllongar al llarg de la part nord de la catedral, i llavors per l'extrem est del recinte fins a la casa de Philip. I encara hi havia més parades a l'interior del temple sense acabar, a les naus, entre els pilars. Per descomptat que no tots els qui muntaven una parada eren comerciants de llana. En una fira es venia de tot, des de pa de sègol fins a robins.

Philip va caminar entre les llargues fileres il·luminades per la lluna. Com era natural, ja estaven preparades. No s'autoritzaria que s'hi instal·lés cap altra parada. Molts venedors també hi tenien emmagatzemats els articles. El priorat ja havia cobrat més de deu lliures en concepte de drets i impostos. A la fira, només hi faltaven plats acabats de fer, pa, empanades calentes i pomes al forn. Fins i tot els barrils de cervesa ja hi eren des del dia abans.

Mentre Philip caminava, dotzenes d'ulls entreoberts l'observaven i el saludaven amb grunys endormiscats. Els propietaris de les parades no estaven disposats a deixar sense vigilància els seus preuats productes. Gairebé tots dormien a les parades, i els més pròspers hi deixaven servents fent guàrdia.

Philip no sabia exactament quants diners podria obtenir amb la fira, però l'èxit de participació ja el tenia garantit, i nodria esperances que el rendiment superés de llarg els seus càlculs inicials, que eren de vint-i-cinc lliures. Hi havia hagut moments, durant els darrers mesos, en els quals havia temut que la fira no arribés a dur-se a terme. La guerra civil s'allargava sense que Stephen ni Maud aconseguissin imposar-se al seu rival. Tanmateix, no li havien revocat la llicència. William Hamleigh havia recorregut a diversos tripijocs per sabotejar la fira. Havia pressionat el xèrif perquè la prohibís i aquest havia demanat autorització per fer-ho a un dels dos monarques rivals. Però no ho havia aconseguit. William havia prohibit als seus arrendataris que venguessin llana a Kingsbridge. Tanmateix, com que la majoria estaven acostumats a vendre-la a compradors com Aliena i no a comercialitzar-la ells mateixos, el resultat de la prohibició va provocar un augment del volum dels negocis de la jove. Finalment, va anunciar que reduiria els drets i impostos de la fira del velló de Shiring al mateix nivell que els cobrava Philip, però l'anunci va arribar molt tard, i els compradors i venedors importants ja havien fet els seus plans.

Ara, per llevant s'aixecava el matí del gran dia, i William no havia pogut portar a la pràctica cap dels seus estratagemes. Els venedors ja estaven instal·lats amb la mercaderia i aviat començarien a arribar els compradors. Philip va pensar que William acabaria descobrint que la fira del velló de Kingsbridge no perjudicava la de Shiring tant com ell temia. Semblava que les vendes de llana augmentaven cada any sense interrupció, i que hi havia prou negoci per fer dues fires.

Va recórrer tot el recinte fins al cantó sud-oest, on hi havia els molins i el viver de peixos. S'hi va quedar una estona, mirant com l'aigua fluïa entre els dos molins silenciosos. Ara se'n feia servir un exclusivament per batanar el drap de llana, la qual cosa produïa força diners. Havia estat possible gràcies a Jack. El seu enginy agut faria molt de servei al priorat. Semblava haver-se adaptat bé al noviciat, encara que mostrava una certa tendència a considerar els oficis sagrats com una conseqüència de la construcció de la catedral, quan en realitat era el contrari. Tanmateix, ja n'aprendria. La vida monàstica li exercia una influència positiva. Philip creia que Déu tenia un pla per al xicot. En un racó recòndit de la seva ment, alimentava una esperança secreta a llarg termini: que un dia Jack arribés a ocupar el seu lloc com a prior de Kingsbridge.

Jack es va llevar a l'alba i va sortir del dormitori abans de l'ofici de la prima per fer un darrer recorregut d'inspecció de l'obra. L'aire del matí era clar i fresc, com les aigües pures d'una font. Seria un dia càlid i assolellat, bo per fer negocis i bo per al priorat.

Va caminar al voltant dels murs de la catedral, assegurant-se que totes les eines estiguessin ben guardades i els treballs a mig fer protegits. Tom havia construït unes tanques al voltant de la pedra i la fusta emmagatzemades, a fi de protegir-les dels danys accidentals que poguessin produir els visitant descuidats o els borratxos. Tampoc no volien que cap eixelebrat s'enfilés per les parets, raó per la qual havien guardat les escales, havien tancat amb portes provisionals les escales de cargol i havien obstaculitzat l'accés a les parets a mig construir amb grans blocs de fusta. Els mestres artesans farien torns de guàrdia al llarg del dia per prevenir els accidents.

Jack sempre se les arreglava, d'una manera o altra, per saltar-se bona part dels oficis sagrats. No tenia tanta aversió com la seva mare per la religió catòlica, sinó que més aviat li era indiferent. No hi tenia passió, però estava disposat a participar-hi si havia de fer cap servei als seus objectius. Feia per manera d'assistir cada dia de l'any almenys a un ofici, generalment un dels que celebrava el prior Philip o el mestre de novicis, dos dels monjos que probablement notarien més la seva presència o absència. Si hagués hagut d'assistir a tots els oficis, no ho hauria pogut suportar. L'estil de vida d'un monjo era el més estrany i pervers que es podia imaginar. Es passaven la meitat de la vida sotmetent-se a sofriments i incomoditats, i l'altra meitat remugant galimaties sense sentit, en esglésies buides, en tot moment, de dia i de nit. Defugien deliberadament tot el que hi ha d'agradable a la vida: les noies, els jocs, les festes i la vida familiar. Tanmateix, Jack havia observat que, entre ells, n'hi havia uns quants que semblaven feliços, i que aquests eren els que havien trobat alguna dedicació que els produïa una satisfacció profunda, com il·lustrar manuscrits, escriure la història del regne, cuinar, estudiar filosofia o, en el cas de Philip, convertir Kingsbridge de la vila endormiscada que havia estat en una ciutat plena de vida que tindria la seva pròpia catedral.

A Jack, Philip no li queia bé, però sí que li agradava treballar amb ell. No li queien bé les persones dedicades a Déu, i en això coincidia amb la seva mare. La devoció de Philip l'incomodava, la seva obsessió de no caure en el pecat el disgustava i desconfiava de la seva tendència a creure que Déu s'ocuparia del que ell no era capaç de solucionar. Malgrat tot, treballar amb Philip era molt gratificant. Donava ordres clares, deixava a Jack llibertat per prendre les seves pròpies decisions i mai no donava la culpa als seus inferiors de les equivocacions que havia comès ell.

Només feia tres mesos que Jack era novici, de manera que no havia de fer els vots fins al cap de nou mesos. Els tres vots eren pobresa, obediència i castedat. El de pobresa no era el que semblava. Els monjos no tenien possessions personals, ni diners propis, però vivien més com senyors que com camperols. Menjaven bé, s'abrigaven amb roba bona i tenien cases de pedra per viure. La castedat no era cap problema, va pensar Jack amb amargor.

Havia tingut una certa satisfacció quan li va dir personalment a Aliena, amb molta fredor, que entrava al monestir. Ella va semblar que se sobresaltava i se sentia culpable. I ara, sempre que estava irritable per manca de companyia femenina, pensava en la manera com l'havia tractat Aliena, en les seves trobades secretes al bosc, en les seves converses a les nits d'hivern, en els petons que li havia fet, i després recordava la transformació sobtada de la noia en un ésser fred i dur com una roca. Quan hi pensava, sentia que mai no voldria tenir res a veure amb dones. Tanmateix, era conscient que el vot d'obediència sí que li seria difícil de complir. No tenia cap problema a acceptar les ordres de Philip, que era intel·ligent i bon organitzador, però se li feia una muntanya haver d'obeir Remigius, el ximple del sotsprior; el cap de convidats, que sempre anava trompa; o el grandiloqüent sagristà.

No obstant això, havia pensat a fer els vots. No tindria per què complir-los. L'única cosa que li importava era fer la catedral. Els problemes de subministrament, d'administració i de construcció l'absorbien per complet. Un dia ajudava Tom a trobar la manera de comprovar que el nombre de pedres que arribaven fos igual que el de les que sortien de la pedrera, un problema complex, perquè la durada del transport oscil·lava entre dos i quatres dies, i no era possible obtenir una quantitat diària regular. Un altre, els paletes es queixaven que els fusters no feien les cintres com calia. I el repte més gran eren els problemes d'enginyeria, com portar tones de pedra fins a la part superior dels murs, utilitzant la maquinària provisional que s'aguantava a les bastides febles. Tom Builder discutia tot allò amb Jack de tu a tu. Semblava haver oblidat l'acusació del seu fillastre furibund, quan li va dir que mai no havia fet res per ell. Tom es comportava com si també hagués oblidat la revelació que havia estat Jack qui havia calat foc a l'antiga catedral. Tots dos treballaven molt a gust plegats i els dies passaven de pressa. Fins i tot durant els oficis tediosos, Jack tenia el cap ocupat en alguna qüestió més o menys enrevessada relacionada amb la planificació o la construcció del temple. Cada cop aprenia més coses i més de pressa. En comptes de passar molts anys tallant pedres, estava aprenent com es construïa una catedral. Era el millor aprenentatge per arribar a ser mestre constructor. Per aconseguir-ho Jack estava disposat a fer badalls durant totes les matines que calgués.

El sol començava a despuntar per sobre de la muralla est del recinte del priorat. Tot estava en ordre. Els que hi tenien parada i hi havien fet nit començaven a treure els productes. Aviat arribarien els primers clients. Una fornera va passar pel costat de Jack amb una safata al cap amb pa acabat de sortir del forn. Al noi li va venir aigua a la boca quan va sentir l'olor del pa calent. Va girar cua, va tornar al monestir i es va dirigir al refectori on aviat servirien l'esmorzar.

Els primers d'arribar van ser les famílies dels qui tenien parada i la gent de la ciutat, tots encuriosits per veure la primera fira del velló de Kingsbridge, però no gaire interessats a comprar. La gent estalviadora s'havia atipat de pa de sègol i de sopes de civada abans de sortir de casa, per no caure en la temptació de comprar els pastissos de coloraines que hi havia a les parades de menjar. Els nois corrien pertot arreu mirant-ho tot amb els ulls com unes taronges, enlluernats per tantes coses abellidores. Una prostituta optimista i matinera anava amunt i avall, somrient esperançada als homes de mitjana edat, però a aquelles hores l'ambient no era propici.

Aliena ho observava tot des de la seva parada, que era una de les més grans. Durant les darreres setmanes, el priorat de Kingsbridge li havia anat lliurant la llana de tot l'any, per la qual l'any anterior havia pagat cent set lliures, i també, com feia sempre, havia comprat llana als grangers. Aquell any havia trobat més venedors que de costum, perquè William Hamleigh havia prohibit als seus arrendataris que venguessin a la fira de Kingsbridge, motiu pel qual havien venut tota la llana als comerciants. Entre aquests, Aliena era la que se n'havia beneficiat més, perquè estava establerta a Kingsbridge, que era on tenia lloc la fira. Havia comprat fins a tal punt que es va quedar sense diners i va haver de demanar un préstec de quaranta lliures a Malachi. Al magatzem situat darrere de la seva parada, ara hi tenia cent seixanta sacs de velló, producte de quaranta mil ovelles, que li havien costat més de dues-centes lliures. Però els vendria per tres-centes, diners més que suficients per pagar el salari d'un paleta especialitzat més d'un segle. Sempre que pensava en els guanys que obtenia es meravellava de l'envergadura del seu negoci.

No esperava veure els compradors abans del migdia. Només n'hi anirien cinc o sis. Tots es coneixien entre ells i ella els coneixia gairebé tots d'altres anys. Oferiria a cada comprador una copa de vi i passarien una estona asseguts parlant. Llavors ensenyaria la llana al client, que li demanaria que obrís un parell de sacs: evidentment, mai els primers de la pila. El mercader ficaria la mà ben endins del sac i en trauria un bon grapat de llana. Llavors la cardaria per establir la longitud dels flocs, els fregaria entre el polze i l'índex per palpar-ne la suavitat i els ensumaria. A la fi, li oferiria comprar totes les existències a un preu ridículament baix i Aliena rebutjaria l'oferta. Ella, al seu torn, li diria el preu que en demanava i el client faria que no amb el cap. Llavors prendrien un altre vas de vi.

Aliena faria el mateix ritual amb un altre comprador. Convidaria a dinar a qui hi hagués a la parada al migdia. Algú li proposaria emportar-se una gran quantitat de llana a un preu no gaire més alt del que ella havia pagat pel producte. Aliena hi respondria baixant una mica el seu preu inicial. A primera hora de la tarda començaria a fer els tractes. La primera venda es faria a un preu més aviat baix. La resta de mercaders demanaria que els vengués llana al mateix preu, però ella s'hi negaria. Al llarg de la tarda, el preu aniria pujant. Si pujava massa de pressa, tardaria a fer tractes, perquè el client regatejaria, i, mentrestant, els altres mercaders calcularien quant de temps els costaria cobrir les seves necessitats en un altre lloc. D'altra banda, si demanava menys del que els mercaders estaven disposats a pagar, ho sabia de seguida perquè s'afanyaven molt a arribar a un acord. Tancaria les vendes una per una, i els servents dels seus clients començarien a carregar els sacs a les carretes, mentre Aliena pesaria les bosses de lliura plenes de penics de plata i florins holandesos.

No hi havia cap mena de dubte que aquell dia guanyaria més diners que mai. Tenia el doble per vendre i els preus de la llana havien pujat sense parar. Pensava tornar a comprar de nou per anticipat la llana de Philip, i tenia el propòsit secret de fer-se una casa de pedra, amb un soterrani espaiós per emmagatzemar-hi la llana, un saló elegant i confortable i, al primer pis, un bonic dormitori per a ella. Tenia el futur assegurat i confiava poder mantenir Richard el temps que la necessités. Tot li sortia a cor què vols, cor què desitges.

Per això mateix era molt estrany que se sentís tan desgraciada.

Ja feia gairebé quatre anys que Ellen havia tornat a Kingsbridge, i havien estat els quatre anys millors de la vida de Tom. El dolor per la mort d'Agnes a poc a poc s'havia convertit en una pena llunyana i sorda. No l'havia abandonat del tot, però ja no l'assaltava aquella sensació d'estar a punt de posar-se a plorar sense més ni més. Encara hi mantenia conversacions imaginàries, en les quals li parlava dels fills, del prior Philip i de la catedral, però ja eren menys freqüents. El record d'Agnes no feia minvar l'amor que sentia per Ellen. Era capaç de viure el present. Veure Ellen i tocar-la, parlar i dormir amb ella era un goig permanent.

El dia de la baralla entre Jack i Alfred s'havia sentit molt ferit quan el seu fillastre li havia dit que mai no s'havia ocupat d'ell. Aquesta acusació fins i tot havia tret importància a la revelació esfereïdora que havia estat Jack qui havia calat foc a l'antiga catedral. Durant setmanes senceres aquella acusació l'havia torturat, però a la fi havia arribat a la conclusió que Jack estava equivocat. Tom ho havia fet tan bé com havia sabut, i ningú no ho hauria fet millor. Després d'arribar a aquesta conclusió, va deixar de preocupar-se.

La construcció de la catedral de Kingsbridge era la feina més satisfactòria que havia fet mai. Ell era el responsable de la planificació i de l'execució. Ningú no interferia en la seva tasca i no podia culpar ningú si les coses no sortien bé. A mesura que els murs s'anaven aixecant, amb els seus arcs rítmics, les seves motllures elegants i les seves escultures individuals, mirava al voltant seu i pensava que tot allò era obra seva i que l'havia feta bé.

El malson que un dia es podia tornar a trobar pels camins sense feina ni diners i sense possibilitat de donar menjar als seus fills semblava molt llunyà, perquè ara tenia un cofre ple de penics de plata amagat sota la palla de la cuina. Encara s'esfereïa en recordar aquella nit glacial en què Agnes havia donat a llum Jonathan i havia mort poc després, però estava segur que no li tornaria a passar res de semblant.

A vegades es preguntava com era que Ellen i ell no tenien criatures. Tots dos havien demostrat ser fèrtils en el passat i eren moltes les oportunitats que ella es quedés embarassada, perquè al cap de quatre anys encara feien l'amor gairebé cada nit. Tanmateix, per a ell, allò no era motiu de pena. El petit Jonathan era la nineta dels seus ulls.

Per experiència sabia que la millor manera de divertir-se en una fira era amb un nen petit, així que, cap al migdia, enmig de la gentada, va anar a buscar Jonathan, que era una atracció ell mateix perquè vestia un hàbit en miniatura. Feia poc que havia demanat que li afaitessin el cap, i Philip, que sentia tant d'afecte pel nen com Tom, li havia donat permís, de manera que ara semblava més que mai un monjo diminut. A la fira hi havia més d'un nan de debò, que feien jocs de mans o pidolaven. Jonathan es va quedar fascinat amb els nans. Tom es va afanyar a apartarlo d'allà perquè n'hi havia un que havia atret una rotllana de badocs ensenyant el seu penis enorme. Hi havia titellaires, acròbates i músics que feien les seves actuacions i llavors passaven el platet. No hi faltaven els endevins, els arrencaqueixals i les prostitutes que buscaven incauts per poder-los engalipar. I també hi havia proves de força, concursos de lluita i jocs d'atzar. Tothom duia roba ben cridanera i qui s'ho podia permetre anava perfumat i amb els cabells engomats. Tothom semblava que tingués diners per gastar i se sentia sense parar la dringadissa de les monedes.

Estava a punt de començar l'espectacle d'acorralar l'ós. Jonathan mai no havia vist un animal com aquell i estava com hipnotitzat. El llom de l'animal, cobert d'un pelatge grisós, mostrava diverses cicatrius, senyal que havia sobreviscut a proves anteriors. Al voltant del coll duia una cadena pesant que estava lligada a una estaca molt ben clavada a terra. L'ós feia voltes de quatre potes fins on la cadena l'hi permetia, mirant furibund la multitud. Tom va endevinar una mirada astuta en els ulls de l'animal. Si hagués estat jugador, hauria apostat per l'ós.

En un costat, hi havia una gran caixa tancada d'on sortien uns lladrucs frenètics. A dins hi havia els gossos, que sentien l'olor del seu enemic. De tant en tant, l'ós parava de moure's, mirava la caixa i grunyia. Llavors els lladrucs es tornaven histèrics.

El propietari dels animals recollia les apostes. Jonathan començava a impacientar-se i Tom estava a punt de marxar, quan, finalment, el guardià de l'ós va obrir el pany de la caixa. L'ós es va posar dret i va grunyir. La cadena es va tensar. El guardià va cridar i va obrir la caixa.

De la caixa, en van saltar cinc llebrers. Eren lleugers i ràpids, i els morros oberts deixaven veure unes dents petites i agudes. Tots es van llançar damunt l'ós, que els va rebre amb les urpes afilades. Va enxampar un dels gossos i el va llançar enlaire. Els altres van retrocedir.

La gentada es va acostar més. Tom vigilava Jonathan. Va veure que estava a primera fila, però així i tot, molt lluny de l'ós, que va ser prou llest per recular fins a l'estaca i deixar la cadena fluixa, de manera que si es tirava endavant, no es veuria forçat a parar-se en sec. Però els gossos també van demostrar la seva intel·ligència. Després d'aquell atac inicial tan frenètic, es van reagrupar i van formar un semicercle. L'ós es va moure d'un cantó a l'altre, nerviós, vigilant els moviments dels seus adversaris.

Un dels gossos es va llançar contra ell, bordant amb feresa. L'ós li va sortir al pas i va intentar-lo ferir d'un cop d'urpa. El gos va recular ràpidament i va quedar fora del seu abast. Els altres quatre s'hi van tirar a sobre des de totes les direccions. L'ós anava d'un cantó a l'altre. La gentada animava els gossos quan tres d'ells van clavar-li les dents a les potes. L'ós es va aixecar sobre les potes del darrere, desempallegant-se dels gossos i deixant anat un esgarip de dolor. Els gossos van tornar a retrocedir.

Els llebrers van posar en pràctica la mateixa tàctica una vegada més. Tom va pensar que l'ós cauria de nou al parany. El primer gos es va llançar a tota velocitat en direcció a l'ós, i quan aquest li va plantar cara, el gos va retrocedir. Però, quan els altres gossos van atacar, l'ós ja estava a l'aguait, es va girar, es va abalançar sobre el que tenia més a prop i li va ferir un costat amb l'urpa. La gentada el va victorejar tant com havia fet amb els gossos. Les urpes afilades de l'ós li havien esquinçat la pell i li havien deixat tres solcs profunds i sagnants. El gos va deixar escapar un udol llastimós i es va retirar de la lluita per llepar-se les ferides. La gent se'n va mofar i el va escarnir.

Els quatre gossos que quedaven van envoltar l'ós amb cautela. Feien avançaments ràpids, però retrocedien quan el perill era imminent. Algú va iniciar un aplaudiment lent. Llavors un dels gossos va fer un atac frontal. Es va precipitar com un llampec i, ficant-se per sota les defenses de l'ós, se li va llançar al coll. Els espectadors van embogir. El gos va clavar les dents blanques i afilades al coll de l'ós. Els altres gossos també van atacar. L'ós va recular, intentant foragitar els atacants amb les urpes. Llavors va jeure i va rodolar. Per un instant Tom no sabia el que passava perquè només veia una pila de pell. Després tres gossos es van apartar i l'ós es va posar de quatre potes. Un gos jeia a terra, esclafat.

La gent observava l'escena amb expectació. L'ós havia eliminat dos gossos, però sagnava pel llom, el coll i les potes del darrere, i semblava espantat. L'atmosfera estava impregnada d'olor de sang i suor. Els gossos van deixar de bordar i van començar a fer voltes en silenci al voltant de l'ós. També semblaven esporuguits, però havien tastat el gust de la sang i anhelaven matar.

Van iniciar un nou atac, i tot seguit van retrocedir. L'ós va intentar atrapar-ne un, però immediatament es va girar per fer front al segon gos, que va aconseguir escapar-se. Llavors el tercer gos va fer el mateix. Els gossos avançaven i reculaven per torns, mantenint l'ós en moviment constant. A cada nou atac, s'acostaven més i més a les urpes de l'ós. Els espectadors cada vegada estaven més excitats. Jonathan continuava a primera fila, a poques passes de Tom, amb expressió de sorpresa i de temor. Tom es va tornar a concentrar en la lluita just quan l'ós apartava d'una unglada un dels gossos mentre l'altre se li ficava entre les potes del darrere i li atacava la panxa amb ràbia. L'ós va deixar escapar una cosa semblant a un xiscle. El gos va sortir-li d'entre les cames i es va escapar. Un altre dels gossos se li va tirar al damunt. L'ós li va intentar donar un cop d'urpa, però va errar per poques polzades. I llavors el mateix gos el va tornar a atacar i li va mossegar la panxa. Aquesta vegada la ferida va ser profunda i sagnava amb abundància. L'ós va recular i es va tornar a posar de quatre potes. Tom va pensar que allò ja s'havia acabat, però s'equivocava. A l'ós encara li quedaven forces per lluitar. Quan es va abalançar contra el gos que venia, va simular que atacava, va girar el cap i va veure arribar el segon gos. Llavors va voltar amb una rapidesa sorprenent i li va donar un cop d'urpa que el va fer volar enlaire. La gent va rugir amb entusiasme. El gos va caure a terra com un sac de patates. Tom el va mirar. Encara era viu, però semblava incapaç de moure's. Potser s'havia trencat l'esquena. L'ós no li va fer ni cas, perquè ja no era capaç d'atacar-lo.

Ara ja només quedaven dos gossos. Tots dos corrien cap a l'ós i tot seguit es feien enrere amb la mateixa rapidesa, fins que les escomeses d'aquest van anar perdent força. Llavors els gossos van començar a fer cercles entorn de l'ós, cada vegada més ràpids. L'ós es movia d'un cantó a l'altre mirant de no perdre de vista cap dels seus atacants. Esgotat i sagnant, gairebé no s'aguantava dret. Els gossos van continuar girant, en cercles cada vegada més tancats. La terra de sota les poderoses potes de l'ós s'havia transformat en fang envermellit de sang. Fos quin fos el resultat, allò no podia durar gaire. Finalment, els dos gossos van atacar a la vegada. L'un es va llançar al coll i l'altre al ventre de l'ós. Amb un darrer i desesperat cop d'urpa, aquest va esquinçar el gos que se li aferrava al coll. Va brollar un sortidor de sang espantós. La gent va llançar un udol d'aprovació. Primer, Tom va pensar que el gos havia matat l'ós, però havia estat a l'inrevés, perquè la sang era del gos, que en aquell moment jeia a terra, mort, amb el coll obert. Mentrestant, el darrer gos havia esqueixat el ventre de l'ós, que va arremetre sense forces contra ell, amb les entranyes a fora. Aquest va esquivar el cop amb facilitat i va atacar de nou, arrencant els budells de l'ós, que va vacil·lar i va semblar que estava a punt de caure. La cridòria de la gent augmentava. L'olor de les entranyes de l'ós era repulsiva. L'animal va fer un darrer esforç i va tornar a atacar el gos. Aquesta vegada va encertar i el gos va caure de costat, amb una ferida al llom. Era, però, una ferida superficial, i el gos sabia que l'ós estava llest, així que va tornar a l'atac, mossegant-li les entranyes fins que l'enorme animal va tancar els ulls i es va desplomar a terra, sense vida.

El guardià es va avançar i va agafar el gos victoriós pel collar. El carnisser de Kingsbridge i el seu aprenent van sortir d'entre la multitud i van començar a esquarterar l'ós per aprofitar-ne la carn. Tom va suposar que havia acordat un preu amb el guardià per anticipat. Els guanyadors de les juguesques reclamaven els seus diners. Tothom volia donar uns copets al gos victoriós. Tom va buscar Jonathan. Havia desaparegut.

Durant tot l'espectacle el nen havia estat a un parell de metres d'ell, ¿com s'ho havia fet per anar-se'n sense que ell se n'adonés? Devia haver estat quan l'espectacle havia arribat al punt culminant i Tom hi tenia posada tota l'atenció. Ara estava furiós amb ell mateix. Va buscar entre la gent. Tom era un cap més alt que tothom, i Jonathan era fàcil de localitzar perquè portava l'hàbit diminut i el cap rapat. Però no el veia per enlloc.

En realitat, el nen no corria perill dintre del recinte del priorat, però podia topar amb coses que el prior Philip preferia que no veiés, com, per exemple, les prostitutes atenent els seus clients contra la muralla del priorat. Mentre mirava al voltant, Tom va aixecar la vista cap a les bastides de la catedral, instal·lades a gran altura, i allí hi va descobrir, esparverat, una petita figura amb hàbit de monjo.

Per uns moments el va envair el pànic. Hauria volgut cridar: «No et moguis! Cauràs!», però els seus crits haurien quedat ofegats pel xivarri de la fira. Es va obrir pas a empentes en direcció a la catedral. Jonathan corria al llarg de la bastida absort en un joc imaginari, sense adonar-se que corria el perill de relliscar i matar-se caient de més de vuitanta peus d'altura.

Tom va notar que el terror li oprimia el coll.

La bastida no es repenjava a terra, sinó en unes bigues pesants que encaixaven en uns forats fets a la paret amb aquesta finalitat. Aquells taulons sobresortien uns dos peus. Al damunt, hi havia unes fustes massisses lligades, en posició horitzontal, i, a sobre, uns cavallets fets amb joncs flexibles i branquillons entreteixits. A les bastides, normalment s'hi accedia per unes escales de cargol de pedra construïdes als murs, però aquell dia l'accés a les escales estava bloquejat. ¿Com hi podia haver pujat Jonathan? Tampoc no hi havia les escales. Tom les havia desat i Jack ho havia comprovat, per a més seguretat. El nen devia haver pujat per l'extrem escalonat del mur sense acabar. El pas s'havia barrat amb fusta perquè ningú no hi pogués accedir, però Jonathan es devia haver enfilat per les fustes. El noi semblava molt segur d'ell mateix, però tot i això cada dia queia a terra una o dues vegades.

Tom va arribar al peu del mur i va mirar temorós cap amunt. Va veure que Jonathan jugava despreocupadament i va sentir que se li glaçava la sang.

—Jonathan! —va cridar.

Les persones que l'envoltaven es van espantar i van mirar enlaire per veure a qui cridava. Quan van albirar el nen a la bastida, el van assenyalar. De seguida es va formar una rotllana.

Jonathan no havia sentit els crits de Tom.

—Jonathan! Jonathan! —va tornar a cridar el mestre constructor, fent botzina amb les mans.

Aquesta vegada el nen el va sentir. Va mirar cap avall, va veure Tom i el va saludar amb la mà.

—Baixa! —li va manar Tom.

Jonathan estava a punt d'obeir-lo, però va canviar d'idea quan va mirar el mur sobre el qual havia de caminar i el tram d'esglaons costerut.

—No puc! —va cridar, i la seva veu aguda va planar per sobre els badocs que hi havia a baix.

Tom va comprendre que hauria de pujar a buscar-lo.

—No et moguis d'on ets fins que jo arribi —li va ordenar. Va apartar les fustes dels primers graons i va pujar al mur. A la part de baix, feia uns sis peus d'ample, però a mesura que s'elevava s'anava estrenyent. Tom ascendia sense precipitar-se. Va estar temptat d'anar de pressa, però es va obligar a mantenir la calma. En mirar cap amunt, va veure Jonathan assegut a la vora de la bastida i balancejant les cames. A la part de dalt, la paret feia una mica més de dos peus d'ample. Amb tot, hi havia prou espai per caminar, sempre que es tinguessin els nervis de ferro. I Tom els hi tenia. Va caminar al llarg del mur, va saltar a la bastida i va agafar Jonathan a coll. Va sentir un gran alleujament.

—Ets un nen molt dolent —li va dir, però el to de veu era tan afectuós que Jonathan el va abraçar amb força.

Al cap d'un moment, Tom va mirar cap avall. Es va adonar que hi havia una gran quantitat de caps mirant enlaire. Hi havia cent persones o més que estaven pendents dels seus moviments. Devien pensar que es tractava d'un espectacle com el de l'ós.

—Molt bé, ara baixarem —va dir Tom a Jonathan. El va deixar sobre el mur i va afegir:— Vinga. Jo aniré darrere teu, així que no tinguis por.

El nen no ho veia clar.

—Tinc por —va dir. Va allargar els braços perquè Tom l'agafés i quan va veure que aquest dubtava es va posar a plorar.

—Molt bé, molt bé, ja et porto —va accedir Tom.

No li feia gens de gràcia, però Jonathan ja estava massa nerviós per fer-lo caminar a aquella alçària.

Tom va pujar al mur, es va agenollar al costat de Jonathan, el va agafar a coll i es va tornar a posar dret.

Jonathan s'hi va aferrar amb força.

Tom va començar a caminar. Com que portava el nen a coll no veia per on trepitjava. Amb el cor encongit va caminar a poc a poc pel mur, calculant amb compte cada pas. No temia per ell, però amb el nen a coll se sentia aterrit. Al final va baixar el primer graó. Els graons no eren més amples, però semblaven menys perillosos, perquè començaven a baixar. Van iniciar el descens. A cada graó que baixava anava recuperant la calma. Quan va arribar a nivell de la galeria, on el mur s'eixamplava fins a tres peus, es va aturar per respirar fondo.

Va mirar Kingsbridge, i després cap als camps, més enllà de la ciutat, i llavors va veure una cosa que el va estranyar. Al camí de Kingsbridge, a una mica més d'una milla de distància, s'hi veia un gran núvol de pols. Al cap d'un moment es va adonar que era un grup d'homes a cavall que s'acostava a la ciutat al trot. Els va intentar identificar. Primer va pensar que segurament seria un mercader molt ric o un grup de mercaders amb un gran seguici. Però eren massa i, a més, no tenien aspecte de comerciants. Va mirar d'esbrinar què tenien que fes pensar que no eren mercaders. Quan es van acostar més, va distingir que uns quants muntaven cavalls de guerra, i tots portaven casc i anaven armats fins a les dents.

Tot d'una, va tenir por.

—Per Jesucrist i per tots els sants! ¿Qui és tota aquesta gent? —va exclamar en veu alta.

—No diguis «Jesucrist» —el va renyar Jonathan.

Allò pintava molt malament.

Tom va baixar els graons amb presses. La gentada el va victorejar quan a la fi va saltar a terra. Però ell no els va fer cas. ¿On eren Ellen i els seus fills? Va mirar pel voltant, però no els va veure.

Jonathan es debatia per deixar-se anar. Tom el va agafar amb força. Com que en aquell moment tenia el seu fill més petit, el primer que havia de fer era portar-lo a un lloc segur. Després ja s'ocuparia de trobar els altres. Es va obrir pas entre la gentada fins a la porta que conduïa al claustre. Estava tancada per dins per protegir el monestir durant la fira.

—Obriu! Obriu! —va cridar Tom mentre picava a la porta.

Res.

Tom no sabia si hi havia algú al claustre. No podia perdre

temps mirant d'esbrinar-ho, així que va retrocedir, va deixar Jonathan a terra, va aixecar el seu enorme peu dret calçat amb una bota molt ferma i va donar un cop de peu a la porta. Al voltant del pany, la fusta es va estellar. Va donar un altre cop amb més força. La porta es va obrir. A l'altra banda va aparèixer un monjo gran, astorat. Tom va aixecar Jonathan i el va ficar a dins.

—Que es quedi aquí —va dir al monjo vell—. Aviat hi haurà enrenou.

El monjo va assentir amb el cap i va agafar el nen de la mà.

Tom va tancar la porta.

Ara havia de trobar la resta de la seva família entre una multitud de mil persones o més.

Espantat, va comprendre que era una cosa impossible. No veia cap cara coneguda. Va pujar a dalt d'un barril de cervesa buit per escodrinyar sobre els caps. Era migdia i la fira estava en ple apogeu. La gent caminava pels passadissos entre les parades com un riu lent, i hi havia rabejos al voltant dels venedors de menjar i beure, on els compradors feien cua. Tom no aconseguia veure ningú de la seva família. Desesperat, va mirar per sobre les teulades de les cases. El genets ja estaven a prop del pont i avançaven de pressa. Tots eren homes d'armes i arboraven teies enceses. Tom estava horroritzat. Hi hauria una carnisseria.

De sobte, va veure Jack al seu costat, que el mirava divertit.

—¿Què hi fas aquí, sobre un barril? —li va preguntar.

—Hi haurà un bon enrenou —va dir Tom, esverat—. ¿On és ta mare?

—A la parada d'Aliena. ¿Quina mena d'enrenou?

—Dels pitjors. ¿On són Alfred i Martha?

—Martha és amb la mare. Alfred a la lluita de galls. ¿Què passa?

—Comprova-ho tu mateix.

Tom va allargar la mà a Jack per ajudar-lo a pujar. Els cascos dels cavalls ja ressonaven al pont.

—Déu del cel! ¿Qui són? —va exclamar Jack.

Tom va buscar amb la mirada el cap, un home cepat muntat

en un cavall de guerra. El va reconèixer a l'acte pels cabells rossos i la figura corpulenta.

—És William Hamleigh —va anunciar.

Quan els genets van arribar a les cases, van llançar les teies enceses sobre les teulades de palla.

—Estan calant foc a la ciutat! —va exclamar Jack.

—Serà pitjor del que em pensava —va remugar Tom—. Vinga, baixa.

Tots dos van saltar a terra.

—Aniré a buscar la mare i Martha —va dir Jack.

—Porta-les al claustre —li va manar Tom, apressant-lo—. Serà l'únic lloc segur. Si els monjos hi posen traves, engega'ls a la merda.

—¿I si es tanquen amb clau per dins?

—Acabo d'espanyar la porta. Afanya't! Jo aniré a buscar Alfred. Vinga, som-hi!

Jack va anar a fer el que li havien manat. Tom va anar on es feien les lluites de galls. Es va obrir pas a cops de colze. Uns quants homes van protestar per aquelles maneres, però no els va fer cas i ells van callar quan van veure la seva corpulència i la seva expressió de determinació. L'aire no va tardar gaire a portar al recinte del priorat la pudor de cremat. Tom la va sentir i es va adonar que un o dos homes ensumaven amb cara de curiositat. Li quedaven uns moments abans que es desfermés el pànic.

El lloc on es feien les lluites de galls era prop de la porta del priorat. Allí es concentrava una gentada sorollosa. Tom s'obria pas a empentes per trobar Alfred. Al centre d'aquella aglomeració hi havia un forat poc profund fet a terra, de tres peus de diàmetre. A dins, dos galls s'estaven destrossant un a l'altre amb els becs i les ungles. Aquí i allí hi havia plomes i sang. Alfred estava a primera fila, mirant sense perdre's cap detall, cridant a plens pulmons, i animant un dels infeliços animals. Tom va obrir-se pas entre la gent fins a arribar a ell. El va agafar per l'espatlla.

—Vine! —li va cridar.

—M'he jugat sis penics pel negre! —va cridar Alfred, al seu torn.

—Hem de sortir d'aquí —va imposar Tom. En aquell moment una bafarada de fum va arribar fins allà.— ¿Què no sents la pudor del foc?

Un parell d'espectadors van sentir la paraula «foc» i es van quedar mirant Tom amb curiositat. Les ràfegues de vent van seguir portant aquella pudor i tothom la va notar. Alfred també la va percebre.

—¿D'on ve? —va preguntar Alfred.

—La ciutat s'està cremant.

De sobte tothom se'n volia anar. Els homes es van dispersar en totes direccions a empentes i cops de colze. Al forat, el gall negre va matar el marró, però ningú no hi va parar atenció. Alfred va començar a caminar en direcció equivocada. Tom el va fer aturar.

—Anirem al claustre. És l'únic lloc segur —va dir.

El fum va començar a arribar a onades i la por es va escampar entre la gentada. Tothom estava tan esverat, que ningú no sabia què fer. Tom va veure, per sobre els caps, que la gent es debatia per sortir per la porta del priorat, però era massa estreta i, d'altra banda, no estarien més segurs a fora que a dins del recinte. Però a molta gent se'ls havia acudit aquella idea. Alfred i Tom es van trobar enmig d'un riu de gent frenètica que anava en la direcció oposada a la d'ells. Però, tot d'una, el corrent va canviar de sentit i tothom va agafar la mateixa direcció que ells. Tom va mirar enrere per saber la raó d'aquell canvi, i va veure passar per la porta el primer genet.

El pànic es va apoderar de la multitud.

Els genets tenien un aspecte esfereïdor. Els cavalls enormes, tan esparverats com aquella gent, envestien, retrocedien i carregaven, trepitjant a tort i a dret. Els genets, armats i amb cascos, tiraven a terra a cops de teia o de garrot homes, dones i nens, i calaven foc a les parades, la roba i els cabells de la gent. Tothom cridava. Per la porta van entrar més homes d'armes, i van anar caient més persones davant dels cavalls impetuosos.

—Tu vés-te'n al claustre..., jo aniré a comprovar que tots els altres estiguin en un lloc segur. Corre! —va cridar Tom a l'orella d'Alfred mentre li donava una empenta.

Alfred va córrer com un esperitat.

Tom es va encaminar cap a la parada d'Aliena. Al cap d'un moment es va entrebancar amb algú i va caure a terra. Renegant, es va agenollar, però abans de poder-se aixecar va veure que li venia al damunt un cavall de guerra. L'animal tenia les orelles cap enrere i els narius dilatats, i Tom li va veure el blanc dels ulls aterrits. Per damunt del cap del cavall, va albirar la cara rodona de William Hamleigh, que feia una ganyota d'odi i de triomf. De sobte, va pensar que seria fantàstic tenir una vegada més Ellen als braços. En aquell mateix moment, un casc li va donar un cop al bell mig del front. Va sentir un dolor espantós i esfereïdor al crani, que va semblar que li explotava, i el món sencer es va sumir en les tenebres.

Quan Aliena va percebre la pudor de fum per primera vegada va pensar que devia venir del lloc on estaven fent el dinar, que ella servia en aquell moment.

Tenia tres mercaders flamencs asseguts a la taula, instal·lada a l'aire lliure davant de la seva parada. Eren uns homes alts i cepats, amb barbes negres, parlaven anglès amb un fort accent germànic i duien vestits d'un teixit excel·lent. Tot anava bé. Aliena estava a punt de començar la venda i havia decidit servir el dinar primer, a fi de fer posar una mica nerviosos els compradors. Tanmateix, estaria molt satisfeta quan aquella fortuna en llana passés a mans d'un altre. Va posar davant dels seus convidats la safata amb les costelles de porc rostides amb mel, i les va mirar amb ull crític. La carn estava al punt, d'un color daurat fosc, i amb la vora de greix cruixent. Va servir més vi. Un dels mercaders va ensumar i tots es van mirar amb inquietud. De sobte, Aliena va tenir por. El foc era el malson dels mercaders de llana. Va mirar Ellen i Martha, que l'ajudaven a servir el dinar.

—¿No sentiu pudor de fum? —els va preguntar.

Abans que poguessin contestar va aparèixer Jack. Aliena encara no estava acostumada a veure'l amb l'hàbit de monjo i el cap rapat. En aquella cara que ella estimava, hi havia una expressió d'esverament. Tot d'una, va tenir ganes d'abraçar-lo per esborrar-li aquelles arrugues al front, però es va apartar de seguida quan va recordar la manera com s'havia deixat atreure per ell al molí vell, feia uns quants mesos. Encara envermellia de vergonya cada vegada que recordava l'incident.

—Hi ha enrenou. Hem d'anar a refugiar-nos tots al claustre —els va esperonar Jack.

Aliena se'l va quedar mirant.

—¿Què passa? ¿Hi ha foc?

—Són el comte William i els seus homes —va respondre Jack.

Aliena es va quedar glaçada. William. Un altre cop.

—Han incendiat la ciutat. Tom i Alfred han anat cap al claustre. Feu el favor de venir amb mi —va afegir Jack.

Ellen, que portava una escudella de verdura, la va deixar sobre la taula sense cerimònies, davant d'un mercader flamenc molt alarmat.

—Molt bé —va dir agafant Martha pel braç—. Som-hi.

Aliena va mirar el seu magatzem amb autèntic pànic. Allí hi tenia llana verge per valor de centenars de lliures, i l'havia de protegir del foc. Però, ¿com? Es va girar cap a Jack, amb expectació. Els compradors van abandonar la taula a corre-cuita.

—Aneu-vos-en vosaltres. Jo he de cuidar la meva parada —va dir Aliena a Jack.

—Vinga, Jack —li va pregar Ellen.

—Un moment —va contestar ell, tornant-se a dirigir a Aliena.

Ella va notar com Ellen dubtava. Es debatia entre portar Martha a lloc segur i esperar Jack.

—Jack! Jack! —el va cridar de nou.

Jack es va girar cap a ella.

—Emporta't Martha, mare!

—Molt bé —va respondre Ellen—. Però, si us plau, afanya't.

Ellen i Martha se'n van anar.

—La ciutat està cremant. El claustre és l'únic lloc segur, perquè està fet de pedra. Vine amb mi, de pressa —va implorar Jack a Aliena.

Aliena va sentir els crits de terror que venien de la porta del priorat. Ara el fum ja ho envaïa tot. Va mirar al voltant intentant descobrir què passava. Tenia un nus a l'estómac. Tot el producte de sis mesos de treball era al magatzem.

—Aliena! Vine al claustre..., allí estarem segurs —va repetir Jack.

—No puc! —va cridar ella—. Aquí hi tinc la llana!

—Al dimoni la teva llana!

—És tot el que tinc!

—No et servirà de res si et mors!

—A tu t'és fàcil dir-ho, però jo m'he passat molts anys lluitant per tenir això...

—Aliena! Si us plau!

De sobte, la gent que estava a prop de la parada va començar a xisclar, esparverada. El genets havien penetrat al recinte i estaven carregant contra la multitud i calant foc a les parades, sense tenir en compte qui queia. La gent, espantada, corria i s'aixafava els uns als altres en un intent desesperat per apartar-se del camí dels cascos i les teies. Molts es van abalançar contra la tanca de fira que envoltava la parada d'Aliena, la qual va caure a terra a l'acte. La gent va irrompre a l'espai obert que hi havia davant del magatzem, i va fer caure la taula amb el menjar i les copes de vi. Jack i Aliena es van veure obligats a retrocedir. Dos homes d'armes van carregar contra la parada, un d'ells brandant un garrot; l'altre, una teia. Jack es va posar davant d'Aliena per protegir-la. El garrot estava a punt d'estavellar-se al cap d'Aliena, però Jack hi va interposar el braç, i el cop va anar-li a parar al canell. Quan Aliena va alçar la vista va veure la cara del segon genet.

Era William Hamleigh.

Aliena va deixar anar un crit de desesperació.

Ell la va mirar de fit a fit un instant, amb la teia encesa a la mà i una expressió de triomf als ulls. Aleshores, va esperonar el cavall i es va llançar cap al magatzem.

—No! —va xisclar Aliena.

La noia es va debatre i va empènyer i pegar a tothom qui se

li posava al davant, inclòs Jack. A la fi va quedar lliure i es va precipitar al magatzem. William estava inclinat a la sella i acostava la teia a una pila de sacs de llana.

—No! —va tornar a cridar Aliena. Va llançar-se-li al damunt i va intentar fer-lo caure del cavall. William la va tirar a terra d'un mastegot. Va tornar a acostar la teia als sacs. El foc va prendre amb un fort bramul. El cavall va renillar aterrit per les flames. Tot d'una, Jack era allí apartant Aliena del pas. William va fer voltar el cavall i va sortir del magatzem al trot. Aliena es va posar dreta d'un salt i va agafar un sac buit per intentar apagar les flames.

—Et moriràs, Aliena! —li va cridar Jack.

La calor començava a ser insuportable. Aliena va agafar un sac de llana que encara no s'havia cremat i el va intentar posar en un lloc segur. De sobte, va sentir un fragor al mateix temps que notava una escalfor intensa a la cara. Es va adonar, esparverada, que la cabellera se li estava cremant. Al cap d'un moment, Jack li va agafar el cap amb les mans i la va estrènyer amb força contra ell. Tots dos van caure a terra. Primer, ell no la va deixar anar, però després va afluixar els braços. Aliena va sentir l'olor de socarrim, però els cabells ja no li cremaven. Es va fixar que Jack tenia la cara cremada i que li havien desaparegut les celles. Ell la va agafar del turmell i la va arrossegar fora del magatzem. Aleshores va continuar arrossegant-la, malgrat la resistència d'ella, fins que van arribar a un lloc segur.

L'àrea que envoltava la parada d'Aliena havia quedat buida. Jack la va deixar anar. Aliena va provar de posar-se dreta, però ell la va tornar a agafar i l'hi va impedir. Aliena no parava de debatre's mentre guaitava atribolada el foc que consumia tots aquells anys de feina i de preocupacions, tota la seva riquesa i seguretat, fins que ja no li van quedar forces per impedir que Jack la retingués. Llavors es va quedar allà, sanglotant agenollada a terra.

Philip era al rebost de sota la cuina, comptant diners amb Cuthbert, quan va sentir l'enrenou. Es van mirar arrufant les celles i llavors es van aixecar per anar a veure què passava. En creuar el llindar es van trobar enmig de l'avalot.

La gent corria en totes direccions, donant-se empentes, cops de colze, i trepitjant-se els uns als altres. Els homes i les dones cridaven, i els nens ploraven. Damunt el priorat surava un fum espès. Tothom volia sortir del recinte del priorat. A més de la porta principal, hi havia la possibilitat de sortir pel corraló que hi havia entre la cuina i el molí. Allà no hi havia muralla, però sí un rec profund que portava aigua des de la bassa del molí fins a la cerveseria. Philip volia advertir la gent que anessin amb compte amb el rec, però ningú no escoltava a ningú.

La causa d'aquell avalot era, sense cap mena de dubte, un incendi, i un d'important. L'atmosfera era irrespirable a causa de l'espès fum negre. Philip estava esfereït. Amb aquella aglomeració de gent, la mortaldat podia ser devastadora.

Primer de tot, havia d'esbrinar què estava passant. Va pujar els esglaons que duien a la porta de la cuina per veure-ho millor. L'espectacle que se li oferia davant els ulls li va fer sentir un espant atroç.

La ciutat de Kingsbridge cremava pels quatre costats.

Del coll li va brollar un crit d'horror i de desesperació.

¿Com podia haver passat una cosa com aquella?

I llavors va veure els homes d'armes que carregaven contra la multitud amb les teies enceses. Va comprendre que no es tractava d'un accident. La primera cosa que se li va acudir va ser que hi havia una batalla entre els dos bàndols de la guerra civil i que Kingsbridge havia quedat atrapada entre dos focs. Però els homes d'armes no s'atacaven entre ells, sinó que carregaven contra els ciutadans. No era una batalla, sinó una matança.

Va veure que un home ros i corpulent, muntat en un poderós cavall de guerra, es llançava contra la multitud. Era William Hamleigh.

L'odi va tenallar el coll de Philip. Pensar que tota aquella carnisseria i destrucció havia estat provocada deliberadament per culpa de la cobdícia i l'orgull el va fer tornar boig.

—T'estic veient, William Hamleigh! —va cridar amb tota la força dels seus pulmons.

William va sentir pronunciar el seu nom entre la cridòria. Va frenar el cavall i es va trobar amb la mirada de Philip.

—Aniràs a l'infern per aquesta! —li va cridar el prior.

William tenia la cara congestionada per la set de sang. Aquell dia, ni tan sols l'amenaça que més temia al món li va produir efecte. Estava enfellonit. Va brandar la teia a l'aire com si fos un estendard.

—L'infern el tens aquí, monjo! —va cridar, al seu torn.

Va esperonar el cavall i va continuar cavalcant.

De sobte tothom havia desaparegut, els genets i la multitud. Jack va deixar estar Aliena i es va aixecar. Tenia balba la mà dreta. Va recordar que l'havia feta servir per aturar el cop destinat al cap d'Aliena. Estava content que li fes mal la mà. Esperava que li fes mal molt de temps per recordar-ho.

El magatzem era un infern de flames i al voltant cremaven focs petits. El terra estava ple de cossos; alguns es movien, els altres sagnaven i molts estaven immòbils. No se sentia res, tret del crepitar de les flames. Jack estava atordit. Mai no havia estat en un camp de batalla, però s'imaginava que devia tenir aquell aspecte.

Aliena va començar a plorar. Jack li va posar una mà tranquil·litzadora a l'espatlla. Ella la va apartar. Li havia salvat la vida, però això a ella no li importava. Només la preocupava la llana i ara s'havia convertit en fum. Jack la va mirar un moment, envaït per una tristesa profunda. Aliena tenia gairebé tots els cabells cremats i ja no es veia bonica. Malgrat tot, ell l'estimava. Li dolia veure-la tan moixa i no ser capaç de consolar-la.

Estava segur que ja no provaria d'entrar al magatzem. La resta de la seva família l'inquietava, així que va deixar Aliena per anar a buscar-los.

Li feia mal la cara. Va posar-se la mà a la galta i li va coure. Segurament ella també tenia cremades. Va mirar els cossos escampats per terra. Volia fer alguna cosa pels ferits, però no sabia per on començar. Va buscar entre els caiguts cares conegudes, amb l'esperança de no trobar-ne cap. La seva mare i Martha havien anat al claustre i havien marxat molt abans que l'allau de gent. ¿Tom devia haver trobat Alfred? Es va encaminar cap al claustre. I llavors va ser quan va veure Tom.

Jeia a terra completament immòbil. Se li podia reconèixer la cara, on fins i tot tenia una expressió de pau, fins a l'altura de les celles, però tenia el front i el crani aixafats. Jack estava esfereït. No podia creure el que veia. Era impossible que Tom fos mort. Però la figura que tenia al davant tampoc no podia estar viva. Va apartar els ulls i llavors el va tornar a mirar. Era Tom, i era mort.

Jack es va agenollar al costat del cadàver. Hauria volgut fer o dir alguna cosa i per primera vegada va comprendre per què a la gent li agradava tant resar pels seus morts.

—La meva mare et trobarà a faltar moltíssim —va mormolar i va recordar les paraules punyents que li havia dit el dia que es va barallar amb Alfred—. Poca cosa era veritat —va afegir entre sanglots—. No em vas abandonar. Em vas donar menjar i em vas cuidar i a la meva mare l'has feta molt feliç, feliç de debò.

«Però encara hi havia una altra cosa més important que tot això», va pensar. El que Tom li havia donat no era una cosa corrent, com un sostre o menjar. Li havia donat una cosa única, una cosa que cap altre home no podia donar, que ni tan sols el seu propi pare li hauria pogut donar. Li havia donat una cosa que era una passió, un art i una manera de viure.

—M'has donat la catedral —va xiuxiuejar Jack—. Gràcies.

QUARTA PART

1142-1145

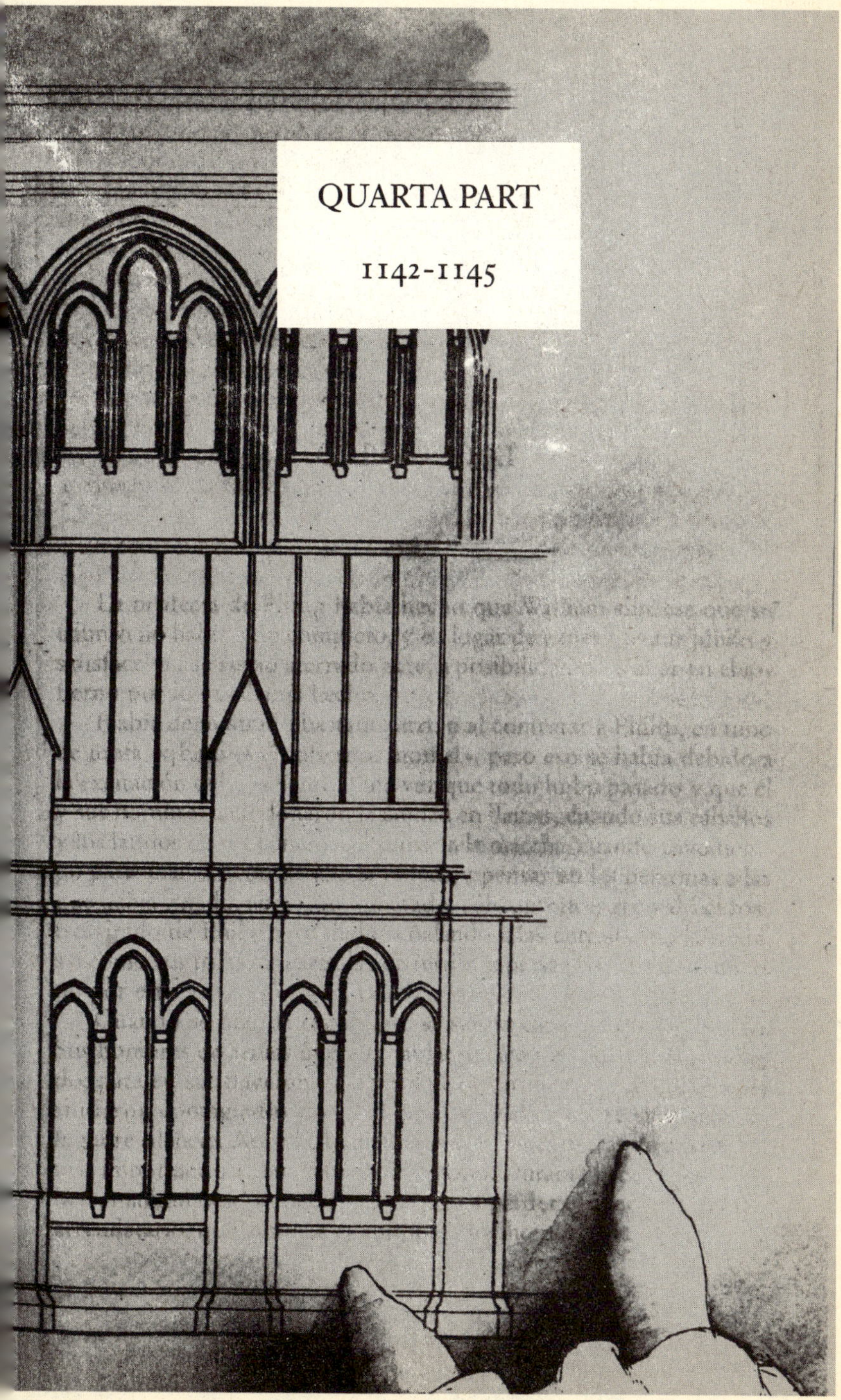

CAPÍTOL II

I

La profecia de Philip va espatllar el triomf a William, que en lloc de sentir-se'n satisfet, es va quedar aterrit davant la possibilitat d'acabar a l'infern pel que havia fet.

Mentre durava l'atac, amb l'excitació del moment, va ser prou valent per etzibar a Philip, en to de mofa: «L'infern el tens aquí, monjo!» Però un cop tot allò va haver passat i els seus homes van abandonar la ciutat en flames, quan el batec del cor se'ls va acompassar i els cavalls van alentir el pas, quan va haver-hi temps per estudiar amb detall l'assalt i pensar en les persones que havien ferit, cremat i mort, llavors va ser quan va recordar la cara aïrada de Philip, com assenyalava amb el dit les entranyes de la terra i com proferia aquelles paraules carregades de malastrugança: «Aniràs a l'infern per aquesta.»

Quan es va fer fosc, ja estava abatut del tot. Els seus homes d'armes volien parlar de l'atac, que, per a la seva satisfacció, havia estat una veritable carnisseria, però aviat es van encomanar de l'estat d'ànim de William i es van sumir en un silenci apesarat. Aquella nit la van passar a les terres d'un dels arrendataris més importants de William. Durant el sopar, els homes, de mal humor, van beure fins a perdre els sentits. L'arrendatari, que coneixia bé l'estat d'ànim dels homes després d'una batalla, havia portat unes quantes meuques de Shiring, però les pobres dones van fer mal negoci. William es va quedar despert durant tota la nit, espantat per si moria mentre dormia i se n'anava de dret a l'infern.

L'endemà, en lloc de tornar a Earlscastle se'n va anar a veure el bisbe Waleran. Quan va arribar al palau, ell no hi era, però el degà Baldwin li va dir que esperava que arribaria aquell mateix dia a la tarda. William va esperar a la capella, comtemplant la creu que hi havia sobre l'altar i tremolant malgrat la calor de l'estiu.

Quan per fi va arribar Waleran, William estava disposat a besar-li els peus.

El bisbe va entrar corrents a la capella, embolcallat amb la seva vestimenta negra.

—¿Què hi fas, aquí? —li va preguntar, amb fredor.

William es va posar dret intentat dissimular el seu profund terror sota una aparença de seguretat en ell mateix.

—Acabo de calar foc a la ciutat de Kingsbridge i...

—Ja ho sé —el va interrompre Waleran—. Durant tot el dia no he sentit a parlar d'altra cosa. ¿Com se t'ha acudit? ¿Que t'has tornat boig?

Aquella reacció va agafar William per sorpresa. No havia parlat prèviament de la incursió amb el bisbe perquè estava del tot segur que l'aprovaria. Waleran detestava tot el que tenia a veure amb Kingsbridge, en especial el prior Philip. William s'imaginava que el veuria satisfet, fins i tot pletòric.

—Acabo d'anorrear el vostre pitjor enemic. Ara necessito confessar els meus pecats —va dir.

—No em sorprèn —va replicar Waleran—. Es diu que hi ha més d'un centenar de morts cremats pel foc. —Es va estremir.— Una manera horrible de morir.

—Estic preparat per confessar-me —va mormolar William.

Waleran va fer que no amb el cap.

—No sé si et puc absoldre.

William va fer un crit de desesperació.

—¿Per què no?

—Ja saps que el bisbe Henry de Winchester i jo som una altra vegada partidaris del rei Stephen. No crec que el rei aprovi que jo doni l'absolució a un partidari de l'emperadriu Maud.

—Mal llamp, Waleran! Vau ser vós que em va convèncer que em canviés de bàndol.

Waleran va arronsar les espatlles.

—Torna a fer-ho.

William va copsar que aquest era l'objectiu del bisbe. Volia que es posés al servei d'Stephen i que li jurés lleialtat. L'horror que Waleran demostrava per l'incendi de Kingsbridge era fingit. Allò va fer que William tingués un gran alleujament perquè significava que, a l'hora de la veritat, Waleran no es negaria a donarli l'absolució. Però, ¿volia ell realment canviar de bàndol? Es va quedar callat una estona perquè s'ho volia rumiar amb calma.

—Al llarg de tot l'estiu, Stephen ha obtingut una victòria rere l'altra —va continuar Waleran—. Maud està suplicant al seu marit que vingui de Normandia per ajudar-la, però ell ho ha refusat. Tenim tots els trumfos a la mà.

De sobte, William tenia a la vista un panorama espantós. L'Església es negava a perdonar-li els crims que havia comès, el xèrif l'acusava d'assassinat i el rei Stephen, victoriós, donava suport al xèrif i a l'Església. I a ell, William, el jutjarien i el penjarien.

—Fes com jo i segueix l'exemple del bisbe Henry... Ell sap molt bé de quin cantó bufa el vent —li va aconsellar Waleran—. Si tot surt bé, Winchester es convertirà en una arxidiòcesi i Henry en serà l'arquebisbe, en pla d'igualtat amb l'arquebisbe de Canterbury. I quan Henry es mori..., qui sap! Jo podria serne el successor. I després..., bé ja hi ha cardenals anglesos, així que potser un dia hi arribarà a haver un Papa anglès...

Wiliam va fitar Waleran, aclaparat per l'expressió d'ambició que, sense cap mena de disfressa, aflorava a la cara de Waleran, normalment impenetrable. ¿Waleran al tron de Roma? Tot era possible. Però ara calia parar atenció a les conseqüències immediates de les aspiracions del bisbe. William va entendre que ell era un peó més en el joc de Waleran, el qual havia augmentat el seu prestigi als ulls del bisbe Henry gràcies a haver fet canviar de bàndol William i els cavallers de Shiring al llarg de la guerra civil. Aquest era el preu que William havia de pagar perquè l'Església fes la vista grossa als seus crims.

—¿Voleu dir...? —Se li va esquerdar la veu, es va escurar el coll i ho va tornar a provar.— ¿Voleu dir que escoltareu la meva confessió si juro lleialtat a Stephen i em torno a passar al seu bàndol?

A Waleran li va desaparèixer el guspireig de la mirada i va tornar a fer un posat impassible.

—Això és el que vull dir exactament —va contestar.

William no tenia cap altra sortida, però la veritat era que tampoc no veia motius per rebutjar aquella proposta. S'havia posat de part de Maud quan semblava que sortiria victoriosa del conflicte i estava disposat a tornar-ho a fer ara que Stephen tenia les de guanyar. De fet, s'hauria sotmès al que fos per tal de foragitar el pànic que li produïa l'infern.

—Llavors, tots d'acord —va dir William sense pensar-s'ho més—. Ara, confesseu-me, de pressa.

—Molt bé —va respondre Waleran—. Preguem.

Mentre es confessava, William es va anar alleugerint del pes de la culpabilitat, i de mica en mica va començar a alegrar-se del seu triomf. En sortir de la capella, els seus homes van comprovar que estava més animat, i de seguida el van victorejar. William els va anunciar que tornarien a lluitar al costat del rei Stephen, d'acord amb la voluntat de Déu que s'havia expressat per boca del bisbe Waleran. Els homes ho van veure com un motiu de celebració. Waleran els va fer portar vi.

—Ara Stephen m'hauria de confirmar com a comte de Shiring —va dir William mentre esperaven el menjar.

—Ho hauria de fer —va convenir Waleran—. Però això no vol dir que ho faci.

—Però si m'he posat de part seva!

—Richard de Kingsbridge no l'ha abandonat mai.

William va esbossar un somriure.

—Crec que he posat fi a l'amenaça que suposava Richard —va dir.

—¿Ah sí? ¿Com?

—Richard mai no ha tingut terres. L'única manera que tenia de mantenir els seus cavallers era gràcies als diners de la seva germana.

—No és el sistema habitual, però fins ara ha donat resultat.

—Sí, el que passa és que la seva germana s'ha quedat sense ni cinc. Ahir li vaig calar foc al magatzem. Ara és a la misèria. I Richard també, és clar.

Waleran va fer un gest d'assentiment.

—En aquest cas, és només una qüestió de temps. Richard

acabarà quedant arraconat —va dir—. I llavors, es podrà afirmar que el comtat és teu.

El menjar estava servit. Els homes d'armes de William es van asseure. William es va posar de cap de taula, al costat de Waleran i els ardiaques. Ja tranquil·litzat, William va tenir enveja dels seus homes, que es divertien amb les bugaderes de palau. Els ardiaques, per contra, eren una companyia molt avorrida.

El degà Baldwin va oferir a William una safata de pèsols.

—¿Com evitaríeu que algú més fes el que el prior Philip ha provat de fer i establís una fira del velló, Lord William? —li va preguntar.

William va quedar sorprès per aquella pregunta.

—Ningú no gosaria!

—Segurament un altre monjo no ho faria, però un comte sí.

—Necessitaria una llicència.

—En podria obtenir una si ha lluitat al costat d'Stephen.

—En aquest comtat, no.

—Baldwin té raó, William —va intervenir el bisbe Waleran—. Al teu comtat hi ha ciutats frontereres que podrien organitzar fires del velló: Wilton, Devizes, Wells, Marlborough, Wallingford...

—He cremat Kingsbridge i puc cremar qualsevol altre lloc —va declarar William empipat. Va beure un glop de vi. L'enfurismava que menyspreessin la seva victòria.

Waleran va agafar un panet i el va partir. No se'l va arribar a menjar.

—Kingsbridge és un blanc fàcil —va dir—. La ciutat no té muralles ni castell, ni tan sols una església gran on la gent es pugui refugiar. Està governada per un monjo que no disposa de cavallers ni d'homes d'armes. Kingsbridge és una ciutat indefensa. En canvi, la majoria de les ciutats no ho estan.

—I un cop la guerra civil hagi acabat —va subratllar el degà Baldwin—, ni tan sols podreu incendiar una ciutat com Kingsbridge i quedar impune. Això és violar la llei del rei. I cap rei no ho deixaria passar en temps de pau.

William va comprendre a què es referia, i encara el va fer enrabiar més.

—Llavors, potser tot el que he fet ha estat inútil —va dir. Va deixar el ganivet sobre la taula. Se li havien passat les ganes de menjar.

—És clar que si Aliena està arruïnada, això deixa una mena de vacant —va comentar Waleran.

William no ho acabava d'entendre.

—¿Què voleu dir? —va preguntar.

—Enguany ella ha comprat gairebé tota la llana del comtat. ¿Què passarà l'any que ve?

—No ho sé.

—A part del prior Philip, tots els productors de llana en moltes milles al voltant són arrendataris del comte o del bisbe. Tu ets el comte, tots els efectes, tret del títol, i jo sóc el bisbe. Si obliguéssim tots els arrendataris que ens venguessin el velló a nosaltres, controlaríem les dues terceres parts del comerç de llana que hi ha al comtat. I la podríem vendre a la fira del velló de Shiring. No hi hauria prou volum de negoci per justificar una altra fira, encara que algú obtingués una altra llicència.

William es va adonar a l'acte que era una idea brillant.

—I nosaltres faríem tants diners com va fer Aliena —va apuntar.

—Exactament. —Waleran va fer una mossegada a la carn i la va mastegar amb una expressió meditativa.— Així que has reduït Kingsbridge a cendres, has arruïnat el teu pitjor enemic i t'has procurat una font d'ingressos. En un sol dia has dut a terme una tasca molt fructífera.

William va beure un glop de vi i va sentir-se molt reconfortat. Va mirar cap a l'altre extrem de la taula i la mirada se li va il·luminar en descobrir una noia de cabells foscos, amb la figura opulenta, que somreia a dos dels seus homes. Potser en podria gaudir aquella nit. Sabia el que passaria. Quan l'acorralés en un racó, la tiraria a terra, li aixecaria la faldilla i recordaria la mirada d'Aliena i l'expressió de desesperació que tenia a la cara en veure cremar tota la seva llana. I només llavors seria capaç de ferho. Va somriure pensant en aquella perspectiva i es va servir un altre tall de cuixa de cérvol.

L'incendi de Kingsbridge havia commogut el prior Philip fins al més profund del seu cor. Aquella incursió de William, tan inesperada, l'atac brutal, les escenes horroroses que van tenir lloc per culpa del pànic, la matança esfereïdora i l'absoluta impotència que ell va sentir, l'havien deixat completament desmoralitzat.

El pitjor de tot havia estat la mort de Tom, un home en el millor moment de la seva vida i un mestre, en tots els aspectes, del seu ofici. Philip esperava que dirigiria la construcció de la catedral fins que estigués acabada. Era el seu millor amic fora de la comunitat de monjos. Sempre parlaven, almenys un cop al dia, aplegant esforços per trobar solucions a la quantitat inacabable de problemes amb els quals s'havien d'encarar per tirar endavant aquell vast projecte. El tarannà de Tom era una combinació poc freqüent de saviesa i d'humilitat, i per això treballar amb ell era un autèntic plaer. Semblava impossible que se n'hagués anat.

Philip tenia la impressió que ja no entenia res, que li mancava la capacitat i que ja no era apte ni per encarregar-se d'una vaqueria. I molt menys d'una ciutat de la grandària de Kingsbridge. Sempre havia cregut que si actuava amb honradesa, feia el millor que podia i confiava en Déu, tot acabaria bé. L'incendi de Kingsbridge semblava haver-li demostrat que estava equivocat. Havia perdut tota la motivació i seia a casa seva tot el dia, contemplant com una espelma s'anava consumint a l'altar que hi tenia, i donant voltes a unes idees incoherents, sense fer res.

Va ser Jack qui, malgrat la seva joventut, es va ocupar de tot el que s'havia de fer. Va fer portar els morts a la cripta, va allotjar els ferits al dormitori dels monjos i va donar menjar als supervivents al prat que s'estenia a l'altra banda del riu. El temps era càlid i tothom va dormir a l'aire lliure. L'endemà de la matança, Jack va posar-se al davant dels ciutadans desorientats i els va fer netejar el recinte del priorat de cendres i runa, mentre Cuthbert i Milius encarregaven subministraments d'aliments a les granges properes. El segon dia, van enterrar els morts en les cent noranta-tres tombes que havien cavat al costat nord del recinte del priorat.

Philip es limitava a donar per bo tot el que Jack li proposava. Jack li va fer saber que la majoria de ciutadans que havien sobreviscut a l'incendi, de fet, havien perdut poques coses de valor, com a molt uns quants estris domèstics sense importància. Les collites encara seguien als camps, el bestiar pasturava i els estalvis, que gairebé tothom tenia amagats a casa, sota la llar de foc o en un lloc segur, s'havien salvat de l'incendi que havia arrasat la ciutat. Els grans perjudicats havien estat els comerciants, que havien vist cremar la seva mercaderia. Alguns, com Aliena, havien quedat a la ruïna; altres, que tenien part de la seva riquesa en plata, amagada, podrien tornar a començar. Jack va proposar que comencessin a reconstruir la ciutat de seguida.

D'acord amb una proposta de Jack, Philip va concedir un permís extraordinari perquè es tallessin arbres dels boscos del priorat sense restriccions per tal de construir les cases, però només per l'espai d'una setmana. Com a resultat d'això, Kinsbridge es va quedar deserta durant set dies mentre les famílies escollien i tallaven els arbres que utilitzarien per aixecar les seves cases. Al llarg d'aquella setmana, Jack va demanar a Philip que dibuixés el pla de la ciutat nova. Aquella idea va despertar la imaginació del prior, i el va fer sortir de la depressió.

Va treballar de valent en el projecte quatre dies seguits. Al voltant dels murs del priorat hi hauria cases grans per als artesans i comerciants adinerats. Va recordar el model en graella dels carrers de Winchester i va fer el projecte de la Kingsbride nova sobre la mateixa base. Els carrers serien rectes, prou amples perquè hi poguessin passar dos carretons alhora, i anirien a parar al riu. Els carrers transversals serien, però, més estrets. Va establir la mesura de la parcel·la per edificar en vint-i-quatre peus d'ample, que suposava una gran amplària de façana per a una casa urbana. La llargària de la parcel·la seria de cent vint peus. Així, les cases podrien tenir un pati al darrere amb una comuna, un hort i un estable o una cort de porcs. El pont havia quedat destruït pel foc, així que n'haurien de construir un de nou més ben situat, al final del nou carrer major. Com a Lincoln, aquest carrer travessaria la ciutat, en línia recta des del pont, turó amunt fins al barri més allunyat, passant per la catedral. Un altre dels carrers amples aniria des de la porta del priorat fins a un moll nou situat a la riba, riu avall i al tombant de la corba del corrent. D'aquesta manera, els carregaments de mercaderia podrien arribar al priorat sense haver de passar pel carrer major, on es concentraria tota l'activitat comercial. Hi hauria un districte de cases petites, completament nou, a tocar del segon moll, on viurien els pobres. Així, s'instal·larien lluny del priorat, riu avall, i no embrutarien l'aigua destinada al monestir amb els seus costums poc higiènics.

La planificació d'aquella reconstrucció va donar nova empenta a Philip. Tanmateix, cada vegada que aixecava els ulls dels dibuixos, se sentia envaït per la ira i el dolor per la pèrdua de vides humanes. Va començar a pensar si William Hamleigh no era l'encarnació mateixa del dimoni. Havia fet més mal del que semblava humanament possible. Philip notava a la cara de la gent la mateixa barreja d'aflicció i esperança, quan els veia tornar del bosc carregats de fusta. Jack i els monjos havien marcat sobre el terreny el pla de la nova ciutat, amb estaques i cordes, i mentre la gent anava escollint les seves parcel·les, de tant en tant se sentia que algú deia amb pessimisme: «Però de què servirà! Si potser ens hi tornaran a calar foc l'any que ve.» Si hi hagués hagut alguna esperança de justícia, alguna possibilitat que els culpables fossin castigats, la gent no s'hauria sentit tan desconsolada. Però tot i que Philip havia escrit al rei Stephen, a l'emperadiriu Maud, al bisbe Henry, a l'arquebisbe de Canterbury i al Papa, sabia que en temps de guerra seria molt difícil que un home tan poderós i important com William fos conduït davant dels tribunals.

Les parcel·les del projecte destinades als edificis més grans van ser molt sol·licitades, tot i ser més cares, així que el prior va modificar el pla inicial i en va posar més a la venda. En canvi, ningú no volia construir al barri pobre, però, malgrat tot, Philip en va conservar el traçat per a un ús futur. Deu dies després de l'incendi, van començar a aixecar les cases noves de fusta i gairebé totes van quedar acabades al cap d'una setmana. Un cop la gent va tenir casa, van tornar a treballar a la catedral. Quan els paletes i manobres van cobrar, van tenir diners per gastar-se i les botigues van tornar a obrir, i els petits proveïdors van tornar a portar ous i cebes a la ciutat. Les bugaderes i les dones de la neteja van anar a treballar de nou a les cases dels botiguers i els artesans, de manera que, dia a dia, la vida quotidiana de Kingsbridge va anar recuperant la normalitat.

Però com que el nombre de morts havia estat tan elevat, semblava una ciutat fantasma. Cada família havia perdut, pel cap baix, un membre: un fill, una mare, un marit o una germana. La gent no portava braçals negres, però les cares manifestaven el dolor igual que els arbres nus proclamen que és hivern. Un dels qui va acusar el cop amb més força va ser Jonathan, que ja tenia sis anys. Corria pel recinte del priorat com una ànima en pena, i Philip va comprendre que trobava a faltar Tom, el qual havia passat més temps amb el nen del que tothom es pensava. Un cop el prior se'n va adonar, va procurar dedicar una hora diària a Jonathan, durant la qual li explicava contes, escoltava divertit com el nen xerrava i jugaven plegats.

Philip va escriure als abats de tots el monestirs benedictins importants de França i Anglaterra per preguntar si li podien recomanar un mestre constructor que substituís Tom. En circumstàncies normals, un abat en la situació de Philip hauria recorregut al seu bisbe per resoldre la qüestió, perquè els bisbes sovint feien llargs viatges i era fàcil que coneguessin bons constructors. Però Philip sabia que el bisbe Waleran no l'ajudaria. El fet que estiguessin enfrontats de manera permanent convertia la feina del prior en una tasca més solitària del que hauria d'haver estat.

Mentre Philip esperava resposta dels abats, els artesans van començar a tractar Alfred com si fos el mestre. Alfred era fill de Tom, a més de mestre d'obra, i ja feia temps que treballava a la catedral amb la seva pròpia colla. Per desgràcia no tenia la intel·ligència del seu pare, però sabia llegir i escriure, i també imposar la seva autoritat, i per això va anar ocupant de mica en mica el buit que Tom havia deixat.

Feia la impressió que la construcció plantejava molts més problemes i interrogants dels que hi havia quan hi era Tom, i Alfred sempre tenia alguna reclamació a fer quan no hi era Jack. Els paletes ho trobaven lògic, ja que, a Kingsbridge, a ningú no se li escapava que els dos germans es detestaven. El resultat era, però, que Philip havia de tornar-se a posar al davant i solucionar de nou problemes inacabables.

Tanmateix, a mesura que passaven les setmanes, Alfred va adquirir més confiança, fins que un dia va anar a trobar Philip.

—¿No us estimaríeu més que la catedral tingués volta en lloc de sostre? —li va preguntar.

L'esbós de Tom preveia que es construís un sostre de fusta sobre la nau central i voltes de pedra a les naus laterals.

—Sí, sí que m'agradaria —va contestar Philip—, però ens vam decidir pel sostre de fusta per estalviar diners.

—La pega és que un sostre de fusta pot cremar-se, mentre que la pedra resisteix el foc —va comentar Alfred.

Philip se'l va quedar mirant i va pensar si no l'havia infravalorat. El prior no esperava que Alfred proposés modificar el projecte del seu pare. Era una cosa que feia més aviat per Jack. No obstant això, la idea d'una catedral resistent al foc li era molt atractiva, sobretot després que tota la ciutat s'hagués consumit per les flames.

—L'únic edifici que l'incendi no va arrasar és la nova parròquia —va al·legar Alfred.

I l'església parroquial que Alfred havia construït tenia volta de pedra, va pensar Philip. Però llavors se li va acudir un possible inconvenient.

—¿Els murs que tenim ara seran capaços de suportar el pes d'una volta de pedra?

—Hauríem de reforçar els contraforts, que sobresortirien una mica més, i ja està.

Philip va comprendre que ja havia pensat en tot.

—¿I què me'n dius, del cost?

—A la llarga serà més car, és clar. I tardaríem tres o quatre anys més a acabar-la. Però això no influirà en el pressupost anual.

A Philip la idea cada vegada li agradava més.

—Però, ¿hauríem d'esperar un any més abans de poder celebrar els oficis divins al presbiteri?

—No. Tant si el sostre és de pedra o de fusta, no hi podrem començar a treballar fins a la primavera vinent, perquè el trifori s'ha de prendre bé abans de suportar cap pes. El sostre de fusta podria quedar enllestit uns quants mesos abans que el de pedra, però el presbiteri no quedaria cobert fins a finals de l'any següent.

Philip va rumiar, sospesant els pros i els contres. Havia de contraposar l'avantatge d'un sostre a prova de foc a l'inconvenient d'allargar la constucció quatre anys més amb les despeses que en resultarien. Però el cost extra de moment semblava llunyà, mentre que la garantia de seguretat era immediata.

—Crec que discutiré la qüestió amb els germans al capítol —va dir—. Però jo la trobo una idea molt bona.

Alfred es va retirar després de donar-li les gràcies. I quan va haver sortit, Philip es va quedar mirant el llindar de la porta, rumiant si realment calia que busqués un nou mestre constructor.

Kingsbridge va donar mostra de coratge el primer d'agost, festivitat de Sant Pere Encadenat. Al matí, a totes les llars de la ciutat es va preparar un pa. S'acabava de fer la collita i la farina era abundant i barata. Els qui no tenien forn propi el van portar al del veí, als grans forns del priorat o bé als dels dos forners de la ciutat, Peggy Baxter i Jack-atte-Noven. Cap als volts del migdia, a l'ambient flotava l'olor de pa acabat de sortir del forn, i a tothom se li va obrir la gana.

Els pans van quedar exposats damunt de les taules instal·lades al prat de l'altre costat del riu, i tota la població va desfilar-hi per admirar-los. No n'hi havia dos d'iguals. N'hi havia que tenien fruites o herbes aromàtiques. Hi havia pa de pruna, pa de raïm, pa de gingebre, pa de sucre, pa d'all, pa de ceba i molts més. Uns altres eren verds pel julivert, o grocs pel rovell d'ou, vermells pel sàndal o bé porpres per l'heliotrop. Els havien donat totes les formes possibles: triangles, cons, boles, estrelles, òvals, piràmides, flautes, rotlles i fins i tot hi havia pans en forma de vuit. I se'n veien encara de més ambiciosos: pans en forma de conill, d'ós, de mico i de drac. Es podien trobar fins i tot cases i castells de pa. Però tothom va coincidir a qualificar el pa que havia fet Ellen, amb l'ajuda de Martha, el més espectacular. Representava la catedral de Kingsbridge amb l'aspecte que tindria un cop acabada, i s'havia guiat per un esbós del seu difunt marit Tom.

El dolor que patia Ellen era terrible de veure. Nit rere nit vagarejava com una ànima turmentada i ningú no havia estat capaç de consolar-la. Fins i tot en aquell moment, dos mesos després de la tragèdia, encara estava demacrada i feia ulleres. Però ella i Martha es van ajudar l'una a l'altra per fer la catedral de pa, i això els havia donat una mena de consol.

Aliena va passar molt de temps contemplant el pa d'Ellen. Desitjava fer alguna cosa que li donés ànims. Estava deprimida. En començar el concurs, va anar d'una taula a l'altra indiferent a tot i no va menjar ni una engruna. Ni tan sols s'havia volgut construir una casa, fins que el prior Philip la va forçar a espavilar-se, i Alfred li va portar la fusta amb l'ajuda d'alguns dels seus homes. Seguia menjant al monestir, i això quan es recordava de fer-ho. S'havia quedat sense energies. Si feia una cosa per a ella mateixa, com un banc de cuina amb la fusta que havia sobrat, o acabava les parets de casa seva tapant les esquerdes amb fang del riu, i fins i tot preparava una trampa per caçar aus, recordava amb quina duresa havia treballat per establir el seu negoci, i amb quina rapidesa tot s'havia convertit en fum, la qual cosa li feia perdre tot l'entusiasme. I, així, continuava en aquell estat, dia rere dia, llevant-se tard, anant al monestir a menjar quan tenia gana, o bé anant a asseure's al marge del riu, i dormint sobre la palla al terra de la casa nova quan es feia fosc.

Malgrat la manca d'interès, es va adonar que aquella celebració de la festivitat de Sant Pere Encadenat era un muntatge. La ciutat havia estat reconstruïda i la gent seguia complint les seves obligacions com abans, però la matança que havia tingut lloc a Kingsbridge hi projectava una llarga ombra, i darrere l'aparença de benestar, Aliena hi va percebre un corrent subterrani de basarda. La majoria d'habitants de la ciutat sabia fingir millor que ella que tot anava bé, però en realitat tothom sentia, com ella, que allò no podia durar i que qualsevol cosa que construïssin tornaria a ser destruïda.

Mentre contemplava amb la mirada buida tots aquells pans, va arribar el seu germà, Richard. Havia vingut travessant el pont des de la ciutat deserta, portant el cavall per la brida. Havia estat fora lluitant a la guerra al costat del rei Stephen des d'abans de la destrucció i no podia creure el que veia.

—¿Què diantre ha passat aquí? —li va preguntar a la seva germana—. No he trobat casa nostra... Això és una altra ciutat!

—El dia de la fira del velló William Hamleigh es va presentar amb un escamot d'homes armats i va calar foc a la ciutat —li va explicar ella.

Richar va empal·lidir.

—William —va proferir entre dents—. Aquest dimoni!

—Però tenim una casa nova —va continuar Aliena sense vivacitat—. Els homes d'Alfred me la van fer. És molt més petita i està allà baix, al costat del moll nou.

— I a tu, ¿què t'ha passat? —li va preguntar Richard, mirantla—. Estàs gairebé calba i no tens celles.

—Va ser el foc...

—¿No et deu haver tornat a...?

Aliena ho va negar amb el cap.

—Aquesta vegada, no.

La noia va donar a Richard un tros de pa perquè el tastés. Ell el va agafar, però no se'l va menjar. Semblava desorientat.

—Però m'alegro que estiguis bé —li va dir Aliena.

Richard va fer que sí amb el cap.

—Stephen va de camí cap a Oxford, on Maud s'ha refugiat. Podria ser que la guerra s'acabés aviat. Però necessito una espasa nova... He vingut a buscar diners. —Va menjar una mica de pa. Ja tornava a tenir color a la cara.— Caram, això és boníssim! ¿Em podràs preparar una mica de carn, després?

Tot d'una Aliena va témer el seu germà. Sabia que ell s'enfurismaria, i no se sentia amb forces per enfrontar-s'hi.

—No en tinc, de carn.

—Doncs vés-ne a comprar.

—No t'enfadis, Richard —li va demanar Aliena i va començar a tremolar.

—No estic enfadat —va dir ell, irritat—. ¿Es pot saber què et passa?

—Tota la meva llana es va cremar amb l'incendi —va respondre Aliena, i el va mirar esporuguida, tement la seva reacció.

Richard va arrufar les celles, es va empassar el pa i en acabat va llençar la crosta.

—¿Tota?
—Tota.
—Però encara et deuen quedar diners.
—No em queda res.
—¿Com és? Si sempre has tingut un cofre ple de penics a sota el terra de...
—No el mes de maig. M'ho vaig gastar tot en llana, fins al darrer penic. Fins i tot vaig demanar un préstec de quaranta lliures al pobre Malachi, i ara no el puc tornar. No cal dir que no estic en condicions de pagar-te una espasa nova. Ni tan sols puc comprar-te un tall de carn per sopar. Estem sense ni un penic.
—Aleshores, ¿com m'ho faré per tirar endavant? —va cridar ell furiós.
El cavall es va bellugar, inquiet.
—No ho sé! —va contestar Aliena—. I no cridis, que espantes el cavall. —Es va posar a plorar.
—Tot és culpa de William Hamleigh —va dir Richard, serrant les dents—. Un dia d'aquests el degollaré com si fos un porc. Ho juro per tots els sants.
Va aparèixer Alfred, amb un tros de pa de prunes a la mà.
—Tasta aquest —li va dir a Richard.
—No tinc gana —va contestar, sec, el noi.
—¿Què passa? —va preguntar Alfred, mirant Aliena.
Va ser Richard qui va contestar:
—M'acaba de dir que no en tenim ni cinc.
—Tothom ha perdut alguna cosa, però Aliena s'ha quedat sense res —va confirmar Alfred.
—Imagino que entens el que això significa per a mi —va dir Richard dirigint-se a Alfred, però mirant Aliena amb una expressió acusadora—. Estic acabat. Si no puc comprar cavalls i armes noves, ni pagar els meus homes, no podré seguir lluitant al costat del rei Stephen. Estaré acabat com a cavaller i mai no seré comte de Shiring.
—Aliena es podria casar amb un home ric —va suggerir Alfred.
Richard va riure, sorneguer.
—Però si els ha rebutjat tots.

—Pot ser que algú la torni a festejar.

—Sí. —Richard va esbossar un somriure cruel.— Podríem enviar cartes a tots els pretendents que Aliena ha rebutjat i els diríem que ara està arruïnada i que estaria disposada a considerar...

—Vinga, prou —el va interrompre Alfred, posant-li una mà damunt el braç. Aleshores, dirigint-se a Aliena, va preguntar:— ¿Te'n recordes, del que vam parlar ara fa un any, al primer dinar de la comunitat parroquial?

A Aliena li va caure l'ànima als peus. No es podia creure que Alfred tornés a treure el tema de nou. No li quedaven forces per tornar-ne a parlar.

—Sí que me'n recordo —va contestar—. I espero que tu també recordis la meva resposta.

—Jo encara t'estimo —va declarar Alfred.

Richard va semblar sobresaltat.

—I encara vull casar-me amb tu —va afegir—. ¿Vols ser la meva esposa, Aliena?

—No! —va contestar ella. Li hauria agradat afegir-hi alguna cosa perquè aquella negativa resultés irreversible, però estava massa cansada. El seus ulls van anar de Richard a Alfred i de nou al seu germà, i, de sobte, li va ser impossible aguantar més. Va fer mitja volta i se'n va anar corrents pel prat cap a la ciutat.

Estava molt empipada i ressentida amb Alfred per haver repetit la proposició de matrimoni davant de Richard. S'hauria estimat més que el seu germà no en sabés res. Ja havien passat tres mesos des de l'incendi, ¿per què Alfred havia tardat tant a treure el tema? Era com si hagués estat esperant que arribés Richard per fer la jugada en el moment precís.

Va caminar pels carrers nous, que estaven deserts. Tothom tastava els pans, al prat de l'altra riba del riu. La casa d'Aliena es trobava al nou barri humil, al costat del moll. Els lloguers eren baixos, però així i tot no tenia ni idea de com pagaria el seu.

Richard la va atrapar muntant a cavall, i en arribar on era ella, va desmuntar i va començar a caminar al seu costat.

—Tota la ciutat fa olor de fusta nova —va comentar el xicot—. I tot està tan net!

Aliena ja s'hi havia acostumat, però Richard veia el nou aspecte de la ciutat per primera vegada. La netedat era forçada. El foc havia convertit en fum la fusta humida i pútrida dels vells edificis, les teulades de barda, la quisca que s'havia anat acumulant al llarg dels anys als fogons, els estables rancis i els femers pestilents. Ara l'aire estava impregnat d'una olor de nou: fusta nova, barda nova, joncs nous que cobrien el terra i fins i tot roba de llit nova a les llars dels més adinerats. El foc semblava haver abonat la terra, fins al punt que creixien flors als llocs més insòlits. Algú havia observat que d'ençà de l'incendi no hi havia tants malalts, la qual cosa semblava confirmar les teories d'alguns filòsofs que sostenien que les malalties es propagaven transportades pels vapors fètids.

Richard li parlava però ella estava a la lluna.

—¿Què dius? —li va preguntar.

—He dit que no sabia que Alfred t'hagués fet una petició de matrimoni l'any passat.

—Tenia coses més importants en què pensar. Va ser més o menys quan van fer presoner Robert de Gloucester.

—Alfred ha estat molt amable fent-te la casa.

—Sí, tens raó. És aquesta.

Aliena va observar el seu germà mentre ell mirava la casa. El va notar decaigut. A Aliena li va saber greu. Havia perdut el castell en què havia nascut i fins i tot la casa que tenien a Kingsbridge abans de l'incendi era poca cosa per a ell. D'ara endavant s'hauria d'acostumar a aquelles llars on vivien els jornalers i les vídues.

Aliena va agafar la brida del seu cavall.

—Dóna'm. Hi ha lloc per al cavall darrere el pati.

Va fer travessar a l'animal l'única habitació que tenia la casa, i el va treure per la porta del darrere. Unes tanques matusseres separaven els patis. Aliena va lligar el cavall a una estaca i el va començar a desensellar. A terra creixien herbotes i matolls, fruit d'unes llavors arribades de no se sabia on. Gairebé tothom havia cavat al pati una comuna, havien plantat un hort i havien fet un galliner o una cort de porcs, però Aliena no hi havia fet res.

Richard recorria la casa, però no hi havia gaire cosa a veure, i al cap d'un moment van tornar a sortir tots dos al pati.

—La casa té poca cosa. No hi ha ni mobles, ni olles, ni bols...

—No tinc diners —es va limitar a dir Aliena, apàtica.

—Ni tan sols has fet res al jardí —va desaprovar Richard, mirant al voltant seu.

—Tampoc no tinc forces —va contestar ella, empipada, i donant-li la sella, va entrar a casa.

Es va asseure a terra amb l'esquena repenjada a la paret. Hi feia fresca. Sentia com Richard s'ocupava del cavall al pati. Al cap d'uns moments de seure allà va aparèixer una rata, traient el morro entre la palla. En l'incendi devien haver mort milers de rates i ratolins, però ara ja tornaven a aparèixer. Va buscar alguna cosa per matar-la, però no tenia res a mà. L'animal se'n va anar.

«¿Què faré?», va pensar Aliena. «No puc viure així la resta de la meva vida.» Però la sola idea d'haver de començar un negoci nou l'esgotava. En una altra època havia aconseguit salvar-se i salvar el seu germà de la misèria, però aquell esforç havia acabat amb les seves forces i se sentia incapaç de tornar-hi. Hauria de trobar un estil de vida més passiu, dirigit per una altra persona, i així poder viure sense prendre decisions o iniciatives. Va pensar en Kate, la prostituta de Winchester, la que li havia fet un petó a la boca, li havia acariciat un pit i li havia dit que si treballava per a ella mai no li faltarien els diners. «No», va pensar Aliena, «això mai de la vida.»

Richard va entrar amb la sella.

—Si no pots tenir cura de tu mateixa, val més que busquis algú que es faci càrrec de tu —va dir.

—Sempre he comptat amb tu.

—Però jo no et puc cuidar! —va protestar Richard.

—¿Per què no? —Per un instant la va posseir la còlera.— Jo m'he ocupat de tu al llarg de sis anys!

—Jo he estat lluitant a la guerra... Tu només t'has dedicat a vendre llana.

«I a apunyalar un proscrit», va pensar Aliena, «i a tirar a terra un capellà estafador, i a donar-te menjar, vestir-te i protegir-te quan tu no feies res més que mossegar-te els nusos dels dits i quedat-te esporuguit.» Però quan se li va apagar la guspira de còlera, es va limitar a dir:

—Ho deia de broma, és clar.

Richard va ofegar un comentari perquè no estava segur si

s'havia d'ofendre per aquella observació. Després, només va bellugar el cap i va dir amb irritació:

—Sigui com sigui, no havies d'haver rebutjat Alfred tan de pressa.

—Calla d'una vegada, per l'amor de Déu—va replicar Aliena.

—¿Què té de dolent?

—Alfred no té res de dolent. ¿És que no ho entens? Qui no està bé sóc jo.

Richard va deixar la sella a terra i va assenyalar la seva germana amb un dit acusador.

—Tens raó, i jo sé per què. Ets una egoista i només penses en tu mateixa.

Allò era tan terriblement injust que Aliena va ser incapaç d'enfadar-se. Les llàgrimes li van negar els ulls.

—¿Com em pots dir això? —va preguntar, desconsolada.

—Tot aniria bé només que et casessis amb Alfred. Però t'hi segueixes negant.

—Que jo em casés amb Alfred no t'ajudaria en res.

—És clar que sí.

—Ja m'explicaràs com.

—Alfred m'ha dit que si fos el meu cunyat m'ajudaria. Hauria de retallar algunes despeses, ja que no es podria permetre de mantenir tots els meus homes d'armes, però m'ha promès que em donaria prou diners per a un cavall de guerra, armes noves i el meu propi escuder.

—¿Quan? —va preguntar Aliena, bocabadada—. ¿Quan t'ho ha dit, això?

—Ara mateix. A la festa del pa.

Aliena ho va trobar humiliant, però Richard va tenir prou seny per fer veure que se n'avergonyia. Tots dos havien estat negociant sobre ella com si fossin un parell de tractants de cavalls. Aliena es va posar dreta i, sense dir ni una paraula, va sortir de casa.

Es va dirigir al recinte del priorat, i va entrar-hi des de la banda sud, saltant el rec del costat del molí d'aigua, que aquell dia, com que era festiu, estava aturat. No hauria agafat aquell camí si hagués estat funcionant, perquè el repicar dels martells sobre la tela sempre li provocava mal de cap.

Tal com esperava, el priorat estava desert. Era l'hora en què els monjos estudiaven o descansaven, i aquell dia tothom era al prat. Es va encaminar cap al cementiri. Es va aturar davant de les tombes, agençades amb pulcritud. Les senzilles creus de fusta i els rams de flors fresques li van revelar la veritat. La ciutat encara no havia superat els efectes d'aquella matança. Va buscar la làpida de Tom, que estava adornada amb un àngel de marbre que Jack havia tallat.

«Ara fa set anys», va pensar, «el meu pare em va arranjar un matrimoni molt raonable. William no era ni vell ni lleig ni tampoc pobre. Una altra noia, en el meu lloc, l'hauria acceptat amb un sospir de satisfacció, però jo el vaig rebutjar, i així vaig ocasionar tots els desastres que van venir a continuació: l'atac al nostre castell, l'empresonament del meu pare, la misèria que vam patir Richard i jo... Fins i tot l'incendi de Kingsbridge i la mort de Tom són resultat de la meva obstinació.»

Segons com, la mort de Tom semblava la pitjor desgràcia de totes, potser perquè molta gent l'estimava i perquè era el segon pare de Jack.

«I ara estic declinant una altra petició molt favorable», va dir-se. «¿Quin dret tinc a sentir-me tan especial? Els meus capricis ja han causat prou problemes. Hauria d'acceptar Alfred i estar agraïda de no haver de treballar per aquella meuca de Kate.»

Va deixar la tomba enrere i es va dirigir cap a l'obra en construcció. Es va parar on hi hauria el creuer i va mirar el presbiteri. Ja estava gairebé acabat: només li faltava el sostre. Els paletes es preparaven per construir els dos transseptes. De fet, ja estaven dibuixats a terra, amb estaques i cordill, i els homes ja n'havien començat a cavar els fonaments. Davant seu, per efecte de la posta de sol, els murs altíssims projectaven llargues ombres. Era un dia càlid, però a la catedral hi feia fred. Aliena va contemplar molta estona les fileres d'arcs. El ritme regular de l'arcada —pilar, arc, pilar— li produïa molta satisfacció.

Si Alfred de debò estigués disposat a finançar Richard, Aliena encara podria tenir l'oportunitat de complir el jurament que havia fet al seu pare i tenir cura de Richard fins que fos comte.

En el fons del seu cor sabia que tenia l'obligació de casar-se amb Alfred. El que passava era que no podia acceptar-lo.

Va caminar al llarg de la nau lateral de la banda sud, i passava una mà pel mur, per sentir la superfície rugosa de les pedres. Amb els dits, palpava les estries que hi havia deixat el cisell dentat dels picapedrers. Allí, a les naus laterals, sota les finestres, el mur estava decorat amb arcs cecs, l'objectiu dels quals era realçar la sensació d'harmonia que Aliena experimentava quan mirava l'edifici. A la catedral de Tom, tot semblava estar calculat per tenir un efecte en concret. Se li va acudir que potser la seva vida era com la catedral, on tot estava prèviament previst en un immens plànol, i ella es comportava com un constructor dement, obsedida a posar un salt d'aigua al presbiteri.

Al cantó sud-est del temple, una porta baixa conduïa cap a una escala de cargol força estreta. Impulsivament, Aliena hi va començar a pujar. Quan la porta va desaparèixer de la vista i encara no veia l'acabament de l'escala, va tenir una sensació estranya, perquè li semblava que aquell tram no s'acabaria mai. I aleshores va veure la llum. Hi havia una finestra petita, gairebé una espitllera a la paret de la torreta, destinada sens dubte a il·luminar l'escala. A la fi va desembocar a la galeria espaiosa que hi havia sobre la nau lateral. No hi havia finestres a l'exterior, però per la part de dins donava a la catedral, que encara no estava coberta. Es va asseure a la base d'una de les columnes de l'arcada interior i va recolzar la cara al fust. La fredor de la pedra li va acaronar la galta. Es va demanar si el pilar l'hauria esculpit Jack. Se li va acudir pensar que si queia daltabaix, es podia matar, tot i que, de fet, no era prou amunt. Potser només es trencaria les cames i es quedaria allà, immòbil, patint molt, fins que arribessin els monjos i la trobessin.

Va decidir pujar fins al trifori. Va tornar a l'escala de la torreta i va seguir pujant. El tram que venia era més curt, però també el va trobar aterridor, i quan va arribar al final, el cor li bategava de manera desacompassada. Va entrar al passatge del trifori, que era poc més que un túnel estret. Va caminar de costat pel passatge fins a arribar al rebaix interior d'una finestra del trifori. Es va aferrar al pilar que dividia la finestra en dos. En mirar cap avall, la distància de setanta-cinc peus que la separava de terra la va fer tremolar de pànic.

Va sentir passes a l'escala de la torre. Es va fixar que panteixava com si hagués estat corrent. No es veia ningú. ¿Que potser l'hauria seguit algú amb la intenció d'agafar-la per sorpresa? Les passes seguien avançant pel passatge del trifori. Aliena va deixar el pilar i es va quedar dreta, tremolant de por. Al llindar, hi va aparèixer una silueta. Era Jack.

—¿Què hi fas, aquí? —li va preguntar el noi, sorprès.

—Estava..., estava mirant com anava la teva catedral —va contestar ella.

Jack va assenyalar el capitell que hi havia sobre el cap d'Aliena.

—Això ho he fet jo.

Aliena va mirar enlaire. A la pedra hi havia esculpida la figura d'un home, a l'esquena del qual descansava el pes de l'arc. Tenia el cos convulsionat i una expressió de dolor. Aliena la va mirar atentament. Mai no havia vist res semblant.

—Així és com em sento —va dir ella, sense adonar-se'n.

Quan es va girar, Jack estava al seu costat, aguantant-la pel braç suaument, però amb fermesa.

—Ja ho sé —va respondre.

Aliena va mirar cap avall. La idea de tirar-se d'aquella altura la va fer emmalaltir de por. Es va deixar conduir al llarg del passatge del trifori.

Van baixar les escales de la torreta. Un cop a baix, Aliena se sentia sense forces.

—Estava llegint al claustre i he aixecat la vista. He vist que eres al trifori —li va explicar Jack.

Aliena va contemplar aquella cara jove, que reflectia tanta tendresa i preocupació a la vegada. Aleshores va recordar el motiu que l'havia fet córrer a la catedral per allunyar-se de tot i buscar la solitud. Anhelava besar-lo, i a la mirada d'ell hi va veure el mateix anhel. Totes les fibres del seu ésser l'impulsaven a llançar-se-li als braços, però ara ella sabia molt bé el que havia de fer. Volia dir: «T'estimo amb la força d'una tempesta, d'un lleó, et desitjo amb una fúria irreprimible», però en comptes d'això va dir:

—Em sembla que em casaré amb Alfred.

Jack la va mirar sense poder-s'ho creure. Va canviar d'expressió i tot d'una va exterioritzar una tristesa remota que no corresponia a la seva edat. A Aliena li va semblar que es posaria a plorar. Però no ho va fer. En lloc d'això, la fúria li va aflorar als ulls. Va obrir la boca per dir alguna cosa, però va canviar d'idea, va dubtar i a la fi va mormolar en un to tan glacial com el vent del nord:

—Hauria valgut més que t'haguessis tirat daltabaix del trifori —va fer mitja volta i va entrar de nou al monestir.

«L'he perdut per sempre», va pensar Aliena. I li va semblar que estava a punt de trencar-se-li el cor.

II

Algú va informar que Jack havia sortit furtivament del monestir durant les celebracions del dia de Sant Pere Encadenat. El fet no era en si mateix una falta greu, però abans ja l'havien enxampat dues vegades, i, a més, el detall que aquella vegada ho hagués fet per parlar amb una dona soltera empitjorava la situació. L'endemà aquella transgressió de les normes es va examinar al capítol i se li va ordenar que es mantingués reclòs estrictament. Allò volia dir que en cap moment no podia abandonar els edificis monàstics, el claustre o la cripta, i que cada vegada que anés d'un edifici a l'altre ho hauria de fer acompanyat.

Jack se sentia tan desgraciat per la notícia que Aliena es casava amb Alfred, que tota la resta li era igual. Si l'haguessin castigat a ser assotat en lloc d'impedir-li circular lliurement, hauria sentit la mateixa indiferència.

El càstig implicava, és clar, que no podia treballar més a la catedral, però tant li feia, perquè d'ençà que Alfred s'havia fet càrrec de la construcció, gran part del plaer s'havia esfumat. Ara, passava les tardes lliures llegint. Havia avançat moltíssim en llatí i ja era capaç de llegir-hi a poc a poc. I com que es donava per fet que llegia per perfeccionar el seu domini d'aquesta llengua i no per cap altre motiu, se li va donar accés a qualsevol llibre que li cridés l'atenció. Si bé la biblioteca era reduïda, hi havia diverses obres de filosofia i matemàtiques, i Jack se les empassava una rere l'altra.

Moltes de les coses que llegia, les va trobar decebedores. Hi havia pàgines de genealogies, relats repetitius de miracles realitzats per persones que feia anys i panys que eren mortes, i especulacions teològiques inacabables. El primer llibre que el va atreure de veritat narrava la història del món des de la Creació fins a la fundació del priorat de Kingsbridge. Quan el va acabar va tenir la impressió que sabia tot el que havia passat. Al cap d'uns dies va comprendre que el propòsit del llibre de narrar «tots» els fets era inassolible, perquè, al cap i a la fi, havien passat coses sense parar a tot arreu i no només a Kingsbridge i Anglaterra, sinó també a Normandia, Anjou, París, Roma, Etiòpia i Jerusalem, així que l'autor es devia haver deixat moltes coses. Malgrat tot, el llibre li va despertar un sentiment que mai no havia experimentat: que el passat era com una història en la qual una cosa conduïa a l'altra i que el món no era un misteri il·limitat, sinó una cosa finita que no era inabastable.

Però encara el van intrigar més els enigmes. Un filòsof preguntava com un home feble era capaç de moure una pedra pesant amb una palanca. A Jack mai no li havia semblat estrany que allò es pogués fer, però ara aquesta incògnita el turmentava. Una vegada, havia passat unes quantes setmanes a la pedrera, i recordava que quan els pedrers no podien moure una pedra amb una palanca de ferro d'un peu de llarg, la solució consistia a fer-ne servir una de dos peus. ¿Per què el mateix home no era capaç de moure una pedra amb una palanca curta i, en canvi, la podia moure amb una de llarga? D'aquesta pregunta, se'n derivaven d'altres. Els constructors de catedrals feien servir una gran roda giratòria per pujar fustes i pedres grosses a la teulada. El pes que se subjectava a l'extrem de la corda era massa feixuc perquè un home el pogués aixecar manualment, però el mateix home podia fer girar la roda a la qual hi havia la corda enrotllada i d'aquesta manera el pes pujava. ¿Com era possible?

Aquestes elucubracions li ocupaven la ment una estona, però el seu pensament tornava una i altra vegada a Aliena. Es quedava dret al claustre, amb un gran llibre sobre el faristol i recordava aquell matí que eren al vell molí i l'havia besada. Tenia present cada instant d'aquell petó, des del primer frec suau dels llavis fins a la sensació excitant que li provocava sentir la llengua d'ella a la boca. El seu cos se cenyia al d'Aliena, des de les cuixes fins al pit, fins al punt que li podia sentir les corbes dels pits i dels malucs. El record era tan intens que li semblava que ho experimentava de nou.

¿Què havia fet canviar Aliena? Jack seguia creient que el petó havia estat real, i la fredor posterior d'ella, falsa. En el més profund del seu ésser sabia que la coneixia. Era afectuosa, sensual, romàntica, imaginativa i apassionada. També era irreflexiva i dominant i havia après a mostrar-se dura. Però no era freda, cruel o insensible. No era propi d'ella casar-se només per diners. Seria desgraciada, se'n penediria i emmalaltiria de la desesperació. Ell ho sabia, i Aliena, en el fons del seu cor, també ho devia saber.

Un dia, quan es trobava a la sala d'escriptura, un servent del priorat, que escombrava el terra, es va aturar un moment per descansar.

—Quina gran celebració que hi haurà a casa vostra! —va dir repenjant-se a l'escombra.

Jack, que estudiava un mapa del món dibuixat sobre un gran full de vitel·la, va aixecar la vista. Qui parlava era un vell arronsat que ja no podia fer treballs pesats. Segurament confonia Jack amb algú altre.

—¿I per quin motiu, Joseph?

—¿No ho sabeu? El vostre germà es casa.

—Jo no tinc germans —va replicar Jack, d'esma, però se li va glaçar el cor.

—Vull dir el vostre germanastre —va rectificar Joseph.

—No, no ho sabia. —Jack no podia evitar fer la pregunta, així que va serrar les dents i va dir:— ¿Amb qui és casa?

—Amb aquesta Aliena.

Així doncs, estava decidida a casar-se amb Alfred. Jack tenia la secreta esperança que canviaria d'idea. Va girar la cara perquè Joseph no hi veiés reflectida la desesperació.

—Bé, bé —va mormolar, esforçant-se per parlar en un to natural.

—Sí... aquella que ho va perdre tot a l'incendi.

—¿Quan es casen?

—Demà, a la nova parròquia que va construir Alfred.

«Demà!»

Aliena es casava amb Alfred l'endemà. Fins llavors, Jack mai no havia arribat a creure que allò pogués arribar a passar de debò. Ara la realitat el va sacsejar com els trons remouen el cel. I l'endemà li arribaria la fi de tot.

Va abaixar els ulls i va mirar el mapa que tenia al davant, sobre el faristol. ¿Què importava que el centre del món fos a Jerusalem o a Wallingford? ¿Seria més feliç si sabés com funcionaven les palanques? Havia dit a Aliena que més li hauria valgut tirar-se daltabaix del trifori que casar-se amb Alfred. El que hauria d'haver dit era que ell, Jack, sí que ja es podia tirar daltabaix del trifori.

Estava fart del priorat. La vida que portaven els monjos era una ximpleria. Si no podia treballar a la catedral i Aliena es casava amb un altre, la vida ja no tenia cap al·licient.

El que encara ho empitjorava més era saber, sense cap mena de dubte, que Aliena no seria feliç amb Alfred. I no era només perquè ell el detestés. Hi havia algunes noies que potser estarien més o menys satisfetes d'estar casades amb el seu germanastre. Edith, per exemple, la que no podia parar de riure quan Jack li deia que li agradava molt esculpir la pedra. Edith no hauria esperat gaire d'Alfred i l'hauria afalagat i obeït sempre que ell hagués continuat sent pròsper i que hagués estimat els fills. Però Aliena detestaria cada instant que passés amb ell. Odiaria la barroeria d'aquell home, en menysprearia la fatxenderia, li repugnaria la seva mesquinesa i trobaria insuportable la seva falta d'intel·ligència. El matrimoni amb Alfred seria un infern per a Aliena.

¿Com era que no se n'adonava? Jack estava desorientat. ¿Què li passaria a Aliena? Estava clar que qualsevol cosa seria millor que casar-se amb un home a qui no estimava. Feia set anys, ha-via causat sensació en negar-se a contraure matrimoni amb William Hamleigh. Tanmateix, ara acceptava passivament la proposició d'algú que tampoc no li convenia. ¿En què estava pensant?

Jack ho havia de saber.

Necessitava parlar amb ella i per això havia d'engegar el monestir a rodar.

Va enrotllar el mapa, el va guardar a la biblioteca i es va dirigir cap a la porta. Joseph encara reposava repenjat a l'escombra.

—¿Ja us n'aneu? —va preguntar—. Em pensava que us havíeu de quedar aquí fins que l'admonitor us vingués a buscar.

—L'admonitor se'n pot anar a la merda —va respondre Jack mentre sortia.

Tan bon punt va arribar a la galeria est del claustre, va clissar el prior Philip, que arribava de les obres de la catedral al nord del recinte. Jack va girar cua ràpidament, però Philip el va cridar.

—¿Què hi fas aquí, Jack? Ja saps que no pots circular lliurement.

Jack ja n'estava fins al capdamunt, de la disciplina monàstica. No va fer cas a Philip i va agafar la direcció contrària al prior, cap al corraló que sortia de la galeria sud del claustre i anava, turó avall, fins a les cases humils del moll nou. En aquell mateix moment sortia del corraló Pierre, el germà admonitor, acompanyat dels seus dos ajudants. En veure Jack es va parar en sec. A la cara de pa de ral de Pierre es reflectia una expressió de sorpresa i d'indignació.

—Aturi aquest novici, germà admonitor! —va cridar Philip.

Pierre va allargar un braç per atrapar Jack, però ell li va clavar una empenta i el va apartar del seu camí. L'admonitor va envermellir, però va aconseguir agafar-li el braç. Jack es va desempallegar de Pierre i li va donar un cop de puny al nas. L'admonitor va cridar, més pel greuge que pel dolor, i a l'acte els dos ajudants es van abalançar damunt de Jack, que es va començar a debatre com un boig i va estar a punt d'alliberar-se. Però, en aquell moment, Pierre ja s'havia refet del cop de puny i va aplegar forces, de manera que entre tots tres van aconseguir atrapar Jack, el van fer caure i el van immobilitzar a terra. Ell no es donava per vençut, furiós que una ximpleria pròpia de monjos li impedís de fer una cosa tan important com anar a parlar amb Aliena.

—Deixeu-me anar, imbècils! —va exclamar.

Els dos ajudants se li van asseure al damunt. Pierre seguia dret, netejant-se la sang que li rajava del nas, amb la màniga de l'hàbit. Al cap d'un moment, Philip ja era allà mateix.

Malgrat que Jack estava posseït per la fúria, va notar que Philip també estava molt enrabiat, com mai no l'havia vist.

—No estic disposat a tolerar que ningú es comporti d'aquesta manera —el va reprendre—. Tu, Jack, ets un novici i m'has d'obeir. —Es va dirigir a Pierre.— Tanca'l a la sala d'obediència.

—No! —va cridar Jack—. No em podeu fer això!

—Que no et quedi cap dubte que sí que ho puc fer —va replicar Philip, furibund.

La sala d'obediència era una cel·la petita i sense finestres situada al soterrani, sota el dormitori, a la banda sud, al costat de les latrines. La feien servir per tancar els qui infringien la llei, mentre esperaven que el prior els jutgés o que els enviés a la presó del xèrif a Shiring. Però també l'utilitzaven de tant en tant com a cel·la de càstig per a aquells monjos que cometien ofenses greus contra la disciplina, com, per exemple, faltes d'impuresa amb les serventes del priorat.

El que aterria Jack no era que l'internessin en solitari, sinó que no podria parlar amb Aliena.

—Vós no ho enteneu! —li cridava a Philip—. Haig de parlar amb Aliena!

No podia haver dit res pitjor que allò. Aquella exigència va fer enfurismar Philip encara més.

—Et vaig haver de castigar de bon començament per haver parlat amb ella! —va contestar, furiós.

—Però ho he de fer!

—L'única cosa que has de fer és aprendre a tenir temor de Déu i a obeir els teus superiors.

—Vós no sou el meu superior, ximplet dels collons! Vós no sou res per a mi! Deixeu-me anar, animals!

—Emporteu-vos-el —va ordenar Philip, inflexible.

En aquell moment ja s'havia format una rotllana, i uns quants monjos es van endur Jack enlairant-lo i agafant-lo de braços i cames. Es bellugava com un peix a l'ham, però els monjos el van dominar. No podia creure que li estigués passant tot allò. El van conduir pel passadís fins a la sala d'obediència, mentre ell donava puntades de peu i es debatia.

—Tanqueu-lo! —va manar el germà Pierre amb fermesa.

El van deixar. Va caure a terra fet un cabdell. Es va posar dret, una mica estomacat pel cop, i es va precipitar cap a la porta, però l'hi van tancar pels morros amb violència. Al cap d'un moment, van passar per fora la barra de ferro i van fer girar la clau al pany.

Jack va començar a donar cops de puny a la porta amb totes les seves forces mentre cridava desesperat:

—Deixeu-me sortir! Haig d'impedir que es casi! Deixeu-me sortir!

Però des de fora no li arribava cap soroll. Va seguir cridant i va passar d'exigir a suplicar. Va anar baixant el to de veu fins que es va convertir en un murmuri. Després, va esclatar en plors de frustració. A la fi, ja no li van quedar ni llàgrimes.

La cel·la no estava completament a les fosques, perquè hi entrava una escletxa de llum per sota la porta, i per tant s'hi veia una mica. Va anar resseguint les parets i les palpava amb la mà. Pel traç dels senyals del cisell a les pedres, va saber que aquella cel·la havia estat construïda feia molt de temps. L'habitació no semblava tenir res d'especial. Devia fer uns sis peus quadrats i tenia una columna en un racó i el sostre inclinat. Era evident que temps enrere havia format part d'una habitació més gran i que hi havien aixecat la paret per aïllar-la i convertir-la en un calabós. En un dels murs hi havia una clivella semblant a una finestra estreta, però estava tapiada, i, en qualsevol cas, hauria estat massa estreta perquè ningú hi passés. El terra de pedra era humit. Jack va notar que se sentia el murmuri constant d'un corrent d'aigua i es va adonar que per sota de la cel·la devia passar el canal d'aigua que travessava el priorat des de la bassa fins a les latrines. Allò explicava perquè el terra era de pedra i no de terra batuda.

Estava esgotat. Es va asseure a terra amb l'esquena repenjada a la paret i va clavar la mirada a l'escletxa de llum que entrava per sota la porta, la qual cosa només el turmentava perquè li recordava on volia estar. ¿Com s'ho havia fet per ficar-se en aquell embolic? Mai no l'havia entusiasmat el monestir, ni tampoc havia pensat a dedicar la seva vida a Déu i, ben pensat, en Déu, tampoc no hi creia. Havia entrat de novici per solucionar un problema immediat, per poder-se quedar a Kingsbridge, prop de tot el que estimava. Havia pensat que, sempre que volgués, se'n podria anar. Però ara que volia marxar, ara que ho anhelava més que res en el món, no ho podia fer. Estava presoner. «Tan aviat com surti d'aquí, estrangularé el prior Philip», va pensar. «Encara que després em pengin a la forca.»

Allò el va dur a plantejar-se quan el deixarien sortir de la cel·la. Va sentir la campana que cridava a sopar. Era evident que el pensaven deixar tancat allà tota la nit. Estava segur que en aquell mateix moment devien estar discutint el cas. Els monjos més mesquins estarien a favor de tenir-lo empresonat una setmana... Imaginava Pierre i Remigius advocant per una disciplina severa. Altres, que li tenien més simpatia, potser al·legarien que amb una nit n'hi havia prou. ¿Què diria Philip? El prior li tenia afecte, però en aquells moments devia estar terriblement enfadat, sobretot després que l'hagués insultat. Potser Philip se sentiria temptat a deixar que els inflexibles se sortissin amb la seva. La seva única esperança residia en el fet que el volguessin expulsar immediatament del priorat, la qual cosa, segons els monjos, seria el càstig més dur. En canvi, per a ell seria un cop de sort, perquè així podria parlar amb Aliena abans del casament. Però Jack estava segur que Philip s'oposaria a aquella solució, perquè hauria de considerar l'expulsió com un reconeixement de la seva derrota.

La llum que entrava per sota la porta s'anava fent més tènue cada vegada. Es devia començar a fer fosc. Jack es va demanar com se suposava que els presoners feien les seves necessitats. A la cel·la no hi havia cap gibrella. No era lògic que els monjos s'oblidessin d'aquest detall, perquè defensaven aferrissadament la neteja, fins i tot la dels pecadors. Va tornar a examinar el terra i, prop d'un racó, hi va trobar un forat. Allà el soroll de l'aigua sonava més fort, i va suposar que devia donar al canal subterrani. Allò havia de fer la funció de latrina.

Poc després, es va obrir un porticó. Jack es va posar dret d'un bot. A l'ampit van posar un bol i un tros de pa. Jack no va poder veure la cara de l'home que ho va portar.

—¿Qui hi ha? —va preguntar.

—No m'està permès conversar amb tu —va respondre l'home. Jack li va conèixer la veu a l'acte. Era un monjo vell que es deia Luke.

—¿Han dit quant de temps m'haig d'estar aquí tancat, Luke? —va preguntar Jack.

El monjo va repetir la mateixa cantarella:

—No m'està permès de conversar amb tu.

—Si us plau, Luke! Si ho saps, digue-m'ho —li va suplicar Jack, sense importar-li si semblava patètic.

—Pierre ha proposat una setmana, però Philip ho ha deixat en dos dies —li va xiuxiuejar Luke.

El porticó es va tancar de cop.

—Dos dies! —va exclamar Jack, desesperat—. Però si llavors ja serà casada!

No hi va haver resposta.

Jack es va quedar immòbil. La llum que entrava pel porticó era enlluernadora en comparació amb la foscor de l'interior, i, per uns moments, no va poder veure res fins que els ulls se li van acostumar a les ombres. Però com que se li van omplir de llàgrimes, es va tornar a quedar encegat.

Es va ajeure. No podia fer res. Estaria tancat fins dilluns, i aquell dia Aliena ja seria l'esposa d'Alfred. Es despertaria al seu llit i duria la llavor d'Alfred a dins. La idea li va produir nàusees.

Aviat la foscor va ser completa. Jack es va acostar a les palpentes a l'ampit i va beure del bol. Era aigua. Va agafar un trosset de pa i se'l va posar a la boca, però havia perdut la gana i no se'l va poder empassar. Va beure la resta d'aigua i va tornar a ajeure's.

No es va adormir del tot, només es va quedar endormiscat. Va reviure, com en una visió, les tardes de diumenge que havia passat amb Aliena durant el darrer estiu, quan li va explicar la història de l'escuder que estimava la princesa i va sortir a cercar el cep que donava joies.

La campana de matines el va despertar d'aquell son lleuger. Ara ja estava acostumat a l'horari dels monjos i a mitjanit solia estar ben despert, tot i que sovint havia de dormir a la tarda, especialment quan havia menjat carn. Els monjos devien fer la filera per anar en processó del dormitori a la catedral. Estaven just a sobre de Jack, però a ell li era impossible sentir res. Semblava que havia passat molt poc temps quan la campana va tornar a cridar a laudes, que s'oficiava una hora després de mitjanit. El temps passava de pressa, massa de pressa, ja que l'endemà Aliena estaria casada.

De matinada, i malgrat sentir-se tan infeliç, es va quedar adormit.

Es va despertar sobresaltat. A la cel·la hi havia algú altre.

Estava esparverat.

L'habitació estava completament a les fosques. El soroll de l'aigua semblava més fort.

—¿Qui hi ha? —va preguntar amb una veu tremolosa.

—No tinguis por... Sóc jo.

—Mare, ¿ets tu? —Gairebé es va desmaiar de l'alleujament.— ¿Com sabies que era aquí?

—Joseph m'ha vingut a explicar tot el que ha passat —va contestar Ellen.

—Parla més baix —li va demanar Jack —, si no, et sentiran els monjos.

—No, no em sentiran. Aquí pots cantar i cridar sense que et sentin des de dalt. Ho sé..., perquè ho he provat.

Tenia tantes preguntes al cap que no sabia per on començar.

—¿Com has pogut entrar aquí? ¿Que hi ha la porta oberta? —Jack va anar cap a ella temptejant amb els braços estirats.— Caram..., si estàs tota mullada.

—El canal de l'aigua passa per aquí sota mateix. A terra hi ha una llosa despresa.

—¿Com ho sabies?

—El teu pare va passar deu mesos en aquesta cel·la —va contestar Ellen, i la seva veu reflectia l'amargor acumulada al llarg de tots aquells anys.

—¿El meu pare? ¿En aquesta cel·la? ¿Deu mesos?

—Va ser llavors quan em va ensenyar tots els poemes i les cançons.

—Però, ¿què hi feia, aquí?

—No ho vam saber mai —va respondre ella, sense amagar el ressentiment—. El van segrestar o detenir, mai no ho va poder esbrinar, a Normandia, i el van portar aquí. No parlava anglès ni llatí i no tenia ni idea d'on era. Va treballar aquí, a les quadres del priorat, gairebé un any. Aquí ens vam conèixer. —La veu se li va endolcir amb la nostàlgia.— El vaig estimar des del primer moment en què el vaig veure. Era tan afectuós i semblava tan espantat i infeliç... En canvi, cantava com un àngel. Feia mesos que no parlava amb ningú. Va estar tan content quan li vaig dir que sabia algunes paraules en francès que crec que només per això me'n vaig enamorar. —La ira va tornar a endurirli la veu.— Al cap d'uns mesos el van tancar en aquesta cel·la. Va ser llavors quan vaig descobrir la manera d'entrar-hi.

A Jack se li va acudir que potser l'havien concebut precisament allà, sobre el terra fred de pedra. La idea el va incomodar i es va alegrar que fos massa fosc perquè la seva mare i ell es poguessin veure les cares.

—Però el meu pare devia haver fet alguna cosa perquè el detinguessin —va dir.

—Ell no sabia què podia haver fet. A la fi, es van inventar un delicte. Algú li va donar un calze incrustat de pedres precioses i li va dir que se n'anés. El van arrestar quan va haver recorregut una o dues milles, i el van acusar d'haver robat el calze. I per això el van penjar.

Ellen plorava.

—¿Qui va ser?

—El xèrif de Shiring, el prior de Kingsbridge... Ja no importa qui.

—I, ¿què en saps, de la família del meu pare? Devia tenir pares, i germans i germanes...

—Sí, a França tenia molta família.

—¿Per què no es va escapar i se n'hi va tornar?

—Ho va intentar una vegada, però el van tornar a agafar i el van portar altre cop aquí. Llavors va ser quan el van tancar a la cel·la. És clar que ho hauríem pogut provar de nou, després d'haver descobert com sortir d'aquí. Però no sabia com tornar a casa, no sabia ni una paraula d'anglès i no en tenia ni cinc. Li hauria estat gairebé impossible. Ara sabem que ho hauria d'haver fet, però llavors mai no vam pensar que el penjarien.

Jack la va rodejar amb els braços per consolar-la. Estava xopa de cap a peus i tremolava. Havia de sortir d'allà per eixugar-se. I llavors va comprendre, sobresaltat, que si ella podia sortir, ell també. Per uns moments gairebé s'havia oblidat d'Aliena, mentre la seva mare li parlava del seu pare, però ara es compliria el seu desig. Parlaria amb Aliena abans que no es casés.

—Digue'm com se surt d'aquí —li va demanar, tot d'un plegat.

Ellen va sanglotar i es va empassar les llàgrimes.

—Agafa'm pel braç i jo et guiaré —va xiuxiuejar.

Van travessar la cel·la i, al cap d'un moment, Jack es va adonar que la seva mare començava a baixar.

—Deixa't caure al canal i prou —li va explicar—. Agafa aire i fica el cap sota l'aigua. Llavors, vés de quatre grapes contra corrent, o acabaràs a la latrina dels monjos. Quan estiguis a prop del final, et mancarà l'alè. Però conserva la calma, segueix avançant i ho aconseguiràs.

Ellen es va enfonsar i Jack va perdre el contacte amb ella. Va trobar un forat i s'hi va ficar. Tot seguit, va tocar aigua amb els peus. Quan va arribar al fons de túnel i es va posar dret, encara tenia les espatlles a la cel·la. Abans de continuar baixant, va agafar la pedra i la va tornar a posar a lloc, fruint maliciosament per endavant amb el desconcert que es crearia quan els monjos trobessin la cel·la buida.

L'aigua estava freda. Va respirar fondo i es va repenjar a les mans i als genolls, i va avançar de quatre grapes contra el corrent. Anava tan de pressa com podia. Mentre feia via, s'imaginava els edificis que tenia a sobre. Primer va passar per sota el corraló, després el refectori, la cuina i el forn. No estava lluny, però semblava que allò no s'acabés mai. Va intentar sortir a la superfície, però va topar amb el cap a la part de dalt del túnel. Va sentir pànic, però va recordar el que li havia dit la seva mare. Ja gairebé havia arribat. Al cap d'un moment va veure llum davant seu. Mentre parlaven a la cel·la, el dia havia despuntat. Es va arrossegar fins a tenir la llum a sobre. Llavors es va posar dret i va aspirar aire fresc. Quan va recobrar l'alè, va sortir del rec.

La seva mare ja s'havia canviat de roba. Portava un vestit sec i net, i cargolava i escorria el mullat. També havia dut roba seca per a ell. Allà al marge, hi havia la vestimenta que no havia portat des de feia mig any: una camisa de lli, una túnica verda de llana i botes de pell. La seva mare es va girar d'esquena i Jack es va treure l'hàbit de monjo xop i es va posar la seva roba.

Va llençar aquell hàbit al rec. No pensava tornar-se'l a posar mai més.

—¿Què faràs, ara? —li va preguntar la seva mare.

—Aniré a veure Aliena.

—¿Ara mateix? És molt d'hora.

—No puc esperar més.

Ellen va assentir amb el cap.

—Sigues afectuós. Està patint molt.

Jack es va inclinar per fer-li un petó. En acabat, la va abraçar amb força.

—M'has tret de la presó —va dir, i llavors va esclafir a riure—. Quina mare que tinc!

Ellen va somriure, però tenia els ulls negats de llàgrimes.

Jack li va donar una altra abraçada de comiat i se'n va anar.

Tot i que ja era de dia, no es veia ni una ànima. Com que era diumenge i la gent no treballava, aprofitaven l'ocasió per llevar-se més tard de la sortida del sol. Jack no estava segur si havia d'anar amb compte per si algú el veia. ¿Tenia dret el prior Philip a empaitar un novici que s'havia fugat i obligar-lo a tornar? I en el cas que el tingués, ¿el voldria exercir? Jack no ho sabia. Tanmateix, Philip era la llei a Kingsbridge, i Jack l'havia desafiat. Com a conseqüència, no es podia descartar que sorgissin problemes d'alguna mena. Però en aquells moments, Jack només pensava en el futur immediat.

Va arribar a la petita casa d'Aliena i de sobte se li va acudir que potser Richard hi era. Esperava que no. De tota manera, no hi podia fer res. Es va acostar a la porta i la va picar suaument.

Va parar l'orella. A dins no se sentia res. Va tornar a picar més fort i aquesta vegada va sentir un soroll de palla que es removia.

—Aliena! —va mormolar amb força.

—¿Sí? —va respondre una veu espantada.

—Obre la porta!

—¿Qui és?

—Sóc Jack.

—Jack!

Es va fer un silenci. Jack va esperar.

Aliena va tancar els ulls, desesperada, i es va deixar caure sobre la porta recolzant la galta sobre la fusta tosca. «No pot ser que sigui Jack», va pensar. «Avui, no, ara no.»

Però la veu de Jack li va tornar a arribar de nou, un murmuri baix, en un to d'urgència.

—Si us plau, Aliena, obre la porta. De pressa! Si m'agafen em tornaran a ficar a la cel·la.

Aliena sabia que l'havien tancat, perquè la notícia s'havia escampat per tota la ciutat. Era evident que s'havia escapat. I havia corregut al seu costat. El cor li va començar a bategar molt de pressa. No el podia decebre.

Va aixecar la barra i va obrir la porta.

Jack tenia els cabells xops, com si s'hagués banyat. No duia l'hàbit de monjo, sinó roba corrent. Va somriure com si veure-la fos la millor cosa que li hagués passat a la vida.

—Estaves plorant —va dir Jack, arrufant les celles.

—¿Per què has vingut aquí?

—T'havia de veure.

—Em caso avui.

—Ja ho sé. ¿Que puc passar?

Aliena sabia que no estava bé deixar-lo entrar, però va pensar que aquell mateix dia es convertiria en l'esposa d'Alfred i que potser seria la darrera vegada que podria parlar a soles amb Jack. «No m'importa que no estigui bé», va pensar. Així que va obrir més la porta. Jack va entrar i ella va tornar a passar la barra.

Es van quedar immòbils, mirant-se l'un a l'altra. Ara Aliena estava neguitosa. Als ulls de Jack hi havia una expressió d'ànsia i desesperació, com la d'un home que, mort de set, veu un salt d'aigua.

—No em miris així —li va demanar ella, i va fer mitja volta.

—No et casis amb Alfred —va dir Jack.

—Ho he de fer.

—Et farà desgraciada.

—Ja ho sóc.

—Mira'm, si et plau.

Aliena es va girar i va aixecar la vista.

—Per favor, digue'm per què ho fas —li va pregar Jack.

—¿Per què t'ho haig de dir?

—Per la manera com em vas besar al molí vell.

Aliena va abaixar els ulls i va sentir que es ruboritzava. Aquell dia s'havia deixar endur per un impuls, i d'aleshores ençà se n'havia avergonyit. Ara Jack l'hi retreia. No va dir res. No es podia defensar.

—Des de llavors has estat molt freda amb mi —va continuar Jack.

Ella va mantenir la vista baixa.

—Érem tan amics! —va afegir ell, implacable—. Tot l'estiu a la clariana del bosc... Els meus poemes... Érem feliços. Allà et vaig fer un petó una vegada. ¿Te'n recordes?

És clar que se'n recordava, tot i que s'havia arribat a convèncer ella mateixa que mai no havia succeït. En aquell moment, el record entendria Aliena, i els ulls se li van omplir de llàgrimes.

—I llavors se'm va acudir la manera de batanar la tela —va continuar Jack—. Estava tan content de poder-te ajudar en el teu negoci! Et vas emocionar quan ho vas veure. I ens vam tornar a besar. Però no va ser un simple petó com el primer. Aquesta vegada va ser..., apassionat.

«Déu meu! Sí, sí que ho va ser», va pensar Aliena. I es va tornar a ruboritzar. Se li va accelerar la respiració. Desitjava que Jack callés, però no ho feia.

—Ens vam abraçar molt fort —va seguir ell—. I ens vam estar besant una estona que va semblar una eternitat. Vas obrir la boca.

—Calla! —va cridar Aliena.

—¿Per què? —va replicar Jack—. ¿Quin mal hi ha? ¿Per què et vas tornar tan freda?

—Perquè estic espantada! —va contestar ella, i llavors va esclatar en plors. Es va tapar la cara amb les mans i va sanglotar. Al cap d'un moment va sentir les mans de Jack a les espatlles. Es va quedar immòbil i, al cap d'una estona, ell la va rodejar amb els braços i va posar-li la galta als cabells, aquells cabells curts, lletjos i sense forma, que encara no li havien crescut des de l'incendi, i li va fregar l'esquena com si fos un nadó. A Aliena li hauria agradat estar-se així tota la vida. Però Jack la va apartar per mirar-la.

—¿Per què t'espantes tant? —li va preguntar.

Aliena ho sabia, però no l'hi podia explicar. Va fer que no amb el cap mentre reculava una passa. Però Jack la va agafar pels canells, i la va mantenir a prop.

—Escolta, Aliena —va dir—. Vull que sàpigues que tot això per a mi ha estat terrible. Al principi semblava que m'estimaves, després vaig tenir la impressió que m'odiaves, i ara et cases amb el meu germanastre. No ho entenc. Jo no en sé, d'aquestes coses, mai no havia estat enamorat, i ho trobo tan dolorós... No hi ha paraules per expressar la meva aflicció. ¿No creus que com a mínim hauries de mirar d'explicar-me per què he de passar per tot això?

A Aliena la van envair els remordiments quan es va adonar que l'havia ferit cruelment, tot i que, en realitat, l'estimava molt. Estava avergonyida per la manera com l'havia tractat. Jack només havia estat amable i bo amb ella, i ella l'havia recompensat arruïnant-li la vida. Tenia dret a una explicació. Va fer un gran esforç i va dir:

—Fa molt de temps em va passar una cosa, Jack, una cosa terrible que durant molts anys vaig intentar oblidar. No volia tornar-hi a pensar, però quan em vas besar d'aquella manera, em va tornar tot, i no ho vaig poder suportar.

—¿Què et va passar?

—Després que van fer presoner el meu pare, Richard, un servent que es deia Matthew i jo ens vam quedar a viure al castell. Una nit va arribar William Hamleigh i ens va fer fora de casa nostra.

—¿I què més va passar?

—Van matar el pobre Matthew.

Jack sabia que no ho explicava tot.

—¿Per què?

—¿Què vols dir?

—¿Per què van matar el teu servent?

—Perquè els volia aturar. —Aliena plorava a llàgrima viva i sentia un nus al coll cada vegada que provava de parlar. Impotent, va bellugar el cap i va voler fer mitja volta, però Jack la va retenir.

—¿Què era el que volien fer que ell els hagués d'aturar? —va preguntar amb una veu tan suau com un petó.

Tot d'una Aliena va saber que seria capaç d'explicar-l'hi i les paraules li van brollar com si fossin un torrent.

—Em van forçar. L'escuder em va aguantar i William es va posar sobre meu. Jo tota l'estona m'hi resistia i llavors li van tallar el lòbul de l'orella a Richard i van dir que l'anirien tallant tot a trossets. —Ara sanglotava d'alleujament, agraïda de poder-ho explicar a la fi. Va mirar Jack als ulls i va afegir:— Així que vaig obrir les cames, i William em va violar mentre l'escuder obligava Richard a mirar.

—Em sap molt de greu —va murmurar Jack—. Corrien rumors, però mai no vaig pensar... ¿Com et van poder fer això, Aliena?

Ella va pensar que ho havia de saber tot.

—I llavors, un cop William em va haver violat, també ho va fer l'escuder.

Jack va tancar els ulls. Tenia la cara pàl·lida i tensa.

—I llavors —va continuar Aliena—, quan tu i jo ens vam fer aquell petó, vaig tenir ganes que em fessis l'amor, però en aquell moment em van venir a la memòria William i el seu escuder, i em vaig sentir tan malament, vaig tenir tanta por que em vaig escapar corrents. Aquesta és la raó que estigués tan esquerpa amb tu i que et fes tan desgraciat. Ho sento.

—Et perdono —va xiuxiuejar Jack. La va atraure cap a ell i Aliena va deixar que la rodegés amb els braços. Era tan consolador...

Aliena va sentir com ell s'estremia.

—¿Encara t'agrado?

—T'adoro —va dir ell, i abaixant el cap li va besar la boca.

Ella es va quedar rígida. Allò no era el que volia. Jack la va apartar una mica i llavors la va tornar a besar. El frec dels seus llavis era molt suau. Aliena va sentir afecte i gratitud per ell, i es va humitejar els llavis, només una mica. Jack, animat, va tornar a posar la seva boca a frec de la d'ella. Aliena sentia el seu alè càlid. Ell va obrir els llavis una mica i llavors ella es va apartar ràpidament.

—¿Tan desagradable ho trobes? —va preguntar ell, ferit.

La veritat era que Aliena ja no estava tan espantada com abans. Havia revelat a Jack aquell secret espantós, i ell no l'havia rebutjat amb repulsió. Al contrari, es mostrava tan tendre i dolç com sempre. Va aixecar el cap i ell la va tornar a besar. Ja no tenia por. No hi havia res amenaçador, violent, o fora de control. No hi havia cap desig de dominar-la, ni de forçar-la, ni d'odi, sinó tot el contrari. Aquell petó era un plaer compartit.

Jack va entreobrir els llavis i Aliena li va sentir la punta de la llengua. Es va tornar a posar tensa. Jack li va fer separar els llavis. Ella es va tranquil·litzar de nou. Ell li va mossegar suaument el llavi inferior, i li va fer sentir una mena de vertigen.

—¿Vols tornar a fer allò de l'última vegada? —li va preguntar Jack.

—¿Què vaig fer?

—Ara t'ho ensenyo. Obre la boca, només una mica.

Aliena va fer el que li demanava i va sentir de nou la llengua de Jack que li acariciava els llavis, i tot seguit s'obria pas entre les dents i li explorava la boca per trobar-se amb la seva llengua. Aliena es va apartar.

—Així —va dir Jack—. Això és el que vas fer.

—¿Jo? —va preguntar Aliena, sobresaltada.

—Sí. —Jack va somriure i llavors la seva expressió es va fer solemne i va afegir:— Si ho tornessis a fer, això em compensaria de tota la tristesa que he patit aquests darrers nou mesos.

Aliena va tornar a aixecar la cara i va tancar els ulls. Al cap d'un instant, va sentir la boca de Jack sobre la seva. Va obrir els ulls, va vacil·lar i després, nerviosa, va ficar-li la llengua a la boca. En fer-ho va recordar com s'havia sentit l'última vegada que ho havien fet, al molí vell, i va experimentar de nou aquella sensació d'èxtasi. La va envair la necessitat de tenir-lo abraçat, de tocar-li la pell i els cabells, de sentir-li els músculs i els ossos, d'entrar dintre seu i tenir-lo dins d'ella. Les llengües es van trobar i, en lloc de neguitejar-la o fer-li sentir repugnància, allò tan íntim de tocar amb la llengua la de Jack la va excitar.

Ara tots dos panteixaven. Ell li sostenia el cap entre les mans i Aliena li acaronava els braços, l'esquena i els malucs, sentint-li els músculs tensos i forts. El cor li bategava amb força. A la fi, ja sense alè, va apartar els llavis.

Aliena el va mirar. Jack estava vermell. Panteixava i a la cara se li reflectia tota la intensitat del desig. Al cap d'un moment es va inclinar de nou, però en lloc de besar-li la boca, li va aixecar la barbeta i li va fer un petó a la pell suau del coll. Aliena va sentir el seu propi gemec de plaer. Jack va abaixar més el cap i li va fregar amb els llavis el naixement del pit. A Aliena se li van inflamar els mugrons sota el teixit bast de la camisa de dormir, i al mateix temps se'ls notava molt tendres. Els llavis de Jack es van tancar sobre un mugró. Aliena va sentir a la pell el seu alè abrusador.

—A poc a poc —va murmurar, temorosa.

Jack li va besar el mugró a través del lli i tot i que ho va fer tan suau com va poder, Aliena va experimentar una sensació de plaer tan aguda que va ser com si l'hagués mossegat, i va fer un crit ofegat.

I llavors Jack se li va agenollar al davant.

Va posar la cara contra el seu ventre. Aliena va sentir tot d'una un formigueig a l'engonal. Jack li va agafar la vora de la camisa i l'hi va pujar fins a la cintura. Ella el mirava recelosa per veure com reaccionaria, ja que sempre s'havia avergonyit de tenir tant de pèl al pubis. Però a Jack no li va molestar gens. Al contrari, es va inclinar i l'hi va besar suaument, com si fos la cosa més meravellosa del món.

Aliena va caure de genolls davant d'ell. Ara ja esbufegava, com si hagués corregut una milla. El necessitava amb bogeria. Tenia el coll sec de desig. Va posar les mans als malucs de Jack i llavors en va fer lliscar una per sota la seva túnica. Aliena mai no havia tocat el penis d'un home. Estava calent i dur. Jack va tancar els ulls i va deixar escapar un gemec profund mentre ella l'acariciava de baix a dalt amb la punta dels dits. En acabat, li va aixecar la túnica i, inclinant-se, l'hi va besar amb un frec suau dels llavis. Tenia la punta tibant i una mica humida.

De sobte, va tenir el desig irrefrenable d'ensenyar-li els pits. Es va posar dreta de nou. Jack va obrir els ulls. Sense deixar-lo de mirar, es va treure la camisa pel cap i la va llançar ben lluny. Ja estava completament nua. Se sentia estranyament conscient d'ella mateixa i era una sensació gratificant. Jack li va contemplar els pits com hipnotitzat.

—Són molt bonics —va mormolar.

—¿De debò? —li va preguntar ella—. Sempre m'havia semblat que eren massa grossos.

—¿Massa grossos? —va repetir Jack com si allò fos un insult. Va allargar el braç i li va tocar el pit esquerre amb la mà dreta. L'hi va acariciar delicadament. Aliena mirava cap avall observant el que ell feia. Al cap d'un moment va voler que ho fes més fort. Li va agafar les mans i les hi va prémer contra les sines.

—Més fort! —li va demanar amb la veu trencada—. Necessito sentir-te més.

Aquelles paraules el van enardir. Li va acariciar les sines amb força i després li va agafar els mugrons i els va pessigar just perquè li fessin una mica de mal. Aquella sensació va semblar que la feia embogir. Li va quedar la ment en blanc, perquè només sentia el seu cos en harmonia amb el de Jack.

—Treu-te la roba —li va dir—. Et vull veure.

Jack es va desprendre de la túnica i la samarra, es va treure les botes i les calces i es va agenollar de nou davant d'ella. Els cabells rojos se li havien eixugat, cargolant-se-li. El cos era prim i blanc, amb les espatlles i els malucs ossuts. Es veia enèrgic i àgil, jove i airós. El penis li sobresortia com un arbre entre la fronda de pèl vermellós. Tot d'un plegat Aliena va tenir ganes de besar-li el pit. Inclinant-se cap endavant va fregar-li amb els llavis els mugrons, que se li van endurir com els d'ella. Els hi va mossegar delicadament, volent-li fer sentir el mateix plaer que ell li havia produït. Jack li va acaronar els cabells.

Aliena el volia sentir dintre seu, com més aviat millor, però es va adonar que Jack no estava segur del que havia de fer.

—¿Ets verge, Jack? —li va preguntar.

Ell va assentir, sentint-se una mica cohibit.

—Me n'alegro —va dir ella, sentint-ho de cor—. Me n'alegro molt.

Li va agafar les mans i les hi va guiar fins a l'entrecuix. Tenia aquella part inflamada i sensible i aquell contacte va ser electritzant.

—Acaricia'm —va murmurar—. Ell la va explorar amb els dits.

—Acaricia'm més endins.

Jack va pressionar endins suaument amb un dit. Estava humida de desig.

—Aquí —va dir ella i va deixar anar un sospir de plaer—. Sí, fica'l aquí.

Es va ajeure a la palla.

Jack es va estirar a sobre d'ella i, repenjat-se en un colze, la va besar a la boca. Aliena el va sentir entrar i llavors aturar-se.

—¿Què passa? —li va preguntar.

—Sembla tan petit —va contestar Jack—. Tinc por de ferte mal.

—Empeny més fort —li va indicar ella—. Et desitjo tant que no m'importa que faci mal.

Ell va empènyer a poc a poc. Feia més mal del que havia esperat, però només va ser un moment, i després va sentir una satisfacció infinita. El va mirar. Ell es va enretirar una mica i després va tornar a empènyer. Ella també va empènyer i va xiuxiuejar:

—No em pensava que fos tan fantàstic.

Jack va tancar els ulls com si fos incapaç de resistir tanta felicitat. Es va començar a moure rítmicament. Aquells impulsos constants produïen a Aliena una sensació de plaer en algun lloc del pubis. Es va sentir ella mateixa fer petits crits d'excitació cada vegada que es trobaven els dos cossos. Ell es va inclinar fins que li va tocar amb el pit els seus mugrons. Aliena va sentir el seu alè ardent. Li va tocar l'esquena. El seu panteixar regular es va transformar en crits. De sobte va sentir la necessitat de besarlo. Va enfonsar-li les mans als cabells, i va acostar el seu cap al d'ella. El va besar amb força als llavis i llavors li va ficar la llengua a la boca i es va començar a moure cada vegada més de pressa. Tenir-lo a dins mentre tenia la llengua a la boca d'ell la va fer embogir de plaer. Va sentir que la sacsejava un espasme immens de goig. Va cridar amb força. Va obrir els ulls i, mirant-lo fixament, va pronunciar el seu nom. Llavors la va envair una onada i després una altra i una altra. També va sentir que el cos d'ell se sacsejava, mentre dins d'ella sentia un raig càlid que l'enardia encara més, fent-la estremir de plaer una vegada i una altra fins que, finalment, aquella sensació es va esvanir i el cos li va quedar completament las.

Estava massa esgotada per parlar o moure's, però sentia sobre seu el pes de Jack, els seus malucs ossuts, els seu pit aixafant-li les sines, la seva boca al costat de l'orella i el seus dits que li embolicaven els cabells. Part del seu cap pensava d'una manera vaga: «Això és el que passa entre home i dona, per aquest motiu la gent va tan excitada, també és la raó que marit i muller s'estimin tant.»

La respiració de Jack es va acompassar, i el cos se li va anar relaxant fins a quedar-se adormit.

Aliena va girar el cap i li va besar la cara. No pesava gaire. Anhelava que continués d'aquella manera per sempre, adormit damunt d'ella.

Aquella idea li va recordar que aquell dia mateix es casava. «Verge santa!», va pensar, «¿què he fet?»

Es va posar a plorar.

Al cap d'un moment Jack es va despertar. Li va besar amb tendresa les llàgrimes que li queien galtes avall.

—Voldria casar-me amb tu, Jack —va desitjar Aliena.

—Doncs casem-nos —va dir Jack amb una gran satisfacció.

No l'havia entès, allò només servia per empitjorar les coses.

—Però no podem.

—Després d'això...

—Ja ho sé...

—Després d'això t'has de casar amb mi.

—No ens podem casar —va repetir ella—. Estic arruïnada i tu no tens res.

Jack es va incorporar, repenjant-se als colzes.

—Tinc aquestes mans —va dir amb orgull—. Sóc el millor tallista de pedra en moltes milles al voltant.

—Et van despatxar...

—Això no té importància. Puc trobar feina en una altra església.

Aliena va sacsejar el cap, desolada.

—No n'hi ha prou. He de tenir cura de Richard.

—¿Per què? —va exclamar Jack, indignat—. ¿Què hi té a veure Richard, en tot això? Ja és prou gran per tenir cura d'ell mateix.

De sobte Jack va semblar-li infantil, i a Aliena se li va fer patent la diferència d'edat. Era cinc anys més jove que ella i encara creia que tenia dret a ser feliç.

—Vaig jurar al meu pare, quan s'estava morint, que tindria cura de Richard fins que arribés a ser comte de Shiring —li va explicar.

—Però això pot ser que no ho aconsegueixi mai!

—Un jurament és un jurament.

Jack estava estupefacte. Va rodolar i es va apartar d'Aliena, que va experimentar una sensació dolorosa quan el seu penis va sortir d'ella. «Mai més no tornaré a sentir-lo dintre meu», va pensar desconsolada.

—És impossible que creguis això —va dir Jack—. Un jurament només són paraules! No és res en comparació amb això. Això és real, això som tu i jo. —Li va mirar els pits. Després va allargar el braç i li va acariciar el pèl del pubis. Aquesta vegada el contacte li va produir una fiblada i Jack, quan va veure la seva ganyota de dolor, es va aturar.

Per un moment, Aliena va estar a punt de dir: «Sí, molt bé, fugim plegats ara mateix», i potser ho hauria fet si ell hagués continuat acariciant-la d'aquella manera. Però va recuperar el seny.

—Avui em caso amb Alfred.

—No siguis ridícula.

—És l'única solució.

—No puc creure que estiguis parlant seriosament.

—És veritat.

—Sóc incapaç de renunciar a tu. No puc. Senzillament no puc. —A Jack se li va esquerdar la veu i va ofegar un sanglot.

—¿De què serviria que trenqués la paraula donada al meu

pare per fer un altre jurament de matrimoni amb tu? —va preguntar ella—. Si trenco el primer, el segon no té cap valor.

—No m'importa i no vull els teus juraments. Només vull que estiguem tot la vida junts i que fem l'amor sempre que vulguem.

Era el punt de vista sobre el matrimoni d'un xicot de divuit anys, va pensar Aliena, però no ho va dir. Si hagués estat lliure, l'hauria acceptat encantada.

—No puc fer tot el que vull —va declarar amb tristesa—. No és el meu destí.

—El que fas està mal fet —li va assegurar Jack—. Renunciar a la felicitat és com tirar pedres precioses al mar. És pitjor que qualsevol pecat.

Aliena es va sobresaltar perquè el cor li va dir que la seva mare hi hauria estat d'acord. Ignorava com ho sabia. Va apartar aquella idea del cap.

—Mai no em sentiria feliç, ni tan sols amb tu, si hagués de viure amb la certesa d'haver trencat una promesa que vaig fer al meu pare.

—T'importen més el teu pare i el teu germà que jo —es va queixar Jack en un to de retret.

—No...

—Doncs, ¿què?

Ell només discutia, però Aliena va prendre's la pregunta seriosament.

—Suposo que significa que el jurament que li vaig fer al meu pare és per a mi més important que l'amor que sento per tu.

—¿De debò? —va preguntar ell, incrèdul—. ¿De debò que és més important?

—Sí, sí que ho és —va respondre Aliena, i les seves paraules li van sonar com una campana que toca a morts.

—Llavors no hi a res més a dir —va mormolar ell.

—Només que..., ho sento.

Jack es va posar dret. Es va girar d'esquena a Aliena, i va agafar la seva roba. Ella va mirar el seu cos llarg i prim. Tenia les cames peludes, amb uns pèls d'un vermellós daurat. Es va posar la camisa i la túnica ràpidament, i en acabat els mitjons i les botes. Tot va passar massa de pressa.

—Seràs molt desgraciada —va dir ell, mirant de ser desagradable, però l'intent va ser un fracàs, perquè Aliena va copsar el seu to de compassió.

—Ja ho sóc —va respondre—. ¿No voldries almenys... dir que respectes la meva decisió?

—No —va contestar ell sense vacil·lar—. De cap manera. La trobo menyspreable.

Aliena continuava allà asseguda, nua, mirant-lo. Es va posar a plorar.

—Val més que me'n vagi —va dir Jack, i se li va trencar la veu.

—Sí, vés-te'n —va mumurar Aliena entre sanglots.

Ell es va dirigir cap a la porta.

—Jack!

Jack es va girar.

—¿No em desitges sort?

Va aixecar la barra.

—Bona... —va callar, incapaç de seguir parlant, va mirar a terra i llavors la va esguardar de nou. La veu li va arribar a Aliena com un murmuri.— Bona sort.

I se'n va anar.

A la casa de Tom, ara hi vivien Ellen i Martha, però també era la llar d'Alfred, així que aquell matí estava plena de gent preparant el banquet de noces. Martha, la germana de tretze anys d'Alfred, ho havia organitzat tot, mentre que la mare de Jack semblava desconsolada. Alfred estava allà amb una tovallola a la mà, a punt de baixar al riu. Les dones es banyaven un cop al mes i els homes per Pasqua Florida i per Sant Miquel, però era tradició banyar-se el dia del casament. Quan va arribar Jack es va fer silenci.

—¿Què vols? —li va preguntar Alfred.

—Que suspenguis el casament.

—No fotem!

Jack es va adonar que havia començat malament. Havia d'intentar no convertir la discussió en un enfrotament. El que ell plantejava era també en benefici d'Alfred, i havia d'aconseguir que ell ho veiés així.

—No t'estima, Alfred —li va dir amb tota l'amabilitat possible.

—Tu no en saps res, d'això, noi.

—Sí que ho sé —va insistir Jack—. No t'estima. Només ho fa per Richard. És l'únic a qui farà feliç aquest matrimoni.

—Torna al monestir —va replicar Alfred amb menyspreu—. Per cert, ¿on és l'hàbit?

Jack va respirar fondo. No li quedava més remei que dir-li la veritat.

—M'estima a mi, Alfred. —Esperava que ell s'enfurismés, però a la cara només li va aparèixer l'ombra d'un somriure astut. Jack es va quedar estupefacte. ¿Què significava allò? Aviat ho va veure clar.— ¿Ja ho sabies? —va exclamar amb incredulitat—. ¿Saps que m'estima i tot i així no t'importa? La vols com sigui, t'estimi o no. Només vols aconseguir-la.

El somriure d'Alfred es va fer més maliciós i Jack va saber que el que deia era la pura veritat. Però l'expressió d'Alfred amagava alguna cosa més. Una sospita increïble va travessar la ment de Jack.

—¿Per què la vols per a tu?—va preguntar—. ¿Que potser t'hi vols casar només per prendre-me-la a mi? —La ira li va fer pujar el to de veu.— ¿Que només et vols casar amb ella per rancúnia?

A la cara de babau d'Alfred va aparèixer una expressió de triomf i Jack va saber que l'havia encertada de ple. La idea que Alfred estava fent tot allò no per un comprensible desig de casar-se amb Aliena, sinó per mesquinesa, era una cosa impossible de suportar.

—Quins pebrots que tens! Val més que la tractis bé —va vociferar.

Alfred va esclafir a riure.

La suprema perversitat dels objectius d'Alfred va ser com una garrotada per a Jack. Alfred no la pensava tractar bé. Aquesta seria la revenja final reservada per a ell. El seu germanastre es casaria amb Aliena i la faria desgraciada.

—Ets menyspreable —va dir Jack amb amargor—. Una merda. Un llimac pervers i fastigós.

Aquelles paraules van fer encendre d'ira Alfred, que va llançar la tovallola i es va tirar al damunt de Jack amb el puny tancat. Jack l'esperava, i es va avançar per pegar-li primer. Tot d'una, Ellen va aparèixer entre els dos i, malgrat que era tan petita, els va aturar amb una sola frase:

—Vés a banyar-te, Alfred.

Alfred es va calmar a l'acte. Va entendre que havia guanyat la partida sense haver de lluitar amb Jack, i amb un posat fatxenda va revelar el que pensava. Va sortir de casa.

—I ara ¿què faràs, Jack? —li va preguntar la seva mare.

Jack tremolava de fúria. Va respirar fondo diverses vegades abans de poder parlar. Va comprendre que no podia impedir que se celebrés el casament. Però tampoc no hi volia assistir.

—Me n'haig d'anar de Kingsbridge.

Va veure la pena reflectida a la cara de la seva mare. No obstant això, hi va estar d'acord.

—Temia que em diries això. Però crec que tens raó.

Al priorat va començar a repicar una campana.

—D'un moment a l'altre descobriran que m'he escapat —va dir Jack.

—Vés-te'n de pressa, però amaga't a la vora del riu, prop del pont. Et portaré unes quantes coses —li va dir la seva mare.

—D'acord —va contestar Jack, i va fer mitja volta.

Martha estava entre ell i la porta, plorant. Jack la va abraçar, i ella se li va aferrar amb força. El seu cos adolescent era llis i ossut com el d'un noi.

—Torna algun dia —li va pregar.

Jack li va fer un petó ràpid i va sortir.

En aquells moments ja hi havia molta gent al riu, agafant aigua i gaudint del càlid matí de tardor. Molts sabien que era novici, perquè la ciutat era prou petita perquè tothom estigués al corrent dels assumptes dels altres, així que la seva vestimenta de seglar va atraure moltes mirades de sorpresa. Però ningú no li va fer cap pregunta. Va davallar de pressa el vessant del turó, va travessar el pont i va caminar per la riba fins a un canyissar. Es va ajupir per vigilar el pont, i va esperar que la seva mare aparegués.

No tenia ni idea d'on aniria. Potser començaria a caminar en línia recta fins que arribés a una ciutat on es construís una catedral i s'hi aturaria. El que havia dit a Aliena de buscar feina era veritat. Sabia que era prou bo perquè el contractessin en qualsevol lloc. Encara que l'equip de treballadors estigués complet, estava segur que n'hi hauria prou amb una demostració al mestre constructor perquè l'agafés. Però allò no era cap solució. Mai no estimaria cap altra dona que no fos Aliena i els seus sentiments eren idèntics pel que feia a la catedral de Kingsbridge. Era allà on volia treballar i no en cap altre lloc.

Potser estaria bé endinsar-se al bosc, jeure i esperar que li arribés la mort. Li va semblar una idea seductora. Feia bo i seria una fi tranquil·la. Només es penediria de no haver esbrinat més coses sobre el seu pare abans de morir.

S'imaginava ell mateix estirat sobre un jaç de fulles tardorals, morint tranquil·lament, quan va veure que la seva mare travessava el pont. Portava un cavall per la brida.

Jack es va posar dret i va córrer cap a ella. El cavall era l'euga que Ellen muntava sempre.

—Vull que t'emportis la meva euga —li va dir.

Jack va agafar-li la mà i la va estrènyer per demostrar-li com n'estava, d'agraït.

A Ellen se li van omplir els ulls de llàgrimes.

—Mai no m'he cuidat gaire bé de tu —va dir—. Primer et vaig criar salvatge al bosc. Després, amb Tom gairebé et vaig deixar morir de gana. I a més et vaig obligar a viure amb Alfred.

—M'has cuidat molt bé, mare —va contestar Jack—. Aquest matí he fet l'amor amb Aliena. Ara ja puc morir feliç.

—Ets apassionat i imprudent —li va dir Ellen—. Ets igual que jo. Si no pots tenir l'amant que vols, no en vols cap altra.

—¿Tu ets així? —li va preguntar Jack.

Ella va assentir amb el cap.

—Després que es morís el teu pare vaig preferir viure sola abans que unir-me a algú altre. Mai no vaig necessitar cap home fins que vaig veure Tom. I això va ser al cap d'onze anys. —Li va deixar anar la mà.— Et dic això per un motiu. Potser passaran onze anys, però hi haurà un dia en què estimaràs una altra dona, t'ho puc assegurar.

Jack va fer que no amb el cap.

—Ho trobo impossible.

—Ja ho sé. —Ellen va mirar amb nerviosisme per damunt de l'espatlla cap a la ciutat.— Val més que te'n vagis.

Jack es va acostar al cavall. Carregava dues alforges plenes.

—¿Què hi ha a les alforges? —li va preguntar Jack.

—En aquesta hi ha menjar, diners i un bot de vi —va contestar—. A l'altra, les eines de Tom.

Jack estava commogut. La seva mare havia insistit a conservar les eines del seu marit després de mort, de record. I ara les hi donava. La va abraçar.

—Gràcies —li va dir.

—¿On aniràs? —li va preguntar Ellen.

Jack va tornar a pensar en el seu pare.

—¿On van a recitar els seus poemes els joglars?

—Al camí dels pelegrins a Santiago de Compostel·la.

—¿Creus que els joglars es recordaran de Jack Shareburg?

—Potser sí. Digue'ls que ets com el seu retrat.

—¿On és Compostel·la?

—A Espanya.

—Doncs me'n vaig cap a Espanya.

—És un camí molt llarg, Jack.

—Tinc tot el temps del món.

Ellen el va rodejar amb els braços i el va estrènyer amb força. Jack va pensar en les moltes vegades que ho havia fet al llarg dels últims divuit anys, consolant-lo perquè s'havia ferit un genoll, per una joguina trencada, per una decepció d'adolescent... En aquells moments, ho feia per una pena d'adult prematura. Va pensar en totes les coses que havia fet la seva mare, des de criar-lo al bosc fins a ajudar-lo a escapar-se de la cel·la de càstig. Sempre havia estat disposada a treure les urpes pel seu fill. Li sabia greu haver de deixar-la enrere.

Ellen el va deixar anar. Ell va muntar ràpidament a l'euga.

Va girar-se per donar una llambregada a Kingsbridge. Quan hi havia arribat per primera vegada, era un poble endormiscat, amb una catedral vella i mig ensorrada. Ell hi havia calat foc, però ningú no ho sabia. Ara Kingsbridge era una petita ciutat autosuficient. Bé, n'hi havia d'altres. Li costava anar-se'n, i tot el que tenia al davant era desconegut, però estava a punt d'embarcar-se en una aventura i allò alleujava una mica el dolor de deixar enrere tot el que estimava.

—Torna un dia, Jack. Per favor —li va demanar la seva mare.

—Tornaré.

—¿M'ho promets?

—T'ho prometo.

—Si et quedes sense diners abans de trobar feina, ven l'euga, no les eines —li va aconsellar.

—T'estimo, mare —va dir Jack.

A Ellen se li van negar els ulls.

—Cuida't molt, fill meu.

Jack va esperonar el cavall, que va emprendre la marxa. Es va girar i li va fer adéu amb la mà. Ellen li va tornar l'adéu. Llavors, tan bon punt va posar el cavall al trot, ja no va tornar a mirar enrere.

Richard va arribar a casa just a temps per anar al casament.

El rei Stephen havia estat molt generós i li havia concedit dos dies de permís, va explicar. L'exèrcit del rei era a Oxford, posant setge al castell, on tenien acorralada Maud, i per això els cavallers, a l'espera, estaven desvagats.

—No em podia perdre el casament de la meva germana —va dir Richard.

Aliena va pensar amargament que només volia assegurar-se que la boda se celebrava, per aconseguir el que Alfred li havia promès a ell.

Amb tot, estava contenta que estigués allà per acompanyar-la a l'altar i lliurar-la al seu marit. Si no, s'hauria trobat sola en aquells moments.

Es va posar una camisola nova de lli i un vestit blanc, a l'última moda. Amb els cabells, que se li havien cremat el dia de l'incendi, poca cosa hi podia fer, però es va fer una trena amb les parts més llargues, i se la va lligar amb un llaç de seda blanca molt elegant. Un veí li va deixar un mirall. Estava pàl·lida i les ulleres que feia revelaven que havia passat la nit en blanc. Això no ho podia arreglar. Richard l'observava. Semblava una mica cohibit, com si se sentís culpable, i es bellugava amb neguit. Potser temia que la seva germana ho engegués tot a rodar a l'últim moment.

Aliena havia tingut temptacions de fer-ho més d'una vegada. S'imaginava agafada de la mà de Jack, allunyant-se de Kingsbridge per començar una nova vida en un altre lloc, una vida senzilla, fent una feina honrada, lliures de les cadenes de vells juraments i pares morts. Però era un somni insensat. Mai no podria ser feliç si abandonava el seu germà.

Un cop va haver arribat a aquesta conclusió, es va imaginar ella mateixa baixant al riu i tirant-s'hi. Va veure el seu cos inert arrossegat pel corrent, panxa enlaire, amb els cabells flotant al voltant del cap. Aleshores va comprendre que casar-se amb Alfred era millor que allò, i va considerar que el matrimoni era la millor solució que tenia a l'abast per resoldre els seus problemes.

Jack havia trobat que aquesta manera de pensar era menyspreable.

La campana de l'església va tocar.

Aliena es va aixecar.

Mai no s'hauria imaginat que el dia del seu casament seria així.

Quan d'adolescent hi havia pensat, es veia agafada al braç del seu pare, anant des de la torre de l'homenatge, a través del pont llevadís, a la capella del pati inferior, atapeït de cavallers i homes d'armes, servents i arrendataris que hi havien acudit per victorejar-la i desitjar-li bona sort. A les seves fantasies, el jove que esperava a la capella sempre havia tingut una imatge difusa, però sabia que l'adorava i la feia riure. I ella pensava que era fantàstic. Bé. Res a la vida li havia anat com ella esperava. Richard tenia oberta la porta de l'única habitació que hi havia a la casa i Aliena va sortir al carrer.

Es va quedar sorpresa de veure els veïns que l'esperaven fora de casa per veure-la. Alguns cridaven: «Que Déu et beneeixi!» i «Bona sort.» Va sentir una immensa gratitud envers ells. Mentre pujava carrer amunt, li van llançar blat de moro, que volia dir fertilitat. Tindria fills que l'estimarien.

La parròquia estava a l'altra banda de la ciutat, al barri de la gent rica, on viuria a partir d'aquella mateixa nit. Van passar pel costat del priorat. En aquell moment els monjos devien estar celebrant la santa missa a la cripta, però el prior Philip havia promès assistir al banquet de noces i beneir la parella feliç. Aliena així ho esperava. Havia estat una persona important a la seva vida, des d'aquell dia, a Winchester, sis anys enrere, quan li havia comprat tota la llana.

Van arribar a l'església nova que havia construït Alfred amb l'ajuda de Tom. Allí ja hi havia molta gent congregada. La cerimònia seria a la portalada, en anglès, i després se celebraria la missa, en llatí, a l'interior de l'església. Hi havia tots els companys de feina d'Alfred i també la majoria de les persones que havien teixit per a Aliena en els vells temps. Quan va arribar la núvia la van victorejar i aplaudir.

Alfred esperava amb la seva gemana Martha i Dan, un dels paletes. Vestia una túnica nova escarlata, i botes netes. Duia els cabells foscos, llargs i lluents, semblants als d'Ellen. Llavors Aliena es va adonar que ella no hi era. Estava a punt de preguntar a Martha on era la seva madrastra quan va aparèixer el rector i va començar la cerimònia.

Aliena reflexionava sobre el nou rumb que havia pres la seva vida sis anys enrere, quan havia fet el jurament al seu pare, i la nova etapa que començava just en aquells moments, també fent un jurament a un altre home. Poques vegades havia fet alguna cosa pensant en ella mateixa. Aquell matí havia fet una excepció insensata fent l'amor amb Jack. Quan hi pensava amb prou feines s'ho podia creure. Semblava un somni o una d'aquelles històries de Jack, una cosa que no tenia res a veure amb la vida real. Mai no ho explicaria a ningú. Seria un secret deliciós que guardaria per a ella, i que només recordaria de tant en tant, per fruir-ne igual que un avar quan compta a mitjanit els diners que té amagats a sota d'un tauló.

Arribaven als vots. Aliena va repetir les paraules del capellà:

—Et prenc a tu, Alfred, fill de Tom Builder, anomenat així per ser mestre constructor, com a espòs, i juro guardar-te sempre fidelitat.

Una vegada va haver dit allò, Aliena va tenir ganes de plorar.

A continuació, va ser Alfred qui va pronunciar el seu vot. Mentre parlava, hi va haver un murmuri creixent al fons de l'esplanada i una o dues persones van mirar enrere. Aliena es va trobar amb la mirada de Martha.

—És Ellen —va xiuxiuejar la nena.

El sacerdot va arrufar les celles, molest per aquella interrupció.

—Alfred i Aliena, ara esteu casats als ulls de Déu i us beneeixo...

No va arribar a acabar la frase. Una altra veu es va alçar damunt de la del capellà.

—Maleeixo aquesta unió!

Era Ellen.

Els congregats van deixar escapar una exclamació d'horror.

—Us beneeixo... —va repetir el sacerdot que volia continuar, però finalment va callar, va empal·lidir i va fer el senyal de la creu.

Aliena es va girar. Ellen estava dreta darrere seu. La multitud va retrocedir per deixar-li pas. Ellen sostenia un gall viu en una mà i un llarg ganivet a l'altra. El ganivet estava tacat i del tall al coll de l'animal la sang hi brollava a raig.

—Maleeixo aquest matrimoni amb penes —va continuar, i aquelles paraules a Aliena li van glaçar la sang—. Maleeixo aquest matrimoni amb esterilitat. El maleeixo amb amargor, odi, desolació i pesar. El maleeixo amb impotència.

En pronunciar la paraula «impotència» va llançar el gall ensangonat enlaire. Moltes persones van xisclar i van retrocedir. Aliena es va quedar immòbil. El gall va volar per l'aire, ho va esquitxar tot de sang, i va anar a caure a sobre d'Alfred. Ell, esparverat, va recular fent un salt. Aquella criatura espantosa, encara sagnant, va bategar les ales desesperadament abans de morir.

Quan la gent es va refer i va mirar al voltant, Ellen havia desaparegut.

Martha havia fet el llit dels nuvis amb uns llençols de lli nets i una manta de llana nova. Era el gran llit de plomes que havia estat d'Ellen i Tom i que, a partir de llavors, seria d'Alfred i Aliena. Des de la cerimònia, ningú no havia vist Ellen. El banquet va ser més aviat ensopit, com el d'una excursió en un dia fred, perquè tothom mirava de fer bona cara, però menjaven i bevien d'esma. A la posta de sol, els convidats van marxar, sense fer cap de les bromes picants habituals sobre la nit de noces. Martha ja se n'havia anat a dormir al seu llit, a l'habitació del costat, i Richard havia tornat a casa d'Aliena, que a partir de llavors seria casa seva.

Alfred havia dit que a l'estiu vinent construiria una casa de pedra per a tots dos. Durant el banquet de noces, n'havia estat fanfarronejant amb Richard.

—Hi haurà un dormitori, un saló i un soterrani—li va assegurar—. Quan la dona de John Silversmith la vegi, en voldrà una d'igual. Molt aviat totes les persones pròsperes de la ciutat voldran una casa de pedra.

—¿Ja tens els plànols? —li va preguntar Richard.

Aliena li va detectar una nota d'escepticisme a la veu, tot i que ningú no se'n va adonar.

—Tinc uns dibuixos vells del meu pare, fets amb tinta sobre vitel·la. Un és de la casa que estàvem fent per a Aliena i William Hamleigh ara fa molts anys. Em basaré en aquest esbós.

Aliena es va apartar d'allà molt disgustada. ¿Com era possible que el seu marit fos tan groller de mencionar allò el dia del seu casament? Durant tota la tarda Alfred havia gallejat, servint vi, explicant acudits i picant l'ullet als seus companys de feina. Semblava feliç.

En aquell moment seia al llit i es treia les botes. Aliena es va treure les cintes dels cabells. No sabia què pensar de la maledicció d'Ellen. L'havia espantat i no sabia què era el que tenia al cap aquella dona. Però, de tota manera, no estava aterrida com la majoria de gent quan passa una cosa d'aquestes.

Però la reacció d'Alfred havia estat ben diferent. Quan el gall ensangonat li va caure a sobre, va estar a punt de perdre el seny. Richard el va haver de sacsejar, tibant-li la túnica i picant-lo, perquè es refés. De tota manera, el jove es va sobreposar força ràpid, i a partir de llavors, semblava que se n'havia oblidat momentàniament i s'havia dedicat a donar cops a l'esquena als seus companys i a beure cervesa sense parar tota la tarda.

Aliena sentia una estranya tranquil·litat. No li plaïa el que estava a punt de fer, però almenys no l'hi obligaven, i, tot i que sens dubte seria força desagradable, no seria humiliant. Només hi hauria un home i ningú més no s'ho miraria.

Es va treure el vestit.

—Valga'm Déu, quina daga més llarga! —va exclamar Alfred.

Aliena va desfer el braçal que l'aguantava al canell esquerre, i llavors es va ficar dins del llit amb la camisola posada.

Alfred finalment es va treure les botes. Després es va abaixar les calces i es va posar dret. La va mirar amb lascívia.

—Treu-te la roba interior —li va dir—. Tinc dret a veure-li les mamelles a la meva dona.

Aliena va vacil·lar. Segons com, no estava preparada per quedar-se despullada davant d'ell, però va pensar que era una ximpleria negar-se a fer la primera cosa que li demanava. Es va asseure, obedient, i es va treure la camisola pel cap, fent un esforç per oblidar com havia estat fer el mateix aquell matí per a Jack.

—Quines tetes més maques! —va exclamar Alfred.

Se li va acostar i, dret al costat del llit, li va agafar el pit dret. Aquelles enormes mans eren molt aspres i tenia les ungles brutes. L'hi va engrapar massa fort i Aliena va fer un xisclet. Ell va riure i la va deixar anar. Va recular, es va treure la túnica i la va penjar. Aleshores es va tornar a acostar al llit i va apartar el llençol que tapava Aliena.

Ella es va empassar la saliva. D'aquella manera, tota nua davant dels seus ulls, se sentia vulnerable.

—Valga'm Déu! Això és una bona tofa de pèl. —Va allargar el braç i la va palpar entre les cames. Aliena es va posar rígida, i llavors, es va obligar ella mateixa a tranquil·litzar-se i va obrir les cuixes. —Bona noia —va afegir ell mentre li ficava un dit a dins.

Aliena no ho entenia. Aquell mateix matí amb Jack havia estat molt humida. Alfred va grunyir i va forçar el dit més endins.

Aliena tenia ganes de plorar. D'antuvi sabia que no s'ho passaria bé, però no havia esperat que ell es mostrés tan insensible. Encara no l'havia besat. «No m'estima», va pensar, «crec que ni tan sols li agrado. Per a ell sóc una bonica euga jove damunt la qual està a punt de cavalcar.» De fet, el seu cavall el tractava millor, perquè l'havia vist com l'acariciava perquè s'acostumés a ell i li parlava en to afable per calmar-lo. Aliena va lluitar per contenir les llàgrimes. «He estat jo qui ha acceptat això», va pensar. «Ningú no m'obligava a casar-me amb ell, així que ara l'he d'aguantar.»

—Seca com un sarment —va mormolar Alfred.

—Ho sento —va replicar ella.

Alfred va apartar la mà, hi va tirar dues escopinades i la va fregar entre les cames d'Aliena. La seva actitud era d'allò més desdenyosa. Aliena es va mossegar el llavi i va apartar la vista.

Ell li va separar les cuixes, ella va tancar els ulls i després els va obrir. Es va esforçar a mirar-lo, pensant que s'hi hauria d'acostumar, ja que ho hauria de fer la resta de la seva vida. Ell es va ficar al llit i es va agenollar entre les cames d'ella. Li va posar la mà entre les cuixes, forçant-la a obrir les cames i va ficar l'altra mà a sota de la seva camisa. Aliena veia com movia la mà a sota el teixit.

—Verge santa! —va remugar—. Estàs més seca que si estiguessis morta.

Era injust que la culpés a ella.

—No sé què esperes que faci! —va exclamar entre sanglots.

—A les noies normals els agrada —va replicar ell.

«¿Agradar-los això?, impossible!», va pensar Aliena. Però llavors va recordar com aquell mateix matí havia gemegat i cridat de plaer. Semblava no haver-hi cap mena de relació entre el que havia fet al matí i el que experimentava ara.

Era una bogeria. Es va incorporar i es va asseure al llit. Alfred s'estava tocant per sota la camisa.

—Deixa'm a mi—li va dir Aliena i va passar-li la mà entre les cames.

Va trobar-li el penis flonjo i sense vitalitat. No estava segura de què havia de fer. L'hi va estrènyer delicadament i llavors l'hi va fregar amb la punta dels dits. Va mirar Alfred a la cara esperant la seva reacció. Només semblava enfadat. Aliena va continuar sense cap resultat.

—Més fort —li va demanar ell.

Va començar a prémer-l'hi enèrgicament. El penis continuava tou, però Alfred movia els malucs com si s'ho passés bé. Animada, va començar a fer una fricció encara més forta. De sobte, Alfred va cridar de dolor i es va apartar.

—Para, imbècil! —va cridar, i li va clavar una bufetada amb el revés de la mà, amb tanta força que la va fer caure de costat.

Aliena va quedar estirada al llit gemegant de dolor i de por.

—No serveixes per a res! Estàs maleïda! —va cridar ell furiós.

—Ho he fet tan bé com he pogut!

—Tens el cony insensible! —Alfred va escopir, la va aixecar enlaire i la va treure del llit. Aliena va caure a la palla que cobria el terra.— Aquesta bruixa d'Ellen en té la culpa —va afegir—. Sempre m'ha odiat.

Aliena va rodolar, i, llavors, agenollant-se a terra, se'l va quedar mirant. No semblava que tingués intenció de tornar-li a pegar. Ja no estava enrabiat, només amargat.

—T'has de quedar aquí, a terra —li va dir—. No em serveixes com a dona, per tant no pots dormir al meu llit. Has de fer com un gos i dormir a terra. —Va callar un moment.— No puc suportar que em miris! —va cridar amb una nota de pànic a la veu. Va mirar al voltant per buscar l'espelma, i, quan la va trobar, la va apagar d'una manotada.

Aliena es va quedar immòbil en la foscor. Va sentir que Alfred s'ajeia al matalàs de plomes, es tapava amb la manta i es posava bé els coixins. Ella no gosava ni respirar. Alfred va continuar despert molta estona, movent-se neguitós i fent voltes al llit, però no es va aixecar i tampoc no va parlar amb ella. Finalment es va assossegar i la seva respiració es va fer regular. Quan va estar segura que dormia, Aliena va travessar l'habitació de quatre grapes, mirant que la palla no cruixís, i va anar fins al racó. S'hi va cargolar i es va quedar desperta. Al final, es va posar a plorar. No volia fer soroll i va sanglotar en silenci. Si a Alfred l'havia despertat el soroll, no ho va manifestar. Aliena va continuar on era, estirada damunt la palla al racó, plorant sentidament fins que la son la va vèncer.

CAPÍTOL 12

I

Aliena va passar tot l'hivern malalta.

De nit, amb prou feines podia dormir, coberta amb la seva capa i estirada a terra, als peus del llit d'Alfred, mentre que de dia se sentia extraordinàriament feble. Com que sovint sentia basques, menjava molt poc. Ara bé, això no impedia que anés guanyant pes. Tenia la sensació que la cintura se li havia eixamplat i els pits se li havien inflat.

En principi, era feina d'ella portar la casa d'Alfred, però a la pràctica era Martha qui ho feia tot, o gairebé tot. Els tres formaven una família penosa. A Martha mai no li havia agradat el seu germà, que Aliena detestava procurant ser amable, i per tant ningú no se sorprenia que Alfred estigués gairebé sempre fora de casa, de dia a la feina i de nit a la cerveseria. Martha i Aliena compraven el menjar i se'l cuinaven sense posar-hi gaire entusiasme, i els vespres els passaven cosint peces de roba. Aliena esperava amb ànsia la primavera: quan la temperatura se suavitzés una mica, acudiria a la seva clariana secreta cada tarda de diumenge. Allà, podria descansar en pau i somiar en el seu Jack.

Entretant, el seu únic consol era Richard. Tenia un vigorós corser negre, una espasa nova i un escuder amb un poni. Tornava a lluitar fent costat al rei Stephen, encara que cada cop ho feia amb menys convenciment. Amb el nou any, la guerra encara no s'havia acabat. La reina Maud s'havia tornat a escapar del castell d'Oxford, on Stephen l'havia tingut acorralada. El seu germà, Robert de Gloucester, havia tornat a fer-se amb Wareham, de manera que es continuava acomplint l'alternança característica d'aquella guerra, en què cada avantatge obtingut per algun dels contendents es perdia tot seguit. Al seu torn, Aliena continuava respectant el jurament, i això, almenys, li suposava una petita satisfacció.

Passada la primera setmana de l'any, Martha va començar a sagnar. Era la primera vegada. Aliena li va preparar un beuratge calent amb herbes i mel per calmar-li els dolors, i va respondre a les preguntes de la noia sobre la maledicció que han de suportar les dones. Quan se'n va anar a buscar la caixa de draps que tenia per a les seves pròpies regles, es va adonar que no era a la casa. Va recordar que, en el trasllat posterior al casament, no se l'havia endut.

Però d'això ja feia tres mesos.

Això significava que els darrers tres mesos no havia tingut cap regla.

O sigui, des del dia del seu casament.

O sigui, des que havia fet l'amor amb Jack.

Va deixar Martha asseguda al costat del foc de la cuina, prenent-se el beuratge de mel i escalfant-se els peus. Va travessar la ciutat i va arribar a la seva casa d'abans. Richard no hi era, però Aliena en tenia una clau. Aviat va trobar la caixa, i, tanmateix, no va marxar de seguida. Al contrari, es va asseure al costat de la xemeneia freda, ben tapada amb la capa i concentrada en les seves cabòries.

S'havia casat amb Alfred el dia de la festa de Sant Miquel. El Nadal quedava enrere. Havia transcorregut, doncs, la quarta part d'un any. Havien passat tres llunes noves, i Aliena hauria d'haver tingut tres cops la regla. Però la seva caixa de draps s'havia passat tot aquell temps al prestatge de dalt, al costat de l'esmolet que Richard utilitzava per als ganivets de cuina. Ara, la tenia sobre el faldó. Va passar el dit per la fusta tosca i el va enretirar tot brut. La caixa estava coberta de pols.

El pitjor de tot era que no havia fet mai l'amor amb Alfred.

Després d'aquella espantosa primera nit, Alfred ho havia tornat a provar, tres vegades. La primera, la nit següent a la nit de noces; després, una setmana més tard, i el tercer cop, al cap d'un mes, una nit que ell havia tornat borratxo. En les tres ocasions n'havia estat completament incapaç. En un principi, Alfred l'havia animada per un cert sentit del deure, però cada un dels seus errors l'enfurismava més que l'anterior i Aliena va arribar a estar espantada. Més valia mantenir-se allunyada del seu marit, vestir de manera poc atractiva, assegurar-se que mai no la veiés quan es despullava i fer tot el que pogués per passar desapercebuda. Ara es preguntava si no hauria d'haver intentat acontentar-lo posant-hi més ganes. En el més íntim del seu ésser, però, sabia que no hauria servit de res. Hauria estat inútil. Aliena no en sospitava el motiu. Potser era per la maledicció d'Ellen, o perquè Alfred era impotent i prou, o perquè tenia massa present el record de Jack. Del que sí que estava segura, en qualsevol cas, era que Alfred ja mai no li faria l'amor.

Així doncs, era inevitable que Alfred s'adonés que el nadó no era seu.

Angoixada, Aliena es va quedar una estona observant les cendres fredes de la xemeneia, preguntant-se per què tenia tanta mala sort. Era allà, intentant no prendre mal en un matrimoni desastrós i descobrint tot d'una que estava prenyada d'un altre home com a resultat d'un únic coit.

Autocompadir-se, però, no servia de res. Havia de decidir alguna cosa.

Es va posar la mà al ventre. Ara ja sabia per què s'havia anat engreixant, per què tenia nàusees constants i per què se sentia a tothora cansada. Allà dins hi portava un nen. Va somriure. Seria meravellós, tenir un nadó.

Va sacsejar el cap. ¿Meravellós? Alfred s'enfurismaria com un toro. Era impossible preveure què faria. Potser la mataria, o la faria fora de casa, o fins i tot miraria de posar fi a la vida del nen. Va tenir l'horrible pressentiment que potser miraria de fer mal a la criatura clavant puntades de peu a l'embarassada. Es va eixugar el front. Una suor freda li va recórrer tot el cos.

«No l'hi diré, em sembla.»

¿Podria mantenir el seu embaràs en secret? Potser sí. Ja s'havia acostumat a vestir roba ampla. Potser no s'engreixaria gaire. A algunes dones gairebé no se'ls nota. Alfred era el pitjor observador del món. Sens dubte, les dones de més experiència se n'adonarien, però confiava que guardessin el secret o que, almenys, no en parlessin amb els seus homes. Va arribar a la conclusió que, en efecte, hi havia la possibilitat de mantenir el seu marit en la ignorància, almenys fins que el nen hagués nascut.

I llavors..., ¿què?

Bé. Com a mínim el nadó hauria arribat al món sa i estalvi. Alfred no l'hauria matat a cops de puny o a puntades de peu. Però continuaria sabent que aquell nen no era seu, i l'odiaria per a tota la vida. Seria una llosa permanent sobre la seva virilitat. Un infern.

Aliena, atabalada per aquesta perspectiva, va decidir que el més segur era concentrar-se en els propers sis mesos. Mentrestant, miraria de meditar què faria un cop naixés la criatura.

«Em pregunto si serà nen o nena», va pensar. Es va posar dreta amb la caixa de draps nets per a la primera menstruació de Martha. «Em fa llàstima, aquesta noia», va pensar; «Martha, no saps el que t'espera.»

Philip va passar aquell hivern donant voltes als seus problemes.

L'havia horroritzat la maledicció que Ellen havia llançat, a la portalada d'una església i durant un ofici sagrat. Ara ja no tenia cap dubte que era una bruixa. Només lamentava la imprudència de no haver castigat la blasfèmia insultant d'Ellen a la regla de sant Benet, anys enrere. Hauria d'haver sabut que una dona capaç de fer allò mai no es penediria de debò. No obstant això, com a conseqüència afortunada de tot aquell esgarrifós assumpte, Ellen havia tornat a abandonar Kingsbridge, i ja des d'aquell dia de la cerimònia nupcial no se l'havia tornada a veure. Philip desitjava que no tornés mai més.

Aliena era molt desgraciada en el seu matrimoni amb Alfred, això era evident, encara que Philip no creia que fos a causa de la maledicció. Amb prou feines sabia res de la vida matrimonial, però no era difícil d'imaginar que una persona plena de vida, culta i intel·ligent com Aliena es devia sentir molt infeliç vivint amb algú tan curt de gambals com Alfred, per molt matrimoni que fossin.

Philip havia trigat massa a comprendre que Aliena s'hauria d'haver casat amb Jack, i se'n sentia culpable. Havia estat tan absorbit en els seus plans sobre el noi, que no s'havia adonat del que en realitat Jack necessitava. Era ben clar que aquell noi no estava fet per viure enclaustrat. Però Philip l'havia pressionat massa, i el resultat de tot plegat és que ara Kingsbridge trobava a faltar la intel·ligència i l'empenta d'aquell jove tan valuós.

Semblava com si tot hagués anat malament des de la desastrosa fira del velló. El priorat estava més endeutat que mai. Philip havia prescindit de la meitat dels treballadors a l'obra, perquè ja no tenia diners per pagar-los. En conseqüència, la població de la ciutat havia disminuït i, a causa d'això, el mercat dominical també s'havia reduït, i per tant els ingressos de Philip per renda eren menors. La decadència de Kingsbridge semblava imparable.

La clau del problema es trobava en la moral dels seus habitants. Tot i que havien reconstruït les cases i reobert els seus petits negocis, havien perdut la confiança en el futur. Fossin quins fossin els seus plans, tot el que construïssin podia ser anorreat en un dia per William Hamleigh. Aquest corrent subterrani d'inseguretat inhibia la gent i paralitzava totes les iniciatives.

Philip va acabar comprenent que havia de fer alguna cosa per aturar la caiguda. Havia de dur a terme alguna acció espectacular per dir al món en general, i als mateixos habitants de Kingsbridge en particular, que Kingsbridge encara era viu. Dedicava moltes hores a resar, i també a pensar com podia realitzar aquesta proesa.

El que en realitat necessitava era un miracle. Si els ossos de sant Adolf curessin una princesa d'una plaga o convertissin un pou d'aigua salobre en un pou d'aigua potable, la gent pelegrinaria en massa a Kingsbridge. Però el sant feia anys que no acomplia miracles. Alguna vegada Philip s'havia preguntat si no eren els seus mètodes pràctics i segurs de governar el priorat que desagradaven al sant, ja que els miracles semblaven passar amb més freqüència en aquells llocs on el govern era menys sensat i hi havia una atmosfera d'intens fervor religiós, o més aviat una veritable histèria. Però Philip s'havia format en una escola més mundana. El pare Peter, abat en el seu primer monestir, solia dir: «Resa perquè es produeixin miracles, però vés plantant cols.»

La catedral era el símbol de vida i vigor de Kingsbridge. Quin miracle, poder-la acabar! En una certa ocasió, havia resat durant tota la nit perquè es produís. No obstant això, al matí el presbiteri continuava sense teulada i obert als quatre vents, i els seus murs alts continuaven inacabats allà on havien d'unir-se amb les parets del transsepte.

Philip no havia contractat un nou mestre constructor. Quan va saber els salaris que demanaven es va escandalitzar. Fins aleshores no va entendre que en realitat Tom li cobrava molt poc. Mentrestant, Alfred dirigia els reduïts efectius de treballadors sense gaires dificultats. Des del seu casament solia estar de mal humor, com un home que hagués vençut molts rivals per convertir-se en rei i que trobés el regnat una càrrega feixuga. No obstant això, era autoritari i eficaç, i els altres homes el respectaven.

Però Tom havia deixat un buit impossible d'omplir. Philip el trobava a faltar molt, no sols com a mestre d'obres, sinó també en l'aspecte personal. A Tom l'interessava saber per què les esglésies havien de ser construïdes d'una manera i no d'una altra, i Philip havia gaudit fent conjectures amb ell sobre per què algunes construccions es mantenien dempeus i d'altres s'ensorraven. Tom no havia estat un home gaire devot, però de tant en tant feia preguntes a Philip sobre teologia, cosa que demostrava que dedicava tanta intel·ligència a la seva religió com a la seva feina. L'intel·lecte de Tom era si fa no fa equiparable al de Philip, que havia pogut conversar-hi sense baixar a un nivell inferior. En la vida de Philip no es podia dir que abundessin aquesta mena de persones. Jack n'havia estat una, malgrat la seva joventut, i també Aliena. Però aquesta havia desaparegut, submergida en el seu desgraciat matrimoni. Cuthbert s'estava fent vell i Milius estava gairebé sempre lluny del priorat, recorrent les granges d'ovelles, comptant acres, xais i sacs de llana. Quan arribés el moment, un priorat desbordant de vida i activitat, en una pròspera ciutat catedralícia, atrauria erudits de la mateixa manera que un exèrcit victoriós atreia voluntaris. Philip ho esperava amb ànsia. Però mai no arribaria, llevat que trobés una manera d'insuflar energia a Kingsbridge.

—Ha estat un hivern benigne —va comentar Alfred un matí, poc després de Nadal—. Podrem començar abans que de costum.

Allò va fer reflexionar Philip. Aquell estiu construirien la volta. Un cop acabada, el presbiteri estaria en condicions de ser utilitzat, i Kingsbridge deixaria de ser una ciutat catedralícia sense catedral. El presbiteri i el cor constituïen la part més important de l'església. L'altar elevat i les relíquies sagrades es mantenien a l'extrem oriental més allunyat, anomenat pròpiament presbiteri, i la majoria dels oficis sagrats se celebraven al cor, on s'asseien els monjos. La resta de l'església tan sols s'utilitzava els diumenges i en les festes de precepte. Un cop consagrat el presbiteri, el que fins llavors havia estat una obra en construcció es convertia en església, per bé que encara incompleta.

Era una llàstima haver d'esperar ben bé un any abans que això passés. Alfred havia promès acabar la volta cap al final de la temporada de construcció, que en general era al novembre, segons el temps. Però, com que Alfred havia dit que podria començar abans, Philip va començar a preguntar-se si no podria també acabar abans. Tothom quedaria astorat si l'església es podia obrir aquell estiu. Era la mena d'esdeveniment que havia estat esperant. Una cosa que sorprengués tot el comtat i llancés el missatge que Kingsbridge no podia quedar arraconat gaire temps.

—¿Podries acabar cap a la Pasqua de Pentecosta? —va preguntar, ansiós, Philip.

Alfred va agafar aire amb les dents closes i va fer una expressió de dubte.

—Fer la volta és la feina més delicada —va respondre—. No s'ha de fer de pressa, i tampoc no es pot deixar en mans dels aprenents.

Philip va pensar, impacient, que Tom hauria contestat sí o no amb més decisió.

—Suposem que puc proporcionar-te treballadors extra..., monjos. ¿T'ajudaria?

—En part. El que de debò necessitem són paletes.

—Te'n podria aconseguir un o dos més —va avançar Philip amb temeritat.

Un hivern suau suposava poder avançar l'esquilada, de manera que hi havia la possibilitat de començar a vendre la llana abans del que era habitual.

—No ho sé...

Alfred no ho acabava de veure clar.

—Suposem que ofereixo una bonificació als paletes —va plantejar Philip—. Un salari extra d'una setmana si la volta està acabada per la Pasqua de Pentecosta.

—Mai no m'havien proposat una cosa així —va explicar Alfred, amb el mateix to que hauria utilitzat si li haguessin fet una proposta deshonesta.

—Bé, alguna vegada ha de ser la primera —va dir Philip una mica malhumorat, ja que la cautela d'Alfred el començava a neguitejar—. ¿Què me'n dius?

—No responc ni que sí ni que no —va replicar Alfred, impassible—. Ho diré als homes.

—¿Avui? —va inquirir Philip amb impaciència.

—Avui.

Philip es va haver d'acontentar amb això.

William Hamleigh i els seus cavallers van arribar al palau del bisbe Waleran seguint un carro de bous ple fins dalt de sacs de llana. Havia començat la temporada d'esquilada. Waleran, igual que William, comprava la llana als preus de l'últim any. Els grangers, com és natural, esperaven vendre-la a un preu bastant més alt. Però ni William ni Waleran no van tenir gaires manies a l'hora d'obligar els seus arrendataris a vendre'ls la llana al preu que convenia al comprador. Els pagesos que van desafiar la regla van ser expulsats i les seves granges incendiades, i ja no hi va haver més rebels.

Quan William va travessar la porta, va aixecar la mirada cap al turó. Ja feia set anys que les inacabades muralles del castell que el bisbe mai no s'havia arribat a construir s'alçaven al turó, com un recordatori permanent de la victòria del prior Philip sobre Waleran. Ara bé, tan aviat com comencés a recollir els beneficis del seu negoci de llana, començaria a construir. A l'època del rei Henry, un bisbe no tenia necessitat d'altra defensa que una simple tanca feta amb pals de fusta i un petit fossat rodejant el palau. Però ara, al cap de cinc anys de guerra civil, homes que no eren ni tan sols comtes ni bisbes es construïen castells formidables.

«Les coses li van bé, a aquest galifardeu», va pensar amargament William mentre descavalcava a l'estable. Waleran s'havia mantingut lleial a Henry de Winchester al llarg de tots els canvis de bàndol d'aquest, i com a premi s'havia convertit en un dels seus aliats més pròxims. Al llarg de tots aquells anys, Waleran no havia parat d'acumular riqueses i privilegis, i fins i tot havia visitat Roma dues vegades.

William no havia estat tan afortunat, cosa que explicava la seva acritud. També havia seguit Waleran en tots els seus canvis de bàndol, i havia aportat molts homes als dos contendents de la guerra, i no obstant això encara no havia estat confirmat com a comte de Shiring. Havia reflexionat sobre aquesta circumstància durant una treva en la lluita i es va arribar a enfurismar tant, que va decidir enfrontar-se a Waleran.

Va pujar pels esglaons fins a l'entrada del saló, seguit de Walter i els altres cavallers. El majordom que els va rebre anava armat, un indici més dels temps que corrien. El bisbe Waleran estava assegut, tot malgirbat, en una gran butaca al centre de l'habitació, com sempre. Baldwin, que ja era ardiaca, estava dret al seu costat, probablement esperant instruccions. Waleran mirava fixament el foc, absort en els seus pensaments, però quan es va acostar William, va aixecar el cap, amb un gest vehement.

William va experimentar la repugnància que sentia sempre per Waleran mentre el saludava i s'asseia. Les mans primes i suaus del prelat, aquells cabells negres i llisos, la cara lívida i aquells ulls clars i malignes li posaven la pell de gallina. Waleran representava tot el que ell detestava. Recargolat, físicament poca cosa, arrogant i intel·ligent.

Estava segur que Waleran sentia el mateix per ell, ja que mai no havia aconseguit dissimular bé una certa incomoditat davant la presència de William. Es va dreçar al seient, amb els braços plegats, els llavis una mica arrufats i una mica de mala cara. En conjunt, feia la impressió que tenia un principi d'indigestió.

Van parlar de la guerra una estona, en una xerrada afectada i incòmoda, i William es va sentir del tot alleujat quan van ser interromputs per un missatger. El missatger va lliurar al bisbe una carta en un rotlle de pergamí tancat amb un segell de cera. Waleran va enviar el missatger a la cuina perquè li donessin menjar. No va obrir la carta.

William va aprofitar l'oportunitat per canviar de tema.

—Monsenyor, no he vingut per parlar d'històries bèl·liques amb vós, sinó per dir-vos que la meva paciència té un límit.

Waleran va arrufar les celles, però no va dir res. El silenci era la seva resposta a les qüestions desagradables.

William va continuar.

—Fa gairebé tres anys que va morir el meu pare, però el rei Stephen encara no m'ha confirmat com a comte. És un veritable ultratge.

—Hi estic completament d'acord —va assentir Waleran amb llangor. Magrejava la carta, mirant el segell i jugant amb la cinta.

—Em sembla bé que sigui així, perquè vol dir que fareu alguna cosa per canviar la situació —va dir William.

—No sóc jo qui et pot fer comte, estimat William.

William ja sabia que Waleran adoptaria aquella actitud, i no estava disposat a acceptar-ho.

—El germà del rei us acostuma a escoltar.

—Però, ¿què vols que li digui? ¿Que William Hamleigh és un fidel servidor del rei? Ja ho sap, això, i si no fos el cas, també ho sabria.

William era incapaç de posar-se a l'altura de la lògica de Waleran, de manera que es va limitar a ignorar els seus arguments.

—M'ho deveu, Waleran Bigod.

El bisbe va experimentar una lleugera irritació. Va assenyalar William amb el rotlle.

—Jo no et dec res —va replicar—. Sempre has actuat d'acord

amb els teus propis objectius, fins i tot quan feies el que jo volia que fessis. Entre nosaltres no hi ha cap deute de gratitud pendent.

—Us ho repeteixo, no tinc intenció d'esperar més temps.

—I doncs, ¿què faràs? —va preguntar Waleran amb un xic de menyspreu.

—En primer lloc, aniré a veure el bisbe Henry.

—¿I llavors?

—Li diré que us heu fet el sord davant les meves súpliques i que, com a conseqüència d'això, no em queda altre remei que canviar de bàndol i donar suport a Maud.

William va observar satisfet el canvi d'expressió de Waleran. Havia empal·lidit lleugerament i semblava una mica sorprès.

—¿Un nou canvi de bàndol? —va preguntar Waleran, escèptic.

—Ja no ve d'un —va dir William, amb resolució.

L'actitud indiferent i arrogant de Waleran va experimentar una lleugera alteració, gairebé imperceptible. En bona part, Waleran havia fet carrera gràcies a la seva habilitat a l'hora d'aconseguir que William i la seva gent lluitessin sempre a favor del bàndol que en aquell moment convenia al bisbe Henry. Seria un cop dur que, de sobte, William anés completament a la seva; encara que no un cop fatal i decisiu.

William observava el rostre de Waleran, ponderant la seva amenaça. Li podia llegir la ment. El bisbe pensava que volia conservar la lleialtat de William, però, al mateix temps, es preguntava quin preu hauria de pagar per obtenir-la.

A fi de guanyar temps, Waleran va trencar el segell de la carta i va desenrotllar el pergamí. Mentre llegia, les galtes, d'un blanc semblant al ventre dels peixos, se li van tornar del color de la cera.

—Maleït bandarra! —va xiular entre dents.

—¿Què passa? —va preguntar William.

Li va allargar la carta.

William la va començar a desxifrar: «Al... bisbe... més... sant... i amable...»

Waleran la va agafar de nou, impacient per aquella lectura tan lenta.

—És del prior Philip —va explicar—. M'informa que el presbiteri de la catedral estarà acabat per la Pasqua de Pentecosta i té la barra de suplicar-me que sigui jo qui celebri l'ofici sagrat.

—¿Com s'ho ha fet? —va preguntar William, sorprès—. Em pensava que havia acomiadat la meitat dels seus paletes.

Waleran va sacsejar el cap.

—Sempre acaba ressorgint de les pròpies cendres, aquest condemnat prior. —Va dirigir una mirada calculadora a William.— És clar que a tu et detesta... Creu que ets l'encarnació del mateix diable.

William es va preguntar què devia ordir la ment retorçada de Waleran.

—¿I això que hi té a veure? —va preguntar.

—Per a Philip, representarà un cop dur si per Pentecosta ets confirmat com a comte.

—Cosa que no fareu per mi, sinó pel rancor que sentiu per Philip —va remugar William, tot i que en el fons sabia que era una bona notícia.

—No, jo no ho puc fer —hi va tornar Waleran—, però parlaré amb el bisbe Henry. —Va aixecar la vista, expectant, cap al seu interlocutor.

William va vacil·lar un instant.

—Gràcies —va barbotejar a la fi, de mala gana.

La primavera d'aquell any va ser freda i trista, i el dia de Pentecosta es presentava plujós. La nit anterior Aliena s'havia despertat a mitjanit per culpa d'un dolor a l'esquena que la molestava de tant en tant. Abans d'anar a missa, va seure a la cuina freda i va trenar els cabells de Martha mentre Alfred endrapava un esmorzar a base de pa blanc, formatge tendre i cervesa forta. Una agudíssima punxada va obligar Aliena a interrompre el que feia i a redreçar l'esquena amb una ganyota de dolor.

—¿Què et passa? —li va preguntar Martha quan se'n va adonar.

—L'esquena —es va limitar a contestar Aliena.

No en volia parlar, perquè, amb tota seguretat, aquell dolor li venia de dormir al terra d'aquella habitació del darrere, exposada als corrents, circumstància que tothom ignorava, fins i tot Martha, que es va aixecar i va agafar una pedra calenta del foc. Aliena va seure. Martha va embolcallar la pedra amb un tros de cuir vell i socarrimat i la va mantenir subjectada contra l'esquena d'Aliena, alleujant-li el mal a l'instant. Martha va començar a trenar els cabells d'Aliena, que li havien crescut i tornaven a formar aquella bonica mata de rínxols. Aliena es va tranquil·litzar.

D'ençà que Ellen se n'havia anat, Martha i ella havien intimat molt. La pobra noia havia perdut la seva mare i després el seu germanastre. Aliena es considerava una mena de mare substituta. A més, només tenia deu anys més que Martha. I, encara que semblés estrany, la persona que aquesta trobava a faltar més era el seu germanastre Jack.

D'una manera o d'una altra, tothom trobava a faltar Jack. Aliena es preguntava on es trobava. Potser era a prop, treballant en una catedral, a Gloucester o Salisbury. Però el més probable era que se n'hagués anat a Normandia. Encara que també podia estar molt més lluny, a París, Roma, Jerusalem o Egipte. En recordar les històries que els pelegrins explicaven sobre aquells llocs remots, s'imaginava Jack enmig d'un immens desert de sorra, tallant pedra per a una fortalesa sarraïna sota un sol abrusador. ¿Jack pensava en ella, en aquells moments?

El fil de les seves evocacions va quedar interromput pel soroll de cascs que arribava de fora, i un moment després va aparèixer el seu germà portant el cavall agafat per la brida. Genet i muntura estaven xops i bruts de fang. Aliena va retirar aigua calenta del foc perquè es rentés les mans i la cara, i Martha va conduir l'animal al pati del darrere. Aliena va posar sobre la taula de la cuina pa i carn freda i li va servir cervesa en una gerra.

—¿Quines notícies ens portes de la guerra? —va preguntar Alfred.

Richard es va eixugar les mans amb un drap i va seure, disposat a esmorzar.

—Ens han derrotat a Wilten —va respondre.

—¿Han capturat Stephen?

—No, ha fugit, com va fer Maud a Oxford. Ara Stephen és

a Winchester i Maud a Bristol. Es llepen les ferides i es limiten a consolidar les posicions guanyades.

Aliena pensava que sempre els portava les mateixes notícies. Una de les parts, o totes dues, havien obtingut una petita victòria o sofert una petita derrota, però semblava que la guerra no s'acabaria mai.

—T'has engreixat —va dir Richard, mirant la seva germana.

Aliena va fer que sí sense dir res. Ja estava de vuit mesos, però ningú no ho sabia. Gràcies a Déu, encara feia fred, i encara podia portar roba gruixuda i ocultar la seva silueta. Al cap d'unes setmanes, el nadó naixeria i tot sortiria a la llum. Continuava sense tenir ni idea de què faria, quan arribés el moment.

Va repicar la campana convocant els fidels a missa. Alfred es va calçar les botes i va mirar Aliena.

—Em sembla que no hi aniré —va dir ella—. No em trobo bé.

Alfred es va encongir d'espatlles i es va girar cap a Richard.

—Tu sí que hauries de venir, Richard. Avui hi haurà tothom. Se celebra el primer ofici sagrat a la nova església.

Richard es va mostrar sorprès.

—¿Ja l'heu coberta? Em pensava que això us tindria ocupats la resta de l'any.

—Ens hem afanyat, vet-ho aquí. El prior Philip va oferir als homes el salari extra d'una setmana si ho acabàvem a dia d'avui. És impressionant la velocitat amb què han treballat. Tot i així, l'acabem d'enllestir. Hem posat la cintra aquest mateix matí.

—Doncs m'agradaria veure-ho, això. —Richard es va ficar el que li quedava de carn i pa a la boca i es va aixecar d'un salt.

—¿Vols que em quedi amb tu? —va preguntar Martha a Aliena.

—No, gràcies. Estic bé. Vés-hi tranquil·la. Jo m'ajauré una estona.

Els tres es van posar la capa i van sortir. Aliena va entrar a l'habitació del darrere, enduent-se la pedra calenta amb l'embolcall de cuir. Va jeure al llit d'Alfred amb la pedra sota l'esquena. Des que s'havia casat, estava terriblement ensopida. Abans, dirigia una casa i havia arribat a ser la comerciant de llana més pròspera del comtat. Però ara fins i tot li costava portar la casa d'Alfred, tot i que no tenia res més a fer.

Va continuar una estona ajaguda allà, autocompadint-se i desitjant adormir-se. De sobte, va sentir que per la part interior de la cuixa li baixava un rajolí d'aigua tèbia. Es va espantar. Era com si estigués orinant, però no es tractava d'això. Un moment després, el rajolí es va convertir en cascada. Es va incorporar ràpidament. Sabia què significava, allò. Havia trencat aigües. Era la criatura que arribava.

La va envair el pànic. Va cridar dos cops la veïna.

—Mildred! Vine, Mildred!

Però llavors va recordar que aquell dia ningú no s'havia quedat a casa. Tothom havia anat a l'església.

Havia minvat el flux del líquid, però el llit d'Alfred estava xop. «Es posarà furiós», va pensar. Però després es va dir que aquell enfurismament seria insignificant comparat amb el que tindria en saber que la criatura no era seva. «¿Déu meu, i ara què faig?», es va dir.

Va tornar a sentir el mal d'esquena i llavors va comprendre que allò devia ser el que en deien dolors del part. Es va oblidar per complet d'Alfred. Estava a punt de parir. Estava massa espantada per pensar que passaria per allò completament sola. Volia que algú l'ajudés. Va decidir anar a l'església.

Va treure les cames del llit. Va tenir un altre espasme i es va aturar amb el rostre contret de dolor. Fins que va passar. Va acabar de saltar del llit i va abandonar la casa.

La seva ment era un remolí mentre avançava amb pas vacil·lant pel carrer enfangat. En arribar a la porta del priorat, li van tornar els dolors i va haver de recolzar-se contra el mur i serrar les dents fins que van passar. Llavors va entrar al recinte del priorat.

Gairebé tots els ciutadans de la localitat s'aplegaven al passadís de la nau central i als de les dues naus laterals. L'altar es trobava a l'extrem més allunyat. La nova església tenia un aspecte peculiar. Sobre la teulada arrodonida de pedra hi hauria finalment una teulada de fusta triangular, però en aquells moments semblava desprotegida, com un home calb sense barret. Els fidels estaven drets, d'esquena a Aliena.

Mentre avançava amb penes i treballs cap a la catedral, el bisbe Waleran Bigod es va posar dret per prendre la paraula. Com en un malson, Aliena va veure, dret al costat de Waleran, William Hamleigh. Les paraules del bisbe van agreujar la seva angoixa.

—...per a mi és un motiu de gran orgull i plaer anunciar-vos que el nostre senyor, el rei Stephen, ha confirmat Lord William com a comte de Kingsbridge.

Malgrat el seu dolor i la seva por, Aliena ho va escoltar horroritzada. Durant sis anys, des d'aquell dia espantós que havia vist el seu pare a la presó de Winchester, s'havia dedicat en cos i ànima a recuperar la propietat familiar. Amb Richard, havien sobreviscut plegats a lladres i violadors, incendis i guerres civils. Més d'una vegada, havia semblat que els seus esforços obtindrien la recompensa desitjada. Però ara tot era inútil.

Hi va haver un murmuri d'insatisfacció entre els congregats. Qui més qui menys havia patit per culpa de William, i tothom el temia. No era cap motiu d'alegria que el rei, que suposadament els havia de protegir, honorés William amb aquell nomenament. Aliena va mirar al voltant buscant Richard, per veure com encaixava aquell cop. Però li va ser impossible trobar-lo amb la mirada.

El prior Philip es va posar dret amb la cara entenebrida i va començar a cantar l'himne. Els fidels el van imitar amb desgana. Aliena es va recolzar contra una columna en sofrir una nova contracció. Es trobava al darrere de tot i ningú no es va adonar de la seva presència. En certa manera, aquella mala notícia la va calmar. «Tindré un fill, això és tot», es va dir; «és una cosa que passa cada dia. Només he de trobar Martha o Richard, i ells ja s'ocuparan del que calgui.»

Passat el dolor, Aliena es va obrir camí entre els fidels buscant Martha. Al passadís de la nau lateral nord hi havia un grup de dones, i Aliena es va dirigir cap a elles. La gent la mirava amb curiositat. Però, en aquell moment, una altra cosa va distreure la seva atenció. Un soroll estrany, com si retrunyís alguna cosa. En un principi amb prou feines es va sentir a causa del càntic, però aquest va callar de seguida en anar adquirint més força el retruny.

Aliena va arribar on eren les dones, que miraven ansioses al voltant, buscant l'origen del soroll.

—¿Heu vist la meva cunyada Martha? —va preguntar a una de les dones, posant-li la mà a l'espatlla.

La dona la va mirar, i Aliena va reconèixer Hilda, l'esposa de l'adober.

—Crec que és a l'altre costat —va respondre.

Però llavors el tro es va fer ensordidor, i la dona va apartar la vista.

Aliena va seguir la seva mirada. Al centre de l'església tothom tenia els ulls aixecats cap a la part superior dels murs. La gent que es trobava a les naus laterals torçava el coll per mirar a través dels arcs. Algú va cridar. Aliena va poder veure que, al mur més allunyat, hi apareixia una escletxa que s'anava allargant entre dues finestres veïnes, al trifori. Mentre mirava, uns quants trossos de maçoneria van caure des de dalt sobre la gentada que ocupava el centre de l'església. Es va sentir una cacofonia de xiscles i esgarips, i es va iniciar una desbandada general.

El terra va tremolar sota els peus d'Aliena. Fins i tot mentre mirava d'obrir-se camí per sortir de l'església es va adonar que els alts murs s'esquerdaven i que la volta es clivellava. Davant seu, havia caigut Hilda, l'esposa de l'adober, Aliena hi va ensopegar i va topar també amb els seus ossos a terra. Mentre mirava d'aixecar-se va caure damunt seu una pluja de pedretes. Després, la teulada va cruixir sota la nau en desplomar-se. Alguna cosa li va colpejar el cap i tot es va tornar negre.

Philip havia començat l'ofici orgullós i agraït. Encara que amb el temps molt just, la volta es va concloure en la data prevista. De fet, només havien quedat tancats amb una volta tres dels quatre intercolumnis del presbiteri, ja que el quart no es podia fer fins que no es construís el corredor i quedessin units als transseptes els murs sense acabar del presbiteri. Els monjos havien emblanquinat l'obra en pedra i pintat línies vermelles molt rectes sobre el morter a fi que la maçoneria semblés més pulcra, d'acord amb el costum. A baix a la cripta, encara hi havia els ossos del sant conservats en el seu taüt de pedra. Canviar-los requeria una cerimònia solemne denominada translació, que havia de constituir el moment culminant dels ritus d'aquell diumenge. En començar l'ofici sagrat, amb el bisbe instal·lat al seu setial, els monjos, alineats darrere de l'altar amb els seus hàbits nous i la gent de la ciutat aplegada al cos central de l'església i arraïmant-se a les naus laterals, Philip no podia estar més satisfet, i va donar gràcies a Déu per haver-lo portat amb èxit fins al final de la primera etapa, que era crucial en la construcció de la catedral.

L'anunci que va fer Waleran, amb relació a William, va despertar la ira de Philip. Havia estat sincronitzat sense cap mena de dubte per entelar aquella ocasió triomfal i recordar als ciutadans que seguien a la mercè del bàrbar del seu senyor. Philip intentava, desesperadament, trobar una resposta adequada quan la nau va començar a retrunyir.

Era com un malson que Philip tenia de tant en tant, en el qual caminava sobre la bastida, a gran altura, molt tranquil, i de sobte s'adonava d'un nus solt a les cordes, gens greu, en realitat; però, quan es disposava a estrènyer el nus, el tauló sobre el qual es trobava es decantava una mica, al principi no gaire, però prou per fer-lo vacil·lar. Després, de sobte, es trobava caient a través de l'enorme espai del presbiteri de la catedral... A una velocitat terrible. I sabia que estava a punt de morir.

En un principi el soroll va ser confús. Per un instant, va creure que es tractava d'un tro. Després, es va sentir amb més força i la gent va deixar de cantar. Malgrat això, Philip va continuar suposant que es tractava només d'un fenomen estrany al qual de sobte trobaria una explicació, i que el màxim que es faria seria interrompre l'ofici sagrat. Però llavors va mirar cap amunt. Al tercer intercolumni, on aquell mateix matí havia quedat instal·lada la cintra, apareixien escletxes a la maçoneria de la part superior dels murs, a l'altura del trifori. Es van formar de sobte i es van anar estenent pel mur des de cada finestra del trifori fins a la contigua, com serps agressives. La primera reacció de Philip va ser de decepció. L'havia omplert de felicitat la finalització del presbiteri, però ara hauria d'emprendre reparacions i tots els qui havien quedat impressionats per la rapidesa de la feina dels paletes ara podrien dir allò de «Val més anar a poc a poc quan es té pressa». Però llavors la part superior dels murs es va inclinar cap endavant, i Philip va comprendre, horroritzat, que estava a punt de produir-se una autèntica catàstrofe.

Van aparèixer escletxes a la volta. Una pedra enorme es va desprendre de l'entreteixit d'obra i va caure. La gent va començar a cridar i a intentar apartar-se de la seva trajectòria. Abans que Philip aconseguís veure si algú estava ferit de gravetat, van començar a caure més pedres. Als fidels els va entrar el pànic i van començar a donar-se empentes, a clavar-se cops de colze i a trepitjar-se els uns als altres, mirant d'evitar les pedres que queien. Philip va tenir la idea forassenyada que aquell era un altre atac de William Hamleigh. Però de sobte va veure el mateix William, just davant dels congregats, colpejant la gent que l'envoltava en un aterrit intent d'escapar, i va comprendre que el desastre no podia ser obra seva.

Gairebé intentava allunyar-se de l'altar per sortir de la catedral per l'extrem oest, que encara estava descobert. Però el que s'estava enfonsant era precisament aquell espai obert, la zona més occidental de l'edificació. El problema es trobava en el tercer intercolumni. En el segon, que era on es trobava Philip, la volta semblava resistir, i, darrere seu, el primer intercolumni, on hi havia els monjos alineats, conservava la seva solidesa. En aquella part, la façana est conservava junts els murs.

Va veure el petit Jonathan i Johnny Eightpence, tots dos arraulits a l'extrem més allunyat de la nau nord. Philip va arribar a la conclusió que allà es trobaven més segurs que en qualsevol altra banda. Llavors es va adonar que havia de posar fora de perill la resta del ramat.

—Veniu tots cap aquí! —els va cridar—. Tothom! Veniu cap aquí!

El sentissin o no, no van seguir el seu consell.

Al tercer intercolumni, la part superior dels murs es va desplomar cap enfora, i tota la volta es va esfondrar. Van caure pedres grans i petites, com una pedregada mortal, sobre la histèrica gentada de fidels. Philip, precipitant-se cap endavant, va engrapar un home pel braç i, arrossegant-lo cap a l'extrem oriental, va cridar:

—Enrere!

L'home, sobresaltat, va veure els monjos arraulits contra el mur més allunyat i va córrer cap a ells. Philip va repetir el gest amb dues dones. Els qui es trobaven al voltant d'elles es van adonar de la intenció del prior i es van dirigir a l'est sense necessitat que els empentés. Uns altres van començar a copsar la ideai es va iniciar un moviment general en aquella direcció per part dels qui es trobaven al davant de la congregació. En aixecar Philip la vista per un instant, va comprovar aterrit que el segon intercolumni seguia el mateix camí del tercer. Les mateixes clivelles començaven a estendre's a través del trifori, produint danys a la volta just sobre el seu cap. Va prosseguir portant la gent a la seguretat de l'extrem oriental, conscient que cada persona que hi enviava era potser una vida salvada. Sobre el seu cap afaitat va caure una pluja de morter, i després unes pedres petites. La gent s'estava dispersant. Alguns havien buscat refugi a les naus laterals; uns altres s'aplegaven contra el mur est, entre ells el bisbe Waleran. N'hi havia que seguien intentant allunyar-se de l'extrem oest, arrossegant-se sobre les runes i els cossos en el tercer intercolumni. Philip va notar que una pedra li colpejava de biaix l'esquena. Es va posar les mans al cap per protegir-se'l i va mirar desconcertat al voltant. Es trobava sol al centre de l'intercolumni. Tothom s'havia refugiat als límits de la zona on el perill era més gran. El prior havia fet tot el que li havia estat possible. Va córrer cap a l'extrem oriental.

Un cop allà, va mirar amunt. En aquells moments, s'estava ensorrant el trifori del segon intercolumni i la volta es desplomava dins del presbiteri, en una reproducció exacta del que havia passat a l'intercolumni tercer. No obstant això, hi va haver poques víctimes, ja que la gent havia tingut el seny de sortir d'enmig i, a més, semblava que les teulades de les naus laterals resistien, mentre que al tercer intercolumni s'havien ensorrat. La multitud que va aconseguir assolir l'extrem est va retrocedir encara més, estrenyent-se contra el mur, i mirant fixament la volta per comprovar si l'enfonsament es propagaria al primer intercolumni. El terrabastall per l'ensorrament de l'obra va perdre força, encara que a l'aire surava tanta pols que durant uns moments va ser impossible veure res. Philip va aguantar l'alè. Finalment, la pols es va dipositar a terra i va poder observar un altre cop la volta. S'havia ensorrat fins al límit del primer intercolumni, però de moment semblava resistir.

Tot va quedar sumit en el silenci. Philip va contemplar estupefacte la runa de la seva església. Només el primer intercolumni estava intacte. Al segon, els murs havien quedat al nivell de la galeria; al tercer i al quart, només quedaven les naus laterals, encara que greument danyades. El terra de l'església estava cobert de runa, entre la qual es veien els cossos immòbils dels morts i els dels ferits que s'agitaven amb febles espasmes. Set anys de feina i centenars de lliures havien quedat destruïts, per no parlar del més important: les dotzenes, potser els centenars de persones que havien mort en uns instants terribles. Philip se sentia envaït per un immens dolor per tot el treball malaguanyat, per les vides perdudes, per les vídues i els orfes que deixaven enrere. Els ulls se li van omplir de llàgrimes.

—Aquest és el resultat de la vostra condemnada arrogància, Philip! —va sentir que li deia una veu aspra.

En girar-se, es va trobar amb el bisbe Waleran, la vestimenta negra del qual estava plena de pols i en els ulls del qual s'endevinava una maliciosa expressió de triomf. A Philip se li trencava el cor en contemplar aquella tragèdia; però que a sobre n'hi donessin les culpes era una cosa que no podia suportar. Hauria volgut dir: «Només he tractat de fer-ho com sabia!», però li va ser impossible dir res. Semblava que tenia la gola obturada, i se sentia incapaç de parlar.

Se li va il·luminar la cara quan va veure Johnny Eightpence sortir amb Jonathan de l'aixopluc que li donava la nau. De sobte, va recordar les seves responsabilitats. Tindria molt de temps per endavant per torturar-se preguntant-se qui n'era el culpable. En aquells moments hi havia una pila de ferits, molts d'ells atrapats entre les runes. El seu deure era organitzar l'operació de salvament.

—Aparteu-vos del meu pas! —va exclamar en to tallant mentre mirava, furibund, el bisbe Waleran.

Sobresaltat, el bisbe es va fer a un costat i Philip es va precipitar cap a l'altar.

—Escolteu-me! —va dir amb molta paciència en la veu—. Ens hem d'ocupar dels ferits, treure els qui es trobin sepultats sota les runes i, després, enterrar els morts i resar per les seves ànimes. Nomenaré tres responsables perquè ho organitzin tot. —Va passar revista a les cares que el rodejaven per descobrir, a primera vista, els qui encara eren vius i estaven bé. Va localitzar Alfred.— Alfred s'encarregarà d'apartar les runes i de rescatar les persones que s'hi trobin atrapades, i vull que tots els paletes i artesans treballin amb ell. —Va mirar els monjos i va sentir un gran alleujament en comprovar que Milius, el seu confident més proper, es trobava sa i estalvi.— El germà Milius s'ocuparà de treure de l'església els morts i els ferits i necessitarà ajudants joves i forts. El germà Randolph tindrà al seu càrrec els ferits i necessitarà ajudants joves i forts, un cop els hàgim tret d'aquí. Les dones i les persones de més edat el poden ajudar. Molt bé..., som-hi!

Va baixar de l'altar d'un bot. Es va produir una mica de xivarri quan la gent va començar a donar ordres i a fer preguntes.

Philip es va acostar a Alfred, que semblava confós i espantat. Si hi havia cap culpable d'aquell desastre per assenyalar era ell, en la seva qualitat de mestre constructor, però ara no tocava fer retrets.

—Divideix la teva gent en equips i assenyala'ls les diferents zones en què han de treballar —li va indicar.

Per un instant, Alfred el va mirar amb expressió buida, però tot seguit va reaccionar.

—Sí. D'acord. Començarem a treure les runes de l'extrem oest.

—Bé.

Philip es va posar novament en marxa obrint-se pas entre la gent i va arribar al costat de Milius, a qui va sentir que deia:

—Endueu-vos els ferits lluny de l'església i deixeu-los sobre l'herba. Després traieu els morts i traslladeu-los a la part nord.

Philip es va allunyar, segur, com sempre, que Milius faria les coses bé. Va veure el germà Randolph, l'infermer, caminar sortejant les runes i el va seguir apressat. Tots dos van anar obrint-se camí entre les piles de pedra treballada que havia quedat inútil. Fora de l'església, a la part oest, hi havia moltíssimes persones que havien aconseguit escapar il·leses de l'ensorrament.

—Fes servir aquesta gent —va dir Philip a Randolph—. Envia algú a la infermeria perquè porti el teu equip i subministraments. Fes que alguns vagin a la cuina a buscar aigua calenta. Demana també vi fort per als que calgui reanimar. Assegura't de dipositar a fora els morts i els ferits, perfectament alineats amb un espai entre ells, a fi que els teus ajudants no ensopeguin amb els cossos.

Va mirar al voltant. Els supervivents començaven a treballar. Molts dels que havien trobat refugi a l'extrem oriental que restava intacte havien seguit Philip a través de les runes i començaven a retirar els cossos. Algun ferit que només havia quedat commocionat o atordit es posava dret ja sense ajuda. Philip va veure una anciana, asseguda a terra amb aire desconcertat. Va reconèixer Maud Silver, l'esposa de l'orfebre. La va ajudar a aixecar-se i se la va endur lluny del lloc del sinistre.

—¿Què ha passat? —va preguntar ella sense mirar-lo—. No sé què ha passat.

—Jo tampoc, Maud —va respondre Philip.

En girar-se per ajudar una altra persona, li van venir a la ment les paraules del bisbe Waleran: «Aquest és el resultat de la vostra condemnada arrogància, Philip!» Aquella acusació el va ferir profundament, perquè pensava que potser era veritat. Sempre pressionava tothom per aconseguir més, perquè tot es fes millor, perquè anessin més de pressa. Havia pressionat Alfred perquè acabés la volta, tal com va pressionar per aconseguir una fira del velló i perquè els donessin la pedrera de Shiring. En cadascuna de les ocasions tot havia acabat en tragèdia: la matança dels pedraires, l'incendi de Kingsbridge i ara això. No hi havia dubte que la causa n'era l'ambició. Els monjos havien de viure resignats, acceptant les tribulacions i desgràcies d'aquest món com a lliçons de paciència donades pel Totpoderós.

Mentre Philip ajudava a traslladar els ferits que més gemegaven i els cadàvers des de les runes de la catedral, va decidir que, en el futur, deixaria en mans de Déu les ambicions i les presses. Ell, Philip, adoptaria una actitud passiva i acceptaria el que passés. Si Déu volia una catedral, Ell aportaria la pedrera; si incendiaven la ciutat, havia de considerar-se com un senyal que Déu no volia que hi hagués una fira del velló, i ara que l'església s'havia ensorrat, Philip no la reconstruiria.

Mentre prenia aquella decisió, va veure William Hamleigh. El nou comte de Shiring es trobava assegut al terra del tercer intercolumni, a prop de la nau nord, amb el rostre cendrós i estremint-se de dolor. Una gran pedra li havia caigut sobre el peu. Mentre ajudava a enretirar la pedra, Philip es preguntava per què Déu havia permès que morissin tantes persones bones i havia deixat que se salvés el brètol de William.

El comte feia gestos de dolor exagerats per la ferida del peu; però, llevat d'això, es trobava perfectament. El van ajudar a incorporar-se. Després, recolzant-se a l'espatlla d'un homenot de la seva mateixa constitució, es va allunyar coixejant. I llavors es van sentir els plors d'una criatura.

Tothom ho va sentir. Però no es veia cap nadó per enlloc. La gent, desconcertada, va mirar al voltant. Van tornar a sentir-se els plors i llavors Philip es va adonar que provenia de sota una gran pila de pedres a la nau.

—Per aquí! —va cridar, va topar amb la mirada d'Alfred i li va fer un senyal perquè s'acostés—. Sota de tot això hi ha un nen viu —li va indicar.

Tots havien sentit els plors. Semblaven d'una criatura molt petita, pràcticament d'un nounat.

—Teniu raó —va convenir Alfred—. Enretirem algunes d'aquestes pedres grans.

Ell i els seus ajudants van començar a apartar runes d'una pila que bloquejava per complet l'arc del tercer intercolumni. Philip s'hi va afegir. No podia recordar qui, d'entre les dones de la ciutat, havia donat a llum les últimes setmanes. És clar que potser ell no s'havia assabentat del naixement, ja que, a pesar que l'últim any la població de la ciutat s'havia reduït, encara era bastant nombrosa perquè no s'assabentés d'un fet tan corrent.

De sobte es van deixar de sentir els plors. Tothom es va quedar quiet, escoltant. Però no es van reprendre. Van continuar la tasca amb cara de circumstàncies. Era una operació arriscada, ja que si s'enretirava una pedra, podia provocar la caiguda d'altres. Aquest era precisament el motiu que Philip hagués encarregat la feina a Alfred. No obstant això, aquest no es mostrava tan cautelós com a ell li hauria agradat i semblava deixar que tothom fes les coses a la seva manera, apartant les pedres sense seguir un pla organitzat.

—Espereu! —va cridar Philip en un moment en què la pila va oscil·lar perillosament.

Tots es van aturar. Philip es va adonar que Alfred estava massa impressionat per organitzar la gent de manera adequada. Hauria de fer-ho ell mateix.

—Si hi ha algú viu aquí sota, alguna cosa els deu haver protegit —va dir—, i si deixem que aquestes roques caiguin, podrien perdre aquesta protecció i els nostres esforços els matarien. Fem això amb compte. —Va assenyalar un grup de picapedrers que eren allà.— Vosaltres tres, pugeu a la pila i comenceu a treure pedres de sobre; doneu-nos-les a nosaltres, que les deixarem a part.

Començaren de nou a treballar seguint el pla de Philip. Semblava més ràpid i segur.

Com que el nadó havia deixat de plorar, no sabien ben bé quina direcció prendre, de manera que van aclarir un tros molt ampli, equivalent gairebé a tota l'amplada de l'intercolumni. Algunes de les runes eren conseqüència de l'ensorrament de la volta, però la teulada de la nau s'havia esfondrat en part, de manera que hi havia trossos de fusta i pissarra, així com pedres i morter.

Philip treballava infatigablement. Volia que la criatura sobrevisqués. A pesar que hi havia dotzenes de persones mortes, el nadó semblava més important. Tenia la sensació que si aconseguien rescatar-lo en vida, encara hi hauria esperança per al futur. Mentre apartava les pedres tossint i mig encegat per la pols, resava fervorosament per poder trobar-lo viu.

Al final va aconseguir entreveure sobre la pila de runes el mur exterior de la nau i part de la finestra. Semblava que hi hagués un espai darrere de les pedres. Potser hi quedava algú viu.

Un paleta es va enfilar amb dificultat per la pila de runa i va escrutar entre les pedres.

—Déu meu! —va exclamar.

Per un cop Philip no va tenir en compte la irreverència.

—¿El nen es troba bé? —va preguntar.

—No ho sabria dir —va respondre el paleta.

Philip volia preguntar-li què havia vist o, millor encara, donar-hi una ullada ell mateix; però l'home havia reprès la tasca de treure les pedres amb vigor renovat i no va poder fer res tret de seguir ajudant, agullonat per la curiositat.

La pila es va anar reduint de pressa. Hi havia una pedra enorme pràcticament a nivell del terra, i van haver d'intervenir tres homes per moure-la. Quan van aconseguir apartar-la, Philip va veure el nadó.

Estava despullat i acabava de néixer. La blanca pell estava bruta de sang i pols, però tenia el cap cobert d'uns meravellosos cabells de color de pastanaga. En observar-lo més de prop, Philip va comprovar que es tractava d'un noi. Es trobava sobre el pit d'una dona i en mamava. Ella també estava viva. Els seus ulls es van trobar amb els de Philip i va esbossar un somriure, fatigat i feliç.

Era Aliena.

Aliena mai no va tornar a casa d'Alfred.

Alfred havia anat pregonant arreu que la criatura no era seva i, a tall de prova, sostenia que els cabells del menut eren tan rojos com els de Jack. No obstant això, no va intentar fer mal ni al nadó ni a Aliena, a banda de negar-se a compartir-hi casa seva.

Ella es va traslladar novament a la casa d'una sola habitació, al barri pobre, amb el seu germà Richard. Se sentia alleujada pel fet que la venjança d'Alfred hagués estat tan lleu, i contenta, perquè ja no hauria de dormir a terra als peus del llit d'Alfred, com un gos. Però, sobretot, se sentia orgullosa d'aquell nadó seu tan encantador. Tenia els cabells rojos, els ulls blaus i una pell blanquíssima, i li recordava molt Jack.

Ningú no sabia per què s'havia ensorrat l'església. No obstant això, abundaven les teories. Alguns deien que Alfred no tenia capacitat per ser mestre constructor. Els altres culpaven Philip, per haver apressat els treballadors perquè la volta estigués acabada per a la Pentecosta. Alguns paletes afirmaven que la cintra havia estat enretirada abans que s'assequés el morter per complet. Un paleta vell va comentar que, en principi, els murs no estaven preparats per suportar el pes d'una volta de pedra.

Havien mort setanta-nou persones, incloses les que van morir després a causa de les ferides. Tothom afirmava que haurien estat moltes més si el prior Philip no hagués conduït tanta gent cap a l'extrem oriental. El cementiri del priorat ja estava ple com a resultat de l'incendi durant la fira del velló de l'any anterior, i la majoria dels morts van haver de ser enterrats a l'església parroquial. Molta gent assegurava que la catedral estava maleïda.

Alfred es va endur tots els seus paletes a Shiring, on construïa cases de pedra per a les persones adinerades de la ciutat. Els altres artesans van anar marxant de Kingsbridge. En realitat no en van acomiadar cap, i Philip continuava pagant els salaris, però els homes no havien de fer res més que enretirar les runes i deixar el lloc en bon estat, per la qual cosa, al cap d'unes setmanes, tothom havia marxat. Ja no acudien voluntaris a treballar els diumenges, el mercat va quedar reduït a unes quantes parades els propietaris de les quals no donaven gaires mostres d'entusiasme, i Malachi va carregar la seva família i pertinences en un enorme carro tirat per quatre bous i va abandonar la ciutat per buscar pastures més verdes.

Richard va llogar el seu cavall de guerra a un granger, i Aliena i ell vivien de la renda. Sense el suport d'Alfred, no podia portar l'existència d'un cavaller i, de qualsevol manera, ja no importava gaire d'ençà que William havia estat nomenat comte.

Martha continuava vivint a la casa gran, amb l'única companyia d'una criada anciana. No obstant això, estava gairebé sempre amb Aliena, ja que li agradava molt ajudar-la amb el nadó, sobretot perquè s'assemblava molt al seu estimadíssim Jack. Desitjava que Aliena el fes tornar, però Aliena es negava fins i tot a anomenar-lo, per raons que ni ella mateixa acabava d'entendre del tot.

Per a Aliena l'estiu va passar com si estigués embolcallada en una aura de felicitat maternal. Però, un cop recollida la collita, en refrescar una mica i fer-se les tardes més curtes, va començar a sentir-se inquieta.

Sempre que pensava en el seu futur li venia Jack a la ment. Se n'havia anat, ella no tenia ni idea d'on, i probablement mai no tornaria. Però continuava amb ella, sempre present en els seus pensaments, ple de vida i energia, de manera tan vívida que era com si l'hagués vist el dia abans. Va considerar la possibilitat de traslladar-se a una altra ciutat i fer-se passar per vídua; va pensar a intentar convèncer Richard que es guanyés la vida d'alguna manera; va reflexionar sobre la possibilitat de teixir o rentar roba, fins i tot entrar com a criada a casa d'alguna de les escasses famílies que encara eren prou riques per poder pagar el servei, però cadascun dels seus nous projectes era rebut amb una rialla menyspreadora pel Jack imaginari que vivia al seu cap: «Res no et sortirà bé sense mi.» Fer l'amor amb Jack el matí de les seves noces amb Alfred era el pecat més greu que havia comès, i no tenia cap dubte que ho estava pagant. No obstant això, de vegades sentia que era l'única cosa bona que havia fet en tota la seva vida, i quan mirava el seu fillet li resultava impossible lamentar-ho. Però, malgrat tot, se sentia inquieta. Un nen no era suficient. Se sentia incompleta, buida. Casa seva li semblava massa petita, Kingsbridge era una ciutat mig morta, la vida resultava massa monòtona.

Va començar a mostrar-se impacient amb el menut i reganyaire amb Martha.

En acabar l'estiu, el granger els va tornar el cavall de guerra. Ja no el necessitava, i llavors, tot d'una, Richard i Aliena es van trobar sense ingressos.

Un dia, a principis de tardor, Richard va anar a Shiring a vendre's l'armadura. Mentre es trobava fora i Aliena menjava pomes per estalviar diners, va aparèixer a la casa la mare de Jack.

—Ellen! —va exclamar Aliena.

Es va sobresaltar. La seva veu denotava consternació, ja que Ellen havia maleït el seu matrimoni i el prior Philip encara la podia castigar per això.

—He vingut a veure el meu nét —va dir amb calma Ellen.

—Però, ¿com sabies que...?

—Hi ha notícies que fins i tot arriben al bosc. —Ellen es va acostar al bressol que es trobava en un racó, i quan va contemplar el nen adormit, la seva expressió es va suavitzar.— Bé, bé. No hi ha cap dubte de qui és el pare. ¿Està sa?

—Mai no ha tingut res... És petit però fort —va respondre Aliena amb orgull, i després va afegir—: Com la seva àvia.

Va observar Ellen. Estava més prima que quan se n'havia anat, i també més bruna. Duia una túnica de cuir curta que deixava al descobert els panxells enfortits. Anava descalça. Tenia un aspecte juvenil, i semblava mantenir-se en plena forma. Era evident que la vida al bosc li provava. Aliena li va posar uns trentacinc anys.

—Sembla que et trobes molt bé —li va dir.

—Us trobo a faltar a tots —va respondre Ellen—. Sobretot a tu i a Martha, i fins i tot al teu germà Richard. I trobo a faltar el meu Jack. I també a Tom. —La seva expressió era de tristesa.

Aliena estava preocupada per la seguretat d'Ellen.

—¿T'ha vist algú quan entraves aquí? Tal vegada els monjos vulguin castigar-te.

—No hi ha cap monjo a Kingsbridge amb prou coratge per detenir-me —va dir Ellen amb un somriure burleta—. Però de tota manera he anat amb compte... Ningú no m'ha vist. —Ellen va dirigir una mirada penetrant a Aliena, que es va sentir una mica incòmoda davant aquells estranys ulls color de mel d'Ellen, i va afegir:— Estàs malbaratant la teva vida.

—¿Què vols dir? —li va preguntar Aliena.

Les paraules d'Ellen van fer vibrar a l'instant una fibra del seu ésser.

—Hauries d'anar a buscar Jack.

Aliena es va trobar meravellosament esperançada.

—No puc —va contestar.

—¿Per què no?

—En primer lloc, perquè no sé on és.

—Jo sí.

A Aliena li va fer un salt el cor. Pensava que ningú no sabia on havia anat a parar Jack. Era com si s'hagués fet fonedís. Però ara ja se'l podia imaginar en un lloc determinat, real. Això ho canviava tot. Potser no era gaire lluny. Podria conèixer el seu fill.

—Almenys sé on es dirigirà —va continuar Ellen.

—¿On? —va preguntar Aliena en to apressant.

—A Santiago de Compostel·la.

—Déu meu!

Totes les seves il·lusions es van ensorrar, i es va sentir decebuda i sense esperances. Compostel·la era la ciutat d'Espanya on estava enterrat l'apòstol Jaume. Calien uns quants mesos per arribar-hi. Era com si Jack fos a l'altra punta del món.

—Esperava parlar amb els joglars que trobés pel camí i esbrinar alguna cosa sobre el seu pare.

Aliena va assentir, desconsolada. La cosa tenia cap i peus. Jack sempre havia volgut saber més coses sobre el seu pare. Fins i tot hi havia la possibilitat que mai no tornés. Durant un viatge tan llarg era gairebé segur que trobaria una catedral on treballar i potser després s'instal·laria allà definitivament. En anar a la recerca del seu pare, probablement perdria el seu fill.

—És tan lluny —es va lamentar Aliena—. M'agradaria anarlo a buscar, però...

—¿Però què? —va replicar Ellen—. Milers de persones hi van cada any en pelegrinatge. ¿No ho pots fer tu, també?

—Vaig jurar al meu pare que m'ocuparia de Richard fins que fos comte —va contestar Aliena—. No el puc deixar.

Ellen es va mostrar escèptica.

—¿Com t'imagines que ho fas, ara mateix? —li va preguntar—. No teniu ni un penic i el nou comte és William. Richard ha perdut qualsevol possibilitat de recuperar el comtat. Li ets de tan poca ajuda a Kingsbridge com ho series a Compostel·la. Has consagrat tota la teva vida a aquest jurament absurd. Però ara ja no pots fer res més. No veig per quin motiu hauries de merèixer els retrets del teu pare. Si vols la meva opinió, el favor més gran que podries fer a Richard seria allunyar-te'n per una temporada perquè s'espavili tot sol.

Aliena es va dir que allò era cert, que ara com ara no podia prestar cap ajuda al seu germà, tant si es quedava a Kingsbridge com si no. ¿Era possible que fos lliure d'anar a la recerca de Jack? Només de pensar-hi el cor li bategava amb força.

—Però no tinc diners per anar de pelegrinatge —va objectar.

—¿Què ha passat amb el cavall de guerra?

—Encara el tenim.

—Ven-te'l.

—No podria. És de Richard.

—Redéu! —va exclamar Ellen, enfadada—. ¿Qui dimonis el va comprar? ¿Va ser Richard qui durant anys es va esllomar per consolidar el negoci de la llana? ¿Va ser Richard qui va tractar amb els pagesos cobdiciosos i els astuts comerciants flamencs? ¿Va ser ell qui va comprar la llana, qui la va emmagatzemar, i qui va posar una parada al mercat per vendre-la? Com pots dir que el cavall és de Richard...!

—S'enfurismarà...

—Doncs que ho faci. Vejam si s'enfurisma prou per sentir-se empès a treballar, per un cop a la vida!

Aliena va obrir la boca per parlar, però de seguida la va tornar a tancar. Ellen tenia raó. Richard sempre havia comptat amb ella per tot. Mentre el seu germà lluitava per recuperar el patrimoni familiar, Aliena se sentia obligada a mantenir-lo. Però ara ja no lluitava. Per tant, Richard no tenia dret a exigir-li res. Havia estat ella qui havia comprat aquell maleït cavall i per tant el podia vendre quan volgués.

Es va imaginar la trobada amb Jack. Ja li veia la cara, somrient. Es besaven. Va experimentar un estremiment de plaer i va sentir que s'humitejava només de pensar-hi, i això la va incomodar una mica.

—És clar que viatjar suposa córrer algun risc —va reconèixer Ellen.

—Això no em preocupa tant —va dir Aliena amb un somriure—. He estat viatjant d'ençà que tenia setze anys. Puc tenir cura de mi mateixa.

—Hi haurà centenars de persones de camí a Compostel·la. Pots unir-te a un grup gran de pelegrins. No cal que viatgis sola.

Aliena va sospirar.

—Si no tingués el menut, crec que ho faria.

—Ho has de fer precisament per ell —va dir Ellen—. Necessita un pare.

Aliena no ho havia considerat des d'aquell punt de vista. Només havia pensat en el viatge d'una forma egoista. En aquell moment, va comprendre que el nen necessitava Jack tant com a ella. En la seva obsessió per la cura quotidiana de la criatura no havia pensat en el seu futur. De sobte li va semblar terriblement injust que el nen creixés sense conèixer el geni únic, adorable i enlluernador que era el seu pare.

Es va adonar que s'estava convencent a si mateixa de fer el viatge, i va sentir una onada d'aprensió.

Llavors va sorgir una dificultat.

—No puc endur-me el nadó a Compostel·la.

Ellen es va encongir d'espatlles.

—No trobarà cap diferència entre Espanya i Anglaterra. Però no és obligatori que te l'enduguis.

—¿I què més puc fer?

—Deixa'l amb mi. Li donaré llet de cabra i mel silvestre.

Aliena va refusar amb el cap.

—No suportaria separar-me'n. L'estimo massa.

—Doncs si l'estimes tant, vés i troba el seu pare —va dir Ellen.

II

Aliena va trobar passatge a Wareham. Quan de joveneta anava a França amb el seu pare ho feia en una de les naus de guerra normandes. Eren unes embarcacions llargues i estretes els costats de les quals es corbaven fins a formar una punta alta i aguda a babord i estribord. Portaven fileres de remers a cada banda i una vela de cuir quadrada. Aquella vegada, el vaixell que la duria a Normandia era similar a aquells vaixells de guerra, però més ample pel centre i més profund a fi de contenir la càrrega. Procedia de Bordeus, i Aliena havia vist els mariners descalços que descarregaven grans bótes de vi destinades als cellers de la gent rica.

Sabia que havia de deixar el seu nadó, però això li trencava el cor. Cada cop que el mirava, es repetia tots els arguments i acabava decidint una vegada més que se n'havia d'anar. Malgrat tot, no volia separar-se del nen.

Ellen havia anat a Wareham amb ella. Allà Aliena es va trobar amb dos monjos de l'abadia de Glastonbury que anaven a inspeccionar una propietat de Normandia. Al vaixell, hi anaven tres passatgers més. Un jove escuder que havia passat quatre anys amb un parent anglès i tornava a Tolosa de Llenguadoc amb els seus pares, i dos joves paletes que havien sentit dir que a l'altra banda del Canal els salaris eren més alts i les noies més maques. El matí que havia de salpar, tots van esperar a la taverna mentre la tripulació carregava al vaixell els pesants lingots d'estany procedents de Cornualla. Els paletes es van beure unes quantes gerres de cervesa, però en acabat no semblaven embriacs. Aliena plorava en silenci, abraçada al nen.

A la fi, el vaixell es disposava a salpar. L'euga negra i robusta que Aliena havia comprat a Shiring mai no havia vist el mar i es negava a pujar per la plataforma. L'escuder i els paletes van aportar la seva col·laboració entusiasta i finalment el cavall va acabar de pujar a bord.

Les llàgrimes cegaven Aliena quan va donar el nadó a Ellen.

—Ja veig que no ho pots fer, això. Em vaig equivocar quan t'ho vaig suggerir —va dir Ellen mentre recollia el menut.

Els plors d'Aliena es van refermar.

—Però hi ha Jack —va mussitar Aliena, somicant—. No puc viure sense ell. Sé que no puc. L'he d'anar buscar.

—Sí, és clar —va dir Ellen—. No et dic que renunciïs al viatge, però no pots deixar el nen enrere. Emporta-te'l.

Aliena es va sentir envaïda per la gratitud i va continuar plorant sense parar.

—¿Creus que estarà bé?

—Al llarg del trajecte fins aquí l'he vist molt content cavalcant amb tu, la seva mare. En la resta del viatge no hi ha d'haver cap diferència. A més, no li agrada gaire la llet de cabra.

—Vinga, senyores. La marea està pujant —els va dir el capità del vaixell.

Aliena va tornar a agafar el nen i va besar Ellen.

—Gràcies, Ellen. Sóc tan feliç...

—Bona sort.

Aliena va fer mitja volta i va pujar a corre-cuita per la plataforma fins al vaixell.

Van salpar immediatament. Va continuar saludant Ellen amb la mà, fins que la dona només va ser un puntet sobre el moll de Poole. Al cap d'una estona va començar a ploure. A la coberta no hi havia lloc on refugiar-se, per la qual cosa Aliena va seure al fons amb els cavalls i el carregament. La coberta parcial, sobre la qual estaven asseguts els remers, i que estava per damunt del seu cap, no arribava a protegir-la del tot del mal temps, però va aconseguir mantenir sec el nen embolcallat amb la seva capa. Semblava que el vaivé del vaixell li agradava, perquè es va quedar adormit. Quan es va fer fosc i el vaixell va tirar l'àncora, Aliena es va unir als monjos en les seves oracions. Després, va dormisquejar inquieta, mantenint-se asseguda amb l'esquena dreta i el menut en braços.

L'endemà, van desembarcar a Barfleur, i Aliena va trobar allotjament a la ciutat més propera, Cherbourg. Va passar un altre dia recorrent la ciutat, parlant amb hostalers i constructors, preguntant-los si havien vist un jove paleta anglès amb el pèl tan roig com el foc. Ningú no el recordava. Hi havia piles de normands pèl-rojos i potser per això Jack no els havia cridat l'atenció. O potser havia embarcat en un altre port.

Pensant-ho bé, Aliena no esperava trobar tan aviat el rastre de Jack, encara que de totes maneres es va sentir descoratjada. L'endemà, es va posar en marxa, dirigint-se cap al sud. Va viatjar amb un venedor de ganivets, la seva esposa grossa i alegre i els seus quatre fills. Avançaven molt a poc a poc i Aliena estava contenta que mantinguessin aquell ritme, sense arribar a cansar el cavall, que hauria de portar-la durant un llarg camí. A pesar de la protecció que li proporcionava viatjar amb una família, encara portava sota la màniga esquerra, sempre a punt, la llarga i afilada daga. No semblava rica; la seva indumentària era gruixuda, però no ostentosa, i el cavall feia la impressió de tenir força però no nervi. Tenia bona cura de tenir a mà algunes monedes, sense mostrar mai el pesant cinturó amb diners que portava subjectat a la cintura, sota la túnica. Donava de mamar al nadó amb discreció, sense permetre que homes estranys li veiessin el pit.

Aquella nit va rebre una enorme dosi d'optimisme gràcies a un cop de sort. Es van aturar en un llogarret anomenat Lessay i Aliena hi va trobar un monjo que recordava amb tota claredat un jove paleta anglès que s'havia mostrat fascinat davant el nou i revolucionari castellet de la volta de l'abadia. Aliena no podia estar més contenta. El monjo recordava fins i tot que Jack havia dit que havia desembarcat a Honfleur, cosa que explicava que a Cherbourg no hagués trobat rastre d'ell. Tot i que això ja havia passat feia un any, el monjo parlava de bon grat de Jack, i era evident que l'havia trobat molt simpàtic. Aliena estava emocionada perquè parlava amb algú que havia vist Jack. Allò li confirmava que es trobava en el bon camí.

Finalment es va separar del monjo i va començar a dormir sobre el terra de la casa d'hostes de l'abadia. Abans de quedar-se adormida, va abraçar amb força la criatura.

—Trobarem el teu pare, ja ho veuràs —li va xiuxiuejar a la diminuta i rosada orella.

A Tours el nadó va caure malalt.

La ciutat era rica, bruta i estava plena de gent. Les rates feien la seva en els enormes magatzems de gra de la riba del Loira. Estava plena de pelegrins. Tours era un punt de partida tradicional per a tothom que es dirigia a Compostel·la. I, a més, s'acostava la festa de Sant Martí, el primer bisbe de Tours, i molts havien acudit a l'església de l'abadia per visitar-ne la tomba. Sant Martí era famós per haver tallat la seva capa en dues meitats per donar-ne una a un pidolaire despullat. Amb motiu d'aquesta festa, les fondes i dispeses de Tours estaven plenes a vessar. Aliena es va veure obligada a acceptar el que amb penes i treballs va poder trobar i es va quedar en una miserable taverna al costat dels molls, dirigida per dues germanes que eren massa velles i fràgils per mantenir el lloc net.

Al principi Aliena no passava gaire temps en aquell allotjament. Amb el nen en braços recorria els carrers preguntant per Jack. Aviat es va adonar que hi havia tanta gent a la ciutat que els hostalers ni tan sols podien recordar els hostes de la penúltima setmana, de manera que no valia la pena preguntar per algú que potser hi havia passat feia un any. Malgrat tot, s'aturava a cadascun dels edificis en construcció per preguntar si havien contractat un jove paleta anglès pèl-roig anomenat Jack. Ningú no l'havia contractat.

Aliena estava decebuda. No n'havia sabut res d'ençà de Lessay. Si Jack hagués continuat endavant amb el seu pla d'anar a Compostel·la, gairebé amb tota certesa hauria acudit a Tours. Va començar a témer que hagués canviat d'idea.

Igual que tothom, va anar a l'església de Sant Martí. I allà va veure un grup d'obrers ocupats en una obra de reparació intensiva.

Va buscar el mestre constructor, un home petit i de mal geni que començava a quedar-se calb, i li va preguntar si havia treballat per a ell un paleta anglès.

—Mai contracto anglesos —va respondre l'home amb sequedat abans que Aliena hagués acabat de parlar—. Els paletes anglesos no serveixen per a res.

—Aquest és molt bo —li va assegurar Aliena—, i parla bé el francès, de manera que potser no us vau adonar que era anglès. És pèl-roig.

—No, mai no l'he vist —va afirmar sense contemplacions el mestre mentre feia mitja volta.

Aliena va tornar al seu allotjament bastant deprimida. No era gens encoratjador rebre un tracte groller sense cap motiu.

Aquella nit va sofrir trastorns al ventre i no va aclucar els ulls. L'endemà, es va trobar massa malalta per sortir al carrer i va passar tot el dia a la taverna, tombada al llit. Per la finestra, entrava la ferum del riu i, de sota, li arribaven les olors desagradables de vi vessat i oli d'oliva. L'endemà al matí la van despertar els plors del nadó. No era la rabieta habitual, vigorosa i exigent, sinó un ploriqueig feble i llastimós. Sofria els mateixos trastorns al ventre que la seva mare i, a més, tenia febre. Mantenia ben clucs els seus ulls blaus, sempre tan vius i desperts, i premia les diminutes mans. La seva carona estava enrogida i coberta de taques.

Com que mai no havia estat malalt, Aliena no sabia què fer. Li va donar el pit. Per un moment va mamar amb avidesa, després va començar a plorar de nou i a continuació va tornar a mamar. No semblava que la llet li donés consol.

A la taverna treballava una cambrera jove i agradable, i Aliena li va demanar que anés a l'abadia i comprés aigua beneïda. Va pensar enviar-la a buscar un metge, però els metges sempre volien sagnar la gent i Aliena no creia que el nadó millorés amb una sagnia.

La serventa va tornar amb la seva mare, que va cremar un feix d'herbes seques en un recipient de ferro. Van produir un fum acre que va semblar que absorbís les males olors d'aquell lloc.

—El nen tindrà set, dóna-li el pit sempre que vulgui —li va dir la dona a Aliena—. Tu també has de beure molt per tenir llet en abundància. És tot el que pots fer.

—¿Es posarà bé? —va preguntar Aliena amb preocupació.

La dona es va mostrar comprensiva.

—No ho sé, estimada. És difícil saber-ho quan són tan petits. En general sobreviuen a aquesta mena de coses. Encara que de vegades no. ¿És el primer?

—Sí.

—Bé, recorda que sempre en pots tenir més.

«És que aquest és de Jack, i ja l'he perdut a ell», es va dir Aliena, però es va guardar els pensaments per a ella mateixa, va donar les gràcies a la dona i li va pagar les herbes.

Un cop que mare i filla van haver marxat, va dissoldre l'aigua beneita amb aigua d'una gerra, va humitejar-hi un drap i va refrescar el caparró del seu fill.

El nen va semblar que empitjorava a mesura que avançava el dia. Aliena li donava el pit quan plorava, li cantava per mantenir-lo despert i el refrescava amb l'aigua beneita quan dormia. Mamava contínuament, encara que de manera capriciosa. Per fortuna, Aliena tenia molta llet, mai no n'hi havia faltat. També ella continuava malalta i només menjava pa dur i vi rebaixat. A mesura que passaven les hores va començar a avorrir aquella habitació, amb les seves parets nues esquitxades de cagarades de mosca, el tosc terra de fusta, la porta mal ajustada i el minúscul finestró. Hi havia exactament quatre mobles: un llit desmanegat, un tamboret, un penjador per a la roba i un canelobre de peu amb tres braços, però amb una única espelma.

Quan va començar a fosquejar, hi va anar la serventa i va encendre l'espelma. Va mirar el nadó que estava estirat, agitant els braços i les cames i queixant-se amb gest planyívol.

—Pobret —es va compadir la noia—. No entenc per què es troba tan malament.

Aliena es va aixecar del tamboret i es va dirigir al llit; va mantenir l'espelma encesa per poder veure el nadó. Tots dos van passar la nit dormint inquiets. Quan ja es feia de dia, el nen va parar de plorar i de moure's, i la seva respiració es va fer més lleu.

Aliena va començar a somicar en silenci. Havia perdut el rastre de Jack, i el seu nen moriria allà, en una casa plena de gent estranya en una ciutat remota. Mai no trobaria un altre Jack i mai no tornaria a tenir un altre fill. Potser ella també moriria. Potser això seria el millor.

A trenc d'alba, va apagar l'espelma i es va sumir en un son profund. Estava exhausta.

Des de sota, va arribar un fort soroll que la va despertar. El sol ja estava ben amunt i a la riba del riu, sota de la seva finestra, hi havia un tràfec intens. El nadó s'havia quedat pràcticament immòbil i la seva carona estava, a la fi, tranquil·la. Aliena va sentir que se li glaçava el cor. Li va tocar el pit. No el tenia fred, però tampoc calent. La seva respiració es va fer entretallada. De sobte, el nen va llançar un sospir profund, es va estremir i va obrir els ulls. Aliena va estar a punt de desmaiar-se de l'alleujament.

El va agafar en braços i el va estrènyer contra el seu cos. El nadó va començar a cridar amb força. Llavors Aliena va comprendre que es trobava bé. La temperatura era normal i no semblava que li fes mal res. Li va donar de mamar i el nen va xuclar amb avidesa. En lloc de deixar-lo després d'unes quantes xuclades va prosseguir incansablement, i un cop va acabar amb un pit va mamar de l'altre fins al final. Després, ja satisfet, es va quedar profundament adormit.

Aliena es va adonar que també els seus mals havien desaparegut, encara que es trobava com si l'haguessin apallissat. Va dormir amb el nen fins al migdia i llavors li va tornar a donar de mamar. Després, va baixar a la taverna i va menjar formatge de cabra amb pa tendre i una mica de porc.

Potser havia estat l'aigua beneïda de sant Martí el que havia fet que el nen es recuperés. Aquella tarda va anar a la tomba del sant per donar-li les gràcies.

Mentre es trobava a la gran abadia, va observar com treballaven els paletes i va pensar en Jack, el qual, després de tot, encara podria veure el seu fill. Aliena es preguntava si no s'hauria desviat de la seva ruta original. Potser estava treballant a París, tallant pedra per a una nova catedral. Mentre hi pensava, se li va il·luminar la cara en observar uns paletes que instal·laven un nou sortint. Estava esculpit amb la figura d'un home que semblava sostenir a l'esquena tot el pes del pilar. Aliena va fer un bot. Sense cap mena de dubte, aquella figura contorsionada i turmentada l'havia esculpit Jack. Així doncs, havia estat allà!

Amb el cor bategant, es va acostar als treballadors.

—Aquesta figura! —va exclamar, gairebé sense alè—. L'home que la va esculpir... Era anglès, ¿oi?

—Sí, senyora. La va cisellar Jack Fitzjack —va contestar un vell treballador—. En una vida no he vist res igual.

—¿Quan va ser aquí? —va tornar a preguntar Aliena.

Va contenir l'alè mentre el vell es gratava el cap ple de cabells blancs a través d'una greixosa gorra.

—Un any, calculo. Aquí no s'hi va quedar gaire temps, ¿sabeu? Al mestre constructor no li agradava. —Va abaixar la veu.— Si voleu que us digui la veritat, Jack era massa bo. Superava de molt el mestre. Se n'havia d'anar. —Es va posar un dit a un costat del nas com qui fa una confidència.

—¿Va dir on anava? —va inquirir Aliena, ansiosa.

El vell va mirar el nadó.

—Si els cabells són indicadors d'alguna cosa, aquest nadó és d'ell.

—Sí, ho és.

—¿Creieu que Jack estarà content de veure-us?

Aliena va comprendre que aquell treballador pensava que potser Jack fugia d'ella. Va riure.

—Sí, és clar. Estarà molt content de veure'm.

L'home es va encongir d'espatlles.

—Va dir que se n'anava a Compostel·la, si és que us serveix d'alguna cosa.

—Gràcies! —va exclamar Aliena, feliç, i, davant l'astorament i la satisfacció del vell, li va fer un petó.

Les rutes de pelegrins que travessaven França convergien a Ostbat, al peu dels Pirineus. Allà, el grup amb qui viatjava Aliena, format per una vintena de pelegrins, va augmentar fins al voltant de setanta. Tots estaven molt cansats, però conservaven el bon humor. Alguns eren pròspers ciutadans, els altres qui sap si fugitius de la justícia, i hi havia fins i tot uns quants borratxos i uns quants monjos i clergues. Els homes de Déu es trobaven allà impulsats per la devoció, però la resta semblaven més aviat disposats a passar-s'ho bé. Se sentien uns quants idiomes, inclosos el flamenc, una llengua germànica, i una altra del sud de França, anomenada d'oc. Però aquest fet no obstaculitzava la comunicació entre els pelegrins, que, tot travessant els Pirineus, cantaven cançons, practicaven jocs, s'explicaven històries i, en alguns casos, tenien relacions amoroses.

Per desgràcia, després de Tours, Aliena no havia tornat a trobar ningú que recordés Jack. I, al llarg de la ruta a través de França, tampoc no va veure tants joglars com havia imaginat. Un dels pelegrins flamencs, un home que havia fet anteriorment aquell camí, li va assegurar que en trobaria bastants més a la part espanyola, a l'altra banda de les muntanyes.

I tenia raó. A Pamplona, Aliena no podia estar més excitada quan va trobar un joglar que recordava haver parlat amb un jove anglès pèl-roig que preguntava coses sobre el seu pare.

Mentre els pelegrins fatigats avançaven lentament pel nord d'Espanya en direcció a la costa, Aliena va trobar uns quants joglars més, i molts recordaven Jack. Amb excitació creixent, s'adonava que tots li deien que Jack es dirigia a Compostel·la, però que cap no recordava haver-lo vist de tornada.

Això volia dir que encara era allà.

Tenia el cos cada cop més adolorit, però en canvi el seu esperit cada cop estava més animat. Els últims dies del viatge, amb prou feines va poder contenir el seu optimisme desbordant. Era ben entrat l'hivern, però feia un temps càlid i assolellat. El nen, que ja tenia sis mesos, creixia fort i alegre. Aliena estava segura que trobaria Jack a Compostel·la.

Hi van arribar el dia de Nadal.

Es van encaminar directament a la catedral per sentir música. Com era d'esperar, l'església estava plena fins dalt. Aliena va fer voltes amunt i avall entre els fidels, fixant-se en les cares. Però no hi va trobar Jack. És clar que no era gaire devot. De fet, no acudia mai a l'església si no era per treballar. Quan Aliena va trobar allotjament, ja era fosc. Es va ficar al llit, però amb prou feines va poder aclucar els ulls. Estava massa excitada, perquè sabia que Jack no era gaire lluny i que l'endemà probablement el veuria, li faria un petó i li ensenyaria el nen.

Amb la primera llum, es va aixecar. El petitó va acusar la seva impaciència i va mamar irritat, mossegant-li els mugrons amb les genives. Aliena es va rentar a corre-cuita per sortir tot seguit amb ell en braços.

Mentre caminava pels carrers polsosos, esperava veure Jack a cada cantonada. Es quedaria parat de veure-la! I que content que estaria! Però quan no el va trobar al carrer, va començar a visitar els hostals. Tan bon punt la gent va començar a treballar, Aliena va acudir als edificis en construcció per parlar amb els paletes. Coneixia les paraules «picapedrer» i «pèl-roig» en llengua castellana, i a més els habitants de Compostel·la estaven familiaritzats amb els estrangers, de manera que va aconseguir fer-se entendre. Però ni rastre de Jack. Es començava a preocupar. La gent l'havia de conèixer! Jack no era algú que passés desapercebut, i devia haver passat uns quants mesos en aquella ciutat. També va estar atenta per si descobria l'estil característic d'esculpir de Jack. Però no va veure res.

A mig matí, va parlar amb una tavernera de mitjana edat,

fresca com una rosa, que parlava francès i que recordava Jack.

—Ja ho crec, un mosso molt ben plantat... ¿És teu? Cap de les mosses d'aquí en va treure res, en qualsevol cas... Va ser aquí a mitjan estiu; però, per desgràcia, no es va quedar gaire temps. I tampoc va dir on anava. Em queia bé. Si el trobes, fes-li una abraçada de part meva.

Aliena va tornar al seu allotjament i es va estirar al llit, els ulls fixos al sostre. El nadó grunyia, però, per una vegada, Aliena no en va fer cas. Estava esgotada, decebuda i s'enyorava. No era just. Havia seguit el rastre de Jack fins a Compostel·la, i ell n'havia marxat per anar vés a saber on.

Com que semblava que no havia tornat a creuar els Pirineus, i com que a l'est de Compostel·la només hi havia una franja de costa abans de topar amb l'oceà dels confins del món, Jack devia haver continuat més cap al sud. Caldria que Aliena es tornés a posar en marxa cavalcant l'euga negra amb el nadó en braços, cap al cor d'Espanya.

Es va preguntar quant hauria d'allunyar-se de casa seva abans de posar fi a aquell pelegrinatge interminable.

Jack va passar el dia de Nadal amb el seu amic Raixid Alharun a Toledo. Raixid era un sarraí convers que havia fet tota una fortuna gràcies a la importació d'espècies orientals, sobretot pebre. S'havien conegut durant una missa de migdia a la gran catedral, i havien tornat passejant sota el tebi sol hivernal a través dels carrers estrets i el mercat aromàtic, cap al barri on vivia gent acomodada.

La casa de Raixid estava construïda amb una enlluernadora pedra blanca, al voltant d'un pati al centre del qual hi havia una font. Les arcades en penombra del pati li recordaven el claustre del priorat de Kingsbridge. A Anglaterra protegien del vent i la pluja, però a Espanya estaven destinades a mitigar la força del sol.

Raixid i els seus convidats van seure sobre coixins davant una taula baixa. Les esposes i les filles servien els pares i marits, i també hi havia unes quantes noies la funció de les quals a la casa no estava clara. Raixid, com a cristià, només podia tenir una esposa, encara que Jack sospitava que havia esquivat dissimuladament la desaprovació eclesiàstica amb relació a les concubines.

Les dones constituïen la principal atracció de l'acollidor habitatge de Raixid. Totes eren formoses. La seva esposa era una dona escultural, de maneres gracioses, una pell bruna i suau, una llustrosa cabellera negra i uns bonics ulls foscos, i les filles eren versions més esveltes del mateix tipus.

—La meva Raixa és la filla perfecta —va dir Raixid mentre la noia rodejava la taula amb un bol d'aigua perfumada perquè els convidats s'esbandissin les mans—. És atenta, obedient i bonica. Josef és un home afortunat.

El nuvi va inclinar el cap com reconeixent la seva bona fortuna.

La segona filla era orgullosa, fins i tot altiva. Semblava que no li agradessin les lloances dedicades a la seva germana. Va mirar Jack amb altivesa, mentre li omplia la copa amb una estranya beguda continguda en una gerra de coure.

—¿Què és? —va preguntar ell.

—Licor de menta —va respondre ella amb menyspreu.

Li molestava haver-lo de servir, ja que ella era filla d'un home important i ell, un simple vagabund.

Aixa, la tercera filla, era per qui Jack sentia més simpatia. En els tres mesos que feia que era allà, havia arribat a conèixer-la molt bé. Tenia quinze o setze anys, era menuda i es mostrava plena de vida, sempre somrient. Encara que era tres o quatre anys més jove que ell no semblava una adolescent. Tenia una intel·ligència viva i inquisitiva. Li feia infinitat de preguntes sobre Anglaterra i els seus costums. Sovint es mofava de la societat de Toledo, l'afectació dels àrabs, la meticulositat dels jueus i el mal gust dels nous rics cristians. De vegades feia petar de riure Jack. Encara que era la més jove, semblava la menys innocent de les tres. A vegades, la forma com mirava Jack en inclinar-se davant seu per posar a la taula una plata de saboroses gambetes semblava revelar una vena inconfusiblement llicenciosa. Aixa va trobar la seva mirada i va dir «licor de menta» imitant a la perfecció les maneres presumides de la seva germana, i Jack no es va poder aguantar la rialla.

Quan estava amb Aixa, solia oblidar-se d'Aliena una bona estona. Però quan es trobava lluny d'aquella casa, Aliena ocupava els seus pensaments com si només haguessin passat unes hores des de la seva separació. El record d'Aliena era molt viu i li pesava, tot i que ja feia més d'un any que no la veia. Jack podia evocar totes les expressions de la cara d'Aliena: quan reia, quan estava pensativa, suspicaç, neguitosa, agraïda, astorada i, sobretot, apassionada. Tampoc no havia oblidat el seu cos, i s'imaginava molt vívidament la corba dels seus pits, la pell suau de la part de dins de les cuixes, i assaboria els seus petons i aspirava l'aroma del seu cos en despertar. L'enyorava molt.

A fi d'apaivagar aquest desig impossible, s'imaginava què devia estar fent Aliena. En la seva ment, veia Aliena traient les botes d'Alfred al final del dia, la veia asseguda al costat del seu marit a taula, besant-lo, fent-li l'amor, i donant el pit a un nadó que era la viva imatge d'Alfred. Aquelles visions el torturaven, però no impedien que enyorés Aliena.

En un dia com aquell, Nadal, Aliena devia estar rostint un cigne i cobrint-lo amb les seves plomes per servir-lo a taula. Devien beure ponx fet amb cervesa, ous, llet i nou moscada. El menjar que Jack tenia davant els ulls no podia ser més diferent. Hi havia exquisides plates de xai preparat amb espècies desconegudes, arròs barrejat amb nous i llegums i amanides amb suc de llimona i oli d'oliva. Li havia costat una mica acostumar-se als guisats espanyols. Allà, mai no servien els quarts de vaca, els peus de porc o la pota de cérvol que servien a Anglaterra i sense els quals cap festa no era digna d'aquest nom. Ni tampoc les llesques gruixudes de pa. En aquell país no tenien prats verds per a la pastura de grans ramats de bovins, ni prou terres fèrtils per al cultiu de blat. Compensaven l'escassedat de carn fent servir la imaginació a l'hora de cuinar, i en lloc de l'omnipresent pa dels anglesos, gaudien d'una gran varietat de fruites i hortalisses.

Jack vivia a Toledo amb un petit grup de clergues anglesos.

Formaven part d'una comunitat internacional d'erudits que acollia jueus, musulmans i mudèjars. Els anglesos s'ocupaven de traduir obres de matemàtiques de l'àrab al llatí, perquè les poguessin llegir els cristians. Entre ells hi havia un ambient d'excitació febril, a mesura que descobrien i exploraven el patrimoni acumulat per la saviesa àrab. Havien admès Jack en qualitat d'estudiant. El cercle donava acollida a tothom qui comprengués la seva tasca i en compartís l'entusiasme. Eren com pagesos que després d'estar treballant molts anys sobre una terra pobra per obtenir-ne una collita es trobessin de sobte una vall fecunda. Jack havia abandonat les arts de la construcció per estudiar matemàtiques. No necessitava treballar per diners, ja que els clergues li facilitaven llit i tot el menjar que volgués, i li haurien procurat indumentària i sandàlies noves si les hagués necessitades.

Raixid era un dels seus mecenes. En la seva qualitat de mercader internacional, dominava unes quantes llengües i era extraordinàriament cosmopolita en les seves actituds. A casa seva, es parlava el castellà, la llengua de l'Espanya cristiana, en lloc del mossàrab. La seva família també parlava francès, la llengua dels normands, que eren grans mercaders. Era un comerciant d'intel·lecte poderós i curiositat oberta a tots els camps. Li agradava parlar amb erudits que li explicaven les seves teories. Amb Jack, va simpatitzar a l'instant, i Jack sopava a casa seva uns quants vespres cada setmana.

—¿Què ens han ensenyat últimament, els filòsofs? —li va preguntar Raixid tan aviat com van començar a sopar.

—He estat llegint Euclides. —Els *Elements de Geometria* d'Euclides era un dels primers llibres traduïts.

—Quin nom tan estrany per a un àrab —va apuntar Ismail, germà de Raixid.

—Euclides era grec —va aclarir Jack—. Va viure abans del naixement de Crist. Els romans en van perdre els escrits, però els egipcis els havien conservat, de manera que han arribat a nosaltres en traducció àrab.

—I ara són els anglesos qui els tradueixen al llatí! —va exclamar Raixid—. No deixa de ser divertit.

—Però, ¿què has après? —li va preguntar Josef, el promès de Raixa.

Jack va vacil·lar un instant. No era gens fàcil d'explicar. Va intentar fer una exposició basada en exemples pràctics.

—El meu padrastre, el mestre constructor, em va ensenyar

unes quantes operacions geomètriques; entre altres, a dividir una línia en dues parts iguals, a traçar un angle recte i a dibuixar un quadrat dins d'un altre, de manera que el més petit fos la meitat de l'àrea del gran.

—¿Quin és l'objectiu d'aquests coneixements? —va preguntar Josef. Hi havia una nota de menyspreu en la seva veu. Considerava Jack un intrús i sentia enveja de l'atenció que Raixid li prestava.

—Aquestes operacions són fonamentals a l'hora de projectar construccions —va contestar Jack amablement, fent veure que no s'havia adonat del to de Josef—. Doneu una ullada a aquest pati. L'àrea de les arcades cobertes que el rodegen és exactament igual a l'àrea oberta al centre. Gairebé tots els patis petits estan construïts de la mateixa manera, també els claustres dels monestirs. Això és així perquè aquestes proporcions són les més plaents. Si el centre fos més gran, semblaria una plaça de mercat, i si fos més petit, faria la impressió d'una escletxa al sostre; però per obtenir la impressió adequada, el constructor ha de ser capaç de concebre la zona oberta al centre de tal manera que sigui exactament la meitat de tot el conjunt.

—No hi havia pensat mai! —va exclamar Raixid, a qui res no li agradava tant com aprendre alguna cosa nova.

—Euclides explica com és que aquestes tècniques donen resultat —va continuar Jack—. Per exemple, les dues parts de la línia dividida són iguals perquè formen els costats corresponents de triangles congruents.

—¿Congruents? —va preguntar Raixid.

—Exactament iguals.

—Ah... Ja ho entenc.

Jack va advertir que ningú més no ho entenia.

—Però tu ja feies totes aquestes operacions abans de llegir Euclides, de manera que no veig que hagis après res de nou —va objectar Josef.

—Un home sempre es perfecciona quan aconsegueix comprendre el que fa —va protestar Raixid.

—A més, ara que ja entenc alguns principis de la geometria, pot ser que sigui capaç de concebre solucions a problemes que desconcertaven el meu padrastre —va manifestar Jack. Se sentia decebut. Euclides havia estat tota una revelació per a ell, però, no obstant això, estava fracassant en el seu intent de comunicar l'emocionant importància d'uns descobriments tan meravellosos, de manera que va decidir canviar de tàctica:— El més interessant d'Euclides és el mètode —va afegir—. Pren cinc axiomes, veritats tan evidents que no necessiten explicació, i d'aquí en dedueix la resta, amb el recurs de la lògica.

—Dóna'm un exemple d'axioma —li va demanar Raixid.

—Una línia recta pot prolongar-se de manera indefinida.

—No, això és impossible —va intervenir Aixa, que s'acostava a la taula amb un bol ple de figues.

Els convidats van sobresaltar-se una mica en sentir que una jove intervenia en la conversa, però Raixid va riure amb indulgència. Aixa era la seva filla preferida.

—¿I per què no? —li va preguntar.

—En un moment determinat ha d'acabar —va respondre ella.

—Però en la teva imaginació es pot perllongar indefinidament —va al·legar Jack.

—En la meva imaginació, l'aigua pot fluir cap amunt i els gossos saben parlar llatí —va respondre Aixa desenfadadament.

La seva mare, que entrava en aquell moment a l'habitació, va sentir aquella rèplica.

—Aixa! —va exclamar en to sever—. Vés-te'n!

Els homes van riure. Aixa va fer una ganyota i va sortir.

—El seu futur marit en veurà de tots colors —va comentar el pare de Josef.

Tots van tornar a riure, fins i tot Jack. Després, es va adonar que tots els que eren presents el miraven, com si la broma anés dirigida a ell.

Acabat l'àpat, Raixid va ensenyar als convidats la seva col·lecció de joguines mecàniques. Hi havia un tanc que es podia omplir amb una barreja d'aigua i vi, que després rajaven per separat; un meravellós rellotge mogut amb aigua que marcava les hores del dia amb una exactitud impressionant; una gerra que es tornava a omplir tota sola sense arribar a vessar mai; una estatueta de fusta que representava una dona amb uns ulls fets amb una mena de cristall que absorbia aigua amb la calitja del dia i que després la vessaven amb la fresca de la nit, per la qual cosa semblava que estigués plorant.

Jack compartia la fascinació de Raixid per aquelles joguines, però el que més intrigat el tenia era la figura plorosa, ja que, mentre els mecanismes dels altres resultaven senzills un cop explicats, ningú no havia aconseguit saber en realitat com funcionava el de la figureta.

A la tarda, van seure sota les arcades, al voltant del pati, jugant, dormisquejant o mantenint una xerrada superficial. Jack desitjava haver pertangut a una gran família com aquella, amb germans, tiets i parents polítics i haver tingut una llar que tots poguessin visitar, així com una posició respectable en una ciutat petita. De sobte, va recordar la conversació que havia mantingut amb la seva mare la nit que el va alliberar de la cel·la de càstig del priorat. Ell li havia preguntat sobre els parents del seu pare, i ella li havia dit: «Sí, hi tenia una gran família, a França.» «En alguna banda, doncs, bé hi tinc una família com aquesta», va pensar Jack. «Els germans i germanes del meu pare són els meus oncles i ties. És possible que tingui cosins de la meva edat. Em pregunto si algun dia els trobaré.»

Sentia que anava a la deriva. Era capaç de sobreviure a tot arreu, però no pertanyia a enlloc. Podia ser cisellador, mestre constructor, monjo i matemàtic, i malgrat tot continuava ignorant qui era l'autèntic Jack, si és que existia. A vegades es preguntava si no hauria de fer de joglar com el seu pare, o ser un proscrit com la seva mare. Tenia dinou anys, no tenia llar ni arrels, ni família ni objectius en la vida.

Va jugar als escacs amb Josef i el va guanyar. Després, Raixid es va acostar.

—Deixa'm la teva cadira, Josef —li va demanar—. Vull saber més coses sobre Euclides.

Josef, obedient, va cedir la cadira al seu futur sogre i es va allunyar. Havia sentit tot el que volia saber sobre Euclides.

—¿T'ho passes bé? —va preguntar Raixid a Jack mentre s'asseia.

—La teva hospitalitat no té parangó —va respondre Jack amb amabilitat. Havia interioritzat la cortesia de Toledo.

—Gràcies, però jo em referia a Euclides.

—Sí. Em sembla que no he aconseguit explicar la importància d'aquest llibre. Mira...

—Ja et comprenc, ja et comprenc —el va interrompre Raixid—. Com a tu, a mi també m'agrada el coneixement pel coneixement.

—Sí.

—Ara bé, també cal que un home es guanyi la vida.

Jack no va arribar a comprendre el motiu d'aquella observació, i va esperar que Raixid s'acabés d'explicar. Però Raixid es va reclinar al seu seient amb els ulls mig clucs, gaudint de l'amable silenci de la tarda. Jack va començar a preguntar-se si Raixid no li retreia alguna cosa.

—Espero tornar a treballar en la construcció algun dia —va dir a la fi Jack.

—Em sembla molt bé.

Jack va somriure.

—Quan vaig sortir de Kingsbridge, dalt d'un cavall de la meva mare, i amb les eines del meu padrastre en una bossa penjada de l'espatlla, pensava que només hi havia una manera de construir una església: murs gruixuts amb arcs de mig punt i finestres petites, tot això cobert per una teulada de fusta o una volta de pedra. Les catedrals que vaig veure durant el camí des de Kingsbridge a Southampton no em van fer convèncer del contrari. Però Normandia va canviar la meva vida.

—Ja ho veig —va dir Raixid, endormiscat.

No semblava estar-hi gaire interessat, de manera que Jack va evocar aquells dies en silenci, per a ell mateix. Hores després de desembarcar a Honfleur, ja contemplava l'església abadia de Jumièges. Era el temple més alt que havia vist mai, però tot i així, tenia els habituals arcs arrodonits i el sostre de fusta..., tret de la sala capitular, on l'abat Urs havia construït un revolucionari sostre de pedra. En lloc del canó llis i continu o una volta amb aresta de trobada, aquell sostre tenia nervadures que emergien de la part superior de les columnes i es trobaven en el pinacle de la teulada. Les nervadures eren gruixudes i fortes, i les seccions triangulars del sostre primes i lleugeres. El monjo conservador de l'obra havia explicat a Jack que d'aquesta manera resultava més fàcil de construir. Es col·locaven les nervadures primer i llavors es feia més senzill posar les seccions entre elles. Aquesta mena de volta era també més lleugera. El monjo havia esperat que Jack l'informés sobre les innovacions tècniques a Anglaterra, però va haver de desenganyar-lo. No obstant això, al monjo li va agradar l'evident apreciació de Jack de les voltes amb nervadures i li va dir que a Lessay, no gaire lluny d'allà, hi havia una església on totes les voltes estaven construïdes seguint aquell mètode.

L'endemà, Jack se'n va anar a Lessay i es va passar tota la tarda a l'església contemplant extasiat la volta. Va arribar a la conclusió que el més astorador de tot era la manera amb què les nervadures, baixant des del pinacle de la volta fins als capitells que coronaven les columnes, semblaven expressar la forma amb què els elements més forts sostenien el pes de la teulada. Les nervadures feien palesa la lògica de l'obra.

Jack va viatjar en direcció sud, cap al comtat d'Anjou, i va trobar feina a les obres de reparació de l'església abadia de Tours. No va tenir cap dificultat a convèncer el mestre constructor que el contractés. Les eines que portava demostraven que era paleta, i amb un dia en va tenir prou per convèncer el mestre que era molt bo. Aliena li hauria de donar la raó: la seva jactància de poder trobar feina a qualsevol lloc del món no havia estat del tot vana.

Entre les eines que havia heretat de Tom hi havia un regle de peu. Només els mestres constructors en posseïen un i quan els altres el van veure van voler saber com s'ho havia fet Jack per arribar a la categoria de mestre tan jove. El seu primer impuls va ser confessar que en realitat no era mestre constructor, però va decidir no fer-ho. Fet i fet, havia dirigit amb eficàcia les obres de la catedral de Kingsbridge en la seva època de novici i era capaç de dibuixar plànols tan bons com els de Tom. Però al mestre per al qual treballava no li va agradar descobrir que potser havia contractat un rival. Un dia, Jack va suggerir una modificació al monjo encarregat de l'obra i va dibuixar a terra el que volia dir. A partir d'aquell dia, tot van ser dificultats. El mestre constructor es va convèncer que el que Jack volia era prendre-li el lloc. Va començar a trobar defectes a la seva feina i li va imposar la tasca monòtona de tallar blocs llisos.

No va trigar a posar-se novament en marxa. Es va dirigir a l'abadia de Cluny, el nucli d'un imperi monàstic que s'estenia per tota la cristiandat. L'orde cluniacenc era l'iniciador i impulsor del ja famós pelegrinatge al sepulcre de Santiago de Compostel·la. Al llarg de la ruta jacobea, hi havia esglésies dedicades a l'apòstol i monestirs cluniacencs que s'ocupaven dels pelegrins. Com que el pare de Jack havia estat joglar a la ruta dels pelegrins, semblava possible que hagués estat a Cluny.

No obstant això, no havia estat així. A Cluny no hi havia joglars. Allà, Jack no va esbrinar res sobre el seu pare.

Amb tot, aquell viatge no havia estat ni de bon tros inútil. Tots els arcs que Jack havia vist abans d'entrar a l'abadia de Cluny eren semicirculars. I les voltes tenien forma de canó, com una llarga línia d'arcs units entre si o formant arestes, com en l'encreuament de dos túnels. Els arcs de Cluny no eren de mig punt, sinó que s'allargaven i acabaven en punta.

A les principals arcades hi havia arcs d'aquesta mena; la volta d'aresta de les naus laterals també tenia arcs ogivals i el més admirable de tot era que un sostre de pedra que només podia ser descrit com una volta de canó ogival coronava la nau. A Jack sempre li havien ensenyat que un cercle era sòlid perquè era perfecte i que un arc arrodonit era sòlid perquè no deixava de ser un semicercle. Si hagués vist una arcada ogival anys abans, hauria pensat que era feble. Però els monjos li van explicar que aquells arcs eren molt més forts que els antics rodons. I l'església de Cluny semblava ser-ne la demostració, ja que era molt alta tot i el gran pes de l'obra de pedra que havia de suportar la volta ogival.

Jack no es quedar gaire temps a Cluny. Va prosseguir el viatge cap al sud per la ruta dels pelegrins, apartant-se'n sempre que li abellia. A principis d'estiu, hi havia trobadors tot al llarg del recorregut, a les ciutats més grans o a prop dels monestirs cluniacencs. Recitaven les seves narracions en vers als aplecs de pelegrins que es reunien davant les esglésies o les capelles, i de vegades s'acompanyaven d'una mandolina. Era tal com Aliena li havia explicat. Jack es va dirigir a tots ells per preguntar si havien conegut un trobador anomenat Jack Shareburg. Tots van respondre que no.

Continuaven astorant-lo les esglésies que anava veient en el seu camí pel sud-oest de França i el nord d'Espanya. Eren molt més altes que les catedrals angleses. Algunes tenien voltes de canó filetejades. El filetejat, passant de piló en piló a través de la volta de l'església, feia possible la construcció per etapes, un intercolumni rere l'altre, en comptes de tots alhora. I també modificaven l'aspecte general del temple. En accentuar les divisions entre els intercolumnis, quedava palès que la construcció estava formada per sèries d'unitats idèntiques, com una barra de pa ben tallada, i això imposava ordre i lògica a l'enorme espai interior.

Va arribar a Compostel·la en ple estiu. Ignorava que hi hagués llocs al món on fes tanta calor. La de Santiago era una altra d'aquelles catedrals que tallaven la respiració. La seva nau, encara en construcció, tenia una volta de canó filetejada. Des de Santiago va baixar al sud.

Fins a una època recent, els regnes d'Espanya havien estat sota el domini dels sarraïns. En realitat, la major part del país al sud de Toledo encara estava dominada pels musulmans. Jack se sentia fascinat per l'aspecte de les construccions sarraïnes, pels seus patis interiors, les seves arcades, la seva pedra llaurada, d'un blanc encegador sota el sol. Però el més interessant va ser el descobriment que, en l'arquitectura musulmana, s'utilitzava la volta de nervadures i els arcs ogivals. Potser era d'ells que els francesos havien pres les seves noves idees.

Mai no podria treballar en una altra església com ho havia fet a la catedral de Kingsbridge, es va dir mentrestant, en aquella calorosa tarda espanyola, tot escoltant assegut les rialles de les dones, que arribaven d'alguna banda de la gran casa, un recés de frescor. Encara volia ser el constructor de la catedral més bonica del món, però ara ja no aixecaria una construcció massissa i sòlida com una fortalesa. Volia posar en pràctica les tècniques noves, la volta de nervadures i els arcs ogivals. Però no les utilitzaria com s'havia fet fins llavors. En cap de les esglésies que havia vist havien esgotat les possibilitats d'aquestes innovacions. En la seva ment va començar a prendre forma la imatge d'una catedral. Els detalls eren massa difusos, però la sensació del conjunt estava perfectament delineada. Era una construcció espaiosa, airejada, amb la llum del sol que vessava a través de les seves grans finestres i una volta arquejada tan alta que feia la impressió d'assolir el cel.

—Josef i Raixa necessitaran una casa —va dir tot d'una Raixid—. Si la construeixes tu, després en vindran d'altres.

Jack es va sobresaltar. Mai no havia pensat dedicar-se a la construcció d'habitatges.

—¿Creus que voldran que els construeixi jo la casa? —va preguntar.

—És possible.

Es va produir un altre silenci llarg, durant el qual Jack va considerar la possibilitat de dedicar-se a construir cases per als comerciants rics de Toledo.

Raixid va semblar que es deixondia per complet. Es va incorporar i va obrir els ulls del tot.

—M'agrades, Jack —va dir—. Ets un home honrat i m'agrada parlar amb tu, que és més del que es pot dir de la majoria de la gent que conec. Espero que siguem amics per sempre.

—Jo també —va declarar Jack, una mica sorprès per aquell homenatge inesperat.

—Sóc cristià, de manera que no tinc les meves dones recloses com fan alguns dels meus germans musulmans. D'altra banda, sóc àrab, cosa que significa que tampoc no els dono, i ja em perdonaràs, la llibertat immoderada a què estan acostumades certes dones. Els permeto que es reuneixin i parlin a la casa amb convidats masculins. Fins i tot que hi facin amistat. Però quan l'amistat comença a ser alguna cosa més, com és natural que passi entre els joves, espero de l'home que es comporti amb seriositat. Si no fos així, em sentiria insultat.

—Per descomptat —va convenir Jack.

—Sabia que ho comprendries. —Raixid es va aixecar i va posar una mà afectuosa sobre l'espatlla de Jack.— Mai no he tingut la benedicció d'un fill, però si m'haguessin donat un mascle, crec que seria com tu.

—Més morenet, imagino —va puntualitzar Jack.

Per un instant, Raixid el va mirar desconcertat. Després, va deixar anar una rialla que va sobresaltar els convidats del pati.

—Més morenet! —Encara reia quan va entrar a la casa.

Els convidats de més edat van començar a acomiadar-se. Jack es va asseure sol, reflexionant sobre el que li havien dit. Era evident que li proposaven un tracte. Si es casava amb Aixa, Raixid el convertiria en el constructor de cases de les famílies benestants de Toledo. Encara que també s'hi endevinava una advertència: «Si no tens la intenció de casar-t'hi, no t'hi acostis.» A Espanya la gent tenia maneres més refinades que a Anglaterra, però quan calia, sabien fer-se entendre.

Quan Jack reflexionava sobre la seva situació, li semblava increïble. «¿De debò sóc jo?», es deia. «¿Sóc de debò Jack Jackson, un monjo fugitiu, fillastre d'un paleta? ¿M'estan oferint realment la filla d'un ric comerciant àrab a més d'una bona feina de constructor en una ciutat tranquil·la? És massa bonic per ser veritat. Si fins i tot m'agrada la noia!»

El sol començava a davallar i el pati ja es trobava completament a l'ombra. Sota l'arcada només quedaven dues persones, Josef i ell. Jack es preguntava si aquella situació no havia estat preparada per endavant, quan van aparèixer Raixa i Aixa, cosa que li va confirmar que, en efecte, ho havia estat. A pesar de la teòrica severitat pel que feia al contacte físic entre noies i nois, la mare d'elles sabia molt bé el que estava passant, i era molt probable que Raixid també ho sabés. Concedirien als enamorats uns moments de soledat. Després, abans que tinguessin temps de fer res seriós, apareixeria al pati la mare i, fent veure que estava enfadada, faria entrar les seves filles a casa.

Raixa i Josef, que estaven a l'altre extrem del pati, van començar tot seguit a petonejar-se. Jack es va posar dret mentre Aixa s'acostava. Portava un vestit blanc que li arribava a terra, de cotó egipci, un teixit que Jack no havia vist mai abans d'arribar a Espanya. Més suau que la llana i més fi que el lli, emmotllava el cos d'Aixa quan es movia, i la seva blancor semblava centellejar al crepuscle. Feia que els seus ulls castanys semblessin del tot negres. Se li va acostar molt, somrient amb picardia.

—¿Què t'ha dit? —va preguntar.

Jack va suposar que feia referència al seu pare.

—M'ha ofert construir cases.

—Doncs quin dot! —va exclamar Aixa, amb menyspreu—. No m'ho puc creure! Almenys et podia haver ofert diners.

Jack es va adonar que a Aixa la fastiguejava la tradicional reticència sarraïna a parlar directament de les coses. Va trobar que la seva franquesa era reconfortant.

—Crec que no vull construir cases —va respondre.

De sobte Aixa va adoptar una actitud solemne.

—¿T'agrado?

—Saps que sí.

Aixa va fer un pas endavant, va aixecar la cara, va tancar els ulls, es va posar de puntetes i li va fer un petó. Feia olor de mesc i d'ambre gris. Va obrir la boca i va introduir la llengua entre els llavis d'ell. Els braços de Jack la van rodejar de manera gairebé involuntària. Va posar-li les mans a la cintura. El cotó era tan fi que va tenir la sensació d'estar tocant la pell despullada. Aixa li va agafar una mà i se la va endur cap a un pit. El seu cos era prim i estret, i el pit petit i ferm, amb un mugró minúscul i dur. Jack va advertir, astorat, que començava a excitar-se mentre li acariciava l'entrecuix. Li va apretar el mugró amb el tou dels dits. Aixa va deixar anar un gemec i es va apartar d'ell, panteixant. Jack va deixar caure les mans.

—¿T'he fet mal? —va mussitar.

—No —va respondre.

Jack va pensar en Aliena i es va sentir culpable, encara que a l'instant es va dir que era una bestiesa. ¿Per què havia de pensar que estava traint una dona que s'havia casat amb un altre home?

Aixa el va mirar fixament per un instant, amb el rostre encès pel desig. Li va agafar la mà i va tornar a endur-se-la cap al pit.

—Fes-ho un altre cop, però més fort —li va demanar en un to insistent.

Jack li va agafar el mugró i es va inclinar cap endavant per besar-la; però ella va apartar el cap i el va mirar a la cara mentre l'acariciava. Jack li va prémer suaument el mugró i després, acatant el seu desig, l'hi va pessigar amb força. Aixa va arquejar l'esquena impulsant els seus petits pits, mentre els mugrons semblaven botons petits i durs sota el vestit. Jack va abaixar el cap fins al pit. Els seus llavis es van tancar al voltant del mugró a través del cotó. Després, de manera impulsiva, l'hi va agafar entre les dents i va mossegar. La va sentir aspirar amb força.

Jack va sentir que s'estremia de cap a peus. Aixa li va aixecar el cap i es va estrènyer amb força contra ell, que va abaixar la cara cap a la seva. Ella va començar a petonejar-lo amb veritable frenesí, com si volgués cobrir-li tot el rostre amb la boca, mentre seguia emetent lleus gemecs que li sorgien del més profund de la gola. Jack se sentia excitat, desconcertat i esgarrifat en certa manera. Mai no li havia passat una cosa així. Va pensar que estava a punt d'arribar al clímax. Aleshores els van interrompre.

—Raixa! Aixa! Entreu immediatament! —es va sentir, imperiosa, la veu de la mare des de la porta.

Aixa es va apartar d'ell. Al cap d'un instant el va tornar a besar amb força, prement els seus llavis contra els d'ell fins a masegar-los. Després, se'n va allunyar.

—T'estimo! —va mormolar.

I va entrar corrents a la casa.

Jack va veure com se n'anava. Raixa la va seguir a un pas més tranquil. La mare va dirigir una mirada de desaprovació a Jack i a Josef, i després va seguir les seves filles i va tancar la porta amb gest peremptori. Jack va quedar-se allà dret amb els ulls fixats a la porta tancada, preguntant-se què havia significat tot allò.

Josef va creuar el pati en direcció a ell i, en un to intrigant, va dir:

—Són veritablement boniques... Totes dues!

Jack va assentir amb aire absent i es va encaminar cap a la porta. Josef el va seguir. Un cop van haver deixat l'arc enrere, va sorgir un criat de les ombres i va tancar la porta darrere d'ells.

—La pena d'estar promès és que et deixa amb un terrible neguit entre les cames —va comentar Josef.

Jack no va respondre.

—Potser me'n vaig a casa de Fàtima per desfogar-me —va continuar Josef.

La casa de Fàtima era el prostíbul. Malgrat el nom sarraí, gairebé totes les joves eren de rostre clar i les escasses prostitutes àrabs estaven molt cotitzades.

—¿M'hi vols acompanyar? —li va preguntar.

—No —va contestar Jack—. El meu neguit és d'una altra mena. Bona nit.

Es va allunyar ràpidament. Fins i tot en els millors moments, Josef no era el seu acompanyant preferit, i aquella nit Jack no estava d'humor per aguantar certes coses.

L'aire s'anava fent més fresc a mesura que s'acostava a l'escola, al dormitori de la qual l'esperava un llit dur. Sentia que es trobava en un moment crucial de la seva vida. Li estaven oferint una existència còmoda i pròspera, i tot el que havia de fer era oblidar-se d'Aliena i abandonar l'aspiració de construir la catedral més bonica del món.

Aquella nit va somiar que Aixa se li acostava, amb el seu cos relliscós pels olis perfumats, i que es refregava contra ell. Però no el deixava fer-li l'amor.

Quan es va despertar l'endemà, ja havia pres una decisió.

Els criats no havien deixat entrar Aliena a casa de Raixid Alharun. Devia semblar una pidolaire, amb aquella túnica polsosa i les botes gastades, va pensar Aliena, mentre estava plantada a la porta amb el seu fill en braços.

—Digueu a Raixid Alharun que vinc d'Anglaterra i que estic buscant el seu amic Jack Fitzjack —va dir en francès mentre es preguntava si aquells criats de cara fosca eren capaços d'entendre'n una paraula. Després d'una consulta, entre xiuxiueigs, en alguna mena de llengua sarraïna, un dels criats, alt i de rostre i cabells negres com el carbó, va entrar a la casa.

Aliena se sentia cada cop més incòmoda davant la mirada descarada de la resta de criats. Ni tan sols durant el seu inacabable pelegrinatge havia adquirit el do de la paciència. Després de la decepció de Compostel·la, havia continuat la seva ruta per l'interior d'Espanya, en direcció a Salamanca. Allà ningú no recordava un jove pèl-roig interessat en catedrals i trobadors, però un amable monjo li havia dit que a Toledo hi havia una comunitat d'erudits anglesos. Encara que feble, era una esperança. A més, Toledo no estava gaire lluny de Salamanca, de manera que va continuar en ruta pel camí polsós.

Allà l'esperava una altra decepció. Sí, Jack hi havia estat, quin cop de sort! Però per desgràcia ja se n'havia anat. Potser el podria trobar, perquè només li portava un mes d'avantatge... Però una vegada més, ningú no sabia on havia anat.

Quan era a Compostel·la, es podia concebre que Jack hagués pres el camí del sud, perquè hi havia arribat de l'est i perquè, al nord i l'oest, només hi havia mar. Però des de Toledo, hi havia múltiples opcions. Qui sap si s'havia dirigit cap al nord-oest, de tornada a França, o cap a l'oest, a Portugal, o cap al sud, a Granada. I des de la costa espanyola es podia haver embarcat en un vaixell rumb a Roma, Tunis, Alexandria o Beirut.

Aliena havia decidit renunciar a la recerca si no rebia una informació fidedigna sobre el camí que Jack havia pres. Estava esgotada i es trobava molt lluny de casa. Pràcticament no li quedaven energies ni poder de decisió, i no podia encarar la perspectiva de continuar endavant amb tan poques possibilitats d'èxit. Estava disposada a fer mitja volta, tornar a Anglaterra i mirar d'oblidar Jack per sempre.

De la casa blanca va sortir un altre criat. Vestia una indumentària més elegant i parlava francès. També va examinar Aliena de dalt a baix, però s'hi va dirigir amb cortesia.

—¿Sou amiga de Jack?

—Sí, una vella amiga d'Anglaterra. M'agradaria parlar amb Raixid Alharun.

El criat va mirar el vailet.

—Sóc familiar de Jack —va afegir Aliena.

En realitat, no deixava de ser cert, ja que era l'esposa del germanastre de Jack, i això era una forma de parentiu, per bé que s'havia separat del seu marit.

—Feu el favor d'acompanyar-me —va dir el criat, obrint més la porta.

Aliena va entrar agraïda a la casa. Si no l'haguessin rebut, hauria estat el final del seu viatge.

Va seguir el criat a través d'un agradable pati, deixant enrere una font cantaire. Es preguntava com podia haver arribat Jack fins a la llar d'aquella pròspera família. Una amistat així semblava impensable. ¿Devia haver recitat narracions en vers sota aquelles arcades a l'ombra?

L'habitatge pròpiament dit era un veritable palau, amb estances fresques de sostres elevats, terres de pedra i marbre, mobles molt ben tallats i tapisseries sumptuoses. El criat va aixecar una mà per indicar-li que esperés, i després va estossegar.

Un instant després, va entrar amb discreció a l'habitació una dona sarraïna; era alta, i lluïa una túnica negra. Se subjectava una de les puntes de la túnica davant la boca, en un gest que hauria resultat insultant a qualsevol altre lloc del món.

—¿Qui ets? —va preguntar en francès, mirant-la de fit a fit.

Aliena es va posar dreta.

—Sóc Aliena, filla del desaparegut comte de Shiring —va respondre amb tota l'altivesa que va poder—. Suposo que tinc el plaer d'estar parlant amb l'esposa de Raixid, el venedor de pebre. —Era tan capaç de practicar aquell joc com qualsevol altra persona.

—¿I què hi heu vingut a buscar, aquí?

—He vingut a veure Raixid.

—No rep dones.

Aliena va comprendre que no hi havia cap esperança d'obtenir la cooperació d'aquella dona. No obstant això, com que no podia anar enlloc més, ho va tornar a provar.

—Potser sí que voldrà rebre una amiga de Jack —va insistir.

—¿Jack és el vostre marit?

—No. —Aliena va vacil·lar un instant.— És el meu cunyat.

La dona semblava escèptica. Com la majoria de gent, devia pensar que Jack havia abandonat Aliena després de deixar-la prenyada i que ara ella el perseguia per obligar-lo a casar-s'hi i assumir la manutenció del nen.

La dona es va tombar i va dir alguna cosa en una llengua que Aliena no entenia. Uns segons després tres noies entraven a l'habitació. Per l'aspecte, era evident que es tractava de les seves filles. Els va parlar en la mateixa llengua, i elles van dirigir la mirada cap a Aliena. Tot seguit va tenir lloc una ràpida conversació en què es va pronunciar amb freqüència el nom de Jack.

Aliena se sentia humiliada. Va estar temptada de fer mitja volta i marxar, però això hauria significat la renúncia definitiva a la recerca. Aquella gent desagradable era la seva última esperança.

—¿On és Jack? —va preguntar en veu alta, interrompent la conversació. La seva intenció era mostrar-se enèrgica, però es va adonar, descoratjada, que la seva veu sonava com una súplica.

Les noies van guardar silenci.

—No sabem on és —va respondre la mare.

—¿Quan va ser l'última vegada que el vau veure?

La mare va vacil·lar. Era evident que no volia respondre, tot i que, ben mirat, era impossible pretendre ignorar quan l'havien vist per últim cop.

—Va marxar de Toledo l'endemà de Nadal —va admetre, reàcia.

Aliena es va veure forçada a somriure amb amabilitat.

—¿No recordeu si va dir res sobre el seu lloc de destí?

—Ja us he dit que no sabem on és.

—Potser ho va dir al vostre espòs.

—No, no ho va fer.

Aliena va perdre tota esperança. De manera intuïtiva, sabia que aquella dona *sí* que sabia alguna cosa. I tanmateix, estava clar que no tenia intenció de revelar-l'hi. Aliena es va sentir feble tot d'una i es va rendir.

—Jack és el pare del meu fill. ¿No creieu que li agradaria veure'l? —va dir amb llàgrimes als ulls.

La més jove de les tres noies va començar a dir alguna cosa, però la seva mare la va interrompre. Entre mare i filla es va produir una discussió acalorada. Es veia que totes dues compartien aquell temperament tan fort. Però al final la filla va callar.

Aliena esperava. No obstant això, les quatre es van limitar a mirar-la. Estava clar que li eren hostils, però era la seva curiositat el motiu que no tinguessin pressa perquè se n'anés. No valia la pena seguir allà. Més li valdria anar-se'n i fer els preparatius per al llarg viatge de tornada a Kingsbridge.

Va respirar a fons i arreplegant tota la força que va poder, va dir amb fredor i fermesa:

—Us agraeixo la vostra hospitalitat.

La mare va tenir la decència d'aparentar una lleugera torbació.

Aliena va sortir de l'habitació.

El criat l'esperava a fora per acompanyar-la cap a la sortida. Aliena intentava aguantar-se les llàgrimes. Haver de reconèixer que tot aquell viatge havia estat en va per culpa de la malignitat d'una dona resultava insuportable.

El criat ja la conduïa pel pati quan, molt a prop de la porta, Aliena va sentir que algú corria darrere seu. Es va tombar i va veure que la filla més jove se li acostava. Es va aturar i va esperar. El criat no sabia què fer.

La noia era menuda i molt maca; el seu cutis tenia un bonic matís daurat i els ulls eren extraordinàriament foscos, gairebé negres. Duia un vestit blanc i immaculat que va fer sentir a Aliena bruta i polsosa.

—¿L'estimeu? —va preguntar de cop, en un francès improvisat.

Aliena va vacil·lar. Va comprendre que ja no tenia dignitat per perdre.

—Sí. L'estimo —va confessar.

—¿I ell us estima?

Aliena va estar a punt de respondre que sí, però llavors va recordar que feia més d'un any que no el veia.

—Almenys abans m'estimava —va dir.

—Crec que encara us estima —va afirmar la noia.

—¿Què us ho fa pensar?

A la noia se li van omplir els ulls de llàgrimes.

—El volia per a mi, i vaig estar a punt de conquerir-lo. —Va mirar el nadó.— Pèl-roig i ulls blaus.... —Les llàgrimes li corrien avall per les galtes suaus i morenes.

Aliena se la va quedar mirant. Ara entenia l'acollida hostil que li havien dedicat: la mare volia que Jack es casés amb aquella noia. No devia tenir més de setze anys, però el seu aspecte sensual la feia semblar més gran. Es va preguntar què hi havia hagut entre ells.

—¿Dieu que vau estar a punt de conquerir-lo? —li va preguntar.

—Sí —va afirmar la jove, en un to desafiant—. Jo sabia que li agradava. En marxar, m'ha destrossat el cor. Però ara ho entenc tot. —Va perdre la mesura i va donar curs a la pena.

Aliena només podia sentir simpatia per una dona que havia estimat Jack i l'havia perdut. Va posar una mà a l'espatlla de la noia en un intent de consolar-la, però hi havia una cosa més important que la compassió.

—Escolta —va dir en un to resolt—. ¿Saps on ha anat?

La noia va aixecar la mirada i va assentir, somicant.

—Digue-m'ho! —li va demanar Aliena.

—A París.

«París!»

Aliena se sentia eufòrica. Havia recuperat el rastre de Jack. París era molt lluny, però gran part del viatge seria ara per terreny conegut, i Jack havia marxat feia només un mes. Va sentir que rejovenia. «L'acabaré trobant», es va dir. «Sé que el trobaré!»

—¿Anireu a París? —li va preguntar la jove.

—Sí, és clar —va respondre Aliena—. Després d'haver arribat tan lluny, no puc abandonar. Gràcies per dir-m'ho... Moltes gràcies.

—Vull que sigui feliç —es va limitar a dir Aixa.

El criat semblava nerviós, com si tot allò li hagués de crear dificultats.

—¿Va dir alguna cosa més? —va preguntar Aliena—. ¿Quina ruta prendria, o alguna altra cosa que em pugui ajudar?

—Volia anar a París perquè algú li ha dit que allí hi construeixen esglésies esplèndides.

Aliena va assentir amb el cap. Estava convençuda que era així.

—I es va endur la dama plorosa —va afegir la noia.

—¿La dama plorosa? —va preguntar Aliena, astorada—. ¿Vols dir una dona?

La noia va sacsejar el cap.

—No sé exactament com es diu. Una dama. Plora. Pels ulls.

—¿Vols dir un quadre? ¿Una dama pintada?

—No entenc —va contestar Aixa, i va mirar cap enrere amb ansietat—. Me n'he d'anar.

Fos el que fos allò de la dama plorosa, no semblava tenir gaire importància.

—Gràcies per ajudar-me —va repetir Aliena.

Aixa es va inclinar i va besar la criatura al front. Les seves llàgrimes van caure sobre les galtones rosades del nadó. Aixa va mirar Aliena.

—M'agradaria ser al vostre lloc.

Va fer mitja volta i va entrar corrents a la casa.

Jack s'allotjava a la rue de la Boucherie, en un suburbi parisenc a la riba esquerra del Sena. Va ensellar el cavall a trenc d'alba. Al final del carrer, va tombar a mà dreta i va franquejar la porta de la torre que protegia el Petit Pont, el pont que conduïa a l'illa on s'aixecava la ciutat.

Les cases de fusta a banda i banda del riu es projectaven sobre les vores del pont. Als trossos entre casa i casa hi havia uns bancs de pedra on, a última hora del matí, famosos professors feien les seves classes a l'aire lliure. El pont va conduir Jack fins a la Juiverie, el carrer més gran de l'illa. A les fleques que hi havia al llarg del carrer s'amuntegaven tot d'estudiants que es compraven l'esmorzar. Jack va escollir una coca d'anguila fumada.

Va tombar a mà esquerra davant la sinagoga; després, a mà dreta en direcció al palau reial, i va creuar el Grand Pont, el pont que conduïa a la riba dreta. Ja començaven a obrir les petites i ben construïdes botigues dels prestamistes i els orfebres. Al final del pont, va travessar un altre portell i va entrar al mercat del peix, que ja es trobava en plena activitat. Es va obrir camí entre la multitud i va començar a caminar pel carrer enfangat que conduïa a la població de Saint-Denis.

Quan encara era a Espanya, va sentir parlar un paleta viatger sobre l'abat Suger i la nova església que estava construint a Saint-Denis. Aquella primavera, mentre es dirigia al nord travessant

França, treballant ací i allà quan necessitava diners, va sentir amb freqüència esmentar Saint-Denis. Deien que els constructors estaven utilitzant dues tècniques noves alhora, la volta de nervadures i els arcs ogivals, i que la combinació resultava sorprenent.

Va cavalcar més d'una hora a través de camps i vinyes. Va deixar enrere el turó de Montmartre, al cim de la qual hi havia un temple romà en runes, i va creuar una vila anomenada Clignancourt. Després de recórrer uns cinc quilòmetres, va arribar a la petita ciutat emmurallada de Saint-Denis.

Denís havia estat el primer bisbe de París. Va ser decapitat a Montmartre, i després d'això va continuar caminant, sostenint el cap tallat entre les mans, camp a través, fins a aquell lloc, on va acabar caient. El va enterrar una dona devota, i després van erigir un monestir sobre la seva tomba. L'església es va convertir en lloc d'enterrament dels reis de França. Súger, el bisbe actual, era un home poderós i molt ambiciós que havia reformat el monestir i començava a modernitzar el temple.

Jack va entrar a la ciutat. Va sofrenar el seu cavall al centre de la plaça del mercat per contemplar la façana oriental de l'església. Allà no s'hi veia res de revolucionari. Era una façana a l'estil antic, amb dues torres bessones i tres entrades d'arcs arrodonits. Li va agradar bastant la forma agosarada amb què els estreps sobresortien del mur, però no havia cavalcat gairebé tretze quilòmetres per veure allò.

Va lligar el seu cavall a la baraneta que hi havia davant l'església i s'hi va acostar més. Les talles de les tres portades eren molt bones. Temes desbordants de vida cisellats amb gran exactitud. Jack va entrar a l'església.

A l'interior, es produïa un canvi immediat. Abans de la nau pròpiament dita hi havia una entrada baixa, o nàrtex. En mirar cap al sostre no va poder sentir-se més excitat. Allà els constructors havien recorregut a una combinació de volta d'ogives i arcs ogivals. Va advertir a l'instant que totes dues tècniques feien una perfecta combinació. La gràcia dels arcs ogivals s'accentuava amb les nervadures que seguien la seva línia.

Però encara hi havia més coses. Entre les nervadures, en lloc de l'habitual xarxa de morter i pedra de maçoneria, el constructor hi havia col·locat pedres tallades, com si es tractés d'una paret. Jack va comprendre que, en ser més forta, la capa de pedres podia ser més prima i per tant més lleugera.

Va descobrir també que aquella combinació presentava una altra particularitat notable. Es podia aconseguir que dos arcs ogivals d'amplàries diferents adquirissin la mateixa altura només ajustant la corba de l'arc, cosa que donava a l'intercolumni un aspecte més natural. Això no era possible amb els arcs arrodonits. L'altura d'un arc de mig punt feia sempre la meitat de la seva amplada, i així, un arc ample havia de ser sempre més alt que un altre d'estret. En un intercolumni rectangular, doncs, els arcs estrets havien d'irrompre des d'un punt més alt del mur que els amples, a fi que a la part superior tots quedessin al mateix nivell i el sostre fos uniforme. El resultat final sempre era esbiaixat. Ara, aquest problema s'havia resolt.

Jack va abaixar el cap per fer descansar el coll. No hauria estat tan content si l'haguessin coronat rei. «Així és com construiré la meva catedral», va pensar.

Va dirigir la mirada al cos central de l'església. La nau pròpiament dita era, sense cap mena de dubte, molt vella, però relativament llarga i ampla. Havia estat edificada feia moltíssims anys per un altre constructor, i era del tot convencional. Però després, al creuer, semblava com si hi hagués esglaons cap avall, que sens dubte conduïen a la cripta i a les sepultures reials, mentre que uns altres es dirigien cap amunt, en direcció al presbiteri, que semblava surar una mica per damunt del terra. Des de l'angle en què es trobava, l'estructura quedava obscurida per la llum enlluernadora del sol que entrava per les finestres de la façana oriental, fins al punt que Jack va pensar que els murs no devien estar acabats i que el sol entraria pels buits. Quan va sortir de la nau al transsepte, va observar que el sol entrava a través de fileres de finestres altes, algunes amb vitralls de colors, i els seus raigs semblaven inundar de llum i color l'enorme estructura de l'església. Jack no arribava a comprendre com s'ho havien fet per disposar d'un espai tan gran de finestres. Semblava que hi hagués més finestres que paret. N'estava encisat. ¿Com s'ho havien fet per no recórrer a la màgia?

Mentre pujava pels esglaons que conduïen al presbiteri, va sentir un estremiment de temor supersticiós. Es va aturar al final i va provar de mirar en la confusió de feixos de llums de colors i pedres que tenia davant seu. Va anar tenint la impressió que ja havia vist una cosa semblant. Però en la seva imaginació. Aquesta era l'església que havia somiat construir, amb les seves grans finestres i voltes ondulades, una estructura de llum i aire que semblava mantenir-se dreta com per art d'encantament.

Un instant després, ho va examinar tot des d'una perspectiva diferent. De sobte tot va encaixar i, com si es tractés d'una revelació, va comprendre el que havien fet l'abat Suger i el seu constructor.

El principi de la volta de nervadura consistia a fer un sostre amb algunes nervadures fortes, omplint amb material els espais entre elles. Havien aplicat aquest principi a tot l'edifici. El mur del presbiteri consistia en uns pilars forts units per finestres. L'arcada que separava el presbiteri de les naus laterals no era un mur, sinó una filera de pilars units per arcs ogivals, deixant amplis espais a través dels quals la llum podia penetrar per les finestres fins al centre de l'església. La mateixa nau estava dividida en dos per una filera de columnes.

Allà s'havien combinat arcs ogivals i voltes de nervadura, igual que al nàrtex, però ara era evident que aquest havia estat un tímid assaig de la nova tècnica. Comparat amb això, el nàrtex era encarcarat, les seves nervadures i motllures massa pesants i els seus arcs excessivament petits. Aquí tot era prim, lleuger, delicat, eteri. Fins i tot els senzills tors eren estrets i les columnes llargues i esveltes.

Hauria semblat massa fràgil per aguantar-se si no hagués estat perquè la nervadura demostrava amb tota claredat que el pes de la construcció reposava sobre els estreps i les columnes. Era una demostració irrefutable que un gran edifici no necessita murs gruixuts amb finestres minúscules i estreps massissos. Sempre que el pes es distribuís amb una precisió exacta sobre una carcassa capaç de suportar-lo, la resta de la construcció podia ser una obra lleugera de pedra treballada, vidre, o, fins i tot, un espai buit. Jack estava encisat. Era gairebé com enamorar-se.

Euclides havia estat una revelació, però això era més que una revelació, perquè a més era bonic. Jack havia tingut visions d'una església com aquella, i ara en contemplava una, la tocava, dret sota la volta, que semblava arribar fins al cel.

Va rodejar l'extrem oriental, l'absis, mirant la volta de la nau doble. Les nervadures s'arquejaven sobre el seu cap semblants a les branques en un bosc d'arbres de pedra perfectes. Allà, igual que al nàrtex, el rebliment entre les nervadures del sostre estava fet amb pedra tallada i morter, en lloc de pedra de maçoneria i morter, un rebliment més senzill però més feixuc. El mur exterior de la nau tenia parelles de grans finestres amb la part superior fent una ogiva, acoblant-se d'aquesta manera als arcs ogivals. Aquella arquitectura revolucionària trobava un complement perfecte en els vitralls. Jack mai no havia vist vidres de color a Anglaterra. A França, se'n trobaven amb freqüència, però a les finestres petites de les esglésies fetes a l'estil antic no descobrien tota la seva bellesa. A Saint-Denis, l'efecte del sol matinal que vessava a través de les finestres en variats i prodigiosos colors era més que bonic: era captivador.

Com que l'església era arrodonida, les naus laterals es corbaven al seu voltant per trobar-se a l'extrem oriental, formant una galeria circular o deambulatori. Jack va recórrer aquell semicercle i després, fent mitja volta, va tornar al punt de partida, encara meravellat.

I llavors, va veure una dona.

La va reconèixer.

Ella va somriure.

Jack va sentir que el cor li feia un salt.

Aliena es va protegir els ulls amb la mà. La llum del sol que entrava per les finestres de l'extrem oriental de l'església l'encegava. Semblant a una visió, avançava cap a ella una figura com si sorgís d'aquella resplendor de colors. Els seus cabells eren vermells com el foc. Es va acostar més. Era Jack.

Aliena va pensar que es desmaiava.

Ell va seguir caminant i a la fi es va aturar davant seu. Estava prim, terriblement prim, però en els seus ulls brillava una emoció intensa. Es van mirar un instant en silenci.

Quan Jack finalment va parlar, va fer una veu ronca.

—¿Ets realment tu?

—Sí —va respondre Aliena en un xiuxiueig gairebé inaudible—. Sóc jo.

La tensió era excessiva i va començar a plorar. Jack la va estrènyer amb força entre els seus braços. Enmig de tots dos hi havia el petit.

—Vinga, vinga —li va dir, donant-li uns copets a l'esquena, com si fos una nena.

Aliena es va recolzar en ell, aspirant la seva coneguda olor, escoltant la seva veu familiar que la tranquil·litzava i deixant que les seves llàgrimes li caiguessin a l'espatlla ossuda.

—¿Què hi fas, aquí? —va preguntar Jack, mirant-la de fit a fit.

—Et buscava —va contestar Aliena.

—¿Em buscaves? —va repetir ell, incrèdul—. ¿I doncs...? ¿Com m'has trobat?

Aliena es va eixugar els ulls.

—T'he seguit —va respondre.

—¿De quina manera?

—Anava preguntant a la gent si t'havien vist. Sobretot a paletes, però també a alguns monjos i hostalers.

—¿Vols dir que... has estat a Espanya? —va preguntar Jack amb expressió de sorpresa.

Aliena va assentir.

—Compostel·la i després Salamanca. Finalment, Toledo.

—¿Quant de temps fa que viatges?

—Les tres quartes parts d'un any.

—Però..., ¿per què?

—Perquè t'estimo.

Jack semblava confós. Li van saltar les llàgrimes.

—Jo també t'estimo —va mormolar.

—¿De debò? ¿Encara m'estimes?

—Sí, sí.

Aliena estava convençuda que ho deia de cor. Va aixecar la cara. Jack es va inclinar damunt del nadó i ella el va besar suaument. El frec dels seus llavis va fer que sentís una mena de vertigen.

El nen va començar a plorar.

Aliena va interrompre el petó i va bressolar el seu fill, que es va tranquil·litzar a l'instant.

—¿Com es diu el nen? —va preguntar Jack.

—Encara no li he posat nom.

—¿Per què no? Ja deu tenir un any.

—Perquè ho volia consultar amb tu.

—¿Amb mi? —va preguntar Jack, estranyat—. ¿I Alfred? És el pare qui... —No va acabar la frase.— ¿Que potser...? ¿És meu, Aliena?

—Mira'l —es va limitar a dir Aliena.

—Pèl-roig... Deu haver passat un any i tres quarts d'ençà...

Aliena va fer un gest d'assentiment.

—Déu meu! —va exclamar Jack, desconcertat—. El meu fill! —Va empassar-se la saliva.

Aliena li escrutava la cara mentre ell mirava d'assimilar la notícia. ¿Ho havia de considerar el final de la seva joventut i la seva llibertat? La seva expressió es va tornar solemne. En general un home té nou mesos per endavant per acostumar-se a la idea de ser pare, però ell es veia en la circumstància d'haver d'assumir-ho a l'instant. Va mirar de nou el nadó i al final va somriure.

—El nostre fill —va dir—. Estic molt content.

Aliena va sospirar complaguda. Les coses al final es redreçaven.

—¿I què me'n dius, d'Alfred? —va afegir Jack—. ¿Sap que...?

—És clar. Només havia de mirar el nen. A més... —Aliena semblava incòmoda.— A més la teva mare va maleir el matrimoni, i Alfred no va ser capaç de, ja saps, de fer... res.

Jack va riure amb aspror.

—Això sí que és veritable justícia —va declarar.

A Aliena no li va agradar el to amb què ho va dir.

—Per a mi ha estat molt dur —li va assegurar en un to de lleu retret.

Jack va canviar d'expressió.

—Ho sento —es va disculpar—. ¿Com va reaccionar, Alfred?

—Quan va veure el nen em va fer fora de casa.

—¿Et va fer mal? —va preguntar Jack, impacient.

—No.

—Tot i així és un porc.

—M'alegro que acabés així. Gràcies a això vaig sortir a buscar-te. I al final t'he trobat. Sóc tan feliç que no sé què fer.

—Has estat molt valenta —va dir Jack—. Encara no m'ho puc creure. M'has seguit fins aquí!

—Ho tornaria a fer! —va afirmar Aliena amb fervor.

Jack li va fer un altre petó.

—Si insistiu a comportar-vos de manera impúdica a l'església, quedeu-vos a la nau, feu el favor —va dir una veu en francès. Era un monjo jove.

—Ho sento, pare —va contestar Jack mentre agafava Aliena pel braç.

Van baixar pels esglaons i van creuar la part sud del transsepte.

—Vaig ser monjo durant un temps... Sé que per a ells és dur veure uns amants feliços que es besen.

«Amants feliços», es va dir Aliena. «Això és el que som.»

Van caminar al llarg de l'església i van sortir a l'atrafegada plaça del mercat. Aliena amb prou feines es podia creure que era allà, sota el sol, amb Jack al seu costat. La seva felicitat era tan gran, que gairebé li resultava insuportable.

—Bé —va dir Jack—. ¿Què podem fer?

—No ho sé —va replicar ella amb un somriure.

—Doncs comprem-nos una fogassa de pa i una ampolla de vi i anem al camp a esmorzar.

—Sembla el paradís.

Van anar a la fleca i a un celler i després van comprar un gran tall de formatge a una lletera del mercat. En un tres i no res sortien del poble en direcció als camps. Aliena no apartava la vista de Jack per assegurar-se que, en efecte, era allà, cavalcant al seu costat, respirant i somrient.

—¿Com li ha anat a Alfred, l'obra de la catedral? —va preguntar Jack.

—No t'ho he dit, és veritat. —Aliena havia oblidat que Jack

havia estat molt de temps fora d'Anglaterra.— Es va produir un terrible desastre... La teulada es va enfonsar.

—¿Com?

L'exclamació va sobresaltar el cavall de Jack, que el va haver de calmar.

—¿Com va passar?

—No ho sap ningú. El diumenge de Pentecosta van tenir a punt les voltes en tres intercolumnis, i després tot es va ensorrar durant l'ofici. Va ser espantós... Van morir setanta-nou persones.

—És terrible. —Jack estava molt impressionat.— ¿Com s'ho va prendre, el prior Philip?

—Molt malament. Ha renunciat a continuar la construcció. Sembla haver perdut tota l'energia. Ara no fa res.

A Jack li resultava difícil imaginar-se Philip així. Sempre s'havia mostrat ple d'entusiasme i decisió.

—¿Què ha passat amb els artesans?

—Tots se n'han anat, a poc a poc. Alfred ara viu a Shiring i es dedica a construir cases.

—Kingsbridge deu estar mig buit.

—Està tornant a ser el que era, un poblet.

—Em pregunto què va ser el que Alfred va fer malament —va mormolar Jack de forma gairebé imperceptible—. Aquella volta de pedra no va figurar mai als plànols originals de Tom, però Alfred va fer més grans els contraforts perquè en suportessin el pes, de manera que devia estar ben feta.

Aquella notícia l'havia entristit, i van cavalcar en silenci. A un parell de quilòmetres de Saint-Denis van fermar els seus cavalls a l'ombra d'un om i es van asseure a la vora d'un verd camp de blat, al costat d'un rierol, per menjar. Jack va fer un glop de vi i va fer petar els llavis.

—A Anglaterra no hi ha res que s'assembli al vi francès —va comentar. Va partir la fogassa i en va donar un tros a Aliena.

Ella es va descordar tímidament la pitrera d'encaix del seu vestit i va donar el pit al nadó. En adonar-se que Jack la mirava, va enrogir. Es va escurar la gola.

—¿Ja saps quin nom t'agradaria posar-li? —va preguntar per dissimular la seva torbació—. ¿Jack, potser?

—No ho sé. —Semblava pensatiu.— Jack és el pare que mai no vaig conèixer. Potser va ser un mal presagi que em donessin el mateix nom que ell. Qui ha estat més a prop de ser un pare veritable per a mi ha estat Tom.

—¿T'agradaria que es digués Tom?

—Em sembla que sí.

—Tom era un home tan gran... ¿Què et sembla Tommy?

—Que sigui Tommy —va dir Jack.

Indiferent a la transcendència d'aquell moment, Tommy s'havia quedat adormit després de prendre el pit. Aliena el va deixar a terra amb un mocador plegat que li feia de coixí. Després, va mirar Jack. Se sentia incòmoda. Desitjava que li fes l'amor, allà mateix, a la gespa, però estava segura que ell s'escandalitzaria si l'hi demanava, de manera que es va limitar a mirar-lo i esperar.

—Si et dic una cosa, promet-me que no tindràs mala opinió de mi —li va demanar Jack.

—T'ho prometo —va dir ella.

—Des que t'he vist, amb prou feines he pogut pensar en res més que en el teu cos despullat sota el vestit —va confessar, torbat.

Aliena va somriure.

—No tinc mala opinió de tu —va replicar—. Al contrari, m'afalaga.

Jack la va contemplar, mirant de dissimular la seva impaciència.

—T'estimo quan em mires així —li va dir Aliena.

Jack es va empassar la saliva amb dificultat.

Aliena va estirar els braços cap a ell, que s'hi va acostar i la va abraçar.

Havien transcorregut gairebé dos anys des de l'únic cop que van fer l'amor. Aquell matí tots dos s'havien sentit corpresos pel desig i el dolor, però ara no eren sinó dos amants al camp. Tot d'una, l'angoixa es va apoderar d'Aliena. «¿Tot aniria bé? Seria terrible que alguna cosa anés malament després de tant de temps.»

Es van tombar a la gespa, un al costat de l'altra, i es van fer un petó. Aliena va tancar els ulls i va obrir la boca. Va sentir la mà frisosa d'ell al seu cos, acariciant-la. Va notar un pessigolleig als engonals. Jack li va besar les parpelles i la punta del nas.

—T'he enyorat fins al dolor. Cada dia —va xiuxiuejar.

Aliena el va abraçar amb força.

—Sóc molt feliç d'haver-te conegut.

Van fer l'amor tranquil·lament, feliços, a l'aire lliure, amb el sol caient sobre seu i el rierol que fluïa, cantant, al seu costat. Tommy va dormir durant tota l'estona i quan es va despertar ja havien acabat.

L'estatueta de fusta de la dama no havia plorat d'ençà que havia sortit d'Espanya. Jack no sabia com funcionava, de manera que no entenia per què no havia vessat llàgrimes fora del seu país. No obstant això, tenia la vaga idea que les llàgrimes brollaven en fer-se de nit, i que les provocava el sobtat refredament de l'aire. A més, com que s'havia adonat que les postes de sol eren més graduals als territoris septentrionals, sospitava que el problema estava relacionat amb els capvespres més lents. Malgrat tot, va conservar la figura. Resultava bastant voluminosa, però era un record de Toledo i li tornava Raixid i Aixa a la memòria, encara que això no ho va esmentar a Aliena. Així, quan un pedraire de Saint-Denis va necessitar un model per a una estàtua de la Verge, Jack va portar la dama de fusta a l'allotjament dels paletes i la va deixar allà.

L'abadia l'havia contractat per treballar en la reconstrucció de l'església. El nou presbiteri que tant l'havia enlluernat no estava del tot complet i l'havien d'acabar a temps per a la cerimònia de la consagració, a mitjan estiu. No obstant això, l'enèrgic abat ja preparava la reconstrucció de la nau d'acord amb el nou i revolucionari estil, i va contractar Jack perquè esculpís per endavant.

L'abadia li va llogar una casa al poble i Jack s'hi va traslladar, acompanyat d'Aliena i Tommy.

La primera nit que hi van passar, Aliena i Jack van fer cinc vegades l'amor. Viure junts com a marit i muller els semblava la cosa més natural del món. Al cap d'uns dies, Jack se sentia com si haguessin viscut junts tota la vida. Ningú no els va preguntar si la seva unió havia estat beneïda per l'Església.

El mestre constructor de Saint-Denis era el millor paleta que Jack havia conegut mai. Mentre acabaven el nou presbiteri i es preparaven per reconstruir la nau, Jack observava el mestre i assimilava tot el que feia. Els avenços tècnics introduïts allà eren gràcies a ell, no a l'abat. En general, Suger es mostrava favorable a les noves idees, encara que estava més interessat en l'ornament que en l'estructura. El seu projecte preferit era el d'un nou sepulcre per a les restes de sant Denís i els seus dos companys, Rústic i Eleuteri. Les relíquies es conservaven a la cripta, però Suger tenia la intenció de pujar-les al nou presbiteri perquè tothom les pogués venerar. Els tres fèretres descansarien en un sepulcre de pedra revestit de marbre negre. La part superior del sepulcre era una església en miniatura feta amb fusta daurada. A la nau central i a les laterals hi havia tres fèretres buits, un per a cada màrtir. El sepulcre seria instal·lat al centre del nou presbiteri, adossat a la part de darrere del nou altar major. Ja estaven col·locats al seu lloc tant l'altar com la base del sepulcre. L'església en miniatura es trobava al taller dels fusters, on un minuciós artesà anava daurant acuradament la fusta amb or batut. Suger no era un home que fes les coses a mitges.

Mentre s'acceleraven els preparatius per a la consagració, Jack es va adonar que el bisbe era un organitzador formidable. Suger havia convidat totes les persones d'importància, i la majoria havia acceptat. Destacaven el rei i la reina de França, i hi havia dinou bisbes i arquebisbes, inclòs l'arquebisbe de Canterbury. Els artesans anaven pescant fragments de notícies mentre treballaven dins i fora de l'església. Jack veia amb freqüència el mateix Suger, amb el seu hàbit de teixit bast, que caminava al voltant del monestir mentre donava instruccions a uns monjos que el seguien com xais. Li recordava Philip de Kingsbridge. Els seus orígens eren tan humils com els de Philip. En segon lloc, com ell, havia reorganitzat les finances i havia administrat amb mà ferma les propietats del monestir, fent que els ingressos es multipliquessin, i també, igual que Philip, s'havia gastat els diners addicionals en la construcció del temple. En últim lloc, era tan actiu, enèrgic i d'idees tan sòlides com Philip.

L'única diferència, segons Aliena, era que Philip ja no era res de tot això.

Jack no s'ho acabava de creure. Un Philip apagat i abúlic era tan inimaginable com un Waleran Bigod amable. Philip havia sofert un seguit de decepcions terribles. Primer, l'incendi de la ciutat. Jack encara s'estremia en recordar aquell dia tan espantós. El fum, el terror, els sinistres genets amb les seves torxes i el pànic de la multitud. Potser va ser llavors que Philip va perdre els ànims. La ciutat va perdre la persona que li donava impuls. Jack se'n recordava molt bé. Un ambient de por i incertesa va envair l'indret, com un presagi de la seva decadència. No era gens estrany que Philip hagués volgut convertir la cerimònia d'inauguració del nou presbiteri en un símbol de renovada esperança. Si el resultat d'això havia estat un nou desastre, es deuria haver rendit definitivament.

Els paletes i els artesans s'havien dispersat, el mercat havia anat declinant i la població reduint-se. Aliena va dir que la gent jove també en començava a marxar, per anar a Shiring. De fet, no era sinó un problema de moral. El priorat continuava conservant totes les seves propietats, inclosos els grans ramats d'ovelles que aportaven centenars de lliures cada any. Si només fos un problema de diners, era innegable que Philip podria permetre's reprendre la construcció. És clar que no seria fàcil. Els paletes, supersticiosos, tindrien por d'haver de treballar en una església que ja s'havia esfondrat. I seria difícil despertar de nou l'entusiasme de la gent. Ara bé, segons el que Aliena sostenia, el principal problema era que Philip havia perdut els ànims. A Jack li hauria agradat poder fer alguna cosa per ajudar Philip a recuperar-los.

Mentrestant, dos o tres dies abans de la cerimònia, van començar a arribar a Saint-Denis els bisbes, arquebisbes, ducs i comtes convidats. Tots van ser conduïts a admirar les obres. El mateix Suger va guiar els visitants més distingits. Als dignataris menys importants els van acompanyar monjos o artesans. Tots van quedar meravellats davant la bellesa de la nova construcció i l'assolellat efecte dels grans vitralls multicolors. Com que gairebé tots els caps destacats de l'Església de França contemplaven allò, Jack va tenir la impressió que el nou estil seria molt imitat i es propagaria ràpidament. De fet, tots aquells paletes que deien que havien treballat a Saint-Denis eren molt sol·licitats. Mai no hauria imaginat que dirigir-se cap allà seria una decisió tan intel·ligent. Les seves expectatives de projectar i construir una catedral ell mateix havien augmentat espectacularment.

El rei Lluís, la seva dona i la seva mare van arribar dissabte, i es van instal·lar a casa de l'abat. Aquella nit es van entonar matines des del crepuscle fins a l'alba. En sortir el sol, ja hi havia una multitud de camperols i ciutadans parisencs fora de l'església, esperant el que prometia ser la més gran assemblea d'homes sants, i també d'homes poderosos, que la majoria d'ells podria veure mai. Jack i Aliena es van unir als congregats tan aviat com Aliena va acabar de donar el pit a Tommy.

Arribarà un dia, va pensar Jack, que diré a Tommy: «Tu no ho recordes, però quan tenies exactament un any vas veure el rei de França.»

Van comprar pa i sidra i van esmorzar tot esperant el començament de l'acte. Al públic no li estava permès, és clar, entrar a l'església, i els homes d'armes del rei el mantenien a distància; però totes les portes estaven obertes i la gent se situava al davant per veure-ho millor. La nau era plena de dames i cavallers de la noblesa. Per sort, el presbiteri estava elevat a causa de la gran cripta de sota, de manera que Jack podria seguir perfectament la cerimònia.

L'activitat a l'extrem de la nau era gran i, tot d'una, els nobles es van inclinar. Per damunt dels seus caps cots, Jack va veure que el rei entrava a l'església pel costat sud. No li podia distingir les faccions, només la túnica porpra, que era com una explosió esclatant de color mentre avançava cap al centre del corredor i s'agenollava a l'altar major.

Immediatament després, van entrar els bisbes i arquebisbes, tots vestits amb una enlluernadora indumentària blanca amb brodats daurats. Cada bisbe portava el seu bàcul. En realitat, els bàculs havien de ser com gaiatos de pastor, però n'hi havia tants d'adornats amb pedres precioses, que la processó centellejava com un rierol de muntanya sota els raigs del sol.

Van creuar lentament el temple i van pujar pels esglaons que conduïen al presbiteri, disposats a ocupar els llocs reservats al voltant de la pila baptismal, que contenia, com Jack sabia perquè havia presenciat tots els preparatius, uns quants litres d'aigua beneita. Després d'això va venir un moment de calma, durant el qual es van dir oracions i es van cantar himnes. La gentada s'agitava inquieta i Tommy semblava molest. Després, els bisbes es van posar novament en marxa formant una processó.

Per un instant, van sortir de l'església per la porta sud i van desaparèixer a l'interior del claustre causant decepció en els espectadors, però van tornar a emergir dels edificis monàstics i van desfilar davant per davant de la façana del temple. Cada bisbe portava en una mà una mena de pinzell anomenat salpasser i un atuell d'aigua beneita. A mesura que passaven cantant, introduïen el salpasser a l'aigua i ruixaven els murs de l'església. La multitud es va abalançar damunt seu, demanant una benedicció i mirant de tocar els vestits blancs com la neu dels sants barons. Els homes d'armes del rei apartaven la gent amb els bastons per fer-los retrocedir. Jack no s'hi va acostar. No necessitava cap mena de benedicció i preferia mantenir-se a distància d'aquells bastons.

La processó va fer el seu majestuós recorregut al llarg de la part nord de l'església, i la multitud la va seguir, trepitjant les tombes del cementiri. Alguns espectadors s'havien anticipat a prendre posicions allà i maldaven perquè els nouvinguts no els les prenguessin. Es va produir alguna topada per aquest motiu.

Els bisbes van deixar enrere el pòrtic nord i van continuar caminant al voltant del semicercle de l'extrem est, la part nova. Allà era on s'havien construït els tallers dels artesans, i la gentada començava a envair aquell terreny amenaçant de derrocar les febles construccions de fusta. Quan el cap de la processó va tornar a desaparèixer a l'interior de l'abadia, els curiosos més impacients van empènyer cap endavant. Els homes del rei van respondre amb una violència que va anar en augment a mesura que la situació de descontrol es va anar estenent.

Jack es va començar a sentir inquiet.

—No m'agrada el caire que està prenent això —va dir a Aliena.

—A mi tampoc —va dir ella—. Més val que marxem.

Abans que poguessin moure's, va esclatar una baralla entre els homes del rei i un grup de joves que eren a primera línia. Els homes d'armes estomacaven els joves amb els seus bastons, però aquests, en lloc d'acovardir-se, s'hi tornaven. El bisbe que tancava la processó es va afanyar a entrar al claustre, i va ruixar precipitadament amb aigua beneita l'última part del presbiteri. Quan els sants barons es van perdre de vista, la gentada va concentrar la seva atenció en els homes d'armes. Algú va llançar una pedra que va encertar el front d'un d'ells. La seva caiguda a plom va anar acompanyada de visques. La brega no va trigar a generalitzar-se. Cada cop acudien més homes d'armes des de la façana oest per defensar els seus camarades.

Allò es convertiria en un motí.

No hi havia l'esperança que la cerimònia retingués l'atenció de la gentada. Jack sabia que els bisbes i el rei baixaven en aquell instant a la cripta per recollir les restes de sant Denís. Desfilarien al voltant del claustre amb la despulla, però no sortirien a l'exterior. Els dignataris no tornarien a comparèixer fins que hagués acabat l'ofici sagrat. L'abat Suger no havia previst una quantitat d'espectadors tan gran, i tampoc no havia pres cap mesura per mantenir-los distrets. La multitud estava insatisfeta i acalorada, perquè el sol estava amunt, i volia donar curs a les seves emocions.

A diferència de la multitud, els homes del rei anaven armats. Semblava que haguessin de tenir tots els trumfos, però algú va tenir la bona idea d'irrompre a les cabanes dels artesans per buscar eines. Un parell de joves van esbotzar la porta d'una de les cabanes i uns instants després en van sortir amb martells. Entre la multitud hi havia paletes, i alguns es van obrir camí fins a les cabanes per mirar d'impedir que la gent hi entrés, però es van veure incapaços de contenir l'allau i van ser bruscament apartats.

Jack i Aliena intentaven escapar d'aquell batibull, però la gent que empenyia per darrere els ho va impedir. Jack mantenia Tommy estrenyent-lo contra el pit, protegint l'esquena del menut amb els braços i cobrint-li el caparró amb les mans mentre forcejava per mantenir-se a prop d'Aliena. Llavors va veure un home petit i de barba negra que sortia furtivament de la cabana dels paletes portant a les mans la figura de fusta de la dama que plorava. «Mai més no la tornaré a veure», es va dir amb tristesa, però estava massa ocupat a sortir d'aquella horrible situació per amoïnar-se per aquell robatori.

Malgrat tots els seus esforços, es va veure impulsat cap endavant, en direcció a la portalada nord, on la lluita era més aferrissada. I es va adonar que el mateix li estava succeint al lladre de la barba negra. L'home intentava fugir amb el botí, prement contra el seu pit l'estàtua de fusta igual que Jack feia amb Tommy. Però també es veia obligat a seguir on era per culpa de la pressió de la multitud.

De sobte, Jack va tenir una idea. Va fer que Aliena agafés Tommy.

—No t'apartis de mi —li va indicar.

Després, va engrapar el lladre i va intentar arrabassar-li la figura. L'home inicialment s'hi va resistir, però Jack era més gran i, a més, al lladre li interessava per damunt de tot salvar la pell. Al cap d'un moment, doncs, va deixar anar la presa.

Jack va alçar l'estatueta sobre el seu cap.

—Reverencieu la Verge Santa!

Al principi ningú no li va prestar atenció. Però després dues persones el van mirar.

—No toqueu la Verge Santa! —va cridar Jack amb totes les seves forces.

La gent que el rodejava va retrocedir, deixant un buit al voltant d'ell, que va començar a enfervorir-se.

—És pecat profanar la imatge de Nostra Senyora!

Mantenint la figura ben amunt sobre el cap, va seguir caminant cap a l'església. «Potser això resultarà», es va dir mentre sentia que renaixia l'esperança. La majoria de gent va deixar de barallar-se per saber què passava.

Jack va girar el cap enrere. Aliena el seguia. En realitat, no hauria pogut fer una altra cosa, perquè la gent l'empenyia. Però la lluita començava a decaure. La gentada havia canviat de direcció i mirava cap a Jack, i unes quantes persones van començar a repetir, extàtiques, les seves paraules.

—És la mare de Déu... Salve. Obriu pas a la Santíssima Verge...

Tot el que la gent volia era espectacle, i ara que Jack els n'oferia un, ja no els interessava la brega, tot i que encara hi havia un parell de grupets en plena gresca als extrems. Jack continuava avançant amb tota solemnitat. Estava una mica atònit per la facilitat amb què havia aturat el motí. La multitud el va seguir fins a la portalada nord de l'església. Allà, va dipositar la figura a terra, amb gran reverència, a l'ombra fresca del llindar. Feia poc més de mig metre d'alçada, i allà a terra semblava menys impressionant.

La gent es va amuntegar davant la porta, a l'expectativa. Jack no sabia què havia de fer a continuació. Probablement la gent esperava un sermó. S'havia comportat com un eclesiàstic, portant ben alt la figura i pronunciant sonores advertències, però les seves habilitats sacerdotals no passaven d'allà. Se sentia temorós. ¿Què faria aquella multitud si ara els decepcionava?

De sobte es va sentir una exclamació general.

Jack va mirar cap enrere. Alguns dels nobles de la congregació formaven un grup al transsepte nord, mirant cap enfora, però Jack no veia res que justifiqués l'embadocament de la gent.

—Un miracle! —va cridar algú, i uns altres van repetir les seves paraules.

—Un miracle!

—Un miracle!

Jack va mirar la figura i a l'instant ho va entendre tot. Dels seus ulls brollava aigua. En un principi va quedar meravellat, com tota la resta, però a l'instant va recordar la seva teoria que la dama plorava quan es produïa un descens sobtat de temperatura, com succeïa a les regions del sud en caure la nit. L'estàtua acabava de ser traslladada de la calitja del dia a la portalada nord, i la frescor al llindar d'aquesta portalada explicava les llàgrimes. Però, és clar, la gent tot això no ho sabia. Tot el que veien era una estàtua que plorava, i això els tenia meravellats.

Una dona que era al davant va llançar una moneda de plata francesa, equivalent a un penic, als peus de la imatge. Jack es va haver d'aguantar el riure. ¿De què serviria llançar diners a un tros de fusta? Però l'adoctrinament d'aquella gent era tan gran, que la reacció davant d'una cosa sagrada era donar diners d'una forma automàtica. Molts van seguir l'exemple de la dona.

A Jack no li havia passat mai pel cap que la joguina de Raixid pogués donar diners. En realitat, no podia ser en benefici de Jack, ja que la gent no donaria res si sabés que el seu destí final era la bossa particular de Jack. Però, per a qualsevol església, aquella figura podia representar una fortuna.

Quan va arribar a aquesta conclusió, va saber què havia de fer.

Va ser com una fogonada i va començar a parlar abans que ell mateix n'hagués copsat totes les implicacions. Les paraules li sortien per la boca mentre li venien els pensaments al cap.

—La Verge de les Llàgrimes no em pertany a mi, sinó a Déu —va dir.

Es va fer un silenci. Era el sermó que la multitud esperava. Darrere de Jack, els bisbes cantaven dins l'església, però ja ningú no s'interessava pel que feien.

—Durant centenars d'anys, s'ha esllanguit en terres sarraïnes —va prosseguir Jack.

No tenia ni idea de quina era la història de l'estàtua, però semblava que això no tenia cap importància. Els mateixos sacerdots no comprovaven mai la veracitat de les històries de miracles i relíquies sagrades.

—Ha recorregut moltes milles —va continuar Jack—, però el seu viatge encara no ha acabat. El seu destí és la catedral de Kingsbridge, a Anglaterra.

Es va trobar amb la mirada d'Aliena, que l'escoltava astorada. No va resistir la temptació de fer l'ullet perquè sapigués que s'ho anava empescant a mesura que parlava.

—Jo tinc la missió sagrada de portar-la a Kingsbridge —va continuar—. Allà hi trobarà finalment la pau. —Mentre mirava a Aliena se li va acudir la inspiració més brillant i definitiva, i va afegir:— He estat designat mestre constructor de la nova catedral de Kingsbridge.

Aliena es va quedar amb la boca oberta. Jack va mirar cap a un altre costat.

—La Verge de les Llàgrimes ha ordenat que s'erigeixi en el seu honor, a Kingsbridge, una església nova i més gloriosa, i amb la seva ajuda li construiré una capella que serà com el nou presbiteri acabat de consagrar aquí i que ha de contenir les despulles sagrades de sant Denís. —Va abaixar la vista i els diners del terra li van donar la idea per al toc final.— Les vostres monedes s'utilitzaran per a la construcció de la nova catedral —va dir—. La Verge de les Llàgrimes dóna la seva benedicció a tothom, home, dona o nen, que ofereixi un donatiu per ajudar a la construcció de la seva nova llar.

Es va produir un moment de silenci. Després, els que es trobaven allí van començar a llançar monedes a terra al voltant de la base de la figura. Alguns exclamaven «Al·leluia» o «Lloat sia Déu», mentre que altres demanaven una benedicció o algun favor específic: «Feu que Robert es posi bé» o «Permeteu que Anne concebi», i fins i tot: «Doneu-nos una bona collita.» Jack estudiava els rostres. Aquelles persones estaven excitades, se sentien transportades i benaurades. Empenyien cap endavant, clavant-se cops de colze en el seu afany per entregar els seus diners a la Verge de les Llàgrimes. Jack va tornar a abaixar els ulls contemplant meravellat com als seus peus les monedes s'apilaven com neu arrossegada pel vent del nord.

La Verge de les Llàgrimes va produir el mateix efecte en totes les ciutats i viles de camí a Cherbourg. Solia acudir tota una multitud mentre travessaven en processó el carrer major i després, un cop que s'aturaven davant la façana de l'església per donar temps que arribés tota la població, conduïen la figura a l'interior del temple, on començava a plorar. A partir d'aquell moment els devots s'ensopegaven els uns amb els altres en el seu afany de donar diners per a la construcció de la catedral de Kingsbridge.

Abans, però, havien estat a punt de perdre l'estatueta. Els

bisbes i arquebisbes reunits a Saint-Denis l'havien examinada i havien proclamat que era genuïnament miraculosa. L'abat Suger se la va voler quedar per a Saint-Denis. Primer va oferir una lliura a Jack, després deu, i va pujar fins a cinquanta. Quan va comprendre que a Jack no li interessaven els diners, va amenaçar amb quedar-se la figura per la força, però l'arquebisbe Theobald de Canterbury l'hi va impedir. Theobald, que havia intuït el potencial econòmic d'aquella imatge, volia que estigués a Kingsbridge, ja que pertanyia a la seva diòcesi. Suger va cedir de mala gana, expressant reserves grolleres sobre la realitat del miracle.

A Saint-Denis, Jack havia dit als artesans que contractaria tots els que volguessin seguir-lo fins a Kingsbridge. Tampoc allò no va agradar gaire a Suger. De fet, era previsible que la majoria es quedaria treballant on era, per allò de «més val un pardal a la mà que una perdiu en l'aire», però n'hi havia que provenien d'Anglaterra i potser la perspectiva de tornar-hi els temptaria. Finalment, els altres farien córrer la veu, perquè el deure de tot paleta era fer saber als seus germans l'existència de nous projectes de construcció. En cosa de setmanes, artesans de tota la cristiandat afluirien a Kingsbridge de la mateixa manera que Jack havia acudit a les sis o set obres en què havia treballat els últims dos anys. Aliena li va preguntar què faria si el priorat de Kingsbridge no el nomenava mestre constructor. Jack no en tenia ni idea. Havia fet aquell anunci sense pensar-hi, però no tenia plans alternatius en cas que les coses no sortissin com ell volia.

L'arquebisbe Theobald, després d'haver reclamat la Verge de les Llàgrimes per a Anglaterra, no estava disposat que Jack se l'endugués així com així. Va enviar dos sacerdots del seu seguici, Reynold i Edward, perquè acompanyessin Jack i Aliena al llarg del seu viatge. Al principi, aquella imposició va molestar Jack, però aviat va simpatitzar amb els sacerdots. Reynold era un jove d'expressió jovial, donat a la controvèrsia i molt inquiet i intel·ligent. Estava summament interessat en les matemàtiques que Jack havia après a Toledo. Edward era un home de més edat, de tarannà bonifaci i una mica golafre. La seva principal tasca consistia, com era natural, a assegurar-se que ni la més mínima part dels diners recaptats amb les donacions anés a parar a la bossa de Jack. Al final, els sacerdots van utilitzar aquelles donacions per pagar les seves despeses de viatge, mentre que Aliena i Jack van haver de pagar-se les seves despeses. A l'arquebisbe li hauria anat millor si hagués confiat en Jack.

Van anar a Cherbourg de camí a Barfleur, on prendrien el vaixell cap a Wareham. Jack va saber que alguna cosa anava malament abans que arribessin al centre del petit poble de costa. La gent no mirava la Verge de les Llàgrimes.

Miraven Jack.

Els sacerdots se'n van adonar al cap d'una estona. Portaven la figura sobre un petit tabernacle de fusta, com feien sempre que entraven a una ciutat.

—¿Què passa? —va preguntar Reynold a Jack, quan una multitud creixent els va començar a seguir.

—No ho sé.

—Estan més interessats en tu que en la figura. ¿Has estat aquí?

—Mai.

—Els qui es fixen en Jack són els més grans. Els joves sí que miren l'estatueta —va observar Aliena.

Tenia raó. Els nens i els joves reaccionaven amb curiositat davant la figura. Era la gent de mitjana edat qui mirava Jack. Aquest va intentar tornar-los la mirada, i va advertir que la seva actitud els atemoria. Un, en veure'l, va començar a senyar-se.

—¿Què tenen contra mi? —es va preguntar en veu alta.

No obstant això, la seva processó atreia seguidors amb la mateixa rapidesa de sempre i van arribar a la plaça del mercat amb una multitud darrere. Van col·locar la Verge a terra, davant l'església. A l'aire hi surava una olor d'aigua salada i peix fresc. Unes quantes persones van entrar al temple. El que solia passar a continuació era que sortia el rector i parlava amb Reynold i Edward. Es discutia i es donaven explicacions i després s'entrava la figura a l'església, on podia plorar. La Verge només els havia fallat en una ocasió, un dia fred, quan Reynold va insistir a exposar-la malgrat l'advertència de Jack que era possible que no passés res. Ara ja acceptaven els seus consells.

Aquell dia el temps era perfecte, però alguna cosa no funcionava. A les cares embrunides i colrades dels mariners i pescadors que els rodejaven es reflectia un temor supersticiós. Els joves percebien la inquietud dels grans, i tothom es mostrava suspicaç i una mica hostil. Ningú no es va acostar al petit grup per fer preguntes sobre la imatge. Es quedaven a una certa distància, parlant en veu baixa i esperant que passés alguna cosa.

Al final va aparèixer el sacerdot. A les altres ciutats el capellà s'havia acostat amb cautelosa curiositat. El de Cherbourg, com si fos un exorcista, amb la creu alçada davant seu com un escut, i portant un calze amb aigua beneita a l'altra mà.

—¿Què es deu pensar que ha de fer... foragitar els dimonis? —va preguntar Reynold.

El sacerdot va avançar pronunciant unes paraules en llatí i es va acostar a Jack. Després, li va dir en francès:

—T'ordeno a tu, esperit diabòlic, que tornis al lloc dels fantasmes. En el nom...

—Jo no sóc cap esperit, boig del dimoni! —va exclamar Jack, irritat.

—...del Pare, del Fill i de l'Esperit Sant... —va prosseguir el sacerdot.

—Viatgem per ordre de l'arquebisbe de Canterbury —va protestar Reynold—. Ell mateix ens ha beneït.

—No és cap esperit. El conec des dels dotze anys —va dir Aliena.

El sacerdot va començar a mostrar-se insegur.

—Sou l'esperit d'un home d'aquest poble que va morir fa vint-i-quatre anys —va al·legar.

Unes quantes persones d'entre aquella gentada s'hi van mostrar d'acord, i el sacerdot va començar de nou amb el seu conjur.

—Només tinc vint anys —va protestar Jack—. Potser només m'assemblo a l'home que va morir.

Algú va sortir d'entre la gentada.

—No és que t'hi assemblis —va dir—, és que ets clavat... Ets el mateix, no has canviat des del dia de la teva mort.

La multitud murmurava, esgarrifada. Jack, ja molt nerviós, va mirar a qui li parlava. Era un home d'uns quaranta anys, de barba grisa, que vestia com un artesà pròsper o un petit comerciant. No era un d'aquells individus histèrics. Jack s'hi va dirigir.

—Els meus companys em coneixen —va dir—. Dos són sacerdots. La dona és la meva esposa. El nadó, el meu fill. ¿Ells també són esperits?

L'home va semblar que dubtava.

Aleshores va parlar una dona de cabells blancs.

—¿Que no em coneixes, Jack?

Jack va fer un petit sotrac, com si hagués rebut una punxada. Començava a estar espantat.

—¿Com sabeu el meu nom? —li va preguntar.

—Perquè sóc la teva mare —va contestar ella.

—No ho sou! —va cridar Aliena, i Jack també va detectar una nota de pànic en la seva veu—. Conec la seva mare, i no sou pas vós! ¿Què està passant aquí?

—Màgia demoníaca —va sentenciar el sacerdot.

—Espereu un minut —va demanar Reynold—. És possible que Jack estigués emparentat amb l'home que va morir. ¿Tenia fills?

—No —va respondre amb fermesa l'home de la barba canosa.

—¿N'esteu segur?

—Mai no va arribar a casar-se.

—No és necessari.

Una o dues persones van riure. El sacerdot els va mirar amb severitat.

—Va morir als vint-i-quatre anys i *aquest* Jack només en té vint —va dir l'home de la barba grisa.

—¿Com va morir? —va preguntar Reynold.

—Ofegat.

—¿Vau veure el cos?

Es va fer el silenci.

—No, mai no vaig veure el seu cos —va respondre l'home de la barba grisa.

—¿Algú ho va veure? —va insistir Reynold, alçant la veu davant l'anunci de la victòria.

Ningú no va contestar.

—¿Viu, el teu pare? —va preguntar Reynold, dirigint-se a Jack.

—Va morir abans que jo nasqués.

—¿Què feia?

—Era joglar.

Va córrer un murmuri entre la multitud.

—El meu Jack era joglar —va dir la dona dels cabells blancs.

—Però *aquest* Jack és paleta —va afirmar Reynold—. Jo mateix he vist la seva feina. No obstant això, sí que pot ser fill del trobador. —Es va girar cap a Jack.— ¿Com es deia el teu pare? Suposo que Jack Jongleur, ja que era joglar.

—L'anomenaven Jack Shareburg.

El sacerdot va repetir el nom, pronunciant-lo de manera lleugerament diferent.

—¿Jacques Cherbourg?

Jack estava estupefacte. Mai no havia entès el nom del seu pare, però ara estava clar. Com a tants homes viatgers, se l'anomenava pel nom de la ciutat de la qual era originari.

—Sí —va repetir Jack astorat—. És clar. Jacques Cherbourg.

Al final havia trobat el rastre del seu pare, molt de temps després d'haver renunciat a seguir buscant. Havia recorregut tota Normandia. Per fi havia trobat resposta a l'interrogant. Sentia satisfacció, però també cansament, com si acabés de deixar a terra un feixuc fardell, després d'haver-lo carregat durant un llarg camí.

—Llavors tot ha quedat clar —va afirmar Reynold, girantse amb expressió triomfal cap a la multitud—. Jacques Cherbourg no es va ofegar, va sobreviure. Va estar a Anglaterra, va viure allà durant un temps, va deixar embarassada una noia i va morir. La jove va parir un nen a qui va posar el nom del seu pare. Jack ara té vint anys, i és idèntic al seu pare quan vivia aquí en fa vint-i-quatre. —Va mirar al sacerdot.— No calen exorcismes, pare. És només una reunió de família.

Aliena va passar el braç per darrere del de Jack i li va prémer la mà. Estava estupefacte. Tenia un centenar de preguntes per fer, però no sabia per on començar. En va llançar una a l'atzar.

—¿Per què esteu tan segurs que va morir?

—Tots els que anaven a bord del *White Ship* van morir.

—¿El *White Ship*?

—Recordo què va passar —va intervenir Edward—. Va ser un desastre de grans repercussions. Hi va morir ofegat l'hereu del tron. Després, Maud es va convertir en l'hereva i aquest és el motiu que tinguem Stephen.

—Però, ¿per què anava en aquest vaixell? —va preguntar Jack.

Li va contestar l'anciana que havia parlat abans.

—Havia d'entretenir els nobles durant el viatge —va contestar l'anciana, mirant a Jack—. Llavors tu deus ser el seu fill. El meu nét. Sento haver cregut que eres un esperit. T'hi assembles tant!

—El teu pare era el meu germà —va explicar l'home de la barba grisa—. Sóc el teu oncle Guillaume.

Jack va comprendre aleshores, amb alegria, que aquella era la família que tant havia anhelat, els parents del seu pare. Ja no estava sol al món. Al final havia trobat les seves arrels.

—Bé, aquest és el meu fill Tommy —va dir—. Mireu els seus cabells roigs.

La dona dels cabells blancs va mirar el menut amb afecte.

—Per les ànimes beneïdes! —va exclamar després, una mica sobresaltada—. Sóc besàvia!

Tots van riure.

—Em pregunto com hi deuria arribar, a Anglaterra, el meu pare —va dir Jack.

CAPÍTOL 13

I

—Així doncs, Déu va dir a Satanàs: «Mira aquest home, Job. Mira-te'l. És un home bo com no n'hi ha gaires.» —Philip va fer una pausa per causar més efecte; naturalment, allò no era cap traducció, sinó una versió lliure de la història.— «Digue'm si no és un home perfecte i recte, temorós de Déu i que no comet pecats.» I Satanàs va dir: «És natural que t'adori. Li has donat tot el que pot desitjar. Set fills i tres filles. Set mil ovelles i tres mil camells, més cinc-centes parelles de bous i cinc-cents ases. Aquesta és la raó per la qual és un home bo.» De manera que Déu va dir: «Molt bé. Desposseeix-lo de tot i veuràs què passa.» I això va ser precisament el que va fer Satanàs.

Mentre Philip predicava, la seva ment tornava tota l'estona a una misteriosa carta que havia rebut aquell mateix matí de l'arquebisbe de Canterbury. Començava felicitant-lo perquè tenia en el seu poder la miraculosa Verge de les Llàgrimes. Philip ignorava què podia ser una «verge de les llàgrimes», però del que sí que estava convençut era que ell no en tenia cap. L'arquebisbe es felicitava que Philip hagués reprès la construcció de la nova catedral. Philip no havia fet res de tot això. Esperava un senyal de Déu abans de començar a fer res i, mentrestant, celebrava els oficis del diumenge a la nova església parroquial, més aviat petita. Finalment, l'arquebisbe Theobald lloava la seva agudesa per haver designat un mestre constructor que havia treballat al nou presbiteri de Saint-Denis. En efecte, Philip havia sentit a parlar de l'abadia de Saint-Denis i del famós abat Suger, l'eclesiàstic més poderós del regne de França, però no sabia res del nou presbiteri que hi havien aixecat, i tampoc havia designat cap mestre constructor. Se li va acudir que potser la carta anava destinada a una altra persona i que l'hi havien enviat a ell per error.

—Ara bé, ¿què va dir Job quan va perdre totes les riqueses i van morir els seus fills? ¿Va maleir Déu? ¿Va adorar Satanàs? No! Va dir: «Vaig néixer despullat i moriré despullat. El Senyor ho dóna i el Senyor ho pren. Beneït sigui el Nom del Senyor!» Això és el que va dir Job. I llavors Déu va dir a Satanàs: «Ja t'ho havia dit.» I Satanàs va dir: «Molt bé, però continua tenint salut, ¿oi? I un home és capaç de qualsevol cosa sempre que tingui bona salut.» I Déu va veure que havia de fer patir Job encara més per demostrar com era, i va dir: «Llavors fes que emmalalteixi i observa.» I Satanàs va fer que Job emmalaltís: va quedar cobert de pústules de cap a peus.

A les esglésies començaven a fer-se sermons més sovint. Quan Philip era jove, només n'hi havia de tant en tant. L'abat Peter hi era contrari: deia que predisposaven el sacerdot a sentir-se pagat d'ell mateix. Un punt de vista antiquat sostenia que els fidels havien de ser simples espectadors, testimonis silenciosos dels misteriosos ritus sagrats, escoltar les paraules en llatí encara que no les entenguessin i confiar cegament en la intercessió del sacerdot. Però les idees havien canviat. Els pensadors progressistes ja no veien els fidels com a observadors muts d'una cerimònia mística. Es considerava que l'Església havia d'integrar-se del tot en la vida quotidiana de la gent. Havia de marcar les fites de l'existència de cadascú, des del bateig fins a l'extremunció i la sepultura en terra sagrada, passant pel matrimoni i el naixement dels fills. Podia ser el senyor, el jutge, l'empleat o el client. Dels cristians cada cop s'esperava més que ho fossin cada dia, no tan sols els diumenges. Segons el punt de vista modern, necessitaven alguna cosa més que els ritus. Necessitaven explicacions, normes, encoratjament, exhortació.

—També he de dir-vos que crec que Satanàs va tenir una conversa amb Déu a propòsit de Kingsbridge —va prosseguir Philip—. Crec que Déu va dir a Satanàs: «Mira la meva gent de Kingsbridge. ¿Que potser no són bons cristians? Mira com treballen amb afany al llarg de la setmana als seus camps i tallers i després es passen el diumenge construint una nova catedral per a mi. Digue'm, si pots, que no és bona gent!» I Satanàs va dir: «Són bons perquè les coses els van bé. Els has donat bones collites i un temps favorable, clients per als seus negocis i protecció contra els comtes malvats. Però si els arrabasses tot això es giraran en contra teva.» Així doncs, Déu va preguntar: «¿Què vols que faci?» I Satanàs va respondre: «Incendiar la ciutat.» I Déu va dir: «Molt bé, incendia-la i veurem què passa.» De manera que Satanàs va enviar William Hamleigh perquè, a sang i a foc, posés fi a la nostra fira del velló.

A Philip, la història de Job el consolava immensament. Com Job, Philip havia treballat molt dur al llarg de la seva vida per acomplir la voluntat de Déu. Igual que Job, només havia rebut mala sort, fracassos i ignorància com a resposta. Però la finalitat del sermó era aixecar la moral de la gent de la ciutat, i Philip creia que ho estava aconseguint. Però la història no havia acabat.

—I llavors Déu va dir a Satanàs: «¿Que no ho veus? Has fet que tota la ciutat cremi fins als fonaments i *encara* em continuen construint una catedral nova. Ara digue'm si no són bona gent!» Però Satanàs va replicar: «Vaig ser massa indulgent amb aquesta gent. La majoria es van salvar de l'incendi i, tan aviat com van poder, van reconstruir les casetes de fusta. Deixa'm que els enviï un veritable desastre i llavors veurem què passa.» Déu va sospirar i va preguntar: «I doncs, ¿què penses fer, ara?» I Satanàs va respondre: «Faré que el sostre de l'església s'esfondri i els caigui damunt del cap.» I així ho va fer..., com tothom sap.

Quan va recórrer amb la mirada els fidels congregats, va veure que eren molt pocs els que no havien perdut cap parent en aquella espantosa catàstrofe. Allà hi havia la viuda Meg, que havia perdut un bon marit i tres fills mossos en esfondrar-se el sostre. D'aleshores ençà, no havia pronunciat ni una sola paraula i els cabells se li havien tornat blancs. N'hi havia que havien patit mutilacions. A Peter Pony el sostre ensorrat li havia esclafat una cama i ara caminava coix. Abans es dedicava a capturar cavalls, però des de l'accident treballava amb un germà que fabricava selles de muntar. Amb prou feines hi havia una família a la ciutat que no hagués patit les conseqüències de l'esfondrament.

Assegut a terra, a primera fila, hi havia un home que havia quedat paralític. Philip va arrufar les celles. ¿Qui era aquell individu? No recordava que hagués quedat invàlid en desplomar-se la volta. De fet, no l'havia vist mai. Després, va recordar que li havien dit que per la ciutat rondava un pidolaire esguerrat que dormia a les runes de la catedral. Philip havia ordenat que li facilitessin un llit a dispesa.

La seva ment ja tornava a divagar. Va reprendre el fil del sermó.

—I, ¿què va fer Job? La seva dona li va dir: «Maleeix Déu i mor!» Però, ¿ho va fer? No. ¿Va perdre la fe? No. Satanàs estava decebut amb Job. I jo us dic... —Philip va aixecar la mirada amb un gest dramàtic per subratllar les seves paraules.— Jo us dic que Satanàs estarà decebut amb la gent de Kingsbridge! Perquè nosaltres continuarem adorant Déu, tal com va fer Job malgrat les seves tribulacions.

Va fer una nova pausa per deixar que ho païssin bé; però es va adonar que havia fracassat en l'intent de commoure'ls. Les cares que el miraven semblaven interessades, però no engrescades. Ben mirat, ell no era cap predicador, no era una persona capaç de despertar entusiasmes. Era un home que tocava de peus a terra. Comptant només amb la seva personalitat, no atrauria mai cap congregació. Si bé era cert que la gent arribava a mostrar-li una lleialtat intensa, aquesta lleialtat no es produïa mai de forma instantània, sinó que s'anava afermant amb el temps, a poc a poc, quan els altres arribaven a entendre tot el que havia aconseguit. La seva feina potser sí que inspirava la gent, o ho havia fet alguna vegada, però mai les seves paraules.

Tot i així, encara faltava la part més bona de la història.

—¿Què li va passar a Job després que Satanàs l'hagués fet passar per les pitjors vicissituds? Déu li va donar més del que havia tingut al principi. Li va donar el doble! Allà on havien pasturat set mil ovelles, ara n'hi havia catorze mil. Els tres mil camells que havia perdut van ser substituïts per sis mil. I va tenir set nois més i tres filles més.

Ningú no semblava gaire emocionat. Philip no es va desanimar.

—Arribarà un dia en què la prosperitat tornarà a Kingsbridge. Les viudes es tornaran a casar i els vidus trobaran una esposa. Les dones que han perdut algun fill tornaran a concebre. Els nostres carrers estaran plens de gent i els nostres comerços de pa i vi, cuir, llautó, sivelles i sabates. I un dia, reconstruirem la catedral.

Però, com que ni ell mateix n'estava gaire convençut, del que deia, potser per això no podia semblar convincent. No era estrany que els fidels congregats allà es quedessin impassibles.

Va abaixar la mirada cap al llibre gruixut que tenia davant i que havia estat traduït del llatí a l'anglès.

—«I Job va viure després d'això cent quaranta anys més, i va veure els seus fills i els fills dels seus fills fins a la quarta generació. I va morir molt ancià i satisfet.»

Es va produir una mica de rebombori al fons de la petita església. Philip va aixecar la vista, irritat. Definitivament, el seu sermó no havia produït l'efecte que esperava, però malgrat tot volia que, en acabar, la gent guardés una mica de silenci. La porta del temple estava oberta i els que eren al fons miraven cap enfora. El prior va observar que s'hi havia aplegat una gentada. ¿Què estava passant?

Se li van acudir unes quantes possibilitats: una baralla, un incendi, algú que es moria, un grup de genets que s'acostava..., però ni per un instant s'hauria imaginat el que estava passant en realitat. Primer, van arribar dos sacerdots que portaven una figura en forma de dona sobre un tauló cobert, amb unes tovalles brodades. El port solemne dels eclesiàstics donava a entendre que l'estatueta representava una santa, amb tota probabilitat la Verge. Darrere dels sacerdots, avançaven dues persones més, i això va ser el que va fer que Philip es posés les mans al cap. Eren Aliena i Jack!

Philip va mirar Jack amb afecte i exasperació al mateix temps. «Dimoni de noi!», va pensar. El dia que va arribar a Kingsbridge es va incendiar la vella catedral, i des d'aleshores tot el que havia tingut a veure amb ell no havia estat normal. Però la veritat és que Philip estava més content que irritat. Malgrat totes les dificultats que Jack havia ocasionat, no es podia negar que ho feia tot més interessant. Va observar que ja no era un noi. Havia passat dos anys fora, però n'havia envellit deu i la seva mirada era la d'un home cansat i experimentat. ¿On havia estat? I, ¿on s'havia trobat amb Aliena?

La processó va avançar cap al centre de l'església. Philip va decidir no fer res i esperar els esdeveniments. Es va aixecar un murmuri general d'excitació quan la gent va reconèixer Jack i Aliena. Després, es va poder sentir una cosa diferent: exclamacions d'incredulitat i algú que va cridar:

—Està plorant!

Altres veus van repetir aquestes paraules com en una lletania.

—Està plorant, està plorant!

Philip va examinar la figura. En efecte, dels seus ulls rajava aigua. De sobte va recordar la misteriosa carta de l'arquebisbe sobre la miraculosa Verge de les Llàgrimes. De manera que es tractava d'això! Tant si els plors eren un miracle com si no, Philip preferia reservar-se l'opinió. Podia veure que els ulls estaven fets de pedra, o potser d'alguna mena de cristall, mentre que la resta de l'estatueta era de fusta. Potser el fenomen hi tenia alguna cosa a veure.

Els sacerdots van fer mitja volta i van col·locar el tauló a terra, de manera que la imatge de la Verge estigués de cara als fidels. Va ser llavors que Jack va començar a parlar.

—La Verge de les Llàgrimes m'ha arribat provinent d'un país molt i molt llunyà.

A Philip no li va agradar que Jack s'apropiés de l'ofici diví, però va decidir no actuar amb precipitació. Deixaria que Jack digués el que es proposava. A més, estava intrigat.

—Me la va donar un sarraí convers —va prosseguir Jack.

Entre els fidels es va produir un murmuri de sorpresa. En aquesta mena d'històries, els sarraïns eren, en general, l'enemic bàrbar de cara fosca, i molt pocs sabien que alguns sarraïns s'havien convertit al cristianisme.

—Al principi, em preguntava per què me l'havien donada a mi. Però la vaig carregar moltes milles.

Jack tenia els fidels pendents de les seves paraules. «És molt més bon predicador que jo», va pensar Philip, «la gent se l'escolta molt atentament.»

—Fins que al final vaig començar a entendre que, el que ella volia, era tornar a casa —va continuar Jack—. I casa seva... ¿on era? Finalment ho vaig descobrir. Volia venir a Kingsbridge.

Es va tornar a sentir un murmuri de sorpresa. Philip no ho veia gens clar. Hi havia una diferència entre la manera de fer de Déu i la de Jack. Tot allò portava, sens dubte, el segell de Jack. Però Philip es va quedar en silenci.

—Però llavors em vaig dir: «¿On la puc portar? ¿A Kingsbridge trobarà una capella adequada? ¿A quina església trobarà repòs, a la fi?» —Va mirar tot al voltant, el senzill interior emblanquinat de l'església parroquial, com dient: «Aquesta, per descomptat, no serveix.»— I va ser com si ella hagués parlat i em digués: «Tu, Jack Jackson, faràs una capella per a mi i em construiràs una església.»

Philip va començar a entendre què maquinava Jack. La Verge de les Llàgrimes era la guspira que prendria de nou l'entusiasme del poble per fer una nova catedral. Aconseguiria el que el sermó de Philip sobre Job no havia aconseguit. Amb tot, Philip continuava preguntant-se si allò era la voluntat de Déu o només idea de Jack.

—De manera que li vaig preguntar: «¿Amb què? No tinc diners.» I ella va respondre: «Jo te'n proveiré.» Així doncs, ens vam posar en marxa amb la benedicció de l'arquebisbe Theobald de Canterbury. —En sentir esmentar l'arquebisbe, Jack va mirar Philip de reüll.

«M'està dient alguna cosa», va pensar el prior. «Està dient que ve amb un suport poderós al darrere.»

Jack va tornar a dirigir la mirada cap als fidels.

—I, al llarg de tot el camí, des de París, a través de Normandia, creuant el mar i després de camí a Kingsbridge, cristians devots han donat diners per a la construcció de la capella de la Verge de les Llàgrimes.

A continuació, Jack va fer un senyal a algú que es trobava a l'exterior.

Tot seguit, dos sarraïns amb turbant van entrar solemnement a l'església amb un cofre a coll.

Els habitants de Kingsbridge van retrocedir atemorits. Fins i tot Philip estava meravellat. Sabia que, en teoria, els sarraïns tenien la pell morena, però mai no n'havia vist cap i, així, de carn i ossos, li semblaven sorprenents. Els seus vestits de tots colors també eren molt cridaners. Van avançar entre els meravellats fidels i es van agenollar davant la Verge. Amb un gest reverent, van dipositar el cofre a terra.

Es va sentir un soroll semblant al d'una cascada i del cofre va brollar un raig de penics de plata; centenars, milers de penics. La gent s'amuntegava per mirar-los. Ningú no havia vist tants diners junts en la vida.

Jack va alçar la veu per fer-se sentir per damunt de les exclamacions d'astorament dels curiosos.

—L'he portat a casa i ara l'entrego per a la construcció de la nova catedral. —Es va girar i va clavar els ulls als de Philip, mentre feia una lleu inclinació amb el cap, com dient: «Ara us toca a vós.»

Philip no suportava que el manipulessin d'aquella manera, encara que, al mateix temps, no tenia altre remei que reconèixer que tot allò s'havia portat amb una mestria inigualable. Però allò no volia dir que ho hagués d'admetre així com així. La gent podria aclamar la Verge de les Llàgrimes, però a Philip corresponia decidir si es podia quedar a la catedral de Kingsbridge al costat dels ossos de sant Adolf. I encara no n'estava convençut.

Alguns fidels van començar a fer preguntes als sarraïns. Philip va baixar del púlpit i es va acostar per escoltar.

—Vinc d'un país molt, molt llunyà —deia un d'ells.

El prior va quedar sorprès en sentir que parlava un anglès molt semblant al dels pescadors de Dorset, però la majoria dels vilatans ni tan sols sabia que els sarraïns tinguessin llengua pròpia.

—¿Com es diu el teu país? —li va preguntar algú.

—Àfrica —va contestar el sarraí.

Evidentment, a diferència de gairebé tots els vilatans, Philip sabia que a Àfrica hi havia més d'un país, i es preguntava a quin d'aquests països pertanyia el sarraí. Seria molt excitant que provingués d'algun dels països que esmentava la Bíblia, com Egipte o Etiòpia.

Una nena va allargar tímidament un dit i va tocar la mà morena. El sarraí li va somriure. A banda del color, va pensar Philip, el seu aspecte no era gaire diferent de la resta de gent.

—¿Com és Àfrica? —va preguntar la nena, menys cohibida.

—Hi ha grans deserts i arbres que fan figues.

—¿Què són figues?

—És..., és una fruita, que s'assembla a la maduixa i té el gust de la pera.

A Philip el va assaltar una terrible sospita.

—Digue'm, sarraí, ¿on has nascut? —li va preguntar.

—A Damasc —va respondre l'home.

La sospita es va veure confirmada. Philip estava furiós. Va agafar Jack pel braç i se'l va endur a part.

—¿A què jugueu? —el va inquirir en un to iracund, tot i que mesurat.

—¿Què voleu dir? —va preguntar Jack, mirant de fer-se l'innocent.

—Aquests dos homes no són sarraïns. Són pescadors de Wareham amb la cara i les mans pintades.

No semblava que a Jack el preocupés gaire que l'haguessin descobert.

—¿Com ho heu endevinat? —li va preguntar fent una ganyota.

—No crec que aquest home hagi vist una figa en sa vida. I Damasc no és a l'Àfrica. ¿Què significa aquesta farsa?

—És un engany inofensiu —va contestar Jack mentre esbossava un simpàtic somriure.

—Els enganys inofensius no existeixen —va replicar Philip amb fredor.

—Molt bé. —Jack va comprendre que Philip estava enfadat i es va posar seriós.— El seu objectiu és el mateix que un dibuix acolorit en una pàgina de la Bíblia. No és la veritat, sinó una il·lustració. Els meus amics de Dorset pintats de marró es limiten a representar el fet real que la Verge de les Llàgrimes prové de terres sarraïnes.

Els dos sacerdots i Aliena s'havien apartat de la gentada que s'aplegava al voltant de l'estatueta i van anar a trobar Philip i Jack.

—Ningú no s'espanta davant el dibuix d'una serp —va afegir aquest últim—. Una il·lustració no és cap bola.

—Els teus sarraïns no són cap il·lustració, són impostors i prou —va replicar Philip fent cas omís dels altres.

—Des que s'hi han incorporat els sarraïns hem recollit molts més diners —va objectar Jack.

Philip va mirar els penics del terra.

—Els vilatans es deuen creure que amb això n'hi ha prou per construir tota una catedral —va dir—. A mi em fa la impressió que aquí hi ha prop d'un centenar de lliures. Saps prou bé que amb això ni tan sols cobrim un any de feina.

—Els diners són com els sarraïns —va contestar Jack—, una cosa simbòlica. Sabeu que teniu els diners per començar a construir.

Això era veritat. No hi havia res que impedís a Philip posar novament en marxa les obres. La Verge de les Llàgrimes era només l'incentiu que calia per fer tornar la vida a Kingsbridge. Atrauria gent a la ciutat, pelegrins i estudiosos, així com curiosos que no tinguessin res millor a fer. Donaria un nou impuls a la vitalitat ciutadana. Se la consideraria un bon presagi. Philip havia estat esperant un senyal de Déu i anhelava realment creure que fos allò. Però, és clar, no feia la impressió que fos així. Semblava més aviat una trapelleria de Jack.

—Sóc Reynold i aquest és Edward, treballem per a l'arquebisbe de Canterbury —va dir el sacerdot més jove—. Ell ens ha enviat per acompanyar la Verge de les Llàgrimes.

—Si teniu la benedicció de l'arquebisbe, ¿per què necessiteu un parell de falsos sarraïns per donar legitimitat a la Verge? —els va preguntar Philip.

Edward va semblar una mica avergonyit.

—Ha estat idea de Jack, però confesso que jo no hi vaig trobar res de dolent. ¿No tindreu pas dubtes sobre la Verge, Philip? —va preguntar Reynold.

—M'hauries de tractar de pare —va contestar el prior amb una veu tallant—. Que treballis per a l'arquebisbe no et dóna dret a mostrar-te confiat amb els teus superiors. La resposta a la teva pregunta és que sí. Tinc dubtes respecte de la Verge de les Llàgrimes. No instal·laré aquesta estatueta al recinte de la catedral de Kingsbridge fins que no tingui la convicció que es tracta d'una imatge sagrada.

—Una figura de fusta que plora —va argüir Reynold—. ¿Quin altre miracle voleu?

—Els plors no tenen explicació, però això no els converteix en un miracle. També és inexplicable la transformació de l'aigua líquida en gel sòlid. Però no és cap miracle.

—L'arquebisbe estarà molt decebut si la rebutgeu. Va haver de lliurar una autèntica batalla per evitar que l'abat Suger n'ordenés la permanència a Saint-Denis.

Philip sabia que l'estaven amenaçant. «El jove Reynold haurà d'esforçar-se molt més si vol intimidar-me», va pensar.

—Estic segur que l'arquebisbe no voldrà que accepti la figura de la Verge de les Llàgrimes sense fer abans algunes indagacions de rutina respecte a la seva legitimitat —va respondre en un to afable.

Es va sentir un moviment a terra. Philip va mirar avall i va veure l'esguerrat en qui ja s'havia fixat abans. El desgraciat avançava penosament per terra, arrossegant les cames paralitzades, intentant acostar-se a la figura. En qualsevol direcció que es mogués trobava el pas tancat per la gent. Philip es va fer automàticament a un costat per deixar-li el camí lliure. Els sarraïns continuaven vigilant que la gent no toqués l'estatueta, però no van advertir la presència de l'esguerrat. Philip va veure que l'home allargava la mà. En circumstàncies normals, el prior hauria impedit que algú toqués una relíquia sagrada, però encara no havia acceptat aquella imatge com a tal, de manera que el va deixar fer. L'esguerrat va tocar la vora de la túnica de fusta. De sobte, va llançar un crit triomfal.

—Ho puc sentir! —va començar a cridar—. Ho puc sentir!

Tothom se'l va quedar mirant.

—Sento que em tornen les forces! —va vociferar.

Philip el va mirar incrèdul, sabent perfectament el que vindria després. L'home va doblegar una cama; després, l'altra.

Els badocs es van sobresaltar. L'esguerrat va estendre una mà i algú l'hi va agafar. Amb esforç, l'home va aconseguir posar-se dret.

La multitud estava enfervorida.

—Intenta caminar! —va cridar algú.

L'home, sense deixar anar la mà de qui li havia prestat ajuda, va mirar de fer una passa, després una altra. S'havia produït un silenci mortal. Hi va haver un sobresalt general. Però l'home, recuperant l'equilibri, va continuar caminant.

Es va produir una explosió de visques.

L'home va començar a caminar pel passadís. Al cap d'unes quantes passes, va arrencar a córrer. Els visques es van refermar en sortir per la porta de l'església a la llum del sol, seguit per la majoria de fidels.

Philip va mirar els dos sacerdots. Reynold estava meravellat i Edward plorava d'emoció. Era evident que no havien pres part en tot allò.

—¿Com has tingut la gosadia de recórrer a un truc tan groller? —va preguntar furiós Philip, girant-se cap a Jack.

—¿Truc? ¿Quin truc? —va dir Jack.

—Aquest home, ningú no l'havia vist mai per aquí. Va arribar fa pocs dies i d'aquí a dos o tres més desapareixerà amb les butxaques plenes dels teus diners, i ningú no el tornarà a veure mai més. Sé com es fan aquestes coses, Jack. Lamentablement, no ets la primera persona que simula un miracle. A aquest home no li ha passat res a les cames! És un altre pescador de Wareham.

L'acusació va quedar confirmada per l'expressió de culpabilitat de Jack.

—Ja et vaig advertir que no ho fessis, Jack —li va recordar Aliena.

Els dos sacerdots s'havien quedat de pedra. S'ho havien cregut de bona fe. Reynold estava furiós. Es va girar cap a Jack.

—No hi tenies cap dret! —va exclamar amb veu entretallada.

Philip estava tan trist com enfurismat. Al fons del seu cor, allotjava l'esperança que la Verge de les Llàgrimes fos autèntica, perquè sabia molt bé que contribuiria a revitalitzar el priorat i la ciutat, però no era la voluntat de Déu que fos així. Va recórrer amb la mirada la petita església parroquial. Allà només quedava un grup de fidels que continuaven mirant l'estatueta.

—Aquest cop has anat massa lluny! —va renyar Jack.

—Les llàgrimes són autèntiques, no hi ha cap truc —es va defensar—. Però reconec que això de l'esguerrat ha estat un error.

—Ha estat pitjor que un error —va dir Philip, enfadat—. Quan la gent sàpiga la veritat perdrà la fe en tots els miracles.

—¿Quina necessitat hi ha que sàpiguen la veritat?

—Perquè hauré d'explicar-los la raó per la qual la Verge de les Llàgrimes no s'instal·larà a la catedral, ja que, com et pots imaginar, no penso acceptar aquesta figura.

—Em sembla que és una decisió una mica precipitada... —va començar a dir Reynold.

—Quan vulgui la teva opinió, ja te la demanaré —va contestar Philip en un to aspre.

Reynold va tancar la boca. Però no Jack.

—¿Esteu segur que teniu dret a privar la vostra gent de la Verge? Mireu-los.

Va assenyalar un grup de fidels que havia quedat enrere. Entre ells hi havia la viuda Meg. Estava agenollada davant l'estatueta plorant a raig. Philip es va adonar que Jack ignorava que Meg havia perdut tota la seva família en l'esfondrament del sostre de l'església. L'emoció de la dona va commoure Philip, que es va preguntar si, al capdavall, Jack no devia tenir raó. ¿Per què privar la gent d'allò? «Perquè no és honrat», es va amonestar amb severitat. Creien en la figura perquè havien vist com operava un fals miracle. Es va forçar a mostrar-se insensible.

Jack es va agenollar al costat de Meg.

—¿Per què plores? —li va preguntar.

—És muda —li va advertir Philip.

—La Verge de les Llàgrimes ha sofert com jo —va dir llavors Meg—. Ella ho comprèn.

Philip no podia donar crèdit al que sentia.

—¿Ho veieu? L'estàtua li endolceix el patiment... ¿Com és que feu aquesta cara?

—Meg és muda —va repetir Philip—. No ha dit ni una sola paraula en tot un any.

—És veritat! —va exclamar Aliena—. Meg va emmudir després que el seu marit i els seus fills morissin per culpa de la volta.

—¿Aquesta dona? —va dir Jack—. Però si acaba...

Reynold semblava desconcertat.

—¿Voleu dir que això sí que és un miracle? —va preguntar—. ¿Un miracle de debò?

Philip va observar l'expressió de Jack. Estava tan sorprès com tothom. Aquest cop no hi havia trampa.

El prior semblava sincerament commogut. Havia vist que la mà de Déu s'aixecava i feia un miracle. Va tremolar una mica.

—Molt bé, Jack —va dir amb veu insegura—. Malgrat tot el que has fet per desacreditar la Verge de les Llàgrimes, sembla com si, després de tot, Déu tingués intenció de fer meravelles.

Per una vegada en la seva vida, Jack s'havia quedat sense paraules.

Philip va fer mitja volta i es va acostar a Meg. La va agafar amb totes dues mans i la va fer aixecar.

—Déu ha fet que tornis a estar bé, Meg —li va dir amb veu tremolosa per l'emoció—. Ara podràs començar una nova vida. —Llavors va recordar el seu sermó sobre la història de Job i li van tornar les paraules.— «I així el Senyor va beneir les darreries de Job més que els seus principis...»

Havia dit a la ciutat de Kingsbridge que el mateix s'esdevindria per a ells. En contemplar l'expressió extàtica de Meg, el rostre de la qual estava xop de llàgrimes, es va preguntar si aquest podria ser el començament d'una nova vida per a tothom.

A la sala capitular es va produir un tumult quan Jack va presentar l'esbós de la nova catedral.

Philip l'havia avisat: hi hauria dificultats. El prior, naturalment, ja havia vist els dibuixos. Un matí ben d'hora, Jack li havia portat a casa seva un plànol i un alçat, dibuixats sobre morter amb marcs de fusta. Els havien estudiat junts sota la clara llum del matí.

—Serà l'església més bonica d'Anglaterra, Jack —havia dit Philip—, però tindrem dificultats amb els monjos.

Jack sabia, ja que havia estat novici al priorat, que Remigius i la seva camarilla s'oposaven sistemàticament a qualsevol projecte que presentés Philip, tot i que ja havien transcorregut vuit anys d'ençà del seu triomf en l'elecció davant de Remigius. Gairebé mai no aconseguien un suport nombrós per part de la resta de germans, però aquella vegada Philip se sentia insegur. Eren gairebé tots tan conservadors que era d'esperar que un projecte tan revolucionari els espantés. No obstant això, no es podia fer res a banda de mostrar-los els dibuixos i mirar de convèncer-los. Certament, Philip no podia continuar endavant i construir la catedral sense el suport majoritari dels monjos.

L'endemà, Jack va anar a la sala capitular i va presentar els seus plànols. Els dibuixos estaven col·locats sobre un banc i adossats al mur. Els monjos es van aplegar al voltant per examinar-los. Mentre examinaven els detalls, el murmuri va anar pujant de to i es va convertir en batibull. Jack es va sentir desanimat. El to era desaprovador, fins i tot proper a la desqualificació. Les veus van anar pujant de to quan van començar a discutir entre ells, uns atacant l'esbós i els altres defensant-lo.

Al cap d'una estona, Philip els va cridar a l'ordre i es van tranquil·litzar.

—¿Per què són punxeguts els arcs? —va inquirir Milius, en una intervenció que havia estat preparada per endavant.

—Es tracta d'una nova tècnica utilitzada a França —va explicar Jack—. Ja l'he vista en unes quantes esglésies. L'arc ogival és més fort. Això és el que em permetrà aconseguir fer una església tan alta. Probablement serà la més alta d'Anglaterra.

Jack es va adonar que aquella idea els agradava.

—Les finestres són molt grans —va assenyalar un altre.

—Els murs gruixuts no són necessaris —va afirmar Jack—. Ho han demostrat a França. Són les pilastres les que suporten el pes, especialment amb la volta de nervadures. I l'efecte de les finestres grans és imponent. A Saint-Denis l'abat ha posat vitralls de colors amb imatges. L'església esdevé així un espai lluminós i alegre, en lloc d'un espai tenebrós i trist.

Uns quants monjos van moure el cap en senyal d'assentiment. «Potser no són tan conservadors, al capdavall», va pensar Philip.

Però el següent a parlar va ser Andrew, el sagristà.

—Fa dos anys eres un novici entre nosaltres. Vas ser castigat per haver atacat el prior i vas evitar el càstig fugint. I ara tornes com si res i ens dius com hem de construir la nostra església.

Abans que Jack tingués temps de parlar es va aixecar la protesta d'un dels monjos més joves.

—Això no té res a veure amb el que estem discutint! El que està en discussió és el projecte, no el passat de Jack!

Uns quants monjos van intentar parlar al mateix temps, alguns cridant com esperitats. Philip va fer callar tothom i va demanar a Jack que contestés la pregunta.

Jack havia esperat que passés una cosa així, i hi estava preparat.

—Vaig fer un pelegrinatge a Santiago de Compostel·la com a penitència per aquest pecat, pare Andrew, i tinc l'esperança que el fet d'haver-vos portat la Verge de les Llàgrimes es consideri una compensació per la meva iniquitat —va dir en un to mansoi—. No estic predestinat a ser monjo, però espero servir Déu a la meva manera, com a constructor d'aquesta catedral.

Va semblar que tothom acceptava l'al·legat.

Però Andrew no en tenia prou.

—¿Quina edat tens? —li va preguntar, tot i que ja en sabia la resposta.

—Vint anys.

—Ets molt jove per ser mestre constructor.

—Aquí tothom em coneix. He viscut a Kingsbridge d'ençà que era un nen. —«D'ençà que us vaig calar foc a l'església», hauria hagut de dir. Encara se'n sentia culpable.— Vaig fer el meu aprenentatge a les ordres del mestre constructor original. Heu vist com treballo la pedra. Quan era novici vaig treballar amb el prior Philip i amb Tom com a aprenent i artesà. Demano humilment als germans que em jutgin per la meva feina, no per la meva edat.

Era una altra tirallonga preparada. Va observar que un dels monjos somreia en sentir «humilment», i va pensar que potser no havia sospesat bé les seves paraules. Era ben sabut que entre les qualitats de Jack no figurava la humilitat.

Andrew va agafar al vol l'oportunitat que se li presentava.

—¿Humil, tu? —va exclamar mentre envermellia com si l'haguessin ofès—. No va ser precisament un acte d'*humilitat* anunciar als paletes de París tres mesos enrere que ja havies estat designat mestre constructor a Kingsbridge.

Es van tornar a aixecar murmuris de desaprovació entre els monjos. Jack es va lamentar en silenci. ¿Com dimonis havia arribat aquella informació a Andrew? Potser Reynold i Edward havien estat indiscrets.

—Esperava poder atreure d'aquesta manera alguns d'aquells artesans fins aquí —va contestar mentre es feia el silenci—. Seran útils, sigui qui sigui el mestre constructor. No crec que la meva presumpció pugui resultar perjudicial en cap sentit. —Va mirar d'esbossar un simpàtic somriure.— Però lamento no haver estat més humil.

Aquesta declaració no va tenir gaire bona acollida.

Milius el va treure del mal pas formulant una altra pregunta preparada amb antelació.

—¿Què et proposes fer amb el presbiteri actual, en part destruït?

—L'he examinat amb molt de compte —va contestar Jack—. Es pot reparar. Si avui em designeu constructor, en un any el posaré en condicions de ser utilitzat un altre cop. A més, podeu continuar fent-ne ús mentre construeixo els transseptes i la nau d'acord amb el nou projecte. Després, un cop enllestida la nau, proposo la demolició del presbiteri per construir-ne un de nou que harmonitzi amb la resta de l'església.

—Però, ¿com sabrem que el vell presbiteri no s'ensorrarà una altra vegada? —va inquirir Andrew.

—L'ensorrament va ser causat per la volta de pedra d'Alfred, que no estava inclosa en els plans originals. Els murs no eren prou forts per sostenir-la. Proposo tornar a utilitzar el projecte de Tom i construir un sostre de fusta.

Es van sentir murmuris de sorpresa. El motiu de l'ensorrament del sostre no havia deixat de ser un assumpte de controvèrsia.

—Però Alfred va augmentar la grandària dels contraforts per tal que suportessin un pes més gran —va objectar Andrew.

Allò també havia intrigat Jack, però es pensava que ja hi havia trobat una resposta.

—Encara no eren prou forts, sobretot a la part superior. Si estudieu les ruïnes comprovareu que la part de l'estructura que va cedir va ser el trifori. A aquell nivell, el reforç era molt fluix.

Allò va semblar que els satisfeia. Jack va tenir la impressió que la seva habilitat per donar una resposta decidida havia servit per afirmar la seva posició com a mestre constructor.

Remigius es va posar dret. Jack s'havia preguntat quan aportaria el seu granet de sorra.

—M'agradaria llegir un vers de les Sagrades Escriptures als germans capitulars —va dir en actitud teatral.

Va mirar Philip, i aquest li va donar el seu consentiment. Es va acostar al faristol i va obrir la gran Bíblia. Jack el va estudiar atentament. Aquella boca de llavis fins es movia contínuament amb un rictus nerviós, i tenia els aiguosos ulls blaus una mica sortits, cosa que li donava una permanent expressió d'indignació. Era la viva imatge del ressentiment. Feia anys havia arribat a creure que estava destinat a ser el capdavanter del priorat, però, en realitat, tenia un caràcter massa feble i ara ja estava condemnat a portar una existència grisa, intentant pertorbar homes millors que ell.

—El *Llibre de l'Èxode* —va salmodiar mentre passava els fulls del pergamí—. Capítol vint. Versicle catorze.

Jack es va preguntar què maquinava. Remigius va llegir:

—«No cometràs adulteri.»

Va tancar el llibre de cop i va tornar al seu seient.

—¿Vols dir-nos, germà Remigius, per què has escollit aquest breu versicle en plena discussió sobre els plans de construcció de la catedral? —va preguntar Philip, impacient.

Remigius va assenyalar Jack amb un dit acusador.

—Perquè l'home que vol ser el nostre mestre constructor està vivint en pecat! —va tronar.

Jack amb prou feines podia creure que parlés seriosament.

—És veritat que la nostra unió no ha estat beneïda per l'Església a causa de circumstàncies especials, però ens casarem tan aviat com vulgueu —va objectar indignat.

—No podeu. Aliena ja està casada —va afirmar Remigius en un to triomfal.

—Però aquesta unió mai no va arribar a consumar-se.

—No obstant això, la parella es va casar a l'església.

—Si no deixeu que m'hi casi, ¿com puc evitar cometre adulteri? —va preguntar Jack, enfadat.

—Prou! —va intervenir Philip.

Jack el va mirar. Semblava furiós.

—¿Estàs vivint en pecat amb l'esposa del teu germà, Jack? —li va preguntar.

Jack es va quedar de pedra.

—¿Que no ho sabíeu?

—Naturalment que no! —va rugir Philip—. ¿Que potser creus que si ho hagués sabut m'hauria quedat callat?

Es va fer el silenci. Philip no solia cridar. Jack es va adonar que s'enfrontava a un problema de debò. Sens dubte el seu delicte no era altra cosa que un tecnicisme, però tothom sabia que els monjos es mostraven molt estrictes respecte a aquestes coses. I el fet que Philip no hagués estat assabentat que vivia amb Aliena empitjorava la situació. Havia permès que Remigius agafés Philip per sorpresa i el deixés en ridícul. I ara Philip hauria de mostrar-se ferm i sever.

—Però no podeu construir una pobra església només per castigar-me —va dir Jack en un to planyívol.

—Hauràs de deixar la dona —va replicar Remigius amb delectació.

—Vés a pastar, Remigius —va replicar Jack—. Té un fill meu d'un any.

Remigius va tornar a seure amb expressió satisfeta.

—Si continues parlant d'aquesta manera a la sala capitular, hauràs de marxar, Jack —el va advertir Philip.

Jack sabia que s'hauria de calmar; però era superior a les seves forces.

—Però és que és ridícul! —va exclamar—. M'esteu dient que abandoni la meva dona i el meu fill! Això no és moralitat, és una fal·làcia.

Philip va semblar que es calmava i Jack va veure en els seus ulls clars la mirada de simpatia que li era més familiar.

—Jack, tu pots considerar de forma pragmàtica les lleis de Déu, però nosaltres ens estimem més ser una mica rígids... Per això som monjos. I no et podem contractar com a constructor si continues practicant l'adulteri.

Jack va recordar una cita de les Escriptures.

—Jesús va dir: «Qui estigui lliure de pecat que llanci la primera pedra.»

—Sí, però Jesús també va dir a la dona adúltera: «Vés i no tornis a pecar.» —I després, girant-se cap a Remigius, va afegir:— Si l'adulteri s'acabés, ¿puc suposar que retiraràs la teva oposició?

—És clar! —va assegurar Remigius.

Tot i que se sentia ofès i desgraciat, Jack va comprendre que Philip havia guanyat per mà a Remigius. Havia convertit l'adulteri en la qüestió decisiva, esquivant així el problema de fons: el nou projecte. Però Jack no estava disposat a acceptar-ho.

—No la penso deixar! —va afirmar.

—No serà per gaire temps.

Jack va fer una pausa. Allò l'havia agafat per sorpresa.

—¿Què voleu dir?

—Et podràs casar amb Aliena si obté l'anul·lació del seu primer matrimoni.

—¿Es pot fer, això?

—Seria automàtic si, com dius, el matrimoni no es va arribar a consumar.

—¿Què he de fer?

—Fer una petició a un tribunal eclesiàstic. En circumstàncies normals, seria el tribunal del bisbe Waleran, però en aquest cas probablement hauries de fer-ho directament a l'arquebisbe de Canterbury.

—¿I puc esperar que l'arquebisbe doni el seu consentiment?

—En justícia, sí.

Jack va comprendre a l'instant que aquella resposta no era totalment inequívoca.

—Però mentrestant, ¿haurem de viure separats?

—Així és..., si vols ser designat mestre constructor de la catedral de Kingsbridge.

—M'esteu demanant que esculli entre les dues coses que més estimo en aquest món —va dir Jack.

—Per poc temps —va matisar Philip.

El to de la veu del prior va atreure la mirada de Jack cap a ell. En el que deia, hi havia autèntica compassió. A Philip li sabia de debò molt de greu haver de fer una cosa així.

—¿Per quant de temps? —li va preguntar.

—Un any, aproximadament.

—Un any!

—No cal que visqueu en ciutats diferents —va aclarir Philip—. Podràs continuar veient Aliena i el nen.

—¿Sabeu que va anar fins a Espanya per buscar-me? —va preguntar Jack—. ¿Us ho podeu imaginar? —Però els monjos no tenien ni idea de què era l'amor.— I ara he de dir-li que hem de viure separats —va afegir amb amargor.

Philip es va alçar i va posar una mà sobre l'espatlla de Jack.

—T'asseguro que el temps passa més de pressa del que et penses —va dir—. I a més, estaràs ocupat..., construint la nova catedral.

II

En vuit anys el bosc havia crescut i havia canviat molt. Jack es pensava que mai no es podria perdre en un terreny que havia conegut com el palmell de la mà, però s'equivocava. Els antics corriols havien desaparegut sota la densa vegetació i uns altres havien estat calcigats per cérvols, senglars i ponis salvatges. Els rierols havien canviat el curs, molts arbres vells havien caigut i els plançons ara eren arbres grans. Tot semblava haver-se reduït, les distàncies feien la impressió de ser més curtes i els turons feien menys pendent. Però el més sorprenent de tot era que allà se sentia com un estrany. Quan un jove cérvol se'l va quedar mirant espantat a través d'un canyissar, Jack va ser incapaç de distingir a quina espècie pertanyia o de saber on era la seva mare. Un estol d'ànecs va alçar el vol, i Jack no va saber del cert de quina part de les aigües havien sortit i per què. I estava nerviós perquè no tenia ni idea d'on s'amagaven els proscrits.

Havia cavalcat una bona part del camí des de Kingsbridge, però va haver de descavalcar tan aviat com va sortir del camí principal, ja que els arbres creixien molt baixos sobre el corriol, i no podia continuar dalt del cavall. En tornar a visitar els llocs on caçava d'adolescent, es va sentir inexplicablement trist. Mai no havia apreciat, perquè mai no n'havia estat conscient, la senzillesa de la seva vida d'infant. La seva gran passió havien estat les maduixes, i sabia que uns quants dies de l'estiu tindria, escampades per terra, totes les maduixes que volgués. En la seva vida present, tot eren problemes. La seva difícil amistat amb el prior Philip, el seu amor frustrat per Aliena, la seva enorme ambició per construir la catedral més bonica del món, la seva necessitat vehement de descobrir la veritat sobre el seu pare...

Es preguntava si la seva mare deuria haver canviat gaire els dos darrers anys. Tenia moltes ganes de veure-la. De fet, se n'havia sortit molt bé tot sol, però resultava tranquil·litzador tenir a la vida algú sempre disposat a lluitar per tu, i havia trobat a faltar aquell sentiment reconfortant.

Va trigar tot el dia a arribar a la part del bosc on havia viscut amb la seva mare. Les tardes d'hivern cada cop eren més curtes i es feia fosc molt de pressa. Aviat hauria de renunciar a la recerca de la vella cova i dedicar-se a trobar un lloc prou arrecerat per passar-hi la nit. Faria fred. «¿Per què me'n preocupo?», va pensar. «Abans, passava totes les nits al bosc.»

Al final, va ser ella qui el va trobar a ell.

Però abans, Jack havia estat a punt de donar-se per vençut. Un corriol estret i gairebé invisible a través de la vegetació, amb tota probabilitat utilitzat només per teixons i guineus, quedava interromput per uns matolls. No tenia altre remei que refer el camí. Quan va fer girar cua al cavall, es va trobar de cop amb la seva mare.

—Has oblidat com moure't silenciosament pel bosc —li va retreure Ellen—. Se't sent des d'una milla al voltant.

Jack va somriure. No havia canviat.

—Hola, mare —va dir, i li va fer un petó a la galta. Després, en una expressió d'afecte, la va abraçar amb força.

Ellen li va tocar la cara.

—Estàs més prim que mai.

Jack la va mirar fixament. Estava morena i el seu aspecte era saludable. Conservava la cabellera abundant i fosca, sense ni un sol cabell blanc. Els seus ulls tenien el mateix color daurat i encara semblava que veiés a través de Jack.

—Segueixes sent la mateixa —li va dir.

—¿On vas anar? —li va preguntar ella.

—A Santiago de Compostel·la, i encara vaig arribar més lluny, a Toledo.

—Aliena et va anar a buscar...

—I em va trobar. Gràcies a tu.

—Me n'alegro. —Ellen va tancar els ulls com aixecant una pregària d'agraïment.— Estic tan contenta...

El va conduir a través del bosc fins a la cova, que era a un quilòmetre d'allí. Jack va pensar que, malgrat tot, no tenia tan mala memòria. Ellen havia encès una gran foguera de troncs i tres espelmes de joncs. Li va donar una gerra de sidra que havia fet amb pomes i mel silvestre, i van torrar castanyes. Jack no havia oblidat que hi havia moltes coses que una dona que vivia als boscos no podia fer tota sola, i havia portat a la seva mare ganivets, cordes, sabó i sal. Ellen va començar a escorxar un conill per ficar-lo a la cassola.

—¿Com estàs, mare? —va preguntar Jack.

—Bé —va replicar ella; després, en mirar-lo va comprendre que era una pregunta seriosa—. Trobo a faltar Tom —va afegir—; però és mort, i ja no m'interessa trobar ningú més.

—A banda d'això, ¿ets feliç, aquí?

—Sí i no. Estic acostumada a viure al bosc. M'agrada estar sola. No em vaig arribar a acostumar mai a aquells rosegaaltars que s'entestaven a dir-me què podia fer i què no. Però us trobo a faltar a tu, a Martha i a Aliena. I m'agradaria poder veure més sovint el meu nét. —Va somriure.— Però també sé que mai no podré tornar a viure a Kingsbridge, havent llançat una maledicció sobre una boda cristiana. El prior Philip no m'ho perdonarà mai. Tot i així, ha valgut la pena si he aconseguit que tu i Aliena a la fi estigueu junts. —Va aixecar la vista del que estava fent amb un somriure complagut.— ¿Com et va la vida de casat?

—Bé... —va dir Jack en un to vacil·lant—. Ja saps que a ulls de l'Església, Aliena encara està casada amb Alfred.

—No siguis beneit. ¿Què en sap, l'Església, d'això?

—Bé, saben qui està casat i no m'haurien deixat construir la nova catedral si hagués continuat amb la dona d'un altre home.

L'ombra de la ira va aparèixer a la mirada d'Ellen.

—¿I tu l'has deixat?

—Sí, fins que Aliena n'obtingui l'anul·lació.

Ellen va deixar la pell del conill a un costat. Fent servir un ganivet afilat, va començar a esquarterar-lo i, amb les mans tacades de sang, en va llençar els trossos a l'olla que bullia al foc.

—El prior Philip ja m'ho havia fet, quan vivia amb Tom —va dir mentre tallava la carn amb mà destra—. Sé per què es posa tan frenètic amb les persones que fan l'amor. És perquè no li està permès fer-ho a ell, i li molesta la llibertat que tenen els altres per gaudir. És clar que quan estan casats per l'Església no pot fer-hi res. Però, si no ho estan, els fa la punyeta, i això el fa sentir millor. —Va tallar les potes del conill i les va llençar a un cossi de fusta amb altres deixalles.

Jack va assentir. Havia acceptat l'inevitable, però cada cop que deia bona nit a Aliena i s'allunyava de la seva porta maleïa Philip i comprenia el ressentiment de la seva mare.

—I no obstant això, no és per sempre —va dir.

—¿Com s'ho ha pres, ella?

Jack va fer una ganyota.

—No gaire bé, però es considera culpable de la situació per haver-se casat amb Alfred.

—I és així. I tu també ets culpable per entossudir-te a construir esglésies.

Jack lamentava molt que la seva mare no compartís la seva passió.

—No val la pena construir cap altra cosa, mare. Les esglésies són més grans, més altes i més boniques, i tenen més ornaments i gravats que qualsevol altre edifici.

—I tu no estaries satisfet amb una cosa més petita.

—Això mateix.

Ellen va sacsejar el cap, perplexa.

—Mai no entendré d'on has tret la idea que estàs predestinat a alguna cosa gran. —Va llençar a l'olla la resta del conill i va començar a netejar la part interior de la pell.— Certament, no l'has heretat dels teus avantpassats.

Era l'ocasió que Jack esperava.

—Quan vaig ser a ultramar, mare, en vaig sentir a parlar, dels meus avantpassats.

Ellen va aixecar la mirada cap a ell i va exclamar:

—Per tots els sants! ¿Què vols dir?

—Vaig trobar la família del meu pare.

—Déu meu! —Va deixar la pell del conill.— ¿Com ho has aconseguit? ¿D'on són? ¿Quin aspecte tenen?

—A Normandia hi ha una ciutat que es diu Cherbourg. Era d'allà.

—¿Com en pots estar tan segur?

—M'hi assemblo tant, que es van pensar que n'era el fantasma.

Ellen es va deixar caure feixugament sobre un tamboret. Jack se sentia culpable per haver-li ocasionat aquest sobresalt, però no havia imaginat que la notícia li causaria aquella impressió.

—¿Com... com és la seva família?

—El seu pare va morir, però la seva mare encara viu. Es va mostrar molt afectuosa quan a la fi es va convèncer que jo no era el fantasma del meu pare. El seu germà gran és fuster i té una esposa i tres fills, els meus cosins. —Va somriure.— És magnífic, ¿no és cert? Tenim parents.

Aquella idea va semblar que trastornava Ellen, que es va mostrar desolada.

—Sento moltíssim no haver pogut criar-te en condicions normals, Jack.

—Jo no —va contestar ell, una mica molest, ja que quan la seva mare semblava que tenia remordiments ell se sentia molt incòmode, perquè no era propi d'ella—. Però estic content d'haver conegut els meus cosins. Fins i tot en el cas que no els tornés a veure mai més, és bo saber que són allà.

Ellen va assentir amb tristesa.

—Ho entenc.

Jack va respirar fondo.

—Estaven convençuts que el meu pare s'havia ofegat en un naufragi fa vint-i-quatre anys. Anava a bord d'un vaixell anomenat *White Ship*, que es va enfonsar a prop de la costa de Barfleur. Es van pensar que tothom havia mort. Però és evident que el meu pare va sobreviure. No obstant això, no se'n van arribar a assabentar, perquè mai no va tornar a Cherbourg.

—Va anar a Kingsbridge —va dir Ellen.

—Però, ¿per què?

La seva mare va sospirar.

—Es va agafar a un barril que el va arrossegar fins a la costa, a prop d'un castell —va explicar Ellen—. Va dirigir-se al castell per comunicar el naufragi. Allà va trobar uns quants barons poderosos a qui no va agradar que ell fos viu. El van fer presoner i el van portar a Anglaterra. Al cap d'uns mesos, i sense que ell sabés per què el tractaven d'aquella manera, va acabar a Kingsbridge.

—¿Va dir res més sobre el naufragi?

—Només que el vaixell es va enfonsar amb gran rapidesa, com si hi haguessin fet un forat.

—Sembla com si haguessin volgut treure-se'l d'enmig.

La seva mare va assentir.

—I després, en comprendre que no el podien mantenir eternament a la presó, el van matar.

Jack es va agenollar davant d'ella, obligant-la a mirar-lo.

—Però, ¿qui eren *ells*, mare? —va preguntar amb veu tremolosa per l'emoció.

—Ja m'ho havies preguntat abans.

—I tu mai no m'ho has dit.

—Perquè no vull que passis la vida mirant de venjar la mort del teu pare.

Jack va tenir la sensació que encara el tractava com un nen, ocultant-li coses que podien no ser bones per a ell. Va mirar de mostrar-se adult i conservar la calma.

—Em passaré la vida construint la catedral de Kingsbridge i portant nens al món amb Aliena, però vull saber per què van penjar el meu pare. I els únics que tenen la resposta són els homes que van declarar en fals contra ell. De manera que he de saber qui eren.

—Aleshores jo no en sabia els noms.

Jack sabia que la seva mare fugia d'estudi, i es va enfurismar.

—Però ara sí!

—Sí, els sé —va replicar ella, plorosa, i Jack va comprendre que tot allò li era tan penós com a ell—. I te'ls diré perquè m'adono que no deixaràs de preguntar-m'ho. —Va somicar i es va eixugar les llàgrimes.

Jack esperava amb ànsia.

—Eren tres. Un monjo, un sacerdot i un cavaller.

Jack la va mirar fixament.

—Els noms.

—¿Els preguntaràs si van mentir sota jurament?

—Sí.

—¿I esperes que t'ho diguin?

—Potser no. Els miraré als ulls mentre els interrogui i potser això em revelarà tot el que vull saber.

—Potser no et serà possible ni tan sols això.

—Ho he d'intentar, mare!

Ellen va sospirar.

—El monjo era el prior de Kingsbridge.

—Philip!

—No, no era Philip, era James, el seu predecessor.

—Però si és mort!

—Ja t'he dit que potser no et seria possible interrogar-los.

Jack va mig aclucar els ulls.

—¿Qui eren els altres?

—El cavaller era Percy Hamleigh, el comte de Shiring.

—¿El pare de William?

—Sí.

—També és mort!

—Sí.

Jack va tenir la terrible sensació que al final tots tres havien mort i que el secret havia quedat enterrat amb els seus ossos.

—¿Qui era el sacerdot? —va preguntar, impacient.

—Es deia Waleran Bigod. Ara és el bisbe de Kingsbridge.

Jack va deixar anar un sospir de profunda satisfacció.

—I encara és viu.

Per Nadal va quedar enllestit el castell del bisbe Waleran. Un bell matí, a principis de l'any nou, William Hamleigh i la seva mare el van anar a visitar. El van veure ja en la llunyania a l'altra banda de la vall. Es trobava al cim més alt dels turons de la zona, i dominava de manera imponent els camps que els rodejaven.

En travessar la vall, van passar per davant del palau vell, que ara s'utilitzava com a magatzem per al velló. Gran part de les despeses de construcció del castell havien estat pagades amb els beneficis de la llana.

Van pujar al trot pel suau pendent de l'extrem més allunyat de la vall i van continuar avançant a través d'un forat obert a les muralles de terra i d'un profund fossat sec, fins a una entrada amb porteta en un mur de pedra. Era un castell molt segur, amb muralles, fossat i murs de pedra, molt superior al del mateix William i a molts dels del rei.

Una torre de l'homenatge, enorme i quadrada, de tres nivells, dominava el pati interior i empetitia l'església de pedra que s'hi aixecava al costat. William va ajudar la seva mare a desmuntar. Van deixar que els cavallers s'enduguessin els cavalls als estables i van pujar els esglaons que conduïen al vestíbul.

Era migdia i els criats de Waleran paraven taula. Alguns ardiaques, degans, empleats i familiars esperaven l'esmorzar. William i Regan també van esperar mentre un majordom pujava a les estances privades del bisbe per anunciar l'arribada del comte de Shiring.

A William la gelosia el corroïa. Aliena estava enamorada i tot el comtat ho sabia. Havia donat a llum un fill que era fruit de l'amor i el seu marit l'havia fet fora de casa. Amb el nadó en braços havia anat a buscar l'home que estimava i l'havia trobat després de recórrer mitja cristiandat. La història havia corregut de boca en boca per tot el sud d'Anglaterra. William emmalaltia de ràbia cada cop que la sentia, però se li havia acudit com revenjar-se'n.

Els van fer pujar per l'escala i els van convidar a passar a l'estança de Waleran. El van trobar a taula, amb Baldwin, que ja era ardiaca. Els dos clergues comptaven diners sobre unes estovalles de quadres, apilant els penics de plata de dotze en dotze i desplaçant-los dels quadres negres als blancs. Baldwin es va posar dret i va fer una inclinació davant Regan. Després es va afanyar a recollir les estovalles amb les monedes.

Waleran, aixecant-se també, es va dirigir a una butaca que hi havia al costat del foc. Es movia amb rapidesa, com una aranya, i William va sentir un cop més la familiar repugnància de sempre. Malgrat tot, va decidir mostrar-se amable. No feia gaire, havia sentit a parlar de l'espantosa mort del comte de Hereford, que s'havia barallat amb el bisbe de Hereford i havia mort excomulgat. El seu cos havia estat enterrat en terra no consagrada. William tremolava de por cada cop que imaginava el seu propi cos en terra no beneïda, vulnerable a tots els dimonis i monstres que poblaven les entranyes de la terra. No s'enfrontaria al bisbe per res del món.

Waleran estava tan pàl·lid i prim com sempre, i les seves vestidures negres penjaven del seu cos com la bugada estesa en un arbre. Tenia el mateix aspecte de sempre; no semblava canviar amb els anys. William sabia que ell sí que havia canviat. El menjar i el vi eren els seus principals plaers i cada any estava una mica més gras malgrat la vida activa que portava, de manera que la costosa cota de malla que li havien regalat en complir els vint-i-un anys va haver de ser substituïda dues vegades al llarg dels set anys següents.

Waleran acabava de tornar de York. Havia estat fora gairebé mig any.

—¿Heu tingut èxit en el vostre viatge? —li va preguntar William amb deferència.

—No —va respondre Waleran—. El bisbe Henry m'hi va enviar perquè mirés de resoldre una disputa que ja fa quatre anys que dura sobre qui ha de ser el nou arquebisbe de York. He fracassat. La polèmica és més viva que mai.

William es va dir que, com menys se'n parlés, molt millor.

—Mentre heu estat fora, s'han produït molts canvis. Especialment a Kingsbridge —va dir.

—¿A Kingsbridge? —va preguntar sorprès Waleran—. Em pensava que aquest problema havia quedat resolt d'una vegada per sempre.

—Ara tenen la Verge de les Llàgrimes.

Waleran va semblar irritat.

—¿I què carat és, això?

—És una estatueta de fusta de la Verge que van portant en processó —va contestar la mare de William—. De vegades, li raja aigua dels ulls. La gent creu que és miraculosa.

—I ho és —va afirmar William—. Una estàtua que plora!

Waleran el va mirar amb menyspreu.

—Miraculosa o no, els últims mesos l'han visitada milers de persones —va intervenir Regan un altre cop—. Mentrestant, el prior Philip ha començat a construir de nou. Estan reparant el presbiteri i posant un nou sostre de fusta. També han començat amb la resta de la catedral. Han cavat els fonaments per al transsepte i han vingut de París alguns paletes.

—¿De París? —va inquirir Waleran, estranyat.

—Ara estan construint l'església a l'estil de Saint-Denis, que vés a saber què és —va informar Regan.

Waleran va fer un gest d'assentiment.

—Arcs ogivals. N'he sentit a parlar.

A William li importava un rave quin estil tindria la catedral de Kingsbridge.

—La qüestió és que alguns dels joves que cuiden les meves granges se'n van a Kingsbridge per treballar com a jornalers —va dir—, i que els diumenges hi han tornat a obrir el mercat, amenaçant clarament el mercat de Shiring. Es repeteix la vella història! —William va mirar incòmode la seva mare i el bisbe mentre es preguntava si cap d'ells sospitava que els seus motius per estar disgustat eren molt diferents.

Però ningú no semblava recelós.

—La pitjor equivocació de la meva vida va ser ajudar Philip a ser nomenat prior —va dir Waleran.

—Hauran d'aprendre que hi ha coses que, senzillament, no poden fer —va dir William.

Waleran el va mirar pensatiu.

—¿Què us proposeu?

—Entraré de nou a la ciutat. —«I quan ho faci», va pensar, «mataré Aliena i el seu amant.» Es va quedar amb la mirada fixa al foc per no trobar-se amb els ulls de la seva mare i evitar que li llegís els pensaments.

—No estic segur que pugueu fer-ho —va dir Waleran.

—Ho he fet abans. ¿Per què no ho podria fer una altra vegada?

—L'última vegada tenies un bon motiu: la fira del velló.

—Doncs aquesta vegada és el mercat. Tampoc no tenen el permís del rei Stephen.

—No és el mateix. Philip va temptar la seva sort en organitzar una fira del velló i tu vas atacar immediatament. El mercat dels diumenges ja fa sis anys que té lloc a Kingsbridge, i com que aquesta ciutat es troba a vint milles de Shiring, pot ser autoritzat.

William va contenir la ira. Volia dir a Waleran que deixés de comportar-se com una velleta que posava traves a tot, però no hauria donat resultat.

Mentre William s'empassava la protesta, a la sala va entrar un majordom que es va estar en silenci al costat de la porta.

—¿Què passa? —li va preguntar Waleran.

—Hi ha un home que insisteix a veure-us, monsenyor. Es diu Jack Jackson, i és un constructor de Kingsbridge. ¿L'acomiado?

A William li va fer un salt el cor. Era l'amant d'Aliena. ¿Com podia presentar-se allà precisament quan ell projectava matar-lo? Potser tenia poders sobrenaturals. William va sentir esgarrifances.

—¿De Kingsbridge? —va preguntar Waleran, interessat.

—És el nou mestre constructor, el que va portar d'Espanya la Verge de les Llàgrimes —va informar Regan.

—Interessant —va comentar Waleran—. Donem-li una ullada. Fes-lo passar —va dir el majordom.

William es va quedar mirant la porta amb un terror irracional. Esperava veure aparèixer un home cepat, temible i amb una gran capa negra, que l'assenyalaria directament a ell amb un dit acusador. Però en entrar Jack, a William el va sorprendre molt la seva joventut. No devia tenir més de vint anys. Era pèl-roig i tenia uns ulls blaus i penetrants que no es van fixar en William, només es van aturar un instant en Regan, les horribles marques facials de la qual cridaven l'atenció de tothom, i van acabar clavant-se en Waleran.

—Bé, ¿per què has vingut a veure'm? —va preguntar Waleran amb veu freda i altiva, després de percebre, igual que William, l'actitud rebel del jove mestre constructor.

—Per saber la veritat —va respondre Jack—. ¿Quants homes heu penjat?

William va aspirar amb força. Era una pregunta ofensiva i insolent. Va mirar els altres. La seva mare estava inclinada mirant Jack amb les celles arrufades, com si l'hagués vist abans i provés de recordar qui era. Waleran es mostrava fredament divertit.

—¿Es tracta d'una endevinalla? —va preguntar finalment—. He vist més homes penjats dels que et puguis imaginar, i encara és possible que n'hi hagi un altre si no et comportes amb respecte.

—Fa vint-i-dos anys vau presenciar a Shiring l'execució a la forca d'un home anomenat Jack Shareburg.

William va sentir l'exclamació ofegada de la seva mare.

—Era un joglar —va prosseguir Jack—. ¿El recordeu?

William es va adonar que, de cop i volta, l'ambient a la sala era tens. En Jack Jackson devia haver-hi alguna cosa esgarrifosament sobrenatural perquè causés un efecte així sobre la seva mare i Waleran.

—Potser ho recordo —va dir Waleran.

William va advertir pel seu to de veu que lluitava per mostrar-se serè. ¿Què estava passant?

—M'ho imaginava —va dir Jack amb una insolència evident—. L'home va ser condemnat pel testimoni de tres persones. Dues han mort. La tercera sou vós.

Waleran va assentir.

—Havia robat no sé què del priorat de Kingsbridge..., un calze amb pedres precioses incrustades, em sembla.

—No ho va fer —va replicar Jack amb aspror.

—Jo mateix el vaig atrapar amb el calze en el seu poder.

—Mentiu.

Es va fer una pausa. Quan Waleran va tornar a parlar, ho va fer en un to tranquil, però l'expressió del seu rostre era dura com el ferro.

—Potser ordenaré que t'arrenquin la llengua per això —el va amenaçar.

—Només vull saber per què ho vau fer —va dir Jack com si no l'hagués sentit—. Ara podeu parlar amb franquesa. William no representa cap amenaça per a vós i sembla que la seva mare ja està al corrent de tot.

William va mirar la seva mare. Per la seva actitud, el que deia el jove mestre constructor era cert. Ara William se sentia absolutament confós. Semblava, encara que amb prou feines gosava alimentar aquella esperança, que en realitat la visita de Jack no tenia res a veure amb William i els seus plans secrets per matar l'amant d'Aliena.

—¿Estàs acusant el bisbe de perjuri? —va preguntar Regan a Jack.

—No repetiré públicament l'acusació —va assegurar Jack amb fredor—. No en tinc proves i, en qualsevol cas, no estic interessat en la revenja. Només vull comprendre per què va ser acusat un home innocent.

—Surt d'aquí —va ordenar Waleran en un to glacial.

Jack va assentir com si no esperés res més. Encara que no hagués obtingut resposta a les seves preguntes, l'expressió de satisfacció del seu rostre donava a entendre que les seves sospites havien estat confirmades.

William continuava desconcertat per totes les coses que s'havien dit.

—Espera un moment —li va dir.

Jack es va tombar, ja davant la porta, i el va mirar amb uns ulls mofetes.

—¿Per què...? —William es va empassar saliva per dominar-se la veu—. ¿Per què t'interessa tot això? ¿Per què has vingut aquí a fer totes aquestes preguntes?

—Perquè l'home que van penjar era el meu pare —va respondre Jack. I va abandonar la sala.

Es va fer el silenci a l'estança. Així doncs, l'amant d'Aliena, el mestre constructor de Kingsbridge, era fill d'un lladre que havien penjat a Shiring. Bé, ¿i què?, va pensar William. Ara bé, la seva mare semblava inquieta, i Waleran veritablement alterat.

—Aquella dona m'ha assetjat durant vint anys —va dir finalment el bisbe amb amargor.

Habitualment es mostrava tan cautelós que William va quedar astorat veient com donava curs als seus sentiments.

—Va desaparèixer quan es va ensorrar la catedral —va assenyalar Regan—. Vaig pensar que mai més no en tornaríem a saber res.

—Ara és el seu fill qui ve a turmentar-nos.

Hi havia una por autèntica en la veu de Waleran.

—¿Per què no l'envieu a la presó per haver comès perjuri? —va preguntar William.

Waleran el va mirar amb menyspreu.

—El vostre fill és un ruc, Regan —va dir entre dents.

William va comprendre llavors que Jack no havia comès perjuri. I si ell era capaç de comprendre-ho, amb més raó ho podia comprendre Jack.

—¿Ho sap algú més? —va preguntar.

—Abans de morir, el prior James va confessar el seu perjuri al seu sotsprior, Remigius, però aquest no representa cap perill, ja que sempre ha estat de part nostra i en contra de Philip. La mare de Jack sap alguna cosa sobre l'assumpte, però no tot. Si no, ja faria molt de temps que hauria utilitzat la informació. Però Jack ha viatjat pertot arreu i potser ha descobert alguna cosa que la seva mare ignorava.

A William se li va acudir que aquella estranya història del passat la podria utilitzar en el seu profit.

—Llavors matem Jack Jackson —va dir sense pensar-s'ho dues vegades.

Waleran va negar amb el cap.

—Només serviria per cridar l'atenció sobre ell i les seves acusacions —va intervenir Regan.

William va quedar decebut; aquella idea li havia semblat gairebé providencial.

—No cal que sigui així —va dir. Se li havia acudit una altra idea.

La seva mare i el bisbe el van mirar amb escepticisme.

—Jack pot morir sense cridar l'atenció —va afegir.

—Molt bé, doncs digue'ns com —li va demanar Waleran.

—Pot morir durant un atac a Kingsbridge.

A última hora de la tarda, Jack recorria les obres de la catedral acompanyat del prior Philip. Havien retirat les runes del presbiteri, que ara formaven dues piles grans a la part septentrional del recinte del priorat. Havien instal·lat noves bastides i els paletes estaven reconstruint els murs ensorrats. Al llarg de la infermeria hi havia un gran nombre de troncs amuntegats.

—Vas de pressa —va comentar Philip.

—No tant com voldria —va replicar Jack.

Van inspeccionar els fonaments del transsepte. Dessota, als forats profunds, hi havia quaranta o cinquanta treballadors, agafaven palades de fang i omplien cossis mentre d'altres, a nivell del terra, manipulaven el torn que treia els cossis dels forats. A prop s'havien apilat enormes blocs de pedra toscament tallada destinats als fonaments.

Jack va conduir Philip al seu taller. Era molt més gran del que mai havia estat el cobert de Tom. Un dels costats estava completament descobert per tenir bona llum. La meitat del terreny estava ocupada per la zona on es feien els dibuixos. Hi havia col·locat planxes a terra i, al voltant, un marc de fusta, unes cinc polzades més alt que les mateixes planxes, on hi havia vessat prou morter per assolir-ne els límits. Una vegada el morter es prenia, s'hi podien traçar els dibuixos amb un tros de filferro, afilat en un dels extrems. Així era com Jack dibuixava els detalls. Utilitzava compassos, un regle de vora recta i un cartabó. El traç deixat pel filferro apareixia blanc i clar al principi, però canviava tot seguit a gris, i això volia dir que es podien traçar nous dibuixos damunt dels vells sense que es produïssin confusions. Era una tècnica que havia après a França.

La resta de la cabana estava en gran part ocupada pel banc

sobre el qual Jack feia les plantilles de fusta que mostrarien als paletes com s'havia d'esculpir la pedra. La llum havia començat a declinar, per la qual cosa ja no treballaria més amb la fusta. Va començar a recollir les eines.

—¿Què és això? —va preguntar Philip, agafant una plantilla.

—El plint per a la base d'una columna.

—Prepares les coses amb molta antelació.

—Em moro d'impaciència per començar a construir com cal.

Aquells dies, les seves converses eren tenses i s'ajustaven als fets.

Philip va deixar la plantilla.

—Me n'he d'anar a completes —va dir mentre feia mitja volta.

—I jo me n'aniré a *visitar* la meva família —va dir Jack al seu torn, en un to agre.

Philip es va aturar, es va tombar com per parlar, va semblar entristit i, finalment, es va allunyar.

Jack va posar el cadenat a la caixa d'eines. Havia estat una observació estúpida. Havia acceptat la feina en les condicions imposades per Philip, i ara era inútil lamentar-se'n, però tot i així estava completament furiós amb el prior i no sempre podia mossegar-se la llengua.

Va sortir del recinte i es va encaminar cap a la caseta del barri pobre on Aliena vivia amb el seu germà Richard. Quan Jack va entrar, Aliena va somriure, feliç, però no es van fer cap petó. Ara mai no es tocaven per por d'excitar-se i haver de separar-se frustrats, o cedir al desig i córrer el risc que els sorprenguessin trencant la promesa feta al prior Philip.

Tommy jugava a terra. Ja tenia un any i mig i la seva mania era fer piles amb tot el que trobava. Tenia davant quatre o cinc bols de cuina, i col·locava incansablement els bols petits dins dels grans, i maldava tot seguit per ficar els grans dins dels petits. A Jack li cridava poderosament l'atenció que Tommy no sabés, de manera instintiva, que un bol gran no es pot ficar dins d'un de petit. Resulta que era una cosa que els éssers humans havien d'aprendre. Tommy lluitava amb relacions d'espai, igual que ho feia Jack quan intentava visualitzar alguna cosa, com la forma d'una pedra en una volta ogival.

Jack se sentia fascinat per Tommy, i també amoïnat per ell. Fins aleshores, mai no s'havia preocupat per les possibilitats que tenia de trobar feina, conservar-la i guanyar-se la vida. S'havia llançat a travessar França sense aturar-se a pensar que podia trobar-se en la misèria i morir de gana. Però ara li calia seguretat. La necessitat de protegir Tommy era molt més imperiosa que la de cuidar d'ell mateix. Per primer cop a la vida tenia responsabilitats.

Aliena va posar sobre la taula una gerra de vi i pa d'espècies, i va seure davant de Jack. Va donar a Tommy un tros de bescuit, però el nen no tenia gana i va començar a esmicolar-lo i a tirar les molles a terra.

—Necessito més diners, Jack —va dir Aliena.

Jack es va mostrar sorprès.

—Et dono dotze penics cada setmana, i només en guanyo vint-i-quatre.

—Ho sento —va dir ella—. Tu vius sol... No en necessites tants.

Jack va pensar que no era raonable.

—Però un jornaler només guanya sis penics a la setmana, i n'hi ha que tenen cinc o sis fills.

Aliena va semblar enfadada.

—No sé com s'ho fan les esposes dels jornalers per portar la casa, ja que no me n'han ensenyat, i en mi no gasto ni un sol penic; tu véns a sopar cada nit i, a més, hi ha Richard...

—Però, ¿què passa amb Richard? —va preguntar Jack, enfadat—. ¿Per què no es guanya la vida? —Pensava que Aliena i Tommy ja eren prou càrrega.— Que jo sàpiga, Richard no és responsabilitat meva.

—Però sí meva —va respondre Aliena amb calma—. Quan em vas acceptar a mi, també vas acceptar Richard.

—No recordo que m'ho haguessis dit —va dir Jack, furiós.

—No t'enfadis.

Era massa tard. Jack ja estava enfadat.

—Richard té vint-i-tres anys, dos més que jo. ¿Com és que sóc jo qui el manté? ¿Per què he de menjar pa per esmorzar i pagar-li els embotits a ell?

—Escolta... Estic un altre cop embarassada.

—¿Com?

—Que tindré un altre nen.

L'empipament de Jack es va esvanir com per art d'encantament. Li va agafar la mà.

—És meravellós!

—¿Estàs content? —li va preguntar Aliena—. Tenia por que t'enfadessis.

—¿Que m'enfadés? Estic emocionat! No vaig arribar a conèixer Tommy quan va arribar al món i ara descobriré què em vaig perdre.

—Però, ¿què me'n dius, de la nova responsabilitat? ¿I dels diners?

—A la merda els diners. El que passa és que em posa de mal humor que hàgim d'estar separats. Ja tenim molts diners. Un altre fill! Espero que sigui nena. —Llavors va recordar una cosa i va arrufar les celles.— Però... ¿Quan...?

—Abans que el prior Philip ens obligués a viure separats.

—La vigília de Tots Sants, m'imagino. ¿Te'n recordes? Em vas fer cavalcar com un...

—Ho recordo —el va interrompre Aliena, envermellint.

Jack la va mirar amb afecte.

—M'agradaria fer-ho ara.

—A mi també —va dir ella amb un somriure.

Es van agafar les mans per sobre la taula.

En aquell moment es va presentar Richard.

Va obrir la porta de cop i va entrar, acalorat i polsós, amb un cavall esgotat.

—Males notícies —va exclamar, esbufegant.

Aliena va agafar Tommy de terra per evitar els cascs del cavall.

—¿Què ha passat? —va preguntar Jack.

—Hem de marxar tots de Kingsbridge. Demà —va dir Richard.

—Però, ¿per què?

—El diumenge, William Hamleigh té pensat tornar a incendiar la ciutat.

—No! —va exclamar Aliena, horroritzada.

Jack es va quedar de pedra. Revivia l'escena de tres anys enrere, quan els genets de William van assaltar la fira del velló. Va recordar el pànic, els crits i l'olor de carn cremada. Va tornar a veure el seu padrastre amb el front destrossat. Se sentia realment desfet.

—¿Com ho saps? —va preguntar a Richard.

—He anat a Shiring i he vist alguns homes de William que compraven armes a la tenda de l'armer...

—Això no significa...

—Espera. Els he seguit fins a una taverna i he escoltat la seva conversa. Un d'ells ha preguntat quines defenses tenia Kingsbridge i un altre ha contestat que cap.

—Déu meu! —va exclamar Aliena. Va mirar Tommy i es va endur la mà al ventre, on creixia el seu nou fill. Va aixecar els ulls i es va trobar amb els de Jack. Tots dos pensaven el mateix.

—Més tard he parlat amb alguns dels més joves, que no em coneixen —va continuar Richard—. Els he parlat de la batalla de Lincoln i de coses semblants i he dit que estava buscant algú amb qui lluitar. M'han dit que anés a Earlscastle, però que havia de ser el mateix dia, perquè l'endemà sortien i que la batalla seria el diumenge.

—Diumenge! —va mussitar Jack, atemorit.

—He cavalcat fins a Earlscastle per assegurar-me'n.

—Ha estat perillós, Richard —el va renyar Aliena.

—Els indicis eren clars. Missatgers que entraven i sortien, gent que esmolava les armes, entrenava els cavalls... No n'hi ha cap dubte. Ni les atrocitats més monstruoses satisfaran aquest maleït William... Sempre intenta superar-se —va acabar dient Richard amb la veu plena d'odi. Es va posar la mà a l'orella dreta i es va fregar la vella cicatriu, fent un gest nerviós inconscient.

Jack va estudiar Richard un instant. Era un dropo i un pocasolta, però en l'aspecte militar no li podia discutir res. Si deia que William Hamleigh estava planejant un atac, calia pensar que gairebé amb tota seguretat tenia raó.

—És una veritable catàstrofe —va dir Jack, gairebé per a ell.

En aquells moments, Kingsbridge començava a recuperar-se. Feia tres anys de l'incendi i dos de l'ensorrament. I ara, això. La gent diria que la mala sort planava de nou sobre Kingsbridge. Fins i tot si per mitjà de la fugida miraven d'evitar el vessament de sang, Kingsbridge quedaria arruïnada. Ningú voldria viure-hi, anar al mercat o treballar a la ciutat. Fins podria arribar a interrompre's la construcció de la catedral.

—Hem d'informar el prior Philip..., ara mateix —va dir Richard.

Jack hi va estar d'acord.

—Els monjos deuen estar sopant. En marxa!

Aliena va agafar Tommy. Tots van pujar a corre-cuita turó amunt en direcció al monestir, sota el crepuscle del capvespre.

—Quan la catedral s'hagi acabat de fer, podreu fer-hi el mercat a dins. Això us protegirà de les incursions —va dir Richard.

—Però mentrestant necessitem els ingressos del mercat per acabar la catedral —va explicar Jack.

Richard, Aliena i Tommy van esperar a fora mentre Jack entrava al refectori. Un monjo jove llegia en veu alta en llatí mentre els altres menjaven en silenci. Jack va reconèixer un passatge terrible de l'*Apocalipsi*. Es va quedar dempeus, al llindar, i va buscar Philip amb la mirada. Aquest es va mostrar sorprès de veure'l, però es va aixecar de taula i va anar directament cap a ell.

—Males notícies —va dir Jack, sorrut—. Deixaré que Richard te les comuniqui.

Van parlar entre les ombres del presbiteri. Richard va donar a Philip els detalls en poques paraules.

—Però si no fem cap fira del velló..., només és un petit mercat! —va exclamar el prior quan Richard va haver acabat.

—Almenys tenim l'oportunitat d'evacuar la gent de la ciutat demà al matí. Ningú no prendrà mal. I podem reconstruir les nostres cases com ho vam fer l'última vegada —va suggerir Aliena.

—Tret que William no decideixi perseguir la gent que escapa —va advertir Richard—. No m'estranyaria, venint de qui ve.

—Fins i tot en el cas que aconseguíssim escapar tots, igualment significaria la fi del mercat —va dir Philip amb tristesa—. Després d'una cosa així, la gent no s'atrevirà a instal·lar parades a Kingsbridge.

—I també pot ser el final de la catedral —va apuntar Jack—. Els últims deu anys l'església s'ha tornat a cremar i se n'ha ensorrat una altra. Molts paletes van morir en l'últim incendi de la ciutat. Un desastre més i serà l'últim, em penso. La gent dirà que la catedral porta mala sort.

Philip semblava aclaparat. Jack va pensar que encara no havia complert els quaranta i que malgrat això la seva cara ja estava solcada d'arrugues i els seus cabells eren més grisos que negres.

—No penso acceptar-ho. Aquest cop no és la voluntat de Déu —va dir amb determinació.

Jack es preguntava de què parlava. ¿Com podia «no acceptar-ho»? Era com si els pollastres es neguessin a acceptar que les guineus se'ls cruspissin.

—¿Què penseu fer, doncs? —va preguntar Jack amb escepticisme—. ¿Resar perquè William caigui aquesta nit del llit i es trenqui el coll?

Richard es va mostrar excitat davant la idea de resistir.

—Lluitem! —va exclamar—. ¿Per què no? Nosaltres som centenars, William portarà cinquanta homes, cent com a màxim... Podem vèncer perquè som més nombrosos.

—¿I quants de nosaltres moriríem? —va protestar Aliena.

Philip negava amb el cap.

—Els monjos no lluiten —va dir amb pesar—. I no puc demanar al poble que doni la seva vida quan jo no estic disposat a arriscar la meva.

Philip va mirar Richard, que era l'única persona que tenien amb experiència militar.

—¿Hi ha alguna manera que puguem defensar la ciutat sense lliurar batalla?

—Cap, en una ciutat sense muralles —va replicar Richard—. No tenim res a oposar a l'enemic a banda dels nostres cossos.

—Muralles... —va mormolar Jack, pensatiu.

—Podem desafiar William a resoldre la situació en un combat individual, però no crec que ho accepti.

—¿Les muralles servirien? —va inquirir Jack.

—Podrien salvar-nos en qualsevol altre moment; però no ara. No podem construir una muralla de la nit al dia.

—¿Vols dir?

—És clar que no, no siguis...

—Calla, Richard —li va ordenar Philip, imperiós. Va mirar esperançat Jack—. ¿En què estàs pensant?

—Un mur no és tan difícil de construir.

—Continua.

La ment de Jack era un remolí. Els altres l'escoltaven aguantant la respiració.

—No hi ha arcs ni voltes ni finestres ni teulada... Un mur es pot construir en una nit si disposem de prou homes i materials.

—¿Amb què el construiríem?

—Mireu al voltant. Aquí hi ha blocs de pedra destinats als fonaments —va dir Jack—. Hi ha fusta emmagatzemada que supera l'altura d'una casa. I, al cementiri, hi ha muntanyes de runes de l'esfondrament. A baix, al riu, també hi ha moltíssima pedra de la pedrera. De materials, no n'hi ha pocs.

—I la ciutat està plena de paletes —va observar Philip.

Jack va assentir.

—Els monjos es poden ocupar de l'organització, els paletes del treball especialitzat, i després disposem de tota la població de la ciutat. —Els seus pensaments es precipitaven vertiginosos.— La muralla haurà d'estendre's al llarg d'aquesta riba del riu. Desmantellarem el pont. Després, farem pujar el mur turó amunt al llarg del barri pobre fins que arribi a unir-se al mur est del priorat..., per fora cap al nord i després turó avall, fins a arribar de nou a la riba del riu. No sé si hi haurà prou pedra per a tot això.

—No cal que una muralla sigui tota de pedra perquè resulti efectiva —va dir Richard—. Una senzilla rasa amb un terraplè de terra construït amb el fang extret de la rasa farà la mateixa funció, especialment en un lloc on l'enemic ha d'atacar cap amunt.

—Però de pedra encara seria millor —va insistir Jack.

—Sí que seria millor, però no és decisiu. L'objectiu d'una muralla és obstaculitzar al màxim el pas de l'enemic, que queda llavors en posició perillosa, i permetre el defensor atacar-lo degudament protegit.

—¿Atacar-lo? —va preguntar Aliena—. ¿Amb què?

—Amb pedres, oli bullent, fletxes... A la majoria de cases de la ciutat hi ha un arc.

—Així doncs, finalment, encara haurem de lluitar —va dir Aliena, estremint-se.

—Però no cos a cos. En principi.

Jack se sentia descoratjat. El més probable era que tots es refugiessin al bosc amb l'esperança que William en tingués prou d'incendiar la ciutat, però fins i tot en aquest cas corrien el risc que l'enemic els perseguís. ¿Seria més gran el perill si es quedaven darrere d'una muralla? Si alguna cosa anava malament i William i les seves tropes trobaven la manera de trencar el mur, la carnisseria seria inevitable. Jack va mirar Tommy i Aliena i va pensar en el nou ésser que creixia a les entranyes d'Aliena.

—Hi ha una solució intermèdia —va dir—. Podríem evacuar les dones i els nens i els homes quedar-nos a defensar les muralles.

—Ni parlar-ne —va respondre Aliena amb fermesa—. Això seria el pitjor que podríem fer. No tindríem muralles ni homes que ens defensessin.

Jack va comprendre que tenia raó. Les muralles no servirien de res sense gent que les defensés, i no es podia deixar al bosc, indefenses, les dones amb els nens. Era possible que William deixés tranquil·la la ciutat i s'acarnissés amb els fugitius.

—Tu ets el constructor, Jack —va dir Philip—. ¿Podem aixecar una muralla en un sol dia?

—No he construït mai una muralla —va respondre Jack—. Naturalment, no estem en condicions de fer plans. Haurem d'assignar a cada secció un paleta i que actuï segons el seu criteri. El morter amb prou feines s'hauria assecat de cara al diumenge al matí. Serà la muralla més mal construïda d'Anglaterra. Però, sí, es pot fer.

Philip es va tombar cap a Richard.

—Tu has presenciat batalles. ¿Podrem contenir William si aixequem una muralla?

—I tant —va replicar Richard—. Vindrà preparat per a una incursió ràpida i sorprenent, no per a un setge. Si es troba amb una ciutat fortificada, no hi haurà res que pugui fer.

Finalment, Philip va mirar Aliena.

—Tu ets una de les persones vulnerables, amb un fill a qui protegir. ¿Què penses? ¿Hauríem de fugir al bosc i confiar que William no vingui cap a nosaltres o quedar-nos i aixecar una muralla per evitar que entri a la ciutat?

Jack es va aguantar la respiració.

—No és qüestió de seguretat —va contestar Aliena després de reflexionar una mica—. Vós, Philip, heu dedicat tota la vida a aquest priorat. Per a tu, Jack, construir la catedral és un somni. Si fugim perdreu tot allò pel qual heu viscut. Pel que fa a mi..., tinc una raó especial per voler parar els peus a William Hamleigh. Jo dic que ens quedem.

—Molt bé —va decidir Philip—. Construirem aquesta muralla.

Quan es va fer de nit, Jack, Richard i Philip van recórrer els límits de la ciutat amb torxes per decidir per on hauria d'anar la muralla. La ciutat s'aixecava sobre un turonet, a banda i banda del riu. Les ribes eren massa toves per suportar una muralla de pedra sense uns bons fonaments, de manera que Jack va proposar construir-hi una tanca de fusta. Això va satisfer plenament Richard. L'enemic no podia atacar la palissada si no era des del riu, cosa que era gairebé impossible.

Als altres dos costats, alguns trossos de muralla serien simplement terraplens de terra amb un fossat. Richard va declarar que això resultaria efectiu allà on hi hagués pendent i l'enemic es veiés obligat a atacar mentre ascendia pel turó. No obstant això, on el terra estava anivellat la muralla havia de ser de pedra.

Jack va recórrer després tot el poble, convocant els seus paletes. Els va treure de casa, i a algun del llit, i se'ls va endur a la cerveseria. Els va exposar la situació i els va explicar la manera amb què la ciutat els plantaria cara. Després, acompanyat per tots, va recórrer els límits de la ciutat assignant a cada home un sector de la muralla. La part que havia de ser construïda en fusta, per als fusters; la de pedra, per als paletes, i els terraplens, per als aprenents i els jornalers. Va demanar a cadascun d'aquells homes que deixés marcada la seva secció amb estaques i cordill abans d'anar-se'n al llit i que abans d'adormir-se reflexionessin sobre la manera de construir. Aviat va quedar marcat el perímetre de la ciutat per una línia de punts de llums parpellejants, que eren el senyal que els paletes feien la seva zona sota la resplendor de les torxes. El ferrer va encendre el seu foc i es va disposar a passar la resta de la nit fent aixades. Una activitat com aquella a altes hores de la nit va pertorbar els rituals de son de molts dels ciutadans, i els artesans van passar molt de temps explicant el que feien als qui preguntaven endormiscats.

Només els monjos, que se n'havien anat al llit al capvespre, van dormir en la més benaurada ignorància.

Però a mitjanit, quan els artesans ja acabaven els preparatius i la majoria de ciutadans s'havia retirat, encara que només fos per comentar excitadament les notícies, es van despertar els monjos. Després dels oficis, que van ser breus, se'ls va donar pa i cervesa al refectori mentre Philip els posava al corrent de la situació. L'endemà serien els encarregats d'organitzar la defensa de la ciutat. Se'ls va dividir en equips. Cada equip treballaria per a un paleta. Rebrien ordres d'ell i vigilarien les operacions d'excavació, extracció, recollida i transport. Philip va assenyalar que el seu principal objectiu era assegurar-se que el paleta tingués en qualsevol moment el subministrament necessari de tots els materials que demanés: pedres, morter, fusta, eines, etcètera.

Mentre Philip parlava, no podia evitar preguntar-se què devia estar fent William Hamleigh. Earlscastle es trobava a un dia de Kingsbridge anant a bon ritme, però William no intentaria fer el camí en un sol dia, perquè el seu exèrcit arribaria exhaust a Kingsbridge. Es posarien en marxa aquell matí amb la sortida del sol. No cavalcarien tots junts, sinó separats i dissimulant les armes i armadures durant el viatge perquè no s'estengués l'alarma. A la tarda, es trobarien amb discreció en alguna banda, a una o dues hores de Kingsbridge, probablement a la finca d'algun dels principals arrendataris de William. De nit beurien cervesa, esmolarien les armes i s'explicarien els uns als altres històries increïbles sobre antigues victòries, joves mutilats, ancians esclafats pels cascs dels cavalls de guerra, noies violades i dones sodomitzades, nens degollats i nadons enfilats per les puntes de les espases mentre les seves mares cridaven angoixades. I després, l'endemà al matí, atacarien. Jack es va estremir d'horror. «Però aquest cop els aturarem», es va dir. Malgrat tot, tenia por.

Cada equip de monjos va localitzar el seu tros de mur i la seva font de subministrament. Després, amb les primeres llums del dia, els equips es van dirigir al barri que els havia estat assignat; cridaven a les portes i despertaven els seus habitants mentre la campana del monestir repicava amb urgència.

Quan va sortir el sol, la construcció del mur ja estava en marxa. Els homes i les dones joves treballaven, mentre els de més edat donaven de menjar i beure, i els nens feien encàrrecs i portaven missatges. Jack anava d'una banda a l'altra observant ansiós els progressos. A qui barrejava el morter li va aconsellar que utilitzés menys calç viva, perquè s'agafés millor. Va veure un fuster que feia la tanca amb taulons de bastida i va dir als seus jornalers que utilitzessin fusta tallada d'una pila diferent. Es va assegurar que les diferents seccions de la muralla quedessin unides netament. Feia broma, somreia i animava la gent.

El sol ja estava ben amunt en el clar cel blau. Seria un dia calorós. La cuina del priorat subministrava barrils de cervesa; però Philip va ordenar que hi afegissin aigua, i Jack hi va estar d'acord, perquè quan la gent treballava dur solia beure molt, sobretot si feia calor, i no volia córrer el risc que els treballadors s'adormissin.

Malgrat el terrible perill que els amenaçava, l'ambient era jovial. Se sentien com quan amb motiu d'una festa tots feien alguna cosa plegats: coure el pa per Sant Pere Encadenat, el primer d'agost, o fer flotar veles riu avall la nit de Sant Joan. La gent semblava oblidar per què estava fent el que feia. Però Philip va observar que algunes persones abandonaven la ciutat. Potser pensaven provar sort al bosc; però el més probable era que als llogarrets propers tinguessin parents que els acollirien. No obstant això, gairebé tothom es va quedar a la ciutat.

Al migdia, Philip va tornar a tocar la campana i la feina es va suspendre per dinar. Mentre els treballadors menjaven, el prior, en companyia de Jack, va realitzar un recorregut pel mur. Malgrat tota aquella activitat, no semblava que haguessin avançat gaire. Els murs de pedra amb prou feines superaven el nivell del terra, els terraplens de terra no eren res més que petits monticles, i hi havia grans forats a la palissada.

—¿L'acabarem a temps? —va preguntar Philip en finalitzar la inspecció.

Jack, que durant tot el matí s'havia esforçat per semblar animat i optimista, es va veure obligat a formular una opinió realista.

—Si continuem a aquest ritme, és evident que no —va contestar desanimat.

—¿Què podem fer per accelerar les coses?

—La manera habitual de construir més de pressa és construir malament.

—Doncs fem-ho així. Però, ¿com es fa?

Jack va reflexionar un instant.

—De moment, tenim paletes que aixequen murs, fusters que construeixen la palissada, jornalers que fan terraplens i ciutadans que porten i s'enduen materials. Però la majoria dels fusters saben construir un mur llis i la majoria de jornalers saben aixecar una palissada. A més, podem deixar que els habitants de la ciutat cavin el fossat i aboquin terra als terraplens. Tan aviat com l'operació estigui en marxa, els monjos més joves poden donar un cop de mà.

—Molt bé.

Quan tots van acabar de dinar se'ls van transmetre les noves ordres. Jack es va dir que no tan sols seria la muralla més mal feta d'Anglaterra, sinó també la de vida més curta. Seria un veritable miracle si continuava dempeus al cap d'una setmana.

A la tarda, la gent començava a estar cansada, sobretot els que havien estat desperts tota la nit. L'ambient festiu començava a esvanir-se i els treballadors es van concentrar amb afany en la tasca. Els murs de pedra van anar adquirint altura, el fossat es va fer més profund i les escletxes a la palissada es van començar a tancar. Quan el sol començava a davallar per la línia occidental de l'horitzó, van suspendre la feina per sopar i després van tornar a començar.

Quan va caure la nit, la muralla encara no estava acabada.

Philip va establir torns de vigilància, va ordenar a tothom, tret dels guardians, que dormissin unes hores, i va dir que tocaria la campana a mitjanit. Els ciutadans esgotats es van ficar al llit.

Jack es va dirigir a casa d'Aliena. Richard i ella encara estaven desperts.

—Vull que t'amaguis als boscos amb Tommy —va dir Jack a Aliena.

Aquella idea li havia estat rondant pel cap tot el dia. Al principi l'havia refusat, però a mesura que passava el temps, li tornava a la ment l'espantós record del dia que William havia calat foc a la ciutat, i finalment va decidir que Aliena s'allunyés d'aquell escenari.

—M'estimo més quedar-me aquí —va contestar amb fermesa.

—No sé si és bona idea, Aliena. No vull que siguis aquí si William Hamleigh aconsegueix travessar la muralla.

—Però no puc anar-me'n quan ho he estat organitzant tot de manera que tothom es quedi al poble i lluiti —va objectar, mirant de raonar amb Jack.

Però a Jack ja no li preocupava què era o no raonable.

—Si te'n vas ara ningú no se n'assabentarà.

—Al final se n'adonaran.

—Llavors tot haurà acabat.

—Pensa en la deshonra.

—A la merda la deshonra! —va exclamar, enfurismat perquè no era capaç de trobar les paraules adequades per convèncer-la—. El que vull és que et salvis!

Els seus crits van despertar Tommy, que es va posar a plorar. Aliena el va agafar en braços i va començar a acotxar-lo.

—Tampoc no queda clar que el bosc sigui del tot segur —li va dir.

—William no escorcollarà el bosc. El que li interessa és la ciutat.

—Potser està interessat en mi.

—Pots ocultar-te a la teva clariana. Allà ningú no t'hi trobarà.

—William la pot trobar per casualitat.

—Escolta'm. Estaràs més segura que aquí. Creu-me.

—De totes maneres, em vull quedar.

—I jo no vull que et quedis —va replicar Jack amb duresa.

—Bé, doncs, malgrat tot, m'hi quedo —va afirmar Aliena amb un somriure, fent cas omís de la deliberada actitud resolta de Jack.

Jack va ofegar un renec. No es podia discutir amb Aliena quan ja havia decidit alguna cosa. Era més tossuda que una mula. Canviant de tàctica, li va començar a suplicar.

—Estic espantat, Aliena, pel que pugui passar demà.

—Jo també ho estic —va confessar ella—, i crec que hem d'estar junts.

Jack sabia que hauria de cedir, però li costava resignar-s'hi.

—Merda! —va exclamar, furiós. I va sortir enfurismat de la casa.

Es va quedar, fora, aspirant l'aire de la nit. Al cap d'uns moments va recuperar la serenitat. Encara estava molt preocupat, però enfadar-se amb ella era absurd. Tots dos podien morir l'endemà al matí.

Va tornar a entrar a la casa. Aliena continuava dempeus allà on l'havia deixat. Se la veia trista.

—T'estimo —va dir Jack.

Es van abraçar i van estar així una bona estona.

Quan va tornar a sortir, la lluna estava molt amunt. Va mirar de calmar-se amb la idea que potser Aliena tenia raó: estaria més segura allà que als boscos. Almenys així ell podria saber si Aliena i Tommy es trobaven en dificultats i fer tot el que estigués al seu abast per protegir-los.

Sabia que encara que es fiqués al llit no podria dormir. Tenia el temor estúpid que tothom es quedaria adormit passada la mitjanit i que ningú no es despertaria fins a la matinada, quan els homes de William ja fossin dins la ciutat, passant la gent a degolla i cremant-ho tot. Va caminar sense parar al voltant de la ciutat. Feia estrany, veure Kingsbridge amb un perímetre. Els murs de pedra arribaven a la cintura, i això no era suficient. La palissada era alta, però encara tenia escletxes que un centenar d'homes a cavall podrien travessar en qüestió de minuts. Els terraplens no eren prou alts per impedir que un bon cavall els superés. Encara quedava molt per fer.

Es va aturar al lloc on hi havia hagut el pont. L'havien desmuntat peça a peça i les havien guardat al priorat. Va mirar més enllà de l'aigua il·luminada per la lluna. Va veure que s'acostava una figura borrosa al llarg de la tanca de fusta i va sentir un estremiment d'aprensió. Però era el prior Philip, que tampoc no podia dormir.

En aquells instants, el ressentiment que Jack sentia per Philip començava a ser superat per l'amenaça de William, i ara no guardava cap rancor al prior.

—Si sobrevivim a això, haurem de construir una muralla de debò —va dir.

—Estic d'acord amb tu —va respondre Philip—. Haurem d'encaminar els nostres esforços a tenir enllestida en un any una muralla de pedra.

—Just aquí, on el pont travessa el riu, hi posaria una porta i una barbacana, a fi de mantenir la gent fora sense necessitat de desmuntar el pont.

—L'organització de la defensa d'una ciutat no és una cosa en la qual els monjos siguem experts.

Jack va assentir. Se suposava que no havien de participar en res que tingués a veure amb la violència.

—Però si no ho organitzeu vós, ¿qui ho farà?

—¿Què me'n dius, de Richard, el germà d'Aliena?

Després d'un instant de reflexió, Jack va comprendre que era molt intel·ligent, encara que no li agradés admetre-ho.

—Li vindria com l'anell al dit. El mantindria apartat de l'ociositat i a més jo no l'hauria de mantenir més temps —va reconèixer entusiasmat, i va mirar Philip amb una admiració reticent—. No us atureu davant de res, ¿oi que no?

Philip es va encongir d'espatlles.

—M'agradaria que tots els nostres problemes es resolguessin amb la mateixa facilitat.

Jack va tornar a fer referència al mur.

—Suposo que a partir d'ara Kingsbridge serà una ciutat emmurallada.

—No per sempre, però almenys fins que Jesús torni a la terra.

—No se sap mai —va respondre Jack—. Pot arribar un dia en què els salvatges com William Hamleigh no siguin poderosos, en què les lleis protegeixin la gent corrent en lloc d'esclavitzar-la, i en què els reis imposin la pau en lloc de combatre-la. Penseu-hi. Un dia en què a Anglaterra les ciutats no necessitin muralles.

Philip va sacsejar el cap.

—Quina imaginació! —va exclamar—. Això no passarà fins al dia del Judici Final.

—Suposo que no.

—Deu ser mitjanit, o gairebé. Hora de tornar a començar.

—Philip, abans que marxeu...

—Digue'm.

Jack va respirar fondo.

—Encara som a temps de canviar els plans. Podem evacuar ara mateix la ciutat.

—¿Tens por, Jack? —va preguntar el prior seriosament.

—Sí, però no per mi, sinó per la meva família.

El prior va fer un gest d'assentiment amb el cap.

—Mira-ho d'aquesta manera: si ara marxeu, pot ser que estigueu fora de perill demà, però William tornarà qualsevol altre dia. Si ara deixem que se surti amb la seva, viurem sempre amb la por al cos. Tu, jo, Aliena i també el petit Tommy. Creixerà amb el temor de William o d'algun altre com ell.

«Té raó», va pensar Jack; si els nens com Tommy havien de créixer lliures, els seus pares no havien de fugir de William.

—Molt bé —va dir amb un sospir.

Philip se'n va anar a tocar la campana. Jack va pensar que el prior era un governant que mantenia la pau, impartia justícia i no oprimia els pobres; però, ben mirat, ¿calia ser celibatari per fer tot això?

La campana va començar a sonar. Les làmpades es van encendre a les cases tancades i els artesans van sortir a empentes i rodolons, fregant-se els ulls i badallant. Van començar a treballar amb lentitud i hi va haver intercanvis malhumorats amb els jornalers, però Philip tenia en marxa el forn del priorat i aviat hi va haver pa calent i mantega fresca, amb la qual cosa tothom va recuperar forces i va recobrar els ànims.

A punta de dia, Jack va fer un altre recorregut amb Philip. Tots dos van albirar ansiosos la línia de l'horitzó, per descobrir algun indici de genets. La palissada a la riba del riu estava gairebé acabada i tots els fusters hi treballaven per cobrir els últims peus. Als altres dos costats, els terraplens de terra ja assolien l'altura d'un home i, a l'exterior, la profunditat del fossat la superava en més d'un metre. Un assaltant podria enfilar-s'hi, però amb dificultat i després de descavalcar. La muralla havia assolit també l'altura d'una persona, però les tres o quatre últimes fileres de pedra eren poc resistents, ja que el morter no havia arribat a assecar-se. No obstant això, l'enemic no se n'assabentaria fins que intentés escalar la muralla, i potser no ho faria davant el desconcert que li produiria aquella presència inesperada.

A banda d'aquelles poques escletxes a la palissada, la feina ja estava gairebé acabada i Philip va donar noves ordres. Els homes de més edat i els nens anirien al monestir i es refugiarien al dormitori. Jack es va sentir complagut. Aliena hauria de quedar-se amb Tommy i tots dos estarien relativament fora de perill darrere de la primera línia. Els artesans havien de continuar la construcció, però alguns dels seus jornalers formarien escamots per lluitar sota el lideratge de Richard. Cada grup seria responsable de la secció de muralla que hagués construït. Els ciutadans, homes i dones, que posseïssin arcs, havien d'estar preparats. L'aigua bullent era una altra arma útil, i uns quants ciutadans mantenien els calders calents per llançar-ne el contingut sobre els atacants des de punts estratègics. N'hi havia que tenien espases en propietat, però eren armes menys útils. Si s'arribava a la lluita cos a cos, seria senyal que l'enemic havia vençut les defenses i llavors la construcció de la muralla hauria estat en va.

Jack s'havia mantingut despert quaranta-vuit hores seguides. Li feia mal el cap i tenia els ulls irritats. Va seure a la capterrera d'una casa de la riba del riu i va mirar a través dels camps mentre els fusters s'afanyaven a enllestir la palissada. De sobte, va pensar que era possible que els homes de William disparessin fletxes enceses per damunt de la muralla en un intent de calar foc a la ciutat sense superar la muralla. Amb gest cansat es va aixecar de la teulada i va pujar pel turó fins al recinte del priorat. Allà va descobrir que Richard havia tingut la mateixa pensada i ja havia ordenat als monjos que preparessin barrils d'aigua, i que disposessin cossis plens en determinats punts estratègics al voltant dels límits exteriors de la ciutat.

Estava a punt de sortir del priorat quan va sentir el que semblaven veus d'alarma.

Amb el cor bategant, es va enfilar com va poder a la teulada de l'estable i va mirar cap a l'oest. Al camí que conduïa fins al pont, a gairebé una milla de distància, un núvol de pols revelava que s'acostava un grup considerable de genets.

Fins a aquell moment, tot havia semblat fins a un cert punt irreal, però en aquells instants els homes disposats a incendiar Kingsbridge eren allà, cavalcant pel camí i, de sobte, el perill esdevenia espantosament tangible.

Jack va sentir una necessitat urgent de veure Aliena, però no tenia temps. Va saltar de la teulada i va córrer turó avall fins a la riba. Hi havia un grup d'homes davant de l'última escletxa. Mentre Jack mirava, van fixar les estaques a terra, tapant el forat, i van clavar a corre-cuita les darreres juntures a la part interior, i així van acabar la feina. Gairebé tots els ciutadans es trobaven allí, a banda d'aquells que havien buscat refugi al refectori. Moments després que Jack, va arribar Richard, corrents i cridant alhora:

—No hi ha ningú a l'altra banda de la ciutat! Hi pot haver un segon grup introduint-se darrere nostre! Torneu als vostres llocs! Ràpid! —Mentre començaven a allunyar-se, va dir a Jack entre dents:— No hi ha disciplina! No hi ha gens de disciplina!

Jack veia a través dels camps que el núvol de pols era cada cop més a prop i les siluetes dels genets es feien visibles. Va pensar que eren com avortons de l'infern, consagrats a sembrar la mort i la destrucció sense solta ni volta. Existien perquè els comtes i els reis els necessitaven. Era possible que Philip fos un consagrat ignorant en qüestions d'amor i matrimoni, però almenys havia trobat la manera de governar una comunitat sense haver de recórrer a l'ajuda d'aquests salvatges.

Estranya reflexió en un moment com aquell... ¿Era en això que pensaven els homes que estaven a punt de morir?

Els genets s'acostaven. Eren més dels cinquanta que Richard havia previst. Jack va calcular que devien ser un centenar. Es van dirigir on hi havia hagut el pont i llavors va ser quan van començar a alentir la marxa. Jack es va sentir més animat en veure que frenaven els cavalls al prat que s'estenia a l'altre costat del riu. Mentre miraven més enllà de l'aigua la muralla de la ciutat acabada d'aixecar, algú a prop de Jack va començar a riure. Un altre el va imitar i, al cap d'un instant, les rialles es van propagar com un foc, de manera que aviat hi va haver cinquanta, cent, dos-cents homes i dones que reien com bojos dels desconcertats homes d'armes immobilitzats a la ribera sense enemic contra el qual lluitar.

Uns quants genets van desmuntar i van fer banda a part. A través de la boira del matí, Jack va distingir els cabells grocs i la cara roja de William Hamleigh al centre del grup, però no n'estava segur.

Al cap d'una estona van tornar a muntar als cavalls, es van reagrupar i van girar cua. La gent de Kingsbridge va llançar un eufòric crit de victòria, però Jack no creia que William hagués desistit. No tornaven pel camí per on havien vingut, sinó que cavalcaven riu amunt. Richard es va acostar a Jack.

—Estan buscant un gual. Travessaran el riu i els boscos per arribar fins a nosaltres des de l'altre costat. Fes córrer la veu —li va dir.

Jack va rodejar ràpidament el mur i va transmetre les previsions de Richard. Al nord i a l'est, la muralla era de terra o de pedra, però no hi havia cap riu que separés la ciutat dels assaltants. Per aquell costat la muralla s'unia al mur est del recinte del priorat, només a unes passes del refectori on havien anat a buscar refugi Aliena i Tommy. Richard va deixar situats Oswald, el tractant de cavalls, i Dick Richards, el fill de l'adober, a la teulada de la infermeria amb els seus arcs i fletxes. Eren els millors arquers de la ciutat. Jack es va dirigir a la cantonada nord-oest i es va quedar dalt del terraplè de terra observant, més enllà del camp, els boscos. Dels boscos sorgirien, amb tota seguretat, els homes de William.

El sol va pujar molt. Els esperava un altre dia calorós i sense ni un núvol. Els monjos van anar rodejant la muralla tot repartint pa i cervesa. Jack es preguntava fins a quina distància aniria William riu amunt. A una milla d'allà hi havia un lloc per on podia creuar un bon cavall, però a un foraster allò li semblaria arriscat i segurament William continuaria un parell de milles més, on trobaria un gual poc profund.

Jack es preguntava com es devia sentir Aliena. Anhelava anar al refectori per veure-la, però, d'altra banda, era reaci a abandonar la muralla, ja que si ell ho feia, els altres seguirien el seu exemple i aquella part quedaria indefensa.

Mentre s'esforçava per resistir la temptació, es va sentir un crit i els genets van reaparèixer.

Van sorgir d'entre els arbres per l'est, de tal manera que el sol enlluernava Jack en mirar en la seva direcció. Sens dubte ho havien fet expressament. Al cap d'una estona, es va adonar que no es limitaven a acostar-se sinó que ja escometien. Ocults al bosc, segurament havien estat estudiant el terreny i planejant l'atac. Jack es va quedar petrificat de por. No pensaven donar cap ullada a la muralla ni marxar tot seguit. Mirarien de saltar-la.

Els cavalls creuaven el prat al galop. Un o dos ciutadans van disparar fletxes. Richard, que estava dret a prop de Jack, va cridar furiós:

—Massa aviat! Massa aviat! Espereu que arribin al fossat...! Així no fallareu!

Molt pocs el van poder sentir, i una petita andanada de fletxes va caure inútilment entre les tiges verdes d'ordi de l'altra banda de la defensa. «Com a força militar som un desastre», va pensar Jack, «l'únic que ens pot salvar és la muralla.» A una mà hi tenia una pedra i a l'altra una fona com la que utilitzava de petit quan caçava ànecs. Es preguntava si la seva punteria continuaria sent tan bona. Es va adonar que premia les seves armes amb tota la força de què era capaç, i es va obligar a relaxar els músculs. Les pedres eren efectives contra els ànecs, però feia la impressió que serien ineficaces contra homes protegits per armadures muntant cavalls de guerra que s'acostaven a gran velocitat. Va empassar-se la saliva amb dificultat. Va veure que alguns dels enemics portaven arcs i fletxes enceses. Un instant després va veure que els homes dels arcs es dirigien a la palissada mentre que els altres ho feien en direcció als terraplens. Allò significava que William havia decidit no atacar la muralla de pedra. No s'havia adonat que el morter estava tan fresc que hauria pogut derrocar el mur només empenyent-lo amb una mà. L'havien pogut enganyar! Jack va gaudir d'aquell breu instant de triomf.

Els atacants ja eren davant dels murs.

La gent de la ciutat va començar a disparar a tort i a dret i una pluja de fletxes va caure sobre els genets. Malgrat la mala punteria van aconseguir fer algunes víctimes. Els cavalls van arribar a l'altura del gual. Alguns van girar cua i els altres el van creuar i van començar a pujar per l'altra banda. Just davant la posició que ocupava Jack, un home enorme, amb una cota de malla baquetejada, va fer saltar el seu cavall a través del gual de tal manera que va assolir la part baixa del pendent del terraplè i es disposava a pujar-hi. Jack va carregar la fona i va disparar. La seva punteria era tan bona com sempre. La pedra va encertar plenament el morro del cavall, que va deixar anar un renill de dolor, es va alçar cap endavant i després va fer mitja volta i va marxar coixejant. Però el genet havia descavalcat i desembeinava l'espasa.

Gairebé tots els cavalls van fer mitja volta, o bé per pròpia iniciativa, o bé perquè els havien obligat els seus genets, però uns quants homes atacaven a peu i uns altres tornaven disposats a carregar un cop més. Jack va mirar cap enrere i va veure que algunes capterreres ja cremaven, malgrat els esforços de les noies de la ciutat per extingir les flames. Jack va tenir l'aterridora sospita que la defensa no donaria resultat i que, malgrat l'heroic esforç de les trenta-sis hores darreres, aquells bàrbars travessarien les muralles, incendiarien la ciutat i cometrien tota mena d'atrocitats.

La perspectiva de la lluita cos a cos l'esgarrifava. Mai no li havien ensenyat a lluitar, mai no havia manipulat una espasa. Ni tan sols en tenia una. Només havia lluitat contra Alfred, i aquest l'havia guanyat. Se sentia desvalgut.

Els genets van tornar a carregar. Els atacants que havien perdut les muntures pujaven a peu pels terraplens. Sobre ells queien pedres i fletxes ininterrompudament. Jack utilitzava la seva fona de fusta de manera sistemàtica, carregant i disparant com una màquina. Uns quants assaltants van caure sota aquell devessall de projectils. Davant de Jack, un genet va caure a terra i va perdre l'elm, deixant al descobert un cap de cabells rossos. Era William Hamleigh.

Cap cavall va arribar al terraplè, però sí que ho van fer alguns homes a peu i, davant l'horror de Jack, els ciutadans es van veure obligats a la lluita cos a cos, oposant a les espases i llances dels atacants les seves estaques i destrals. Alguns dels enemics van arribar fins al capdamunt i Jack va veure com queien a prop seu tres o quatre veïns de la ciutat. Es va veure envaït per l'espant. La seva gent perdia la batalla.

Però vuit o deu veïns van rodejar cadascun dels agressors que havien aconseguit superar la muralla, colpejant-los amb estaques i clavant-los sense misericòrdia cops de destral. Tot i que alguns ciutadans van resultar ferits, tots els atacants van morir ràpidament. I llavors la gent va començar a fer retrocedir la resta dels atacants pendent avall pels terraplens. La càrrega va ser un fracàs. Els guerrers que continuaven dalt dels cavalls anaven d'una banda a una altra insegurs, mentre als terraplens tenien lloc petits enfrontaments. Jack va descansar un instant, esbufegant, agraït per aquella treva, esperant temorós el següent moviment de l'enemic.

William va aixecar la seva espasa i va cridar per reclamar l'atenció dels seus homes. Va traçar un cercle amb la fulla de la seva arma perquè es reunissin i després va assenyalar cap a les muralles. Els agressors es van reagrupar i es van preparar per tornar a la càrrega.

Jack va veure la seva oportunitat.

Va agafar una pedra, la va col·locar a la fona i va apuntar amb molt de compte al cap de William.

La pedra va volar pels aires tan recta com una filada de paleta, colpejant William en ple front amb una força tal, que Jack va sentir l'impacte que va produir contra l'os.

William es va desplomar.

Les seves hosts van vacil·lar i la càrrega va tornar a fracassar.

Un home gran i morè va saltar del cavall i es va acostar ràpidament a William. A Jack li va semblar reconèixer l'escuder de William, que sempre cavalcava amb ell. Sense deixar anar les brides, Walter es va agenollar al costat del cos del seu amo. Per un instant Jack va pensar que potser havia mort, però llavors William es va bellugar i Walter el va ajudar a incorporar-se. William semblava obnubilat. Els dos grups de combatents l'observaven. La pluja de pedres i fletxes es va interrompre un moment.

Amb aire encara vacil·lant, William va muntar al cavall de Walter ajudat per aquest, que al seu torn va muntar darrere seu. Va començar una estona de vacil·lació, mentre tothom es preguntava si William estaria en condicions de continuar. Ara va ser Walter qui va traçar un cercle amb la seva espasa per reunir els homes i, tot seguit, per a alleujament de la gent de Kingsbridge, va assenyalar cap als boscos.

Walter va esperonar el cavall i van iniciar la marxa. Uns altres genets els van seguir. Els que encara es barallaven als terraplens van renunciar a la lluita, van retrocedir i van córrer camp a través darrere el seu cabdill. Els van seguir algunes pedres i fletxes per damunt de l'ordi.

Els ciutadans van cridar visques.

Jack va mirar al voltant i es va sentir confós. ¿S'havia acabat tot? Amb prou feines s'ho podia creure. Els focs s'anaven extingint, ja que les dones havien estat capaces de dominar-los. Els homes dansaven d'alegria als terraplens, abraçant-se. Richard es va acostar a Jack i li va donar uns copets a l'esquena.

—Ha estat la teva muralla el que ho ha aconseguit, Jack —li va dir—. La teva muralla.

Els veïns de la ciutat i els monjos es van aplegar al voltant de tots dos. Tothom volia felicitar Jack, i també es felicitaven ells mateixos.

—¿Se n'han anat de debò? —va preguntar Jack.

—I tant —va respondre Richard—. No tornaran ara que han descobert que estem decidits a defensar la muralla. William sap que no es pot prendre una ciutat emmurallada quan la gent ha decidit oposar resistència. Almenys no es pot fer sense disposar d'un gran exèrcit i preparar-se per a un setge de sis mesos.

—Així doncs, s'ha acabat de debò —va concloure, atordit.

Aliena se li va acostar obrint-se pas entre la gent amb Tommy en braços. Jack la va abraçar emocionat. Estaven vius i junts i per això se sentia feliç.

De sobte va acusar els efectes de dos dies sense dormir i va voler estirar-se. Però no va ser possible. Dos joves paletes el van agafar i se'l van pujar a l'esquena. Es van sentir visques. Els nois es van posar en marxa i la multitud va desfilar darrere seu. Jack volia dir-los que no era ell qui els havia salvat, sinó ells mateixos, però sabia que no l'escoltarien. Volien un heroi. A mesura que corrien les notícies i que tota la ciutat prenia consciència que els atacants havien estat vençuts, els visques es van fer estrepitosos. Jack es va dir que durant anys havien guanyat la seva llibertat. El van portar per tota la ciutat en processó triomfal. Ell saludava i somreia, però desitjava que arribés el moment en què pogués reposar el cap, tancar els ulls i lliurar-se a un son plàcid.

III

La fira del velló de Shiring era més gran i anava millor que mai. La plaça de l'església parroquial, on tenien lloc mercats i execucions, estava plena de parades i de gent. La mercaderia principal era la llana, però també hi havia tots els articles que es podien comprar i vendre a Anglaterra: brillants espases noves, cadires amb motius decoratius, gravats, garrins farcits, botes vermelles, bescuits de gingebre i barrets de palla. Mentre William recorria la plaça acompanyat del bisbe Waleran, calculava que el mercat li proporcionaria més diners que mai. Però aquesta vegada no sentia cap mena de plaer.

Encara no havia aconseguit sobreposar-se a la humiliació de la derrota de Kingsbridge. Havia pensat escometre sense trobar resistència i incendiar la ciutat. Però, al contrari, va perdre homes i cavalls i va haver de retirar-se sense aconseguir res. I el pitjor de tot era que sabia que la construcció de la muralla havia estat organitzada per Jack Jackson, l'amant d'Aliena. Precisament l'home que volia matar.

Havia fracassat en el seu intent; però continuava decidit a prendre revenja.

Waleran també pensava en Kingsbridge.

—Encara no sé com van poder construir la muralla amb tanta rapidesa —va dir.

—No en tenia gaire cosa, de muralla, em penso —va opinar William.

El bisbe va fer un gest d'assentiment.

—Però estic segur que el prior Philip ja deu estar ocupadíssim millorant-la. Si jo fos ell, faria la muralla més forta i més alta, construiria una barbacana i posaria un sentinella de nit. Els vostres dies d'incursions a Kingsbridge s'han acabat.

William ho va reconèixer per dins, però va fer veure que no hi estava d'acord.

—Encara puc assetjar la ciutat.

—Aquesta és una altra qüestió. És possible que el rei deixi passar una incursió ràpida, però un setge prolongat, durant el qual els ciutadans li poden enviar missatges suplicant-li protecció..., podria resultar enutjós.

—Stephen no actuaria contra mi —va assegurar William—. Em necessita.

D'això, tanmateix, no n'estava gaire convençut. Al final acceptaria el punt de vista del bisbe, però volia que aquest se'l guanyés a pols per contreure així un petit deute amb ell. Després, faria la petició que l'obsessionava.

Davant d'ells va aparèixer una dona prima i lletja que empenyia una nena bonica d'uns tretze anys, probablement la seva filla. La dona va apartar la pitrera del miserable vestit de la nena per mostrar els pitets sense desenvolupar.

—Seixanta penics —va dir entre dents.

William es va començar a excitar, però va refusar amb el cap i va passar de llarg.

La nena prostituta el va fer pensar en Aliena. Quan la va desflorar amb prou feines era una adolescent. Havien passat gairebé deu anys, però encara no l'havia pogut oblidar. Potser no la tindria mai més, però podia impedir que fos d'algú altre.

Waleran estava pensatiu. No sabia ni on anava. Les persones s'apartaven del seu camí com si temessin que els fregués amb els faldons de la seva roba negra.

—¿Sabíeu que el rei ha pres Faringdon? —va preguntar al cap d'una estona.

—Jo hi era —va respondre William.

Havia estat la victòria més decisiva de la llarga guerra civil. Stephen havia capturat centenars de cavallers i s'havia apoderat d'un gran arsenal. També havia obligat Robert de Gloucester a retirar-se a l'oest del país. Havia estat una victòria tan crucial, que Ranulf de Chester, el vell enemic d'Stephen al nord, havia deposat les armes i jurat lleialtat al rei.

—Ara que Stephen s'ha afermat en el poder, no es mostrarà tan tolerant amb els barons que lliurin les seves guerres particulars —va opinar Waleran.

—És possible —va admetre William. Es preguntava si era el moment oportú per mostrar-se d'acord amb el bisbe i fer la seva petició. Va vacil·lar perquè se sentia incòmode. En fer aquella petició revelaria alguna cosa de la seva ànima, i detestava haver de fer-ho davant un tipus tan despietat com Waleran.

—Hauríeu de deixar estar la ciutat de Kingsbridge, almenys per un temps —va prosseguir el bisbe—. Teniu la fira del velló, així com un mercat setmanal, encara que una mica més petit del que havia estat. Teniu també el negoci de la llana, i tota la terra més fèrtil del comtat, ja sigui sota el vostre control directe o cultivada pels vostres arrendataris. La meva situació també ha millorat. Posseeixo més béns i he racionalitzat els meus arrendaments. He construït el meu castell. Cada cop és menys necessari lluitar contra el prior Philip..., almenys ara que la situació és políticament delicada.

Per tota la plaça del mercat la gent feia i venia menjar, i l'aire estava impregnat d'olors diverses: sopa d'espècies, pa acabat de coure, dolços, pernil dolç, garrí fregit, pastís de poma. William sentia nàusees.

—Anem al castell —va proposar.

Els dos homes van deixar la plaça del mercat i van començar a pujar pel turó. El xèrif els anava a donar esmorzar. William es va aturar a la porta del castell.

—Potser teniu raó respecte a Kingsbridge —va convenir.

—M'alegro que ho entenguis així —va dir Waleran.

—Però encara m'he de venjar de Jack Jackson, i vós em podeu proporcionar l'ocasió, si voleu.

Waleran va arquejar una cella fent un gest eloqüent. La seva expressió indicava que el fascinava escoltar, però que no es considerava amb l'obligació de fer-ho.

William s'hi va tirar de cap.

—Aliena ha sol·licitat l'anul·lació del seu matrimoni.

—Sí, ja ho sé.

—¿Quin creieu que en serà el resultat?

—Pel que sembla, el matrimoni mai no es va arribar a consumar.

—¿I només cal això?

—Em sembla que sí. Segons Gracià, un erudit que he estudiat en profunditat, el que constitueix un matrimoni és el consentiment mutu de totes dues parts. Però també sosté que l'acte d'unió física «completa» o «perfecciona» el matrimoni. I diu, de manera específica, que si un home es casa amb una dona i no hi copula, i després es casa amb una segona amb la qual sí que copula, el matrimoni vàlid és el segon, és a dir, el consumat. Sens dubte, la fascinant Aliena deu haver esmentat aquest punt en la seva sol·licitud, si és que ha estat ben aconsellada, i imagino que, d'això, se'n deu haver encarregat el prior Philip.

William escoltava amb impaciència totes aquelles teories.

—O sigui, que n'obtindran l'anul·lació.

—Llevat que algú esgrimeixi l'argument contrari a Gracià. De fet, són dos: un de teològic i un altre de pràctic. El teològic al·lega que la definició de Gracià és denigrant per al matrimoni de Josep i Maria, ja que no va ser consumat. L'argument pràctic fa referència a aquells matrimonis acordats per raons polítiques o per ajuntar dues fortunes, entre dos nens en edats en què físicament són incapaços de consumar la unió. Si el nuvi o la núvia morissin abans de la pubertat, d'acord amb la definició de Gracià, el matrimoni quedaria invalidat, cosa que podria tenir conseqüències molt enutjoses.

A William mai no li havia estat possible seguir les enrevessades controvèrsies clericals, però tenia una idea bastant aproximada de com es resolien.

—El que voleu dir és que pot acabar d'una manera o d'una altra.

—Sí.

—I el resultat despendrà de qui exerceixi una pressió més gran.

—Sí. En aquest cas no hi ha res que pugui influir sobre el resultat. No existeixen propietats, no és qüestió de lleialtat ni d'aliança militar, però si hi hagués alguna cosa en joc i algú, per exemple un ardiaca, esgrimís amb força l'argument contra Gracià, el més probable seria que refusessin l'anul·lació. —Waleran va mirar de reüll William, que es va agitar incòmode.— Crec que puc endevinar què em demanareu ara.

—Vull que us oposeu a l'anul·lació.

Waleran va mig aclucar els ulls.

—No puc entendre si estimes aquesta infeliç o l'odies.

—Jo tampoc.

Aliena estava asseguda a l'herba, a l'ombra d'un gran faig. La cascada li esquitxava els peus, sobre les roques, amb gotes semblants a llàgrimes. Era el lloc on Jack li havia explicat totes aquelles històries. Allà era on ell li havia fet aquell primer petó, de manera tan casual i tan ràpidament que ella havia fet veure que no havia passat res. Allà era on ella se n'havia enamorat, encara que s'havia negat a admetre-ho. Ara desitjava de tot cor haver-s'hi entregat aleshores, i s'haurien casat i haurien tingut fills, així ja seria la seva esposa per molt que intentessin impedir-ho.

Va jeure per fer descansar la seva esquena adolorida. Era ple estiu. L'aire era calent i no es movia ni un bri d'herba. L'embaràs se li estava fent pesat, i encara li quedaven per endavant sis setmanes. Es va preguntar si no tindria bessons, encara que les puntades només les sentia a un costat, i quan Martha, la germanastra de Jack, havia posat la cara contra el seu ventre, només havia sentit el batec d'un cor.

Aquell diumenge a la tarda, Martha s'havia quedat cuidant de Tommy per tal que Aliena i Jack es trobessin al bosc i poguessin estar sols una estona i parlar del seu futur. L'arquebisbe havia refusat l'anul·lació, semblava ser que el bisbe Waleran s'hi havia oposat. Philip va dir que podien tornar a sol·licitar-la, però que, mentrestant, havien de continuar vivint separats. Encara que estava d'acord que era injust opinava que devia ser la voluntat de Déu. A Aliena li semblava mala voluntat.

L'amargor de la seva pena era una càrrega tan feixuga com el seu ventre. De vegades n'era més conscient, mentre que d'altres gairebé l'oblidava. Però sempre era allí. En alguns moments, era com un dolor al qual ja estava habituada. Lamentava haver fet mal a Jack, lamentava el que s'havia fet a si mateixa, fins i tot lamentava els patiments de l'insuportable Alfred, que ara vivia a Shiring i no apareixia per Kingsbridge. S'hi havia casat amb l'únic objectiu de mantenir Richard en el seu intent de recuperar el comtat. Havia fracassat en aquell objectiu i havia perjudicat la seva relació amb Jack, l'únic home que estimava. Ja tenia vint-i-sis anys, la seva vida era una ruïna. Tot per culpa seva.

Va recordar amb nostàlgia aquells primers dies amb Jack. Quan el va conèixer era un vailet, encara que, això sí, molt especial. En créixer hi va continuar pensant com en un vailet. Va ser per això que la va agafar desprevinguda. Havia rebutjat tots els pretendents, però mai no havia pensat que Jack en fos un, i així havia anat deixant que la conegués. Aliena es preguntava per què s'havia resistit tant a estimar-lo. Adorava Jack i no existia cap plaer en la seva vida que s'assemblés al plaer de dormir amb ell. I tanmateix, durant una època, ella havia tancat els ulls deliberadament a aquella meravellosa felicitat.

Quan recordava el seu passat, la vida anterior a Jack li semblava buida. Havia treballat frenèticament per tirar endavant el seu negoci de llana, però ara aquells dies li semblaven mancats d'alegria, com un palau buit o una taula servida amb safates de plata i copes daurades, però sense menjar.

Va sentir unes passes i es va incorporar ràpidament. Era Jack.

Estava prim, però era fort i nerviüt. Es va asseure al seu costat i la va besar suaument a la boca. Feia olor de suor i de pols de pedra.

—Fa tanta calor... —li va dir—. Banyem-nos al riu.

La temptació era irresistible.

Jack es va treure la roba. Ella l'observava devorant-lo amb els ulls. Feia mesos que no veia el seu cos despullat. Les cames estaven cobertes de pèl roig en abundància, però al pit no en tenia gens. Ell se la va quedar mirant esperant que es despullés. Aliena sentia timidesa. Mai l'havia vist despullada quan estava embarassada. Va desfer lentament el llaç del coll del seu vestit de lli i després se'l va treure pel cap. Va observar ansiosa l'expressió de Jack, amb por que no li agradés el seu cos deforme, però Jack no va mostrar cap mena de repugnància; al contrari, la seva mirada només expressava tendresa. «Hauria d'haver-ho sabut», es va dir ella. «Hauria d'haver sabut que m'estima igualment.»

Amb un ràpid moviment, Jack es va agenollar al costat d'ella i va besar la pell tensa del seu ventre inflat. Aliena va riure, sorpresa. Jack li va fregar el melic.

—El melic et sobresurt —va comentar.

—Sabia que m'ho diries!

—Abans era com un foradet... Ara sembla un mugró.

Aliena tornava a sentir timidesa.

—Banyem-nos —va proposar.

Dins l'aigua es trobaria més a gust.

El rabeig al costat de la cascada tenia menys d'un peu de profunditat. Aliena es va submergir a l'aigua. La notava deliciosament fresca sobre la seva pell ardorosa, i es va estremir de delit. Jack va arribar on era ella. No hi havia espai per nedar. El rabeig tenia pocs metres d'amplada. Jack va posar el cap sota la cascada per treure's dels cabells la pols de la pedra. Aliena estava a gust a l'aigua, que l'alleujava del pes de l'embaràs. Va enfonsar el cap.

En tornar a emergir per respirar, Jack la va besar.

Aliena va balbucejar i va riure, eixugant-se els ulls. Va estendre els braços per mantenir l'equilibri i una de les seves mans es va tancar sobre un brot dur que sortia erecte entre les cames de Jack. Va gemegar de plaer.

—Ho he trobat molt a faltar, això —li va xiuxiuejar Jack a cau d'orella. Tenia la veu ronca de desig i per alguna altra emoció, potser tristesa. Aliena notava la gola seca per aquest mateix desig.

—¿Trencarem la nostra promesa? —li va preguntar.

—Ara i per tota l'eternitat —va respondre ell.

—¿Què vols dir?

—No viurem separats. Marxem de Kingsbridge.

—¿I què faràs?

—Anar a una altra ciutat i construir una altra catedral.

—Però ja no seràs mestre. I no serà el teu projecte.

—Potser algun dia trobaré una altra oportunitat. Sóc jove.

Potser sí, però ella sabia què seria lluitar contra corrent. I Jack també ho sabia. A Aliena la va commoure fins a tal punt el sacrifici que volia fer per ella que li van saltar les llàgrimes. Ningú no l'havia estimada mai d'aquesta manera, i ningú ho tornaria a fer mai. Però no estava disposada que Jack renunciés al que li agradava més fer.

—No anirà bé —li va dir.

—¿Què vols dir?

—No me n'aniré de Kingsbridge.

Jack es va enfadar.

—¿Per què no? En qualsevol altre lloc podrem viure com a marit i muller i a ningú no li importarà. Podem fins i tot casarnos en una església.

Aliena li va acariciar la cara.

—T'estimo massa per apartar-te de la catedral de Kingsbridge.

—Això ho he de decidir jo.

—T'estimo, Jack, i molt més després del teu oferiment. El fet que estiguis disposat a renunciar a la feina de la teva vida per viure amb mi és... Gairebé em trenca el cor pensar que m'estimes tant, però no vull ser l'esposa que t'aparti de la feina que més t'agrada. No estic disposada a marxar d'aquesta manera. Projectaria una ombra sobre la nostra vida. Tu m'ho podries perdonar, però jo mai no ho faria.

—Sé perfectament que quan has pres una decisió no hi ha res que et faci canviar —va dir Jack amb expressió de tristesa—. Però ¿què podem fer?

—Intentarem un altre cop l'anul·lació. Fins aleshores, viurem separats.

Jack semblava desconsolat.

—I vindrem aquí cada diumenge i trencarem la nostra promesa —va acabar dient ella.

Jack la va abraçar i Aliena va notar que ell es tornava a excitar.

—¿Cada diumenge?

—Sí.

—Podries quedar-te embarassada un altre cop.

—Ens hi arriscarem. I començaré a fabricar teixits com solia fer abans. He tornat a comprar a Philip la llana que no ha venut i començaré a llogar gent de la ciutat perquè la fili i la teixeixi. Després, la batanaré al molí.

—¿Com has pagat a Philip? —va preguntar Jack, sorprès.

—Encara no ho he fet. Li pagaré en bales de tela un cop l'hagi confeccionada.

Jack va assentir amb el cap.

—Ha acceptat aquest tracte perquè vol que et quedis aquí i així s'assegura que també m'hi quedo —va comentar amb amargor.

Aliena va assentir.

—Però tot i així obtindrà la tela més barata.

—Maleït Philip; sempre se surt amb la seva.

Aliena va comprendre que havia guanyat.

—T'estimo —va dir, besant-lo.

Ell la va besar al seu torn, acariciant-li tot el cos, i aturant-se anhelant en les seves parts secretes.

—Però necessito estar amb tu cada nit, no tan sols els diumenges —va mussitar.

Aliena li va fer un petó a l'orella.

—Un dia estarem cada nit junts —va respondre amb la veu entretallada—. T'ho prometo.

Jack es va col·locar darrere d'ella, deixant-se emportar per l'aigua, i la va atreure cap a ell de manera que les seves cames li quedessin sota. Aliena va separar les cames i va surar suaument quedant-se contra ell, que li va acariciar els pits turgents, enjogassat amb els seus mugrons inflamats. Finalment la va penetrar i ella es va estremir de plaer.

Van fer l'amor al fresc rabeig, amb lentitud i suavitat, acompanyats per l'ímpetu de la cascada. Jack va rodejar amb els braços el ventre d'Aliena, tocant-la amb les seves hàbils mans entre les cames, pressionant i acariciant mentre entrava i sortia. No havien fet mai una cosa així, no havien fet l'amor d'aquella manera, mitjançant la qual ell podia acariciar al mateix temps totes les parts més sensitives d'ella. I era molt diferent, un plaer més intens, tan diferent com el que hi ha entre un dolor agut i un altre de sord. Però potser era perquè estava molt trist. Al cap d'una estona, Aliena es va abandonar a aquella sensació. La intensitat va augmentar amb tanta rapidesa que l'orgasme la va agafar per sorpresa, gairebé la va espantar. Es va sentir sacsejada per espasmes de plaer tan convulsos que la van obligar a cridar.

Jack estava dins d'ella, insatisfet, mentre Aliena contenia la respiració. Jack estava quiet, ja sense empènyer, però ella es va adonar que no havia arribat al clímax. Al cap d'una estona va començar a moure's de nou, animant-lo, però ell no va reaccionar. Aliena es va tombar i el va besar per damunt de l'espatlla. A la seva cara l'aigua era càlida. Plorava.

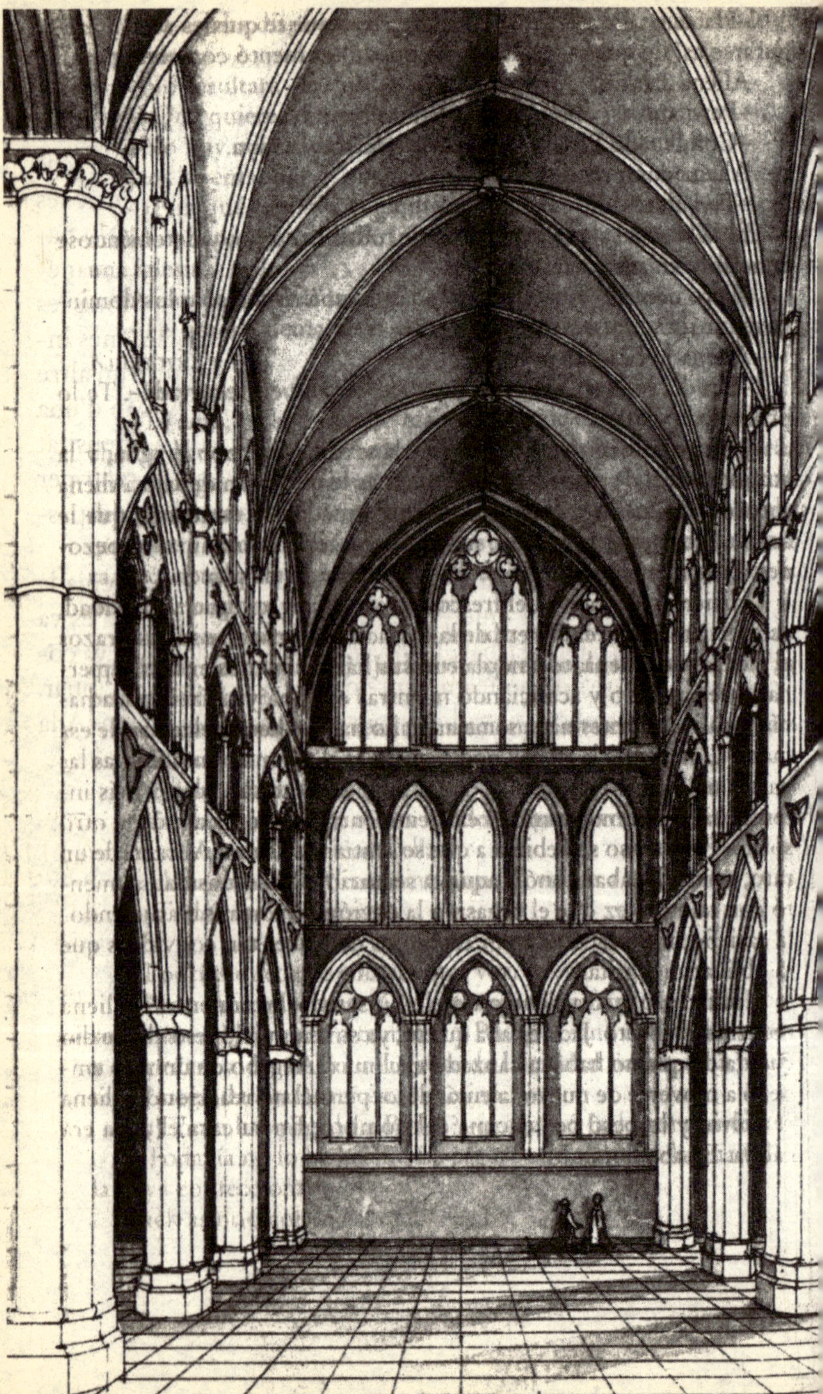

CINQUENA PART

1152-1155

CAPÍTOL 14

I

Set anys després, Jack havia acabat els transseptes, els dos braços de la creu que formava la planta del temple, que van fer realitat totes les il·lusions que hi havia posat. Va prendre Saint-Denis com a model, i el va perfeccionar, fent-ho tot encara més alt i estret. Els grups de fusts dels pilars s'alçaven airosament a través de la galeria i es convertien després en les nervadures de la volta, que es corbaven fins a trobar-se al centre. Les elevades finestres ogivals inundaven l'interior de llum. Les motllures eren delicades i precioses, i l'ornamentació tallada representava un fullatge dens de pedra.

Tanmateix, al presbiteri va descobrir unes esquerdes.

De l'elevat passatge del presbiteri estant, mirava cap al buit del transsepte nord, cavil·lant. Era un matí de primavera resplendent. Estava desconcertat i frustrat alhora. Segons els coneixements tradicionals dels paletes, l'estructura era forta, però una llarga fissura en revelava la feblesa real. La volta era més alta que cap altra que hagués vist mai, però no n'era prou per fer perillar l'estructura. No havia comès l'equivocació d'Alfred de col·locar una volta de pedra en un edifici que no havia estat concebut per suportar-ne el pes. Aquells murs havien estat pensats per aguantar la volta de pedra. No obstant això, s'havien fet esquerdes al presbiteri, aproximadament al mateix lloc en què el sostre d'abans s'havia esfondrat.

Però Alfred havia comès un error de càlcul, i Jack estava ben segur de no haver caigut en la mateixa equivocació. Hi devia haver algun altre factor que intervenia en l'estabilitat de l'estructura de l'edifici, que Jack desconeixia totalment.

A curt termini, allò no representava cap perill. Havien tapat les esquerdes amb morter i no havien tornat a aparèixer. L'edifici era segur, però feble, i segons Jack, aquesta feblesa ho espatllava tot. Ell volia que la seva catedral perdurés fins al dia del Judici Final.

Va sortir del trifori i va baixar per l'escala de la torreta fins a la galeria, on tenia la seva àrea de treball, en un racó on entrava força claror per una finestra de la portalada nord. Va començar a dibuixar el plint d'un pilar de la nau. Primer va traçar un diamant, després hi va dibuixar un quadrat a dins, i per acabar, un cercle a l'interior del quadrat. Els fusts principals del pilar sorgirien dels quatre punts del diamant i s'enlairarien per la columna, i finalment es distribuirien cap als quatre punts cardinals, convertits en arcs o nervadures. Hi hauria uns altres fusts secundaris que sortirien dels cantons del quadrat, i també ascendirien per convertir-se en els arcs diagonals de les voltes de la nau central i de les laterals. El cercle del centre representava el nucli del pilar.

Tots els dibuixos de Jack es basaven en formes geomètriques simples i en algunes proporcions no tan senzilles, com el quocient entre l'arrel quadrada de dos i l'arrel quadrada de tres. Jack havia après a calcular arrels quadrades a Toledo. Però la majoria de paletes no en sabien, i ho resolien tot amb càlculs més senzills. Sabien que si es dibuixava un cercle al voltant dels quatre vèrtexs d'un quadrat, el diàmetre del cercle era més llarg que el costat del quadrat en la proporció de l'arrel quadrada de dos a un. Aquesta proporció, l'arrel quadrada de dos a un, era la fórmula més antiga dels paletes, perquè, en una construcció simple, era la proporció entre l'ample exterior i l'interior, que donava, per tant, el gruix del mur.

La tasca de Jack era molt més complicada a causa del significat religiós de diversos nombres. El prior Philip tenia la intenció de consagrar el nou temple a la Verge Maria, atès que la Verge de les Llàgrimes havia fet més miracles que les relíquies de sant Adolf, i, en conseqüència, volia que fes servir els nombres set i nou, que eren els de Maria. Per això, el prior havia fet el projecte de la nau amb nou intercolumnis, i set per al presbiteri, que es construiria al final de tot. Les arcades cegues entrellaçades de les naus laterals tindrien set arcs per intercolumni, i a la façana oest hi hauria nou finestres ogivals. Jack era escèptic pel que feia al significat teològic dels nombres, però sentia de manera instintiva que si es feien servir els mateixos nombres amb conseqüència, sens dubte s'obtindria una harmonia més perfecta a tot l'edifici.

Abans que hagués acabat de dibuixar el plint, el va interrompre el mestre teulader, que tenia un problema i volia que Jack l'hi resolgués.

Va seguir l'home per l'escala de la torreta. Van arribar a la teulada passant pel trifori. Van travessar les cúpules que formaven la part de dalt de la volta d'ogiva. Damunt d'ells, els teuladers desenrotllaven unes grans làmines de plom i les clavaven sobre els travessers, de baix a dalt, de manera que les làmines superiors anaven cobrint les inferiors i impedien l'entrada de la pluja.

Jack va descobrir el problema a l'acte. En la intersecció entre dues teulades, hi anava un pinacle, però, de la realització del projecte, se n'havia encarregat un mestre d'obra que no havia previst si l'aigua que baixava de la teulada havia de passar a través del pinacle o per sota. El mestre d'obra ho hauria d'arreglar. Jack li va dir al mestre teulader que li fes arribar les seves instruccions i se'n va tornar a dibuixar.

Es va quedar molt parat de trobar Alfred allà, que l'estava esperant.

Feia deu anys que no es parlaven. De tant en tant l'havia vist, de lluny, a Shiring o a Winchester. Aliena també feia nou anys que no el veia, malgrat que encara estaven casats per l'Església. Martha l'anava a visitar un cop a l'any a casa seva, a Shiring, i sempre tornava amb la mateixa informació: que seguia prosperant fent cases per a la gent de Shiring, que vivia sol i que era el mateix de sempre.

Però aquella vegada, Alfred no semblava gaire pròsper. Jack va trobar que semblava cansat i desmoralitzat. Sempre havia estat fort i corpulent, però ara es veia magre. Tenia la cara més prima i la mà, amb la qual s'apartava els cabells dels ulls, que havia estat molsuda, ara la tenia molt seca.

—Hola Jack —va dir. Tenia un posat agressiu, tot i que amb el to de veu volia demostrar que hi anava en so de pau: una mala combinació.

—Hola Alfred —va contestar Jack amb cautela—. L'última vegada que et vaig veure portaves una túnica de seda i t'estaves engreixant.

—Això va ser fa tres anys. Abans de la primera mala collita.

—Sí, és clar.

Tres males collites seguides havien estès la fam per la contrada. Els serfs es morien de gana, els arrendataris de les granges estaven a la misèria i, evidentment, els burgesos de Shiring ja no es podien permetre de construir-se cases de pedra. Alfred era víctima d'aquella situació d'extrema necessitat.

—¿I què hi fas per aquí, per Kingsbridge, després de tant temps? —li va preguntar Jack.

—He sentit a parlar dels teus transseptes i he vingut a donarhi un cop d'ull. —La seva veu tenia un deix d'admiració i d'enveja alhora—. ¿On has après a construir així?

—A París —va contestar Jack lacònicament. No volia discutir aquella etapa de la seva vida amb Alfred perquè ell havia estat justament la causa del seu exili.

—Molt bé. —Alfred semblava estar incòmode. Finalment, va dir amb una indiferència estudiada:— Estaria disposat a treballar aquí per tal d'aprendre algunes coses.

Jack es va quedar astorat. ¿Com era possible que Alfred tingués la barra de demanar-li feina? Per guanyar temps li va preguntar:

—¿I què me'n dius, de la teva colla?

—Ara treballo pel meu compte —va respondre Alfred, intentant tota l'estona mostrar-se indiferent—. No hi ha prou feina per a una colla.

—Doncs ara mateix no necessitem ningú —va dir Jack amb una indiferència semblant—. Ho tenim tot cobert.

—Però un bon paleta mai no està de més, ¿oi que no?

Jack li va percebre una nota de súplica a la veu i va comprendre que Alfred estava desesperat. Va decidir ser-li franc.

—Després del que va passar entre nosaltres, sóc la darrera persona a qui hauries de recórrer per buscar ajuda, Alfred.

—I ho ets, efectivament —va admetre Alfred sense embuts—. Ho he intentat a tot arreu. Ningú no em dóna feina. És aquesta epidèmia de fam.

Jack va pensar en totes les vegades que Alfred l'havia maltractat i l'havia pegat. Per culpa d'ell s'havia hagut de fer novici i havia hagut d'abandonar Kingsbridge i la seva família. No hi havia cap motiu que l'obligués a ajudar-lo. Al contrari, tenia raons per alegrar-se de la seva desgràcia.

—No t'agafaria encara que necessités paletes —li va contestar.

—He pensat que no et costaria gens —va al·legar Alfred amb insistència—. Al cap i a la fi, va ser el meu pare qui et va ensenyar tot el que saps. És gràcies a ell, que ets mestre constructor. ¿No m'ajudaries en memòria seva?

En memòria de Tom. Tot d'una, Jack va tenir remordiments de consciència. Tom havia mirat de ser un bon pare per a tots dos. No havia estat ni afectuós ni comprensiu, però havia tractat els seus fills de manera semblant. Havia estat pacient i generós en transmetre'ls els seus coneixements i el seu ofici. I també havia fet feliç, almenys gairebé sempre, la seva mare. «Fet i fet», va pensar Jack, «aquí em teniu, sóc un mestre constructor prestigiós i pròsper i estic en camí de fer realitat l'ambició de construir la catedral més bella del món, mentre que Alfred està arruïnat i afamat i no té feina. ¿No en tinc prou amb això?»

«No, no en tinc prou», va pensar.

Llavors es va apaivagar.

—Molt bé —va contestar—. Et contracto en memòria de Tom.

—Gràcies —va dir Alfred amb un posat impertorbable—. ¿Haig de començar de seguida?

Jack va assentir.

—Estem fent els fonaments de la nau. De moment, treballaràs en això.

Alfred li va allargar la mà. Jack va vacil·lar un moment i, llavors, l'hi va estrènyer. Va comprovar que era tan fort com sempre.

Alfred se'n va anar. Jack es va quedar allà, mirant el dibuix del plint de la columna. Era d'escala real, per tal que, quan estigués acabat, un mestre fuster pogués fer-ne una plantilla, amb la qual els paletes marcarien les pedres que s'haurien de tallar.

¿Havia estat correcta la seva decisió? Va recordar que la volta d'Alfred s'havia ensorrat. És clar, no li donaria feines difícils, com fer les voltes o els arcs. Hauria de conformar-se a fer murs i terres llisos.

Mentre Jack rumiava, va tocar la campana del migdia per anunciar l'hora de dinar. Va deixar l'instrument de filferro que feia servir per dibuixar i va baixar per l'escala de la torreta.

Els paletes casats se n'anaven a dinar a casa seva i els solters anaven al menjador. En algunes obres donaven dinar als manobres per tal d'evitar que arribessin tard a la tarda, que no hi anessin o que s'hi presentessin borratxos. Però el menjar que donaven els monjos era tan espartà, que gairebé tots es portaven el menjar de casa seva. Jack vivia a casa de Tom, amb Martha, la seva germanastra, que feia de mestressa de casa. I sempre que Aliena estava enfeinada, també s'encarregava de cuidar Tommy, i la segona filla de Jack, una nena que es deia Sally. Normalment, Martha feia el dinar per a Jack i els nens i, a vegades, també hi anava Aliena.

Jack va abandonar el recinte del priorat i es va dirigir a casa seva a bon pas. Pel camí una idea el va assaltar: ¿I si Alfred es volia instal·lar de nou a casa amb Martha? Al cap i a la fi, era la seva germana. En el moment de donar-li feina no hi havia pensat.

Al cap d'un moment, va arribar a la conclusió que era una bajanada. Ja feia molt de temps que Alfred no l'intimidava. Ell era el mestre constructor de Kingsbridge, i si deia que Alfred no podia anar a viure a casa seva, segur que no ho faria.

Tanmateix, tenia un cert temor de trobar-se Alfred assegut

a la taula de la cuina, i es va treure un pes de sobre quan va veure que no hi era. Aliena vigilava els nens mentre menjaven, i Martha remenava una cassola.

Va fer un petó al front a Aliena. Ara ja tenia trenta-tres anys, però estava igual que en feia deu. Tenia la mateixa cabellera arrissada, de color castany, la mateixa boca generosa i els ulls foscos. Només quan es despullava es veien els efectes del temps i la maternitat. Els seus pits fantàstics ara no eren tan ferms, tenia els malucs més amples i el ventre no el tenia tan llis com abans.

Jack va mirar els seus dos fills amb afecte. Tommy, que ja tenia nou anys, era un nen pèl-roig i sa, molt alt per la seva edat. Es cruspia el rostit de xai com si fes una setmana que no mengés. Sally, la nena de set anys, tenia uns rínxols foscos com els de la seva mare, somreia feliç i ensenyava un forat entre les dents, igual que Martha feia disset anys, quan Jack l'havia vista per primera vegada. Tommy anava cada dia al matí al priorat a aprendre a llegir i escriure, però, com que els monjos no acceptaven les nenes, a Sally n'hi ensenyava Aliena.

Jack es va asseure a taula. Martha va treure la cassola del foc i la va posar sobre la taula. Era una noia estranya. Ja havia complert vint anys, però no semblava tenir interès a casar-se. Sempre havia estat molt unida a Jack, i estava contenta de portar-li la casa.

Sens dubte, Jack era el cap de la casa més estranya del comtat. Aliena i ell eren dos dels personatges destacats de la ciutat. Ell perquè era el mestre constructor de la catedral, i ella per haver esdevingut la fabricant de teixits més important de Kingsbridge. Tothom els tractava com si fossin marit i muller. Tanmateix, tenien prohibit de passar la nit junts i vivien en cases separades. Aliena vivia amb el seu germà i Jack amb la seva germanastra. Els diumenges a la tarda, i també els dies de festa, desapareixien. Tothom sabia què feien. Llevat del prior Philip, és clar. D'altra banda, la mare de Jack vivia en una cova del bosc, perquè la gent pensava que era una bruixa.

De tant en tant, Jack es tornava a recordar que tenia prohibit casar-se amb Aliena i s'empipava. Llavors es passava les nits en blanc escoltant com Martha roncava a l'habitació del costat i es demanava per què ell, als vint-i-vuit anys, havia de dormir sol. L'endemà estava de molt mal humor amb el prior Philip, rebutjava tots els suggeriments o sol·licituds que li feien a la sala capitular, titllant-les d'impossibles de realitzar o bé de massa cares, i es negava a discutir les alternatives viables, com si només hi hagués una manera de construir la catedral i aquesta fos la seva.

Aliena també se sentia desgraciada i es ficava amb Jack. Perdia la paciència i es tornava intolerant, li criticava tot el que feia i feia anar els nens al llit així que ell arribava. Quan Jack menjava, ella deia que no tenia gana. Al cap d'un o dos dies d'estar d'aquest humor, esclatava en plors i deia que li sabia greu. Eren feliços de nou, fins que la tensió es tornava a acumular i ella tornava a esclatar.

Jack es va servir el rostit en un bol i va començar a menjar.

—Endevineu qui ha vingut a l'obra aquest matí —va dir, i sense esperar cap resposta, va afegir:— Alfred.

Martha va deixar caure la tapa de ferro de la cassola sobre els fogons. Jack la va mirar i li va veure la por reflectida a la cara. Es va girar cap a Aliena i es va adonar que la seva dona havia empal·lidit.

—¿Què hi fa, a Kingsbridge? —va preguntar Aliena.

—Busca feina. L'epidèmia de fam ha empobrit els comerciants de Shiring, que ja no es poden fer cases de pedra com abans. Ha desfet la seva colla i no troba feina.

—Espero que l'hagis engegat a fer punyetes —va dir Aliena.

—M'ha dit que li havia de donar feina en memòria de Tom —va al·legar Jack, neguitós, perquè no havia previst aquella reacció per part de les dues dones—. Al capdavall, ho dec tot a Tom.

—I una merda! —va replicar Aliena.

Jack va pensar que Aliena havia parlat com la seva mare.

—Doncs bé, la veritat és que l'he contractat —les va informar.

—Jack! —va exclamar Aliena—. ¿Com ho has pogut fer? No tens dret a deixar que aquest dimoni torni a Kingsbridge!

Sally es va posar a plorar. Tommy mirava la seva mare amb els ulls com unes taronges.

—Alfred no és un dimoni. Té gana i no té calés. L'he tret del mal pas per la memòria del seu pare —va insistir Jack.

—No t'hauria fet tanta llàstima si t'hagués obligat a dormir nou mesos a terra, com un gos.

—A mi m'ha fet coses pitjors... Pregunta-l'hi a Martha.

—I a mi —va dir la noia.

—Però m'he adonat que el fet que es trobi en aquesta situació ja és una revenja per a mi.

—Molt bé, però per a mi no —li va etzibar Aliena—. Per l'amor de Déu, ets un boig sense remei, Jack Jackson! A vegades dono gràcies al cel de no estar casada amb tu!

Allò era un cop baix i el va ferir. Sabia que Aliena no ho deia de cor, però ja n'hi havia prou que ho digués, encara que fos per un cop de geni. Va agafar la cullera i va començar a menjar, però havia perdut la gana.

Aliena va donar a Sally uns copets al cap i li va ficar un tros de pastanaga a la boca.

Jack va mirar Tommy, que seguia fitant Aliena, esporuguit.

—Menja, Tommy —li va dir Jack—. És molt bo.

Van acabar de dinar en silenci.

A la primavera del mateix any en què havien acabat els transseptes, el prior Philip va fer un viatge per les propietats que el monestir tenia al sud de la regió. Després de tres anys pèssims, calia una bona collita i Philip volia saber l'estat en què es trobaven les granges.

El va acompanyar Jonathan. L'orfe del priorat ja era un adolescent de setze anys, alt i intel·ligent, però maldestre amb les mans. Igual que Philip a la seva edat, no semblava tenir cap mena de dubte pel que feia a la seva vocació. Havia acabat el noviciat, ja havia fet els vots i s'havia convertit en el germà Jonathan. Igual que Philip, estava interessat en el vessant pràctic del servei a Déu, i treballava d'ajudant de Cuthbert Whitehead, ja ancià.

Philip estava orgullós del noi. Era devot, treballador, i queia simpàtic a tothom.

Portava Richard, el germà d'Aliena, d'escorta. El jove finalment havia trobat el seu lloc a Kingsbridge. Un cop construïda la muralla de la ciutat, Philip va proposar als membres de la comunitat parroquial que nomenessin Richard cap de vigilància, que era el responsable de la seguretat ciutadana. Tenia al seu càrrec els sentinelles nocturns i s'ocupava del manteniment i la millora de la muralla. En els dies de mercat i les festes de precepte estava autoritzat a detenir els borratxos i els busca-raons. Aquesta feina es va fer imprescindible quan Kingsbridge es va convertir en ciutat, i els monjos no la podien fer. La comunitat parroquial, que Philip al principi havia considerat una amenaça a la seva autoritat, al capdavall havia estat útil. I Richard estava content. Tenia gairebé trenta anys, però gràcies a la vida activa conservava un aire juvenil.

A Philip li hauria agradat que la germana de Richard també tingués una situació estable. Si hi havia algú amb qui l'Església havia estat injusta, aquesta persona era Aliena. Jack era l'home a qui estimava i el pare dels seus fills, però l'Església insistia en el fet que encara estava casada amb Alfred, malgrat que mai no hi havia tingut contacte carnal. I, a més, li era impossible obtenir l'anul·lació del matrimoni per culpa de la mala voluntat del bisbe. Philip ho trobava vergonyós i se'n sentia culpable, tot i que ell no era el responsable de la negativa eclesiàstica.

—Em pregunto per què Déu permet que aquesta pobra gent mori de fam —va dir Jonathan, gairebé a la fi del viatge, quan ja tornaven al priorat travessant el bosc un matí clar de primavera.

Era una pregunta que tots els monjos joves es feien, tard o d'hora, i hi havia moltes respostes.

—No donis la culpa a Déu d'aquesta epidèmia de fam.

—Però el mal temps, que ha estat la causa de les males collites, és obra de Déu.

—La fam no només és conseqüència de les males collites —va respondre Philip—. De males collites, n'hi ha hagut sempre amb regularitat. Tanmateix, abans la gent no es moria de gana. El que passa ara és que s'han produït després de molts anys de guerra civil —va explicar Philip.

—I doncs, ¿quina diferència hi ha? —va insistir Jonathan.

—La guerra és dolenta per al cultiu de la terra —va intervenir Richard—. Es mata bestiar per donar menjar als exèrcits, les collites es cremen perquè no caiguin en mans enemigues i les granges queden abandonades quan els cavallers van a la guerra.

—I si el futur és incert —va afegir-hi Philip—, la gent no està disposada a perdre temps i energies desbrossant noves terres, criant bestiar, cavant rases o construint graners.

—En canvi nosaltres no hem deixat mai de fer aquestes feines —va observar Jonathan.

—Els monestirs són diferents. Però la majoria dels grangers va descuidar de tal manera les seves granges durant la guerra que quan va arribar el mal temps no estaven en bones condicions per tirar-les endavant. Els monjos mirem més enllà. Però nosaltres tenim un altre problema. El preu de la llana ha baixat per culpa de l'epidèmia de fam.

—No hi veig la relació —va dir Jonathan.

—Suposo que és perquè la gent que pateix fam no compra roba —va aclarir-li Philip. Si la memòria no li fallava, era el primer any que veia que el preu de la llana no pujava. S'havia vist forçat a reduir el ritme de la construcció de la catedral, a no admetre novicis nous i a suprimir el vi i la carn en la dieta dels monjos.— Això vol dir, per desgràcia, que ens hem d'estrènyer la bossa precisament ara que a Kingsbridge no para d'arribar-hi gent en la misèria que demana feina —va afegir.

—I acaben fent cua davant de la porta del priorat perquè els donem pa i un bol d'escudella —va concloure Jonathan.

Philip va assentir, amb un gest de preocupació. Se li trencava el cor quan veia homes forts que es veien obligats a captar pa perquè no trobaven feina.

—Però recorda que la culpa és de la guerra, no del mal temps —va dir el prior.

—Espero que tinguin reservat un lloc especial a l'infern per als comtes i reis que han provocat tota aquesta misèria —va remugar Jonathan amb una passió juvenil.

—Així ho espero... Que Déu ens protegeixi! ¿Què és això?

De les bardisses havia sorgit una figura estranya que corria a tota velocitat cap al prior. Duia la roba molt esparracada, portava els cabells esbullats i la cara negra de brutícia. Philip va pensar que el pobre home devia fugir d'algun ós que s'havia escapat.

Però llavors aquell home es va llançar contra Philip, que, de la sorpresa, va caure del cavall.

Quan va ser a terra, l'atacant se li va tirar al damunt. Feia pudor d'animal i grunyia com si ho fos de debò. Philip es debatia i donava puntades de peu. Semblava que l'home li volgués prendre la bossa de cuir que duia penjada a l'espatlla. A la fi, el prior es va adonar que l'hi volia robar. A dintre la bossa només hi havia un llibre, *El càntic dels càntics*. Philip lluitava desesperadament per desempallegar-se del saltejador que l'atacava, no perquè no pogués prescindir del llibre, sinó perquè l'home anava tan brut que li feia fàstic.

Però Philip estava embolicat amb la corretja de la bossa que el lladregot no volia deixar anar. Van rodolar per terra, el monjo es volia apartar i el lladre volia tibar la bossa. Philip ni tan sols s'havia adonat que el seu cavall havia fugit.

De cop i volta, Richard va agafar el lladre i el va apartar. Philip es va quedar assegut i no es va posar dret fins al cap d'uns moments. Estava atordit i li rodava el cap. Va respirar aire fresc, alleujat de veure's deslliurat de l'abraçada fètida del saltejador. Es va tocar els cops. Després de comprovar que no tenia cap os trencat, va dirigir la seva atenció als altres.

Richard tenia el lladre immobilitzat de bocaterrosa, amb un peu a l'esquena de l'home i la punta de l'espasa fregant-li el clatell. Jonathan, perplex, sostenia les regnes dels altres dos cavalls. Philip se sentia de sobte sense forces.

—Si vigileu aquest escurçó, aniré a buscar el vostre cavall —va dir Richard allargant l'espasa a Philip.

—Molt bé —va contestar el prior apartant l'espasa—. No la necessito.

Richard va vacil·lar i tot seguit va embeinar l'arma. El lladre seguia sense moure's. Les cames que li sortien per sota la túnica semblaven sarments, pel color i perquè eren molt seques. Anava descalç. Aquell pobre home estava tan feble que no podia ni escanyar una gallina. Richard se'n va anar a buscar el cavall de Philip.

Quan el lladre va veure que Richard marxava va estar a punt de saltar. Philip sabia que es voldria escapar.

—¿Vols menjar alguna cosa? —li va preguntar per aturar-lo.

El lladre va aixecar el cap, i va mirar Philip com si pensés que estava boig.

El prior es va acostar al cavall de Jonathan i va obrir una alforja. En va treure un pa, el va partir i en va donar la meitat al lladre. L'home el va agafar, sense poder-s'ho creure, i a l'acte se'l va ficar gairebé tot a la boca.

Philip es va asseure a terra i el va observar. L'home menjava com un animal, mirant d'empassar-se tot el que podia per por que li prenguessin el pa. Primer, a Philip li va semblar un vell, però quan s'hi va fixar millor, es va adonar que devia ser molt jove, d'uns vint-i-cinc anys.

Richard va tornar amb el cavall de Philip agafat per la brida. Es va indignar quan va veure el lladre assegut i menjant.

—¿Per què li heu donat el nostre menjar? —va preguntar a Philip.

—Perquè té gana.

Richard no va contestar, però la seva expressió donava a entendre que considerava que tots els monjos estaven tocats de l'ala.

—¿Com te dius? —li va preguntar Philip al lladre quan va acabar de menjar.

L'home no les tenia totes. Va dubtar. Al prior se li va acudir pensar que devia fer molt de temps que no parlava amb cap altre ésser humà.

—David —va respondre finalment.

«Sembla que almenys no ha perdut l'enteniment», va pensar Philip.

—¿Què t'ha passat, David? —li va preguntar.

—Després de l'última collita, vaig perdre la granja que tenia.

—¿Qui era el teu senyor?

—El comte de Shiring.

William Hamleigh. No el va sorprendre gens.

A milers d'arrendataris amb granges els havia estat impossible pagar les rendes al cap de tres males collites. Quan algun arrendatari de Philip no podia pagar, el prior es limitava a perdonar-li la renda, perquè, si no, el deixava a la misèria i al final anava a parar al priorat a demanar caritat. Però hi havia altres propietaris, i especialment William Hamleigh, que s'aprofitaven de qualsevol calamitat per despatxar els seus arrendataris i tornar a prendre possessió de les granges. El resultat era el gran nombre de proscrits que vivien al bosc i que assaltaven els viatgers. Per això Philip anava sempre acompanyat de Richard a tot arreu, perquè necessitava protecció.

—¿I què s'ha fet de la teva família? —va demanar al lladre.

—La meva dona va agafar la criatura i va tornar a casa de la seva mare. Però no hi havia lloc per a mi.

Era la història de sempre.

—És pecat atacar un monjo, David, i també està malament viure dels robatoris.

—Però, ¿com ho faré per subsistir? —va preguntar l'home.

—Si et quedes al bosc, val més que cacis ocells i pesquis.

—No en sé.

—Com a lladre, ets un desastre —li va etzibar Philip—. ¿Quines possibilitats tenies de sortir-te'n sense armes, contra nosaltres, que som tres i portem Richard que va armat?

—Estava desesperat.

—Bé. La propera vegada que estiguis desesperat vés a un monestir. Sempre et donaran alguna cosa per menjar.

Philip es va posar dret. Tenia a la boca el gust agre de la hipocresia. Sabia que els monestirs no podien alimentar a tots els que havien caigut en desgràcia. En realitat, aquella pobra gent no podia fer altra cosa que robar. Però el seu paper a la vida era aconsellar que la gent es comportés d'una manera virtuosa i no buscar excuses per als pecadors.

No podia fer res més per aquell desgraciat. Va agafar les regnes del seu cavall de les mans de Richard i hi va muntar. Va notar que les ferides i la patacada produïdes per la caiguda li farien mal molts dies.

—Segueix el teu camí i no tornis a pecar —va afegir, imitant Jesús.

—De fet sou massa bo —va comentar Richard mentre seguien el seu camí.

Philip va sacsejar el cap, apesarat.

—La trista realitat és que no sóc prou bo.

William Hamleigh es va casar el diumenge abans de la Pentecosta.

Havia estat idea de la seva mare. Durant molts anys l'havia atabalat amb la cantarella que busqués esposa i que engendrés un hereu, però ell sempre havia ajornat el moment de fer-ho. Les dones l'avorrien i, per una raó que no comprenia i en la qual no volia pensar, el neguitejaven. Sempre li deia a la seva mare que no tardaria a casar-se, però no ho feia mai.

Al final va ser ella qui li va buscar la promesa.

Es deia Elizabeth. Era la filla de Harold de Weymouth, un cavaller ric i ferm partidari d'Stephen. Regan Hamleigh li va explicar al seu fill que, amb una mica d'esforç per part seva, hauria pogut fer un matrimoni millor. S'hauria d'haver casat amb la filla d'un comte, però, com que ell no hi posava res de part seva, Elizabeth estava prou bé.

William l'havia vista a la cort del rei, a Winchester, i Regan s'havia fixat que ell la mirava amb atenció. Tenia una cara bonica, una cabellera arrissada de color castany clar, molt de pit i els malucs estrets. Ben bé el tipus de dona que a William li agradava.

Tenia catorze anys.

Mentre William l'esguardava, imaginava que la posseïa per força, emparat per les ombres nocturnes, en algun carreró de

Winchester. Ni tan sols per un moment no va pensar en el matrimoni. Tanmateix, la seva mare va descobrir que estava receptiu a la idea i que la noia era una filla obedient que faria el que li diguessin. Va preparar una entrevista després d'haver tranquil·litzat William prometent-li que no es repetiria la humiliació que Aliena havia infligit a la família.

William estava nerviós. La darrera vegada que havia fet una cosa semblant era un jove inexpert de vint anys, fill d'un cavaller, i s'havia adreçat a una dama de la noblesa jove i arrogant. Però ara era un home enfortit per les batalles, tenia trenta-set anys i en feia deu que era el comte de Shiring. Era una ximpleria estar nerviós per una entrevista amb una noia de catorze anys.

Quan va arribar l'hora, ella estava més neguitosa que ell. I també desesperada per agradar-li. Va parlar molt agitada de casa seva, de la seva família, dels seus cavalls i gossos, de parents i amics. William seia en silenci, observant-li la cara i imaginant com devia ser despullada.

Els va casar el bisbe Waleran a la capella d'Earlscastle. Hi havia el costum de convidar a les noces totes les persones importants del comtat. William hauria perdut prestigi si no hagués convidat a un banquet esplèndid. Al mateix recinte del castell, s'hi van rostir a l'ast tres bous sencers i dotzenes de xais i porcs. Els convidats van beure grans quantitats de cervesa, sidra i vi dels cellers del castell. La mare de William presidia la festa amb una expressió de triomf en aquella cara deforme. El bisbe Waleran, que trobava de mal gust aquelles celebracions vulgars, es va retirar quan l'oncle de la núvia va començar a explicar històries divertides sobre noucasats.

A boca de fosc, els nuvis es van retirar a la seva cambra i van deixar que els convidats continuessin la gresca. William havia assistit a prou casaments per estar al corrent de les idees que en aquells moments se'ls estaven acudint als convidats més joves, de manera que va fer que Walter muntés guàrdia davant de la porta i la va barrar per dins per evitar interrupcions.

Elizabeth es va treure la túnica i les sabates i es va quedar allà dreta, amb la camisola de lli posada.

—No sé què fer —es va limitar a mormolar—. Me n'hauràs d'ensenyar.

Allò no era tal com s'ho havia imaginat. Se li va acostar. Elizabeth va aixecar la cara i ell li va besar els llavis suaus. Aquell petó no li va despertar cap mena d'excitació.

—Treu-te la camisa i estira't al llit —li va indicar.

La noia es va treure la camisa pel cap. Era més aviat grassona. Tenia uns pits grossos amb uns mugrons minúsculs. Al pubis hi tenia un borrissol de pèls castanys. Es va acostar al llit i va jeure, obedient.

William es va treure les botes. Es va asseure al llit al seu costat i li va graponejar les sines. Tenia la pell suau. Aquella jove dolça, somrient i afable no tenia res a veure amb el tipus de dona que l'excitava: una dona abrusada de passió, que gemegava i suava a sota d'ell. Es va sentir estafat.

Li va posar la mà entre les cuixes i ella de seguida va obrir les cames. William la va burxar amb el dit. La noia va deixar anar un xisclet de sorpresa i dolor.

—Està bé, no et preocupis —es va afanyar a dir Elizabeth amb un somriure.

Per un moment, William es va dir que potser seguia un camí equivocat. Va tenir la imatge fugissera d'una escena diferent, en la qual tots dos jeien l'un al costat de l'altre, tocant-se, xerrant i començant-se a conèixer de mica en mica. Però a ell, el desig se li havia despertat a la fi en sentir-la gemegar de dolor. Es va treure aquelles ximpleries del cap i va moure el dit bruscament, mentre mirava com la noia s'esforçava per suportar el sofriment en silenci.

William va pujar al llit i es va agenollar entre les cames d'Elizabeth. No estava prou excitat. Es va tocar el penis perquè se li endurís, però només ho va aconseguir a mitges. Estava segur que era aquell somriure del dimoni el que li estava causant la impotència. La va burxar amb dos dits i ella va cridar de dolor. Allò anava millor. I llavors la mala pècora va tornar a somriure. William va decidir que li havia d'esborrar el somriure de la cara. La va bufetejar amb força. Elizabeth va xisclar i del llavi li va començar a sortir sang. Allò estava molt millor.

La va tornar a pegar. Elizabeth va esclatar en plors.
A partir d'aquell moment, tot va anar bé.

El diumenge següent era el de Pentecosta, i s'esperava que una gran multitud anés a la catedral. El bisbe Waleran hi celebraria l'ofici. Hi hauria més gent que de costum, perquè tothom volia veure els transseptes acabats. Segons els rumors que corrien eren admirables. Durant l'ofici d'aquell dia, William mostraria la seva esposa als ciutadans del comtat. No havia estat a Kingsbridge d'ençà que havien construït les muralles, però Philip no podia impedir que anés a l'església.

La seva mare havia mort dos dies abans de la Pentecosta.

Devia tenir uns seixanta anys. Va ser tot molt sobtat. El divendres, havent sopat, va sentir que no podia respirar bé i se'n va anar d'hora al llit. Poc abans de la matinada, la minyona va anar a avisar William que la seva mare es trobava malament. Ell es va llevar i es va dirigir, vacil·lant, cap al seu dormitori, fregant-se la cara. La va trobar fent terribles esforços per respirar. Era incapaç d'articular cap paraula i una ganyota de terror li desfigurava encara més la cara.

William va quedar espantat per la mirada de la seva mare i la manera com s'agitava per prendre aire. No apartava els ulls d'ell, com si esperés que fes alguna cosa. William estava tan aterrit que va fer mitja volta, disposat a abandonar la cambra, però llavors va veure la minyona dreta al costat de la porta, i es va avergonyir de mostrar-se tan espantat. Es va obligar a tornar a mirar la seva mare. Semblava que la cara li canviés de forma sota la llum tremolosa d'una espelma. La respiració, mig ofegada i ronca, es va anar fent més forta i es va ficar dins del cap de William fins que li va semblar que li explotaria. Es va tapar les orelles amb les mans per protegir-se d'aquell soroll, però no el podia aturar. No entenia com no es despertava tot el castell. Era igual que quan era petit i l'esbroncava de valent, amb la fúria a la cara, la boca oberta, els ulls desorbitats i els cabells esbullats. Cada vegada estava més convençut que li estava demanant alguna cosa. Ell sentia constantment que s'anava tornant més petit, fins que el va posseir un terror cec que no havia sentit des de la seva infantesa, un terror que sorgia de la certesa que l'única persona que estimava era un monstre rabiós. Sempre havia estat així. Sempre que ella li ordenava, i ho feia contínuament, que s'acostés, o que se n'anés, o que muntés el seu poni, William complia les seves ordres amb lentitud, i llavors la mare li cridava. Ell s'espantava tant que no entenia el que li manava que fes. Al final arribava un punt en què ella l'escridassava més i més i ell es quedava cec, sord i mut de terror.

Però aquesta vegada va ser diferent.

Aquesta vegada ella es va morir.

Primer va tancar els ulls. Aleshores William es va començar a calmar. La respiració de Regan es va anar afeblint de mica en mica. La cara es va anar tornant de color grisós malgrat els grans inflamats. Fins i tot la flama de l'espelma semblava cremar amb menys intensitat i les ombres oscil·lants ja no l'esglaiaven. Finalment va deixar de respirar.

—Bé, ara ja no pateix, ¿oi que no? —va dir William.

La minyona es va posar a plorar.

Ell es va asseure al costat del llit i li va contemplar la cara immòbil. La minyona va anar a buscar el sacerdot.

—¿Per què no m'heu avisat abans? —va preguntar aquest, indignat.

William gairebé no el va sentir. Es va quedar al costat del cadàver de la seva mare fins a l'alba. Llavors les serventes li van demanar que se n'anés perquè l'havien de «preparar». William va baixar al vestíbul, on els habitants del castell, cavallers, homes d'armes, clergues i servents estaven esmorzant. Es va asseure a la taula al costat de la seva jove esposa i va beure una mica de vi. Un o dos cavallers i el majordom li van parlar, però ell no va contestar. A la fi, va arribar Walter i es va asseure al seu costat. Feia molts anys que estava al servei de William i sabia quan havia d'estar callat.

—¿Estan preparats els cavalls? —va preguntar William al cap d'una estona.

Walter va semblar sorprès.

—¿Per què?

—Pel viatge a Kingsbridge. Dura dos dies, i això vol dir que haurem de sortir aquest matí.

—No crec que hi hàgim d'anar, en aquestes circumstàncies.

Per algun motiu, allò va disgustar William.

—¿Que potser t'he dit que no hi aniríem?

—No, jo només...

—Doncs llavors hi anirem!

—Sí, milord. —Walter es va aixecar.— Me n'ocuparé immediatament.

A mig matí, el comte, Elizabeth i el seu seguici habitual de cavallers i escuders es van posar en camí. William tenia la sensació de caminar en somnis. Semblava com si el paisatge s'allunyés d'ell, en comptes de ser a l'inrevés. Elizabeth cavalcava al seu costat, masegada i silenciosa. Cada vegada que s'aturaven, Walter es feia càrrec de tot. I a cada àpat, William menjava una mica de pa i bevia unes quantes copes de vi. A la nit es va endormiscar a estones.

Quan ja s'apropaven a Kingsbridge van albirar, de lluny estant, la catedral. La d'abans havia estat un edifici ample i rabassut, amb les finestres petites, com ulls a sota d'unes celles d'arcs de mig punt. L'aspecte que oferia la nova catedral era completament diferent, malgrat que encara no estava acabada. Era alta i esvelta i les finestres tenien una alçària impensable. En acostar-se més, William va observar que el temple era tan majestuós que empetitia els edificis que l'envoltaven.

El camí era un formiguer de genets i caminants. Tots es dirigien cap a Kingsbridge. L'ofici del diumenge de Pentecosta era molt popular, perquè tenia lloc a principis d'estiu, quan ja feia bo i els camins estaven secs. Aquell any encara hi havia més gent que de costum, empesos per la curiositat de conèixer l'edifici nou.

William i el seu grup van recórrer l'últim tros del trajecte a mig galop, apartant sense miraments els caminants sorpresos, i van travessar amb un gran estrèpit el pont llevadís de fusta que creuava el riu. Kingsbridge era ara una de les ciutats més fortificades d'Anglaterra. Tenia una muralla ferma amb un parapet encastellat, i en el punt on el pont d'abans portava directament al carrer major, ara al camí s'alçava una barbacana de pedra amb unes portes enormes i molt pesants, que en aquell moment estaven obertes, però que, de nit, quedaven sempre tancades i barrades. «Suposo que ja no podré tornar a incendiar aquesta ciutat mai més», va pensar William.

La gent el mirava mentre avançava pel carrer major en direcció al priorat. De fet, la gent sempre l'esguardava. Era el comte. Aquell dia, però, també tenien curiositat per la seva jove esposa que cavalcava a la seva esquerra. A la dreta l'acompanyava, com sempre, Walter.

Van entrar al recinte del priorat i van desmuntar davant dels estables. William va deixar el cavall en mans de Walter i es va dirigir cap a la catedral. La banda est, la que formava la part superior de la creu, estava a la zona més allunyada del recinte, fora de la vista. La banda oest, el peu de la creu, encara no estava construïda, però la forma estava marcada a terra amb estaques i cordill, i ja havien començat a cavar-ne els fonaments. Entremig, hi havia la part nova, els dos braços de la creu, que consistia en els transseptes nord i sud, i el creuer, que era l'espai entre ambdós. Les finestres eren tan grans com semblaven des de lluny. William mai no havia vist un edifici com aquell.

—És fantàstic —va exclamar Elizabeth, trencant el seu silenci submís.

William va desitjar haver-la deixat al castell.

Una mica desconcertat, va caminar lentament per la nau, entre les estaques i els cordills, amb Elizabeth al darrere. El primer intercolumni estava parcialment construït, i semblava com si sostingués l'immens arc ogival que formava l'entrada oest en direcció al creuer. William va passar per sota aquell arc increïble i va anar a parar al creuer atapeït de gent.

El nou edifici semblava irreal. Era massa alt, massa esvelt, massa airós i gràcil per mantenir-se dret. Feia la impressió que no hi havia res que aguantés la volta, llevat d'una filera de pilars abrinats. Igual que tothom que era allà, William va haver d'estirar el coll per mirar enlaire i va veure que els pilars continuaven pel sostre corbat fins a trobar-se a la clau de la volta, imitant les branques entrellaçades d'un grup d'oms al bosc.

L'ofici va començar. L'altar estava instal·lat a la part més propera al presbiteri. Els monjos s'hi havien posat darrere per tal de deixar lliure per als fidels l'espai del creuer i els transseptes, però tot i això la multitud envaïa la nau que encara s'havia de construir. William es va obrir pas cap a la part preferent, com era prerrogativa seva, i es va aturar a prop de l'altar, amb els altres nobles del comtat, que li van adreçar una lleu inclinació amb el cap i van xiuxiuejar entre ells.

El sostre de fusta pintada del presbiteri vell s'encavalcava amb l'arc est del creuer i era evident que el constructor tenia la intenció d'acabar ensorrant el presbiteri i fer-ne un altre del mateix estil que els transseptes.

Al cap d'un moment la seva mirada va topar amb el constructor en qüestió: Jack Jackson. Era un diable ben plantat amb una abundant cabellera roja, i vestit amb una túnica grana, brodada a la part inferior i al coll, igual que la d'un noble. Semblava satisfet de si mateix, sens dubte per haver construït els transseptes tan ràpid, i perquè tothom els admirava per la seva bellesa. Portava agafat de la mà un nen d'uns nou anys que era el seu retrat. William va comprendre, sobresaltat, que devia ser el fill d'Aliena, i el va envair un sentiment d'enveja. Un moment després la va descobrir. Estava dreta prop de Jack, unes passes més enrere, amb un somriure d'orgull a la cara. A William li va fer un salt el cor. Estava tan encantadora com sempre. Elizabeth era una pobra substituta, una pàl·lida imitació d'aquella dona real i apassionada. Aliena duia a coll una nena d'uns set anys, i William va recordar que havia tingut un segon fill amb Jack malgrat que no estaven casats.

William va mirar Aliena amb deteniment. Al capdavall, no estava tan encantadora com abans. Tenia arrugues al voltant dels ulls, segurament per les preocupacions, i darrere el seu somrís orgullós hi havia una ombra de tristesa. És clar que, al cap de tots aquells anys, encara no s'havia pogut casar amb Jack, va pensar satisfet, perquè el bisbe Waleran havia mantingut la seva promesa i havia impedit una vegada rere l'altra que obtingués l'anul·lació del matrimoni. Aquella idea el reconfortava sovint.

Aleshores William es va adonar que era Waleran qui en aquell moment estava dret davant l'altar, alçant l'hòstia per oferir-la a la mirada de la congregació de fidels. Centenars de persones es van prostrar de genolls. En aquell instant, el pa s'acabava de convertir en el cos de Crist, una transformació que sempre despertava l'admiració de William, encara que no tingués ni idea de què representava.

Durant una estona es va concentrar en la missa, observant els gestos místics dels sacerdots, escoltant les frases incomprensibles en llatí, remugant les respostes apreses sense comprendre'n el significat. D'ençà que s'havia mort la seva mare, s'havia quedat atordit. La catedral nova, on la llum del sol jugava amb les increïbles columnes, li semblava màgica i contribuïa a intensificar la impressió que estava en un somni.

L'ofici estava a punt d'acabar-se. El bisbe Waleran es va girar i es va dirigir als fidels.

—I ara resarem per l'ànima de la comtessa Regan Hamleigh, mare del comte William de Shiring, la qual va morir la nit del divendres.

Es va sentir un murmuri general com a reacció a la notícia, però William fitava el bisbe horroritzat. Finalment hi havia caigut. En aquell moment se li acabava de revelar el que la mare intentava dir-li mentre moria. Li havia estat demanant un sacerdot..., i ell, William, no l'havia fet anar a buscar. L'havia vist perdre forces de mica en mica, l'havia vista tancar els ulls, l'havia sentit deixar de respirar i l'havia deixada morir sense confessió. ¿Com havia pogut fer-ho? Des del divendres a la nit, l'ànima de la seva mare era a l'infern, patint els turments que ella sovint li descrivia de manera molt gràfica, sense oracions que li donessin el descans etern. Tant li pesava la culpa sobre el cor, que va sentir que els batecs se li anaven aturant, i per un moment va pensar que ell també es moriria. ¿Com havia pogut deixar que s'extingís amb l'ànima desfigurada pels pecats, com el rostre pels furóncols, mentre el que anhelava era la pau del cel?

—¿Què faré? —va dir en veu alta.

La gent que l'envoltava el va mirar sorpresa.

Un cop acabada la pregària, i després que els monjos sortissin en processó, William seguia agenollat davant de l'altar. La resta de fidels va anar abandonant el temple sense fer-li cas. Tots, llevat de Walter, que s'havia quedat al seu costat, vigilant i esperant. William resava fervorosament. Tenia la imatge de la seva mare al cap mentre repetia el parenostre i tots els fragments d'oracions que era capaç de recordar. Al cap d'una estona, se li va acudir que hi havia altres coses que es podien fer, com encendre espelmes, pagar a sacerdots i monjos perquè diguessin misses per ella regularment, i fins i tot fer construir una capella especial en benefici de la seva ànima. Però tot el que li venia al cap no li semblava suficient. Era com si la veiés, sacsejant el cap, dolguda i decebuda amb ell, mentre deia: «¿Quant de temps deixaràs que la teva mare pateixi?»

Va sentir que una mà se li posava a l'espatlla, i va aixecar la vista. Tenia el bisbe Waleran al davant, vestit encara amb la magnífica indumentària que es posava per la Pentecosta. Els ulls negres del bisbe es van clavar en els de William, el qual va sentir que no tenia secrets tan bon punt aquella mirada penetrant el va escrutar.

—¿Per què ploreu? —li va preguntar el bisbe.

William llavors va notar que tenia la cara plena de llàgrimes.

—¿On és ella ara? —va preguntar al seu torn.

—Ha anat a purificar-se amb el foc.

—¿Pateix?

—Moltíssim. Però podem fer que les ànimes dels nostres éssers estimats abandonin ràpidament aquest lloc terrible.

—Faré el que sigui! —va exclamar William, sanglotant—. Digueu-me què puc fer! Si us plau!

Els ulls de Waleran brillaven de cobdícia.

—Construeix-li una església —li va dir—. Una igual que aquesta, però a Shiring.

Cada vegada que Aliena viatjava per les propietats que havien pertangut al seu pare, l'envaïa una ira continguda. Totes aquelles rases bloquejades, les tanques espatllades i els estables en ruïnes la treien de polleguera. Els prats abandonats l'entristien i les viles desertes li trencaven el cor. No només eren les males collites. El comtat hauria pogut alimentar els seus habitants fins i tot aquell any, si hagués estat ben governat. Però William Hamleigh no tenia ni idea de com administrar les seves terres. Per a ell, el comtat era un cofre de tresors particular i no unes terres que donaven de menjar a milers de persones. Quan els seus serfs no tenien aliments, es morien d'inanició. Quan els seus arrendataris no podien pagar les rendes, els despatxava. D'ençà que William era comte, la superfície cultivada s'havia reduït de manera alarmant, perquè les terres d'alguns arrendataris expulsats havien tornat al seu estat natural. I William ni tan sols tenia enteniment per comprendre que, a la llarga, tot allò anava en contra dels seus propis interessos.

El pitjor de tot era que Aliena se'n sentia en part culpable. Es tractava de les propietats del seu pare, i ni ella ni Richard no havien estat capaços de recuperar-les per a la família. Quan William va ser nomenat comte i Aliena es va arruïnar, havien renunciat al comtat. Però aquell fracàs la seguia mortificant i no havia oblidat la promesa que havia fet al seu pare.

Pel camí que anava de Winchester a Shiring, acompanyada per un carreter musculós amb una espasa al cinyell que li transportava un carregament de fil, recordava les vegades que ella i el seu pare havien recorregut a cavall aquell mateix camí. Ell sempre posava en condicions noves terres de conreu, desbrossant trossos de bosc, dessecant pantans i llaurant els vessants dels turons. Els anys de mala collita, sempre tenia prou reserves per cobrir les necessitats dels qui havien estat poc previsors o estaven massa afamats per conservar les seves. Mai no obligava els seus arrendataris a vendre els animals o les arades per pagar la renda, perquè sabia que si ho feia, l'any següent no podrien treballar. Tractava la terra bé, perquè conservés la seva capacitat de producció, igual que un bon granger cuida una vaca que li dóna llet.

Cada vegada que pensava en els vells temps al costat del seu pare, un home inflexible i orgullós, però intel·ligent, sentia la seva pèrdua com una ferida. A la vida tot li havia començat a sortir malament d'ençà que se'l van emportar. En recordar el passat, pensava que tot el que havia fet des de llavors no semblava tenir sentit: viure al castell amb Matthew en un món irreal, anar a Winchester amb l'esperança vana de veure el rei, i fins i tot lluitar per mantenir Richard mentre combatia a la guerra civil. Havia aconseguit el que els altres consideraven un èxit. S'havia convertit en una pròspera comerciant de llana, però això només li havia aportat una pàtina de felicitat. Havia trobat una manera de guanyar-se la vida i una posició a la societat que li proporcionaven seguretat i estabilitat, però, al fons del cor, continuava dolguda i perduda. Fins que Jack va aparèixer a la seva vida.

Però llavors, la impossibilitat de casar-s'hi ho havia espatllat tot. Va arribar a detestar el prior Philip, que una vegada havia considerat el seu salvador i mentor. Feia anys que no hi tenia una conversa tranquil·la i amable. És clar que no era culpa seva que no poguessin obtenir l'anul·lació del matrimoni, però si ella i Jack vivien separats era perquè ell hi havia insistit. Aliena no podia deixar d'estar-hi ressentida.

Estimava els seus fills, però la preocupava veure'ls pujar en una casa on el pare se n'anava cada dia al vespre abans d'anar a dormir. Per sort, allò no havia tingut, almenys fins aleshores, efectes negatius. Tommy era un nen fort i guapo a qui agradava jugar a pilota, a soldats i fer curses i Sally era una nena dolça i entenimentada que explicava contes a les seves nines i a qui encantava observar Jack quan dibuixava. Les necessitats contínues dels nens que ella havia d'atendre i el seu amor senzill eren els únics elements sòlids en l'excèntrica vida d'Aliena.

És clar que, a més, tenia la feina. Al llarg de la major part de la seva vida adulta s'havia dedicat al comerç. Ara tenia dotzenes d'homes i dones en diferents viles que filaven i teixien a casa per compte d'ella. Feia només uns anys havien estat centenars, però, igual que tothom, també patia els efectes de la situació econòmica i no li servia de res fer més teixit del que podia vendre. Encara que estigués casada amb Jack volia conservar la seva feina independent.

El prior Philip deia contínuament que l'anul·lació del matrimoni els podia arribar qualsevol dia, però ja feia set anys que Aliena i Jack vivien aquella vida difícil de suportar, menjant i criant els seus fills plegats, però dormint separats.

A Aliena li dolia la infelicitat de Jack encara més que la seva. Es podia dir que l'adorava. Ningú no sabia com era de profund l'amor que li tenia, tret potser d'Ellen, la seva mare, que ho veia tot. L'estimava perquè l'havia tornat a la vida. Fins llavors havia estat com una larva, i Jack l'havia treta de la crisàlide, ensenyant-li que era una papallona. S'hauria passat tota la vida al marge de les alegries i les penes de l'amor si ell no l'hagués feta participar de les seves històries i no l'hagués besada amb tanta suavitat, fent-li despertar més endavant, lentament i afectuosament, l'amor que duia adormit al fons del cor. Jack havia estat tan pacient i tolerant, tot i ser tan jove... Només per això l'estimaria sempre.

Mentre travessava el bosc, es preguntava si es trobaria Ellen, la mare de Jack. La veien de tant en tant a la fira d'alguna ciutat, i un cop a l'any, aproximadament, anava a Kingsbridge quan es feia fosc per passar la nit amb els seus néts. Aliena s'hi sentia molt unida: totes dues eren dones fora del corrent, que no encaixaven amb el que se n'esperava. Tanmateix, va sortir del bosc sense haver-hi topat.

Mentre feia el seu camí entre les terres cultivades, observava com els conreus maduraven als camps. Va pensar que aquell any hi hauria bones collites. L'estiu no havia estat gaire bo, perquè havia plogut i havia estat fred, però no havien sofert les plagues i les inundacions que havien arrasat les tres collites anteriors. Aliena se n'alegrava. Milers de persones vivien gairebé al límit de la depauperació, i un altre mal hivern seria la fi per a gairebé tots ells.

Es va aturar per tal que els bous beguessin a la font que hi havia al centre d'una vila anomenada Monksfield, que formava part de les propietats del comte. Era força gran i al voltant hi havia algunes de les millors terres del comtat. Hi havia una església de pedra amb el seu rector corresponent. Tanmateix, només la meitat, o menys, d'aquells camps s'havien conreat aquell any. Als que ho havien estat, hi creixia el blat daurat, mentre que la resta de camps estaven coberts de males herbes.

Uns altres dos viatgers s'havien aturat al costat de la font per donar menjar als seus cavalls. Aliena els va observar amb cautela. A vegades convenia aplegar-se amb algú per tal de protegir-se els uns als altres. Però per a una dona podia ser perillós. Aliena havia arribat a la conclusió que un home com aquell carreter estava perfectament disposat a fer el que ella li digués sempre que estiguessin sols, però si hi havia altres homes presents, era possible que estigués inclinat a desobeir-la.

Tanmateix, un d'aquells dos viatgers era una dona. Després de mirar-la amb atenció va canviar la paraula «dona» per «noia». Aliena la va reconèixer. L'havia vista el diumenge de Pentecosta, a la catedral de Kingsbridge. Era la comtessa Elizabeth, l'esposa de William Hamleigh. Semblava desventurada i intimidada. L'acompanyava un home d'armes sorrut, sens dubte el seu guardià. «Aquest hauria pogut ser el meu destí», va pensar Aliena, «si m'hagués casat amb William. Gràcies a Déu que em vaig rebel·lar!»

L'home d'armes va fer una salutació breu al carreter i no va parar atenció a Aliena, la qual va pensar que seria millor no parlar amb ells.

Mentre descansava, el cel es va tapar i va començar a bufar un vent fred.

—Tempesta d'estiu —va dir, lacònic, el carreter.

Aliena va mirar el cel, preocupada. No li feia res mullar-se, però si la tempesta els obligava a anar més a poc a poc, potser estarien a camp obert quan es fes fosc. Van caure unes gotes de pluja. «Haurem de buscar refugi», va pensar a contracor.

—Val més que ens quedem aquí una estona —va dir la comtessa al seu guardià.

—Impossible —va replicar l'home bruscament—. Ordres de l'amo.

A Aliena la va ofendre sentir aquell home parlar d'aquella manera a la noia.

—No siguis ximple! —li va dir—. La teva obligació es vetllar per la teva mestressa!

El guardià la va mirar sorprès.

—¿I a vós que us importa? —va preguntar-li, aspre.

—Està a punt d'haver-hi tempesta, estúpid —va respondre Aliena en el seu to més aristocràtic—. No pots pretendre que una dama viatgi amb aquest temps. El teu amo et farà assotar per la teva ximpleria.

Aliena es va girar cap a la comtessa Elizabeth, que la mirava, complaguda que algú s'atrevís a plantar cara al fanfarró del seu guardià. Va començar a ploure fort. Aliena va prendre una decisió ràpida.

—Veniu amb mi —va dir, dirigint-se a Elizabeth.

Abans que el guardià hi pogués fer res, ja havia agafat la mà de la jove i totes dues s'havien allunyat. La comtessa Elizabeth la va seguir de bon grat, somrient com una nena que van a recollir a l'escola. Aliena va pensar que potser el guardià li aniria al darrere i s'emportaria la noia, però en aquell moment va espetegar un llampec i la pluja es va convertir en un xàfec. Aliena va arrencar a córrer arrossegant Elizabeth, i un cop van haver travessat el cementiri, van arribar davant d'una casa de fusta que hi havia al costat de l'església.

La porta estava oberta. Hi van entrar. Aliena havia suposat que era la casa del rector, i ho havia encertat. Un home malhumorat, que vestia sotana negra i duia una petita creu penjada al coll amb una cadena, es va posar dret quan les va veure entrar. Aliena sabia que l'obligació d'hospitalitat representava una càrrega pesada per a molts capellans, i, sobretot, en aquelles èpoques de fam.

—Els meus acompanyants i jo necessitem refugi —va dir, anticipant-se a una possible resistència per part del rector.

—Sigueu benvinguts —va contestar l'home entre dents.

Era una casa de dues habitacions amb un cobert per als animals al costat mateix. No estava gaire neta tot i que els animals eren a fora. Sobre la taula hi havia un petit barril de vi.

Quan es van asseure, un gosset va bordar agressivament. Elizabeth va agafar Aliena pel braç.

—Moltíssimes gràcies —va dir amb els ulls humits d'agraïment—. Ranulf m'hauria obligat a continuar perquè mai no m'escolta.

—No té cap importància —va contestar Aliena—. Aquests homes alts i cepats són tots uns covards.

Aliena va observar Elizabeth de prop i es va adonar que la pobra noia s'assemblava molt a ella. Ja en devia tenir prou sent l'esposa de William, però ser la substituta d'algú altre devia fer encara més gran el calvari.

—Em dic Elizabeth de Shiring. ¿Qui sou vós? —va preguntar Elizabeth.

—Em dic Aliena. Sóc de Kingsbridge. —Va contenir l'alè per si Elizabeth reconeixia el seu nom i s'adonava que era la dona que havia rebutjat William Hamleigh.

Però era massa jove per recordar aquell escàndol.

—És un nom poc corrent —va ser tot el que va dir.

De l'habitació del darrere va sortir una dona deixada, de cara vulgar. Tenia nus els braços gruixuts, i en una actitud desafiadora els va oferir un vas de vi. Aliena va suposar que era la dona del rector. Ell diria que era la seva majordona, perquè en teoria els capellans tenien prohibit el matrimoni. Les dones dels sacerdots, a la fi, sempre els portaven problemes. Era cruel obligar l'home que la fes fora, i allò només feia quedar malament l'Església. Encara que la gent deia que els sacerdots havien de ser castos, sovint hi havia una actitud tolerant en certs casos, perquè la dona era coneguda. De manera que l'Església seguia fent la vista grossa davant de relacions com aquella. «Ja pots donar gràcies, dona», va pensar Aliena, «tu almenys vius amb el teu home.»

L'home d'armes i el carreter van entrar a la casa. Estaven xops. El primer, Ranulf, es va plantar davant d'Elizabeth.

—No ens podem parar aquí —va dir.

Davant la sorpresa d'Aliena, Elizabeth no va protestar.

—Molt bé —va dir, i es va posar dreta.

—Seieu —li va indicar Aliena, i la va obligar a asseure's de nou. Després, es va posar dreta davant del guardià, i el va assenyalar amb el dit.— Si et torno a sentir, demanaré ajuda als vilatans perquè vinguin a rescatar la comtessa de Shiring. Ells saben com s'ha de tractar la teva senyora tot i que tu no en tinguis ni idea.

Va veure que Ranulf s'ho rumiava. Si arribaven a un enfrontament, era capaç de plantar cara a Elizabeth i Aliena, i també al carreter i al rector. Però si s'hi afegien els vilatans tenia les de perdre.

—Potser la comtessa s'estima més seguir fent camí —va dir, dirigint una mirada agressiva a Elizabeth.

La noia semblava aterrida.

—Bé, senyora. Ranulf us prega humilment que li expresseu la vostra voluntat —va dir Aliena.

Elizabeth se la va quedar mirant.

—Només heu de dir què voleu fer —va afegir Aliena, animant-la—. El seu deure és complir les vostres ordres.

L'actitud d'Aliena va donar coratge a Elizabeth. La noia va respirar fondo abans de parlar.

—Descansarem aquí. Vés i ocupa't dels cavalls, Ranulf —va dir.

L'home va assentir de mala gana i va sortir. Elizabeth va contemplar, sorpresa, com s'allunyava.

—Fotrà una pluja de collons! —va anunciar el carreter.

El rector va arrufar les celles quan va sentir aquestes paraules tan vulgars.

—No crec que plogui més que de costum —va dir tot tocat i posat.

Aliena no va poder evitar esclafir a riure, i quan va veure que Elizabeth també ho feia, va tenir la impressió que la noia no reia sovint.

El soroll de la pluja es va convertir en un tamborineig. Aliena va mirar a fora per la porta oberta. L'església només estava a uns quants peus, però la cortina d'aigua la tapava.

—¿Has guardat bé el carro? —va preguntar Aliena al carreter.

L'home va assentir amb el cap.

—Amb les bèsties.

—Molt bé, no vull que el fil s'enfeltri.

Ranulf va entrar de nou, xop de cap a peus.

Va haver-hi un llampec, seguit del retruny prolongat del tro.

—Això no farà bé a les collites —va comentar el rector en un to lúgubre.

«Té raó», va pensar Aliena. El que calia per anar bé eren tres setmanes de sol.

Van veure la resplendor d'un altre llamp, seguit d'un tro encara més llarg, i una ràfega de vent va sacsejar la casa de fusta. A Aliena li va caure aigua freda al cap i, en mirar enlaire, va veure una gotera a la teulada de barda. Va enretirar la cadira. La pluja també entrava per la porta, però ningú no es va preocupar de tancar-la. Li agradava contemplar la tempesta i semblava que als altres també.

Va observar Elizabeth. La noia estava pàl·lida. Aliena la va rodejar amb un braç. Tot i que no feia fred tremolava, i Aliena la va estrènyer en una abraçada.

—Estic espantada —va mormolar Elizabeth.

—Només és una tempesta —la va tranquil·litzar Aliena.

A fora s'havia fet molt fosc. Aliena va pensar que devia ser hora de sopar, i llavors es va adonar que no havien dinat. No era ni migdia. Es va aixecar i se'n va anar arran de porta. El cel tenia un color gris fosc. No recordava haver vist mai un temps com aquell a l'estiu. El vent bufava amb força. Un llamp va il·luminar diversos objectes que la pluja havia arrossegat fins davant de la porta: una manta, un arbust, un bol de fusta i un barril buit.

Es va tornar a asseure amb cara de preocupació. La casa va tornar a tremolar. La biga central que sostenia la teulada vibrava sense parar. «Aquesta és una de les millors cases de la vila», va pensar. «Si tremola tant és possible que les barraques dels pobres estiguin a punt d'ensorrar-se.» Va mirar el capellà.

—Si això empitjora potser haurem d'aplegar tota la gent a l'església —va apuntar.

—No estic disposat a sortir amb aquest diluvi —va manifestar el rector, i va deixar anar una riallada.

Aliena li va dirigir una mirada d'incredulitat.

—És el vostre ramat —li va recordar—. Vós en sou el pastor.

El capellà la va mirar amb insolència.

—I jo he de donar comptes al bisbe de Kingsbridge i no a vós, i no faré cap ximpleria només perquè vós ho digueu.

—Almenys poseu els bous sota teulat —va suggerir-li ella.

En una vila com aquella, les possessions més valuoses eren els bous que arrossegaven l'arada. Els camperols no podien llaurar la terra sense aquests animals. I com que ningú no podia comprar una parella de bous, eren propietat de la comunitat. Era evident que el rector havia de tenir estima pels bous perquè la prosperitat de la parròquia també en depenia.

—No en tenim, de bous, aquí —va contestar.

—¿Com és que no? —va preguntar Aliena, desconcertada.

—Ens vam veure obligats a vendre'n quatre parelles per pagar la renda. I després vam haver de matar les que quedaven per poder menjar carn l'hivern passat.

Allò explicava que els camps estiguessin a mig llaurar, va pensar Aliena. Només havien pogut cultivar els terrenys poc pedregosos fent servir cavalls o arrossegant l'arada a pols. Allò la va enfurismar. Era insensat i inhumà per part de William obligar la gent a vendre els bous, perquè allò significava que aquell any tornarien a tenir problemes a l'hora de pagar la renda, encara que el temps hagués estat bo. Hauria agafat William pel coll i l'hauria escanyat.

Una altra ràfega de vent va fer trontollar la casa de fusta. De sobte, un tros de teulada es va desprendre. Després es va alçar unes quantes polzades i a través de l'escletxa Aliena va veure el cel negre i la resplendor d'un llamp. Es va aixecar d'un salt, al mateix temps que el vent deixava de bufar i la teulada tornava a caure sobre el suport. Allò començava a ser perillós. Per damunt del brogit del vendaval, Aliena va cridar al capellà:

—Aneu almenys a obrir la porta de l'església!

El sacerdot, a desgrat, va fer el que li deia. Va agafar una clau de la calaixera, es va tapar amb una capa, va sortir i va desaparèixer sota la pluja. Aliena va començar a donar ordres als altres.

—Porta el meu carro i els bous a l'església, carreter. Tu, Ranulf, porta-hi els cavalls. Veniu amb mi, Elizabeth.

Es van posar la capa i van sortir. El vent els feia difícil caminar en línia recta i es van haver d'agafar de la mà per poder mantenir l'equilibri. Van travessar el cementiri fent tentines. La pluja s'havia convertit en calamarsa i les grans pedres de gel rebotaven sobre les làpides. En un racó, Aliena va veure una pomera tan despullada com a l'hivern. El vendaval se li havia emportat les fulles i els fruits de les branques. Aquella tardor no hi hauria pomes al comtat, va pensar Aliena.

Al cap d'un moment entraven a l'església. Tot i que allí regnava la quietud, el vent seguia udolant a fora i la pluja repicava sobre la teulada. També se sentia retrunyir els trons, però de lluny. Ja hi havia alguns vilatans, tots xops. Havien dut amb ells tot el que tenien, inclosos els animals: les gallines dins d'un sac, els porcs lligats de dos en dos, i les vaques amb una corda. El temple estava a les fosques, però els llampecs proporcionaven una llum intermitent. Al cap d'uns moments, el carreter va arribar amb el carro d'Aliena. Darrere hi anava Ranulf amb els cavalls.

—Fem que els animals es col·loquin a la banda oest i la gent a la banda est, abans que l'església comenci a semblar un estable —va proposar Aliena al rector.

Tothom havia acceptat que Aliena es fes càrrec de la situació, i el capellà va assentir amb el cap. El rector es va dirigir als homes i Aliena a les dones. La gent es va anar separant dels animals. Les dones van portar els nens al presbiteri i els homes van lligar el bestiar a les columnes de la nau. Els cavalls estaven espantats. Les vaques van jeure. Els vilatans van començar a formar grups per famílies i a passar-se menjar i beguda entre ells. Havien anat a l'església preparats per a una estada llarga.

La tempesta era tan violenta que Aliena va pensar que no podia durar gaire. Però encara va empitjorar. Se'n va anar cap a una finestra que, evidentment, no tenia vidre, sinó que estava tapada, com les altres, amb un tros de lli translúcid que en aquells moments penjava, esparracat. Aliena va mirar a fora, però només veia pluja. El vent va bufar més fort, i udolava al voltant de les parets de l'església. Aliena es va començar a preguntar si, fins i tot allà, estaven segurs. Va recórrer l'edifici. Havia passat prou temps amb Jack per conèixer la diferència entre un edifici ben construït i un de mal construït, i es va quedar alleujada en comprovar que el treball de pedra havia estat ben fet. No hi havia esquerdes. El temple estava fet amb blocs de pedra tallada i semblava sòlid com una muntanya.

La majordona del rector va encendre una espelma. Llavors Aliena va descobrir que s'estava fent de nit. El dia havia estat tan tenebrós que la diferència amb la nit era ben poca. Els nens es van cansar de córrer amunt i avall per les naus i es van cargolar ben tapats amb les seves capes per dormir. Les gallines van posar el cap sota l'ala. Elizabeth i Aliena es van asseure juntes a terra amb l'esquena contra el mur.

Aliena estava morta de curiositat per aquella jove desventurada que havia acceptat casar-se amb William, el mateix home que ella havia rebutjat ara feia disset anys.

—Vaig conèixer William quan era molt jove. ¿Com és ara? —li va preguntar, incapaç de contenir-se per més temps.

—El detesto —va assegurar Elizabeth amb passió.

A Aliena li va fer molta llàstima.

—¿Com el vas conèixer? —volia saber Elizabeth.

Aliena va tenir la impressió que havia estat massa impulsiva.

—Per ser franca, us diré que quan jo tenia més o menys la vostra edat em va fer una proposició de matrimoni.

—No! ¿I per què no us hi vau casar?

—El vaig rebutjar i el meu pare em va fer costat. Però es va produir un enrenou horrorós. Per culpa meva es va vessar molta sang. Ara tot això és cosa del passat.

—¿El vau rebutjar? —Elizabeth estava bocabadada.— Sou molt valenta. M'agradaria ser com vós. —Altra vegada semblava desmoralitzada.— Però jo no sóc capaç d'imposar-me ni als servents.

—Estigueu segura que sí que ho podeu fer —la va animar Aliena.

—Però, ¿com? No em fan cas perquè només tinc catorze anys.

Aliena va reflexionar sobre aquell problema. Llavors li va donar un consell:

—Per començar, us heu de convertir en la missatgera dels desigs del vostre marit. Al matí, pregunteu-li què li agradaria menjar aquell dia, a qui voldria veure, quin cavall li agradaria muntar o qualsevol altra cosa que se us acudeixi. Llavors aneu a veure el cuiner, el majordom i el mosso d'estable i doneu-li les ordres del comte. El vostre marit us estarà agraït i es posarà furiós amb qui no us hagi fet cas. D'aquesta manera, la gent s'acostumarà a fer el que vós li digueu. Llavors, prengueu nota de qui us ajuda gustós i qui fa les coses a desgrat, i assegureu-vos que les pitjors feines les facin aquests darrers. Aleshores, els servents es començaran a adonar que els convé satisfer la comtessa. També us estimaran molt més que a William, que al capdavall no és gaire amable. Finalment arribareu a tenir força per dret propi. Com la majoria de comtesses.

—Ho presenteu com si fos fàcil —va dir Elizabeth, pensativa.

—No, no és fàcil, però ho podeu fer si teniu paciència i no us desanimeu per no res.

—Em penso que sí que podré—va contestar la noia en to decidit—. De debò, sí que puc fer-ho.

Al final es van adormir. De tant en tant, el vent tornava a udolar i despertava Aliena, que mirava al seu voltant a la llum tremolosa de l'espelma i veia que la majoria dels adults feien el mateix que elles: estaven asseguts, mig endormiscats, i es despertaven de tant en tant.

Devia ser mitjanit quan Aliena es va despertar sobresaltada i es va adonar que havia dormit molta estona. Gairebé tothom estava sumit en un son profund. Va canviar de posició, es va estirar i es va acotxar amb la capa. La tempesta no havia amainat, però la gent estava tan esgotada que s'havia oblidat de tot. El brogit de la pluja picant contra les parets de l'església era semblant al de les onades que es trenquen a la platja. Però en lloc de desvetllar-la, ara la bressolava i la feia dormir.

Un altre cop, es va despertar sobresaltada. Es va preguntar què era el que l'havia desvetllada. Va parar les orelles. Silenci. La tempesta s'havia calmat. Per les finestres entrava una feble llum grisosa. Tots els vilatans estaven profundament adormits.

Aliena es va aixecar. Els seus moviments van despertar Elizabeth.

Totes dues van tenir la mateixa idea. Es van dirigir cap a la porta, la van obrir i van sortir de l'església.

Havia parat de ploure i el vent s'havia convertit en una brisa. Encara no havia sortit el sol, però a la llum de l'alba el cel era gris perla. Aliena i Elizabeth van mirar al voltant seu sota aquella llum esmorteïda.

La vila havia desaparegut.

A part de l'església, no havia quedat cap casa dreta. Tot el terreny estava pla com el palmell d'una mà. Hi havia algunes bigues que s'havien quedat embarrancades a la paret de l'església. A banda d'això, només les pedres de la llar de foc que havien quedat clavades a terra entre aquell mar de fang deixaven veure on hi havia hagut les cases. Als afores del que havia estat la vila, encara hi havia drets cinc o sis arbres grans, castanyers i roures, encara que tots havien perdut branques. D'arbres joves, no n'havia quedat ni un.

Atordides per l'espectacle d'aquella devastació, Aliena i Elizabeth van caminar pel que havia estat el carrer. El terra estava ple d'estelles i ocells morts. Primer van arribar als camps de blat. Les espigues, que ja estaven madurant, estaven aixafades, trencades, arrencades per l'arrel i arrossegades per l'aigua. La terra estava inundada.

—Déu meu! —va murmurar Aliena, horroritzada—. ¿I ara què menjarà, la gent?

Van recórrer els camps. Els danys eren els mateixos a tot arreu. Van pujar un turó baix i des del cim van contemplar els camps del voltant. Allà on miressin, només hi veien collites malmeses, ovelles mortes, arbres esfondrats, prats inundats i runes. La destrucció era aterridora i Aliena va experimentar una terrible sensació de tragèdia. Va pensar que semblava com si la mà de Déu hagués davallat damunt d'Anglaterra, l'hagués colpejada i hagués destruït tot el que l'home havia construït, tret de les esglésies.

La destrucció també havia commogut Elizabeth.

—És terrible—va mormolar—. No m'ho puc creure. No ha quedat res.

Aliena va assentir, consternada.

—Res —va repetir com un eco—. Aquest any no hi haurà collita.

—¿I què farà, la gent?

—No ho sé —va afegir Aliena amb una barreja de compassió i por—. Ens espera un hivern maleït.

II

Un dia al matí, quatre setmanes després de la gran tempesta, Martha li va demanar a Jack més diners. Ell la va mirar sorpresa. Ja li passava sis penics setmanals per a la casa, i sabia que Aliena n'hi donava sis més. Amb aquesta quantitat havia de comprar el menjar per a quatre adults i dos nens, a més de la llenya i els joncs per a dues cases. Però hi havia moltes famílies nombroses a Kingsbridge que només disposaven de sis penics setmanals per cobrir totes les necessitats, inclòs el lloguer. Li va preguntar a Martha per què necessitava més diners.

Martha es va sentir incòmoda.

—Els preus han pujat. El forner demana un penic per un pa de quatre lliures i...

—Un penic! Per un pa de quatre lliures! —Jack estava escandalitzat.— Hauríem de tenir forn i fer-nos el pa.

—Bé, a vegades faig pa a la paella.

—És veritat.

Jack va recordar que la setmana abans havien menjat dues o tres vegades pa fet a la paella.

—Però el preu de la farina també ha pujat, així que no estalviem pas gaire —li va explicar Martha.

—Hauríem de comprar blat i moldre'l nosaltres mateixos.

—Està prohibit. Les normes són que hem de fer servir el molí del priorat. I, sigui com sigui, el blat també és car.

—És clar.

Jack va comprendre que s'estava comportant com un ruc. El pa era car perquè la farina era cara i la farina era cara perquè el blat era car, i el blat era car perquè la tempesta havia fet malbé la collita. No s'hi havia de donar més voltes. Es va adonar que Martha semblava apesarada. Sempre s'inquietava molt si es pensava que l'havia fet enfadar. Va somriure per demostrar-li que no tenia motius de preocupació, i al mateix temps li va donar uns copets a l'espatlla.

—No és culpa teva —la va animar.

—Semblaves molt enfadat.

—Però no pas amb tu.

Jack se sentia culpable. Estava convençut que Martha seria capaç de tallar-se la mà dreta abans d'enganyar-lo. En realitat, no comprenia per què li era tan fidel. Si fos amor, va pensar, sens dubte ja n'estaria farta, perquè ella i tothom sabien que Aliena era l'amor de la seva vida. Una vegada Jack gairebé estava decidit a demanar-li que se n'anés, per obligar-la a abandonar aquell enclaustrament. D'aquella manera, potser s'enamoraria d'un home que li convingués. Però en el fons del seu cor sabia que allò no aniria bé i que només aconseguiria fer-la més desgraciada. Així que va deixar que tot seguís com estava.

Va ficar la mà a dintre la túnica, en va treure la bossa i va agafar tres penics de plata.

—Val més que et doni dotze penics per setmana i mira si amb això et pots arreglar —li va dir.

Semblava molt. La seva paga era de només vint-i-quatre penics setmanals, tot i que també aconseguia de franc productes com espelmes, roba i botes.

Es va beure d'un glop la resta de la cervesa i va sortir. Feia un fred poc habitual per ser principi de tardor. El temps continuava sent anòmal. Va pujar a bon pas carrer amunt i va entrar al recinte del priorat. Encara no havia sortit el sol, i allà només hi havia una colla d'artesans. Va caminar per la nau observant els fonaments. Ja estaven gairebé acabats. Havien estat de sort, perquè el treball amb el morter potser s'hauria de parar aviat aquell any a causa del temps fred.

Va aixecar la vista cap als transseptes nous. Les esquerdes li espatllaven el plaer que li produïa contemplar la seva obra. Havien reaparegut l'endemà de la gran tempesta. Jack estava molt decebut. És clar que havia estat una tempesta terrible, però ell havia creat la catedral per tal que sobrevisqués a centenars de tempestes com aquella. Va sacsejar el cap, perplex, i va pujar per les escales de la torreta fins a la galeria. Li hauria agradat poder parlar amb algú que hagués construït una catedral semblant. A Anglaterra ningú no ho havia fet, i fins i tot a França encara mai no havien arribat a tanta alçària.

Seguint un impuls, no se'n va anar cap a la seva àrea de dibuix, sinó que va continuar pujant per les escales fins a la teulada. Totes les plaques ja hi havien quedat col·locades i va observar que el pinacle que bloquejava el corrent d'aigua de pluja ara tenia un canaló a la base. Allà dalt, el vent bufava amb força i, cada vegada que s'acostava a la vora, Jack buscava algun lloc on aguantar-se. No seria el primer constructor que queia d'una teulada i es matava, impel·lit per una ràfega de vent, que sempre bufava més fort a dalt que arran de terra.

Es va quedar allà amb la mirada perduda a l'espai. El vent augmentava de manera desproporcionada a mesura que es pujava amunt. Aquesta era la resposta al trencaclosques que el preocupava. No era el pes de la volta el que causava les esquerdes, sinó l'alçària. Estava segur que havia construït la catedral prou forta per suportar el pes. Però no havia comptat amb el vent, que assotava sense treva els murs altíssims, i amb allò n'hi havia prou perquè s'esquerdessin. Dret a la teulada, sentia tota la força del vent i imaginava l'efecte que produïa sobre l'estructura rigídament equilibrada que tenia a sota. Coneixia tan bé aquell edifici que gairebé podia sentir com es tensava, com si aquells murs formessin part del seu cos. El vent picava de costat contra la catedral, igual que picava contra ell. I, com que el temple no es podia inclinar, s'esquerdava.

Estava del tot segur d'haver-ne trobat la causa. ¿Però quina n'era la solució? Calia reforçar el trifori perquè pogués aguantar la força del vent. ¿Com? Si volia aixecar contraforts més massissos a la part de dalt de les parets, l'enlluernador efecte de lleugeresa i gràcia que amb tant èxit havia aconseguit quedaria destruït.

No obstant això, si era allò el que calia fer per mantenir l'edifici dret, ho hauria de fer.

Va baixar les escales. No estava gaire content, malgrat haver tret l'entrellat del problema, perquè segurament la solució faria esvanir el seu somni. «Potser és molt arrogant per part meva», va pensar. «Estava tan convençut que podria construir la catedral més bella del món... ¿Per què vaig imaginar que seria millor que tots els altres? ¿Què em va fer pensar que era una persona especial? Hauria hagut de copiar exactament el plànol d'un altre mestre i sentir-me'n satisfet.»

Philip l'esperava a l'àrea de treball. El prior feia cara de preocupació. L'orla de cabells canosos al voltant de la part afaitada estava mig enlairada. Feia la impressió que s'havia passat la nit en blanc.

—Haurem de reduir despeses —va dir sense més preàmbuls—. No tenim diners per continuar construint al ritme actual.

Jack ja ho temia. L'huracà havia destruït les collites a tot el sud d'Anglaterra i no era difícil suposar que l'economia del priorat acusaria aquest cop. En el fons del cor, tenia por que, si la construcció s'endarreria massa, potser ell no viuria per veure acabada la seva catedral. Però no va deixar entreveure aquests temors.

—S'acosta l'hivern —va dir en to indiferent—. Sigui com sigui, a aquesta època de l'any, la feina sempre s'endarrereix. I aquest any, l'hivern arribarà aviat.

—No tan aviat com jo voldria —va contestar Philip, arrugant

el front—. Vull que les despeses es redueixin a la meitat. Immediatament.

—¿A la meitat?

Semblava impossible.

—Avui comença l'acomiadament temporal d'hivern.

La situació era pitjor del que Jack havia suposat. Normalment, els treballadors temporals acabaven a principis de desembre. Passaven els mesos d'hivern fent cases de fusta, o construint arades i carretons, per a les seves famílies o per vendre'ls. Aquell any, a casa seva no estarien gaire contents de veure'ls.

—¿Sabeu que els envieu a cases on la gent està passant gana? —va preguntar Jack.

Philip es va limitar a mirar-lo, empipat.

—És clar que ho sabeu —va afegir Jack—. Em sap greu haver-vos-ho preguntat.

—Si no ho faig ara, passarà que qualsevol diumenge, a mig hivern, tots els treballadors estaran en filera per cobrar el salari i jo només els podré ensenyar un cofre buit —va dir Philip en to enèrgic.

Jack va arronsar les espatlles, sense cap altra objecció.

—I això no és tot —el va advertir Philip—. D'ara endavant no contractarem ningú, ni tan sols per reemplaçar els que marxin.

—Ja fa mesos que no contractem ningú.

—Vas contractar Alfred.

—Això va ser una cosa diferent —va al·legar Jack, incòmode—. Molt bé. Cap contracte nou.

—Ni cap ascens.

Jack va assentir amb el cap. De tant en tant, un aprenent o un jornaler demanava que l'ascendissin a paleta o picapedrer. Si els altres artesans consideraven que la seva feina era satisfactòria, s'acceptava la seva sol·licitud i el priorat li havia de pagar un salari més alt.

—Els ascensos són una prerrogativa del gremi de paletes —li va recordar Jack.

—I no tinc la intenció de canviar-ho —va replicar Philip—.

Demano als paletes que ajornin tots els ascensos fins que hagi acabat l'epidèmia de fam.

—Els ho comunicaré —va contestar Jack sense comprometre's.

Tenia la impressió que allò crearia problemes.

Philip va seguir detallant totes les restriccions.

—D'ara endavant no es treballarà en les festes de sants.

Hi havia massa festes de sants. Al començament no es treballava en aquests dies, però que els treballadors rebessin íntegrament la paga era una qüestió de negociació. A Kingsbridge, s'havia establert que, quan a la mateixa setmana hi havia dues o més festivitats de sants, la primera era una festa pagada, i la segona un dia lliure sense paga optatiu. La majoria de la gent triava de treballar el segon. Tanmateix ara no tindrien opció. El segon dia seria una festa obligatòria, i sense jornal.

Jack se sentia incòmode davant la perspectiva d'explicar al gremi tots aquells canvis.

—Seria molt més fàcil si ho pogués presentar com un tema de discussió i no com una decisió irrevocable.

Philip va fer que no amb el cap.

—Llavors pensarien que es tracta d'una qüestió oberta a la negociació i suavitzarien les meves propostes. Decidirien treballar mitja jornada les festes de sants i donarien permís a un nombre limitat d'ascensos.

De fet, el que deia era veritat.

—¿Que potser no és raonable? —va preguntar Jack.

—És clar que és raonable —va contestar Philip, empipat—. El problema és que no és possible. Fins i tot em preocupa que aquestes mesures no siguin suficients, així que no puc fer cap concessió.

—Molt bé —va admetre Jack, ja que era evident que en aquell moment el prior no estava per acords—. ¿Alguna cosa més? —va preguntar, cautelós.

—Sí. Suspèn totes les compres de subministraments. Fes servir les existències de pedra, ferro i fusta.

—Si la fusta la tenim de franc! —va protestar Jack.

—Sí, però hem de pagar perquè ens la portin aquí.

—És veritat. Està bé. —Jack se'n va anar cap a la finestra i es va quedar mirant les pedres i els troncs d'arbre emmagatzemats al recinte del priorat. Ho va fer d'esma. Sabia molt bé la quantitat de material de què disposava.— Això no és cap problema —va afegir al cap d'un moment—. Amb la reducció de treballadors tindrem prou material fins a l'estiu que ve.

Philip va sospirar profundament.

—No puc assegurar que l'any que ve puguem contractar treballadors de temporada —va dir—. Dependrà del preu de la llana. Val més que ho sàpiguen.

Jack va fer que sí amb el cap.

—¿Tan malament està la cosa?

—És la pitjor situació que he conegut mai —li va assegurar el prior—. El que aquest país necessita són tres anys de bon temps. I un altre rei.

—Amén a tot —va acabar Jack.

Philip va tornar a casa seva. Jack va passar el matí rumiant com enfocar tots aquells canvis. Hi havia dues maneres de construir una nau. O es feia intercolumni per intercolumni, començant pel creuer i treballant en direcció a l'oest, o bé filada a filada, bastint primer la base i després anar pujant. El segon sistema era més ràpid, però es necessitaven més paletes. Era el mètode que Jack havia pensat a fer servir. Però ara ho va reconsiderar. La construcció d'un intercolumni després de l'altre era el millor sistema per a un nombre reduït de treballadors. A més, tenia un altre avantatge: qualsevol modificació que introduís al seu pla inicial per solucionar el problema de la resistència al vent es podria posar a prova en un intercolumni abans d'aplicar-la a la totalitat de l'edifici.

També cavil·lava pel que feia als efectes a llarg termini de la crisi econòmica. Era possible que en el transcurs dels anys, cada vegada hi hagués menys feina. Apesarat, es veia ell mateix fentse vell, canós i feble sense haver aconseguit l'ambició de la seva vida, i sent enterrat al cementiri del priorat a l'ombra d'una catedral inacabada.

Quan va tocar la campana del migdia, es va encaminar cap a la barraca dels paletes. Els homes seien menjant formatge i bevent cervesa. Jack es va fixar, per primera vegada, que n'hi havia molts que no tenien pa. Va demanar als paletes que normalment anaven a casa a dinar que es quedessin una estona.

—El priorat va malament de diners —els va dir.

—Mai no he vist cap monestir que tard o d'hora no li passi el mateix —va comentar un del homes de més edat.

Jack el va mirar. Li deien Edward Twonose, dos nassos, perquè tenia una berruga a la cara gairebé tan grossa com el nas. Era un bon tallador, amb un ull excel·lent per a les corbes exactes, i Jack sempre li havia donat la feina de tallar els fusts i les motllures sobre els capitells.

—Heu de reconèixer que aquí s'administren millor els diners que en la majoria de llocs —va dir—, però el prior Philip no pot evitar el mal temps i les males collites, i ara es veu obligat a reduir les despeses. Us en vull parlar abans de dinar. En primer lloc, no comprarem més subministraments de pedra ni de fusta.

Els artesans de les altres barraques hi anaven per saber què passava.

—La fusta que tenim no durarà tot l'hivern —va apuntar un dels fusters de més edat.

—Sí que durarà —li va explicar Jack—. Treballarem més a poc a poc perquè hi haurà menys artesans. Avui comença l'acomiadament temporal de l'hivern.

Es va adonar a l'acte que s'havia equivocat en la manera de plantejar l'assumpte. Es van elevar protestes de tot arreu mentre diversos homes parlaven a la vegada. «Ho hauria d'haver dit de mica en mica», va pensar. El problema era que no tenia experiència en aquesta mena de coses. Havia fet de mestre constructor set anys, però era la primera vegada que s'havia d'encarar a un assumpte com aquell. Per sobre de la cridòria es va sentir la veu de Pierre, un dels paletes que havia vingut de Saint-Denis. Al cap de sis anys de viure a Kingsbridge, parlava un anglès imperfecte i quan s'enfadava, com ara, era pitjor, però allò no va ser motiu perquè s'acovardís.

—No podeu despatxar ningú en dimarts —va reclamar.

—Això és veritat —li va donar suport Jack Blacksmith—. Els heu de donar temps fins al cap de setmana.

En aquell moment va intervenir Alfred, el germanastre de Jack.

—Recordo que quan el meu pare estava fent una casa per al comte de Shiring, William Hamleigh va arribar i va despatxar tota la colla. El meu pare li va dir que els havia de donar a tots la paga d'una setmana, i va subjectar la brida del cavall fins que Hamleigh va lliurar els diners.

«Gràcies per la teva ajuda, Alfred», va pensar Jack, i va continuar:

—Val més que ho sapigueu tot. D'ara endavant no es treballarà en les festes de sants i tampoc no hi haurà ascensos.

Allò va fer enfurismar els artesans encara més.

—És inacceptable —va dir algú.

Diversos artesans hi van estar d'acord, i van repetir la frase.

Allò va provocar la ira de Jack.

—¿De què esteu parlant? Si el priorat no té diners, ¿com us pagarà? ¿A què treu cap aquesta cantarella d'«inacceptable, inacceptable», com si fóssiu una colla d'estudiants a la classe de llatí?

Edward Twonose va parlar de nou.

—No som estudiants, sinó un gremi de paletes —va dir—. Tenim dret que ens ascendeixin i ningú ens el pot treure.

—¿I si no hi ha diners per apujar-vos la paga? —va preguntar Jack, acalorat.

—Jo no m'ho crec —el va rebatre un del paletes joves.

Era Dan Bristol, un dels paletes temporals. No era un tallador gaire hàbil, però col·locava les pedres amb exactitud i rapidesa.

—¿Com pots dir que no t'ho creus? ¿Què saps tu de la situació econòmica del priorat?

—Jo sé el que veig —va contestar Dan—. ¿Que passen gana els monjos? No. ¿Hi ha espelmes a la catedral? Sí. ¿Hi ha vi al celler? Sí. ¿Va descalç el prior? No. Doncs això vol dir que hi ha diners. El que no volen és donar-nos-els a nosaltres.

Uns quants homes van manifestar el seu acord amb molt d'enrenou. De fet, el noi no anava desencaminat, llevat del que feia referència al vi, però ara ningú ja no creuria a Jack, que s'havia convertit en el portaveu del priorat. I allò no era just. Ell no era responsable de les determinacions que prenia Philip.

—Mireu, jo no faig altra cosa que repetir-vos el que el prior m'ha dit a mi. No us puc garantir que sigui veritat, però si ell diu que no hi ha prou diners i nosaltres no el creiem, ¿què hi podem fer?

—Podem deixar de treballar *tots* nosaltres —va proposar Dan—. Immediatament.

—Això mateix —va clamar una altra veu.

Jack va ser conscient, amb un cert pànic, que la cosa se li començava a escapar de les mans.

—Espereu un instant —va dir mentre intentava desesperadament de trobar algun argument—. Tornem ara a la feina i aquesta tarda intentaré convèncer el prior Philip que canviï d'opinió.

—No crec que hàgim de treballar —va insistir Dan.

Jack no se'n sabia avenir, del que estava passant. Havia previst moltes dificultats en la construcció de la catedral dels seus somnis, però mai no se li havia acudit que els artesans la poguessin sabotejar.

—¿Per què hauríem de deixar de treballar? —va preguntar desconcertat—. ¿Amb quin propòsit?

—Tal com estan les coses, la meitat de nosaltres ni tan sols estem segurs que ens paguin la resta de la setmana —va al·legar Dan.

—La qual cosa va contra el costum i la pràctica —va afegir Pierre. L'expressió «el costum i la pràctica» s'utilitzava molt als tribunals.

—Treballeu almenys mentre intento parlar amb Philip —els va demanar Jack, desesperat.

—Si treballem, ¿ens pots garantir que com a mínim tots cobrarem la setmana completa? —va preguntar Edward Twonose.

Jack sabia que, tenint en compte l'humor de Philip, no els podia donar aquella garantia. Tanmateix, va estar a punt de dir que sí i, si calia, posar els diners de la seva butxaca, però va comprendre que amb tots els seus estalvis no n'hi hauria prou per cobrir els salaris d'una setmana.

—Faré el que pugui per convence'l, i estic segur que acceptarà —va ser tot el que va dir.

—Doncs amb això no en tinc prou —es va resistir Dan.

—I jo tampoc —va afegir Pierre.

—Sense cap garantia, no treballem —va declarar Dan.

L'acord va ser general, i Jack no hi va poder fer res.

Va arribar a la conclusió que, si s'hi seguia enfrontant, perdria la poca autoritat que li quedava.

—El gremi ha d'actuar com un sol home —va dir Dan, recorrent a una frase feta—. ¿Estem tots d'acord a no treballar?

Va haver-hi un cor d'assentiment.

—Que així sigui —va concloure Jack, consternat—. Ho diré al prior.

El bisbe Waleran va entrar a Shiring acompanyat del seu seguici d'ajudants i assistents. El comte William l'esperava a la portalada de l'església, a la plaça del mercat. William va arrufar les celles, atònit. Creia que només es tractava d'una reunió al lloc de les obres, no d'una visita oficial. ¿Què devia ordir aquell bisbe tan manipulador?

Acompanyava Waleran un foraster muntat en un cavall castany. L'home era alt i àgil, amb unes celles negres espesses i un nas aguilenc. Tenia una expressió de superioritat que semblava permanent. Cavalcava al costat de Waleran com si fos el seu igual, però no vestia com un bisbe.

Després d'haver desmuntat, Waleran va presentar-li el foraster.

—Comte William, us presento Peter de Wareham, ardiaca al servei de l'arquebisbe de Canterbury.

«És evident que no em vol explicar què hi fa aquí aquest tal Peter», va pensar William. «És clar que Waleran maquina alguna cosa.»

—El vostre bisbe m'ha parlat de la generositat que mostreu envers la Santa Mare Església, comte William —va dir l'ardiaca després de fer una inclinació.

Abans que William pogués contestar, Waleran va assenyalar l'església parroquial.

—Aquest edifici s'ha d'enderrocar per deixar lloc al nou temple —va anunciar el bisbe.

—¿Ja heu trobat un mestre constructor? —va preguntar Peter.

William es preguntava per què un ardiaca de Canterbury estava tan interessat en la parròquia de Shiring. Tanmateix, va pensar que potser només es mostrava cortès.

—No, encara no tenim mestre —va contestar Waleran—. Hi ha molts mestres constructors que busquen feina, però no en puc trobar cap de París. Sembla com si tothom volgués construir temples com el de Saint-Denis, i tots els paletes que en coneixen l'estil estan molt sol·licitats.

—Podria ser un punt molt important —va comentar Peter.

—Hi ha un mestre constructor que ens espera després. Es possible que sigui l'home que busquem —va afegir Waleran.

William es va sentir, una vegada més, confós. ¿Per què Peter considerava tan important construir l'església a l'estil de Saint-Denis?

—Evidentment, el nou temple serà molt més gran. Ocuparà part de la plaça —va continuar Waleran.

A William no li va agradar l'aire de prepotència que Waleran estava adoptant.

—No puc deixar que l'església es fiqui a la plaça del mercat —va dir.

Waleran semblava empipat, com si William hagués parlat a deshora.

—¿Per què no? —va preguntar.

—Els dies de mercat, cada polzada de la plaça em dóna diners.

Waleran estava a punt de dir-hi la seva, però Peter va somriure.

—No podem matar la gallina dels ous d'or, ¿oi que no?

—És clar que no —va convenir William.

Era ell qui pagava aquella església. Per sort, la quarta mala collita no havia influït en els seus ingressos. Els camperols menys importants havien pagat en espècies i molts havien lliurat a William el seu sac de farina i la seva parella d'oques, encara que ells estiguessin sobrevivint de sopa de glans. A més, el sac de gra en aquells moments tenia un valor deu vegades superior al de cinc anys enrere, i l'augment del preu compensava amb escreix les rendes que no havia cobrat i els serfs morts d'inanició. Tenia recursos de sobres per finançar la nova construcció.

Es van dirigir cap a la part de darrere de l'església. Aquella era una zona d'habitatges que generava uns ingressos mínims.

—Podem construir per aquesta banda i enderrocar totes aquestes cases —va proposar William.

—Però si gairebé totes són residències de clergues! —es va queixar Waleran.

—Ja trobarem unes altres cases per als clergues —va replicar el comte.

Waleran semblava contrariat, però no va dir res més sobre el tema.

Quan es trobaven a la part nord del temple, es va inclinar davant d'ells un home d'uns trenta anys, alt i cepat. Per la seva vestimenta, William va deduir que es tractava d'un artesà.

—Aquest és l'home de qui us he parlat, eminència. Es diu Alfred de Kingsbridge —va dir l'ardiaca Baldwin, l'acompanyant inseparable del bisbe.

A primera vista, l'home no tenia un aspecte gaire agradable. Era gros i fort com un bou, i feia la sensació que era més aviat curt. Però examinant-lo amb més atenció, se li percebia a la cara una expressió d'astúcia, com la d'una guineu.

—Alfred és el fill gran del primer mestre constructor que va tenir Kingsbridge, i ell mateix va ser-hi mestre durant un temps fins que el seu germà li va prendre el lloc.

«El fill de Tom», va pensar William. «Llavors aquest és l'home que es va casar amb Aliena, però que mai no va arribar a consumar el matrimoni.» El va observar amb molt d'interès. Mai no hauria suposat que aquell home fos impotent. Semblava saludable i normal, tot i que, és clar, Aliena podia exercir poders estranys sobre un home.

—¿Has treballat a París i has après l'estil de Saint-Denis? —li va preguntar l'ardiaca Peter.

—No.

—Però volem una església que sigui del nou estil.

—Actualment, estic treballant a Kingsbridge, on el meu germà és el mestre constructor. Jack Jackson va portar el nou estil de París, i l'he après amb ell.

William es preguntava com el bisbe Waleran havia pogut subornar Alfred sense despertar sospites, però llavors va recordar que Remigius, el sotsprior de Kingsbridge, estava en mans de Waleran. Segurament havia estat Remigius qui havia fet de pont.

Va recordar una altra cosa sobre Kingsbridge.

—Però la teva teulada es va ensorrar —va dir William a Alfred.

—No va ser culpa meva. El prior Philip es va entestar a ferme canviar el projecte.

—Ja el conec, ja, el prior Philip —va dir Peter, i la veu li destil·lava verí—. És un home arrogant i obstinat.

—¿Com és que el coneixeu? —va preguntar William.

—Fa molts anys vaig ser monjo a la cel·la de St-John-in-the-Forest, quan la regentava Philip —va explicar Peter amb amargor—. Vaig criticar-lo per negligència i em va nomenar almoiner per treure-se'm de sobre.

Era evident que Peter continuava alimentant ressentiment contra Philip. Sens dubte, era un factor en la trama que, amb tota seguretat, estava ordint Waleran.

—De tota manera, no penso contractar un mestre constructor que fa teulades que s'esfondren, encara que ell ho excusi —va declarar William.

—Sóc l'únic mestre constructor d'Anglaterra que ha treballat en una església del nou estil, a part de Jack Jackson.

—A mi, Saint-Denis tant me fa. Crec que l'ànima de la meva

pobra mare serà igualment enaltida amb una església de l'estil tradicional. —L'opinió de William semblava inamovible.

El bisbe Waleran i l'ardiaca Peter van intercanviar una mirada de complicitat.

—Aquesta església podria arribar a ser un dia la catedral de Shiring —va dir Waleran a William en veu baixa al cap d'un moment.

Va ser llavors quan a William se li va fer la llum. Feia molts anys que el bisbe havia planejat el trasllat de la seu de la diòcesi de Kingsbridge a Shiring, però el prior Philip li havia guanyat la mà. I ara Waleran tornava a posar en funcionament el seu pla. Però semblava que aquesta vegada el bisbe tenia intenció de ferho d'una manera més recargolada. L'altra vegada s'havia limitat a demanar al bisbe de Canterbury que li concedís el que li demanava. Aquesta vegada, començaria construint una nova església, prou gran i prestigiosa per ser catedral, i, al mateix temps, buscaria aliats com Peter de Wareham a dintre del cercle de l'arquebisbe, abans de fer la seva sol·licitud. Tot allò estava molt bé. Però William l'únic que volia era construir una església en memòria de la seva mare, per tal de fer-li més lleu el pas de l'ànima pel foc purificador, i estava ressentit per l'intent de Waleran de fer servir el projecte per als seus propis objectius. Encara que, d'altra banda, per a Shiring suposaria un benefici enorme tenir-hi la catedral, i William, no hi havia dubte, en trauria profit.

—Hi ha una altra cosa —va dir Alfred.

—¿Sí? —va sondejar Waleran.

William va esguardar els dos homes. Alfred era més gran, més fort i més jove que Waleran, i l'hauria pogut tirar a terra només amb una empenta. Tanmateix, s'estava comportant com l'home dèbil. Anys enrere, a William l'hauria enfurismat veure un sacerdot de cara pàl·lida dominar un home fort, però aquestes coses ja l'havien deixat de trasbalsar.

—Puc portar amb mi tots els treballadors de Kingsbridge —va anunciar Alfred, abaixant la veu.

Va captar immediatament l'atenció dels tres homes.

—Torna-ho a repetir —li va demanar Waleran.

—Si em contracteu com a mestre constructor, portaré amb mi tots els artesans de Kingsbridge.

—¿Com podem saber que ens dius la veritat? —li va preguntar Waleran, amb recel.

—No us demano que us refieu de mi. Doneu-me la feina a condició que ho faci. Si no compleixo el que us he promès, me n'aniré sense cobrar.

Per diferents raons, els tres homes que l'escoltaven odiaven el prior Philip, i, de seguida, els va seduir la idea de poder-li fer aquella mala passada.

—La majoria dels paletes de Kingsbridge ha treballat a Saint-Denis —va afegir Alfred.

—Però, ¿com pot ser que els puguis portar? —va preguntar-li Waleran.

—¿Que potser importa, això? Diguem que prefereixen treballar amb mi abans que amb Jack.

William va pensar que Alfred en aquell punt els enganyava, i Waleran era de la mateixa opinió, perquè va inclinar el cap i va dirigir una llarga mirada a Alfred per damunt del seu nas afilat. Ara bé, uns moments abans havia semblat que Alfred deia la veritat. Per algun motiu, feia la impressió que tenia els artesans de Kingsbridge de la seva banda.

—Si aconsegueixes fer el que ens has promès, a Kingsbridge les obres quedaran paralitzades —va assenyalar William.

—Justament —va assentir Alfred—. Això és el que passarà.

William va esguardar Waleran i Peter.

—És imprescindible que continuem parlant de tot això. Val més que vingui a dinar amb nosaltres.

Waleran va estar-hi d'acord.

—Vine amb nosaltres a casa meva. És a l'altra banda de la plaça del mercat.

—Ja ho sé —va contestar Alfred—. Us la vaig construir jo.

Durant dos dies, el prior Philip es va negar en rodó a discutir sobre les decisions que havia pres. La ira l'havia fet emmudir i cada vegada que veia Jack, girava cua i s'allunyava en direcció contrària.

El segon dia, van arribar tres carros carregats de farina que venien d'un dels molins que hi havia a prop del priorat. Arribaven custodiats per homes d'armes, perquè en aquells temps la farina era més valuosa que l'or. Va rebre el carregament el germà Jonathan, que era l'ajudant del cellerer, el vell germà Cuthbert Whitehead. Jack observava com Jonathan comptava els sacs. Va descobrir alguna cosa familiar a la cara del monjo jove, com si tingués una retirada a algun conegut de Jack. El germà Jonathan era alt i esprimatxat, i tenia els cabells de color castany clar. No s'assemblava gens a Philip, que era baix i prim i tenia els cabells negres. Però, deixant de banda els trets físics, Jonathan era exactament igual que l'home que li havia fet de pare. El noi era una persona de principis, apassionat, decidit i ambiciós. A la gent li queia bé, malgrat la seva actitud una mica rígida pel que feia a la moralitat, que també era més o menys el tarannà de Philip.

Com que el prior no estava disposat a parlar, l'única sortida que tenia era intercanviar unes paraules amb Jonathan.

Jack esperava mentre Jonathan pagava els homes d'armes i els carreters. Era tranquil i eficient. Quan els carreters li van demanar més diners dels que els corresponien, com sempre feien, va desestimar l'exigència amb calma, però també amb fermesa. Jack va pensar que una educació monàstica era una bona preparació per esdevenir capdavanter.

Capdavanter. Allò era el que a ell li faltava. Havia permès que un problema es convertís en una crisi per culpa de la seva actitud maldestra davant dels seus homes. Cada vegada que pensava en aquella reunió, maleïa la seva pròpia ineptitud. Estava decidit a trobar la manera de posar les coses al seu lloc.

Quan els carreters es van allunyar remugant, Jack es va acostar a Jonathan i li va dir:

—El prior està molt enfadat per l'aturada dels artesans i paletes.

Per un moment, va semblar com si Jonathan estigués a punt de dir alguna cosa desagradable, perquè era evident que ell també estava enfadat, però tot d'una va adoptar una actitud serena.

—Sembla enfadat, però en el fons està ferit.

Jack va assentir amb el cap.

—S'ho ha pres com un greuge personal.

—Sí. Té la sensació que tots els artesans li han fallat en un moment de necessitat.

—En certa manera, jo també ho veig així —va reconèixer Jack—, però Philip va cometre una greu equivocació en voler alterar les pràctiques de treball.

—¿I com ho havia d'haver fet? —va preguntar Jonathan.

—Podia haver-ho discutit primer amb ells. Potser ells mateixos li haurien fet alguns suggeriments. Però no estic en situació de donar les culpes a Philip, perquè jo he comès el mateix error.

Allò va despertar la curiositat de Jonathan.

—¿Què vols dir?

—Vaig fer saber als homes totes les mesures restrictives amb la mateixa brusquedat i manca de tacte que Philip va tenir amb mi.

Jonathan mirava d'ensenyar-li que estava tan ofès com el prior i que els treballadors havien actuat de mala fe, però s'adonava, a contracor, que no tot era blanc o negre. Jack va decidir deixar-ho tal com estava. Havia plantat una llavor.

Es va separar de Jonathan i va tornar als seus dibuixos. Mentre agafava els instruments, va pensar que la dificultat més greu la causava el fet que Philip era l'àrbitre de totes les qüestions de la ciutat. Normalment feia de jutge amb els malfactors i de mitjancer en les disputes. Resultava desconcertant que Philip fos part activa en una querella i que estigués furiós, amargat i es comportés de manera implacable. Aquesta vegada, hauria de ser algú altre qui restablís la pau. I l'única persona que se li acudia a Jack que ho pogués fer era ell mateix. En qualitat de mestre constructor, era el millor mitjancer possible capaç de dirigir-se a les dues parts. Els motius que tenia eren indiscutibles: volia seguir construint la catedral.

Es va passar la resta del dia reflexionant sobre com dur a terme aquella tasca. Barrinava quines devien ser les intencions de Philip.

L'endemà, es va sentir preparat per encarar-se amb el prior.

Era un dia fred i humit. A primera hora de la tarda, Jack vagarejava pel terreny de les obres, amb la caputxa de la capa posada per protegir-se de la humitat, fent veure que estudiava les esquerdes del trifori, la qual cosa era un problema que encara no havia resolt. Va anar fent temps fins que va clissar Philip que es dirigia amb molta pressa a casa seva des del claustre. Un cop Philip va haver entrat, Jack se n'hi va anar.

La porta del prior sempre estava oberta. Jack hi va picar i tot seguit va entrar. El monjo estava agenollat davant del petit altar que es trobava en un racó. Jack era de l'opinió que el prior ja havia resat prou a l'església, la major part del dia i la meitat de la nit, per haver-ho de seguir fent a casa. La llar de foc estava apagada. Philip estalviava. Jack va esperar en silenci fins que Philip es va aixecar i es va girar cap a ell.

—Això s'ha d'acabar —va dir Jack.

La cara de Philip, normalment amable, ara tenia una expressió dura.

—No hi veig cap problema —va respondre fredament—. Si volen, poden tornar a la feina tan aviat com els sembli.

—Sempre que acceptin totes les vostres condicions.

Philip es va limitar a esguardar-lo.

—No tornaran si ho han d'acceptar tot —va dir Jack—. I tampoc no esperaran eternament que vós us mostreu raonable. —I va afegir apressadament:— El que ells consideren raonable.

—¿No esperaran eternament? —va preguntar Philip—. I, ¿on aniran quan es cansin d'esperar? No trobaran feina enlloc. ¿Que potser es pensen que aquí som els únics que patim fam? A tot arreu és igual. I a totes les obres en construcció hi ha hagut retallades.

—Així que esperareu fins que tornin arrossegant-se davant vostre i demanant-vos perdó —va concloure Jack.

Philip va apartar la vista.

—Jo no obligo ningú que s'arrossegui —va replicar—. I no crec haver-te donat mai motius perquè esperis un comportament així per part meva.

—No. I aquesta és precisament la raó per la qual us he vingut a veure —va contestar Jack—. Sé que, de fet, no voleu humiliar aquests homes, ni és propi de vós voler-ho fer. I a més a més, si tornessin sentint-se ferits i ressentits, la seva feina en el futur no seria com caldria. Així que, des del meu punt de vista i també del vostre, els hem de deixar guardar les aparences. I això vol dir fer concessions.

Jack va contenir la respiració. Havia deixat anar el seu discurs i ara era el moment de la veritat. Si Philip no responia, a partir de llavors ell les passaria negres.

Durant un llarg moment, Philip va mirar Jack de fit a fit. El mestre constructor va ser conscient, per l'expressió del prior, de la lluita que es duia a terme en la seva ànima entre la raó i els sentiments. A la fi, va semblar que recuperava l'equilibri de sempre.

—Val més que en parlem asseguts —va dir.

Jack va contenir un sospir i es va acomodar. Tenia molt ben pensat el que havia de dir. No parlaria espontàniament i sense tacte com ho havia fet amb els artesans.

—No cal que modifiqueu la vostra decisió de no comprar més materials. I també es pot mantenir la negativa pel que fa als nous contractes. Tothom hi està d'acord. I crec que els podríem convèncer que no treballin en les festivitats de sants si els donem concessions en altres àmbits. —Va fer una pausa per deixar que ho assimilés. Fins aleshores estava cedint sense demanar res en canvi.

Philip va fer un gest d'assentiment.

—Molt bé. ¿Quines concessions?

Jack va respirar fondo.

—Estan molt ofesos amb la proposta de suprimir els ascensos. Creuen que esteu intentant d'usurpar-los les prerrogatives tradicionals del gremi.

—Ja et vaig explicar que no és pas la intenció que tinc —va dir Philip, exasperat.

—Ja ho sé, ja ho sé —es va afanyar a dir Jack—. I tant que ho vau fer. I jo us vaig creure, però ells no.

Li va semblar que Philip s'ofenia. ¿Com podia ser que algú no se'l cregués?

Jack seguia anant al gra:

—Però això ja és aigua passada. Els proposaré un acord que no us costarà res.

Allò va despertar l'interès del prior.

—Deixarem que continuïn aprovant les sol·licituds d'ascens, però direm que hem d'ajornar un any l'augment de salari que les acompanya —va continuar Jack mentre pensava que el prior no hi podia posar cap pega.

—I això, ¿ho acceptaran? —va preguntar Philip en un to escèptic.

—No perdem res per intentar-ho.

—¿I què passarà si d'aquí a un any segueixo sense poder pagar els augments de salari?

—Això ja ens ho plantejarem d'aquí a un any.

—¿Vols dir que l'any que ve ho haurem de tornar a negociar?

Jack va arronsar les espatlles.

—Si cal, sí.

—Ja ho entenc —va murmurar Philip sense comprometre's—. ¿Alguna cosa més?

—L'inconvenient més greu amb què topem és l'acomiadament immediat dels treballadors temporals. —En aquest punt, Jack va ser absolutament franc, perquè es tractava d'un problema que no es podia defugir ni endolcir.— Mai no ha estat permès l'acomiadament immediat d'un paleta o un manobre en tota la Cristiandat. Sempre es fa al final de la setmana. —Per evitar que Philip se sentís com un ximple, Jack va afegir:— Us ho havia d'haver advertit.

—Així que tot el que he de fer és mantenir-los dos dies més.

—Ara no crec que amb això n'hi hagi prou —va reconèixer Jack—. Si des de bon començament ho haguéssim enfocat d'una altra manera ho podríem haver aconseguit, però ara voldran una altra mena de compromís.

—Deus estar pensant en alguna cosa en concret.

—Ara estem a primers d'octubre. Normalment prescindim

dels temporers a principis de desembre. Podríem fer un conveni amb els treballadors, cedir una mica i acomiadar-los a primers de novembre.

—Amb això només tinc la meitat del que em cal.

—No, si us hi fixeu bé, veureu que n'obteniu més de la meitat. Us beneficieu de la paralització de les compres, de l'ajornament dels augments de salari i de no pagar les festes de sant.

—Això només són coses secundàries.

Jack es va desanimar. Havia fet tot el que li era humanament possible. No tenia més arguments per exposar, ni més recursos per persuadir Philip. No tenia res més a dir. I Philip no es deixava convèncer. Va esguardar el rostre impertorbable del prior i va esperar.

Es va fer un llarg silenci. Philip tenia la mirada fixa en l'altar que hi havia al racó. Al cap d'una mica va girar els ulls cap a Jack.

—Hauré de portar les teves propostes al capítol —va dir a la fi.

Jack es va sentir profundament alleujat. No era una victòria, però s'hi acostava. Philip mai no demanava als monjos que aprovessin res que no tingués el seu consentiment previ i el capítol aprovava gairebé sempre les propostes de Philip.

—Espero que ho acceptin —li va dir Jack, esgotat per la tensió.

Philip es va aixecar i va posar una mà a l'espatlla de Jack. Va somriure per primera vegada.

—Ho acceptaran si ho presento d'una manera tan persuasiva com ho has fet tu —va dir.

Jack estava sorprès per aquell canvi d'humor inesperat.

—I com més aviat acabi tot aquest enrenou, més lleu serà l'efecte que pugui tenir a la llarga —va comentar el mestre.

—Ja ho sé —va admetre el prior—. He estat molt enfadat, però no em vull barallar amb tu.

Sense que Jack s'ho esperés, li va allargar la mà. Jack l'hi va estrènyer i es va sentir content.

—¿Haig d'informar els paletes i artesans que demà hi haurà el veredicte del capítol?

—Sí, si et plau.
—Ho faré ara mateix. —Jack es va aixecar, a punt de marxar.
—Jack.
—Digueu-me.
—Gràcies.
Jack va assentir amb el cap en senyal d'agraïment i va sortir. Va caminar sota la pluja sense posar-se la caputxa. Se sentia feliç.

Aquella tarda va anar a casa de cadascun dels artesans i els va comunicar que hi hauria una reunió l'endemà. Als que no eren a casa, als solters i als temporers, els va trobar a la taverna. Però estaven serens, perquè el preu de la cervesa estava pels núvols, com tots els preus, i ningú no tenia calés per entrompar-se. L'únic paleta que no va poder trobar va ser Alfred, que no havia vist des de feia un parell de dies. No va aparèixer fins al capvespre. Va entrar a la taverna amb una estranya expressió triomfal a la seva cara de bou. No va dir d'on venia, i Jack tampoc no l'hi va preguntar. El va deixar bevent amb els altres homes, i se'n va anar a sopar amb Aliena i els nens.

L'endemà al matí, va començar la reunió abans que arribés el prior. Una vegada més, Jack havia preparat minuciosament tot el que havia de dir, per assegurar-se que no se n'aniria tot a rodar per falta de tacte per part seva. I un altre cop, va intentar portar les coses com ho hauria fet Philip.

Tots els artesans van arribar d'hora. S'hi jugaven el pa de les seves famílies. Un o dos dels més joves tenien els ulls vermells. Jack va suposar que, com que la taverna obria fins tard, alguns d'ells s'hi devien haver quedat per ofegar les penes. Segurament serien els joves i els temporers els qui oferirien més resistència. El punt de vista dels artesans vells tenia més en compte el llarg termini. Les dones artesanes eren una minoria reduïda, i sempre es mostraven conservadores i cauteloses. Donarien suport a qualsevol mena d'acord.

—El prior Philip ens vol demanar que tornem a treballar i ens vol proposar una mena d'entesa —va anunciar Jack—. Abans que no arribi, hem de discutir què és el que estem disposats a acceptar, què és el que volem rebutjar de totes passades i quins punts estaríem d'acord a negociar. Hem de fer pinya davant de Philip. Suposo que tots hi deveu estar d'acord.

Va haver-hi gestos d'assentiment.

Jack va fingir un punt d'indignació i va dir:

—Sóc del parer que hem de rebutjar sense contemplacions l'acomiadament immediat! —Va donar un cop de puny al banc per subratllar la seva actitud inflexible respecte a aquell punt. Uns quants paletes el van secundar amb molta cridòria. Jack sabia que el prior no ho exigiria. Volia que els que buscaven enrenou s'excitessin al màxim en la defensa d'un punt del vell costum i pràctica de manera que quan Philip l'acceptés es quedessin sense arguments.

—I també hem de conservar el dret del gremi a concedir ascensos. Perquè els artesans són els únics que poden jutjar si un home és competent o no. —Una vegada més recorria a l'astúcia. Estava desviant l'atenció del gremi cap als aspectes no econòmics de les promocions, amb l'esperança que, quan haguessin obtingut allò, s'avinguessin a un acord en el pagament.— Pel que fa a les festes de sants, crec que hi ha dues maneres d'enfocar la qüestió. Normalment les festes es negocien, perquè no hi ha un costum i pràctica general, almenys que jo sàpiga. —Es va girar cap a Edward Twonose i li va preguntar:— I tu, ¿què hi dius sobre això, Edward?

—La pràctica canvia d'una obra a l'altra —li va contestar Edward.

Se'l veia satisfet que l'haguessin consultat. Jack va fer que sí amb el cap per animar-lo a seguir parlant. L'home va començar a enumerar les diferents maneres de considerar les festes de sants. La reunió s'estava desenvolupant d'acord amb les expectatives de Jack. La discussió prolongada d'un punt que no oferia gaire controvèrsia acabaria avorrint els homes i els soscavaria les energies per a un enfrontament.

Tanmateix, una veu va interrompre el monòleg d'Edward:

—Tot això no té importància.

Jack va identificar l'amo de la veu. Era Dan Bristol, un dels treballadors temporals.

—Per torns, si us plau. Deixa que acabi Edward.

Però a Dan no se'l feia callar fàcilment.

—Tot això són collonades. El que volem és un augment de salari.

—¿Un augment? —Jack es va empipar per aquella ridícula exigència.

Tanmateix, es va quedar sorprès que els homes li fessin costat.

—Sí senyor, un augment —va dir Pierre—. Veuràs, un pa de quatre lliures costa un penic. Una gallina, que valia vuit penics, ara en val vint-i-quatre! Em jugo el coll que fa setmanes que cap dels que som aquí ha tastat la cervesa forta. Tot puja, però la majoria de nosaltres seguim cobrant el mateix salari amb què ens vau contractar, és a dir, dotze penics per setmana. I amb això hem de donar menjar a les nostres famílies.

A Jack li va caure l'ànima als peus. Tot anava de primera, però aquella intervenció li feia miques la seva estratègia. Malgrat tot, va decidir que no s'oposaria a Dan i a Pierre, perquè sabia que tindria més influència si adoptava una actitud conciliadora i oberta a totes les propostes.

—Estic d'acord amb vosaltres —va dir davant l'evident sorpresa de Dan i Pierre—. Però la qüestió que ens hem de plantejar és quines possibilitats tenim de convèncer Philip que ens doni un augment en un moment en què les arques del priorat són buides.

Ningú no va dir res.

—Necessitem vint-i-quatre penics per setmana per seguir vivint i encara així estarem pitjor del que estàvem —va insistir Dan.

Jack estava atabalat i desanimat. ¿Com era que la reunió se li estava escapant de les mans?

—Vint-i-quatre penics per setmana —va repetir Pierre.

Molts dels seus companys van fer que sí amb el cap.

A Jack se li va acudir que potser no era l'únic que havia anat a la reunió amb una estratègia preparada.

—¿Que ja us ho heu parlat abans? —va preguntar, dirigint a Dan una mirada dura.

—Sí. Anit a la taverna —li va contestar el jove amb una actitud desafiadora—. ¿Que vam fer mal fet, potser?

—No, en absolut. Però, ¿ens en voldries fer cinc cèntims, de les conclusions a què vau arribar a tots els que no vam tenir el privilegi de ser-hi presents?

—Molt bé.

Els homes que no havien estat a la taverna semblaven ressentits. Tanmateix, feia la impressió que a Dan tant se li'n feia. En el moment en què es disposava a parlar, va entrar Philip. Jack li va dirigir una mirada escrutadora. Semblava content. Els ulls dels dos homes es van trobar i el prior va assentir d'una manera gairebé imperceptible. Jack va estar molt content. Evidentment, els monjos havien acceptat el compromís. Va obrir la boca per impedir que Dan parlés, però va arribar un instant massa tard.

—Volem vint-i-quatre penics per setmana per als artesans, dotze penics per als jornalers i quaranta-vuit penics per als mestres.

Jack va tornar a mirar Philip, a la cara del qual l'expressió de satisfacció havia deixat pas a una d'enuig que presagiava un enfrontament.

—Un instant —va dir Jack—. Aquesta no és l'opinió del gremi. És una petició sense cap ni peus que es van empescar només uns quants membres del gremi que havien begut una cervesa de més.

—No. No ho és —va respondre una altra veu, la d'Alfred—. Pots comprovar que la majoria d'artesans dóna suport a la petició de doblar la paga.

Jack el va mirar molt enfadat:

—Fa uns pocs mesos vas venir-me a veure suplicant que et donés feina —li va dir—. Ara ja m'estàs exigint que et dobli la paga. T'havia d'haver deixat que et morissis de gana!

—I això és el que us passarà a tots vosaltres si no teniu seny! —va intervenir el prior Philip.

Jack havia desitjat amb desesperació evitar aquells comentaris punyents, però sabia que no tenia opció. Tota la seva estratègia se n'havia anat en orris.

—No tornarem a treballar per menys de vint-i-quatre penics. I no hi ha res més a dir —va sentenciar Dan.

—Això està fora de discussió. És una idea absurda —va assegurar el prior Philip.

—I nosaltres no treballarem per menys. I és indiscutible —va contestar Dan.

—Però això és una bestiesa. ¿Com us podeu quedar aquí de braços plegats i dir que no treballareu per menys? El que passa és que no treballareu, imbècil. No teniu cap altre lloc on anar! —va dir Jack.

—¿Ah no? —el va desafiar Dan.

Tothom va callar.

«Déu del cel», va pensar Jack, sense ni un bri d'esperança. «És això, tenen un altre lloc on anar.»

—Sí que podem anar a treballar en una altra obra —va corroborar Dan, posant-se dret—. I jo me n'hi vaig.

—¿De què parles? —va preguntar Jack.

L'expressió de Dan era triomfal.

—M'han ofert feina en una altra obra, a Shiring. Per construir l'església nova. Vint-i-quatre penics setmanals per a cada artesà.

Jack va mirar al voltant.

—¿Algú altre ha rebut la mateixa oferta?

Tots semblaven d'allò més avergonyits.

Jack estava desolat. Tot allò havia estat organitzat. L'havien traït. Se sentia com un ximple, però també estava ofès. El dolor es va transformar en ira i va mirar al voltant per trobar el culpable.

—¿Qui de vosaltres ha estat? —va cridar—. ¿Qui de vosaltres és el traïdor?

Ben pocs van ser prou valents per aguantar-li la mirada. Però que estiguessin avergonyits no li servia de consol. Jack se sentia com un amant abandonat.

—¿Qui de vosaltres va venir amb aquest oferiment de Shiring? —va vociferar—. ¿Qui serà el mestre constructor de la nova església?

Va recórrer amb la mirada tota la concurrència i els seus ulls es van aturar en Alfred. És clar. Se li va regirar l'estómac de fàstic.

—¿Alfred? —va dir amb menyspreu—. ¿Em deixeu per anar a treballar amb Alfred?

Ningú no va contestar.

—Sí. Això mateix —va respondre Dan finalment.

Jack va comprendre que estava definitivament derrotat.

—Doncs que sigui així —va murmurar amb amargor—. Em coneixeu a mi i coneixeu el meu germanastre, i heu escollit Alfred. Coneixeu el prior Philip i coneixeu el comte William i heu escollit William. Tot el que puc dir és que us mereixeu el que us trobareu.

CAPÍTOL 15

I

—Recita'm un poema —va dir Aliena—. Ja no em recites mai res. ¿Recordes quan ho feies?

—Ho recordo.

Eren a la clariana secreta del bosc. Ja eren a les acaballes de la tardor; per això, en lloc de seure a l'ombra, al costat del rierol, havien encès una foguera a redós d'una roca. Tot i que la tarda era freda i grisa, havien entrat en calentor fent l'amor, i el foc espetarregava. Tots dos anaven despullats sota les capes.

Jack va obrir la capa d'Aliena i li va acariciar un pit. Aliena trobava que els seus pits ara eren massa grans, i li sabia greu no tenir-los tan drets com abans de tenir els seus fills; a Jack, però, li agradaven de qualsevol manera, cosa que representava un gran alleujament.

—La història d'una princesa que vivia a la torre d'un castell —li va tocar suaument el mugró— i d'un príncep que vivia a la torre d'un altre castell. —Li va acariciar un altre pit.— Cada dia es miraven des de les finestres de les seves presons i frisaven per travessar la vall que els separava. —Va recolzar la mà a la cavitat entre els dos pits i després, de sobte, va començar a fer-la baixar.— Però cada diumenge a la tarda es trobaven al bosc...

Aliena va deixar anar un crit, sobresaltada, i després es va riure d'ella mateixa.

Aquelles tardes de diumenge eren els moments daurats en una vida que, llevat d'allò, s'enfonsava.

La mala collita i la caiguda del preu de la llana havien enfonsat la gent en la pobresa més absoluta. Els comerciants estaven arruïnats, els ciutadans no tenien feina i els pagesos es morien de gana. Per sort, Jack encara guanyava un salari. Amb uns quants artesans havia començat a construir el primer intercolumni de la nau. Però Aliena havia tancat gairebé completament el seu negoci de fabricació de teixits, i allà les coses estaven pitjor que a la resta del sud d'Anglaterra per la manera com William havia reaccionat davant la fam.

Per a Aliena, aquest era l'aspecte més lamentable de la situació. William necessitava diners per construir la seva nova església a Shiring, dedicada a la memòria de la seva mare, una dona maligna i pertorbada. Havia expulsat tants arrendataris que s'havien endarrerit en el pagament de la renda, que havien quedat sense cultivar part de les millors terres del comtat, i per això el gra encara escassejava més. D'altra banda, William l'havia anat emmagatzemant a fi que el preu continués pujant. Tenia uns quants empleats i ningú a qui alimentar, de manera que, en realitat, s'aprofitava de l'encariment a curt termini. A la llarga, però, causaria un mal irreparable al comtat i a les seves possibilitats d'alimentar els seus habitants. Aliena recordava quan era el seu pare qui governava el comtat; havia estat una època de terres fèrtils i ciutats pròsperes. Se li trencava el cor.

Durant uns anys, gairebé havia oblidat el jurament que ella i el seu germà havien fet al seu pare moribund. Des que William Hamleigh havia estat nomenat comte i ella havia format una família, la idea que Richard recuperés el comtat s'havia convertit en una fantasia remota. El mateix Richard s'havia establert com a cap de vigilància. Fins i tot s'havia casat amb una jove de la localitat, filla d'un fuster. Encara que la pobra noia gaudia de bona salut, per desgràcia havia mort l'any anterior sense donar-li fills.

Des del principi de la fam, Aliena havia començat a pensar de nou en el comtat. Sabia que si Richard fos comte, podria fer moltes coses, amb la seva ajuda, per alleujar els patiments ocasionats per l'escassedat. Però només era un somni. William comptava amb el favor del rei Stephen, que portava la veu cantant en la guerra civil, i no hi havia perspectives de canvi.

No obstant això, tots aquests melancòlics desitjos s'esvanien a la clariana secreta mentre feien l'amor sobre la gespa. Des d'un principi tots dos s'havien mostrat cobdiciosos dels seus respectius cossos. Aliena mai no oblidaria que al principi es va quedar molt escandalitzada davant la seva pròpia sensualitat, i fins i tot ara, quan ja tenia trenta-sis anys i els parts havien desenvolupat el seu darrere i inflat el seu ventre, a Jack el consumia fins a tal punt el desig per ella, que cada diumenge feien tres o quatre cops l'amor.

La broma de Jack sobre el bosc va donar pas a una deliciosa carícia i Aliena li va agafar la cara per besar-lo, quan van sentir una veu.

Es van quedar immòbils. La clariana es trobava a una certa distància del camí, oculta rere un sot. Res no els havia interromput mai, llevat d'alguna daina incauta o una guineu agosarada. Van contenir la respiració. La veu es va tornar a sentir, seguida d'una altra veu. Mentre aguditzaven l'oïda, van copsar un soroll de fons, semblant a un cruiximent de branques. Semblava com si un grup nombrós d'homes avancés pel bosc.

Jack va agafar les botes i es va acostar, sense fer soroll i amb agilitat, al rierol, que es trobava a unes quantes passes, va omplir una bota d'aigua i la va buidar damunt del foc. Les flames es van apagar amb un xiuxiueig. Jack es va introduir sense fer soroll entre els matolls i allà es va quedar, arraulit.

Aliena es va posar la camisola, la túnica i les botes i es va cobrir amb la capa.

Jack va tornar amb passes silencioses.

—Proscrits —va xiuxiuejar.

—¿Quants? —va mussitar Aliena.

—Molts. No els he pogut veure tots.

—¿On van?

—A Kingsbridge. —Jack va alçar una mà.— Escolta.

Aliena va decantar el cap. Va percebre el so de la campana del priorat de Kingsbridge, que repicava advertint del perill. Li va fer un salt el cor.

—Els nens, Jack!

—Si passem a gual el riu pel bosc de castanyers, crec que arribarem abans que els proscrits.

—Som-hi, doncs! De pressa!

Jack la va agafar pel braç, li va tapar la boca amb una mà per fer-la callar i va aguditzar l'oïda. Al bosc sempre havia sentit coses que ella no percebia. Sens dubte, era pels anys que ell hi havia viscut. Aliena va esperar.

—Em sembla que ja han marxat —va dir finalment Jack.

Van sortir de la clariana. Al cap d'una estona van arribar al camí. No s'hi veia ningú. El van creuar i van fer drecera a través del bosc, seguint un corriol amb prou feines visible. Aliena havia deixat Tommy i Sally amb Martha. No estava del tot segura del perill que corrien, però sí aterrida davant la idea que pogués passar res abans de reunir-se amb ells. Van córrer tant com van poder. Aliena, desesperada, es va adonar que el terreny era massa abrupte i no sempre podia córrer tan de pressa com Jack, que feia llargues gambades. Es tractava d'un camí molt accidentat que no agafaven gairebé mai. Però era molt més ràpid.

Van baixar pel costerut pendent que conduïa al pantà; de vegades, forasters desprevinguts hi perdien la vida, però no hi havia perill per als qui sabien com calia travessar-lo. Malgrat tot, el llot semblava agafar els peus d'Aliena, obligant-la a anar més a poc a poc, retenint-la lluny de Tommy i Sally. A la part més allunyada del pantà hi havia un gual. L'aigua freda li va arribar als genolls, netejant-li els peus del fang.

A partir d'allà, el camí era recte. Les campanades d'alarma sonaven més fortes a mesura que s'acostaven a la ciutat. Fos quin fos el perill que suposava la presència de bandits, almenys la gent quedava advertida, es va dir Aliena, intentant donar-se ànims. Quan van sortir del bosc, a la prada que travessava el riu des de Kingsbridge, vint o trenta nens que havien estat jugant a pilota en un llogarret dels voltants van arribar al mateix temps que ells, fent veus ronques i suant malgrat el fred.

Van passar corrents pel pont. La porta ja estava tancada, però les persones que es trobaven als merlets els havien vist i reconegut i, en acostar-s'hi, es va obrir una petita poterna. Jack es va posar al capdavant i va fer que els nois els deixessin passar abans a ell i a Aliena. Van acotar el cap i van entrar. Aliena estava molt alleujada d'haver arribat a la ciutat abans que els proscrits.

Esbufegant per l'esforç, van pujar a corre-cuita pel carrer major. La gent prenia posicions a les muralles amb venables, arcs i piles de pedres. Aplegaven els nens per portar-los al priorat. Aliena va pensar que Martha ja devia ser allà amb Tommy i Sally. Jack i ella es van encaminar directament cap al lloc on s'aixecava la catedral en construcció.

Al pati de la cuina, Aliena va veure, atònita, Ellen, la mare de Jack, tan prima i morena com sempre, en els seus quaranta anys, però amb alguns cabells blancs i arrugues al voltant dels ulls. Parlava animadament amb Richard. El prior Philip es trobava a una certa distància fent entrar els nens a la sala capitular. Semblava que no havia vist Ellen.

Allà a prop, hi havia Martha, Tommy i Sally. Aliena va llançar un sospir d'alleujament i va abraçar els dos nens amb força.

—Mare! ¿Com és que ets aquí? —li va preguntar Jack.

—He vingut per advertir-vos que una banda de proscrits ve cap aquí amb el propòsit d'atacar la ciutat.

—Els hem vist al bosc —va certificar Jack.

—¿Els heu vist? —va preguntar Richard—. ¿Quants n'hi havia?

—No n'estic segur, però m'han semblat molts —va respondre Jack—. Almenys un centenar, potser més.

—¿Quines armes portaven?

—Garrots, ganivets, una o dues destrals; però, sobretot, garrots.

—¿En quina direcció anaven?

—Cap a la part nord.

—Gràcies. Donaré una ullada des de les muralles.

—Porta els nens a la sala capitular, Martha —va indicar Aliena.

Després, es va disposar a seguir Richard, igual que Jack i Ellen. Mentre recorrien els carrers a corre-cuita, la gent preguntava a Richard què passava.

—Proscrits —contestava ell lacònicament sense alentir la marxa.

«En ocasions com aquesta, Richard no té rival», va pensar Aliena. «Quan es tracta de guanyar-se el pa de cada dia no se'n surt, però en una emergència militar manté el cap fred i actua amb serenitat i eficàcia.»

Van arribar a la muralla septentrional de la ciutat i van pujar per l'escala fins al parapet. Disposades a intervals regulars, les pedres amuntegades esperaven ser llançades contra els atacants. Molts ciutadans amb arcs i fletxes prenien posicions als merlets. Ja feia temps que Richard havia convençut els ciutadans que era necessari fer exercicis militars un cop a l'any. En un principi, la gent s'hi va mostrar reàcia, però aquella pràctica es va acabar convertint en un ritual tan popular com les representacions estivals, on tothom participava. En un moment com aquell es palesaven els beneficis de la idea de Richard, ja que la gent havia reaccionat amb rapidesa al toc d'alarma.

Aliena, temorosa, mirava d'escrutar el bosc més enllà dels camps. No hi veia res.

—Us hi deveu haver avançat —va dir Richard.

—¿Per què vénen *aquí*? —va preguntar Aliena.

—Pels magatzems del priorat —va respondre Ellen—. És l'únic lloc en moltes iardes al voltant on hi ha una mica de menjar.

—És clar.

El grup d'assaltants que s'acostava a Kingsbridge era gent afamada, desposseïda de tot per William i condemnada a robar per sobreviure. Als llogarrets indefensos, no hi havia gran cosa per robar, perquè les condicions de vida dels pagesos no eren gaire millors. Només hi havia menjar en quantitat als graners dels terratinents.

Mentre Aliena pensava en tot això, els va veure.

Van aparèixer al llindar del bosc com rates fugint d'un paller en flames. Van envair tot el camp en direcció a la ciutat; eren vint, trenta, cinquanta, un centenar. Formaven un petit exèrcit. Probablement havien confiat prendre la ciutat desprevinguda i entrar-hi per les portes, però en sentir la campana d'alarma, van comprendre que algú se'ls havia anticipat. Tot i així van continuar endavant, amb la desesperació pròpia dels afamats. Des de la ciutat, algun arquer va disparar abans d'hora.

—Espereu! No malgasteu les fletxes! —va advertir Richard, cridant com un esperitat.

L'últim cop que Kingsbridge havia sofert un atac, Tommy tenia divuit mesos i Aliena estava prenyada de Sally. Aleshores, Aliena s'havia refugiat al priorat amb la gent gran i els nens. En aquesta ocasió, es quedaria als merlets i ajudaria a combatre el perill. Gairebé totes les dones pensaven el mateix, i a les muralles hi havia quasi tantes dones com homes.

A mesura que s'acostaven els proscrits, Aliena tenia més por. Estava a prop del priorat. Potser els assaltants aconseguirien entrar a la ciutat a través d'alguna petita obertura i arribarien al priorat abans que ella. O també la podien ferir durant la lluita i deixar-la incapacitada per protegir els seus fills. També hi havia Jack i Ellen. Si els tres morien, només quedaria Martha per tenir cura de Tommy i de Sally. Aliena va vacil·lar una estona, però no va arribar a prendre cap decisió.

Els proscrits ja eren gairebé davant les muralles. Van ser rebuts per un devessall de fletxes, però aquest cop Richard no va esbroncar els arquers. Van caure molts assaltants. No tenien armadures que els protegissin i no estaven gens organitzats. Ningú no havia planejat l'atac. Era com una desbandada de bestiar llançant-se de cap contra un mur. Quan van estar a punt d'estavellar-s'hi, no van saber què fer. Des de la muralla emmerletada, la gent els llançava pedres. Uns quants proscrits van atacar la porta nord amb garrots. Aliena, que coneixia la gruixària d'aquella porta de roure amb reforços de ferro, sabia que passaria tota la nit abans que poguessin ensorrar-la. Mentrestant, Alf Butcher, el carnisser, i Arthur Saddler, el talabarder, s'esforçaven per pujar a la muralla un calder d'aigua bullent procedent d'alguna cuina, per vessar-lo sobre els invasors.

Just sota la posició d'Aliena, un grup de proscrits començava a formar una piràmide humana. Jack i Richard van començar a llançar-los pedres. Aliena, pensant en els seus fills, va fer el mateix, i de seguida s'hi va afegir Ellen. Durant una estona, els proscrits van aconseguir esquivar aquella pluja de pedrots, però quan un d'ells va ser encertat al cap, la piràmide es va esfondrar i no en van tornar a aixecar cap més.

Un moment després, van arribar crits de dolor des de la porta nord en caure l'aigua bullent sobre els caps dels homes que l'estaven atacant.

Alguns dels proscrits van pensar llavors que els camarades morts o ferits eren presa fàcil i es van dedicar a despullar-los, provocant baralles amb els caiguts que no estaven greument ferits i els saquejadors que rivalitzaven amb ells per disputar-se les possessions dels morts. Aliena va pensar que allò era una carnisseria, una repugnant i degradant carnisseria. En adonar-se que l'atac havia estat un fracàs, la gent de la ciutat va deixar de llançar pedres i observava com els assaltants lluitaven acarnissadament entre ells com gossos que es barallessin per un os.

Aliena es va tombar cap a Richard.

—Estan massa desorganitzats per ser una veritable amenaça.

Richard va fer que sí amb el cap.

—Amb una mica d'ajuda, podrien arribar a ser perillosos, perquè estan desesperats, però no tenen ningú que els dirigeixi.

A Aliena se li va acudir una idea.

—Un exèrcit que espera un cap... —va dir.

Richard no va entendre què volia dir la seva germana, però Aliena semblava molt excitada per la idea. Richard era un bon cabdill sense exèrcit; els proscrits, un exèrcit sense cabdill. A més, el comtat s'estava ensorrant.

Uns quants ciutadans continuaven llançant pedres i fletxes contra els proscrits. En van caure uns quants més. Aquell va ser el cop definitiu, i van iniciar la retirada com si es tractés d'una canilla de gossos fuetejats, fugint amb la cua entre cames i girant la vista, de tant en tant, humiliats. I llavors, algú va obrir la porta nord i un nombrós grup de joves es va llançar a la càrrega, esgrimint espases i destrals. Els proscrits van fugir llavors a la desbandada, però alguns van ser atrapats pels joves i assassinats cruelment.

—Hauries d'haver evitat que els nois els perseguissin —va dir Ellen a Richard, fastiguejada.

—Els joves necessiten tastar sang després d'una lluita com la d'avui —va respondre Richard—. A més, com més proscrits matem ara, amb menys ens haurem d'enfrontar la propera vegada.

Aliena va pensar que aquell era el punt de vista d'un soldat. En aquella època en què ella mateixa havia vist la seva vida amenaçada un dia rere l'altre, potser s'hauria comportat com aquells joves i hauria perseguit els proscrits per matar-los. Però ara, el que volia era que desapareguessin les causes de la desesperació dels proscrits, no els proscrits mateixos.

A més, se li havia acudit la manera d'utilitzar-los.

Richard va encarregar a algú que toqués la campana del priorat anunciant que el perill havia passat, i va donar instruccions perquè de nit s'establís doble vigilància, a part dels sentinelles.

Aliena va anar al priorat a recollir Martha i els nens. Tots es van trobar de nou a casa de Jack.

Aliena estava molt contenta que tots tornessin a estar junts: ella, Jack i els nens, Richard, la mare de Jack i Martha. Formaven una família com qualsevol altra. Gairebé mai no s'oblidava que el seu pare havia mort en una masmorra, que ella estava legalment casada amb el germanastre de Jack, que Ellen era una proscrita i que...

Va sacsejar el cap. No servia de res pretendre que formaven una família normal.

Jack va omplir una gerra al barril de cervesa, que va abocar en grans gots. Tothom estava nerviós i excitat després del perill. Ellen va encendre el foc i Martha va tirar rodanxes de nap a l'olla per tal de preparar una sopa. Temps enrere, en una ocasió com aquella, haurien rostit un garrí.

—Abans que acabi l'hivern, no hem de descartar que es repeteixin episodis com el d'avui —va pronosticar Richard eixugantse la boca amb una màniga després de fer un glop llarg de cervesa.

—Haurien d'atacar els magatzems del comte William, no els del prior Philip. William és qui els ha convertit en pidolaires —va dir Jack.

—Doncs si no milloren les tàctiques, no tindran més èxit amb William que amb nosaltres. Són com una canilla.

—Necessiten un cabdill —va dir Aliena.

—Demana a Déu que no en tinguin mai cap! —va exclamar Jack—. Llavors sí que serien perillosos.

—Un cabdill els podria induir a atacar les propietats de William en comptes de les nostres —va al·legar Aliena.

—No ho entenc —va dir Jack—. ¿Vols dir que ho faria, això, un cabdill?

—Si fos Richard, sí.

Es va fer un silenci.

Aquella idea havia anat prenent forma en el cap d'Aliena, i ara estava convençuda que donaria resultat. Era una bona manera de fer complir el jurament fet al seu pare. Richard podria acabar amb William i recuperar el comtat, restaurant-ne la pau i la prosperitat. Com més hi pensava, més creixia la seva excitació.

—Els atacants d'avui superaven la centena —va dir Richard. Es va girar cap a Ellen i li va preguntar:— ¿Quants més n'hi ha, al bosc?

—Un bona pila. Centenars. Milers, potser.

Aliena, inclinant-se sobre la taula de la cuina, va clavar els seus ulls en els de Richard.

—Converteix-te en el seu cabdill —li va proposar, convençuda—. Organitza'ls. Ensenya'ls a lluitar. A concebre plans d'atac. I després, llança'ls contra William.

Mentre parlava, es va adonar que l'estava incitant a posar la seva vida en perill, i això la va intranquil·litzar. El podien matar abans d'aconseguir recuperar el comtat.

A Richard, però, aquestes preocupacions no el turmentaven gens.

—Per Déu, potser tens raó, Allie —va exclamar—. Podria tenir el meu propi exèrcit i enfrontar-me a William.

Aliena va poder apreciar com al seu germà se li encenia la cara a causa de l'odi acumulat contra William, i com es tocava la cicatriu de l'orella esquerra, mancada de lòbul. Va semblar que apartava dels seus pensaments el desagradable record que amenaçava de tornar a aflorar.

La idea d'Aliena engrescava cada cop més Richard.

—Podria fer incursions contra els ramats de William —va dir—. Robar-li les ovelles, caçar els seus cérvols, saquejar els seus graners i molins. Déu meu! Com podria fer patir aquella sangonera, si disposés d'un exèrcit!

Aliena va pensar que Richard sempre havia estat un soldat. Era el seu destí. Malgrat els temors al voltant de la seguretat del seu germà, estava excitada davant la perspectiva que pogués tenir una altra oportunitat d'acomplir el seu destí.

Però Richard havia ensopegat amb un obstacle.

—La llàstima és que no sé on trobar els proscrits —va dir—. Sempre s'amaguen.

—Això, deixa-m'ho a mi —va dir Ellen—. Si et desvies del camí de Winchester, hi ha un corriol pràcticament envaït per la vegetació que condueix cap a una pedrera abandonada. Allà és on tenen el cau. La solien anomenar la pedrera de Sally.

—Però si jo no tinc cap pedrera! —va exclamar Sally, que ja tenia set anys.

Aquesta observació va provocar una riallada general.

Després es va tornar a fer el silenci.

Richard es mostrava exultant i decidit.

—Interessant —va dir en un to enigmàtic—. La pedrera de Sally.

—Ens havíem passat el matí treballant per arrencar una soca al cim del turó —va dir Philip—. En tornar, vam veure que el meu germà Francis ens esperava dret al corral de les cabres, amb tu en braços. Només tenies un dia.

L'expressió de Jonathan era de gravetat. Per a ell, era un moment solemne.

Philip va contemplar St-John-in-the-Forest. Ja no s'hi veia gaire bosc, pel voltant. Amb els anys, els monjos havien anat aclarint acres i ara el monestir estava rodejat de camps de cultiu.

S'hi havien construït més edificis de pedra, una sala capitular, un refectori i un dormitori, a més d'un bon nombre de graners i lleteries de fusta, més petites. Amb prou feines es reconeixia el lloc que havia estat feia setze anys. També la gent havia canviat. Alguns d'aquells monjos joves de Kingsbridge ara hi ocupaven càrrecs de responsabilitat. William Beauvis, que feia tants anys havia fet l'entremaliadura de llançar cera calenta a la calba del mestre de novicis, era el prior de la cel·la. D'altres n'havien marxat. El busca-raons de Peter de Wareham, per exemple, era a Canterbury treballant per a un ardiaca jove i ambiciós que es deia Thomas Becket.

—Em pregunto com devien ser —va dir Jonathan—. Els meus pares, vull dir.

Philip va sentir llàstima per un moment. Ell també havia perdut els seus pares; però tenia sis anys quan va passar i podia recordar-los molt bé. La seva mare, tranquil·la i afectuosa; el seu pare, alt, de barba molt negra i, almenys per a Philip, un home fort i coratjós. Jonathan no en conservava ni un record. Tot el que sabia dels seus pares era que no l'havien estimat.

—Però podem endevinar moltes coses sobre ells —va dir Philip.

—¿De debò? —va preguntar Jonathan—. ¿Com ara què?

—Abans de tot, que eren pobres —va respondre Philip—. La gent adinerada no té motius per abandonar els fills. També podem deduir que no tenien amics, atès que els amics saben quan algú espera un nadó i haurien fet preguntes. També podem saber que estaven desesperats, perquè cal estar molt desesperat per suportar la pèrdua d'un fill.

Jonathan feia esforços per aguantar-se les llàgrimes. A Philip li hauria agradat plorar per ell, per aquell noi que, segons tothom, se li assemblava tant. Desitjava poder proporcionar-li una mica de consol, dir-li alguna cosa afectuosa i reconfortant sobre els seus pares. Ara bé, ¿com podia pretendre que els pares de Jonathan l'estimaven si l'havien abandonat a la seva sort?

—¿Per què Déu fa aquestes coses? —va preguntar Jonathan.

Philip hi va veure una oportunitat.

—Quan algú comença a formular-se aquesta mena de preguntes acaba confós. En el teu cas, però, crec que la resposta no pot ser més clara: Déu et volia per a ell.

—¿De debò ho creieu així?

—¿No t'ho havia dit mai? Sempre he cregut que era així. Així ho vaig expressar aquí mateix als monjos aquell dia. Els vaig fer veure que Déu t'havia enviat aquí amb algun designi i que el nostre deure era criar-te al servei de Déu perquè poguessis dur a terme la tasca que Ell t'havia assignat.

—Em pregunto si la meva mare ho sap, això.

—Ho deu saber si és amb els àngels.

—¿Quina creieu vós que pot ser la meva tasca?

—Déu necessita monjos escriptors, il·lustradors, músics i grangers. Necessita homes que realitzin feines de responsabilitat, com ara la de cellerer, prior i bisbe. Necessita homes que sàpiguen comerciar amb llana, curar els malalts, ensenyar els nens a llegir i a escriure i que construeixin esglésies.

—Em costa d'imaginar que tingui un paper específic per a mi.

—No crec que s'hagués molestat tant amb tu si no ho tingués clar —va contestar Philip amb un somriure—. Però podria no ser un paper grandiós o important en termes mundans. Pot ser que vulgui que et converteixis en un d'aquells monjos tranquils, en una persona humil que consagra la seva vida a la pregària i a la contemplació.

Jonathan va semblar desencantat.

—Suposo que és possible.

Philip va esclafir a riure.

—Però no ho crec. Déu no fa ganivets de paper. Tu no estàs fet per a una vida de quietud i Déu ho sap. Jo diria que vol que lluitis per a Ell, no que cantis per a Ell.

—Així ho espero.

—En aquest precís instant crec que el que vol és que t'adrecis al germà Leo i t'assabentis de quants formatges té per al rebost de Kingsbridge.

—Molt bé.

—Aniré a la sala capitular per parlar amb el meu germà. I recorda: si algun dels monjos et parla de Francis, no diguis tot el que en saps.

—No diré res.

—Som-hi, doncs.

Jonathan va creuar el pati a pas lleuger. El seu tarannà solemne ja s'havia esfumat i abans d'arribar a la lleteria havia recuperat el seu dinamisme habitual. Philip el va continuar observant fins que va entrar i va desaparèixer dins l'edifici. «Jo era igual que ell», va pensar, «encara que no tan intel·ligent, em sembla.»

Va prendre la direcció oposada, i va anar cap a la sala capitular. Francis havia enviat un missatger a Philip demanant-li que es trobés amb ell de la forma més discreta possible. Philip diria als monjos de Kingsbridge que havia anat a St-John per fer-hi una visita de rutina. On l'entrevista no es podia mantenir en secret era precisament a St-John, però els monjos d'allà estaven tan aïllats que no hi havia ningú a qui explicar-ho. L'únic monjo que anava de tant en tant a Kingsbridge era el prior de la cel·la, però Philip li havia fet prometre que ho mantindria en secret.

Francis i ell havien arribat aquell mateix matí, i tot i que no van mirar de convèncer ningú que la reunió era fortuïta, van fer veure que l'havien organitzat pel simple gust de veure's. Tots dos van assistir a la missa major i després van esmorzar amb els monjos. En acabat, van aprofitar l'única oportunitat per parlar en privat.

Francis l'esperava a la sala capitular, assegut en un banc de pedra adossat a la paret. Philip no veia gairebé mai la seva pròpia imatge, ja que en un monestir no hi havia miralls. Va calcular el seu envelliment pels canvis que havia sofert el seu germà, que només tenia dos anys menys que ell. Francis, als quarantados anys, tenia alguns cabells blancs entre els seus cabells negres i abundants arrugues al voltant dels ulls, tan blaus i brillants com sempre. El seu coll i la seva cintura eren més gruixuts d'ençà de l'última vegada que Philip l'havia vist. «Jo dec tenir els cabells més grisos i, en canvi, dec d'estar més prim», va pensar Philip; «però em pregunto qui deu tenir més arrugues per culpa de les preocupacions.»

Es va asseure al costat del seu germà, el qual, al cap d'uns instants de silenci compartit, va preguntar:

—¿Com et van les coses?

—Els bàrbars tornen a imperar —va respondre Philip—. El priorat s'està quedant sense diners, gairebé tenim parada la construcció de la catedral. Kingsbridge és cada cop més pobre, mig comtat es mor de gana i viatjar no és segur.

Francis va assentir.

—La mateixa història es repeteix per tot Anglaterra.

—Potser els bàrbars imperaran sempre —va mormolar Philip en un to lúgubre—. Potser la cobdícia superarà sempre la prudència en els consells als poderosos. És possible que la por domini sempre la compassió en la ment d'un home amb una espasa a la mà.

—Abans no eres tan pessimista.

—Fa unes setmanes ens va atacar un exèrcit d'afamats. Va ser un intent lamentable. Tan aviat com uns quants van morir sota les nostres fletxes, van començar a barallar-se entre ells. Quan ja es retiraven, uns quants joves de la nostra ciutat van perseguir els pobres infeliços i van fer una carnisseria. Un espectacle nauseabund.

—Costa d'entendre —va comentar Francis, sacsejant el cap.

—Em sembla que jo sí que ho entenc. Els joves estaven espantats i l'única cosa que podien fer per allunyar la por era vessar la sang de la gent que l'havia provocada. És el mateix que vaig veure als ulls dels homes que van matar els nostres pares. Van matar perquè estaven espantats; però, ¿què podria posar fi a aquesta por?

—La pau, la justícia, la prosperitat... Coses difícils d'aconseguir —va respondre Francis amb un sospir.

Philip va assentir.

—Bé. ¿Què tens entre mans? —va preguntar.

—Estic treballant per al fill de l'emperadriu Maud —va respondre Francis—. Es diu Henry.

Philip n'havia sentit a parlar.

—¿Com és?

—És un jove intel·ligent i decidit. El seu pare ha mort, de manera que ara és comte d'Anjou. I també duc de Normandia, perquè és el nét més gran del vell Henry, que era rei d'Anglaterra i duc de Normandia. I està casat amb Elionor d'Aquitània; per tant, també és duc d'Aquitània.

—Governa sobre un territori més gran que el del rei de França.

—Efectivament.

—¿I com és, ell?

—Educat, molt treballador, ràpid en les decisions, inquiet, amb una voluntat de ferro. Té un temperament terrible.

—De vegades, jo també voldria tenir un temperament terrible —va confessar Philip—. Fa que la gent vagi amb compte. Com que tothom sap que sempre em mostro raonable, mai se m'obeeix amb la mateixa celeritat que a un prior disposat a esclatar en qualsevol moment.

Francis va esclafir a riure.

—Sigues tu mateix i no t'hi encaparris —li va aconsellar, abans de recuperar l'expressió seriosa—. Henry m'ha fet comprendre la importància de la personalitat d'un rei. Fixa't en Stephen. De discerniment poc ferm, primer es mostra decidit però després acaba cedint; és valent fins a la temeritat i es passa la vida perdonant els enemics. Els qui el traeixen no corren gaires riscos perquè saben que, arribat el cas, podran comptar amb la seva clemència. Ha estat lluitant sense èxit divuit anys per acabar governant sobre un país dividit, quan el que ell havia heretat era un regne unit. Henry té més control sobre els seus ducs i comtes, que abans anaven a la seva, del que ha tingut mai Stephen.

Philip va recordar una cosa important.

—¿I per què t'ha enviat a Anglaterra? —va preguntar.

—Per vigilar el seu regne.

—¿Què hi has trobat?

—Que hi impera l'anarquia i que s'està morint d'inanició, assotat per les tempestes i assolat per la guerra.

Philip va assentir, pensatiu. El jove Henry era duc de Normandia perquè era el fill més gran de Maud, l'única filla legítima del vell rei Henry, antic duc de Normandia i rei d'Anglaterra. Per aquesta línia de descendència, Henry podia reclamar el seu dret al tron.

La seva mare també havia fet la mateixa reclamació, i se li havia negat perquè era una dona i perquè el seu marit era angeví. Però el jove Henry no tan sols era home, sinó que tenia, a més, l'avantatge de ser normand per part de mare i angeví per part de pare.

—¿Intentarà Henry ocupar el tron d'Anglaterra? —va preguntar Philip.

—Dependrà del meu informe —va contestar Francis.

—¿Què li diràs?

—Que mai no ho tindrà millor que ara per ser rei d'Anglaterra.

—Lloat sia Déu —va dir Philip.

II

De camí cap al castell del bisbe Waleran, el comte William es va aturar en una de les seves propietats, Crowford Mill. El moliner, un tipus endurit de mitjana edat que es deia Wulfric, tenia dret a moldre el gra cultivat en onze viles de la regió. Com a pagament, de cada vint sacs en retenia dos, un per a ell i l'altre per a William.

William es disposava a recollir el que li pertanyia. Normalment, no ho feia personalment, però els temps que corrien no eren gens normals. Aquells dies, els carros que transportaven farina o qualsevol altra cosa comestible havien d'anar acompanyats d'una escorta armada. A fi d'utilitzar la seva gent de la manera més econòmica possible, William havia pres el costum de portar un o dos carros amb ell sempre que anava a alguna banda amb el seguici de cavallers, i recollia de passada tot el que li era possible.

La proliferació de delictes perpetrats per proscrits era un dels efectes desastrosos de la política demencial que aplicava als arrendataris que no complien. La gent sense terra es dedicava amb freqüència al robatori. En general, no eren més eficaços com a lladres del que ho havien estat com a grangers, i William confiava que la majoria es moriria durant l'hivern. Al principi, les seves esperances s'havien complert. Els proscrits solien atacar els viatgers solitaris que no tenien gaire cosa per oferir, o feien incursions mal organitzades contra objectius ben defensats. Però en els últims temps, les tàctiques dels bandolers havien millorat. Sempre que atacaven, ho feien en un nombre que duplicava el de les forces defensores. Atacaven quan els graners estaven plens fins dalt, senyal que duien a terme una tasca de reconeixement acurada. No obstant això, no es quedaven per lluitar, sinó que cada home sortia esvalotat tan aviat com engrapava una ovella, un pernil, un formatge, un sac de farina o una bossa de monedes de plata. No pagava la pena perseguir-los, perquè es perdien al bosc, separant-se i corrent en totes direccions. Algú els dirigia, i ho feia de la mateixa manera que ho hauria fet William.

L'èxit dels proscrits l'humiliava. El feia semblar com un bufó incapaç de protegir el seu comtat. I, per empitjorar les coses, els proscrits poques vegades robaven un altre senyor. Semblava com si el desafiessin obertament. El que William detestava més era la sensació que es mofaven d'ell a la seva esquena. S'havia passat la vida obligant la gent a respectar-lo i a fer el mateix amb la seva família, i aquella banda de proscrits tirava tota la seva feina per terra.

Però el que el posava més furiós era que la gent digués que s'ho mereixia. Que havia tractat amb massa duresa els seus arrendataris, i que per això aquests se'n revenjaven. Que tot era culpa seva. Aquesta mena de comentaris l'enrabiaven a més no poder.

Els vilatans de Crowford van observar amb inquietud l'arribada de William i els seus cavallers. William va esguardar amb menyspreu els rostres prims i aprensius que el seguien amb la mirada des de les portes de les cases i que tot seguit desapareixien cap a dins. Aquella gent li havia enviat el rector per suplicar-li que aquell any els permetés moldre el seu gra, sostenint que els era impossible donar un delme al moliner. William hauria volgut arrencar la llengua d'aquell capellà per insolent.

Feia fred i hi havia gel a la resclosa del molí.

La sínia estava aturada i la mola en silenci. Una dona va sortir de la casa del costat. Quan la va veure, William va sentir l'agulló del desig. Devia tenir uns vint anys, era bonica i la seva cabellera abundant. A pesar de la fam que assotava la regió, els pits d'aquella noia eren grans i els seus malucs generosos. Va sortir somrient, despreocupada, però quan va veure els cavallers de William, el somriure li va desaparèixer i es va afanyar a entrar novament a la casa.

—No li hem agradat gaire —va comentar Walter—. Deu haver vist Gervase, que per alguna cosa és conegut com el Lleig.

Era una broma suada, però va fer riure tothom.

Van fermar els cavalls. El grup que acompanyava William havia canviat una mica d'ençà del començament de la guerra civil. Walter, per descomptat, seguia amb ell, com també Gervase el Lleig i Hugh «la Destral». Però Gilbert havia mort en la inesperadament sagnant batalla contra els pedraires i havia estat substituït per Guillaume; Miles havia perdut un braç en un duel a espasa per culpa dels daus en una cerveseria de Norwich, i Louis s'havia unit a l'escorta. Ja no eren ni de bon tros nois, però parlaven i actuaven com si ho fossin. Reien, bevien, jugaven i freqüentaven els prostíbuls. William havia perdut el compte de les tavernes que havia destruït, dels jueus que havia turmentat i de les verges que havia desflorat.

Va sortir l'amo del molí. La seva expressió d'amargor era causada, sens dubte, per la perenne impopularitat dels moliners. La seva actitud revelava inquietud. Això estava bé. A William li agradava que la gent se sentís inquieta en la seva presència.

—No sabia que tinguessis una filla, Wulfric —va dir William mirant-lo de reüll—. M'ho has estat ocultant.

—És Maggie, la meva dona —va dir.

—No em menteixis. La teva dona és un espantall, vella i arrugada. La recordo perfectament.

—La meva May va morir l'any passat, senyor. M'he tornat a casar.

—Maleït vell xacrós! —va exclamar William amb un somriure—. Aquesta deu tenir trenta anys menys que tu.

—Vint-i-nou.

—Bé, deixem-ho estar. ¿On és la meva farina? Un sac de cada vint.

—És tot aquí, senyor. Feu el favor de passar.

Per anar al molí calia travessar la casa. William i els cavallers van seguir Wulfric fins a l'única habitació. La nova i jove esposa del moliner estava agenollada, alimentant el foc amb llenya. Quan es va inclinar, la túnica se li va tensar a la part de darrere. William va observar que tenia unes cuixes poderoses. Com era d'esperar, la dona d'un moliner era l'última que passava gana en temps d'escassetat.

William es va aturar a mirar-li el darrere. Els cavallers van fer una ganyota mofeta i el moliner es va afanyar inquiet. La jove va girar la vista, es va adonar que l'estaven mirant i es va incorporar en actitud confusa.

—Porta'ns una mica de cervesa, Maggie. Estem assedegats —li va dir William, fent-li l'ullet.

Van franquejar la porta del molí. Els sacs de farina estaven apilats al voltant de la part exterior de l'era circular. No n'hi havia gaires. Normalment les piles arribaven a una altura superior a la d'un home.

—¿Això és tot? —va preguntar William.

—La collita ha estat molt dolenta, senyor —va respondre Wulfric, neguitós.

—¿On són els meus?

—Aquí, senyor.

Va assenyalar cap a una pila de vuit o nou sacs.

—¿Com? —William va sentir que la sang li pujava al cap—. ¿Aquests són tots els meus? Tinc dos carros esperant a fora, i tu només m'ofereixes això...!

L'expressió de Wulfric va semblar encara més planyívola.

—Ho sento, senyor.

William els va comptar.

—Nou sacs, només!

—És tot el que hi ha —va dir Wulfric, que estava a punt de plorar—. Els meus són al costat dels vostres. És tot el que hi ha; és la mateixa quantitat.

—Maleït mentider! —va exclamar William, furiós—. Els has venut.

—No, senyor —va respondre Wulfric—. Això és tot el que hi ha hagut.

Maggie va entrar amb una safata amb gerres de fang plenes de cervesa. La va oferir als cavallers i cadascú va agafar una gerra. Van beure amb avidesa. William no en va fer cas. Estava massa irritat per beure. Maggie es va quedar dreta esperant, amb l'última gerra a la safata.

—¿Què és tot això? —va preguntar William a Wulfric assenyalant la resta de sacs.

—Encara no els han vingut a buscar, senyor. Hi podeu veure les marques dels propietaris.

I així era. Cada sac anava marcat amb una lletra o un símbol. Naturalment, es podia tractar d'un truc. William no tenia cap mitjà per saber la veritat, però no podia acceptar així com així una situació com aquella.

—No et crec —li va dir—. M'has estat robant.

—Sóc honrat, senyor —va balbucejar Wulfric amb veu tremolosa.

—Encara no ha nascut cap moliner honrat.

—Senyor... —Wulfric es va empassar la saliva amb dificultat.— Mai no us he estafat ni un sol gra de blat.

—M'hi jugaria el que vulguis que m'has estat robant a mansalva.

A pesar del fred, a Wulfric la suor li relliscava per la cara. Es va eixugar el front amb la màniga.

—Ho puc prometre per Jesús i per tots els sants...

—No repliquis.

Wulfric va quedar mut.

William estava cada cop més furiós, però encara no havia decidit res. Volia donar a Wulfric un bon ensurt. Potser deixaria que Walter l'apallissés amb els guants de cota de malla, o s'enduria una bona part de la seva farina, o potser tota. I llavors es va adonar de Maggie, que sostenia la safata amb la gerra de cervesa, rígida pel pànic. Va veure la seva cara bonica i els seus pits grans i juvenils i va pensar en el correctiu perfecte per a Wulfric.

—Agafa la dona —va ordenar a Walter, i després es va girar cap a Wulfric—. T'ensenyaré una lliçó que no oblidaràs mai.

Maggie va veure com Walter s'acostava a ella, però ja era massa tard per fugir, i Walter la va engrapar amb força per un braç. La safata va caure a terra amb estrèpit. Walter li va retòrcer el braç per darrere l'esquena i la va mantenir subjectada. La jove tremolava de terror.

—No! Deixeu-la, si us plau! —va suplicar Wulfric, esverat.

William va fer que sí amb el cap, satisfet. Wulfric veuria com uns quants homes violaven la seva jove esposa sense que ell hi pogués fer res. La propera vegada s'asseguraria de tenir prou gra per satisfer el seu senyor.

—La teva dona s'està engreixant amb el pa fet amb farina robada, Wulfric, mentre nosaltres ens hem d'estrènyer el cinturó. ¿Et sembla bé que vegem per on s'ha engreixat més?

Va fer un senyal amb el cap a Walter.

Walter va agafar la túnica de Maggie pel coll i va fer una violenta estrebada. La peça es va esquinçar i va caure a terra. A sota, la noia portava una camisa de fil que li arribava als genolls. Els seus pits grossos pujaven i baixaven mentre esbufegava aterrida. William es va situar davant seu. Walter va retòrcer amb força el braç de la noia, obligant-la a arquejar el cos pel dolor, i la grandària dels pits encara es va fer més evident. William va mirar Wulfric. Després, va posar les mans sobre els pits de Maggie i els va començar a acariciar amb lascívia. Els notava suaus i pesants.

Wulfric va fer una passa endavant.

—Maleït —va remugar.

—Subjecteu-lo bé —va dir William, tallant i, tot seguit, Louis va agafar pels braços el moliner, immobilitzant-lo.

William va esquinçar la camisa de la jove.

Es va quedar sense alè en contemplar el seu cos blanc i voluptuós.

—No, si us plau —va suplicar Wulfric.

William se sentia cada cop més excitat.

—Tombeu-la i aguanteu-la —va ordenar.

Maggie va començar a cridar.

William es va treure el cinyell i el va deixar caure a terra mentre els cavallers agafaven Maggie pels braços i les cames. No li quedava cap esperança de poder resistir-se a quatre homes cepats, però tot i així continuava contorçant-se i cridant. A William això li agradava moltíssim. Els seus pits saltaven i es movien amb violència i les cuixes s'obrien i tancaven mostrant i ocultant el sexe. Els quatre cavallers la van subjectar contra l'era.

William es va agenollar entre les cames de Maggie i es va aixecar el faldó de la túnica. Va contemplar el marit. Wulfric estava fora de si. Mirava horroritzat i balbucejava súpliques de clemència que no es podien sentir entre els crits de la noia. William fruïa d'aquell instant: la dona esfereïda, els cavallers que la subjectaven contra el terra, el marit que mirava derrotat...

Però llavors Wulfric va apartar la mirada.

William va tenir una sensació de perill. A l'habitació, tothom tenia els ulls fixats en ell i en la noia. L'única cosa capaç de distreure l'atenció de Wulfric era la possibilitat d'ajuda salvadora. William va girar el cap i va mirar en direcció a la porta.

En aquell mateix instant, una cosa dura i pesant li va colpejar el cap.

Va deixar anar un crit de dolor i es va deixar caure sobre Maggie. La seva cara va caure sobre la d'ella. Llavors va sentir les veus exaltades d'un bon nombre d'homes. Eren molts. De reüll va veure com Walter queia a terra, també víctima d'un cop. Els cavallers van deixar anar Maggie. William va descobrir en el seu rostre una expressió d'astorament i alleujament. Va començar a moure's per sortir de sota seu. William la va deixar anar i va rodolar ràpidament cap a un costat.

El primer que va veure damunt seu va ser un home d'aspecte

salvatge que brandava una destral de llenyataire. Confós, es va preguntar si potser era el pare de la noia. Va veure Guillaume que s'aixecava i es girava, i a continuació com queia la destral amb força sobre el seu coll desprotegit. La fulla es va enfonsar profundament i Guillaume es va desplomar, mort, damunt de William. La seva sang li va deixar la túnica xopa.

William va apartar el cadàver del cavaller. Quan va poder mirar de nou, es va adonar que el molí havia estat envaït per una turbamulta d'individus bruts i esparracats armats amb bastons i destrals. N'hi havia una bona pila. Va comprendre que es trobava en una situació compromesa. ¿Havien acudit els veïns a salvar Maggie? Quin atreviment! Abans d'acabar el dia, a la vila tindrien lloc algunes execucions. Enfurit, es va incorporar amb dificultat i va posar la mà a l'espasa.

No la tenia. S'havia tret el cinyell per violar la dona de Wulfric.

Hugh, Gervase i Louis lluitaven acarnissadament contra el que semblava una multitud de pidolaires. A terra hi havia uns quants camperols morts. Malgrat tot, els tres cavallers no podien deixar de retrocedir. William va veure Maggie despullada, encara cridant, obrint-se camí frenèticament entre aquell maremàgnum en direcció a la porta i, malgrat la confusió i la por, va sentir un espasme de pesarós desig davant d'aquelles natges blanques i rodones. Llavors va veure Wulfric que lluitava cos a cos amb alguns atacants. ¿Com era que el moliner s'enfrontava als homes que havien acudit a salvar la seva dona? ¿Què dimonis estava passant?

William va mirar al voltant, desconcertat, buscant la seva arma. Era a terra, gairebé als seus peus. Va recollir el cinyell i va desembeinar l'espasa. Després, va retrocedir tres passes per estudiar la lluita des d'una certa distància. Va observar que quasi tots els atacants no es barallaven, sinó que agafaven sacs de farina i sortien corrents. Va començar a capir-ho. Allò no era una operació de rescat organitzada pels veïns ultratjats. Era una incursió des de l'exterior. Els esparracats no estaven interessats en Maggie i ignoraven que William i els seus cavallers es trobessin a l'interior del molí. Tot el que volien era assaltar-lo i robar la farina.

Resultava evident qui eren els assaltants. Proscrits.

Va comprendre tot d'una que aquella era la seva oportunitat de tornar el cop a la canilla rabiosa que havia estat terroritzant el comtat i havia buidat els seus graners.

Els seus cavallers lluitaven coratjosament. Almenys hi havia vint atacants. William s'havia quedat parat pel valor dels proscrits. Els pagesos solien dispersar-se amb la cua entre cames quan s'enfrontaven a un cos de cavallers, encara que els superessin en una proporció de deu a un. Però aquella gent lluitava amb ferocitat i no es desanimava quan en veia caure un dels seus. Semblaven fins i tot disposats a lliurar la vida si era necessari. Probablement perquè, si no podien robar la farina, moririen de totes maneres.

Louis s'enfrontava a dos homes al mateix temps quan en va arribar un tercer per darrere i el va colpejar amb un pesant martell de fuster. El cavaller va caure a terra i allà es va quedar. L'home va deixar anar el martell i va agafar l'espasa de Louis. Ara quedaven dos cavallers davant dels vint proscrits, però Walter s'estava recuperant del cop al cap i, després de desembeinar l'espasa, es va incorporar a la lluita. William va esgrimir la seva arma i també va atacar.

Els quatre formaven un formidable grup d'espadatxins. Estaven fent retrocedir els proscrits, que intentaven contenir desesperadament les centellejants fulles amb els seus bastons i destrals. William començava a pensar que s'estava esfondrant la moral dels assaltants i que aviat fugirien a la desbandada.

—Pel comte legítim! —va cridar llavors un d'ells.

Va ser com una mena de crit reunificador. Els altres el van corejar i els proscrits van lluitar amb més fúria. L'incessant crit de «Pel comte legítim! Pel comte legítim!» va glaçar el cor de William. Significava que, fos qui fos el qui acabdillés els proscrits, tenia el seu objectiu posat en el títol que ell posseïa. Va lluitar amb més acarnissament, com si d'aquella escaramussa depengués el futur del comtat.

William va observar que, en realitat, només la meitat dels proscrits lluitava contra ell i els seus cavallers. Els altres s'enduien la farina. El combat va quedar reduït a un intercanvi tenaç d'escomeses i retirades. Els proscrits, igual que els soldats quan saben que aviat sonarà la retirada, començaven a lluitar més cautelosament, més aviat a la defensiva.

Darrere els que es mantenien lluitant, els altres treien del molí els últims sacs de farina. Van començar a retrocedir fins a la porta que conduïa a l'era de la casa. Aviat, tothom al comtat sabria que havien robat al comte davant dels seus propis nassos. I William es convertiria en la riota del comtat. Aquella idea el va encoleritzar fins a tal punt, que va llançar un atac furibund contra el seu adversari, travessant-li el cor amb l'espasa.

Després, un proscrit va encertar Hugh amb un afortunat cop a l'espatlla dreta que el va deixar fora de combat. En aquell moment només hi havia dos proscrits a la porta, contenint els tres cavallers supervivents. La situació era humiliant. Però llavors, amb una arrogància impressionant, un dels proscrits va indicar amb un gest a l'altre que se n'anés. L'altre va desaparèixer i el proscrit va anar retrocedint sense immutar-se fins a l'única habitació de la casa del moliner.

Només un dels cavallers podia quedar-se a la porta i lluitar contra el proscrit. William es va obrir pas apartant Walter i Gervase. Volia aquell home per a ell. En xocar les espases, William va saber a l'instant que l'home no era un camperol desposseït, sinó un lluitador expert, com ell mateix. Es va fixar per primer cop en el rostre del proscrit i l'ensurt va ser tan gran, que va estar a punt de deixar caure l'espasa.

El seu adversari era Richard de Kingsbridge.

William va observar la cicatriu a l'orella mutilada. La força del rancor de Richard va esporuguir William més que la seva espasa centellejant. William creia haver esclafat Richard per sempre, però vet aquí que havia tornat a la lluita al capdavant d'un exèrcit d'esparracats que estaven deixant William en ridícul.

Richard va escometre amb duresa contra William, aprofitant el seu desconcert. William va evitar l'escomesa, va parar el cop aixecant l'espasa i va retrocedir. Richard va continuar avançant, però William ja es trobava, en part, protegit per la porta, cosa que reduïa el camp de maniobra de l'agressor. Walter i Gervase es van llançar contra Richard, que va retrocedir de nou sota la pressió dels tres. Tan aviat com va quedar la porta lliure, Walter i Gervase van haver de retrocedir i William va tornar a quedar davant per davant de Richard.

William va advertir que el seu oponent es trobava en una posició gairebé desesperada. Tan aviat com guanyava terreny, es veia enfrontat als tres homes. Quan es cansés, William podia cedir el lloc a Walter. Per a Richard era gairebé impossible contenir els tres cavallers indefinidament. Estava lliurant una batalla perduda per endavant. Després de tot, per a William potser aquell dia no tan sols no acabaria amb ell humiliat, sinó amb el seu pitjor enemic mort.

Richard devia pensar el mateix, i era lògic que ho fes. Però no donava mostres de perdre energia ni determinació. Va mirar William amb un somriure cruel que va acovardir el comte, i va saltar cap endavant amb una llarga estocada. William la va evitar, però es va entrebancar. Walter es va abalançar per evitar el cop de gràcia al seu senyor. Richard, en lloc de seguir atacant, va fer mitja volta i va sortir corrents.

William es va posar dempeus, cosa que va provocar una topada amb Walter mentre Gervase intentava passar entre tots dos. Van estar un moment per sortir de l'embolic, però en aquell instant, Richard va travessar la petita habitació i va sortir de la casa tancant la porta de cop. William va anar darrere seu i la va obrir. Els proscrits s'afanyaven a retirar-se i, per a més humiliació de William, ho feien en els cavalls dels seus homes; quan William va sortir precipitadament de la casa, va veure com Richard s'enfilava a la seva pròpia muntura, un superb cavall de guerra que li havia costat el rescat d'un rei. Era evident que havien deslligat l'animal i que el tenien preparat per al seu cabdill. A William el va assaltar la mortificant idea que era la segona vegada que aquell galifardeu li robava un cavall. Richard el va esperonar i l'animal es va encabritar perquè no suportava els estranys, però el muntava un genet excel·lent que no va perdre la sella. Richard va estirar les regnes fent acotar el cap del cavall. Llavors, William es va llançar contra Richard brandant l'espasa. Com que el cavall s'encorbava, William va fallar el cop, i la punta de la seva fulla es va clavar a la sella de fusta. Aleshores, l'animal va sortir corrents i va baixar com una fletxa pel carrer de la vila, seguint els altres proscrits.

William va veure com s'allunyaven. Se sentia envaït per un odi mortal.

«El comte legítim», va pensar. «El comte legítim...»

Va fer mitja volta. Walter i Gervase estaven drets darrere seu. Hugh i Louis estaven ferits, encara que ignorava si era greu. Guillaume havia mort. William, amb la túnica tacada de la sang de Guillaume, va experimentar una terrible humiliació. Amb prou feines era capaç d'aixecar el cap.

Per sort, el llogarret estava desert. Els camperols s'havien refugiat als boscos. Sens dubte, s'estimaven més no esperar a conèixer la ira de William. El moliner i la seva esposa també s'havien esfumat. Els proscrits s'havien endut els cavalls i només havien deixat els carros amb els bous.

William va mirar Walter.

—¿Has vist qui era? Vull dir l'últim.

—Sí.

Walter tenia el costum de parlar tan poc com podia quan el seu senyor estava furiós.

—Richard de Kingsbridge —va dir William.

Walter va assentir.

—I l'anomenaven el comte legítim —va afegir William.

Walter no va dir ni una paraula.

William va tornar a travessar la casa i va entrar al molí.

Hugh estava assegut, prement-se l'espatlla dreta amb la mà esquerra. Estava pàl·lid.

—¿Com va, això? —li va preguntar William.

—No és res —va respondre el cavaller—. ¿Qui eren aquests?

—Proscrits —va respondre, lacònic, William. Va mirar al voltant. A terra hi havia set o vuit proscrits, uns morts i uns altres ferits. Va veure Louis tombat cap amunt amb els ulls tancats. En principi, va creure que no vivia; llavors Louis va parpellejar.

—Louis —va dir William.

El ferit va aixecar el cap, però semblava confós. Encara no s'havia recuperat.

—Hugh, ajuda Louis a pujar al carro, i tu, Walter, posa el cadàver de Guillaume a l'altre —va ordenar William.

Els va deixar complint les seves ordres i va sortir.

Cap dels veïns tenia cavall, però el moliner sí. Era una euga que pasturava a l'altra banda del riu. William va trobar la sella i l'hi va posar.

Una mica més tard, abandonava Crowford amb Walter i Gervase conduint les juntures dels bous.

La seva fúria no va desaparèixer durant el viatge fins al castell del bisbe Waleran. Al contrari, anava en augment mentre donava voltes al que havia descobert. Ja era prou terrible que els proscrits el desafiessin, però encara era pitjor que el seu cabdill fos el seu antic enemic Richard. I el que ja resultava del tot intolerable era que l'anomenessin «el comte legítim»! Si no acabava amb ells de manera definitiva, ben aviat Richard els utilitzaria per llançar un atac directe contra ell. És clar que seria il·legal que s'apoderessin del comtat d'aquella manera, però William tenia la impressió que les queixes que ell pogués presentar no serien acollides amb simpatia. El fet que William hagués caigut en una emboscada i fos robat pels proscrits, esdevenint així la riota de tot el comtat, no era, doncs, el pitjor dels seus problemes: de sobte, el seu dret al comtat es veia seriosament amenaçat.

Sens dubte, havia de matar Richard. La qüestió consistia a saber com atrapar-lo. Va estar cavil·lant sobre l'assumpte durant tot el trajecte al castell. Quan hi va arribar, l'únic que havia tret en clar era que potser la clau la tindria el bisbe Waleran.

Van entrar al castell de Waleran com una desfilada còmica en una fira: el comte a cavall d'una euga lenta i els seus cavallers conduint carros tirats per bous. William va rugir ordres terminants als homes del bisbe. En va enviar un a buscar un infermer que tingués cura de Hugh i de Louis, i a un altre que busqués un sacerdot per resar per l'ànima de Guillaume. Gervase i Walter van anar a la cuina a buscar cervesa i William va entrar a la torre de l'homenatge. Waleran el va rebre a les seves estances privades. William detestava haver de demanar res al bisbe, però necessitava la seva ajuda per localitzar Richard.

Waleran revisava una llista interminable de números. Va aixecar la vista i va veure la fúria reflectida en el rostre de William.

—¿Què ha passat? —va preguntar en aquell to lleument irònic que sempre treia de polleguera William, fent-li grinyolar les dents.

—He descobert qui és el qui organitza i dirigeix els maleïts proscrits.

Waleran va arquejar una cella.

—És Richard de Kingsbridge —va anunciar William.

—Ah —Waleran va assentir—. És clar. Té sentit.

—Això vol dir perill! —va exclamar, furiós, William, que odiava que el bisbe es mostrés fred i reflexiu amb tot—. L'anomenen «el comte legítim». —Va assenyalar amb un dit Waleran.— Certament, vós no deveu voler que el comtat torni a mans d'aquella família. Us odien i són amics del prior Philip, el vostre antic enemic.

—Molt bé, calma't —va respondre Waleran en un to condescendent—. Sens dubte, tens raó. No puc permetre que Richard de Kingsbridge recuperi el comtat.

William va seure. Començava a fer-li mal tot el cos. Últimament, sofria més que abans les seqüeles de cada batussa. Els seus músculs estaven tensos i les seves mans adolorides i ferides pels atacs o les caigudes. «Només tinc trenta-set anys», va pensar; «¿la vellesa comença a aquesta edat?»

—He de matar Richard. Un cop ho hagi fet, els proscrits tornaran a ser una xusma inofensiva.

—Hi estic d'acord.

—Matar-lo serà fàcil. El problema és trobar-lo, però, en això, m'hi podeu ajudar.

Waleran es va fregar amb el polze el nas afilat.

—No sé com.

—Escolteu. Si estan organitzats, bé es deuen reunir en algun lloc.

—No entenc què vols dir. ¿Que no són als boscos?

—En circumstàncies normals, al bosc no es troben proscrits. La majoria no passa dues nits seguides al mateix lloc. Encenen un foc a qualsevol indret i dormen a les branques dels arbres. Però si algú pretén organitzar aquesta gent, els ha de reunir tots en un mateix punt. Deuen disposar d'un amagatall permanent.

—De manera que hem de descobrir on és l'amagatall de Richard...

—Exactament.

—¿I com penses fer-ho?

—Aquí és on entreu vós.

Waleran semblava escèptic.

—M'hi jugo el que vulgueu que la meitat de gent de Kingsbridge sap on és —va dir William.

—Però no ens ho diran. A Kingsbridge tothom ens odia, tant a vós com a mi.

—No tothom —va dir William—. No tothom.

A Sally el Nadal li semblava meravellós, ja que gairebé tot el que s'hi menjava era dolç: bescuits de gingebre, pa de blat, ous, mel i licor de pera, que la feia riure. I aquell embotit que bullia durant hores i després era fornejat, i el farcit del qual tenia gust de glòria... Aquell any hi havia menys coses a causa de la carestia, però Sally en gaudia igualment.

Li agradava decorar la casa amb grèvol i penjar la branca de vesc sota la qual tothom es petonejava. Que la petonegessin la feia riure encara més que el licor de pera. El primer home que franquejava el llindar portava la sort amb ell sempre que els seus cabells fossin negres. El pare de Sally havia de quedar-se tot el matí de Nadal a casa, perquè els seus cabells rojos portarien mala sort. A Sally li encantava la representació de la Nativitat a l'església. Li agradava veure els monjos disfressats de reis orientals, àngels o pastors. Reia com una boja quan tots els falsos ídols queien derrocats amb l'arribada de la Sagrada Família a Egipte.

Però el millor de tot era el bisbe adolescent. El tercer dia de Nadal els monjos vestien el més jove dels novicis amb la indumentària de bisbe, i tothom l'havia d'obeir.

La majoria dels habitants de la ciutat esperava al clos del priorat que sortís el bisbe adolescent. El costum era que donés ordres als ciutadans de més edat i dignitat perquè realitzessin les tasques més desagradables, com ara anar a recollir llenya o netejar les porqueres. També es donava aires i es mofava dels qui tenien autoritat. L'any anterior havia ordenat al sagristà que desplomés una gallina. El resultat va ser hilarant, ja que aquest no tenia ni idea de com es feia, i les plomes van quedar escampades pertot arreu.

Va aparèixer un noi d'uns dotze anys, amb aires solemnes i un somriure entremaliat, que vestia una sotana de seda porpra i portava un bàcul de fusta. Dos monjos el carregaven a coll, i al darrere hi havia la resta d'ocupants del monestir. Tothom va aplaudir i va cridar visques. El primer que va fer va ser assenyalar el prior Philip.

—Tu, noi! Vés a l'estable i estrijola l'ase!

Hi va haver un esclat de rialles. Tothom sabia que el vell ase tenia molt de mal geni i que mai no l'havien raspallat.

—Sí, senyor bisbe —va replicar el prior Philip, i amb un somriure es va encaminar a realitzar la tasca.

—Endavant! —va ordenar el bisbe adolescent.

La processó va sortir del recinte del priorat, seguida per la gent de la ciutat. Alguns s'amagaven i posaven el pestell a les portes per por que els escollissin per fer feines desagradables, però llavors la diversió es perdia. Allà es trobava tota la família de Sally: els seus pares, el seu germà Tommy, la tia Martha i fins i tot l'oncle Richard, que havia tornat inesperadament la nit anterior.

El bisbe adolescent els va conduir primer a la cerveseria, com era tradicional. Va demanar cervesa gratis per a ell i per a tots els novicis. El cerveser n'hi va servir de bona gana.

Sally es trobava asseguda en un banc al costat del germà Remigius, un dels monjos més vells. Era un home alt, no gaire simpàtic, i la nena mai no hi havia parlat. Però en aquell moment li somreia.

—És agradable que el teu oncle Richard hagi tornat a casa per Nadal —li va dir el monjo.

—M'ha donat un gatet de fusta que ell mateix ha fet amb el seu ganivet —li va explicar Sally.

—Això està molt bé. ¿Creus que es quedarà aquí gaire temps?

—No ho sé —va contestar la nena després de reflexionar un instant.

—Suposo que deu marxar aviat.

—Sí. Ara viu al bosc.

—¿Saps on?

—Sí. És un lloc que s'anomena la pedrera de Sally. Té el mateix nom que jo! —va comentar rient.

—És veritat —va dir el germà Remigius—. Molt interessant.

—I ara, Andrew, el sagristà, i el germà Remigius faran la bugada de la viuda Poll —va decidir el bisbe adolescent un cop van acabar de beure.

Sally va aplaudir, morta de riure. La viuda Poll, una dona grossa i de cara congestionada, era bugadera. A aquells monjos mandrosos els fastiguejaria enormement haver de rentar les camises pudents i els mitjons que la gent es canviava cada sis mesos.

La gentada va abandonar la cerveseria i va portar el petit bisbe en processó fins a la casa de la viuda Poll, que es dreçava al costat del moll. A ella li va agafar un atac de riure i es va enrojolar encara més quan li van dir qui faria la seva bugada.

Andrew i Remigius van portar un pesant cistell de roba bruta des de la casa fins a la riba del riu. Andrew va obrir el cistell i Remigius, amb una expressió de gran fàstic, va treure la primera peça.

—Compte amb aquesta, germà Remigius! És la meva camisa! —va cridar una jove desvergonyida.

Remigius va enrogir i tothom va esclafir a riure.

Els dos monjos van fer el cor fort i van començar a rentar la roba al riu, mentre tots els donaven consells i ànims. Sally es va adonar que Andrew no podia estar més fastiguejat, mentre que el rostre de Remigius dibuixava una estranya expressió d'alegria.

Una bola enorme penjava d'una bastida subjectada per una cadena. Recordava el dogal del botxí balancejant-se a l'extrem d'una forca. També hi havia una corda lligada a la bola. Aquella corda passava per una politja sobre l'estaca superior de la bastida i penjava fins a terra, on dos jornalers la subjectaven. Quan aquests van estirar, la bola va pujar i va retrocedir fins a tocar la politja, i la cadena va quedar horitzontal al llarg de la bastida.

La majoria de la població de Shiring estava mirant.

Els homes van deixar anar la corda. La bola de ferro va caure, va oscil·lar i es va estavellar contra el mur de l'església, que es va estremir produint un soroll terrorífic; William va sentir l'impacte al terra, sota els seus peus. Va pensar que hauria estat formidable tenir Richard lligat a aquell mur precisament al punt on s'havia estavellat la bola. Hauria quedat aixafat com una mosca.

Els peons van tornar a estirar la corda. William es va adonar que estava contenint l'alè en aturar-se la bola de ferro amunt, al final del trajecte. Els homes la van deixar anar, es va balancejar i ara sí que va fer un forat al mur de pedra. Tothom va aplaudir.

Era un mecanisme enginyós.

William estava content de veure que la feina al lloc on s'aixecaria l'església avançava a bon ritme. Però aquell dia la seva ment estava ocupada per qüestions més urgents. Va mirar al voltant buscant el bisbe Waleran. El va localitzar. Estava parlant amb Alfred, el mestre constructor.

—¿Ja és aquí, l'home? —va preguntar William al bisbe enduent-se'l a part.

—És possible —va respondre Waleran—. Veniu a casa meva.

Van creuar la plaça del mercat.

—¿Heu aplegat les vostres tropes? —va preguntar el bisbe.

—És clar. Dos-cents homes. Esperen al bosc, al costat de la sortida de la ciutat.

Van entrar a la casa. Fins a William va arribar l'olor de pernil dolç. Li va fer venir aigua a la boca. En aquells moments, gairebé tothom devia administrar amb enorme tacte els seus queviures, però per a Waleran semblava qüestió de principis no permetre que la carestia canviés la seva forma de vida. Encara que no acostumava a menjar gaire, al bisbe li agradava que tothom sapigués que era massa ric i poderós perquè el poguessin afectar unes simples males collites.

L'habitatge de Waleran era una casa urbana clàssica amb una façana estreta, un saló a la part davantera, una cuina a la part posterior i un pati al fons, on hi havia un pou negre, un rusc i unes porqueres. William es va tranquil·litzar en veure que qui esperava al saló era un monjo.

—Bon dia, germà Remigius —el va saludar Waleran.

—Bon dia, senyor bisbe. Bon dia, comte William —va dir Remigius.

William va mirar el monjo sense poder dissimular la seva ansietat. El monjo era un home nerviós, d'expressió arrogant i uns ulls blaus que es projectaven enfora. La seva cara li era vagament familiar, encara que era un entre tants caps tonsurats als oficis sagrats de Kingsbridge. Durant anys, William havia sentit a parlar d'aquell home com d'un espia de Waleran en territori del prior Philip, però era la primera vegada que hi parlava.

—¿Teniu alguna informació per a mi? —li va preguntar.

—És possible —va respondre Remigius.

Waleran es va treure la capa ribetejada de pell i es va acostar al foc per escalfar-se les mans. Un criat els va portar vi de baies de saüc calent en copes de plata. William en va agafar una i en va beure un glop, esperant impacient que el criat es retirés.

Waleran va assaborir el vi mentre dirigia a Remigius una mirada inquisitiva.

—¿Quina excusa has posat per abandonar el priorat? —li va preguntar quan el criat va ser fora.

—Cap —va respondre Remigius.

Waleran va arrufar una cella.

—No hi penso tornar —va assegurar Remigius, desafiant.

—¿I això?

El monjo va aspirar a fons i va dir:

—Esteu construint una catedral.

—No és més que una església.

—Serà molt gran. Sé que teniu previst que acabi sent una catedral.

—Suposem per un moment que tingueu raó —va dir Waleran després d'un breu silenci.

—La catedral haurà de ser governada per un capítol, ja sigui de monjos o de canonges.

—¿I què?

—En vull ser el prior.

William va pensar que allò tenia sentit.

—I estaves tan segur que ho series que has abandonat Kingsbridge sense el permís de Philip i sense donar cap excusa —va comentar Waleran en un to agre.

Remigius va semblar incòmode. William hi va simpatitzar de seguida. L'actitud de menyspreu que amb tanta freqüència adoptava el bisbe feia que qualsevol dels seus interlocutors semblés simpàtic.

—Espero no haver-me mostrat confiat en excés —va dir Remigius.

—I jo espero que ens podràs conduir fins a Richard.

—Sí.

—Un tipus llest! ¿On són? —va intervenir William, excitat.

Remigius es va mantenir en silenci i va mirar Waleran.

—Vinga, Waleran! Doneu-li el càrrec, per Déu! —va intercedir William.

El bisbe es mostrava vacil·lant. William sabia que no suportava que el coaccionessin.

—Molt bé, seràs prior —va acceptar a la fi Waleran.

—I ara, ¿on és Richard? —va preguntar William.

Remigius seguia amb la mirada fixa en el bisbe.

—¿A partir d'avui mateix?

—A partir d'avui mateix.

Llavors el monjo es va girar cap a William.

—Un monestir no és tan sols una església i un dormitori. Necessita terres, granges, esglésies que paguin delmes...

—Digueu-me on és Richard i, per començar, us concediré cinc viles amb les seves esglésies parroquials —li va assegurar William.

—La fundació necessitarà la corresponent carta de privilegi.

—No t'amoïnis. La tindràs —li va assegurar Waleran.

—Vinga, home de Déu. Tinc un exèrcit esperant als afores de la ciutat. ¿On és el catau de Richard?

—En un lloc anomenat la pedrera de Sally, a prop del camí de Winchester.

—El conec! —William va haver de contenir-se per no llançar una exclamació de triomf.— És una pedrera abandonada. Ningú no s'hi acosta mai.

—La recordo —va declarar al seu torn Waleran—. Fa anys que no s'hi treballa. És un amagatall excel·lent. Mai no sabries que existeix si no te la trobes per casualitat.

—Però també és una trampa —va dir William amb una alegria ferotge—. Els tres murs que la formen són pràcticament inexpugnables. Ningú no se n'escaparà. I, a més, no penso fer presoners. —La seva excitació es va fer més gran en imaginar l'escena.— Serà una veritable carnisseria, com matar pollastres en un galliner.

Els dos homes de Déu el miraven de forma estranya.

—¿Que potser teniu algun petit escrúpol, germà Remigius? —va preguntar William, amb sorna—. ¿Us regira l'estómac la idea d'una matança, senyor bisbe? —Sabia, per l'expressió de les seves cares, que l'havia encertat de ple. Aquells religiosos eren grans maquinadors, però quan es tractava de vessar sang més valia confiar en els homes d'acció.— Sé que estareu resant per mi —va afegir en un to sarcàstic.

Es va posar en marxa tot seguit.

Tenia el cavall lligat a fora. Era un magnífic semental negre que havia substituït, encara que no igualat, el cavall de guerra que Richard li havia robat. Hi va muntar i va sortir al galop de la ciutat. Va contenir l'excitació i va mirar de pensar amb fredor en les possibles tàctiques que podia seguir.

Es va preguntar quants proscrits hi trobaria, a l'antiga pedrera. Per a les seves incursions, se solien reunir més de cent homes. El nombre total devia ser de dos-cents, però potser arribava fins i tot a cinc-cents. Era possible fins i tot que superessin els efectius de William. De manera que hauria d'aprofitar al màxim els seus avantatges. Un era el factor sorpresa. L'altre, l'armament. La majoria dels proscrits lluitava amb porres, martells i, en el millor dels casos, amb destrals. Cap armadura, per descomptat. Però l'avantatge més important de tots era que els homes de William anaven a cavall. Els proscrits tenien pocs cavalls i no era probable que n'hi haguessin gaires que cavalquessin en el precís instant en què serien atacats. Per donar-se un marge més gran, va decidir enviar alguns arquers pels costers laterals del turó que dispararien cap a la pedrera uns instants abans de l'asssalt definitiu.

El més important era evitar que s'escapés un sol proscrit. Almenys fins que estigués segur que Richard havia mort o havia estat capturat. Va decidir situar un grapat d'homes de confiança a la rereguarda abans d'ordenar l'assalt final i atrapar tots els proscrits que miressin de fugir.

Walter seguia esperant amb els cavallers i homes d'armes al mateix lloc on William els havia deixat un parell d'hores abans. Es mostraven ansiosos i la seva moral era alta, ja que donaven per fet que obtindrien una victòria fàcil. Poc després, anaven al trot pel camí de Winchester.

Walter cavalcava al costat de William en el més absolut silenci. Una de les millors qualitats del seu antic escuder era la seva habilitat per mantenir-se callat quan ho havia de fer. William s'havia adonat que la majoria de gent parlava sense parar, encara que no tingués res a dir, potser per temor, o per nerviosisme. Walter, en canvi, respectava William, però no es mostrava temorós davant seu. Feia massa temps que estaven junts.

William se sentia dominat per una barreja familiar d'expectació anhelant i temor mortal. Lluitar era l'única cosa al món que feia bé, i cada cop que ho feia arriscava la vida. Però aquella incursió era especial. En aquella ocasió tenia l'oportunitat d'arrencar-se una espina que feia quinze anys que portava clavada a la carn.

Al cap d'uns quilòmetres es van desviar del camí de Winchester. Van prendre un corriol amb prou feines visible, fins al punt que William l'hauria passat de llarg si no l'hagués estat buscant. Un cop al corriol, podia seguir observant la vegetació. Hi havia una franja de quatre o cinc metres d'amplada sense arbres alts.

Va enviar els arquers per davant i, per donar-los temps, va fer alentir per uns instants la marxa de la resta dels seus homes. Era un dia de gener clar, i els arbres desproveïts de fulles amb prou feines atenuaven la llum del sol. Feia molts anys que William no visitava aquella pedrera i no sabia a quina distància es trobava exactament. No obstant això, quan eren a poc més d'un quilòmetre, va començar a descobrir indicis que el corriol era utilitzat normalment: va veure branques trencades i petjades al fang. Va experimentar una gran satisfacció en veure confirmat l'informe de Remigius.

Estava tan tens com la corda d'un arc. Els indicis es feien cada cop més evidents. Herba molt esclafada, deposicions de cavalls, deixalles de tota mena. Amagats ben endins del bosc, els proscrits no es molestaven a ocultar la seva presència. Ja no en tenia cap dubte: eren allà. La batalla estava a punt de començar.

L'amagatall es devia trobar molt a la vora. William va aguditzar l'oïda. En qualsevol moment els arquers obririen l'atac i se sentirien renecs, esgarips de dolor i el renill dels cavalls esverats.

El corriol els va conduir fins a una gran clariana i William va veure, a un parell de centenars de metres, l'entrada a la pedrera de Sally. No se sentia cap soroll. Alguna cosa no anava bé. Els seus arquers no havien començat a disparar. William va sentir un calfred. ¿Què passava? ¿Que potser els seus arquers havien caigut en un parany i els sentinelles els havien deixat fora de combat sense fer gens de soroll? No era possible que els haguessin mort tots!

Però no hi havia temps per a conjectures. Es trobava a molt poca distància dels proscrits, gairebé damunt. Va esperonar el seu cavall i el va llançar al galop. Els seus homes el van seguir i es van llançar amb gran estrèpit cap a l'amagatall. El temor de William s'havia esvaït davant el goig de la càrrega.

El camí a l'amagatall era com una petita gola tortuosa, de manera que l'interior no es podia veure de lluny. Va mirar cap amunt i va veure alguns dels seus arquers al cim del faralló, mirant cap avall. ¿Per què no disparaven? Va tenir una premonició de desastre i hauria fet mitja volta si no hagués estat perquè ja no podien aturar els cavalls llançats a la càrrega. Amb l'espasa a la mà dreta, subjectant les regnes amb l'esquerra i l'escut que li penjava del coll, va galopar fins a la pedrera.

Però no hi havia ningú.

El desencant va ser com un cop fort. Hauria plorat de bona gana. Tots els indicis l'havien avalat. N'estava tan segur... Sentia la frustració a les entranyes, com unes punxades de dolor insuportable.

Quan els cavalls van reduir la marxa, William va comprovar que, de fet, la pedrera havia estat l'amagatall dels proscrits fins no feia gaire. Es veien porxos construïts amb branques i canyes, fogueres extingides que havien servit per cuinar i abocadors. A una cantonada hi havien clavat algunes estaques per improvisar un corral per als cavalls. William va veure per aquí i per allà vestigis de presència humana: ossos de pollastre, sacs buits, una sabata vella, una olla trencada. Fins i tot una de les fogueres encara fumejava. Va renéixer l'esperança. Potser se n'acabaven d'anar i encara els podria atrapar. Però aleshores va descobrir una única figura arraulida al costat del foc. La figura es va posar dempeus. Era una dona.

—Bé, bé, William Hamleigh —li va dir—. Fas tard, com sempre.

—Meuca insolent! T'arrencaré la llengua per això —va vociferar William.

—No em tocaràs —va dir la dona amb calma—. He maleït homes millors que tu. —Es va posar tres dits a la cara, com feien les bruixes. Els cavallers van retrocedir i William es va senyar per tal de protegir-se. La dona el va mirar sense cap mena de por amb els seus estranys ulls daurats i va afegir:— ¿Que no em reconeixes, William? Una vegada em vas intentar comprar per una lliura. —Va començar a riure.— Vas tenir sort de no aconseguir-ho.

William va recordar aquells ulls. Era la viuda de Tom, el mestre constructor, la mare de Jack Jackson, la bruixa que vivia al bosc. Es va sentir, per descomptat, molt satisfet de no haver-la comprat. I anhelava allunyar-se'n com més aviat millor, però abans li havia de fer algunes preguntes.

—Molt bé, bruixa —li va dir—. ¿Era aquí, Richard de Kingsbridge?

—Fins fa dos dies.

—¿I em pots dir on ha anat?

—Sí, és clar que puc —va respondre ella—. Ell i els seus proscrits han anat a lluitar per Henry.

—¿Henry? —va repetir William com un eco. Tenia l'horrible sensació de saber quin Henry volia dir—. ¿El fill de Maud?

—Ell mateix.

William es va quedar glaçat. Era possible que el jove i enèrgic duc de Normandia tingués èxit allà on la seva mare havia fracassat, i si en aquesta ocasió Stephen era derrotat, William cauria amb ell.

—¿Què ha passat? —va inquirir en un to urgent—. ¿Què ha fet Henry?

—Ha creuat el Canal amb trenta-sis vaixells i ha desembarcat a Wareham. Segons que diuen, ha portat amb ell un exèrcit de tres mil homes. Ens han envaït.

III

La ciutat de Winchester estava plena de gom a gom. La situació era tensa i perillosa. Allà hi havia els dos exèrcits. Les forces del rei Stephen estaven protegides al castell. Els rebels del duc Henry, inclosos Richard i els seus proscrits, es trobaven acampats fora de les muralles de la ciutat, al turó de Saint Giles, l'indret on es muntava la fira anual. Els soldats de totes dues bandes tenien prohibida l'entrada a la població, però molts d'ells, desafiant la prohibició, es passaven les nits a les tavernes, a les lluites de galls i als prostíbuls, on s'emborratxaven, abusaven de les dones, es barallaven i es mataven entre ells durant les partides de daus.

El rei havia perdut tot el seu esperit de combat a l'estiu, quan va morir el seu fill gran. En aquells moments, Stephen s'allotjava al castell reial, mentre que el duc Henry ho feia al palau del bisbe. Els seus representants, l'arquebisbe Theobald de Canterbury, en nom del rei, i el vell repartidor de poders, el bisbe Henry de Winchester, per part del duc Henry, estaven reunits duent a terme converses de pau. Cada matí, l'arquebisbe Theobald i el bisbe Henry es trobaven al palau episcopal. Al migdia, el duc Henry travessava els carrers de Winchester amb els seus lloctinents, entre els quals hi havia Richard, per anar a esmorzar al castell.

La primera vegada que Aliena va veure el duc Henry no podia creure que fos l'home que governava un imperi tan gran com Anglaterra. Devia tenir uns vint anys i el seu rostre era colrat i pigós com el d'un camperol. Duia una senzilla túnica fosca sense cap brodat i portava els cabells rogencs molt curts. Oferia l'aspecte del fill laboriós d'un pròsper hisendat. Tot i això, Aliena es va adonar, al cap d'un temps, que Henry posseïa un magnetisme especial. Era rabassut i musculós, amb unes espatlles amples i un cap bonic. Però la impressió de gran força física quedava compensada per uns ulls grisos penetrants i escrutadors. La gent que el rodejava mai no s'hi acostava gaire, i el tractava amb una familiaritat cautelosa, com si tingués por que s'encoleritzés en qualsevol moment.

Aliena pensava que, al castell, els comensals devien estar en permanent tensió veient que els caps de tots dos exèrcits menjaven plegats. Es preguntava com suportaria Richard seure a la mateixa taula que el comte William. Ella l'hauria amenaçat amb el ganivet de trinxar en lloc de passar-li el cérvol a l'ast. Per la seva banda, només veia William des d'una certa distància i en breus ocasions. Semblava inquiet i malhumorat, i això era un bon senyal.

Mentre els comtes, bisbes i abats es reunien a la torre de l'homenatge, la petita noblesa, acompanyada dels cavallers, els xèrifs, els barons de menys importància, els funcionaris de justícia i els castellans, ho feien al pati del castell. Ningú no podia allunyar-se de la capital mentre es decidia el seu futur i el del regne. Gairebé cada matí, Aliena s'hi trobava el prior Philip. Corrien dotzenes de rumors contradictoris. Un dia es deia que la totalitat de comtes que donava suport a Stephen seria privada del títol, cosa que significaria el final de William. L'endemà, es deia que tothom acabaria conservant el comtat, i això arruïnaria les esperances de Richard. Un dia, eren els castells d'Stephen els que serien enderrocats. L'endemà, els dels rebels. Més tard, s'assegurava que s'enderrocarien tant els castells d'un com els de l'altre. Finalment, cap. Una veu insistia que tots els partidaris de Henry rebrien el títol de cavaller i un centenar d'acres. No era el que Richard volia. Volia el comtat.

Richard no tenia ni idea de quins rumors eren veraços, en cas que algun ho fos. A pesar de ser un dels lloctinents de confiança de Henry al camp de batalla, no era consultat sobre els detalls de les negociacions polítiques. Philip sí que semblava que sabia què estava passant. No volia dir qui li facilitava la informació, però Aliena recordava que tenia un germà que visitava Kingsbridge de tant en tant i que havia treballat per a Robert de Gloucester i l'emperadriu Maud. Tenint en compte que Robert i Maud ja havien mort, era possible que treballés per al duc Henry.

Philip va declarar que els negociadors estaven a punt de signar un acord. El tracte era que Stephen seguiria al tron fins a la seva mort; però que el seu successor seria Henry. Allò va inquietar Aliena. Stephen encara podia viure deu anys. ¿Què passaria mentrestant? Era indubtable que els comtes de Stephen no serien desposseïts mentre aquest continués governant. I llavors, ¿quines recompenses obtindrien els partidaris de Henry? ¿Se suposava que havien d'esperar?

Philip va saber la resposta un dia, a última hora de la tarda, quan ja feia una setmana que tots eren a Winchester. Va enviar com a missatger un novici per fer venir Aliena i Richard. Mentre caminaven pels vells carrers del recinte de la catedral, Richard estava més neguitós que mai i Aliena amb prou feines podia contenir el nerviosisme.

Philip els esperava al cementiri. Van parlar entre les tombes, mentre s'anava ponent el sol.

—Han arribat a un acord —va informar Philip sense cap preàmbul—; però és una mica embolicat.

Aliena no va poder suportar gaire temps la tensió.

—¿Richard serà comte? —va preguntar en un to apressant.

Philip va agitar la mà com volent dir potser sí potser no.

—És complicat. Han arribat a un acord: Les terres de les quals se n'hagin apoderat usurpadors seran retornades als propietaris dels temps del vell rei Henry.

—És tot el que necessito —va contestar Richard immediatament—. El meu pare era comte en temps del vell rei Henry.

—Calla, Richard! —el va comminar Aliena, i girant-se cap a Philip, li va preguntar:— ¿On és la complicació?

—En l'acord no hi ha res que estipuli que Stephen hagi de dur-ho a terme. Probablement no hi haurà cap canvi fins a la seva mort, quan Henry sigui rei.

—Però això, a la pràctica, ho deixa sense efecte! —va exclamar Richard, abatut.

—No del tot —va puntualitzar Philip—. Significa que tu ets el comte legítim.

—Però he de viure com un proscrit fins a la mort d'Stephen, i mentrestant aquest animal de William ocuparà el meu castell —va exclamar Richard, furiós.

—No cridis —el va renyar Philip quan en aquell moment passava un sacerdot a la vora—. Tot això encara és secret.

Aliena estava molt irritada.

—No estic disposada a acceptar-ho —va dir—. No penso esperar que Stephen mori d'una vegada. He estat esperant disset anys i ja n'estic farta.

—¿I què pots fer-hi? —va preguntar Philip.

Aliena es va encarar a Richard.

—La majoria del país t'aclama com a comte legítim. Stephen i Henry han reconegut el que ets. T'has d'apoderar del castell i governar com el comte legítim.

—¿Com vols que m'apoderi del castell? William el deu haver deixat ben protegit.

—Tens tot un exèrcit, ¿oi que sí? —va dir Aliena, impulsada per la seva pròpia ira i frustració—. Tens dret al castell i tens forces per apoderar-te'n.

Richard va sacsejar el cap.

—Durant quinze anys de guerra civil, ¿saps quantes vegades he vist prendre un castell mitjançant un atac frontal? Cap. —Com sempre que es tractava de qüestions militars, Richard mostrava la seva autoritat i maduresa.— Gairebé mai no s'aconsegueix. Així es pot prendre una ciutat, però mai un castell. Poden rendir-se al cap d'un setge o rebre reforços per continuar la lluita. També he vist castells presos a causa de la covardia dels castellans, o per mitjà de l'estratagema o la traïció, però mai per la força.

Aliena no estava disposada a acceptar tot allò. Era un dictamen descoratjador.

Li era impossible resignar-se a passar més anys d'espera impacient.

—Així doncs, ¿què passaria si conduïssis el teu exèrcit fins al castell de William?

—Doncs que aixecarien el pont llevadís i tancarien les portes abans que hi poguéssim entrar. Hauríem de plantar un campament a fora. Llavors, arribaria William amb el seu exèrcit i ens atacaria el campament. Suposant que rebutgéssim l'escomesa, continuaríem sense tenir el castell. Els castells són difícils d'atacar i fàcils de defensar. Per això es construeixen.

Mentre parlava, una idea va anar germinant al cap d'Aliena.

—Covardia, estratagema o traïció —va dir.

—¿Com?

—Dius que has vist conquerir castells per la covardia dels de dins o mitjançant l'estratagema o la traïció.

—Sí, això mateix.

—¿Quina d'aquestes fórmules va utilitzar William quan ens va arrabassar el castell anys enrere?

—Els temps eren diferents —va intervenir Philip—. El país havia gaudit de trenta-cinc anys de pau sota el govern del vell rei Henry. William va agafar el vostre pare per sorpresa.

—Va recórrer a un estratagema —va explicar Richard—. Va entrar al castell subreptíciament amb alguns homes, abans que es donés la veu d'alarma. Però el prior Philip té raó. Actualment aquest parany no donaria resultat. La gent s'ha tornat molt més cautelosa.

—Jo puc entrar —va dir Aliena amb fermesa, malgrat que, mentre parlava, sentia que el temor li tenallava el cor.

—És clar que pots; però un cop dins no podries fer res. Això seria el que t'obriria l'entrada. Ets inofensiva.

—No siguis tan condemnadament arrogant —el va tallar en sec Aliena—. He matat per protegir-te, i això és més del que tu has fet per mi, ingrat. De manera que no gosis dir que sóc inofensiva.

—Molt bé, no ets inofensiva —va admetre Richard a contracor—. Però ¿què faries un cop dins del castell?

L'empipament d'Aliena es va esvair. «¿Què faria?», es va preguntar, temorosa. «A la merda tot plegat! Tinc almenys tant de valor i recursos com el porc de William.»

—¿Què va fer William?

—Mantenir el pont llevadís i la porta oberta prou temps perquè hi pogués entrar el gruix de les forces d'assalt.

—Doncs aleshores, això és el que faré —va assegurar Aliena parlant amb el cor.

—Però, ¿com? —va preguntar Richard amb escepticisme.

Aliena va recordar que un cop va encoratjar i consolar una joveneta de catorze anys, espantada per una tempesta.

—La comtessa em deu un favor —va dir—. I odia el seu marit.

Aliena i Richard, juntament amb cinquanta dels seus millors homes, van cavalcar de nit i van arribar a les proximitats d'Earlscastle a trenc d'alba. Es van aturar al bosc que rodejava el castell. Aliena va desmuntar, es va treure la capa de llana de Flandes i les botes de pell fina, i les va substituir per un bast mantó de pagesa i un parell d'esclops. Un dels homes li va entregar una cistella d'ous frescos posats sobre una mica de palla. Aliena es va penjar la cistella del braç.

Richard va examinar la seva germana de dalt a baix.

—Perfecte. Una pagesa que porta els seus productes a la cuina del castell.

Aliena es va empassar saliva amb dificultat. El dia abans havia plantat cara, però ara que es disposava a portar a terme el seu pla, se sentia veritablement espantada.

Richard li va fer un petó a la galta.

—Quan senti la campana resaré un parenostre molt a poc a poc, només un. Llavors, l'avançada es posarà en marxa. Tot el que he de fer és tranquil·litzar els guàrdies perquè tot seguit deu dels meus homes puguin travessar el prat i entrar al castell sense despertar l'alarma —li va dir.

Aliena va assentir.

—Però assegura't que el cos principal no es descobreixi fins que l'avançada hagi travessat el pont llevadís —va aconsellar al seu germà.

—Jo encapçalaré el cos principal —va dir Richard amb un somriure—. No t'amoïnis. Bona sort.

—El mateix per a tu —va respondre Aliena, i es va allunyar. Va sortir del bosc i va travessar el prat en direcció al castell que havia abandonat aquell dia desgraciat, feia setze anys. En veure el lloc de nou, va tenir un record vívid i aterridor d'aquell altre matí, l'aire humit després de la tempesta, i els dos cavalls travessant a gran velocitat la porta i galopant pels camps xops de pluja, Richard muntat en un cavall de guerra i ella en un de més petit. Estaven morts de por. S'havia passat la vida negant el que havia succeït, entestada a oblidar, pronunciant una lletania que imitava el ritme dels cascs del cavall: «No puc recordar. No puc, no puc, no puc.» I li havia funcionat. Durant molt de temps, es va mostrar incapaç de rememorar la violació, i es limitava a pensar que només havia passat una cosa terrible els detalls de la qual no podia recordar encara que ho volgués. I només quan es va enamorar de Jack, aquells records li van tornar a la ment. Aquell record l'havia atemorit tant, que també havia estat inacapaç de correspondre a l'amor de Jack. Gràcies a Déu, el seu home havia tingut una paciència extraordinària. Per això, Aliena va arribar a saber que l'amor de Jack era indestructible, i que malgrat tot el que havia hagut de suportar, la continuava estimant.

En anar acostant-se al castell, va convocar alguns bons records per calmar els nervis. En aquell castell havia viscut una infantesa feliç amb el seu pare i amb Richard. Havien gaudit de riqueses i seguretat. Havien jugat amb el seu germà a les muralles del castell, amagant-se a la cuina i rampinyant algun dolç. S'asseien al costat del seu pare per sopar al gran saló. «Llavors no sabia que era feliç», va pensar. «No tenia ni idea que era molt afortunada perquè no havia de témer res ni ningú.»

«Avui és el dia que recuperaré aquells bons temps», es va dir. «Això, si sóc capaç de fer-ho bé.»

Havia afirmat, confiada: «La comtessa em deu un favor i odia el seu marit», però, mentre cavalcava de nit, havia estat reflexionant sobre totes les coses que podien anar malament. En primer lloc, era possible que ni tan sols aconseguís entrar al castell, i vés a saber si no havia passat res que hagués posat en estat d'alerta la guarnició. Qui sap si els guàrdies es mostrarien suspicaços, o potser tindria la desgràcia de topar amb un sentinella que li barraria el pas. Després, un cop dins, potser seria incapaç de persuadir Elizabeth que traís el seu espòs. Havia passat un any i mig des que es van trobar en plena tempesta. Amb el temps, les dones arriben a acostumar-se als marits més depravats, i hi havia la possibilitat que Elizabeth hagués acceptat la seva sort. I, en tercer i últim lloc, fins i tot en el cas que Elizabeth es mostrés disposada a ajudar-la, podia passar que no tingués l'autoritat o energia suficients per fer el que Aliena volia. L'última vegada que s'havien vist era una noia fràgil, i no era improbable que la guàrdia del castell es negués a obeir el que ella els ordenés.

Aliena es va sentir estranyament desperta mentre creuava el pont llevadís. Podia veure i sentir-ho tot amb una claredat inhabitual. En aquells moments la guarnició començava a espavilar-se. Uns quants guàrdies lleganyosos deambulaven per les muralles, badallant i tossint; al costat de l'entrada, hi havia un gos vell ajagut que es gratava les puces. Aliena es va posar la caputxa per ocultar el rostre, per tal que no la reconeguessin, i va passar per sota l'arc.

A la garita muntava la guàrdia un sentinella malgirbat, assegut en un banc i menjant un gran tros de pa. La seva indumentària era descurada, i el cinyell penjava d'un clau, en una paret de la garita.

Aliena, amb el cor a la boca i un somriure que dissimulava la seva por, li va mostrar la cistella dels ous.

L'home va fer un gest distret amb la mà.

Havia superat el primer obstacle.

Pràcticament no hi havia disciplina. Era comprensible, ja que, en definitiva, els millors homes havien anat a la guerra. L'agitació era en un altre lloc.

Així doncs, de moment tot anava bé. Aliena va travessar el pati inferior amb els nervis a flor de pell. Se li feia molt estrany caminar com una forastera per un lloc que havia estat casa seva, actuant com una infiltrada allà on abans havia tingut dret a anar per on volia. Les edificacions de fusta eren diferents. Els estables eren més grans, la cuina havia estat traslladada i hi havia una armeria nova tota de pedra. Tot semblava més brut. Però la capella continuava al mateix lloc, era la mateixa capella on, amb Richard, havien estat asseguts durant aquella tempesta horrorosa, commocionats i muts, gelats de fred. Un grup de criats del castell emprenia les tasques del matí. Un o dos homes d'armes caminaven pel pati. Oferien un aspecte amenaçador, però potser era perquè Aliena tenia consciència que la podien matar si s'ensumaven el que estava a punt de fer.

Si el seu pla tenia èxit, aquella nit tornaria a ser senyora del castell. La idea era emocionant, tot i que aureolada d'irrealitat, com un somni meravellós i impossible.

Va entrar a la cuina. Un noi alimentava la llar de foc i una joveneta tallava pastanagues. Aliena els va dirigir un somriure alegre.

—Porto un parell de dotzenes d'ous frescos —va anunciar mentre posava el cistell sobre la taula.

—La cuinera encara no s'ha llevat —va dir el noi—. Hauràs d'esperar per als diners.

—¿Podríeu donar-me una mica de pa per esmorzar?

—Vés al saló.

—Gràcies —va dir Aliena. Va deixar anar el cistell i va tornar a sortir.

Va travessar el segon pont llevadís en direcció al recinte superior. Va somriure al guàrdia que vigilava la segona entrada. Tenia els cabells despentinats i els ulls injectats de sang. La va mirar de cap a peus.

—¿On vas? —li va preguntar en un to inquiet i desafiant.

—A esmorzar alguna cosa —va replicar sense aturar-se.

La va mirar de reüll.

—Jo tinc una cosa que també et podries menjar —li va cridar.

—No, que ho escopiria! —va respondre ella per damunt l'espatlla.

No havien sospitat res de res. No creien que una dona suposés cap mena de perill. Eren així d'estúpids. Les dones podien fer tot el que feien els homes. ¿Qui es feia càrrec de tot quan els homes se n'anaven a la guerra o a les croades? Hi havia dones fusteres, adoberes, tintoreres, forneres i cerveseres. La mateixa Aliena havia figurat entre els comerciants més importants del comtat. Les obligacions d'una abadessa que havia de governar un convent eren exactament les mateixes que les d'un abat. Precisament havia estat una dona, l'emperadriu Maud, la causant de la guerra civil que s'havia prolongat durant quinze anys! Però aquells homes d'armes beneits ni tan sols s'imaginaven que una dona pogués ser un agent enemic, senzillament perquè no era habitual.

Va pujar corrents pels esglaons de la torre de l'homenatge i va entrar al saló. No hi havia cap majordom palplantat a la porta. Segurament perquè el senyor es trobava fora. «En el futur, m'asseguraré que sempre hi hagi un majordom al costat de la porta», va pensar Aliena; «hi sigui el senyor a casa o no.»

Quinze o vint persones esmorzaven al voltant d'una taula petita. Un parell li va dirigir una mirada ràpida, però ningú en va fer gaire cas. Aliena va notar que el saló estava molt net i que mostrava un cert toc femení. Les parets estaven emblanquinades i hi havia herbes aromàtiques escampades entre les canyes del terra. Elizabeth havia estampat en certa manera la seva marca. Era un senyal esperançador.

Sense parlar amb la gent entaulada, Aliena va creuar el saló fins a les escales de la cantonada, intentant aparentar que tenia tot el dret del món a ser allà, però tement que li cridessin l'atenció en qualsevol moment. Va arribar al peu de l'escala sense que ningú no se n'adonés. Va córrer cap a les dependències privades situades al pis de dalt. Però llavors va sentir algú que cridava: «Ep, tu! No hi pots pujar, allà.» Aliena no en va fer cas, però aquest algú va córrer darrere seu.

Va arribar a dalt esbufegant. ¿Elizabeth dormia a l'habitació principal, la que solia ocupar l'antic comte, o tenia un llit propi al dormitori que havia pertangut a Aliena? Va vacil·lar un instant, amb el cor a punt de saltar. «Suposo que William deu estar tip de dormir amb Elizabeth cada nit i deu haver permès que tingui un dormitori propi», va pensar. Va colpejar amb els nusos la porta de l'habitació més petita, que es va obrir a l'instant.

L'havia encertada. Elizabeth seia al costat del foc, en camisó, raspallant-se els cabells. Va aixecar la mirada, va arrufar les celles i a la fi va reconèixer Aliena.

—Sou vós! —va exclamar—. Quina sorpresa!

Semblava complaguda.

Aliena va escoltar unes passes pesants darrere seu.

—¿Puc passar? —va preguntar.

—És clar! Sigueu benvinguda.

Aliena va entrar i va tancar tan ràpid com va poder. Es va acostar a Elizabeth. Un home va irrompre a l'habitació.

—Ep, tu! ¿Qui et penses que ets? —va dir l'home, dirigint-se cap a Aliena amb la intenció de fer-la fora.

—Queda't on ets! —li va cridar Elizabeth en el seu to més autoritari.

L'home va vacil·lar. Aliena va aprofitar aquell instant i va dir:

—Vinc a veure la comtessa amb un missatge del comte William. Te n'hauries assabentat quan calia si haguessis estat muntant guàrdia al costat de la porta en comptes d'atipar-te de pa de sègol.

L'home va adoptar una actitud culpable.

—Està bé, Edgar. Conec aquesta dama —va dir Elizabeth.

—Molt bé, comtessa —va dir l'home. Va sortir i va tancar la porta.

«Ho he aconseguit», es va dir Aliena. «Hi he entrat.»

Va mirar al voltant mentre el seu cor recuperava el ritme normal. L'habitació no semblava gaire diferent de quan havia estat seva. Hi havia pètals secs en un bol, un bonic tapís penjat d'una paret, alguns llibres i un bagul per guardar els vestits. El llit seguia al seu lloc. Era el mateix. Sobre el coixí hi havia una nina de drap com la que havia tingut Aliena. En veure-la, no va poder evitar sentir-se una mica vella.

—Aquesta era la meva habitació —va dir.

—Ho sé —va respondre Elizabeth.

Aliena va quedar sorpresa. No havia parlat amb Elizabeth del seu passat.

—Des d'aquella terrible tempesta, ho vaig esbrinar tot sobre vós —va explicar Elizabeth, i va afegir:— Us admiro tant...!

Els seus ulls brillaven d'admiració.

Era un bon senyal.

—¿Com us va, amb William? —va preguntar Aliena—. ¿Sou feliç al seu costat?

Elizabeth va desviar la mirada.

—Ara tinc la meva pròpia habitació i passa molt de temps fora. En realitat, tot va millor —va respondre, i a continuació va començar a plorar amargament.

Aliena va seure al llit i va rodejar la jove amb els braços. Elizabeth deixava escapar uns sanglots profunds i punyents, i les llàgrimes li xopaven la cara.

—L'odio! Voldria morir-me! —va dir amb la veu entretallada pels plors.

La seva angoixa era tan punyent i ella era tan jove, que Aliena també va sentir desigs de plorar. Tenia la penosa certesa que la sort d'Elizabeth podia haver estat la seva. Li va donar uns cops de palmell afectuosos a l'esquena, com hauria fet amb Sally.

Elizabeth es va anar calmant. Es va eixugar la cara amb la màniga del camisó.

—Tinc por de quedar prenyada —va dir amb tristesa—. Estic terroritzada, perquè sé que maltractaria el nen.

—Us entenc —li va contestar Aliena.

Hi va haver un temps en què ella també s'havia sentit terroritzada amb la idea de quedar embarassada de William.

Elizabeth la va mirar amb els ulls molt oberts.

—¿És veritat el que diuen que us va fer a vós?

—Sí, és veritat. Tenia la vostra edat quan va passar.

Per un instant totes dues es van mirar fixament, unides per un odi compartit. Tot d'una, semblava que Elizabeth creixés de cop, abandonant la seva condició de nena.

—Si voleu, us en podeu lliurar; avui mateix —va dir Aliena.

Elizabeth se la va quedar mirant.

—¿De debò? —va preguntar expectant—. ¿Parleu seriosament?

Aliena va fer un gest d'assentiment.

—Per això sóc aquí.

—¿Me'n podré anar a casa? —va preguntar Elizabeth, amb els ulls plens de llàgrimes—. ¿Podré tornar a Weymouth amb la meva mare? ¿Avui mateix?

—Sí. Però haureu de ser valenta.

—Faré el que em digueu —va manifestar la jove—. Qualsevol cosa! Només m'ho heu de dir.

Aliena recordava que li havia explicat com s'havia de fer respectar pels criats del seu marit i es va preguntar si Elizabeth hauria estat capaç de posar en pràctica les seves indicacions.

—¿Els criats continuen maltractant-vos? —li va preguntar amb tota franquesa.

—Ho intenten.

—Però vós no els ho permeteu, imagino.

Elizabeth va semblar una mica incòmoda.

—Bé, de vegades sí. Però ara ja tinc disset anys i sóc comtessa des de gairebé en fa dos. A més, he mirat de seguir els vostres consells i us he de confessar que ha funcionat.

—Deixeu que us ho expliqui bé —va dir Aliena—. El rei Stephen ha signat un pacte amb el duc Henry. Totes les terres han de ser tornades a qui les posseïa en temps del vell rei Henry, cosa que significa que el meu germà Richard algun dia es convertirà en comte de Shiring altra vegada. Però no vol esperar.

Elizabeth la mirava amb els ulls molt oberts.

—¿Lluitarà contra William?

—Richard es troba ara molt amb a prop d'aquí amb un petit escamot. Si pogués apoderar-se avui del castell, seria reconegut com el comte legítim i William estaria acabat.

—No m'ho puc creure! —va exclamar Elizabeth—. Realment, no em puc creure que sigui veritat.

El seu sobtat optimisme semblava més punyent fins i tot que el seu abatiment anterior.

—Tot el que heu de fer és deixar que Richard entri pacíficament —va exposar Aliena—. Després, quan tot s'hagi acabat, us portarem a casa vostra.

Elizabeth va semblar que tornava a tenir por.

—No estic convençuda que els homes facin el que jo els ordeno

Això era precisament el que amoïnava Aliena.

—¿Qui és el capità de la guàrdia?

—Michael Armstrong. No m'agrada.

—Feu-lo venir.

—D'acord. —Elizabeth es va mocar, es va posar dreta i es va acostar a la porta.— Magde! —va cridar.

Aliena va sentir una veu que contestava des de bastant lluny.

—Vés a buscar Michael —va ordenar la jove comtessa—. Digue-li que vingui de seguida. Hi he de parlar urgentment. De pressa, fes-me aquest favor.

Elizabeth va tornar a entrar i es va afanyar a vestir-se, posant-se una túnica sobre el camisó i cordant-se les botes. Aliena la va instruir amb urgència.

—Digueu a Michael que toqui la campana gran per convocar tothom al pati. Comuniqueu-li que heu rebut un missatge del comte William i que voleu parlar a tota la guarnició, als homes d'armes, als servents, a tothom. Que voleu que tres o quatre homes muntin guàrdia mentre tots estan reunits al pati inferior. Digueu-li també que esteu esperant, d'un moment a l'altre, l'arribada d'un grup de deu o dotze genets amb un nou missatge i que han de ser portats davant vostre tan aviat com es presentin.

—Espero recordar-ho tot —va dir Elizabeth, nerviosa.

—No us amoïneu. Us ho apunto tot.

—Això em tranquil·litza.

—¿Com és Michael Armstrong?

—Pudent i ressentit. Té la constitució d'un bou.

—¿Intel·ligent?

—No.

—Molt millor.

Al cap d'un moment va arribar l'home. Tenia cara de pocs amics, el coll curt i unes espatlles robustes. Anava deixant una ferum de pati. Va mirar Elizabeth amb expressió interrogativa, feia la impressió que l'havia fastiguejat que el molestessin.

—He rebut un missatge del comte —va dir Elizabeth.

Michael va estendre la mà.

Aliena es va sentir horroritzada quan es va adonar que no havia facilitat una carta a Elizabeth. Tot l'engany se'n podia anar en orris només començar per culpa d'un oblit estúpid. Elizabeth la va mirar desesperada. Aliena va intentar frenèticament trobar alguna cosa a dir. A la fi li va venir la inspiració.

—¿Saps llegir, Michael?

L'home va adoptar una actitud desconfiada.

—El sacerdot me la llegirà.

—Te la pot llegir la teva senyora.

Elizabeth semblava espantada. No obstant això, va interpretar el seu paper a la perfecció.

—Jo mateixa comunicaré el missatge a tota la guarnició, Michael. Toca la campana i que tothom es reuneixi al pati. Però assegura't de deixar tres o quatre homes de guàrdia a les muralles.

Com es temia Aliena, a Michael no li va agradar que Elizabeth prengués el comandament d'aquella manera. No semblava disposat a obeir fàcilment.

—¿Per què no deixeu que m'hi dirigeixi jo?

Aliena va sospitar, amb inquietud, que potser no aconseguiria convèncer aquell home. Potser era massa estúpid per escoltar raons.

—He portat a la comtessa notícies importantíssimes de Winchester. Vol comunicar-les ella mateixa als seus criats —va dir.

—Bé. ¿Quines són aquestes notícies?

Aliena no va contestar, sinó que es va limitar a mirar Elizabeth, que semblava novament espantada. Però Aliena tampoc no li va indicar el que se suposava que contenia el missatge fictici. Finalment, Elizabeth va continuar parlant com si Michael no hagués dit res.

—Ordena als guàrdies que estiguin atents a l'arribada de deu o dotze genets. El seu cap portarà noves del comte William, i s'ha de presentar davant meu de seguida. Ara vés i toca la campana.

Era evident que Michael hi posaria objeccions. Va continuar allà plantat, amb les celles arrufades, mentre Aliena contenia l'alè.

—Més missatgers —va remugar com si fos una cosa difícil d'entendre—. Aquesta dama porta un missatge i després vénen dotze genets amb un altre...

—Això mateix; i ara fes el favor d'anar a tocar la campana —el va urgir Elizabeth, fent un gran esforç perquè no li tremolés la veu, com va advertir Aliena.

Michael semblava haver-se quedat sense arguments. No podia comprendre què estava passant, però tampoc trobava res a objectar.

—Molt bé, senyora —va grunyir a la fi, i va sortir de l'habitació.

Aliena va tornar a respirar.

—¿Què passarà? —va preguntar Elizabeth.

—Quan estiguin tots reunits al pati, vós els parlareu de la pau entre el rei Stephen i el duc Henry —va respondre Aliena—. Això els mantindrà entretinguts. Mentre estigueu parlant, Richard enviarà una avançada de deu homes, però els guàrdies creuran que són els missatgers que estem esperant, de manera que no s'estendrà el pànic i no aixecaran el pont llevadís. Vós intentareu tenir tothom pendent de les vostres paraules mentre l'avançada s'acosti al castell. ¿D'acord?

Elizabeth semblava nerviosa.

—¿I després què? —va inquirir.

—Quan jo us doni el senyal, digueu que heu rendit el castell a Richard, el comte legítim. Llavors els homes del meu germà sortiran del seu amagatall i atacaran. En aquell moment, Michael s'adonarà del que està succeint, però els seus homes es mostraran indecisos sobre a qui deuen lleialtat, perquè vós els haureu dit que es rendeixin a Richard, el comte legítim, i l'avançada es trobarà ja a l'interior per evitar que algú tanqui les portes.

Va començar a sonar la campana i a Aliena se li va fer un nus a l'estómac a causa de la por.

—Ja no tenim temps —va dir—. ¿Com us trobeu?

—Esfereïda —va contestar Elizabeth.

—Jo també. Som-hi.

Van baixar per l'escala. La campana de la torre a la casa de guàrdia estava sonant com quan Aliena era una alegre i despreocupada noieta. La mateixa campana, el mateix so. «Només jo sóc diferent», va pensar. Sabia que la campana es podia sentir a través de tots els camps fins al límit del bosc. En aquells moments, Richard estaria dient a sota veu i lentament el parenostre, per calcular el temps que hauria d'esperar abans d'enviar la seva avançada.

Des de la torre de l'homenatge, Aliena i Elizabeth es van dirigir, travessant el pont llevadís interior, al pati inferior. Elizabeth estava pàl·lida a causa del pànic, però serrava les dents fent un gest de decisió. Aliena li somreia per donar-li ànims, i després es va cobrir de nou amb la caputxa. Fins a aquell moment no havia vist cap rostre familiar. No obstant això, la seva cara era ben coneguda en tot el comtat, i amb tota seguretat algú la reconeixeria tard o d'hora. Si Michael Armstrong arribava a descobrir qui era, pensaria que hi havia gat amagat, per molt curt de gambals que fos. Unes quantes persones la van mirar amb curiositat, però ningú no hi va parlar.

Elizabeth i ella es van dirigir al centre del pati inferior. Com que el terra estava lleument inclinat, Aliena podia veure a través de la porta principal i per sobre dels caps de la multitud els camps que s'estenien a l'exterior. En aquells moments, l'avançada devia sortir al descobert, encara que no se n'apreciaven indicis. «Déu meu, espero que no s'hagi presentat cap obstacle», es va dir, temorosa.

«Elizabeth necessitarà enfilar-se damunt d'alguna cosa per adreçar-se a la gent.» Aliena va dir a un criat que anés als estables a buscar un muntador dels que s'utilitzaven per enfilar-se al cavall. Mentre esperaven, una dona d'edat es va quedar mirant Aliena.

—Vaja, si sou vós, Aliena! Quina alegria veure-us! —va exclamar.

A Aliena li va fer un salt el cor. Va reconèixer en la dona una cuinera que treballava al castell abans de l'arribada dels Hamleigh.

—Hola, Tilly. ¿Com estàs? —li va dir forçant un somriure.

Tilly va donar un cop de colze a la seva veïna.

—Ep, aquí tenim Lady Aliena després de tants anys! ¿Sereu un altre cop la mestressa, senyora?

Aliena no volia ni pensar que aquella idea també se li acudís a Michael Armstrong. Va mirar al voltant amb ansietat. Per sort Michael no era a la vora. Ara bé, un dels seus homes havia sentit aquell comentari i mirava Aliena amb cara de pomes agres. Ella li va tornar la mirada amb expressió de fingida despreocupació. L'home només tenia un ull, cosa que indubtablement era la causa que s'hagués quedat allà en lloc de partir per guerrejar al costat de William. De sobte, a Aliena li va semblar divertit que un home la mirés amb un sol ull, i va haver de fer un esforç per aguantar-se el riure. Va comprendre que estava una mica histèrica.

El criat va tornar amb el muntador. La campana havia deixat de sonar. Aliena va mirar d'asserenar-se mentre Elizabeth pujava al muntador i els que es trobaven allà reunits feien silenci.

—El rei Stephen i el duc Henry han signat la pau —va començar Elizabeth.

Va fer una pausa i es van sentir visques. Aliena mirava a través de la porta. «Ara, Richard!», pensava. «Ara és el moment! No ho deixis per més tard!»

Elizabeth va somriure i va deixar per un moment que la gent seguís donant curs a la seva alegria.

—Stephen seguirà ocupant el tron fins a la seva mort i, llavors, el succeirà Henry —va continuar.

Aliena escrutava els guàrdies, que semblaven tranquils, a través de la porta. ¿On era Richard?

—El tractat de pau portarà molts canvis a les nostres vides —va continuar Elizabeth.

Aliena va veure com els guàrdies es posaven rígids. Un d'ells es va posar una mà al front a manera de visera i va albirar a través dels camps mentre l'altre, girant-se, mirava cap avall, en direcció al pati, com si esperés cridar l'atenció del capità. Però Michael escoltava amb gran atenció Elizabeth, que deia en aquell instant:

—El rei vigent ha acordat amb el futur rei que totes les terres siguin retornades a qui les posseïa en temps del vell rei Henry...

Allò va provocar un murmuri entre els reunits, que es preguntaven si el canvi afectaria el comtat de Shiring. Aliena va advertir que Michael Armstrong semblava pensatiu. A través de la porta va divisar al final els cavalls de l'avançada de Richard. «Afanyeu-vos!», es va dir. «Afanyeu-vos!» Però cavalcaven a un trot assossegat, com si no volguessin alarmar els guàrdies.

Elizabeth seguia parlant.

—Tots nosaltres hem de donar gràcies a Déu per aquest tractat de pau. Resarem perquè el rei Stephen governi amb prudència i saviesa durant els seus últims anys i el jove duc mantingui la pau fins que Déu s'endugui Stephen...

Ho estava fent molt bé; però va començar a mostrar-se torbada, com si comencés a no saber què més dir.

Tots els guàrdies miraven cap enfora, observant el grup que s'acostava. Els havien dit que l'esperessin donant-los instruccions que conduïssin immediatament el cap davant la comtessa. Per tant, no tenien res a fer. Però sentien curiositat.

El soldat borni va girar el cap i va tornar a mirar pel buit de la porta. Després, un altre cop a Aliena, que va sospitar que el guàrdia havia estat fent càbales sobre el significat de la presència d'ella al castell i l'arribada d'un grup de genets.

Finalment, un dels guàrdies que era a la muralla emmerletada va semblar prendre una decisió, va baixar per una escala i va desaparèixer.

La gent començava a mostrar-se una mica inquieta. Elizabeth divagava amb mestria, però tothom estava impacient de conèixer les notícies de més transcendència.

—Aquesta guerra va començar l'any del meu naixement i, igual que tantes persones joves del regne, estic desitjant descobrir com és la pau...

El guàrdia de les muralles va aparèixer a la base d'una torre i es va acostar ràpidament a Michael Armstrong.

Aliena va veure a través de la porta oberta que els genets es trobaven encara a uns dos-cents peus del castell. Va voler cridar a causa del sentiment de frustració que la va envair. No podria mantenir la situació gaire temps.

Michael Armstrong es va girar i va mirar amb les celles arrufades el grup que s'acostava. Llavors l'home borni el va estirar de la màniga i va assenyalar Aliena.

Ella va tenir por que Michael tanqués les portes i aixequés el pont llevadís abans que Richard pogués entrar, però no sabia què podia fer per impedir-l'hi. Es va preguntar si tindria el coratge d'atacar-lo abans que donés l'ordre. Encara portava la seva daga oculta sota la màniga del braç esquerre, fins i tot podia matar-lo. Michael va fer mitja volta amb decisió. Aliena va tocar l'espatlla d'Elizabeth.

—Detingueu a Michael! —va xiuxiuejar.

Elizabeth va obrir la boca per parlar, però no va poder dir res. Estava petrificada per la por. De sobte, va canviar d'expressió. Va aspirar a fons, va dreçar el cap i, amb veu autoritària, va exclamar:

—Michael Armstrong!

Michael es va tombar.

Aliena va comprendre que ja no podien retrocedir. Richard no es trobava prou a la vora i a ella se li havia acabat el temps.

—Ara! Digueu-ho ara! —la va urgir Elizabeth.

—He rendit aquest castell al legítim comte de Shiring, Richard de Kingsbridge —va anunciar Elizabeth.

El capità la va mirar amb incredulitat.

—No podeu fer-ho! —va cridar.

—Us ordeno a tots que deposeu les armes. No hi ha d'haver vessament de sang.

—Aixequeu el pont llevadís! Tanqueu les portes! —va udolar Michael, fent mitja volta.

Els homes d'armes es van afanyar a complir les seves ordres, però les havia donat amb una mica de retard. En arribar els homes a les massisses portes que tancarien l'arc d'entrada, l'avançada de Richard ja havia travessat el pont llevadís i havia entrat al castell. La majoria dels homes de Michael no portaven armadura, i alguns d'ells ni tan sols anaven armats, per la qual cosa es van dispersar fugint dels genets.

—Que tothom s'estigui tranquil —va dir Elizabeth—. Aquests missatgers confirmaran les meves ordres.

Des de les muralles va arribar una veu. Un dels guàrdies, fent botzina amb les mans, va cridar.

—Enfronta-t'hi, Michael! Ens estan atacant!

—Traïció! —va rugir Michael mentre desembeinava l'espasa.

Però dos dels homes de Richard es van abalançar cap a ell amb les espases centellejants. Hi va haver un xoc i Michael va caure. Aliena va apartar la mirada.

Alguns homes havien pres possessió del cos de guàrdia. Dos d'ells van pujar a la muralla i els guàrdies de William es van rendir.

A través de la portella, Aliena va veure com avançava al galop el gruix dels homes de Richard, que travessaven el prat en direcció al castell. Els ànims se li van encendre com el sol.

—És una rendició pacífica! —cridava Elizabeth amb totes les seves forces—. Us prometo que ningú no en sortirà ferit. L'únic que heu de fer és continuar on sou.

Tothom es va quedar immòbil mentre l'exèrcit de Richard s'acostava. Els homes d'armes de William semblaven confosos. Cap d'ells no va fer res. El seu cap havia caigut i la seva comtessa els havia ordenat que es rendissin. Els criats del castell s'havien quedat paralitzats davant la rapidesa dels esdeveniments.

Llavors, Richard va entrar per la porta muntant el seu cavall de guerra.

Era un gran moment. Aliena va sentir que el cor se li omplia d'orgull. Richard apareixia imponent, somrient i triomfant. Aliena va cridar:

—El comte legítim!

Els homes que entraven al castell darrere de Richard van recollir el crit, que va ser repetit al seu torn per part de la gentada que es trobava al pati. La majoria d'aquelles persones no sentia cap simpatia per William. Richard va rodejar el pati lentament, saludant i agraint els visques.

Aliena va pensar en tot el que havia hagut de passar per aconseguir que arribés aquell moment. Tenia trenta-sis anys i la meitat de la vida se l'havia passat lluitant per veure el que ara veia.

«Tota la meva vida d'adulta», es va dir; «això és el que he donat.» Va recordar com omplia els sacs de llana fins a tenir les mans vermelles, inflades i plenes de ferides. Li van tornar a la memòria els rostres que havia vist pels camins, cares d'homes cobdiciosos, cruels i lascius que l'haurien matat si hagués donat la més petita mostra de feblesa. Va pensar en la manera que havia endurit el cor davant l'estimat Jack per casar-se amb Alfred, i va rememorar aquells mesos en què havia dormit a terra als peus del llit d'un marit que detestava, com si ella fos un gos. I tot perquè havia promès pagar les armes i l'armadura de Richard, perquè pogués lluitar per recuperar el seu castell.

—Vet-ho aquí, pare —va dir en veu alta, sense que ningú no la sentís, perquè els visques eren estentoris—. Ja tens el que volies —va afegir amb el cor inflat d'amargor i de triomf—. Això és el que et vaig prometre i a fe que he mantingut la meva promesa. Vaig tenir cura de Richard i ell ha estat lluitant tots aquests anys. Ja tornem a ser a casa. Richard ja és comte. Ara, pare —va aixecar la veu fins a convertir-la en un crit, però la gent del castell continuava cridant i ningú no es va adonar que les llàgrimes li corrien galtes avall—, puc dir que he complert. Així doncs, torna a la tomba i deixa'm viure en pau.

CAPÍTOL 16

I

Remigius no havia perdut l'arrogància, fins i tot en situacions de penúria. Va entrar a la casa pairal de fusta de la vila de Hamleigh, i va arrufar el nas amb menyspreu en veure els suports de fusta matussers que aguantaven la teulada, les parets de terrissa enguixades i la llar de foc sense xemeneia al mig del terra de sorra.

William el va mirar de cap a peus mentre entrava. «Potser a mi la sort se m'ha girat d'esquena», va pensar, «però no he caigut tan baix com tu.» Va fixar-se en les sandàlies velles, la sotana desastrada i la cara sense afaitar, i tot plegat li va fer pena. Remigius mai no havia estat gras, però ara estava més sec que mai. El seu posat altiu no aconseguia dissimular les arrugues d'esgotament i les ulleres ennegrides. Remigius encara no estava acabat del tot, però sí que havia rebut molts cops.

—Que Déu et beneeixi, fill meu —va saludar a William.

William no estava disposat a suportar aquella actitud.

—¿Què voleu, Remigius?

El fet d'adreçar-se al monjo pel seu nom, en comptes de tractar-lo de «pare» o de «germà», era un insult deliberat per part de William.

Remigius va reaccionar com si hagués rebut un cop. William va suposar que més d'un li devia haver plantat cara d'ençà que havia caigut en desgràcia.

—El comte Richard s'ha tornat a apoderar de les terres que em vau concedir com a degà del capítol de Shiring.

—No és gens estrany —va replicar William—. Totes les propietats han de tornar a les mans de qui les posseïa a l'època del rei Henry.

—Però això em deixa sense mitjans de subsistència.

—A vós i a molta altra gent —va contestar William en un to despreocupat—. Haureu de tornar a Kingsbridge.

La ira va fer empal·lidir Remigius.

—No ho puc fer de cap manera —va protestar en veu baixa.

—¿I per què no? —va preguntar-li William, que fruïa mortificant-lo.

—Vós sabeu bé per què.

—¿Que potser Philip us retraurà que estiréssiu la llengua a una nena petita? ¿Que creieu que el prior pensa que el vau trair quan em vau dir on s'amagaven els proscrits? ¿Que està enfadat amb vós perquè us vau convertir en el degà d'una església que volia ocupar el lloc de la seva catedral? Bé, si és així, aleshores suposo que, evidentment, no hi podeu tornar.

—Doneu-me alguna cosa —li va suplicar Remigius—. Una vila, una granja. Una parròquia petita!

—No hi ha recompensa per als perdedors —li va deixar anar William, que s'ho estava passant d'allò més bé—. Fora del monestir ningú no es preocupa dels altres. El ànecs s'empassen els cucs i les guineus es mengen els ànecs. Després arriba l'home i mata les guineus, i finalment el dimoni caça l'home.

—¿Què puc fer? —va preguntar Remigius, en un murmuri.

—Demana caritat —li va respondre William, somrient.

Remigius va fer mitja volta i va sortir de la casa.

«Encara ets massa orgullós», va pensar William, «però no per gaire temps més: al final acabaràs demanant caritat.»

Li plaïa veure que el monjo havia caigut més avall que ell. Encara que a William li costaria oblidar el suplici que havia hagut de patir dret davant de la porta del que considerava el seu castell i veient que li negaven l'entrada.

Quan es va assabentar que Richard sortia de Winchester amb els seus homes ja va sospitar que en passava alguna. Llavors, quan es va anunciar el pacte de pau, el neguit es va convertir en alarma i va decidir cavalcar sense aturar-se fins a Earlscastle, acompanyat dels seus cavallers i homes d'armes. Hi havia un escamot vigilant el castell, i es va imaginar que Richard devia estar acampat pels voltants, posant setge a la fortalesa. En veure que tot estava tranquil, es va sentir alleujat i es va burlar de si mateix per haver-se alarmat perquè Richard hagués deixat Winchester d'improvís.

En acostar-s'hi més va veure que el pont llevadís estava aixecat.

—Obriu al comte! —va cridar, aturant-se a la vora del fossat.

Va ser llavors quan Richard va aparèixer a dalt de la muralla.

—El comte és a dins.

Va ser un cop fort. Richard sempre li havia fet por, perquè mai no l'havia descartat com el seu rival més perillós. Tanmateix, encara no havia pensat que l'amenaça es pogués fer realitat. Comptava que la seva situació no perillaria fins que morís Stephen i Henry pugés al tron. I va suposar que encara devien faltar deu anys o més perquè allò passés. Ara, mentre seia en aquella miserable casa pairal reflexionant sobre les seves equivocacions, va comprendre amb amargor que Richard havia estat més llest que ell. No el podien acusar de pertorbar la pau del rei, perquè la guerra no s'havia acabat. Havia reclamat el comtat de manera legítima, segons els termes del tractat de pau. I Stephen, que havia envellit, a més d'estar cansat i derrotat, no tenia forces per lliurar més batalles.

Richard, magnànim, havia alliberat tots els homes d'armes que volien continuar al servei de William. Waldo «el Borni» li va explicar com havien pres el castell. La traïció d'Elizabeth el va exasperar, però el que més el va humiliar va ser saber el paper que hi havia jugat Aliena. Aquella noieta indefensa que ell havia violat i fet fora de casa feia tants anys havia tornat per venjar-se. Cada vegada que hi pensava, li venia un regust agre a la boca.

La primera idea que se li va acudir va ser lluitar contra Richard. William podria haver conservat els seus homes, viure als camps i obtenir diners i aliments extorsionant els camperols, i, així, fer front al seu rival. Però Richard posseïa el castell i tenia el temps a favor seu, perquè Stephen, que donava suport a William, estava vell i derrotat, mentre que el jove duc Henry, que protegia Richard, s'acabaria convertint en el segon rei Henry.

Així doncs, William va decidir deixar-ho córrer. Es va retirar a la vila de Hamleigh i es va tornar a instal·lar a la casa pairal en la qual havia crescut. El seu pare havia obtingut Hamleigh i les viles dels voltants feia trenta anys. Eren unes propietats que mai no havien format part del comtat, així que Richard no hi tenia cap jurisdicció.

William esperava que, si es mantenia al marge de tot el conflicte, Richard el deixés en pau i s'acontentés amb la venjança que havia obtingut. Ara bé, William odiava la vila de Hamleigh. Detestava les petites cases polides, els ànecs de l'estany, l'església de pedra, els nens amb galtes rosades, les dones de malucs amples i els homes forts i recelosos. La detestava perquè era una vila humil i senzilla, i, a més, també simbolitzava la caiguda del poder de la família. Aquella primavera, William observava els camperols atrafegats que començaven a sembrar els camps i, en calcular la part de la collita que li tocava aquell estiu, la va trobar molt escassa. Va anar a caçar a la petita extensió de bosc que li pertanyia i no hi va trobar cap cérvol.

—Ara només podreu caçar senglars, milord. Els proscrits van fer desaparèixer tots els cérvols durant l'epidèmia de fam —li havia explicat el guardabosc.

Al gran saló de la casa pairal, on el fred entrava pels grans forats de les parets, hi celebrava judicis. Dictava sentències molt severes i imposava tantes multes com podia. És a dir, governava segons el seus capricis, però allò li proporcionava molt poca satisfacció.

Com era lògic, havia abandonat la construcció de la majestuosa església de Shiring. Si no es podia permetre una casa de pedra, no volia ni sentir a parlar de l'església. Quan va deixar de pagar els jornals als paletes, van deixar de treballar. William no sabia què havien fet. Potser havien tornat a Kingsbridge per treballar amb el prior Philip.

Tenia malsons.

El mateix somni se li repetia nit rere nit. Veia la seva mare a l'infern. Li rajava sang de les orelles i els ulls, i quan obria la boca per parlar n'hi rajava més. Aquella imatge li causava un terror mortal. A la llum del dia no hauria sabut dir com s'acabava el somni que l'esparverava, perquè la seva mare no l'amenaçava, però de nit, quan se li acostava, la por l'envaïa completament. Era un pànic irracional, histèric, cec. Una vegada, de petit, va travessar un riu per un gual que, de sobte, es va fer profund, i llavors ell es va quedar sota l'aigua sense respirar. L'angoixa que li va provocar la necessitat d'aire se li va quedar gravada a la memòria per sempre més. Però aquell malson era deu vegades pitjor. Intentar fugir del rostre sagnant de la seva mare era com voler córrer molt de pressa en un terreny pantanós. Es despertava amb un sobresalt violent, suant i gemegant, amb el cos adolorit per la tensió acumulada. Walter hi anava amb una espelma, perquè ara dormia al saló, separat dels seus homes amb un paravent, ja que no tenia dormitori propi.

—He sentit un crit —li deia Walter en veu baixa.

William respirava fondo, i mirava el llit de debò, la paret de debò i el Walter de debò, mentre la força terrorífica del malson s'anava esvaint i arribava un moment que desapareixia.

—No és res. Només un malson —li deia.

Però li feia por tornar-se a adormir. I l'endemà els homes el miraven com si fos víctima d'un malefici.

Uns dies després de la conversa amb Remigius, seia al mateix seient incòmode, a la vora del foc fumejant, quan va entrar el bisbe Waleran.

William es va sobresaltar. Havia sentit cavalls, però havia suposat que era Walter que tornava del molí. En veure el bisbe, no va saber què fer. Waleran sempre li havia mostrat aires de superioritat i, moltes vegades, havia aconseguit que William se sentís vulgar i estúpid. Ara, l'humiliava que Waleran fos testimoni de la pobresa en què vivia.

William no es va aixecar per saludar el seu visitant.

—¿Què voleu? —li va preguntar en un to aspre. No tenia

motius per ser cortès. L'únic que volia era perdre de vista Waleran com més aviat millor.

El bisbe va passar per alt les seves mostres de descortesia.

—El xèrif ha mort —va anunciar.

En un principi William no va saber on volia anar a parar.

—¿I a mi què m'importa?

—S'haurà de nomenar un xèrif nou.

William estava a punt de dir: «¿I què?», però es va contenir. A Waleran el preocupava qui pogués ser el xèrif nou, i havia anat a parlar-ne amb William. Allò només podia significar una cosa, és clar. Va entreveure un bri d'esperança, però no es va fer il·lusions. Quan Waleran hi estava ficat, les grans esperances acostumaven a acabar en frustració i desesperació.

—I, ¿en qui heu pensat? —li va preguntar.

—En vós.

Era la resposta que William no gosava creure que pogués ser veritat. Un xèrif astut i despietat podia ser gairebé tan important com un comte o un bisbe. Es va aturar a considerar els obstacles.

—¿I per què m'hauria de donar aquest càrrec, el rei?

—Li vau donar suport contra el duc Henry i de resultes d'això vau perdre el vostre comtat. M'imagino que li agradarà recompensar-vos.

—Ningú no fa mai res per gratitud —va contestar William, repetint la frase de la seva mare.

—Stephen no estarà content que el comte de Shiring sigui un home que ha lluitat en contra seu. Segurament voldrà que el xèrif sigui una força que equilibri la balança.

Allò ja semblava més coherent. William es va començar a sentir esperançat en contra de la seva voluntat. Va començar a creure que, de fet, podria sortir del racó de món que era la vila de Hamleigh. Tornaria a tenir a les seves ordres un grup respectable de cavallers i homes d'armes, en lloc d'aquella colla lamentable de guardians de què disposava en aquells moments. Presidiria el tribunal del comtat de Shiring i soscavaria la voluntat de Richard.

—El xèrif viu al castell de Shiring —va dir amb anhel.

—I tornaríeu a ser ric —va afegir Waleran.

—Sí.

Si se'n sabia treure profit, del càrrec de xèrif, els beneficis eren incomptables. William faria gairebé tants diners com quan era comte. Però es preguntava per què Waleran ho havia recalcat.

Al cap d'un moment, el mateix bisbe li donava la resposta.

—Al capdavall, tornareu a estar en condicions de sufragar la nova església.

Així doncs, era això. Waleran sempre actuava responent a un fi. Volia que William fos el xèrif perquè li construís l'església. Però, de fet, William estava encantat de col·laborar amb el pla. Si aconseguia acabar l'església en memòria de la seva mare, potser se n'anirien els malsons.

—¿Creieu de debò que ho puc aconseguir? —va preguntar, ansiós.

Waleran va assentir amb el cap.

—Naturalment, us costarà diners, però crec que ho podeu aconseguir.

—¿Diners? —va demanar William, de sobte inquiet—. ¿Quant?

—No és fàcil de calcular. En algunes ciutats com Lincoln o Bristol, el càrrec de xèrif us costaria de cinc-centes a sis-centes lliures, però allà els xèrifs són més rics que els cardenals. En un lloc petit com Shiring, si sou el candidat que vol el rei, i, d'això, ja me n'encarregaré jo, el podríeu obtenir per unes cent lliures.

—Cent lliures! —Les esperances de William se'n van anar per terra. Des d'un bon començament, havia temut una decepció.— ¿Creieu que si tingués cent lliures viuria d'aquesta manera?

—Les podeu aconseguir —li va dir Waleran.

—¿Com? —William va tenir una idea.— ¿Me les donaríeu vós?

—No siguis ximple —li va dir Waleran, irritat—. Per això hi ha els jueus.

William va comprendre, amb la barreja d'esperança i ressentiment de sempre, que, un altre cop, el bisbe tenia raó.

Havien passat dos anys d'ençà que Jack havia detectat les primeres esquerdes, però encara no havia aconseguit trobar-hi solució. I el pitjor del cas era que n'havien aparegut més, en el primer intercolumni de la nau. En el seu projecte hi havia un error de base. L'estructura era prou forta per aguantar el pes de la volta, però no per oferir resistència al vent que espetegava amb molta força contra els murs alts.

Estava dret a la bastida, a molta distància de terra, observant les noves fissures de prop. Havia de trobar la manera de reforçar la part de dalt del mur perquè no s'esquerdés a causa del vent. Rumiava com havia enfortit la part inferior del mur. A l'exterior de la nau lateral hi havia uns pilars gruixuts i forts que estaven units al mur de la nau mitjançant mitjos arcs que s'ocultaven a la teulada. Els pilars i els arcs apuntalaven el mur des d'una certa distància, igual que els contraforts desplaçats. Com que els puntals quedaven amagats, l'aspecte de la nau era lleuger i elegant.

Havia d'idear un sistema semblant per a la part superior. Podia fer una nau lateral de dos pisos i limitar-se a repetir els contraforts desplaçats, però impediria l'entrada de la llum que arribava a través del trifori, i no anava d'acord amb el nou estil de construcció, que buscava, precisament, deixar entrar més llum a l'església.

Quedava clar que la nau lateral no era la que donava el suport, sinó que eren els pilars pesants del mur lateral i els mitjos arcs. La nau lateral només amagava aquests elements estructurals. Si aconseguia construir pilars i mitjos arcs que sostinguessin el trifori, sense incorporar-los a dintre d'una nau, hauria resolt el problema.

Va sentir que el cridaven des de baix.

Va arrugar el front. Per un moment, havia cregut que estava a punt de trobar la solució, però aquell crit el va interrompre. Va mirar cap avall. Qui el cridava era Philip.

Va entrar a la torreta i va baixar per l'escala de cargol. El prior estava furiós.

—Richard m'ha traït! —va dir sense més preàmbuls.

Jack es va quedar sorprès.

—¿Com?

Philip no va contestar la pregunta.

—Després de tot el que he fet per ell —va continuar, furibund—. Vaig comprar la llana a Aliena quan tothom la volia estafar. Si no hagués estat per la meva ajuda, segurament mai no hauria aconseguit establir-se. Llavors, quan el negoci se'n va anar a l'aigua, li vaig donar la feina de cap de vigilància. I el novembre passat, li vaig donar tota la informació confidencial que tenia sobre el tractat de pau, gràcies a la qual es va poder apoderar d'Earlscastle. I ara que ha recuperat el comtat i governa amb tota l'esplendor, m'ha girat l'esquena.

Jack mai no havia vist el prior Philip tan lívid. El prior s'embarbussava a causa de la indignació.

—¿De quina manera us ha traït Richard? —va preguntar Jack.

Una vegada més, Philip no va fer-li cas.

—Sempre he sabut que Richard era un home feble —va dir tartamudejant—. Al llarg de tots aquests anys, ha donat poc suport a Aliena. S'ha limitat a rebre el que volia d'ella i mai no ha tingut en compte les necessitats de la seva germana. Però mai no havia pensat que arribés a ser un canalla tan desvergonyit.

—¿Què ha fet, exactament?

A la fi va aconseguir que Philip li expliqués el que passava.

—Es nega a donar-nos el permís d'explotació de la pedrera.

Jack es va escandalitzar. Certament, allò era una mostra d'ingratitud increïble.

—¿I com ho justifica?

—Ha quedat establert que tot s'ha de tornar a qui ho posseïa en temps del rei Henry. I, és clar, la pedrera ens la va concedir el rei Stephen.

La cobdícia de Richard era vergonyosa, però a Jack no l'empipava tant com a Philip. Ara ja estava construïda la meitat de la catedral, gairebé tota amb pedra que havien hagut de pagar, i ho haurien de continuar fent.

—Bé, suposo que des d'un punt de vista estricte, Richard compleix el que està estipulat —va dir Jack, provant de ser raonable.

Philip es va ofendre.

—¿Com pots dir una cosa com aquesta?

—És una cosa semblant al que vós em vau fer a mi —va contestar Jack—. Després d'haver-vos portat la Verge de les Llàgrimes, de dibuixar-vos un projecte meravellós per a la vostra catedral i de construir-vos unes muralles al voltant de la ciutat per protegir-vos de William, em vau anunciar que no podia viure amb la dona que és la mare dels meus fills. Això també és ingratitud.

Aquella comparació va fer esverar Philip.

—Això és una cosa molt diferent! —va protestar—. Jo no vull que visqueu separats. És el bisbe Waleran qui ha impedit l'anul·lació. Les lleis de Déu diuen que no cometràs adulteri.

—Estic segur que Richard pot al·legar alguna cosa semblant —va insistir Jack—. No ha estat ell qui ha ordenat la devolució de les propietats. No fa més que complir la llei.

Va tocar la campana del migdia.

—Hi ha una diferència entre les lleis de Déu i les de l'home —va replicar Philip.

—Sí, però nosaltres hem de viure amb totes dues —va contestar Jack—. I ara me'n vaig a esmorzar amb la mare dels meus fills.

Es va allunyar, deixant Philip allà, trastornat. En realitat, no creia que Philip fos tan desagraït com Richard, però, d'alguna manera, havia expressat uns sentiments que l'angoixaven. Va decidir que preguntaria a Aliena què passava amb la pedrera. Al capdavall, potser podria convèncer Richard que l'hi cedís de nou. Ella ho sabria.

Va sortir del recinte del priorat i va recórrer els carrers fins a la casa on vivia amb Martha. Com de costum, Aliena i els nens eren a la cuina. La bona collita de l'any abans havia posat fi a la fam i ja no escassejaven els aliments. A taula, hi havia pa de blat i xai rostit.

Jack va fer un petó als nens. Sally li va fer un petó suau de nena; en canvi, Tommy, que ja tenia onze anys, i estava impacient per ser més gran, va parar la galta, però es feia el desmenjat. Jack va somriure, però no va dir res. Recordava els temps en què a ell els petons tampoc no li agradaven.

A Aliena també se la veia neguitosa.

—Philip està enrabiat perquè Richard no li vol cedir la pedrera —li va comunicar Jack, i es va asseure al seu costat.

—És terrible —va dir Aliena en un to reposat—. Richard és un desagraït.

—¿Creus que el podries convèncer perquè canviés d'opinió?

—No ho sé —va respondre Aliena, una mica atabalada.

—Tinc la impressió que el problema no t'interessa gaire —va observar Jack.

Ella li va llançar una mirada desafiadora.

—No. Tens raó, no m'interessa.

Jack li coneixia aquell humor.

—Val més que diguis què estàs pensant.

Aliena es va aixecar.

—Anem a l'altra habitació.

Va fer una mirada de llàstima a la cuixa de xai, i tot seguit Jack es va aixecar de la taula i va seguir Aliena fins al dormitori. Van deixar la porta oberta, com de costum, per evitar sospites si a algú se li acudia entrar a la casa. Aliena es va asseure al llit i va plegar els braços.

—He pres una decisió molt important —va anunciar.

Tenia una actitud tan seriosa que Jack es va preguntar què dimonis podia haver passat.

—Al llarg de gairebé tota la meva vida d'adulta he suportat dos pesos aclaparadors —va afegir—. Un era el jurament que vaig fer al meu pare quan estava moribund. L'altre, les meves relacions amb tu.

—Però ara ja has complert el jurament que vas fer al teu pare —va recalcar Jack.

—Sí. I també vull quedar lliure de l'altre pes. He decidit deixar-te.

Jack va sentir que se li aturava el cor. Sabia que Aliena no es prenia aquestes coses a la lleugera. Parlava seriosament. Se la va quedar mirant sense poder pronunciar ni una paraula. Estava molt desconcertat davant d'aquella decisió, perquè mai no s'havia imaginat que Aliena es pogués apartar d'ell. ¿Com era possible que li passés una cosa tan espantosa?

—¿Hi ha alguna altra persona? —li va preguntar.

Va ser la primera cosa que li va passar pel cap.

—No siguis ximple.

—Doncs llavors, ¿per què...?

—Perquè no puc suportar més aquesta situació —el va interrompre Aliena amb els ulls plens de llàgrimes—. Fa deu anys que esperem aquesta anul·lació, i no arribarà mai. Estem condemnats a viure d'aquesta manera per sempre, si no ens separem.

—Però... —Jack li va intentar trobar alguna cosa a dir. L'anunci que havia fet Aliena era tan desolador que semblava inútil discutir, perquè seria com voler enfrontar-se a un huracà. Tanmateix, ho va provar:— ¿No és millor que res? ¿No és millor que una separació?

—A la llarga no ho és.

—¿I què canviarà que te'n vagis?

—Podria conèixer algú, tornar-me a enamorar i fer una vida normal —va dir ella, entre sanglots continguts.

—Però encara estaràs casada amb Alfred.

—Però ningú no ho sabrà. Em podria casar un capellà que mai no hagués sentit parlar d'Alfred o que, tot i que n'estigués al corrent, no considerés vàlid el matrimoni.

—No puc creure el que estàs dient. I tampoc ho puc acceptar.

—Deu anys, Jack. He esperat deu anys per tenir una vida normal amb tu. No esperaré més.

Aquelles paraules van ser com cops. Aliena continuava parlant, però ell ja no l'escoltava. Només pensava com seria la seva vida sense ella.

—Mira, jo mai no he estimat ningú més —va mormolar.

Aliena va estremir-se de dolor, però va continuar parlant.

—Necessito unes setmanes per organitzar-ho tot. Llogaré una casa a Winchester. Vull que els nens comencin a fer-se la idea que enceten una nova vida.

—Em prendràs els meus fills —va dir ell, desolat.

Aliena va assentir.

—Em sap molt de greu —va dir, i per primera vegada va semblar que vacil·lava—. Sé que et trobaran a faltar, però necessiten fer una vida normal.

Jack no ho podia suportar més. Es va aixecar per marxar.

—No te'n vagis. Encara no hem acabat, Jack —li va demanar Aliena.

Ell se'n va anar sense afegir res. Va sentir que el cridava:

—Jack!

Va travessar la sala sense mirar els nens i va sortir al carrer. Atribolat, va tornar a la catedral perquè no tenia enlloc més on anar. Els paletes encara dinaven. No podia plorar. Allò era massa terrible perquè es pogués arreglar amb quatre llàgrimes. Sense pensar-ho, va pujar l'escala del transsepte nord fins al final i va sortir a la teulada. Allà dalt, hi bufava el vent amb força, tot i que arran de terra amb prou feines es notava. Jack va mirar cap avall. Si caigués des d'allà, aniria a parar a la teulada de la nau lateral. Possiblement es mataria, però no era segur. Va caminar fins a l'encreuament i es va aturar on la teulada acabava fent un pic. Va pensar que si la catedral que construïa amb tanta dedicació no tenia una estructura segura, i Aliena el volia deixar, ja no tenia il·lusió de viure.

De fet, la decisió d'Aliena no havia estat tan sobtada com semblava. Feia anys que estava descontenta: tots dos n'estaven. Però s'havien acostumat a la infelicitat. Haver recuperat Earlscastle havia tret Aliena de l'apatia i li havia fet recordar que era la mestressa de la seva vida, i allò havia desestabilitzat més aquella situació, ja inestable per ella mateixa. Una cosa semblant al vent que havia esquerdat les parets de la catedral.

Va observar el mur del transsepte i la teulada de la nau lateral. Veia els contraforts que apuntalaven el mur de la nau lateral i es va imaginar el mig arc de sota la teulada, que unia el contrafort amb el peu del trifori. El que estava pensant, uns moments abans que Philip el tragués de les seves cabòries aquell matí, era que la solució del problema seria un contrafort més alt, de potser uns vint peus d'alçària, amb un segon mig arc que apuntalés la paret just en el lloc on sortien les esquerdes. L'arc i el contrafort suportarien la meitat superior de l'església i mantindrien rígid el mur quan el vent bufés.

Allò segurament resoldria el problema. La pega seria que si construïa una nau de dos pisos per amagar el contrafort allargat i el mig arc secundari, el temple perdria molta llum.

«¿I què passaria si no ho fes?», va pensar.

Tenia la sensació que ja res no importava gaire, perquè la seva vida s'estava ensorrant, i amb aquell humor no hi veia res de dolent, en la idea d'uns contraforts descoberts. Dret allà dalt, a la teulada, podia imaginar fàcilment l'aspecte que tindrien. Una filera de columnes gruixudes de pedra s'alçaria des del mur lateral de la nau. De la part de dalt de cada columna en sortiria mig arc que travessaria l'espai buit fins al trifori. Al capdamunt de cada columna, en el lloc on arrencaria l'arc, potser s'hi podria posar un pinacle decoratiu. Això mateix. Així quedaria millor.

Era una idea revolucionària: consistia a construir unes grans estructures de reforç en un lloc on serien clarament visibles. Però lligava amb el nou estil ensenyar com s'aguantava l'edifici.

El seu instint li deia que l'havia encertada de ple.

Com més hi pensava, més li agradava. Va imaginar-se l'església des de la banda oest. Aquells arcs exteriors que botaven de la paret, és a dir, arcbotants, semblarien les ales en filera d'un estol d'ocells en el moment precís d'alçar el vol. No caldria que fossin gruixuts. Sempre que estiguessin ben construïts, podien ser elegants i esvelts, lleugers però ferms, com l'ala d'una au. Contraforts alats, va pensar, per a una catedral tan lleugera que podria volar.

Rumiava si funcionaria.

De sobte, una ràfega de vent li va fer perdre l'equilibri. Es va balancejar al caire de la teulada. Per un moment va creure que cauria i es mataria, però a la fi va recuperar l'equilibri i es va apartar del caire, amb el cor desfermat.

Va anar reculant a poc a poc i amb molt de compte al llarg de la teulada fins a arribar a la porta de la torreta. I va baixar.

II

A l'església de Shiring les obres s'havien aturat del tot. Al prior Philip allò li va produir una sensació molt propera a la satisfacció. Després d'haver de contemplar desconsolat tantes vegades com les obres de la seva catedral quedaven abandonades, no podia evitar sentir un cert plaer en veure que ara els passava el mateix als seus enemics. Alfred només havia tingut temps d'enderrocar l'església vella i de posar els fonaments del nou presbiteri abans que William es veiés obligat a abandonar el comtat, amb la qual cosa se'ls havien acabat els diners. Philip pensava que cometia un pecat en sentir-se tan content per la decadència d'una església. Tanmateix, era, sens dubte, voluntat de Déu que la catedral fos construïda a Kingsbridge i no a Shiring. La mala fortuna que havia desgavellat els plans de Waleran semblava un signe molt clar de les intencions divines.

Ara que l'església més gran de la ciutat havia estat enderrocada, les audiències se celebraven al saló del castell. Aquell dia, Philip pujava el turó a cavall, acompanyat de Jonathan, al qual havia designat el seu ajudant personal en la reorganització general que hi va haver de resultes de la deserció de Remigius. A Philip l'havia commogut aquella traïció, però, d'altra banda, va estar molt satisfet de perdre de vista el sotsprior. D'ençà que Philip havia derrotat Remigius a les eleccions, el sotsprior li havia fet la vida impossible. L'ambient era més agradable d'ençà que Remigius havia marxat.

Ara, Milius era el sotsprior. Tanmateix, encara tenia el càrrec de tresorer, amb tres monjos a les seves ordres. D'ençà que Remigius se n'havia anat, ningú no s'hauria pogut imaginar què feia durant tot el dia.

Philip estava molt satisfet de treballar amb Jonathan. Fruïa explicant-li com s'havia de dirigir el monestir, instruint-lo sobre les maneres de govern que hi havia al món, i ensenyant-li la millor manera de tractar la gent. El noi queia simpàtic gairebé sempre, però a vegades era massa rigorós i podia ferir la susceptibilitat de les persones insegures. Havia d'aprendre que qui el tractava de manera hostil ho feia per culpa de la seva pròpia feblesa. Quan Jonathan percebia feblesa en els altres, reaccionava amb aspror, en lloc d'adonar-se de la debilitat i donar-los seguretat en ells mateixos.

Jonathan era molt ràpid i sovint sorprenia Philip amb la velocitat amb què entenia les coses. El prior se sorprenia ell mateix a vegades cometent el pecat d'orgull en pensar com el noi s'assemblava a ell.

Aquell dia se l'emportava per ensenyar-li com actuava el tribunal del comtat. Philip li volia demanar al xèrif que ordenés a Richard que reobrís la pedrera del priorat. Tenia la certesa que Richard estava en un error des del punt de vista legal. La nova legislació que obligava a la devolució de la propietat a qui la posseïa en l'època del rei Henry no afectava gens els drets del priorat. El seu objectiu era pèrmetre que el duc Henry substituís els comtes d'Stephen pels seus, i amb això recompensar les persones que l'havien ajudat. Era evident que aquesta política no es podia aplicar als monestirs. Philip confiava a guanyar el cas, però havia de comptar amb un factor imprevisible: el xèrif havia mort i aquell mateix dia anunciarien el nom del substitut. Ningú no sabia qui podria ser. Es rumorejaven tres o quatre noms entre els ciutadans més destacats de Shiring: David Merchant, un comerciant de sedes; Rees Welsh, un sacerdot que havia actuat en el tribunal del rei; Giles Lionhert, un cavaller terratinent amb propietats pels voltants de la ciutat, o Hugh, el fill bastard del bisbe de Salisbury. Philip esperava que fos Rees, no perquè fos un clergue, sinó perquè segurament afavoriria l'Església. Però Philip no estava gaire preocupat. Donava gairebé per fet que la sentència seria a favor seu.

Van entrar al castell cavalcant. No estava gaire fortificat. Com que el comte de Shiring vivia en un altre castell, fora de la ciutat, a Shiring no hi havia hagut batalles durant diverses generacions. Més que una fortalesa, era un centre administratiu, amb despatxos i estatges per al xèrif i els seus homes. I també masmorres per als qui violaven la llei. A l'interior dels murs de pedra no hi havia una torre de l'homenatge de debò, sinó quatre edificis de fusta. Philip i Jonathan van deixar els cavalls a l'estable i es van encaminar cap a l'edifici més espaiós, on es trobava el saló.

Les taules de cavallet que normalment formaven una T estaven col·locades de manera diferent. Havien elevat la part superior de la T, posant-la dalt d'una estrada i, amb això, quedava situada en un pla superior a la resta del saló. Les altres taules estaven col·locades a banda i banda del saló, de manera que els demandants seguessin per separat, i així evitar que se sentissin temptats a recórrer a la violència física.

El saló ja era ple de gom a gom. Allí hi havia el bisbe Waleran, instal·lat a l'estrada, amb l'expressió malèvola que el caracteritzava. Philip es va fixar, sorprès, que William Hamleigh seia al seu costat, dient-li coses a cau d'orella, mentre observaven la gent que anava arribant. ¿Què hi feia, allà, William Hamleigh? Durant nou mesos havia estat inactiu, sense sortir de la vila de Hamleigh. Philip, igual que moltes altres persones del comtat, havia nodrit l'esperança que seria així per molt de temps. Però era allà, assegut al banc com si encara fos el comte. El prior es preguntava quin pla cobdiciós, cruel i mesquí el devia haver portat aquell matí al tribunal del comtat.

Philip i Jonathan es van asseure en un costat de l'estança i van esperar. Al tribunal es respirava un ambient actiu i optimista. Com que la guerra s'havia acabat, l'elit del país tornava a dirigir els seus objectius amb l'afany de crear riquesa. La terra era fèrtil i de seguida recompensava la feina. Aquell any s'esperava una collita excepcional. El preu de la llana estava pujant. Philip havia tornat a llogar gairebé tots els paletes i artesans que se n'havien anat en els moments més cruents de l'epidèmia de fam. A tot arreu havien sobreviscut les persones més joves, fortes i saludables, i hi estaven posades totes les esperances. Allí, al gran saló del castell de Shiring, es feia evident que la crisi havia quedat enrere, pel to de les veus, per les botes noves dels homes i la indumentària elegant de les dones i perquè la gent era prou pròspera per tenir un afer digne de ser disputat en un tribunal.

Tothom es va posar dret quan van entrar l'ajudant del xèrif

i el comte Richard. Tots dos homes van pujar a l'estrada i es van quedar drets. L'ajudant va llegir el decret reial mitjançant el qual es nomenava un nou xèrif. Philip va mirar al voltant per veure si veia els presumptes candidats. Esperava que el guanyador fos un home de coratge. N'hi caldria molt per imposar la llei davant dels barons locals, tan poderosos com el bisbe Waleran, el comte Richard i William Hamleigh. Era possible que el candidat triomfador ja conegués el seu nomenament, ja que no hi havia motiu per mantenir-lo en secret. Tanmateix, cap dels quatre candidats no es veia gaire animat. Normalment, l'escollit estava dret al costat de l'ajudant mentre aquest llegia la proclamació, però els únics que hi havia a dalt de l'estrada eren Richard, Waleran i William. A Philip se li va acudir la idea funesta que poguessin haver nomenat William per al càrrec. De seguida es va quedar horroritzat en sentir les paraules que l'ajudant va llegir a continuació:

—Nomeno per al càrrec de xèrif de Shiring el meu servidor William de Hamleigh i ordeno a tots els homes que l'assisteixin...

Philip va esguardar Jonathan.

—William! —va exclamar.

Es van sentir uns murmuris de desaprovació entre els presents.

—¿Com s'ho ha fet per aconseguir-ho? —va preguntar Jonathan.

—Suposo que pagant.

—¿I d'on ha tret els diners?

—M'imagino que deu haver obtingut un préstec.

William es va dirigir somrient cap al tron de fusta instal·lat al centre de l'estrada. Philip va recordar que un dia havia estat un jove ben plantat. Però, ara, encara no havia fet els quaranta i es veia més vell. Tenia un cos feixuc i la cara congestionada per l'alcohol. Li havia desaparegut la força dinàmica i l'optimisme que fan atractius els rostres joves, i els havia substituït un aspecte dissipat.

Al mateix temps que William es va asseure, Philip es va posar dret.

—¿Ens n'anem? —va mormolar Jonathan.

—Segueix-me —va dir el prior en veu baixa.

Es va fer un silenci glacial. Tothom observava com travessaven la sala del tribunal. S'obrien pas entre la gentada. Van arribar a la porta i van sortir. Quan la porta es va tancar darrere d'ells dos, es va sentir un murmuri general de comentaris.

—No ens n'hauríem sortit amb èxit si haguéssim presentat el càrrec davant de William —va comentar Jonathan.

—Encara hauria estat pitjor —va dir Philip—. Si haguéssim presentat la nostra demanda, possiblement hauríem perdut els nostres drets per sempre.

—La veritat és que mai no hi havia pensat.

Philip va assentir amb tristesa.

—Amb William de xèrif, Waleran de bisbe i el deslleial Richard de comte, ja és impossible que el priorat de Kingsbridge obtingui justícia en aquest comtat. Estem a les seves mans.

Mentre el mosso d'estable ensellava els cavalls, el prior va continuar exposant les seves idees.

—Aniré a pregar al rei que atorgui la condició de municipi a Kingsbridge. D'aquesta manera, tindrem el nostre propi tribunal i pagarem els nostres impostos directament al rei. I així estaríem fora de la jurisdicció del xèrif.

—Fins ara sempre us hi heu oposat —li va recordar Jonathan.

—Sí, perquè si la ciutat esdevé municipi obtindrà el mateix poder que el priorat, però ara crec que ho haurem d'acceptar com a preu per la independència. L'alternativa és William.

—¿I creieu que el rei Stephen ens ho concedirà?

—És possible, però haurem de pagar un preu. Si ell no ens ho dóna, potser ho farà el rei Henry quan pugi al tron.

Van muntar els cavalls i van travessar la ciutat molt desanimats.

Van franquejar la porta i van passar pel costat del femer de deixalles que hi havia en un erm, només sortir. Alguns pidolaires desastrats furgaven entre les escombraries, buscant alguna cosa per menjar, algun parrac per posar-se o alguna fusta per cremar. Philip els va mirar indiferent. De sobte, un d'ells li va cridar l'atenció. Era una figura alta i familiar que estava inclinada sobre una pila d'escombraries, rebuscant per si trobava alguna cosa que li pogués servir. Philip va frenar el cavall i Jonathan va fer el mateix.

—Mira —va dir Philip.

Jonathan va dirigir la mirada cap on el prior li assenyalava.

—Remigius —va mormolar en veu baixa, amb sorpresa.

Philip el va observar una estona. Era evident que Waleran i William se n'havien desentès ja feia temps, quan els fons per a la nova església es van exhaurir. Ja no el necessitaven per a res. Remigius havia traït Philip, el priorat i Kingsbridge, només amb l'esperança de ser nomenat degà de Shiring. Però el premi s'havia esfumat.

Philip va fer sortir el cavall del camí i va travessar el femer fins on era Remigius. Jonathan el va seguir. Se sentia una pudor infecta d'uns efluvis que pujaven de terra. Quan s'hi van acostar, el prior va fixar-se que Remigius era pell i ossos. Portava l'hàbit brut i anava descalç. Tenia seixanta anys i havia passat tota la vida al priorat de Kingsbridge. No estava acostumat a viure a la misèria. Philip el va veure com treia d'aquella pila d'escombraries un parell de sabates de cuir. Tenien les soles foradades, però Remigius les va mirar com si acabés de trobar un tresor amagat. Quan estava a punt d'emprovar-se-les, va veure Philip.

Es va redreçar. A la cara se li llegia la batalla interior que lluitava entre la vergonya i l'orgull.

—Bé, ¿has vingut a delectar-te amb la meva situació? —li va preguntar, amb ressentiment.

—No —va contestar Philip amb una veu tranquil·la.

El seu vell enemic oferia un aspecte tan lamentable que al prior només li despertava compassió. Va desmuntar i va treure una ampolla de les alforges.

—T'he vingut a oferir un glop de vi.

Remigius s'hauria estimat més no acceptar-ho, però estava massa necessitat per fer escarafalls a un glop de vi. Va vacil·lar només un instant, i li va prendre l'ampolla dels dits. Va començar a beure i no podia parar. L'ampolla estava mig plena i en va engolir tot el contingut en uns instants. Quan va apartar l'ampolla, el seu pas era vacil·lant.

Philip va agafar el flascó buit i se'l va guardar a les alforges.

—Val més que mengis alguna cosa —va dir, i li va allargar un pa petit.

Remigius el va agafar i el va devorar en un instant. Era evident que feia dies que no menjava res, i segurament no havia fet cap àpat decent des de feia setmanes. «Podria morir aviat», va pensar Philip apesarat. «Si no de gana, de vergonya.»

—¿Vols tornar al priorat? —li va preguntar el prior.

Va sentir que Jonathan ofegava una exclamació. Igual que els altres monjos, Jonathan esperava no tornar a veure Remigius mai més. Devia pensar que Philip s'havia begut l'enteniment per oferir-li la possibilitat de tornar.

—¿Tornar? ¿En qualitat de què? —va preguntar Remigius, recuperant per un instant l'arrogància que l'havia caracteritzat.

Philip va sacsejar el cap, amb tristesa.

—Al meu priorat, mai no hi tornaràs a ocupar cap càrrec, Remigius. Torna senzillament com un monjo humil. Demana a Déu que et perdoni els pecats i viu la resta de la teva vida en l'oració i la contemplació, preparant la teva ànima perquè vagi al cel.

Remigius va moure el cap enrere, i Philip va esperar rebre una negativa desdenyosa. Però va obrir la boca per parlar, tot seguit la va tornar a tancar i va abaixar la vista. Philip va esperar immòbil i callat, observant, preguntant-se què passaria. Es va fer un silenci molt llarg. Quan Remigius va tornar a aixecar el cap, tenia la cara amarada de llàgrimes.

—Sí, pare, si us plau —va mormolar—. Vull tornar a casa.

—Doncs, en aquest cas, posem-nos en camí —va dir Philip, que estava desbordat d'alegria—. Munta el meu cavall.

Remigius el va mirar bocabadat.

—¿Què feu, pare? —li va preguntar Jonathan.

—Vinga, fes el que et dic —va insistir Philip dirigint-se a Remigius.

Jonathan no podia ocultar l'horror que sentia.

—Però, ¿com viatjareu, pare?

—Aniré caminant —va contestar Philip, amb una expressió de joia—. Ho ha de fer un de nosaltres.

—Doncs que sigui Remigius! —va protestar Jonathan que se sentia ultratjat.

—Deixem-lo que cavalqui —va dir Philip al seu torn—. Avui ha complagut Déu.

—¿I què em dieu de vós? ¿No heu complagut Déu més que ell?

—Jesús va dir que hi ha més goig al cel per un pecador penedit que per noranta-nou justos —va replicar Philip—. ¿Que potser no recordes la paràbola del fill pròdig? Quan va tornar a casa, el seu pare va matar un vedell molt gras. Els àngels es delecten amb les llàgrimes de Remigius. El mínim que puc fer és donar-li el meu cavall.

Va agafar les regnes de l'animal i el va conduir a través de l'erm fins al camí. Jonathan el va seguir.

—Si us plau, pare, agafeu el meu cavall i deixeu que camini jo —va demanar el monjo jove, que va desmuntar quan van arribar al camí.

Philip es va girar cap a ell i li va parlar en un to sever.

—Torna a pujar al cavall i deixa de portar-me la contrària. Limita't a reflexionar sobre el que està passant i per què.

Jonathan es va quedar perplex, però va muntar de nou i es va quedar callat.

Van agafar el camí de tornada a Kingsbridge. Eren a uns trenta quilòmetres de distància del priorat. Philip va començar a caminar. Era feliç. El retorn de Remigius compensava amb escreix la pèrdua de la pedrera. «He perdut al tribunal», va pensar, «però només era un munt de pedres. El que he guanyat és una cosa infinitament més valuosa: l'ànima d'un home.»

III

Dins el barril suraven unes pomes fresques i madures, i el sol que reverberava a l'aigua les feia brillar. Sally, que tenia nou anys, estava inclinada a sobre el barril, amb les mans encreuades a l'esquena, i provava d'agafar una poma amb les dents. En va agafar una, que se li va escapar de seguida, i allò li va fer enfonsar la cara a l'aigua. La va treure molt de pressa, escopint i morta de riure. Aliena va somriure i li va eixugar la cara.

Era una tarda càlida de final d'estiu. Celebraven la festa d'un sant i molts habitants de la ciutat s'aplegaven al prat de l'altra banda del riu, per fer el joc de la poma. Aquella era una de les ocasions en què Aliena s'ho passava bé. Però aquell dia estava trista, perquè era l'última festa que celebrava a Kingsbridge. Tot i que continuava decidida a deixar Jack, des del mateix moment en què havia pres aquella decisió havia començat a sentir el dolor de la pèrdua.

Tommy es feia el desmenjat prop del barril i Jack el va cridar.

—Vinga Tommy, intenta-ho!

—Encara no —va contestar el nen.

Als onze anys, Tom sabia que era més espavilat que la seva germana, i fins i tot més que els altres nens de la seva edat, i més que molts de grans. Va estar una estona estudiant com s'ho feien els altres per pescar una poma. Aliena l'observava atentament. Sentia pel nen un afecte especial. Tenia més o menys l'edat de Jack quan ella el va conèixer, i Tommy era clavat al seu pare. Quan el mirava, sentia enyor de la infantesa. Jack volia que Tommy fos mestre constructor, però fins aleshores no havia demostrat cap interès per aquell ofici. Tanmateix, hi havia molt de temps per endavant.

Per fi Tommy es va aturar davant del barril. S'hi va inclinar al damunt i va anar baixant molt a poc a poc el cap amb la boca ben oberta. Va fer enfonsar la poma que havia triat i va ficar tota la cara a dintre l'aigua. Tot seguit la va treure, triomfal, amb la poma entre les dents.

Tommy tindria èxit en tot el que es proposés. El seu caràcter recordava el del seu avi, el comte Bartholomew. Tenia una voluntat molt forta i un sentit inflexible sobre el bé i el mal.

Qui havia heretat la naturalesa despreocupada de Jack i el menyspreu per les convencions humanes era Sally. Quan Jack els explicava contes, Sally sempre simpatitzava amb els desheretats, mentre que Tommy els solia jutjar. Cada germà tenia la personalitat d'un dels seus progenitors i, en canvi, s'assemblava físicament a l'altre. La despreocupada Sally tenia les faccions harmòniques i l'espessa cabellera fosca de la seva mare, mentre que Tommy, amb una personalitat decidida, tenia els cabells de color pastanaga del seu pare, la mateixa pell blanca i els ulls blaus de Jack.

—Mireu, arriba l'oncle Richard! —va exclamar en aquell moment Tommy.

Aliena va fer mitja volta. En efecte, el seu germà, el comte, arribava cavalcant pel prat acompanyat d'uns quants cavallers i escuders. Aliena es va disgustar. ¿Com podia ser que tingués la barra de presentar-se allà després d'haver traït Philip amb allò de la pedrera?

Richard es va acostar al barril somrient i encaixant amb tothom.

—Pesca una poma, oncle Richard, vinga! —el va animar Tommy.

Richard va ficar el cap al barril i el va treure amb una poma entre les dents blanques i fortes, amb els cabells rossos xops.

«Sempre ha estat més hàbil en els jocs que en la vida real», va pensar Aliena.

No permetria que se sortís amb la seva com si res no hagués passat. Potser els altres tenien por de dir-li alguna cosa perquè era el comte, però per a ella només era el capsigrany del seu germà.

Richard se li va acostar per fer-li un petó, però ella el va apartar.

—¿Com has pogut robar la pedrera al priorat? —li va etzibar.

Jack va pressentir que hi hauria una baralla, i va agafar els nens de la mà i se'ls va emportar.

Richard va semblar ferit.

—Totes les propietats tornen a ser de qui les posseïa...

—No em surtis amb això, ara —el va interrompre Aliena—. Després de tot el que ha fet Philip per tu!

—La pedrera és part de la meva herència —va argumentar ell. Se la va endur a part i va parlar amb ella en veu baixa perquè ningú no els pogués sentir.— A més —va explicar—, necessito els diners que obtinc amb la venda de la pedra, Allie.

—Això és perquè no fas res més que anar-te'n de cacera i dedicar-te a la falconeria.

—¿I què més hauria de fer?

—Doncs preocupar-te que la terra produeixi riquesa. Hi ha tantes coses a fer! Reparar els danys causats per la guerra i la fam, introduir nous mètodes de conreu, netejar els boscos i dessecar els pantans. Així és com augmentaries la teva riquesa i no robant la pedrera que el rei Stephen va concedir al priorat de Kingsbridge!

—Mai no he agafat res que no fos meu.

—Si no has fet altra cosa! —el va rebatre Aliena. Estava prou enfadada per dir coses que hauria hagut de callar.— Mai no has fet ni el mínim esforç per aconseguir res. Vas acceptar els meus diners per comprar armes, vas acceptar la feina que t'oferia Philip, vas acceptar el comtat quan jo te'l vaig servir en safata de plata. I ara ni tan sols ets capaç de governar-lo sense prendre coses que no et pertanyen. —Va fer mitja volta i se'n va anar furiosa.

Richard estava a punt de seguir-la, però algú se li va adreçar, inclinant-se per saludar-lo i preguntant-li com estava. Aliena el va sentir com donava un resposta cortesa i tot seguit entaulava una conversa. Millor: havia dit el que volia dir i no tenia ganes de discutir més. Va arribar al pont i va mirar enrere. En aquell moment, algú altre parlava amb Richard, però aquest li va fer un senyal amb la mà per indicar-li que volia continuar parlant amb ella, encara que precisament llavors estava ocupat. Aliena va veure que Jack, Tommy i Sally jugaven amb un pal i una pilota i s'ho estaven passant d'allò més bé. Se'ls va quedar mirant uns moments. Va comprendre que no els podia separar. Però, ¿de quina altra manera podria tenir una vida normal?

Va travessar el pont i va entrar a la ciutat. Volia estar una estona sola.

Havia llogat una casa molt gran a Winchester. Tenia una botiga a la planta baixa i, al primer pis, una sala d'estar espaiosa i dos dormitoris. També hi havia, darrere, al pati, un magatzem enorme on guardaria els teixits. Però com més s'acostava la data del trasllat, més poques ganes tenia d'anar-hi.

Va travessar els carrers plens de polseguera de Kingsbridge. Feia calor. L'aire estava ple de mosques, que hi anaven atretes pels nombrosos femers. Totes les cases i botigues estaven tancades i barrades. La ciutat estava deserta. Tothom era al prat.

Es va encaminar cap a casa de Jack. Allà era on anirien tots, un cop haguessin acabat els jocs. Es va sorprendre de trobar la porta oberta. Va arrufar les celles, empipada. ¿Qui se l'hi havia deixat? Massa gent tenia la clau d'aquella casa: Jack, Richard, Martha i ella. No hi havia gran cosa a robar. Evidentment, Aliena no amagava els diners allà. Ja feia anys que el prior Philip deixava que els guardés al priorat. Però la casa s'ompliria de mosques.

Hi va entrar. Hi havia una penombra fresca. Les mosques voleiaven pel centre de l'habitació i dues vespes es barallaven al voltant de la tapa del pot de mel.

I Alfred seia a la taula.

Aliena, espantada, va deixar anar un xisclet, però es va refer de seguida.

—¿Com has entrat? —li va preguntar.

—Tinc clau.

«Així que t'has guardat una clau tot aquest temps», va pensar Aliena. Se'l va quedar mirant. Estava molt prim i tenia la cara demacrada.

—¿Què hi fas, aquí? —li va preguntar.

—T'he vingut a veure.

Aliena va notar que estava tremolant d'ira.

—Doncs jo no et vull veure, ni ara ni mai —li va etzibar—. Em vas tractar com un gos, sense cap remordiment. Quan les coses et van anar de mal borràs, vas venir a fer el ploricó a Jack fins que et va donar feina. Llavors l'hi vas pagar amb una mala passada i et vas endur tots els artesans a Shiring.

—Necessito diners —va dir ell en un to de súplica i de desafiament alhora.

—Doncs treballa.

—A Shiring han suspès la construcció de la catedral i aquí a Kingsbridge no trobo feina.

—Doncs vés-te'n a Londres. O a París.

—He pensat que tu em donaries un cop de mà —va insistir amb la tossuderia d'una mula.

—Aquí no et necessitem per a res. Val més que te'n vagis.

—¿No tens pietat? —li va preguntar ell. Ara ja només suplicava.

—¿Encara no has entès que et detesto amb tota la meva ànima?

—¿Per què? —Alfred semblava ofès, com si allò fos una sorpresa per a ell.

«Mira que n'arriba a ser, de talòs», va pensar Aliena. «És l'única cosa que li serveix d'excusa.»

—Si busques caritat, vés al monestir —va respondre amb cautela—. La capacitat de perdonar que té el prior Philip està per damunt del que és humà. En canvi, la meva, no.

—Però encara ets la meva dona —va al·legar Alfred.

Aquella sí que era bona.

—No sóc la teva dona —va remugar ella—. I tu no has estat mai el meu marit. I ara, surt d'aquesta casa.

Alfred la va sorprendre amb un gest ràpid i la va agafar pels cabells.

—Ets la meva dona —va repetir. La va tibar cap a ell per sobre la taula i amb la mà que li quedava lliure li va graponejar un pit.

Allò va desconcertar Aliena. Era l'última cosa que esperava d'un home amb qui havia dormit nou mesos a la mateixa habitació sense haver aconseguit realitzar-hi l'acte sexual ni una sola vegada. Va començar a xisclar intentant apartar-se'n. Però la tenia agafada molt fort pels cabells i la va tornar a tibar cap a ell.

—Ningú no sentirà com crides —li va dir. Tothom és a l'altra banda del riu.

De sobte a Aliena la va envair el pànic. Estaven sols i Alfred era molt fort. Al cap de tantes milles recorrent camins, de tants anys de jugar-se la pell viatjant, l'estava atacant, a casa seva, l'home amb qui s'havia casat!

—¿Estàs espantada, oi? Val més que siguis amable —la va amenaçar Alfred en veure-li el terror reflectit als ulls.

Aleshores, la va besar a la boca. Aliena li va mossegar el llavi amb totes les seves forces, i ell va deixar anar un crit de dolor.

Aliena no va veure que li anava a clavar un cop. Li va pegar a la galta amb tanta força que va pensar que li devia haver trencat algun os. Per un moment va perdre la visió i l'equilibri. El cop la va apartar de la taula, i va caure. Els joncs de terra van amortir la patacada. Va sacsejar el cap i va intentar treure la daga que portava lligada al braç esquerre. Abans que aconseguís ferho, va sentir que Alfred l'agafava pels canells i li deia:

—Sé on amagues la daga. Ho veia quan et despullaves, ¿te'n recordes?

Li va deixar anar les mans, li va tornar a colpejar la cara i li va prendre la daga. Aliena va provar de deslliurar-se'n. Alfred se li va asseure a sobre les cames i, amb la mà esquerra, la va agafar pel coll. Ella movia els braços amb desesperació. Tot d'una va veure que tenia la punta de la daga a una polzada de l'ull.

—Estigues quieta o et deixaré cega —la va intimidar Alfred.

Es va quedar rígida. L'aterria la idea de perdre un ull. Havia vist homes a qui com a càstig els havien arrencat els ulls, i que anaven pels carrers demanant caritat. Aquelles conques buides eren un espectacle horripilant. Els nens els turmentaven pessigant-los i fent-los la traveta per fer-los enfurismar. Normalment, es morien al cap d'un parell d'anys.

—He pensat que això et calmaria —va dir Alfred.

¿Per què feia allò? Alfred mai no havia manifestat el més mínim desig sexual per ella. ¿Era perquè estava vençut i furiós i ella era molt vulnerable? ¿O potser perquè representava el món que l'havia rebutjat?

Alfred es va inclinar cap endavant subjectant-la amb els genolls a banda i banda dels malucs, sense apartar-li la daga dels ulls. Una vegada més va acostar la seva cara a la d'ella.

—Ara, sigues dolça —li va aconsellar, tornant-la a besar.

La barba sense afaitar d'Alfred li rascava la cara. L'alè li pudia a cervesa i ceba. Aliena va prémer els llavis amb força.

—No ets gens dolça —li va retreure ell—. Vinga, fes-me un petó.

La va tornar a besar mentre li acostava la punta de la daga més a prop de l'ull. Quan li va fregar la parpella, Aliena va moure els llavis. El gust de la boca d'ell la marejava. Alfred li va ficar la llengua aspra entre els llavis. A Aliena li van venir ganes de vomitar i va intentar desesperadament contenir-se per por que ell la matés si ho feia.

Ell es va enretirar, però va mantenir la daga a fregar de la galta.

—Ara toca això —li va dir, agafant-li la mà i fent-la passar per sota la seva túnica. Llavors la va obligar a tocar-li el penis.

—Agafa-me-la —li va ordenar.

Ella va obeir.

—Ara, frega-me-la suaument.

Aliena ho va fer. Va pensar que, si li donava el plaer que buscava amb la mà, potser evitaria que ell la penetrés. El va mirar, esparverada. Estava congestionat i tenia els ulls envermellits. Li va fregar el penis rítmicament, recordant com allò feia tornar boig a Jack.

Aliena va començar a témer que mai més no tornaria a passar-s'ho bé fent allò i els ulls se li van omplir de llàgrimes.

Alfred va fer un moviment perillós amb la daga.

—No tan fort —li va cridar.

Aliena es va concentrar.

I aleshores es va obrir la porta. Aliena va entreveure un bri d'esperança. A l'habitació hi va entrar un raig de sol brillant que la va enlluernar a través de les llàgrimes. Alfred es va quedar petrificat. Ella va apartar la mà.

Tots dos van mirar cap a la porta. ¿Qui era? Aliena no ho podia veure. «Si us plau, Déu meu, que no sigui un dels nens», va pregar. «Em faria tanta vergonya...» Va escoltar una exclamació d'ira. Era la veu d'un home. Aliena va pestanyejar intentant veure qui era. Va reconèixer el seu germà.

Pobre Richard. Era gairebé pitjor que si hagués entrat Tommy. Richard, que a l'orella esquerra, en lloc de lòbul, tenia una cicatriu que li recordava sempre l'escena terrible que l'havien obligat a presenciar quan només tenia catorze anys. I ara la història es repetia. ¿Com s'ho prendria?

Alfred es començava a aixecar, però Richard va ser més ràpid que ell. Aliena va tenir la visió borrosa del seu germà travessant l'habitació i donant una puntada de peu molt forta a la mandíbula d'Alfred, que va caure damunt la taula. Richard se li va tirar a sobre, trepitjant Aliena sense ni tan sols adonar-se'n, i li va començar a donar cops de puny. Ella es va enretirar com va poder. La cara de Richard era la personificació de la fúria desfermada. No va mirar Aliena. La còlera s'havia apoderat d'ell, no pel que Alfred li havia fet feia un moment, sinó pel que William i Walter li havien fet a ell, Richard, divuit anys enrere. Llavors era massa jove, dèbil i indefens, però ara era un home alt i fort, un lluitador experimentat, i a la fi trobava algú amb qui desfogar-se de la ira devastadora que havia nodrit tots aquells anys. Pegava Alfred sense parar amb els punys. Aquest reculava fent tentines i va fer un intent frustrat de protegir-se amb els braços. Finalment, Richard li va donar un cop brutal amb el puny dret a la barbeta i Alfred va caure d'esquena.

Es va quedar estirat a terra sobre els joncs mirant enlaire, mort de por. Aliena s'havia espantat en veure la violència de què era capaç el seu germà.

—Ja n'hi ha prou, Richard —li va cridar.

Ell no li va fer cas i es va fer endavant i va continuar donant puntades de peu a Alfred, que de sobte es va adonar que encara tenia la daga d'Aliena a la mà. Va esquivar els cops, es va posar dret d'un bot i va brandar l'arma. Richard, que no s'ho esperava, va retrocedir. Alfred se li va tirar al damunt de nou amb la daga aixecada i el va fer recular més. Aliena es va fixar que tots dos tenien la mateixa alçada i la mateixa constitució. Richard era un lluitador nat, però Alfred tenia una arma. Les forces no estaven equilibrades. Aliena no les tenia totes. ¿Què passaria si Alfred deixava Richard fora de combat? Llavors ella es tornaria a quedar cara a cara amb Alfred.

Va buscar alguna cosa per defensar-se i llavors va veure la pila de llenya al costat de la llar de foc. Va agafar un tronc molt feixuc.

Alfred va tornar a atacar Richard, que el va esquivar, el va agafar pel canell i el va tibar. Alfred va anar endavant fent tentines. Richard li clavava cops de puny a tort i a dret, amb el rostre contret amb una ganyota salvatge: el somriure brutal d'un home que s'està venjant. Alfred va començar a gemegar i va tornar a aixecar els braços per protegir-se.

De sobte, Richard va vacil·lar, panteixant. Aliena va pensar que allò s'havia acabat. Però Alfred va tornar a l'atac amb una rapidesa sorprenent i, aquesta vegada, la punta de la daga va fregar la galta de Richard, que va recular d'un bot en sentir la coïssor de l'esgarrinxada. Alfred es va avançar amb la daga enlaire. Aliena va comprendre que estava a punt de matar el seu germà i hi va córrer, brandant el tronc. No va encertar-li el cap, però li va tocar l'espatlla dreta. L'impacte del tronc amb l'os va provocar un cruixit. A Alfred se li va arronsar el braç i la daga va caure a terra.

El final va anar molt de pressa.

Richard es va inclinar, va agafar la daga d'Aliena i la va enfonsar al pit d'Alfred fins a l'empunyadura, amb una força terrible.

Aliena estava horroritzada. Havia estat una escomesa espantosa. Alfred va xisclar com un porc a l'escorxador. Richard va treure-li la daga del pit, d'on li va començar a brollar sang a raig. Alfred va obrir la boca per tornar a cridar, però no va emetre cap soroll. La cara se li va posar blanca, després grisa i va caure amb els ulls tancats. La sang va fer un bassal a terra.

Aliena s'hi va agenollar al costat. Les parpelles se li van bellugar lleument i encara respirava, però no trigaria a morir. Va mirar Richard, que estava dret, respirant amb força.

—S'està morint —va dir.

Richard va assentir amb el cap. No semblava gaire afectat.

—He vist morir homes millors. I n'he matat d'altres que no ho mereixien tant com ell.

Aliena es va quedar esgarrifada de la impassivitat del seu germà, però no va dir res. Acabava de recordar la primera vegada que Richard havia mort un home. Va ser després que William s'hagués apoderat del castell. Richard i ella anaven cap a Winchester quan dos lladres els van atacar. Aliena en va apunyalar un, però va obligar Richard, que només tenia quinze anys, a donar-li el cop de gràcia. «Si ara és cruel ¿qui li va ensenyar el camí?», es va retreure ella mateixa, sentint-se culpable.

Va mirar Alfred un altre cop. Tenia els ulls oberts i la contemplava. Gairebé es va sentir avergonyida de la poca compassió que li inspirava aquell home moribund. Va pensar que ell mai no n'havia tingut gens, de compassió, ni tampoc de generositat. Al llarg de tota la seva existència, s'havia deixat guiar per ressentiments i rancúnies i havia fruït realitzant actes de venjança i fets maliciosos. «La teva vida, Alfred, hauria pogut ser diferent», va pensar Aliena. «Hauries pogut ser afectuós amb la teva germana i perdonar el teu germanastre que fos més intel·ligent que tu. T'hauries pogut casar per amor i no per venjança. Hauries pogut ser lleial al prior Philip. Hauries pogut ser feliç.»

De sobte, Alfred va obrir els ulls de bat a bat.

—Déu del cel, quin mal! —va exclamar.

Aliena desitjava que es morís aviat.

Alfred va tancar els ulls.

—És la fi —va anunciar Richard.

Alfred va deixar de respirar.

Aliena es va posar dreta.

—Sóc vídua.

Van enterrar Alfred al cementiri del priorat de Kingsbridge. Així ho havia volgut Martha, que era l'única parenta consanguínia que li quedava. També va ser l'única persona a qui li va doldre aquella mort. Alfred mai no s'havia portat bé amb ella, i sempre havia hagut de recórrer al seu germanastre Jack per buscar afecte i protecció. Tanmateix, va voler que l'enterressin a prop, per poder així visitar la tomba quan volgués. Quan el taüt va baixar cap al sot fet a terra, només va plorar Martha.

Jack semblava haver-se tret un pes de sobre en saber que Alfred ja no existia. Tommy, dret al costat d'Aliena, estava molt interessat per tot allò. Era el primer enterrament que hi havia a la família i els rituals de la mort eren nous per a ell. Sally, molt pàl·lida i espantada, s'aferrava a la mà de Martha.

Richard també hi era. Durant l'ofici, li va explicar a Aliena que hi havia anat a demanar el perdó del Senyor per haver matat el seu cunyat. Es va afanyar a dir que no era que cregués que havia fet res de dolent. Només volia assegurar-se el perdó.

Aliena, que encara tenia la cara ferida i inflada pels cops d'Alfred, recordava com era el difunt la primera vegada que l'havia vist. Havia anat a Earlscastle amb el seu pare, Martha, Ellen i Jack. Llavors, Alfred ja era el busca-raons de la família, alt, fort i no gaire espavilat. Si aquell dia Aliena hagués pogut imaginar-se que hi acabaria casada, hauria estat temptada de tirar-se daltabaix dels merlets. Mai no va pensar que tornaria a trobar aquella família un cop van haver marxat del castell. Però, al cap d'un temps, tots havien acabat establint-se a Kingsbridge. Alfred i ella havien creat una comunitat parroquial, que en aquells moments era una institució molt important a la vida de la ciutat. Va ser llavors quan Alfred li va demanar que es casés amb ell. Ni per un moment a Aliena se li va passar pel cap que ho fes per competir amb el seu germà i no per desig. Aquella vegada, ella el va rebutjar. Però més endavant, Alfred va trobar la manera de manipular-la i la va convèncer que l'acceptés com a marit, amb la promesa que ajudaria el seu germà. En recordar tot allò, Aliena va arribar a la conclusió que Alfred es mereixia la frustració i la humiliació que li havia causat el matrimoni. Els motius que l'havien empès a casar-se amb ella havien estat cruels, i s'havia merescut el desamor que havia rebut.

Aliena no podia evitar sentir-se feliç. Ja no tenia cap motiu per anar-se'n a viure a Winchester. Jack i ella es casarien de seguida. Durant l'enterrament, va adoptar una expressió solemne, però el seu cor saltava d'alegria.

Philip, la capacitat del qual per perdonar els qui l'havien traït semblava ser il·limitada, va consentir que enterressin Alfred a Kingsbridge.

Mentre els cinc adults i els dos nens estaven drets davant la tomba oberta, va arribar Ellen.

Philip es va disgustar. Aquella dona havia maleït un casament cristià i la seva presència al recinte del priorat no era benvinguda. És clar que no li podia impedir que assistís a l'enterrament del seu fillastre. I com que la cerimònia s'havia acabat, Philip es va limitar a retirar-se.

A Aliena li sabia greu de debò. Tant Philip com Ellen eren bones persones i trobava que era una llàstima que estiguessin enemistats. En efecte, la bondat de cada un era d'una naturalesa molt diferent a la de l'altre i tots dos eren intolerants amb l'ètica de l'altre.

Ellen havia envellit. Tenia més arrugues a la cara i els cabells grisos, però els seus ulls daurats conservaven tota la seva bellesa. Portava una túnica de pell, feta per ella mateixa, i res més. No portava ni sabates. Tenia els braços i les cames forts i colrats pel sol. Tommy i Sally van córrer per fer-li un petó. Tot seguit, Jack la va abraçar amb força.

Ellen va parar la galta a Richard perquè li fes un petó.

—Vas fer el que havies de fer. No et deixis rosegar per la culpabilitat —el va animar.

Es va quedar dreta a la vora de la tomba mirant cap avall.

—Vaig ser la seva madrastra. M'hauria agradat saber com fer-lo feliç —va declarar.

Quan es va apartar de la tomba, Aliena la va abraçar.

Llavors, tots es van allunyar d'allà, caminant a poc a poc.

—¿Per què no et quedes a dinar? —la va convidar Aliena.

—Sí, gràcies —va contestar Ellen mentre esbullava els cabells rojos de Tommy—. M'agradaria xerrar amb els meus néts. Creixen molt de pressa. Quan vaig conèixer Tom, Jack devia tenir l'edat de Tommy. —Eren a prop de la porta del priorat.— Els anys passen més de pressa a mesura que et vas fent gran. Crec...

Va deixar la frase a mitges i es va aturar.

—¿Què passa? —va preguntar Aliena.

Ellen mirava a través de la porta del priorat. Al carrer només hi havia una colla de nens que s'havien apinyat en un racó i miraven fixament alguna cosa que ells, des de dintre, no veien.

—Richard, no surtis! —el va avisar Ellen.

Tots es van aturar i Aliena va veure què era el que l'havia alarmat. Els nens estaven mirant alguna cosa o algú que esperava a l'exterior, amagat darrere el mur.

Richard va reaccionar amb rapidesa.

—És una trampa —va dir. I, sense pensar-s'ho dues vegades, va fer mitja volta i va arrencar a córrer.

Al cap d'un moment, va aparèixer per la porta un cap que duia casc. Pertanyia a un home d'armes corpulent que, en veure que Richard s'escapava corrents cap a la catedral, va donar l'alarma i es va precipitar a dins del recinte. El van seguir tres, quatre, cinc homes o més.

El grup familiar que havia assistit a l'enterrament es va dispersar. El homes d'armes, sense fer-los cas, van empaitar Richard. Aliena estava espantada i desconcertada. ¿Qui s'atrevia a atacar el comte de Shiring de manera oberta i en un priorat? Amb el cor encongit mirava com corrien darrere el seu germà a través del recinte. Richard va saltar un mur baix a mig construir. Els que l'empaitaven també el van saltar, sense importar-los el fet que irrompien en un temple. Els artesans es van quedar immòbils, primer en veure Richard, i després, en topar amb els seus perseguidors. Un dels aprenents més joves i de reflexos més ràpids va allargar una pala i va fer entrebancar un home d'armes, que va sortir disparat enlaire. Però ningú més no hi va intervenir. Richard va arribar a la porta que conduïa al claustre. L'home d'armes que tenia més a prop va aixecar l'espasa. Per un instant esfereïdor, Aliena va pensar que la porta estaria tancada per dins i que Richard no aconseguiria entrar. L'home d'armes va descarregar l'espasa, però en aquell precís moment el comte va obrir la porta i va passar. L'espasa es va clavar a la fusta de la porta que s'acabava de tancar.

Aliena va respirar tranquil·la.

Els homes d'armes es van agrupar davant de la porta del claustre i llavors van mirar al voltant amb inseguretat. De sobte, semblava que s'adonessin d'on eren. Els artesans els miraven amb hostilitat, sospesant les destrals i els martells. Allí hi havia un centenar de treballadors i només cinc homes d'armes.

—¿Qui són aquests? —va preguntar Jack, enfadat.

—Són els homes del xèrif —va contestar una veu darrere seu.

Aliena va fer mitja volta, enfurismada. Malauradament, coneixia aquella veu massa bé. Allí, al costat de la porta, muntat damunt d'un neguitós guarà negre, hi havia William Hamleigh, armat i vestit amb cota de malla. En veure'l, un calfred li va recórrer l'espinada.

—Fot el camp d'aquí, sangonera —li va etzibar Jack.

William va envermellir per l'insult, però no es va moure.

—He vingut a fer un arrest.

—Endavant. Els homes de Richard et trinxaran a miques.

—No tindrà homes quan estigui a la presó.

—¿Qui et creus que ets? Un xèrif no pot empresonar un comte!

—Sí que pot si es tracta d'un assassinat.

Aliena va deixar anar una exclamació ofegada. Va comprendre immediatament el que ordia la ment recargolada de William.

—No hi ha hagut cap assassinat! —va exclamar.

—Sí que hi ha hagut un assassinat —va afirmar William—. El comte Richard va assassinar Alfred, el mestre d'obra, i ara haig d'informar el prior Philip que està protegint un assassí.

William va esperonar l'ase, els va passar pel costat i va travessar la banda oest de la nau en construcció. Es va dirigir cap al pati de la cuina, on es rebia els seglars. Aliena observava tots els moviments que feia. Era tan diabòlic que resultava increïble. El pobre Alfred, a qui acabaven d'enterrar, havia fet molt de mal per la seva falta de seny i la seva feblesa de caràcter. Era, però, una maldat tràgica. Però William era un autèntic servidor del diable. «¿Quan ens veurem deslliurats d'aquest monstre?», es va preguntar Aliena.

Els homes d'armes es van aplegar amb William al pati de la cuina i un d'ells va picar a la porta amb l'empunyadura de l'espasa. Els paletes i els artesans havien deixat la feina i estaven allà drets, tots agrupats, mirant els intrusos amb posat desafiador. Els martells feixucs i els cisells aguts que empunyaven els donaven un aspecte poc tranquil·litzador. Aliena va dir a Martha que s'endugués els nens a casa. Jack i ella es van quedar al costat dels treballadors.

El prior Philip va treure el cap per la porta de la cuina. Era més baix que William, i amb l'hàbit d'estiu, més lleuger, es veia físicament molt poca cosa en comparació d'aquell home muntat en un ruc tan cepat. Però la cara de Philip revelava una ira amb una força que engrandia el prior.

—Esteu acollint un fugitiu —va dir William.

—Marxeu d'aquí! —va rugir el prior.

Però William Hamleigh no desistia tan fàcilment.

—Hi ha hagut un assassinat.

—Sortiu del meu priorat ara mateix!

—Sóc el xèrif.

—Ni tan sols el rei té dret que els seus homes entrin per força en un monestir. Fora d'aquí!

Els paletes i els artesans, furiosos, van començar a mormolar entre ells. Els homes d'armes els miraven amb un cert nerviosisme.

—Fins i tot el prior de Kingsbridge ha de respondre davant del xèrif —va afirmar William.

—No en aquests termes. Traieu els vostres homes del recinte. Deixeu les vostres armes a les cavallerisses. Quan estigueu preparat per comportar-vos a la casa de Déu com un humil pecador, llavors podreu entrar al priorat. I només aleshores el prior contestarà les vostres preguntes.

Philip va tornar a entrar i va tancar la porta de cop.

Tots, menys William i els seus homes, el van aplaudir.

Aliena es va quedar sorpresa de veure que també ella aplaudia Philip. Durant tota la seva vida, William havia estat una figura poderosa i temuda i se sentia reconfortada de veure'l rebaixat davant de Philip.

Però William encara es negava a admetre la derrota. Va desmuntar amb parsimònia, es va descordar el cinyell del qual penjava l'espasa i el va donar a un escuder. En acabat va dirigir unes paraules als seus homes, que, tot seguit, van recular pel recinte del priorat, enduent-se l'espasa. William els va observar fins que van arribar a la porta del priorat i llavors va tornar cap a la cuina.

—Obriu al xèrif! —va cridar.

Després d'una pausa, la porta es va obrir i Philip va sortir de nou. Va mirar William de cap a peus, que havia desmuntat i anava desarmat. Llavors, va observar els homes d'armes reunits a l'extrem més allunyat del recinte. A la fi, es va encarar amb William.

—¿Què voleu?

—Esteu acollint un assassí al priorat. Lliureu-me'l.

—A Kingsbridge no hi ha hagut cap assassinat —va replicar Philip.

—Fa quatre dies el comte de Shiring va assassinar Alfred, el mestre d'obra.

—Esteu equivocat —va assegurar Philip—. Richard va matar Alfred, però no va ser un assassinat. Va sorprendre Alfred quan intentava perpetrar una violació.

Aliena va tenir una esgarrifança.

—¿Violació? —va repetir William—. ¿A qui volia violar?

—A Aliena.

—Però si era la seva dona! —va exclamar William, triomfal—. ¿Com pot ser que un home intentés violar la seva dona?

Aliena es va adonar que William capgiraria totes les seves explicacions i una ira gairebé irreprimible la va envair.

—Aquest matrimoni no es va consumar mai, i Aliena n'havia sol·licitat l'anul·lació —va al·legar Philip.

—Que no ha estat concedida. Es van casar davant l'Església i d'acord amb la llei encara són casats. No hi va haver violació. Al contrari —William es va girar i de cop i volta va assenyalar Aliena amb l'índex—, aquesta dona ha volgut deslliurar-se del seu marit durant anys i va acabar convencent el seu germà perquè dugués a terme l'assassinat. Alfred va ser apunyalat amb la seva daga!

Aliena va sentir que una mà glacial li estrenyia el cor. La història que William havia explicat era una mentida ofensiva. Tanmateix, el que explicava William semblava tan lògic, que algú que no en sabés res, s'ho creuria. Richard estava en un bon trencacolls.

—Un xèrif no pot arrestar un comte —va declarar Philip.

Aliena va recordar que Philip tenia raó. Ho havia oblidat.

William va treure un pergamí.

—Tinc una ordre reial. L'arresto en nom del rei.

Aliena es va sentir desolada. William havia pensat en tots els detalls.

—¿Com l'ha aconseguit? —va preguntar en un murmuri.

—Deu haver actuat molt ràpid —li va explicar Jack—. Segurament, tan aviat com va saber la notícia va cavalcar fins a Winchester per veure Stephen.

Philip va allargar la mà.

—Ensenyeu-me aquesta ordre.

William la va retenir. Ni l'un ni l'altre es van moure. Els separaven uns quants metres. Havien arribat a un punt en què cap dels dos volia fer el pas següent. A la fi, William va cedir, es va acostar a Philip i li va lliurar l'ordre.

El prior la va llegir i l'hi va tornar.

—Això no us dóna dret a atacar un monestir.

—Em dóna dret a detenir Richard.

—S'ha acollit a sagrat.

—Ah! —va exclamar William, però no estava sorprès de debò. Va assentir com si ja sabés que allò era inevitable i va recular dues o tres passes. Quan va tornar a parlar, ho va fer en veu molt alta, perquè tothom el sentís clarament.— Digueu-li que l'arrestaré tan bon punt abandoni el priorat. Els meus homes muntaran guàrdia a la ciutat i als voltants del seu castell. Recordeu —va mirar tots els presents— que qui ataqui un home del xèrif haurà atacat un servidor del rei. —Es va girar cap a Philip.— Digue-li que es pot acollir a sagrat tant de temps com vulgui, però que si vol sortir, se les haurà d'haver amb la justícia.

Es va fer un silenci sepulcral. William va baixar els graons a poc a poc i va travessar el pati de la cuina. A Aliena aquelles paraules li van semblar una sentència de presó. Els artesans es van apartar per deixar-lo passar. Quan va arribar on era Aliena, William li va adreçar una mirada altiva. Tothom el va seguir amb la vista mentre es dirigia a la porta i muntava el seu ruc. Va donar una ordre i es va allunyar al trot, deixant a dos dels seus homes drets a banda i banda de la porta, vigilant el recinte del priorat.

Philip es va adreçar a Aliena i a Jack, i els va dir en un to tranquil:

—Veniu a casa meva. Hem de parlar de tot aquest assumpte.

Va tornar a entrar a la cuina.

Aliena va tenir la impressió que Philip estava interiorment complagut per alguna cosa.

Tothom va recuperar la calma. Els artesans van tornar a la feina, xerrant animadament. Ellen se'n va anar a casa de Jack per veure els seus néts. Aliena i Jack van travessar el cementiri i van entrar a casa de Philip. El prior encara no hi era. Es van asseure en un banc a esperar. Jack va endevinar la inquietud d'Aliena pel seu germà i la va abraçar per animar-la.

Quan va mirar al voltant seu, Aliena es va fixar que la casa del prior s'havia tornat més acollidora, any rere any. Encara es veia nua en comparació de les cambres privades d'un comte en un castell, però no era tan austera com havia estat feia temps. Davant del petit altar del racó, hi havia una estora per protegir els genolls del prior durant les llargues nits d'oració. I a la paret, darrere l'altar, hi penjava un santcrist de plata amb pedres precioses incrustades, que segurament era un regal molt valuós. Aliena va pensar que a Philip no li anava gens malament ser més indulgent amb ell mateix a mesura que es feia gran. Potser així també mostraria més indulgència amb els altres.

El prior va entrar al cap d'una estona, amb Richard darrere seu. El comte estava molt esverat i va parlar a borbollons.

—William no em pot fer això! És una bogeria! Vaig atrapar Alfred intentant violar la meva germana. Tenia una daga a la mà. Però si em va estar a punt de matar!

—Calma't —li va aconsellar Philip—. Parlem-ne i examinem amb detenció a quins perills t'enfrontes, si és que n'hi ha cap. ¿Per què no ens asseiem?

Richard es va asseure, però va continuar parlant.

—¿Perills? No n'hi ha cap, de perill! Un xèrif no pot empresonar un comte sota cap concepte. Ni tan sols per assassinat.

—Ho intentarà tot —li va assegurar Philip—. Té homes a l'aguait al voltant de tot el priorat.

Richard va fer un gest per treure importància a aquell detall.

—Puc defugir els homes de Hamleigh a ulls clucs. No són cap problema. Jack em pot esperar a fora dels murs de la ciutat amb un cavall.

—¿I quan arribis a Earlscastle?

—Faré el mateix. Puc esquivar els homes d'armes. O fer que la meva pròpia guàrdia em surti a rebre.

—Això sembla possible —va reconèixer Philip—. Però, ¿i després què?

—Després res —va contestar Richard—. ¿Què em pot fer William?

—Bé, encara té en poder seu una ordre reial que decreta que has de respondre a una acusació d'assassinat. Intentarà arrestarte cada vegada que surtis del castell.

—Aniré a tot arreu amb escorta.

—¿I quan celebris judicis a Shiring i a altres llocs?

—Faré el mateix.

—¿Creus que la gent acatarà les teves decisions si saben que tu mateix ets un fugitiu de la justícia?

—Més valdrà que ho facin —va respondre Richard amb una expressió esfereïdora—. Hauran de recordar com s'ho feia William perquè acatessin les seves decisions quan ell era comte.

—Potser no et tenen tanta por com tenien a William. Potser no et consideren una sangonera diabòlica com ell. Només espero que tinguin raó —va desitjar Philip.

Aliena va arrufar les celles. No era el tarannà de Philip pintar les coses tan negres, si no era que hi havia un motiu de debò. Sospitava que tenia un pla amagat a sota la màniga i que s'estava preparant el terreny. «M'hi jugaria el coll que la pedrera hi té alguna cosa a veure», va pensar.

—La meva preocupació més gran és el rei —va exposar Philip—. Qui es nega a respondre davant de la justícia, està desafiant la corona. Fa un any t'hauria dit que endavant, que desafiessis el rei. Però ara que la guerra s'ha acabat, als comtes no us serà tan fàcil fer el que vulgueu.

—Sembla que no hi ha cap més sortida, Richard —li va dir Jack.

—No es pot lliurar als homes del xèrif —va intervenir Aliena—. No té ni la més mínima possibilitat que li facin justícia.

—Aliena té raó —va dir Philip—. El cas seria presentat davant del tribunal reial. Els fets ja són coneguts. Alfred va intentar forçar Aliena, va arribar Richard, van lluitar i Richard va matar Alfred. Tot depèn de la interpretació. Com que és William, partidari lleial del rei Stephen, qui presenta la querella, i en canvi Richard és un dels principals aliats del duc Henry, amb tota probabilitat el veredicte seria de culpabilitat. ¿Per què va signar l'ordre el rei Stephen? Segurament per venjar-se de Richard per haver lluitat contra ell. La mort d'Alfred li dóna una excusa perfecta.

—Hem de recórrer al duc Henry perquè hi intervingui —va proposar Aliena.

Richard va semblar dubtar per primera vegada.

—No voldria haver de dependre d'ell. És a Normandia. Pot escriure una carta de protesta, però, ¿què més pot fer? Si travessa el Canal amb un exèrcit, trencaria el tractat de pau, no crec que s'hi exposés només per salvar-me la pell.

Aliena semblava molt espantada.

—Déu meu, Richard, estàs en un carreró sense sortida, i tot plegat només per salvar-me.

Richard li va somriure amb afecte.

—I ho tornaria a fer, Allie.

—Ja ho sé.

Malgrat tots els seus defectes era sincer i valent. Semblava injust que s'hagués d'enfrontar a un problema tan espinós poc després d'haver recuperat el comtat. Com a comte havia estat una decepció per a Aliena, però no es mereixia allò de cap manera.

—Quina elecció més difícil —va dir Richard—. Em puc quedar al priorat fins que el duc Henry esdevingui rei o arriscar-me que em pengin per assassinat. Em faria monjo si no mengessin tant de peix.

—Pot ser que no hi hagi cap altra sortida —va apuntar Philip.

Aliena el va mirar amb ansietat. Sospitava que n'havia estat barrinant alguna de les seves i esperava que fos capaç de resoldre aquell problema.

—Pots fer penitència per aquesta mort —va proposar-li Philip.

—¿Hauria de menjar peix? —va preguntar Richard.

—Estic pensant en Terra Santa.

Es va fer un silenci. El rei de Jerusalem, Balduí III, un cristià d'origen francès, governava Palestina, però aquest regne sofria atacs constants dels països musulmans veïns, en especial d'Egipte pel sud i de Damasc per l'est. Un viatge allà, que durava de sis mesos a un any, per unir-se als exèrcits que lluitaven per defensar el regne cristià, era, evidentment, la mena de penitència que podia fer un home per purgar una mort. Aliena es va neguitejar. No tothom qui anava a Terra Santa tornava, però durant molts anys havia estat preocupada per Richard cada vegada que anava a una batalla. Terra Santa no seria pitjor que Anglaterra. Li causaria angoixa, però ja hi estava acostumada.

—El rei de Jerusalem sempre necessita homes —va dir Richard.

Cada cert nombre d'anys, el Papa enviava emissaris a recórrer el país per intentar reclutar homes que volguessin anar a lluitar a Terra Santa.

—Però acabo de recuperar el meu comtat —va argumentar—. ¿Qui s'encarregaria de les meves terres mentre jo fos fora?

—Aliena —va respondre Philip amb contundència.

Tot d'una Aliena es va quedar sense alè. El prior li proposava que ella ocupés el lloc del comte i governés com el seu pare ho havia fet. Primer, aquella proposta la va deixar estupefacta. Però tan aviat com va recobrar l'alè va saber que el prior l'havia encertada una vegada més. Quan un home se n'anava a Terra Santa era la seva dona qui s'ocupava d'administrar les propietats. No hi havia cap motiu que impedís a una germana dur a terme aquesta tasca, si el germà no tenia esposa. I ella governaria el comtat tal com sempre havia sabut que s'havia de fer, amb justícia, previsió i imaginació. Podria fer tot el que Richard, malauradament, no havia sabut fer. El cor li bategava amb força mentre anava madurant la idea. Experimentaria noves tècniques de conreu. Llauraria amb cavalls en lloc de bous i a la primavera plantaria civada i pèsols. Desbrossaria terrenys, establiria nous mercats i, després de tant de temps, obriria la pedrera per a Philip...

No hi havia cap mena de dubte que el prior ja ho havia previst tot. De tots els plans intel·ligents que Philip havia concebut al llarg dels anys, aquell era, segurament, el més enginyós, perquè resolia tres problemes d'un cop: treia Richard d'aquella difícil situació, posava una persona competent a càrrec del comtat i recuperava, a la fi, la pedrera en benefici del priorat.

—No tinc cap mena de dubte que el rei Balduí et rebrà amb els braços oberts. Sobretot si hi vas amb tots els cavallers i homes que et vulguin seguir. Serà la teva pròpia croada —va raonar Philip. Va callar un moment perquè s'anés avesant a la idea. Després va afegir:— William no podrà fer res en contra teu, i tornaràs convertit en heroi. Llavors ningú ja no gosarà condemnar-te a la forca.

—Terra Santa! —va exclamar Richard amb la mirada transfigurada.

«Li va com l'anell al dit», va pensar Aliena, «perquè li manquen les facultats per governar el comtat amb eficàcia i previsió. És un soldat i anhela lluitar.» Va mirar el seu germà i va veure que somiava despert. En la seva imaginació, ja era a Terra Santa, defensant un reducte al desert, empunyant l'espasa; en aquell somni, lluitava contra una horda pagana sota el sol abrusador, amb una creu roja a l'escut.

I allò el feia feliç.

IV

A Kingsbridge, ningú no es va voler perdre el casament.

Aliena es va quedar molt sorpresa, perquè tothom els havia tractat, a Jack i a ella, més o menys, com si estiguessin casats. Per això suposava que considerarien la cerimònia un simple formulisme i que només hi aniria un petit grup d'amics, de la seva edat, i els mestres artesans companys de Jack. Però allà hi havia tot Kingsbridge en pes. Allò la va commoure profundament. Tots semblaven molt contents de veure-la tan feliç. Va comprendre que havien simpatitzat amb la seva situació durant tots aquells anys i que havien tingut la delicadesa de no parlar-ne mai. I, en aquells moments, volien participar de l'alegria que tenia de casar-se amb l'home que estimava des de feia tant de temps. Caminava pels carrers de bracet del seu germà Richard, enlluernada pels somriures que l'acompanyaven i exultant de felicitat.

L'endemà Richard marxaria cap a Terra Santa. El rei Stephen havia acceptat aquella solució. De fet, semblava alleujat de treure's el problema del damunt amb tanta facilitat. Com era d'esperar, el xèrif William treia foc pels queixals, perquè el seu objectiu havia estat desposseir Richard del comtat, i amb aquell desenllaç perdia tota possibilitat d'aconseguir-ho. Richard continuava tenint aquell aspecte somiejador. Estava impacient per marxar.

«No és així com el nostre pare va imaginar que anirien les

coses», pensava Aliena mentre entrava al recinte del priorat. «Mai no s'hauria afigurat que Richard acabaria lluitant en terres llunyanes i que a mi em tocaria fer el paper de comte.» Tanmateix, ja no se sentia obligada a governar la seva vida segons els desigs del seu pare. Feia disset anys que lluitava sola, i havia après una cosa que el seu pare no hauria entès mai: que ella seria millor comte que Richard.

Amb tranquil·litat, començava a agafar les regnes del comtat. Els servents del castell estaven emmandrits després de tants anys d'abandonament, i ella els havia de fer espavilar. Va reorganitzar els magatzems, va fer pintar el saló i va fer netejar a fons la fleca i la cerveseria. La cuina estava tan bruta que hi va fer calar foc i en va construir una de nova. Havia començat a pagar les setmanades ella mateixa, per demostrar que estava al càrrec de tot. Va despatxar tres homes d'armes a causa de les seves contínues borratxeres.

També va disposar la construcció d'un altre castell més a prop de Kingsbridge, perquè Earlscastle era massa lluny de la catedral. Jack va dibuixar el projecte de la nova fortificació. S'hi traslladarien tan bon punt la torre de l'homenatge estigués acabada. Mentrestant, distribuirien el temps entre Kingsbridge i Earlscastle.

Jack i ella ja havien passat unes quantes nits a la cambra d'Aliena a Earlscastle, lluny de la mirada recriminadora de Philip. Eren com una parella de nuvis en plena lluna de mel, submergits en una passió física insaciable, potser perquè, per primera vegada a la vida, tenien una habitació amb una porta que es podia tancar. La intimitat era una extravagància dels senyors. Tothom dormia i feia l'amor al pis de sota, al saló comunitari. Fins i tot les parelles que vivien en una casa s'exposaven constantment que les veiessin els seus fills, parents o veïns que passaven per allà. La gent tancava la porta quan sortia, però no quan era a casa. A Aliena allò mai no l'havia molestada, però ara descobria l'excitació especial que provocava saber que podien fer el que els passés pel cap, sense arriscar-se que els veiessin. Va recordar les coses que Jack i ella havien fet les darreres setmanes i es va ruboritzar.

Jack l'esperava a la nau de la catedral, encara a mig construir, al costat de Martha, Tommy i Sally. Normalment, als casaments, la parella intercanviava els vots al pòrtic del temple, i després tothom entrava per oir missa. Aquell dia, els vots es pronunciarien al primer intercolumni. Aliena estava contenta de casar-se al temple que Jack construïa. Era una cosa que li pertanyia, com la roba que duia, o la seva manera de fer l'amor. La catedral seria com ell, esvelta, innovadora, alegre i diferent de tot el que s'havia fet fins llavors.

El va mirar amb tendresa. Tenia trenta anys. Era un home molt atractiu, amb aquella cabellera roja i els ulls blaus brillants. Va recordar que havia estat un nen molt lleig en qui ningú no es fixava. Ell li havia explicat que s'havia enamorat d'ella des del primer dia en què la va veure i que encara li dolia recordar com s'havien burlat d'ell perquè mai no havia tingut pare. D'allò feia gairebé vint anys.

Potser mai no hauria tornat a veure Jack si no hagués estat pel prior Philip, que en aquell moment entrava a la catedral des del claustre i caminava somrient nau amunt. Estava molt emocionat de poder-los casar. Aliena va rememorar com l'havia conegut. Recordava clarament la desesperació que l'havia envaït quan el comerciant de llana la va intentar engalipar, després de tots els esforços i sofriments pels quals havia passat per omplir aquell sac de vellons. I va reviure la gratitud que havia sentit per aquell monjo de cabells negres que l'havia salvada i que li havia dit: «Sempre que vulguis et compraré la llana.» Ara, ja estava canós.

L'havia salvada, però després havia estat a punt d'anorrear-li la vida en obligar Jack a escollir entre ella i la catedral. En qüestions que tenien a veure amb el bé i el mal era un home inflexible, semblant al seu pare. Tanmateix, havia volgut oficiar la cerimònia de casament.

Ellen havia llançat una maledicció contra el seu primer matrimoni. I havia tingut efecte. Aliena se n'alegrava. Si la seva relació amb Alfred no hagués estat del tot insuportable, potser encara viuria amb ell. L'esgarrifava pensar el que podria haver estat la vida amb ell. També li va venir a la memòria la noia àrab de Toledo, bonica i sensual, que estava enamorada de Jack. ¿Què hauria passat si s'hi hagués casat? Aliena hauria arribat a Toledo amb la criatura a coll i s'hauria trobat que Jack tenia una llar, i que compartia cos i ànima amb una altra dona. S'horroritzava només de pensar-hi.

Va escoltar com Jack mussitava el parenostre. Ara trobava increïble que quan s'havia instal·lat a Kingsbridge no li havia fet més cas que al gat del venedor de gra. Però Jack sí que s'havia fixat en ella. I tots aquells anys l'havia estimada en secret. Quina paciència que havia tingut! Havia vist com la festejaven els fills de la petita noblesa rural, un rere l'altre, i també els havia vist marxar decebuts, ofesos o desafiadors. Va arribar a endevinar, i amb allò va demostrar que era molt intel·ligent, que a ella no la conquistaria amb galanteries, així que se li va acostar més aviat com un amic que com un pretendent. Es trobaven a la clariana del bosc, li recitava poemes i li explicava històries i va fer que l'estimés sense adonar-se'n. Va rememorar aquell primer petó, tan suau, que, tanmateix, li va cremar als llavis i li va provocar l'anhel de tornar-hi durant moltes setmanes. Va recordar el segon petó encara més clarament. Cada vegada que sentia el terrabastall del molí de batanar, recordava aquella onada de desig obscur, estrany i inoportú.

Es penedia quan pensava en la fredor que li havia mostrat a Jack després d'allò. Ell l'estimava de manera absoluta i sincera, però ella s'havia espantat tant que l'havia rebutjat fent veure que no li interessava. Allò el va ferir profundament, però, malgrat tot, la va continuar estimant i encara que la ferida va acabar curant-se, li havia deixat una cicatriu, com sempre passava amb les ferides profundes. Aliena percebia a vegades aquesta cicatriu per la manera com la mirava quan s'enfadaven i ella l'esguardava amb fredor. Llavors semblava que els ulls de Jack diguessin: «Sí, et conec, pots arribar a ser molt freda, em pots ferir, he d'estar alerta.»

¿Tenia aquesta mirada cauta en el moment en què prometia estimar-la i ser-li fidel durant la resta de la seva vida? «Té motius de sobres per dubtar de mi», va pensar Aliena. «Em vaig casar amb Alfred. ¿Pot haver-hi una traïció més gran que aquesta? Però llavors la vaig compensar amb escreix recorrent mitja cristiandat per buscar-lo.»

Totes aquestes decepcions, traïcions i reconciliacions constituïen el teixit de la vida matrimonial, però Jack i ella havien passat per tot allò abans de l'enllaç. Ara, almenys, estava segura de conèixer-lo. No hi havia res que la pogués sorprendre. Era una manera estranya de fer les coses, però potser millor que pronunciar els vots abans de començar a conèixer la persona amb qui s'ha de compartir la resta de la vida. És clar que els capellans no hi estarien d'acord. Philip tindria un atac si sabés el que pensava en aquells moments, però era evident que els capellans sabien menys que ningú què era l'amor.

Aliena va fer els vots repetint les paraules que anava pronunciant el prior i pensant que el que deia era molt bonic: «T'adoro amb el meu cos.» Philip mai no ho entendria.

Jack li va posar l'anell al dit. «He esperat aquest moment tota la vida», va pensar Aliena. Es van mirar als ulls. Estava segura que alguna cosa havia canviat en ell. Va comprendre que fins a aquell moment Jack no havia estat segur d'ella. Però ara semblava satisfet del tot.

—T'estimo —va dir Jack—. Sempre t'estimaré.

Aquella era la promesa que li feia. La resta era religió, però en aquell moment, quan va fer la seva promesa, Aliena va comprendre que ella també havia estat insegura d'ell fins a aquell dia. Tot seguit, hi hauria la missa i després rebrien les felicitacions i els desigs de sort de la gent de Kingsbridge. Els convidarien a tots a casa seva, i els oferirien menjar i beure. I els farien sentir feliços. Però aquell breu instant només li pertanyia a ella. La mirada de Jack deia: «Tu i jo junts, per sempre.» I Aliena va respondre, en veu molt baixa:

—A la fi.

SISENA PART

1170-1174

CAPÍTOL 17

I

Kingsbridge no parava de créixer. Feia temps que havia ultrapassat les muralles primitives, que ara ni tan sols protegien la meitat de les cases. Havien transcorregut cinc anys d'ençà que la comunitat havia construït unes muralles noves que abastaven els suburbis d'extramurs, però a fora ja es començaven a formar més suburbis. El prat a l'altra banda del riu, on s'havien celebrat tradicionalment la festa de Sant Pere Encadenat i la vigília de Sant Joan, s'havia convertit en una vila anomenada Newport.

Un diumenge fred de Pasqua el xèrif William Hamleigh cavalcava a través de Newport i travessava el pont de pedra que menava cap al que ara s'anomenava ciutat vella de Kingsbridge. Aquell dia, havia de ser consagrada la nova catedral. Va franquejar la imponent porta de la ciutat i va enfilar el carrer major acabat d'empedrar. Les cases a banda i banda del carrer eren de pedra amb comerços a la planta baixa i habitatge al damunt. William es va dir amb amargor que Kingsbridge era més gran, més sorollosa, més rica del que mai havia estat Shiring.

En arribar al final del carrer, va tombar en direcció al recinte del priorat, i allà, davant dels seus ulls, s'aixecava el motiu de l'expansió de Kingsbridge i del declivi de Shiring: la catedral. Tallava la respiració.

Una filera de contraforts suportava l'altíssima nau. L'extrem oest tenia tres grans portalades semblants a portes gegantines sobre les quals unes fileres de finestres altes i esveltes d'ogiva eren flanquejades per torres afusades. El transsepte, acabat feia divuit anys, havia estat el que havia marcat la línia, i el que ara tenia davant era la meravellosa finalització de la idea. No hi havia hagut mai enlloc d'Anglaterra un edifici com aquell.

El mercat continuava fent-se cada diumenge a l'espai que s'estenia davant la porta de l'església, atapeït de parades. William va descavalcar, va deixar que Walter s'ocupés dels cavalls i es va encaminar cap al temple. Tenia cinquanta-quatre anys, estava inflat i sofria un dolor constant a les cames i als peus a causa de la gota. Per culpa d'això, sempre estava de mal humor.

A l'interior, la catedral encara era més impressionant. La nau central s'adequava a l'estil del transsepte, però el mestre constructor havia refinat el seu disseny en fer les columnes encara més esveltes i les finestres més grans. Però no era l'única innovació. William havia sentit a parlar dels vitralls de colors, obra d'artesans que Jack Jackson havia fet venir des de París. Es preguntava a què es devia tot l'enrenou que havien provocat, ja que s'imaginava que una finestra acolorida seria com un tapís o una pintura. Però llavors ho va entendre. La llum de l'exterior brillava a través dels vidres de colors, produint un efecte veritablement màgic. L'església estava plena de persones que estiraven el coll per poder admirar les finestres. Les imatges representaven passatges de la Bíblia, el cel i l'infern, sants, profetes i apòstols, però també ciutadans de Kingsbridge, que devien haver finançat els vitralls en què apareixien: un forner amb una safata plena de barres de pa, un adober amb els seus cuirs, un paleta amb els seus compassos i la seva nivelleta... «M'hi jugo el que sigui que Philip ha obtingut sucosos beneficis d'aquestes finestres», es va dir William amb amargor.

L'església s'havia omplert de gent per a l'ofici pasqual. El mercat s'havia estès fins a l'interior de l'edifici, com solia passar, i mentre s'endinsava a la nau, William era assaltat per comerciants que li oferien cervesa freda, pa calent de gingebre, i fins i tot fotre un clau ràpid en qualsevol racó per tres penics. El clergat continuava prohibint l'entrada dels venedors a les esglésies, però era una prohibició gairebé impossible de fer complir. William va intercanviar salutacions amb els ciutadans més importants del comtat. Malgrat totes aquelles distraccions socials i comercials, la seva mirada es veia irresistiblement atreta per les línies de l'arcada. Els seus pensaments estaven absorbits pels arcs i les finestres, els pilars amb els seus fusts, les nervadures i els segments del sostre de volta, que semblava que es dirigien cap al cel com un recordatori permanent que era per al cel que s'havia construït l'edifici.

El terra estava empedrat, els pilars havien estat pintats i totes les finestres tenien vitralls. Kingsbridge i el priorat eren rics i la catedral en conjunt era una celebració d'aquesta prosperitat. A les capelles petites del transsepte hi havia canelobres d'or i creus amb incrustacions de pedres precioses. Els ciutadans també exhibien les seves riqueses amb túniques de vistosos colors, agulles i sivelles de plata i anells d'or.

De sobte, la seva mirada va topar amb la d'Aliena.

Com cada cop que la veia, el cor se li va aturar un instant. Estava tan bonica com sempre, per bé que ja devia tenir més de cinquanta anys. Conservava aquella abundant cabellera ondulada, ara tallada més curta i d'un color que semblava un xic més clar, com si hagués perdut la intensitat d'abans. A les comissures dels ulls, se li dibuixaven unes arrugues atractives. Estava grassoneta, però no per això era menys desitjable. Portava una capa blava folrada de seda roja i sabates de pell vermella. La rodejava un grup de persones molt atentes. Tot i que no era comtessa, sinó només la germana d'un comte, com que el seu germà s'havia instal·lat definitivament a Terra Santa, tothom la tractava com si la comtessa fos ella. Es comportava com una reina.

Només de veure-la, a William el va tornar a envair l'odi amarg que el rosegava. Havia enfonsat el pare d'Aliena, l'havia violada a ella, li havia pres el castell, calat foc a la llana i obligat el seu germà a exiliar-se. Però quan creia que l'havia derrotada del tot, ressorgia més rica i poderosa. Ara que ell envellia, que començava a sordejar i era implacablement turmentat per la gota, s'adonava que al llarg de tota la vida havia estat víctima d'un terrible encanteri.

Al costat d'Aliena hi havia un home alt i pèl-roig que, en un principi, William va confondre amb Jack. Però en mirar-lo amb més atenció, va observar que era massa jove i es va imaginar que era el seu fill. El noi anava vestit com un cavaller i portava una espasa. El mateix Jack es trobava al seu costat. Era unes cinc polzades més baix que ell i tenia les temples plenes de cabells blancs. Encara que era més jove que Aliena, uns cinc anys si la memòria no li fallava, també tenia arrugues al voltant dels ulls. Parlava animadament amb una jove que devia ser la seva filla. S'assemblava a Aliena i era tan bonica com ella, però portava els cabells pentinats cap enrere i recollits en unes trenes. A més, anava vestida amb absoluta senzillesa. Si a sota d'aquella túnica marró s'amagava un cos voluptuós, la noia no volia que se sabés.

A William l'aclaparava un ressentiment agre quan contemplava la família d'Aliena, pròspera, orgullosa i feliç. Tot el que ells tenien havia d'haver estat seu. Ara bé, no havia dit l'última paraula, i encara no havia renunciat a la revenja.

Les veus de centenars de monjos es van aixecar en un cant que va ofegar la xerradissa i els crits dels quincallaires. El prior Philip va entrar a l'església encapçalant la processó. «Abans no hi havia tants monjos», va pensar William. El priorat creixia, doncs, al mateix ritme que la ciutat. Philip, que ja tenia més de seixanta anys, estava gairebé calb i s'havia engreixat bastant, fins al punt que la cara, abans prima, se li havia arrodonit. Com era d'esperar, se'l veia satisfet d'ell mateix. La consagració d'aquella catedral havia estat l'objectiu que havia estat perseguint des de la seva arribada a Kingsbridge, trenta-quatre anys enrere.

Amb l'entrada del bisbe Waleran, que vestia les seves robes més sumptuoses, es va aixecar un murmuri. El seu rostre pàl·lid i angulós mantenia l'expressió hieràtica de sempre, però William sabia que en el fons del seu ésser bramava amb totes les seves forces. Aquella catedral era un símbol espectacular de la victòria de Philip sobre ell. William també detestava Philip; però gaudia en secret de veure humiliat, per una vegada, l'altiu Waleran.

No s'hi deixava caure gaire, per allà. A Shiring, havia acabat de construir una església nova, amb una capella especial dedicada a la memòria de la mare de William, i encara que no fos ni de bon tros tan gran i impressionant com aquella catedral, Waleran hi havia establert la seva seu.

Però, per molt que Waleran s'hi esforcés, Kingsbridge continuava sent l'església catedral. Al llarg de tota una guerra que ja feia més de tres dècades que es prolongava, Waleran havia fet tot el que era imaginable per ensorrar Philip, però calia reconèixer que el triomf final corresponia a Philip. Amb William i Aliena passava una cosa semblant. En tots dos casos, la feblesa i els escrúpols havien derrocat la força i la crueltat. William no ho podria entendre mai.

Es veia que per al bisbe acudir a la catedral per a la cerimònia de consagració suposava un gran esforç. Havia fet un efecte estrany que no hagués estat allà per rebre els convidats d'alt llinatge. Aquell dia, a Kingsbridge hi havien acudit bisbes de les diòcesis veïnes i molts abats i priors distingits.

L'arquebisbe de Canterbury, Thomas Becket, però, no hi seria. Estava en plena disputa amb el seu antic amic el rei Henry, disputa tan acarnissada i violenta que Becket s'havia vist obligat a fugir del país i refugiar-se a França. Estaven enfrontats a causa d'una sèrie de problemes legals, però el fons de la qüestió era molt simple: ¿el rei podia fer tot el que volia o s'havia de sotmetre a alguna mena de limitació? Era la disputa que el mateix William havia mantingut amb el prior Philip. William era de l'opinió que el comte podia fer tot el que volgués perquè per això era comte. Henry pensava el mateix pel que feia als poders del rei. Tant el prior Philip com Thomas Becket estaven compromesos amb la idea de restringir el poder dels governants.

El bisbe Waleran, en canvi, estava del costat dels poderosos. Per a ell, el poder existia per ser utilitzat sense destorbs. Les seves desfetes al llarg de trenta anys no havien aconseguit afeblir la seva ferma creença que ell era un instrument de la Voluntat de Déu, ni la seva resolució de complir aquest deure sagrat, i William estava convençut que, fins i tot en aquell moment, a punt de consagrar la catedral de Kingsbridge, pensava en la manera d'espatllar el moment de glòria de Philip.

William es va estar bellugant durant tot l'ofici. Li feien més mal les cames quan estava quiet que quan caminava. Quan anava a l'església de Shiring s'enduia un seient per dormisquejar-hi de tant en tant. Però allà hi havia gent amb qui parlar, i molts dels fidels aprofitaven l'ocasió per fer negocis. William es passejava pel temple, feia broma amb els poderosos, intimidava els més febles i recollia informació de tots i cadascú. Ja no provocava el mateix terror entre la població que en els vells temps, però com a xèrif encara era temut i evitat.

L'ofici prosseguia, interminable. Hi va haver un llarg interval durant el qual els monjos van sortir a l'exterior i van rodejar l'església esquitxant els murs amb aigua beneita. Amb el final a la vista, el prior Philip va anunciar la designació d'un nou sotsprior. Era el germà Jonathan, l'orfe del priorat. Jonathan, que ja tenia més de trenta anys i era alt com un sant pau, tenia una semblança sorprenent amb Tom, el mestre constructor que havia començat les obres de la catedral.

Quan l'ofici finalment es va acabar, els convidats més distingits es van dirigir al transsepte sud i la petita noblesa del comtat es va estrènyer per saludar-los. William s'hi va afegir coixejant. Abans, tractava els bisbes com a iguals, però ara havia d'inclinar-se i fer el llagoter igual que els cavallers i els petits terratinents.

—¿Qui és el nou sotsprior? —va preguntar Waleran a William, portant-lo a part.

—L'orfe del priorat —va respondre William.

—Sembla molt jove per ocupar aquest càrrec.

—És més gran que no era Philip quan va ser designat prior.

Waleran semblava pensatiu.

—L'orfe del priorat... Feu-me'n una mica de memòria.

—Quan Philip va arribar aquí, va venir amb una criatura.

L'expressió de Waleran es va il·luminar amb el record.

—Mal llamp, és veritat! ¿Com he pogut oblidar el nadó de Philip?

—Han passat trenta anys. ¿A qui li importa ara?

Waleran va dirigir a William aquella mirada de menyspreu

que detestava tant i que semblava dir: «Tan complicat no és, tros d'ase!» Va notar un dolor agut al peu i va canviar de posició per mirar d'alleujar-lo.

—Bé, ¿d'on va sortir el nen? —va preguntar Waleran.

William es va empassar el ressentiment.

—Si no recordo malament, el van trobar abandonat a prop de la vella cel·la del bosc.

—Interessant —va xiuxiuejar Waleran.

William seguia sense saber on volia anar a parar el bisbe.

—¿Interessant? —va preguntar amb mal humor.

—¿Diries que Philip va educar el nen com si fos el seu propi fill?

—Sí.

—I ara el nomena sotsprior.

—Se suposa que ha estat escollit pels monjos. Crec que és molt popular.

—Si ja ets sotsprior als trenta-cinc anys, tens moltes possibilitats d'arribar a prior.

William, escarmentat, no tenia ganes de fer cap més comentari, de manera que es va limitar a esperar, com els col·legials beneits, que el mestre repeteixi la lliçó sense preguntar res.

—Jonathan és, sense cap mena de dubte, fill de Philip.

William va esclafir a riure. Havia esperat alguna cosa més intel·ligent, i Waleran li sortia amb aquella ridiculesa. Per a satisfacció de William, la seva riallada va fer envermellir una mica el cutis de cera de Waleran.

—Ningú que conegui Philip s'ho empassaria. És un vell sac d'ossos, però ja era així quan va néixer. Quina idea! —Va deixar anar una altra riallada. «Potser Waleran es pensa que és molt llest», es va dir, «però és indubtable que ara ha ben perdut el sentit de la realitat.»

El bisbe va mostrar la seva acostumada altivesa glacial.

—I jo dic que Philip tenia una amant quan dirigia aquell petit priorat del bosc. En ser nomenat prior de Kingsbridge, la va haver d'abandonar. Ella no volia suportar la criatura si no tenia el pare, i l'hi va entregar a ell. Com que Philip és un sentimental, es va sentir obligat a tenir cura del nadó, i va fer creure a tothom que es tractava d'un nen abandonat.

—No és creïble. Tractant-se de qualsevol altra persona, no diria que no, però de Philip...!

—Si la criatura la van abandonar, ¿com en podria demostrar la procedència? —va insistir Waleran.

—No podria —va admetre William, i va dirigir la mirada cap a Philip i Jonathan, que en aquell moment parlaven amb el bisbe de Hereford—. Però si ni tan sols s'assemblen!

—Ni tu t'assembles a la teva mare —va apuntar Waleran—. Gràcies a Déu.

—¿I què teniu pensat? —va preguntar William.

—Denunciar-lo davant un tribunal eclesiàstic —va respondre Waleran.

Això era diferent. Ningú que conegués Philip donaria crèdit ni un sol instant a l'acusació de Waleran, però un jutge que no tingués res a veure amb Kingsbridge almenys ho hauria de considerar. William va reconèixer, de mala gana, que al capdavall la idea de Waleran no era tan forassenyada. Com sempre, havia estat més astut que ell; a més, era fariseu i provocador. Però William estava entusiasmat amb la idea de fer arrossegar per terra Philip.

—Déu del cel! —va exclamar—. ¿Creieu que es pot fer?

—Depèn de qui sigui el jutge, però és possible que jo pugui fer-hi alguna cosa. Em pregunto...

William va desviar la mirada cap a Philip, que es mostrava tot cofoi i somrient en el seu dia de triomf, amb el seu protegit al costat. Els vitralls projectaven damunt d'ells una llum fascinant que els feia semblar figures de fantasia.

—Fornicació i nepotisme —va dir William, joiós—. Déu meu!

—Si aconseguim que s'ho empassin, serà el final d'aquest condemnat prior —va balbucejar Waleran.

No podia ser que un jutge amb quatre dits de front trobés Philip culpable.

La veritat era que mai no havia hagut que fer grans esforços per evitar la temptació de fornicar. Sabia, a través de la confessió, que alguns monjos lluitaven desesperadament contra els desigs carnals. No era el seu cas. Hi va haver un temps, als divuit anys si fa no fa, en què havia somiat coses impures, però aquella fase no va durar gaire. Al llarg de la vida, li havia resultat molt fàcil mantenir-se cast. No havia fet mai l'acte carnal i ara ja era massa vell per a aquestes coses!

No obstant això, l'Església s'havia pres molt seriosament l'acusació. Un tribunal eclesiàstic l'anava a jutjar. Fins i tot vindria un ardiaca de Canterbury. Waleran volia que el judici se celebrés a Shiring, però Philip havia lluitat amb èxit contra aquella idea i, en conseqüència, se celebraria a Kingsbridge, que en definitiva era la ciutat catedralícia. En aquells moments, Philip retirava els seus efectes personals de la casa del prior per deixar espai a l'ardiaca que s'hi allotjaria.

Sabia que era innocent de fornicació, del que es deduïa, en bona lògica, que també ho era de nepotisme, ja que no es pot parlar de tracte privilegiat a un parent quan se'n beneficia algú amb qui no hi ha cap relació de parentiu. Però escrutava al fons del seu cor per comprovar si havia fet malament en promoure Jonathan. Així com els pensaments impurs eren com una ombra de pecat mortal, potser el favoritisme envers un orfe, pel qual sentia un afecte immens, tenia un lleugeríssim matís de nepotisme. S'esperava dels monjos que renunciessin al consol de la vida familiar, i Jonathan havia estat com un fill. L'havia fet cellerer quan encara era molt jove i ara l'havia promogut a sotsprior. Es va preguntar si ho havia fet per orgull i satisfacció personal, i la resposta va ser que sí, en efecte.

Havia obtingut una satisfacció immensa ensenyant a Jonathan, veient-lo créixer i observant com aprenia a dirigir els assumptes del priorat, però per molt que totes aquestes coses l'haguessin satisfet personalment, no per això Jonathan deixava de ser l'administrador més capaç del priorat. Era intel·ligent, devot, imaginatiu i assenyat. Com que havia crescut al monestir, no coneixia cap altra vida, i no havia anhelat mai la llibertat. Philip també s'havia criat en una abadia.

«Nosaltres, els orfes monacals, som els millors monjos», es va dir.

Va ficar un llibre dins d'una bossa, l'Evangeli segons sant Lluc. Un llibre savi. Havia tractat Jonathan com un fill, era cert, però no havia comès cap pecat que mereixés ser jutjat per cap tribunal eclesiàstic. L'acusació era absurda.

Per desgràcia, el simple fet que l'acusessin era perniciós. Perjudicaria la seva autoritat moral. Hi havia persones que recordarien l'acusació i que, en canvi, oblidarien el veredicte. La propera vegada que Philip s'aixequés i digués: «Els manaments diuen: "No desitjaràs la dona del teu veí"», alguns fidels pensarien: «Però tu prou que et vas divertir, de jove!»

Jonathan va irrompre a la seva habitació. Philip va arrufar les celles. El sotsprior no es podia presentar de manera tan intempestiva. Philip estava a punt de renyar-lo per aquell comportament, però Jonathan no li va donar temps.

—Ja és aquí l'ardiaca Peter! —va anunciar.

—Molt bé, molt bé —el va tranquil·litzar Philip—. De tota manera, ja he acabat. —Li va allargar una bossa.— Porta això al dormitori i no vagis tan esverat pertot arreu. Un monestir és un lloc de pau i quietud.

Jonathan va acceptar la bossa i el retret.

—No m'agrada l'expressió de l'ardiaca —va dir.

—Estic convençut que serà un jutge just, i això és tot el que ens cal —el va calmar Philip.

Es va tornar a obrir la porta i l'ardiaca va entrar. Era un home alt d'aspecte vital, la mateixa edat que Philip, si fa no fa, cabells grisos i poc espessos, i una expressió de superioritat. Li resultava vagament familiar.

—Sóc el prior Philip —va dir allargant-li la mà.

—Us conec —va respondre l'ardiaca secament—. ¿No em recordeu?

Philip va recordar llavors aquella veu greu, i li va caure l'ànima als peus. Era el seu enemic més antic.

—Ardiaca Peter —va dir, sorrut—. Peter de Wareham.

—Era un busca-raons —va dir Philip a Jonathan quan van haver deixat l'ardiaca a la casa del prior—. Sempre es queixava que no treballàvem prou, o que menjàvem massa bé, i fins i tot que els oficis eren massa breus. Deia que jo era massa indulgent. Estic segur que volia ser prior i, pots pujar-hi de peus, hauria estat un desastre. El vaig nomenar almoiner perquè passés fora la major part del temps. Ho vaig fer senzillament per deslliurar-me d'ell, però també era el millor per al priorat, i per a ell mateix. Estic segur que, després de trenta-cinc anys, encara m'odia per això. —Va sospirar.— Quan tu i jo vam visitar St-John-in-the-Forest després de la gran fam, vaig saber que Peter de Wareham havia anat a Canterbury. I ara aquí ocuparà l'estrada per jutjar-me.

Van fer cap al claustre. Feia bon temps i el sol ja escalfava. A la part nord, cinquanta nois de tres classes diferents aprenien a llegir i a escriure. Philip encara recordava quan, a l'escola, només hi assistien cinc nois i quan el mestre de novicis era un ancià senil. Va pensar en tot el que havia dut a terme a Kingsbridge. La construcció de la catedral, la transformació d'un priorat empobrit i pràcticament arruïnat en una institució adinerada, influent i activa, l'orgull de la ciutat de Kingsbridge. A l'església, més de cent monjos celebraven missa cantada. Des d'on estava assegut, podia veure la magnífica bellesa dels vitralls del trifori. Darrere seu, pel costat est, s'aixecava una biblioteca construïda en pedra. Contenia centenars de llibres sobre teologia, astronomia, ètica, matemàtiques i totes les branques del coneixement humà. A fora, les terres del priorat, administrades assenyadament per funcionaris monàstics, no sols mantenien els monjos, sinó també centenars de treballadors del camp. ¿Li traurien tot allò per una mentida? ¿Entregarien aquell priorat pròsper i temorós de Déu a qualsevol altre monjo, a un peó del bisbe Waleran com el llisquívol ardiaca Baldwin, per exemple, o a algun boig com Peter de Wareham, que el portarien de nou a la penúria i el deteriorament en menys temps del que Philip havia utilitzat per encimbellar-lo? ¿Es reduirien els grans ramats d'ovelles a un grapat d'anyells escardalencs? ¿Tornarien les granges a ser envaïdes per les males herbes? ¿Es cobriria de pols la biblioteca en desús? ¿S'enfonsaria aquella formosa catedral per la incúria i la negligència? «Déu em va ajudar a aconseguir tot això», es va dir; «no em puc creure que el seu designi sigui que quedi en no res.»

—De tota manera, és impossible que l'ardiaca Peter us pugui declarar culpable —va opinar Jonathan.

—Doncs em sembla que ho farà —va replicar Philip en un to ombrívol.

—¿Pot fer-ho a consciència? —va preguntar Jonathan.

—Crec que, durant tota la seva vida, ha estat alimentant el desig de fer-me mal, i ara se li presenta l'oportunitat perfecta per demostrar que jo he estat sempre el pecador i ell, el just. Sigui com vulgui, Waleran se n'ha assabentat i ha fet mans i mànigues perquè designessin Peter per instruir el cas.

—Però, ¿hi ha cap prova?

—No en necessita. Escoltarà l'acusació, després la defensa, resarà per trobar el bon camí, i comunicarà el seu veredicte.

—Potser Déu el conduirà pel camí recte.

—Peter no escolta Déu. No ho ha fet mai.

—¿I què passarà?

—Em rellevaran —va respondre Philip, sorrut—. Potser em deixaran continuar aquí com a simple monjo, perquè faci penitència pel meu pecat, però no és gaire probable. El més segur és que m'expulsin de l'orde per allunyar la meva mala influència.

—I llavors, ¿què passarà?

—S'haurà de celebrar una elecció, com és lògic. I, en arribar a aquest punt, entrarà en acció, per desgràcia, la política reial. El rei Henry manté una disputa amb l'arquebisbe de Canterbury, Thomas Becket, exiliat a França. La meitat dels seus ardiaques li donen suport, mentre que l'altra meitat dels que es van quedar s'han posat de part del rei contra el seu arquebisbe. És evident que Peter pertany a aquest grup. El bisbe Waleran també s'ha posat del costat de Henry. Recomanarà al prior que esculli ell, ajudat pels ardiaques de Canterbury i el rei. Als monjos d'aquí els serà molt difícil oposar-s'hi.

—¿Qui creieu que podria ser?

—No t'amoïnis. Segur que Waleran ja ha pensat en algú. Pot ser que sigui l'ardiaca Baldwin. O potser Peter de Wareham.

—Hem de fer alguna cosa per evitar-ho! —va exclamar Jonathan.

Philip va assentir.

—Però tot va contra nosaltres. No hi ha res que puguem fer per modificar la situació política. L'única possibilitat...

—¿Quina és?

El cas semblava tan coll amunt, que Philip es va estimar més no remenar idees desesperades, ja que només servirien per excitar l'optimisme de Jonathan, amb la qual cosa la seva decepció seria més gran.

—Res —va contestar Philip.

—¿Què m'anàveu a dir?

—Si hi hagués alguna manera de demostrar la meva innocència sense cap ombra de dubte —va dir Philip a la fi—, seria impossible que Peter em declarés culpable.

—¿Voleu dir una prova evident a favor vostre?

—Exacte.

—¿Quina podria ser?

—Hauríem de trobar el teu veritable pare.

Allò va despertar immediatament l'entusiasme de Jonathan.

—Sí! Això mateix! Això és el que hem de fer!

—Tranquil·litza't —li va recomanar Philip—. Ja ho vaig intentar en el seu moment. I no és probable que sigui més fàcil ara, després de tants anys.

Jonathan no estava disposat a deixar-se desanimar.

—¿No vau trobar cap indici sobre el meu origen?

—Em sap greu, però no.

Philip se sentia preocupat per haver donat a Jonathan esperances que segurament no arribarien a complir-se. Encara que el noi no podia recordar els seus pares, sempre l'havia pertorbat el fet que l'abandonessin. Ara creia que podria resoldre el misteri i trobar alguna explicació que demostrés que en realitat no l'havien abandonat per manca d'afecte. Philip estava segur que això només li provocaria frustració.

—¿Vau preguntar a la gent que vivia pels voltants? —va inquirir Jonathan.

—No hi vivia ningú, pels voltants. Et van trobar al cor del bosc. Els teus pares van arribar-hi després de recórrer moltes iardes, potser des de Winchester. Ja he analitzat minuciosament aquesta qüestió.

—En aquella època, ¿no vau veure cap viatger al bosc? —va insistir Jonathan.

—No —va replicar Philip. Després, va arrufar les celles. ¿N'estava segur? Algú va acudir a la seva memòria. El dia que havien trobat el nen, ell havia deixat el priorat i es dirigia cap al palau del bisbe i durant el camí havia parlat amb algú. Se'n va recordar de sobte.— Bé, sí... Em vaig trobar amb Tom, el mestre constructor, i la seva família.

Jonathan estava meravellat.

—No m'ho havíeu dit mai, això!

—No em va semblar important. I continuo pensant el mateix. Me'ls vaig trobar un o dos dies després. Els vaig preguntar si sabien res de la criatura abandonada i em van respondre que no havien vist ningú que en pogués ser la mare o el pare.

Jonathan va assentir, capmoix. Philip temia que la investigació li causés una doble decepció: la de no descobrir qui havien estat els seus pares i la de fracassar en la demostració de la seva innocència. Però ja no se'l podia aturar.

—De qualsevol manera, ¿què hi feien, al bosc? —va insistir.

—Tom anava de camí al palau del bisbe. Buscava feina. És per això que van venir a parar aquí.

—M'agradaria tornar-los a interrogar.

—Bé. Tom i Alfred han mort. Ellen viu al bosc i només Déu sap quan tornarà per aquí. Però pots parlar amb Jack i Martha.

—Val la pena intentar-ho —va dir Jonathan.

Potser tenia raó. Tenia l'energia de la joventut. Philip s'havia mostrat pessimista i descoratjat.

—Endavant —el va animar Philip—. Jo em sento vell i cansat. Si no, ho faria jo mateix. Parla amb Jack. És la nostra única esperança.

El dibuix de la finestra havia estat traçat i pintat sobre una gran taula de fusta rentada prèviament amb cervesa, per evitar que els colors s'esfumessin. El dibuix representava l'arbre de Josuè, una genealogia de Crist en forma d'imatges. Sally va agafar un tros gruixut de vidre, acolorit de color de robí, i el va col·locar al dibuix, sobre el cos d'un dels reis d'Israel. Jack mai no estava segur de quin d'ells, perquè mai havia estat capaç de recordar l'enrevessat simbolisme de les imatges teològiques. Sally va submergir un pinzell fi en un bol amb greda triturada i dissolta en aigua, i va pintar el contorn del cos sobre el vidre: espatlles, braços i la falda de la vestidura.

Al foc que cremava a terra, al costat de la taula, hi havia una vareta de ferro amb mànec de fusta. La va treure del foc i, amb rapidesa i amb cura alhora, la va passar al llarg del perfil que havia pintat. El vidre es va trencar netament al voltant de tot el contorn. El seu aprenent va agafar el tros de vidre i va començar a polir les vores amb un ferro llimador.

A Jack el fascinava contemplar com treballava la seva filla. Era ràpida, precisa i sòbria en moure's. De petita sempre s'havia sentit fascinada pel treball dels vitrallers que Jack havia fet venir de París. Sempre deia que era el que volia fer de gran. I va continuar tretze són tretze. Jack reconeixia resignat que, quan la gent veia per primer cop la catedral de Kingsbridge, quedava més enlluernada pels vitralls de Sally que per la seva obra arquitectònica.

L'aprenent va entregar el vidre polit a Sally, i ella va començar a pintar sobre la superfície els plecs de la túnica, utilitzant una pintura feta amb ganga de ferro, orina i goma aràbiga perquè s'adherís. El vidre llis aviat va començar a tenir l'aparença d'un teixit suau amb plecs. Sally era extraordinàriament hàbil. Va acabar de seguida. Després, va col·locar el vidre pintat al costat d'altres en un gavadal de ferro el fons del qual estava cobert de calç, que un cop ple era introduït al forn. Amb la calor, la pintura es fonia amb el vidre.

Sally va mirar Jack, va esbossar un somriure breu i deliciós i va agafar un altre tros de vidre.

Jack es va allunyar. Es podia passar tot el dia mirant com treballava la seva filla, però hi havia coses a fer. Aliena sempre deia que Jack estava encegat amb Sally. Quan la contemplava, se'n feia creus, d'haver estat el responsable de l'existència d'aquella jove intel·ligent, independent i assenyada, i el fet que fos una artesana tan dotada senzillament l'emocionava.

La ironia del cas era que sempre havia tractat de convèncer Tommy que es dediqués a la construcció. Fins i tot l'havia obligat a treballar a les obres de la catedral un parell d'anys. Però al noi li interessaven les tasques del camp, l'equitació, la caça i l'esgrima, activitats, totes elles, que deixaven fred el seu pare. Pel que feia a Tommy, Jack va haver d'acceptar la seva derrota. El noi havia servit d'escuder a un dels senyors locals i no va trigar a ser nomenat cavaller, i Aliena li va concedir una petita propietat integrada per cinc llogarrets. Va resultar, doncs, que qui tenia talent era Sally. Tommy s'havia casat amb la filla del comte de Bedford i tenien tres fills. Jack, doncs, ja era avi. Però Sally continuava soltera als seus vint-i-cinc anys. S'assemblava moltíssim a la seva àvia, Ellen. Era una noia agressiva i independent.

Jack es va dirigir a l'extrem oest de la catedral i va mirar cap amunt, en direcció a les torres bessones. Estaven gairebé acabades. Una gran campana de bronze estava a punt d'arribar des de la foneria de Londres. A Jack ara no li quedava gaire cosa per fer. Així com en el passat havia arribat a controlar un exèrcit de fornits paletes, picapedrers i fusters que col·locaven rengleres de pedres quadrades i aixecaven bastides, en aquells moments només tenia a les seves ordres un grapat de talladors i pintors que realitzaven feines precises i acurades a petita escala. Feien estàtues per a fornícules, construïen pinacles i dauraven les ales d'àngels de pedra. No hi havia res per dissenyar a banda d'algun edifici ocasional per al priorat, com una bibilioteca nova, una sala capitular, nous allotjaments per a pelegrins, una bugaderia o una lleteria. A més d'aquestes feines d'estar per casa, Jack també realitzava, per primera vegada en molts anys, la tasca de tallar la pedra. Estava impacient per enderrocar el vell presbiteri que havia construït Tom i aixecar un nou extrem est d'acord amb el seu propi disseny. Però el prior Philip volia gaudir almenys un any de la catedral acabada abans d'iniciar noves etapes en la construcció. Philip començava a sentir el pes dels anys, i Jack tenia por que el pobre no visqués prou temps per veure el nou presbiteri.

No obstant això, la feina prosseguiria després de la mort de Philip, es va dir Jack en distingir l'altíssima figura del germà Jonathan que es dirigia cap a ell a grans gambades des del pati de la cuina. «Vet aquí algú que serà un prior excel·lent, potser tan bo com el mateix Philip», va pensar. Jack se sentia satisfet que la successió estigués assegurada, perquè això li permetria fer plans de futur.

—Estic amoïnat pel tribunal eclesiàstic, Jack —li va dir Jonathan només arribar.

—I jo que em pensava que tot plegat seria una tempesta en un got d'aigua... —va dir Jack.

—Això em pensava jo, però resulta que l'ardiaca és un vell enemic del prior Philip.

—Malviatge! Tot i així, no el podrà pas declarar culpable.

—Podrà fer el que vulgui.

Jack va sacsejar el cap amb un gest de contrarietat. Sovint es preguntava com podia ser que gent com ara Jonathan encara cregués en l'Església quan la corrupció hi era tan estesa.

—¿Què penseu fer?

—L'única manera de demostrar la seva innocència és descobrir qui eren els meus pares.

—Una mica tard per a això, ¿no us sembla?

—És la nostra única esperança.

Això va torbar Jack. Sens dubte, estaven desesperats de debò.

—¿Per on penseu començar?

—Per vós. Vós us trobàveu a la zona de St-John-in-the-Forest a l'època en què jo vaig néixer.

—¿Ah, sí? —Jack no comprenia on volia anar a parar Jonathan.— Bé, jo hi vaig viure fins als onze anys, que són els que dec tenir més que vós.

—El prior Philip diu que el mateix dia que em van recollir,

ell es va trobar amb vosaltres. Amb vós, amb la vostra mare, amb Tom i els fills de Tom.

—És cert, ho recordo. Ens vam polir tot el menjar que Philip ens va donar. Estàvem morts de gana.

—Procureu fer memòria. ¿Vau veure algú amb un nadó o alguna dona jove que semblés haver parit, pels voltants?

—Un moment, un moment. —Jack estava perplex.— ¿M'esteu dient que us van trobar a prop de St-John-in-the-Forest?

—Això mateix. ¿Que no ho sabíeu?

Jack amb prou feines podia creure el que sentia.

—No, no ho sabia —va respondre pausadament mentre el seu cap donava voltes a les implicacions d'aquella revelació—. Quan vam arribar a Kingsbridge, vós ja hi éreu i, com és lògic, vaig suposar que us havien trobat als boscos propers.

De sobte va sentir la necessitat de seure. A prop hi havia una pila de runa, i s'hi va deixar caure.

—Bé, digueu-me, ¿hi vau veure algú, al bosc? —va insistir Jonathan amb impaciència.

—És clar —va contestar Jack—. No sé com dir-vos-ho, Jonathan...

El monjo va empal·lidir.

—En sabeu alguna cosa, ¿no és cert? ¿Què vau veure?

—Us vaig veure a vós, Jonathan. Això és el que vaig veure.

Jonathan es va quedar bocabadat.

—¿Com...? ¿A mi?

—S'havia fet de dia. Jo anava a caçar ànecs. Vaig sentir uns plors. Tot seguit, vaig trobar una criatura acabada de néixer que, embolcallada en la meitat d'una capa vella, jeia al costat del braser d'una foguera.

Jonathan el va mirar fixament.

—¿Hi ha alguna cosa més?

Jack va fer que sí amb el cap.

—El nadó jeia sobre una tomba recent.

Jonathan es va empassar la saliva amb dificultat.

—¿La meva mare?

Jack va assentir.

A Jonathan li van saltar les llàgrimes, però va continuar fent preguntes.

—¿Què vau fer?

—Vaig anar a buscar la meva mare, però quan vam tornar al lloc, vam veure que un sacerdot a cavall s'enduia el nadó.

—Francis —va dir Jonathan amb la veu ofegada.

—¿Com?

Jack sentia un nus a la gola.

—Em va trobar el germà del pare Philip. Allà és on em va recollir.

—Déu meu.

Jack es va quedar mirant aquell monjo alt les galtes del qual estaven xopes de llàgrimes. «I encara no ho has sentit tot, Jonathan», va pensar.

—¿Vau veure algú que pogués haver estat el meu pare?

—Sí —va respondre Jack amb una veu solemne—. Bé, sé qui era.

—Digueu-m'ho —va mussitar Jonathan.

—Tom.

—¿Tom, el mestre constructor? —Jonathan es va deixar caure a terra.— ¿Tom era el meu pare?

—Sí. —Jack va sacsejar el cap, astorat.— Ara sé a qui em recordeu. Vós i ell sou les persones més altes que he conegut mai.

—Quan era petit, sempre es portava molt bé amb mi —va començar Jonathan, confós—. Solia jugar amb mi. M'estimava. Estava amb ell tant com amb el prior Philip. —Les llàgrimes ja li queien sense dissimular.— Era el meu pare. El meu pare. —Va aixecar la mirada cap a Jack.— ¿Per què em va abandonar?

—Creien que de totes maneres moriríeu. No tenien llet per donar-vos. Ells mateixos es morien de gana. Ho sé. Es trobaven a moltes milles de qualsevol lloc habitat. Ignoraven que el priorat era a prop. Només tenien naps per menjar, i si us els haguessin donat hauríeu mort.

—O sigui que, en realitat, m'estimaven.

Jack va evocar l'escena com si hagués tingut lloc el dia abans: la foguera mig apagada, la terra acabada de remoure de la tomba, i el minúscul i rosadet nadó agitant els braços i les cames embolcallat en el tros de capa grisa. Era increïble que aquella criatura diminuta s'hagués transformat en el monjo cepat que, assegut a terra, ara plorava davant seu.

—Sí, és clar que us estimaven.

—¿Com és que ningú no me'n va parlar mai?

—Tom n'estava molt avergonyit —li va explicar Jack—. La meva mare ho devia saber, i suposo que nosaltres, els nens, ho sospitàvem. En qualsevol cas, ens tenien prohibit parlar del tema i, és clar, mai no vam relacionar aquell nadó amb vós.

—Tom sí que el devia relacionar —va opinar Jonathan.

—Sí.

—Em pregunto per què no va tornar a fer-se càrrec de mi.

—La meva mare el va deixar poc després que arribéssim a Kingsbridge —va contestar Jack—. Com Sally, era una dona difícil de complaure. Tom s'hauria vist obligat a contractar una dida perquè s'ocupés de vós. M'imagino que devia pensar: «¿Per què no deixar que continuï al monestir?» Aquí estàveu ben cuidat.

Jonathan va assentir.

—Per l'estimat Johnny Eightpence, que Déu tingui en la glòria.

—Així, Tom s'assegurava estar més temps amb vós. Us passàveu el dia amunt i avall pel recinte del priorat i ell es passava la jornada treballant a la vora. Si us hagués portat lluny i us hagués deixat a casa amb una dona que cuidés de vós, hauria estat al vostre costat molt menys temps. M'imagino que, a mesura que passava el temps i s'adonava que us havíeu convertit en l'orfe del priorat i que éreu feliç, es va anar emmotllant a la idea que viuríeu entre els monjos. De totes maneres, les famílies solen donar un fill a Déu.

—Tots aquests anys els he passat fent cavil·lacions sobre els meus pares —va confessar Jonathan, i Jack va sentir llàstima per ell—. He mirat d'imaginar com devien ser, vaig demanar a Déu que em deixés coneixe'ls, em vaig preguntar si em devien haver estimat, em vaig preguntar quins motius devien haver tingut per abandonar-me. Ara ja sé que la meva mare va morir en dur-me al món i que el meu pare va estar al meu costat la resta de la seva vida. —Va somriure a través de les llàgrimes.— Em sento immensament feliç.

Jack estava a punt de plorar.

—Sou igual que Tom —va dir per dissimular.

—¿De debò? —Jonathan es va mostrar complagut.

—¿No recordeu que era molt alt?

—Llavors tots els adults em semblaven alts.

—Tenia unes faccions harmonioses, com les vostres. Si portéssiu barba, la gent us confondria amb ell.

—Recordo el dia de la seva mort —va evocar Jonathan—. Em va portar per tota la fira. Vam veure la lluita de l'ós. Després, em vaig enfilar pel mur del presbiteri. Com que estava massa espantat per baixar, em va venir a buscar i vaig baixar amb ell. En veure que arribaven els homes de William, em va deixar al claustre. Va ser l'últim cop que el vaig veure en vida.

—Me'n recordo —va assentir Jack—. Vaig veure com baixava amb vós en braços.

—Es va assegurar de posar-me fora de perill —va mussitar Jonathan.

—Un cop fet això, va anar a buscar els altres —va continuar Jack.

—M'estimava, doncs.

Jack va recordar una cosa important.

—Tot això influirà en el judici a Philip, ¿oi?

—Ho havia oblidat! —va exclamar Jonathan—. Sí, és clar que influirà.

—¿Tenim una prova irrefutable? —va preguntar Jack—. Jo vaig veure el sacerdot i el nadó, però, en realitat, no vaig veure que se l'endugués al priorat.

—Francis sí que ho va veure, però, com que és germà de Philip, el seu testimoni no serà pres en gaire consideració.

—La meva mare i Tom se'n van anar junts aquell matí —va dir Jack fent un esforç de memòria—. Van explicar que anaven a buscar un sacerdot. M'hi jugo el que vulgueu que es van dirigir al priorat per assegurar-se que la criatura es trobava bé.

—Si ho declarés davant del tribunal, el cas quedaria tancat —va exclamar Jonathan ansiós.

—Philip creu que Ellen és bruixa —va assenyalar Jack—. ¿La deixaria testificar?

—Podem sorprendre'l. Però ella també el detesta. ¿Estaria disposada a fer-ho?

—No ho sé —va respondre—. No ho sabrem fins que no l'hi preguntem.

—¿Fornicació i nepotisme? —va exclamar la mare de Jack—. ¿Philip? —Va esclafir a riure.— Quina bestiesa!

—Es tracta d'una cosa molt greu, mare —va apuntar Jack.

—Philip no fornicaria ni que el fiquessin dins d'un barril amb tres meuques —va dir ella—. No sabria com fer-ho!

Jonathan va semblar incòmode.

—Tot i que l'acusació és absurda, el prior Philip es troba en greus dificultats —va dir.

—¿I per què hauria d'ajudar Philip, jo? —va preguntar Ellen—. L'únic que ha fet per mi és fer-me patir.

Jack s'ho havia temut. La seva mare no havia perdonat al prior que la separés de Tom.

—Philip em va fer a mi el mateix que a tu. Si jo l'he pogut perdonar, tu també pots fer-ho.

—No sóc de les que perdonen —va contestar Ellen.

—Llavors no ho facis per Philip, fes-ho per mi. Vull continuar a Kingsbridge com a mestre constructor.

—¿Per què? L'església està acabada.

—Vull enderrocar el presbiteri de Tom i reconstruir-lo d'acord amb el nou estil.

—Déu del cel...

—Philip és un bon prior, mare, i quan ell se'n vagi Jonathan ocuparà el seu lloc. Això, naturalment, si véns a Kingsbridge i dius la veritat davant el tribunal.

—Odio els tribunals —va replicar ella—. Mai no en surt res de bo.

Era irritant. Tenia la clau del judici de Philip, podia assegurar que fos declarat innocent, però s'havia convertit en una anciana tossuda. Jack temia seriosament no poder convèncer-la. Intentaria picar-la perquè hi consentís.

—Comprenc que és un camí massa llarg de recórrer per a algú de la teva edat —va insinuar, amb astúcia—. ¿Quina edat tens..., seixanta-vuit?

—Seixanta-dos, i no intentis provocar-me —li va dir, tallant—. Estic millor que tu, noi.

«En això tens raó», es va dir Jack. Tenia els cabells blancs com la neu i el rostre molt arrugat, però els seus sorprenents ulls daurats eren els de sempre. Tan aviat com va veure Jonathan va saber qui era.

—Bé, no t'he de preguntar per què ets aquí —li va dir—. Has descobert la teva procedència, ¿no és així? Per Déu que ets tan alt com el teu pare i gairebé tan cepat com ell.

També ella encara era tan independent i tossuda com sempre.

—Sally és igual que tu —li va dir Jack.

Ellen va semblar complaguda.

—¿De debò? —Va somriure.— ¿En quin sentit?

—En l'obstinació.

—Hmm. —A Ellen no li va agradar gaire, aquesta observació.— Llavors li anirà molt bé en la vida.

Jack va arribar a la conclusió que ja només li quedava suplicar.

—Si us plau, mare. Vine amb nosaltres a Kingsbridge i digues la veritat.

—No ho sé, no ho sé —va respondre Ellen.

—Jo us voldria demanar encara una altra cosa —li va dir Jonathan.

Jack es va preguntar amb què li sortiria, ara, aquell. Tenia por que digués alguna cosa que pogués provocar el rebuig definitiu de la seva mare, cosa molt possible tractant-se d'un membre del clergat. Va contenir la respiració.

—¿Podríeu portar-me a l'indret on reposa la meva mare? —va preguntar el monjo.

Jack es va tranquil·litzar. No hi havia res de dolent, en aquella petició. Al contrari, Jonathan no podia haver pensat en res millor per entendrir-la. Ellen va abandonar a l'instant la seva actitud de menyspreu.

—És clar que t'hi portaré —va dir—. Estic segura que sabré trobar el lloc.

Jack no volia perdre temps. El judici començava l'endemà al matí i els quedava un llarg camí per recórrer, però va tenir la sensació que havia de deixar que la sort seguís el seu curs.

—¿Vols anar-hi ara? —va preguntar Ellen a Jonathan.

—Si és possible, sí. Si us plau.

—Molt bé.

Ellen es va incorporar. Va agafar una capa curta de pell de conill i se la va posar a les espatlles. Jack va estar a punt de dir-li que tindria massa calor amb allò, però no ho va fer. La gent gran sol tenir fred.

Van abandonar la cova, amb aquella olor de pomes emmagatzemades i fum de llenya, van travessar els esbarzers que rodejaven l'entrada, ocultant-la, i van sortir sota els raigs del sol primaveral. Ellen va començar a caminar sense esperar els altres. Jack i Jonathan van deslligar els seus cavalls i la van seguir. No podien cavalcar a causa de l'excessiva vegetació. Jack va observar que la seva mare anava més a poc a poc que abans. No estava tan en forma com pretenia.

Jack no hauria pogut trobar el lloc tot sol. Durant un temps, havia estat capaç de recórrer aquell bosc amb la mateixa facilitat amb què ara es movia per Kingsbridge, però ara com ara una clariana li semblava igual que una altra, de la mateixa manera que a un foraster les cases de Kingsbridge li semblaven totes idèntiques. La seva mare va fer via a través de tot un seguit de camins de cabra que travessaven el bosc espès. De tant en tant, Jack reconeixia algun punt de referència associat a un record infantil. Un enorme roure vell on en una certa ocasió s'havia refugiat fugint d'un senglar, una conillera que els havia proporcionat més d'un sopar, un rierol on solia pescar unes truites molt grosses... Durant una estona, va saber per on caminava, però no va trigar a sentir-se un altre cop perdut. Era increïble pensar que hi havia hagut un temps en què aquell lloc, que ara li era tan estrany, havia estat casa seva. Les comelles i arbredes tenien tan poc sentit per a ell com les dovelles i els gàlibs per als pagesos. Si en aquella època remota hagués provat d'imaginar com seria la seva vida, no s'hi hauria acostat ni de bon tros.

Van caminar uns quants metres. Era un dia càlid de primavera. Jack suava de valent, però la seva mare encara tenia la pell de conill sobre les espatlles. Cap a mitja tarda, es va aturar en una clariana ombrívola. Jack es va adonar que estava una mica agitada i que havia empal·lidit. Potser havia arribat l'hora que deixés el bosc i se n'anés a viure amb ell i Aliena. Va decidir esmerçar-se per convèncer-la.

—¿Et trobes bé? —li va preguntar.

—Doncs és clar que em trobo bé —va contestar ella, tallant—. Ja hem arribat.

Jack va mirar al voltant. No reconeixia el lloc.

—¿És aquí? —va preguntar Jonathan.

—Sí —va respondre Ellen.

—¿On és el camí? —va voler saber Jack.

—Cap allà.

Un cop Jack es va haver orientat, la clariana va començar a semblar-li familiar. Allà hi havia l'enorme castanyer d'Índia. En aquella època, les seves branques semblaven despullades. Però ara l'arbre estava cobert d'unes grans flors blanques que semblaven espelmes. Ja havien començat a caure i cada dos per tres de la copa es desprenia un núvol de pètals.

—Martha m'ha explicat què va passar —va dir Jack adreçant-se a Jonathan—. Us vau aturar aquí perquè la vostra mare no podia continuar endavant. Tom va encendre un foc i va fer bullir uns quants naps per sopar. No hi havia res més. La vostra mare us va portar al món exactament aquí, a terra. Vau néixer en perfecte estat, però alguna cosa va anar malament i ella va morir.

A uns quants peus de la base de l'arbre es veia una protuberància a terra.

—Mireu! —va exclamar Jack—. ¿Veieu aquell petit monticle?

Jonathan va assentir, amb el rostre rígid per l'emoció continguda.

—És la tomba —va dir Jack, i en aquell instant unes flors van caure de l'arbre sobre el monticle i el van cobrir amb una estora de pètals.

Jonathan es va agenollar al costat de la tomba i va començar a resar.

Jack va guardar silenci. Recordava el moment en què havia conegut els seus parents a Cherbourg. Havia estat una experiència punyent, però l'emoció que experimentava Jonathan devia ser encara més intensa.

Al final, el monjo es va posar dret.

—Quan sigui prior —va dir en un to solemne—, construiré exactament aquí un petit monestir amb una capella i un hostal perquè, d'ara endavant, ningú que viatgi per aquest camí a l'hivern hagi de dormir al ras. Dedicaré l'hostal a la memòria de la meva mare. —Es va girar cap a Jack.— Suposo que no sabeu com es deia...

—Agnes —va dir Ellen en veu baixa—. La teva mare es deia Agnes.

El bisbe Waleran va presentar el cas de manera convincent. Va començar exposant davant el tribunal els ràpids progressos de Philip. Cellerer del seu monestir quan només tenia vint-i-un anys; prior de la cel·la de St-John-in-the-Forest als vint-i-tres, prior de Kingsbridge a la increïble edat de vint-i-vuit. Insistia una vegada i una altra en la joventut de Philip, donant a entendre que hi havia una certa arrogància en el fet d'acceptar responsabilitats com aquelles sent tan jove. Després va descriure St-John-in-the-Forest, la seva llunyania i aïllament, i va parlar de la llibertat i independència de què podia gaudir el seu prior.

—A ningú pot sorprendre —va dir— que després de cinc anys fent el que li abellia, amb l'única obligació de fer inspeccions superficials de tant en tant, aquell inexpert jove de sang calenta arribés a Kingsbridge amb un fill en braços.

Feia la impressió que tot s'havia resolt inevitablement. Waleran ho presentava tot plegat com una cosa, per desgràcia, creïble. Philip l'hauria volgut escanyar.

Waleran va afegir que Philip va arribar a Kingsbridge acompanyat només de Jonathan i de Johnny Eightpence. Els monjos havien quedat escandalitzats en veure aparèixer el seu nou prior amb un nadó i una dida. Això sí que era veritat. Per un instant, Philip, oblidant les tensions del moment, va haver de dissimular un somriure de nostàlgia.

Va jugar amb Jonathan quan aquest era petit, li havia donat lliçons i, més endavant, quan ja era un noi, el va nomenar ajudant personal com qualsevol hauria fet amb un fill, va continuar dient Waleran. Tret que no s'espera que els monjos tinguin fills.

—Jonathan es va revelar tan precoç com Philip —va continuar Waleran—. Quan Cuthbert va morir, va ser nomenat majordom, malgrat que només tenia vint-i-un anys. ¿Que potser no hi havia entre els cent monjos del monestir cap altre capaç d'exercir aquell càrrec, llevat d'un noi de vint-i-un anys? ¿O potser és que Philip donava preferència a algú que portava la seva sang? Quan Milius se'n va anar per ser prior de Glastonbury, Philip va designar Jonathan com a tresorer. Ara té trenta-quatre anys d'edat. ¿És potser el més prudent i devot de tots els monjos d'aquí, o senzillament el preferit del prior?

Philip va observar el tribunal. S'havia instal·lat al transsepte sud de la catedral de Kingsbridge. L'ardiaca Peter seia en una gran butaca profusament tallada, semblant a un tron. Tot el personal de Waleran hi era present, com també la majoria dels monjos de Kingsbridge. Es treballaria molt poc al monestir durant el judici al prior. Qualsevol eclesiàstic important del comtat hi era, fins i tot alguns dels rectors més humils. Hi havia també representants de les diòcesis veïnes. La comunitat eclesiàstica del sud d'Anglaterra esperava el veredicte del tribunal. És clar que no els interessava la virtut o la manca de virtut de Philip, sinó el resultat del pols entre el prior i el bisbe.

Quan a la fi Waleran va seure, Philip, després de prestar jurament, va començar a narrar la història succeïda feia tants anys.

Va començar amb el trastorn provocat per Peter de Wareham. Volia que tothom sabés que aquest estava ressentit amb ell. Després, va cridar Francis perquè expliqués com havia trobat el nadó.

Jonathan se n'havia anat, deixant un missatge en què li deia que havia trobat el rastre d'una nova informació sobre els seus pares. Jack també havia desaparegut, per la qual cosa Philip havia arribat a la conclusió que aquell viatge tenia alguna cosa a veure amb la mare de Jack, la bruixa, i que Jonathan havia temut que, si Philip ho sabia, li prohibiria veure-la. Ja haurien d'haver tornat, però no era així. En qualsevol cas, Philip no creia que Ellen tingués res a afegir a la història que Francis estava contant.

Quan aquest va concloure el seu relat, Philip va començar a parlar.

—Aquest nen no era meu —va afirmar sense embuts—. Juro que no ho era. Ho juro per la meva ànima immortal. Mai no he tingut comerç carnal amb cap dona i fins avui m'he mantingut en l'estat de castedat recomanat per l'apòstol Pau. El senyor bisbe pregunta per què vaig tractar el nadó com si fos meu. —Va mirar els presents. Havia arribat a la conclusió que la seva única esperança consistia a dir la veritat, que Déu parlés prou alt per penetrar la sordesa espiritual de Peter.— Els meus pares van morir quan jo tenia sis anys —va prosseguir—. Els van matar a Gal·les els soldats del vell rei Henry. L'abat d'un monestir proper ens va salvar, al meu germà i a mi, i a partir d'aquell dia els monjos van tenir cura de nosaltres. Vaig ser orfe en un monestir. Sé què significa això. Comprenc fins a quin punt l'orfe sent nostàlgia de les mans de la seva mare, malgrat l'afecte que li prodiguen els germans que en tenen cura. Per tant, jo sabia que Jonathan se sentiria diferent dels altres, peculiar, il·legítim. Jo he sofert aquesta sensació d'aïllament, de ser diferent de tots els que em rodejaven, que tenien pare i mare. Tal com ell, m'he sentit avergonyit de mi mateix per ser una càrrega per a la caritat dels altres. Em preguntava què hi havia de dolent en mi, que em veia privat d'una cosa que els altres donaven per descomptada. Sabia que, durant la nit, Jonathan somiava en el càlid i fragant pit i la veu dolça de la mare que no havia arribat a conèixer, que somiava en algú que l'estimés d'una manera incondicional i absoluta.

El rostre de Peter es va mantenir impertorbable.

Philip va comprendre que era la pitjor mena de cristià que podia existir. Acceptava tots els aspectes negatius, admetia totes les proscripcions, insistia en totes les formes de negació i exigia un càstig estricte a cada ofensa. I tanmateix, ignorava la compassió del cristianisme, en negava la misericòrdia, desobeïa de manera flagrant la seva ètica d'amor i es mofava de les dòcils lleis de Jesús. «Així són els fariseus», va pensar Philip. «No és estrany que el Fill de Déu s'estimés més menjar amb publicans i pecadors.»

Va continuar parlant, tot i comprendre, descoratjat, que res del que digués podria vèncer l'actitud inflexible de Peter.

—Ningú no s'ocuparia del noi com jo, llevat que ho fessin els seus propis pares; però mai no els vam poder trobar. ¿Quina indicació tan clara de la voluntat de Déu...?

Va deixar la frase sense acabar. Jonathan i Jack acabaven d'entrar a l'església, i entre tots dos avançava la mare d'aquest, la bruixa.

Havia envellit. Tenia els cabells blancs com la neu i la cara plena d'arrugues, però caminava amb els aires d'una reina, amb el cap alt i aquells estranys ulls daurats d'expressió desafiant. Philip estava massa sorprès per protestar.

Al tribunal es va fer el més absolut silenci quan Ellen es va plantar davant l'ardiaca Peter. Va parlar amb una veu sonora, com la d'una trompeta, i el seu eco es va anar propagant a partir del trifori de l'església construïda pel seu fill.

—Juro pel més sagrat que Jonathan és el fill del meu difunt marit, Tom, el mestre constructor, a qui alguns coneixien com Tom Builder, i de la seva primera dona.

Es va aixecar un murmuri entre la multitud de clergues. Per un instant, ningú no es va poder fer sentir. Philip, astorat, mirava bocabadat Ellen. ¿Tom Builder? ¿Jonathan era fill del primer mestre constructor de la catedral de Kingsbridge? En fixar-se en Jonathan, va saber a l'instant que aquella dona deia la veritat.

Eren iguals, no tan sols per l'estatura, sinó també per les faccions. Si Jonathan portés barba, no hi hauria cap dubte.

La seva primera reacció va ser una sensació de pèrdua. Fins a aquell moment havia estat el més semblant a un pare per a Jonathan, però Tom era el seu veritable progenitor, i tot i que havia mort, aquell descobriment ho canviava tot. Philip ja no el podia considerar, en el seu fur intern, fill seu. L'havia perdut. Ara Jonathan era el fill de Tom.

El prior es va deixar caure pesadament al seient. Quan la gent va començar a calmar-se, Ellen va contar que Jack havia sentit un lament i que en anar a investigar havia vist un nadó. Philip l'escoltava confós. Ellen va continuar dient que Tom i ella s'havien ocultat entre els arbustos, vigilant, mentre Philip i els monjos tornaven de les seves tasques matinals i es trobaven que Francis els esperava amb una criatura en braços. Va afegir que Johnny Eightpence el va mirar d'alimentar amb un drap xopat de llet de cabra.

Philip recordava amb tota claredat que el jove Tom s'havia mostrat molt interessat quan, un o dos dies després, es van trobar per casualitat i ell li va parlar del nen abandonat. En aquell moment, Philip havia pensat que el seu interès era el que hauria demostrat qualsevol home compassiu, però la veritat era que Tom s'estava informant sobre la sort del seu propi fill.

I llavors Philip va recordar que afectuós que s'havia sentit Tom amb Jonathan durant els anys que van venir, a mesura que el nadó es transformava en un nen i, més endavant, en un noiet entremaliat. Ningú no se n'havia adonat. En aquella època, tothom al monestir tractava Jonathan com una mascota i Tom era sempre al recinte del priorat, per la qual cosa el seu comportament cap a Jonathan no era res d'estrany. Però ara, en analitzar-lo amb atenció, Philip comprenia que l'atenció que Tom dedicava a Jonathan era especial.

Quan Ellen va seure, Philip es va convèncer d'una cosa: la seva innocència havia quedat demostrada. Les revelacions d'Ellen havien estat tan aclaparadores que gairebé havia oblidat que estava sotmès a un judici. La història d'Ellen, de naixement i mort, de desesperació i esperança, de secrets guardats i amor perdurable, feia semblar trivial la qüestió de Philip. Evidentment, no era gens trivial: el futur del priorat en depenia. I Ellen li havia donat una resposta tan dramàtica i espectacular que semblava impossible que el judici hagués de continuar.

«Ni tan sols Peter de Wareham podria considerar-me culpable després d'una prova així», va pensar Philip. Waleran tornava a perdre.

Però el bisbe encara no estava disposat a acceptar la derrota. Va assenyalar Ellen amb un dit acusador.

—Afirmes que Tom Builder et va dir que el nadó era seu.

—Sí —va replicar ella amb cautela.

—Però les altres dues persones que podrien confirmar-ho, Alfred i Martha, que aleshores eren petits, no us van acompanyar al monestir.

—No.

—I Tom ha mort. De manera que només tenim la teva paraula. La teva història no pot ser confirmada.

—¿Quina altra comprovació voleu? —va replicar ella—. Jack va veure el nadó abandonat, Francis el va recollir. Jack i jo ens vam trobar amb Tom, Alfred i Martha. Francis va portar el nadó al monestir. Tom i jo vam espiar pel priorat. ¿Quants testimonis us calen perquè estigueu satisfets?

—No et crec —va declarar Waleran.

—¿*Vós* no em creieu a mi? —el va increpar ella.

Philip es va adonar que Ellen era presa d'una ira profunda i apassionada.

—¿*Vós* no em creieu? —va repetir—. ¿Vós, Waleran Bigod, a qui conec bé com a culpable de perjuri?

Philip va tenir de sobte la premonició d'un cataclisme. Waleran s'havia quedat lívid. «Aquí hi ha alguna cosa més», va pensar el prior, «alguna cosa de la qual Waleran té por.» Va notar un pessigolleig a l'estómac. De sobte, el bisbe semblava vulnerable.

—¿Per què dius que el bisbe és perjur? —va intervenir llavors Philip.

—Fa quaranta-set anys, en aquest mateix priorat, hi havia un presoner anomenat Jack Shareburg —va començar Ellen.

—Aquest tribunal no està interessat en esdeveniments succeïts fa tant de temps —la va interrompre Waleran.

—Sí que hi està —va afirmar Philip—. L'acusació contra mi es remunta a un suposat acte de fornicació comès fa trenta-cinc anys, senyor bisbe. Heu demanat que demostri la meva innocència. El tribunal no esperarà menys de vós. —Es va girar cap a Ellen i li va dir:— Continua.

—Ningú no sabia per què era presoner, i ell menys que ningú. Però va arribar un dia en què el van posar en llibertat i li van donar un calze amb incrustacions de pedres precioses, potser com a recompensa per tots els anys que havia estat injustament empresonat. Naturalment, ell no el volia, aquell calze. No li servia per a res i era massa valuós per vendre'l en un mercat. De manera que el va deixar aquí, a la vella església de Kingsbridge. Poc temps després, el van tornar a detenir, aquest cop per ordre de Waleran Bigod, aleshores un senzill capellà rural, humil però molt ambiciós, i el calze va reaparèixer misteriosament a la bossa de Jack Shareburg, que va ser falsament acusat de robatori. El van condemnar sobre la base del jurament de tres persones: Waleran Bigod, Percy Hamleigh i el prior James de Kingsbridge. I el van penjar a la forca.

Es va fer un breu silenci. Tots els presents estaven atònits.

—¿Com ho saps, tot això? —li va preguntar després Philip.

—Jo era l'única amiga de Jack Shareburg, el pare del meu fill, Jack Jackson, el mestre constructor d'aquesta catedral.

Va esclatar un avalot. Waleran i Peter intentaven parlar al mateix temps. Cap d'ells va aconseguir fer-se sentir per damunt de les veus d'astorament dels clergues reunits. Tothom havia acudit a presenciar una confrontació, però ningú s'esperava allò.

Finalment, Peter va aconseguir imposar la seva veu.

—¿Per què tres ciutadans respectuosos de la llei haurien d'acusar en fals un estranger innocent? —va preguntar.

—Per treure'n algun benefici —va respondre Ellen sense titubejar—. A Waleran Bigod el van nomenar ardiaca. A Percy li van entregar la senyoria de Hamleigh i uns quants llogarrets. Ignoro quina va ser la recompensa del prior James.

—Jo sí que ho sé —va dir una veu que es va alçar entre els presents.

Philip va mirar al voltant, sobresaltat. Qui parlava era Remigius. Ja tenia més de setanta anys, els cabells blancs i semblava propens a divagar quan parlava, però en aquell moment, mentre s'estava dret recolzat al seu bastó, els ulls li brillaven i la seva expressió era desperta. Era estrany sentir-lo parlar en públic. Des del seu enfonsament i retorn al monestir, havia viscut amb assossec i humilitat. Philip es preguntava què passaria a continuació. ¿De quin costat s'inclinaria Remigius? ¿Aprofitaria aquella última oportunitat per apunyalar innoblement el seu vell rival Philip?

—Jo us puc dir quina va ser la recompensa que va rebre el prior James —va prosseguir Remigius—. Al priorat li van donar els llogarrets de Northwold, Southwold i Hundredacre, a més del bosc d'Oldean.

Philip estava horroritzat. ¿Era possible que el vell prior hagués declarat en fals sota jurament per uns quants llogarrets?

—El prior James mai no va ser un bon administrador —va continuar Remigius—. El priorat es trobava en serioses dificultats i va pensar que uns ingressos extra ens podrien ajudar. —Va fer una pausa i després, en un to incisiu, va afegir:— Va aportar alguns beneficis i molt de mal. Els ingressos van ser útils una temporada, però el prior James mai no va recuperar el respecte per ell mateix.

Mentre escoltava Remigius, Philip va recordar la permanent actitud d'abaltiment del vell prior, i a la fi ho va comprendre.

—De fet, James no va cometre perjuri —va continuar Remigius—, perquè l'única cosa que va jurar era que el calze pertanyia al priorat. Però sabia que Jack Shareburg era innocent, i tot i així no va revelar res. Durant la resta de la seva vida va patir per aquest silenci.

«I en veritat tenia un bon motiu», es va dir Philip. Era un pecat gravíssim per a un monjo. El testimoni de Remigius confirmava la victòria d'Ellen. I condemnava Waleran.

Remigius encara tenia més coses al pap.

—Alguns dels més vells entre els presents recordaran sens dubte en quines condicions es trobava el priorat fa quaranta anys: enfonsat, arruïnat, decadent, desmoralitzat. I això era pel pes de la culpa que turmentava el prior. Al llit de mort, em va confessar el seu pecat. Jo volia... —Se li va trencar la veu. A la catedral regnava un silenci expectant. El monjo ancià va deixar escapar un sospir i va afegir:—Jo volia ocupar el seu lloc i reparar el mal, però Déu va escollir un altre home per a aquesta tasca. —Va fer una pausa i la seva cara es va contreure penosament mentre s'esforçava a acabar.— En realitat, hauria de dir que va escollir un home millor que jo. —Es va deixar caure al seient.

Philip estava sobresaltat, marejat i agraït. Dos vells enemics, Ellen i Remigius, l'havien salvat. La revelació d'aquells secrets va fer que se sentís com si hagués passat per la vida amb un ull tancat. El bisbe Waleran estava lívid de còlera. Devia creure que estava segur al cap de tants anys. Es trobava inclinat cap a Peter, parlant-li a cau d'orella, mentre corria un murmuri incessant de comentaris entre l'audiència.

—Silenci! —va cridar Peter mentre es posava dret, i tothom a l'església va callar—. Aquest tribunal s'aixeca!

—Espereu un minut! —Era Jack Jackson.— Amb això no n'hi ha prou! —va exclamar—. Vull saber *per què*!

Peter no va fer gens de cas de Jack i es va dirigir cap a la porta que conduïa al claustre, seguit de Waleran.

Jack els va seguir.

—¿Per què ho vau fer? —va cridar—. Vau mentir sota jurament i un home va morir a causa d'això. ¿Us n'anireu sense donar cap explicació?

Waleran tenia la mirada fixa davant seu, els llavis closos, el rostre pàl·lid i la seva expressió era una màscara de fúria continguda.

—Contesteu-me, covard mentider! ¿Per què vau matar el meu pare? —va vociferar Jack.

Waleran va sortir de l'església i la porta es va tancar de cop darrere seu.

CAPÍTOL 18

I

La carta del rei va arribar mentre els monjos celebraven el capítol.

Jack havia construït una nova sala capitular per acomodar els cent cinquanta monjos, el nombre més gran que, en tot Anglaterra, hi havia en un sol monestir. L'edifici, circular, tenia la volta de pedra i files de grades perquè els monjos hi seguessin. Els alts càrrecs del monestir seien als bancs de pedra repenjats a les parets, una mica més amunt que la resta de germans, i Philip i Jonathan ocupaven uns trons cisellats a la pedra del mur.

Un monjo jove llegia el capítol setè de la regla de sant Benet: «El sisè esglaó d'humilitat s'assoleix quan un monjo s'acontenta amb tot el que és pobre i baix.» Philip es va adonar que no sabia com es deia el monjo que estava llegint en aquells moments. ¿Era perquè es feia gran o perquè la comunitat havia arribat a ser molt nombrosa? «El setè esglaó d'humilitat s'assoleix quan un home no tan sols confessa en la seva llengua que és més humil i inferior que els altres, sinó que també ho creu així en el més profund del seu cor.» Philip sabia que encara no havia arribat a aquell grau d'humilitat. N'havia anat atresorant molta durant els seixanta-dos anys que havia viscut, gràcies al seu valor i decisió, i també utilitzant el cervell, i necessitava recordar de manera constant que la veritable raó del seu èxit era haver-se beneficiat de l'ajuda de Déu, sense la qual tots els seus esforços haurien estat en va.

Al seu costat, Jonathan s'agitava inquiet. Ell encara havia de batallar amb la virtut de la humilitat més que el mateix Philip. L'arrogància era el defecte de les persones capdavanteres. Jonathan ja estava preparat per fer-se càrrec del priorat i es mostrava impacient. Havia parlat amb Aliena i no tenia espera per posar a prova les seves tècniques de cultiu, com la de llaurar amb cavalls i plantar pèsols i civada en terres de guaret per fer una collita a la primavera. «Fa trenta-cinc anys jo també estava impacient per criar ovelles i obtenir-ne llana», va pensar Philip.

Sabia que el que havia de fer era retirar-se i deixar que Jonathan ocupés el seu lloc de prior. Ell hauria de passar els seus últims anys dedicat a l'oració i la meditació. Per descomptat, era el que sempre havia aconsellat als altres; però ara que ja era prou vell per retirar-se, la perspectiva l'aterria. El seu estat físic era perfecte, i tenia la ment tan desperta com sempre. Una vida de pregàries i meditació el faria parar boig.

No obstant això, Jonathan no esperaria eternament. Déu li havia donat els dots per estar al davant d'un monestir important i no tenia cap intenció de desaprofitar aquelles qualitats. Havia visitat nombroses abadies al llarg dels anys i a tot arreu havia causat una excel·lent impressió. Qualsevol dia, a la mort d'un abat, els monjos demanarien a Jonathan que es presentés a l'elecció, i a Philip li seria difícil negar-li el permís.

El jove monjo, el nom del qual Philip no podia recordar, acabava un capítol quan van picar a la porta, i tot seguit va entrar el porter.

El germà Steven, l'admonitor, el va mirar amb les celles arrufades. No podia interrompre els monjos durant el capítol. L'admonitor era el responsable de la disciplina i, com tots els monjos que s'encarregaven d'aquesta tasca, observava les regles a ultrança.

—Ha arribat un missatger del rei! —va anunciar el porter, atribolat.

—Ocupa-te'n, ¿vols? —va demanar Philip a Jonathan.

El missatger insistia a entregar la carta a un dels dignataris monàstics. Jonathan va sortir de la sala. Els monjos murmuraven entre ells.

—Continuem amb les necrològiques —va dir Philip amb fermesa.

En començar les oracions pels difunts es preguntava què devia voler comunicar el segon rei Henry al priorat de Kingsbridge. Amb tota seguretat, no deurien ser bones notícies.

Henry havia estat a mata-degolla amb l'Església durant sis anys. La disputa havia començat amb motiu de la jurisdicció dels tribunals eclesiàstics, però l'entossudiment del rei i la religiositat de Thomas Becket, arquebisbe de Canterbury, havien impedit qualsevol compromís possible. La disputa havia arribat a convertir-se en crisi. Becket s'havia vist obligat a emprendre el camí de l'exili.

Però el més trist era que l'Església d'Anglaterra no es mostrava unànime en el suport a Becket. Bisbes com Waleran Bigod s'havien posat del costat del rei per obtenir-ne el favor. No obstant això, el Papa pressionava Henry perquè fes les paus amb Becket. Potser la pitjor conseqüència d'aquell enfrontament seria que, com que Henry necessitava suport en el si de l'Església anglesa, allò acabaria provocant que els bisbes ansiosos de poder, com Waleran, tinguessin més influència a la cort.

Jonathan va tornar i va entregar a Philip un rotlle de pergamí lacrat. El lacre portava imprès l'enorme segell reial. Les mirades de tots els monjos hi estaven clavades. Philip va arribar a la conclusió que seria demanar-los massa que es concentressin a resar pels difunts tenint aquella carta a la mà.

—Molt bé —va dir—. Continuarem amb les oracions més tard.

Va trencar el segell i va obrir la carta. Va donar una ullada a la salutació i després la va entregar a Jonathan, que tenia més bona vista.

—Llegeix-nos-la, si us plau.

Després de les salutacions de rigor el rei escrivia: «He nomenat nou bisbe de Lincoln Waleran Bigod, actualment bisbe de Kingsbridge.» La veu de Jonathan va quedar ofegada pels murmuris que es van alçar. Philip va sacsejar el cap amb expressió de disgust. Des de les revelacions produïdes durant el judici de Philip, Waleran havia perdut tota credibilitat en aquella comarca.

No hi havia manera que continués com a bisbe. Per tant, havia convençut el rei que el nomenés prelat de Lincoln, un dels bisbats més rics del món. Lincoln era la tercera diòcesi més important del regne després de Canterbury i York. D'aquí a l'arquebisbat només hi havia un pas. Henry podia estar fins i tot preparant Waleran per ocupar el lloc de Thomas Becket. La possibilitat que Waleran arribés a ser arquebisbe de Canterbury i, en conseqüència, cap de l'Església d'Anglaterra, era aterridora.

Un cop els monjos es van haver calmat, Jonathan va reprendre la lectura.

—«...i he recomanat al degà i al capítol de Lincoln que l'escullin.»

«Bé», va pensar Philip, «això és més fàcil de dir que de fer.» Una recomanació reial era gairebé una ordre, però no del tot. Si el capítol de Lincoln era contrari a Waleran o tenia un candidat propi, podia crear dificultats al rei. Probablement aquest se sortiria al final amb la seva, però no era, de cap manera, una solució preestablerta.

—«I ordeno al capítol del priorat de Kingsbridge que celebri una elecció per al nomenament del nou bisbe de Kingsbridge; i recomano l'elecció com a bisbe del meu servidor Peter de Wareham, ardiaca de Canterbury.»

Entre els monjos es va alçar una veu de protesta a l'unísón. Philip es va quedar horroritzat. L'ardiaca Peter, aquell home arrogant, venjatiu i fariseu, era l'escollit del rei com a nou bisbe de Kingsbridge! Peter era un calc exacte de Waleran. Tots dos eren homes pietosos i temorosos de Déu, però no tenien el sentit de la pròpia fal·libilitat, de tal manera que consideraven que els seus desigs personals eren la voluntat del Senyor. En conseqüència, perseguien els seus objectius de manera implacable. Amb Peter de bisbe, Jonathan es passaria la vida com a prior lluitant per la justícia i l'honradesa en una diòcesi regida amb mà de ferro per un home sense cor. I si Waleran arribava a ser nomenat arquebisbe, no hi hauria perspectives de canvi.

Philip va veure davant seu un període llarg i ombrívol, semblant als temps de la guerra civil, quan els comtes com William feien el que els donava la gana, mentre sacerdots arrogants abandonaven els seus ramats. El priorat s'enfonsaria un cop més, convertint-se en l'ombra del que era ara.

Tots els altres, però, estaven tan enrabiats com ell.

—No serà així! —va clamar Steven, l'admonitor, posant-se dret. Tenia la cara congestionada, tot i la regla imposada per Philip que durant el capítol tots els monjos havien de parlar en calma i en veu baixa.

Els monjos el van victorejar.

—¿Què podem fer? —va preguntar Jonathan amb la seva prudència habitual.

—Hem de rebutjar la petició del rei! —va dir el germà Bernard, que estava tan gros com sempre.

Uns quants monjos van expressar el seu acord.

—Hem d'escriure al rei dient-li que nosaltres escollirem qui millor ens convingui! —va decidir Steven, i va afegir al cap d'un moment, amb timidesa:— Amb l'ajuda de Déu, és clar.

—No estic d'acord que ens hi neguem en rodó —va replicar Jonathan—. Com més aviat el desafiem, abans descarregarà el rei la seva fúria sobre els nostres caps.

—Jonathan té raó —va sentenciar Philip—. Un home que perd una batalla amb el rei pot obtenir-ne el perdó, però l'home que la guanyi estarà condemnat.

—Però estarem cedint! —va explotar Steven.

Philip estava tan preocupat i temorós com tots els altres, però havia d'aparentar calma.

—Tranquil·litza't, Steven, si us plau —va dir—. És clar que hem de lluitar contra aquest terrible nomenament, però hem de fer-ho amb compte i intel·ligència, evitant en tot moment un enfrontament obert.

—Llavors, ¿què farem? —va preguntar Steven.

—Encara no n'estic segur —va respondre Philip.

Tot i que en un principi s'havia desanimat, ja començava a recuperar el seu esperit combatiu. S'havia passat la vida lliurant aquella batalla una vegada i una altra. Ho havia fet al priorat, quan va derrotar Remigius i va ser elegit prior. I també al comtat contra William Hamleigh i Waleran Bigod. I ara ho faria en l'àmbit nacional. En aquella ocasió seria contra el rei.

—Em sembla que aniré a França —va dir—, a veure l'arquebisbe Thomas Becket.

Al llarg de tota la seva vida, i en tots els daltabaixos en què s'havia vist implicat, Philip havia estat capaç de concebre un pla. Sempre que el seu priorat, la seva ciutat o ell mateix s'havien vist amenaçats per les forces de la injustícia o la barbàrie, havia trobat una manera de defensar-se i de contraatacar. No sempre havia estat segur d'assolir l'èxit, però mai no s'havia trobat sense saber què fer. Fins ara.

En arribar a la ciutat de Sens, al sud-est de París, al regne de França, encara estava desconcertat.

La catedral de Sens era la més gran que havia vist mai. Devia tenir uns cinquanta peus d'amplària. Comparada amb la de Kingsbridge feia impressió d'espai més que de llum.

En viatjar per França va notar per primer cop en la seva vida que hi havia una gran diversitat d'esglésies al món, cosa que mai no hauria imaginat. Va comprendre els efectes revolucionaris que havia causat en la mentalitat de Jack Jackson el fet d'haver viatjat. Al seu pas per París, Philip no va poder estar-se de visitar l'abadia de Saint-Denis, i va endevinar d'on havia tret Jack algunes idees. També va descobrir dues esglésies amb arcbotants com els de Kingsbridge. Era evident que altres mestres constructors s'havien vist enfrontats al mateix problema que Jack, i hi havien donat una solució idèntica.

Philip va anar a presentar els seus respectes a l'arquebisbe de Sens, William Whitehands, un clergue jove i intel·ligent que era nebot del difunt rei Stephen. L'arquebisbe William va convidar Philip a dinar, i ell es va mostrar afalagat, però va declinar la invitació. Havia recorregut un llarg camí per veure Thomas Becket i en trobar-s'hi ja a la vora estava impacient. Després d'assistir a missa a la catedral, va seguir el curs del riu Yonne cap al nord de la ciutat.

L'acompanyava una comitiva petita per a algú que, com ell, era prior d'un dels monestirs més rics d'Anglaterra. Només portava dos homes d'armes com a protecció, un monjo jove que es deia Michael de Bristol com a ajudant i un cavall de càrrega amb una pila de llibres sagrats, copiats i bellament il·lustrats a Kingsbridge, per oferir-los de regal als abats i bisbes a qui visités durant el viatge. Els costosos llibres eren uns regals impressionants, sobretot perquè contrastaven amb el modest seguici de Philip. Havia estat un gest deliberat per part seva. Volia que la gent respectés el priorat, no el prior.

A prop de la porta nord de Sens, en un prat assolellat al costat del riu, s'alçava la venerable abadia de Sainte-Colombe, on l'arquebisbe Thomas residia des de feia tres anys. Un dels sacerdots de Thomas va acollir calorosament Philip. Va cridar els servents perquè s'ocupessin dels cavalls i l'equipatge i els va fer passar a la casa d'hostes, on s'allotjava l'arquebisbe. Philip va pensar que els exiliats devien sentir-se contents de rebre visitants, no tan sols per motius sentimentals, sinó també perquè allò constituïa una mostra de suport.

El sacerdot va presentar Philip i el seu ajudant a tots els membres de la comunitat que acompanyava l'arquebisbe a l'exili i els va oferir menjar i vi. Gairebé tots els homes de Thomas eren sacerdots, majoritàriament joves, i Philip va pensar que també eren molt intel·ligents. Aviat Michael va començar a discutir amb un d'ells sobre la transsubstanciació. Philip assaboria el vi i escoltava sense intervenir.

—¿Què opineu sobre això, pare Philip? Encara no heu dit ni una sola paraula —li va preguntar un dels sacerdots.

—De moment, els problemes teològics espinosos són els que menys em preocupen.

—¿Per què?

—Perquè tots es resoldran en el futur i mentrestant es conserven degudament guardats.

—Ben dit!

Era una veu nova, i en aixecar Philip la vista es va trobar amb l'arquebisbe Thomas de Canterbury.

Va comprendre a l'acte que estava davant un home notable. Thomas era alt, prim i de faccions molt ben dibuixades, un front ample i descobert, ulls brillants, pell clara i cabells foscos. Devia tenir uns cinquanta anys, deu menys que Philip, aproximadament, i, malgrat els seus infortunis, la seva expressió era alegre i respirava vitalitat. Philip va observar immediatament que era un home de personalitat molt atractiva, cosa que explicava en part el seu ascens exemplar des d'uns orígens humils.

Philip es va agenollar i li va fer un petó a la mà.

—M'alegro tant de conèixer-vos! Sempre he volgut visitar Kingsbridge... He sentit a parlar molt del vostre priorat i de la seva meravellosa catedral nova —va dir Thomas.

Philip estava encantat i afalagat.

—He vingut a veure-us perquè tot el que hem aconseguit està amenaçat pel rei.

—Vull que m'ho expliqueu, tot això —va dir Thomas—. Veniu a la meva cambra. —Va fer mitja volta i va sortir.

Philip el va seguir, amb una barreja de complaença i aprensió.

Thomas el va conduir a una habitació més petita. Hi havia un sumptuós llit de fusta i cuir amb llençols de fil delicat i un cobrellit brodat, però Philip també va veure un matalàs prim enrotllat en un racó i va recordar les històries que deien que Thomas mai no utilitzava els luxosos mobles que li oferien els seus amfitrions. Philip es va sentir per un instant culpable en recordar el seu confortable llit a Kingsbridge mentre el primat d'Anglaterra dormia a terra.

—I parlant de catedrals, ¿què us sembla la de Sens? —li va preguntar Thomas.

—Meravellosa —va dir Philip—. ¿Qui n'és el mestre constructor?

—Guillaume de Sens. Espero convence'l algun dia perquè visiti Kingsbridge. Seieu. I ara, digueu-me què passa a Kingsbridge.

Philip li va contar a Thomas tot el que feia referència al bisbe Waleran i a l'ardiaca Peter. Thomas semblava que hi estava molt interessat i feia preguntes que demostraven que posseïa una gran agudesa i subtilitat. A més de bona presència i simpatia, aquell home tenia una intel·ligència extraordinària. Sens dubte, havia hagut de servir-se de tot el que tenia a l'abast per arribar a gaudir d'una posició des de la qual intentava doblegar la voluntat d'un dels reis més forts que mai havia tingut Anglaterra. Es deia que sota de la seva indumentària arquebisbal Thomas portava un cilici, i Philip no va poder sinó recordar que sota del seu atractiu exterior, hi havia una voluntat de ferro.

Quan el prior va acabar, Thomas es va mostrar greu.

—No es pot permetre que passi una cosa així —va dir.

—Això mateix —va convenir Philip. El to ferm de Thomas era encoratjador.— ¿Ho podeu evitar?

—Només si em torno a incorporar a Canterbury.

No era la resposta que Philip havia esperat.

—Però, des d'on sou, ¿no podeu escriure al Papa?

—Ho faré —va respondre Thomas—. Us prometo que el Papa no reconeixerà Peter com a bisbe de Kingsbridge. Però ni podem evitar que s'instal·li al palau del bisbe, ni tenim la prerrogativa de nomenar-ne un altre.

Philip estava desmoralitzat davant la negativa contundent de Thomas. Durant tot el viatge fins allà havia nodrit l'esperança que l'arquebisbe faria el que ell no havia pogut fer i trobaria la manera d'esguerrar els plans de Waleran. Però l'intel·ligent Thomas també es trobava desarmat. Tot el que podia oferir-li era l'esperança que aconseguiria ocupar de nou el seu càrrec a Canterbury. Un cop hi hagués reeixit, tindria el poder de vetar els nomenaments episcopals.

—¿Hi ha cap esperança que torneu aviat? —va preguntar amb tristesa Philip.

—Sí, una petita esperança si sou optimista —va dir Thomas—. El Papa ha gestat un tractat de pau i ens apressa, tant a Henry com a mi, a acceptar-lo. Per a mi les condicions són acceptables. Aquest tractat em dóna tot allò pel que he estat lluitant. Henry diu que també el troba acceptable. He insistit que demostri la seva sinceritat atorgant-me el petó de la pau, però s'hi nega.

La veu de Thomas va canviar a mesura que parlava. Van cessar els canvis de to propis d'una conversació, que va quedar reduïda a una insistència monòtona. De la cara li va desaparèixer tota la vitalitat i va adquirir l'aspecte d'un sacerdot fent un sermó sobre la pròpia abnegació a uns fidels distrets. Philip va descobrir en la seva expressió la tenacitat i l'orgull que l'havien mantingut en la lluita tots aquells anys.

—La negativa a fer-me el petó és una prova que planeja atreure'm de nou cap a Anglaterra i un cop allà renegar dels termes del tractat.

Philip va assentir. El petó de la pau, que formava part del ritual de la missa, era símbol de confiança, i cap contracte, des del matrimoni fins a una treva, no tenia validesa sense aquest ritual.

—¿Què puc fer? —va preguntar Philip. Es dirigia a Thomas, però també a ell mateix.

—Escrigueu cartes als priors i abats. Envieu des de Kingsbridge una delegació al Papa. Supliqueu el rei. Pronuncieu sermons a la vostra prestigiosa catedral dient a la gent del comtat que el seu sacerdot més elevat ha estat menyspreat pel seu rei.

Philip va assentir. No pensava fer res d'allò. El que Thomas li demanava era que s'unís a ell en l'oposició al rei. Era possible que si ho feia contribuís a aixecar la moral de Thomas, però a Kingsbridge no li serviria de res.

Acabava d'acudir-se-li una cosa millor. Si Henry i Thomas havien arribat a acostar-se tant, potser no seria gaire difícil unir-los definitivament. Philip va reflexionar, esperançat. Segurament hi devia haver alguna cosa que ell podia fer. Aquella idea va fer que tornés a sentir-se optimista. Potser era un disbarat, però no hi tenia res a perdre.

Al capdavall, només discutien per un petó.

Philip va quedar impressionat en veure fins a quin punt havia envellit el seu germà.

Francis tenia els cabells grisos, unes marcades ulleres fosques i la pell de la cara se li veia resseca. És clar que a l'edat seixanta anys allò no era tan sorprenent. Però encara tenia la mirada intensa i semblava animat.

Philip va arribar a la conclusió que el que l'amoïnava era la seva pròpia edat. Com sempre, cada cop que veia el seu germà s'adonava que ell mateix havia envellit. Feia anys que no es mirava en un mirall. Es va preguntar si ell també tenia bosses sota els ulls. Es va palpar la cara. Era difícil saber-ho.

—¿Com et portes amb Henry? —va preguntar Philip, intrigat per saber, com tothom, com eren els reis en privat.

—Millor que amb Maud —va contestar Francis—. Ella era més intel·ligent, però tenia una personalitat massa recargolada. Henry és molt franc. Sempre se sap què pensa.

Seien al claustre d'un monestir de Bayeux, on s'allotjava Philip. La cort del rei Henry s'hostatjava a prop d'allà. Francis encara treballava per a Henry, com havia fet al llarg de vint anys. Ja era cap de la cancelleria, on s'escrivien totes les cartes i les cèdules reials. Es tractava d'un càrrec important i influent.

—¿Franc? ¿Henry? L'arquebisbe Thomas no és del mateix parer.

—Doncs és un gran error per part de Thomas —va dir Francis sense consideració.

Philip va pensar que el seu germà no hauria de menysprear l'arquebisbe.

—Thomas és un gran home —va objectar.

—Thomas vol ser rei —va afirmar, tallant, Francis.

—I Henry, al seu torn, vol ser arquebisbe —li va replicar Philip.

Es van mirar, tots dos irritats. «Si ara ens comencem a barallar nosaltres», va pensar Philip, «no és estrany que Henry i Thomas es barallin tan acarnissadament.»

—En qualsevol cas, tu i jo no discutirem per això —va dir somrient.

El rostre de Francis es va asserenar.

—No, és clar que no. Recorda que aquesta discussió m'ha estat turmentant des de fa sis anys. M'és impossible ser tan objectiu com tu.

Philip va fer un gest d'assentiment.

—Però, ¿per què Henry no vol acceptar el pla de pau del Papa?

—Sí que ho vol —el va rectificar Francis—. Estem a un pas de la reconciliació, però Thomas demana més. S'ha entestat que Henry li faci el petó de la pau.

—Però si el rei és sincer, ¿per què ha d'importar-li fer el petó de la pau com a garantia?

—No figura en el pla! —va exclamar Francis, exasperat.

—Tot i això, ¿per què no el fa? —va insistir Philip.

Francis va sospirar.

—Ho faria amb molt de gust si no fos perquè en una certa ocasió va jurar en públic que mai no faria a Thomas el petó de la pau.

—Són molts els reis que han trencat els seus juraments —va dir Philip.

—Reis de caràcter feble —va assenyalar Francis—. Henry mai no trencaria un jurament fet en públic. Aquesta mena de coses són les que el fan tan diferent del rei Stephen.

—Llavors l'Església no hauria d'intentar persuadir-lo del contrari —va concedir Philip de mala gana.

—¿I per què Thomas insisteix tant en el petó? —va preguntar Francis, exasperat.

—Perquè no confia en Henry, ja que res no li impedeix revocar el tractat. ¿I què pot fer-hi Thomas? ¿Exiliar-se un altre cop? Els seus partidaris s'han mostrat lleials, però estan cansats. Thomas no pot passar una altra vegada pel mateix. De manera que abans d'acceptar ha de tenir garanties fermes.

Francis va sacsejar el cap amb aire trist.

—No obstant això, ara s'ha convertit en una qüestió d'orgull —va dir—. Sé que Henry no té cap intenció d'enganyar Thomas, però no permetrà que l'obliguin a fer-li el petó de la pau. No suporta sentir-se coaccionat.

—I crec que el mateix li passa a Thomas —li va opinar Philip—. Ha demanat la seva garantia i no donarà el braç a tòrcer.

Va tornar a sacsejar el cap amb expressió de tristesa. Havia pensat que potser Francis seria capaç de suggerir alguna manera d'acostar els dos homes, però la tasca semblava impossible.

—La ironia de tot això és que Henry besaria complagut Thomas després que s'haguessin reconciliat —va dir Francis—. L'únic que no vol és que l'hi imposin com a condició prèvia.

—¿Ho ha dit així? —va preguntar Philip.

—Sí.

—Doncs llavors això ho canvia tot! —va exclamar Philip—. ¿Què va dir exactament?

—Va dir: «Li besaré la boca, li besaré els peus i el sentiré dir missa, un cop que hagi tornat.» Jo mateix l'hi vaig sentir dir.

—Ho comunicaré a Thomas.

—¿Creus que ho podria acceptar? —va preguntar, ansiós, Francis.

—Ho ignoro. —Philip no volia covar gaires esperances.— Sembla una condició molt insignificant. Rebria el petó tan sols una mica després del que ell volia.

—I al seu torn, Henry amb prou feines cedeix —va observar Francis amb creixent excitació—. Fa el petó, però de forma voluntària, no obligat. Valga'm Déu, sí que podria donar resultat!

—Podrien celebrar l'acte de reconciliació a Canterbury. Podria anunciar-se prèviament l'acord de tal manera que cap dels dos pogués canviar les coses a l'últim moment. Thomas podria dir missa i Henry fer-li el petó a la catedral.

«I llavors», va raonar Philip, «Thomas podria impedir que Waleran dugués a terme els seus plans diabòlics.»

—Ho proposaré al rei —li va comunicar Francis.

—I jo a Thomas.

Va sonar la campana del monestir. Els dos germans es van posar drets.

—Mostra't persuasiu —va demanar Philip—. Si això dóna resultat, Thomas podrà tornar a Canterbury, i si Thomas torna, Waleran Bigod estarà acabat.

Es van reunir en un prat esplèndid a la riba d'un riu, a la frontera entre Normandia i el regne de França, prop de les ciutats de Fréteval i Vievy-le-Raye. El rei Henry ja es trobava allí quan Thomas va arribar amb l'arquebisbe William de Sens. Philip, que formava part del seguici de Thomas, va veure el seu germà Francis. Estava amb el rei a l'extrem més allunyat del camp.

Henry i Thomas havien arribat a un acord. En teoria.

Tots dos havien acceptat el compromís pel qual el petó de la pau es faria durant una missa de reconciliació, quan Becket hagués tornat a Anglaterra. Però el tracte no quedaria tancat fins que no s'haguessin reunit.

Thomas va cavalcar fins al centre del prat, deixant enrere la seva gent, i Henry va fer el mateix, mentre tots els observaven retenint l'alè.

Van parlar durant hores.

Ningú podia sentir el que deien, però tots s'ho podien imaginar. Parlaven de les ofenses de Henry a l'Església, de la manera en què els bisbes anglesos havien desobeït Thomas, del paper que hi havia jugat el Papa. En un principi Philip temia que hi hagués una furiosa discussió entre ells i que se separessin més enemics que mai. Amb anterioritat ja havien estat a punt d'arribar a un acord, en una reunió com aquella, i, de sobte, alguna cosa havia ferit la susceptibilitat d'algun d'ells o de tots dos, s'havia produït un intercanvi de paraules molt dures i s'havien separat furiosos, cadascú culpant l'altre de la seva intransigència. Però com més es prolongava la conversació, més optimista se sentia Philip. Tenia la impressió que si algun dels dos estigués disposat a plantar l'altre i marxar, això ja hauria passat molta estona abans.

La calorosa tarda estival va començar a refrescar i l'ombra dels oms es va anar allargant sobre el riu. La tensió era ja insuportable.

Finalment, va passar alguna cosa. Thomas es va moure.

¿Es disposava a allunyar-se a cavall? No. Estava desmuntant. ¿Què significava allò? Philip vigilava, contenint l'alè. Thomas, un cop a terra, es va acostar a Henry i es va agenollar als seus peus.

El rei també va baixar del cavall i va abraçar Thomas.

Els cortesans de tots dos costats els van començar a victorejar i van llançar els capells a l'aire.

Philip va notar que els ulls se li omplien de llàgrimes. El conflicte havia quedat resolt, gràcies al sentit comú i a la bona voluntat. Així era com s'havien de solucionar totes les coses.

Potser era un presagi.

II

El dia de Nadal, el rei estava fora de si.

William Hamleigh estava aterrit. Només havia conegut una persona amb un geni com el del rei Henry, i aquella persona era la seva mare. Henry era gairebé tan esfereïdor com ella. Sempre l'intimidava amb aquelles espatlles amples, el pit poderós i el cap enorme, però quan s'encoleritzava, se li injectaven els ulls de sang, se li congestionava la cara pigada i la seva habitual inquietud es transformava en el furiós anar amunt i avall d'un ós captiu.

Es trobaven a Bur-le-Roi, un pavelló de caça de Henry que estava situat en una finca a prop de la costa de Normandia. El monarca s'hauria d'haver sentit feliç, ja que res no li agradava més al món que caçar i aquell era un dels seus llocs favorits, però estava rabiós, i el motiu era l'arquebisbe Thomas de Canterbury.

—Thomas, Thomas, Thomas! És tot el que sento dels vostres refotuts prelats. Thomas això, Thomas allò, que si Thomas us ha insultat, que si Thomas és injust amb vós! N'estic fart, de Thomas!

William observava de manera furtiva les cares dels comtes, els bisbes i altres dignataris asseguts a la taula al gran saló. Molts semblaven nerviosos. Només un es veia satisfet: Waleran Bigod.

Waleran havia predit que Henry tornaria a barallar-se aviat amb Thomas. Argumentava que l'arquebisbe havia guanyat amb massa autoritat, que el pla del Papa obligava el rei a consentir en excés i que sorgirien noves disputes quan l'arquebisbe intentés beneficiar-se de les promeses reials. Però Waleran no s'havia limitat a seure i esperar què passaria, sinó que havia treballat amb afany perquè la seva predicció es fes realitat. Amb l'ajuda de William, presentava contínues queixes davant Henry sobre el que Thomas feia des que havia tornat a Anglaterra. L'arquebisbe de Canterbury cavalcava per tot el país amb un exèrcit de cavallers, visitant els seus partidaris, tramant tota mena de confabulacions i castigant els clergues que havien ajudat el rei durant el seu exili. Waleran manipulava tots aquells informes abans de passar-los al rei. Però en tot el que deia hi havia alguna cosa de veritat. No obstant això, anava tirant llenya al foc, i la foguera no parava de créixer. Tots els que havien abandonat Thomas durant els sis anys que havia durat la disputa i que en aquells moments vivien amb el temor de la venjança, estaven més que disposats a difamar-lo davant el sobirà.

De manera que Waleran estava d'allò més satisfet quan Henry es va enrabiar. I no deixava de ser comprensible, ja que era un dels més perjudicats amb la tornada de l'arquebisbe, perquè aquest s'havia negat a confirmar el seu nomenament com a bisbe de Lincoln, i, d'altra banda, havia presentat el seu propi candidat per al bisbat de Kingsbridge: el prior Philip. De manera que si Thomas se sortia amb la seva, Waleran perdria Kingsbridge i no obtindria Lincoln, cosa que significaria la seva ruïna.

També es ressentiria la posició de William. Amb Aliena complint les funcions del seu germà el comte, Waleran anul·lat, Philip confirmat com a bisbe i sens dubte Jonathan com a prior de Kingsbridge, William quedaria aïllat, sense un sol aliat al comtat. Aquest era el motiu pel qual s'havia unit a Waleran a la cort reial per col·laborar en la tasca de soscavar l'acord, ja feble, entre el rei Henry i l'arquebisbe Thomas.

Ningú no havia menjat gaire cosa dels suculents cignes, oques, paons i ànecs presentats a taula. William, que sempre menjava i bevia fins a afartar-se, només feia mossegadetes al pa i petits xarrups de *posset*, una beguda feta amb cervesa, llet, ous i nou moscada que li tranquil·litzava l'estómac biliós.

La ira de Henry havia esclatat per la notícia que Thomas havia enviat una delegació a Tours, on es trobava el papa Alexandre, queixant-se que Henry no havia complert la seva part del tractat de pau.

—No hi haurà pau fins que executeu Thomas —va dir Enjuger de Bohum, un dels vells consellers del rei.

William va quedar atònit.

—És veritat! —va rugir Henry.

William estava convençut que Henry havia considerat aquella observació com una reflexió pessimista i no com un suggeriment seriós. Malgrat tot, tenia la sensació que Enjuger no ho havia dit a la lleugera.

—Quan vaig ser a Roma de tornada de Jerusalem, vaig sentir parlar d'un Papa que havia estat executat per una insofrible insolència. Maleït sia, però no en recordo el nom —va dir William Malvoisin com de passada.

—Sembla que no es pot fer res més amb Thomas. Mentre continuï vivint fomentarà la sedició a dins i a fora del país —va manifestar l'arquebisbe de York.

William no va poder evitar pensar que aquells tres homes s'havien posat d'acord. Va mirar Waleran, que en aquell mateix instant va prendre la paraula.

—Certament, és inútil apel·lar al bon sentit de Thomas.

—Calleu tots plegats! —va vociferar el rei—. Ja he sentit prou bajanades! No feu sinó lamentar-vos! ¿Quan moureu el cul i fareu alguna cosa? —Es va empassar un glop de cervesa.— Aquesta cervesa té gust de pixats! —va cridar, furiós. Va apartar la cadira i tots es van afanyar a posar-se drets. Es va aixecar i, amb pas aïrat, va sortir de l'habitació.

Es va produir un silenci molt tibant.

—El missatge no pot ser més clar —va dir a la fi Waleran—. Hem de fer alguna cosa respecte a Thomas, com més aviat millor.

—Crec que hem d'enviar una delegació a Thomas per cridar-lo a l'ordre —va suggerir William Mandeville, el comte d'Essex.

—¿I què penseu fer si refusa l'oferiment? —va preguntar Waleran.

—L'hauríem d'arrestar en nom del rei.

Uns quants homes van començar a parlar alhora. Els reunits es van dividir en grups més petits. Els qui rodejaven el comte d'Essex van començar a preparar la delegació que aniria a Canterbury. William va mirar Waleran, que conversava amb dos o tres cavallers joves i li va fer un senyal perquè s'acostés.

—La delegació de William Mandeville no servirà de res. Thomas els pot manipular amb una mà lligada a l'esquena.

—Alguns de nosaltres pensem que ha arribat el moment de prendre mesures més dràstiques —va plantejar Reginald Fitzurse mirant William amb fredor.

—¿Què voleu dir? —li va preguntar aquest.

—Ja heu sentit el que ha dit Enjuger.

—Execució —va etzibar Richard le Bret, un noi de divuit anys.

William es va quedar de pedra en sentir aquella paraula. La cosa era seriosa, doncs. Va mirar Waleran.

—¿Demanareu la benedicció del rei?

Va ser Reginald qui va contestar.

—Impossible. No pot donar el vistiplau a una cosa com aquesta per endavant. —Va esbossar un somriure diabòlic.— Però després sí que pot recompensar els seus lleials servidors.

—Bé, William. ¿Esteu amb nosaltres? —li va preguntar el jove Richard.

—No n'estic segur —va replicar William. Estava excitat i espantat alhora.— M'ho he de rumiar.

—No hi ha gaire temps per rumiar. Hem d'arribar a Canterbury abans que William Mandeville, si no els seus homes ens destorbaran.

—Haurien d'anar acompanyats d'un home més experimentat, que planegi l'operació i els dirigeixi —va fer saber Waleran a William.

William estava molt predisposat a acceptar-ho, ja que aquell desenllaç no tan sols resoldria tots els seus problemes, sinó que probablement el rei li concediria un comtat pel seu servei.

—Però matar un arquebisbe ha de ser un pecat terrible! —va exclamar.

—No us hi amoïneu —li va assegurar Waleran—. Jo us donaré l'absolució.

La monstruositat del que estaven a punt de fer planava sobre la consciència de William, com un núvol de tempesta sobre els camps segats, mentre el grup d'assassins cavalcava a través d'Anglaterra. No podia pensar en res més. Li era impossible menjar o dormir. Es comportava de manera estranya i parlava distret. Quan el vaixell va arribar a Dover se'n volia desdir.

Van arribar al castell de Saltwood, a Kent, tres dies després de Nadal, un dilluns a la nit. El castell pertanyia a l'arquebisbe de Canterbury, però durant l'exili l'havia ocupat Ranulf de Broc, que s'havia negat a tornar-lo. De fet, una de les queixes que havia presentat Thomas al Papa era que el rei Henry no li havia tornat aquell castell.

Ranulf va fer canviar d'idea William.

En absència de l'arquebisbe, Ranulf havia assolat Kent, aprofitant la manca d'autoritat, tal com havia fet William en altres temps. I estava disposat a qualsevol cosa per continuar fent el que volgués. Es va mostrar entusiasta amb el pla i va expressar la seva satisfacció davant l'oportunitat de prendre-hi part. Va començar a discutir els detalls de seguida amb evident fruïció. El seu enfocament realista va aclarir la boira de temor supersticiós que enterbolia la visió de William, que va començar a rumiar que seria fantàstic convertir-se novament en comte i que ningú no li digués què havia de fer.

Es van passar gairebé tota la nit planificant l'operació al detall. Amb la punta d'un ganivet, Ranulf va dibuixar sobre la taula un plànol del recinte de la catedral i del palau de l'arquebisbe. Els edificis monàstics es trobaven al costat nord de l'església, costum que havia caigut en desús, ja que ara solien trobar-se a la part sud, com a Kingsbridge. El palau de l'arquebisbe estava unit a la banda nord-oest del temple. S'hi entrava des del pati de la cuina. Mentre elaboraven el pla, Ranulf va enviar genets a les seves guarnicions de Dover, Rochester i Bletchingley, ordenant als seus cavallers que s'afegissin al matí al grup que anava cap a Canterbury. Ja era gairebé l'alba quan els conspiradors se'n van anar a dormir un parell d'hores.

Després del llarg viatge, a William li feien un mal terrible les cames. Confiava que fos l'última operació militar que hagués de fer. Aviat en faria cinquanta-cinc, si no n'havia perdut el compte, i s'estava fent massa vell per a aquelles coses.

Tot i el seu cansament i l'encoratjadora influència de Ranulf, continuava sense poder dormir. La idea de matar un arquebisbe era massa aterridora, malgrat que ja havia estat absolt per endavant del seu pecat. Tenia por dels malsons que segurament el torturarien si arribava a adormir-se.

Havien concebut un bon pla d'atac. Però sortiria malament, és clar. Sempre hi havia *alguna cosa* que fallava. L'important era ser prou flexible per poder fer front als imprevistos. Però, fos com fos, no seria gaire difícil per a un grup d'homes de guerra professionals dominar un grapat de monjos efeminats.

La llum difusa d'un gris matí d'hivern va penetrar a l'habitació a través de les finestres estretes. Al cap d'una estona William es va llevar. Va intentar dir les seves oracions, però li va ser impossible.

Els altres també es van llevar d'hora. Van esmorzar plegats al saló. A més de William i Ranulf allà hi havia Reginald Fitzurse, a qui William havia designat cap del grup d'atac; Richard le Bret, el jovenet del grup; William Tracy, el de més edat; i Hugh Morville, el de més alt rang.

Es van posar les armadures i van emprendre el camí a cavall de les muntures de Ranulf. Feia un fred glacial i el cel estava fosc, cobert de núvols grisos i baixos, com si estigués a punt de nevar. Van continuar pel vell camí anomenat Stone Street. Al llarg del camí, se'ls van anar unint altres cavallers.

El punt de reunió era l'abadia de Sant Agustí, als afores de la ciutat. Ranulf havia assegurat a William que l'abat era un antic enemic de Thomas. De tota manera, William havia decidit que li diria que eren allí per detenir Thomas, no per matar-lo. Havien de mantenir-ho en secret fins a l'últim moment. Ningú no havia de conèixer el veritable objectiu de l'operació llevat del mateix William, Ranulf i els quatre cavallers vinguts de França.

Van arribar a l'abadia a les dotze del migdia. Allà els estaven esperant els homes convocats per Ranulf. L'abat els va oferir un dinar. El vi era molt bo, i en van beure fins a sadollar-se'n. Ranulf va explicar als homes d'armes que rodejarien el recinte de la catedral de Canterbury i que impedirien que ningú en sortís.

William tremolava, tot i que encara era a la vora del foc de la casa d'hostes. L'operació no tenia grans complicacions, però si fracassava, el càstig seria la mort, sense cap mena de dubte. El rei trobaria una manera de justificar l'assassinat de Thomas. Però mai no donaria suport a un intent d'assassinat. Hauria de negar que en tingués coneixement i penjar els homes que l'haguessin perpetrat. William havia penjat molta gent en la seva qualitat de xèrif de Shiring, però la idea del seu propi cos penjant de l'extrem d'una corda el feia estremir.

Va desviar els seus pensaments al comtat, que seria la recompensa que rebria per l'èxit. Seria agradable ser comte de nou i tornar a ser respectat, considerat i obeït sense cap excusa. Potser Richard, el germà d'Aliena, moriria a Terra Santa i el rei Henry donaria a William altre cop les seves antigues propietats. Aquella idea li va proporcionar més escalfor que el foc.

En deixar l'abadia formaven ja un petit exèrcit. No obstant això, no van trobar cap dificultat per entrar a Canterbury. Ranulf havia controlat aquella part del país durant sis anys i la seva autoritat no havia disminuït. Gaudia de més preponderància que Thomas, cosa que sens dubte havia induït aquest a presentar la seva queixa amarga al Papa. Tan aviat com van ser dins del recinte de la catedral, els homes d'armes es van situar als punts clau i van controlar totes les sortides.

Havia començat l'operació. Fins a aquell instant es podia, teòricament, suspendre-la sense cap conseqüència. Però a partir d'aquell moment la sort estava llançada, va pensar William amb un calfred de temor.

William va deixar Ranulf a càrrec del setge, es va endur un grup de cavallers i homes a una casa situada davant de l'entrada principal del recinte catedralici, i després va franquejar la porta amb la resta dels homes. Reginald Fitzurse i els altres tres conspiradors van cavalcar fins al pati de la cuina com si fossin visitants oficials i no intrusos armats. Però William va córrer cap al cos de guàrdia i va acorralar l'esgarrifat sentinella a punta d'espasa.

L'atac havia començat i ja no es podien fer enrere.

Amb el cor bategant amb fúria, William va ordenar a un dels homes d'armes que lligués de mans el sentinella. Llavors va aplegar la resta dels seus homes al cos de guàrdia i va tancar la porta. Ningú no podria entrar ni sortir. Havia pres un monestir amb les armes.

Va anar darrere els altres quatre conspiradors fins al pati de la cuina. A la part nord hi havia els estables, però els quatre van fermar els cavalls en una morera que hi havia al mig del pati. Es van treure els cinyells i els cascs, ja que havien d'aparentar, almenys una estona, que es tractava d'una visita pacífica.

William va arribar on eren i va deixar caure les seves armes a sota l'arbre. Reginald el va mirar inquisitivament.

—Tot va bé —li va assegurar William—. El lloc està aïllat.

Van creuar el pati en direcció al palau. Van entrar al vestíbul. William va deixar de guàrdia un cavaller del comtat. Els altres van penetrar al gran saló.

Els servidors de palau seien a punt de sopar, cosa que significava que ja havien servit Thomas així com els sacerdots i monjos que eren amb ell. Un dels criats es va aixecar.

—Som homes del rei —va anunciar Reginald.

Al saló es va fer el silenci.

—Benvinguts —va dir el que s'havia alçat—. Sóc William Fitzneal, el majordom del saló. Passeu, si us plau. ¿Voleu sopar alguna cosa?

Es mostrava molt cordial, va observar William, tenint en compte que el seu senyor estava en desavinença amb el rei. Segurament seria fàcil subornar-lo.

—Res de sopar. Gràcies —va respondre Reginald.

—¿Una copa de vi per refer-vos del viatge?

—Tenim un missatge del rei per al teu senyor —va dir, impacient, Reginald—. Anuncieu-nos de seguida, si us plau.

—Molt bé —va contestar el majordom, fent una reverència. Com que no anaven armats no tenia motiu per sospitar. Va deixar la taula i es va encaminar cap a l'altra banda del saló.

William i els cavallers el van seguir. Les mirades dels criats silenciosos no s'apartaven d'ells. William tremolava, com li passava sovint abans de les batalles, i anhelava que comencés la lluita, ja que llavors s'asserenava.

Van pujar per una escala fins al pis de dalt.

Van anar a parar a una espaiosa sala de recepció amb bancs adossats; al mig d'una paret, hi havia un gran setial. Als bancs es trobaven asseguts uns quants sacerdots i monjos amb vestits negres, però el setial estava buit.

El majordom va recórrer l'habitació fins a arribar a una porta oberta.

—Missatgers del rei, monsenyor —va dir amb una veu forta.

No es va poder sentir la resposta, però l'arquebisbe devia haver donat el seu permís, perquè el majordom els va fer el gest que entressin.

Els monjos i sacerdots van mirar amb expressió d'astorament els cavallers que creuaven l'estança i entraven a la cambra de l'arquebisbe.

Thomas Becket estava assegut a la vora del llit. Només hi havia una altra persona a l'habitació, un monjo que l'escoltava atentament, dret a prop seu. William es va sobresaltar en reconèixer el prior Philip de Kingsbridge. ¿Què hi feia, allà? Ensabonar Thomas i buscar favors, sens dubte. Philip havia estat escollit bisbe de Kingsbridge, però encara no l'havien confirmat. «Ara ja no ho serà mai», va pensar William amb una satisfacció brutal.

Philip també es va sobresaltar en veure William. Però Thomas continuava parlant sense fer cas dels cavallers. Allò era fer ostentació d'una descortesia calculada, va pensar William. Els cavallers van prendre lloc als tamborets baixos i als bancs que rodejaven el llit. William hauria preferit que no ho fessin, ja que així semblava que la visita era social, i va tenir la impressió que, d'alguna manera, havien perdut ímpetu. Potser aquell era el propòsit de Thomas.

L'arquebisbe a la fi els va mirar. No es va aixecar per saludar-los. Els coneixia tots llevat de William, i els seus ulls es van aturar en Hugh Morville, el de més alta graduació.

—Ah, Hugh! —va dir.

William havia encarregat aquella part de l'operació a Reginald, de manera que va ser ell i no Hugh qui va parlar.

—Ens envia el rei des de Normandia. ¿Voleu sentir el seu missatge en públic o en privat?

Thomas va mirar irritat Reginald i després Hugh, com si el molestés tractar amb un membre de la delegació d'inferior rang.

—Vés-te'n, Philip —va dir, i va deixar escapar un sospir.

Philip es va aixecar i va passar pel costat dels cavallers amb gest de preocupació.

—Però no tanquis la porta —el va advertir Thomas.

—Us requereixo en nom del rei perquè ens acompanyeu a Winchester a respondre d'acusacions formulades contra vós —va exposar Reginald tan bon punt Philip va ser fora.

William va tenir la satisfacció de veure empal·lidir Thomas.

—De manera que així van les coses —va comentar l'arquebisbe amb calma, i va alçar els ulls cap al majordom que esperava al costat de la porta—. Fes entrar tothom —li va dir—. Vull que sentin això.

Van començar a desfilar monjos i sacerdots, Philip entre ells. Alguns van seure i uns altres es van quedar drets recolzats a la paret. William no tenia cap objecció a fer, al contrari, com més gent hi hagués present millor, ja que l'objectiu d'aquella trobada era deixar establert davant de testimonis que Thomas s'havia negat a obeir una ordre reial.

Un cop tots es van haver instal·lat, Thomas va mirar Reginald.

—Repetiu-ho —li va dir.

—Us requereixo en nom del rei perquè ens acompanyeu a

Winchester a respondre de les acusacions contra vós —va repetir Reginald.

—¿De quines acusacions es tracta? —va preguntar l'arquebisbe amb tranquil·litat.

—De traïció!

Thomas va sacsejar el cap.

—Henry no em jutjarà —va assegurar amb calma—. Déu sap molt bé que no he comès cap delicte.

—Heu excomunicat servidors del rei.

—No vaig ser jo sinó el Papa.

—Heu suspès altres bisbes.

—He ofert restablir-los en condicions clements. Ho han rebutjat. La meva oferta continua en peu.

—Heu amenaçat la successió al tron, i heu menyspreat la coronació del fill del rei.

—No he fet res d'això. L'arquebisbe de York no té dret a coronar ningú, i el Papa l'ha desaprovat pel seu atreviment. Però ningú no ha apuntat que la coronació no sigui vàlida.

—Una cosa condueix a l'altra, condemnat foll —va exclamar Reginald, exasperat.

—Ja n'he tingut prou! —va clamar Thomas.

—I nosaltres ja us hem aguantat prou, Thomas Becket —va cridar Reginald—. Per Déu i tots els sants que n'estem farts, de vós, de la vostra arrogància, de les vostres injúries i de la vostra traïció.

Thomas es va posar dret.

—Els castells de l'arquebisbe estan ocupats pels homes del rei —va clamar—. Les rendes de l'arquebisbe les ha cobrat el rei. S'ha ordenat a l'arquebisbe que no abandoni la ciutat de Canterbury. ¿I em dieu que *vosaltres* ja m'heu aguantat prou?

—Monsenyor, serà millor que discutim aquest assumpte en privat —va aconsellar un dels sacerdots a Thomas en un intent d'apaivagar els ànims.

—¿Amb quina finalitat? —va replicar, tallant, Thomas—. Exigeixen una cosa que no he de fer i no faré.

Els crits havien atret tothom al palau i davant la porta de la cambra hi havia un gran nombre de persones que escoltaven astorades. La discussió s'havia allargat prou. Ningú podia negar que Thomas s'havia resistit a obeir una ordre reial. William va fer un senyal a Reginald. Va ser un gest discret, però no va passar inadvertit al prior Philip, que va arrufar sorprès les celles, comprenent llavors que el cap del grup era William i no Reginald.

—Thomas Becket, heu deixat d'estar sota la pau i protecció del rei —va dir Reginald en to oficial. Va mirar els espectadors i va ordenar:— Desallotgeu l'habitació.

Ningú no es va moure.

—A vosaltres, monjos, us ordeno en nom del rei que vigileu l'arquebisbe i impediu que s'escapi —va afegir.

Ningú no ho faria, és clar, i això era precisament el que William esperava. Volia que Thomas intentés escapar, perquè així tindrien una excusa per matar-lo.

Reginald es va girar cap a William Fitzneal, el majordom, que, tècnicament, era el guardaespatlles de l'arquebisbe.

—Quedes detingut —li va dir. El va agafar pel braç i el va fer sortir de l'habitació. El majordom no va oposar resistència. William i els altres cavallers els van seguir.

Van baixar per les escales i van creuar el saló. Richard, el cavaller del comtat, seguia de guàrdia a la portalada. William es va preguntar què podia fer amb el majordom.

—¿Estàs amb nosaltres? —li va preguntar.

L'home semblava aterrit.

—Ho estic si esteu amb el rei.

William va considerar que, partidari d'una banda o d'una altra, estava massa espantat per suposar cap perill.

—No el perdis de vista —va indicar a Richard—. Ningú no pot abandonar l'edifici. Mantingues tancada la porta de la portalada.

Llavors tots els homes de William van travessar corrents el pati fins a la morera. Van començar a posar-se a corre-cuita els cascs i les espases. «Ho farem», va pensar William, mort de por. «Oh, Déu meu!, tornarem allí i matarem l'arquebisbe de Canterbury.» Feia molt de temps que William no es posava un casc, i la vora de la cota de malla que li protegia el coll i les espatlles li creava dificultats. Va maleir els seus dits poc hàbils. Va albirar un noi que el mirava amb la boca oberta.

—Ep, tu! ¿Com et dius? —el va cridar.

El noi va girar el cap en direcció a la cuina, sense saber si respondre a William o sortir corrents.

—Robert, senyor —va contestar al cap d'un instant—. Em diuen Robert Pipe.

—Vine aquí, Robert Pipe, i ajuda'm amb això.

El noi va tornar a titubejar.

A William se li va acabar la paciència.

—Vine aquí ara mateix o et juro per la sang de Crist que et tallaré les mans amb aquesta espasa.

El noi va avançar a contracor. William li va ensenyar com subjectar la cota de malla mentre ell es col·locava el casc. Al final ho va aconseguir i Robert Pipe va sortir corrents com un esperitat. «Ja té alguna cosa per explicar als néts», va pensar William.

El casc tenia bavera i visera, de manera que en pujar la bavera i baixar la visera, la cara quedava oculta i ja ningú no els podia reconèixer. William va deixar la seva visera oberta encara un moment. Cadascun d'ells esgrimia una espasa en una mà i una destral a l'altra.

—¿Preparats? —va preguntar William.

Tots van assentir.

A partir d'aquell moment ja no parlarien. No calien més ordres, ni tampoc prendre noves decisions. Tot el que calia fer era tornar allí i matar Thomas.

William es va ficar els dits a la boca i va emetre un xiulet agut.

A continuació es va abaixar la visera.

Del cos de guàrdia va sortir corrents un home d'armes que va obrir la porta principal de bat a bat.

Els cavallers que vigilaven a la casa que hi havia davant de la catedral van creuar el carrer i es van dispersar pel pati, cridant, tal com William els havia dit:

—Homes del rei! Homes del rei!

William va tornar corrents al palau.

El cavaller Richard i el majordom William Fitzneal li van obrir la porta de la portalada.

Mentre entrava, dos servents de l'arquebisbe van aprofitar la circumstància que Richard i William Fitzneal estaven distrets i van tancar de cop la porta que donava al saló.

William va descarregar tot el seu pes contra la porta. Però era massa tard. L'havien falcat amb una barra. Va renegar. El primer contratemps, tan aviat! Els cavallers van començar a clavar cops de destral contra la porta, però sense resultat. Estava feta per resistir atacs com aquell. William va començar a sentir que perdia el control. Lluitant contra el pànic que començava a apoderar-se d'ell, va sortir corrents de la portalada mirant al voltant buscant una altra porta. Reginald el va seguir.

Per aquell costat de l'edifici no hi havia res. Es van precipitar cap al costat oest del palau, passada la cuina. Es van trobar a l'hort del costat sud. William va deixar anar un grunyit de satisfacció. Allà, al mur sud del palau, hi havia una escala que conduïa al pis superior. Semblava una entrada privada a les habitacions de l'arquebisbe. Se li va esvanir la sensació de pànic que el dominava.

William i Reginald van anar ràpidament cap a l'escala. Estava trencada en alguns llocs. A prop hi havia unes eines i una escala portàtil, com si l'haguessin estat reparant. Reginald va repenjar l'escala portàtil al lateral de l'altra i es va enfilar, saltant-se els esglaons trencats. Va arribar a dalt. Hi havia una porta que donava a un petit balcó tancat. William va veure que intentava obrir-la. Estava tancada. Al costat hi havia una finestra amb un porticó. Reginald la va fer saltar amb un cop de destral. Va ficar la mà, va furgar i, finalment, va obrir la porta i va entrar.

William va començar a pujar per l'escala.

Philip s'havia espantat en veure William Hamleigh, però els sacerdots i els monjos del seguici de Thomas no van semblar donar-hi cap importància. Després, en sentir els cops contra la porta del saló, van tenir por i uns quants van proposar anar a refugiar-se a l'església.

Thomas va mostrar un cert menyspreu.

—¿Refugiar-nos? —va dir—. ¿De què? ¿D'aquells cavallers? Un arquebisbe no pot fugir de quatre exaltats.

Philip va pensar que tenia raó, fins a un cert punt. La condició d'arquebisbe perdia el seu significat si el cap de l'Església s'acovardia davant d'una colla d'homes armats. L'home de Déu, segur de saber que els seus pecats li seran perdonats, considera la mort com un trasllat feliç a un lloc millor i no tem les espases. Però ni tan sols un arquebisbe es podia mostrar tan indiferent per la seva seguretat fins al punt de convidar a l'atac. A més, Philip coneixia per experiència la brutalitat i depravació de William Hamleigh. De manera que quan van sentir que trencaven la finestra va decidir prendre el comandament.

Va mirar per les finestres i va comprovar que el palau estava rodejat de cavallers. Allò el va atemorir encara més. Era, sense cap mena de dubte, un atac planejat amb cura, i els qui el perpetraven estaven disposats a vessar sang. Va tancar a corre-cuita la porta del dormitori i la va assegurar amb la barra. Els altres l'observaven, satisfets que algú decidit es fes càrrec de la situació. L'arquebisbe Thomas seguia mostrant menyspreu, però no va mirar d'aturar Philip.

Philip es va mantenir dret al costat de la porta. Va sentir que algú creuava el balcó i entrava a la sala d'audiències. Es va preguntar quanta estona podria resistir la porta del dormitori. No obstant això, l'home no la va esbotzar, sinó que va travessar la sala i va començar a baixar per l'escala. Philip va suposar que devia anar a obrir la porta del saló des de dins per tal de deixar entrar la resta dels cavallers.

Allò donava a Thomas uns moments de respir.

En un racó del dormitori hi havia una altra porta, mig amagada pel llit.

—¿On condueix? —va preguntar Philip en un to urgent, assenyalant-la.

—Al claustre —va respondre algú—. Però està tancada amb una barra.

Philip va creuar l'habitació i va mirar d'obrir la porta. En efecte, estava barrada.

—¿Teniu una clau? —va preguntar a Thomas, i després va afegir:— Monsenyor.

Thomas va negar amb el cap.

—Que jo recordi, aquest passatge mai no ha estat utilitzat —va dir amb una calma exasperant.

La porta no semblava gaire resistent, però Philip ja tenia seixanta-dos anys i la força física mai no havia estat la seva qualitat més destacada. Va retrocedir i va clavar-hi una puntada de peu. La porta va sonar com si s'estellés. Philip, serrant les dents, va colpejar-la amb més força, i va aconseguir obrir-la.

Philip va esguardar Thomas. Thomas, pel que semblava, continuava posant traves a fugir. Potser encara no havia arribat a entendre, com ho havia fet Philip, que el nombre de cavallers i la naturalesa ben organitzada de l'operació revelaven la sinistra i ferma intenció de fer-li mal. Però Philip sabia de manera instintiva que seria inútil espantar Thomas per aconseguir que fugís.

—És l'hora de vespres —va dir, canviant de tàctica sobre la marxa—. No hauríem de canviar la disciplina de l'oració per culpa d'una colla de salvatges.

Thomas va somriure en veure que el seu mateix argument era utilitzat en contra seva.

—Molt bé —va respondre mentre es posava dret.

Philip va obrir la marxa, alleujat per haver aconseguit que l'arquebisbe es posés en moviment i també temorós que no ho fes amb prou rapidesa. El passatge davallava per un llarg tram d'escala. No hi havia més llum que la que arribava del dormitori. Al final, hi havia una altra porta, a la qual Philip va aplicar el mateix tractament que a l'anterior. Però aquesta era més forta i no va cedir.

—Ajuda! Obriu la porta, de pressa! —va començar a cridar mentre colpejava contra la fulla.

Va percebre la nota de pànic en la seva pròpia veu i es va obligar a conservar la calma, malgrat que el cor li bategava amb força i tenia la certesa que els cavallers de William els devien estar estalonant de prop.

Els altres es van unir a ell. Va continuar picant a la porta i cridant.

—Dignitat, Philip, si us plau —va sentir que deia Thomas.

Però no li va fer cas.

El que ell volia era protegir la dignitat de l'arquebisbe. I la seva no tenia la més mínima importància.

Abans que Thomas tingués temps de tornar a protestar va sentir un soroll: algú enretirava la barra i feia girar una clau al pany. La porta es va obrir. Philip va respirar d'alleujament. Al davant tenia dos cellerers sobresaltats.

—No sabia que aquesta porta conduís a algun lloc —li va dir un.

Philip els va apartar amb impaciència. Havien anat a parar al rebost del cellerer. Va anar esquivant barrils i sacs per arribar a la porta, a través de la qual va sortir a l'aire lliure.

Començava a fosquejar. Estava al porxo sud del claustre. Amb una gran satisfacció, va veure la porta que conduïa al transsepte nord de la catedral de Canterbury.

Ja estaven gairebé salvats.

Havia d'aconseguir que Thomas entrés a la catedral abans que William i el seu escamot els atrapessin. La resta del grup va sortir del rebost.

—A la catedral. De pressa —els va apressar Philip.

—No, Philip —va interposar-se Thomas—. No amb tantes presses. Entrarem a la meva catedral amb dignitat.

Philip hauria volgut cridar de contrarietat.

—Com vós digueu, monsenyor —es va limitar a dir.

Se sentia el soroll funest de les fortes passes que baixaven les escales del passadís que duia al rebost. Els cavallers havien penetrat al dormitori i hi havien descobert la porta. Sabia que la millor protecció del bisbe era la seva dignitat, però no hi havia res de dolent en fugir dels esculls.

—¿On és la meva creu d'arquebisbe? —va preguntar Thomas—. No puc entrar al temple sense la creu.

Philip va sacsejar el cap, desesperat.

—Jo l'he portat. És aquí —va dir un dels sacerdots.

—Porta-la davant meu com sempre, si et plau —va demanar Thomas.

El sacerdot la va alçar i es va dirigir amb una pressa continguda cap a la porta de la catedral.

Thomas el va seguir.

El seguici de l'arquebisbe el va precedir, com exigia el protocol. Philip va entrar l'últim i va mantenir la porta oberta per a Thomas. Just en el moment que ell entrava, dos cavallers van sortir del rebost del cellerer i van arrencar a córrer pel porxo sud.

Philip va tancar la porta del transsepte. Hi havia un travesser que s'introduïa en un orifici del mur per barrar la porta. La va agafar i va deixar la porta tancada i barrada, va fer mitja volta, respirant alleujat, i s'hi va repenjar.

Thomas recorria el transsepte cap als esglaons que conduïen al deambulatori del presbiteri, però quan va sentir el cop de barra es va aturar de sobte i es va girar.

—No, Philip —va dir.

A Philip li va caure l'ànima als peus.

—Monsenyor...

—Això és la casa de Déu i no un castell. Treu aquesta barra.

Els cavallers intentaven obrir la porta per la força.

—Em temo que ens volen matar —va dir Philip.

—Si ha de ser així, ho aconseguiran, amb barra o sense. ¿Saps quantes portes més hi ha a la catedral? Obre-la.

Van sentir un seguit de cops terribles, fruit de les destralades que els cavallers clavaven a la fulla de la porta.

—Us podríeu amagar —va suggerir Philip, aclaparat—. Hi ha molts llocs... L'entrada de la cripta és aquí mateix... S'està fent de nit.

—¿Amagar-me, Philip? ¿A la meva pròpia església? ¿Ho faries, tu?

Philip va mirar Thomas de fit a fit.

—No, no ho faria —va dir a la fi.

—Obre la porta.

Philip va treure la barra, molt atribolat.

Els cavallers van irrompre a la catedral. Eren cinc. Portaven la cara tapada pels cascs i brandaven espases i destrals. Semblaven emissaris arribats de l'infern.

Philip sabia que no havia de tenir por, però aquelles armes afilades el feien tremolar de paüra.

—¿On és Thomas Becket, traïdor al rei i al regne? —va cridar un cavaller.

—¿On és el traïdor? ¿On és l'arquebisbe? —va vociferar la resta.

Ja s'havia fet fosc del tot i la catedral estava en la penombra, il·luminada tan sols per la resplendor de les espelmes. Tots els monjos anaven vestits de negre i els cascs impedien als cavallers veure-hi bé. Tot d'una, Philip va sentir renéixer l'esperança: potser en la foscor no distingirien Thomas. Però aquest de seguida es va posar al descobert.

—Aquí em teniu. No sóc un traïdor al rei sinó un sacerdot de Déu. ¿Què voleu? —va dir, baixant els graons cap als cavallers.

Mentre l'arquebisbe s'encarava amb els cinc homes amb les espases desembeinades, Philip va intuir de sobte, sense cap mena de dubte, que Thomas moriria aquell dia, allà mateix.

Els monjos i els sacerdots presents devien tenir el mateix mal presagi, perquè tot d'una gairebé tots van fugir. Els uns van desaparèixer entre les ombres del presbiteri, d'altres es van dispersar per la nau entre els fidels que esperaven que se celebrés l'ofici i un d'ells va obrir una porteta i va pujar corrents una escala de cargol. Philip estava molt abatut.

—Hauríeu de resar i no de córrer —els va amonestar.

En aquell moment se li va acudir que potser també el matarien a ell si no s'escapava, però se li feia impossible apartar-se del costat de l'arquebisbe.

—Abjureu de la vostra traïció —va exigir a Thomas un dels cavallers.

Philip va reconèixer la veu de Reginald Fitzurse.

—No tinc res a abjurar! —va replicar Thomas —. No he comès cap traïció.

Estava completament serè, però tenia la cara lívida. Philip va comprendre que Thomas, igual que tota la resta, sabia que estava a punt de morir.

—Fugiu, sou home mort! —va cridar Reginald.

Thomas es va quedar immòbil. Els cavallers no gosaven matar-lo a sang freda.

Potser Thomas ho havia endevinat, perquè continuava parat davant d'ells i els desafiava perquè l'ataquessin. Es van quedar així molta estona, tots immòbils formant un quadre sinistre: els cavallers negant-se a fer el primer moviment i el sacerdot massa orgullós per fugir.

La fatalitat va voler que fos el bisbe qui trenqués l'encanteri.

—Estic preparat per morir, però no tocareu cap dels meus homes, ja siguin sacerdots, monjos o seglars.

Reginald va fer el primer moviment. Va brandar l'espasa davant de Thomas i anava acostant-li la punta a la cara, per agafar coratge i tocar el sacerdot amb la fulla. De sobte, amb un gir ràpid del canell, Reginald va fer caure la birreta a Thomas.

Philip va tornar a recuperar l'esperança. No s'atrevien a ferho, tenien por de tocar-lo.

Però s'equivocava. La decisió dels cavallers es va refermar amb el gest absurd de tirar per terra la birreta de l'arquebisbe, com si en fer-ho haguessin esperat que la mà de Déu es vengés, i, el fet que el càstig no hagués arribat, els hagués donat valor per tirar endavant el seu pla diabòlic.

—Emporteu-vos-el d'aquí —va dir Reginald.

Els altres cavallers es van acostar a Becket, brandant les espases desembeinades.

Un d'ells el va agafar per la cintura i el va intentar aixecar.

Philip estava desesperat. Al final l'havien tocat. Aquells salvatges no s'aturaven davant un home de Déu. Philip va tenir una sensació d'angúnia provocada per la maldat profunda d'aquells miserables, com si estigués mirant un pou sense fons. En la pregonesa dels seus cors, devien saber que anirien a l'infern. Tanmateix, ho van fer.

Thomas va perdre l'equilibri, va agitar els braços i es va debatre. Els altres cavallers van unir forces per provar d'aixecar-lo i treure'l del temple. Els únics homes de Thomas que es van quedar allà van ser Philip i un sacerdot que es deia Edward Grim. Tots dos van córrer a ajudar-lo. Edward el va agafar pel mantell i no el deixava anar. Un cavaller es va girar i va donar un cop de puny al cap a Philip, que va caure a terra, atordit.

Quan es va refer, els cavallers havien deixat anar Thomas, que estava dret amb el cap inclinat i les mans juntes en actitud de pregària. Un dels cavallers va alçar l'espasa.

Philip, encara a terra, va llançar un crit llarg i desesperat:

—Noooo!

Edward Grim va aixecar el braç per parar el cop.

—M'encomano a Tu... —va mormolar Thomas.

L'espasa va baixar.

Va tocar a Thomas i a Edward al mateix temps. Philip va escoltar el seu propi crit. L'espasa va partir per la meitat el crani de l'arquebisbe i va tallar el braç a Edward. Mentre la sang brollava del braç del sacerdot, Thomas va caure de genolls.

Philip mirava horroritzat la ferida espantosa al cap de l'arquebisbe, que va anar caient a poc a poc, amb les mans al davant. S'hi va repenjar un moment i es va desplomar.

Un altre cavaller va clavar la fulla de l'espasa al cos que jeia al terra de pedra. Philip va deixar anar un crit de dolor involuntari. El segon cop va tocar el mateix lloc que el primer i va fer desprendre la part de dalt del crani de Thomas. El cop tenia tanta força que l'espasa es va trencar en dos trossos contra el paviment. El cavaller va llençar la meitat amb l'empunyadura.

Un tercer cavaller va cometre una barbaritat que es quedaria gravada a sang i foc en la memòria de Philip per la resta de la seva vida. Va introduir la punta de l'espasa al cap obert de l'arquebisbe i va escampar la massa encefàlica per terra.

Philip va sentir que les cames li flaquejaven i va caure de genolls a terra, aclaparat d'horror.

—Aquest ja no s'aixecarà! Fotem el camp! —va dir l'home.

Tots els cavallers van fer mitja volta i van arrencar a córrer. Philip els va veure travessar la nau, brandant les espases per apartar els fidels.

Quan els assassins van haver marxat, per un moment es va fer un silenci sepulcral. El cadàver de l'arquebisbe jeia a terra, de bocaterrosa, amb la part de dalt del crani despresa de la resta del cap, com si fos la tapadora d'una olla. Philip va amagar la cara entre les mans. Allò era la fi de qualsevol esperança. Els bàrbars havien guanyat. Tenia una sensació de vertigen i d'ingravidesa com si s'estigués ofegant en un llac profund de desesperació. Ja no tenia enlloc on agafar-se, i tot el que li havia semblat segur a la vida ara trontollava.

Havia dedicat tota la seva existència a lluitar contra el poder arbitrari d'homes malvats, i ara, a la recta final, havia estat vençut. Recordava la segona vegada que William Hamleigh havia anat a calar foc a Kingsbridge i els ciutadans havien aixecat una muralla en un sol dia. Quina victòria! La fortalesa pacífica de centenars de persones normals i corrents havia derrotat la monstruosa crueltat del comte William. També li va venir a la memòria l'intent de Waleran Bigod de construir la catedral a Shiring per poder-la controlar en benefici propi. Philip havia mobilitzat tot el comtat. Més d'un miler de persones havien anat a Kingsbridge aquell diumenge de Pentecosta de feia trenta-dos anys, i la força de la seva convicció havia espatllat els plans de Waleran. Però ara ja no hi havia esperança. Tots els habitants de Canterbury plegats, ni tan sols la població sencera d'Anglaterra, no podrien tornar la vida a l'arquebisbe Thomas.

Agenollat sobre les lloses del transsepte nord de la catedral de Canterbury, va tornar a veure els homes que havien entrat inesperadament a casa seva i assassinat els seus pares davant dels seus propis ulls, cinquanta-sis anys enrere. L'emoció que vivia en aquell moment, la d'aquell nen, no era ni la por, ni tan sols el dolor. Era la còlera. Davant de la incapacitat d'aturar aquells homes enormes amb la cara congestionada i els ulls injectats de sang, havia concebut la il·lusió enlluernadora d'immobilitzar-los les espases i aturar-los els cavalls de guerra, obligant-los a sotmetre's a una autoritat més elevada. Poc després, mentre els seus pares jeien morts a terra, havia arribat l'abat Peter per ensenyar-li el camí. Desarmat i indefens, havia aturat a l'acte aquell vessament de sang, només fent servir l'autoritat de l'Església i la força de la bondat. Aquella escena havia inspirat Philip al llarg de tota la seva vida.

Fins a aquell moment havia cregut que ell, i les persones com ell, guanyaven la batalla. Durant el més de mig segle que ell havia viscut, els seus havien obtingut unes victòries exemplars, però en aquell moment, a la tardor de la seva vida, els enemics li demostraven que res no havia canviat. Els triomfs del bàndol de Philip havien estat provisionals; i el progrés, il·lusori. Havien vençut unes quantes batalles, però no hi havia esperances de guanyar la guerra. Uns homes semblants als que havien mort els seus pares acabaven d'assassinar un arquebisbe a la seva pròpia catedral, per demostrar d'una vegada que no hi havia cap autoritat capaç de fer front a la tirania d'un home armat amb una espasa.

Mai no havia imaginat que arribessin a assassinar l'arquebisbe Thomas, i encara menys a la catedral. Però tampoc no havia pensat que algú pogués matar el seu pare, i, en canvi, la mateixa mena d'homes, assedegats de sang, amb espasa i casc, li havien fet veure totes dues vegades la veritat esfereïdora. Ara, als seixanta-dos anys, mentre contemplava el cadàver de Thomas Becket, se sentia posseït per la mateixa fúria infantil, irracional i aclaparadora del nen de sis anys a qui han matat el pare.

Es va posar dret. Al temple es feia patent l'emoció mentre la gent s'anava amuntegant al voltant del cos de l'arquebisbe. Sacerdots, monjos i fidels s'hi acostaven cada vegada més, a poc a poc, atordits i envaïts per l'horror. Philip es va adonar que darrere totes aquelles expressions d'esglai, hi bategava una fúria semblant a la seva. Hi havia qui mormolava pregàries. Se sentia algun gemec. Una dona es va inclinar i va tocar aquell cos sense vida, com si allò li hagués de donar sort. Altres persones van fer el mateix. Llavors Philip es va fixar que la primera dona recollia d'amagat una mica de sang en un flascó minúscul, com si Thomas fos un màrtir.

Els clergues van començar a recobrar el seny. Osbert, el camarlenc de l'arquebisbe, amb el rostre solcat per les llàgrimes, va treure una navalla, va tallar una tira de la camisa que duia i es va inclinar sobre el cos. Intentava reconstruir el crani de Thomas, fent un esforç commovedor per tornar la dignitat al cos terriblement mutilat de l'arquebisbe. Al moment de fer-ho, un gemec sord va sorgir de la gentada.

Van aparèixer una quants monjos amb una llitera. Van aixecar amb molta cura el cadàver de Thomas i l'hi van posar al damunt. Moltes mans es van allargar per ajudar-los. Philip va veure que la cara agraciada de l'arquebisbe tenia una expressió de pau, i que l'únic senyal de violència que hi quedava era un fil prim de sang que li queia des de la templa dreta i, nas avall, li baixava fins a la galta esquerra.

Mentre aixecaven la llitera, Philip va recollir la part de dalt de l'espasa amb la qual havien assassinat Thomas. Encara pensava en la dona que acabava de guardar la sang de l'arquebisbe en un flascó com si Thomas fos un sant. Hi havia una cosa molt significativa i elevada en aquell acte, però Philip encara no sabia ben bé què era.

La gent va anar darrere el cadàver empesa per una força invisible. Philip es va incorporar a la gentada mogut pel mateix impuls insòlit que dominava tothom. Els monjos van conduir el cos al llarg del presbiteri i el van dipositar a terra davant de l'altar major. Els fidels, molts dels quals pregaven en veu alta, observaven un sacerdot que embenava amb pulcritud el cap de Thomas amb un llenç net i en acabat li posava una birreta.

Un monjo va esquinçar de dalt a baix el mantell negre de l'arquebisbe, que estava tacat de sang, i l'hi va treure. Semblava que no sabia què fer amb aquella peça i es va girar per llençar-la a un costat. Un fidel es va afanyar a fer un pas endavant i el va agafar com si es tractés d'un objecte preciós.

La idea que havia estat rondant sense concretar-se pel cap de Philip, va adquirir forma amb una guspira d'inspiració. Els ciutadans tenien Thomas per màrtir, i desitjaven recollir la seva sang i la roba, com si tinguessin els poders sobrenaturals de les relíquies dels sants. Philip havia cregut que l'assassinat era una derrota política per a l'Església, però la gent no ho entenia així. Aquella multitud veia la mort d'un màrtir i encara que fos un fracàs polític, aquell martiri aportaria inspiració i saba nova a l'Església.

Philip va tornar a pensar en els centenars de persones que s'havien presentat a Kingsbridge per construir la catedral i en els homes, dones i nens que havien treballat junts per aixecar les muralles de la ciutat. Si en aquells moments es pogués mobilitzar aquella mateixa força, anava rumiant i cada vegada se sentia més exaltat, podria llançar un crit d'injúria que se sentiria per tot el món.

En mirar els homes i dones aplegats al voltant del cadàver de Thomas, i en observar l'expressió de dolor i afront als rostres, Philip va comprendre que estaven esperant un guia.

¿Era possible?

Es va adonar que aquella situació no li era del tot desconeguda. Un cos mutilat, una multitud d'espectadors i uns soldats a poca distància. ¿On ho havia vist abans? Tenia la impressió que el que passaria a continuació seria que un petit grup de seguidors de l'home mort s'agruparia contra el poder i l'autoritat d'un imperi poderós.

És clar. Així havia començat la Cristiandat.

I una vegada ho va tenir clar va saber el que havia de fer. Es va situar davant de l'altar i es va dirigir a la multitud. Encara portava a la mà l'espasa trencada. Per uns moments va dubtar. «¿Ho puc fer?», es va demanar. «¿Puc començar, ara i aquí, un moviment que faci trontollar el tron d'Anglaterra?» I va veure, en una o dues expressions, a més del dolor i la fúria, un bri d'esperança.

Va alçar l'espasa.

—Aquesta espasa ha matat un sant —va declarar.

Un murmuri d'assentiment va acollir les seves paraules.

—Aquesta nit hem estat testimonis de la mort d'un màrtir —va afegir.

Els sacerdots i els monjos semblaven sorpresos. Igual que Philip, no havien copsat de seguida el significat real de l'assassinat, però els ciutadans sí, i ara expressaven la seva aprovació davant d'aquells mots.

—Cada un de vosaltres ha de sortir d'aquí i ha de proclamar arreu el que ha vist.

Unes quantes persones van fer que sí amb el cap molt convençudes. L'escoltaven, però Philip no en tenia prou. Volia inspirar aquells fidels. Predicar mai no havia estat el seu fort. No era un d'aquests homes capaços de tenir tothom pendent de les seves paraules. Era un home pràctic, que tocava de peus a terra, però que en aquell mateix moment havia de parlar com un profeta.

—Molt aviat tots els homes, dones i nens de Canterbury sabran que els homes del rei han assassinat l'arquebisbe Thomas a la catedral. Però això només és el començament. Perquè tot seguit la notícia s'escamparà per tot Anglaterra i, llavors, per tota la Cristiandat.

Es va adonar que estava perdent el fil. En les cares de la gent veia que no aconseguiria mantenir l'interès.

—¿Però què hem de *fer*? —va preguntar un home a crits.

Philip va copsar que volien passar a l'acció. No es podia invocar una croada i llavors enviar la gent a dormir.

Una croada, va pensar. Era una idea.

—Demà duré aquesta espasa a Rochester. Demà passat, a Londres. ¿Voleu acompanyar-me?

Gairebé tots els presents van continuar impassibles, però una persona, des del fons de la nau, va cridar:

—Sí!

Aleshores, d'altres també van expressar el seu acord.

Philip va aixecar la veu.

—Explicarem la nostra història a tots els pobles i ciutats d'Anglaterra. Ensenyarem a la gent l'espasa que va matar sant Thomas Becket. Els deixarem que mirin les seves vestidures tacades de sang. —Va intentar contenir la ira.— El nostre clam s'estendrà per tota la Cristiandat i arribarà fins a Roma. Farem que tot el món civilitzat s'enfronti als bàrbars que han comès aquest crim terrible i blasfem.

Aquesta vegada gairebé tothom va expressar el seu acord amb Philip. Esperaven alguna cosa que els permetés encarrilar les emocions i Philip els ho estava donant.

—Aquest crim —va afegir mentre alçava la veu—, ningú no l'oblidarà mai més, mai més!

Va esclatar un bramul d'aprovació.

Tot d'una, Philip va saber per on havia de tirar.

—Comencem la nostra croada ara mateix! —va proposar.

—Sí!

—Portarem aquesta espasa per tots els carrers de Canterbury!

—Sí!

—I explicarem a tots els ciutadans que estiguin a dintre de les muralles tot el que hem presenciat aquesta nit!

—Sí!

—Porteu espelmes i seguiu-me!

Amb l'espasa enlaire va caminar fins al centre de la catedral.

La gent el va seguir.

Empès per una força interior incommensurable va travessar el presbiteri i el creuer. Alguns monjos i sacerdots caminaven al seu costat. No li va caldre mirar enrere perquè sentia el soroll de les passes dels centenars de persones que el seguien. Va sortir per la porta principal.

Allí va sentir, un moment, una certa inquietud. A l'altra banda de l'hort, entre les ombres, va albirar els homes d'armes de William que saquejaven el palau de l'arquebisbe. Si els seus seguidors s'hi enfrontaven, la croada es podia convertir en una escaramussa abans de començar. De sobte, es va espantar i es va afanyar a fer mitja volta i a conduir la multitud cap al carrer per una altra porta.

Un dels monjos va entonar un himne. Darrere els porticons de les finestres es veien llums i focs encesos, i a mesura que la gent hi passava per davant, els ciutadans obrien portes i finestres per saber què estava passant. Algunes persones feien preguntes, d'altres s'unien a la processó.

En girar una cantonada, Philip va veure William Hamleigh.

Estava dret davant d'un estable. Pel que es veia, acabava de treure's la cota de malla i es disposava a muntar el seu cavall i a sortir de la ciutat. Hi havia una colla d'homes amb ell. Tots semblaven desconcertats, perquè sens dubte havien sentit els càntics i es preguntaven què devia passar.

A mesura que la multitud s'hi acostava, William estava cada vegada més desorientat. Aleshores va veure l'espasa trencada a les mans de Philip i se li va il·luminar la ment. Per fi, el pànic li va fer vociferar:

—Atureu-vos! Us ordeno que us disperseu!

Ningú no li va fer cas. Els homes que estaven amb William semblaven neguitosos. Tot i les armes, se sentien vulnerables davant de més de cent persones enfervoritzades.

—En nom del rei us ordeno que us atureu! —va insistir William, dirigint-se directament a Philip.

El prior va passar pel seu costat molt de pressa, empès per la gentada.

—Massa tard, William! —li va cridar per sobre l'espatlla—. Massa tard!

III

Els nens van arribar d'hora per a l'execució a la forca.

Ja eren a la plaça del mercat de Shiring, tirant pedres als gats, burlant-se dels captaires i barallant-se entre ells, quan va arribar Aliena, a peu i sola, embolcallada amb una capa barata i amb la caputxa cap endavant per amagar qui era.

Es va aturar a una certa distància del cadafal i hi va fixar la vista. Primer no havia pensat anar-hi. Les execucions a les quals havia hagut d'assistir al llarg dels anys en què va substituir el comte havien estat massa per al seu gust. Com que ja no tenia aquesta responsabilitat, havia pensat que estaria contenta de no tornar a veure mai més com penjaven un home. Però aquest era diferent.

Ja no calia que fes les funcions de comte perquè Richard, el seu germà, havia mort a Síria, i, paradoxalment, no en el transcurs d'una batalla, sinó a causa d'un terratrèmol. La notícia li va arribar al cap de sis mesos. No l'havia vist des de feia quinze anys, i ja no el tornaria a veure.

A dalt del turó, es van obrir les portes del castell i va sortir el presoner amb la comitiva, seguit del nou comte de Shiring, Tommy, el fill d'Aliena.

Com que Richard no havia tingut descendència, l'hereu era el seu nebot. El rei, afeblit per l'escàndol del cas Becket, havia optat per la política de la mínima resistència, i havia nomenat Tommy com a comte de seguida. Aliena havia renunciat al càrrec de bon grat, a favor de la següent generació. Havia aconseguit governar el comtat com s'havia proposat de bon principi. Tornava a ser ric i pròsper, una terra de camps verds, molins incansables i ovelles grasses. Alguns terratinents innovadors havien introduït les millores que ella havia proposat, llaurant amb cavalls, els quals alimentaven amb la civada que obtenien mitjançant el sistema de conreu de rotació triple. Com a resultat, la terra proporcionava aliments a més persones encara que durant el govern savi del seu pare.

Tommy seria un bon comte. Ho portava a la sang. Durant molt de temps Jack s'havia negat a comprendre-ho. Volia que el seu fill fos constructor, però al final s'havia vist obligat a admetre la realitat. Tommy mai no seria capaç de tallar una pedra en línia recta, però en canvi, havia nascut per comandar. Als vint-i-vuit anys era un home decidit, ferm, intel·ligent i amb una mentalitat oberta. Ara li deien Thomas.

Quan ell es va fer càrrec del comtat, tothom esperava que Aliena continués vivint al castell, atabalant la seva jove i jugant amb els seus néts. Tanmateix, no ho va fer. Li queia bé l'esposa de Tommy, que era una dona bonica, una de les filles petites del comte de Bedford, i adorava els seus néts, però el que no volia era retirar-se als cinquanta-dos anys. Jack i ella s'havien instal·lat en una gran casa de pedra prop del priorat de Kingsbridge i Aliena havia tornat al negoci de la llana, comerciava amb la mateixa energia que abans i guanyava molts diners.

La comitiva va arribar a la plaça i va fer baixar Aliena dels núvols. Va mirar atentament el presoner, que avançava vacil·lant, amb les mans lligades a l'esquena. Era William Hamleigh.

Algú li va tirar una escopinada a la cara. La plaça estava plena de gom a gom, perquè eren moltes persones que s'alegraven de veure morir William. Fins i tot els qui no tenien motius de rancúnia en contra seu, trobaven fora del corrent que una persona que havia exercit el càrrec de xèrif fos penjat. El cas era que William s'havia vist implicat en l'assassinat més escandalós que s'havia comès mai.

Aliena mai no hauria imaginat ni de bon tros una reacció semblant a la que es va produir després de l'assassinat de l'arquebisbe Thomas. La notícia s'havia propagat com el foc per tota la Cristiandat, des de Dublín a Jerusalem, i des de Toledo a Oslo. El Papa havia guardat dol. La meitat continental de l'imperi del rei Henry estava sota interdicció, la qual cosa significava que totes les esglésies estaven tancades i que no s'hi celebraven oficis sagrats, tret del baptisme. A Anglaterra la gent començava a pelegrinar a Canterbury, com si fos la seu d'un sepulcre d'un sant, igual que Santiago de Compostel·la. I a més, hi va haver miracles. L'aigua tenyida amb la sang del màrtir i el mantell que portava quan el van assassinar curaven els malalts no només a Canterbury, sinó a tot Anglaterra.

Els homes de William havien intentat robar el cos del màrtir, que es conservava a la catedral, però els monjos ja ho havien previst, i l'havien ocultat. Ara estava en un lloc segur a l'interior d'una volta de pedra i els pelegrins havien de ficar el cap per un forat de la paret per poder besar el sepulcre de marbre.

Va ser el darrer crim de William. Havia tornat a Shiring d'esquitllada, però Tommy el va fer detenir, sota l'acusació de sacrilegi. El tribunal del bisbe Philip el va trobar culpable dels càrrecs que se li imputaven. En circumstàncies normals, ningú no hauria gosat condemnar un xèrif, perquè era un funcionari de la corona, però en aquell cas, la situació s'havia capgirat. Ningú, ni tan sols el rei, no s'atreviria a defensar un dels assassins de Becket.

William n'havia de sortir malparat.

Tenia els ulls fora de les òrbites, la mirada fixa, la boca oberta i bavejava, remugava bestieses i tenia un ròdol a la túnica perquè s'havia pixat.

Aliena va observar el seu vell enemic que avançava ensopegant cap a la forca. Va recordar el noi jove, arrogant i cruel que l'havia violada feia trenta-cinc anys. Li era difícil de creure que s'hagués convertit en aquell ésser infrahumà, rondinaire i aterrit. Ni tan sols s'assemblava al cavaller envellit, gras, que patia gota i nodria el ressentiment en què s'havia convertit en els darrers temps. Quan ja estava a prop del patíbul va començar a debatre's i a cridar. Els homes d'armes tibaven la corda on estava lligat, com si fos un porc a punt d'entrar a l'escorxador. Davant d'allò, Aliena no va poder trobar pietat al cor, només sentia un alleujament molt gran. William mai no la tornaria a aterrir.

Mentre el pujaven a la carreta de bous va començar a donar puntades de peu i a bramular. D'una banda, semblava un animal, amb la cara congestionada, brut i despentinat i, de l'altra, era igual que un nen que no parés de barbotejar i plorar. Van caldre quatre homes per subjectar-lo, mentre un cinquè li ficava el dogal al coll. Lluitava fins a tal punt, que el nus se li va estrènyer abans de caure i les seves forces el van començar a escanyar. Els homes d'armes van recular. William es convulsionava mentre s'ofegava i la cara se li tornava morada.

Aliena el mirava esporuguida. Ni tan sols en els moments de més fúria i odi contra ell li havia desitjat una mort com aquella.

Mentre s'ofegava, a la plaça el silenci era absolut. La gent s'havia quedat petrificada. Fins i tot els nens van quedar muts davant d'aquell espectacle horrorós.

L'agutzil va donar un cop al flanc del bou i l'animal va començar a caminar. William a la fi va caure, però no es va trencar el coll, sinó que es va quedar penjant de la soga i es va anar asfixiant a poc a poc. Tenia els ulls oberts. Aliena va tenir la sensació que la mirava. La ganyota que tenia a la cara mentre es retorçava a l'extrem de la soga li recordava alguna cosa. Era la mateixa que havia fet mentre la violava, just abans de tenir el darrer orgasme. Aquell record va ser com una punyalada per a Aliena, que, així i tot, no va apartar la mirada.

L'agonia es va perllongar de manera interminable. La multitud continuava allà sense moure's. La cara de William s'enfosquia més i més. Les contorsions es van convertir en febles espasmes. A la fi, se li van enfonsar els ulls, les parpelles li van caure i es va quedar quiet. Un moment després, sobtadament, va obrir la boca, i la llengua, negra i inflada li va quedar penjant a fora.

Era mort.

Aliena es va sentir esgotada. William li havia canviat la vida, fins a un punt que primer li semblava que l'hi havia destrossat. Però ara era mort i ja no faria més mal.

La gentada es va començar a dispersar. Els nens imitaven els espasmes del penjat, posant els ulls en blanc i traient la llengua. Un home d'armes va pujar al cadafal i va despenjar el cadàver.

Aliena va trobar-se amb la mirada del seu fill. Semblava sorprès de veure-la. De seguida s'hi va acostar i es va inclinar per fer-li un petó. «El meu fill», va pensar Aliena. «El meu fill fantàstic, el fill de Jack.» Va recordar com n'havia estat, d'espantada, davant la possibilitat de tenir un fill de William. Bé, al cap i a la fi, algunes coses sortien bé.

—Pensava que no ho volies veure —va dir Tommy.

—Ho havia de fer —va contestar ella—. L'havia de veure mort.

Tommy va semblar sobresaltat. No entenia res de res. Aliena se'n va alegrar. Esperava que el seu fill mai no hagués d'entendre coses com aquella.

Tommy li va passar una braç per l'espatlla i van sortir de la plaça tots dos junts.

Aliena no va mirar enrere.

Un dia d'estiu molt calorós, Jack menjava amb Aliena i Sally a la fresca del transsepte nord, a la part de dalt de la galeria, tots tres asseguts sobre un sortint. El càntic dels monjos al presbiteri, de l'ofici de la sexta, semblava la remor d'un salt d'aigua llunyà. Menjaven costelles de xai amb pa de blat i bevien una gerra de cervesa daurada. Jack havia passat el matí dibuixant un nou presbiteri que començaria a construir l'any següent. Sally mirava el dibuix mentre rosegava la costella. Jack sabia que no trigaria gaire a fer-li un comentari crític. Va mirar Aliena. Ella també havia vist l'expressió de Sally i sabia què passaria. Van canviar una mirada i van somriure.

—¿Per què vols que aquesta banda sigui semicircular? —li va preguntar Sally al seu pare.

—M'he inspirat en un dibuix de Saint-Denis —va contestar Jack.

—Però, ¿té cap avantatge?

—Sí. Pots aconseguir que els pelegrins no s'aturin.

—I per això hi has col·locat aquesta renglera de finestres petites.

Jack ja sabia que sortirien les finestres, perquè Sally era vitrallera.

—¿Què vol dir «finestres petites»? —va exclamar, fingint que estava indignat—. Aquestes finestres són immenses! La primera vegada que vaig posar a la catedral finestres d'aquesta mida, tothom va pensar que tot l'edifici s'ensorraria.

—Si la part de darrere del presbiteri fos quadrada, tindries una paret completament plana —va insistir Sally—, i llavors sí que hi podries posar vitralls tan grans com volguessis.

«La idea de Sally sembla molt bona», va pensar Jack. Amb l'absis arrodonit, tot el voltant del presbiteri tenia una elevació contínua dividida en les tres tradicionals filades: arcada, galeria i trifori. Però un absis quadrat li permetria canviar l'estructura tradicional.

—Potser hi ha una altra manera de fer que els pelegrins no s'aturin —va dir, pensatiu.

—I el sol naixent resplendiria a través dels enormes vitralls.

Jack ja s'ho imaginava.

—Hi podria posar una filera d'arcs alts que semblessin llances en un bastidor.

—O una gran finestra rodona com una rosa.

Era una idea brillant. A qui estigués a la nau mirant al llarg de l'església cap a l'est, la finestra rodona li semblaria un sol enorme que explotés en fragments infinits de colors meravellosos.

Jack ja ho veia.

—Em pregunto quin tema els agradaria, als monjos.

—La llei i els profetes —va dir Sally.

Jack se la va quedar mirant amb les celles enarcades.

—Ets molt llesta. Ja ho has discutit amb el prior Jonathan, ¿oi que sí?

Sally semblava sentir-se culpable, però en aquell moment va arribar Peter Chiser, un jove tallista de pedra, i va poder evitar respondre. Peter era un home esprimatxat i tímid. Els cabells rossos li queien a sobre els ulls, però esculpia talles magnífiques i Jack estava content de poder comptar amb ell.

—¿Què hi ha de nou, Peter?—li va preguntar.

—De fet, vinc a buscar Sally.

—Doncs aquí la tens.

En aquell moment, Sally es va aixecar i es va espolsar les molles de pa de la túnica.

—Fins després —va dir.

Peter i ella van sortir per la porta i van baixar per l'escala de cargol.

Jack i Aliena es van mirar.

—¿S'ha posat vermella? —va preguntar Jack.

—Espero que sí! —va contestar Aliena—. Ja és hora que s'enamori d'algú. Té vint-i-sis anys!

—Sí, sí. Jo ja havia perdut les esperances. Em pensava que es volia quedar soltera.

Aliena va fer que no amb el cap.

—No, això no seria propi d'ella. És massa fogosa. Però també és molt exigent, és clar.

—¿Ah sí? —va preguntar Jack—. Les noies del comtat no fan pas cua a la porta de Peter Chiser.

—Les noies del comtat s'enamoren de xicots ben plantats i forts com Tommy. Els agraden els bons genets que porten la capa folrada de seda vermella. Però Sally és diferent. Necessita algú intel·ligent i sensible. Peter és ideal per a ella.

Jack va assentir. Mai no hi havia pensat, però intuïa que Aliena tenia raó.

—És com la seva àvia —va dir—. La meva mare es va enamorar d'un home fora del corrent. Algú especial.

—Sally és com la teva mare i Tommy com el meu pare —va remarcar Aliena.

Jack la va mirar i va somriure. Aliena estava més atractiva que mai. Tenia uns quants cabells grisos, i la pell del coll no era tan tibant com en altres èpoques. Havia perdut les rodoneses de la maternitat, però els ossos fins de la seva cara encantadora i la seva bellesa havien guanyat en profunditat. Jack va allargar la mà i li va acariciar la mandíbula amb l'índex.

—Com els meus arcbotants —va mormolar.

Aliena va somriure.

Li va fer una carícia fugissera al coll i al pit. Les sines també li havien canviat. Les recordava túrgides i amb els mugrons durs. Llavors, quan es va quedar embarassada, se li havien fet més grosses i els mugrons també. Ara, en canvi, les tenia més caigudes i toves i se li movien d'una manera molt atractiva quan caminava. Jack les havia estimat a través de tots aquells canvis. Es va preguntar com serien quan Aliena es fes vella. ¿Se li encongirien i se li arrugarien? «Segurament les seguiré estimant», va pensar. Va sentir que el mugró d'Aliena s'enduria sota el seu tacte. Es va inclinar i li va besar els llavis.

—Som a l'església, Jack —va mormolar ella.

—I què! —va contestar ell, fent baixar la mà des del ventre a l'engonal.

Es van sentir passes per l'escala.

Jack es va apartar en actitud culpable.

Aliena no va poder evitar somriure davant del desconcert de Jack.

—Mereixes que Déu et castigui —li va dir, sense respecte.

—Ja ens veurem més tard —va mussitar Jack en un to burleta.

Les passes van arribar al final de l'escala i va aparèixer el prior Jonathan. Els va saludar amb solemnitat. El seu gest semblava greu.

—Hi ha una cosa que voldria que escoltessis, Jack —li va dir—. ¿Podries venir al claustre amb mi?

—És clar. —Jack es va posar dret de seguida.

Jonathan es va tornar a dirigir cap a l'escala de cargol.

Jack es va aturar a la porta, va assenyalar Aliena i va dir:

—Més tard.

—¿M'ho promets? —va demanar ella amb un somriure.

Jack va seguir Jonathan escales avall i a través de la catedral fins a la porta del transsepte sud que sortia al claustre. Després de recórrer el porxo nord i deixar enrere els estudiants amb les seves tauletes de cera, es van aturar en un angle. Amb un gest, Jonathan li va assenyalar a Jack un monjo que seia sol en un banc de pedra, a mig porxo oest. El monjo portava la caputxa posada, però quan ells es van aturar, l'home es va girar, va aixecar els ulls i va apartar la mirada.

El monjo era Waleran Bigod.

—¿Què dimoni hi fa, aquí? —va preguntar Jack, furiós.

—Preparar-se per la trobada amb el seu Senyor —va respondre Jonathan.

Jack va arrufar les celles.

—No ho entenc.

—És un home acabat. No té posició, ni poder, ni amics. Ha comprès que Déu no vol que sigui un bisbe poderós. Ha entès que el seu comportament no va ser correcte. Ha vingut fins aquí, a peu, i ha suplicat que l'admetem com un monjo humil, per passar la resta dels seus dies demanant perdó a Déu pels seus pecats.

—Gairebé no m'ho puc creure —va declarar Jack.

—Al principi jo tampoc —va admetre Jonathan—, però he acabat per comprendre que sempre ha estat un home amb un respecte autèntic per Déu.

Jack semblava escèptic.

—De veritat crec que és pietós —va continuar Jonathan—. Només va cometre una gran equivocació. Va creure que, per servir Déu, el fi justifica els mitjans. Amb això tenia llicència per fer qualsevol cosa.

—Fins i tot conspirar per assassinar un bisbe!

—Déu ja el castigarà, no jo!

Jack va arronsar les espatlles. Era la mena de coses que hauria dit Philip. Jack no trobava cap raó per deixar que Waleran visqués al priorat. Tanmateix, així era com es comportaven els monjos.

—¿Per què voleu que jo hi parli?

—Et vol explicar per què van penjar el teu pare.

Jack es va quedar petrificat.

Waleran continuava assegut, immòbil, amb la mirada perduda. Anava descalç. Per sota la túnica basta es veien els turmells blancs i fràgils d'un vell. Jack es va adonar que Waleran ja no inspirava temor. Era un home feble, vençut i trist.

Jack va caminar a poc a poc i es va asseure al banc, a tocar de l'antic bisbe.

—El vell rei Henry era massa poderós —va dir Waleran sense més preàmbuls—, i allò no feia gens de gràcia a alguns barons..., ja que els impedia fer el que volien impunement. Desitjaven que el proper rei fos més feble. Però Henry tenia un fill, William.

Tot allò era una vella història.

—Això va ser abans que jo nasqués —va comentar Jack.

—El teu pare va morir abans que tu nasquessis —va replicar Waleran amb un deix de la seva arrogància d'abans.

Jack va assentir amb el cap.

—Endavant.

—Un grup de barons va decidir deslliurar-se de William, el fill de Henry. Pensaven que si la successió era dubtosa, podrien tenir més influència en l'elecció del nou rei.

Jack examinava la cara pàl·lida i prima de Waleran, buscant senyals d'engany. Però aquell vell només semblava fatigat, acabat i turmentat pels remordiments. Si ordia alguna cosa, Jack no ho va advertir.

—Però William va morir durant el naufragi del *White Ship* —li va recordar Jack.

—Aquell naufragi no va ser un accident —va confessar Waleran.

Jack es va sobresaltar. ¿Era veritat, allò? ¿Havien assassinat l'hereu del tron només perquè un grup de barons volia una monarquia feble? De fet, no era més espantós que l'assassinat de l'arquebisbe Thomas Becket.

—Continueu —el va animar.

—Els homes dels barons van barrinar tot el vaixell i van fugir en un bot. Tot els passatge es va ofegar, tret d'un home, que es va agafar a una fusta i va surar fins a la riba.

—El meu pare —va dir Jack, que ja ho començava a entendre.

Waleran tenia la cara pàl·lida i els llavis exsangües. Havia parlat en un to monòton i evitava mirar els ulls de Jack.

—Va arribar a una platja propera al castell que pertanyia a un dels barons conspiradors i el va atrapar. L'home no tenia cap interès a explicar la veritat. De fet, mai no va arribar a saber que havien enfonsat el vaixell. Però havia vist coses que haurien pogut cridar l'atenció d'altres persones si continuava lliure i parlava del que havia passat. Així que el van segrestar, el van portar a Anglaterra i el van deixar a càrrec de persones de confiança.

Jack va sentir una tristesa profunda. Tot el que el seu pare buscava era entretenir la gent, li havia dit la seva mare. Però hi havia alguna cosa estranya en la història que explicava Waleran.

—¿Per què no el van matar de seguida?

—Ho haurien d'haver fet —va contestar Waleran impertèrrit—, però era un home innocent, un trobador, una persona que alegrava a tothom. No es van acabar de decidir. —Va somriure amb tristesa.— De fet, fins i tot les persones més cruels tenen algun escrúpol.

—Llavors, ¿per què van canviar d'idea?

—Perquè va acabar sent molt perillós, fins i tot aquí. Primer no va ser cap amenaça per ningú. No sabia ni parlar anglès. Però, és clar, en va anar aprenent i va començar a fer amics. Així doncs, el van tancar a la cel·la que hi ha a sota el dormitori. Llavors la gent va començar a preguntar-se per què l'havien empresonat. Va començar a ser un problema. Els responsables de tot allò van comprendre que mai no estarien tranquils mentre aquell home fos viu. Així que, finalment, ens van ordenar que el matéssim.

«Així de fàcil», va pensar Jack.

—¿I per què vau obeir?

—Tots tres érem molt ambiciosos —va respondre Waleran, i per primera vegada li apareixien a la cara indicis d'emoció i de penediment—. Percy Hamleigh, el prior James i jo. La teva mare va dir la veritat. Ens van recompensar a tots tres. Jo em vaig convertir en ardiaca i la meva carrera a l'Església va tenir un començament esplèndid. Percy Hamleigh va arribar a ser un terratinent important i el prior James va obtenir la incorporació d'alguns béns substancials a les propietats del priorat.

—¿I els barons?

—Després del naufragi, i durant els tres anys següents, van atacar Henry: Fulk d'Anjou, William Clito a Normandia, i el rei de França. Durant un cert temps va semblar molt vulnerable, però va aconseguir derrotar tots els seus enemics i va governar deu anys més. Tanmateix, a la fi va arribar l'anarquia que els barons anhelaven, quan Henry va morir sense deixar cap hereu i Stephen va pujar al tron. Al llarg de vint anys de guerra civil, els barons van governar com reis en els seus propis territoris i no hi havia cap autoritat central que els doblegués.

—I per això va morir el meu pare.

—Però fins i tot això va sortir malament. Gairebé tots aquells barons van morir al camp de batalla, i també alguns dels seus fills. I les mentides que vam dir per aquesta part del país es van girar en contra nostra. Després de l'execució a la forca, la teva mare ens va maleir, i va fer ben fet. Al prior James el van destruir els remordiments pel que havia fet, tal com va explicar Remigius al tribunal del judici de Philip per nepotisme. Percy Hamleigh va morir abans que la veritat sortís a la llum, però al seu fill el van penjar. I a mi ja em veus. El perjuri es va girar en contra meu gairebé cinquanta anys després i va posar fi a la meva carrera. —Waleran tenia la cara grisosa i semblava fatigat, com si el domini de si mateix li fes minvar les forces.— Tots teníem por de la teva mare perquè no estàvem segurs del que sabia. Va resultar que no era gairebé res, però sí prou per dur-nos la ruïna.

Jack estava tan esgotat com Waleran. A la fi, havia aconseguit descobrir tota la veritat sobre el seu pare, cosa que havia anhelat des de sempre. Ara ja no sentia ni ira ni desig de venjança. Mai no havia conegut el seu pare de debò, però Tom li havia transmès el seu amor per la construcció de catedrals, la segona gran passió de la seva vida.

Jack es va posar dret. Tots aquells esdeveniments es remuntaven a un passat massa llunyà perquè el fessin plorar. Des de llavors havien passat moltes coses, i gairebé totes eren bones.

Va mirar l'ancià que seia en un banc. Era una ironia que fos precisament Waleran qui patís l'amargor del remordiment. Jack se'n va compadir. Va pensar que devia ser terrible arribar a vell i saber que s'havia malbaratat la vida. Waleran va aixecar la vista i els seus ulls es van trobar per primera vegada. L'ancià es va estremir i va girar la cara com si l'haguessin bufetejat. Jack li va llegir els pensaments i va comprendre que li havia vist una expressió de llàstima als ulls.

I per a Waleran la pietat dels seus enemics era la pitjor humiliació.

IV

Philip estava dret davant la porta oest de la ciutat cristiana de Canterbury. Duia la famosa indumentària dels bisbes anglesos. A la mà portava un bàcul incrustat amb pedres precioses. Plovia a bots i barrals.

Tenia seixanta-sis anys i la pluja li gelava els ossos. Aquella seria la darrera vegada que s'aventuraria tan lluny de casa. Però no s'hauria perdut els esdeveniments d'aquell dia per res del món. En certa manera la cerimònia que estava a punt de celebrar-se era la coronació de la feina de tota la seva vida.

Havien passat tres anys d'ençà de l'assassinat de l'arquebisbe de Canterbury. En aquell temps tan curt, el culte místic a Thomas Becket s'havia estès per tot el món. Philip no tenia ni la més mínima idea del que estava començant quan va desfilar davant d'aquella multitud enfervoritzada pels carrers de Canterbury. El Papa havia canonitzat Thomas amb un apressament gairebé indecorós. Fins i tot a Terra Santa s'havia creat un nou orde de cavallers monjos anomenat Cavallers de Sant Thomas d'Acre. El rei Henry no havia estat capaç d'aturar un moviment popular tan poderós. Tenia massa força perquè ningú, individualment, pogués posar-hi fi.

Per a Philip la importància de tot aquell fenomen residia en el fet que havia posat en evidència el poder de l'Estat. La mort de Thomas havia demostrat que en un conflicte entre l'Església i la corona, el monarca només vencia si recorria a la violència. Però el culte a Thomas Becket, ara sant, posava de manifest que aquesta victòria només era una victòria pírrica. Al capdavall, el poder d'un rei no era absolut. La voluntat del poble estava en condicions de posar-hi fre. Aquell canvi havia tingut lloc durant la vida de Philip, que no només n'havia estat testimoni, sinó que també havia contribuït a produir-lo. La cerimònia d'aquell dia ho commemorava.

Un home baix, amb el cap força gros, caminava cap a la ciutat sota la pluja. No portava ni botes ni barret. Darrere seu, a una certa distància, hi anava un grup de genets.

Era el rei Henry.

La multitud estava callada i immòbil com en un funeral, mentre el monarca, xop, caminava pel camí enfangat cap a la porta de la ciutat.

Segons un pla prèviament establert, Philip va sortir al camí i va començar a caminar per davant del rei descalç en direcció a la catedral. Henry el seguia amb el cap cot. La rigidesa esborrava el seu port regi de sempre. Era la viva imatge del penitent. Els ciutadans contemplaven bocabadats i en silenci com el rei d'Anglaterra s'humiliava davant dels seus súbdits. El seguici del sobirà el seguia de lluny.

Philip el va conduir a poc a poc a través de la portalada de la catedral. Les portes imponents del temple esplèndid estaven obertes de bat a bat. Hi van entrar. Formaven una processó solemne de només dues persones, que representava la culminació de la crisi política del segle. La nau estava atapeïda de gent, que els va obrir pas. Mormolaven frases, estupefactes davant de l'espectacle del rei més orgullós de la Cristiandat xop, entrant a la catedral com un captaire.

Van caminar a poc a poc nau amunt i van baixar els graons que conduïen a la cripta. Allà, al costat del nou sepulcre del màrtir, esperaven els monjos de Canterbury, al costat dels bisbes i abats més importants del regne.

El rei es va agenollar. Els seus cortesans van entrar a la cripta darrere d'ell.

I davant de tothom, Henry d'Anglaterra, el segon rei amb aquest nom, va confessar els seus pecats i va admetre que havia estat el causant de l'assassinat de sant Thomas Becket.

Un cop es va haver confessat, es va treure la capa. A sota portava una túnica verda i un cilici. Es va tornar a agenollar, es va inclinar i va presentar l'espasa.

El bisbe de Londres va brandar una vara.

El rei estava a punt de ser flagel·lat.

Rebria cinc cops de cada sacerdot i tres de cada monjo. És clar que els cops eren simbòlics. Tenint en compte que hi havia vuitanta monjos una flagel·lació de debò l'hauria matat.

El bisbe de Londres va fregar lleument l'esquena del rei cinc vegades amb la vara. Llavors es va girar i va donar la vara a Philip, bisbe de Kingsbridge.

Philip va fer una passa endavant per assotar el rei. Estava content d'haver viscut per presenciar allò. «A partir d'avui», va pensar, «el món serà una mica millor.»

AGRAÏMENTS DE LA TRADUCTORA

Traduir una novel·la tan extensa, i que toca amb detall tants aspectes d'una època llunyana, és una tasca per a la qual una traductora ha de recórrer a l'assistència de persones amb coneixements que a ella li manquen.

Vull agrair l'ajuda desinteressada d'un grup de matemàtics «il·lustres», d'un arquitecte despistat, i del meu pare, bon coneixedor de molts oficis.

A més, he de donar especialment les gràcies a l'Armand Carabén van der Meer per la seva inestimable col·laboració al llarg de tota la traducció, buscant paraules en diccionaris d'ús poc corrent i revisant el text amb una paciència admirable.

CONCEPCIÓ IRIBARREN

SUMARI